Massilia
Fiesole
Clusium
Populonia
Tarquinia
Caere
Veji
ROM
Kyme
Pästum
MARE SUPERUM
MARE INFERUM
Sybaris
Kroton
Panormos
Eryx
Segesta
Himera
Messina
Rhegion
Karthago
Akragas
Syrakus
MARE INT
Del

Mika Waltari

TURMS

DER UNSTERBLICHE

Ein Etrusker-Roman

Mika Waltari

TURMS DER UNSTERBLICHE

Ein Etrusker-Roman

Weltbild Verlag

Autorisierte Übersetzung von

WINI VON WERNER

nach der finnischen Originalausgabe

TURMS KUOLEMATON

Genehmigte Lizenzausgabe für
Weltbild Verlag GmbH, Augsburg 1995

Umschlaggestaltung: Adolf Bachmann, Reischach
Umschlagbild: Archiv für Kunst und Geschichte, Berlin
Gesamtherstellung: Bercker Graphischer Betrieb GmbH, Kevelaer
Printed in Germany
ISBN 3-89350-930-5

TURMS
DER UNSTERBLICHE

Sein Erdenleben um etwa 520–450 v. Chr.

in zehn Büchern

Erstes Buch

DELPHI

1.

Ich, Lars Turms, der Unsterbliche, erwachte dem Frühling entgegen und sah, daß die Erde zu grünen begonnen hatte.

Ich schritt durch mein schönes Haus. Besah mir mein Gold und mein Silber. Betrachtete meine Bronzebilder. Schaute mir meine Pokale mit den roten Reliefs an. Mein Blick schweifte über die bemalten Wände. Besitzerstolz empfand ich nicht, denn wie könnte ein Unsterblicher überhaupt etwas besitzen wollen.

Unter all meinen kostbaren Sachen griff ich nach dem Wertlosesten, nach einem Tongefäß. Nach langen Jahren ließ ich wieder dessen Inhalt in meine Hand rieseln und zählte die Steine. Es waren die Steine meines Lebens.

Ich nahm das Gefäß mit den Steinen und stellte es zu den Füßen der Göttin zurück. Danach schlug ich auf das Bronzeschild. Schweigend erschienen die Diener. Sie bestrichen mit roter Farbe mein Gesicht, meine Hände und Arme und legten mir den heiligen Mantel um die Schultern.

Was ich jetzt tat, das tat ich lediglich für mich selbst und nicht für meine Stadt oder mein Volk. Deshalb ließ ich mich nicht in der Sänfte des Gottes tragen. Zu Fuß wanderte ich dahin, zu Fuß erreichte ich die Stadtmauer. Beim Anblick meines rotbemalten Gesichtes und der roten Hände wandten sich die Menschen von mir ab, die Kinder hörten zu spielen auf, und das Mädchen am Tor, das auf einer zweigabeligen Flöte blies, brach ihr Spiel ab.

Ich trat aus dem Tor und schritt den gleichen Weg ins Tal hinunter, den ich einst heraufgekommen war. Der Himmel war strahlend blau, Vogelgezwitscher drang an mein Ohr, die Tauben der Göttin gurrten. Die auf den Feldern beschäftigten Menschen hörten auf zu arbeiten, als sie mich erblickten. Ich sah die braunen Gesichter der Männer und die weißen der Frauen. Dann aber drehten sie mir den Rücken zu und setzten ihre Arbeit fort.

Ich wählte nicht den leicht gangbaren Weg der Handwerker, sondern die heilige Treppe, die von bemalten Holzsäulen eingefaßt ist.

Es waren hohe Stufen. Ich stieg sie rückwärts schreitend empor, um meine Stadt die ganze Zeit im Auge behalten zu können. Ich blickte mich nicht um. Suchend tastete sich mein Fuß Stufe für Stufe empor. Ich strauchelte oft, doch kein einziges Mal stürzte ich.

Ich wies meine hilfsbereiten Begleiter zurück und ließ es nicht zu, daß sie mich an den Händen führten. Sie waren von Furcht erfüllt, denn niemals hatte jemand in dieser Weise den Heiligen Berg erstiegen.

Die Sonne stand im Zenit, als ich den heiligen Weg erreichte. Ich schritt jedoch an den runden Kegeln der Gräber vorbei. Auch das Grab meines Vaters ließ ich unbeachtet und erklomm den Gipfel des Heiligen Berges.

Nach allen Himmelsrichtungen hin erstreckte sich mein Land mit seinen fruchtbaren Tälern und bewaldeten Hügeln. Im Norden glitzerte in der Ferne dunkelblau das Wasser meiner Seen. Gegenüber im Westen erhob sich der Ruhe spendende Berg der Göttin mit den ewigen Stätten der Entschlafenen in seinem Innern. Dies alles fand ich wieder, dies alles war mir bekannt.

Nun aber hielt ich Ausschau nach einem Zeichen. Da sah ich auf der Erde liegend eine einfache Taubenfeder, die vor kurzem herabgeschwebt war. Ich hob sie auf. Dicht daneben lag ein kleines rötliches Steinchen. Ich hob auch dieses auf. Es war der letzte Stein meines Lebens. Ich stampfte leicht mit dem Fuß auf und sagte: „Hier ist die Stelle meiner Grabstätte. Haut mein Grab in den Berg hinein und schmückt es, wie die Gräber der Lukumoiden geschmückt werden."

Als ich meinen Blick zum Himmel hob, erblickten meine geblendeten Augen gestaltlose Lichtwesen am Firmament hin und her schwebend, wie ich sie nur selten in meinem Leben gesehen habe. Ich streckte beide Arme nach vorne, die Handflächen nach unten. Nur eine Sekunde verstrich, dann begann der Weltraum zu tönen. Über den wolkenlosen Himmel erhob sich von Horizont zu Horizont ein unnachahmlicher Ton, den der Mensch nur einmal in seinem Leben zu vernehmen vermag. Es war wie der Klang von tausend Posaunen, der Erde und Luft erzittern machte. Er lähmte die Glieder, und das Herz erbebte. Dieser Klang ist mit nichts zu vergleichen, was man jemals gehört, und ihn vernimmt der Mensch nur ein einziges Mal im Leben. Deshalb erkennt er ihn gleich, weil kein anderer Klang diesem vergleichbar ist.

Als dieser Ton erscholl, warfen sich meine Begleiter nieder und bedeckten das Gesicht mit den Händen. Ich berührte meine Stirn mit der einen Hand, streckte die andere ins Leere und grüßte die Götter mit den Worten: „Meine Zeit ist um. Ich begrüße sie abschiednehmend. Ein ‚Großjahr' der Götter ist abgelaufen und ein neues bricht an mit neuen Taten, neuen Gebräuchen und neuen Gedankengängen."

Zu meinen Begleitern aber sagte ich: „Erhebt euch. Seid glücklich, daß ihr den Ton der göttlichen Verkündung vernehmen durftet, der Verkündung, daß die Zeiten sich ändern werden. Das bedeutet, daß alle diejenigen auf der Erde, die diesen Ton das letztemal hörten, bereits gestorben sind. Unter den Lebenden gibt es keinen mehr, der ihn nochmals zu hören bekommt. Erst die noch nicht Geborenen werden den Ton wieder vernehmen."

Sie zitterten immer noch, und auch ich zitterte, denn dieses Beben vermag der Mensch in seinem Erdendasein nicht mehr zu erleben. Den letzten Stein meines Lebens in der Hand haltend, stampfte ich nochmals mit dem Fuß auf die Stelle meiner zukünftigen Grabstätte. Im gleichen Augenblick raste ein Sturmwind tosend über mich hinweg.

Nun zweifelte ich nicht mehr, ich wußte, daß ich noch einmal wiederkehren würde. Einmal werde ich mit neuen Gliedern unter einem wolkenlosen Himmel und im Toben des Sturmwindes aus meinem Grabe auferstehen, den Harzduft der schattigen Kiefern einatmen und den blauen Bergkegel der Göttin vor Augen haben. Wenn ich in diesem Augenblick die Fähigkeit des Erinnerns habe, werde ich unter den Schätzen meiner Grabstätte nur das wertloseste Tongefäß an mich nehmen, die Steine in meine Hand rieseln lassen, jeden einzelnen fest umklammern und mich so an mein vergangenes Leben erinnern.

Mit rotbemaltem Gesicht, mit rotbemalten Händen kehrte ich denselben Weg zurück in meine Stadt und in mein Haus. Den kleinen Stein warf ich in das schwarze Tongefäß zu Füßen der Göttin. Dann bedeckte ich mein Antlitz und weinte. Ich, Turms, der Unsterbliche, weinte die letzten Tränen meines sterblichen Leibes und wünschte mir die Rückkehr meines zu Ende gelebten Lebens.

2.

Es war eine Vollmondnacht und das Fest des Frühlings hatte begonnen. Als meine Begleiter aber darangehen wollten, die heilige Farbe von meinem Gesicht und meinen Händen abzuwaschen, mich zu salben und mir einen Blütenkranz um den Hals zu hängen, wies ich sie zurück.

„Nehmt von meinem Mehl und backt das Brot der Götter", sagte ich. „Wählt Opfertiere aus meinen Herden aus. Verteilt Gaben auch an die Ärmsten der Armen. Tanzt die Opfertänze und spielt die Spiele der Götter, wie es Sitte gewesen. Ich selbst ziehe mich in die Einsamkeit zurück, wie ich von nun an alles, was ich tue, allein tun werde."

Ich gab jedoch den beiden Auguren, den beiden Blitzerforschern und den beiden Opferpriestern den Befehl, alles zu überwachen, damit alles nach herkömmlicher Sitte geschehe. Ich entzündete Weihrauch in meinem Zimmer und brannte ihn so lange, bis die Luft von Weihrauch geschwängert war und es schwer wurde, im Rauch der Götter zu atmen. Ich ließ den Mond mein Antlitz bescheinen, legte mich auf mein dreifach gepolstertes Ruhebett nieder und kreuzte meine Arme fest über der Brust.

Ich verfiel in einen Traumzustand, bis ich kein Glied mehr rühren konnte. Doch ich schlief nicht. Es erschien mir der schwarze Hund der Göttin. Er kam aber nicht bellend und mit brennenden Augen wie früher. Er kam freundlich auf mich zu, schmiegte sich in meinen Arm und leckte mir das Gesicht. Ich aber sprach mit ihm und sagte:

„Als Erdgebundener will ich dich, Göttin, nicht bei mir haben. Du hast mir Reichtümer beschert, um die ich nicht gebeten habe. Du hast mir Macht verliehen, die ich nicht begehrt habe. Es gibt nichts auf Erden, was so gut wäre, daß du mich damit bestechen könntest, mich mit dir zu begnügen."

Ihr schwarzer Hund verschwand aus meinen Armen. Die Beklemmung wich. Die Arme meines Mondleibes streckte ich wie Schatten durchsichtig im Mondschein empor.

Doch sprach ich: „Auch als Himmelsgebundener bin ich nicht bereit, dir zu dienen, Göttin."

Mein Mondleib verwirrte mich nicht länger. Statt dessen erschien meinen Augen die beflügelte Lichtgestalt meines Schutzengels, schöner als das schönste Menschenbild. Die Gestalt näherte sich mir vom Leben erfüllt, lebensvoller als ein Erdenmensch, setzte sich auf den Bettrand und lächelte mir sehnsüchtig zu.

Ich sagte: „Berühre mich mit der Hand, damit ich dich endlich erkennen kann. Ich sehne mich nach dir, nachdem ich müde geworden bin, alles, was irdisch ist, zu begehren."

„Nein, nein", antwortete sie. „Noch kennst du mich nicht, einmal aber wirst du mich erkennen. Wen du auch immer auf Erden geliebt hast, du hast nur mich in ihr geliebt. Wir zwei, du und ich, sind unzertrennlich, aber stets getrennt, bis ich endlich dich in meine Arme schließen und auf meinen starken Flügeln wegtragen kann."

„Ich sehne mich nicht nach deinen starken Flügeln", sagte ich. „Ich sehne mich nach dir selbst. Ich sehne mich nach deiner Berührung. Dich will ich in meine Arme schließen. Wenn nicht in diesem, so in irgendeinem zukünftigen Leben werde ich dich zwingen, eine irdische Gestalt anzunehmen, damit ich dich mit meinen Menschenaugen erblicken kann. Nur deshalb will ich noch einmal wiederkommen."

Mit ihren schmalen Fingerspitzen berührte sie leicht meinen Hals und sagte: „Was bist du, Turms, doch für ein schrecklicher Lügner."

Ich betrachtete ihre makellose Schönheit. Sie war dem Menschen und dem Feuer ähnlich. Ich brannte wie Kohle, ich verging im Anblick ihrer Schönheit.

„Nenne mir endlich deinen Namen, damit ich dich erkennen kann", bettelte ich.

„Was hast du doch für eine Gier zu herrschen in dir", warf sie mir lächelnd vor. „Und wenn dir auch mein Name bekannt wäre, du würdest niemals Gewalt über mich haben. Doch hab keine Angst. Ich werde dir meinen Namen leise ins Ohr sagen, wenn ich dich endlich in meine Arme schließen werde. Ich befürchte nur, daß du ihn vergessen haben wirst, wenn du wieder im Donner der Unsterblichkeit aufwachst."

„Ich will nicht vergessen", sagte ich.

„Du hast ihn schon früher einmal vergessen", beharrte sie.

Nun konnte ich mich länger nicht beherrschen. Ich streckte meine kraftlosen Arme aus, um sie zu umarmen, aber sie griffen ins Leere, obwohl ich ihre Lichtgestalt immer noch lebend vor mir sah. Langsam begann ich die Gegenstände im Zimmer durch sie hindurch zu erkennen. Ich richtete mich auf dem Ruhebett auf und tastete mit den Händen nach dem Mondlicht.

Verzweifelt erhob ich mich und ging im Zimmer umher, nach verschiedenen Gegenständen greifend. Meine Hände waren jedoch so kraftlos, daß ich keinen einzigen Gegenstand fassen oder heben konnte. Beklemmung übermannte mich; ich trommelte mit der Faust gegen den Bronzeschild, um meine Begleitung oder irgendeinen Menschen herbeizurufen. Aber der Bronzeschild gab keinen Widerhall. Er blieb stumm.

Als diese entsetzliche Angst wich, erwachte ich von neuem. Ich lag flach auf dem Ruhebett, die Arme fest über der Brust gekreuzt. Ich konnte nun meine Glieder wieder bewegen, erhob mich, setzte mich auf den Bettrand und verdeckte das Gesicht mit den Händen.

Durch den Weihrauch und den grauenvollen Mondschein hindurch spürte ich den metallenen Geschmack der Unsterblichkeit auf den Lippen. Ich atmete die Eisluft der Unsterblichkeit durch die Nase ein. Der kalte Feuerschein der Unsterblichkeit leuchtete mir vor den Augen. Der Donner der Unsterblichkeit brauste mir in den Ohren.

Trotzig sprang ich auf und breitete die Arme aus. „Ich fürchte dich nicht, Khimaira", rief ich, allein geblieben. „Immer noch lebe ich das Leben eines Menschen, ich, Turms, kein Unsterblicher, nur ein Mensch unter meinesgleichen."

Nachdem ich nochmals meine Tollkühnheit herausgeschrien hatte, wußte ich, daß es der Wahrheit nicht entsprach. Ich war den Menschen nicht mehr ähnlich, ich hatte mich von ihnen bereits abgesondert. Es gab niemanden mehr um mich, den ich vermißt hätte. Mein Reichtum war mir ein Ekel. Meine Macht eine Last. Das Essen ermüdete mich. Der Wein konnte mich nicht erfreuen. Die prunkvollsten Tänze langweilten mich. Das Gerede der Menschen quälte mich. Ein Entschluß war für mich eine Anstrengung.

Aber vergessen konnte ich nicht. Ich sprach wieder mit ihr, der Unsichtbaren, die in meiner Nähe weilte und mich mit ihren Flügeln beschirmte.

„Ich gestehe", sagte ich, „daß alle Taten meines Lebens, die ich starrköpfig aus eigenem Willen ausgeführt habe, verfehlt waren zum Schaden für mich selbst und die andern. Nur wenn ich mich deiner Führung überließ, ohne selbst zu wissen warum, gleich einem Nachtwandler, traf ich unfehlbar das Richtige. Aber was ich, Turms, eigentlich bin, und warum ich so bin, das will ich für mich selbst noch klarstellen, und zwar aus eigenem Antrieb und nicht nach deinem Willen, damit ich nichts vergesse."

Nachdem ich zu dieser Klarheit gelangt war, sprach ich zu ihr mit bitterem Hohn: „Du hast wirklich alles getan, um mich gläubig zu machen, aber immer noch habe ich keinen Glauben. Soweit bin ich noch Mensch geblieben. Erst dann werde ich glauben, wenn ich in einem anderen, kommenden Leben im Donner der Unsterblichkeit erwache, mich meiner selbst erinnere und mich selbst erkenne. Wenn das geschieht, bin ich mit dir vergleichbar, bin deinesgleichen. Dann können wir einander unsere Bedingungen müheloser stellen."

Ich hob das zu Füßen der Göttin liegende Tongefäß auf. Nahm einen Stein nach dem anderen daraus in die Hand, und in mir erwachte die Erinnerung. Während die Vergangenheit in mir aufstieg, schrieb ich alles nieder, so gut ich es vermochte.

3.

Soweit wir wissen, ist das Menschenleben in Abschnitte eingeteilt, die sich über bestimmte Zeitspannen erstrecken. Am Ende jedes Abschnittes erneuert sich der Mensch und sein Denken verwandelt sich. Man sagt, daß die Dauer eines solchen Abschnittes fünfundfünfzig Monate ausmacht. Andere behaupten wiederum, daß jeder Abschnitt fünf Jahre und sieben Monate beträgt. Das ist aber der Glaube derjenigen, die in allen Dingen bestrebt sind, Gewißheit zu finden, obwohl es in der Welt keine Gewißheit gibt. Die Menschen sind verschieden geartet, und die Abschnitte des Menschenlebens sind von verschiedener Dauer. Es ist ganz gleichgültig, ob man das Tongefäß mit den Steinen am Kopf- oder am Fußende des Toten oder mit den Opfergaben auf die Erde hinstellt. Ebenso zwecklos ist es, das natürliche Alter des Menschen nach Jahren und Monaten an der Zahl der Steine im Tongefäß ausrechnen zu wollen. Ein Abschnitt kann drei Jahre und zwei Monate dauern, ein anderer sogar zehn Jahre.

Nun bückt sich aber der größte Teil der Menschen nie, um selbst einen Stein von der Erde aufzulesen und diesen als Zeichen vom Ende und vom Anfang eines Abschnittes ihres Lebens aufzubewahren. Deshalb ist es verzeihlich, wenn Angehörige des Verblichenen runde Steine in das Tongefäß sammeln und die Zahl derselben nach den Lebensjahren und Monaten des Toten berechnen. In solchem Falle erzählen diese Steine lediglich, wie alt er geworden, aber auch nichts anderes über ihn. Er hatte das Leben eines Durchschnittsmenschen gelebt und war damit zufrieden gewesen.

Wie bei den Menschen sind auch die Abschnitte im Leben der Völker in „Großjahren der Götter" festgelegt. Deshalb wissen wir Lukumoiden auch, daß den zwölf Völkern und den zwölf Städten der Etrusker zum Leben und Sterben eine Zeitspanne von zehn „Großjahren", sagen wir tausend Jahre, weil es leichter ist, sich so auszudrücken, zugeteilt worden war. Ein „Großjahr" ist nicht immer gleich hundert Jahren, es kann länger oder kürzer sein. Das Wissen um das Ende und den Beginn eines solchen ist uns gegeben, weil uns ein Zeichen vermittelt wird, so daß wir uns nicht irren können.

Im Wissen sucht der Mensch nach Gewißheit, die es nicht gibt. Deshalb vergleichen die Opferpriester die Leber des geopferten Tieres mit einer aus Ton geformten Leber, auf der die Bereiche und Namen der Götter in Linien und Schriften eingezeichnet sind. Das göttliche Wissen fehlt ihnen. Deshalb sind sie unvollkommen und Irrtümern unterworfen.

Auch die Priester, die den Vogelflug erforschen, suchen aus den Erfahrungen der Alten die Regeln über den Flug und das Schwärmen der Vögel zu erlernen. Wenn ihnen aber ein Zeichen begegnet, von dem sie nichts gehört oder über das sie nichts gelernt haben, werden sie verwirrt und sprechen ihre Weissagungen ins Blaue hinein, als ob ihr Kopf in einem Sacke stecke.

Ich, Turms, brauche nicht erst die Blitzerforscher zu erwähnen, die bei drohendem Gewitter die Berggipfel der Heiligen Stätte besteigen. Sie haben die Himmelsrichtungen und den Himmel selbst nach Göttern eingeteilt und beraten sich über Farbe und Form der Blitze, stellen über alle diese Dinge Regeln und Lehrsätze auf und geben diese, stolz über ihr eigenes Wissen, ihren Nachfolgern weiter. Auch sie irren und deuten die offenkundige Sprache der Blitze falsch, weil sie sich mit dem göttlichen Wissen ihres Herzens nicht begnügen wollen.

Doch ich schweige, weil es so sein muß. Alles erstarrt, wird brüchig, veraltet. Und nichts ist so wehmütig wie eine überlebte Erkenntnis. Das irrende menschliche Wissen anstatt der göttlichen Vernunft.

Der Mensch kann viel lernen, aber das Erlernte ist kein Wissen. Die einzigen Quellen des wahren Wissens sind die Intuition und die göttliche Vernunft.

Dies habe ich, Turms, mit der Ziehfeder auf die Wachstafel geschrieben. Später sah ich das, was ich geschrieben hatte, als zwecklos an und löschte es aus.

Kann aber das einmal Geschriebene vergehen, wenn es auch ausgelöscht wurde? Die Wachstafel verbleibt und ist da, gleich, wie viele Schriften auf ihr ausgelöscht wurden.

Ist dies vielleicht das unheimlichste Problem des Menschen? Bleibt das Geschriebene bestehen, auch wenn es ausgelöscht wird? Auch Gemälde erleiden Schäden, und der Zahn der Zeit zerfrißt sie, bis nur noch Farbenkleckse und Umrisse an der Wand zu sehen sind und niemand mehr weiß, was sie dargestellt haben. Eine Bronzestatue kann eingeschmolzen werden, und die Gestalt der Statue ist nicht mehr. Aber zerrinnt die Gestalt deshalb in ein Nichts?

Es gibt heilige Gegenstände, die mit einer solchen Kraft begnadet sind, daß die Kranken bei Berühren derselben geheilt werden. Es gibt Gegenstände, die ihre Träger beschützen. Es gibt aber auch solche, die Schaden und Fluch bringen. Es gibt heilige Plätze, von denen man weiß, daß sie heilig sind, ohne daß die Stätte durch einen Altar oder einen Opferstein gekennzeichnet ist.

Es gibt noch Hellseher, die Menschen und Geschehnisse der Vergangenheit sehen können, wenn sie bestimmte Gegenstände in die Hand nehmen. Aber wie überzeugend sie auch reden mögen, um ihr Brot und ihr Öl zu verdienen, niemand weiß, was in ihrer Rede wahr ist, was wirklich vorgefallen, was nur Traum oder selbst Erfundenes ist. Auch sie selbst wissen es nicht. Das kann ich bezeugen, denn ich besitze selbst die gleiche Fähigkeit.

Ich kann nur sagen, daß irgend etwas an den Gegenständen, die die Menschen geliebt und längere Zeit benutzt haben und an die sich gute und schlechte Taten knüpfen, fortbestehen bleibt, und zwar etwas, was mehr ist als der Gegenstand an sich. Dies alles ist unklar, verschwommen und traumbildhaft, ebenso trügerisch wie wahr. In gleicher Weise lügen die Sinne des Menschen, die ausschließlich seine Begierden nähren: die Gier zu sehen, zu hören, zu tasten, zu riechen und zu schmecken.

Zwei Menschen sehen oder schmecken dasselbe niemals in gleicher Weise. Derselbe Mensch hört und berührt etwas zu verschiedenen Zeitpunkten nicht mit gleichen Empfindungen. Etwas kann ihm angenehm und höchst begehrenswert erscheinen, was für ihn in kurzer Zeit unangenehm und wertlos ist.

Deshalb belügt sich der Mensch, wenn er nur an seine Sinne glaubt, sein Leben lang.

Wenn ich nun dies niederschreibe, weiß ich, daß ich es nur tue, weil ich älter geworden bin und ruhiger. Das Leben hat mir einen bitteren Geschmack hinterlassen, und es gibt auf Erden nichts mehr, nach dem ich meine Hand sehnsuchtsvoll ausstrecken möchte. Als junger Mensch hätte ich so etwas nie geschrieben. Trotzdem wäre das, was ich in jüngeren Jahren geschrieben hätte, genau so wahr wie das, was ich heute schreibe.

Weshalb habe ich dies dennoch niedergeschrieben?

Ich schreibe, um die Zeit zu besiegen, um mich selber zu erkennen. Aber kann ich als Sieger über die Zeit hervorgehen? Das werde ich nie wissen, weil ich nicht weiß, ob auch die verschwundene und ausgelöschte Schrift erhalten bleibt. So begnüge ich mich, nur zu schreiben, was dazu dient, mich selbst zu erkennen.

Mein Geschreibsel sei nur ein Spiel und eine Laune, wie das Leben selbst auf seinem Höhepunkt nur Spiel und Laune ist. Ich werde das von mir niedergeschriebene auch nicht mehr auslöschen, ich schreibe mit unvergänglichen Buchstaben auf einem aus zähen und haltbaren Binsen zusammengeleimten Papier. Ich werde nichts mehr an meiner Schrift verbessern oder ändern. Ich schreibe nieder, woran ich mich erinnern kann. Ich schreibe mit roter und schwarzer Farbe, wie es mir gerade gefällt.

Von rechts nach links und von links nach rechts, je nachdem wie ich glaube, die Dinge am besten wiedergeben zu können. In der Sprache der Hellenen schreibe ich nieder, was ich unter den Griechen erlebte. In der Sprache der Phönizier schreibe ich die Verbrechen nieder, die ich gegen die Phönizier begangen habe, aber für die göttlichen Dinge gebrauche ich meine eigene Sprache und Schrift. Ich schreibe, um mich selbst zu erforschen, um mich selbst zu erkennen. Zunächst nehme ich einen glatten schwarzen Stein in die Hand und dann erzähle ich, wie ich das erstemal mich selbst, so wie ich wirklich bin und nicht wie ich zu sein glaubte, erahnte.

4.

Das geschah zwischen den düsteren Bergen auf dem Wege nach Delphi. Als wir das Ufer verließen, flammten über den Berggipfeln weit im Westen die Blitze. Als die Pilger im Dorf angelangt waren, warnten die Dorfbewohner sie vor dem Weitergehen. Es ist Herbst, sagten sie, und die Stürme setzen ein. Der Sturm könne einen Bergsturz hervorrufen und das Geröll auf den Weg herabstürzen. Die reißenden Ströme könnten die Pilger wegschwemmen.

Aber ich, Turms, wanderte weiter nach Delphi, um mich dem Orakelspruch zu stellen. Die Krieger Athens hatten mich gerettet und mir Zuflucht auf ihren Schiffen gewährt, als die Bewohner von Ephesos mich schon zum zweiten Male steinigen wollten.

Deshalb wartete ich den Sturm auf dem Wege nach Delphi nicht ab. Die Dorfbewohner lebten von den Pilgern und hielten diese auf der Hin- und Rückfahrt unter mancherlei Vorwänden zurück. Sie bereiteten schmackhafte Speisen, boten bequeme Nachtlager an und verkauften den Pilgern selbstangefertigte Andenken aus Holz, Horn oder Stein. Ihren Warnungen schenkte ich keinen Glauben. Ich fürchtete mich nicht vor dem Sturm und den Blitzen.

In brennendem Schuldbewußtsein setzte ich meine Wanderung zwischen den Bergen fort. Es wurde finster am hellen Tag. Die Wolken senkten sich auf die Berge nieder. Die Blitze sprühten um mich herum. Ein ununterbrochener Donner rollte als Echo im Bergtal. Ich hätte nie geglaubt, daß das Menschenohr ein solches Donnerrollen ertragen könne.

Die Blitze zersplitterten Felsen um mich herum. Regen und Hagel peitschten meinen Körper. Der Wirbelsturm stürzte mich fast in die Schlucht hinab. Meine Knie und Ellenbogen waren von den Steinen blutig geritzt.

Aber ich empfand keinen Schmerz. Die Blitze schwirrten um mich herum, als ob sie mir ihre blendende Kraft zeigen wollten. Ein ununterbrochenes Grollen dröhnte in meinem Kopf. Das erstemal in meinem Leben geriet ich in Ekstase. Unbewußt begann ich auf dem Wege nach Delphi zu tanzen. Im Lichtschein der Blitze, im Gewittersturm fingen die Füße zu tanzen an, die Hände bewegten sich, aber ich ahmte im Tanze nicht andere nach, auch tanzte ich nicht etwas Erlerntes, sondern der Tanz war und lebte in mir, und meine Glieder sowie mein ganzer Körper tanzten in einem unbeschreiblichen, jubelnden Freudentaumel.

Eigentlich hätte ich bei diesem Zorn der Götter über meine Schuld schaudern müssen. Statt dessen wurde ich von der strahlenden Gewißheit erfüllt, daß ich über allem Schuldigsein stand. Die Blitze begrüßten mich als ihren Sohn, sich über meinem Kopf kreuzend und spaltend. Als seinen Sohn begrüßte mich der Sturmwind. Mit unausgesetzt grollendem Donner grüßte mich das Bergtal. Mir zu Ehren prasselten Felsblöcke von den Hängen als feierlicher Gruß nieder.

Da erkannte ich mich selbst — zum erstenmal. Mir konnte nichts Böses geschehen. Nichts konnte mir Schaden zufügen.

Während meines Tanzes auf dem Wege nach Delphi brachen aus meinem Innern Worte fremder Sprachen, die ich nicht verstand. Aber ich sang sie, ich wiederholte sie unentwegt in gleicher Weise, so wie ich in Vollmondnächten an meinem eigenen Schrei erwachte und die Worte, die ich nicht verstand, immer aufs neue wiederholte. Der Rhythmus meines Liedes war mir fremd. Die Tanzschritte waren mir fremd. Aber im Zustande der höchsten Ekstase brach dies alles aus mir und war ein Teil meiner selbst, obwohl ich nicht wußte wieso.

Als ich an der Felswand vorbeigekommen war, sah ich das runde Tal von Delphi von Wolken verdunkelt und vom Regen verschleiert vor mir liegen. Im gleichen Augenblick verstummte der Sturm, die Wolken hoben sich und die Sonne warf ihre Strahlen über Delphis Bauten, Denkmäler und heilige Tempel.

Die herbstliche Erde, von Tropfen übersät, glitzerte silbern, die Hagelkörner schmolzen, und nie habe ich Lorbeerbäume so dunkelgrün, so glänzend gesehen wie die heiligen Lorbeerbäume, die den Tempel von Delphi umstanden. Ohne fremde Hilfe fand ich die heilige Quelle, legte meine Ledertasche auf die Erde, zog die verschmutzten Kleider aus und sprang in das reinigende Wasser. Der Regen hatte das Wasser im Teich getrübt, aber der aus dem Löwenrachen quellende Wasserstrahl reinigte Hände, Gesicht, Füße und Haare. Nackt stieg ich heraus in die Sonne, und die Ekstase in mir hielt weiter an, so daß meine Glieder wie Feuer brannten und ich keine Kälte verspürte.

Als ich die auf mich zukommenden Tempeldiener in ihren wallenden Gewändern, mit den heiligen Bändern um den Kopf bemerkte, hob ich den Blick und sah hoch über allem, den Tempel überragend, den schwarzen steilen Abhang und die schwarzen großen Vögel, die nach dem Sturm über der Schlucht kreisten. Ohne zu fragen wußte ich, daß es die Gerichtsstätte war, von der Menschen, die unsühnbare Verbrechen begangen haben, heruntergestoßen werden. Ich lief zwischen Statuen und Denkmälern die Stufen zum Tempel hinauf, ohne den heiligen Weg zu beachten.

Als ich den Tempel erreicht hatte, legte ich die Hand auf den mächtigen Altar und rief: „Ich, Turms aus Ephesos, stelle mich unter den Schutz der Götter und unterwerfe mich dem Orakelspruch."

Ich blickte um mich und sah an der Stirnwand des Tempels Artemis mit ihren Hunden dahinjagen und Dionysos Feste feiern. Da wußte ich, daß dies für mich nicht genügte. Die Tempeldiener suchten mich durch warnende Rufe zurückzuhalten. Ich entriß mich jedoch ihrem Griff und lief in den Tempel. Ich lief durch die Vorhalle an silbernen Riesenurnen, kostbaren Statuen und Weihgeschenken vorbei. Ich drang bis in das Innerste des Tempels vor, bis ich auf einem kleinen Altar das Ewige Feuer und daneben den vom Rauch der Jahrhunderte geschwärzten Nabel der Welt entdeckte. Ich legte meine Hand auf diesen heiligen Stein und stellte mich unter den Schutz der Götter.

Aus dem heiligen Stein strömte ein unsagbares Gefühl der Ruhe in meine Hand, und ich spürte, wie mein ganzer Körper ruhig wurde. Furchtlos blickte ich um mich. Ich sah die ausgetretenen Steinstufen, die in die Schlucht führten. Ich sah das heilige Grab des Dionysos. Ich sah über mir in des Tempels heiliger Dämmerung die Tempeladler des Höchsten aller Götter. Ich war geborgen. Diesen Raum durften die Diener nicht betreten. Hier konnte ich nur den Priestern von Delphi, den Geweihten, den Herolden der Götter begegnen. Durch die Diener alarmiert, eilten vier alte Männer, vier heilige Männer herbei. Beim Eintreten ordneten sie ihre Stirnbänder und rafften die Schöße ihrer Überwürfe zusammen. Ihre Gesichter waren säuerlich und ihre Augen vom Schlaf gedunsen. Sie lebten schon an der Schwelle des Winters und erwarteten keine bedeutenden Pilger mehr. Des Sturmes wegen erwarteten sie heute überhaupt keine.

Weil ich im Heiligsten des Tempels nackt auf der Erde lag und mit beiden Armen den Weltnabel umklammert hielt, wagten sie nicht, Gewalt gegen mich anzuwenden. Außerdem mochten sie mich nicht berühren, bevor sie wußten, wer ich war.

Sie sprachen gereizt mit gedämpfter Stimme untereinander. Schließlich fragten sie:

„Klebt Blut an deinen Händen?"

Ich beeilte mich zu erwidern, daß kein Blut an meinen Händen hafte. Eine Bluttat hätte ich nicht begangen. Dies beruhigte sie, denn sonst hätten sie den Tempel reinigen und weihen müssen.

„Hast du dich gegen die Götter versündigt?" fragten sie weiter. Ich überlegte einen Augenblick und antwortete: „Gegen die Götter der Hellenen habe ich mich nicht versündigt. Im Gegenteil beschirmt mich die heilige Jungfrau, die Schwester eures Gottes."

„Wer bist du denn, und was willst du", fragten sie voller Zorn. „Wie kommst du tanzend aus dem Sturm und tauchst ohne Erlaubnis in das heiligste Wasser. Wie wagst du Ordnung und Sitten des Tempels zu brechen?"

Zum Glück brauchte ich ihnen keine Antwort zu geben, denn Pythia, auf ihre beiden Dienerinnen gestützt, betrat den Tempel. Sie war noch ein junges Weib. Ihr Antlitz war entblößt und furchterregend, ihre Augen weit aufgerissen. Sie wankte beim Gehen. Sie sah mich an, als ob sie mich von jeher gekannt hätte, ihr Gesicht begann zu glühen und sie schrie mit sich überschlagender Stimme: „Endlich kommst du, Ersehnter. Nackt kommst du, auf tanzenden Füßen, gereinigt durch das Quellwasser. Sohn des Mondes, Sohn der Muschelschale, Sohn des Seepferdchens. Ich kenne dich. Du kamst aus dem Westen."

Ich wollte ihr sagen, daß sie sich irre, da ich doch aus dem Osten, aus Jonien, käme, und zwar so schnell, wie die Ruder und Segel der Kriegsschiffe mich herzubringen vermochten. Ihre Worte hatten mich erschüttert.

Ich fragte: „Heiliges Weib, kennst du mich wirklich?"

Sie brach in ein wildes Gelächter aus, trat — obgleich die Dienerinnen sie daran zu hindern suchten — noch näher an mich heran und sprach: „Ich sollte dich nicht kennen. Erhebe dich und blicke mich an."

Unter dem Zwang dieses furchterregenden, entblößten Antlitzes lösten sich meine Hände vom heiligen Stein des Weltnabels und ich sah sie an. Ihr Antlitz verwandelte sich vor meinen Augen. Ich erkannte darin das glühende Antlitz Dionens, die mir einst einen Apfel zugeworfen, in dessen Schale sie mit einem Messer ihren Namen eingeritzt hatte. Darauf verwandelte sich das Gesicht Dionens in das schwarze der vom Himmel von Ephesos gestürzten Artemis. Und wieder verwandelte sich dieses in ein strahlendes Frauenantlitz, das ich aber ganz kurz wie im Traum aufleuchten sah, und dann versank es im Nebel vor meinen Augen, als sei ein Schleier darübergefallen. Alsbald starrte ich wieder in ihre wilden Augen und sagte:

„Auch ich kenne dich, Pythia."

Wenn die Dienerinnen sie nicht festgehalten hätten, wäre sie auf mich zugestürzt, um mich zu umarmen. Sie konnte nur ihre linke Hand freibekommen und berührte meine Brust. Ich spürte, wie die Kraft aus ihrer Hand auf mich überging.

„Dieser Jüngling ist mein", sprach sie. „Geweiht oder nicht geweiht, das ist gleichgültig. Rührt ihn nicht an. Was er auch getan hat, tat er in Erfüllung des Willens der Götter, nicht aus eigenem Antrieb. Er ist ohne Schuld."

Die Priester fingen untereinander zu murren an und sagten: „Das sind keine göttlichen Sprüche. Sie spricht nicht auf dem Dreifuß sitzend. Diese Ekstase ist nicht echt. Führt sie ab."

In ihrem Zustande war sie jedoch stärker als ihre Dienerinnen. Drohend schrie und raste sie: „Ich sehe Rauch aus Feuersbrünsten hinter dem Meer. Dieser Mann kam mit rußigen Händen, mit berußtem Gesicht, mit Brandwunden an den Lenden. Ich wasche ihn rein. Dadurch wird er frei. Frei zu kommen und zu gehen, wie er selbst will, nicht wie ihr wollt."

Soweit sprach sie vernünftig und verständlich. Dann wurde sie von Krämpfen befallen, der Schaum stand ihr vor dem Munde, sie schrie auf und sank bewußtlos in die Arme der Dienerinnen. Diese trugen sie weg, und die Priester umringten mich zitternd und erschrocken. „Wir müssen miteinander beratschlagen", erklärten sie. „Habe keine Angst. Das Orakel hat dich freigesprochen von jeder Schuld, und du bist kein gewöhnlicher Sterblicher, denn sonst wäre sie nicht bei deinem Anblick in die heilige Ekstase gefallen. Ihre Worte können wir aber nicht aufzeichnen, weil sie diese nicht auf dem Dreifuß sitzend sprach. Wir werden sie uns jedoch merken."

Sie rieben meine Hände und Füße mit der vom Altar entnommenen Lorbeerbaumasche wie üblich ein und geleiteten mich aus dem Tempel, mich den Dienern überlassend, damit sie mir Speise und Trank reichen sollten. Die Diener hatten vom Ufer des heiligen Teiches meine dort zurückgebliebenen verschmutzten Kleider und die Ledertasche geholt. Als die Priester den feinen Wollstoff meiner Oberkleidung mit den Händen geprüft hatten, merkten sie, daß ich kein unbedeutender, armer Mann war. Sie beruhigten sich noch mehr, als ich ihnen aus meiner Ledertasche ein Säckchen, welches eine Menge Goldmünzen mit Löwenkopfprägung aus Milet und Silbermünzen mit Bienenprägung aus Ephesos enthielt, überreichte.

Zum Schluß übergab ich ihnen noch die beiden mit Siegeln verschlossenen Wachstafeln, die für mich sprechen sollten. Sie sagten mir zu, diese durchzulesen und mich dann einem Verhör zu unterziehen. Die Diener schlossen mich in ein einfaches Zimmer ein. Am folgenden Tage klärten sie mich darüber auf, wie ich zu fasten und mich zu reinigen hätte, damit meine Zunge und mein Herz rein wären, wenn ich erneut vor die Priester treten würde.

5.

Auf dem Wege zur menschenleeren Sport- und Rennbahn von Delphi sah ich in der Luft einen Speer aufblitzen, obwohl die Bahn bereits im Schatten des Berges lag. Der Speer leuchtete in der Luft auf, um wieder im Schatten zu verschwinden, und in diesem Aufblitzen erkannte mein Herz ein Zeichen und Omen. Alsbald bemerkte ich einen Jüngling meines Alters, aber gestählter als ich, leichten Schrittes nach dem in der Erde steckenden Speer laufen.

Ich beobachtete ihn, während ich die Bahn einmal abschritt. Sein Gesicht wirkte abweisend und feindselig, auf der Brust hatte er eine häßliche Narbe, seine Glieder wiesen sehr starke Muskelpakete auf. Deshalb schien alles an ihm voller Selbstvertrauen und Schönheit der Kraft zu sein, so daß er mir schöner dünkte als alle anderen Jünglinge, die ich gesehen.

„Lauf mit mir", rief ich ihm zu. „Ich bin müde, allein mit mir um die Wette zu laufen."

Er steckte den Speer in die Erde zurück und lief neben mir bis zum Startplatz. „Los", sagte er, und wir liefen. Da ich leichter als er war, glaubte ich, ihn ohne Schwierigkeit überholen zu können, aber er lief federleicht, und ich mußte mich bis aufs äußerste anstrengen, um ihn bloß um eine Brustweite zu schlagen.

Wir waren beide außer Atem und keuchten, obwohl wir beide es voreinander zu verbergen suchten. „Du läufst gut", sagte er. „Laß uns doch Speerwerfen, darin können wir uns besser messen."

Er hatte einen Speer aus Sparta. Ich prüfte dessen Gewicht in der Hand, wollte aber nicht zugeben, daß ich nicht gewohnt war, einen so schweren Speer zu werfen. Ich nahm einen tüchtigen Anlauf und warf, wobei ich das Gefühl hatte, daß ich nie zuvor soviel Kraft habe aufbieten können. Der Speer flog viel weiter, als ich geglaubt. Unwillkürlich mußte ich lächeln, als ich hinlief, um den Speer zurückzuholen und meinen Wurf zu markieren. Ich lächelte noch, als ich den Speer ihm übergab. Er warf ihn aber leicht beschwingt mehrere Speerlängen über mein Zeichen hinaus.

„Das war aber ein Wurf", rief ich staunend aus. „Aber für den Weitsprung bist du sicherlich zu schwer gebaut. Willst du versuchen?"

Auch beim Weitsprung konnte ich ihn nur um Haaresbreite überflügeln. Ohne ein Wort zu sagen, zeigte er auf den Diskus. Ich warf, aber sein Wurf rauschte wie der Flug eines Habichts und übertraf den meinen bei weitem. Dann sagte er lächelnd: „Ringen entscheidet."

Als ich ihn näher betrachtete, empfand ich seltsamen Widerwillen bei dem Gedanken, mit ihm ringen zu müssen. Ich wollte nicht, daß er mich berühre und beim Ringen seine Arme um mich lege. Irgendein Funkeln in seinem düsteren Blick warnte mich, trotz seines Lächelns.

„Du bist mir überlegen", erklärte ich kurz. „Ich erkenne dich als Sieger an."

Danach sprachen wir kein einziges Wort mehr miteinander, sondern spielten uns jeder für sich und jeder auf seine Art auf dem leeren Wettkampfplatz in Schweiß. Als ich ans Ufer des vom Herbstregen viel Wasser führenden Baches lief, folgte er mir nur zögernd. Ich wusch mich und rieb den Körper mit Sand sauber. Er tat das gleiche. Ohne mich anzusehen bat er: „Reibe mir doch meinen Rücken mit Sand ab." Ich tat es, und dann rieb er meinen Rücken mit solcher Kraft, daß die Haut zu platzen schien. Ich riß mich laut schreiend von ihm los und spritzte ihm Wasser in die Augen. Er lächelte zwar, beteiligte sich jedoch nicht an dem kindlichen Spiel. Auf seine Narbe an der Brust deutend, fragte ich: „Bist du Soldat?"

Er antwortete stolz: „Ich bin Spartaner."

Nun betrachtete ich ihn erst recht mit größter Neugierde, denn er war der erste Lazedämonier, dem ich begegnet war. Er war aber nicht roh und gefühllos, wozu Sparta seine Untertanen angeblich erzog. Ich wußte, daß seine Stadt keine Mauern hatte, weil die Männer Spartas die einzige Mauer ihrer Stadt bildeten, worauf sie sehr stolz waren. Ich wußte aber auch, daß es dem Spartaner nicht erlaubt war, das Land zu verlassen, außer als Truppe und in den Krieg. Er erriet meine Gedanken, denn ohne befragt zu sein, erklärte er: „Auch ich bin der Gefangene des Orakels, genau wie du. Unser König Kleomenes, mein Onkel, träumte schlecht von mir und schickte mich außer Landes. Ich bin ein Nachkomme des Herakles."

Mir lag es auf der Zunge zu sagen, daß es von seinen Nachkommen sicherlich tausende in allen Ländern der Welt gebe, wenn man den Charakter des Herakles und seine Wanderungen durch den ganzen Erdenraum in Betracht ziehe. Als ich ihn jedoch ansah, erstickte ich in mir den ionischen Spott. Er war schön anzusehen, von hoher Gestalt und mit guter Haltung, schöner als andere Jünglinge, die ich gesehen.

Ohne daß ich ihn fragte, erzählte er mir von seiner Abstammung und sagte schließlich: „Mein Vater war Dorieus und anerkannt der schönste Mann unter seinen Zeitgenossen. Auch er hat in seinem Vaterlande böses Blut geweckt und ist nach dem Westen über das Meer gefahren, um sich eine neue Heimat in Italien oder Sizilien zu erobern. Er fiel dort schon vor Jahren."

Mit finster zusammengezogenen Brauen fuhr er mich plötzlich an: „Was starrst du mich so an? Dorieus war mein richtiger Vater. Deshalb habe ich, seit ich Sparta verließ, das Recht, den Namen Dorieus zu führen, wenn ich will. Meine Mutter erzählte mir von ihm, bevor ich sieben Jahre alt wurde und sie mich dem Staat zur Erziehung übergeben mußte. Mein gesetzlicher Vater war nicht fähig, Kinder zu zeugen. Deshalb schickte er Dorieus heimlich zu meiner Mutter, so wie die Ehemänner in Sparta überhaupt nur unbemerkt und im geheimen ihre Frauen treffen dürfen. Dies alles entspricht der Wahrheit, denn ich wäre wohl niemals aus Sparta ausgewiesen worden, wenn mein richtiger Vater nicht Dorieus gewesen wäre."

Ich hätte ihm erwidern können, daß die Spartaner seit dem Trojanischen Kriege allen Grund hätten, ungewöhnlich schönen Männern und Frauen zu mißtrauen. Ich sah aber ein, daß dies ein wunder Punkt für ihn war. Ich konnte das sehr gut begreifen, da meine Herkunft noch seltsamer war. Wir zogen schweigend unsere Kleider am Bachufer an. Das unter uns liegende runde Tal von Delphi verdunkelte sich in der Abenddämmerung. Die Berge glühten blaurot. Ich spürte die Erschöpfung nach dem Spiel in meinen Gliedern. Ich fühlte mich rein, lebendig und stark zugleich. Mein Herz glühte im Gefühl der Freundschaft für diesen fremden Dorieus, der sich mit mir in einem Wettkampf gemessen hatte, ohne zu fragen, wer oder was ich war.

Als wir auf dem Gebirgspfad zu den Bauten um den Tempel herum herabstiegen, schaute er mich mehrfach von der Seite an, bis er schließlich sagte: „Du gefällst mir, wenn wir Lazedämonier auch Fremde meiden. Aber ich bin allein, und es ist schwer, allein zu sein, wenn man seine ganze Jugend zusammen mit anderen Jünglingen verlebt hat. Nachdem ich mein Volk verlassen habe, bin ich nicht mehr durch dessen Gebräuche gebunden. Und dennoch binden mich unsere Sitten stark wie Ketten. Deshalb wünschte ich, daß ich im Kriege gefallen wäre und mein Name auf einem Grabstein stünde, statt daß ich hier stehe."

„Auch ich bin allein", erwiderte ich. „Ich kam freiwillig nach Delphi, um entweder gereinigt zu werden oder um zu sterben. Ich bin der Ansicht, daß das Leben keinen Sinn mehr hätte, wenn ich nur Fluch über meine Stadt und ganz Ionien bringen würde."

Er schaute mich mißtrauisch unter seinem vom Baden gekräuselten Haarschopf an. Ich streckte bittend meine Hand aus: „Verurteile mich nicht, ohne mich gehört zu haben. Pythia sprach mich in der heiligen Ekstase frei von Schuld. Sie brauchte keine Lorbeerbaumblätter zum Kauen, keinen Dreifuß und keine betäubenden Dämpfe aus der Schlucht. Mein Anblick allein versetzte sie in Ekstase."

Das ionische Mißtrauen und meine Erziehung ließen mich lächeln und vorsichtig um mich blicken. „Sie machte den Eindruck eines mannstollen Weibes", fuhr ich fort. „Sie ist fraglos ein heiliges Weib, aber ich vermute, daß die Priester alle Hände voll zu tun haben, um die Phantasiegebilde, die ihrem Kopf entspringen, zu deuten."

Dorieus hob erschrocken die Hand, meine Worte abwehrend. Er fragte: „Glaubst du nicht an das Orakel? Du lästerst doch wohl nicht Gott? Denn dann will ich nichts mehr mit dir zu tun haben."

„Erschrick nicht", wehrte ich ab. „Alle Dinge haben zwei Seiten, die, die wir sehen, und die, die wir nicht sehen. Wir Ionier spotten gerne über die Götter und erzählen uns entehrende Geschichten über sie. Das hält uns aber nicht davon ab, ihnen inbrünstig zu dienen und für sie zu opfern. Ich hege Zweifel an dem irdischen Teil des Orakels, aber dies hindert mich nicht, das Orakel anzuerkennen und mich seinem Spruch zu unterwerfen, wenn es auch mein Leben kosten sollte. An etwas muß der Mensch doch glauben."

„Ich verstehe dich nicht", sagte er voll Staunen.

So schieden wir an dem Abend voneinander, aber am folgenden, oder war es an dem darauffolgenden Tage, dessen erinnere ich mich nicht mehr, kam er freiwillig, suchte mich auf und richtete an mich verwundert die Frage: „Warst du es, Mann aus Ephesos, der den Tempel der Erdgöttin Lydia in Sardeis angezündet und dadurch die ganze Stadt niedergebrannt hat?"

„Das ist mein Verbrechen", gestand ich. „Ich, ich ganz allein, Turms aus Ephesos, bin schuldig an der Feuersbrunst von Sardeis."

Zu meinem größten Erstaunen fingen die mandelförmigen Augen des Dorieus zu strahlen an, er klopfte mir mit beiden Händen auf die Schultern, lobte mich und sagte: „Wie könntest du ein Verbrecher sein. Du bist doch ein Held der Hellenen. Weißt du es nicht, daß der Brand von Sardeis wie eine Siegesfackel ganz Ionien vom Hellespont bis Kypros in Aufruhr versetzt hat?"

Seine Worte entsetzten mich, denn etwas Verrückteres hatte ich nie vernommen. „Dann müssen die Männer aus Ionien wahnsinnig sein", rief ich aus. „Allerdings liefen wir in drei Tagen nach Sardeis, wie eine Lämmerherde dem Leithammel folgend, nachdem die Schiffe der Athener angelegt hatten. Doch waren wir nicht imstande, die von Mauern umgebene Stadt und die Festung einzunehmen. Wir versuchten es nicht einmal, sondern liefen zurück noch schneller, als wir gekommen waren. Die persischen Hilfstruppen töteten sehr viele von uns. In der Dunkelheit und in der Verwirrung brachten wir uns sogar gegenseitig um."

„Nein, nein", setzte ich fort, „ein Heldenstück war unser Vorstoß nach Sardeis nicht. Denn zuletzt gerieten wir noch in ein nächtliches Fest der Frauen außerhalb der Mauern von Ephesos. Die Männer von Ephesos liefen aus der Stadt heraus, um ihren Frauen und Töchtern beizustehen, und brachten mehr von uns um, als die Perser auf dem Wege getötet hatten. So verblendet war unser Unternehmen und so schmachvoll unsere Flucht."

Dorieus schüttelte verwirrt den Kopf und sagte: „Du sprichst nicht wie ein echter Grieche. Krieg ist Krieg, und alles, was während des Krieges geschieht, geschieht zur Ehre des Vaterlandes und zu Ehren der Gefallenen, wie sie auch ihr Leben gelassen haben mögen. Ich kann dich wirklich nicht begreifen."

„Ich bin auch kein Hellene", antwortete ich. „Ein Fremder bin ich. Vor vielen Jahren fand ich mich selber neben einer gespaltenen Eiche in der Nähe der Stadt Ephesos inmitten von toten Lämmern. Der Widder stieß mich mit den Hörnern, wälzte mich auf der Erde vor sich hin, und erweckte mich wieder zum Leben. Meine Kleidung hatte mir der Blitz vom Leibe gerissen, er hinterließ einen dunklen Streifen auf meinem Körper. Mein Leben aber vermochte Zeus mit seinem Blitz nicht auszulöschen, obwohl er es versucht hatte."

6.

Kurz vor Wintersanfang ließen mich die vier Priester von Delphi rufen, damit ich vor sie trete. Ich war bereits vom Fasten abgemagert, die Leibesübungen hatten mich leicht und beweglich gemacht, und ich war so geschwächt worden, daß mich fröstelte. Nach Art alter Männer fingen sie das Verhör mit weit zurückliegenden Dingen an und ließen mich zunächst alles das erzählen, was ich über den Aufruhr der Städte Ioniens und die Ermordung oder die Vertreibung der von den Persern eingesetzten Tyrannen wußte.

„Ich war lediglich Zeuge der Vertreibung des Hermadoros aus Ephesos", berichtete ich. „Wir haben ihn nicht einmal von der Stadtmauer hinuntergestürzt, sondern ihn gesittet durch das Tor auf die Straße von Sardeis gebracht. Wir tanzten zwar den Tanz der Freiheit, aber Hermadoros rührten wir nicht an, obwohl wir die Wohnungseinrichtungen in persischen Häusern zerstörten. Letzten Endes vertrieben wir Hermadoros nur deshalb, weil er der beste und rechtschaffenste unter den Männern von Ephesos war, und nicht, weil er von dem Perser als Statthalter in Ephesos eingesetzt wurde. Dies sagten wir ihm sogar und fügten noch hinzu, daß wir unter uns niemanden dulden könnten, der besser sei als die anderen; falls jemand sich aber als überlegen erweise, sähen wir es lieber, daß er dies irgendwo anders und nicht in Ephesos sei."

Die Priester von Delphi nickten zustimmend und sagten: „Uns sind diese Dinge genauer bekannt als dir, aber erzähle nur weiter, was du weißt, damit wir deine Angaben mit den uns bereits bekannten Aussagen vergleichen können."

Ich erzählte alles, was ich über unseren schmachvollen Angriff auf die Satrapenstadt Sardeis wußte. Dann sagte ich: „Artemis von Ephesos ist eine heilige Göttin, und ich schulde ihr mein Leben, weil sie mich unter ihren Schutz nahm, da ich als Fremdling und ein vom Blitz Getroffener nach Ephesos kam. In den letzten Jahren hat aber die schwarze Göttin Kybele von Lydia der hellenischen Artemis die Macht und den Einfluß streitig gemacht. Die Ionier sind ein leichtfertiges Volk und begehren alles, was neu ist. Deshalb reisten zahlreiche Hellenen in der Zeit, in der der Perser die Macht besaß, nach Sardeis, brachten der Kybele Geschenke und nahmen an den entehrenden Geheimkulten teil. Als ich mit den Männern von Athen in den Krieg zog, wurde mir erzählt, und ich hatte vollen Grund es zu glauben, daß der Aufruhr und der Feldzug gegen die Perser gleichzeitig ein Krieg der heiligen Jungfrau gegen die schwarze Göttin sei."

„Ich glaubte, eine verdienstvolle Tat zu vollbringen", fuhr ich fort, „als ich den Tempel der Kybele anzündete. Es war nicht meine Schuld, daß sich in diesem Augenblick ein Sturm erhob. Durch den Wind verbreitete sich das Feuer über die ganze Stadt mit ihren mit Schilf gedeckten Dächern, und der außerhalb der Stadtmauer liegende Teil von Sardeis brannte völlig nieder. Das vom Sturm herumgewirbelte, lichterloh brennende Schilfrohr verbrannte mir die Lende, und viele von uns und von den Lydiern verbrannten in der Stadt bei lebendigem Leibe. Das Feuer griff so schnell um sich, daß nicht alle zum Fluß fliehen konnten."

Weiter erzählte ich von unserer Flucht und den Scharmützeln mit den Persern beim Rückzug. Des Erzählens überdrüssig, sagte ich dazwischen: „Ihr habt doch die mit Siegeln verschlossenen Wachstafeln, die ich euch mitbrachte. Schenkt denen Glauben, falls Ihr mir nicht glauben wollt."

Sie antworteten: „Wir haben die Siegel aufgebrochen und die Tafeln gelesen. Auch über die Geschehnisse in Ionien und über den Feldzug nach Sardeis liegen uns zutreffende Meldungen vor. Für dich spricht die Tatsache, daß du den Feldzug nicht verherrlichst, sondern deine Tat bereust. Es gibt freilich Toren, die diesen Feldzug als die ruhmreichste Heldentat der Hellenen preisen. Einen Tempel in Brand zu stecken, ist aber eine folgenschwere Handlung, wenngleich wir auch die asiatische Kybele in hohem Maße verabscheuen und ihre Kulte mißbilligen. Wenn man erst damit anfängt, Tempel niederzubrennen, so sind auch die hellenischen Götter nicht mehr davor sicher."

Auf meine Bitte hin lasen sie die beiden Wachstafeln noch einmal durch und ließen sie auch mich lesen. Sie hatten den folgenden Wortlaut:

„Artemisia aus dem Artemis-Tempel in Ephesos grüßt den heiligen Rat der Priester des Apoll von Delphi.

Als Bedienstete der jungfräulichen Göttin kenne ich ihre irdische Gestalt in Ephesos und ihre Kulte. Ich kann hiermit versichern, daß dieser Turms aus Ephesos die volle Gunst der Göttin erworben hat. Deshalb vertraue ich ihn dem Schutz unseres göttlichen Bruders Apoll an. Das Orakel möge ihn freisprechen, weil er nichts Schlechtes, sondern eher etwas Gutes getan hat. Die Göttin führte ihm die Hand, als er die Pechfackel in den verfluchten Tempel warf. Ihr seht es selbst, daß er ein schöner Jüngling ist. Seine Brauen sind anmutig schräg gezeichnet und sein Mund lächelt gern. Ähnlich verhielt es sich, als er vor einigen Jahren vom Blitzschlag betäubt zum Tempel lief. Die Hirten verfolgten ihn und hatten ihn mit ihren Hirtenstäben übel zugerichtet. Aber ein Taubenschwarm flog wegweisend vor ihm her, und er war mit Wollbändern umwickelt, welche die Mädchen zu Ehren der Kythere im Gebüsch an der Quelle ausgespannt hatten. Er wußte selbst nicht, wie ihm geschah, aber Kythere bekleidete ihn und Artemis nahm ihn unter ihren Schutz. Sollte sein Charakter Mängel aufweisen oder sein Lächeln ironisch wirken, so verzeiht ihm dies im Hinblick auf seine Jugend. Es ist nicht seine Schuld, die Schuld liegt allein bei seinem Erzieher. Heraklit, der Bruder unseres Opferkönigs, vom Geschlecht des Kodros, den manche weise nennen, kaufte, obwohl er bekanntlich ein mürrischer Mann ist, diesen Jungen los. Bei der Ankunft des Jünglings spielte Heraklit vor dem Tempel mit den Kindern Würfel. Er ersetzte die vom Blitz getöteten Lämmer und bezahlte das Sühnegeld. Während der Freiheitskämpfe vor einem Jahr wurde aber diesem Turms auf Grund seiner Verdienste die Staatsangehörigkeit von Ephesos zuerkannt, so daß er, genau wie jeder andere in dieser Stadt, ein völlig freier Mann ist. Heraklit hat das Buch seiner Weisheit im Tempel zur Aufbewahrung niedergelegt. Ich habe mir das Buch vorlesen lassen und dabei feststellen müssen, daß dieser Mann keine Ehrfurcht kennt, weder vor seinen eigenen Augen und Ohren noch vor Homer selbst. Deshalb glaube ich, daß seine Erziehung dem armen Jüngling mehr geschadet als genützt hat. Heraklit selbst sagt, daß ein Mensch zehntausende aufwiegen kann, aber die Einwohner von Ephesos glauben das nicht. Heutzutage kann man so etwas auch gar nicht mehr sagen. Aber er glaubt an Pythia. Lebt wohl und bleibt gesund und laßt dem Jüngling Gerechtigkeit widerfahren. Er ist ein schöner Jüngling."

Die zweite Wachstafel hatte folgenden Inhalt:

„Epenides, Bevollmächtigter des Rates der Alten von Ephesos, grüßt ehrerbietig das allerheiligste Orakel von Delphi und seine Priester. Auf Geheiß unseres Opferkönigs empfehlen wir Euch, über Turms, den

Gotteslästerer, Aufwiegler und Tempelschänder ein gerechtes Urteil zu fällen. Das Niederbrennen von Sardeis ist die größte Missetat, die an Ionien begangen werden konnte. Wir zittern vor dem Zorn des Großkönigs. Diese Tat ist nicht mehr rückgängig zu machen. Wir ließen es zu, daß die lärmenden Volksaufwiegler aus Ephesos den Männern von Athen nach Sardeis folgten, weil wir sie daran nicht hindern konnten und dabei hofften, daß die Perser sie umbringen würden. Nach Abzug dieser Aufwiegler nahmen die rechtschaffenen Männer die Gewalt in der Stadt wieder an sich. Dieser Aufruhr im Namen der Freiheit rief einen so großen Zorn unter den Stadtbewohnern hervor, daß wir den Kampf gegen die Aufwiegler noch außerhalb der Stadtmauern weiterführten. Von den Persern verfolgt, traten sie den Rückzug an und bedrängten außerdem noch in der Nacht unsere Frauen. Wir schlossen die Stadttore vor dem Mob und forderten sie auf, abzuziehen, wohin sie wollten. Doch hat Aristagoras von Milet uns gedroht, daß er seine Flotte und sein Heer zur Einnahme der Stadt einsetzen würde, falls wir die Stadttore dem Aufruhr nicht öffneten. Wir wollen nur Frieden. Sollen wir Krieg gegen die Perser oder gegen unsere eigenen Stammesverwandten führen?

Schuld an allem ist die Verderbtheit der Jugend, ihr Leichtsinn, ihr Sittenverfall und ihre Überheblichkeit. Aber was vermögen wir dagegen zu tun, wenn die Weisen Ioniens alles daransetzen, den Glauben an die Götter zu zerstören. Auch Heraklit ist ein Lästerer. Als wir ihn um Hilfe baten, sagte er, wir sollten uns selbst aufhängen. Er lehrt, daß alles aus dem Feuer entsteht und sich wieder in Feuer verwandelt, und zwar in Stufen entweder nach oben oder nach unten. Turms hat diese Lehre genossen, und wir glauben, daß er den Kybele-Tempel in Lydia nicht in Brand gesteckt hätte, würde Heraklit ihm nicht dauernd etwas vom Feuer vorgeschwatzt haben.

Die Zeiten, in denen wir leben, sind schlecht. Stürzt also diesen Turms vom steilen Abhang in den Abgrund, damit er nicht mehr Fluch als bisher über unsere Stadt bringt. Sobald die Nachricht über seinen Tod uns erreicht haben wird, werden wir bereitwilligst einen silbernen Dreifuß für den Tempel in Delphi senden. Wir besitzen hervorragende Silberschmiede."

Nachdem ich diesen arglistigen Brief, der mich doch rechtfertigen sollte, zu Ende gelesen hatte, rief ich voller Zorn aus: „Glauben diese Leute denn, die Perser durch Feigheit versöhnen zu können? Nein, nein, sie sitzen im gleichen Boot wie alle anderen ionischen Städte. Welcher Herkunft ich auch sein mag, eins ist gewiß, daß ich heute stolz bin, kein gebürtiger Epheser zu sein."

Nach diesen meinen Worten stockte ich. Die Priester merkten es und fragten unmittelbar darauf: „Woher stammst du denn?"

Ich antwortete: „Der Blitz traf mich außerhalb der Stadt Ephesos. Mehr weiß ich nicht. Ich war danach mehrere Monate krank."

Sie drängten in mich: „Ist deine Zunge rein? Ist dein Herz rein?"

Ihre Worte ließen mir die Schamröte ins Gesicht steigen. Was hätte das Leben für einen Zweck, würde ich es nur mit Lügen erkauft haben. Deshalb gestand ich:

„Ich verlor für längere Zeit mein Gedächtnis. Als ich mich wieder erinnern konnte, waren mir diese Erinnerungen unangenehm und ich wollte mich an nichts mehr erinnern. Ich träumte in den Vollmondnächten merkwürdige Dinge, im Traum lebte ich in fremden Städten und begegnete dort Menschen, die mir bekannter vorkamen als diejenigen, denen ich im Leben begegnet war. Solche Träume habe ich heute noch. Deshalb weiß ich es nicht, was in meinem vergangenen Leben Traum und was Wirklichkeit ist."

Ich wog meine Worte genau ab: „Ich bin Flüchtling aus Sybaris in Italien. Ich gehöre zu denen, die vor der Zerstörung der Stadt nach Milet evakuiert wurden. Ich war zehn Jahre alt, als ich nach Milet kam. Dies weiß ich ganz genau, denn mein Erzieher, Heraklit, ließ von Milet aus nach meiner Herkunft forschen. Nachdem die Einwohner von Milet erfahren hatten, daß die Soldaten aus Kroton die Stadt Sybaris dem Erdboden gleichgemacht und sogar den Strom in die Ruinen umgeleitet hatten, schnitten sie als Zeichen der großen Trauer ihre Haare ab. Aber, als die Haare wieder wuchsen, vergaßen sie ihre Gastfreundschaft und auch das Gute, das sie früher aus Sybaris erhalten hatten. Ich wurde verprügelt. Ich wurde gezwungen, beim Bäcker in die Lehre einzutreten. Später setzten sie mich als Hirte ein. Mir ist, als ob ich aus Milet geflohen wäre, um irgendwo anders Zuflucht zu suchen, bis ich außerhalb der Stadt Ephesos unter einer Eiche vom Blitz getroffen wurde."

Die Priester von Delphi erhoben die Hände und fragten einander: „Wie lösen wir nun dieses peinliche Problem? Turms ist nicht einmal ein griechischer Name, und er ist nicht zu deuten. Der Sohn eines Sklaven kann er nicht sein, denn dann wäre er nicht aus Sybaris evakuiert worden. Die vierhundert Familien der Stadt wußten ganz genau, was sie damals taten. Zahlreiche Barbaren hielten sich in Sybaris auf, um die griechische Kultur zu studieren und sich Bildung anzueignen. Wäre aber der Junge ein Barbar, warum hätten sie ihn nach Milet geschickt statt nach Hause zu den Seinen."

Mein Selbstgefühl stieg mächtig an, als ich in die Gesichter dieser vier bekümmerten alten Männer mit den göttlichen Bändern um ihre Köpfe schaute, und so schlug ich ihnen vor: „Seht mich genau an. Ist mein Gesicht das eines Barbaren?"

Sie betrachteten mich eingehend und sprachen: „Woher sollen wir es wissen? Deine Kleidung ist diejenige der Ionier. Du hast eine griechische Erziehung genossen. Gesichter gibt es ebenso viele wie Menschen. Den Fremden erkennt man nicht am Gesicht, sondern an der Kleidung, dem Haar, dem Bart und an der Sprache."

Während sie mich genau prüften, kniffen sie ihre Augen zusammen, legten die Köpfe auf die Seite und zwinkerten einander zu.

Nach all der Läuterung und all dem Frieren loderte die göttliche Hitze in mir empor und das göttliche Licht begann vor meinen Augen zu tanzen. Ich sah durch diese vier alten Männer hindurch. Ich sah, daß ihr Wissen und ihre Menschenkenntnis sie völlig erschöpft hatten, so daß sie nicht mehr an sich selbst glaubten. Irgend etwas in mir war stärker als sie. Irgend etwas in mir wußte mehr als sie.

Der Winter stand vor der Tür, in Kürze würde sich der Gott nach dem hohen Norden, in das Land der Seen und der Schwäne begeben, während Delphi in der Gewalt des Dionysos verbleiben sollte. Die Stürme würden über die Meere fegen, die Schiffe würden Schutz in den Häfen suchen, Pilger würden nicht mehr nach Delphi kommen. Diese Greise sehnten sich nach Ruhe, wichen entscheidenden Beschlüssen aus, warteten nur auf die Wärme der Kohlenöfen und die rauchgeschwängerte Trägheit des Winters.

Ich bat: „Ihr alten Männer, gönnt mir die Ruhe und gönnt sie euch selbst. Laßt uns unter den freien Himmel hinaustreten und auf ein Zeichen warten."

Wir traten hinaus unter den düsteren Himmel. Sie blickten empor und zogen ihre Überwürfe fester um ihre frierenden Glieder. Eine bläuliche Taubenfeder schwebte tanzend aus dem Nichts hernieder. Ich fing sie auf.

„Hier ist das Zeichen", rief ich jauchzend aus.

Erst später wurde mir klar, daß ein Taubenschwarm hoch über unseren Köpfen, von uns ungesehen, vorbeigeflogen war. Diese Feder fiel nicht aus dem Nichts, ich erkannte sie aber dennoch als Zeichen an.

Die Priester umringten mich. „Eine Taubenfeder", stellten sie staunend fest. „Die Taube ist der Vogel der Kythere. Er ist ein Kind der Liebe.

Schaut her, Aphrodite hat ihren goldenen Schleier über ihn geworfen. Sein Antlitz strahlt."

Eine starke Sturmböe ließ unsere Kleider derart flattern, daß wir uns gegen den Wind stemmen mußten. Im Westen über dem dunklen Berggipfel flammte ein schwacher Blitz auf. Nach längerer Zeit erreichte der Donner als neunfaches Echo aus dem Bergtal von Delphi unser Ohr.

Wir warteten noch ein Weilchen, doch nichts ereignete sich mehr. Die Priester gingen in den Tempel hinein, mich ließen sie in der Vorhalle warten. Ich entzifferte die Denksprüche der sieben Weisen an den Wänden der Vorhalle. Ich sah mir die silbernen Bassins des Kroisos an. Ich betrachtete das Bildnis Homers. Der aus dem ewigen Altarfeuer des Tempels aufsteigende Rauch der Lorbeerstämme drang mir in die Nase.

Nach langer Beratung kamen die Priester zu mir zurück und sprachen ihr Urteil: „Turms aus Ephesos, du bist frei, zu gehen, wohin du willst. Die Götter haben ihr Zeichen gegeben. Pythia hat gesprochen. Die Götter verfolgen in dir ihre Ziele, du handelst nicht selbst. Diene Artemis wie bisher und opfere Aphrodite, die dir das Leben gerettet hat, aber der Gott von Delphi will nichts mit dir zu tun haben. Er verurteilt dich nicht, aber er will auch nicht deine Schuld auf sich nehmen. Die Schuld mag Artemis von Ephesos tragen, die den Kampf gegen die asiatische Göttin aufgenommen hat."

„Wohin soll ich gehen?" fragte ich.

Die Priester sagten: „Geh nach dem Westen, von wo du einmal gekommen bist, das sagt Pythia, das sagen auch wir."

„Ist das ein göttlicher Befehl?" fragte ich enttäuscht.

„Das ist keineswegs ein Befehl", riefen sie entrüstet aus. „Hast du nicht gehört, daß der Gott von Delphi nichts mit dir zu tun haben will, nicht befehlend, aber auch nicht verbietend? Es ist lediglich ein guter Rat zu deinem Besten."

Die zwölf Städte Ioniens befanden sich in Aufruhr gegen den Perser. Der Sturm der Freiheit raste im Osten. Es war nur eine Frage der Zeit, wann Ephesos gezwungen sein würde, seine Tore erneut dem Aufruhr zu öffnen. So glaubte ich, doch ich sagte nichts weiter, um die Priester nicht noch mehr zu reizen.

„Ich habe mich nicht den Geheimkulten der Artemis geweiht", sagte ich, „aber bei Vollmond ist Artemis mir in Begleitung ihres schwarzen Hundes im Traume erschienen. Als ich auf Geheiß der Priesterin in einer Vollmondnacht im Tempel schlief, sah ich sie in ihrer Unterweltgestalt als

Hekate. Deshalb weiß ich, daß ich reich sein werde. Wenn ich einmal reich bin, sende ich für den Tempel ein Weihgeschenk."

Sie aber lehnten es brüsk ab: „Nein, nie sollst du ein Weihgeschenk an den Gott von Delphi senden. Wir werden es nicht annehmen."

Sie befahlen sogar dem Schatzmeister, mir mein Geld zurückzugeben nach Abzug der Kosten für meine Verpflegung und der Unkosten für die Läuterungskulte während der Zeit, da ich im Tempel als Gefangener geweilt hatte. So mißtrauisch zeigten sie sich mir gegenüber und allem, was zu diesem Zeitpunkt aus dem Osten kam. Sie hatten es gleichfalls abgelehnt, einen mit Gold gezierten persischen Schild entgegenzunehmen, den die Männer von Athen als Kriegsbeute auf dem Wege nach Sardeis erbeutet hatten und den sie als Weihgeschenk dem Tempel überreichen wollten.

7.

Ich war frei und konnte mich entfernen, doch Dorieus hatte die erbetene Antwort von den Priestern von Delphi noch nicht erhalten. Aus lauter Trotz verließen wir das Gebiet des Tempels und verbrachten die Zeit zusammen in der Nähe der Stützmauer, indem wir in ihren weichen Stein unsere Namen ritzten. Dort lagen auf der Erde unbedeckt die heiligen Natursteine der unterirdischen Götter, die schon tausend Jahre, bevor Apoll nach Delphi kam, Gegenstand der Anbetung gewesen waren.

Dorieus peitschte sie mit einem Weidenast und sagte: „Ich bin ungeduldig und in mir sprüht es Funken. Ich bin für den Krieg erzogen und zum Vollführen von Männertaten bestimmt. Ich bin zum Essen und Trinken unter meinesgleichen geboren. Die Einsamkeit und das Nichtstun bringen mich nur auf törichte Gedanken. Ich fange an, Zweifel am Orakel und seinen hinsiechenden Priestern zu hegen. Meine Angelegenheit ist eine politische und keine göttliche. Sie kann mit dem Schwert gelöst werden, nicht mit Kauen von Lorbeerblättern."

Hierauf sagte ich: „Laß mich dein Orakel sein. Wir leben in einer Zeit der Umwälzungen. Geh mit mir nach dem Osten, übers Meer nach Ionien. Dort tanzte man schon den Tanz der Freiheit. Die Rache des Persers bedroht die aufrührerischen Städte. Ein geschulter Soldat ist dort willkommen, und er hat die Möglichkeit, Beute zu erobern und zum Befehlshaber aufzusteigen."

Ich erzählte weiter: „Wir warteten auf Hilfe von allen hellenischen

Städten, aber nur Athen sandte uns zwanzig Schiffe und zog diese auch noch zurück gleich nach unserer Flucht aus Sardeis."

Er sagte widerstrebend: „Wir Männer aus Sparta lieben das Meer nicht und mischen uns nicht in überseeische Angelegenheiten ein. Vorigen Winter war doch euer Aristagoras aus Milet in Sparta, um uns durch Bestechung zu überreden, mit ihm auszuziehen. Er zeigte uns auf Kupfertafeln eingezeichnete Länder und Städte. Doch alle lachten ihn aus, als sie hörten, daß man erst über das gefährliche Meer segeln sollte und dann noch einen dreiunddreißigtägigen Marsch bis nach Susa bewältigen müßte, um den Großkönig stürzen zu können. Die Heloten hätten in der Zwischenzeit rebelliert. Feindliche Nachbarn wären über Sparta hergefallen. Nein, Sparta mischt sich nicht in überseeische Angelegenheiten ein."

„Du bist doch ein freier Mann", wandte ich ein. „Die Vorurteile deiner Mitbürger sind für dich nicht mehr maßgebend. Das Meer ist schön, auch wenn es Schaumkronen trägt. Die Städte Ioniens sind schön, der Winter dort ist nicht zu kalt und der Sommer nicht zu heiß. Sei mein Freund und komm mit mir nach dem Osten."

Er sagte darauf: „Laß uns jeder für sich Lämmerknochen werfen; so können wir feststellen, in welche Himmelsrichtung wir gehen sollen."

Wir warfen die Lämmerknochen in der Nähe der düsteren Steine der unterirdischen Götter. Wir trauten dem ersten Wurf nicht, und so warfen wir jeder dreimal nacheinander. Jedesmal zeigten die Knochen eindeutig die Richtung nach Westen an.

Dorieus meinte mürrisch: „Diese Lämmerknochen müssen einen Fehler haben. Es sind keine prophetischen Knochen."

Hieraus folgerte ich, daß er zuinnerst den Wunsch hegte, mit mir in den Krieg gegen die Perser zu ziehen. Deshalb sagte ich scheinbar unschlüssig:

„Ich habe selbst mit eigenen Augen eine Nachbildung dieser Länderkarte des Hekataios gesehen. Zweifellos ist der Großkönig ein furchterregender Gegner. Er herrscht über tausend Völker von Ägypten bis Indien. Nur die Skythen konnte er nicht bezwingen." Dorieus antwortete zornig: „Je stärker der Gegner, um so ehrenvoller der Kampf."

„Ich habe nichts zu befürchten", bemerkte ich. „Wie sollten Menschen mir, dem sogar der Blitz nichts anhaben konnte, Schaden zufügen. Ich glaube im Kriege unverwundbar zu sein. Bei dir ist es anders. Ich will dich nicht in ein unsicheres Abenteuer locken. Die Knochen weisen nach Westen. Glaube an sie."

„Warum gehst du nicht mit mir nach dem Westen", fragte er. „Ich bin frei, wie du schon sagtest, aber es ist eine frostige Freiheit, wenn ich keinen Kameraden und Freund habe, mit dem ich sie teilen kann."

Ich erwiderte: „Mich weisen die Knochen nach dem Westen, die Priester von Delphi raten mir, dorthin zu gehen. Gerade deshalb kehre ich nach Osten zurück, um mir selbst zu beweisen, daß Omina und göttliche Warnungen mich nicht davon abhalten können, so zu handeln, wie ich selbst es will."

Dorieus lachte auf und sagte: „Du widersprichst dir ja."

„Das verstehst du nicht", behauptete ich. „Ich will mir selbst beweisen, daß ich meinem Schicksal nicht entgehen kann. Deshalb tue ich, wie ich will, und richte mich nicht nach Zeichen und Omina."

Gerade in diesem Augenblick kamen die Tempeldiener, um Dorieus zu holen. Er schnellte vom Stein des unterirdischen Gottes empor und sein Gesicht strahlte. Im Laufschritt eilte er zum Tempel, und ich blieb, ihn erwartend, am großen Opferaltar zurück. Gesenkten Hauptes kam er auf mich zu und erzählte:

„Pythia hat gesprochen. Die Priester haben für mich die Omina studiert. Sparta droht der Fluch, wenn ich jemals in mein Vaterland zurückkehre. Deshalb muß ich über das Meer gehen. Sie rieten mir, nach dem Westen zu segeln. In den reichen Städten dort würde jeder Tyrann mich bereitwilligst für seine Dienste dingen. Im Westen befinde sich meine Grabstätte, sagen sie. Im Westen erwarte mich unsterblicher Ruhm, sagen sie."

„Also gehen wir über das Meer nach dem Osten", sagte ich schmunzelnd. „Du bist noch jung. Warum solltest du dich unnötigerweise beeilen, deine Grabstätte dort aufzusuchen?"

Noch am gleichen Tage begannen wir unsere Wanderung zur Meeresküste. Aber das Meer war stürmisch, und die Schiffe fuhren nicht mehr. Deshalb wanderten wir übers Land und übernachteten in Hirtenhütten. Die Schafe waren bereits aus ihren Gehegen ins Tal gebracht worden, und die Hunde bewachten die Hütten in der Nacht nicht mehr. In den Dörfern wurde uns keine Gastfreundschaft zuteil, obwohl wir aus Delphi kamen.

Als wir Megara hinter uns gelassen hatten, mußten wir haltmachen, um zu überlegen, in welcher Richtung wir weitergehen sollten, um nach Ionien zu gelangen. In Athen hatte ich wohl Freunde unter den vom Feldzug gegen Sardeis zurückgekehrten Soldaten, aber in Athen hatte die gemäßigte Partei die Macht an sich gerissen, die Angst vor einer Einmischung in den Aufruhr in Ionien hatte. Deshalb vermutete ich, daß meine Freunde in dieser Phase an den Feldzug nicht gerne erinnert werden wollten.

Dagegen wäre Korinth die gastfreundlichste Stadt aller Städte Griechenlands. Von den beiden Häfen der Stadt aus segelten Schiffe sowohl nach Osten als auch nach Westen. Die phönizischen Schiffe konnten frei dorthin gelangen, hier mied man die Fremden nicht. So war mir berichtet worden.

„Laß uns nach Korinth gehen", sagte ich. „Dort erhalten wir die neuesten Nachrichten über die Lage in Ionien. Von dort aus werden wir spätestens im Frühjahr nach Ionien fahren können."

Das Gesicht des Dorieus verfinsterte sich und er sagte: „Wir beide sind Freunde, und du als Ionier bist über Reisen und Städte in der Welt besser unterrichtet als ich. Aber mir als einem Spartaner geht es gegen die Natur, dem Rate anderer ohne Widerrede zu folgen."

„Laß uns nochmals die Lämmerknochen werfen", schlug ich vor. Ich zeichnete, so gut ich es konnte, die Himmelsrichtungen nach dem Stand der Sonne und die Richtungen nach Athen und Korinth in den Sand. Dorieus warf die Knochen, und diese zeigten beharrlich nach Westen. Verdrießlich meinte Dorieus: „Also gehen wir nach Korinth. Dies ist aber mein Entschluß und nicht der deinige."

Sein Wille war zweifellos stärker als meiner, deshalb gab ich nach. „Mich haben die ionischen Sitten verweichlicht. Meine Erziehung durch einen Weisen, der die Menschen verachtete, hat meinen Charakter verdorben. Vermehrtes Wissen schwächt den Willen. Befolgen wir deinen Rat und gehen wir nach Korinth."

Er fühlte sich sichtlich erleichtert und ein Lächeln huschte über sein Gesicht, er nahm einen Anlauf, riß den Speer an sich und warf ihn so weit er konnte in Richtung Korinth. Beide liefen wir nach dem Speer. Als wir aber dort ankamen, sahen wir, daß der Speer in der Bugrippe eines ans Meeresufer gespülten Schiffes steckte. Beide empfanden wir dies als ein schlechtes Omen, doch sagten wir nichts, auch sahen wir einander nicht an. Dorieus riß den Speer heraus, und im Laufschritt, ohne rückwärts zu schauen, begannen wir unsere Wanderung gen Korinth.

8.

In Korinth braucht der Fremde keine Freunde zu haben, denn für die Fremden sind Gasthöfe vorhanden, in denen man Speisen und Nachtquartier gegen Bezahlung erhalten kann. Dort wird der Fremde nicht nach seinem Gesicht, seiner Kleidung oder gar seiner Hautfarbe beurteilt oder mißtrauisch betrachtet, sondern in den Augen der Bewohner der Stadt entscheidet über seinen Wert das Gewicht des Beutels, in dem er sein Geld aufbewahrt. Ich vermute, daß der größte Teil der Bewohner von Korinth ohne ehrlichen Erwerb lebt, und zwar mit dem einzigen Ziel, den in die Stadt gekommenen Fremden dabei behilflich zu sein, das mitgebrachte Geld so schnell wie möglich auszugeben. Fraglos gibt es in Korinth viele Sehenswürdigkeiten, wie z. B. die Pegasus-Quelle.

Auch der sehr verschlissene und wurmstichige Bug des Argo-Schiffes befindet sich unter einem Schutzdach im Tempel. Wenn man all dem Glauben schenken wollte, was die Korinther über ihre Sehenswürdigkeiten erzählen, so könnte man ein ganzes Jahr dort leben und dabei immer neue Geschichten über ihre Götter hören.

Als wir in Korinth ankamen, trafen wir eine Menge Flüchtlinge aus den verschiedenen Städten Ioniens an. Es waren meist wohlhabende Leute, die Angst vor der entfesselten Freiheit und der Willkür des Volkes, aber noch mehr vor der Rache des Persers hatten. Sie waren der Ansicht, daß nach dem Feldzug gegen Sardeis die Rache des Persers allen jenen ionischen Städten drohe, die ihre Tyrannen weggejagt, die Häuser der Perser in der jeweiligen Stadt zerstört und die Zinnen der Stadtmauern wieder aufgerichtet hatten. Zahlreiche Flüchtlinge erwarteten sehnsüchtig den Frühling, um dann mit den Handelsschiffen in die großen westlichen griechischen Städte in Sizilien und in Italien fahren und sich so weit wie nur möglich von den Persern absetzen zu können. Unter ihnen gab es Weise, Gelehrte und Ärzte, Dichter und Musiker.

Sie sagten: „Im Westen ist Groß-Griechenland, dort sind reiche Städte und Raum zum Atmen. Im Westen liegt die Zukunft, im Osten nur Lebensgefahr und unausgesetzte Not und Bedrängnis."

Sie mußten jedoch zugeben, daß der Aufruhr sich bis nach Kypros ausgedehnt hatte, daß die Schiffe Ioniens das Meer beherrschten und daß sämtliche Städte Ioniens an der Revolte teilnahmen. Auch in Ephesos war die provisorische Macht der Alten gestürzt worden.

In Korinth gingen wir in den Tempel des Herakles auf Wunsch des Dorieus, um seinem Vorfahr ein Opfer darzubringen. Der mächtigste und reichste Tempel Korinths galt als die irdische Wohnung der Aphrodite von Korinth. Er lag von Mauern umgeben hoch oben auf dem Berggipfel. Dort lebten in wohnlichen und hübschen Häusern tausend Frauen, die geschult waren, der Göttin der Liebe zu dienen.

Eigentlich war die Aphrodite von Korinth, was ihren Ruf betraf, nicht die beste Verkörperung der Göttin, aber die Priester von Delphi hatten mir den Rat gegeben, Aphrodite Opfer darzubringen. Deshalb schlug ich nach einigen Tagen Dorieus vor: „Laß uns auf den Berg steigen und der Aphrodite ein Opfer bringen."

Dorieus sagte: „Das müßige Leben dieser unruhigen Stadt erregt meine Sinne, und das ständige Flötenspiel tut meinen Ohren weh. Sie würzen ihre Speisen so stark, daß sie den Körper erhitzen und daß einem das Blut prickelnd zu Kopf steigt. Wenn ich jetzt noch der Aphrodite ein Opfer darbringen soll, befürchte ich zu vergessen, daß mein Körper mich nicht beherrschen darf. Nein, der Körper muß der gehorsame Diener meines Willens bleiben."

Beim Anbruch des Frühlings segelten wir mit den ersten Schiffen nach Ionien.

Während ich, Turms, dies niederschreibe, habe ich Lorbeerblätter gekaut und mich an Delphi erinnert. Ich habe einen Tropfen Rosenwasser auf meine Hand geträufelt und wieder die Luft von Korinth eingeatmet. Ich habe getrocknete Algen zwischen den Fingern zerrieben, um mich daran zu erinnern, wie der Speer des Dorieus in der morschen Schiffsrippe am Meeresufer steckte. Jetzt tue ich ein Körnchen Salz in den Mund und schmecke auf der Zunge den Eisengeschmack der Schwertschneide.

Unsere dreijährige Wanderung in Ionien war erfüllt vom Rauch der Feuersbrünste, von Kampfgetöse, von Angriffen und Flucht, von Leichengeruch über Kornfeldern und dem Gestank faulender Wunden, von nutzlosen Siegen und unnützen Niederlagen im Kampfe gegen die Perser. Im Laufe dieser Jahre wurde ich abgehärtet, wurde zum Mann, bis der Perser die Streitmacht Ioniens ins Meer abdrängte und mit der Belagerung der aufrührerischen Städte begann.

Zweites Buch

DIONYSIOS AUS PHOKAIA

1.

Im Kriege gegen den Perser war ich unter dem Namen „lachender Mann" berühmt geworden, weil ich den Tod nicht fürchtete. Auch Dorieus hatte einen guten Ruf, weil es gefahrloser war, unter seinem sicheren Befehl zu kämpfen. Als aber der Perser Milet von der Landseite her zu belagern begann, sagte Dorieus:

„Milet schützt zwar noch die Städte Ioniens, die hinter seinem Rücken liegen. Der Perser ist uns aber auf dem Lande überlegen. Das Herz eines jeden Ioniers zittert in Todesangst um seine eigene Stadt. Deshalb ist alles um uns herum in Auflösung begriffen und es herrscht Chaos. Dagegen ist die Flotte bei der Insel Lahde noch intakt."

Dorieus war jetzt ein bärtiger Mann geworden. Er trug einen kammverzierten Helm und einen mit Silberreliefs geschmückten Schild. Um sich blickend, fuhr er fort:

„Diese goldene Stadt mit ihren Reichtümern und den uneinnehmbaren Stadtmauern scheint mir wie eine Falle. Meine einzige Mauer ist mein Schild. Turms, mein Freund, laß uns Milet verlassen. Diese Stadt stinkt bereits nach Verwesung."

Ich fragte ihn daraufhin: „Sollen wir das sichere Land aufgeben und die schwankenden Schiffsplanken zum Kriegführen wählen? Du haßt doch das Meer, und dein Gesicht verfärbt sich bei Seegang."

Dorieus antwortete: „Es ist Sommer, und das Meer ist ruhig. Außerdem darf ich als Schwerbewaffneter an Deck kämpfen und die frische Luft atmen. Ein Schiff bewegt sich. Mauern bewegen sich nicht. Laß uns nach Lahde gehen und dort Ausschau halten."

Wir ließen uns nach Lahde übersetzen. Es bereitete keine Schwierigkeit, denn zwischen der Stadt und Lahde wimmelte es von Booten. Lebensmittel, Obst und Wein für die Flotte wurden in Booten aus der Stadt herübergerudert, und Männer von den Schiffen ruderten ständig in die goldene Stadt, um sie zu besichtigen.

Wir sahen in der Bucht unzählige Kriegsschiffe aus allen Städten Ioniens liegen, große wie kleine, aber die größten waren die mächtigen Schiffe aus Milet. Die Schiffe wurden in langen Ketten durch die schmale Meerenge in das offene Meer geschleust. Dort ordneten sie sich in Formationen, in Reihenlinien, die Ruder blitzten im Sonnenschein auf und die Schiffe beschleunigten die Fahrt, bis der Schaum am Vordersteven zischte, wobei auch noch geübt wurde, mit dem Rammdorn die Seite des feindlichen Schiffes aufzureißen.

Der größte Teil der Schiffe war allerdings rund um die Insel ans Ufer gezogen worden, und die Schiffsbesatzungen hatten die Segel als Verdeck ausgespannt, um sich vor Sonnenglut zu schützen. Die ganze Insel erdröhnte von den Rufen der Händler, vom Grölen der Weintrinker, vom Streit der Befehlshaber untereinander und vom üblichen griechischen lauten Geschwätz. Aber viele schliefen auch völlig erschöpft, ohne sich vom Lärm um sie herum stören zu lassen.

Dorieus sprach einige Seeleute an und fragte: „Weshalb rekelt ihr euch und trinkt Wein, obwohl die persische Flotte herannaht? Es wird behauptet, daß die Flotte aus dreihundert bis vierhundert Kriegsschiffen besteht."

Die Männer antworteten: „Wir wollen nur hoffen, daß der Perser tausend Schiffe hat, damit wir diesen traurigen Krieg schnell beenden können. Wir sind die freien Männer aus Ionien, ausgezeichnete Kämpfer zu Lande und noch überlegener zu Wasser. Der Perser hat uns auf dem Meere noch nie besiegt."

Aber nachdem sie so geprahlt hatten, fingen die Männer zu jammern an und sagten: „Wir sind nur über unsere ehrgeizigen und kriegstollen Befehlshaber betrübt, die uns zwingen, bei grellstem Sonnenschein hin und her zu rudern, und die uns schlimmer knechten, als es der Perser jemals tun könnte. Unsere Fäuste sind voller Blasen, und die Gesichter häuten sich vom Sonnenbrand.

Sie zeigten uns ihre Hände. Sie waren tatsächlich nur rohes Fleisch, denn die Männer waren Städter, von denen jeder in seinem Beruf stets ein geschütztes Leben geführt hatte. Deshalb war es ihrer Meinung nach ein Wahnsinn, Schiffe hin und her rudern zu lassen und die Besatzungen so zu erschöpfen, daß sie in den letzten Zügen lagen.

„Nein", sagten sie, „wir haben neue und gescheitere Befehlshaber gewählt und beschlossen, uns auszuruhen und Kräfte zu sammeln, so daß wir bei der Ankunft des Persers stark wie Löwen sein werden."

Wir wanderten von einem Lager zum anderen am Ufer entlang und besahen uns die Kriegsschiffe. Überall vernahmen wir das gleiche Murren. Auch hörten wir, wie die Befehlshaber sich untereinander um die Führung, und wer wem zu gehorchen hätte, stritten. Ferner erfuhren wir, daß die Flotte für zehn schwerbewaffnete Kämpfer tausend Ruderer benötige.

Dorieus schüttelte den Kopf und sagte: „Nicht die Zahl, sondern die Qualität der Männer ist im Kampfe entscheidend. Ist man aber gezwungen, ungeschulte Truppen zu verwenden, so ist die erste Regel einer vorzüglichen Kriegführung, diese Leute hin und her, von einer Stelle zur anderen, marschieren zu lassen, bis sie so erschöpft, hungrig und verzweifelt sind, daß sie lieber mit letzter Kraftanstrengung den Feind angreifen als an Flucht denken. Aus diesem Grunde sind die Befehlshaber die klügsten, die ihre Schiffe hin und her rudern lassen."

Als die Kühle des Abends spürbar wurde und der ruhige Meeresspiegel sich weinrot färbte, kamen die letzten fünf Ruderschiffe von draußen zu ihren Lagerplätzen auf der Insel zurück. Es waren nur Fünfzig-Ruder-Schiffe, aber die Ruder hoben und senkten sich, zogen und strichen auf Kommandos und Zeichen so gleichmäßig und im Takt, als rudere sie ein einziger Mann.

Dorieus betrachtete sie wohlwollend. „Laß uns hingehen und fragen, aus welcher Stadt diese Schiffe stammen und wer ihr Befehlshaber ist", schlug er mir vor.

Nachdem die Ruderer die Riemen eingezogen hatten und die Männer ins Wasser gesprungen waren, um die Schiffe mit Achter voraus an Land zu ziehen, wurden noch einige halbbewußtlose Männer ins Wasser gestoßen. Das Wasser erfrischte sie so weit, daß sie ans Ufer kriechen konnten, wo sie dann kraftlos der Länge nach auf den sandigen Boden fielen und liegenblieben, ohne eine Hand rühren zu können. Einige wären bestimmt ertrunken, wenn die Kameraden sie nicht ans Land gezerrt hätten. Die Schiffe hatten keinen Schmuck, keine Götterbilder, aber sie waren stark gebaut, schmal und seetüchtig, und der Geruch von Pech und Teer war weithin zu spüren.

Wir warteten ab, bis die Feuer für das Essenkochen angezündet worden waren. Das Essen bestand aus Grütze und Hackfrüchten, Brot und Öl. Als die am Ufer liegengebliebenen Männer die Düfte wahrnahmen krochen sie zu den Kochtöpfen, obwohl sie sich noch nicht aufrichten konnten. Wir gingen zu den Speisenden und fragten: „Wer seid ihr und aus welcher Stadt kommt ihr, wer ist euer Befehlshaber?"

Sie antworteten: „Wir sind aus der Stadt Phokaia, arme und unbekannte Männer, und unser grausamer und erbarmungsloser Befehlshaber ist Dionysios, den wir gerne umbringen möchten, wenn wir es nur wagen würden."

Aber sie lachten und grinsten, als sie dies sagten, und das Essen schien ihnen gut zu munden, wenn es auch nicht so fett und reichlich wie auf den Schiffen aus Milet war. Sie zeigten uns ihren Befehlshaber, der nicht anders aussah als sie selbst; es war ein sehr großer, stämmiger, bärtiger und schmutziger Mann. Dorieus trat mit klirrenden Beinschienen, wallendem Helmbusch und blitzendem, mit Silberreliefs geziertem Schild an ihn heran.

„Dionysios, Befehlshaber der Schiffe aus Phokaia, dinge mich und meinen Freund für den Kampf gegen den Perser auf das Deck deines Schiffes", schlug er vor.

Dionysios brüllte vor Lachen und sagte: „Wenn ich Geld hätte, würde ich dich ganz gewiß als Sinnbild meines Schiffes dingen, denn dein heroisches Äußere allein würde die Perser in die Flucht schlagen. Ich selbst besitze nur eine Lederkopfbedeckung und einen Lederbrustschutz und kämpfe nicht für Geld, sondern für meine Stadt und um meines eigenen Ruhmes willen. Zusätzlich zum Ruhm hoffe ich allerdings, mich einiger persischer Schiffe bemächtigen zu können, um auf ihnen für meine Leute und mich selbst Kriegsbeute zu gewinnen. Sonst werden sie mich umbringen und ins Meer werfen, wie sie es täglich versprechen, fluchend und brüllend schwören."

Ich mischte mich in das Gespräch ein und sagte: „Verärgere meinen Freund nicht. Er versteht keinen Spaß und lacht nicht schnell. Aber einem schwerbewaffneten Mann, der sich bereit erklärt, auf Deck zu kämpfen, werden heute fünf, ja sogar zehn Drachmen pro Tag gezahlt."

Dionysios antwortete: „Ich lache auch nicht leicht, darin bin ich noch schwerfälliger als dein Freund, aber ich habe in diesen Tagen herzhaft lachen gelernt, denn in diesem Flottenstützpunkt ist mehr vom Perser gestempeltes Gold im Umlauf, als ich je geglaubt hätte, daß jemand an Kriegsbeute von den Persern erobern könnte. Hier wird gezecht und gepraßt, getanzt und gesungen, geprahlt und gestritten, so daß ich, ein sturer Mann, das Lachen gelernt habe, und zwar so, daß ich sogar meine eigenen Leute zum Lachen bringe. Das Tollste aber, was ich bis jetzt erlebt habe, ist, daß ihr beide, aus deren Äußerem man schließen kann, daß ihr kriegserfahren seid, zu mir kommt und mir eure Dienste anbietet, obwohl ich weder farbig gestreifte Segel führe noch Goldarmbänder trage."

„Hier spricht lediglich die Vernunft eines Soldaten", sagte Dorieus. „Ob mit oder ohne Bezahlung, ich kämpfe lieber auf einem Schiff, dessen Riemen im Takt nach dem Willen des Befehlshabers rudern, als daß ich mich auf ein Schiff dingen lasse, dessen Besatzung den Befehlshaber nach eigenem Willen wählt bzw. absetzt. Ich kenne den Seekrieg nicht, aber nach all dem, was ich heute in Lahde gesehen habe, bist du der einzig richtige Seemann für mich."

Dionysios lauschte unseren Worten und schien Gefallen an uns zu finden. Wir besaßen beide Lohn- und Kriegsbeutegelder. Schließlich gingen wir und kauften in der Nähe des Altars des Poseidon Opferfleisch. Auch Wein kauften wir und verteilten alles unter die erschöpften Schiffsbesatzungen des Dionysios. Dionysios wunderte sich sehr darüber und sagte schließlich: „Wir sind Männer aus Phokaia und leben und sterben auf dem Meer. Unsere Urahnen gründeten Massilia, die am weitesten hinter dem Meer im Westen gelegene griechische Kolonie. Unsere Väter erlernten den Seekrieg im Kampfe gegen die Tyrannen im Westen, doch kehrten sie nicht mehr zurück, um uns ihre Erfahrungen zu lehren. Deshalb sind wir gezwungen, die Kunst, die Tüchtigkeit, ohne uns auf andere zu verlassen, selbst zu erlernen."

Um zu zeigen, was er meinte, ließ er in der Finsternis der Nacht überraschend in die Muschelschalen blasen und die erschöpften Männer wachrütteln. Er schickte sie im Laufschritt auf die Schiffe, und im Dunkeln lösten sie die Taue am Mast, hoben und keilten ihn in das Mastloch und hißten die Segel schneller, als ich selbst aufs Deck klettern konnte. Trotzdem schlug Dionysios mit einem Tauende fluchend und brüllend grausam auf seine Leute ein und warf ihnen vor, daß sie sich wie Schnecken fortbewegten. Dieser Lärm weckte den gesamten Flottenstützpunkt, es wurde Alarm geblasen, und plötzlich verbreitete sich das Gerücht, daß der Perser mit seinen Schiffen nahe. Viele weinten verzweifelt und versuchten, sich im Gebüsch der Insel zu verstecken. Die Leute gehorchten den Kommandos der Befehlshaber nicht, und es herrschte ein größeres Durcheinander im Stützpunkt als am Tage. Als es dann bekannt wurde, daß Dionysios die Muschelschalen lediglich zum Spaß hatte blasen lassen, um seine Leute darin zu üben, auch im Dunkeln die Masten zu lösen und die Segel zu hissen, kamen die Befehlshaber anderer Schiffe mit blankgezogener Waffe zu uns gerannt und drohten uns umzubringen, falls wir ihnen und ihren Leuten noch einmal die Nachtruhe rauben würden.

Die Männer des Dionysios jedoch liefen ihnen entgegen, sie hielten Seile zwischen sich gespannt, so daß die Eindringlinge darüber strauchelten und viele von ihnen in der Dunkelheit Schwerter und Schilder verloren. Auf diese Weise wäre fast ein regelrechter Krieg zwischen den Ioniern auf der Insel entstanden, wenn nicht alle für den Kampf zu schlaftrunken gewesen wären. Um der Wahrheit die Ehre zu geben, muß gesagt werden, daß zahlreiche Männer, die bei dem Angriff mit ihren Speeren und Schwertern hin und her wankten, so besoffen waren, daß sie sich am nächsten Morgen nicht mehr daran erinnern konnten, wo sie ihre Waffen verloren hatten.

2.

Der Seekrieg ist unbarmherzig, und kein auf dem Lande geführter Krieg ist mit ihm zu vergleichen. Nachdem ich ihn selbst mitgemacht habe, will ich über die Schiffe aus Milet und diejenigen der Verbündeten nicht viel Schlechtes sagen, fraglos waren sie tadellos und ihre Besatzungen ohne Furcht. Nachdem diese eine Zeitlang gejammert hatten, ruderten sie zur Übung hinaus aufs Meer, um sich an den Riemen zu ermüden. Für einen Mann, der nicht gewohnt ist, damit umzugehen, gibt es nichts Schlimmeres als solche Riemen. Er stößt an ihnen seinen Kopf blutig und bricht sich die Rippen. Ich kann es selbst am besten beurteilen, denn Dionysios drückte mir einen in die Hand, und schon am ersten Tage waren meine Fäuste ohne Haut, denn der Riemen hatte die Haut einfach verbrannt.

Milet ließ Übungsschiffe aufs Meer hinausfahren, die mit Baumstämmen und Reisig geladen waren und nicht untergingen, obwohl die Schiffsseiten gerammt und aufgerissen waren. Viele der Befehlshaber wollten diese Zielschiffe nicht rammen und durchstoßen. Sie befürchteten, daß der Bronze-Rammdorn ihrer Schiffe sich verbiegen, die Ruder abbrechen, die Schiffe aus den Fugen gehen und leck werden könnten.

Dionysios aber sagte: „Wir müssen die Festigkeit unserer Schiffe und die Haltbarkeit der Rammdorne erproben und dabei feststellen, ob wir in der Lage sind, uns schnellstens vom feindlichen Schiff nach dem Durchstoßen zu lösen."

Beim ersten Aufprall flog ich kopfüber von der Bank, schlug mich blutig und war nahe daran, meinen Riemen zu verlieren. Auch auf Deck ging es lebhaft zu, und man hörte ein Klirren und ein Gepolter vom Bug bis nach Achtern, als ob ein Sklave einen Sack voll Bronzegeschirr auf die Straße ausgeschüttet hätte. Es war aber nur Dorieus, der, völlig unvorbereitet, nicht auf der Hut gewesen und glatt umgefallen war, als der Rammdorn das Zielschiff traf.

An diese Übungen auf See erinnere ich mich nicht gern. Wie geschult mein Körper damals auch war, mit dem Riemen umzugehen hatte ich nicht gelernt. Deshalb war ich abends mehr tot als lebendig, als ich mich vom Schiff ins Wasser fallen ließ. Das Salzwasser brannte in meinen zerschundenen Fäusten, aber noch schlimmer verletzt war mein Stolz. Ich wollte mir selbst beweisen, daß ich auch an den Riemen ebenso geschickt, wenn nicht gar jedem anderen überlegen war.

Dorieus an die Riemen zu setzen, versuchte Dionysios nicht einmal, er respektierte ihn als Edelmann. Dorieus war Meister im Laufschritt in voller Bewaffnung und sogar gewöhnt, in voller Rüstung über hohe Hindernisse zu springen. Deshalb kam er auf dem Schiff besser zurecht, als Dionysios gedacht hatte, er lächelte nur düster über seine Beulen und blutigen Ellenbogen.

Als Dionysios von meinem guten Willen überzeugt war, befreite er mich vom Dienst an den Riemen und nahm mich zu sich auf Deck, weil ich schreiben und lesen konnte. Er lehrte mich die Schilderzeichen und die Hornsignale der Flotte, wie sie auf See notwendig sind, wenn die Schiffe in Geschwadern oder gerader Front wirken. Wenn ihm die Wachstafeln des Rates der Stadt Milet und der Flotte überbracht wurden, gab er sie mir und ließ mich sie laut vorlesen und die Antworten schreiben. Bisher hatte er die Tafeln unbesehen ins Meer werfen lassen. Nachdem ich ihn belehrt hatte, konnte er zu seinem größten Erstaunen nur mit Hilfe einer kleinen Wachstafel aus der Stadt einen Opferstier, drei Schafe und eine Bootsladung Obst und Hackfrüchte bestellen lassen.

Ich erklärte: „Deine Stadt ist verpflichtet, diesen Proviant aus dem gemeinsamen Lager der Verbündeten in Milet zu ersetzen. Du kannst von dort auch noch Flötenbläser, Öl, Wein und kupferne Löwenköpfe als Rangabzeichen für deine Steuerleute erhalten, wenn du willst."

Dionysios sagte: „So etwas Verrücktes habe ich noch nie gehört. Könnte ich vielleicht auch noch eine Wachstafel an den Perser schicken und ihn bitten, sein Mastwerk aufzutakeln und wieder zurück nach Hause zu segeln? Schau, obwohl ich im Proviantlager von Milet weinte, fluchte und mit den Füßen stampfte, bekam ich nicht einmal einen Sack Mehl für meine Schiffsbesatzungen, und du dagegen machst mich reich, nur indem du Buchstaben auf Wachs zeichnest. Vielleicht ist dieser Krieg gar nicht so schlecht, wie ich glaubte."

„Warum glaubtest du, daß dieser Krieg schlecht ist?" fragte ich.

Er warf mir einen Blick unter seinen buschigen Brauen zu, grinste verschmitzt, wobei er seine weißen Zähne zeigte und sagte: „Du bist ein großer Schelm, Turms. Falls du es selbst nicht verstehst, ist es besser, daß ich es dir nicht erkläre."

Es schien mir, als sei die gesamte Flotte von dem Gedanken erfüllt, der Krieg habe sich in einen schlechten Krieg verwandelt. Lediglich der Glaube an die Macht von Milet hielt die Flotte zusammen und verhinderte es, daß die Schiffe in ihre Heimatstädte zurückfuhren. Wie wäre es überhaupt möglich, daß Milet, die reichste Stadt der Welt, die hundert Kolonien gegründet hatte, jemals besiegt und erobert werden könnte.

Dann kam aber die Nacht, in der der Himmel an der Landseite rot zu glühen begann und sich im Flottenstützpunkt die Nachricht verbreitete, daß der Perser den Tempel des Apoll von Ionien erobert, geplündert und ihn als Fanal für seine Flotte angezündet habe.

Als ich in der Nacht das dunkelrote Glühen am Himmel betrachtete, bemächtigte sich meiner die beklemmende Gewißheit, daß dies die Rache der Perser für die Einäscherung des Tempels der Kybele von Sardeis war. Deshalb war es mein Glück, daß ich in dem kleinen Flottenlager des Dionysios aus Phokaia als Unbekannter lebte. Wenn ich in Milet geblieben und dort wiedererkannt worden wäre, hätte das vor Wut rasende und tobende Volk mich bestimmt umgebracht.

Angst und Chaos herrschten in Lahde. Doch beruhigte sich die Stimmung im Laufe der Nacht. Viele meinten, daß der Perser wegen der Vernichtung des Orakels den Fluch auf sich ziehen werde. Die anderen sagten wiederum, daß nichts Ionien mehr retten könne, da nicht einmal Gott selbst in der Lage gewesen sei, seinen heiligsten Tempel zu schützen. Aber alle wuschen sich, flochten ihre Haare, salbten die Gesichter mit Öl und zogen ihre besten Kleider an, um sich so für den Kampf vorzubereiten.

In der gleichen Nacht kam ein Wanderpriester des Orpheus in das Flottenlager des Dionysios, spielte auf seiner Leier und sang von der Niederfahrt des Orpheus in die Unterwelt. Er sagte: „Den nicht Geweihten darf ich unsere Geheimkulte nicht preisgeben. Aber als Trost für diejenigen, die morgen fallen werden, ohne ihrem Schicksal entgehen zu können, erzähle ich, daß wir Geweihten an den Tod nicht glauben. Es gibt Menschen, die schon früher gelebt haben und auf Erden wieder neu geboren werden."

Dionysios sagte: „Ich habe an den bewußten Geheimkulten teilgenommen, von denen nicht gesprochen werden darf. Wir, die wir dem Dionysos geweiht sind, wissen, daß Dionysos in Eleusis als Jacchos erscheint, nachdem Persephone ihre Tochter Kore aus der Unterwelt geholt hat. Das Weizenkorn muß sterben, damit der neue Weizen aus demselben Korn wachsen kann. Aber eine Unsterblichkeit, an der sowohl Sklaven und Frauen als auch freie Männer teilhaben, behagt mir nicht."

Dorieus sagte: „Ich erblicke die Unsterblichkeit lediglich im Namen auf dem Grabstein dessen, der im Kampf gefallen ist."

Der Orpheus-Priester sagte: „Wehe euch, ihr Ungläubigen, begnügt ihr euch wirklich damit, als Schatten Opferblut, das keine Kraft spendet, aus den Erdlöchern zu trinken?"

Verzückt blickte er um sich, spielte eine wilde Melodie auf seiner Leier und rief: „Ist niemand unter euch, der mich kennt und mir Antwort geben kann?"

Irgend etwas in mir gab auf diese Melodie Antwort, als hätte ich sie schon vor Urzeiten einmal vernommen. Ich riß die Augen auf und rief: „Ich werde dir antworten. Ich sehe einen schwachen Lichtschimmer um dich."

Als ich meine Blicke von Mann zu Mann schweifen ließ, sah ich, daß die meisten Männer einen schwachen Lichtschimmer ausstrahlten, der rötlich, grün oder gelb war, einige aber blieben dunkel. Der Orpheus-Wanderer nahm meinen Kopf zwischen seine Hände, sah mir in die Augen und sagte: „Ich kenne dich. Du bist einer der Wiedergeborenen. Weshalb besudelst du dich mit Blut, indem du Menschen, die deinesgleichen sind, tötest, obwohl du zum Geschlecht des Orpheus gehörst?"

Ich riß mich von ihm los, schüttelte den Kopf und sagte: „Du betrügst mich nicht. Dies ist nur Traum und Rausch, sie werden verfliegen im Sonnenlicht. Früher schon war ich der Artemis gefolgt und bin ich in wildfremden Städten gewandert, während mein Leib auf dem Ruhebett lag. Ich bin aber stets ins Leben zurückgekehrt. Ich glaube dir nicht."

Er zog mich abseits von den anderen, belehrte mich und sagte: „Die Augenblicke des Aufwachens und des Erinnerns sind für diejenigen seltsam, die von Körper zu Körper wandern. Weil ich dich an deinen Augen erkenne, gebe ich dir einen Rat, obwohl du in diesem Leben noch nicht geweiht bist. Wenn du als Schatten in die Unterwelt kommst, wirst du fürchterlichen Durst verspüren. Überwinde deinen Durst und vermeide die Quelle, die auf deinem Wege liegt und aus der die meisten, sich bückend, trinken werden. Es ist die Quelle des Vergessens. In der Unterwelt gibt es auch eine Quelle des Erinnerns. Die Geweihten wissen, wie sie zu finden ist, aber dir darf ich dieses Geheimnis nicht offenbaren, ich darf es dir gegenüber nur erwähnen."

In meinen Augen war er trotz seiner Ekstase lediglich ein gewalttätiger, unwissender Mann, denn in Ephesos war mir der Zweifel ins Herz geschlichen und ich glaubte an keine Sagen mehr. Während er sprach, strich ein kalter, schneidender Wind um meinen Kopf. Nachdem er seine Wanderung mit seinem Instrument wieder angetreten hatte, kehrte ich in die Wärme unserer Kameradschaft zurück. Dionysios legte seinen kräftigen Arm um meine Schulter und sagte: „Es ist leichter für den Menschen zu leben, wenn er die Geheimnisse der Unterwelt und des Himmels nicht kennt."

Seine lebensnahe Berührung ließ mich meine Glieder wieder verspüren. Ein Zittern ging durch meinen Körper und befreite mich von der Verzauberung, ich spürte den groben Kies unter meinen Füßen, den Duft der Algen im milden Nachtwind, den Ölgeschmack auf meinen Lippen. Aber das erste Mal zweifelte ich an meinem eigenen Zweifel.

3.

Bei Anbruch des Morgens sah man vom Lande her eine dicke Rauchsäule immer noch als Zeichen für die persische Flotte aufsteigen, die in der Nacht mit ihren Hunderten von Schiffen aufs Meer gerudert war, um uns in den Kampf zu ziehen. Als die Muschelschalen und die Hörner erschallten, ruderten wir der fremden Flotte in der vom Rat bestimmten Gefechtsordnung entgegen, die größten Schiffe in der Mitte und die leichteren Fahrzeuge als Sicherung an beiden Flanken. Milet, die goldene Stadt, blieb hinter uns. Das Vorgehen war langsam. Die Schiffe kamen einander in die Quere und Riemen splitterten. Je näher wir an den Perser herankamen, um so enger schlossen sich unsere Schiffe zusammen, als suchten sie beieinander Schutz.

Wir sahen Silber und Bronze an den Schiffen der Phönizier blitzen sowie deren furchterregende Götterbilder. Wir sahen aber auch in den Reihen der feindlichen Flotte die griechischen Schiffe aus Kypros und andere ionische Schiffe. Auf phönizischen Schiffen wurden ionische Gefangene geopfert, deren Blut vor dem Bug der Schiffe ins Meer vergossen wurde.

Das Meer war von persischen Schiffen bedeckt, aber auch die Flotte der Verbündeten nahm einen breiten Raum ein.

In immer heftiger werdendem Takt schlugen die Keulen gegen die Bronzeschilder. Der Gesang der Ruderer wurde immer wilder und lauter. Die in Frontlinie stehenden Schiffe gingen in voller Fahrt mit schäumendem Bug aufeinander los. Ich weiß, daß meine Kehle plötzlich trocken wurde. Ich weiß, daß sich meine Bauchmuskeln aus Angst zusammenkrampften. Dann kam – das weiß ich nur noch – das vollständige Chaos: Krachen und Knirschen, überflutendes Wasser und Schreckensschreie der Sterbenden.

Beim ersten Angriff hatten wir Erfolg. Unsere Schiffe ruderten, den Zeichen des Dionysios folgend, schräg gegen die Feindschiffe vor, als beabsichtigten sie, ihre Schiffsseiten als Zielscheibe der feindlichen Rammdorne darzubieten. Aber wir drehten, die Geschwindigkeit beibehaltend, rechtzeitig ab, und unser Rammdorn durchstieß krachend die Seite des hohen Feindschiffes, das sich beängstigend über uns neigte, als ob es unser Schiff zum Kentern bringen würde. Von der Besatzung fielen einige ins Meer und auf unser Deck, Pfeile sausten durch die Luft. Rückwärts und vorwärts rudernd versuchten wir vom Feindschiff loszukommen, um es absinken zu lassen. Aber beim Loslösen rammte unser Achterschiff ein anderes Feindschiff, von dem aus Männer auf unser Schiff herübersprangen, so daß unter Krachen der Deckbalken Mann gegen Mann gefochten wurde. Inmitten der feindlichen Schiffe bildeten unsere fünf Schiffe ein unentwirrbares Ganzes. Unsere Ruderer liefen mit ihren Waffen aufs Deck, aber viele von ihnen wurden das Opfer der persischen Pfeile. Bei diesem fürchterlichen Durcheinander geriet ich an der Seite des Dionysios aufs Deck eines phönizischen Schiffes. Bevor ich es überhaupt begriff, hatten wir das Schiff schon erobert, das Götterbild am Bug zerschlagen und ins Meer geworfen und diejenigen ins Meer gedrängt, die nicht den Mut aufbrachten, auf dem vom Blut glitschrigen Deck zu kämpfen und zu fallen.

Da unsere Besatzung zu klein war, waren wir gezwungen, das Schiff aufzugeben und es mit zersplitterten Rudern als Wrack treiben zu lassen. Als das Kampfgetöse nachließ, rief Dionysios seine Schiffe zusammen, alle fünf befolgten den Befehl, wobei wir feststellten, daß wir eine erhebliche Lücke in die Front der feindlichen Flotte geschlagen hatten. Mit sich biegenden Riemen stießen unsere Schiffe gegen neue Feindschiffe in Richtung Zentrum vor, wo sich die mächtigen Schiffe aus Milet in die feindlichen Schiffe verbissen hatten. Zur Mittagszeit fing unser Fünfzig-Ruder-Schiff an, unter uns abzusacken, so daß wir, um uns retten zu können, gezwungen waren zu versuchen, ein doppelreihiges phönizisches Schiff in

Besitz zu nehmen. Während Dionysios das Kampfzeichen für dieses Schiff hochgehen ließ, schaute er um sich und fragte: „Was bedeutet dies?"

Was wir sahen, waren sinkende und treibende Schiffe, Männer, die schwammen oder sich an Riemen und Schiffsteilen klammerten, und Leichen, die auf dem Wasser trieben. Die zum Schutze der Meerenge von Lahde zurückgelassene ionische Flotte war in voller Fahrt zum Angriff gegen uns übergegangen und bedrohte uns im Rücken. Bevor wir etwas begreifen konnten, griff sie die Schiffe der Stammesverwandten von rückwärts an. Dionysios meinte: „Sie warteten anscheinend ab, auf welche Seite sich der Sieg neigen würde. Nun kaufen sie sich Gnade und Schonung ihrer eigenen Städte vom Perser. Die Siegesgöttin hat Ionien verlassen."

Trotzdem kämpften wir unter dem Befehl von Dionysios weiter, verloren dabei zwei Schiffe in ungleichem Gefecht, konnten aber die am Leben gebliebenen Männer retten und hatten somit volle Besatzung auf unseren restlichen drei Schiffen. Dionysios befahl den phönizischen Rudersklaven ins Wasser zu springen, da er ihnen nicht traute, löste sich vom Gefecht und nahm mit seinen Schiffen Kurs auf das offene Meer. Eine große Anzahl ionischer Schiffe setzte sich nach Norden ab, und die persischen ruderten in einem harten Wettrudern ihnen nach. Für die ionischen Ruderer galt es nun, die aufgespeicherten Kräfte einzusetzen, die sie beim wochenlangen Herumlungern im Schatten ihrer Segel gesammelt hatten.

Als Mitbeteiligter müßte ich eigentlich mehr über die Seeschlacht von Lahde erzählen können, aber ich war unerfahren im Seekrieg und konnte die verschiedenen Schiffe nicht auseinanderhalten. Allerdings wurde der Verlauf der Seeschlacht auf unseren Schiffen wochenlang bei jeder Ruhepause besprochen, und jeder erzählte und beurteilte die Geschehnisse auf seine Weise und wußte natürlich alles besser als die anderen.

Der beste Beweis für meine Unerfahrenheit im Seekrieg ist, daß ich baß erstaunt war, als ich einen Riesenhaufen von Schatzschreinen, wertvollen Waffen, Opferkelchen und -gefäßen, Goldarmbändern und Halsketten auf unserem Schiff entdeckte. Während ich um mein Leben kämpfte und keine Zeit hatte, um mich zu schauen, hatten Dionysios und seine erfahrenen Seeleute es vermocht, aus den von uns aufgebrachten Schiffen die vorhandenen Schätze zu retten, Arme und Daumen der Gegner abzuschneiden, um von diesen eiligst die Goldarmbänder und Ringe zu sammeln und in Sicherheit zu bringen.

Das von uns aufgebrachte phönizische Schiff gefiel Dionysios ausnehmend. Er klopfte dessen Zedernplanken ab, prüfte seine Räumlichkeiten und die Anordnung der Ruderbänke und rief aus: „Welch ein Schiff! Wenn ich über hundert solcher Schiffe, vollbesetzt mit Männern aus Phokaia verfügte, würde ich Sieger auf allen Meeren sein."

Er zerschlug das Götterbild nicht, sondern opferte ihm und bat: „Sei auf meiner Seite, Gott der Phönizier, wie du auch heißen magst, und streite für uns." Auch traf er keine Änderungen im Schiff selbst, im Gegenteil, er verteilte die phönizischen Schilde und Schiffssignale an die beiden noch intakten Fünfzig-Ruder-Schiffe. Auf beiden Seiten des Bugs ließ er zwei große Augen malen, damit das Schiff seinen Kurs auf fernen Meeren finden könne.

In der Abenddämmerung lag das Meer öde um uns herum. Dionysios suchte zur Nacht nicht an Land zu kommen, sondern ließ die Schiffe in Rufweite voneinander rudern und die Ruderer sich an den Riemen abwechseln. Das Klagen und Jammern der Verwundeten ertönte weithin, und die einzige ärztliche Behandlung, die Dionysios kannte, war, die Wunden mit Meerwasser auswaschen und sie dann mit Teer bestreichen zu lassen. Dorieus hatte zahlreiche Quetschungen am Körper und hatte einen so gewaltigen Hieb mit dem Riemen auf seinen Helm erhalten, daß die Kopfhaut geplatzt war, bevor er dazukam, den Helm abzunehmen. Sein Kopf steckte tief im Helm, und deshalb sagte er, er brauche eher einen Schmied als einen Arzt.

Als ich im Dunkel der Nacht, in der erschreckenden Öde des Meeres all das Elend um mich sah, schämte ich mich, daß ich selbst unverwundet dastand, und ich weinte, bis mein Gesicht naß war. Seitdem Heraklit mich aus seinem Hause gewiesen und mich als undankbar gescholten hatte, war es das erstemal, daß ich weinte. Ich hatte den Tanz der Freiheit getanzt und dem Volke geholfen, Hermadoros aus Ephesos zu vertreiben, und das konnte Heraklit mir nicht verzeihen.

Dionysios ertappte mich beim Weinen, berührte im Dunkeln mit der Hand meine Augen und fragte verwundert: „Warum weinst du, Turms? Du, der einzige Mann, den ich im Kampfe habe lachen sehen. Du lachtest unentwegt, obwohl der Tod um dich herum raste und tobte."

„Verzeih meine Tränen", bat ich. „Ich bin als Mensch doch wohl labiler, als ich geglaubt. Ich weiß nicht einmal, warum ich weine. Ich glaube nicht, daß ich über die Niederlage Ioniens weine. Über mich selbst weine ich auch nicht. Ich weine beim Gedanken an die rauchgeschwängerte Luft, an die Ziehfeder und die Wachstafel, an Spott und Weisheit im Hause meines Lehrers. Er hat mir gesagt, daß der längste

Weg im Menschen selbst liege. Die Grenzen des eigenen Ichs könne niemand erreichen. Deshalb weine ich vielleicht."

Ich drückte seine klobige Hand gegen meine Wange und klagte: „Dione warf mir einst einen Apfel zu, nachdem sie ihren Namen in die Schale geritzt hatte. Dieser Apfel war mir mehr wert als alle Weisheit meines Lehrers. Wegen dieses Apfels tanzte ich den Tanz der Freiheit. Wegen dieses Apfels warf ich die Fackel in den Tempel der Kybele in Sardeis. Jetzt weine ich, weil ich mich nicht einmal an das Antlitz Diones erinnern kann."

„Die Gegensätze gebären einander im ewigen Kampf", sagte ich. „Es gibt nichts Bestehendes, sondern alles verwandelt sich stündlich, auch ich selbst verwandle mich. Alles ist derselben Ausstrahlung des Feuers unterworfen, auch die Erde und das Wasser. Aus dem Feuer ist alles entstanden, und alles kehrt zum Feuer zurück. Gott ist Tag und Nacht, Winter und Sommer, Hunger und Sättigung. Deshalb ist er wandelbar wie der Weihrauch im Feuer. Aus jedem neuen Duft wird ihm ein neuer Name zuteil."

Dionysios wurde bedenklich, tastete behutsam meinen Schädel ab und fragte: „Hast du einen Schlag auf den Kopf erhalten?" Er schnupperte in die Luft, leckte seinen Finger ab und stellte die Windrichtung fest, horchte nach dem Gemurmel des Wassers am Bug des Schiffes und betrachtete die Lage der Sterne. Dann sagte er zu mir: „Ich bin kein gelehrter Mann, doch ich kenne die Strömungen der Meere, die Winde und den Bau der Schiffe. Wenn du ein gewöhnlicher Seemann wärest, würde ich dein Weinen jäh durch einige Hiebe mit dem Tauende kurieren, aber du bist mein Freund. Deshalb darfst du dir aus der Beute die schönste Halskette aussuchen, damit du nur zu weinen aufhörst. Dein Weinen erschüttert mich stärker als das Gebrüll des Persers." Ich wetterte und fluchte: „Wirf deine Halskette ins Meer. Ich habe heute Menschen, meinesgleichen, mit Schwert und Speer getötet. Ihre Schatten verfolgen mich und sind um mich. Ich sehe ihre Gesichter und die mit dem Schwerthieb gespaltenen Kiefer. Ihr eisiger Odem streicht über meinen Kopf hinweg."

Dionysios brach in wildes Gelächter aus, versprach mir, am nächsten Morgen die notwendigen Sühneopfer darbringen zu lassen und schickte mich schlafen auf das nach Myrrhe duftende Ruhebett des phönizischen Befehlshabers im Innern des Schiffes. Der Wohlgeruch der Myrrhe verscheuchte den Blutgeschmack auf meinen Lippen. Ich fiel in einen tiefen, todähnlichen Schlaf, und im Traum kam eine geflügelte Lichtgestalt mit nackten Gliedern auf mich zu, mit ihrem bezauberndsten Lächeln blickte sie mich an. Als ich sie aber in meine Arme schließen wollte, verschwand sie wie ein Schatten.

4.

Als ich aufwachte, stand die Sonne hoch am Himmel, das Wasser rauschte vor dem Schiffsbug, die Ruderer sangen im Takt der Schläge gegen die Bronzeschilder, und ich stellte an der Sonne zu meinem Erstaunen fest, daß wir den Kurs nach Süden statt nach Norden, nach Phokaia eingeschlagen hatten.

Dorieus saß auf dem Vorderdeck und drückte ein nasses Tuch an seinen Kopf. Im Namen aller Meeresgötter fluchend, fragte ich: „Wohin sind wir unterwegs?"

Links sah ich die braunen Hügel am Ufer und rechts die blauen Schatten der Insel.

Dorieus antwortete: „Ich weiß es nicht, will es auch gar nicht wissen. Ich habe einen Bienenschwarm in meinem Kopf, allein schon der Anblick des Meeres macht mich krank, und mein Magen revoltiert."

Der Wind hatte zugenommen, die Wellen umspülten den Schiffsrumpf und hinter uns folgten die beiden anderen Schiffe in genau vereinbarter Entfernung. Ab und zu schoß das Wasser durch die Ruderöffnungen ins Schiff hinein, aber Dionysios stand neben seinem Steuermann auf Deck, lachte heiter vor sich hin und stritt sich mit ihm über die Schatten der Berge und die Zeichen vom Land her.

„Wohin fahren wir nun?" fragte ich, „du führst uns ja in die Gewässer des Persers."

Dionysios grinste: „Die ionischen Schiffe fliehen nach Norden zurück in die Städte, mit Ausnahme der Schiffe aus Milet, die Schutz im eigenen Hafen suchen. Wir liegen im Rücken der persischen Flotte, und niemand kommt auf den Gedanken, uns zu verfolgen."

Ein Delphin tummelte sich vor dem Bug des Schiffes und zeigte beim Sprung seine glänzende Flanke. Dionysios deutete auf ihn und sagte: „Merkst du es nicht, wie selbst die Nymphen unsere Fahrt lenken, uns mit ihren schwellenden Hüften verführend? Jedes Zeichen ist uns recht, wenn es uns nur vom Perser und vom verlorenen Ionien entfernt."

Aus dem Funkeln seiner Augen konnte ich entnehmen, daß er nur spaßte und längst seinen Entschluß gefaßt hatte, obwohl er es vor mir mit einem Scherz zu verbergen suchte.

Ich erwiderte: „Du hast recht. Ionien haben wir verloren. Diejenigen, die schon vor Jahren aus den Städten Ioniens flohen, waren klüger als wir."

Dionysios zog seine buschigen Brauen zusammen und fuhr mich wütend an: „Rede nicht von Flucht. Wir taten alles, was wir vermochten, und jetzt noch können wir den Perser herausfordern, bevor wir unserer Stadt ein ewiges Lebewohl sagen."

„Was hast du vor?" schrie ich ihn erneut brüsk an.

Aber Dionysios nahm davon keine Notiz, sondern wies auf den blauen Schatten der Insel vor uns hin, gab dem Steuermann ein Zeichen und sagte: „Vor uns liegt die Insel Kos, die Insel des Gottes der Heilkunst. Rede nicht soviel, sondern geh lieber nach unten und prüfe nach, wie viele von uns ein Geldstück zwischen den Zähnen brauchen, um das Fährgeld zu bezahlen."

Ich dachte nicht länger an mich selbst, nahm Abschied von den runden glänzenden Flanken des Delphins, dem herrlichen frischen Seewind und dem keuchenden Gesang der Ruderer. Ich stieg in den Schiffsraum bis zum Boden herunter zu den Verwundeten, in den Gestank von Blut und Kot. Lediglich das durch die Riemenöffnungen hereindringende Licht leuchtete in ihre Dunkelheit hinein, die Klagen waren verstummt. Die Bodenplanken waren vom Blutgerinnsel schlüpfrig. Mir schwindelte, plötzlich fiel mir der Priester des Orpheus ein, und ich erkannte die Toten auf dem Schiffsboden als dunkle und lichtlose Gestalten. Um die Lebenden leuchtete noch ein schwacher Lichtschimmer.

Nachdem ich mit den Verwundeten gesprochen hatte, ging ich wieder hinauf auf Deck, in das Licht des Lebens, und berichtete Dionysios: „Einige sind bereits tot, einige liegen wachsbleich, ohne die Hand heben zu können, einige versuchen sich aufzurichten und rufen nach Wasser und Essen."

Dionysios befahl: „Die Toten für Poseidon und seine Nymphen. Ich nehme nur solche Männer mit, die selbst auf Deck klettern können, kriechend oder auf eigenen Füßen. Die anderen lassen wir auf der Insel Kos zurück, im Tempel des heilenden Gottes, wo sie ihren Träumen nachgehen können."

Diesen gleichen Befehl rief er den beiden anderen Schiffen, die uns im Kielwasser folgten, hinüber. Die Männer aus Phokaia zogen ihren Toten die Kleider aus, stießen ihnen ein Geldstück in die Kehle und warfen sie ins Meer. Fast wie im Wettkampf miteinander zerrten sich die meisten

Verwundeten fluchend und stöhnend, die Götter um Hilfe anrufend, in die Sonne und den frischen Wind aufs Deck hinauf, denn niemand von ihnen wollte auf der Insel Kos zurückgelassen werden. Nachdem der Perser Didymaion niedergebrannt hatte, glaubte keiner von uns daran, daß er den Tempel des Sohnes des Apoll verschonen oder diesen als Zufluchtstätte für Verwundete anerkennen würde.

Bei einigen Verwundeten gingen die Wunden bei der übermäßigen Anstrengung, sich aufzurichten, wieder auf, ihre Arme sanken kraftlos nieder, das Blut quoll hervor, rieselte auf die Schiffsplanken, und sie selbst fielen in das Dunkel und auf den Schiffsboden zurück. Als ich dies alles sah, warf ich Dionysios vor: „Du bist ein erbarmungsloser Mann, Dionysios."

Er schüttelte den struppigen Kopf und sagte: „Nein, nein, Turms, im Gegenteil, ich bin barmherzig zu den Meinen."

„Wahrlich, du, Turms, bist zu befangen, um hier mitreden zu können", fuhr er fort. „Diese Verwundeten sind meine Stammesgenossen, ich bin zu ihrem Befehlshaber geboren, ich habe Brot und Salz mit ihnen geteilt und ihnen, mit einem Tauende in der Hand, die Tauglichkeit als Seemann beigebracht und eingepeitscht. Aber im Leben kann sich der Mensch nur aus eigener Kraft helfen, damit fertig zu werden. Wenn ich kraftlos auf dem Schiffsboden im Dunkeln liege, fassen die Unsterblichen mich nicht am Schopf und zerren mich aufs Deck. Selbst muß ich mich dabei anstrengen und sei es, daß ich mich mit Hilfe meiner Zähne aufs Deck zerre. Ich verlange von ihnen nicht mehr als von mir selbst."

Seine Hände spielten mit seiner Halskette, und ich sah, wie Tränen in seinen Bart rollten. Ich wandte den Kopf ab und sagte schleunigst: „Erst gestern habe ich gesehen, wie entsetzlich viel Blut ein Mensch hat. Das Blut verfärbte das Meer bei Lahde zu großen Blutlachen. Das Blut schwappte auf den Schiffsböden hin und her, bevor die Schiffe in die Tiefe sanken."

Dorieus hielt seinen Kopf mit beiden Händen fest und schrie zornig: „Lahde liegt hinter uns und die Zukunft vor uns. Sprich also nie mehr von Lahde, und ich will nicht einmal mehr in Richtung Ionien schauen."

Dionysios trocknete seine Tränen vom Bart, seufzte und sprach: „Ich werde Phokaia niemals mehr sehen, aber ich weiß, daß ich noch häufig nach Ionien schauen werde. Schon als Kyros Ionien von Kroisos erbte und dessen Städte eroberte, beschlossen die Männer aus Phokaia, die Freiheit zu wählen und mit ihren Schiffen in neue Städte zu segeln. Bei der Abfahrt versenkten sie einen Eisenklumpen im Hafen und schworen, nicht wiederzukehren, bis der Eisenklumpen an die Oberfläche steigen würde. Sie segelten bis zu den westlichen Grenzen und Küsten des Meeres und gründeten Massilia. Aber viele gaben vorzeitig auf und kehrten zurück, und es setzte ein gewaltiges Tauchen ein, um den Eisenklumpen wieder an die Oberfläche zu heben. Deshalb bin ich der Ansicht, daß alle Schwüre unnütz sind, weil die Gesinnung des Menschen unbeständig ist und er im voraus nicht weiß, was er eigentlich will. Ich glaube zu wissen, was ich will."

Auch jetzt wollte er noch nicht verraten, was er zu tun gedachte. Wir ruderten in den Hafen der Insel Kos, den Landzeichen, dem Tempel des Asklepios folgend. Im Hafen lagen keine größeren Schiffe, sondern lediglich die Boote der Fischer und Taucher. Die großen Schiffe hatte der Perser mitgenommen. Die Stadt selbst hatte er nicht zerstört.

Priester und Ärzte kamen uns ans Ufer entgegen, und Dionysios ließ die am schwersten Verwundeten aus den drei Schiffen an Land tragen. Viele waren bewußtlos und viele phantasierten und glaubten, göttliche Erscheinungen zu sehen. Die Priester willigten ein, den Verwundeten im Tempel Zuflucht zu gewähren, damit sie dort in den heilenden Schlaf fallen könnten. Sie sagten: „Wir fürchten den Zorn des Persers nicht. Der Arzt sieht nicht nach der Nationalität oder Sprache, nicht nach dem Bart oder dem Schnitt der Kleidung. Auch der Perser ließ Kranke von seinen Schiffen im Tempel zurück."

Dionysios lachte auf: „Ich habe Ehrfurcht vor dem Tempel, aber zum Glück phantasieren meine Leute und sind teils bewußtlos. Sonst würden sie kriechend mit bloßen Händen die neben ihnen auf dem Boden des Tempels liegenden Perser erwürgen. Wenn der Arzt auch nicht nach Herkunft und Sprache des Kranken fragt, so habe ich doch geglaubt, daß er sich den Geldbeutel des Patienten genau anschaut."

Die Priester sahen ihm furchtlos in die Augen und antworteten: „Viele haben dem Tempel Opfergaben gebracht, nachdem sie durch den heilenden Schlaf von der Schwelle des Todes ins Leben zurückgekehrt sind. Aber das von einem Armen dem Tempel geweihte, aus Lehm geformte Glied ist dem Gott der Heilkunst ebenso willkommen wie ein silbernes Bild oder ein Dreifuß des Reichen. Wir heilen nicht gegen Geld, sondern um die göttliche Fähigkeit auszuüben, die Asklepios uns, seinen Erben, hinterlassen hat. Dies schwören wir im Namen des Auges, der Hand und der Nase, des Feuers, der Nadel und des Messers."

Dionysios wollte gerne einen Blick in die Vorhalle des Tempels werfen, doch das ließen die Priester nicht zu. Ohnedies schwenkten sie drohend ihre Äskulapstäbe, als sie die wilden Augen und die bärtigen Gesichter der Männer aus Phokaia sahen. Die Stadtbewohner trugen rasch ein Festmahl aus ihren Häusern zusammen und gaben uns auch Wein zu trinken, doch mischten sie ihn mit fünf Teilen Wasser. Sie hatten ihre Erfahrungen mit betrunkenen Seeleuten gemacht und wollten nicht, daß wir uns berauschten. Der Tag ging zu Ende, die Berggipfel glühten, im Meer schwammen purpurfarbige Lachen, aber Dionysios zögerte immer noch mit der Abfahrt.

Die Priester schauten Dionysios geradezu böse an und ließen uns verstehen, daß sie keineswegs die Absicht hätten, den Kriegsschiffen Zuflucht zu gewähren, selbst wenn es sich um ionische Schiffe handelte, sondern lediglich den Kranken.

„Dies verstehe ich sehr wohl", sagte Dionysios. „Die Freiheit Ioniens ist auf dem Meere und auf dem Lande vernichtet worden, das stelle ich nicht in Abrede. Von nun an müßt ihr die Perser besser als eure eigenen Stammesverwandten verstehen lernen. Ich segle sofort ab, sobald ich ein günstiges Zeichen erhalten habe."

Als sich die zunehmende Dämmerung in violette Schatten auf die Insel senkte und die Wohlgerüche der Kräuter aus den Gärten des Tempels sich in der kühlen Abendluft verbreiteten, nahm Dionysios mich beiseite, kraulte sich den Bart und bat: „Gib du mir einen Rat, Turms, du bist ein gelehrter Mann, denn ich befinde mich in ärgster Verlegenheit. Ich möchte diese Greise und ihre Götter unter keinen Umständen verletzen, aber wir werden in gefährliche Gewässer stoßen und ich kann auf keinen einzigen erfahrenen Seemann verzichten. Deshalb beabsichtige ich, im Guten oder im Bösen, einen der Erben des Asklepios von hier zu entführen. Er darf nicht zu alt sein, denn sonst ist er den Anstrengungen und Mühsalen auf See nicht gewachsen. Er muß Wunden heilen, Fieber und Magenbeschwerden kurieren können. Ferner wäre es wünschenswert, daß er die Sprache der Phönizier beherrscht, wie es bei vielen unter diesen Priestern der Fall ist."

„Was hast du denn vor?" fragte ich.

Er starrte mich mit seinen Stieraugen an, als ob er sich schuldig fühle, und gestand schließlich: „Begreifst du es nicht, Turms? Der Perser hat alle Kriegsschiffe aus Kypros und Phönizien bis hin nach Ägypten in seiner Flotte zusammengezogen. Das Meer ist offen und schutzlos wie ein Rindermagen. Kairos möge mir helfen. Ich will nun dem Gott der günstigen Gelegenheiten dienen."

„Im Namen der Unsterblichkeit", rief ich entsetzt. „Ein ehrenvoller

Krieg für die Freiheit ist etwas ganz anderes als Seeräuberei auf offenen Meeren. Das Leben eines Seeräubers ist kurz, sein Tod fürchterlich und sein Nachruhm mit Schande bedeckt. Er wird auf den Meeren von einem Ende zum anderen erbarmungslos verfolgt, eine Zufluchtsstätte hat er nirgends und sein Name allein bedeutet schon einen Schrecken für jeden rechtschaffenen Menschen."

„Schwatz nicht soviel dummes Zeug, Turms", warnte Dionysios, „du, der Tempelschänder, verunglimpfst mich."

„Auf jeden Fall werden Dorieus und ich nicht mit dir gehen", sagte ich fest entschlossen.

„Dann bleibt hier", riet er mir spöttisch. „Bleib du nur hier unter der Obhut dieser freundlichen Priester. Erzähle dann dem Perser, wer du bist und von wo du kommst. Wir treffen uns dann in den Gefilden der Unterwelt wieder, ich kann dir aber versichern, daß ich älter sein werde, wenn ich dort ankomme, als du."

Die warnenden Worte des Dionysios ließen mich aufhorchen und zaudern. Dionysios drängte: „Bald wird es dunkel. Rate mir also, wie ich am geschicktesten einen Arzt entführen könnte. Wir müssen in den nächsten Tagen einen gewandten und tüchtigen Arzt haben."

„Die gelehrten Ärzte bangen um ihre Haut", warf ich ein. „Das ist verständlich, denn sollte das Schwert ihre Haut durchbohren, so würde ihre mit Mühe angeeignete Gelehrtheit mit ihrem Odem aus ihnen herausströmen. Die weisen Ärzte von Milet waren ja auch nicht bereit, auf die Schiffe zu kommen, obwohl sie hilfsbereit erklärten, sämtliche Verwundeten in der Stadt nach dem Siege kostenlos verarzten und pflegen zu wollen. Nein, kein Arzt geht freiwillig auf ein Piratenschiff mit."

„Wir sind doch keine Räuber, wenn wir den Seekrieg beim Versagen der anderen in den Gewässern des Feindes fortsetzen", behauptete Dionysios. „Ich werde den Arzt zu einem reichen Mann machen, so wie jeden, der mit mir geht."

„Angenommen, er bleibt am Leben", warf ich dazwischen. „Was hätte er für eine Freude an dem Reichtum, wenn er später erkannt und seine Vergangenheit bekannt werden würde? Kein Volk, keine Stadt wird ihm Schutz gewähren."

„Turms", drohte Dionysios, „ich befürchte, daß ich dich auf der Insel Kos zurücklassen werde, ob du damit einverstanden bist oder nicht, falls du nicht aufhörst, dummes Zeug zu schwätzen, und endlich über diese Angelegenheit mit mir vernünftig redest."

Seufzend verließ ich ihn, mich über die Aufgabe beklagend, die er mir aufgebürdet hatte. Um mich schauend, bemerkte ich einen gesetzten Mann, der etwas abseits von den anderen stand und der mir so bekannt vorkam, daß ich ihn mit einem freudigen Ausruf begrüßte, da ich überzeugt war, ihm schon früher begegnet zu sein. Er hatte ein rundes Gesicht, unruhig flackernde Augen und eine scharfe Falte zwischen den Brauen.

„Wer bist du?" fragte ich. „In der Dämmerung glaubte ich dich zu kennen."

„Mein Name ist Mikon", antwortete er. „Ich bin ein Geweihter, dich erkenne ich aber nicht, wenn du mir kein Zeichen geben kannst."

„Mikon", wiederholte ich langsam. „Beim Feldzug nach Sardeis lernte ich einen Lehmkrugbildner aus Attika kennen, der Mikon hieß. Er zog in den Krieg, um mit Hilfe seiner Kriegsbeute einen neuen Brennofen bauen zu können. Er kehrte jedoch genau so arm nach Athen zurück, wie er fortgegangen war, aber er war ein starker Mann, die Muskeln seiner Arme waren fest wie knollige Baumwurzeln, und man konnte neben ihm unter seinem Schutz getrost vor dem Perser fliehen. Doch kam er mir nie so bekannt vor wie du, wenn ich in der Dämmerung dein Gesicht schaue."

Er sagte: „Du kamst im günstigsten Augenblick, Fremder. Meine Gedanken sind unruhig, und die Funken schlagen in mir wie aus der heißen Asche im Wind. Was begehrst du von mir?"

Um seine Gesinnung zu ergründen, lobte ich den Asklepios von der Insel Kos, den Ruf des Tempels und dessen gescheite Ärzte.

Er sagte: „Ein weißer Bart ist nicht immer ein Zeichen von Weisheit. Überlieferte Gebräuche binden ebensosehr, wie sie heilen. Ein wahrer Arzt zeichnet mit seinem Äskulapstab einen heiligen Kreis um sich, falls es nötig ist. Im Schatten des ererbten Ruhmes kann aber auch die Dummheit leicht nisten."

„Die Insel Kos ist natürlich nicht die einzige Heilstätte", gab ich zu. „Die Ärzte aus Kroton in Italien werden als die besten der Welt gepriesen. Einer von ihnen soll sogar den Großkönig geheilt haben und ihm seitdem als Leibarzt dienen."

Mikon fügte noch hinzu: „Zahlreiche Griechen dienen dem Großkönig als Bewaffnete unter seinen Unsterblichen. Es sind nicht die schlechtesten Griechen."

„Ich weiß nicht, ob du recht hast", behauptete ich. „Ein griechischer Sklave ist meines Erachtens stets ein schlechter Grieche, wenn er auch eine Goldkette um den Hals trägt."

„Warum wirfst du einem anderen Sklaverei vor", entgegnete er, „bist du nicht selbst ein Sklave? Schleppst du nicht deinen Körper wie eine Sklavenkette mit dir herum? Sklave ist jeder von uns, solange wir in dieser Gestalt verbleiben."

„Bist du vielleicht ein Anhänger des Orpheus?" fragte ich.

Er schüttelte den Kopf und sagte: „Nur das eine weiß ich, daß nichts sinnlos geschieht. Wir erkennen den Sinn nur nicht. Wir ahnen ihn bisweilen nur, wie durch einen Schleier, wenn wir manchmal etwas voraussehen können. Auch dein Erscheinen bei mir gerade heute abend wird einen Sinn haben. Schau, der Neumond leuchtet wie ein schmales goldenes Band über dem Meer. Bist du vielleicht der Sendbote der Artemis und weißt es selber nicht?"

Seine Worte ließen mich zusammenfahren. „Mikon", sagte ich, „die Welt ist groß und weit, und das Wissen, die Weisheit wachsen nicht nur an einem Ort. Du bist noch nicht alt. Warum bleibst du hier unter den Füßen des Persers?"

Er berührte mich freundlich mit der Hand und erklärte: „Ich habe gewiß nicht mein ganzes Leben auf der Insel Kos verbracht. Ich bin durch viele Länder gewandert, bis nach Ägypten. Ich spreche mehrere Sprachen und kenne Krankheiten, die hier nicht bekannt sind. Sage also, was du von mir willst?"

Seine Berührung empfand ich so vertraut, als hätte ich ihn bereits seit langem gekannt. Ganz aufgeregt antwortete ich: „Mikon, vielleicht sind wir wirklich alle Sklaven unseres Schicksals. Du bist der Mann, den mein Schiffsbefehlshaber braucht. Meine Aufgabe ist es, ihn auf dich aufmerksam zu machen, damit seine Leute dich auf den Kopf schlagen und dann mit Gewalt aufs Schiff schleppen können."

Er rührte sich nicht, starrte mich nur prüfend an und fragte: „Warum warnst du mich? Wer bist du? Dein Antlitz ist nicht das Gesicht eines Griechen."

Während er mich anstarrte, fühlte ich, wie eine unwiderstehliche Kraft von mir ausging. Diese Kraft hob meine Arme hoch in die Luft, die Handflächen nach unten, der goldenen Sichel des Neumonds entgegen. „Ich weiß es selber nicht, warum ich dich warne", gestand ich, „ich weiß nicht, wer ich bin. Nur das eine weiß ich, daß die Stunde des Aufbruchs gekommen ist, sowohl für dich als auch für mich."

„Laß uns gehen", sagte er lachend, faßte mich unter und führte mich zu Dionysios.

Ich war völlig verblüfft und begriff überhaupt nicht, wie alles geschehen war.

„Willst du dich denn nicht von jemand verabschieden?" fragte ich verwirrt. „Willst du nicht deine Habseligkeiten, deine Kleider zusammenpacken?"

„Wenn ich gehe, gehe ich von der Stelle aus, auf der meine Füße jetzt stehen", sagte er, „sonst hat der Aufbruch gar keinen Sinn. Natürlich könnte es von Nutzen sein, wenn ich meinen Medizinkasten holte, aber ich befürchte, daß mein Weggehen dann verhindert werden würde, obwohl ich mich noch nicht endgültig gebunden habe."

Dionysios mischte sich mißtrauisch in das Gespräch ein: „Versuche ja nicht, den Kasten zu holen. Folgst du mir aber freiwillig als Arzt, so weiß ich dich in gebührender Weise zu belohnen."

Mikon schüttelte freudig lächelnd den Kopf und sagte: „Freiwillig oder mit Gewalt, das sind lediglich Worte. Mir geschieht nur das, was geschehen muß, und ich kann es nicht verhindern."

Wir nahmen ihn in die Mitte und brachten ihn aufs Schiff. Dionysios ließ in die Muschelschalen blasen und seine Männer zusammenrufen. Unsere drei Schiffe ruderten auf das violettschimmernde, ruhig gewordene Meer hinaus. Die Mondsichel der unbarmherzigen jungfräulichen Göttin leuchtete als ein dünnes Band am Himmel, als wir den Hafen der Insel Kos verließen.

5.

Wir ruderten weit auf das offene Meer hinaus, bis nicht einmal ein Schatten von den Inseln und dem Festlande zu sehen war. Die Ruderer fingen zu stöhnen an, und einige von ihnen erbrachen das auf der Insel Kos verzehrte gute Essen. Sie fluchten über Dionysios und sagten, daß dieses Rudern reiner Wahnsinn sei, denn die erste Grundbedingung einer geschickten Seefahrt sei, die Landfühlung beizubehalten, um zu wissen, wohin man rudere. Außerdem hätten sie ja gekämpft und gerudert, erneut gefochten und wieder gerudert so lange Zeit, daß sie sich an den Beginn gar nicht mehr erinnern könnten. Ihre Hände wären wundgerieben und das Gesäß gefühllos geworden trotz der Schilfkissen des phönizischen Schiffes. Ein vernünftiger Befehlshaber ließe sein Schiff für die Nacht an Land ziehen, um seine Leute schlafen zu lassen und sein Schiff zu sichern.

Dionysios hörte schmunzelnd ihre wütenden Reden an und versetzte den Redseligsten mit seinem Tauende einen Schlag auf den Rücken, eher in gutmütiger als in böser Absicht. Sie belegten ihn mit Schimpfworten, aber niemand hörte auf zu rudern, bevor er den Befehl gab, die Schiffe nebeneinander zu steuern und diese mit Trossen zusammenzubinden, bis der Morgen graute.

„Dies nicht, weil ich euch und eure Glieder schonen möchte", sagte er, „aber ich nehme an, daß der Rausch des Kampfes sich aus euren Köpfen verflüchtigt hat und eure Sinne euch womöglich noch erbärmlicher als eure Körper erscheinen. Sammelt euch deshalb um mich herum, denn ich habe euch vieles zu sagen."

Im Lichte der leuchtenden Sterne sammelten sich die gepeinigten Männer seufzend um ihn. Die Nacht war so ruhig, daß seine heisere Stimme allen hörbar war, obwohl er sie kaum hob. Nur ab und zu seufzte das Meer auf, und die Schiffe knarrten in den Fugen, wenn sie gegeneinanderstießen. Sein Steuermann, die Befehlshaber der beiden anderen Schiffe und die Taktschläger drängten sich eifersüchtig ganz nah an ihn heran, aber trotz seines Kopfwehs schob Dorieus sie zur Seite und nahm den Platz rechts von ihm ein, gleichzeitig auch mich und den Arzt Mikon neben sich ziehend, um seine und unsere Würde allen sichtbar zu machen.

Dionysios fing zu erzählen an, sprach aber nicht von den Heldentaten seiner Männer in Lahde. Im Gegenteil, er verglich sie mit dem demütigen Landmann, der mit seinem knappen Geld in die Stadt kommt, um sich einen Esel zu kaufen, aber dort der Verführung erliegt, sein Geld für Wein zu verschwenden, in seinem Rausch in eine Keilerei gerät und am frühen Morgen an einem öden Ort aufwacht, ohne zu wissen, wo er ist, sein Umhang zerrissen, er selbst blutend und sogar seines Schuhwerks beraubt. Um ihn herum entdeckt er Kostbarkeiten und Schatzkästchen und vermutet, daß er in irgendein Haus eines reichen und mächtigen Mannes im Rausch und im Laufe der Keilerei eingebrochen sei. Diese Schätze bereiten ihm keine Freude, denn sein Entsetzen ist um so größer, weil er vermutet, daß man ihm bereits nachstellt und die Heimkehr für ihn daher ausgeschlossen ist.

„Ja, ja, gerade in einer solchen Lage befindet ihr euch jetzt, ihr unglücklichen Männer", sagte er. „Aber dankt den Unsterblichen, daß ihr einen Befehlshaber wie mich gewählt habt, der weiß, was er will. Ich, Dionysios, Sohn aus Phokaia, verlasse euch nicht. Ich fordere euch nicht nur deshalb auf, mir zu folgen, weil ich älter als ihr, als Seefahrer geschickter und schlauer als einer von euch bin, ohne alle meine Vorzüge aufzuzählen. Nein, deshalb sollt ihr mir nicht folgen, denn es gibt hier starke Männer, wie den Spartaner Dorieus, den ich nur als ersten erwähne, weil er auf seine Herkunft sehr eingebildet ist. Meine mutigen

Befehlshaber und meine vorzüglichen Seeleute sind fast ebenso tüchtige Seefahrer wie ich, und Turms aus Ephesos, der während des Kampfes lacht und nach dem Kampf weint, ist vielleicht klüger als ich. Hier unter uns befindet sich auch der begabte Arzt Mikon von der Insel Kos, den ich zwar noch nicht näher kenne, der aber den Eindruck eines in jeder Hinsicht verträglichen Mannes macht. Trotzdem rate ich euch nicht, ihn zu eurem Befehlshaber zu wählen."

„Nein, nein", fuhr Dionysios seufzend fort. „Jeder soll sich selbst prüfen, und überlegt es euch genau, ob sich jemand unter euch besser zum Befehlshaber eignet als ich. Wenn es der Fall sein sollte, tretet mutig hervor und sagt es mir ins Gesicht. Dann werden wir sehen, wie es weitergeht."

Er ließ seinen Blick in die Runde schweifen, aber niemand trat hervor, um ihn als Befehlshaber zu bezweifeln.

„Da seht ihr es", sagte Dionysios siegesbewußt. „Ich bin euer Befehlshaber, weil ich für diese Aufgabe der Beste unter euch bin, wenn sich auch unter euch jemand finden könnte, der für eine andere Aufgabe geeigneter als ich wäre. Wie zum Beispiel Likymnios, dessen Mannesglied so groß ist, daß das mutigste Weib schon beim Anblick desselben die Flucht ergreift. In dieser Beziehung mit ihm zu wetteifern, bemühe ich mich gar nicht erst."

Die Männer lachten schallend und deuteten mit Fingern auf Likymnios, der, sonst ein schweigsamer, stämmiger Mann, sich nun sehr unbehaglich fühlte, Gegenstand der Aufmerksamkeit geworden zu sein. Dorieus fragte sofort, ob er vielleicht vom Geschlechte des Herakles sei, obwohl sein Äußeres keineswegs dem eines Helden ähnlich war, sondern eher dem eines Mannes niedriger Geburt, abgesehen von Namen und Merkmal.

Likymnios begann zu stottern und erklärte, daß er nur ein Schweinehirt aus den Bergen in Phokaia sei. Sein Vater wäre Schweinehirt gewesen, ebenso sein Großvater und, soweit er wüßte, auch dessen Vater. Alle hießen sie Likymnios, denn ein Schweinehirt habe anderes zu tun, als neue Namen für seine Söhne zu erfinden.

Dorieus meinte rechthaberisch, daß der ursprüngliche Likymnios, wie allgemein bekannt, der Onkel des Herakles gewesen sei. Diesen Namen dem Sohn eines Schweinehirten zu geben, heiße einen guten Namen zu mißbrauchen.

Seine infolge seiner Kopfschmerzen schrille Stimme brachte die Rede des Dionysios völlig durcheinander. Mikon drückte seine weichen Hände gegen die Schläfen des Dorieus, um ihn dadurch zu beruhigen, und Dionysios befahl verärgert, ihm Wein einzuflößen, damit er endlich schweige.

„Jetzt ist nicht der geeignete Zeitpunkt über Herkunft und Namen zu streiten", sagte Dionysios. „Sei jeder von uns lieber der Stammvater seines eigenen Geschlechtes, so wie ich es bin, denn gerne gestehe ich, daß ich nicht einmal den Namen meines Vaters kenne. Dies gestehe ich um so lieber, als ihr alle, Männer aus Phokaia, es sowieso schon wißt, so daß ich keinen Grund habe, es zu verheimlichen."

Dionysios mußte sich sehr zusammennehmen, um sich zu beherrschen, und fragte, Demut heuchelnd: „Darf ich nun reden oder nicht, oder hat jemand noch irgend etwas Wichtiges zu sagen, damit ich ihn dann ja nicht unterbreche, so wie ich jedesmal dann unterbrochen werde, wenn ich endlich an die Hauptsache herangehen will?"

Mikon bat höflichst um Entschuldigung und versprach, fernerhin zu schweigen, wenn Dionysios spräche. Nachdem Dionysios sich drohend umgeschaut hatte, setzte er seine Rede fort: „Meine Rednergabe ist zweifelsohne mangelhaft, und ich will in dieser Hinsicht mit euch anderen Besseren nicht wetteifern. Ich wollte nur erklären, daß ihr allen Grund habt, mir zu folgen. Meine Vorzüge habe ich bereits aufgezählt, und jeder derselben würde allein für meinen Vorrang unter euch genügen. Ein Prahler bin ich aber nicht und verlange auch nicht, daß ihr lediglich auf Grund meiner angeborenen Überlegenheit mir aufs Meer folgen sollt. Nein, Männer aus Phokaia und ihr anderen, die ihr aus dem einen oder anderen Grunde zu uns gekommen seid, ich fordere euch nur deshalb auf, mir zu folgen, weil ich als Befehlshaber viel Glück bewiesen habe, wie ihr alle bezeugen könnt. Möge der Befehlshaber noch so hervorragend sein, wenn das Glück ihm nicht hold ist, führt er nur sich und seine Leute ins Verderben. Ich habe, verdammt noch einmal, mein ganzes Leben Glück gehabt, sogar in dem Maße, daß das vermeintliche Unglück sich zum Schluß immer noch als Glück erwies. Dies erzähle ich auch nicht, um zu prahlen, damit ich den Neid der Götter nicht hervorrufe, sondern ich erzähle es euch lediglich als eine Tatsache, die ihr alle auch kennt und bezeugen könnt, wenn ihr Zeit zum Nachdenken habt. Solange ihr mir folgt, werdet ihr Glück haben, verlaßt ihr mich aber, geht es euch schlecht."

Einige Männer, die sich an ihre Kameraden erinnerten, murrten, weil dem guten Glück des Dionysios schon eine Menge vortrefflicher Leute geopfert und den Krebsen zum Fraß ins Meer geworfen worden war.

Dies tuschelten sie aber nur leise einander zu, und Dionysios fuhr siegesbewußt fort:

„Nur wegen meines guten Glücks fordere ich euch auf, mir zu folgen, und denke dabei nur an euer Bestes. Ich verlasse mich so fest auf mein Glück, daß ihr gern mich absetzen und einen anderen zu eurem Befehlshaber wählen könnt, falls ihr merkt, daß das Glück mich verlassen sollte."

Als er die Männer auf diese Weise überzeugt hatte, gab er seinen Plan bekannt und sagte: „Eine Rückkehr nach Phokaia kommt für uns nicht in Frage, denn Ionien ist verloren. Doch der Perser setzt nach den erlittenen Schäden seine Flotte wieder instand. Außerdem ist er gezwungen, für die Abriegelung von Milet und von anderen Städten der Verbündeten Ioniens Schiffe von der Seeseite einzusetzen. Für das Gefecht bei Lahde zog der Perser alle Kriegsschiffe aus Kypros, Kilikia, den phönizischen Städten, ja sogar aus Ägypten zusammen. Deshalb ist das Meer offen und frei, und ich will Poseidon ein Opfer darbringen, damit er uns für morgen früh einen steifen Westwind sende."

Die Männer schrien entsetzt auf, aber Dionysios hob seine Stimme und brüllte triumphierend: „Westwind, gerade Westwind, damit ihr eure armseligen Glieder ausruhen könnt und der Wind uns ohne einen Ruderschlag in die feindlichen Gewässer bis nach Kypros und bis zu den Küsten Phöniziens trägt. Die großen Lastschiffe segeln dort auf ihren üblichen Seewegen völlig schutzlos, breit und langsam, vollbeladen mit allen Reichtümern aus Ost und West. Für die Schiffahrt ist gerade jetzt die beste Jahreszeit, und der Handel muß trotz Krieg aufrechterhalten bleiben. Wir machen eine Schleife in den feindlichen Gewässern unter gesteigertem Takt der Ruderschläge und mit rammendem Bug, und innerhalb eines Monats, das schwöre ich euch, wird jeder von uns ein reicher Mann sein, und zwar reicher, als wir es uns je in unseren rußigen, elenden Holzhütten innerhalb der Mauern von Phokaia hätten träumen lassen."

Doch die Männer zeigten keine allzu große Begeisterung und brachen durchaus nicht in Beifallsrufe aus bei dem Gedanken an die feindlichen Gewässer, wo jeder Masttopp und jede Schaumspur der Ruder Todesgefahr bedeuteten. Dionysios schaute auf die Männer, richtete an sie einen ernsten Appell und bemühte sich, sie zu überzeugen: „Innerhalb eines Monats, habe ich gesagt, mehr fordere ich nicht von euch. Fürchtet euch nicht vor Wunden, Fieber und Bauchweh, denn wir haben einen tüchtigen Arzt unter uns. Danach werde ich für euch den Ostwind im Namen der Götter beschwören, und dann segeln wir direkt nach Westen, und zwar über das ganze große Meer bis Massilia. Die günstige Jahreszeit für die Seefahrt reicht für dieses Unternehmen, und die Herbststürme werden unsere Verfolger irreführen. In Massilia werden unsere Stammesverwandten uns mit offenen Armen aufnehmen. Dort dehnt sich reiches Hinterland an den großen Flüssen entlang aus, und nichts wird uns daran hindern, dort eine eigene Kolonie zu gründen und uns mit Hilfe unserer Kriegskunst die Barbarenvölker zu unterwerfen, wenn wir nur mutig und tapfer bleiben und ihr meinem Glück vertraut."

Einige der Männer bemerkten ruhig und bescheiden, daß in der Seeschlacht bei Lahde doch schon eine angemessene Beute zusammengekommen sei. Die Fahrt nach Massilia durch fremde Gewässer sei entsetzlich weit und seine Segelsaison reicht dafür nicht immer aus. Hinter Sizilien und Italien überwachten die Karthager und die Tyrrhener eifersüchtig ihre Meere. Wenn man sich bis nach Massilia wagen wollte, wäre es wohl am sichersten, den Bug sofort, ohne zu zögern, nach Westen zu lenken und um günstige Brise zu beten. Das vernünftigste aber wäre, Schutz in den griechischen Städten in Sizilien oder Italien, im großen Westen, zu suchen; der Ruf von ihren Reichtümern und ihrem Leben im Überfluß wäre ja in der ganzen Welt wohlbekannt. Dagegen sei Massilia, weit weg an der Grenze der feindlichen Welt, ein unsicherer Wohnort.

Dionysios ließ wie ein Stier die Muskeln seines Halses spielen, runzelte die Brauen und fragte schließlich heuchlerisch sanftmütig, ob jemand ihm, dem Befehlshaber, noch etwas anderes vorzuschlagen habe. Es wäre das beste, jetzt alles restlos zu klären, denn nach dieser Beratschlagung würde er, Dionysios, kein Murren mehr hinter seinem Rücken dulden. „Also, heraus mit der Sprache", rief er aus. „Dann wissen wir alle, woran wir sind. Jeder hat das Recht zu sprechen und abzustimmen sowie seine Meinung zu äußern. Gerade für die Demokratie und die Freiheit kämpften wir ja bei Lahde und stießen mit schäumendem Bug und krachendem Rammdorn gegen die Tyrannei und Alleinherrschaft des Persers vor. Redet frei von der Leber weg, Volksgenossen und Stammesbrüder. Teilt also zunächst mit, wer von euch auf dem kürzesten Wege nach Sizilien oder Italien zu fliehen gedenkt, wo die griechischen Städte, jede für sich, ihr Gebiet und das Hinterland haßerfüllt bewachen und wo die Ländereien schon vor Jahrhunderten aufgeteilt worden sind."

Eine beachtliche Anzahl der Männer äußerte daraufhin — nach Rücksprache untereinander —, daß ihnen ein Spatz in der Hand lieber sei als zehn auf dem Dach, und bat demütig um ihren Teil der Beute sowie um eines der Schiffe, damit sie nach Sizilien segeln und dort ein neues Leben beginnen könnten.

Dionysios sagte: „Richtig und männlich habt ihr eure Absichten frei geäußert. Euren Teil der Beute bekommt ihr wohl, sogar sehr reichlich zugemessen, aber ein Schiff kann ich euch nicht zur Verfügung stellen. Die Schiffe sind mein Eigentum, und ihr könnt mir ein Schiff nicht einmal mit eurer gesamten Beute abkaufen. Deshalb ist es am besten, daß wir uns trennen, und zwar möglichst schnell, damit ihr euren Willen durchsetzen könnt. Nehmt also euren Teil der Beute und fanget an, in Richtung Sizilien mit euren Goldketten um den Hals zu schwimmen. Solltet ihr zögern, so werde ich euch gern mit der Schwertspitze helfen, über Bord ins Wasser zu springen. Das Wasser ist warm, und den Kurs könnt ihr den Sternen entnehmen."

Er trat wirklich drohend auf diese überlegenden Männer zu, während die anderen aufgestachelt wurden, diese Männer lachend und grölend gegen die Schiffsreling zu stoßen, um sie angeblich über Bord zu werfen, bis sie ihre unbedachten Worte bitter bereuten und schreiend Dionysios anflehten, sie doch auch mitzunehmen.

Dionysios erhörte endlich ihr Flehen und schalt: „Ihr seid mir wohl launenhafte Männer, in einem Augenblick wollt ihr eins und im anderen etwas anderes. Aber wir wollen wieder dieselbe große Familie wie früher bilden, in der jeder das Recht hat, seine Gedanken frei zu äußern und so abzustimmen, wie er es für richtig hält. Stimmen wir also ab, und jeder hebt die Hand, der aus freiem Willen beschlossen hat, mir in die phönizischen Gewässer zum Ärger des Persers und weiter nach Massilia zu folgen."

Alle hoben bereitwillig die Hand, auch Dorieus und ich, weil wir doch nichts anderes machen konnten, um Dionysios nicht zu verärgern. Nur Mikons rundes Gesicht zeigte ein Lächeln, er schwieg, ohne seine Hand zu heben.

Dionysios ging von Mann zu Mann, klopfte einem jeden auf die Schulter und nannte sie „tapfere Männer", wobei er „das ist recht" und „so soll es sein" und „dein Entschluß war richtig" hinzufügte. Aber vor Mikon hielt er inne, sein Gesicht verdüsterte sich und er fragte: „Und du, Arzt, gedenkst du auf dem Rücken eines Delphins wieder nach Hause zu reiten, wie?"

Mikon blickte ihm furchtlos in die Augen und versicherte: „Ich folge dir gerne, Dionysios. Ich werde dir folgen, solange es sein soll, aber wohin wir auf den phönizischen Gewässern verschlagen werden, das liegt noch im Schoße der Zukunft und des Schicksals, und darüber wissen wir noch nichts. Deshalb will ich den Unsterblichen nicht durch Hochheben meiner Hand vorgreifen zugunsten einer Sache, die ebenso unsicher und nicht vorauszubestimmen ist wie alle anderen irdischen Dinge."

„Du verläßt dich also nicht auf mein Glück?" fragte Dionysios bestürzt.

„Warum sollte ich nicht?" antwortete Mikon bereitwilligst. „Ich rate dir nur, nicht zu vergessen, daß eine weite Strecke zwischen Lipp' und Kelchesrand liegt."

Er benahm sich so höflich, daß Dionysios die Worte im Halse steckenblieben. Ohne ihn noch mehr zu bedrängen, wandte sich Dionysios wieder an seine Männer und schrie:

„Möge morgen früh ein steifer Westwind aufkommen. Dem phönizischen Gott am Bug meines Schiffes habe ich bereits ein Opfer dargebracht und sein Gesicht, seine Hände und Füße mit Menschenblut bestrichen, da ich weiß, daß die phönizischen Götter so etwas lieben. Poseidon aber, dem Meeresgott, opfere ich diese goldene Kette an meinem Halse, deren Preis demjenigen von Häusern und Weinbergen entspricht, um euch zu beweisen, daß ich an mein Glück glaube. Freudig bringe ich dieses Opfer dar, ohne zu verlangen, daß ihr aus eurem Teil der Beute opfert, weil ich genau weiß, daß ich eine gleichwertige und vielleicht sogar wertvollere Halskette in den nächsten Tagen wiederbekommen werde."

So die Götter beschwörend, ging er mit langen Schritten zum Vorderschiff und warf die schwere Goldkette ins Meer, daß das Wasser hoch aufspritzte. Unwillkürlich seufzten die Männer tief, als sie sahen, wie dieses kostbare Schmuckstück im Wasser verschwand. Dabei waren sie davon überzeugt, daß Dionysios selber wirklich an sein Glück glaubte, lobten ihn und kratzten mit den Nägeln am Deck, um das Opfer ihrerseits noch zu unterstützen und den von ihm erbetenen Westwind zu erflehen.

Dionysios schickte alle Leute zur Ruhe und versprach bis zum Morgengrauen selbst für die Wache zu sorgen. Alle lobten ihn noch mehr als zuvor, und bald hörte man von Schiff zu Schiff, das Seufzen des Meeres und das Knarren der Schiffe übertönend, nur noch das Schnarchen, das sich wie ein schweres Grollen anhörte. Jemand schrie auf im Traum, ein anderer klagte, aber die Erschöpfung forderte ihren Tribut, und alle schliefen sie, mit Ausnahme von Dionysios und mir.

Ich konnte nicht einschlafen bei dem Gedanken an die ungewisse Zukunft. Die Lämmerknochen hatten nach Westen gezeigt, und welches Wahrzeichen wir, Dorieus und ich, auch zu deuten versucht hatten, sie alle wiesen nach Westen. Eigenwillig waren wir nach Osten, nach Ionien aufgebrochen, aber das beflügelte Schicksal würde uns bald weit nach Westen, bis zur äußersten Grenze des Meeres führen.

Das Wissen, daß ich Ionien für ewige Zeiten verloren hatte, schnürte mir die Kehle zu, daß ich gezwungen war, mich zwischen den schlafenden Männern zum Wassergefäß zu tasten. Nachdem ich meinen Durst gelöscht hatte, stieg ich aufs Deck, schaute mir den silbrigen Himmel und das immer dunkler werdende, seufzende Meer an, horchte auf das Geplätscher der Wellen und fühlte das Schiff langsam unter meinen Füßen schaukeln.

Durch ein leises Klirren an der Reling wurde ich aus meinen Gedanken gerissen. Barfuß, lautlos schreitend, gelangte ich neben Dionysios, der sich über den Bug beugte und irgend etwas aus dem Meer zu angeln schien. Als er fortfuhr, mit beiden Händen ein schwarzes Band einzuziehen, fragte ich verwundert: „Angelst du Fische?" Dionysios schreckte derart zusammen, daß er fast über Bord fiel und den endlich in seine Hand gelangten klirrenden Gegenstand beinahe wieder ins Meer fallen ließ. „Ach, du bist es nur, Turms", stellte er fest und versuchte, den Gegenstand hinter seinem Rücken zu verbergen. Es war zwecklos, den Gegenstand verstecken zu wollen, denn sogar im Dunkeln erkannte ich ihn als dieselbe Halskette, die Dionysios vor seinen Leuten so prahlerisch ins Meer geworfen hatte.

Als er merkte, daß ich die Sache durchschaut hatte, lachte er auf, ohne sich im geringsten zu schämen, und sagte: „Als lesekundiger Mann bist du sicherlich nicht abergläubisch im Hinblick auf Opfer und dergleichen. Mein Opfer an Poseidon war sozusagen nur eine Art Gleichnis, wie die Weisen aus Ionien Göttersagen als Gleichnisse behandeln und diese in mannigfaltiger Weise zu erklären versuchen. Als sparsamer Mann knüpfte ich natürlich ein Band an meine Halskette und das Bandende wiederum an den Schiffsbug, bevor ich den Schatz ins Meer warf."

Wie ist es mit dem Wind, den du anflehtest, dem Westwind?" fragte ich erstaunt.

„Den Westwind spürte ich schon gestern abend aus der Farbe des Meeres und aus dem Seufzen der Dunkelheit", gab Dionysios ganz ruhig zu. „Kannst ja erzählen, daß ich gesagt habe, wir bekämen steifen Westwind auch ohne Halskette. Du siehst, die Sonne steigt in Wolken empor und mit dem Wind bekommen wir einen wolkenbruchartigen Regenschauer."

Seine Unverfrorenheit erschreckte mich, denn auch der höhnischste

Mann bewahrte irgendwo im Winkel seines Herzens die Ehrfurcht vor dem Opfer. „Glaubst du wirklich nicht an die Götter?" fragte ich.

Dionysios antwortete ausweichend: „Ich glaube, was ich glaube, aber das weiß ich auf jeden Fall, daß ich keinen Westwind bekommen hätte, auch wenn ich hundert Halsketten ins Meer werfen würde, hätten nicht die Zeichen des Meeres schon vorher auf den Westwind hingedeutet."

Dionysios trocknete die Halskette sorgfältig mit dem Saum seines Umhanges ab und tat sie in die Kiste, die er wieder verschloß. Dann gähnte er hörbar, streckte seinen Körper, so daß die Glieder knackten, und hieß mich schlafen gehen, ohne unnützen Gedanken nachzuhängen. Auf See versprach er, für mich mitzudenken.

6.

Wie Dionysios gesagt hatte, bekamen wir früh morgens einen wolkenbruchartigen Regenschauer in den Nacken. Das Meer war voller Schaumkronen, und wir segelten mit knarrenden Masten gegen Osten. Das Meer war so stark bewegt, daß Dorieus übel wurde und er sich ständig übergab, da seine Kopfverletzung ihn immer noch plagte. Aber auch viele Männer der Besatzung lagen auf Deck, sich an den Schiffssparren festklammernd, ohne etwas zu essen.

Der Westwind zwang die nach Westen segelnden Lastschiffe in die Häfen, um dort Schutz zu suchen. Dionysios segelte furchtlos auf dem öden Meer, jedoch in der Nähe von Inseln und Küsten. Sein Glück war ihm hold, denn als wir in die Meerenge zwischen Rhodos und dem Festland einfuhren, beruhigte sich der Wind. Als der Landwind am frühen Morgen zunahm, begegneten wir einem großen Geleitzug mit bis obenhin vollbeladenen Fahrzeugen, die Getreide und Öl für die persische Flotte in Richtung Milet beförderten. Die Schiffsbesatzungen grüßten uns fröhlich, weil unser Schiff ein phönizisches war und Dionysios die persischen Signale hochgezogen hatte.

Mir schien, als ob Dionysios keinen großen Wert auf diese Beute legte, er wollte nur seinen Männern und sich selbst beweisen, daß er immer noch den Krieg für Ionien führte. Wir brachten das größte Schiff derart überraschend auf, daß dessen Besatzung gar nicht begriff, was eigentlich geschah. Als Dionysios erfuhr, daß es sich um griechische Schiffe aus Salamis auf Kypros handelte, die im Dienst des Persers standen, ließ er seine beiden Fünfzig-Ruder-Schiffe unverzüglich die kleineren Fahrzeuge rammen und versenken. Getreide und Öl brauchten wir nicht, auch hätten wir alles nicht mitnehmen können.

Die Seeleute waren als Ionier schwimmkundig. Deshalb befahl Dionysios, die fliehenden Schwimmer mit den Riemen auf den Kopf zu schlagen und mit Speeren zu durchbohren, was zur Folge hatte, daß sich das Meer um uns rot färbte. Er ließ keinen einzigen entkommen, denn schon ein einziger Mann, der das Ufer erreicht hätte, würde frühzeitig aufgedeckt haben, daß drei Piratenschiffe mit phönizischen Kriegszeichen in den Gewässern des Persers aufgetaucht waren.

Beim Anblick der untergehenden Schiffe und des mit dem Blut ihrer Kameraden rot gefärbten Meeres begannen einige Seeleute auf dem größten Schiff um Gnade zu betteln, aber die meisten ergaben sich dem Schicksal und schienen an kaum etwas zu denken. Der Befehlshaber des Schiffes, der gleichzeitig der Führer des ganzen Geleitzuges war, sprach Dionysios mutig an und versicherte, daß es ihm völlig gleichgültig sei, ob er heute oder morgen sterben würde. Ohnedies würde der Perser ihn aufspießen, weil er sein Schiff verloren habe, und auch sonst wäre er kein Freund des Persers, obwohl er durch die Umstände gezwungen sei, ihm dienen zu müssen.

Dionysios fand seine Rede vernünftig, da er wirklich nichts zu verlieren hatte, und so nahm Dionysios ihn und seinen Steuermann als Lotsen mit. Sie kannten die Landzeichen von Kypros, die Winde und die Meeresströmungen, und waren mehrere Male aus Salamis nach den großen Städten Phöniziens gesegelt.

„Aber", sagte Dionysios, „die Leute um dich herum sehen, daß du dich vom Perser lossagst. Suche dir unter ihnen zwei bis drei der tüchtigsten Seeleute aus und töte dann alle anderen, um euren guten Willen zu zeigen."

Der Kapitän und sein Steuermann zauderten zunächst bei diesem Befehl, aber als Männer mit schneller Auffassungsgabe begriffen sie, daß sie nach dem ersten Schritt auch den nächsten tun mußten. Sie wählten sich die besten Männer unter ihren Leuten aus und dann brachten sie zusammen alle anderen um, jedoch sich bei jedem entschuldigend und die Notwendigkeit ihrer Handlungsweise erklärend. Auf Befehl des Dionysios zerschlugen sie mit dem Beil den Boden ihres Fahrzeuges und stiegen bluttriefend an Bord unseres Schiffes.

Teils segelnd, teils rudernd, nahmen wir Kurs auf Kypros und überraschten auf der Fahrt ein wertvolles Handelsschiff, das groß und schön verziert war und das außer der kostbaren Handelsware auch noch Passagiere mit sich führte. Seine Besatzung versuchte vergebens, ihre Waffen gegen uns einzusetzen, als wir es von allen Seiten umzingelten und an den hohen Schiffsseiten an Bord kletterten. Nachdem sie sich vom Schreck erholt hatten, kamen die Passagiere ohne Waffen mit erhobenen Armen auf das vom Blut schlüpfrige Deck hinauf und boten, einander überbietend, in verschiedenen Sprachen Lösegelder für sich selbst, ihre Frauen und Töchter an. Aber Dionysios war ein vorsichtiger Mann und wollte es nicht, soweit er darüber zu bestimmen hatte, daß ein einziger von ihnen am Leben bleibe, damit sein eigenes Gesicht oder das seiner Männer nicht vielleicht nach Jahren noch wiedererkannt würde. Deshalb brachte er rasch alle männlichen Passagiere eigenhändig mit Beilhieben um, während er die Frauen seinen Leuten überließ, bis das Schiff ausgeplündert war.

„Beeilt euch, meine lieben Stammesbrüder", sagte er. „Ich kann euch die Freuden, die Frauen euch bereiten, in eurem eintönigen und gefährlichen Leben auf See nicht verweigern. Aber denkt daran, daß ich jeden eigenhändig totschlagen werde, der den Versuch unternimmt, eine der Frauen zu verstecken und sie weiter mitzunehmen. Daraus würden nur Konflikte und Streit entstehen."

Seine Männer kraulten sich vor Begeisterung die Bärte und starrten mit brennenden Augen die Frauen an, die sich weinend aneinanderklammerten. Doch Dionysios lachte und bemerkte:

„Denkt aber auch daran, meine wackeren Soldaten, daß für jede Freude ein Preis zu zahlen ist. Jeder, der diese kurze Zeit dazu benutzt, seinen kindlichen Leidenschaften zu frönen, statt nach Art eines vernünftigen Mannes dabei behilflich zu sein, die Beute in Sicherheit zu bringen, verliert seinen Teil an der Beute. Die Wahl steht jedem frei, wie bei Herakles, als die Göttin ihm den guten schmalen und den schlechten breiten Weg zeigte."

So groß war bei den Männern aus Phokaia die Habsucht und die Gier nach Beute, daß nur wenige sich auf die Frauen stürzten. Die anderen zerstreuten sich über das Schiff, und wir trugen dort Gold und Silber, Geld und Wertsachen, wunderbare Skulpturen, Schmuck und farbige Stoffe der Frauen, sogar zwei Ballen Purpurstoffe zusammen. Auch den Vorrat an Gewürzen und Weinen brachten wir in Sicherheit, und diese Plünderung ging sehr schnell vonstatten, denn die Männer aus Phokaia wußten genau Bescheid, wo was zu suchen und was zu Haufen zu sammeln war. Sogar das Reisegepäck und die Kleider der Passagiere warfen sie aufs Deck unserer Schiffe.

Das leichteste wäre wohl gewesen, das Schiff anzustecken, da unsere Rammdorne die aus Zedernholz gebauten Schiffsseiten nicht durchstoßen konnten, aber Dionysios wollte auf dem Meer keine Rauch- oder Feuerzeichen geben. Deshalb mußten wir in den Boden des aufgebrachten Schiffes mit großer Mühe genug große Löcher bohren, damit es schnell unterginge. Als das Schiff zu sinken anfing und zu schaukeln aufhörte, begann Dionysios diejenigen Männer, die statt der Beute die Frauen vorgezogen hatten, mit Fußtritten zu bearbeiten und hochzuprügeln und befahl ihnen, den Frauen die Kehle durchzuschneiden, um ihnen einen leichteren Tod als Wiedergutmachung der an ihnen begangenen Schmach zu gewähren. Einen Mann aber konnte er nicht mehr zum Aufstehen zwingen, denn die stärkste der Frauen hatte, nachdem sie auf das Deck geworfen worden war, die Augen ihres Bedrängers mit einer großen Haarnadel ausgestochen und danach sich selbst das Leben genommen. Dionysios und die anderen Männer bewunderten diese Frau sehr wegen ihres Heldentums, und aus Ehrfurcht bedeckten sie vor dem Untergehen des Schiffes ihr Gesicht mit einem Tuch.

Nur Dorieus nahm weder am Zusammenraffen der Beute noch an der Vergewaltigung der Frauen teil, sondern kehrte sofort nach der Eroberung auf unser Schiff zurück. Mikon hielt sich vom Kampfe fern, untersuchte aber das Schiff gründlich, fand einen mit Elfenbein verzierten Medizinkasten mit allen ärztlichen Instrumenten und stellte ihn für sich sicher.

Als Dionysios Dorieus wegen seiner Faulheit schalt, antwortete Dorieus, daß er nur gegen bewaffnete Männer kämpfe. Je geschickter der Gegner in der Handhabung der Waffen sei, um so besser. Aber das Töten und Berauben waffenloser Männer und hilfloser Frauen wäre seiner nicht würdig. Dionysios gab sich damit zufrieden und versprach ihm, den ihm zustehenden Teil der Beute auszuhändigen, obwohl er sich nicht am Sammeln derselben beteiligt habe. Dorieus freute sich so sehr, daß er sich hinreißen ließ zu sagen:

„Selbstverständlich bringe ich auch einen Waffenlosen um, wenn es sich um ein notwendiges Opfer handelt, wie bei äußerster Bedrängnis. Dann muß aber der Tote mit Wasser bespritzt, der Kopf des Opfers mit einem Kranz geschmückt und Asche auf seine Stirn gerieben werden. Sogar eine Frau könnte ich vergewaltigen, wenn sie aus gutem Geschlecht stammt und auch sonst mir wert erscheint, sie anzurühren."

Nachdem ich dies erzählt habe, ist eigentlich alles über unsere Fahrt erzählt worden, denn überall geschah das gleiche. Der Unterschied lag nur in der Größe und Anzahl der Schiffe, in der Tages- und Nachtzeit, in der Zähigkeit des Widerstandes, in der Reichhaltigkeit der Beute und in anderen zweitrangigen Dingen. Kypros umsegelten wir von der Seeseite her und versenkten dort mehrere Schiffe aus Kurium und Amathis, die wir dadurch täuschten, daß wir persische Schilde und Kriegszeichen führten und sie so näher an uns lockten. Doch konnten wir es nicht verhindern, daß einige Fischerboote sahen, was vor sich ging, und die Flucht ergreifen konnten, um sofort weiterzumelden, was sie gesehen hatten. Deshalb mußten wir uns beeilen, und Dionysios stampfte mit dem Fuß auf das Deck und rief nach günstiger Brise, um direkt an die Küste Phöniziens auf lebhafteren Seewegen segeln zu können, da niemand den Verdacht hegen konnte, daß wir diesen Kurs einschlagen würden. Seit vielen Generationen hatten sich die Seeräuber nicht in diese geschützten Gewässer der zivilisierten Welt gewagt.

Aber nur eine leichte Brise wehte in Richtung Kypros, wie der Wind gewöhnlich tagsüber zum Lande und morgens vom Land zum Meer weht, wenn nicht Stürme und unberechenbare Orkane das Meer beherrschen. Die Meeresgötter der Fischer haben dies so eingerichtet, damit die Fischerboote morgens vor dem Morgengrauen aufs Meer fahren und wieder abends mit dem Tageswind zurück ans Land segeln können. Uns hinderte nicht nur dieser Tageswind, der unsere Schiffe in Richtung Land drückte, sondern auch die lästige Meeresströmung, vor der uns die Männer aus Salamis gewarnt hatten, die unsere Ruder beim Streben in die von Dionysios befohlenen Richtung unwirksam machte.

Deshalb stampfte er mit dem Fuß auf das Deck, schlug gegen die Schilde und rief nach dem Rückenwind. Mikon kam zu uns, sah mich lächelnd an mit seiner bekannten Falte zwischen den Brauen und schlug mir vor: „Beschwöre du, Turms, doch den Wind, tue es bloß zum Spaß."

Ich kann es nicht erklären, warum ich es tat, aber ich hob meine Arme und rief dreimal, siebenmal und zum Schluß zwölfmal mit immer sich steigernder Stimme nach dem Wind, bis mein eigenes Rufen mich so berauschte, daß ich nicht mehr wußte, was um mich herum geschah.

Als ich wieder zu mir kam, flößte Mikon mir Wein ein und hielt meinen Kopf gegen seinen Arm gelehnt. Dorieus starrte mich befremdet an, und sogar Dionysios schien völlig erschrocken zu sein, obwohl er an nichts glaubte. Der vor kurzem wolkenlose, glühende Himmel hatte die Farbe gewechselt, und aus dem Westen stieg eine blauschwarze Wolkenwand auf und näherte sich uns mit solcher Geschwindigkeit, als ob eine tausendköpfige Herde pechschwarzer Riesenrosse mit fliegender Mähne auf uns zugerast käme. Dionysios befahl die Segel zu hissen, im gleichen Augenblick hörten wir schon das Dröhnen der galoppierenden Hufe, das Meer verfärbte sich schwarz und fing zu brodeln an, Blitze flammten über uns hinweg. Die Schiffe krängten stark, und die beiden Fünfzig-Ruder-Schiffe schluckten Wasser. Dann wurden wir einfach fortgetrieben mit prasselnden Segeln, die Augen von Hagel und Schaumspritzern fast blind, und es blieb uns nichts weiter übrig, als dem Winde zu folgen, um nicht in den bis Haushöhe aufrauschenden Wellen unterzugehen.

Beim Zucken der Blitze lagen wir auf dem stampfenden, krachenden Schiff auf Deck, und jeder hielt sich da fest, wo er sich gerade festklammern konnte. Aber der Wein, den Mikon mir eingeflößt hatte, stieg mir zu Kopf, ich kroch und zog mich, indem ich mich am Mastseil festhielt, hoch. Ich geriet in Ekstase und versuchte auf den schwankenden Deckbalken genau so zu tanzen wie einst auf dem Weg nach Delphi. Der Tanz fuhr mir in die Glieder und aus meiner Kehle quollen Worte heraus, die ich nicht verstand. Erst als der Sturm nachzulassen begann, fiel ich völlig erschöpft um und fand mich auf Deck sitzend wieder.

Mikon kam zu mir, legte den Arm um meinen Hals und sagte: „Turms, wer du auch sein magst, so ahnte ich doch, daß ich dich kenne, so wie du auch mich gleich erkanntest. Aber es hätte genügt, wenn du nach dem Wind nur dreimal gerufen hättest. Jetzt wissen wir nicht, wohin uns die Wellen treiben werden."

„Ich begreife nicht, wovon du redest", entgegnete ich und starrte in seine langmütigen, lebhaften Augen. Sie waren mir in ihrer Harzfarbe bekannter als irgendwelche Menschenaugen, die ich jemals gesehen hatte.

Mir scheint, daß ich Dionysios von Anbeginn an durchschaut hatte, doch verband uns nichts, obwohl ich ihn als Menschen schätzenlernte. Auch Dorieus erkannte ich, und unabhängig von meinem Willen fühlte ich mich ihm verbunden, weil es Bestimmung war, daß wir uns aneinanderschlossen. Aber sein Charakter, seine zu erfüllende Aufgabe und alles in ihm waren gerade das Gegenteil von mir, so daß das Gefühl der Verbundenheit mit ihm eher Haß als Anhänglichkeit war, obwohl ich ihn selbstverständlich nicht haßte, weil er doch mein Freund war. Dagegen fühlte ich, wie Mikon meiner Art entsprach und alles an ihm mich anzog.

„Ich verstehe dich nicht", wiederholte ich und berührte seine Stirn mit dem Finger. „Wer bist du eigentlich?"

Mikon fragte: „Warum berührst du meine Stirn mit dem Finger, wenn du mich angeblich nicht verstehst? Weihst du mich oder antwortest du auf mein Zeichen?"

Mich neugierig betrachtend, faltete er die Hände und wechselte dreimal nacheinander die Lage der Finger mit größter Schnelligkeit. Ich begriff nichts und schüttelte nur den Kopf.

Seinen Augen nicht trauend, sagte er erstaunt: „Kennst du dich selbst wirklich nicht, Turms, weißt du wirklich nicht, wer du bist? War es das erstemal, daß du deine Kraft erprobtest?"

Seine Geheimnistuerei ärgerte mich: „In mir stecken keine Kräfte", fuhr ich ihn an, „nur zum Spaß rief ich nach dem Wind. Mehr weiß ich über mich selbst nicht, als daß der Blitz mich unter einer Eiche bei Ephesos traf. Beim Aufwachen war ich nackt und neugeboren, ohne etwas über meine Vergangenheit zu wissen."

„Trotzdem trägst du deine Vergangenheit in dir", behauptete Mikon. „Warum hättest du sonst deine Arme in dieser Weise erhoben und die Sprache des Windes, die ich nicht verstand, gesprochen. Auch deine Glieder zuckten wie beim heiligen Tanz. Du weißt mehr, als du zu wissen glaubst, Turms."

Wir konnten uns in aller Ruhe unterhalten, denn die Männer der Besatzung hatten sich ängstlich von uns entfernt, Dionysios war mit dem Lenken des Schiffes vollauf beschäftigt und Dorieus war unter Deck geflüchtet.

„Wir tragen alle die Vergangenheit in uns, wir, die wir einander kennen", wiederholte Mikon. „Mehrere Vergangenheiten, wenn wir auch nicht alle kennen oder uns an sie nicht erinnern können. Auch mehrere zukünftige Leben. Warum schließt du dich dem Spiele der Unsterblichen nicht an, Turms? Du bist ja schon so weit gewachsen, daß du den Luftgeistern ebenbürtig bist."

Ich verbat mir solch unsinniges Geschwätz. „Ich kenne dich und du bist mein Freund, Mikon", sagte ich. „Aber das ist etwas ganz Natürliches, denn unter Menschen empfinden wir einigen gegenüber Freundschaft vom ersten Augenblick an, andere aber lehnen wir, auch vom ersten Augenblick an, grundlos ab."

„Warum ist es so?" fragte Mikon. „Du bist nicht fähig, dies zu erklären. In deinem Inneren weißt du es, aber du weigerst dich, es zu wissen, weil du in Ephesos zum Zweifler wurdest."

Seine Rede reizte mich mehr, als ich wahrhaben wollte. Ich berührte mit der Hand das harte Schiffsdeck, ich legte meine Hand auf meine heiße Stirn. Ich lebte, ich war da, ich, Turms. „Du bist kein Freund der Weisheit", sagte ich. „Du bist lediglich ein Geweihter. Ich aber glaube nicht an Geweihte. In Eleusis ist es gestattet, die Weihe an Sklaven und Frauen vorzunehmen. Ein solches Wissen ist nicht viel wert."

„Wir sprachen bei unserer Begegnung über Sklaverei", sagte Mikon. „Weder Fesseln noch Herrentum versklaven den Menschen, sondern seine eigene Blindheit, seine eigene Taubheit, sein eigenes Sichaufgeben."

„Im Namen der Götter", fuhr er erregt fort, „auf diesem Schiff hast du doch schon die menschlichen Fähigkeiten kennengelernt. Dorieus ist als Kämpfer unübertrefflich, aber was wäre er ohne Waffen. Dionysios ist für das Meer geboren, aber was wäre er auf dem Lande, ohne das Meer je zu sehen. Welche Freude hätte der Ausguckmann an seinen scharfen Augen, wenn der Nebel ihn einhüllen würde. Wo könnte derjenige, der zum Tauchen geboren ist, seine Kunst zeigen, wenn er kein Wasser hätte, in das er tauchen könnte. Verstehst du das nicht, Turms, du selbst bist ein Seher und ein Taucher, aber du weigerst dich, zu sehen, du weigerst dich, zu tauchen. Gedenkst du wirklich dein ganzes Leben im Nebel und auf dem Trockenen zu verleben? Welche Freuden hättest du dann von diesem Leben zu erwarten? Du mußt wiederkehren, immer von neuem wiederkehren, bis du willens sein wirst, zu verstehen."

„Wenn du meinst, daß sich der Sturm als Folge meines Anrufes erhoben hat", behauptete ich eigensinnig, „so ist das unmöglich und naturwidrig. Der Sturm hätte sich auf jeden Fall erhoben, ob ich es gewollt oder nicht gewollt hätte. Nur ein abergläubischer Seemann kann daran glauben, daß ein Sturm sich erhebt, weil er ihn beschworen hat. Vielleicht bist du selbst ein Kenner der Natur und erkanntest an irgendeinem Vorzeichen, an der Beleuchtung, der Bewölkung, am Flug der Möwen oder am Kräuseln des Wasserspiegels, daß der Sturmwind bevorstand. Deshalb fordertest du mich auf, den Wind zu beschwören, um mich irrezuführen, um mich selbst etwas glauben zu machen, was verstandeswidrig ist. Nein, eher glaube ich, daß das Aufkommen des Sturmes reiner Zufall war, wie es zuweilen geschieht, daß zwei Freunde sich in einer fremden Stadt mitten im Gewimmel von Tausenden von Menschen treffen, obwohl nach der Wahrscheinlichkeitslehre hunderttausend, wenn nicht noch mehr Möglichkeiten bestehen, einander gerade dort und gerade zu dem Zeitpunkt nicht zu begegnen."

„Gerade so", sagte Mikon, „gerade dort und gerade zu dem bestimmten Zeitpunkt. So etwas nennst du, Turms, Zufall. In solchem Falle ist der Zufall mehr, als du glaubst."

Seine Widerrede machte mich ungeduldig. „Mag sein", sagte ich. „Die Sonne lacht bereits und die Schaumkronen auf dem Meer sind verschwunden. Nur um es dir zu beweisen, rufe ich noch einmal nach dem

Wind. Du wirst sehen, daß kein Wind aufkommen wird, und daß auch die letzten Windstöße sich legen werden."

Ich sprang auf und hob meine Arme, um erneut den Wind zu beschwören. Mikon versuchte mich daran zu hindern und bat in seiner Angst: „Tue das nicht, Turms, bitte, nicht. Sonst sinkt unser Schiff und du mußt auf dem Rücken eines Delphins ans Land reiten und wirst in die Hände der Phönizier auf Kypros fallen. Dort wirst du zum Schrecken aller lebendig aufgespießt."

„Du selbst hast doch gerade gesagt, daß nichts ohne Sinn geschieht", höhnte ich. „Wenn es sein soll, daß ich den Wind beschwöre, wirst du auch die Folgen tragen müssen. Du hast ja selbst dieses Spiel begonnen."

Dionysios, der vom Steuerruder aus unseren Streit beobachtet hatte, kam mit großen Schritten auf uns zu und schlug mir mit seiner Riesentatze ins Gesicht, so daß ich auf das Deck niedersank. „Du beschwörst den Wind ohne meine Erlaubnis nicht mehr, Turms", sagte er ganz ernst. „Wir bekamen schon mehr als genug Wind. Außerdem hast du die Himmelsrichtungen verwechselt, denn die Küste von Kypros ist immer noch bläulich schimmernd zu sehen und die Männer aus Salamis behaupten voller Angst, daß sie die Landzeichen ihrer Heimatstadt erkennen können. Deshalb halte den Mund und laß die Arme unten, bleibe lieber auf Deck liegen und versuche nicht einmal aufzustehen, bevor wir aus dieser Klemme heraus sind."

Seine törichten Worte brachten mich derart in Wut, daß mir das Blut zu Kopf stieg. „Was redest du da für einen Unsinn, Dionysios", schrie ich ihn an, „ich weiß doch genau, daß du an nichts, nicht einmal an Poseidon, glaubst."

Dionysios blickte ängstlich um sich, beruhigte sich aber und flüsterte: „Vielleicht glaube ich an nichts, wie du sagst, aber Vorsicht ist am Platze. Natürlich glaube ich nicht daran, daß du die Fähigkeit besitzest, den Wind zu beschwören, aber für uns alle ist es besser, wenn du nicht einmal einen Versuch, es zu tun, unternimmst."

Nachdem er gegangen war, rieb ich auflachend meine brennende Wange und sagte zu Mikon: „Natürlich weiß ich, daß es Regenmacher gibt, aber sie haben gefärbte Wolle, eine Klapper und dumpf dröhnende Trommeln. Zuweilen bringen sie Regen zustande, zuweilen nicht, und dann werden sie verhöhnt. Bei versengender Glut und Dürre ist es erlaubt, alle Mittel zu versuchen, und ein kluger Landwirt dingt einen Regenmacher, weil es besser ist, sogar vergebliche Mittel anzuwenden, als gar nichts zu tun. Aber Wahnsinn ist es zu glauben, daß jemand nur durch das Heben der Arme und das Anrufen des Windes den Sturm beschwören könne."

„Wer lebt, der sieht", sagte Mikon gelassen.

„Und umgekehrt", sagte ich, um unseren Streit endlich zu beenden. Aber mir klangen die Ohren und ich erinnerte mich meiner unruhigen Träume in den Vollmondnächten, der fremden Städte, durch deren Straßen ich im Traum geschritten war und deren Häuser und Plätze ich kannte. Auch an die verschleierte Frau erinnerte ich mich, die mir in Ephesos im Traum erschienen war, ohne mir ihre Gesichtszüge zu enthüllen. Im Widerspruch zu meinen eigenen Worten und zu der verstandesmäßigen Beweisführung wurde ich von einer nachtwandlerischen Gewißheit erfüllt, daß ich im Unterbewußtsein, doch ohne es selbst zu wissen, die Last meiner Vergangenheit in mir trug. Vielleicht war ich wirklich mehr, als ich zu sein glaubte, doch ich hütete mich, es Mikon zu sagen.

7.

Bis spät am Abend segelten wir an dem bläulich schimmernden Küstenstrich von Kypros entlang, vergeblich versuchend, hinaus aufs Meer zu kommen. Eine gleichmäßig steife Brise trieb uns nach Nordosten, und das Überwerfen der Segel war nutzlos, es war, als ob ein unbeugsamer Wille uns in die bestimmte Richtung zwinge. Bei solch einem Wind war es völlig zwecklos, Kräfte mit dem Rudern zu vergeuden, da die Männer ihre Kräfte vielleicht zu einer gewaltigen Anstrengung brauchen würden, falls der Wind umschlagen und uns ans Land drücken sollte. Bei Einbruch der Dunkelheit ließ Dionysios die Segel halb reffen und die Schiffe aneinanderbinden, damit wir uns in der Nacht nicht voneinander entfernten. Während die meisten schliefen, mußten auf Befehl des Dionysios mehrere Männer Horch- und Warnposten beziehen, um vor dem Nahen des Küstensturms zu warnen. Dionysios blieb selbst auch wach, weil er sehr aufgeregt war.

Wir durften ruhig schlafen, erst im Morgengrauen weckte uns das Rufen der Posten. Auf Deck angekommen, stellten wir, als es hell wurde, fest, daß das Meer sich beruhigt hatte und wir an der östlichen Spitze von Kypros lagen. Die Sonne entstieg rot und golden dem Meer, und oben auf dem Berge auf der Landspitze sahen wir den Tempel der Aphrodite von Akraia mit seinen Terrassen und Säulen so nahe vor unseren Augen emporragen, daß wir bei dem zunehmenden Tageslicht jede Einzelheit dort erkennen konnten und über das Meer hinweg das Krähen der schwarzen Hähne der berühmten Aphrodite hörten. Die Männer aus Salamis riefen begeistert, daß dies ein Zeichen und ein Omen sei. Die mächtige Aphrodite von Akraia hätte den Sturm geschickt, um uns zu sich zu führen. Sie sei die Aphrodite der Seefahrer und die mächtigste Aphrodite des östlichen Meeres, sie werde von den Phöniziern als Astarte verehrt, so daß sie die Göttin des Ostens und des Westens in einer Gestalt darstelle. Außerdem sei Aphrodite eine gebürtige Kypriotin und hier der Muschelschale entstiegen, ihren schaumgeborenen Leib nur von ihrem goldenen Haar umhüllt. Aus all diesen Gründen müßten wir hier an Land gehen und der Aphrodite von Akraia ein Opfer darbringen. Sonst würden wir ihren Zorn auf uns ziehen, und Aphrodite sei, wie man wisse, die listigste und launenhafteste aller Göttinnen.

Aber Dionysios befahl mit dröhnender Stimme seine Männer an die Riemen, um weiter ab zu rudern, denn nur ein Wunder hätte uns davor bewahrt, auf die felsigen Untiefen zwischen den Inseln aufzufahren, während die Posten nur den Tempel angegafft hätten. Alle waren sehr betrübt, als der Bug unseres Schiffes nach Südosten auf das offene Meer abdrehte, und die Männer aus Salamis beteuerten leidenschaftlich, daß dieses Wunder das Wunder der Aphrodite gewesen sei, und daß sie, die Männer aus Salamis, falls wir weiterfahren würden, ohne der Aphrodite ein Opfer darzubringen, keinesfalls die Verantwortung dafür übernehmen könnten.

Dionysios sagte: „Ich anerkenne gern die Allmacht der Goldhaarigen und verspreche, ihr bei günstiger Gelegenheit ein Opfer darzubringen. Ihr seht aber selbst, daß sogar große Schiffe im Hafen liegen. Wir würden unsere Köpfe geradezu in einen Ameisenhaufen stecken, wenn wir jetzt vom Wege abweichen und fromm unser Opfer darbringen wollten. Nein, Jungens, alles zu seiner Zeit, lieber trage ich den Zorn der Aphrodite, als daß ich den Zorn des Kriegsgottes auf mich beschwöre."

Dionysios befahl den Taktschlägern den Takt zum Schnellrudern, wie beim Angriff auf ein Feindschiff, zu steigern und drohte: „Ich werde euren Gliedern jede Lust, Aphrodite ein Opfer darzubringen, austreiben."

Ungewöhnlich rasch begannen die Männer zu ermüden, sie schnauften und keuchten, und jeder war mit seinen Riemen so sehr beschäftigt, daß er nicht mehr reden konnte. Und dennoch stellten die Männer am Steuerruder fest, daß die Geschwindigkeit trotz unseren Anstrengungen nicht so groß war, wie sie hätte sein sollen, und die Ruderer murrten, daß das Rudern ihnen nie so schwergefallen sei.

Endlich, als das Schattenbild des Tempels hinter dem Horizont verschwunden war, steigerte sich die Geschwindigkeit unserer Schiffe und der Atem der Ruderer begann viel leichter zu gehen, als seien wir von einem Alpdruck befreit worden. Der wolkenlose Himmel lächelte uns zu, das Meer atmete leicht, und alles um uns herum schien zu strahlen.

Dionysios rief triumphierend aus: „Seht ihr, die Göttin von Kypros hat keine Macht auf dem Meere."

Die Ruderer aber stimmten erleichtert ein Lied an und sangen so laut, daß der Gesang selbst die Schläge der Taktschläger übertönte.

Nur einzelne sangen schön und richtig, die anderen krächzten wie die Raben und kreischten wie die Möwen, aber jeder spürte den Wunsch mitzusingen. Sie sangen:

„Ihre Augen sind wie lila Anemonen,
Ihre Glieder sind weiß wie Meeresschaum,
Ihre Haare sind wie strahlender Sonnenschein.
Wenn sie lächelt, schmilzt dem Menschen das Herz,
Der Atem stockt und die Glieder strotzen vor Kraft.
Wenn die Göttin von Kypros lächelt,
Fängt sogar der Stumme zu singen an,
Der Blinde bekommt sein Augenlicht wieder
Und der Kopf des Greises vergißt das Zittern."

Je lauter sie sangen, um so kräftiger zogen sie an den Riemen, als ob das Rudern gar keine Anstrengung mehr, sondern nur reine Freude sei. Der weiße Gischt stand vor dem Bug, das Kielwasser brodelte und die Riemen brachten das Wasser auf beiden Seiten des Schiffes zum Schäumen. Der Gesang steckte an, auch ich begann, den Mund auf- und zuzumachen, und meine Kehle vibrierte.

Zur Mittagszeit riefen alle Posten gleichzeitig, daß ein Masttopp mit farbigem Segel auf dem Meer in Sicht sei. Das Schiff kam direkt auf uns zu, und bald konnten wir es alle sehen. Wir sahen die geschnitzte und bemalte Reling, das Silber und den Elfenbeinglanz des Gottesbildes und wie die Kupferbeschläge der Ruder in der Sonne blitzten. Es war ein schmales und schnelles Schiff, schön wie ein Traum, als es so im Glitzern des Meeresspiegels auf uns zueilte.

Als es nahe genug an uns herangekommen war, hißte es die Wimpel und zeigte seinen Schild. Die Männer aus Salamis sagten: „Es ist ein Schiff aus Tyros. Du wirst doch nicht die Königin der Meere erzürnen wollen, Dionysios."

Ohne zu zögern, zeigte Dionysios den persischen Schild, gab dem fremden Schiff das Stoppzeichen und befahl seinen Kämpfern die Waffen zu ergreifen und das Schiff zu erobern. Wir legten an dessen Seite an und enterten das Schiff, aber dort dachte keiner an Widerstand. Die Phönizier schrien nur mit heiseren Kehllauten und streckten uns abwehrend die Hände entgegen. Unter ihnen befanden sich Priester, die Purpurschleppen, perlenverzierte Stirnbänder, Silberklappern und Halsglöckchen trugen.

„Was schreien sie?" fragte Dionysios und ließ seine Waffe sinken.

Die Männer aus Salamis erklärten voller Angst: „Es ist ein heiliges Schiff. Es führt Weihrauch und Opfergaben für die Aphrodite der Seefahrer zum Tempel von Akraia."

Dionysios blickte wild um sich und kratzte sich völlig unschlüssig den Bart. Die Priester begannen mit ihren Klappern zu klappern, Beschwörungen auszustoßen und ihn mit Furcht einflößenden Handbewegungen zu bedrohen. Dionysios brüllte sie an und hieß sie schweigen, aber sie glaubten ihm erst, als er sein Beil in Wut gegen sie hob.

In Begleitung seiner Kapitäne und Steuerleute untersuchte er das Schiff. Die Ladung war fraglos wertvoll, doch für uns unbrauchbar, abgesehen von einigen mit Edelsteinen und Perlen verzierten Opfergewändern. Als er in den hintersten Raum eintreten wollte, hielten die Priester den Vorhang mit Gewalt zu, so daß er ihn herunterreißen mußte. Er ging hinein, kam aber unverzüglich wieder zurück. „Dort ist nichts. Nur vier Töchter der Astarte", sagte er mit rotem Kopf.

Wir wurden natürlich neugierig. Die Männer aus Salamis sprachen mit den Priestern und bekamen heraus, daß diese vier Mädchen ein Geschenk der Astarte von Tyros an ihre Schwester Aphrodite von Akraia wären, da Tyros als Königin der Meere über alle vier Himmelsrichtungen herrschte.

„Dies ist ein Omen", sagten die Männer und schrien um die Wette, daß sie die Mädchen sehen wollten. Ich sah, wie Dionysios einen Augenblick überlegte, ob er das Schiff plündern und versenken sollte. Aber er schaute um sich, sah in den goldenen Glanz des Himmels, in das Lächeln der Sonne und in die dunkelblauen Augen des Meeres; da lachte er auf und bat die Mädchen hervorzutreten.

Sie traten furchtlos aus ihrem Raum und schritten erhaben und schön auf uns zu, sie trugen nichts weiter als ihren Haarschmuck, Halsbänder und den Gürtel der Göttin. Das erste Mädchen war weiß wie Schnee, das zweite gelb wie Senf, das dritte rot wie Kupfer und das vierte schwarz wie Pech. Ein Ausruf des Erstaunens erhob sich bei den Männern, denn niemand von uns hatte jemals einen Menschen mit gelber Hautfarbe gesehen. Einige zweifelten an der Echtheit der Farbe und behaupteten, das Mädchen sei gefärbt. Dionysios spuckte in die Hände und rieb die nackte Schulter des Mädchens, um zu zeigen, daß die Farbe nicht abging. Das Mädchen ließ sich die Berührung gefallen und schaute uns nur mit seinen schrägen Augen an.

Dionysios sagte: „Ich bestreite nicht, daß dies ein Zeichen und ein Omen ist. Die Göttin sah es ein, daß wir den Hafen nicht anlaufen konnten, um ihr ein Opfer darzubringen. Deshalb schickte sie uns ein Opfer entgegen; aus eigener Kraft hätten wir ein Opfer von gleichem Wert ihr überhaupt nicht darbringen können. Wir haben das Schiff erobert, es ist unser Eigentum, und als Zeichen dafür schlage ich mein Beil ins Deck und weihe das Schiff der Göttin von Akraia."

Die Leute waren mit diesem Entschluß einverstanden und beteuerten, daß sie in der Tat keinen Krieg gegen Götter und geweihte Mädchen führten, obwohl sie sonst arme Leute wären und sich auf den Meeren bereichern wollten. In aller Freundschaft nahmen sie den Priestern den Schmuck und die Klappern als Andenken ab, aber keiner nahm den Mädchen etwas weg.

Als die Mädchen bemerkten, daß wir mit diesen Dingen das Schiff verlassen wollten, fingen sie untereinander eifrig zu sprechen an, während sie mit dem Finger auf uns deuteten. Das Negermädchen faßte Dionysios am Bart, das gelbhäutige Mädchen betrachtete neugierig Likymnios und das schneeweiße strich mich einladend mit der Fingerspitze über den Mundwinkel. Dionysios runzelte die Brauen und fragte: „Was wollen die Mädchen?"

Die Priester aus Tyros erklärten widerwillig, die Mädchen seien der Ansicht, daß wir der Aphrodite ein Opfer darbringen sollten. Da wir es nun nicht alle tun konnten, wollten sie selbst diejenigen wählen, von denen sie das Opfer entgegennehmen würden. Damit waren die Priester aber nicht einverstanden, weil wir ihrer Meinung nach kein Recht auf das Schiff hätten. Unser einziges Opfer sei das von Dionysios in das Schiffsdeck geschlagene Beil, und sie versprachen, es nach Akraia mitzunehmen.

Dionysios löste die Finger des Negermädchens aus seinem Bart, rang heftig mit sich selbst und sagte dann schließlich: „Wer den ersten Schritt tut, der muß auch den zweiten tun. Wir müssen auf jeden Fall ein warmes Essen zu uns nehmen, solange das Meer ruhig bleibt. Aber ich will meine Stellung als Befehlshaber nicht zu meinen Gunsten ausnützen. Das Los soll entscheiden, wählt also vier Männer unter euch aus, die uns alle vertreten sollen. Auch ich werde mich an der Ziehung der Lose beteiligen, obwohl ich gewöhnlich dabei kein Glück entwickle."

Dies war nach der Meinung aller richtig und anständig von ihm. Die Göttin lächelte unparteiisch, denn jedes Schiff bekam einen Gewinnstein, einen roten, einen schwarzen und einen gelben. Es mag unglaublich klingen, aber ich selbst zog aus der Tonne einen weißen Stein. Ich erschrak, als ich den Stein in der Hand hielt, und mir war, als ob ich die anmutige Berührung der Fingerspitze an meinem Mundwinkel spürte. Ich konnte mir nichts Schöneres vorstellen, als das zu erleben. Doch gerade deshalb steckte ich den Stein Mikon in die Hand, weil sein Scharfsinn am schnellsten arbeitete und Dorieus nur begonnen hätte, mit „wenn" und „aber" mich zu befragen, was ich damit meinte.

Mikon betrachtete den weißen Stein in seiner Hand und sagte: „Ich fange an zu verstehen. Erzähltest du nicht, daß du, als du nach dem Blitzschlag wieder zu dir kamst, deine Nacktheit in Wollbänder hülltest, welche die Mädchen in dem Gebüsch ausgespannt hatten? Ich glaubte, daß der Mond dich beherrsche. Erst jetzt begreife ich, warum der von dir hervorgerufene Sturm uns vor den Tempel von Akraia führte."

Ich verbot ihm weiterzuschwatzen und hob seine Hand mit dem Stein empor, so daß alle ihn sehen konnten. Die Ruderer wuschen und rieben ihre Kameraden, denen das Los den Gewinn gebracht hatte, sauber, salbten sie und forderten von Dionysios, daß er ihnen aus der gemeinsamen Beute Ketten für den Hals und Ringe für die Finger borge.

Als wir in Reih und Glied an den Kochtöpfen vorbeizogen, traten diese vier Glücklichen, Mikon seinem Range entsprechend als erster, in den hintersten Raum des Schiffes aus Tyros. Die Priester hängten den von Dionysios heruntergerissenen Vorhang wieder auf und begannen ihre gutturalen Lieder zu singen. Uns anderen ersetzten die warmen Speisen das, was uns beim Loseziehen entgangen war, und Dionysios ließ uns wegen der feierlichen Stunde gemischten Wein ausschenken. Doch vergaß mancher beim Essen den Napf zu leeren, weil wir den Vorhang zum hintersten Raum des Schiffes aus Tyros anstarrten.

Nach dem Essen und Trinken begann die Sonne im Westen bedrohlich rasch zu sinken, und Dionysios wurde ungeduldig. Schließlich sagte er:

„Holt eure ‚Opferer' jetzt ab. Sollte jemand während des Opfers unterbrochen werden, mag er sich selbst die Schuld zuschreiben."

Unwillkürlich fuhr uns die Hand vor Schreck an den Mund, als wir sahen, in welchem Zustande die Ruderer drei von unseren Kameraden aus dem Schiffsraum hinter dem Vorhang hervorschleppten. Ihre Augen waren verdreht, und nur mit Mühe standen sie mit offenem Munde und heraushängender Zunge auf den Beinen. Mikon stolperte, gestützt auf zwei Ruderer, herbei, denen er seine Arme um den Hals gelegt hatte, und als er allein und aus eigener Kraft auf unser Schiff springen wollte, schlug er der Länge nach auf Deck.

Dionysios befahl seine Männer an die Riemen und steuerte unser Schiff nach Nordosten, als hätten wir die Absicht, Kypros von der Landseite zu umsegeln, um wieder in ionische Gewässer zurückzukehren. Er war sich darüber wohl im klaren, daß die Priester aus Tyros dem Perser unverzüglich Meldung über die Seeräuberschiffe erstatten würden und dieser dann alle Schiffe aus Kypros zu unserer Verfolgung einsetzen würde. Aber der so überaus kühne Plan des Dionysios war unser bester Schutz. Der Gedanke, daß wir direkt in den Rachen des Todes, in die phönizischen Gewässer segeln würden, wäre niemandem gekommen. Sobald das Opferschiff außer Sicht war, befahl er dem Steuermann, den Kurs wieder auf Südosten zu drehen. Beim Wenden der Schiffe wehte über dem Meere eine lächelnde Brise, als habe die Aphrodite der Seefahrer uns ihre launenhafte Gunst geschenkt.

Dionysios sagte: „Ein Mann wie ich hat allen Grund, an den Göttern zu zweifeln. Aber ganz offenbar hat Aphrodite von Akraia an uns Wohlgefallen gefunden und hat das Opferschiff aus Tyros lieber als Geschenk der Ionier denn als das der Phönizier angenommen. Deshalb handelten wir richtig, als wir das wertvolle Schiff laufen ließen, damit die Priester dann den falschen, von uns eingeschlagenen Kurs auf Kypros melden können."

Mit zittrigen Gliedern versuchte sich Mikon aufzusetzen, er übergab sich auf Deck, da er infolge seiner Erschöpfung nicht in der Lage war, bis zur Reling zu kriechen. Seine Augen bekamen allmählich einen vernünftigen Ausdruck, und er bemühte sich, mir zuzulächeln.

„Etwas Ähnliches habe ich in meinen vierzig Jahren noch niemals erlebt", sagte er müde. „Ich glaubte vieles zu wissen, aber ich habe nichts gewußt, und nun glaube ich sogar an das unsichtbare Goldnetz der Aphrodite, in das sie auch den stärksten Mann mühelos einfängt."

Nach Sonnenuntergang und nachdem das Meer sich violett gefärbt hatte, reichte er mir jenen glatten weißen Stein zurück und mahnte: „Nimm ihn, Turms, er war ja für dich und nicht für mich bestimmt, du, der Günstling der Göttin."

Ich nahm den Stein an mich und bewahrte ihn auf, so wie ich den schwarzen Stein vom Erdboden des Tempels der Kybele in Sardeis aufgehoben hatte. Der weiße Stein war bereits bei der Ziehung in meine Hand geraten und bedeutete das Ende eines meiner Lebensabschnitte, obwohl ich es damals nicht wußte.

Mikon warnte mich: „Viel geben die Götter den Auserwählten, aber noch viel mehr können sie nehmen. Deine Göttin ist Artemis, alles beweist es. Als Mond beherrscht sie dich, dein Gemüt in den mondlosen Nächten entmutigend, dich jedoch bei zunehmendem Mond ermutigend, bis du bei Vollmond in Ekstase gerätst. Aber aus unbekannten Gründen hat auch Aphrodite dich auserkoren, und diese Wahl ist für dich gefährlich. Diese beiden mächtigsten Göttinnen sind aufeinander neidisch. Sei vorsichtig und bringe keiner der beiden zu viele Opfer dar. Sei bemüht, die Gunst der beiden zu erhalten und laß sie untereinander um dich wetteifern."

Ich sagte: „Ich fasse deine Worte als Gleichnis auf, Mikon. Der Mond und die Sterne sind stets Rivalen gewesen."

„Nein, nein", entgegnete Mikon, „wenn du die Sache so auffaßt, dann verstehst du sie falsch. Eher sind Mond und Sterne nur die Attribute und die äußeren Machtzeichen als die Mächte selbst, die in uns und außerhalb von uns wohnen. Aber diese Weisheit erlebt nur der Geweihte, und einem anderen kann dies mit Worten nicht erklärt werden."

Plötzlich hob er die Hand, brach in Tränen aus und rief: „Ich beneide dich, Turms. In der furchtbaren Ekstase meines Körpers erlebte ich deine Göttin, und in diesem Augenblick würde ich alles hingeben, wenn ich mich ihr blindlings bis zu meinem Todestage hingeben dürfte. Süß und schaurig ist ihre Macht. Sie läßt einem alle anderen Götter vergessen, und ich würde keinen Augenblick zögern, jeden anderen Gott zu verunglimpfen, wenn ich nur die Gunst der Göttin von Kypros gewinnen könnte."

Weiter sagte er: „Früher wußte ich, daß man, wenn man ein Geweihter ist, durch Fasten, durch Kasteiung des Körpers und durch Wachen dazu kommen kann, die Götter zu erleben und die Unsichtbaren zu sehen, aber ich wußte nicht, daß man die Unsichtbaren, die vergangenen und die kommenden, auch in der höchsten Ekstase der Sinne sehen kann. Aphrodite ist eine klügere Göttin, als ich je gedacht, trotz all ihres Leichtsinns. Vielleicht sind gerade ihre Launenhaftigkeit und ihr Leichtsinn größte Weisheit."

Ich lächelte über seine Worte. Mikon war meiner Ansicht nach ein weichlicher Mann. Ich glaubte, selbst härter zu sein.

Dies alles wurde bald vergessen über dem schweren Einsatz und der körperlichen Anstrengung an den Riemen, als wir in die phönizischen Gewässer segelten. Der Mond nahm zu und es wurde Vollmond, wir jagten auf dem Meere wie die schwarzen Hunde der Artemis, mordend, räubernd und Schiffe versenkend. Wir versenkten sogar ägyptische Schiffe, bis unsere Schiffe vollbeladen mit Beute schwerfällig auf dem Wasser schaukelten. Die Feuer der Landzeichen an der Küste Phöniziens entlang blinkten, und es gelang uns, in einem verbissenen Seegefecht zwei leichte Kriegsschiffe, die uns auf See überraschten, dank der Schwere unserer Schiffe zu rammen und zu versenken. Wir hatten Verluste an Leuten, und zahlreiche Männer lagen schwerverwundet danieder. Einer hauchte seinen Geist aus, indem sein Atem aus der tiefen Halswunde in Blasen entwich, ohne daß Mikon ihm hätte helfen können, ein anderer spuckte seinen Geist als schaumiges Blut aufs Deck aus. Aber unsichtbare Schilde schützten mich, so daß ich unverwundet blieb.

Viele unter den Männern des Dionysios begannen zu jammern, daß sie bei Dunkelheit die Schatten der Toten auf dem Schiff herumgehen sähen und im Schlaf an ihrer Haut das Kneifen der eisigen Finger spürten. Das Heer der rachesüchtigen Toten verfolgte uns, denn das Meer und die Luft verdunkelten sich ohne sichtbaren Grund häufig um unsere Schiffe herum.

Dionysios opferte mehrere Male, um die Verstorbenen zu versöhnen. Er spuckte ins Meer und kratzte mit den Nägeln am Bug, um eine günstige Brise herbeizurufen. Sein unwahrscheinliches Glück fing ihm selbst an unheimlich zu werden, denn bis jetzt hatte uns das Meer an sich noch keinen Schaden zugefügt. Erst nach der Begegnung mit den Kriegsschiffen begann unser Schiff in den Fugen zu lecken, so daß wir gezwungen waren, die Schiffsseiten von innen abzudichten.

Als die haardünne Silbersichel des Neumondes am Horizont erschien, sagte Dionysios: „Nun habe ich mein Glück lange genug versucht, und außerdem kann keines unserer Schiffe weitere Ladung mehr fassen. So gierig bin ich denn doch nicht, daß ich die Seetüchtigkeit meiner Schiffe zugunsten der Beute opfern würde. Unser Unternehmen ist beendet, und wir haben jetzt nichts anderes mehr zu tun, als uns selbst zu retten und unsere Beute in Sicherheit zu bringen. Laßt uns deshalb den Bug der Schiffe nach Westen drehen, und dann möge Poseidon uns über das weite Meer helfen."

Von den eroberten Schiffen hatte er einige Lotsen, die weite Meere befahren hatten, am Leben gelassen, obwohl er ihnen nicht traute. Für den phönizischen Seemann galt als das größte Verbrechen, einem Fremden ihre Schiffahrtswege, Landzeichen und die Winde zu verraten. Er hatte auch Leute, die sich schwimmend von den Kriegsschiffen zu retten versuchten, auf unser Schiff genommen.

Während die Männer aus Phokaia beim Drehen des Buges nach Westen Freudenschreie ausstießen, rief Dionysios die Götter Phöniziens und Ioniens an, bestrich das Gesicht, die Hände und die Füße des Götterbildes mit Blut und ließ auf jedem der Schiffe Gefangene opfern und deren Blut ins Meer vergießen. Auf dem Meere sind solche Opfer noch geduldet, die auf dem Lande nicht gestattet wären, und niemand stand auf, um diese barbarischen Opfer zu verhindern. Nur Mikon äußerte, daß er diese Opfer als nutzlos ansehe.

Nachdem Dionysios die Opfer dargebracht hatte, schrie er über das glühende Meer hinaus: „Nun, ihr Götter des Meeres alle, ihr fremden und ihr mir bekannten, gebt mir den Oststurm, der uns in das offene, von Schiffen freie Meer tragen und unsere Verfolger irreführen möge. Als Sohn Phokaias will ich lieber im Sturm ertrinken, als gleich einer Ratte, von allen verfolgt, auf dem Meere hin und her gejagt zu werden."

Berauscht vom Blut und von der Beute, von unserem bisherigen Erfolg, schlossen sich die Ruderer zusammen und begannen den Oststurm zu rufen. Die Jahreszeit für die Schiffahrt ging ihrem Ende entgegen, unruhige Vogelschwärme flogen über das Meer, und das Wasser wechselte seine Farbe. Immer noch beschien uns grell die Sonne, das Himmelsgewölbe glühte, so daß die Augen schmerzten, aber kein günstiger Wind kam auf. Schließlich fingen die Ruderer, deren Fäuste vom Rudern völlig zerschunden und deren Kehlen heiser geworden waren, zu brüllen an: „Turms, Turms, beschwöre du uns den Wind. Lieber ertrinken wir, als daß wir an den Riemen eingehen, weil eine zu schwere Beute in Sicherheit gebracht werden soll."

Als sie so brüllten, entstand in meinem Kopf eine Leere, und ich sah die luftleichten Schatten der Toten, ihre vor Rachsucht grinsenden Schattengesichter und Schattenhände, die sich an der Reling festgeklammert hatten, um unsere Flucht dadurch zu verhindern. Ich geriet in Ekstase, fühlte mich stärker als die Schatten der Toten und rief nach dem Ostwind. Alle schrien wild mit mir und ahmten die aus mir quellenden

Worte nach, die ich selbst nicht verstand. Dreimal rief ich den Wind an, dann siebenmal und zum Schluß noch zwölfmal. Mikon zog voller Angst seinen Umhang über den Kopf, aber er hinderte mich nicht, denn unser Leben stand sowieso auf dem Spiel, und die Rache heischenden Schiffe aus Phönizien und Ägypten waren uns direkt auf den Fersen. Die Kämpfer schlugen dumpf auf ihre Schilde, die Köche mit den Kellen auf die Kessel, und Dionysios blies farbige Wollflocken in die Luft. Nur die phönizischen Lotsen mit ihren rotbraunen Gesichtern und den kupfernen Ohrringen blieben finster und stumm und starrten uns an.

Dann verwandelte sich das Meer im Osten, es wurde gelb, und mit brodelndem Wirbel blendete der Sturm unsere Augen, Sand und Staub aus den fernen Wüsten mit sich tragend. Das letzte, was wir vom offenen Meer sahen, war eine wirbelnde Wasserhose, die hinter uns vom Wasserspiegel bis zum Himmel zu steigen schien. Das konnte ich noch wahrnehmen, bevor ich besinnungslos aufs Deck des stampfenden Schiffes sank. Mikon und Dorieus trugen mich unter Deck und banden mich dort an die Schiffsrippe fest, damit ich beim Schaukeln des Schiffes, beim Hin- und Herrollen nicht ums Leben käme.

Drittes Buch

HIMERA

1.

Die Kunst des Seefahrens des Dionysios aus Phokaia war noch größer als seine Heldentaten in der Seeschlacht bei Lahde und noch beachtenswerter als seine Seeräuberkunst in den phönizischen Gewässern. In den Klauen der tobenden Herbststürme, als die Schiffe vom offenen Meer bereits in die Winterhäfen flüchteten, gelang es ihm, innerhalb von drei Wochen Fühlung mit der sizilischen Küste zu bekommen. Er brachte alle drei Schiffe bis dorthin in Sicherheit, ohne ein einziges Mal an Land zu gehen, obwohl die einzigen Landzeichen, die ihm den Weg wiesen, die Berge auf Kreta waren. Diese Heldentat ist allen Ruhmes wert.

Wir aber starrten vor Schmutz, stanken und waren krank, vom Salzwasser zerfressen, mit Quetschwunden übersät und so erschöpft, daß wir Trugbilder in Gestalt von gehörnten Seeungeheuern und Nymphen des Poseidon sahen. Als wir endlich den blauen Schatten des Festlandes im Westen entdeckten und von der Wirklichkeit der nahen Küsten überzeugt waren, brachen wir in Tränen aus, und die Männer begannen zu fordern, daß Dionysios an der nächstliegenden Küste an Land gehen sollte, gleichgültig ob es Afrika oder Italien wäre, ob es von Karthagern oder Griechen bewohnt sei.

Unsere Schiffe leckten so stark, und der Herbst war schon so weit vorgeschritten, daß Dionysios selbst nicht glaubte, eine gleich weite Strecke bis Massilia über unbekannte Gewässer ohne Unterbrechung zurücklegen zu können. Deshalb hielt er eine Besprechung mit seinen Kapitänen und Steuerleuten ab und erklärte: „Wie ihr seht, liegt der Riesenschatten des Berges mit dem großen Rauchpilz über dem Gipfel vor euch. Daher weiß ich, daß wir die Küste von Sizilien erreicht haben. Solltet ihr Sehnsucht nach großen Städten haben, so könnten wir nach Norden an die italische Küste, und zwar nach Kroton, oder nach Süden nach Syrakus weiterfahren, welche die mächtigste Stadt Siziliens ist, wenn nicht Akragas an der Südküste der Insel noch größer ist."

Die Steuerleute waren entzückt: „Wir sind jetzt reiche Leute", riefen sie, „und in einer Großstadt werden wir unsere Beute am besten verkaufen können. In den dortigen Werften werden die erlittenen Schiffsschäden schnell behoben oder wir können neue Schiffe kaufen, um dann im Frühjahr zu unseren Stammesverwandten aus Phokaia nach Massilia weiterzusegeln. Vor allem aber sehnen wir uns nach Ruhe und kräftigem Essen, nach Tanz, Musik, Gesang, Wein und Kränzen, um uns von den Strapazen und unseren Leiden zu erholen."

Dionysios antwortete: „Eine große Kulturstadt bietet fraglos am ehesten die von euch ersehnten Freuden, aber Großstädte sind starke Städte, die von Mauern umgeben sind und über ein Söldnerheer verfügen, ihre Häfen sind bewacht, es liegen sogar Kriegsschiffe dort. Da sie Handel treiben, erhalten sie auch Nachrichten aus der übrigen Welt schneller als die armseligen kleinen Städte. Deshalb fürchte ich sehr, daß wir nach den ersten Freudengenüssen plötzlich einen glühenden Eisenring statt eines Kranzes auf den Kopf gedrückt bekommen würden."

Er schaute seine Leute prüfend an und fuhr fort: „Unser Gewissen ist rein und wir wissen, daß wir einen gesetzlichen Krieg gegen den Perser geführt haben, aber wir sind zu reich und wohlhabend, um nicht Mißtrauen zu erwecken, wenn wir noch so glaubwürdig erklären wollten, daß wir die Beute in der Seeschlacht bei Lahde erobert und von dort direkt nach dem Westen zu unseren griechischen Brüdern gesegelt wären, um bei ihnen Schutz zu suchen. Vom Wein berauscht hat schon mancher Mann vor uns seinen Kopf selbst in die Schlinge gesteckt. Wir kennen ja unsere Gesprächigkeit, unsere Zungenfertigkeit. Wir sind doch Männer aus Ionien, und die Unsterblichen wählten unter allen anderen Völkern gerade unseren Stamm aus, um ihm die gleißendste Redegabe zu verleihen."

„Nein", sagte er, „wir müssen für den Winter eine möglichst abseits gelegene Stadt ausfindig machen und uns die Freundschaft ihres Tyrannen erkaufen. Drei Kriegsschiffe und eine Schar wie wir sind keine zu verachtende Hilfe für einen Klein-Tyrannen, der sich seine Selbständigkeit unter dem Druck der verschiedenen Machtbereiche der Großstädte Siziliens zu bewahren sucht. Solche Städte gibt es an der Nordküste Siziliens vor Panormos und vor der Interessensphäre der Karthager. Dort würden wir dem Tyrrhenischen Meer gegenüberliegen, durch das wir segeln müssen, um nach Massilia zu gelangen. Deshalb fordere ich von euch, meine tapferen Waffenbrüder, noch eine letzte Anstrengung: Laßt uns kühn durch die Meerenge segeln, die den Tod für Hunderte von

Schiffen bedeutet hat. Sonst verlieren wir alles, was wir mit Leiden und Mühen gewonnen haben."

Sogar die tapferen Steuerleute wurden blaß bei dem Gedanken an die Strudel, die Meeresströmungen und die tückischen Winde der sagenhaften Meerenge. Dionysios ließ ihnen Zeit, sich auszusprechen, so daß jeder sein Herz erleichtern konnte und sich beruhigte. Es wurde Abend, und wir vernahmen ein dumpfes Grollen und sahen eine Feuersäule oberhalb des Berges mit dem Rauchpilz den Himmel rot färben. Aschenregen fiel auf das Deck der Schiffe, und die Ruderer hatten keine Lust mehr, an Land zu gehen.

Dorieus sagte: „Das Land, wo mein Vater sein Grab gefunden hat, begrüßt mich mit Feuersäule und Grollen. Dies genügt mir als Zeichen. Jetzt weiß ich, warum die Lämmerknochen nach Westen zeigten, als ich um ein Zeichen bat."

Mikon seinerseits sagte: „Dionysios hat uns mit seinem Glück bis hierher gebracht. Mag er uns auch weiterhin führen."

Auch ich hatte das Gefühl und war der Ansicht, daß die Götter uns bestimmt nicht aus den Meereswirbeln gerettet hätten, um unsere Schiffe in der verrufenen Meerenge schandvoll zu versenken. Damit war die Besprechung zu Ende und Dionysios hatte seinen Willen durchgesetzt. In der Stille der Nacht opferte er den unbarmherzigen Göttern der Meerenge die phönizischen Lotsen. Als ich am Morgen ihr Verschwinden bemerkte, war ich darob sehr ungehalten, denn ich hatte mich mit ihnen unterhalten, um ihre Sprache zu lernen, und dabei festgestellt, daß sie trotz ihrer fremden Herkunft ebensolche Menschen wie wir waren.

Ungeachtet des grausigen Opfers entsprach die Meerenge durchaus ihrem Ruf, und wir mußten mehrere Tage all unsere Kräfte aufbieten, um da durchzukommen und zu verhindern, daß unsere Schiffe in die Untiefen und in die Brandungen an der Küste gerieten. Aus der Stadt Zankle kam ein schnelles Nachrichtenboot zu uns gerudert und forderte, daß wir den Hafen anzulaufen und die Gebühr für das Durchfahren der Meerenge zu entrichten hätten. Aber Dionysios sprach höflich mit den Steuereinnehmern und erklärte, wir seien Kriegsschiffe und auf dem Wege aus dem Kriege gegen den Perser zu neuen Wohnstätten. Kriegsschiffe brauchen doch keine Gebühren zu entrichten, sondern nur die Handelsschiffe. Dann schwieg er als der bescheidene Mann und ließ seine Steuerleute von seinen Heldentaten in der Seeschlacht bei Lahde erzählen, und sie bagatellisierten seine Verdienste ganz gewiß nicht, so daß die Steuereinnehmer mit offenem Munde zuhörten und ihren eigentlichen Auftrag völlig vergaßen.

Mehr tot als lebendig, das Getöse der Brandung noch immer im Ohr, erreichten wir endlich das herbstlich blaue Tyrrhenische Meer, wo ein günstiger Wind wehte und wir an der Nordküste Siziliens mit seinen blauen Bergen entlang bei Landfühlung weitersegeln konnten. Dionysios brachte Dankopfer dar, goß Wein ins Meer, schlug als größtes Opfer die Füße des phönizischen Gottes ab und stieß diesen vom Schiff mit den Worten ins Meer: „Dich brauche ich jetzt nicht mehr, Gott, wer du auch sein magst, denn diese Gewässer kennst du ja doch nicht."

Die leckenden Schiffe unter unseren Füßen segelten noch schwerfälliger als vorher, da sie nach den an sie gestellten Anforderungen bei der Durchfahrt durch die Meerenge weitere Beschädigungen erlitten hatten, und jeder von uns sehnte sich nach Land, um endlich kein verpestetes Wasser trinken zu müssen, sondern Trauben und Äpfel essen zu können. Aber Dionysios setzte die Fahrt an der Küste entlang immer weiter fort, schnupperte den Landwind mit weitgeöffneten Nasenlöchern, unterhielt sich mit den Fischern und kaufte von ihnen frische Fische für unsere Verpflegung ein. Nachdem er genug Nachrichten gesammelt hatte, sagte er:

„Wenn ich es richtig verstanden habe, liegen sämtliche griechischen Städte auf Sizilien in Streit miteinander und bekriegen sich gegenseitig, gerade wie der Zufall es will. Nun, da ich durch die Meerenge gekommen bin, habe ich mich beruhigt und will mit niemandem Streit suchen. Laßt uns also um ein Zeichen der Götter bitten, wo wir uns niederlassen sollen. An das Werfen von Lämmerknochen glaube ich nicht, aber in der kommenden Nacht soll jeder auf seine Träume achten, und dann wollen wir das im Traum uns gegebene Zeichen befolgen."

Mir scheint, daß Dionysios dies nur gesagt hatte, um auf diese Weise noch eine Nacht Zeit zu gewinnen. Er selbst glaubte kaum an Träume, er wollte nur in den Augen seiner Leute eine göttliche Weihe für seinen bereits früher gefaßten Entschluß erhalten.

Denn am folgenden Morgen, gleich nach dem Aufstehen, heuchelte er größtes Erstaunen, lief an die Reling und spähte, während er seine Notdurft verrichtete, gleichzeitig zum Land hinüber. Im Laufe der Nacht waren wir fast zu nah an das Ufer getrieben worden. Nach genauer Betrachtung der Lage rief Dionysios aus:

„In der Tat, die Götter sind uns gnädig. Im Traum sah ich gerade diese Halbinsel mit dem Berg, der wie der Hohlrücken eines alten Esels aussieht. Laßt uns schnellstens an dem vorbeirudern und dann an Land gehen. Dahinter liegt eine mir im Traum erschienene schöne Küste mit Bächen und Quellen, Äckern, Feldern, Wiesen und Obstbäumen."

Die Männer liefen an die Riemen, sogar ohne vorher etwas gegessen zu haben, so stark war das Verlangen in ihnen, festen Boden unter die Füße zu bekommen. Schon am Abend vorher hatten wir uns alle gewaschen, eingesalbt und neue, saubere Kleidung angezogen. Die meisten hatten ihr Haar in Zöpfe geflochten und sich mit den auf den phönizischen Schiffen gefundenen feinen Rasiermessern rasiert. Unsere völlig zerschlissenen Kleider hatten wir ins Meer geworfen und auf den Schiffen Weihrauch verbrannt, um den üblen Gestank zu vermindern und unsere Gemüter empfänglich für die göttlichen Träume zu machen.

Während die Männer um die bewaldete Halbinsel ruderten, blickte Dorieus finster in die Gegend und sagte stirnrunzelnd und drohend: „Dionysios aus Phokaia, ich weiß nicht, wessen Traum heiliger ist, aber mein Traum war lebendiger als die Wirklichkeit, und mein Stammvater Herakles, größer und stattlicher als alle Erdenwesen, erschien mir im Traume. Auf der rechten Schulter trug er eine Knotenkeule, groß wie ein Eichstamm, aber auf seiner linken Schulter stand ein ständig krähender Hahn auf einem Fuß. Nur diesen meinen Traum will ich als Omen befolgen und nicht deinen Traum, du Mann aus Phokaia."

Spöttisch lächelnd fragte Dionysios: „Wie deutest du deinen Traum?"

Dorieus griff nach dem Schwert an seiner Lende und antwortete: „Ich kann ihn nicht deuten, doch der Spartaner hat selten Träume, aber er befolgt diese dann auch. Deshalb muß ich zugunsten meines Traumes gegen deinen Traum kämpfen, Dionysios, wenn du nicht an meinen Traum in Güte glauben willst."

Dionysios merkte, daß Dorieus es ernst meinte. Da die Männer ruderten, wandte er sich an uns und fragte, was für Träume wir denn gehabt hätten. Mikon erzählte:

„Im Traum sah ich wolkenhohe Mauern und innerhalb derselben eine fürchterliche Feuersbrunst wüten. Ich sah flüchtende Männer Schatzkästen und Hausgötter tragen und Frauen weinende Kinder aufs Schiff zerren, um sich aus der brennenden Stadt zu retten."

Dorieus lächelte vor Freude und sagte: „Dein Traum deutet meinen Traum. Du sahst im Traum Troja brennen. Die seinerzeit aus dem brennenden Troja Geretteten segelten bis nach Sizilien, gründeten Eryx und Segesta, und unterwarfen die Einwohner, die Sikanen, ihrer Herrschaft, bis sie mein Stammvater Herakles auf seinen Fahrten besiegte. Seitdem ist der westliche Teil Siziliens das Erbland des Herakles geblieben. Mein Vater Dorieus zog aus, es zu erobern, aber er wird im Kampf gefallen sein, da man seitdem nichts mehr von ihm gehört hat. Deshalb führten die Götter mich entgegen meinem eigenen Willen nach dem Westen, damit ich die Heldentaten meines Vaters fortsetze. Der Hahn auf der linken Schulter des Herakles verkündete in meinem Traum den Sieg. Laßt uns nach Eryx segeln und dort das Land Eryx erobern."

Dionysios raufte sich das Haar und brüllte: „Führt mir diesen Spartaner, diesen Wahnsinnigen, aus den Augen. Wenn unsere Schiffe bis Eryx vielleicht noch halten sollten, so würden wir in den Händen der Phönizier aus Karthago dem Tode verfallen sein. Das Land Eryx gehört zu ihrer Interessensphäre, und das afrikanische Karthago an der Küste gegenüber von Eryx ist die grausamste Stadt, die jemals die Meere beherrscht hat."

Mikon warf beruhigend dazwischen: „Träume sind vielfältig zu deuten, Dorieus. Vielleicht hat dein langes Fasten auf See deinen Traum beeinflußt, so daß du dich an die krähenden Hähne der Aphrodite von Akraia erinnertest. In deiner Mannbarkeit fühltest du dich deinem Stammvater gleichwertig, und die Knotenkeule war das Zeichen dieser Mannbarkeit. Sei dem wie es wolle, wir verlieren nichts dabei, wenn wir zunächst den Traum des Dionysios befolgen und uns eine Zuflucht am schönen Ufer suchen."

Im gleichen Augenblick hörten wir ein lautes, freudiges Raunen unter den Steuerleuten und den Ruderern. Hinter der Halbinsel breitete sich vor unseren Augen ein geschützter Hafen mit lieblichen Ufern, üppigen Wiesen, Obstbäumen und dichten dunklen Wäldern aus. Der Hügel am Ufer war von einer aus Baumstämmen und Erde gebauten Mauer umgeben, und wir konnten innerhalb der Mauer einen Tempel und eine große Anzahl neuer Blockhäuser erkennen. Über das Wasser hinweg drangen zu uns die frohlockenden Töne der Hirtenflöten, das Blöken der Schafe und das Muhen der Rinder.

Dorieus knirschte mit den Zähnen, versetzte sich selbst in Wut, zog sein Schwert blank, schlug mit der Fläche des Schwertes Mikon aufs Ohr und drohte Dionysios mit der Schwertspitze. „Segle weiter!", befahl er. „Die Stimme des Herakles sagt mir, daß wir noch nicht weit genug nach Westen gekommen sind. Laßt uns erst dann ans Ufer gehen, wenn das Schiff unter uns zu sinken beginnt. Das ist Zeichen genug, du Mann aus Phokaia."

Ich war über seinen Wahnsinn entsetzt, aber als sein Freund mußte ich zu ihm stehen. Dionysios versuchte vergeblich, ihn zu besänftigen, bis auch er selbst in Wut geriet. Der Schaum stand ihm vor dem Mund, und plötzlich schleuderte er das Beil in seiner Hand so, daß es den Schild des Dorieus spaltete und dessen Hand verletzte. „Da hast du den Hahn in deine linke Hand", donnerte Dionysios ihn an und riß eine Pike vom Deck, um sie Dorieus in den Leib zu stoßen. Aber in diesem Augenblick fegte ein Windstoß über uns hinweg, und das Schiff legte sich so stark auf die Seite, daß das Wasser aus den Riemenöffnungen hineinströmte und die Ruderer entsetzt schrien, wir würden ertrinken.

Dionysios mußte sich beeilen, das Schiff in Windrichtung zu drehen und das Segel hissen zu lassen, damit wir nicht gänzlich bewegungslos Opfer der schaumkronentragenden, peitschenden Wellen würden. Der Wind drückte uns an der schönen Küste vorbei, obwohl uns nur noch einige Bootslängen von den stillen Wassern des im Schutze der ewig grünen Halbinsel liegenden Hafens trennten. Der kalte Herbstregen prasselte auf uns herab und entzog das Ufer unseren Blicken. Dorieus rieb seine erschlaffte Hand, wischte das Blut von den Fingern und sagte:

„Hättest du doch, Dionysios, meinem Traum ohne Streit geglaubt. Schärfe deine Augen, dann wirst du sehen, daß Herakles selbst das Schiff bestiegen hat und in das Segel bläst, um meinem Traum Geltung zu verschaffen."

Aber die Männer aus Phokaia schrien und jammerten und glaubten, daß sie jetzt ertrinken würden. Auch Mikon und ich warfen Kleidungsstücke ab und bereiteten uns vor, ans Ufer zu schwimmen. Doch Mikon meinte dabei: „Wir werden bestimmt nicht ertrinken, auf jeden Fall wir beide nicht. Bald werden wir erkennen, was für einen Sinn dies alles hat."

Der Sturmwind blies heftig und trieb uns voran, so daß der Versuch zwecklos gewesen wäre, durch Rudern ans Ufer zu gelangen. Als der Regenschauer nachgelassen hatte, wurde der Wind warm und mild und versuchte nicht mehr, die Haltbarkeit unserer Schiffe mit starken Böen auf die Probe zu stellen. Wie vom Lachen geschüttelt jagten die Schaumkronen der Wellen an uns vorbei, und wieder einmal schien es, als habe eine unsichtbare Macht uns vorsichtig und geschickt vorwärtsgeführt. Sogar Dionysios fügte sich ins Unvermeidliche und sagte: „Träume sind Schäume und rufen nur Zank hervor. Laßt uns die Träume vergessen und den Willen des Meeres und des Windes befolgen. Das Meer und die Winde kenne ich und lehne mich nicht gegen sie auf."

In der Abenddämmerung trieb der Wind uns der Küste zu. Wir sahen die Flußmündung, den Hafen und die von starken Mauern umgebene Stadt. Um die Stadt herum stiegen Dampfsäulen aus heißen Quellen empor, und die hohen Berge zeichneten sich bläulich dahinter ab. Die Männer hörten auf, Wasser auszuschöpfen, und griffen wieder nach ihren Riemen, während das Wasser immer weiter stieg, bis es die Ruderbänke erreichte. Ob wir es wollten oder nicht, wir waren gezwungen, an Land zu rudern, denn das Schiff unter uns begann zu sinken. Als die Ruderer sich schließlich auf Deck retteten und das Wasser bereits im Innern des Schiffes wütete, verspürten wir einen gewaltigen Stoß, als das Schiff ganz nah am Ufer auflief und Grund bekam. Wir waren gerettet, obwohl die Wellen das Deck überspülten und das Schiff sich schwer seufzend auf die Seite legte. Die beiden Fünfzig-Ruder-Schiffe kamen bis ans Ufer, und wir sprangen alle ins Wasser und zogen sie aufs Land. Dann erst ergriffen wir unsere Waffen und bereiteten uns zur Verteidigung vor, obwohl der Boden unter unseren Füßen wankte, und wir selbst beim Versuch, breitbeinig stillzustehen, hin und her schwankten.

2.

Nach Stillegung der Schiffahrt waren auf beiden Ufern eine große Anzahl von Schiffen hoch an Land gezogen, gestützt und zugedeckt worden. Furchtlos und neugierig näherten sich uns Leute in bunter Kleidung, die sich einander in verschiedenen Sprachen eifrig etwas zuriefen. Als sie unsere Waffen entdeckten, blieben sie in gehöriger Entfernung von uns stehen, aber einige brachen grüne Zweige von den Bäumen ab und schwenkten diese, zum Zeichen ihrer freundlichen Gesinnung, über ihren Köpfen.

Wir warfen unsere Schilde und Waffen auf die Erde. Daraufhin kamen sie ganz nah heran, redeten uns an, betrachteten uns von allen Seiten und zupften an unserer Kleidung, wie es in allen Ländern bei Neugierigen üblich ist. Viele von ihnen sprachen Griechisch, wenn auch einen fremden Dialekt. Die Kaufleute brachten uns in ihren Körben Trauben und Obst mit. Als Zahlung nahmen sie die Goldstücke des Persers gern entgegen, und gaben uns als Wechselgeld ihre eigenen Silbermünzen wieder. Sie erzählten, daß ihre Stadt Himera hieße. Sie war seinerzeit von den Bewohnern von Zankle gegründet worden, und später waren auch Syrakuser zugezogen, die der Bürgerkriege in Syrakus überdrüssig geworden waren. Den Hauptteil der Einwohner bildeten als Urbevölkerung die Sikulen, mit denen die Griechen Ehen geschlossen hatten.

Nach dem Sonnenuntergang wurden die Tore der Stadt geschlossen.

An diesem Abend hatten wir kein Verlangen nach einer Unterhaltung mit den Bewohnern der Stadt, sondern sanken, wo wir gerade standen, auf die nackte Erde und fielen in Schlaf. Der Duft der Erde, der Rasen, ja die bloße Berührung mit der Erde war für unsere Körper nach dem Gestank auf den Schiffen und den harten Schiffsplanken etwas Beglükkendes.

Aber nach der trockenen Kost und dem öligen Brei auf dem Schiff bekamen wir von den von uns verschlungenen Trauben und genossenem Obst einen so fürchterlichen Durchfall, daß wir, als der Morgen die Berggipfel färbte, mit schwerer Kolik stöhnend am Ufer hockten und das Gefühl hatten, als wolle sich das ganze Eingeweide ins Meer ergießen.

Einige hegten den Verdacht, die Fremden hätten uns vergiftet, um sich unserer Schiffe zu bemächtigen. Aber Dionysios beteuerte, es wäre alles in Ordnung. Nachdem die Stadttore wieder geöffnet wurden, schickte er Leute in die Stadt, um einen Ochsen und mehrere Schafe einzukaufen. Wir bekränzten den Ochsen und brachten ein Opfer dar, indem wir seine Schenkelknochen und das Fett der Schafe verbrannten. Dann brieten wir Fleisch auf dem Feuer für uns selbst und aßen, bis wir mehr als satt waren, ohne uns noch an unsere Magenbeschwerden vom Morgen zu erinnern. Die Händler kamen wieder mit ihren Körben, um uns mürbes Brot und Honigkuchen zu verkaufen, und wir sparten gewiß nicht mit unserem Geld, sondern zahlten leichtsinnigerweise mehr, als sie zu verlangen verstanden, bis Dionysios dieser Verschwendung ein jähes Ende bereitete, indem er uns mahnte, daran zu denken, daß wir Ionier wären.

Es herrschte eine sorgenfreie, frohe Stimmung in unserem Lager, und ich glaube, daß die Erde einem nie süßer erscheint als nach einer langen Seefahrt. Wir spielten auf phönizischen Musikinstrumenten, die Flöten erklangen, und viele begannen noch vor der Mittagszeit unanständige Bockstänze aufzuführen. Der Spektakel in unserem Lager lockte lockere Leute aus der Stadt in unsere Nähe, auch Frauen, die ihren Mund schüchtern mit dem Saum des Umhanges verdeckten, aber mit den Augen die wilden Sprünge der Bockstänzer genau verfolgten. Doch Dionysios verbot ganz strikte seinen Männern, die Frauen zu früh anzufassen, und stellte Wachen auf die Schiffe, weil das fremde Volk sehr neugierig in deren Ladung, die einem Fremden nicht gezeigt werden durfte, zu wühlen versuchte.

Zu allerletzt erschien dann noch der Tyrann von Himera, Krinippos, in Begleitung seiner Leibgarde und zahlreicher Reiter, um uns zu begrüßen und sich zu erkundigen, was wir vorhätten. Sein Bart war spärlich, mit vorgebeugten Schultern schritt er zu Fuß inmitten seines Gefolges, bescheiden gekleidet in einen hausgewebten Überwurf. Dionysios ging ihm, begleitet von seinen würdigsten Männern, entgegen, erzählte ihm seine Erlebnisse in der Seeschlacht bei Lahde und der von dem Perser eroberten Beute, und bat um Zuflucht für den Winter, bis er im Frühjahr nach Massilia weitersegeln könnte. Er bat um Trosse, Ochsen, Spille und Tischler, um sein abgesacktes Schiff an Land ziehen und seine beiden anderen Schiffe auf den Winterliegeplatz bringen zu können. Er versprach, für alles gut zu bezahlen.

Während Dionysios sprach, betrachtete Krinippos ihn und uns andere prüfend, und man konnte an seinen Augen erkennen, daß er trotz seines bescheidenen Äußeren kein unbedeutender Mann war. Nachdem Dionysios seine Ansprache beendet hatte, sagte Krinippos: „Nach dem Willen meiner Untertanen bin ich der Alleinherrscher von Himera, obwohl mir das Regieren unsympathisch ist. Ich kann keine Entschlüsse fassen, ohne die Meinung meiner Untertanen zu hören. Es gibt aber Dinge, die man der Volksvertretung nicht vorlegen soll, damit sie kein allgemeines Aufsehen erregen. Deshalb bitte ich dich, komme in mein Haus in der Stadt, so daß wir innerhalb der vier Wände über irdische und göttliche Fragen sprechen können. Solltest du aber mir mißtrauen, weil du meine Sitten noch nicht kennst, könnten wir uns ja zurückziehen und uns unter vier Augen in Sichtweite deiner Männer, aber nicht in Hörweite, unterhalten. Ich bin eine Einsiedlernatur, ich scheue die Menschen, und meine Rednergabe ist schwach. Deshalb dulde ich nicht zu viele Zuhörer um mich herum."

Dionysios ging bereitwilligst auf seinen Vorschlag ein, und der grauhaarige Mann schritt furchtlos an der Seite des Dionysios weit weg zu einer Wiese, obwohl Dionysios ihn um mehrere Kopflängen überragte und seinen dünnen Hals mit bloßen Händen hätte umdrehen können. Wir sahen, wie die beiden sich ins Gras setzten und sich in eine ernste Unterhaltung vertieften. Die Soldaten des Krinippos ließen ihre Pferde sich frei herumtummeln, sie lächelten stolz und sagten:

„Unser Tyrann Krinippos ist ein unübertrefflicher Mann, und wir würden ihn zu unserem König ausrufen, aber er will von der Bezeichnung ‚König' nichts wissen. In seinem Hause hat er eine Menge heiliger Zauberdinge der Götter der Unterwelt, so daß er keinen Rivalen zu fürchten braucht. Niemand weiß, woher und wie er sich diese Dinge ursprünglich beschafft hat, und nachdem er uns damit eingeschüchtert hatte, ist es ihm gelungen, jeden Streit in unserer Stadt zu bannen und uns so weise zu regieren, daß sogar die Karthager und die Tyrrhener unsere Freunde sind und nicht einmal Syrakus es wagt, unsere Freiheit zu verletzen."

Ferner erzählten sie, daß Krinippos sich mit einer Aristokratin aus Karthago vermählt habe und die Interessen aller in der Stadt Ansässigen, ohne Unterschied der Nationalität, unparteiisch wahrnehme. Er mache sich kaum etwas aus persönlichem Reichtum, sondern schätze seine Zauberdinge bedeutend höher. Die von ihm festgesetzten Steuergaben seien mäßig, und er verwende das Geld zur Verstärkung der Stadtmauern, zum Ausbau des Hafens und für die Tempel. Aus der Stadtkasse entleihe er Gelder an unternehmende Männer zwecks Schiffsbauten und zahle Entschädigungen für Schiffe, die Schiffbruch erlitten hätten. Mit einem Wort, nach den Erzählungen der Soldaten sei Himera die Stadt der Glücklichen, in der das Angstgefühl unbekannt sei und in der kein Unrecht geschehe.

Endlich sahen wir, wie Krinippos und Dionysios sich erhoben und sich gegenseitig das Gras vom Gesäß klopften. Zusammen kehrten sie zu uns zurück, und Dionysios befahl, rot vor Begeisterung, seinen Leuten auf die Schilde zu schlagen, die Speere emporzuheben und zu Ehren des Krinippos einen Ruf erschallen zu lassen. Krinippos verließ uns mit seinem Geleit, um wieder in die Stadt zurückzukehren, und Dionysios sprach zu uns und erzählte:

„Ich habe ein Bündnis mit diesem vorzüglichen Herrscher geschlossen. Von jetzt ab kann jeder von uns in die Stadt und wieder heraus aus der Stadt gehen, wie es uns beliebt, mit oder ohne Waffen. Wir dürfen uns dort Wohnungen mieten oder uns selbst Häuser bauen. Wir dürfen Handel treiben, wenn wir wollen, den Göttern der Stadt oder unseren eigenen Göttern dienen, wie es uns paßt, Ehen mit den Frauen aus der Stadt eingehen oder in anderer Weise ihre Gunst erwerben, wie es uns oder den Frauen gefällt, denn hier herrschen freie Sitten. Nur Gewalt dürfen wir nicht anwenden, auch keinen Stadtbewohner beleidigen, und ferner müssen wir uns verpflichten, die Mauern der Stadt, solange wir dort wohnen, mitzuverteidigen, als ob es sich um unsere eigene Stadt handle."

Seine Männer aber waren mißtrauisch und entgegneten: „Dies alles ist viel zu gut und schön, um wahr zu sein. Krinippos ist schlauer, als du denkst. Wenn er uns in die Stadt gelockt hat, so würde er uns von seinen Leuten überraschend töten lassen, um unsere Schätze in die Hand zu bekommen, oder er würde uns mit seinen Zauberdingen verzaubern, oder uns verleiten, Spiele zu spielen, bei denen wir alles verlieren würden, was wir mit schwersten Anstrengungen zum Schutze unseres Alters zusammengetragen haben."

Dionysios befahl ihnen, den Mund zu halten und ihm zu vertrauen. Bei der Rücksprache mit Krinippos habe er solche Garantien und Bürgschaften erhalten, daß kein Zweifel angebracht sei. Vor allem habe er sich darüber versichert, daß die Interessen des Krinippos und die seinigen einander entsprächen, was von größerer Bedeutung sei als alle heiligen Schwüre. Deshalb habe er sich entschlossen, unsere Schätze in verschlossenen Kisten und in mit Siegeln versehenen Säcken in der Schatzkammer des Krinippos als Bürgschaft für unser gutes Benehmen aufzubewahren, und versprochen, daß er vorläufig an seine Leute nur so viel aus der gemeinsamen Beute verteilen werde, daß es für ein Leben ohne Arbeit für die Männer den Winter über ausreichen würde. Krinippos wollte nämlich nicht zu viel Geld auf einmal in die Stadt bekommen, weil dies eine Erhöhung der Preise zur Folge haben und das Leben der Stadtbewohner selbst erschweren würde.

Seine Leute blieben jedoch finster, weil sie befürchteten, daß Krinippos Dionysios mit seinen bekanntgewordenen Zauberdingen bereits verzaubert habe. Aber die Lockungen der Stadt und der dort dargebotenen Freuden waren doch so groß, daß wir uns bald in Gruppen zur Stadt begaben und durch das offene Stadttor traten, während auf Befehl des Dionysios die ältesten Männer als Wachen auf den Schiffen zurückblieben.

Die Torwächter ließen uns tatsächlich, ohne nach unseren Waffen zu fragen, in die Stadt ein. Als wir durch die Straßen schlenderten, sahen wir Handwerkerwerkstätten, Färbereien und Weber an der Arbeit. Wir sahen den Marktplatz und dessen Hallen mit Lehrern, Schreibern und Händlern, das Haus des Krinippos und den schönen Tempel des Poseidon mit kannelierten Säulen aus Stein. Auch sahen wir den Tempel der Demeter und den von den Karthagern für Baal errichteten Tempel. Wohin wir auch kamen, begrüßten uns die Einwohner der Stadt, die Kinder liefen uns nach, und Männer und Frauen zupften uns am Saum unserer Überwürfe und luden uns als Gäste zu sich ein. Himera war wirklich eine gemütliche und gastfreundliche Stadt, und die verschiedensprachige Bevölkerung auf den Straßen verlieh ihr einen aufgeschlossenen und sorglosen Charakter.

Die Männer, die so lange auf See Trübsal erdulden mußten, konnten der Versuchung nicht widerstehen, sondern schwenkten, einer nach dem anderen, zu zweit oder zu dritt in die Häuser ein, um dort die Gastfreundschaft der bereitwilligen Gastgeber zu genießen. Auf diese Weise schrumpfte unsere Gruppe beachtlich zusammen, an den Türen der Häuser wurden Girlanden aufgehängt, es wurden Weinbeutel hineingetragen, der Duft von wohlschmeckenden Speisen drang uns aus den offenen Türen verlockend in die Nase, und bald hörte man johlenden Gesang, Flötentöne und das laute Lachen der Frauen auf den Straßen und Gassen. Bevor wir es richtig bemerkt hatten, standen wir plötzlich zu dritt allein auf der Straße, Dorieus, Mikon und ich.

Dorieus sagte: „Wenn ich nur den Tempel des Herakles finden könnte, so würde ich ihm ein Opfer darbringen. Er erschien mir wirklich im Traum, und mein Traum entsprach der Wahrheit. Ihr bemerktet doch wohl am Steinpfosten des Stadttores das Hahnenbild, und hier haben sie ja den Hahn als Symbol auch auf ihr Geld geprägt. Es war schon bestimmt, daß wir in diese Stadt kommen und auch hierbleiben sollten, um unser Schicksal heranreifen zu lassen."

Mikon sagte: „Es ist völlig unnütz, hier Waffen und Schilde zu tragen, da doch die Bewohner nur mit Fingern auf uns zeigen, über unsere Ängstlichkeit lachen und uns für Barbaren halten würden."

Ich sog alle lockenden Düfte der Stadt ein und sagte: „Wo könnten wir ein unser würdiges Haus ausfindig machen, in dem wir unsere Waffen und unsere Ausrüstung ablegen und uns in Ruhe der Gastfreundschaft hingeben könnten? Das Haus des Krinippos lockt mich nicht, weil er, wie verlautet, geizig in den Gastsitten sei und wegen seines Magenleidens nur Pflanzenspeisen essen soll. Wir können aber auch nicht aus Rücksicht auf unsere Würde einen Mann von niedriger Herkunft als Gäste aufsuchen."

Tatsächlich hatten die einfachen Einwohner der Stadt uns drei wegen der wallenden schwarzen Pferdemähne am Helm des Dorieus gemieden und sich lieber als Gäste einfache Seeleute und Ruderer eingeladen. Wir waren hungrig und uns dürstete, wollten aber nicht beim Weinhändler einen Weinbeutel kaufen und dann zurück aufs Schiff gehen, um dort allein zu feiern. Mikon heuchelte Ernsthaftigkeit und sagte:

„Gib du uns einen Rat, Dorieus, du Nachkomme des Herakles, wohin wir gehen und welchem Hause wir die Ehre antun sollen, dort als Gäste zu erscheinen. Wenn dein Traum uns unbedingt in diese Stadt bringen wollte, dann mußt du auch wissen, wohin wir hier unsere Schritte lenken sollen."

Dorieus antwortete: „Da ist nichts zu bedenken. Laßt uns nach Westen, an den äußersten Stadtrand gehen, dann sind wir meinem Erblande näher."

Wir wanderten also bis zum westlichen Rand der Stadt, wo sich große

Häuser befanden, die keine Fenster auf die Straße hatten und deren Gärten von Mauern umgeben waren. Die Straße aber war völlig still und schmutzig und der Lehmputz an den Hauswänden war abgebröckelt. Trotzdem wurden meine Schritte leicht, ich hatte ein leeres Gefühl im Kopf und die Luft glitzerte vor meinen Augen.

„Diese Straße bin ich im Traum gegangen", rief ich aus, „diese Häuser kenne ich. Aber im Traum fuhr ein Viergespann mit ratternden Rädern durch die Straße, ein blinder Dichter zupfte an seiner Leier und die Türen und Pforten hatten bunte Schutzdächer. So sah die Straße meines Traumes aus. Ist sie das hier?"

Ich blieb stehen, schaute zweifelnd um mich, denn die Erinnerung war nur einen Augenblick aufgeblitzt und war dann wieder entschwunden. Ich sah nur noch die Misthaufen neben und vor den Toren und die stille, öde Straße. Mikon sagte:

„Diese Straße ist nicht unbewohnt, aber früher muß sie die Straße der Reichen und der Aristokraten gewesen sein. Das sieht man an den Mauern, an den Eisengittern und den Kupferbeschlägen der Tore. Aber die Zeit der Geschlechter der Aristokraten ist vorbei, seitdem das Volk die Macht an sich gerissen hat und der Tyrann aufgestanden ist, die Interessen des Volkes zu schützen."

Ich hörte gar nicht mehr hin, was er sagte, denn ich sah eine schneeweiße Taubenfeder auf der Erde schimmern. Ich bückte mich, hob sie auf und blickte um mich. Im großen Tor gab es noch eine kleine Tür. Auf dem Bronzeklopfer war ein Satyr abgebildet, der eine fliehende Nymphe in seine Arme schloß. Aber ich brauchte nicht anzuklopfen, denn beim Druck auf die Tür ging sie knarrend auf. Wir traten in den Hof und sahen dort Obstbäume, dunkle Zypressen und ein aus Stein gebautes Schwimmbecken.

Ein alter Sklave kam uns schwer hinkend entgegen, seine Kniekehle war einst gemäß einer früheren barbarischen Sitte mit glühendem Stein gebrannt worden. Er hob abweisend die Hand und begrüßte uns sehr mißtrauisch. Wir verstanden seine Sprache nicht, aber sicherlich fragte er, was wir wollten. Ohne ihn zu beachten, schauten wir uns im Garten um. Mikon wusch seine Hände im gelben Wasser des Schwimmbeckens und rief, daß das Wasser ganz warm sei. Dorieus und ich tauchten die Hände ein, es war wirklich von verführerischer Wärme. Wir vermuteten, daß es dasselbe Wasser war, das um die Stadt herum aus den Tiefen der Erde hervorquoll, so daß die Quellen in der Abendkühle zu dampfen begannen.

Der alte Sklave ging ins Haus, um Hilfe zu holen, und kurz darauf kam eine stattliche Frau auf uns zu, die von Kopf bis Fuß in einen gestreiften, wollenen Überwurf gehüllt war. Sie war von zwei Dienerinnen begleitet. Sie redete uns in gebrochenem Griechisch, wie es in Himera üblich war, an und fragte, ob wir Räuber wären, da wir bewaffnet in den Hof einer schutzlosen Witwe eindrängen.

Völlig schutzlos war sie freilich nicht, denn der alte Sklave hatte eine Keule ergriffen, und auf der Treppe des Hauses stand ein starker Mann, ein häßlicher Phönizier, mit einem Bogen und einem Pfeil in der Hand. Die Frau selbst schaute uns stolz aus ihren pechschwarzen Augen an, und aus allem konnte man schließen, daß sie einst ein sehr schönes Weib gewesen war, obwohl sie bereits Runzeln um die Augen, um ihre fein gebogene Nase und ihren spöttischen Mund hatte.

„Wir sind nur Flüchtlinge aus Ionien von hinter dem Meere", sagte Mikon höflich. „Nachdem wir gegen den Perser gekämpft haben, führten uns die Götter der Meere in den Hafen von Himera, und der Herrscher Krinippos hat uns, den heimatlosen Männern, für den Winter Zuflucht in seiner Stadt gewährt."

Dorieus aber fühlte sich durch Mikons Unterwürfigkeit beleidigt und so schrie er ihn an: „Du magst Flüchtling und Heimatloser sein. Ich selbst bin Spartaner und ich kam, um neues Land zu suchen. Nicht als Bittender, sondern auf Grund meiner Herkunft. Wir betraten deinen Garten, weil in allen anderen Häusern der Stadt die Bewohner untereinander wetteifern, den Schiffsbesatzungen niedrigen Ranges ihre Gastfreundschaft anzubieten. Doch wir fanden kein unserer Würde entsprechendes Haus und haben uns anscheinend hier in der Pforte geirrt. Wir betteln gewiß nicht um Gastfreundschaft bei einer schutzlosen Witwe."

Ich hielt immer noch die Taubenfeder in der Hand. Die Frau trat auf uns zu, nahm wie abwesend die Feder aus meiner Hand und sagte: „Entschuldigt bitte meine Schroffheit, aber ihr könnt euch ja vorstellen, daß ich als schwaches Weib beim Anblick eurer hervorragenden Waffen und geputzten Schilde erschrak. Wer von den Unsichtbaren euch an meine Pforte führte, ich segne ihn. Ihr seid mir willkommen, und ich lasse meine Dienerinnen unverzüglich ein euer würdiges Festmahl bereiten. Aus eurem Äußeren schließe ich, daß ihr bestimmt nicht unbedeutende Männer seid, aber auch ich bin keine unbedeutende Frau. Tanakil ist mein Name. Sollte dieser Name euch nichts sagen, so kann ich euch versichern, daß er nicht nur in Himera wohlbekannt ist."

Sie führte uns in ihr Haus, bat uns unsere Waffen in der Vorhalle abzulegen und zeigte uns den Gastsaal, in dem Ruhebetten mit dreifachen Polstern standen und deren Armlehnen mit Troddeln geschmückt waren. Dort befanden sich mit orientalischen Bildern gezierte Schreine und ein phönizischer Hausgott, dessen elfenbeinernes Antlitz mit Farben bemalt einem lebendigen Gesicht glich und der in kostbare Kleider gehüllt war. Ein großes korinthisches Mischgefäß stand mitten im Zimmer auf dem Estrich, und rundherum an den Wänden standen Vasen aus Attika, sowohl alte mit schwarzen, als auch neuzeitliche mit roten Figuren.

Tanakil sagte bescheiden: „Ihr könnt es mit eigenen Augen sehen, daß mein Gastsaal düster ist und die Spinnen in den Ecken ihre Netze gewoben haben. Um so größer ist meine Freude, hohe Gäste bei mir zu sehen, die mein bescheidenes Haus nicht verschmähen. Wenn ihr euch etwas geduldet, werde ich meine Köche an die Arbeit schicken, die Weinbeutel kalt stellen lassen und meinen Sklaven wegschicken, um abgehängtes Opferfleisch einzukaufen und Spielleute herbeizuschaffen, die sowohl mit Syrinx als auch mit Flöten umzugehen verstehen."

Sie lächelte uns zu, ihre pechschwarzen Augen blitzten, und sie fuhr fort: „Ich selbst bin eine alte und häßliche Frau, aber seid unbesorgt, ich habe Lebenserfahrung und kümmere mich nicht um die Vorurteile der Menschen. Ich weiß genau, wonach sich Männer nach einer langen Seefahrt sehnen, und ich glaube, ihr werdet nicht enttäuscht werden."

Sie empfahl uns, während des Wartens auf das Essen in dem schwefelhaltigen Wasser des Schwimmbeckens im Garten ein Bad zu nehmen. Wir zogen unsere Kleider am Rande des Beckens aus, das heiße Wasser machte unsere Glieder weich, und wir spürten eine wonnevolle Müdigkeit. Die Sklaven kamen und wuschen uns, schabten unsere Haut, reinigten unsere Haare und salbten unsere Körper mit wohlriechenden Ölen. Als wir nackt unter den Händen der Sklaven lagen, kam Tanakil ungezwungen zu uns und betrachtete uns mit Behagen.

Als wir, aus den Händen ihrer Diener entlassen, aufstanden, hatten wir das Gefühl, neu geboren zu sein, so daß schon das Dasein allein ein Genuß war. Unsere Kleider waren von den Dienern zur Reinigung weggebracht worden, daher zogen wir aus feinster Wolle gewebte dünne Unterhemden an, darüber bekamen wir in Falten gelegte Überwürfe um die Schultern gehängt. Nachdem wir uns fertig angezogen hatten, betraten wir den Gastsaal und legten uns auf die Ruhebetten. Die Diener brachten uns auf silbernen Tassen verschiedene köstliche Vorspeisen, mit gesalzenem Fisch gefüllte Oliven, weiße und schwarze Fischhäppchen und ganz dünn geschnittene und gerollte Rauchfleischscheibchen, gefüllt mit einer Masse aus Öl, Eiern, süßer Milch und Gewürzen.

Die Vorspeisen regten unseren Hunger und unseren Durst bis zum äußersten an, so daß wir nicht viel von den Weisen des blinden Flötenspielers vernahmen und kaum dem Gesang der drei hübschen Mädchen lauschten, die mit hellen Stimmen altmodische Lieder des Stesichoros, der in Himera gelebt hatte, für uns sangen.

Schließlich kam Tanakil herein, sie hatte sich inzwischen umgezogen und trug ein äußerst kostbares Gewand. Sie hatte ihr Haar kämmen und schmücken lassen, so daß ein Knoten gleich einem Turm auf ihrem Scheitel stand. Ihre Arme und ihren Hals hatte sie diesmal freigelassen und um den Hals trug sie eine mit gelben Edelsteinen gezierte Goldkette und an den Armen ein ganzes Vermögen in biegsamen Gold- und Silberarmbändern. Auch ihr Gesicht hatte sie bemalt, so daß ihr Mund und ihre Wangen rot leuchteten und ihre stechenden Augen unter den schwarzen Brauen glänzten.

Nach Rosenwasser duftend, goß sie schelmisch lächelnd einen Beutel dunklen Weines in das Mischgefäß, dem sie dann eisgekühltes Wasser in angemessener Menge hinzufügte. Die singenden Mädchen beeilten sich, die flachen Trinkschalen zu füllen und sie uns im Laufschritt zu bringen, wobei sie beim Anbieten des Bechers das eine Knie beugten, so daß sich ihre zierlichen Glieder unter der kurzen Tunika lieblich abzeichneten.

Tanakil sprach: „Ich kann mir euren Durst vorstellen. Befriedigt ihn mit Beutelwein und Wasser, ohne euch zu berauschen. Ihr hörtet doch wohl das moralische Lied von dem Hirtenmädchen, das wegen ihrer Liebe hinsiechte. Wenn ihr den Fleischgang verzehrt haben werdet, werdet ihr auch die Legende über Daphne und Chloe zu hören bekommen. Sie ist langweilig genug, um euren Appetit nicht zu stören, aber wir wollen die traditionellen Sitten von Himera ehren. Ihr werdet es noch früh genug erfahren, warum wir und wie wir dem Hahn als Symbol unserer Stadt huldigen."

Nachdem wir unseren ärgsten Durst mit weingemengtem Wasser gestillt hatten, wurden uns auf zugedeckten Platten Schaffleisch, Kalbfleisch und am Spieß gebratene Vögel, aus denen die Knochen entfernt worden waren, gereicht. Dazu bekamen wir gewürzte Hackfrüchte, Senftunke und leckerste Grütze. Immer wieder wurden uns neue Speisen angeboten, als wir schon glaubten, mehr als genug gegessen zu haben. Beim Trinken reichten die Mädchen uns jedesmal einen neuen Becher, auf dessen Boden stets ein anderes künstlerisches Bild zu sehen war. Um ein solches Mahl bieten zu können, hatte Tanakil bestimmt eine Menge von Hilfskräften für die Küche herbeiholen müssen.

Als wir schon vor Übersättigung keuchten und um Gnade bettelten, ließ sie noch verschiedenes Obst und rote Trauben, von Fett triefenden Kuchen und andere Süßigkeiten hereintragen. Eigenhändig öffnete sie einen mit einem Siegel verschlossenen Weinkrug und goß einen mit Minze gewürzten Wein in unsere Becher, der unseren Mund erfrischte, aber rasch zu Kopf stieg, so daß wir trotz der Sättigung das Gefühl hatten, in der Luft zu schweben, obwohl wir immer noch auf dem Ruhebett ausgestreckt lagen. Nachdem wir diese Becher geleert hatten, sahen wir so neckische Bilder auf deren Boden, daß wir laut auflachten und die Becher einander reichten, um die Bilder zu vergleichen. Der verräterische Minzenwein brachte unsere Glieder zum Glühen und weckte die Begierde so sehr, daß wir mit anderen Augen wie bisher die Mädchen, die so anständig für uns gesungen hatten, zu betrachten begannen.

Tanakil sah unsere Blicke und begann, ihre Kleidung zurechtzuzupfen, die weiße Haut ihres Halses und der Arme zwischen den goldenen Bändern wurde sichtbar. In dem dämmerigen Festsaal war sie bestimmt keine häßliche Frau, und man merkte ihr Alter, wenn sie ihr Kinn hochhielt, nicht. Sie sagte: „Die Mädchen, die für euch gesungen und euch bedient haben, können nur unschuldige Hirtentänze tanzen. Krinippos, der Herrscher von Himera, ist ein magenkranker Mann, wie ihr wohl schon wißt, und erlaubt es deshalb nicht, daß berufsmäßige Tänzerinnen in unsere Stadt eingeführt werden."

Sie rief dem Flötenspieler etwas zu und gab den Mädchen irgendein Zeichen. Nach den Tönen der Doppelflöte fingen die Mädchen an, tanzend wie junge Fohlen herumzutollen. Sie zogen beim Tanzen ihre Gewänder aus und schwenkten ihre Röckchen über den Köpfen. Ihr Tanz war keineswegs künstlerisch, und ich hätte ihn auch nicht als ganz unschuldig bezeichnet, denn der Zweck war nur, sich vor unseren Augen zu entblößen. Als sie außer Atem, die Arme gegenseitig auf die Schultern gelegt, vor uns stehenblieben, erschrak ich und sagte:

„Tanakil, Tanakil, du rätselhafte Gastgeberin. Die von dir aufgetischten Speisen waren köstlich, aber dein Minzenwein ist gefährlich, und diese nackten Mädchen reizen unsere Sinne noch mehr als die schon verführerischen Bilder in deinen Weinbechern. Führe uns nicht in Versuchung, denn wir haben das Versprechen abgelegt, keine Gewalt anzuwenden oder die Bewohner dieser Stadt zu kränken."

Tanakil betrachtete eifersüchtig diese drei jungen Mädchen, seufzte tief und sagte: „Ihr übt doch keine Gewalt aus oder kränkt sie, wenn ihr sie anrührt. Diese Mädchen sind anständig, aber es ist ihnen als Mädchen niedrigen Standes erlaubt, von Männern, die ihnen gefallen, Geschenke entgegenzunehmen, wenn dies nicht zur Gewohnheit wird. Auf diese Weise können sie sich eine größere Mitgift zusammentragen, als sie dies jemals durch ihrer Hände Arbeit tun könnten. Sie heiraten dann einen Seemann, Handwerker oder Bauern, und niemand findet etwas Schlechtes dabei."

Mikon sagte: „Jedes Land hat seine Sitten. In Lydia herrschen dieselben Sitten wie hier, und in Babylon müssen die Mädchen ihre Jungfräulichkeit gegen Geld im Tempel opfern, bevor sie heiraten dürfen. Als höchste Ehrenbezeigung führt der Skythe seine eigene ihm angetraute Frau für die Nacht in das Bett des Gastes. Warum sollten wir die Sitten von Himera tadeln, da diese gute Stadt uns eine Zuflucht innerhalb ihrer Mauern gewährt hat."

Die Mädchen stürzten auf uns zu, umarmten und küßten uns. Aber Dorieus löste die Arme des Mädchens heftig von seinem Hals, erhob sich, setzte sich auf den Rand des Ruhebettes und sprach:

„Beim Hahn, der auf der Schulter des Herakles saß, schwöre ich, mein Begehr und meine Lüsternheit höher einzuschätzen, als daß ich ein Mädchen vom niedrigen Stande anfassen würde. Das entspricht meiner Würde nicht, aber ich bin gerne bereit, dem Mädchen das von ihm verlangte Geschenk zu überreichen."

Mikon schüttete ein paar Tropfen Wein aus seinem Becher auf den Boden, umarmte das Mädchen, das ihm den Becher gebracht hatte, voll Inbrunst und sagte: „Das größte Verbrechen ist, die Gesetze der Gastfreundschaft zu verletzen. Die Zeit läuft auf schnellen Füßen vor mir weg. Als ich der Aphrodite von Akraia diente, glaubte ich, daß ich nie mehr Lust verspüren würde, ein sterbliches Weib anzuschauen, aber ich habe mich schwer geirrt, denn gerade jetzt verzaubert Aphrodite meine Augen und bringt mein Glied aus Lust zum Kribbeln."

Auf den Armen trug er das Mädchen in den abendlich beleuchteten Garten. Tanakil seufzte und befahl, die Lampen in dem dunkel werdenden Raum anzuzünden. Doch Dorieus griff nach ihrer Hand und sagte: „Nein, nein, zünde die Lampen nicht an, Tanakil. Gerade diese Beleuchtung paßt zu deinem Gesicht und läßt deine gebieterischen Gesichtszüge weich erscheinen. Deine glänzenden Augen und deine Adlernase sind für mich Beweise. Gestehe, daß du von edler Geburt bist."

Ich merkte, daß Dorieus maßlos betrunken war, und versuchte ihn zu mäßigen, indem ich sagte: „Hüte dich vor einer Beleidigung unserer Gastgeberin."

Tanakil war so verblüfft, daß sie vor Staunen den Mund aufsperrte, aber blitzschnell verdeckte sie ihn mit der Hand, um die Zahnlücken zu verbergen, und sagte: „Du hast richtig geraten, Mann aus Sparta. Wer du auch sein magst, ich glaube mich mit dir hinsichtlich der Herkunft messen zu können. Ich bin die Tochter Karthagos, und meine Vorfahren stammen von der Königin, der Gründerin der Stadt, ab, und sie war ihrerseits von göttlicher Abstammung."

Sie wurde so begeistert, daß sie aus dem Innenraum ihre Ahnentafel herausholte. Diese war in phönizischen Buchstaben geschrieben, so daß ich sie nicht lesen konnte, aber Tanakil las uns selbst mindestens dreißig mehr oder weniger fremde Namen vor und schloß mit den Worten: „Glaubst du es jetzt? Ich kann nur mein Alter und meine Runzeln im Gesicht bedauern, denn gerne würde ich dir die von dir gewünschte Gastfreundschaft erweisen."

Sie streckte die Hand aus, um den Nacken des Dorieus zu streicheln, und drückte gleichzeitig ihren Busen an seine Schulter und ihre Lende gegen die seine. Dorieus ereiferte sich noch mehr und brach in folgende Worte aus: „Wahrhaftig, du bist hochgewachsen und dem Manne eine ebenbürtige Frau, und deine Trauben fühlen sich gewiß nicht eingetrocknet an. Herkunft und die Erfahrung einer reifen Frau bedeuten mehr als das Alter."

Tanakil schnellte ohne zu zögern empor, das Gesicht vom Wein gerötet, zog Dorieus hoch und führte ihn am Arm in den Innenraum, dabei die schwere Ahnentafel unter ihren anderen Arm klemmend. So blieben wir zu dritt, die beiden jungen Mädchen und ich, zurück, und als vierter blies der blinde Flötenspieler, in seiner Ecke sitzend, auf seiner Doppelflöte liebliche Weisen.

3.

Am frühen Morgen wachte ich durch das Krähen der nicht zu zählenden Hähne von Himera auf. Die Ohren sausten, der Puls hämmerte in meinen Schläfen, und vorerst wußte ich gar nicht, wo ich mich befand und wer ich war. Als ich allmählich klar sehen konnte, stellte ich fest, daß ich auf dem Ruhebett im Gastsaal der Tanakil aus Karthago, mit einem zerknautschten Kranz auf dem Kopf und nur mit dem farbigen Überwurf aus feinem Wollstoff bedeckt, ausgestreckt lag. Auch der Überwurf war vom Wein besudelt und stank übel. Das feine Unterhemd lag zertrampelt mir zu Füßen und hatte Flecke vom Lippenrot. Mein Gedächtnis versagte, und ich konnte mich nicht mehr besinnen, was mit mir geschehen war. Auf dem anderen Ruhebett lag Mikon, der Arzt von der Insel Kos, lang ausgestreckt, mit offenem Munde hörbar schnarchend. Hierbei kam mir die Erinnerung, daß wir noch bis spät in die Nacht hinein Wein getrunken und uns über übernatürliche Dinge unterhalten hatten, aber was für Geheimnisse er mir anvertraut hatte, daran konnte ich mich beim besten Willen nicht erinnern.

Die Mädchen und der Flötenspieler waren verschwunden. Ich rieb mir die Augen und fühlte wie im Traum die Berührung der glatten und weichen Glieder der Mädchen auf meiner Haut. Auf den Lippen hatte ich einen üblen Geschmack, und im Gastsaal war die Unordnung noch größer als zuvor. Auf dem Boden lagen Splitter der wertvollen Schalen und der Trinkbecher, das phönizische Götterbild hatten wir beim Herumschwanken im Zimmer umgeworfen, und einer von uns hatte sich in einer Ecke übergeben. Das fortdauernde Krähen der Hähne schmerzte mich in den Ohren, und ich beschloß, nie mehr Wein mit Minzengeschmack zu trinken.

„Mikon, wach auf", bat ich. „Wach auf und schaue um dich, wie wir der besten Frau in Himera die Gastfreundschaft gedankt haben. Dies ist ein verzaubertes Haus, und eine Zauberkraft führte uns hierher, als ich mit der Taubenfeder das eisenbeschlagene Tor öffnete."

Ich rüttelte Mikon wach, und er richtete sich auf, den Kopf mit den Händen haltend. Ich fand einen Bronzespiegel, auf dessen Rückseite die Heimkehr des Odysseus mit feinen Linien eingezeichnet war. Ich schaute mich kurz in den Spiegel und gab ihn dann Mikon in die Hand. Er betrachtete das Bild ganz genau und fragte mit belegter Stimme:

„Wer ist dieser liederliche Mann, der mich mit gedunsenem Gesicht anschaut?"

Er stöhnte schwer, erschrak plötzlich und schrie: „Turms, mein Freund, wir sind beide verloren oder zumindest ich, denn ich habe den fürchterlichsten Fluch auf mich gezogen. Wenn ich mich richtig besinne, so unterhielten wir uns weit in die Nacht hinein und ich eröffnete dir ungebeten alle Geheimnisse eines Geweihten. Ich erinnere mich, daß du mir verboten hattest, weiterzureden, aber ich selbst griff dich am Arm und zwang dich, meinem wirren Unsinn zuzuhören."

„Mache dir deshalb keine Gedanken", beruhigte ich ihn. „Ich glaube nicht, daß ein Vergehen vorliegt, weil ich mich beim besten Willen nicht eines einzigen Wortes mehr erinnere, das du gesagt hast. Wenn unser Aufwachen schon furchtbar genug ist, Bruder Mikon, dann erwartet aber ein noch viel fürchterlicheres Erwachen unseren Freund Dorieus. Ich befürchte stark, daß er völlig betrunken eine nicht gutzumachende Schande nicht nur über unsere Gastgeberin Tanakil und über sich selbst heraufbeschworen hat, sondern auch über uns alle drei, sogar noch über Dionysios aus Phokaia, der letzten Endes für unser Benehmen verantwortlich ist."

„Wo ist er denn?" fragte Mikon, mit blutunterlaufenen Augen um sich blickend.

„Das weiß ich nicht", antwortete ich, „und will es auch gar nicht wissen, und ich werde keinesfalls ihn im Innern des Hauses suchen gehen. Solch eine Angst habe ich vor dem Bild, das sich meinen Augen darbieten könnte. Das Beste und das einzige, was wir tun können, Mikon, ist, leise aus dem Hause zu schleichen, und das wäre auch ein Freundschaftsdienst gegenüber Dorieus. Ich glaube, daß er keinem Freund heute gern ins Auge sehen möchte."

Wir schlichen uns vorsichtig aus dem Zimmer, strauchelten aber über einen total besoffenen Torwächtersklaven, der auf der Schwelle lag. Die Sonne ging golden auf, die Hähne in allen Häusern von Himera krähten, und wir sogen genießerisch die frische Herbstluft ein. Wir badeten und wuschen uns in dem heißen Wasser des Schwimmbeckens und fanden neben unseren Waffen in der Vorhalle unsere eigenen Kleider gereinigt und gefaltet wieder. Nachdem wir uns angezogen hatten, beschlossen wir, gemeinsam noch einmal in den Gastsaal zu gehen; dort tranken wir den Rest des Beutelweines aus dem Mischgefäß aus, um uns Mut zu machen. Dann traten wir aus dem Tor auf die Straße und wanderten durch die ganze Stadt. Die Einheimischen entzündeten die Feuer zum Kochen und gingen ihrer Arbeit nach, aber wir begegneten verschiedenen unglücklichen, sich den Kopf haltenden, stöhnenden Männern und schlossen uns ihnen an, so daß sich, beim Stadttor angelangt, bereits an die hundert Ruderer und sonstige Mannschaften zusammengefunden hatten, und keiner von uns fühlte sich besser als der andere. Dionysios war in der Nähe unserer Schiffe voll beschäftigt und befehligte dort eine ganze Karawane von Lasteseln, Zugtieren und Wagen mit vorgespanntem Ochsenpaar und Treibern. Wütend fluchte er und schimpfte uns zusammen, denn bei Krinippos hatten er und seine Steuerleute nur Wasser zu trinken und Erbsensuppe zu essen bekommen. Deshalb hörte man ab und zu ein dumpfes Knurren in seinem dicken Bauch. Dies brachte ihn in noch größere Wut, er fuchtelte mit seinem Tauende herum, schlug auf die kranken und verkaterten Männer ein und schickte sie alle an die Arbeit, die Beute auf den Schiffen in Ledersäcke, leere Tonnen und Kisten zu packen. Mikon und ich schlossen uns dieser schweren Arbeit zerknirscht an, obwohl diese nicht zu unseren Obliegenheiten gehörte.

Das schwierigste war, das große Schiff zu leeren, denn es steckte wegen der schweren Ladung so tief in dem Uferschlamm an der Flußmündung, daß wir es nicht mehr an Land bringen konnten, obwohl Männer, Ochsen und Zugtiere eingespannt wurden, um an den Trossen zu ziehen. Die Techniker des Krinippos stellten einen aus starken Balken gebauten Spill auf, um das Schiff aus dem Schlamm loszuspillen, aber unsere Beute war so schwer, daß sogar dieser Versuch mißglückte. Es half nichts, das Schiff mußte leichter gemacht werden, und zwar mit Hilfe von Tauchern, die einen Teil der Ladung heben sollten. Die Korallentaucher von Himera wären gern bereit gewesen, diese gefährliche Arbeit auszuführen, aber Dionysios wollte seine Schätze nicht den Fremden enthüllen. Er sagte, es wäre nur recht und billig, wenn seine eigenen Leute, seine Hurenböcke und Trunkenbolde, sich ihre Köpfe abkühlten, um wieder klarzuwerden, und ihre Glieder in dem frischen Seewasser beruhigten.

Während wir die Beute aus den beiden Fünfzig-Ruder-Schiffen sortierten, nachzählten und in die Säcke und Kisten packten, ruderten die Boote an die Stelle, auf der sich die Schiffsraumöffnungen des gesunkenen Schiffes befanden. In das Schiffsinnere wurden Körbe mit Bleigewichten an Trossen heruntergelassen, und die besten Taucher unter uns mußten längs der Trosse tauchen und in der tiefen Dunkelheit im Schiff die Körbe mit Beute füllen. Wenn der Atem nicht mehr reichte, kamen sie an die Oberfläche, vom kalten Wasser und vor Angst ganz blau, und stiegen in die Boote zum Ausruhen, bis Dionysios mit seinem Tauende Körperwärme in sie peitschte und sie wieder zurück in die Tiefe, in das Innere des Schiffes schickte. Mancher unglückliche Mann verfluchte an dem Tage die als Junge erlernte ionische Tauchkunst.

Dionysios entschloß sich, Verzeichnisse über den Inhalt der Ledersäcke, der Kisten und der Tonnen schreiben und die Säcke und Kisten numerieren zu lassen. Doch unter der Beute gab es Gegenstände und Waren, deren Namen oder Gebrauchszwecke wir nicht kannten.

Leicht war es, zu schreiben, zu wiegen und zu erläutern: eine phönizische Maske, Augen aus schwarzen Steinen, Gewicht 12 Mina, oder

Götterbild, Bronze, hohl, Gesicht und Hände vergoldet, Gewicht 1 Talent und 5 Mina, oder Halskette, Gold-Silber-Legierung, Verzierung 15 verschiedenfarbige Steine, Gewicht 5 Mina. Aber geh und finde mit dickem Kopf und belegter Zunge eine Bezeichnung für Elfenbeinzähne mit Goldbeschlägen oder für Nasen- und Brustwarzenringe der Frauen oder für verschiedenartige Stoffqualitäten und deren Muster.

Als Schreibkundige bekamen Mikon und ich diese schwierige Aufgabe zugewiesen, und Dionysios ritzte eigenhändig Nummern in die Tonnen ein, bis ihm die Zahlen ausgingen. Schließlich begnügte er sich damit, die Säcke und die Tonnen mit einem handgroßen persischen Goldsiegel zu verschließen, ohne sich mehr genau darum zu kümmern, was wir niederschrieben.

„Im Namen des Hermes", sagte er, „mich quält zwar der Gedanke sehr, daß ich bestohlen werde, aber trotzdem will ich lieber einen klaren Kopf behalten, als mich in Verzeichnisse und Zahlen zu verstricken."

Das Löschen, Sortieren und Einpacken einer solchen enormen Beutemenge brachten seine Männer, mit Ausnahme der Taucher, die ja nackt waren und so Gestohlenes nicht hätten verstecken können, in eine unwiderstehliche Versuchung. Bis zur Abenddämmerung hatten wir die Beute aus den beiden Fünfzig-Ruder-Schiffen herausgeschafft, so daß nur noch das große Schiff übrigblieb. Wir schmunzelten alle freudig, als Dionysios endlich den Befehl gab, die Arbeit für den Tag zu beenden und uns gestattete, wieder zurück in die Häuser von Himera zu gehen, um dort Gastfreundschaft zu genießen.

Aber unsere Freude verwandelte sich in bittere Enttäuschung, als Dionysios jedem einzelnen der Reihe nach befahl, die Kleider auszuziehen, und dann eigenhändig alle Kleidungsstücke durchsuchte und aus ihnen eine Menge Schmucksachen, Goldmünzen und Wertsachen herauspflückte. Einigen befahl er, das Haar zu lösen, aus dem dann Gold und Edelsteine herausrollten. Einem, der undeutlich sprach, befahl er, den Mund aufzumachen, um aus der Mundhöhle ein goldenes Fischbild herauszufischen. Er suchte nach Verstecken in den Armhöhlen und zwischen den Beinen, ja, er erniedrigte sich sogar so weit, seinen Finger in den Arsch eines Unglücklichen zu stecken und aus ihm ein kleines, hübsch geziertes Silberrohr herauszuziehen, so daß sich die Männer gegenseitig über die erschreckende Unehrlichkeit, die unter ihnen herrschte, entsetzten. Mir nahm er eine zehn Mina schwere Halskette weg, die ich ihm selbst zurückgab, als ich sah, was kommen würde. Mikon überreichte ihm aus seiner Achselhöhle einen aus Gold gegossenen Löwen mit Flügeln. Wir waren äußerst erbittert über die Gier des Dionysios und enttäuscht über unsere eigene Unehrlichkeit, so daß wir schließlich zu fordern begannen, auch die Kleider des Dionysios untersuchen zu dürfen, denn im Laufe des Tages wurden seine Bewegungen immer schwerfälliger, und es klirrte und klapperte bei jedem seiner Schritte. Dionysios lief rot an und fragte mit vor Wut zitternder Stimme: „Wer ist euer Befehlshaber und wer verhalf euch zu unsterblichem Ruhm in der Seeschlacht bei Lahde, und wer machte aus euch reiche Leute, und wer rettete euch aus den Wirbeln der See in ein neues Land? Auf wen könntet ihr euch denn hier auf Erden verlassen, wenn nicht auf mich?"

Er blickte mit seinen herausquellenden Stieraugen jeden einzelnen Mann an, wurde über seine eigenen Worte so gerührt, daß sogar sein Bart zu zittern begann, vergoß etliche Tränen und jammerte: „Wehe der Bosheit des Menschen und der schrecklichen Undankbarkeit, wenn jeder von euch bei eurem verdorbenen Charakter von sich auf andere, sogar auf mich schließen wollte."

Wir aber brüllten verbittert: „Halts Maul, Dionysios. Als unser Befehlshaber bist du keineswegs der Beste unter uns, sondern eher der Schlechteste, und gerade deshalb bist du unser Befehlshaber, und wir würden dir keine Achtung entgegenbringen, wenn du dich nicht auf unsere Kosten bereichern würdest, sondern dich für einen törichten und beschränkten Mann halten."

Brüllend und lachend stürzten wir auf ihn zu und brachten ihn mit unserem Gewicht zu Fall. Wir rissen ihm die Kleider vom Leibe, bis er keuchend dalag, nur mit der ihm von Natur zugeteilten dichten Körperbehaarung bedeckt. Wir entdeckten, daß er sich mit Lederbeuteln auf dem Bauch, in den Achselhöhlen und zwischen den Beinen versehen hatte, und beim Ausleeren derselben flossen klirrend und klappernd Münzen, Schmuckstücke, Siegel, Ketten und Armbänder heraus, bis der von ihm gestohlene Haufen ebenso hoch war wie der Haufen der von uns allen zusammen gestohlenen Gegenstände.

Wir schrien vor Lachen, als wir dies sahen, und einige lachten fast zum Ersticken, so daß sie in Kniebeuge gehen mußten und sich mit den Händen auf die Schenkel klopften, viele trockneten vor lauter Lachen ihre Tränen ab. Wir stellten Dionysios wieder auf die Beine, klatschten ihm auf die kräftigen Schultern und lobten ihn mit den Worten: „Wahrhaftig, du bist der richtige Befehlshaber für uns, du bist uns allen überlegen, wir werden niemals von dir lassen."

Dann wurde nach längerer Zänkerei beschlossen, daß jeder den von ihm gestohlenen Teil der Beute als Vorschuß behalten dürfe, weil jedem gerade der von ihm entwendete Gegenstand der liebste war. Wir gönnten auch Dionysios den von ihm gestohlenen Teil der Beute von ganzem Herzen, der ihm als dem Befehlshaber zustand und weil er sich als schlauer erwiesen hatte als wir alle. Nur die erschöpften Taucher klagten laut und bitter, hoben ihre Arme in die Luft und schrien: „Wir sollen also ohne Beute bleiben, wir, die wir die schwerste Arbeit des Tages geleistet haben."

Dionysios fluchte grimmig und sagte: „Keiner von euch ist besser als der andere, ihr habgierigen Männer. Geht ohne viel Worte zu machen und fischt das heraus, was ihr auf dem Meeresboden oder unter flachen Steinen am Ufer versteckt habt und seid mit eurem Teil zufrieden. Sollte jemand ohne Beute bleiben, so muß er sich seiner Dummheit wegen damit abfinden. Einen so beschränkten Mann dulde ich auf meinen Schiffen nicht."

Die Taucher blickten einander und uns verstohlen an, und dann liefen sie ans Ufer und begannen wieder zu tauchen und an den Steinen am Strand zu graben und diese von der Stelle zu rücken. Der eine fand einen goldenen Kessel, der andere einen Zierbogen, der dritte einen silbernen Dreifuß, der vierte ein ganzes Kästchen. Somit stellte sich heraus, daß sie größere und wertvollere Gegenstände sichergestellt hatten als irgend jemand von uns, Dionysios ausgenommen, und zwar nur aus dem Grunde, weil sie bei der Arbeit keine Kleider trugen, in die sie das Gestohlene hätten verstecken können. Aber wir gönnten auch ihnen wegen ihrer lebensgefährlichen Arbeit das alles und hätten unter keinen Umständen mit ihnen getauscht, um in die Tiefen und die Dunkelheit des Schiffsraumes, inmitten von Tintenfischen, mit Scheren bewaffneten Krebsen und brennenden Medusen zu tauchen.

Dionysios nahm noch das Wort: „Laßt uns den Göttern von Himera einen angemessenen Teil der Beute als Dank dafür opfern, daß wir so verträglich und mit lachendem Mund die Verteilung der Beute begonnen haben, ohne uns gegenseitig blutig zu schlagen."

Dies fanden wir gerecht und annehmbar. Wir suchten aus der Beute Dreifüße aus Bronze, Bronzekessel und einen Rammdorn aus Bronze, den wir als Andenken auf einem phönizischen Kriegsschiff mitgenommen hatten, da auf dem Schiff sonst nichts zu holen war. Diese Gegenstände weihten wir den verschiedenen Tempeln in Himera, und dem Tempel der karthagischen Handeltreibenden brachten wir als Weihegabe einen persischen Schild.

4.

Den ganzen Tag bekamen wir Dorieus nicht zu Gesicht. Als es dunkel wurde und die Sterne an dem fremden Himmel über Himera zu leuchten begannen, konnte ich meine Unruhe nicht mehr beherrschen. Ich sagte zu Mikon:

„Wir müssen in das Haus der Tanakil zurückkehren, so sehr es mir auch wegen der von uns hinterlassenen Unordnung widersteht. Irgend etwas ist Dorieus zugestoßen, und ich würde mich nicht wundern, wenn dieses stolze Weib seinen Hals, während er berauscht schlief, mit einer Haarnadel durchstochen hätte, um das gegen ihre Tugend begangene Vergehen zu rächen."

Mikon sagte: „Den schlimmsten Kater nach dem Wein habe ich schon ausgeschwitzt, aber mein Kopf ist noch immer benebelt und im Mund verspüre ich, wenn ich rülpse, den gräßlichen Minzegeschmack. Als Arzt kann ich aber versichern, daß der Mensch in diesem Zustand seine Verfehlung unnütz vergrößert, sich einbildend, er könne niemals mehr einem anständigen Menschen ins Auge schauen. Was haben wir denn eigentlich Böses getan, nur etwas, was jeder hochgestellte Mann in derselben Lage getan hätte. Soweit ich mich erinnern kann, hast du den Tanz der Phönizier auf dem Tisch getanzt, um den Mädchen deine Gelenkigkeit zu zeigen, aber das gleiche haben vor dir im Rausch auch andere Führer und Ratgeber getan, ohne daß es auf ihrem späteren Ruhm einen Makel hinterlassen hätte."

Ich bedeckte mein Gesicht mit den Händen, ächzte vor Scham und bat: „Im Namen der sanftmütigen Göttin, Mikon, erinnere mich nicht an das, was ich getan habe. In dieser Gemütsverfassung könnte ich mich sowieso aufhängen, weil es die Zeit der mondlosen Nächte ist, und diese Zeit drückt mich bis zum Boden nieder. Und mir hilft der Gedanke gewiß nicht, daß andere in ihrem Rausch noch Schlimmeres getan haben. Aber Dorieus ist mein Freund, und wir müssen ihn, tot oder lebendig, ausfindig machen, und sollte er tot sein, so müßte ein für ihn würdiger Scheiterhaufen errichtet werden."

Mikon sagte: „Dorieus ist ein gefährlicher Mann und in seinen Gedankengängen begrenzt, wie es hervorragende Soldaten oft sind; sie glauben, alle Probleme würden am besten durch Töten gelöst. Er ist dazu geboren, Verwicklungen hervorzurufen, und ich würde nicht traurig sein, wenn wir für ihn eine ehrenvolle Totenfeier veranstalten müßten. Aber ich glaube, daß du in deiner mondlosen Stimmung den Dingen vorauseilst. Seien wir mannhaft und gehen wir lieber hin, um nachzusehen, was los ist. Laß uns aber gleichzeitig angemessene Geschenke für Tanakil zum Dank für ihre Gastfreundschaft mitnehmen."

Da rief ich freudig aus: „Du bist der klügste Mann unter allen Männern, denen ich begegnet bin, Mikon, und als Freund bedeutest du mir mehr als Dorieus. Im Grunde genommen bin ich gar nicht gierig und mache mir aus Wertsachen nicht viel. Die Göttin Artemis ist mir als Hekate erschienen und hat mir, ihren Schürhaken hochhaltend und mit ihrem schwarzen bellenden Hund zu ihren Füßen, versprochen, daß ich nie Angst vor Armut zu haben brauchte. Laß uns daher diese von mir gestohlene, 10 Mina wiegende Halskette mit den Steinen der Tanakil bringen. Ich verstehe mich selbst nicht, warum ich eigentlich die Kette beim Aufzeichnen der Beute in meinen Busen gleiten ließ. Es ist aber nun einmal geschehen, und vielleicht hatte es den Sinn, daß wir Tanakil damit würden besänftigen können. Behalte du das geflügelte Tier aus Gold, da es für dich ein angenehmes Andenken bedeutet."

Mikon widersetzte sich meinem Vorschlag, aber bald merkte er doch, daß ich es in dieser Stimmung ernst meinte. Er bedankte sich sehr. Als wir bis zum Markt von Himera gekommen waren, sahen wir, daß die Markthalle mit Fackeln hell wie am Tage erleuchtet war und die meisten Händler mit ihren Waren immer noch dort standen. Wir tranken einen kleinen Beutel Wein aus, und dies hob meine gedrückte Stimmung wunderbar. Dazu wollten wir eine Kleinigkeit essen und verzehrten einige Fischhäppchen in Öl und das gute in Asche gebackene Brot von Himera.

Während wir aßen und tranken, erschien Dionysios als mächtiger Mann mit seinem Geleit, ließ mitten auf dem Marktplatz einen Scheiterhaufen anzünden und verteilte an das herbeieilende Volk Opferfleisch und Wein. Verschiedenartige Musikinstrumente klangen auf, und die Frauen Himeras bekränzten auch uns. Wir waren aber nicht in „Kranz-Stimmung". Nachdem wir uns Mut gemacht hatten, setzten wir unseren Weg im Dunkel der Nacht fort, stolpernd und uns bis zum westlichen Ende der Stadt zurechttastend. Sobald wir aus dem Blickfeld der Menschenmenge waren, nahm ich den Kranz vom Kopf und behielt ihn gesittet in der Hand.

Zum Glück brannte am Torbogen des Hauses der Tanakil in einem Halter eine kümmerliche Pechfackel, denn sonst hätten wir wahrscheinlich das Haus gar nicht gefunden, und daraus schlossen wir, daß wir doch erwartet wurden. Wir stießen das knarrende Tor auf, gingen hinein, hängten unsere Waffen an die Wand der Vorhalle und traten in den von Lampen erleuchteten Gastsaal. Dort erblickten wir Dorieus, durchaus lebendig, müßig auf dem Ruhebett liegend, den Ellenbogen auf die Lehne gestützt, aber das Gesicht düster, und in so prachtvolle phönizische Kleider gehüllt, daß wir ihn im ersten Augenblick kaum wiedererkannten. Auf dem anderen Ruhebett ihm gegenüber lag Tanakil, auch sie sah nicht gerade froh aus, und man hatte den Eindruck, als sei ihre Haut innerhalb einer Nacht zu Leder geworden. Ihre Wangen waren eingefallen und sie hatte schwarze Ringe um die Augen, wenn sie auch versucht hatte, ihr Äußeres mit Hautfarben zu verbessern. Zwischen den Ruhebetten stand ein Tisch auf Bronzefüßen, beladen mit Speisen, und auf dem Estrich ein Mischgefäß, halb mit gelblichem Wein gefüllt. Sonst waren alle Spuren der gestrigen Nacht im Saal getilgt, der Mosaikfußboden gescheuert, die Becherscherben weggeräumt und der Hausgott wieder aufgerichtet worden.

„O Tanakil", flehte ich, „verzeih uns die Schmach, die wir dir letzte Nacht angetan, und den Schaden, den wir in deinem Hause verursacht haben. Deine Bewirtung war übermäßig reichhaltig, und wir vom Meer völlig erschöpften Männer und an den Minzenwein nicht gewohnten armen Kerle hielten dem nicht stand."

Mit der Hand vor dem Mund schaute Tanakil Mikon an und fragte: „Du bist doch ein griechischer Arzt. Sage mir bitte, kann man einem Menschen neue Zähne einsetzen an Stelle der verlorenen?"

Mikon antwortete: „So etwas ist nicht die Aufgabe eines Arztes, sondern eher eines geschickten Handwerkers. Bete Hephaistos an, wenn du magst."

„Teuere Gastgeberin", rief ich entsetzt aus, „hat unser Freund Dorieus in seinem Rausche dir Zähne ausgeschlagen?"

Dorieus fluchte mächtig im Namen seines Stammvaters und fuhr mich an: „Rede doch keinen Unsinn, Turms." Mit zitternder Hand schöpfte er aus dem Mischgefäß Wein in seine Trinkschale und leerte sie. Dabei tropfte der Wein in seinen Bart.

Tanakil sagte feierlich: „Dorieus hat mir nichts zuleide getan. Verletzt also mit euren boshaften Verdächtigungen den Dorieus nicht, der sich mir gegenüber in jeder Hinsicht so benommen hat, wie es einem Manne von edler Geburt ziemt, sich einer Frau gegenüber zu benehmen."

Unbeschreiblich erleichtert warf ich dazwischen: „Das ist aber gut."

Das hätte ich nicht sagen sollen, denn Dorieus schloß mir den Mund und donnerte: „Ihr verfluchten unkameradschaftlichen Männer, seid ihr denn im Hades gewesen? Warum schleppe ich eigentlich meinen Schild mit und beschütze im Kampf meine Freunde, wenn sie mich doch gerade dann in der Klemme sitzen lassen, wenn ich sie am meisten brauche?"

Auch Tanakil fügte noch hinzu: „Wo habt ihr euch wirklich versteckt gehalten? Ich leide sehr darunter, weil mir einige Zähne fehlen. Ich hatte daran gar nicht mehr gedacht, bevor Dorieus die Bemerkung fallen ließ, daß ich als Frau keine anderen Mängel hätte als diesen. Ich weiß, daß die Ärzte der Tyrrhener Zähne aus Elfenbein herstellen und diese dann mit Goldbindungen befestigen können. In Karthago gibt es sogar viele Männer, die ihre Zähne mit Gold plattieren und in ihre Zähne blitzende Steine einsetzen lassen. Dies geschieht aber mehr aus Eitelkeit als notgedrungen. Die hinteren Zähne sind mir nicht so wichtig, weil das Leben sie bei jedem abnutzt, und zwar um so schneller, je wohlschmeckender die Speisen sind, die man ißt, so daß schlechte Zähne nur ein Zeichen von hoher Abstammung sind. Das ist aber kein Trost für mich, denn bei mir fehlen auch vorne einige Zähne. Deshalb wage ich nicht, mich im Beisein des Dorieus zu unterhalten, ohne die Hand vor den Mund zu halten."

Dorieus warf seinen Trinkbecher mit solcher Wucht auf den Tisch, daß der schöne Becher in Scherben ging, und sagte: „Hör jetzt endlich auf, immer wieder über deine Zähne zu reden, Liebling. Du bist ja wie von allen guten Geistern verlassen, weil du von nichts anderem mehr sprechen kannst. Deine Zähne sind mir völlig gleichgültig. Zufälligerweise kam ich dazu, dies zu erwähnen, als ich heute gegen Mittag mit schwerem Kopf aufwachte und dich mit offenem Munde schlafen sah. Im Grunde genommen meinte ich es ja nur gut, als ich dir sagte, daß du als Frau keine anderen Fehler hast. Manche Frau in deinem Alter dürfte nicht einmal so viele Zähne noch haben wie du."

Tanakil brach in Tränen aus, so daß Farbe ihre eingefallenen Wangen herablief, und sagte: „Jaja, nun fängst du schon an, mir mein Alter vorzuwerfen, obwohl du letzte Nacht nicht danach gefragt hast. Im Namen des Gottes der Kriegsbeile bedaure ich schon bitter, daß ich dir überhaupt begegnen mußte, weil du mich beleidigst und mir ein zu hohes Alter vorwirfst und dauernd über einige mir fehlenden Zähne nörgelst."

Dorieus schnellte empor, die Adern schwollen ihm an den Schläfen, und er fuhr sie an: „Schweig, Weib. Ich halte es nicht mehr aus. Wenn du so weitermachst, ziehe ich meinen Brustschild an, nehme mein Schwert und stürze aus dem Hause. Du bist dann daran schuld, wenn ich in meiner

Wut jeden mir zufällig begegnenden Bewohner Himeras morde. Du machst mich total verrückt mit deinem Gerede."

Er hielt den Kopf mit den Händen und klagte: „Ihr Freunde, meine Freunde, warum verließet ihr mich? Ich bin ernstlich krank, mein Kopf ist wie Feuer, mein Magen tut mir weh, und meine Glieder sind wie zerschlagen. Den ganzen Tag habe ich mich übergeben müssen und konnte kein Essen bei mir behalten, erst spät abends, als die Nacht schon einbrach, habe ich einige einfache Häppchen essen und etwas Wein durch meine brennende Kehle gießen können."

Mikon wurde besorgt und tastete den Kopf des Dorieus ab, drehte mit dem Daumen seine Augenlider um und untersuchte seine Augen, schaute ihm in den Hals, drückte mit der flachen Hand auf seinen Magen und fragte, ob es weh täte.

Das Stöhnen des Dorieus ließ Tanakil ihre eigenen Sorgen vergessen, und um sie auf andere Gedanken zu bringen, überreichte ich ihr die wertvolle Halskette als Dank für alle Gastfreundschaft und sprach die Hoffnung aus, daß diese die von uns angerichteten Schäden ersetzen möge.

Tanakil nahm die Kette bereitwilligst entgegen und legte sie um ihren Hals, sagte aber großzügig: „Ich bin keine kleinliche Frau. Was hätte der Mensch für eine Freude an seinem Reichtum, wenn er nicht in seinem eigenen Hause mit Freunden Feste feiern könnte. Die zerschlagenen Schalen waren zwar feinste Arbeit, und die Handwerker aus Athen hatten die von ihnen gemalten Bilder mit ihrem Namenszug signiert. Aber alle Krüge zerbrechen einmal, ich glaube auch nicht, daß unser Hausgott es übelgenommen hat, denn gleich am Morgen gab ich ihm neue Kleider und brannte vor ihm teuren Weihrauch. Das war auch nötig nach der Unordnung, die ihr hinterlassen hattet, aber alle Männer sind gleich, deswegen hatte ich mich schon darauf vorbereitet gehabt. Mir ist somit kein Schaden zugefügt worden, und ich nehme dieses hübsche Geschenk nur entgegen, um euch nicht zu verletzen. Das einzige Unglück ist, daß eines der jungen Mädchen, die euch Freuden bereiteten, plötzlich stumm geworden ist und kein Wort mehr über die Lippen bringt. Habt ihr sie irgendwie erschreckt, denn sie war in so tiefer Ohnmacht, daß die beiden anderen Mädchen sie im Morgengrauen nach Hause tragen mußten, und da noch blickte sie wirr um sich?"

Mikon und ich sahen uns schuldbewußt an, weil wir beide uns tatsächlich nicht mehr genau erinnern konnten, was eigentlich geschehen war. Mikon sprach die Vermutung aus, daß der von mir aufgeführte wilde

Bockstanz das Mädchen vielleicht erschreckt haben könnte, aber es kam später heraus, daß es sich um das Mädchen handle, welches Mikon gleich zu Beginn auf seinen Armen in den Garten getragen hatte. Soweit wir uns erinnern konnten, war sie gar nicht mehr aus dem Garten in den Festsaal zurückgekehrt, sondern hatte dort in aller Freundschaft mit den beiden anderen Mädchen gespielt und sich die Zeit damit vertrieben, Geld aus dem Becken zu fischen, bis Mikon aus dem Garten wieder hereinkam und mit mir um jeden Preis über übersinnliche Dinge sprechen wollte, so daß wir die Freuden hier auf Erden völlig vergessen hatten.

Sich verteidigend, meinte Mikon, daß das unglückliche Mädchen sicherlich im taufrischen Gras geschlafen habe und der Hals ihr dadurch zugeschwollen sei. Er könnte sich auf jeden Fall nicht erinnern, dem Mädchen irgend etwas angetan zu haben, was sie stumm hätte machen können, eher im Gegenteil.

„Die Sache ist unangenehm", sagte Tanakil, „und bringt euren Ruf in Gefahr, weil ihr Fremde seid. Die Bewohner von Himera sind abergläubische Leute, wobei unser Herrscher Krinippos mit seinen ehrenwerten Zauberdingen ihnen mit gutem Beispiel vorangeht. Auch auf mich und mein Haus fällt deswegen ein Schatten, denn alle wissen, daß es sich um Zauberkräfte handelt, wenn ein Mensch plötzlich seine Sprache verliert, es sei denn, daß er unbewußt irgendeinen auf seine Würde peinlich bedachten Gott beleidigt hätte."

Mikon regte sich auf, wie stets ein Mann, der sich schuldig fühlt, es tut, und beteuerte: „Die einzige Gottheit, die wir hätten beleidigen können, war die Schaumgeborene, aber im Namen ihres Zaubergürtels schwöre ich, daß wir sie auf alle Arten ehrten, die ich auf dem Opferschiff der Aphrodite von Akraia gelernt hatte, und in der Zeit verlor das Mädchen ihre Sprache bestimmt nicht, sondern wurde sogar zu laut, so daß ich Angst hatte, daß die Nachbarn gestört werden könnten."

Tanakil überlegte sich die Sache und sagte: „Ich mache dir keine Vorwürfe. Du bist ja in jeder Beziehung ein liebenswerter und gutmütiger Mann. Ich schickte dem Mädchen in eurem Namen bereits ein Geschenk zur Wiedergutmachung, aber seine Eltern sind über das Geschehene sehr aufgeregt und befürchten, daß das Mädchen, falls es stumm bleibt, nie mehr heiraten kann."

Dorieus sagte verbittert, er sei im Laufe dieses Tages zu der Überzeugung gekommen, daß das beste Geschenk, welches die Götter einem Manne machen könnten, bestimmt ein stummes Weib sei. Tanakil tat, als ob sie das gar nicht gehört hätte, und fuhr fort:

„Ich befürchte, daß die armen Eltern beim Anblick der Leiden ihrer Tochter ihre Fassung verlieren könnten, weil sie kein Wort über die Lippen bringt und immer wieder die Augen verdreht. Es wird euch schlecht ergehen, falls sie sich bei Krinippos beklagen sollten. Krinippos ist darin ein seltener Tyrann, daß er gerade die Unbemittelten und die landeigenen Sikulen wie seinen Augapfel hütet. Den Klagen der Reichen und der Aristokraten gegenüber bleibt er kalt wie Stein, aber geht ein Armer zu ihm und klagt über ihm zugefügtes Unrecht, so schnellt er sofort in die Höhe, als ob ihn ein Floh in das Hinterteil gebissen hätte."

Dorieus schüttelte den Kopf und erklärte, daß er einen solchen Staat und eine solche Regierungsweise nicht verstehen könne. Seiner Ansicht nach würden die Sikulen hier den Heloten in Sparta entsprechen, und in Sparta gelte es eher als eine verdienstvolle Tat denn als Verbrechen, wenn ein Bürger einen Heloten umbrächte. Mikon schnauzte ihn an:

„Wir sprechen im Augenblick nicht über Politik, Dorieus, sondern über das Vorgefallene. Wenn ich auch ein guter Arzt bin, so weiß ich wirklich nicht, wie ich einem stummen Mädchen die Sprache wiedergeben könnte. Das ist eher eine Aufgabe für die Opferpriester oder Wahrsager als für einen Arzt, wenn ich auch geweiht bin."

Tanakil ließ das Mädchen holen, damit wir uns mit eigenen Augen von seinem Zustand überzeugen könnten. Wir warteten in düsterer Stimmung auf sein Erscheinen, und endlich erschien das Mädchen, von seinen Eltern geführt. Es fiel mir schwer, den vorwurfsvollen Blicken dieser einfachen Leute standzuhalten und zu sehen, wie das Mädchen seinen Mund vergeblich öffnete, um uns zu begrüßen. Mikon suchte sich hinter unseren Rücken zu verbergen, aber als das Mädchen ihn entdeckte, riß es sich von seinen Eltern los, stürzte mit allen Gebärden der Freude auf ihn zu, kniete nieder, um seine Hände zu küssen, und drückte verliebt seine Hand an ihre Wange. Mikon blickte unangenehm berührt ihre Eltern an, hob aber das Mädchen auf, küßte es auf den Mund und schloß es liebevoll in seine Arme. Mehr war nicht nötig. Das Mädchen sog tief die Luft ein und fing zu sprechen an, schrie, weinte, lachte und plapperte ununterbrochen. Die Eltern klatschten vor Freude in die Hände und sagten in der Sprache der Sikulen, daß kein Unglück geschehen, sondern die Verzauberung nur eine zufällige gewesen sei.

Das Mädchen behielt Mikons Hand in der seinigen und plapperte lustig weiter, bis seine Eltern sich seiner schämten und es baten, zu schweigen. Mikon gab ihnen eine Handvoll Silbermünzen, so daß sie sich über ihr großes Glück freuend abzogen und ihre Tochter wieder mitnahmen.

Als diese leidige Angelegenheit einen so günstigen Abschluß gefunden hatte, dankte ich Tanakil für ihre große Güte und sagte, daß wir uns jetzt wohl in die Stadt begeben müßten, um uns eine ständige Unterkunft dort zu suchen. Tanakil erschrak und antwortete eiligst:

„Mein Haus ist gewiß bescheiden und ihr seid an bessere Umgebung in euren Heimen in dem überreichen Ionien gewöhnt, als ich in Himera euch bieten kann. Aber wenn ihr mein Haus nicht verschmäht, so bleibt bei mir als Gäste solange es euch beliebt. Je länger ihr bei mir bleibt, um so größer ist meine Freude darüber, falls ihr meine häßlichen Zahnlücken ertragen könnt."

Sie warf Dorieus einen vorwurfsvollen Blick zu, der nur noch in der Lage war, schwer aufzustöhnen. Zur Bestätigung und um zu zeigen, daß sie uns nicht in der Hoffnung auf Geschenke eingeladen hatte, eilte sie in die inneren Räume, öffnete ihr Schatzkästchen und brachte jedem von uns eine Gegengabe für das von uns erhaltene Geschenk. Auf den Daumen des Dorieus steckte sie einen goldenen Ring, dem Mikon schenkte sie eine Wachstafel in Elfenbein eingefaßt und mir einen am Band zu tragenden Mondstein, der vor Wahnsinn schützen soll.

Diese kostbaren Geschenke trugen dazu bei, unsere gedrückte Stimmung zu heben. Geschäftig ließ Tanakil für uns drei Betten mit weichen Polstern nebeneinander aufstellen. Die Betten standen auf kupfernen Füßen, und ihr Boden bestand aus kreuzweise gelegten Eisenstäben, sie waren tyrrhenische Arbeit. Wir gingen zur Ruh und wären bestimmt gleich eingeschlafen, wenn Dorieus nicht gestöhnt und sich im Bett hin und her gewälzt hätte, so daß das Bett dauernd knarrte.

Schließlich warf er die Decke beiseite und donnerte, daß er als Soldat nicht gewohnt sei, auf weichen Polstern zu schlafen, sondern lieber auf der harten Erde mit dem Schild als Decke liege. Im Dunkeln tastete er sich aus dem Raum heraus und wir hörten nur, wie er sich an Truhen stieß und Gegenstände umwarf, bis Tanakil irgendwo mit greller Stimme aufschrie und Feuer schlug, um die Lampe anzuzünden. Dorieus aber befahl ihr, das Licht sofort zu löschen, weil der Spartaner solche Wege im Dunkeln und ohne gesehen zu werden finden müsse. Dann hörten wir von Dorieus nichts mehr, und er belästigte uns auch nicht länger, sondern wir schliefen gut die ganze Nacht durch.

5.

Wir richteten uns häuslich ein und fühlten uns als Gastfreunde Tanakils sehr wohl. Nachdem wir unsere Beute in der Schatzkammer des Krinippos hinter Eisentüren untergebracht hatten, fing das Leben an, wie ein Strom gleichmäßig dahinzufließen. Das einzige Unglück, das Dionysios traf, war, daß er die Geduld nicht aufbrachte, das gesunkene Schiff völlig zu leeren, sondern in dem Glauben, es sei schon leicht genug geworden, das Schiff wieder an Land zu ziehen begann, um das Schiff selbst zu retten. Die Kraft des Spills der Techniker war so groß und die Trosse waren so stark, daß das Schiff in zwei Hälften auseinanderbrach. Der Anblick war so belustigend und komisch, daß die Bewohner Himeras noch nach Monaten zu lachen begannen, wenn man nur mit einem Wort das An-Land-Ziehen des Schiffes erwähnte.

Wir mußten nun aus dem Uferschlamm die aus dem Schiff verstreute Beute zusammensuchen und nach ihr tauchen. Nachdem diese Arbeit beendet war, bei der Dionysios gar nicht mehr besonders genau aufpaßte, waren wir frei wie die Vögel unter dem Himmel, und konnten in der Stadt unser Leben gestalten, wie es uns gefiel.

Nach einiger Zeit begannen sich die Bewohner Himeras bitter zu beklagen und meinten, alles habe seine Zeit, aber auch ein Ende. Deshalb müßte Krinippos mit dem wilden Leben der Phokaier in der Stadt Schluß machen.

„Der Phokaier bringt unsere ganze natürliche Tagesordnung durcheinander", beklagten sie sich. „Früher standen wir mit dem Hahnenschrei auf und gingen unserer Arbeit nach. Jetzt hört man unsere Gastfreunde in allen Häusern bis zur Mittagszeit schnarchen, und wir wagen nicht, sie zu stören, denn sie werden wütend, wenn man sie aus dem Schlaf weckt. Wir sind gewiß nicht kleinlich besorgt um die Tugendhaftigkeit unserer Frauen und Töchter, aber es fängt an, einen zu ärgern, wenn man seine Frau oder Tochter vom frühen Morgen bis zum späten Abend am Bart eines Seemannes hängen oder liebevoll Läuse aus seinem Haarschopf kämmen sieht. Was sich aber in den Nächten abspielt, darüber zu sprechen schämen wir uns."

Krinippos sprang von seinem einfachen Holzsessel auf, dessen Sitzfläche aus der Haut seines unfähigen Vorgängers angefertigt war, zerrte an seinem schütteren Bart, starrte wild um sich und sprach zum Volk:

„Ihr kamt im richtigen Augenblick zu mir, Volksgenossen, denn ich habe gerade meine Zauberdinge der Götter der Unterwelt in den Händen gehabt, deren Ursprung ich niemandem verraten darf. Denen entnahm ich, daß Himera eine große Gefahr droht, und meine in Syrakus gewesenen Spitzel haben mir dies bestätigt. Deshalb befehle ich die Männer des Dionysios zur Arbeit, und zwar müssen sie als Dank für unsere Gastfreundschaft unsere Stadtmauern um drei Ellen erhöhen. Ich bin überzeugt, daß der Syrakuser sich eher entschließen wird, irgendeine andere Stadt anzugreifen, wenn es ihm bekannt sein wird, daß die Stadtmauern von Himera im Laufe des Winters um drei Ellen erhöht worden sind."

Dionysios schenkte zwar den Zauberdingen des Krinippos keinen Glauben, aber er begriff selbst, daß die Seeleute zu einer zügellosen Horde werden würden, falls dieses Leben so weiterginge. Als ruhelose Männer suchten sie schon Streit und verprügelten sich gegenseitig. Die Mannschaften der verschiedenen Schiffe fielen einander an, die Ruderer der Luvseite stritten mit denjenigen der Leeseite, und auch sonst genügte der kleinste Anlaß dazu, daß sie einander die Schädel verbeulten und mit der Waffe verwundeten.

Deshalb antwortete Dionysios augenblicklich: „Dein Plan ist hervorragend, Herrscher Krinippos. Ich bürge dafür, daß meine in Zucht aufgewachsenen Männer sich freudig der Anstrengung unterziehen werden, die Mauern dieser gastfreundlichen Stadt zu erhöhen. Sage nur, meintest du die griechische oder die phönizische Elle, als du von drei Ellen sprachst?"

Als schlauer Mann verstand Krinippos gleich die Falle, blickte Dionysios bewundernd an und erklärte: „Du gefällst mir, Dionysios, aber ich meinte natürlich die phönizische und nicht die griechische Elle. Schon allein die Ehrfurcht vor meinen karthagischen Verbündeten verpflichtet mich hier, mit phönizischer Elle zu messen."

Dionysios zerriß sein Hemd, raufte seinen Bart und sprach erregt zu seinen Männern: „Habt ihr gehört, habt ihr alle gehört, wie dieser niederträchtige Tyrann unsere Ehre als Männer Ioniens verletzt hat? Selbstverständlich erhöhen wir die Mauern Himeras um drei griechische Ellen, das ist nur recht und billig, aber nicht einen Fingerbreit mehr. Nein, Krinippos, nein, nachdem wir für die Freiheit Ioniens gekämpft und aus lauter Friedensliebe auf unsere Heimatstadt verzichtet haben, werden wir in dieser Frage nicht nachgeben. Nicht die persische Elle, nicht die ägyptische oder phönizische, sondern nur die griechische Elle sei unser Maß. Ist es nicht so, meine lieben Stammesbrüder und treuen Kameraden?"

Seine Leute begannen zu brüllen, und die Mutwilligsten liefen schon, um ihre Waffen aus den Häusern, in denen sie wohnten, zu holen. „Griechische Elle, griechische Elle" brüllten sie, wohlwissend, daß die griechische Elle um drei Fingerbreiten kürzer als die phönizische war. Die Polizei des Krinippos mit ihren narbigen Gesichtern wehrte sie vergeblich mit ihren Riemenpeitschen ab, und als sie bis zu Krinippos vordringen konnten, warfen sie fast seinen berühmten Regierungssessel um.

Krinippos stellte sich zufrieden hinter seinen Sessel und begann mit Dionysios ein wildes Feilschen, mußte sich aber schließlich damit abfinden, daß die griechische Elle als Maß verwendet werden sollte. Die Männer des Dionysios johlten vor Freude und umarmten einander, ihren gegenseitigen Streit vergessend, als hätten sie einen großen Sieg davongetragen. Auf diese Weise erreichte es Dionysios, daß sie sich freiwillig der schweren, den ganzen Winter über andauernden Sklavenarbeit unterzogen, die Stadtmauern von Himera um drei Ellen zu erhöhen, wenn sie nur bei ihrer Arbeit die griechische Elle als Maß benutzen durften.

Nachdem diese Angelegenheit ihren Abschluß gefunden hatte, verordnete Krinippos, daß alle, sowohl die eigentlichen Bewohner von Himera als auch die Fremden, nach Sonnenuntergang in den Häusern verbleiben und wieder beim Krähen der Hähne aufstehen müßten. Derjenige, den man zur Nachtzeit auf der Straße antreffen würde, müßte Strafe an die Stadtkasse zahlen oder er kam an den Fußpfahl auf dem Marktplatz, es sei denn, daß es sich um das Herbeiholen einer Hebamme zu einer niederkommenden Frau, um einen plötzlichen Krankheitsfall, um eine Feuersbrunst oder um die Riten für bestimmte Götter während der verschiedenen Mondphasen handelte. Wer noch schlafend nach dem Hahnenschrei angetroffen werden würde, kam das erstemal nur mit einer Strafe davon, das zweitemal mußte er an den Fußpfahl, aber das drittemal würde er aus Himera ausgewiesen. Ich glaube, ein Tyrann hat nie zuvor solche gnadenlose Verordnung zur Unterdrückung seiner Untertanen erlassen.

Dionysios befreite Dorieus, Mikon und mich von der Arbeit an der Stadtmauer, weil wir keine Unordnung in der Stadt selbst angerichtet hatten. Wir durften also im Hause Tanakils weiter wohnen bleiben und leben, wie es uns gefiel. Ich persönlich bekam von Krinippos eine Sondererlaubnis, mich zur Nachtzeit – besonders bei Vollmond – auf den Straßen aufzuhalten, weil die Vollmondnächte mich bekanntlich unruhig machten.

Wir hatten nur wenige Tage im Hause der Tanakil verbracht, als die beiden Sikulen, Mann und Frau, wieder ins Haus kamen, und sie brachten ihre Tochter mit. Das Mädchen war abgemagert, und ihre Augen hatten einen irren Blick. Diese biederen Leute sagten: „Wir schämen uns sehr, daß wir euch wieder stören müssen, ihr edlen Fremden. Aber unsere Tochter steht tatsächlich unter einem Fluch, denn gleich nachdem wir nach Hause kamen, verstummte sie erneut und hat seitdem kein einziges Wort herausbringen können. Als wir sahen, wie rasch sie hier ihre Sprache wiederfand, glaubten wir, daß sie nur launenhaft sei. Nun haben wir sie aber vergeblich durchgepeitscht, sie auf den Mund geschlagen und an den Haaren gezogen. Sie gibt keinen Laut von sich."

Zu ihrer Verteidigung sagten sie noch: „Wir möchten euch nicht der Zauberei beschuldigen, aber fraglos war es merkwürdig, wie leicht dieser griechische Arzt ihre Zunge löste, und zwar nur mit einem Kuß. Er soll es nochmal versuchen und wir wollen sehen, was geschieht."

Mikon widersetzte sich heftig und sagte, daß alles seine Zeit habe und es ihm nicht passe, Weiber zu küssen, wenn er über göttliche Dinge nachdenken müsse und so etwas nur die Gedanken auf Irrwege führe.

Doch Tanakil und Dorieus hegten den Verdacht, daß er trotz allem bewußt oder unbewußt das Mädchen an sich gebunden habe, und verlangten von ihm, daß er seine Lippen auf die des Mädchens lege. Erst geschah gar nichts, aber nachdem das Mädchen ein Weilchen auf Mikons Schoß gesessen hatte, lief Mikon rot an und begann das Mädchen innigst zu küssen. Als das Mädchen sich aus der Umarmung gelöst hatte, fing es wieder zu sprechen an, weinte und lachte, küßte Mikons Hände und erklärte sehr lebhaft, daß sie für ihren verzauberten Zustand nichts könne. Sobald sie zu Hause und weg von Mikon sei, schwelle ihre Kehle zu und sie könne ihre Zunge nicht bewegen. Deshalb bat und flehte sie, bei Mikon bleiben zu dürfen.

Mikon schalt sie und setzte auseinander, daß so etwas gar nicht in Frage käme. Auch ihre Eltern widersetzten sich dem entschieden und sagten, daß das Mädchen sprechend nach Hause zurückkehren und im Haushalt helfen müsse. Nichts hindere sie daran, ab und zu vor den Fremden zu singen und zu tanzen und so für sich reichlichere Aussteuer zu sammeln, aber es käme überhaupt nicht in Frage, daß es in ein fremdes Haus zöge, um mit einem Fremden zusammenzuleben. Dadurch würde ein anständiges Mädchen seinen guten Ruf verlieren und zu den Leichtfertigen gezählt werden, so daß kein ehrenwerter Mann sie mehr heiraten würde.

Das Mädchen geriet außer sich und schrie, daß sie ohne Mikon nicht leben könne. Es wurde von Krämpfen befallen, sank bewußtlos zu Boden und kam nicht zu sich, obwohl der Vater es auf die Wangen schlug, Tanakil einen Krug mit kaltem Wasser über sein Gesicht goß und die Mutter es mit einer Haarnadel in den Schenkel stach. Es floß nicht einmal Blut aus der Stichwunde, so daß wir schon fürchteten, sie sei tot.

Als sich aber Mikon bückte und mit der Handfläche die Glieder des Mädchens zu streicheln begann, zeigte es sofort Lebenszeichen, das Blut kehrte in sein Gesicht zurück, es richtete sich auf, schaute um sich und fragte verwundert: „Wo bin ich, was ist geschehen?"

„Dies ist eine ernste Angelegenheit", sagte Mikon. „Hätte das Mädchen von Kind auf eine richtige Schulung bekommen, hätte aus ihr eine Pythia und Seherin werden können. Es wundert mich, daß ich es nicht gleich bemerkt habe, obwohl meine Augen geübt sind, die Symptome zu erkennen."

Ich bemerkte dazwischen, daß Mikon bei der Begegnung mit dem Mädchen zu schwer betrunken gewesen sei, um die Symptome irgendeiner Krankheit zu erkennen. Auch die Eltern des Mädchens beteuerten, daß es bis jetzt genau so wie andere Mädchen gewesen sei, höchstens empfindsamer und leichter zu kränken.

Mikon begann sich unwillkürlich als Arzt für die Angelegenheit zu interessieren und forderte die Eltern auf, das Mädchen hinauszuführen, um zu sehen, ob es wieder stumm werden würde. Sie waren kaum bis zur Straße gelangt, als sie bereits umkehrten und beteuerten, daß das Mädchen sofort als sie das Tor passiert hatten, kein vernünftiges Wort mehr habe sprechen können.

Mikon wurde ernst, bat Dorieus und mich beiseite und sagte: „Schon längst ahnte ich, daß die Unsichtbaren unsere Wege leiten. Ich hätte an der Taubenfeder, die uns in dieses Haus führte, Zweifel hegen sollen. Wir sind in das Netz der Aphrodite geraten. Das Auftauchen gerade dieses Mädchens auf meinem Wege ist lediglich eine Falle der Aphrodite, um mich zu binden. Als ich nach allen Irrwegen endlich Gelegenheit zur ungestörten Meditation hatte, befand ich mich gerade an der Schwelle der göttlichen Vernunft, aber die Goldhaarige kann es nicht leiden, daß ein Mann über etwas anderes nachdenkt als über Fragen, die zu ihrem Gebiete gehören. Wenn wir das Mädchen wegschicken und sie stumm bleibt, werden wir im Munde der ganzen Stadt sein und vor Krinippos zitiert werden. Was sollen wir jetzt tun?"

Dorieus und ich sagten wie aus einem Munde, daß er jetzt nur von sich selbst sprechen solle, da wir beide an der ganzen Angelegenheit keinen Anteil hätten. Mikon habe in seiner Besoffenheit das Mädchen in den Garten gebracht und ihm anscheinend etwas angetan, was an einem empfindlichen Mädchen nicht getan werden dürfe, so daß es nunmehr an niemand anders denken könne als an Mikon.

„Das ist die natürliche Erklärung", schloß ich, „dazu braucht man keine göttlichen Erklärungen."

Mikon fühlte sich gekränkt und sagte: „Versuche nicht, die Schuld von dir abzuwälzen, Turms. Ungebeten drücktest du den weißen Stein in meine Hand und führtest mich in dieses Haus, so daß ich dieses verfluchte Mädchen hier treffen mußte. Aphrodite hat ihr Netz über dieses Haus geworfen, das weiß Dorieus auch, denn wie wäre er sonst in den Schoß einer alten Schachtel entgleist."

Dorieus knirschte mit den Zähnen und antwortete: „Tanakil ist eine gescheite und vorurteilslose Frau. Ohne Grund übertreibst du ihr Alter. Ich kann dich nicht verstehen, Mikon, auch Turms nicht, wie ihr nur aus lauter Lüsternheit Mädchen aus niedrigem Stande anfassen könnt. Jetzt seht ihr ja selbst, zu welchen Verwicklungen das führt. Tanakil ist eine feine Frau, und es würde ihr nicht einmal im Traum einfallen, mehr zu fordern, als ihr zusteht."

Mikon sagte daraufhin: „Sei es, wie es sei. Du zappelst in einem goldenen Netz, wenn du auch selbst es nicht weißt. Ich bin ebenfalls in ein Netz verstrickt. Aber du, Turms, tust mir leid, denn du bist doch ihr Auserwählter. Uns neckt und quält sie nur, um dir ihre Macht zu beweisen. Ich wage es aber gar nicht, mir vorzustellen, welche entsetzliche Falle sie dir erst vorbehalten hat."

„Du träumst mitten am Tage, Mikon", behauptete ich überheblich. „Du übertreibst die Macht der Göttin. Ich nehme ihre Geschenke gern an und genieße ihre Freundschaft, aber in ihre Gewalt werde ich mich gewiß nicht begeben. Ihr beide müßt einen Fehler, eine Schwäche haben, da ihr es zulaßt, daß die leichtsinnige Göttin euren Willen bricht. In der Beziehung bin ich mehr als ihr und auch stärker als ihr."

Nachdem ich diese unsinnigen Worte ausgesprochen hatte, schloß ich blitzschnell den Mund mit der Hand, denn sie waren ja eine reine Herausforderung der Schaumgeborenen, und ich begreife es gar nicht, wie ich zu dieser Äußerung kam. Da wir Mikon weder mit Rat noch mit Tat helfen konnten, gingen wir zu den anderen zurück. Das Mädchen war noch eigensinniger und beteuerte, wir würden es eines Morgens leblos an dem Halter der Fackel am Torbogen hängend finden. Dann könnten wir dem Volke und dem Krinippos auseinandersetzen, wie und warum es geschehen sei, wenn uns das gelänge. Ihre Drohungen brachten uns in eine mißliche Lage. Mikon wurde des ergebnislosen Wortwechsels überdrüssig und schlug schließlich vor: „Also gut. Ich werde das Mädchen zu mir nehmen und es von euch als Sklavin kaufen, falls ihr bei einem angemessenen Preis bleibt. Unmögliches kann ich für sie nicht zahlen, da ich doch nur ein unbegüterter wandernder Arzt bin. Nehmt auch zur Kenntnis, daß dies ausschließlich auf Wunsch des Mädchens und nicht auf meinen Wunsch geschieht."

Die Eltern des Mädchens schauten einander voller Empörung an, stürzten sich auf Mikon und bearbeiteten ihn mit den Fäusten, so daß wir ihn mit Mühe und Not aus ihrem Griff lösen konnten. Sie schrien: „Wir sollen unser Kind als Sklavin verkaufen, wir sind doch freie Sikulen und Urbewohner des Landes, genau so gut wie die Sikanen des Landes Eryx."

„Nun, was wollt ihr denn eigentlich?" fragte Mikon schließlich verärgert.

Das hatten die Eltern des Mädchens wahrscheinlich noch gar nicht gewußt, als sie gekommen waren, aber die Unterhaltung und das Benehmen des Mädchen hatten wohl ihre Gedanken geklärt, und so forderten sie laut schreiend: „Du mußt sie heiraten, Fremder, obwohl wir unsere Tochter nicht gern an einen Fremden verheiraten. Du hast sie verzaubert und so hast du es dir selbst zuzuschreiben. Wir geben unserer Tochter die übliche Aussteuer mit, eine größere, als du denkst, denn auch sie hat schon dazuverdient, und wir sind durchaus nicht so arm, wie wir aussehen."

Mikon raufte sich die Haare und donnerte: „Dies ist unerträglich und ungerecht, es ist einfach eine Laune der Göttin, um mich vom Nachdenken über übersinnliche Dinge abzuhalten. Welcher Mann, der eine Frau zur Gefährtin bekommen hat, ist noch imstande, verstandesmäßig an etwas anderes als an die Alltagssorgen zu denken."

Das Mädchen rang die Hände und sagte, es möchte lieber tot sein, als Mikon so viel Verdruß zu verursachen. Die Eltern ergriffen die Hand ihrer Tochter, legten sie mit Gewalt in Mikons Hand und sagten: „Sie heißt Aura."

Als sie den Namen des Mädchens in ihrer merkwürdig klingenden Sprache aussprachen, faßte sich Mikon plötzlich an den Kopf und rief aus: „Aura, wenn ihr Name wirklich Aura ist, dann können wir nichts dagegen tun, dann ist alles dies ein Scherz der Göttin. Aura war doch das Mädchen, schneller als der Wind, und die Jagdgefährtin der Artemis.

Dionysos verliebte sich in sie, da sie aber schneller war als er, gelang es ihr, vor ihm zu fliehen, bis Aphrodite ihren Geist verwirrte und sie sich dann im Zustande des Wahnsinns dem Dionysos hingab. Dionysos war ja dabei, als wir uns betranken, und dieses empfindsame Mädchen hätte sich wahrscheinlich nicht so restlos meiner Gewalt hingegeben, wenn nicht Aphrodite sie mit Wahnsinn geschlagen hätte. Der Name ist Omen. Ich bin in die Falle gegangen und kann nichts mehr daran ändern."

Ich könnte nicht behaupten, daß wir mit dieser Lösung zufrieden gewesen wären, aber was hätten wir sonst tun sollen, um nicht in Verwicklungen mit den Stadtbewohnern zu geraten? Der Hochzeitstag wurde festgesetzt, und wir feierten die Hochzeit im Hause der Sikulen unter Vieh und Ziegen, mit Gesang und Tanz. Die Eltern hatten die Aussteuer sichtbar für die Nachbarn ausgestellt und gebacken, geschlachtet, gekocht und gebraten, so daß die vielen Speisen für alle reichten und bei allen eine frohe Stimmung herrschte. Als sie dann ihren Sitten entsprechend zum Schluß eine Taube geopfert und die Kleider der Braut und des Bräutigams mit Blut bestrichen hatten, klangen sämtliche Musikinstrumente auf, und der Wein floß so reichlich, daß beim Brüllen der Stiere und Krähen der Hähne sogar ich mich hinreißen ließ, den Bockstanz vorzuführen, wobei ich großen Beifall bei diesen einfachen Bauersleuten erntete. Vor Sonnenuntergang mußten wir uns aber laut der neuen Verordnung des Krinippos in unser Haus begeben; wir nahmen Aura mit.

Vor der Hochzeit ging Mikon niedergeschlagen umher und meinte, daß er nun wohl ein eigenes Haus schaffen, seinen Äskulapstab am Türpfosten aufhängen, in Himera bleiben und sich hier als Arzt niederlassen müßte. Aber Tanakil hörte auf diesem Ohr gar nicht. Auf der Hochzeit wurde Mikon lebhaft und munter, was wahrscheinlich auf den Wein zurückzuführen war, denn als erster erinnerte er uns daran, daß wir vor Sonnenuntergang noch im Hause der Tanakil sein müßten. Am nächsten Morgen hatten wir die Hände voll zu tun, um ihn beim Hahnenschrei wachzukriegen. Auch belästigte Mikon mich längere Zeit nicht mit Gesprächen über göttliche Dinge.

6.

Solch ein Unglück traf also Mikon, aber ich hatte von allem den Vorteil, daß ich die Sprache der Sikulen lernte. Wiederum war Tanakil gerne bereit, mir Unterricht in der reinen Sprache der Phönizier in Karthago zu erteilen. Hierbei verfolgte sie wohl ihre eigenen Ziele, aber von ihr konnte ich vieles über die Sitten und die Gesetze, den Handel, die Expeditionen und die Götter in Karthago erfahren.

Im Grunde fiel es mir leicht, mich mit den Phöniziern, Tyrrhenern und Sikulen zu unterhalten, da sie sich alle im Handelsverkehr und bei gegenseitiger Unterhaltung einer einfachen Mischsprache bedienten, die aus Worten, welche all diesen Sprachen entliehen waren, zusammengestellt und halb Griechisch und halb Phönizisch war. Der Grieche konnte zwar nie die Kehllaute der Phönizier erlernen. In Ionien hieß es, wie auch ich behauptete, daß die Phönizier wie die Krähen krächzen, aber in Himera erfuhr ich zu meinem Erstaunen, daß die Karthager zu sagen pflegten, die Griechen kreischten wie die Raben.

Aura lernte sehr schnell Griechisch sprechen, und Mikon unterhielt sich schon nach einem Monat fließend mit seinen Schwiegereltern in der Sprache der Sikulen, weil es gar keinen besseren Sprachlehrer gibt als die Frau für den Mann und den Mann für die Frau, wenn sie zusammen leben. Auch in der Ehe ist es so, weil der Mann die Sprache der Frau, die Frau die Sprache des Mannes beherrschen muß, um miteinander zanken zu können.

Dorieus dagegen verschmähte das Erlernen einer Fremdsprache und redete nur in seiner eigenen Sprache. „Egal, wohin ich komme, ich nehme meine eigene Sprache mit", sagte er. „Wer sie nicht versteht oder nicht verstehen will, dem ist nicht zu helfen, um so schlimmer für ihn."

Nachdem Aura Vertrauen zu uns gefaßt hatte, führte sie uns in die Umgebung der Stadt, in die Wälder und auf die Berge und zeigte uns die heiligen Quellen, die Bäume und die Steine der Sikulen, denen die Sikulen immer noch bescheidene Opfer darbrachten, um ihre alten Erdgötter nicht zu verletzen, obwohl sie in der Stadt den griechischen Göttern dienten. Als Aura uns im Vertrauen diese heiligen Stätten zeigte, die ein Fremder gar nicht in der sonstigen Umgebung entdeckt hätte, sagte sie: „Wenn ich diesen Stein anfasse, so ist es mir, als ob es in meinen Gliedern zu prickeln begänne. Wenn ich meine Hand auf den knorrigen Baum lege, erlahmen meine Arme. Wenn ich mein Bild in dieser Quelle betrachte, ist es, als ob ich in tiefen Schlaf versänke und gar nicht mehr da wäre."

Als wir so zusammen wanderten, begann ich zu meiner Überraschung in meinen Gliedern zu spüren, wenn wir in die Nähe irgendeiner von den Sikulen schon in grauer Vorzeit geheiligten Stätte kamen. Wenn ich die Hand Auras in der meinen hielt, konnte ich plötzlich ausrufen: „Hier ist die Stätte. Dort der Baum. Dort die Quelle." Wie ich das wissen konnte, kann ich nicht erklären. Bisweilen versuchte Aura mich irrezuführen: „Nein, nein, du irrst dich, wir gehen weiter." Aber ich folgte ihr nicht und sie mußte zurückkehren und zugeben, daß ich richtig geraten hatte. Bald brauchte ich Auras Hand nicht mehr zu halten, sondern konnte, wenn sie mir nur die Richtung angegeben hatte, weit vorangehen und plötzlich stehenbleiben und sagen: „Hier spüre ich eine Kraft. Dies ist eine heilige Stätte."

Mikon behauptete zwar, daß diese meine Fähigkeit mit Aura zusammenhinge und daß ich ohne sie die heiligen Stätten der Sikulen nicht finden würde. Deshalb begann ich allein Wanderungen zu unternehmen, und ab und zu spürte ich, einmal schwächer, einmal stärker, daß ich eine Weihestätte der Erdgötter der Sikulen gefunden hatte. Je mehr ich mein Denken ausschaltete, um so eher gewahrte ich die Kraft, der ich mich auf Umwegen näherte, so daß sie ab- und wieder zunahm, bis sie meine Glieder geradezu schüttelte und mich zu dem Ausruf veranlaßte: „Gott der Erde, wer du auch sein magst, ich habe dich gefunden."

Es war keineswegs ein unangenehmes Gefühl, sondern im Gegenteil ein betäubend süßes, als ob die Erdgötter mir gewogen seien. Nur einmal in einem entfernt liegenden Bergtal kam ich zu einer felsigen Schlucht, aus der eine feindselige Kraft so unbehaglich auf mich einwirkte, daß ich das Gefühl hatte, vor einer unüberwindlichen Wand zu stehen. Als ich Aura die Lage der Schlucht beschrieb, erzählte sie, daß die Sikulen irgendwann in grauer Vorzeit, bei der Gründung von Himera, sich auf die Lauer gelegt und die ganze griechische Expedition bis auf den letzten Mann getötet und die Leichen ohne Begräbnis in die Schlucht geworfen hätten. Deshalb wären viele Sikulen dort zu Fall gekommen und hätten den Fuß gebrochen oder ein Gelenk verstaucht, bis sich niemand mehr der Schlucht zu nähern wagte.

Zu meiner Fähigkeit meinte Mikon: „Ich habe doch gleich bei unserer Begegnung gewußt, daß du einer von den Wiedergeborenen bist. Es wäre schon besser, wenn du dich weihen ließest, denn dann würdest du gleich an der geheimen Überlieferung teilhaben und brauchtest nicht aus eigener Kraft umherirrend nach Wissen zu streben, gegen das dein eigener Verstand rebelliert, dem du dich eines Tages aber doch wirst unterwerfen müssen. Deine Fähigkeit kann aber auch gefährlich werden. Du kannst vielleicht mit der Unterwelt in Berührung kommen und in ihre Gewalt geraten. Mancher Mann ist schon von Geringerem wahnsinnig geworden und mit Schaum vor dem Munde gestorben. Falls du dich nicht weihen lassen willst, so gebrauche deine Fähigkeit lieber dazu, die unterirdischen Quellen und Erzadern ausfindig zu machen, statt die Wohnstätten der Erdgötter zu suchen."

Ich antwortete eigensinnig: „Laß mich nach meinem Willen spielen, denn vorläufig ist dies alles ja nur ein Spiel, mit dem ich mich selber in Staunen versetze."

In Himera gab es ein tyrrhenisches Warenhaus, in dem Eisenwaren und unvergleichlich schön gearbeiteter Goldschmuck feilgeboten wurden. Dionysios bat mich, mit den Tyrrhenern des Warenhauses in Verbindung zu treten, um im geheimen Kenntnisse über das Meer einzuholen, über das wir fahren mußten, wenn wir nach Massilia wollten. Aber irgend etwas in mir ließ mich sie meiden, diese wortkargen Männer mit den fremdartigen Gesichtern, die das Feilschen und Schwatzen der Griechen nicht mochten, sondern lieber mit der Qualität ihrer Waren mit diesen wetteiferten. Als ich sie untereinander ihre eigene Sprache sprechen hörte, war es mir, als ob ich diese Sprache schon im Traum gehört und alles verstanden hätte, wenn es mir nur gelungen wäre, eine geheimnisvolle Schwelle zu überschreiten.

Ich zog Erkundigungen über die Tyrrhener und ihre Gebräuche unter den Bewohnern Himeras ein, und alle erklärten einstimmig, daß die Tyrrhener ein grausames und genußsüchtiges Volk seien und so verweichlicht und in ihren Sitten so verdorben, daß auf ihren Festen sogar die Frauen der vornehmen Gesellschaft mit dem Manne auf dem gleichen Ruhebett lägen und Wein tränken. Auf den Meeren seien sie grausame Gegner, und als Eisenschmiede allen anderen Völkern überlegen. Sie hätten angeblich als erste den Anker und den Rammdorn am Vordersteven der Kriegsschiffe erfunden. Sie bezeichneten sich selbst als Rasenna-Volk, aber die auf dem italischen Festlande mit ihnen wetteifernden Völker nannten sie Etrusker.

Ohne mir selbst meine Abneigung gegen sie erklären zu können, ging ich doch entschlossen in ihr Kaufhaus hinein, aber schon beim Betreten des Vorhofes überkam mich das Gefühl, als hätte ich den Machtbereich fremder Götter betreten. Es war, als habe sich der Himmel vor meinen Augen verfinstert und die Erde unter meinen Füßen gebebt. Ich ließ mich trotzdem auf den Sessel nieder, den die Händler mir anboten, und begann höflich um ein geschmiedetes, auf hohen Füßen stehendes Weihrauchgefäß zu feilschen. Während ich auch noch andere Sachen besah, erschien aus dem inneren Raum der Geschäftsleiter, dessen mandelförmige Augen, gerade Nase und ovales Gesicht mir irgendwie bekannt vorkamen. Befehlend wies er die anderen aus dem Raum, lächelte und richtete einige Worte an mich in seiner eigenen Sprache. Ich schüttelte den Kopf und erklärte ihm in der Mischsprache der Stadt, daß ich ihn nicht verstand. Er antwortete in tadellosem Griechisch: „Verstehst du wirklich nicht oder verstellst du dich nur? Falls du aus irgendwelchen Gründen, die ich nicht kenne und auch als gewöhnlicher Kaufmann gar nicht wissen will, als Grieche auftreten mußt, wirst du doch wohl selbst einsehen, daß du, wenn du dein Haar auf unsere Art kämmst, deinen krausen Bart rasieren und unsere Kleider anziehen würdest, überall für einen Etrusker gelten könntest."

Auf einmal begriff ich, was mir in seinem Gesicht bekannt erschienen war. Hatte ich doch ein ähnliches Gesicht, die gleiche Form der Augen und die gleiche Falte am Augenwinkel, die gleiche gerade Nase und den gleichen breiten Mund erblickt, als ich mich im Spiegel betrachtet hatte. Aber ich erzählte, aus Ephesos und Flüchtling aus Ionien zu sein, wobei ich scherzend hinzufügte: „Ich glaube fast, daß Haartracht und Schnitt der Kleider tatsächlich den Menschen machen. Man unterscheidet die Götter der verschiedenen Völker leichter nach der Kleidung als nach dem Gesicht. Ich habe keinen Grund, an meiner ionischen Herkunft zu zweifeln, aber ich werde mir deinen Wink merken. Erzähle mir also, was ihr Etrusker für ein Volk seid, es wird doch soviel Schlechtes über euch geredet."

Er erzählte: „Wir sind zwölf verbündete Städte, aber jede Stadt hat ihre eigenen Sitten, Gebräuche, Gesetze und ihre eigene Regierung, und wir haben uns in keiner Weise verpflichtet, die Gebräuche der anderen zu übernehmen. Wir haben zwölf lächelnde Götter und zwölf Himmelsrichtungen, aus denen wir die Zukunft erforschen. Zwölf Vögel und zwölf Sektoren an der Leber bestimmen unser Leben. Zwölf Linien weist unsere Hand auf und aus zwölf Abschnitten besteht unser Leben. Willst du noch mehr über uns wissen?"

Spöttisch erwiderte ich: „Auch in Ionien waren wir zwölf verbündete Städte im Kampf gegen zwölf persische Satrapen. In zwölf Schlachten besiegten wir den Perser, und wir Griechen besitzen zwölf himmlische und zwölf unterirdische Götter. Aber Pythagoräer bin ich nicht und streite mich nicht um Zahlen. Erzähle mir lieber etwas Sachliches über eure Lebensverhältnisse und Gebräuche."

„Wir Etrusker", sagte er, „wissen viel mehr, als die meisten glauben, aber wir können auch schweigen. So weiß ich zum Beispiel mehr über euren Seekrieg und eure Fahrten, als dir und deinem Befehlshaber Dionysios lieb ist, doch habe keine Angst, bis jetzt habt ihr unsere Machtsphäre, die Macht der Etrusker, auf den Meeren nicht verletzt. Wir haben uns das westliche Meer mit den Phöniziern Karthagos, denn die Karthager sind unsere Verbündeten, geteilt, so daß die Schiffe der Etrusker in den Gewässern Karthagos genau so sicher fahren wie die Schiffe Karthagos in unseren Gewässern. Aber wir dulden auch die Griechen, und seinerzeit erlaubten wir ihnen auch die Gründung von Poseidonia und Kyme in Italien an unserer Küste. In unseren Küstenstädten leben griechische Kaufleute und Handwerker, und wir bringen in unseren Gräbern griechische Vasen als Weihgaben dar. Gerne tauschen wir die besten Erfindungen anderer Völker ein und verkaufen ihnen die unsrigen. Aber unser Wissen verkaufen wir an andere Völker nicht. Da wir gerade vom Verkauf sprechen, hast du dich bereits über den Preis des von dir begehrten Weihgefäßes geeinigt?"

Ich erklärte, daß ich noch keine Zeit gehabt hätte, genügend abzuhandeln, fuhr aber schleunigst fort: „Nicht, daß ich feilschen möchte, sondern ich habe beim Handel mit den Griechen und den Phöniziern gemerkt, daß dem Händler das Feilschen eine größere Freude bedeutet als das Verkaufen, und daß man den echten Kaufmann schwer beleidigt, wenn man den von ihm genannten Preis gleich gutheißt. Einen solchen Käufer halten sie für einen Schwachkopf, oder denken, er protze mit seinem Reichtum, den er sich nicht selbst verdient hat."

Der Etrusker sagte: „Du bekommst das Weihgefäß unentgeltlich, ohne etwas dafür zu bezahlen. Ich überreiche es dir als Geschenk."

Ich wurde mißtrauisch und fragte: „Was für Gründe hast du, mir Geschenke zu machen, außerdem weiß ich nicht, ob ich gerade eine entsprechende Gegengabe habe."

Er wurde plötzlich ganz ernst, beugte den Kopf, verdeckte mit der linken Hand seine Augen, hob die rechte und sprach: „Ich schenke es dir, ohne eine Gegengabe dafür zu verlangen, wegen deiner Gesichtszüge. Aber es würde mich freuen, wenn du mit mir einen Becher Wein trinken und auf meinem Ruhebett ein Weilchen Platz nehmen würdest."

Ich mißverstand seine Worte und wehrte schroff ab: „Ich treibe so etwas nicht, wenn ich auch Ionier bin."

Als er begriffen hatte, was ich meinte, war er zutiefst gekränkt und sagte: „Nein, nein, in dieser Beziehung ahmen wir Etrusker euch Griechen bestimmt nicht nach. Habe keine Bedenken. Ich würde es nie wagen, dich auch nur mit der Fingerspitze zu berühren. Du bist, was du bist."

Er sprach diese Worte mit derartiger Betonung aus, daß mich plötzlich

Traurigkeit überfiel. Ich empfand gar keine Abneigung mehr, sondern spürte im Gegenteil den Wunsch, mich diesem unbekannten Manne anzuvertrauen. „Wer und was bin ich denn?" fragte ich. „Wie könnte der Mensch wissen, wer und was er ist? Trägt nicht jeder von uns ein anderes und fremdes Ich in seinem Innern, das ihn unerwartet überfällt und ihn dazu bringt, etwas zu tun, was er nicht wollte?"

Er schaute mich mit seinen mandelförmigen Augen an, während um seinen Mund ein forschendes Lächeln spielte, und entgegnete: „Nicht jeder von uns. Keinesfalls jeder, denn der allergrößte Teil der Menschen ist ja nur eine Viehherde, die an das Flußufer zur Tränke und wieder zurück auf die Weide getrieben wird."

Ich wurde von einer unsagbaren Traurigkeit ergriffen und sagte: „Beneidenswert ist das Schicksal eines Menschen, und das Beste für ihn ist, wenn er sich mit seinem Los zufrieden gibt. Aber auch das Schicksal eines Menschen, der sich nicht mit seinem Los zufrieden gibt, ist beneidenswert. Wenn er sich damit begnügt, nur nach etwas zu streben, was dem Menschen erreichbar ist. Wenn ich Macht begehrte, so hätte ich die Möglichkeit, mir Macht zu beschaffen. Wenn ich Reichtum begehrte, so könnte ich mir Reichtümer sammeln. Wenn ich Genüsse und Vergnügungen begehrte, könnte ich mich in diese in jeder Weise hineinstürzen. Aber auch dann bleibe ich ein Unzufriedener, denn ein machtlüsterner Mensch erreicht nie genügend Macht. Dem Reichen sind seine Reichtümer nie genug, sondern er strebt nach noch mehr. Auch die Genüsse und Vergnügungen steigern nur die Begierden des Menschen, bis sie in ungewöhnliche und unnatürliche Formen ausarten. Doch in meiner Unzufriedenheit würde mir noch ein Ziel vorschweben, das für den Menschen erreichbar wäre. Ich glaube jedoch nach etwas zu streben, was für den Menschen unerreichbar ist."

„Und wonach glaubst du zu streben?" fragte er.

„Das weiß ich nicht", gab ich unumwunden zu. „Meiner Mutter bin ich nur im Traum begegnet, mein Pflegevater war ein verbitterter Freund der Weisheit, der Blitz gebar mich unter einem Baum außerhalb von Ephesos, und Artemis von Ephesos rettete mich, als die Hirten mich zu steinigen drohten."

Er verdeckte erneut seine Augen mit der linken Hand, beugte den Kopf und hob die rechte Hand, mich zu grüßen. Kein Wort kam über seine Lippen, und ich bereute es schon, einem wildfremden Menschen unnützerweise soviel über mich selbst erzählt zu haben. Er führte mich in einen kleinen Gastsaal, holte eigenhändig den Weinkrug, goß Wein in das schwarze Mischgefäß und mischte ihn mit klarem frischem Wasser. Ein starker Veilchenduft verbreitete sich im Raum.

Nachdem er ein paar Tropfen aus seinem Trinkbecher auf den Boden geschüttet hatte, sagte er: „Ich leere meinen Becher zu Ehren der Göttin. Sie trägt eine Mauerkrone, ihr Kennzeichen ist das Efeublatt. Sie ist die Göttin der Mauern, aber die Mauern um den menschlichen Körper zerfallen vor ihr."

Er leerte den Becher feierlich bis zum letzten Tropfen. Ich fragte: „Von welcher Göttin sprichst du?"

„Ich rede von Turan", antwortete er.

„Eine solche Göttin kenne ich nicht", bemerkte ich. Er gab mir keine Antwort, sah mich nur mit einem geheimnisvollen Lächeln an, als glaube er mir nicht. Aus Höflichkeit leerte auch ich meinen Trinkbecher, sagte aber: „Ich weiß nicht, ob es klug von mir ist, mit dir Wein zu trinken. Der Veilchenduft deines Weines könnte meinen Kopf benebeln. Außerdem habe ich festgestellt, daß ich nicht mehr imstande bin, mäßig Wein zu trinken wie ein kultivierter Mensch. In dieser Stadt habe ich schon zweimal so viel Wein getrunken, daß ich völlig berauscht war, den unanständigen Bockstanz tanzte und zum Schluß mein Gedächtnis verlor."

Er sagte: „Sei also dem Wein dankbar. Du bist ein glücklicher Mensch, wenn du deine Angst und deine Qual im Wein ertränken kannst. Mein Name ist Lars Alsir, was willst du von mir?"

Ich ließ ihn noch einmal die schwarze Trinkschale füllen, der Wein machte mich fröhlich und so gestand ich: „Ich weiß genau, was ich von dir haben will. Du würdest mir einen großen Gefallen tun, wenn du mir einen Periplus über euer Meer, dessen Küsten, Landzeichen, über die Winde, Meeresströmungen und Häfen beschaffen könntest, damit unsere Schiffe im Frühjahr sicher nach Massilia segeln können."

Lars Alsir antwortete: „Das Handbuch der Seefahrt einem Fremden auszuhändigen, wäre ein Verbrechen! Wir sind keine Freunde der Phokaier. Vor einigen Menschenaltern waren wir gezwungen, einen Seekrieg gegen sie zu führen, als sie sich auf den großen Inseln Sardinien und Korsika einzunisten versuchten, wo wir unsere Interessen an Erzgruben zu wahren haben. Wir versenkten ihre Schiffe und ließen die Knochen der Siedler in Alalia bleichen. Wenn ich dir auch einen Periplus über unser Meer gäbe", fuhr er fort, „würdest du davon keinen Nutzen haben, auf jeden Fall würdest du nie nach Massilia kommen. Dein Befehlshaber Dionysios müßte sich noch, um über das Meer zu kommen, für seine Schiffe einen Erlaubnisschein sowohl von Karthago als auch von den

Etruskern beschaffen. Er würde aber diese Erlaubnis nicht einmal mit seinen gesamten geraubten Schätzen erkaufen können, falls er bereit wäre, sie hierfür zu opfern."

„Soll das eine Drohung sein?" fragte ich.

„Keineswegs", wehrte er ab. „Wie könnte ich dir drohen, wenn du wirklich der Sohn des Blitzes bist, wie du mir erzähltest?"

„Lars Alsir", wiederholte ich ernst seinen Namen, aber er unterbrach mich und fragte, genau den gleichen Ernst heuchelnd: „Was willst du von mir, Lars Turms?"

„Was meinst du damit?" verwunderte ich mich mißtrauisch. „Ich heiße wohl Turms, aber doch nicht Lars Turms."

„Ich ehre dich nur damit", behauptete er. „Wir sagen so, wenn wir die Herkunft des anderen ehren wollen. Nein, dir droht keine Gefahr, weil du ein Lars bist."

Ich kam nicht dahinter, was er eigentlich meinte, aber ich erklärte, daß ich mich dem Dionysios und den Phokaiern verpflichtet fühlte. Falls er mir auf Rechnung des Dionysios keinen brauchbaren Periplus unter der Hand verkaufen könne, so könne er uns doch vielleicht einen zuverlässigen Lotsen empfehlen, der das Meer und dessen Kontrollplätze kannte und sich bereit erklären würde, uns an denen vorbei bis nach Massilia zu führen.

Lars Alsir zeichnete, ohne mich anzusehen, mit der Fingerspitze Figuren auf den Estrich und sagte: „Die Kaufleute Karthagos halten die Seewege zu ihren Handelsplätzen so streng geheim, daß jeder ihrer Kapitäne, falls er von einem griechischen Schiff ausspioniert wird, lieber sein eigenes Schiff in die Untiefen und auf Grund steuert, um so den Fremden mitzuvernichten, als den geheimen Seeweg zu verraten. Wir Etrusker sind nicht so geheimnisvoll, aber auch wir, als Herrscher der Meere, haben unsere Traditionen. Ich glaube, daß ein etruskischer Lotse die Schiffe des Dionysios direkt vor die Rammdorne unserer Kriegsschiffe führen würde, auch wenn er selbst dabei zugrunde ginge."

„Verstehe mich doch, Lars Turms", brauste er auf, und hob seinen Kopf. Er sah mir in die Augen und fuhr fort: „Was würde mich daran hindern, dir einen verfälschten Periplus zu hohem Preise zu verkaufen oder dir einen Lotsen zu empfehlen, der eure Schiffe auf Grund laufen ließe? Aber dir gegenüber kann ich so etwas nicht tun, weil du ein Lars bist. Dionysios mag ernten, was er selbst gesät hat. Laß uns diesen unangenehmen Gesprächsstoff aufgeben und lieber über göttliche Dinge reden."

Verbittert sagte ich, ich verstünde nicht, was die Menschen nach dem Weingenuß stets veranlasse, gerade mich zu zwingen, über göttliche Dinge zu reden. „Trage ich wirklich das Fluchzeichen auf der Stirn?" fragte ich, von seinem Veilchenwein leicht beschwipst. „Die Hirten aus Ephesos wollten mich steinigen, weil der Blitz mich getroffen und mir die Kleider vom Leibe gerissen hatte. Doch Artemis rettete mich, oder besser gesagt, ihre alters- und geistesschwache Priesterin Artemisia, die an mir wegen meines Aussehens Gefallen fand."

Ich merkte, daß ich einem Fremden Dummheiten erzählte. Ich tat ein paar tiefe Atemzüge und erklärte: „Ich meine, seitdem habe ich nie mehr Angst vor etwas gehabt, weder vor Göttern noch vor Menschen. Wie sollte ein Mann, den der Blitz getroffen hat, vor irgend etwas auf der Welt Angst haben? Nein, Gefahr versetzt mich nur in Ekstase, so daß ich beim Krachen der Schilde und beim Bersten der Schädel um mich herum laut auflache und der Sturm meine Glieder tanzen läßt. Auch dich fürchte ich nicht, Lars Alsir, weder dich noch deine lächelnden Götter. Im Gegenteil, im Augenblick habe ich eher das Gefühl, in Dachhöhe zu sitzen und auf dich hinunterzublicken, so daß du mir ganz klein vorkommst."

Seine Stimme kam von weit her und drang einem Flüstern gleich ganz schwach in mein Ohr: „So ist es, Lars Turms. Du sitzt auf einem runden Sessel, lehnst dich an eine runde Rückenlehne, aber was hältst du in den Händen?"

Ich streckte die Arme nach vorne, die Handflächen nach oben, die Ellenbogen fest an die Seite gepreßt, schaute meine Hände an und sagte erstaunt: „Ich halte einen Granatapfel in der einen und einen Kegel in der anderen Hand."

Weit unten in der Dämmerung kniete Lars Alsir auf dem Fußboden, hob inbrünstig das Gesicht zu mir empor und beteuerte: „Sehr richtig, Lars Turms, sehr richtig. In der einen Hand hältst du die Erde, in der anderen den Himmel, und du brauchst keine Angst vor einem Sterblichen zu haben, aber die lächelnden Götter kennst du noch nicht."

Seine Worte klangen wie eine Herausforderung an mich. Irgend etwas in mir weitete sich zu unwahrscheinlicher Größe, der Schleier um die Erde zerriß vor meinen Augen, und ich erblickte die Göttin, gleich einem Schatten. Sie trug die Mauerkrone und hielt das Efeublatt in der Hand, aber ihr Antlitz konnte ich nicht erkennen.

Aus ungeheurer Entfernung drang die Frage des Lars Alsir an mein Ohr: „Was siehst du, Sohn des Blitzes?"

„Ich sehe sie", schrie ich, „zum erstenmal sehe ich sie, die ich bis jetzt nur im Traum erblickt habe. Doch ein Schleier bedeckt ihr Antlitz, so daß ich sie nicht erkennen kann."

In diesem Augenblick stürzte ich aus meiner Höhe; die Erde, die zu einem hauchdünnen Schatten geworden war, begann sich wieder um mich herum zu verdichten, wurde hart und undurchdringlich, ich spürte meinen Körper und daß Lars Alsir mich an den Schultern rüttelte, während ich auf dem Ruhebett in seinem Gastsaal lag. Er starrte mich mit ängstlichen Augen an und fragte: „Was fehlt dir, Mann? Du verfielst plötzlich in Ekstase."

Mit beiden Händen meinen Kopf haltend, leerte ich den schwarzen Weinpokal, den er mir reichte, stieß aber den Pokal sofort wieder zurück und sagte barsch: „Was ist das für ein Gift, das du mir einflößest? So rasch werde ich doch nicht betrunken. Es war mir, als ob ich ein verschleiertes Weib, größer von Wuchs als die Frauen der Erde, gesehen hätte, doch ich war selbst ebenso groß wie dieses und ich fühlte mich wie eine Wolke. Falls du ein Zauberer oder ein Magier der Hand bist, dann hast du dich mir gegenüber nicht ehrenhaft verhalten, Lars Alsir."

„Ich bin gewiß weder ein Zauberer noch ein Magier der Hand", widersprach er mir heftig. „Mein Wein ist harmloser Veilchenwein. Vielleicht wirkte die Form der schwarzen Trinkschale auf dich ein. Versuchsweise gab ich dir die heilige Schale in die Hand. Schau, die Götter der Etrusker folgen dem Etrusker, wohin er auch geht und wo er auch von neuem geboren wird. Wenn du sie selbst sahst, Lars Turms, so gebe ich kein Geheimnis preis, wenn ich erzähle, daß wir zwölf Gottheiten, wie andere Völker, haben, aber über diesen schweben die verschleierten Götter, deren Namen und Anzahl niemand kennt."

Dann fuhr er fort: „Deine Hand spürte die Form der heiligen Schale, wenn du sie auch von einem gewöhnlichen Becher selbst nicht unterscheiden konntest. Wir Etrusker steinigen bestimmt einen Mann nicht, den der Blitz traf. Das ist im Gegenteil für uns der Beweis seiner göttlichen Herkunft. Mit dem Blitz erkannte der Himmel ihn als seinen Sohn an. Als einziges Volk unter allen Völkern kennt das unsrige die Blitze, und die gelehrten Priester deuten die Sprache der Blitze genau so anschaulich, wie andere die Schriften lesen."

„Behauptest du wirklich, daß ich ein gebürtiger Etrusker und kein Grieche bin?" fragte ich.

Er antwortete überzeugt: „Wenn du auch ein Sohn eines Sklaven oder einer Dirne wärst, in jedem Falle bist du ein Auserwählter, denn die Götter haben dich mit dem Blitz auserkoren. Ich rate dir, eröffne dich nicht jedem Beliebigen, prahle auch nicht mit deiner Herkunft, falls du einmal in unser Land verschlagen werden solltest, denn ich glaube, daß du hinkommen wirst. Du wirst schon rechtzeitig erkannt werden. Du selbst mußt wie mit einer Binde vor den Augen umherirren. Wähle deinen Weg nicht nach deinem eigenen Willen. Die Götter führen dich so, wie es ihnen gefällt. Mehr kann ich dir nicht sagen, weil ich selbst nicht mehr weiß."

Es fiel mir schwer, seinen Worten Glauben zu schenken. Nachdem ich wieder der Gefangene meines Körpers geworden war; als sei ich von Mauern eingeschlossen, spürte ich den Geruch meines Schweißes und den aufstoßenden Wein in meinem Hals. Die abergläubischen Etrusker konnten einen vom Blitz getroffenen Mann ehren, etwas, was die Griechen nicht taten. Ich selbst hatte geglaubt, wenigstens gebürtiger Grieche zu sein, weil es hieß, daß ich Flüchtling aus Sybaris sei. Vielleicht war ich tatsächlich nur der Sohn einer Dirne, und mein Vater war irgendein in Sybaris zu Besuch weilender Etrusker gewesen. Das konnte meine fremden Gesichtszüge vielleicht erklären, aber es machte aus mir noch keinen Etrusker. Ich fühlte mich als Ionier, weil ich eine ionische Erziehung genossen hatte.

Lars Alsir machte nicht den Eindruck eines grausamen oder genußsüchtigen Mannes. Er war ein gewandter Kaufmann und nahm die Interessen der etruskischen Hafenstädte in Himera wahr. Ich verkehrte freundschaftlich mit ihm weiter, um die Sprache der Etrusker zu lernen. Ich lernte sie so rasch, daß ich bestimmt als Kind diese Sprache gehört haben mußte. Ich trug doch meine Vergangenheit mit mir in meinem Innersten, obwohl der Blitzschlag die Erinnerung daran so völlig verwischt hatte, daß ich wie eine unbeschriebene Wachstafel war, als ich in Ephesos in das Haus des Heraklit kam und sein Schüler wurde.

Lars Alsir sprach nie wieder über meine Abstammung. Es war mir, als sei ich ihm bei näherer Bekanntschaft fremder geworden. Er behandelte mich wie einen von ihm verehrten Fremden, und wir tauschten gegenseitig die üblichen Geschenke aus. Wenn ich aber zu ihm kam, ließ er stets alles stehen, um sich mir zu widmen.

Ich berichtete Dionysios, daß es sehr schwierig sei, den Tyrrhenern näherzukommen und ein Fremder nicht einmal durch Bestechung ihr Vertrauen in Fragen, die das Meer betrafen, erkaufen könne. Wie ich schon vermutete, wurde Dionysios nach meinen Worten fuchsteufelswild und brüllte: „Es liegen Gebeine von Männern aus Phokaia auch an den

Küsten ihres Meeres. Unser Weg ist durch die Gebeine unserer Vorfahren geweiht. Falls die Tyrrhener lieber Eisen kauen wollen, statt mich in Ruhe nach Massilia segeln zu lassen, so mögen sie die Verantwortung dafür tragen, wenn sie sich ihre Mundwinkel zerschneiden."

Dionysios hatte inzwischen den Bau eines neuen Kriegsschiffes in Angriff genommen und überwachte gleichzeitig die Erhöhung der Stadtmauer von Himera um drei griechische Ellen. Allzu streng zwang er seine Leute nicht zu dieser schweren Arbeit, nur so weit, daß die Zucht unter ihnen erhalten blieb. Viele Männer aus Phokaia heirateten, wie Mikon, in Himera und wollten ihre Frauen im Frühjahr nach Massilia mitnehmen.

Der Winter Siziliens war warm und mild. Ich lebte gern in Himera und suchte mich selbst zu erkennen, bis ich der Kydippe, der Enkelin des Tyrannen Krinippos begegnete.

7.

Wie ich schon erzählt habe, war Krinippos magenleidend und aß nur Pflanzenkost, obwohl er kein Pythagoräer war. Im Gegenteil, er hatte sogar die Pythagoräer aus der Stadt ausgewiesen, die mit ihren weißen Überwürfen umherstolzierten und behaupteten, auf Grund ihrer Rechenkunst allen anderen Menschen überlegen zu sein, und den Wert der Zauberdinge des Krinippos in Frage stellten. In gleicher Weise wurden die Pythagoräer auch in anderen Städten gemieden, in denen sie ihre Geheimklubs gründen wollten. Ohne in der Politik bewandert zu sein, machten die Pythagoräer den Fehler, sich für die Oligarchie, die Herrschaft der wenigen, der klugen und moralisch untadeligen Männer, einzusetzen und zu deren Gunsten Reden zu schwingen, statt die Vorteile einer Herrschaft der wenigen auf Grund von Herkunft und Wohlstand zu preisen.

Krinippos verwies sie aus Himera mit den Worten: „Das Regieren hat nichts mit Weisheit und moralischer Untadeligkeit zu tun. Wenn ich ein weiser Mann gewesen wäre, hätte ich die zeitweilig unerträgliche Last des Alleinherrschers nie auf meine Schultern geladen, was meine Magenbeschwerden nur vergrößert hat. Wenn ich moralisch untadelig gewesen wäre, dann hätte ich bestimmt zum Wohle meines Volkes kein phönizisches Weib aus Karthago geheiratet. Ich hatte nur Glück, da ich sie früher beerdigen konnte als sie mich. Nein, im staatlichen Leben rufen Weisheit und moralische Untadeligkeit nur Verwicklungen unter den

Volksgenossen hervor, verhindern alle nützlichen Bündnisse und erwecken nur Haß in den Nachbarstädten."

Wenn er unter unerträglichen Magenkrämpfen litt, entwickelte er gern solche verbitterte Gedankengänge als Lehre für seinen Sohn Terillos, der beim vergeblichen Warten auf den Tod seines Vaters und auf die Übergabe der Zauberdinge in seine Hände schon eine Glatze bekommen hatte. Ich mußte die Vorlesungen des Krinippos über mich ergehen lassen, denn er ließ Mikon als Arzt in sein Haus holen, und ich folgte Mikon aus lauter Neugierde. Die Arzneien Mikons schafften Linderung seiner Schmerzen, doch Mikon warnte: „Ich bin nicht imstande, dich, Herrscher Krinippos, völlig zu heilen, eine zeitweilige Erleichterung ist keine Heilung. Die von dir geschluckte Macht ist in deinen Magen gelangt und frißt dich von innen wie ein Krebs auf."

Krinippos seufzte: „Ach, wie gern möchte ich sterben. Doch kann ich nicht nur an meine eigenen Freuden denken. Die Sorgen um Himera erfüllen mein Herz, und ich kann mir nicht vorstellen, daß ich die Regierungsgeschäfte meiner Stadt meinem unerfahrenen Sohne überlassen könnte. Schon vierzig Jahre lang bemühe ich mich, ihn an der Hand führend, ihn politischen Verstand zu lehren, aber man kann von einem Manne, dem nichts gegeben wurde, nur wenig verlangen."

Terillos zupfte an einem aus Goldblättchen geschmiedeten Kranz, den er, um seine Glatze zu verbergen, auf dem Kopf trug, kraulte sich den Bart, die Gesten seines Vaters nachahmend, und klagte: „Mein lieber Vater, du hast mich gelehrt, daß die Selbständigkeit von Himera und sein Friede von der Freundschaft Karthagos abhängen. Die Göttin von Eryx gab mir ein Weib aus Segesta. Sie habe ich alle diese Jahre ertragen, aber sonst mich mit Mätressen begnügt, um das Bündnis mit dem Lande Eryx zu sichern, falls Syrakus uns zu schlucken droht. Meine Frau gebar mir nur die Kydippe. Dank deines politischen Verstandes habe ich nicht einmal einen Sohn, dem ich die Zauberdinge vermachen könnte, die ich einmal von dir erben werde."

Mikon fühlte den Puls des Krinippos, der stöhnend auf einer Holzbank unter einem schmutzigen Lammpelz lag, und warnte: „Rege dich nicht auf, Herrscher. Ärger und Verdruß verschlimmern nur dein Leiden."

Krinippos antwortete verbittert: „Mein ganzes Leben ist nur Ärger und Verdruß gewesen, so daß ich mir ganz fremd vorkäme, wenn nicht irgend etwas dauernd mein Gemüt belasten würde. Aber du, Terillos, sollst dir keine Gedanken darüber machen, falls du deine Macht abtreten müßtest, denn ich befürchte, daß dir davon nicht allzuviel verbleiben dürfte, was du anderen wirst überlassen können. Verheirate du Kydippe früh genug in eine solche Stadt und an einen Herrscher, auf den du dich verlassen kannst, damit du nach dem Verlust von Himera bescheiden irgendwo bei ihm dein Gnadenbrot essen kannst."

Terillos war ein sensibler Mann und brach bei den harten Worten seines Vaters in Tränen aus. Krinippos beruhigte sich, streichelte mit seiner geäderten Hand das Knie des Terillos und sagte: „Nein, nein, ich tadle dich nicht, mein Sohn. Ich brachte dich selbst auf die Welt und muß nun auch die Folgen tragen. Du bist in eine schlechtere Zeit hineingeboren als ich, und ich weiß nicht, ob ich imstande sein würde, das jetzige Himera heute noch mit Hilfe meiner Zauberdinge zu zwingen, mich zum Alleinherrscher zu wählen. Das Volk ist nicht mehr so leichtgläubig wie in der guten alten Zeit. Eines freut mich, mein Sohn Terillos, daß mit Rücksicht auf deinen Rang als Priester dich voraussichtlich niemand wegen meiner Zauberdinge, die du besitzen wirst, umbringen wird. Du wirst nur von der Last der Macht befreit werden und wirst dein Leben bei Kydippe sorglos verleben können."

Er befahl: „Bringe Kydippe hierher, damit sie ihrem Großvater einen Kuß gibt. Ich möchte sie diesen Männern vorstellen. Es kann nie schaden, wenn der Ruf ihrer Schönheit auch außerhalb unserer Stadt bekannt wird."

Ich erwartete nicht allzuviel von dieser Kydippe, da ich wußte, wie die Liebe der Großeltern zu ihren Enkelkindern ihr gesundes Urteilsvermögen schwächt. Aber als Terillos Kydippe hereinführte, war es, als sei mit ihr die Sonne in den düsteren Raum gekommen. Sie war erst fünfzehn Jahre alt, aber ihre Augen strahlten, ihre Haut war weiß wie Milch, und wenn sie lächelte, glänzten ihre kleinen Zähne wie Perlen.

Nachdem sie uns schüchtern begrüßt hatte, lief sie zu ihrem Großvater, gab ihm einen Kuß, streichelte seinen schütteren Bart und ertrug seinen übelriechenden Atem. Krinippos drehte sie nach allen Seiten wie eine zum Verkauf vorgeführte Sterke, hob ihr Kinn, ließ sie uns ihr Profil zeigen und fragte voller Stolz: „Habt ihr je ein begehrenswerteres Mädchen gesehen? Glaubt ihr nicht, daß es mit seiner Schönheit sogar einen politisch nüchtern denkenden Mann verwirren könnte?"

Mikon wies energisch darauf hin, daß es nicht vorteilhaft sei, ein so junges Mädchen auf seine Schönheit so eingebildet zu machen. Krinippos aber lachte gackernd: „Wenn es sich um ein dümmeres Mädchen handeln würde, dann hättest du recht, aber Kydippe ist nicht nur eine Schönheit, sondern sie ist auch gescheit, ich selbst habe sie erzogen. Traut nicht der

Weichheit ihrer Augen und der Schüchternheit ihres Lächelns. In Gedanken hat sie euch bereits abgeschätzt und ausgerechnet, wie aus euch Nutzen zu ziehen sei. Ist es nicht so, Kydippe?"

Kydippe schloß ihm mit ihrer rosigen Hand den zahnlosen Mund, zankte mit ihm und meinte errötend: „Ach, Großvater, warum bist du immer so garstig zu mir. Ich könnte ja gar nicht berechnend sein, selbst wenn ich das möchte. Sicherlich bin ich in den Augen der Fremden nicht einmal hübsch. Du beschämst mich, Großvater."

Mikon und ich riefen wie aus einem Munde, sie sei das schönste Mädchen, das wir jemals gesehen hätten, und Mikon dankte seinem Schöpfer, daß er bereits verheiratet war, so daß er sich zu seinem eigenen Unheil nicht hinreißen lassen konnte, nach dem Mond am Himmel zu greifen. Ich sagte: „Nein, nein, Mond ist sie nicht, sondern der strahlende Sonnenaufgang, der die Augen blendet. Wenn ich dich ansehe, Kydippe, wünschte ich mir, ein König zu sein, um dich für mich gewinnen zu können."

Sie beugte den Kopf etwas zur Seite, schaute mich unter den langen Wimpern mit einem goldigen Blick an und sagte: „Ich bin noch gar nicht in dem Alter, um an Männer zu denken. Wenn ich mir überhaupt etwas vorstelle, so denke ich nur an einen schönen Mann, dessen häuslichen Herd ich betreuen und für den ich aus der Wolle eigener Schafe Stoff weben möchte. Du spottest meiner doch wohl nur, und mein Gewand ist in deinen Augen sicherlich altmodisch gefaltet, meine Schuhe sind komisch und an den Fesseln verkehrt gebunden."

Sie trug Schuhe aus rotgefärbtem weichem Leder, die bis zur Kniekehle mit Purpurbändern gebunden waren, so daß sie ihr Knie entblößen mußte, als sie mir die Bindung zeigte.

Krinippos sagte voll Stolz: „Ich selbst bin mein halbes Leben lang barfuß gelaufen, und heute noch ziehe ich häufig meine Schuhe beim Laufen aus, damit ich sie nicht unnötig abnutze. Dieses eitle Mädchen mit seinen Forderungen macht mich noch zum Bettler. Wenn sie mir den Bart streichelt, flüstert sie sanft: Großvater, kaufe mir etruskische Schuhe. Während sie einen Kuß auf meine Stirn drückt, schmeichelt sie: Großvater, heute sah ich einen phönizischen Kamm, der gut zu meinem Haar paßt. Wenn ich mir aber wegen ihrer Eitelkeit die Haare raufe, erklärt sie: Ich schmücke mich doch nicht für mich selbst, sondern um deiner Würde willen, Großvater. Zitterst du wieder vor Kälte und willst du, daß ich zu dir unter deine Felldecke krieche, um dich zu wärmen. Dann bin ich verloren, und zu dem Kamm kaufe ich ihr noch Ohrringe."

„Großvater, warum neckst du mich im Beisein dieser Fremden?" schmollte Kydippe. „Du weißt es ja am besten selbst, daß ich weder eitel noch fordernd bin. Aber alle sind nicht so wie du, denn du bist der Alleinherrscher von Himera auch dann, wenn dein Überwurf zerfetzt ist und du barfuß herumläufst. Dagegen muß mein Vater einen aus Goldblättchen geschmiedeten Kranz tragen, damit man ihn aus der Volksmenge herauskennt, und ich muß mich für die Opferverrichtung und Festzüge schmücken, damit sich nicht irgendein Eseltreiber oder Seemann irrt und mich in die Seiten kneift."

Ich warf begeistert ein, daß sie sich auch ohne ein einziges Schmuckstück, ja sogar ohne Gewand und nackt aus der Menge aller anderen Weiber wie ein Goldschmuck in einem Kupferhaufen herausheben würde. Krinippos runzelte die Brauen und warnte: „Deine Gedankengänge sind zu verwegen, du Ionier. Im Grunde hast du recht, und ich selbst weiß das am besten, denn ich habe sie von Kindheit an selbst gebadet, und früher bereitete es mir Freude, ihr beim Baden mit ihren Dienerinnen am Flusse zuzusehen. Heute habe ich nicht einmal diese Freude mehr, denn jetzt muß ich die Ufer ablaufen, mit dem Speer in das Schilf stechen und Pfeile in das Gebüsch schießen, um ihre Unschuld vor gierigen Blicken zu schützen."

Ich fragte, ob nicht der Wasserstand im Fluß um diese Jahreszeit zu niedrig und es jetzt zur Winterszeit überhaupt zum Baden zu kalt sei. Kydippe beteuerte lebhaft, daß sie das kalte Wasser nicht abschrecke und daß sie außerhalb der Stadt noch eine heiße Quelle zum Baden hätte.

Nachdem wir das Haus des Krinippos verlassen hatten, warnte mich Mikon: „Diese Kydippe ist ein herzloses Mädchen und in dem Alter, daß es seine Macht an jedem Manne ausprobieren möchte. Laß die Finger davon und strenge dich nicht an, sie für dich zu gewinnen. Erstens würdest du dabei kein Glück haben, denn ihr Ehrgeiz ist maßlos. Zweitens wäre es noch viel schlimmer, wenn es dir gelänge, denn sie würde dir nur Qualen bereiten, und Krinippos ließe dich wie eine lästige Fliege umbringen."

Ich konnte aber von so einem bildschönen Mädchen nichts Schlechtes denken, und ihre unschuldige Eitelkeit erschien mir lediglich als kindliche Lust, zu gefallen. Beim Gedanken an das Mädchen war es mir immer noch, als schiene die Sonne mir in die Augen, und ich konnte nur an sie denken.

So begann ich um das Haus des Krinippos am Marktplatz zu wandeln, um Kydippe wenigstens flüchtig erblicken zu können, auch hatte ich mir ihren Wink hinsichtlich der heißen Quelle wohl gemerkt. Eines Morgens sah ich sie denn auch von weitem in Begleitung ihrer Dienerinnen zum Baden gehen, Krinippos begleitete sie barfuß mit den Schuhen in der Hand, und er lief tatsächlich um die heiße, dampfende Quelle herum und stieß mit dem Speer in jedes Gebüsch.

Die einzige Gelegenheit, sie zu treffen, war, wenn sie mit ihren Dienerinnen und von ein paar Polizisten mit ihren narbigen Gesichtern bewacht, in die Läden zum Einkaufen ging. Sie schritt tugendhaft mit gesenktem Blick einher, aber sie trug einen Kranz auf dem Kopf, Ohrenschmuck, Spiralenbänder und weiche Sandalen mit Fesselbändern. Sie genoß es sehr, wenn die Männer scherzhaft beim Vorbeigehen Ach und Oh ausriefen. Sobald sie irgendeinen Gegenstand oder einen Schmuck gefunden hatte, der ihr gefiel, schaute sie den Händler mit großen Augen an, heuchelte Traurigkeit, wenn ihr der Preis genannt wurde, und begann glaubhaft über den erschreckenden Geiz ihres Großvaters zu jammern. Den hartgesottenen Kaufleuten konnten ihre großen Augen nichts antun. Im Gegenteil, sie erhöhten ihre Preise, wenn sie sie kommen sahen, weil sie die Enkelin des Krinippos war. Doch ab und zu wurde ein unerfahrener Händler ihr Opfer und verkaufte ihr den Schmuck mit eigenem Verlust.

Da ich keinen anderen Ausweg mehr fand, bat ich Lars Alsir um Hilfe. Er ging gern auf meine Bitte ein, obwohl er mich gleichzeitig verachtete, indem er sagte: „Gibst du dich wirklich mit so billigen Spielen zufrieden, Turms, obwohl dir die wunderbaren Spiele der Götter zur Verfügung stünden? Wenn du dieses hartherzige Mädchen begehrst, warum läßt du sie nicht deine Kraft spüren? Mit Bestechen wirst du sie nie gewinnen."

Ich beteuerte, daß meine Kraft völlig versage, wenn ich Kydippe nur anschaute. Eines Tages erschien sie wieder, um sich etruskischen Schmuck auszusuchen, und als Lars Alsir ihr diesen bei Deckenlicht auf schwarzem Stoff ausgebreitet vorlegte, gefiel ihr eine Halskette, die aus Goldblättchen in Form von Getreidekörnern geschmiedet und zusammengefaßt war, sehr, und sie fragte nach dem Preis. Lars Alsir schüttelte den Kopf und bedauerte: „Ich habe die Kette bereits verkauft." Kydippe wollte natürlich den Namen des Käufers erfahren, und Lars Alsir erzählte, wie wir es vorher verabredet hatten, ich hätte die Kette gekauft. Da rief Kydippe erstaunt: „Turms aus Ephesos, den kenne ich doch. Was macht er denn mit solchem Schmuck? Er ist doch ein alleinstehender Mann."

Lars Alsir meinte, ich hätte wahrscheinlich eine Freundin, ließ mich aber holen, und ich war natürlich nicht weit weg. Kydippe lächelte mir mit ihrem süßesten Lächeln entgegen, begrüßte mich schüchtern und sagte:

„Ach, Turms, ich bin von dieser zierlichen Halskette so entzückt. Sie ist hübsch gearbeitet und sicherlich nicht allzu teuer, weil die Goldblättchen ganz dünn sind. Würdest du nicht zu meinen Gunsten und zu meiner Freude auf sie verzichten?"

Ich spielte den Überraschten und sagte, ich hätte die Kette bereits jemand anderem als Geschenk versprochen. Kydippe wurde so aufgeregt, daß sie ihre Hand auf meinen Arm legte, mir ins Gesicht hauchte und neugierig zu fragen begann, wem ich die Kette schenken wolle. „Ich hielt dich für einen ernstgesinnten Mann", sagte sie. „Gerade das gefiel mir so gut an dir, so daß ich dich und deine mandelförmigen Augen nicht habe vergessen können, du hast mich wirklich enttäuscht."

Bedeutungsvoll flüsterte ich, daß es sich nicht zieme, über solche Dinge im Beisein von neugierigen Dienerinnen zu sprechen. Sie schickte ihre Begleitung sofort auf die Straße, so daß wir nur zu dritt, sie, Lars Alsir und ich, zurückblieben. Kydippe schaute mich unschuldsvoll an und bettelte: „Verkaufe mir den Schmuck, damit ich meine Hochachtung vor dir nicht verliere. Sonst muß ich annehmen, daß du ein leichtsinniger Mann bist und in schlechtem Ruf stehenden Weibern nachläufst. Nur eine Dirne kann von einem Fremden ein so teures Geschenk annehmen." Ich tat, als überlege ich, und fragte: „Na, was würdest du dafür denn zahlen?"

Lars Alsir drehte uns feinfühlig den Rücken zu. Als Kydippe dies bemerkte, fingerte sie um ihren weichen Geldbeutel herum, spielte die Unglückliche und jammerte: „Ach, ich habe nur noch etwa zehn Silbermünzen, und der Großvater schimpft mit mir ohnedies über meine Verschwendungssucht. Könntest du mir den Schmuck nicht billig überlassen, um deine eigene Tugend aus den Klauen und Lockungen irgendeines gierigen Weibes zu retten? Die Liebe, die mit Schmuck erkauft wird, ist nicht viel wert."

Ich gab zu, daß ihre Worte stimmten. „Kydippe", schlug ich vor, „ich werde dir den Schmuck verkaufen. Sagen wir für eine Silbermünze mit der Hahnenprägung, falls du mir als Zugabe erlaubst, dich auf den Mund zu küssen."

Sie heuchelte größtes Entsetzen, bedeckte ihren Mund mit der Hand und sagte: „Du weißt nicht, was du verlangst. Meinen Mund hat noch kein Mann geküßt, Vater und Großvater ausgenommen. Großvater hat mich gewarnt und gesagt, ein Mädchen, das sich von einem Manne auf den Mund küssen läßt, wäre verloren, weil kein Mann sich damit begnügt, sondern nach dem Kuß die Brüste des Mädchens streichelt, und danach wird das Mädchen so schwach, daß es weitere gefährliche Liebkosungen nicht mehr abwehren kann. Ich weiß ja nicht, was er damit meint, und verstehe auch nicht, warum ein Mädchen dabei schwach werden soll, wenn der Mann ihre Brüste in Ehren flüchtig berührt. Auf keinen Fall darf ich es zulassen, daß du mich auf den Mund küssest. Nein, Turms, so etwas darfst du nicht von mir verlangen, wenn ich auch annehme, daß du keine schlechten Hintergedanken hegst."

Beim Sprechen schüttelte sie verwundert den Kopf, steckte ihre Hand unter ihr Gewand und berührte ihre Brust, so daß ich zu befürchten begann, sie wolle sich sogar die einzige von mir verlangte Drachme sparen. Schleunigst sagte ich: „Du hast mich richtig verstanden und ich schäme mich sehr, daß ich diese Halskette einer leichtfertigen Frau zugedacht hatte, um ihre Gunst zu erwerben. Aber es wäre für mich leichter, diese zu vergessen, wenn ich deinen unschuldigen Mund küssen dürfte."

Kydippe zögerte und fragte: „Versprichst du mir wirklich, daß du davon niemandem erzählst? Ich möchte doch zu gern diese wunderschönen geschmiedeten Goldblättchen haben, aber noch lieber möchte ich dich vor schlechten Lockungen bewahren, wenn ich tatsächlich glauben könnte, daß du danach nur an mich denken würdest."

Ihre Verführungskunst war so groß, daß mein Herz dahinschmolz und ich fast ausgerufen hätte, daß ich nach unserer ersten Begegnung keine andere Frau mehr hätte ansehen mögen. Aber ich beherrschte mich und schwor Stillschweigen. Nochmals um sich schauend, ob Lars Alsir immer noch mit dem Rücken zu uns stünde, hob sich Kydippe auf die Zehenspitzen, öffnete den Mund zum Kuß und schlug schnell ihr Gewand zurück. Nachdem sie mich in Erregungszustand versetzt hatte, riß sie sich plötzlich von mir los, rückte ihr Kleid wieder zurecht, holte eine Silbermünze aus ihrem Beutel hervor, nahm die Halskette in die Hand und sagte eisig:

„Nimm deine Drachme. Meiner Meinung nach habe ich ein gutes Geschäft gemacht. Der Großvater hatte recht, als er erriet, wohin die Männer ihre Hände stecken wollen, aber er hat sich in mir geirrt. Ich fühlte mich in keiner Weise schwach werden, und ganz ehrlich gesagt, hatte ich bei deinem Kuß das Gefühl, als ob ich das feuchte Maul eines Kalbes geküßt hätte. Du nimmst es mir doch nicht übel, wenn ich es dir ganz offen sage?"

Sie war schlauer als ich, und in der Tat hatte ich mit dem Kuß nichts gewonnen, umsonst brannte das Feuer in meinen Gliedern und ich blieb Lars Alsir ein teures Schmuckstück schuldig. Dies hätte eine Lehre für mich sein sollen, aber statt dessen behielt ich die Silbermünze mit der Hahnenprägung als Andenken an sie, und jedesmal, wenn ich das Geldstück in die Hand nahm, ging ein Beben durch meinen Körper.

Vergeblich rief ich Aphrodite um Hilfe an und versprach ihr, Opfer darzubringen. Ich befürchtete schon, daß Aphrodite in ihrer Launenhaftigkeit mich verschmäht hätte, oder daß die Reden Mikons auf dem Meere nur lauter Einbildung gewesen seien. In Wirklichkeit hatte aber die Göttin ihr Netz, um mich um meinen Kopf zu bringen, in einer ganz anderen Weise, als ich glaubte, ausgeworfen, so daß Kydippe nur ein Köder war, den sie mir auf dem Wege hinwarf, um mich in die von ihr gewollte Richtung zu zwingen.

Aber wie hätte ich dies wissen können? Deshalb begann ich abzumagern und schlief schlecht vor lauter Liebe, bis Dorieus beim Einsetzen der Frühjahrsstürme mich beiseite nahm und sagte: „Turms, ich habe viel in diesen Monaten nachgedacht und mein Entschluß ist gefaßt. Ich beabsichtige nach Eryx zu reisen, und zwar auf dem Landwege, um das ganze westliche Land kennenzulernen. Tanakil geht mit, weil die Goldschmiede in Eryx Zähne aus Gold und Elfenbein anzufertigen verstehen. Man wird ihr auch Glauben schenken, wenn sie erklärt, daß sie der Aphrodite in Eryx wegen ihrer Witwenschaft ein Opfer darbringen wolle. Auch Mikon und Aura gehen mit, und ich wünschte aus bestimmten Gründen, daß auch du die Getreidestadt Segesta und das Land Eryx kennenlerntest."

Ich übersah völlig den tiefen Ernst in seinem düsteren Gesicht, ich dachte nur an Kydippe und rief begeistert aus: „Dein Plan ist ausgezeichnet und ich kann es gar nicht fassen, daß ich nicht selbst auf diesen Einfall gekommen bin. Auch ich habe ein Anliegen an Aphrodite von Eryx. Sie ist doch die berühmte Aphrodite des westlichen Meeres, wie Aphrodite von Akraia das östliche Meer beherrscht. Laß uns sofort aufbrechen, lieber heute als morgen."

Am folgenden Tag begann unsere Reise nach Eryx mit Reitpferden, Eseln und Sänften. Die Schilde ließen wir im Hause der Tanakil und führten lediglich die für einen Reisenden notwendigen Waffen zum Schutze gegen Räuber und Raubtiere mit. Für diesen Aufbruch war ich gereift und vorbereitet, indem Kydippe meine Sinne entflammt hatte, und ich glaubte, meinen Willen mit Hilfe der Aphrodite durchsetzen zu können. Aber die Göttin war mir überlegen, sie war schlauer als ich.

Viertes Buch

DIE GÖTTIN VON ERYX

1.

Soviel hatte ich, Turms, über mich geschrieben, dann war ich erschöpft, meiner selbst überdrüssig, und so trat ich aus meinem Haus ins Freie. Inzwischen war bereits eine andere Jahreszeit eingezogen. Ich sah die Felder im Tal goldgelb wogen, ich sah das Blau der Hügel und weit in der Ferne den bläulichen Wasserspiegel meiner Seen.

Ich hielt ein und ließ meinen Blick über den Berg der Toten, über dessen Stufen und Säulen schweifen. In der Ferne, ganz weit draußen, errichteten die Steinhauer mein letztes Haus in dem weichen Stein des Berghügels. Der Maler entwarf schon die Wandgemälde in seinem Häuschen, unterstützt von seinen Schülern, um mir für die Zeit der Ruhe alle Freuden zu bereiten, die mich einst entzückt hatten. Die Töpfer formten Reliefs an den schwarzen Tongefäßen, meine Kaufleute reisten in die Hafenstädte, um für mich die schönsten Vasen aus Attika als Geschenke für mein Grab einzukaufen.

Mir zur Freude, als Dank dafür, daß ich gewesen bin. Und keiner von ihnen ahnt, daß keines dieser Geschenke mir noch etwas bedeutet. Lediglich die wertloseste Tonschale. Nur eine Handvoll Steine.

Indem ich meinen letzten Weg betrachtete, überfiel mich müder Zweifel. Ich war nur Turms, ein Mensch. In meinem Herzen rief ich nach dem verbitterten Lehrer meiner Jugendzeit. Noch einmal fragte er mich: Welcher Weg ist der weiteste? Noch einmal gab er selbst mir die Antwort: Wenn du auch alle Länder durchwandertest, dich selbst würdest du nicht finden, sondern nur vor dir selbst fliehen. Die weitesten Wege liegen in dir selbst. Wie du auch immer in dir selbst wanderst, wirst du nie eine Grenze finden. Du kannst nie zum zweiten Male in den gleichen Strom steigen.

Er sagte aber auch: Der Blick der Pythia reicht ein Jahrtausend zurück.

Dann fühlte ich die Kraft in mir wieder. Von einem geheimnisvollen Punkt unterhalb der Spitze meines Herzens ausgehend, breitete sie sich in meinem ganzen Körper aus, bis sie meinen Haaransatz und meine

Fingerspitzen erreichte. Sämtliche Körperhaare standen mir infolge dieser Kraft kerzengrade, prickelnd zu Berge, bis ich nur noch ein flimmerndes Feuer war, das innerhalb und außerhalb von mir wogte.

Wieder sah ich die Erde wie durch einen Schleier. Der Boden unter meinen Füßen war erstarrtes Feuer. Jeder Stein verharrte in seinem Schlaf. Auch das Wasser und die Luft waren wogendes Feuer. Ich konnte durch den Schlaf der Erde, des Wassers, der Luft und des Menschenkörpers hindurchsehen. Doch das Spiel der strahlenden Lichtgestalten, ein Spiel, das von Horizont zu Horizont ins Unendliche reichte, konnte ich nicht mehr wie früher erkennen. Ich kehrte zu mir selbst zurück. Mein Wissen kam wieder, und ich zweifelte nicht länger.

Einst erschien mir das blinde Spiel der Unsterblichen grausam und ungerecht. Nachdem ich die Unsterblichkeit begriffen hatte, verstand ich, daß nur der Mensch allein Recht und Unrecht unterscheidet, die Unsterblichen stehen über all dem. Sie sind weder durch die Zeit noch durch den Ort gebunden. Sie kehren wieder, vergessend und sich erinnernd, strahlend lächelnd. Aber über ihnen schweben noch die verschleierten Gottheiten.

Es ist leichter, wiederzukehren, nochmals wiederzukehren, immer wieder in einem neuen Körper eines Menschen zu leben, als die verschleierten Götter zu erkennen. In meiner Kehle spürte ich bereits den furchtbarsten Durst des Erdgebundenen, den Durst, der sogar den Unsterblichen ungeachtet seines Wissens zwingt, immer wieder aus der Quelle des Vergessens zu trinken. Deshalb möchte ich, Turms, wenn ich wiederkehre, mich selbst beim Schreiben vorfinden.

Vielleicht ist mein Verlangen nach dem Erinnern vergeblich, da der Durst des Vergessens jetzt schon meine Kehle zusammenschnürt. Vielleicht finde ich, wenn ich zu einer anderen Zeit und in einem anderen Land wiedergeboren werde, den Ort meiner Grabstätte nicht wieder. Sollte ich ihn aber finden, so werde ich ihn an dem Sturmgebraus in meinen Ohren erkennen. Ich werde die Steine meines jetzigen Lebens in die Hand nehmen und mich selbst erkennen. Das ist mein Glaube.

2.

Ich, Turms, war ein anderer, als ich aus Himera nach Eryx wanderte, als derjenige, der einst im Sturm auf dem Wege nach Delphi tanzte. In jedem seiner Lebensabschnitte entwickelt sich der Mensch langsam, bis er plötzlich erschrocken merkt, daß es ihm schwerfällt, sich an sein früheres Ich zu erinnern und sein früheres Ich zu erkennen. So ist auch das Leben mit seinen Abschnitten ein dauerndes Neugeborenwerden, und der Beginn jedes Abschnittes ist wie ein Sprung über einen Abgrund, der hinter einem zusammenstürzt, so daß eine Rückkehr zur Vergangenheit nicht mehr möglich ist.

Der weiche Frühlingsnebel schwebte um die steilen Berge Siziliens, die zarten Frühlingsstrahlen fielen durch die Wolken in die dicht belaubten Wälder Siziliens und ließen die bis dahin versiegten Flüsse über die Ufer treten, als wir aus Himera nach Westen, nach Eryx, unterwegs waren. In den Wintermonaten waren wir in den bequemen Betten und an der reichhaltigen Festtafel Tanakils schon verweichlicht worden, und deshalb genossen wir es, Dorieus und ich, aber auch Mikon, endlich wieder unsere Glieder anstrengen zu müssen bis sie schmerzten, und es war ein angenehmes Gefühl, zu beobachten, wie die Kraft unserer Muskeln wieder zunahm.

Wir hielten uns auf dem Wege der Pilger und wurden daher von den im Gebirge und in den düsteren, wilden Wäldern lebenden Sikanen nicht belästigt. Sie ehrten die Göttin, hielten aber an ihren herkömmlichen Sitten fest und behaupteten, die Urbewohner des Landes zu sein. Der Wohlstand der elymischen Inlandsstädte gründete sich nicht auf den Handel, sondern auf die Landwirtschaft. Deshalb waren diese Städte nicht so reich wie die von den Karthagern gegründeten Küstenstädte, Segesta ausgenommen, das sich mit seinem Getreide allen griechischen Luxus sowie den der Karthager leisten konnte.

Nach den schwer passierbaren Bergen und den nicht endenwollenden Wäldern näherten wir uns den lächelnden Tälern Segestas, wo wir eine kraftvolle Hundemeute Wild jagen sahen. Die Jäger der vornehmen Gesellschaft trugen griechische Kleidung und behaupteten, daß ihre Hunde direkt vom Hundegott Krimisos abstammten, der die Nymphe Segesta geehelicht habe. Sie zogen die Vorhänge der Sänfte ungeniert zur Seite, erkannten Tanakil und sagten: „Was suchst du in Eryx, du berühmte Witwe? Du hast doch schon von der Göttin viel erhalten, sogar zuviel. Bleibe lieber in Segesta, damit wir unter uns wetteifern können, wen von uns du zum Erben deiner Reichtümer wählen wirst."

Nachdem die Jäger weitergegangen waren, sagte Mikon: „Diese Felder sind mit dem Blut vieler Völker gedüngt. Auch Kolonisten aus Phokaia liegen hier begraben. Laßt uns dem Vorschlag des Dionysios Folge leisten und ihnen ein Totenopfer darbringen."

Wir brauchten dies nicht einmal heimlich zu tun, denn die Bewohner Segestas hatten selbst Altäre für die Männer errichtet, die den Versuch unternommen hatten, das Land zu erobern. Voller Stolz deuteten die Segestäer auf die Gedenksteine am Rande eines Getreidefeldes und sagten: „Viele sind es, die versucht haben, hier einzudringen, aber wenige sind von hier zurückgekehrt."

Die Eltern und die Vorfahren der heute lebenden Segestäer pflegten die Leichen der von ihnen Besiegten auf den Feldern zu begraben, aber zu unserer Beruhigung wurde uns gesagt: „Heute leben wir in einer zivilisierten Zeit und sind nicht mehr gezwungen, zur Verteidigung des Landes Eryx Kriege zu führen. Sollte uns aber jemand anzugreifen wagen, wäre dies für Karthago ein Grund, dem Angreifer den Krieg zu erklären, und es dürfte wohl kaum einen so Kühnen geben, der mutwillig mit Karthago Streit suchte."

Nachdem wir auf dem Altar der Phokäer ein Opfer dargebracht hatten, schaute sich Dorieus suchend um und sagte: „Wenn sie schon Altäre zu Ehren von Helden errichten, wo ist dann der Altar für meinen Vater, den Dorieus aus Sparta? Gerechterweise müßte sein Denkmal das prächtigste sein, war er doch einer vom Stamme des Herakles und kam hierher, um das Erbland in Besitz zu nehmen."

Zum Glück verstanden die Bewohner von Segesta den Dialekt des Dorieus nicht. Ich fragte sie nach dem Denkmal des Dorieus aus Sparta, doch sie schüttelten nur den Kopf und wußten nichts über ein solches Denkmal. Schließlich erklärten sie: „Wir besiegten im Kampf eine ganze Anzahl Kolonisten aus Sparta, aber sie hatten für uns keine Bedeutung, und wir merkten uns deshalb ihre Namen nicht. Unter ihnen war Philippos aus Kroton. Er war mehrfacher Sieger bei den Spielen in Olympia, der schönste Mann unter seinen Zeitgenossen und als Leiche noch so schön, daß wir ihm zu Ehren einen Tempel errichteten. Wir veranstalten alle vier Jahre Wettspiele zu seinem Gedenken."

Sie zeigten uns dieses große Denkmal und das davor angelegte Sport- und Spielfeld. Zunächst verschlug es dem Dorieus die Sprache, dann geriet er in eine solche Wut, daß sein Gesicht tiefblau anlief und seine Schulterriemen krachend platzten. „Das ist unsinniges Geschwätz", brüllte er. „Mein Vater war es ja gerade, der die Siegeslorbeeren in Olympia erkämpfte, und er war auch als der schönste Mann unter seinen Zeitgenossen bekannt. Niemand aus Kroton konnte mit ihm wetteifern. Nur aus Neid auf meinen Vater haben die fremden Götter dieses Landes die Bewohner Segestas derart mit Blindheit geschlagen, daß sie ihn unter einem falschen Namen beerdigten und dadurch verhinderten, daß er zu den Unsterblichen gezählt wird."

Die Segestäer ergriffen vor dem Wutausbruch des Dorieus die Flucht. Nur mit großer Mühe gelang es Mikon und mir, seinen Anfall von Zorn und Atemnot zu beschwichtigen. Sobald er etwas Luft schnappen konnte, schrie er weiter: „Nun begreife ich es, warum der Geist meines Vaters mir keine Ruhe ließ und warum die Lämmerknochen, wie ich diese auch warf, so beharrlich nach Westen zeigten. Die Erde bebt unter meinen Füßen. Diese Hügel, Täler und Felder sind das Erbland des Herakles, somit das Land meines Vaters und jetzt mein Land. Heute begehre ich aber kein Land mehr, um darüber zu herrschen. Mein höchstes Verlangen wird von nun ab sein, diesen schrecklichen Irrtum wieder richtigzustellen, damit der Geist meines Vaters die Ruhe wiederfindet."

Mir wurde himmelangst, denn ich befürchtete, Dorieus könnte vielleicht Verwicklungen, die unsere Reise verzögern würden, in Segesta hervorrufen. Deshalb sagte ich: „Je weniger du über deinen Vater und die Erbforderungen des Herakles hier in dieser Stadt verlauten läßt, um so besser ist es für uns alle. Vergiß nicht, daß wir auf dem Wege nach Eryx und nicht auf der Suche nach eigenen Grabdenkmälern auf den Feldern von Segesta sind."

Auch Tanakil beschwichtigte: „Dorieus, deine Gedanken sind königlich, aber laß mich, wie wir übereingekommen sind, deine Ratgeberin sein. Ich habe schon drei Gatten beisetzen lassen und habe in diesen Dingen Erfahrungen gesammelt. In Eryx wirst du, wie ich es dir versprochen habe, auf all das, was dich beschäftigt, Antwort bekommen."

„Du bist für dich selbst eine größere Gefahr, als der Haß der Segestäer es ist, Dorieus", warnte Mikon. „Wenn du dich so von deinem Zorn übermannen läßt, wirst du nicht alt werden, sondern deine Adern werden früher platzen, als du denkst. Vielleicht hat der Schlag mit dem Ruder auf deinen Kopf bei Lahde dir mehr geschadet, als wir angenommen haben. Schon dein Vorfahr Herakles bekam Wutanfälle, und nachdem er sich den Kopf verletzt hatte, glaubte er, nicht vorhandenes Kinderweinen zu hören."

Dorieus entgegnete wütend, daß es kein Schlag mit dem Ruder, sondern ein richtiger Schwerthieb gewesen sei, und daß er seinen Kopf gar nicht getroffen habe, sondern an seinem Helm abgeglitten sei. Auf diese Weise kamen wir in ein vernünftiges Gespräch mit ihm, so daß er die Bewohner von Segesta nicht mehr erschreckte. Segesta mit seinen Tempeln, Marktplätzen und Badeanstalten war eine zivilisierte und angenehme Stadt; sie war in bezug auf die Sitten griechischer als Himera, obwohl die Bewohner Segestas Elymier waren. Sie selbst behaupteten, von den Trojanern abzustammen, ihre Stammutter sei eine Trojanerin gewesen, an der der Hundegott des Flusses, Krimisos, Gefallen gefunden habe.

Im Hause der Söhne aus Tanakils zweiter Ehe genossen wir großartige Gastfreundschaft. Es war ein wohlhabendes Haus mit mehreren Höfen, zahlreichen Vorratskammern und Kornspeichern. Wir wurden mit hohen Ehrenbezeigungen empfangen, aber Tanakil verlangte von ihren Söhnen, daß sie sich erst rasieren und frisch kämmen lassen sollten, bevor sie vor sie treten durften. Diese Forderung Tanakils rief, meiner Ansicht nach, Bitterkeit bei ihnen hervor, denn sie waren beide doch schon Männer mittleren Alters, und das konnte ein glattrasiertes Kinn und eine Jungenfrisur mit Locken nicht verwischen. Aus Ehrfurcht vor ihrer Mutter gehorchten sie und schickten für die Zeit des Besuches ihre erwachsenen Kinder aus dem Hause, damit ihre Anwesenheit Tanakil nicht an ihr Alter erinnern sollte.

Niemand hinderte oder störte uns bei der Besichtigung der Stadt und der Sehenswürdigkeiten. In der Hundehütte des Tempels des Flußgottes Krimisos sahen wir den heiligen Hund, den nach Überlieferung die schönste Jungfrau der Stadt jedes Jahr ehelichen mußte. Dorieus aber wanderte lieber längs der Stadtmauer, die die Bewohner von Segesta hatten verfallen lassen, und schaute sich die Wettspiele an, die in Boxen und Ringen bestanden und die bezahlte Athleten zum Vergnügen der Aristokraten vorführten. Aber er hielt wenigstens den Mund und kritisierte die barbarischen Sitten der Stadt nicht laut vernehmbar.

Am letzten Morgen vor unserer Abreise aus der Stadt stand Dorieus stöhnend auf, schüttelte den Kopf und klagte: „Jede Nacht habe ich auf das Erscheinen des Geistes meines Vaters im Traum gewartet, der mir ein Zeichen geben sollte, aber ich habe keinen Traum gehabt, deshalb bin ich völlig verwirrt und weiß gar nicht, was ich über meinen Vater denken soll."

Als wir ins Haus gekommen waren, hatte man uns sofort neue, saubere Kleider gebracht und unsere auf der Reise zerknitterten und beschmutzten der Dienerschaft zur Reinigung übergeben. Bei den Abreisevorbereitungen vermißte Dorieus seinen aus dickem Wollstoff angefertigten Schulterüberwurf. Wir suchten ihn überall, Tanakil beschimpfte ihre Söhne, bis wir feststellten, daß der Überwurf noch zum Trocknen auf dem Dachsparren hing. Da er dicker als alle sonstigen

Kleider war, trocknete er langsamer, und die Diener hatten ihn einfach vergessen.

Tanakil sagte in scharfem Ton ihren Söhnen, daß so etwas in ihrem Hause nie vorkommen könne. Dorieus meinte wiederum verbittert, daß er sich als einsamer, weit vom Vaterlande entfernter Landesflüchtling schon an Beleidigungen und Demütigungen gewöhnt habe. Eine andere Behandlung hätte er in dieser Stadt auch gar nicht erwartet.

So wäre es beinahe zu einer unerfreulichen, scharfen Auseinandersetzung gekommen. Dorieus riß, die aufgescheuchten Diener beiseite stoßend, seinen Überwurf von der Dachsparre herunter. Im selben Augenblick flog aus dem Saum des Überwurfes ein kleiner Vogel heraus, mit den Flügeln aufgeregt um sich schlagend und den Kopf des Dorieus umflatternd. Unmittelbar darauf war ein zweiter Vogel da, und die beiden Vögel umkreisten aufgeregt und argwöhnisch piepsend Dorieus.

Verwundert schüttelte dieser seinen Überwurf, und aus den Falten desselben fiel ein Vogelnestchen heraus, aus dem zwei kleine Eier kullerten, die auf dem Steinboden zerbrachen. In der Zeit unseres kurzen Besuches hatten sich die kleinen Vögel ein Nestchen in dem Überwurf des Dorieus gebaut und ihre Eier in dieses gelegt.

Dorieus wurde nicht einmal wütend, sondern ein Lächeln huschte über sein Gesicht. „Schaut“, rief er aus, „hier ist das von mir ersehnte Zeichen. Mein Überwurf wollte in dieser Stadt verbleiben, obwohl ich mich selbst im Aufbruch befinde. Die Vögel haben im Schutz meines Überwurfes ein Nest gebaut. Ein besseres Omen könnte ich mir gar nicht vorstellen.“

Die Vögel flatterten ängstlich um ihr zerstörtes Nest. Mikon und ich schauten uns an und hielten es für ein schlechtes Omen, daß Dorieus das Nest mit den darin liegenden Eiern vernichtet hatte. Tanakil aber lächelte wie die Sonne selbst, verdeckte schüchtern ihren Mund mit der Hand und sagte: „Ach, Dorieus, merke dir dieses Omen sehr gut. In Eryx werde ich dich daran erinnern.“

Am folgenden Tage sahen wir von weitem den hohen Gipfel des heiligen Berges von Eryx, der von weichen Wolken umgeben war. Plötzlich zerriß die Wolkenwand, die Sonne begann unsere Glieder zu wärmen, und wir erblickten hoch oben auf dem Gipfel den uralten Tempel der Aphrodite von Eryx.

Der Frühling hielt seinen Einzug in das Land Eryx, die Blumen reckten auf den Wiesen ihre Köpfchen farbenfroh der Sonne entgegen, und die Tauben gurrten in den Wäldchen, obwohl das Meer immer noch unruhig war. Ungeduldig begannen wir den Aufstieg die öde Straße der Pilger entlang, die sich um den unfruchtbaren Berg wand. Als das Abendrot das dunkle Wasser und das ganze Land von Eryx mit seinen Wäldern und Feldern rot färbte, erklommen wir den Gipfel und erreichten dort die kleine Stadt. Die Wachen hatten uns erspäht und warteten mit dem Schließen der Stadttore, so daß wir noch vor Einbruch der Nacht in die Stadt hineinkamen.

Am Stadttor war uns eine Gruppe laut lärmender Männer entgegengekommen, sie zupften uns am Saum unserer Überwürfe und boten uns, miteinander wetteifernd, in allen denkbaren Sprachen ihre Gastfreundschaft an. Tanakil kannte aber die Stadt und die dort herrschenden Sitten, schüttelte mit bissigen Bemerkungen die Herandrängenden ab und führte uns durch die Stadt näher an das Gelände des Tempels in ein von Gärten umgebenes Haus, wo sie mit allen Ehren empfangen wurde. Unsere Pferde und Esel wurden in die Ställe geführt, und für uns wurde ein loderndes Feuer aus harzreichem Holz angezündet, weil die Luft auf dem heiligen Berg im Frühjahr nach Sonnenuntergang bitter kalt wurde.

Der dunkelhäutige Besitzer des Gasthauses sprach mühelos Griechisch und wünschte uns mit den Worten willkommen: „Bis zum Fest des Frühlings ist noch lange Zeit, das Meer ist unruhig und die Göttin ist noch nicht übers Meer zu uns gekommen. Deshalb ist mein Haus immer noch winterlich eingerichtet, und ich weiß nicht, ob ich in der Lage sein werde, euch ein eurer Würde entsprechendes Gastmahl zu bieten. Wenn ihr aber mit kühlen Räumen, unbequemen Betten und meinem schlechten Essen zufrieden seid, so steht mein Haus euch zur Verfügung, solange ihr in Eryx bleiben wollt."

Er entfernte sich aristokratisch würdevoll, ohne nach unseren Absichten zu fragen, und befahl seinen Sklaven und Dienern, uns zu betreuen. Sein Benehmen machte auf mich einen tiefen Eindruck, und ich fragte Tanakil, ob der Mann von sehr vornehmer Geburt sei. Tanakil lachte ironisch und erklärte: „Er ist der gierigste und gewissenloseste Erpresser der ganzen Stadt und wiegt jeden von ihm angebotenen Bissen in Gold auf. Sein Haus aber ist das einzige, das unser würdig ist, und während wir hier wohnen, schützt er uns vor allen anderen Gaunern der heiligen Stadt. Eigentlich wacht Eryx erst zum Fest des Frühlings auf und blüht bis zum Herbst, wo die Göttin die Stadt wieder auf ihrem goldenen Schiff verläßt. In dieser Zeit gibt es wahrhaftig keinen einzigen Einwohner, der nicht den Wunsch hegte, zu erpressen, zu lügen, zu betrügen, zu verkaufen und den Fremden alles bis auf das letzte Geldstück abzunehmen. Die Reichen stürzen sich auf die Reichen, die Armen auf die Armen. Es gibt keinen so Reichen, der hier kein ihm entsprechendes Erinnerungsstück finden würde, und keinen so Armen, dem nicht völlig wertlose Tonbilder oder Liebestränke aufgedrängt würden. Ihre Existenz hängt allein vom Tempel ab. Sollte die Göttin zum Fest des Frühlings hier nicht eintreffen, würden sie bald am Hungertuche nagen. Die leichtsinnige Göttin läßt es bereitwilligst zu, daß die Bewohner der Stadt die Fremden möglichst übers Ohr hauen, aber es lohnt sich, denn sogar der völlig Abgerupfte kehrt immer wieder zu der Göttin zurück, nur etwas gescheiter geworden, als er es das erstemal war. Ich habe selbst als junge Witwe in dieser Stadt teures Lehrgeld bezahlen müssen. Heute, im Alter der reifen Frau, kann ich mich besser gegen alles schützen."

„Aber", fragte ich enttäuscht, „müssen wir nun bis zum Fest des Frühlings vor dem leeren Tempel warten? Dazu haben wir doch keine Zeit."

Tanakil lächelte schlau und sagte: „Aphrodite von Eryx hat ihre Mysterien genau so wie die anderen Götter. Sie kommt zwar erst bei Beginn der Schiffahrt mit ihrer Begleitung aus Afrika über das Meer auf einem Schiff mit Purpursegeln hier an, trotzdem aber ist der Tempel während des Winters für den Kenner nicht leer. Im Gegenteil, die wichtigsten staatlichen Besuche finden gerade in der stillen Zeit statt, und die kostbarsten Opfergaben werden dargebracht, wenn die lärmenden Volksmengen, die Seeleute und die Händler die Mysterien nicht stören. Die uralte Quelle der Göttin steht sommers und winters an gleicher Stelle. Die Göttin kann aber im Tempel erscheinen, obwohl sie sich erst im Frühling herniederläßt, um in der Quelle zu baden."

Ich zweifelte an ihren Worten, schaute ihre rotbemalten Wangen und ihre listigen Augen an und stellte ihr die Frage: „Tanakil, glaubst du im Ernst an die Göttin?"

Tanakil starrte mich entsetzt an und sagte voller Ernst: „Turms aus Ephesos, du weißt nicht, was du sprichst. Die Quelle der Göttin auf dem Berggipfel von Eryx ist uralt, sie ist älter als die Griechen, älter als die Tyrrhener und sogar älter als die Phönizier. Es war eine heilige Quelle schon bevor die Göttin den Phöniziern in Gestalt der Astarte und den Griechen als Aphrodite erschien. Woran sollte ich denn glauben, wenn nicht an diese Göttin?"

Aus der Hitze des Holzfeuers ging ich hinaus, um die kalte, schneidende Luft auf dem Berggipfel einzuatmen. Die kleinen Sterne des Frühlings leuchteten am Himmel, und in der dünnen Luft spürte ich den

Duft der Erde und den der Pinien. Der mächtige Tempelbau hob sich von seinen Mauerterrassen gegen den Nachthimmel ab. Mich überfiel die Ahnung, daß die Göttin in ihrer Launenhaftigkeit ein noch furchtbareres Rätsel war, als ich je angenommen hatte.

3.

Als ich aufwachte, war ein neuer Morgen angebrochen und damit alles wieder ganz anders geworden, denn wenn man in der Abenddämmerung in eine fremde Stadt kommt, erscheint sie einem größer und geheimnisvoller als bei nüchternem Tageslicht. Als ich mit ausgeruhten Augen um mich blickte, stellte ich fest, daß die heilige Stadt Eryx mit ihren Blockhäusern und Steinhütten recht klein und unbedeutend war. Ich hatte schließlich Delphi gesehen, in Ephesos gelebt und eine moderne Großstadt wie Milet kennengelernt, die unvergleichlich in der ganzen Welt ist. Diese kleine Touristenstadt aber mit ihren kreischenden Einwohnern und Händlern war in meinen Augen unansehnlicher als alles andere, was ich bereits gesehen hatte, und sie wurde noch nichtssagender, wenn man das gewaltige Panorama von der Mauer aus, die aus Steinen und Erde gebaut war, betrachtete. Die Unendlichkeit des Meeres umgab sie, es war die westlichste Landzunge der zivilisierten Welt, und dahinter breiteten sich nur noch die großen unbekannten Gewässer der Phönizier bis zu den Säulen des Herkules und hinter diesen bis zum Weltmeer aus. Auf der Landseite schimmerte die Ebene mit ihren Kastanienwäldern, Olivenhainen und Feldern, hinter denen sich die steilen Berge des Landes Eryx abzeichneten.

Mit Ohren, die vom Wind sausten, mit Augen, die von der Unendlichkeit des Meeres geblendet waren, betrachtete ich den Tempel, seine mächtigen Mauern und die barbarisch wuchtigen Säulenhallen, und in meinen Augen schien er mir winzig klein im Vergleich zu den großen Tempeln, die ich bisher gesehen hatte. Was bildete ich mir nur ein, dort noch zu finden? Plötzlich wurde ich von dem entsetzlichen Gefühl ergriffen, daß ich allein in die Welt hineingeboren war und ich nicht mehr an die Götter glaubte.

Nachdem Tanakil über den Besuch im Tempel verhandelt hatte, nahmen wir ein Bad, zogen uns saubere Kleider an, schnitten eine Strähne unseres Haares ab und verbrannten sie im Feuer. Dann nahm jeder die vorgesehenen Opfergaben mit, und wir begaben uns in den Tempel, der außerhalb der Stadt wie eine Festung lag, von steilen Abhängen umgeben und von Mauern geschützt, die aus Steinblöcken gebaut waren.

Der Innenhof war recht eng. Allzu große Menschenmengen konnten der Göttin nicht in den Tempel folgen, wenn sie zum Frühlingsfest im Festzug den Weg heraufgetragen wurde, der sich um den Berg wand. Die Unterkünfte der Priester und Dienerinnen erschienen einfach, und der Tempel selbst mit seinen verwitterten Steinsäulen war die Arbeit karthagischer Baumeister. Die heilige Quelle dagegen war von zierlichen Säulen umgeben, zu ihr führten Mosaikböden, die aus Marmorsteinchen, so groß wie eine Fingerspitze, zusammengefügt waren.

Wir konnten frei in den Tempel gehen und uns die Opfergaben in der Vorhalle sowie den leeren Sockel in dem Raum der Göttin ansehen. Zwei schlechtgelaunte Priester führten uns und nahmen unsere Opfergaben ohne ein Wort des Dankes entgegen. Allzu wertvolle Opfergaben entdeckten wir nicht, einige große Silberkessel ausgenommen, aber die Priester erklärten, daß die Gewänder und der Schmuck der Göttin in der Schatzkammer aufbewahrt würden. Wenn sie ihre winterliche Kleidung ablege und in der uralten Quelle gebadet habe, würde sie in ihre eigenen prachtvollen Gewänder, in Perlen und Edelsteine gekleidet.

Zunächst schien es uns, als befänden wir uns in irgendeinem öffentlichen Gebäude. Erst als wir in die Nähe der Quelle kamen und die Tauben der Göttin am Wege hochflogen, spürte ich die Nähe irgendeiner Kraft in meinen Füßen. Die Quelle war groß und tief, die Wände bildeten eine Höhle unterhalb der Öffnung und verschwanden, sich den Blicken des Menschen entziehend, in das Innere des Berges. Die Quelle war nur bis zur Hälfte mit Wasser gefüllt, und der dunkle, bewegungslose Wasserspiegel gab unsere Gesichter wieder. Innerhalb einer neuzeitlichen Säulenhalle umgaben uralte Steinkegel die Quelle. Die Priester behaupteten, daß ein Mann, der seine Mannbarkeit verloren habe, einen dieser Steine nur mit der Hand zu berühren brauche, um sofort wieder aufzuleben.

Die üblichen Tempelmädchen erblickte ich nicht. Die Priester erklärten, daß die Mädchen erst mit der Göttin im Frühling kämen, um an den Kulten teilzunehmen und den anspruchsvollsten Fremden zu dienen, aber sie führen im Herbst wieder mit der Göttin ab. Aphrodite von Eryx duldete es nicht, daß ihr innerhalb der Tempelmauern in dieser Weise Opfer dargebracht würden. Dazu war die Stadt da. Für die Seeleute und das Volk errichteten die von überall her nach Eryx für die Sommerzeit zusammenströmenden Freudenmädchen außerhalb der Mauern auf den Berghängen Laubhütten.

Der Priester fragte spöttisch, ob ich wirklich nichts anderes von der Aphrodite von Eryx begehrte. „Ihr Griechen versteht euch sehr wenig auf Aphrodite", sagte er geringschätzig. „Die Macht der Aphrodite gründet sich nicht nur auf das äußere Können. Der Sinnenrausch und der unbeständige Genuß ist lediglich eine ihrer Trugerscheinungen, wie sie zum Beispiel in einer neunfachen Perlenschnur als einziger Hülle erscheint, um ihre lebendige Haut noch schöner gegen die leblose Materie schimmern zu lassen."

Tanakil versuchte ihn zu besänftigen und fragte: „Erkennst du mich nicht mehr? Zweimal ist die Göttin mir bereits erschienen und hat mir meinen zukünftigen Gatten gezeigt. Das erstemal verheiratete sie mich nach Segesta, das zweitemal nach Himera. Beide Male brachte ich ihr Dankopfer dar, sowohl nachdem der Mann mich heiratete, als auch nachdem ich ihn beigesetzt hatte. Nun hoffe ich, daß die Göttin mir zum drittenmal erscheinen wird."

Der Priester betrachtete erst sie und dann Dorieus, grinste und sagte: „Natürlich kenne ich dich, Tanakil, du Unverbesserliche. Die Göttin ist dir wohlgesinnt, aber auch ihre Macht hat ihre Grenzen."

Er wandte sich an uns, und Mikon beeilte sich zu sagen: „Ich bin Geweihter, und als Arzt möchte ich die göttlichen Dinge näher kennenlernen. Auf Grund der Launenhaftigkeit der Göttin war ich gezwungen, dieses Sikulenmädchen zu heiraten. Als ich sie einmal anfaßte, verlor sie ihre Sprache, aber nachdem ich sie geheiratet habe, spricht sie mir viel zuviel und am meisten gerade dann, wenn ich mich mit übersinnlichen Dingen befassen möchte. Die Folge hiervon war, daß meine Fähigkeit, sie zu berühren, immer mehr schwand, bis ich jetzt völlig unfähig dazu geworden bin. Deshalb hoffe ich, daß die Göttin uns erscheinen und helfen möge, damit unsere Ehe wieder besser harmoniert."

Ich wiederum erklärte: „Aphrodite ist mir wohlgesinnt, seitdem ich einmal meine Nacktheit in ihre heiligen Wollbänder hüllte. In mir klingt ein einziger Name Tag und Nacht, aber diesen Namen wage ich nur der Göttin selbst zu eröffnen, falls sie mir erscheinen sollte."

Ich schaute um mich und sah den von den Tauben beschmutzten Hof, die aus Natursteinen gebaute Mauer und die verwitterten Stierköpfe, stellte fest, wie billig und wertlos hier alles war, und fuhr fort: „Doch ich befürchte, daß die Göttin mir nicht erscheinen wird."

Der Priester überhörte meine Worte. Er lud uns zu sich in seine Wohnung ein, mischte eigenhändig einen ziemlich schlechten Wein für uns und erklärte die Speisenfolge und die Waschkulte, die wir befolgen sollten, während wir auf das Erscheinen der Göttin warteten. Während er uns diese Verhaltungsmaßregeln bekanntgab, betrachtete er uns abwechselnd und griff mit den Händen in die Luft. Zu Mikon sagte er bedeutungsvoll: „Du bist Arzt und du hast meinen Anweisungen entnommen, daß die Göttin von dir nicht verlangt, etwa irgendwelche Medizinen einzunehmen."

Mikon sprang plötzlich auf, ging zur Tür, blickte verwirrt hinaus, kam nach einer Weile wieder zurück und sagte: „Ich wollte etwas tun, habe aber plötzlich vergessen, was es war."

Mitten in dieser Unterhaltung bekam ich ein unwiderstehliches Verlangen, nochmals an die Quelle der Göttin zu gehen und mein Gesicht im Wasserspiegel zu betrachten. Dieses Verlangen war so stark, daß ich mitten in der Rede des Priesters aufstand und wegging. In der Säulenhalle der Quelle kniete ich auf den Mosaikboden nieder, starrte in die runde Öffnung des Quellenspiegels und besah das dunkle Schattenbild meines Kopfes. Ohne äußeren Anlaß begann sich die Wasserfläche zu kräuseln, so daß sich mein Bild verwischte; mir schwindelte, und es war mir, als hätte ich geträumt. Ein Weilchen saß ich mit gesenktem Kopf an der Quelle und ging dann wieder in die Wohnung des Priesters zurück. Die anderen waren schon im Aufbruch. Der Priester legte seine Hand auf meine Schulter und sagte:

„Du sollst nicht zweifeln, auch nicht verzweifeln. Ich glaube, die Göttin wird dir erscheinen und dich von deinem Kummer befreien."

Als er mich berührte, wurde ich auf einmal hellwach und mein träumerischer Zustand wich, meine Glieder wurden leicht, und der Priester schien mir nicht mehr der verdrießliche Greis zu sein, sondern ein vertrauenswürdiger Lehrer. Unwillkürlich mußte ich ihm sagen: „Ich bin der Pythia von Delphi begegnet. Sie behauptete, mich zu kennen, aber sie war ein unruhiges und ungestümes Weib. Dir vertraue ich."

Er ließ die anderen vorgehen, hielt mich am Arm fest, schaute mir tief in die Augen und sagte: „Du kommst von weit her."

„Jawohl, ich komme von weit her", antwortete ich, „und werde vielleicht noch weiter wandern."

„Hast du dich schon gebunden?" fragte er.

„Ich verstehe nicht, was du meinst", sagte ich. „Ein Name bindet mich und zwingt mich, zur Göttin zu kommen."

„Es sollte so sein", erwiderte er, „denn anscheinend hat die Göttin den Wunsch, dich bei sich zu haben. Sei unbesorgt, sie wird dir bestimmt erscheinen. Wer bindet, ist auch in der Lage, die Bindung zu lösen."

Noch am selben Abend gingen Dorieus und Tanakil zusammen in den Tempel, um an dem leeren Sockel der Göttin zu übernachten und auf das Erscheinen der Göttin zu warten. Mikon und ich blieben noch bis spät in die Nacht auf und tranken Wein, um unsere Sinne empfänglicher zu machen. Beim Weintrinken steckte ich eine getrocknete Feige in den Mund, doch ich mußte sie ausspucken, damit mir nicht schlecht würde. Verwundert sah ich die Feige an und konnte nicht begreifen, warum ihr Geschmack mich zur Übelkeit reizte, obwohl ich Feigen stets sehr gerne gegessen hatte.

„Schau, schau", sagte Mikon, „die Speisenvorschriften der Göttin fangen bereits an, auf dich einzuwirken."

Ich erwiderte immer noch erstaunt, daß der Priester mir bestimmt nicht das Essen von Feigen verboten habe, aber Mikon versuchte zu erklären, daß so etwas bei der Einweihung in die Geheimkulte durchaus üblich sei. Zum Fasten gehört das Verbot bestimmter Speisen, erst könnten sie einem noch verlockend erscheinen, sobald aber der zu Weihende allmählich reif für die Weihe würde, könne schon der bloße Anblick der Speisen Übelkeit hervorrufen. Um die Empfänglichkeit des zu Weihenden zu prüfen, könne der die Geheimkulte leitende Priester ohne Wissen des zu Weihenden bestimmen, daß irgendeine Speise ihm scheußlich schmecken solle.

„Dieser Priester von Eryx ist ein hervorragender Seher", fuhr Mikon fort. „Er hat es nicht nötig, sich geheimnisvoller Kleidungsstücke, irgendwelcher Zauberdinge oder der Hexerei zu bedienen. Ich bin wirklich neugierig, ob die Göttin mir erscheinen, und in welcher Gestalt dies geschehen wird."

Er lachte laut auf, und sogar ich fing zu lachen an, so sorglos und unbekümmert fühlte ich mich. Ich steckte mir noch eine Feige in den Mund, spuckte sie aus und lachte daraufhin um so herzlicher. Später tranken wir noch weiter Wein zusammen mit einem gelernten Handwerker, der am Abend einen Wachsabdruck von den Lücken in den Zahnreihen der Tanakil genommen hatte. Er erzählte von seinem Kunsthandwerk und behauptete, es in Karthago gelernt zu haben. Die neuen Zähne schnitzte er aus Elfenbein und befestigte sie mit Goldbindungen an die noch vorhandenen Zähne. „Aber", sagte er, „danach kann man nur kleingeschnittene Speisen essen. Die Etrusker behaupten zwar, daß die von ihnen angefertigten Zähne noch fester als die eigenen Zähne seien. Doch glaube ich, daß dies nur Prahlerei ist."

Er war ein vielgereister Mann. Er erzählte, mit eigenen Augen im

Baal-Tempel in Karthago die völlig mit Haaren bedeckten Häute dreier Menschen gesehen zu haben, diese Häute habe eine phönizische Expedition mitgebracht, die durch die Meerenge zwischen den Säulen des Herkules bis ans Ende des Weltmeeres im Süden gesegelt war. Erst die vom Festlande in das Meer stürzenden Feuerströme verhinderten die Weiterfahrt. Von allen Völkern kannten nur die Karthager die Geheimnisse der Weltmeere, behauptete er. Sie wären dort sogar so weit nach Norden gesegelt, bis das Meer in ewiges Eis übergegangen wäre, und nach Westen so weit, bis die Schiffe in einem Meer von Algen und Tang steckengeblieben seien.

Noch viel kaum Glaubhaftes erzählte er von den Phöniziern aus Karthago, und wir betranken uns derart, daß der Wirt seine Diener rufen mußte, um den Zahnschnitzer zurück in sein Haus bringen zu lassen, während Aura, bitterlich weinend, Mikon ins Bett neben sich brachte. Ich weiß es nicht, ob der Wein uns für das Erscheinen der Göttin empfänglicher machte. Das aber weiß ich, daß am nächsten Tag mir alle in der Speisenvorschrift der Göttin enthaltenen Speisen nach Baumharz schmeckten.

Dorieus und Tanakil kehrten morgens aus dem Tempel zurück, beide fest aneinandergeschmiegt, sie schauten sich gegenseitig tief in die Augen und beantworteten keine der von uns gestellten Fragen. Sie gingen sofort schlafen und schliefen zusammen bis zum Abend. Am Abend gingen dann Mikon und Aura in den Tempel. Dorieus erhob sich und befahl, ein Mahl vorzubereiten, nannte Tanakil „die Taube der Aphrodite" und vertraute mir an, daß er Tanakil ehelichen wolle.

„Erstens", begründete er seinen Entschluß, „ist Tanakil die schönste Frau der Welt. Schon früher habe ich sie verehrt, aber im Tempel nahm Aphrodite von ihr Besitz, ihr Gesicht fing wie die Sonne zu leuchten an, ihr Körper brannte wie ein Scheiterhaufen, alles verzehrend, und ich begriff, daß sie für mich von nun an die einzige Frau der Welt sein würde. Zweitens ist sie unermeßlich reich. Drittens besitzt sie infolge ihrer drei Ehen und ihrer eigenen hohen Abstammung zahlreiche nützlichste Beziehungen im ganzen Lande Eryx. Bis jetzt hat sie es nicht verstanden, diese Beziehungen politisch auszunützen, weil sie doch nur eine Frau ist. Aber ich habe ihren Ehrgeiz geweckt."

Ich öffnete den Mund, um ihm zu widersprechen, aber Dorieus wehrte ab: „Ich weiß schon, was du sagen willst, aber warte nur ab, bis sie ihre neuen Zähne bekommen hat. Als Spartaner würde ich mich mit ihr sogar ohne Zähne begnügen. Wenn du mir keinen Glauben schenkst, so glaube wenigstens dem Omen, Turms. Die zwei kleinen Vögel, die in Segesta ihr Nest in die Falten meines Überwurfes gebaut hatten, waren natürlich Tanakil und ich. Unser Nest wird in Segesta sein, und dann wird es kein Kleinvogelnest, sondern ein Adlerhorst sein. Dies ist mir im Tempel so überzeugend gedeutet worden, daß ich es gar nicht fassen kann, warum ich selbst nicht gleich darauf gekommen bin."

„Und – was ist mit den beiden zerschmetterten Eiern, die aus dem Nest herausfielen?" fragte ich. „Fürchtest du nicht, daß dies ein schlechtes Omen sein könne?"

Dorieus blickte mich mit gerunzelter Stirn an: „Im Tempel der Leukippiden in Sparta habe ich mit eigenen Augen die übriggebliebenen Schalenstückchen von dem Ei gesehen, mit dem Zeus in Gestalt eines Schwanes Leda befruchtet hat. Spotte also nicht über zerbrochene Eier, wenn es sich um einen Nachkommen des Herakles handelt."

„Dies hindert mich nicht", fuhr er schleunigst fort, „bei Bedarf mir eine Nebenfrau zuzulegen, um meine Nachkommenschaft zu sichern. Aber auch hier wiederholt sich meine Familiengeschichte in erschreckender Weise. Mußte doch schon mein Großvater eine Nebenfrau nehmen, weil seine erste und ihm angetraute Frau, die außerdem noch die Tochter seiner eigenen Schwester war, lange unfruchtbar blieb. Aber, wie es manchmal geht, kaum war die Nebenfrau schwanger geworden, gebar seine richtige Frau ihm einen Sohn. Das war mein Vater Dorieus, und somit war er ein doppelter Heraklide von Geburt. Der machtgierige Kleomenes, der mich aus Sparta auswies und auch sonst viel Unglück über Sparta gebracht hat, ist nur der Sohn einer Nebenfrau und nur väterlicherseits ein Heraklide."

„Im Namen der Göttin", rief ich aus, „rede jetzt nicht von den Eiern Ledas und den Heiratsgeschichten deines Großvaters. Denkst du wirklich daran, dich an ein altes phönizisches Frauenzimmer, das deine eigene Großmutter sein könnte, zu binden? Du bist ja genau so toll und verrückt wie dein Onkel Kleomenes."

Merkwürdigerweise geriet Dorieus nicht einmal in Wut über meine offenen Worte, schüttelte nur mitleidig den Kopf und sagte: „Du bist verrückt, aber keineswegs ich. Welche Zauberkraft hat deine Augen so verblendet, daß du nicht erkennen kannst, wie fein die Gesichtszüge Tanakils sind, wie ihre Augen leuchten und wie blühend ihre Gestalt ist?"

Seine Augen begannen wie die eines Stieres zu glühen, er stand auf, betastete seine Armmuskeln und sagte: „Warum vergeude ich bei unnützer Schwätzerei Zeit mit dir. Mein Täubchen, meine Aphrodite, wartet bestimmt schon ungeduldig auf mich, nachdem sie ihre neuen Zähne anprobiert hat."

Seine Wildheit ließ mich Angst für Tanakil haben, aber der Gasthausbesitzer versank in Erinnerungen und erzählte, daß in seinem Hause nur ein Mann am Glück der Liebe erstickt sei, und das wäre ein sehr fettleibiger griechischer Kaufmann gewesen, den seine Konkurrenten in Zankle zu einer Reise nach Eryx angestachelt hatten. Später hätten diese mißgünstigen Kaufleute gemeinsam einen silbernen Myrthenkranz an die Aphrodite von Eryx übersandt.

Es blieb mir nichts anderes übrig, als vorsichtig allein weiter Wein zu trinken; später am Abend, als das Haus schon ganz still geworden war, schlich sich Tanakil — den Finger auf die Lippen gedrückt — aus dem Schlafzimmer zu mir, streichelte mit beiden Händen meine Wangen und fragte vor Freude strahlend: „Hat Dorieus dir schon unsere große Neuigkeit anvertraut? Du hast doch wohl bei deiner großen Feinfühligkeit schon in Himera bemerkt, daß er meine Witwenschaft mißbrauchte. Aber dank der Göttin hat Dorieus versprochen, aus mir wieder eine ehrenhafte Frau zu machen und mich zu heiraten, und zwar eine Ehe zu schließen, die sowohl nach den dorischen als auch nach den phönizischen Gesetzen Gültigkeit hat."

Ich erwiderte heftig, daß Dorieus als Spartaner in Liebesangelegenheiten völlig unerfahren sei. Sie, Tanakil, hätte als dreifache Witwe dies besser wissen müssen und nicht durch Verführungskünste einen leicht zu erobernden Mann in Versuchung führen dürfen. Daraufhin antwortete Tanakil zurechtweisend:

„In dieser Angelegenheit ist er, Dorieus, von Anfang an der Verführer gewesen und keineswegs ich. Als ihr in mein Haus kamt, wäre es mir gar nicht eingefallen, ihn in Versuchung zu führen. Ich bin doch eine alte Frau im Vergleich zu ihm. Noch vergangene Nacht habe ich seine Werbung dreimal zurückgewiesen, aber dreimal machte er mich schwach."

Sie sagte dies so überzeugend, daß ich es glauben mußte. Ich weiß wirklich nicht, ob es die Zauberkraft der Göttin war oder ob der Wein meine Augen vernebelte, aber im Schein der Pechfackel schienen mir die Gesichtszüge Tanakils immer schöner, und ihre schwarzen Augen glänzten bezwingend, so daß das Verhalten des Dorieus mir verständlich wurde.

Als Tanakil merkte, daß mein Herz zu schmelzen begann, setzte sie sich neben mich, legte ihre Hand auf mein Knie und erklärte: „Die Zuneigung des Dorieus zu mir ist gar nicht so unnatürlich, wie du vielleicht glaubst. Er hat mir schon allerhand angedeutet, was er nicht einmal selbst begreift, aber nachdem ich drei Männer beerdigt habe, weiß ich schon nach einem halben Wort, was die Männer möchten. So hat er von seinem Vorfahr Herakles erzählt, daß dieser ein Jahr lang Frauenkleidung trug, Stoffe webte und andere Frauenarbeit verrichtete. Sonst soll er ein sehr streitsüchtiger Mann gewesen sein. Einmal riß ein Teil seiner zusammengestohlenen Rinderherde schwimmend aus Italien nach Sizilien aus, darunter ein wertvoller Stier, namens Europa. Herakles überließ die übrige Herde ihrem Schicksal und begab sich nach Sizilien, um nach den ausgerissenen Rindern zu suchen. Indem er ihnen nachjagte, geriet er bis nach Eryx und tötete dort den König von Eryx, der nur allzu gern diesen Zuchtbullen zur Veredelung seines Viehbestandes behalten hätte. Herakles überließ das Land jedoch den Elymiern, ließ aber durchblicken, daß einer seiner Nachkommen einmal später zurückkehren würde, um das Land wieder als sein Erbland in Besitz zu nehmen."

Tanakil strich mit der Hand über ihr Gesicht, schien etwas verwirrt und bat: „Verzeih, daß ich in meinem Glück alles durcheinander plappere. Aber soweit ich es verstanden habe, sieht Dorieus sich als Erben des Herakles und als den einzigen rechtmäßigen König des Landes Eryx und damit auch von Segesta an. Mich als Frau interessiert diese Angelegenheit lange nicht so sehr wie ihn, denn als Mann muß er sich mit allerhand politischen Problemen beschäftigen. Dabei ist dann auch seine Zeit ausgefüllt. Es fiel mir nur besonders auf, wie begeistert er immer wieder davon erzählt hat, daß Herakles Frauenkleidung getragen habe. Auch hat er mir oft davon gesprochen, daß die Söhne in Sparta bereits mit sieben Jahren von ihren Müttern getrennt werden und danach nur unter Männern leben müssen. Es ist daher durchaus verständlich, daß bei Dorieus im Unterbewußtsein die Sehnsucht nach mütterlicher Pflege und Zärtlichkeit lebt, dem armen Mann, der so etwas nie erfahren hat. Dies erklärt seine Zuneigung zu einer so alten Frau, wie ich es bin. Ich verstehe seine geheimen Neigungen besser, als irgendeine andere Frau es tun könnte."

„Aber", erwiderte ich, „wir haben uns unserem Schiffsbefehlshaber Dionysios verpflichtet, und bei Beginn der Schiffahrt müssen wir ihm nach Massilia, über das Meer, folgen."

Mir schwebte die wahnwitzige Idee vor, daß ich mit Hilfe Aphrodites Kydippe vor unserer Abfahrt auf unser Schiff entführen könnte, aber Tanakil schüttelte entschieden den Kopf und sagte: „Dorieus bleibt hübsch zu Hause und wird nicht mehr auf das unsichere Meer hinausfahren. Er ist doch schließlich für den Landkrieg erzogen, und warum sollte er sich in irgendein Barbarenland begeben, da er hier sein Erbrecht zur Geltung bringen will."

„Gedenkst du wirklich, Dorieus bei seinen vernunftwidrigen Phantastereien zu unterstützen?" rief ich entsetzt aus. „Sind die vielen Grabaltäre und Denkmäler der Eindringlinge, die das Land erobern wollten, nicht eine genügende Warnung für dich? Du hast bereits drei Männer begraben müssen, warum willst du es den Segestäern überlassen, noch den vierten zu beerdigen?"

Tanakil überlegte, das Kinn in die Hand gestützt, und meinte schließlich: „Die Männer haben ihre eigenen Beschäftigungen und Vorhaben. Ehrlich gesagt, ich weiß selbst noch nicht, was ich tun werde. Äußerlich gesehen ist Dorieus ja fraglos eine königliche Erscheinung, warum sollte dann der Hundehelm von Segesta ihn nicht zieren. Doch glaube ich, daß er nicht gescheit genug ist, um sich als König von Segesta unter diesen schwierigen politischen Verhältnissen zu behaupten. Schilderasseln und Schädelspalten mit dem Schwert genügen noch lange nicht zur Staatskunst. Wenn er nun aber unbedingt aus mir eine königliche Frau, ja sogar eine Königin machen will, so muß ich mich doch seinem Willen fügen."

Sie ging in ihren Schlafraum und schloß die Holztür hinter sich zu. Ich legte mich auf mein Bett, wickelte meinen Kopf in die Lammfelldecke und schlief so rasch ein, als wäre ich in einen tiefen Brunnen gefallen.

4.

Mikon und Aura kehrten am Morgen, einander gegenseitig stützend, aus dem Tempel zurück, beide totenblaß. Sie hatten vom Wachen tiefdunkle Ringe um die Augen. Mikon brachte Aura zu Bett, deckte sie sorgfältig zu und küßte sie auf die Stirn. Dann kam er mit schlotternden Knien zu mir, wischte sich den Schweiß vom Gesicht und sagte:

„Ich hatte ja versprochen, dir von dem Erscheinen der Göttin zu berichten, damit du dich darauf vorbereiten könntest. Aber dieses Erscheinen ist so verwirrend, daß mir die Worte fehlen, es zu beschreiben. Ich glaube fast, daß die Göttin den verschiedenen Menschen in verschiedener Gestalt erscheint, und jedem einzelnen in der für ihn notwendigen Art. Außerdem mußte ich schwören, daß ich nie jemandem eröffnen würde, in welcher Weise die Göttin mir erschienen ist. Aber es fiel dir wohl auf, daß Aura bei unserer Rückkehr völlig stumm war. Vielleicht ist dies etwas Ähnliches, wie das In-den-Schlaf-versetzt-Werden von Kranken im Tempel des Äskulap. Das weiß ich aber, daß ich Aura nur mit der Hand zu berühren brauche, damit sie schweigt und ich mich ungestört mit übersinnlichen Dingen beschäftigen kann."

Am späten Nachmittag wachte Aura auf und begann sofort sehnsüchtig nach Mikon zu rufen. Mikon zwinkerte mir zu, ging und setzte sich auf den Bettrand, schob die Decke zur Seite und berührte leicht mit der Fingerspitze Auras Brustwarze. Ein tiefer Seufzer drang aus ihrer Brust, ihr Gesicht wurde noch blasser als vorher, die aufgerissenen Augen starrten ins Leere und ihr Körper bebte, um dann zu erschlaffen und unbeweglich zu bleiben.

„Siehst du, Turms, was für eine Macht mir Aphrodite gegeben hat", sagte Mikon voller Stolz. „Jetzt schweigt sie wenigstens. Aber ein Mensch, dem die Göttin so verschwenderisch Gaben verteilt, wird jung sterben. Mich meine ich nicht, sondern Aura. Meine Fingerspitzen empfinden keine Sinnenlust, sondern mein Genuß ist rein geistiger Art, indem ich spüre, daß ich über ihren Körper herrschen kann, wie ich will."

„Aber", warf ich ein, „woher weißt du, daß nur du und zwar ausschließlich nur du einen solchen Einfluß auf sie hast? Vielleicht kann jeder andere Mann dasselbe bei ihr erreichen. In solchen Fällen beneide ich dich wirklich nicht."

Mikon sah mich erstaunt an und sagte: „Sie ist mir doch nachgelaufen, seitdem ich sie in die Liebkosungen der Aphrodite von Akraia eingeweiht hatte. Jetzt hat die Aphrodite von Eryx ihre Überlegenheit dadurch bewiesen, daß sie Aura so empfindsam gemacht hat, daß eine leichte Berührung genügt, um sie in Ekstase zu versetzen. So spare ich viel Mühe und Zeit, die ich für das Nachdenken über göttliche Dinge verwenden kann. Aber wie könnte jemand anderer als ich durch die leichte Berührung bei ihr dasselbe erreichen? Das verstehe ich nicht."

Durch die Göttin verblendet, schlug ich vor: „Das Sicherste wäre doch wohl, dies wenigstens auszuprobieren, wenn nicht anders, dann aus rein medizinischen Interessen. Ich für meinen Teil begreife es nicht, warum gerade du eine Ausnahme im Vergleich zu anderen Männern wärst, falls Aura jetzt so empfindsam und empfänglich geworden ist."

Mikon lächelte überheblich: „Oh, oh, du weißt ja gar nicht, was du redest, Turms, du bist viel jünger als ich, und ich kenne mich in diesen

Dingen aus. Aber versuche es nur, wenn es dir Spaß macht, dann wollen wir sehen, was geschieht."

Ich beteuerte, daß ich keineswegs mich selbst damit gemeint hätte, und schlug vor, den Besitzer des Gasthauses zu einem Versuch aufzufordern. Doch Mikon erwiderte, der Gedanke sei ihm, sogar ihm als Arzt, unsympathisch, daß ein wildfremder Mann die Brüste seiner Frau berühre. „Du dagegen, du bist mein Freund, Turms, und ich vertraue dir", sagte er. „Ich möchte dir nur beweisen, daß du unrecht hast, außerdem weiß ich, daß du keineswegs aus Leidenschaft und Begierde sie berühren wirst, sondern aus rein verstandesmäßiger Neugierde. Die Neugierde ist die Mutter sowohl des menschlichen als auch des göttlichen Wissens. Wollen wir also eine Probe machen, um Sicherheit in der Sache zu bekommen, daß es dir mißlingen wird."

Je mehr ich ablehnte, um so eifriger versuchte Mikon, mich zu überreden, und schwoll dabei vor lauter Selbstzufriedenheit auf wie ein Frosch. Als Aura dann ihre Augenlider langsam hob, sich im Bett aufrichtete und mit matter Stimme fragte, was eigentlich geschehen sei, schob Mikon mich gewaltsam zu ihr. Ich streckte meinen Zeigefinger aus und berührte leicht und neugierig die Spitze ihrer Brust.

Das Ergebnis dieses unglückseligen Experimentes übertraf alle unsere Erwartungen, denn aus meinem Finger sprang ein Funke, und es war mir, als ob ich einen unsichtbaren Peitschenhieb auf meinen Unterarm erhalten hätte. Der Körper Auras zuckte zusammen, ihr Mund öffnete sich, ihr Gesicht lief schwarz an, da das Blut ihr zu Kopf stieg, und sie fiel in Krämpfen auf das Bett zurück. Beim Ausatmen stiegen röchelnde Töne aus ihrer Kehle. Ihre Augen erstarrten und schienen völlig leblos, dann brach ihr wahrscheinlich schon von früher her geschwächtes Herz infolge des übermäßigen Lustgefühls, und sie hauchte vor unseren Augen ihren Geist aus, bevor wir überhaupt begriffen, was hier eigentlich geschah.

Als ihr Kinn herabfiel und der Tod ihre Körperhöhlen leergepreßt hatte, standen wir immer noch, sie anstarrend, die Hand vor dem Munde, vor Schreck versteinert, auch Mikon, obwohl er doch Arzt war. Um den vom Tode gezeichneten Mund und die verglasten Augen lag noch ein solch qualvoll-genießerisches, sinnliches Lächeln, das man, wenn man es einmal gesehen hat, niemals mehr zu vergessen vermag. Mikon stürzte zu ihr, rieb ihr die Hände, um sie so ins Leben zurückzurufen, sah aber sofort ein, daß seine Bemühungen vergeblich waren.

Auf unsere Rufe hin eilten Tanakil und Dorieus herbei in unser Zimmer, und die Diener holten schleunigst den Besitzer des Gasthauses.

Zunächst rang er die Hände, schrie und fluchte, daß es ein schlechtes Omen gewesen sei, als er sich am Abend vorher verleiten ließ, von jenem Kaufmann aus Zankle zu erzählen. Er kam aber bald wieder zu sich, und auf das Gesicht Auras deutend, meinte er: „Einen glücklicheren Tod kann sich wohl niemand wünschen. Die Todesursache ist selbst aus den Gesichtszügen zu erkennen."

Mikon jammerte, daß er besser auf Auras Schwächezustand hätte bedacht sein müssen. Die Anstrengungen der Reise, die Spannung der Erwartung, das Wachen, die Speisenvorschriften der Göttin und das ungestüme Erscheinen der Göttin hatten sie so entkräftet, daß sie nichts mehr zu ertragen vermochte. Der Besitzer des Hauses meinte, daß die Götter jedem Menschen die Weglänge genau zugemessen hätten und daß niemand seinem Tode entgehen könne, wenn er auch bis ans Ende der Welt flüchten würde. „Ich glaube, daß dies die einzige Tatsache ist, die wir mit Bestimmtheit wissen und die wir den Göttern glauben können", sagte er überzeugt. „Laßt uns sie in den Tempel tragen, und preisen wir dieses junge Weib glücklich: sein Scheiterhaufen wird aus Silberpappeln neben der Quelle der Göttin auf dem Marmorboden erbaut, und ihre Asche wird in einer Opferurne im Tempel, wie die Asche aller, die den Liebestod erlitten haben, verwahrt werden."

Als Mikon laut zu klagen begann, bezwungen durch seine Gefühle, aber auch den guten Sitten folgend, versuchte Tanakil ihn zu beruhigen: „Im Grunde hat die Göttin ja deinen Wunsch besser, als du je hättest fordern können, erfüllt, Mikon. Dein Wunsch war doch, daß sie ihre Redseligkeit verlieren möge. Nun ist sie stumm, für immer. Außerdem war diese Ehe dir ja von Anfang an unangenehm. Du mit deiner Veranlagung zur einsiedlerischen Meditation bist kein für die Ehe geeigneter Mann. Die Eltern des Mädchens werden es als größte Ehre ansehen, daß ihre Tochter gerade in Eryx gestorben ist. Hierher kommen ab und zu Menschen, die an unheilbarem Liebeskummer leiden. Mancher hat den Mohntrank ausgetrunken oder seine Pulsadern an der Quelle der Göttin geöffnet, damit seine Asche im Tempel aufbewahrt würde."

Mikon saß zusammengesunken und völlig gebrochen, den Kopf zwischen den Händen haltend. Tanakil und der Besitzer des Hauses begannen rasch zu handeln: sie trafen die nötigen Vorkehrungen, um die Leiche zu waschen und abholen zu lassen, sowie um das Bett zu reinigen. Dorieus war ob des Geschehenen so erschüttert, daß er noch einmal eine Strähne seines Haares abschnitt und sie verbrannte. Er klopfte Mikon auf den Rücken und bemühte sich, ihn zu trösten:

„Leicht gewonnen, schnell zerronnen. Aura hast du viel zu leicht erobert, und offen gesagt: sie lief dir ja in schamlosester Weise nach. Anders ist es bei mir, ich habe den ganzen Winter über einen zähen Kampf gekämpft, um den Willen eines eigensinnigen Weibes zu brechen und mir so eine ebenbürtige Frau zu erringen. Eine solche Ehe ist von Dauer, aber deine Ehe wird genau so schnell in Vergessenheit geraten, wie sich der Rauch des Scheiterhaufens der Toten verflüchtigt."

Auch ich tröstete Mikon: „Glaube mir, die unglückselige Probe war nicht meine, sondern deine Schuld. Du selbst wolltest es unbedingt, und so war es sicherlich am besten. Dein Leben wäre ja unerträglich geworden, hättest du die Gewißheit erlangt, daß jeder Mann dein Weib auch bei zufälliger Berührung in Ekstase versetzen könnte. Bedenke, daß zum Beispiel auf der Rückreise der Eseltreiber nur versehentlich seine Hand auf Auras Knie hätte legen können, sie wäre in Krämpfe verfallen, vom Eselsrücken heruntergeglitten und hätte das Genick gebrochen. Woher können wir es wissen, ob ihre übermäßige Empfänglichkeit sich mit der Zeit nicht so weit entwickelt hätte, daß ein Mann nur einen Blick auf sie hätte werfen brauchen, und sie wäre sofort . . . na, denke bitte auch an diese Seite der Angelegenheit."

Mikon trocknete die Tränen, die über seine runden Wangen liefen, mit den Fäusten ab, wurde lebhaft und meinte: „Du hast recht, Turms, und es wird gewiß der Wille der Göttin gewesen sein, daß wir dieses Experiment machten, denn wie wäre ich sonst überhaupt auf diesen Gedanken gekommen. Und ihr schwacher Körper hätte bestimmt diese andauernden Sinnengenüsse längere Zeit nicht ertragen. Warum soll man den Hundeschwanz Stück für Stück abhacken, wenn er doch abgeschnitten werden muß."

Nachdenklich fuhr er fort: „Aura hatte eine Veranlagung für all dies, schon bevor ich ihr begegnete, und ich meinte es nur gut, als ich sie in die verschiedenen Möglichkeiten der körperlichen Genüsse einweihte. Hier in Eryx wurde sie nun so empfänglich, daß nur eine Berührung genügte, bald hätte sehr wahrscheinlich der bloße Anblick eines Mannes sie in denselben Zustand versetzt. Später hätte sie gar keinen Mann mehr gebraucht, sondern der Anblick irgendeines Mannes oder dem Manne ähnlichen Gegenstandes hätte genügt. Eigentlich sind die Frauen besonders launenhaft gerade in diesen Dingen. So ist mir mal erzählt worden, daß eine Frau aus Rhodos von Jugend auf aus irgendeinem unerklärlichen Grunde in Ekstase geriet beim bloßen Anblick einer gewöhnlichen Gießkanne. In der Ehe fand sie keine Befriedigung, sondern verachtete und vermied ihren Mann, bis er darauf kam, eine Gießkanne in das eheliche Bett mitzunehmen. Danach lebten sie glücklich zusammen bis ins späte Alter, und die Frau gebar achtzehn Kinder, von denen vierzehn erwachsen wurden und an denen nichts Ungewöhnliches festzustellen war, außer der vielseitigen Gießkannensammlung, die sie von ihren Eltern ererbten."

Mikon fand Trost bei seinen Meditationen, so daß die Trauer ihn nicht zerbrach. Noch am gleichen Abend versammelten wir uns im Hof des Tempels, wo Auras Leiche, schön bekleidet, Wangen und Lippen bemalt, die Haare mit Perlmutterkämmen geziert, schöner als je zuvor, auf dem Silberpappelscheiterhaufen lag. Der Tempel opferte Weihrauch und Wohlgerüche für den Scheiterhaufen. Mikon zündete ihn mit den Worten: „Zu Ehren der Göttin" an. Auf Wunsch der Priester hatten wir keine Klageweiber bestellt; im Gegenteil, wir hatten junge Mädchen kommen lassen, die mit Kränzen im Haar die Tänze der Göttin um den Scheiterhaufen tanzten und ihr Lob mit elymischsprachigen Liedern sangen. Es war ein überaus rührendes und ans Herz greifendes Bild, dazu die lodernden Flammen gegen den klaren Abendhimmel und der Duft des Weihrauchs, der den Brandgeruch der Leiche verwischte, so daß wir alle um die Wette Freudentränen um Aura vergossen und einander einen genau so schönen Tod an einem genau so heiligen Ort und genau so plötzlich wünschten. „Im Grunde ist ein langes Leben keine wohlwollende Gabe der Götter", meditierte Mikon beruhigt. „Eher ist es ein Beweis dafür, daß der Mensch langsam und eigensinnig ist und zur Vollbringung seiner irdischen Aufgabe länger als ein anderer braucht, der rascher handelt. Ein hohes Alter ist häufig noch mit herabgesetztem Sehvermögen und mit der Neigung, die alten Zeiten für besser als die heutigen zu halten, verbunden. Wenn der Mensch im Hades auch nur als Schatten verbleibt, was man doch wohl von den meisten annehmen kann, die nicht geweiht sind, so wird wohl im Hades ein junger Mund immer noch besser als ein alter sein. Wenn ich gescheiter wäre, würde ich mich vielleicht in den Scheiterhaufen werfen und Aura auf ihrer Fahrt begleiten, aber dazu müßte ein bindendes Omen vorliegen. In all dem Geschehenen kann ich aber kein anderes bindendes Zeichen sehen, als daß diese Ehe ein Irrtum war. Diese Einsicht hilft mir die schwere Trauer mannhaft zu tragen."

Mich quälte die ganze Zeit die unlösbare Frage, ob Aura auch an der Berührung irgendeines anderen Mannes gestorben wäre oder ob ich tatsächlich, wenn auch unbewußt, schuld an ihrem Tode war. Ich betrachtete meine Nägel und versuchte mich selbst davon zu überzeugen, daß ich als Mensch so war wie alle anderen. Aber die Speisenvorschriften der Göttin und der auf Geheiß des Priesters schon drei Tage nacheinander genossene Wein trübten meinen angeborenen Verstand. In mir schwelte die Erinnerung an den Sturm auf dem Wege nach Delphi und am Meer, das auf meinen Ruf nach dem Winde zu brodeln begonnen hatte. Auch die heiligen Stätten der Sikulen hatte ich sicher wie ein Nachtwandler gefunden, und als ich die schwarze Trinkschale der Etrusker in die Hand bekam, war ich in Dachhöhe gehoben worden. Vielleicht war Aura gerade deshalb an meiner Berührung gestorben, weil ich unvorsichtig, aus lauter Neugierde meinen Finger ausgestreckt hatte, um sie flüchtig zu berühren.

Nach Sonnenuntergang war das Feuer des Scheiterhaufens niedergebrannt, und das Meer verfärbte sich blaurot. Als Mikon Leute zu der Totenfeier einlud, kam der Priester zu mir und sagte: „Es ist Zeit für dich, Vorbereitungen für die Begegnung mit der Göttin zu treffen."

Ich hatte angenommen, daß der plötzliche Todesfall die Reihenfolge für die Nachtwache im Tempel vorläufig verschoben habe. Da der Priester mich jedoch berührte, wußte ich, daß sich nichts daran geändert hatte. Als der Scheiterhaufen glühende Hitze ausstrahlte, der Duft des Weihrauchs mir in die Nase drang, das Meer sich dunkel wie die Anemone verfärbte und der erste Stern am Himmel aufleuchtete, überfiel mich die Gewißheit, den gleichen Augenblick schon früher einmal erlebt zu haben. Als ich dem Priester in seine Wohnung folgte, war mir so leicht zumute, als würden meine Füße den Boden nur streifen.

Dort bat er, daß ich mich auszöge, untersuchte mich, hob mit den Fingerspitzen meine Augenlider und besah das Weiße meiner Augäpfel, blies mir in den Mund und fragte mich, woher die weißen Flecke auf meinen Armen herrührten. Ich antwortete wahrheitsgemäß, daß sie Brandnarben wären, hielt es aber nicht für nötig zu erklären, daß ich sie durch das vom Wind herumgewirbelte brennende Schilf von den Dächern in Sardeis erhalten hatte. Nachdem er mich untersucht hatte, salbte er meine Achselhöhlen, meine Brust und die Leistengegend mit einem scharfen Öl und reichte mir Duftgras, mit dem ich Handflächen und Fußsohlen einreiben sollte. Während er mich so berührte, wurde mir immer leichter zumute, so, als bestünde mein Körper nur aus Luft. Freude schäumte in mir auf, daß ich jeden Augenblick in Lachen hätte ausbrechen können.

Zum Schluß legte er einen wollenen Überwurf, der mit Abbildungen von Tauben und Myrthenblättern geziert war, um meine Schultern, damit ich beim Wachen nicht frieren sollte. Dann begleitete er mich teilnahmslos bis zu den Stufen des Tempels und sagte: „Geh hinein."

„Was soll ich dort tun?" fragte ich.

„Das ist deine Sache", antwortete er. „Tue, was du willst, du wirst dich aber nach einer Weile recht matt fühlen und dann immer matter und matter werden. Deine Glieder werden schlaff, die Augenlider fallen dir zu, so fest, daß du nicht imstande bist, sie zu öffnen, du ruhst besser, als du je geruht hast, aber du schläfst nicht. Dann geschieht es: du öffnest die Augen und erblickst die Göttin."

Er stieß mich vorwärts, drehte sich um und ging in seine Wohnung zurück. Ich trat in die lautlose Dunkelheit des Tempels, bis sich meine Augen an das aus der Öffnung im Dach hereinströmende fahle Licht der Nacht gewöhnt hatten und ich den leeren Sockel der Göttin wahrnehmen konnte. Davor stand auf Löwenfüßen ein Ruhebett, und gleich beim Anblick desselben wurden meine Glieder müde und matt. Mit knapper Not und Aufbietung aller meiner Kräfte erreichte ich das Ruhebett, und als ich darauf niedersank, fühlte ich mich schon so schwer, daß ich mich wunderte, wie das leichte Bett mein Gewicht tragen konnte und warum ich nicht durch den Steinboden hindurch in die Tiefe der Erde versank. Meine Augen schlossen sich, und ich hätte sie nicht mehr öffnen können, selbst wenn ich es gewollt hätte. Ich wußte, daß ich nicht schlief, aber ich begann immer tiefer und tiefer in das Unendliche zu sinken, doch das Gefühl des Versinkens war nicht furchterregend. Da öffneten sich meine Augen plötzlich, ich blickte in strahlendes Sonnenlicht, ich merkte, daß ich auf einer steinernen Bank am Rande eines Marktplatzes saß und mir die abgetretenen Steinplatten besah, über welche die Schatten der an mir vorbeigehenden Menschen glitten.

Ich hob verwundert den Kopf und schaute um mich. Die Stadt und der Marktplatz waren mir unbekannt, der Himmel war strahlend blau, die Menschen waren laut schreiend mit täglichen Dingen beschäftigt und boten ihre Waren zum Verkauf an, niemand kümmerte sich um mich. Die Bauern führten ihre Esel, die mit Körben von Gemüse beladen waren, und dicht neben mir hatte ein altes runzliges Weib einige Käse zur Schau gestellt. Ich stand auf und begann zu laufen und wußte währenddessen, daß ich doch irgendwann in dieser Stadt umhergegangen war. Die Häuser waren mit bemalten Tonplatten verziert, der Steinbelag der Straßen infolge des regen Verkehrs ausgehöhlt, und als ich um die Ecke bog, erblickte ich vor mir die Fassade des Tempels mit seinen Säulen und Dachfiguren. Ich trat in die kühle Dämmerung des Tempels, und ein verschlafener Türwächter bespritzte mich aus seinem Wedel mit einigen Tropfen Weihwasser. Im gleichen Augenblick hörte ich leichtes Klirren.

Ich öffnete wieder die Augen und merkte, daß ich in der Dunkelheit im Tempel der Aphrodite von Eryx auf dem Ruhebett lag, und wußte, daß die Vision nur ein Traum gewesen war, obwohl ich nicht geschlafen hatte und ich bereit gewesen wäre zu schwören, daß alles Wirklichkeit war und ich zu jeder Zeit den Marktplatz, die Straße, die Dachfiguren des Tempels und die Gesichter der Menschen wiedererkannt hätte.

Erneutes Klirren ließ mich vom Bett hochschnellen, so daß ich aufrecht saß. So ausgeruht, so wachsam und aufnahmebereit hatte ich mich noch nie gefühlt. Im dämmerigen Licht erblickte ich ein verschleiertes Weib, das sich auf den Rand des leeren Sockels der Göttin gesetzt hatte. Vom Hals bis zu den Fersen war sie in ein glitzerndes, von Stickereien schweres Gewand gehüllt. Ein funkelnder Kranz auf ihrem Haupt hielt den Schleier fest, der über ihr Gesicht fiel. Sie bewegte sich, und ich hörte wieder das Klirren ihrer Armreifen. Sie lebte und war Wirklichkeit. „Enthülle mir dein Antlitz, falls du die Göttin bist", flüsterte ich bebend.

Ich hörte helles Lachen. Die verschleierte Gestalt nahm eine bequeme Stellung ein und sagte mit fremdländischem Akzent, aber in verständlichem Griechisch: „Die Göttin hat kein eigenes Gesicht. Wessen Gesicht willst du sehen, Turms, du Tempelschänder?"

Ich erschrak und mir kamen Zweifel, denn ihr Lachen klang wie Menschenlachen, ihre Stimme war eine Menschenstimme, und niemand in Eryx konnte wissen, daß ich einst den Tempel der Kybele in Sardeis angesteckt hatte. Nur Dorieus oder Mikon konnten dies der Unbekannten verraten haben. Ich wurde ärgerlich und sagte schroff: „Gleichgültig, wie dein Gesicht auch aussehen mag, hier ist es viel zu dunkel, um es zu erkennen."

„Du Zweifler, du Mißtrauischer", sagte sie hell auflachend, „glaubst du, daß die Göttin das Licht fürchtet?" Sie tat geschäftig, so daß die Armreifen klirrten, sie schlug Feuer, so daß die Funken sprühten, und zündete die neben ihr stehende Lampe an, deren Licht meinen an die Dunkelheit gewöhnten Augen blendend hell erschien. Ich konnte die an ihrem steifen Gewand befindlichen Perlenfiguren unterscheiden und spürte den ihr entströmenden zarten Ambraduft.

„Du bist ein Mensch wie ich", sagte ich enttäuscht. „Du bist ein Weib wie alle anderen. Ich glaubte der Göttin hier begegnen zu können."

„Ist nicht die Göttin auch ein Weib?" fragte sie. „Gerade ein Weib und mehr Weib als irgendein Weib auf Erden. Was willst du von mir?"

„Enthülle dein Antlitz", befahl ich und tat einen Schritt näher. Sie erstarrte, ihre Stimme verwandelte sich völlig: „Rühre mich ja nicht an. Das ist nicht gestattet."

„Würde ich dann vielleicht zu Asche verbrennen", fragte ich spöttisch, „oder leblos auf den Estrich fallen, wenn ich dich anfaßte?"

„Scherze nicht mit solchen Dingen", warnte sie. „Denke lieber daran, was dir heute zugestoßen, als du ein Menschenopfer der Göttin dargebracht hast."

Ich erinnerte mich an Aura und ich spottete nicht mehr. Irgend etwas in der Stimme der Verschleierten warnte mich. „Enthülle dein Antlitz, damit ich dich erkenne", bat ich nochmals.

„Wie du willst", antwortete sie, „aber bedenke, daß die Göttin kein eigenes Antlitz hat."

Sie nahm den funkelnden Kranz vom Haupt und entfernte den Schleier, hob ihr Gesicht dem Licht entgegen und rief plötzlich leidenschaftlich aus: „Turms, Turms, kennst du mich nicht?"

Bis in die Herzwurzeln erbebend, erkannte ich diese frohlockende Stimme, erkannte diese lachenden Augen und das weiche, runde Mädchenkinn. „Dione", schrie ich, „Dione, wie bist du hierhergekommen?" Im ersten Augenblick schoß mir tatsächlich der Gedanke durch den Kopf, daß Dione aus dem vom Perser bedrohten Ionien nach Westen geflohen und durch irgendeine Laune des Schicksals in den Tempel der Aphrodite von Eryx verschlagen worden sei. Dann erst wurde mir klar, daß seit dem Tage, da Dione mir den Apfel zuwarf, bereits mehrere unwiederbringliche Jahre vergangen waren. Sie konnte ja gar nicht mehr dasselbe junge Mädchen sein, und ich war auch nicht mehr derselbe leichtfertige Jüngling.

Das Weib ließ ihren Schleier wieder über ihr Gesicht fallen und fragte: „Du erkanntest mich also, Turms?"

Gereizt antwortete ich: „Die Schatten und das flackernde Licht der Lampe trübten meine Augen und ich glaubte, in dir ein Mädchen erkannt zu haben, dem ich in meiner Jugendzeit in Ephesos begegnet war. Doch du bist es nicht, du bist kein junges Mädchen."

Sie sagte: „Die Göttin kennt kein Alter, sie ist zeitlos. Ihr Antlitz verändert sich ganz nach dem Beschauer. Was willst du von mir?"

„Wenn du die Göttin wärst", wendete ich enttäuscht ein, „so würdest du wissen, warum ich zu dir gekommen bin."

Sie schwenkte den glitzernden Kranz in ihrer Hand, so daß ich zwangsläufig den Bewegungen desselben mit den Augen folgen mußte. Mit der anderen Hand hielt sie den Schleier vor ihrem Gesicht fest und redete mir zu: „Lege dich wieder hin. Sei müde. Ruhe dich aus."

Leichtfüßig trat sie an das Fußende des Ruhebettes, darauf achtend, daß ihre Fußreifen nicht klirrten. Mein Blick ruhte wie gebannt auf dem schwingenden Kranz in ihrer Hand. Ich wurde wieder matt, meine Aufmerksamkeit ließ nach. Mir war wohlig zumute und ich fühlte mich vertrauensselig. Plötzlich stand sie in voller Größe vor mir, entschleierte ihr Gesicht und fragte befehlend: „Wo befindest du dich, Turms?"

Ihr Gesicht, das von Salben glänzte, wurde schwarz vor meinen Augen, ihr Überwurf war mit Frauenbrüsten geziert, welche die Amazonen ihr als Opfergaben dargebracht hatten, der Mond war ihr Kopfschmuck, Löwen lagen ihr zu Füßen. Ich spürte, wie die heiligen Wollbänder der Göttin meinen Körper und meine Glieder umstrickten, genau so wie damals, als ich vor der grölenden Menschenmenge, die mich zu steinigen drohte, in den Tempel der Artemis flüchtete. Artemis selbst stand nun vor mir, aber sie war nicht mehr nur ein vom Himmel herniedergefallenes schwarzes Holzbild. Sie war lebendig und drohend, und auf ihrem schwarzen Antlitz lag erbarmungsloses Lächeln. Ich spürte, wie meine Glieder sich in den Wollbändern verstrickten, und ich versuchte sie abzureißen, aber meine Hand berührte lediglich meine eigene nackte Haut, obwohl ich den Druck der heiligen Wollbänder deutlich verspürte.

Die Stimme wiederholte: „Wo befindest du dich, Turms?"

Mit größter Anstrengung gelang es mir, meine Zunge zu bewegen, und ich rief: „Artemis, Artemis!"

Ich fühlte eine unsagbar barmherzige Hand sich auf meine Augen legen, mein ganzer Körper seufzte auf, und ich wurde von der Beklemmung befreit. Der Mond hatte keine Macht mehr über mich.

Die Stimme sagte: „Ich befreie dich aus der Gewalt der fremden Göttin, wenn du es selbst wünschest und dabei versprichst, nur mir zu dienen. Sage dich los von der Finsternis des Mondes, dann werde ich dich in die Freuden und den Sonnenschein führen."

Ich flüsterte, ich glaubte jedenfalls zu flüstern: „Du, Schaumgeborene, du selbst führtest mich zu deiner Quelle und ließest mich meine Nacktheit mit farbigen Wollbändern verhüllen. Dir weihte ich mich schon früher, bevor Artemis mich in ihre Gewalt nahm. Verlasse mich nie mehr."

Es begann in meinen Ohren zu sausen, das Ruhebett schwankte unter mir, und die Stimme wiederholte immer wieder: „Wo befindest du dich, Turms? Wach auf, öffne deine Augen."

Aber ich empfand die Ruhe und das Schwindelgefühl als so wohltuend, daß ich keine Lust verspürte, die Augen aufzumachen. Das Dröhnen in meinen Ohren schwoll geradezu zu etwas Überirdischem an, ich hatte den Metallgeschmack im Munde, ich mußte mich auf die Ellbogen aufrichten und das Geld ausspucken. Ich hörte, wie das Geldstück, gegen einen Stein klirrend, herunterfiel, ich öffnete die Augen und erblickte wieder die Sonnenstrahlen und den blendend blauen Himmel über mir. Beruhigt und erschöpft löste ich mich von dem Weibe, das ich in den Armen hielt. Sie war in der Wärme der Sonne nackt und auch ich war nackt. Nur ein Blütenkranz hing mir um den Hals.

Von irgendwoher fragte wieder die Stimme zwingend: „Wo befindest du dich, Turms?"

Ich schaute um mich und begann: „Ich befinde mich in einem wunderschönen Garten. Der Garten ist rechteckig und von hohen Zypressen hinter der Marmorzäunung umgeben. Ich sehe Blumenanlagen und einen Springbrunnen. Ich ruhe auf einer breiten Marmorbank mitten im Garten im warmen Sonnenschein, ich liege auf weichen Polstern und halte ein Weib in den Armen. Sie lächelt mich an und fingert an dem Blütenkranz um meinem Hals. Ich glaube, sie nie früher gesehen zu haben. In der Ferne gehen braungebrannte Feldarbeiter zur Erntearbeit, sie betrachten mich neugierig, aber es fällt mir gar nicht ein, mich vor ihnen zu schämen. Ich führe doch ein ganz anderes Leben als sie, ich stehe so unvergleichlich viel höher als sie. Wenn ich mein Gedächtnis richtig anstrengen würde, wüßte ich bestimmt, wo ich mich befinde und wer das Weib ist, das ich in den Armen halte. Doch ich habe keine Lust, mein Gedächtnis anzustrengen. Denn in diesem Augenblick bin ich glücklich. Die Sonne scheint in das Dunkel der Zypressen hinein. Die Haut des Weibes leuchtet weiß. Ich halte einen lebenden, schönen Menschen in meinen Armen."

Die Stimme befahl: „Schließe deine Augen wieder."

Ich schloß die Augen, das Dröhnen in den Ohren verwandelte sich in Sturmgebraus. Der Sturm der Zeitlosigkeit eilte mit mir davon. Aber die Stimme befahl schon wieder: „Turms, Turms, mach die Augen auf. Wo befindest du dich?"

Ich öffnete die Augen und erzählte voller Staunen: „Ich sehe ein wunderschönes Bergtal. Dahinter ragen schneebedeckte Berggipfel zum Himmel empor. Ich verspüre den Duft von Kräutern. Ich liege ausgestreckt auf einem warmen Talabhang. Ein schöneres Bergtal habe ich nie gesehen. Aber ich bin ganz allein. Ich sehe kein Haus, keinen Pfad, keinen einzigen Menschen."

Aus unermeßlicher Ferne hörte ich die Stimme flüstern: „Kehre zurück, Turms, kehre zurück. Wach doch endlich auf. Wo befindest du dich?"

Noch einmal öffnete ich die Augen. Es war Nacht. Ich stand in einem fremden Zimmer und sah, den Atem anhaltend, Kydippe in ihrem Bett schlafen. Sie träumte mit halb offenem Munde, die Augen geschlossen und seufzte im Traum. Plötzlich wachte sie auf, erschrak bei meinem Anblick und zog die Decke hoch, um ihre Nacktheit zu verbergen. Nachdem sie aber mein Gesicht erkannt hatte, lächelte sie mir zu und streckte mir ihre Hand entgegen. Ich eilte zu ihr, schloß sie in meine Arme. Sie wollte schreien, aber sie war zu erschöpft, sich zu widersetzen, also ließ sie mich mit ihr machen, was ich wollte. Doch die Mädchenlippen blieben kühl an meinem Munde. Ihr Herz pochte nicht im gleichen Takt wie das meine. Als ich sie aus meiner Umarmung löste und sie schamhaft ihre Augen mit dem Ellenbogen bedeckte, wußte ich, daß mich nichts Gemeinsames mit ihr verband. Ich empfand sie als etwas Fremdes und verspürte nicht den geringsten Wunsch mehr, sie anzurühren. Im Gegenteil, mir wurde ihre kühle Unberührtheit zuwider.

Ein Aufstöhnen der Enttäuschung entrang sich mir. Ich entschwand in die Ferne — und als ich die Augen öffnete, stellte ich fest, daß ich, die Arme starr ausgestreckt, auf dem Ruhebett im Tempel der Aphrodite in Eryx lag. Auf dem Rande des Ruhebettes saß das fremde Weib, das mich immer wieder angesprochen hatte, und war bemüht, meine Arme mit Gewalt herunterzudrücken. „Was ist dir, Turms?" fragte sie und beugte sich über mich, um mein Gesicht im Lichte der Lampe zu betrachten.

Ich merkte, daß sie ihr schweres, von Stickereien steifes Festgewand ausgezogen hatte. Es bauschte sich auf dem Steinboden, darauf lagen Schleier und Kranz. Sie hatte auch ihren Hals- und Armschmuck abgelegt und war lediglich mit einem dünnen durchsichtigen Unterhemd bekleidet, und ihre blonden Haare waren hochgekämmt. Als sie ihr Gesicht ganz nah an das meine drückte, wußte ich, daß ich sie nie zuvor gesehen hatte. Ihre schmalen Brauen waren sehr hoch und so gezeichnet, daß ihre Augen schräg wirkten. Sie war mir völlig fremd, und doch schien sie mir irgendwie bekannt. Meine Arme lösten sich aus der Starre und fielen herab. Meine Glieder waren erschöpft, wie nach schwerer körperlicher Arbeit. Sie berührte mit der Fingerspitze meine Braue, strich über meine Augen und meinen Mund und begann geistesabwesend einen Kreis um meine nackte Brust zu zeichnen. Ihre Gesichtszüge wurden blaß, und plötzlich merkte ich, daß sie weinte.

„Was ist denn geschehen?" fragte ich erschrocken.

„Nichts", fuhr sie mich an und nahm hastig ihre Hand von meiner Brust weg.

„Warum weinst du denn?" fragte ich ganz verwundert.

Sie bewegte ihren Kopf hin und her, so heftig, daß einige Tränen auf meine nackte Brust rollten, und behauptete: „Ich weine ja gar nicht." Ganz unerwartet schlug sie mich kräftig auf die Wange und fragte wütend: „Wer ist diese Kydippe, deren Namen du mit solchem Entzücken immer wieder wiederholtest?"

„Kydippe", sagte ich langsam. „Ihretwegen bin ich doch hierhergekommen. Sie ist die Enkelin des Tyrannen von Himera. Aber ich begehre sie nicht mehr. Ich habe das bekommen, was ich suchte, und die Göttin befreite mich von ihr."

Sie sagte schnippisch: „Na, dann ist es ja gut. Das ist ja großartig! Warum gehst du dann nicht weg von hier, wenn du das bekommen hast, was du wolltest?"

Sie holte aus, als ob sie mich erneut schlagen wollte. Ich griff rasch nach ihrem Handgelenk. Es lag schmal und schön in meiner Hand. „Warum schlägst du mich?" fragte ich. „Ich habe dir nichts zuleide getan."

„So, du hast mir nichts zuleide getan", ahmte sie mich nach. „Kein Mann hat mir soviel Böses angetan wie du. Wenn du nur weggingst. Geh, und kehre nie wieder nach Eryx zurück."

„Ich kann ja nicht weg, weil du auf mir sitzest", sagte ich, „und außerdem hältst du meinen Überwurf fest."

Sie hatte meinen Überwurf tatsächlich um ihre Knie gelegt, als ob sie friere. „Wer bist du eigentlich?" fragte ich, indem ich mit der Hand ihren weißen Hals berührte. Sie zischte: „Rühre mich ja nicht an. Pfui, deine Berührung ist mir widerlich. Ich hasse diese Hände."

Als ich aufstehen wollte, drückte sie mich an den Schultern wieder zurück, beugte den Kopf und küßte mich leidenschaftlich auf den Mund. Sie tat es so überraschend, daß ich gar nicht begriff, was geschah, bevor sie sich wieder aufrichtete und auf den Rand des Ruhebettes gesetzt hatte. Sie warf den Kopf hochmütig zurück.

Ich ergriff ihre Hand und bat: „Laß uns doch wie vernünftige Menschen miteinander reden. Du bist ja ein Mensch wie ich. Was ist denn geschehen? Warum weinst du und warum schlägst du mich?"

Sie machte eine Faust, ließ aber ihre Hand in der meinen liegen. „Es ist für dich doch zwecklos, nach Eryx zu kommen, um hier Hilfe zu suchen", sagte sie feindlich. „Du weißt von der Göttin mehr als ich. Ich bin doch nur ein Körper, in dem die Göttin sich offenbart, aber deine Kraft ging auf mich über, und nun bin ich für dich überflüssig und kann für dich nichts mehr tun. Nein, nein, ich begreife nicht, was eigentlich geschehen ist", klagte sie. „Ich hätte meine Kleider nehmen und von dir weggehen sollen. Dann wärest du beim Aufwachen allein gewesen und hättest das, was du im Traumzustand gesehen hattest, für die Antwort der Göttin gehalten. Ich verstehe gar nicht, was mich bei dir zurückhielt. Sage mir, bist du jetzt wirklich wach?"

Ich tastete meinen Kopf und meinen Körper ab. „Ich vermute, daß ich wach bin", sagte ich. „Aber ebenso hätte ich vorhin schwören können, daß ich wach war, obwohl ich mich nicht hier, sondern woanders aufhielt. So etwas habe ich früher nie erlebt."

„Vermutlich nicht", bemerkte sie zerstreut, „und die Frauen werden wohl nie Gefallen an dir gefunden haben, wenn du angeblich die Hilfe der Göttin dazu benötigst."

Ihre kleine Faust in meiner Hand, starrte ich ihr ins Gesicht. „Deine Lippen sind schön", sagte ich. „Ich kenne die Bogen deiner Brauen. Auch deine Augen und deine Wangen kenne ich. Bist du eine der Wiedergeborenen, weil du mir so merkwürdig bekannt vorkommst?"

„Wiedergeborene", fragte sie, „ich verstehe nicht, wovon du redest?"

Ich schlang meine Arme um ihre Schultern und zog sie an mich. Ihr Körper war vollkommen steif, aber sie widersetzte sich nicht. „Deine Arme sind kalt", sagte ich. „Du frierst. Laß mich dich mit meinem Körper wärmen. Oder ist der Morgen schon da?"

Sie blickte zur Dachöffnung hinauf und sah in den Himmel. „Es ist noch Zeit, bis der Morgen graut", sagte sie, „aber du magst mich ja nicht. Warum solltest du mich mit deinem Körper wärmen? Du hast ja schon alles bekommen, was du dir wünschtest." Plötzlich drückte sie ihr Gesicht an meinen Hals, schluchzte bitterlich und stammelte: „Sei mir nicht böse, wenn ich auch lästig und unausstehlich bin. Die mondlosen Nächte machen mich launenhaft. Gewöhnlich tue ich ergeben das, was befohlen wird. Aber du machst mich aufsässig und widerspenstig."

Durch das dünne Gewand hindurch spürte ich die Weichheit ihrer Glieder. Es lief mir kalt über den Rücken, ein beängstigendes Gefühl überfiel mich, als stünde ich zögernd auf einer steinernen Schwelle, nach deren Überschreiten es für mich keine Rückkehr mehr gäbe. „Nenne mir deinen Namen", bat ich, „damit ich weiß, wer du bist und ich dich anreden kann."

Sie schüttelte heftig den Kopf. Die Kämme lösten sich, und das Haar fiel auf ihre nackte Brust. Während sie ihr Gesicht an meinen Hals drückte, umarmte sie mit beiden Armen meine Lenden. „Wenn du meinen Namen kennen würdest, wäre ich in deiner Gewalt", sagte sie. „Begreifst du nicht, daß ich doch Eigentum der Göttin bin? Kein Mann darf über mich herrschen."

„Du bist nicht imstande, mir aus dem Wege zu gehen", sagte ich. „Am Anfang eines neuen Lebens wählt der Mensch auch einen neuen Namen. Gerade jetzt gebe ich dir einen neuen Namen. Er mag dein Name sein und durch diesen deinen Namen beherrsche ich dich, Arsinoe."

„Arsinoe", wiederholte sie verwundert. „Wie kamst du darauf? Hast du vielleicht früher eine Arsinoe gehabt?"

„Keineswegs", beteuerte ich. „Dieser Name kam mir nur gerade in den Sinn. Es ist Bestimmung, denn ich glaube, daß der Mensch allein keinen Namen erfinden kann. Der Name kam von irgendwo her zu mir oder er war schon in mir."

„Arsinoe", wiederholte sie nochmals, als schmecke sie den Namen auf der Zunge. „Was aber dann, wenn ich mit dem Namen nicht einverstanden bin, den du mir gegeben hast? Was für ein Recht hast du, mich neu zu benennen?"

„Arsinoe", sagte ich. „Wenn ich dich so in meinen Armen wärme, wenn ich den wollenen, mit den Figuren der Tauben der Göttin gezierten Überwurf um dich wickle, bist du mir der vertrauteste von allen Menschen, obwohl ich dich überhaupt nicht kenne."

Ich überlegte. „Du bist keine Griechin", sagte ich, „das höre ich an deiner Sprache, aber Phönizierin kannst du auch nicht sein, weil deine Gesichtsfarbe nicht rotbraun ist, du bist weiß wie der Schaum in meinen Armen. Bist du vielleicht ein ferner Nachkomme der Flüchtlinge aus Troja?"

„Welchem Volke ich angehöre, spielt keine Rolle", sagte sie. „Die Göttin macht keinen Unterschied zwischen Völkern und Stämmen, Sprachen oder Hautfarben. Launenhaft wählt sie unter den verschiedenen Menschen einige aus, die Schönen macht sie noch schöner und die Häßlichen macht sie auch schön. Aber, Turms, sage mir, siehst du mein Gesicht jetzt so, wie es wirklich ist?"

Sie drehte ihr Gesicht wieder mir zu, lehnte aber immer noch ihren Kopf an meine Schulter. Ich betrachtete ihr Gesicht und sagte verwundert: „Ich habe noch niemals solch ein lebendiges und wandlungsfähiges Gesicht wie das deine gesehen, Arsinoe. Jede Seelenregung spiegelt sich darin. Jetzt verstehe ich, daß die Göttin dein Gesicht in unzählige Scheingesichter verwandelt. Jeder Mann, der den Schlaf der Götter im Tempel schläft, glaubt im Traum in deinem Gesicht die Gesichter zu sehen, nach denen er sich sehnt oder die er einst geliebt. Aber ich glaube, jetzt dein eigenes Gesicht zu sehen, wenn du dich da als Mensch an mich schmiegst."

Sie zog sich etwas weiter von mir zurück, blickte mich forschend an, berührte meine Brauen und die Mundwinkel mit der Hand, dann bat sie: „Turms, schwöre, daß du nur ein Mensch bist."

„Im Namen der Göttin schwöre ich, daß ich Hunger und Durst, Erschöpfung und Schlaf, Begierde und Trauer wie ein Mensch empfinde", sagte ich. „Was ich aber selbst bin, das kann ich nicht beschwören, weil ich es es selbst nicht weiß. Kannst du mir schwören, daß du nicht plötzlich aus meiner Umarmung verschwindest und dieses dein Gesicht nicht mehr verwandelst? Das ist das schönste Gesicht, das ich jemals gesehen habe."

Sie schwor und sagte: „Zuweilen erscheint die Göttin in mir dergestalt, daß ich mich selbst nicht wiedererkenne. Zuweilen ist meine Aufgabe vollkommen alltäglich, und ich bin mir bewußt, daß ich Menschen betrüge, die im Tempelschlaf sich einbilden, in mir die Göttin zu sehen. Turms, bisweilen glaube ich gar nicht an die Göttin, sondern wünsche mir, frei zu sein und das Leben eines gewöhnlichen Menschen zu führen. Mein ausschließlicher Bewegungskreis ist nunmehr der Berg von Eryx. Die Quelle der Göttin wird mein Grab sein, wenn ich verbraucht sein werde, und eine andere wird an meine Stelle treten, um den Absichten und Zielen der Göttin zu dienen."

Sie stieß mit dem Fuß ihre Kleider auf dem Steinboden beiseite, schüttelte den Kopf und sagte: „Nein, nein, Turms, es ist furchtbar, daß ich dir, einem Wildfremden, solche Dinge erzähle. Ich müßte meine Kleider und den Schmuck der Göttin zusammenraffen und wegbringen. Ich müßte verschwinden, damit du glauben würdest, ich wäre die Erscheinungsgestalt der Göttin gewesen. Sag einmal, besitzest du die Kraft, Menschen zu verzaubern, weil ich mich nicht rechtzeitig von dir losreißen konnte?"

Ein merkwürdiger Gedanke begann mich zu beschäftigen. Ich berührte mit der Hand ihre Schultern, Seiten und Knie. „Im Traum, wenn es also ein Traum war", sagte ich, „war ich in Himera im Schlafzimmer der Kydippe. Ich schloß sie in meine Arme, wie der Mann ein Weib umarmt, und sie ließ es sich gefallen. Ich hatte an ihr genug, sie wirkte befremdend auf mich und ich wußte, daß mich nur meine Begierde mit Blindheit geschlagen hatte und ich in Wirklichkeit nichts gemeinsam mit ihr hatte. Das, was geschah, war aber wahr, denn das fühle ich in mir und meinem Körper. Wen schloß ich also in meine Arme, wenn mein Körper hier und nicht in Himera war?"

Sie umging meine Frage und fuhr mich an: „Rede mir nicht dauernd von dieser Kydippe. Ich habe über sie jetzt schon mehr als genug zu hören bekommen."

„Aber", fuhr sie schadenfroh fort, „für dich ist sie auf jeden Fall nicht zu haben. Ihr Vater hat bereits die Weissagung der Göttin erhalten. Ein Maultiergespann bringt diese Kydippe in das Hochzeitszimmer, und ein Hase läuft vor dem Wagen her. Der Hase ist das Symbol des Rhegion, und Rhegion herrscht über die Meerenge auf der italischen Seite, so wie Zankle die Meerenge auf der Seite Siziliens beherrscht. Es liegt im Interesse Karthagos, Rhegion in seine Interessensphäre einzubeziehen, damit in den Gewässern der Meerenge eine wohlwollende Neutralität herrsche und die Griechen sie nicht für alle fremden Schiffe sperren. Die Göttin von Eryx verwirklicht durch Offenbarungen und Weissagungen auch politische Ziele. Deshalb kann ich an die Göttin nicht immer glauben."

„Im Grunde", sagte sie weiter, „ist der Tempel von Eryx die Heiratsvermittlung für die gesamte westliche Welt. Die Gescheiten glauben nur halb an die Göttin und beratschlagen lieber direkt mit den Priestern und vereinbaren schon im voraus und nüchtern die vorteilhaftesten Eheabschlüsse. Manche Nichtsahnende, Mann oder Weib, haben als Zeichen die Einladung nach Eryx erhalten und sind im Traumzustand im Tempel dem zukünftigen Ehepartner begegnet, obwohl sie nie voneinander gehört hatten. Die Widerstrebenden zwingt die Göttin zusammen."

„Und ich", fragte ich, „bin ich auch ein Opfer einer im voraus aufgestellten Rechnung?"

Sie wurde erschreckend ernst und beteuerte: „Du sollst meine Worte nicht falsch verstehen. Die Göttin ist stärker, als wir glauben. Zuweilen bringt sie die besten Berechnungen durcheinander, indem sie ihren eigenen Willen durchsetzt. Weshalb hätte ich sonst unter innerem Zwang bei dir bleiben und mich dir eröffnen müssen?"

„Nein, Turms", fuhr sie fort und berührte ängstlich meinen Mund mit den Fingern. „Mir ist abwechselnd heiß und kalt, wenn ich deine mandelförmigen Augen und deinen breiten Mund ansehe. Eine Kraft, stärker als ich, bindet mich an dich, so daß meine Knie schwach werden und ich mich nicht bücken kann, um meine Kleider und den Schmuck der Göttin auf dem Fußboden zusammenzuraffen. Irgend etwas Furchtbares wird geschehen, und ich glaube, ich wünschte dann lieber tot zu sein."

„Ich war schon tot", sagte ich. „Immer noch verspüre ich den Metallgeschmack auf den Lippen, Arsinoe, ich spuckte das Geldstück heraus, das mir für den Fährmann in den Mund gesteckt worden war. Ich glaube wirklich, daß irgend etwas Rätselhaftes mit uns beiden geschehen wird."

Verängstigt blickte sie zur Dachöffnung des Tempels empor. „Der Himmel wird schon hell", rief sie aus. „Wie entsetzlich kurz war diese Nacht. Ich muß jetzt gehen, und wir werden uns nie mehr sehen."

Ich hielt sie fest. „Arsinoe, du gehst noch nicht", befahl ich. „Wir müssen uns wiedersehen. Verrate mir, wie das möglich sein könnte. Was soll ich tun?"

„Du weißt nicht, was du redest", entgegnete sie. „Reicht es nicht, daß eine Frau an deiner Berührung starb. Darüber ist viel im Tempel gesprochen worden. Wünschest du, daß auch ich sterben soll?"

In dem Augenblick hörten wir den Flügelschlag der Vögel. Jemand war durch den Hof des Tempels gegangen, und der aufgescheuchte Taubenschwarm war hochgeflogen. Irgend etwas schwebte aus der Dachöffnung in den Lichtschein der Lampe und fiel uns zu Füßen. Ich hob eine kleine Taubenfeder vom Steinboden auf.

„Die Göttin gab uns ihr Zeichen", rief ich voll Freude aus. „Sie hält zu uns. Wenn ich früher an sie nicht geglaubt hätte, dann würde ich jetzt an sie glauben. Dies ist ein Wunder und ein Omen."

Ihr Körper bebte vor Angst in meinen Armen. „Jemand läuft schon im Hof umher", flüsterte sie. „Unzählige Lügen huschen bereits wie Eidechsen durch meinen Kopf. Vielleicht flößt mir die Göttin ihre eigene Verschlagenheit ein. Turms, Turms, warum tatest du mir dies an?"

Ich küßte gewaltsam ihren widerstrebenden Mund, bis sie nachgeben und ihre eigene Glut in mich hauchen mußte.

„Turms", sagte sie schließlich, die Augen naß von Tränen, „ich habe schreckliche Angst. Würdest du mein Gesicht bei Tageslicht wiedererkennen? Das Lampenlicht ist trügerisch. Vielleicht bin ich häßlicher und älter, als du glaubst, und du würdest bei meinem Anblick enttäuscht werden."

„Und mein Gesicht?" fragte ich.

„Ach, du brauchst nicht bange zu sein, Turms", lachte sie auf, „du hast ja das Gesicht eines Gottes."

In dem Augenblick überfiel mich ein Beben vom Kopf bis zu den Füßen, und in der Gewalt einer unbeschreiblichen Ekstase fühlte ich mich mehr zu sein, als ich selbst war, und es gab nichts, was ich nicht hätte erobern können „Arsinoe", sagte ich, „du bist für mich geboren und nicht für die Göttin, und ich bin für dich geboren. Deshalb mußte ich nach Eryx kommen, ob ich wollte oder nicht, um dir hier zu begegnen. Ich bin am Ziel, bin frei, bin stark. Geh jetzt und fürchte dich nicht. Wenn wir uns am Tage nicht treffen können, dann sehen wir uns in der Nacht, irgendwie, irgendwann, aber wir werden uns wiedersehen, das weiß ich, und keine Macht der Welt kann uns daran hindern."

Ich half ihr dabei, ihre Kleider und ihren Schmuck vom Boden aufzulesen. Sie blies die Lampe aus, nahm sie mit und verließ den Tempel durch die schmale Tür hinter dem leeren Sockel der Göttin. Ich legte mich wieder langgestreckt auf das Ruhebett, bedeckte mich mit dem nach Myrrhe duftenden wollenen Überwurf, streichelte die daraufgestickten Taubenfiguren und starrte durch die Dachöffnung in den hell gewordenen Himmel.

5.

Die Sonne stand bereits hoch am Himmel, als ich durch die Berührung des Priesters aufwachte. Er war in den Tempel gekommen, um mich zu suchen. Er hielt einen wunderschönen, bebilderten Trinkbecher in der Hand. Als ich ihn sah, konnte ich im ersten Augenblick nicht auseinanderhalten, was von meinen Erlebnissen Traum und was Wirklichkeit war. Als ich mich wieder erinnern konnte, erfüllte mich ein übermütiges Glücksgefühl, so daß ich vor Freude lachen mußte.

„O Priester du", rief ich aus, „die Göttin hat mich von meiner Liebesqual befreit. In der Nacht erschien mir im Traum das Mädchen, das ich zu lieben glaubte, und ich habe sie sogar in meine Arme geschlossen, obwohl sie weit weg in Himera ist. Aber das Mädchen verwandelte sich in einen Hasen und huschte aus meinem Schoß, es hinterließ bei mir keinerlei Sehnsucht nach ihm."

„Trinke dieses aus", redete der Priester mir zu und reichte mir den Trinkbecher. „An deinem Gesicht sehe ich, daß du immer noch im Zustand der Erregung bist. Dieses Getränk wird dich beruhigen."

„Ich will mich gar nicht beruhigen", entgegnete ich, „im Gegenteil, dieser mein Zustand ist so wonnevoll und ich möchte ihn möglichst verlängern. Aber ich tue, wie du willst, um den scheußlichen Metallgeschmack im Munde loszuwerden. Schau, ich lag schon als Toter mit dem Geld im Munde. Du kennst ja ohnedies die Geheimnisse der Göttin. Warum sollte ich dir deshalb verheimlichen, daß ich, ein Fremder, die Hand nach dem Unmöglichen ausgestreckt und mich in Kydippe, die Enkelin des Tyrannen von Himera, verliebte. Zu meinem Glück befreite mich die Göttin von meiner Qual."

Beim Erzählen trank ich den mir dargebotenen, mit Honig gemischten Wein aus. Der Priester schaute mich forschend an und runzelte die Stirn. „Sagtest du wirklich, daß Kydippe sich in einen Hasen verwandelt habe und aus deinen Armen weggeschlüpft sei?" fragte er mißtrauisch. „Wenn es so ist, dann hat die Göttin dir das größte Wohlwollen bezeigt, denn dieses Omen bestätigt nun auch die schon früher über diese Kydippe erhaltenen Omina."

„Kydippe", wiederholte ich. „Gestern noch ließ das bloße Nennen dieses Namens meinen ganzen Körper erbeben, aber heute würde es mir nichts ausmachen, falls ich sie nie wieder zu sehen bekäme."

„Was sahst du noch?" fragte er neugierig, „strenge doch dein Gedächtnis an."

Voller Freude und den Schalk im Sinn, bedeckte ich die Augen mit der Hand und tat, als ob ich ernstlich nachdächte. „Ich glaube, daß ich ein Maultiergespann und einen Wagen mit Silberschmuck sah. Die Maultiere gingen auf dem Wasser quer über die Meerenge. Wie das nur möglich war, das kann ich nicht begreifen. Nachdem deine Medizin auf mich einzuwirken beginnt, verwischen sich die vorhin noch so klaren Erscheinungen, sie verschwinden wie im Nebel. Nein, jetzt sehe ich nichts mehr, auch kann ich mich an nichts mehr erinnern. Doch das dürfte ganz gleichgültig sein, denn diese Kydippe regt meine Sinne nicht mehr auf."

„Zweifellos hast du Sehergaben in dir", beendete der Priester unsere Unterhaltung.

Ich kehrte aus dem Tempel in das Gasthaus zurück, und im Vorhof flog ein Taubenschwarm über meinen Kopf hinweg. Im Gasthaus sah ich noch die Spuren der Totenfeier, Weinlachen auf dem Fußboden und zerschlagenes Geschirr. Mikon schlief in seiner Trauer immer noch so tief, daß ich ihn nicht einmal durch Rütteln wach bekam. Aber Tanakil war auf und ließ sich, ohne über Schmerzen zu klagen, vom Zahntechniker die von ihm angefertigten Zähne einsetzen. Das Zahnfleisch blutete, aber sie trank Wein zu ihrer Stärkung und bat den Zahntechniker, mitleidlos mit seinen Zangen zu kneifen und die Goldbindungen der Zähne fest auf ihren Platz zu drücken. Der Zahntechniker lobte ihre Tapferkeit und wunderte sich selbst über die Schönheit der von ihm geschnitzten Zähne. Nachdem er sie endlich angebracht hatte, bestrich er das Zahnfleisch mit einer Kräutersalbe und ließ sich seine Arbeit bezahlen. Der Preis war gewiß nicht gering, aber um seinen Verdienst noch zu erhöhen, drängte er Tanakil Reinigungsmittel für die Zähne auf, Gesichtssalben, Brauenfarben und Wangenrot aus Karthago, sie sollten die Falten im Gesicht unsichtbar machen.

Nachdem er endlich weggegangen war, ergriff ich ungeduldig die beiden Hände Tanakils und sagte: „Wir beide sind doch erwachsen, du und ich. Du kennst die Geheimkulte der Göttin hier in Eryx, aber auch in mir gibt es Kräfte, die du nicht kennst. Denke daran, wie es der Aura erging, als ich sie berührte. Wer ist das Weib, in dessen Körper die Göttin den Hilfesuchenden im Tempel erscheint?"

Tanakil erschrak heftig, blickte scheu um sich und bat: „Sprich leiser, obwohl ich nicht begreife, was du eigentlich redest."

Ich fuhr fort: „Sie ist ein Weib aus Fleisch und Blut wie ich. Denke daran, daß ich in der Lage bin, Dorieus über manche Dinge aufzuklären, ja sogar sein Herz von dir, trotz deiner neuen Zähne, abzuwenden. Sei nun ehrlich und erzähle, was du weißt."

Sie überlegte einen Augenblick und sagte dann: „Was willst du nun eigentlich? Laß uns Freunde bleiben. Natürlich werde ich dir helfen, soweit es in meiner Macht steht."

„Ich will dieses Weib aus dem Tempel wiedersehen", forderte ich, „und zwar so bald wie möglich, am liebsten bei Tageslicht und allein mit ihr zu zweien."

„Das ist verboten", behauptete Tanakil, „außerdem ist sie ja nur ein billiges Gefäß, das die Göttin mit Wein füllt, wenn sie will. Die Gefäße wechseln, aber der Wein der Göttin bleibt immer derselbe. Das Weib hat keine Macht, sondern es ist lediglich die geschulte Sklavin der Göttin."

„Es mag sein, wie es will", antwortete ich, „ich will gerade dieses Gefäß haben, lieber leer und ohne Wein. Ich beabsichtige es mit meinem eigenen Wein zu füllen."

Tanakil schaute mich nachdenklich mit ihren listigen Augen an, tastete ihre neuen Zähne mit dem Finger ab und gab zu: „Ich bin geweiht, wie du schon richtig erraten hast. Ernstlich gesprochen, ich habe im vollen Einverständnis mit diesem Weib unter derselben Decke gesteckt und ihr bei Schelmereien und Kniffen geholfen, die sie bei den Männern anwendet, die den Schlaf der Göttin schlafen. Gerade sie verhalf Dorieus dazu, mich schöner als die Helena aus Troja zu sehen und ungeahnte Genüsse in meiner Umarmung zu erleben."

„Wer ist sie?" fragte ich.

„Was weiß ich", antwortete Tanakil und zuckte mit den Schultern. „Diese Art Weiber wird schon gekauft, wenn sie noch junge Mädchen sind, und dann im Tempel erzogen. Diese ist, soviel ich weiß, in Karthago aufgewachsen und hat sich auch in anderen Ländern aufgehalten, um die notwendige Fertigkeit zu erlangen. Die Tempel tauschen begabte Frauen häufig untereinander aus. Aber diejenige, die bis nach Eryx gelangt ist, kann nicht mehr höher steigen, denn sie darf wie eine Göttin leben und alle Genüsse der Göttin auskosten, bis sie ihren Verstand verliert oder bis sie zur Unbrauchbarkeit abgenutzt ist. Denke nicht mehr an sie, Turms, du vergeudest nur Zeit dabei."

„Tanakil", sagte ich, „du hast mir erzählt, daß du an die Göttin glaubst. Auch ich glaube an sie, und wie sollte ich nicht an sie glauben nach all den Zeichen, die sie mir schon gegeben hat. Sie besitzt die Macht, die selbstsüchtigen Berechnungen der Menschen, ja sogar die ihrer Priester zu verwirren. Du weißt ja, daß ihr Name Sinnenverwirrerin und Sinnenerregerin lautet. Ihre Laune brachte mich nach Eryx. Ihre Laune ließ mich diesem Weib begegnen. Ihre Laune fordert, daß ich dieses Weib nochmals wiedersehe. Wie könnte ich mich ihrer Laune widersetzen. Tanakil, hilf mir, um deinetwegen, um meinetwegen und auch um jenes Weibes willen."

Tanakil antwortete gereizt: „Warum vertraust du nicht deinen Kummer dem Priester an? Er könnte dir besser als ich beweisen, wie falsch dein Unterfangen ist."

„Geh du selbst zum Priester", bat ich. „Überzeuge ihn davon, daß du noch weitere Ratschläge benötigst, die aber nur eine Frau der anderen geben könne. Diese Frau wird doch wohl keine Gefangene sein und wird in zuverlässiger Gesellschaft den Tempel verlassen dürfen. Selbst den Hilfesuchenden erscheint sie in verschiedenen Gestalten der Göttin. Wer wird ihr wirkliches Gesicht überhaupt kennen außer dem Priester, dir und natürlich der Dienerschaft des Tempels. Sie wird sich doch als Frau unter Frauen bewegen und mit ihnen zusammensein dürfen, wenn sie auch nachts den Aufgaben der Göttin im Tempel dient."

„Selbstverständlich hat sie auch ihre eigenen Vergnügungen", gab Tanakil zu. „Im Grunde ist sie das schlimmste Luder, das ich kenne. Im Sommer erscheint sie aus Langeweile sogar den Seeleuten, den Eseltreibern und den Hirten am Bergabhang. Nein, Turms, laß die Finger von ihr und denke nicht mehr an sie. Wenn ich schon eine erfahrene und sogar durchtriebene alte Frau bin, dann ist sie mir weit überlegen, ist erfahrener und listiger."

Ihre boshaften Worte erschreckten mich, aber ich nahm an, daß sie mit Absicht Schlechtes über Arsinoe sagte, um mich irrezuführen und mir aus der Klemme zu helfen. Vor mir sah ich diese schrägen, hohen Brauen, das lebhafte Gesicht, den hübschen Mund und den weißen Hals. Ich spürte ihre Frauenwärme immer noch in meinen Gliedern, und ich war fest davon überzeugt, daß an ihr nichts Schlechtes sein konnte.

„Tanakil", bat ich, „schau mir in die Augen. Du mußt mir gehorchen. Wenn es so einfach ist, dann geh und hole sie hierher zu mir. Im Namen der Götter verlange ich, daß du meinen Wunsch erfüllst. Sonst wird die Göttin dich verlassen."

Diese meine Worte ließen Tanakil unschlüssig werden. Als Frau kannte sie die Launen der Göttin besser als ich, und sie wurde von Angst erfüllt, die Göttin könne sie tatsächlich im Stich lassen.

„Mag geschehen, wie du es haben willst", sagte sie seufzend und voller Angst, „aber nur unter der Bedingung, daß jenes Weib selbst den Wunsch hegt, dich als Mensch unter Menschen und bei Tageslicht wiederzusehen. Das glaube ich aber kaum, denn an ihrem Gesicht ist bei Tageslicht nicht viel zu sehen."

Nachdem Tanakil ihr Haar hatte kämmen lassen, sich das Gesicht bemalt und sich mit Halsketten geschmückt hatte, ging sie tatsächlich zum Tempel. Die neuen Zähne im Mund machten sie stolz und sicher, und sie trug Nase und Kinn sehr hoch. Sie blieb nicht einmal lange fort, sondern kehrte zusammen mit einer Frau zurück, die vom Kopf bis zu den Füßen in einem phönizischen Gewand steckte und ihr Gesicht mit einem befransten Schirm vor dem Sonnenschein schützte. Sie unterhielten sich lebhaft miteinander und schritten durch das Haus auf die Terrasse und in den Garten unter die blühenden Obstbäume. Mich überlief es heiß, als ich sie beide kommen sah. Tanakil ließ die Frau auf der Steinbank im Garten zurück und sagte geschäftig, sie wolle Wein und Essen holen.

„Turms", rief sie, „komm her und halte Wache, so daß in der Zwischenzeit keiner der niedrigen Dienerschaft diese Priesterin des Tempels stört. Ich will sie eigenhändig bedienen, da ich sie als Gast mitgebracht habe."

Meine Knie und meine Glieder waren weich wie Wasser, und mein Mund zitterte, als ich die paar Schritte auf Arsinoe zuging. Die Blüten der Obstbäume rieselten mir zu Füßen, und das Meer, fern am Fuße des Berges, war unruhig. Sie legte ihren Sonnenschirm weg, hob den Kopf und schaute mir ins Gesicht.

Ich erkannte die hohen, schrägen Brauen, aber das Gesicht, die Augen und der fürchterlich bemalte Mund waren mir fremd. „Arsinoe", flüsterte ich und streckte meine Hand aus, doch ich wagte sie nicht zu berühren.

Die Frau runzelte gereizt ihre gewölbte Stirn und fuhr mich an: „Der Sonnenschein macht mir Kopfweh und meine Schläfen schmerzen, auch habe ich nicht genügend geschlafen. Wenn ich Tanakil nicht so hoch schätzen würde, wäre ich gewiß nicht so früh aufgestanden und zu ihr hierhergekommen. Aber dich kenne ich nicht. Sprachst du vorhin zu mir und was willst du?"

Die Bemalung ließ ihr Gesicht hart erscheinen, beim Sprechen kniff sie die Augen zu einem schmalen Schlitz zusammen. An den Augenwinkeln hatte sie Falten. Ihr Gesicht spiegelte mehr Erfahrung wider, als ich in der Nacht bei Lampenschein geglaubt hatte, aber je länger ich sie mir ansah, um so klarer ahnte ich ihr nächtliches Gesicht, das durch dieses stark bemalte Maskengesicht durchzuschimmern schien.

„Arsinoe", wiederholte ich flüsternd, „erkennst du mich wirklich nicht mehr?"

Ihre Mundwinkel begannen zu zittern. Sie öffnete die Augen, nun waren sie nicht mehr hinterhältig, sondern leuchteten lächelnd zu mir herüber. „Turms, o Turms", sagte sie, „erkennst du mein Gesicht tatsächlich auch bei Tageslicht, und zwar so, wie es wirklich ist? Fürchtest du mich denn wie ein kleiner Junge, der vor dem verbotenen Tor steht? O Turms, wenn du wüßtest, welche Angst ich selbst ausgestanden habe."

Sie sprang auf und warf sich in meine Arme, und als ich sie umschlang, spürte ich, wie ihre Glieder unter dem Gewand zitterten. „Arsinoe, Arsinoe", flüsterte ich mit bebender Stimme. „Ja, du bist es, ich kenne dich doch."

Ihr Gesicht und ihre Augen fingen zu leuchten und zu sprühen an, als hielte ich die Göttin selbst in meinen Armen. Der Himmel wölbte sich tiefblau über unseren Köpfen, und mein eigenes Blut rauschte mir in den Ohren. „Arsinoe", sagte ich, „für diesen Augenblick ward ich geboren, hierfür habe ich gelebt, hierfür träumte ich meine unruhigen Träume. Der Schleier bedeckt dein Gesicht nicht mehr. Du hast mir dein Gesicht offenbart. In diesem Augenblick bin ich reif für den Tod."

„Arsinoe", fuhr ich fort, „die Zeit rast donnernd dahin wie das Hämmern des Blutes in meinen Schläfen. Aber selbst aus der Asche würde ich emporsteigen, aus dem Grabe unter dem Rasen würde ich wieder auferstehen, um dich nochmals, gerade so wie jetzt, in die Arme schließen zu können."

„Der Berg von Eryx ist ewig", sagte ich. „Das Meer umschlingt ihn in aller Ewigkeit. Ewig lächeln die Täler am Fuße des Berges. Solange das Meer den Berg von Eryx umarmt, solange werde ich dich in meinen Armen halten."

Sie drückte ihre Handfläche gegen meine Brust und sagte: „Du verschmierst mein Lippenrot und bringst meine Haare in Unordnung. Nein, ich habe gar nicht geschlafen", sprach sie weiter. „Ich habe gebadet und mich geschmückt, immer aufs neue das Kleid ausgewählt und meine Haare gekämmt, damit ich nicht zu häßlich in deinen Augen sei. Davor hatte ich solche Angst. Dann dachte ich auch, daß du, wenn du endlich richtig wach wirst, doch glauben könntest, alles im Traum erlebt zu haben."

„Ein Pfeil hat mein Herz durchbohrt", sagte sie, „mein Blut versickert, wenn du mich nur ansiehst, Turms. Wenn du mir mit deinem Gott ähnlichen Lächeln zulächelst, bin ich kraft- und machtlos. Wie hart und schön sind deine Glieder. Halte mich fest, daß ich nicht strauchle. Und ich glaubte, die unverwundbare Dienerin der Göttin zu sein."

Sie drückte ihren Mund an meinen Hals, biß mich in die Brust und wand sich in meinen Armen, bis die Schulternadel ihres Gewandes sich löste und das Kleid auf die Erde fiel. Der Sturm fing pfeifend zu toben an, die Blütenblätter der Obstbäume flogen im Winde über uns hinweg, aber keine Macht der Welt hätte uns voneinander lösen können. Jeder hätte kommen und uns beide mit einem Speer durchbohren können, wir hätten es vermutlich überhaupt nicht gemerkt. Bis ihre Lippen kalt wurden, ihre Augenlider zu zittern begannen, ein Schrei sich ihrem Munde entrang und sie völlig erschöpft dalag, da erst kam ich zur Besinnung, sprang auf und blickte um mich. Der Sturm tobte wild, knickte die Äste der Obstbäume, und Tanakil stand neben uns; ihre Kleider wehten im Winde, und sie starrte uns bestürzt an.

„Seid ihr denn beide total von Sinnen", schrie sie mit vor Angst schriller Stimme. „Habt ihr nicht so viel Verstand, daß ihr euch wenigstens in den Schutz des Gebüsches begebt, wie es gesittete Menschen tun?"

Mit zitternden Händen half sie Arsinoe sich aufzurichten und das Kleid wieder anzuziehen. Blumen und Äste flogen in den Sturmböen durch die Luft, und das von den Dächern der Stadt abgedeckte Schilf verdunkelte die Luft. Das Meer brodelte, tief unter uns jagten einander die Schaumkronen der Wellen, und vom Horizont her kamen Wolkenberge gen Eryx gerast.

„Ihr habt durch euer anstößiges Benehmen den Zorn der Unsterblichen hervorgerufen", schimpfte Tanakil, deren schwarze Augen vor Neid blitzten. „Aber die Göttin hatte mit euch Erbarmen und warf ihren Schleier über euch. Auch meine Augen trübte sie so, daß ihr wie in Nebel eingehüllt, den Blicken anderer entzogen gewesen seid. Was habt ihr eigentlich gedacht?"

„Der Sturm bricht los", sagte ich, immer noch keuchend, „der Weststurm. Ich wundere mich gar nicht, denn der Sturm in mir und in meinem Körper rast weiter über ganz Eryx hinweg."

Arsinoe blickte zu Boden, wie ein Mädchen, das bei Dummheiten ertappt worden ist, ergriff besänftigend die Hand Tanakils und bat: „Verzeih mir, du gesegnetste Frau aller Frauen. Hilf mir noch, denn ich muß mich noch waschen können."

„Laßt uns alle hinein und in den Schutz der Steinwände gehen", schlug Tanakil vor. Sie führte Arsinoe in ihr Zimmer und dort war alles schon vorbereitet, denn diese durchtriebene und erfahrene Frau hatte dort Tücher und warmes Wasser bereitgestellt, so daß ich sogar, nachdem Arsinoe sich gesäubert hatte, mich auch waschen konnte. Als ich dies tat, fingen wir alle drei zu lachen an, ohne uns voreinander zu schämen.

Tanakil wischte sich die Lachtränen aus den Augen und sagte: „Turms, Turms, habe ich dir nicht schon gesagt, daß sie das schlimmste Luder sei, das ich kenne. Aber mir stieg der pure Neid hoch, als ich sie vorhin in deinen Armen aufstöhnen hörte, wenn sie nicht nur etwas vorgetäuscht hat, um deine Lust noch zu steigern und dich so fester in ihre Gewalt zu bekommen. Glaube nie einer Frau, Turms. Der Körper einer Frau lügt ebenso schlau, wie ihre Augen und ihre Zunge lügen."

Arsinoe sagte lieblich lächelnd: „O Turms, glaube dieser niederträchtigen Frau nicht. Du spürtest doch selbst, wie der Berg unter uns barst und die Erde bebte."

Als sie so über ihre Schulter hinweg zu mir sprach, blickte sie in Tanakils Bronzespiegel und rieb mit Tanakils Hautsalbe ihre Wangen und Lippen geschickt sauber. Ihr vorhin vor Erregung angeschwollenes Gesicht wurde wieder kindlich klein, aber ihre Augen, deren Leuchtkraft durch die blaubemalten Brauen noch erhöht wurde, funkelten dunkel.

„Jetzt hast du schon wieder ein neues Gesicht, Arsinoe", sagte ich. „Aber dieses Gesicht ist für mich dein wirkliches, verdecke es vor mir nicht mehr mit einer Maske."

Sie schüttelte den Kopf und ließ ihr wallendes Haar lose über ihren nackten Rücken fallen. Es waren die goldglänzenden Haare einer Schaumgeborenen. Prüfend schaute sie ihr Bild im Spiegel an und rümpfte die Nase. Jeder Gedanke war von ihrem launenhaft wandelbaren Gesicht abzulesen. Eifersüchtig auf den Spiegel, legte ich meine Hand auf ihre nackte Schulter, damit sie mir ihren Kopf zuwende. Sie ließ den Spiegel fallen und bedeckte ihr Gesicht mit beiden Händen.

„Im Namen der Göttin", rief Tanakil ehrlich verwundert aus. „Siehst du, wie sie errötet, wenn du sie nur berührst? Ihr seid doch wohl nicht ernstlich ineinander verliebt? Also dies war es, Turms, als du so geheimnisvoll lächeltest. Die Göttin von Eryx hat dich verzaubert."

„Tanakil", bat ich, „geh und hole die von dir versprochenen erfrischenden Getränke und etwas zum Essen. Ich bin ja doch nicht imstande, dir zu folgen oder zu begreifen, was du sagst."

Sie nickte mit dem Kopf wie ein Vogel, der etwas von der Erde pickt, lächelte vor sich hin und sagte: „Schiebt wenigstens den Riegel vor die Tür, damit ich bei meiner Rückkehr anklopfen kann."

Nachdem sie gegangen war, blieben wir beide stehen und schauten einander tief in die Augen. Arsinoe wurde langsam blaß und ihre Pupillen weiteten sich so, daß mir ihre Augen wie schwarze Waldseen schienen. Ich streckte ihr meine Arme entgegen, aber sie hob abwehrend die Hände und bat: „Nein, komme nicht."

Und doch, meine Kraft jubelte in mir und ich kümmerte mich nicht um ihren Widerstand. Im Gegenteil, ihr Widerstand stachelte meine Lust bis zum äußersten an, weil ich fühlte, daß sie sich meinem Willen unterwerfen mußte. Das Toben des Weststurmes nahm draußen gewaltig zu und rüttelte an den Fensterläden, als wollten fremde Kräfte in das Zimmer eindringen. Das Dach ächzte und durch die Türritzen pfiff der Wind. Die Geister der Luft tobten jubelnd um uns herum, und es war, als schaukelten wir auf einer im Sturm dahinjagenden Wolke.

Als wir beide dann völlig erschöpft auf dem Bettrand saßen, lehnte sie ihre Wange an meine Schulter und sagte: „So süß und so schauerlich hat mich kein Mann bisher geliebt."

„Arsinoe", sagte ich, „für mich bist du neu und unberührt. Wie oft ich dich auch in Besitz nehme, jedesmal bist du für mich gleich neu und unberührt."

Der Sturm pfiff durch die Türritzen und rüttelte an den Fensterläden. Wir hörten Hilferufe der Menschen, Kinderweinen und das Gebrüll des Viehs. Aber alles, was um uns geschah, berührte uns nicht im geringsten. Wir blickten einander nur in die Augen, und ich hielt ihre Hände in den meinen.

„Mir ist, als hätte ich Gift getrunken", sagte sie. „Ich sehe schwarze Schatten vor meinen Augen. Meine Glieder erstarren und werden kalt. Es ist mir, als verginge ich langsam, wenn du mich nur anschaust."

„Arsinoe", antwortete ich, „ich habe früher niemals Angst vor der Zukunft gehabt. Voll Begierde, ungeduldig, bin ich der Zukunft entgegengeeilt, und nun habe ich Angst. Nicht meinet-, sondern deinetwegen."

Arsinoe sagte: „Die Göttin ist in mir und ein Teil von mir, denn sonst hätte mir das, was jetzt geschehen ist, niemals begegnen können. Ich horche in mich hinein. Feurige Wellen wogen über meinen Körper, und ich verspüre die Wonnen der Unsterblichen. Die Göttin wird uns beschirmen. Sonst würde ich nicht mehr an sie glauben."

Im gleichen Augenblick klopfte es an der Tür. Nachdem ich den Riegel zurückgeschoben hatte, trat Tanakil mit einem kleinen Sack Wein im Arm und ein paar Trinkschalen in der Hand herein. „Ihr Zügellosen, fürchtet ihr euch nicht einmal vor dem Sturm?" fragte sie. „Die Dächer der Häuser sind abgedeckt, Wände zusammengestürzt und viele Menschen sind verletzt worden. Poseidon läßt den Berg erzittern, und das Meer ist vor Entsetzen mit Schaum bedeckt. Ich muß auf jeden Fall Wein trinken, um mir Mut zu machen."

Sie hob den Sack und richtete den Weinstrahl direkt in ihren Mund. Nachdem sie genug getrunken hatte, füllte sie die Schalen, reichte sie uns und sagte: „Mein Held Dorieus hat sich die Kleider über den Kopf gezogen, wälzt sich stöhnend im Bett und behauptet, die Erde schwanke unter ihm. Der Arzt Mikon hält sich den Kopf und glaubt in den Hades gekommen zu sein. Draußen ist es finster mitten am Tage, und niemand kann sich erinnern, einen so plötzlichen und wilden Sturm erlebt zu haben, obwohl das Frühjahrswetter in Eryx stets unberechenbar ist. Und ihr zwei spielt nur Mund auf Mund, als ob ihr auch ohne Wein berauscht wäret."

In übersprudelndem Glücksgefühl schaute ich die ängstliche Tanakil und die mit gesenktem Kopf dasitzende ergebene Arsinoe an. Eine Kraft in mir ließ mich die Arme hochheben, und meine Glieder fingen zu tanzen an, als habe der Tanz von mir Besitz ergriffen. Im Zimmer tanzte ich den Tanz des Sturmes, mit den Füßen den Boden stampfend und die Arme hebend und senkend, als wolle ich die Wolken auf die Erde herunterholen. Der Sturm beantwortete meinen Tanz mit Trommeln, Hörnerschall und Pfeifen. Ich hielt inne, horchte, und irgend etwas in mir ließ mich meine Lippen bewegen und rufen: „Verstumme, du Wind, beruhige dich, du Sturm, ich brauche dich nicht mehr."

Ein einziger Augenblick verstrich, und das Pfeifen des Windes durch die Türritzen verstummte fast und klang nur noch wie leises Fragen, das Dröhnen und Tosen entfernte sich, das Zimmer wurde wieder heller und alles beruhigte sich um uns herum. Der Sturm hatte mir gehorcht.

Meine Ekstase wich. Ich blickte um mich. Mein Verstand sagte mir, daß es nicht wahr sein könne. Irgend etwas in mir hatte erkannt und begriffen, daß der Höhepunkt des Sturmes überschritten worden war, und dieses Gefühl ließ mich den Befehl hinausschreien. Tanakil starrte mich mit vor Angst runden Augen an und fragte: „Bist du es, Turms, oder bediente er, der Bezwinger des Sturmes, sich deines Körpers?"

„Ich bin Turms, aus dem Blitz geboren, Gebieter des Sturmes", sagte ich, „die Geister der Luft gehorchen mir."

„Zuweilen", fügte ich noch hinzu, gezwungen durch meinen natürlichen Verstand, „wenn die Kraft mir innewohnt."

Tanakil deutete auf Arsinoe und sagte vorwurfsvoll: „Gestern hast du ja schon nur durch die Berührung mit deinem Finger ein unschuldiges Mädchen getötet. Heute müssen noch viele schuldlos deinetwegen leiden. Wenn du schon nicht an Menschenleben denkst, so denke doch wenigstens an die materiellen Schäden, die du dieser unschuldigen Stadt zugefügt hast."

Wir gingen hinaus und sahen, wie der Sturm, Wälder niederreißend, sich längs der Ebene auf Segesta zu fortbewegte. Aber über Eryx lächelte schon die Sonne, obwohl das Meer immer noch brodelte, die Wellen gegen die Ufer brandeten und den Berg zum Beben brachten. Dächer der Häuser waren abgedeckt, Wände zusammengestürzt, der Sturm hatte das Federvieh umhergeworfen und totgepeitscht. Die Erde lag übersät mit den Blüten der Obstbäume. Zum Glück hatten die Bewohner rechtzeitig die Feuer in den Häusern auslöschen können, so daß keine Feuersbrunst entstanden war.

Mikon wankte auf uns zu, Tränen liefen über sein gutmütiges Gesicht, er klammerte sich an uns und fragte: „Seid ihr auch gestorben und in den Hades gekommen? Ich befürchte, irrtümlicherweise aus der Quelle des Vergessens getrunken zu haben, denn ich kann mich an nichts erinnern, was geschehen ist. Ist Kore bei euch, und wo ist der Schatten meiner unglücklichen Frau? Ist sie hier genau so redselig wie im Leben? Dann möchte ich ihr vorläufig lieber nicht begegnen."

Erst nachdem er mich genügend abgetastet und Arsinoe an den Haaren gezupft hatte, war er überzeugt und meinte: „Ihr seid ja immer noch am Leben, seid Fleisch und Blut. Folglich bin auch ich noch Knochen und

Fleisch und ich lebe. Sei barmherzig, Turms, nimm einen Stein, zertrümmere meinen Schädel und laß den ekelhaften Bienenschwarm heraus, der mir im Kopfe brummt und mich hindert, nachzudenken."

Allmählich wurden seine getrübten Augen klarer, er begann um sich zu schauen und rief außer sich vor Entsetzen: „Ich erinnere mich, am Abend die Totenfeier zu Ehren meiner lieben Frau, von der ich so unvermutet befreit wurde, begonnen zu haben. Ich habe wohl den Trunk der Skythen getrunken, weil man im Barbarenland nach den Sitten der Barbaren leben muß. Aber eine solche Verwüstung glaube ich nicht angerichtet zu haben, als ich voll des Weines herumtobte. Ich habe diese Dächer bestimmt nicht abgedeckt. Das hat gewiß Dorieus getan, der mir überlegen und stärker ist als ich."

Er riß eine Haarsträhne von seinem Kopf, trat sie mit dem Fuß und fluchte: „Schaut das Schwein an, das von allen Tieren das ruhigste ist. Fängt es aber zu wüten an, dann zeigt es seine Hauer. So bin ich, der gutmütigste Mann, nicht besser als das Schwein und habe keine andere Entschuldigung, als daß ich mich in meiner Trauer und gewiß nicht im Freudentaumel betrunken habe."

Kaum hatten wir ihn beruhigt, so kam Dorieus mit einem zerknitterten Überwurf auf den Schultern heraus und fragte: „Was ist eigentlich geschehen? Ich träumte ganz deutlich, daß ich auf einem Schiff war. Das Schiff schaukelte unter mir und die Wellen schlugen tosend gegen die Schiffsplanken, so daß ich es vorzog, auf dem Bauch zu liegen und mich am Bettrand festzuhalten."

Er schaute um sich, sein Interesse erwachte und er rief aus: „Ich sehe, daß der Krieg ohne mein Wissen ausgebrochen ist. Warum ließ ich doch meinen Schild in Himera? Bringt mir wenigstens mein Schwert und zeigt mir, wen ich totzuschlagen habe, so werde ich euch zeigen, wie ein Lazedämonier kämpft."

Er spannte seine Armmuskeln, schnupperte in die Luft und schrie: „Verdammt noch mal, ich vermisse den Geruch von Rauch und Feuer und den Dunst von warmem Menschenblut in meiner Nase. Ich will das Sausen der Pfeile um mich und das Krachen der Gesichtsknochen unter meiner Speerspitze hören und mein Schwert aus dem Zwerchfell des tapfersten Gegners herausreißen, so daß er seinen Geist aushaucht. So stark wie heute habe ich mich nie gefühlt."

Als ich den verwirrten Seelenzustand Mikons und den des Dorieus sah, sagte ich mir, daß dies nicht nur vom Wein herrühren könne, und fing an, auch an mir selbst Zweifel zu hegen. Vielleicht waren meine

Sinne auch verworren als Nachwirkung des Schlafes der Göttin, so daß ich vorläufig noch keine klare Einsicht in die Wirklichkeit hatte und das von mir Erlebte übertrieb?

Auf jeden Fall war das in der Stadt herrschende Durcheinander eine Tatsache. Menschen eilten in den Tempel und führten Verletzte und weinende Kinder mit sich. Um uns kümmerte sich niemand. Reiche und Arme, Kaufleute und Hirten, Besitzer und Sklaven waren zu einem einzigen schreienden Knäuel geballt.

Tanakil sagte: „Wenn wir klug sind, sammeln wir ohne viel Aufhebens meine Dienerschaft, Esel und Pferde, überlassen dem Besitzer des Gasthauses die Abschiedsgeschenke zur Verteilung und fahren von Eryx ab. Ich weiß, und du, Turms, weißt es noch besser als ich, aus welchem Grunde dieses Unglück die Stadt betroffen hat, und die Stadtbewohner und Priester können es auch bald herausbekommen."

Ihre Worte waren sehr vernünftig, aber ich warf einen Blick auf das Gesicht Arsinoes, ihren weichen Mund und ihre glänzenden Augen und wußte, daß ich von ihr nicht lassen konnte. In der Aufwallung einer überheblichen Kühnheit sagte ich: „Ja, laßt uns aufbrechen, aber du, Arsinoe, mußt mitgehen."

Meine Freunde sahen abwechselnd bald mich und bald Arsinoe höchst verwundert an. Ich beeilte mich fortzufahren: „Zieh dir Auras Kleider an, nimm das Gesicht Auras an, du kannst es ja nach deinem eigenen Willen und nach dem Willen der Göttin verwandeln. Die Gebeine Auras bleiben statt dir in Eryx. Alles ist vorsätzlich geschehen und so, wie es geschehen mußte. Bei diesem Durcheinander kommen wir leicht aus der Stadt."

Meine Worte riefen bei ihr tiefstes Entsetzen hervor, sie runzelte die Stirn und widersetzte sich: „Du weißt ja nicht, was du aussprichst, Turms. Du bist doch ein Mann und ein Fremder. Wie könnte ich mich auf dich verlassen und was kannst du mir überhaupt bieten? Als Priesterin im Tempel der Aphrodite von Eryx habe ich die höchste Stellung, die eine Frau jemals erreichen kann. Sollte ich auf mein luxuriöses Leben, auf Schmuck und die schönen Kleider der Göttin verzichten, nur weil ich in der langweiligen Winterzeit zufällig Gefallen an dir fand? Im Gegenteil, ich müßte vor dir Angst haben und vor dir fliehen, gerade um der Macht willen, die du auf unerklärliche Weise über mich und meinen Körper ausübst."

Sie nahm meine Hand und sagte bittend: „O Turms, schau mich nicht so vorwurfsvoll mit deinen mandelförmigen Augen an. Ich weiß es selbst, daß ich mich nach dir sehnen und weinen werde. Aber die Göttin kommt bald übers Meer hierher. Des Frühlings Festzüge und Geheimkulte, die Freuden, die Abwechslung und die Vielfalt der Menschen werden meine Trauer und meine Sehnsucht auslöschen. Sei auch du ebenso verständig und quäle mich nicht mit unmöglichen Vorschlägen."

Die Wangenmuskeln hart vor Zorn, warf ich ihr vor: „Noch vor kurzem schworst du selbst mit deinem Munde und im Namen der Göttin, Freudentränen vergießend, ohne mich nicht mehr leben zu können."

Arsinoe fühlte sich unbehaglich, trat von einem Fuß auf den anderen, blickte zur Erde. „Vorhin war vorhin", sagte sie, „aber jetzt ist jetzt. Ich meinte es ernst und habe bestimmt nicht gelogen. Ich hätte mir nie vorstellen können, daß ich fähig sei, einen Mann so zu lieben wie dich. Aber das darf sich nicht wiederholen, ich würde es gar nicht wagen, es nochmals zu versuchen. Mein Kopf tut mir weh, meine Augen brennen und meine Brüste schmerzen. Allein schon von deinem unmöglichen Vorschlag wird mir schlecht."

Tanakil mischte sich in das Gespräch ein: „Du wahnsinniger Mann, verstehst du denn nicht, daß sie die Sklavin der Göttin ist? Wenn du sie aus dem Tempel entführst, so wirst du vom ganzen Lande Eryx verfolgt werden."

Mikon warf ein: „Das ist richtig, Turms. Ich weiß zwar nicht, wovon die Rede ist, aber mische dich keineswegs in übersinnliche Dinge. Du bist ja nicht einmal geweiht."

Ich bat ihn, den Mund zu halten, und fragte Arsinoe heftig: „Bist du eine Sklavin oder bist du frei?"

Sie wich meinem Blick aus und fragte: „Und – würdest du mich verachten, wenn ich eine Sklavin wäre?"

Meine Stimmung sank, aber ich antwortete: „Es gibt da Unterschiede. Bist du als Sklavin geboren oder hat man dich als Kind als Sklavin verkauft? Außerdem wird auch ein als Sklave Geborener, wenn er das Recht erwirkt, sich einem der Götter zu weihen, von den Menschen als frei angesehen."

Tanakil wurde heftig und zischte: „Dorieus, schlage du Turms auf den Kopf, damit wir seinen verbrecherischen Mund zum Schweigen bringen, und du, Weib, mache dich schnellstens auf den Weg nach dem Tempel."

Arsinoe brach sofort auf, blieb jedoch stehen, kehrte unschlüssig zurück und fragte: „Wo ist mein Sonnenschirm? Ich vergaß ihn im Garten."

Ich sagte, daß der Sturm ihn bestimmt ins Meer geschleudert habe, aber sie brach in Tränen aus und meinte, daß es sich um ein kostbares

Stück handle. Ich ging in den Garten, um den Schirm zu suchen, und fand ihn schließlich in einer Astgabelung eines der Obstbäume so fest verklemmt, daß der farbenfrohe Stoff beim Herauszerren zerriß. Sie begann von neuem zu weinen, als sie ihren demolierten Sonnenschirm erblickte, und warf mir vor: „Schau doch selbst, du bringst mir lauter Unglück. Der Stoff ist zerfetzt und der elfenbeinerne Griff ist entzwei."

Ich schäumte vor Wut über ihre Kleinlichkeit, da doch unvergleichlich wichtigere Fragen auf der Tagesordnung standen, und bat Tanakil, mir einige Goldmünzen zu leihen, damit ich Arsinoe einen neuen und noch schöneren Sonnenschirm kaufen könne. Tanakil jammerte, daß sie bereits viel zuviel Geld ausgegeben habe, ging aber auf Geheiß des Dorieus zur Geldkassette und drückte mir dann die Münzen in die Hand. Arsinoe lächelte selig, klatschte in die Hände und erklärte, ein phönizisches Geschäft zu kennen, wo man die gleichen und noch schönere Sonnenschirme, runde und rechteckige, mit Fransen und mit Quasten kaufen könne.

Ich ließ meinen Blick ungläubig auf ihr ruhen und fragte: „Arsinoe, wie kannst du an einen Sonnenschirm denken, wo doch die Stadt in Trümmern um uns liegt und du selbst für mich eine Frage von Leben und Tod bedeutest."

Sie blinzelte, schaute mich schelmisch an und sagte dann: „Ach, Turms, ich bin doch nur eine Frau. Hast du das noch nicht begriffen? Wenn nicht, dann mußt du noch sehr viel dazulernen."

Und so geschah es, daß sie uns alle in das Geschäft des phönizischen Kaufmanns führte, vor uns fröhlich über Balken und Steine hüpfend, die auf die Straße geschleudert worden waren. Das Haus des Phöniziers war ein fester Bau, der keine größeren Schäden erlitten hatte. Als wir eintraten, zündete der Besitzer Weihrauch vor dem an der Wand hängenden Götterbild seines Gottes Baal an, rieb sich die Hände und bereitete sich auf ausgiebiges Feilschen vor.

Während sich Tanakil und Arsinoe Sonnenschirme auswählten, und auch andere hübsche zum Verkauf stehende Dinge herbeigeholt wurden, sagte Mikon: „Meine Freunde, Turms und Dorieus, diese Stadt ist eine Stadt des Wahnsinns. Wenn ich den Einkauf dieser beiden Frauen sehe, so wird es mir klar, daß das bis zum Abend dauern wird. In der Zwischenzeit können wir drei nichts Vernünftigeres tun, als uns nochmals zu betrinken, bis die Augen uns wirr im Kopfe stehen."

Dorieus gestand: „Offen gesagt, habe ich alles ausgekotzt, was in mir war, weil ich doch glaubte, auf einem Schiff und seekrank zu sein. Der

Wein könnte mein Gemüt beruhigen. An der Wand der Vorhalle in Delphi las ich eine Inschrift: ‚Erkenne dich selbst.' Seitdem habe ich mich bemüht, mich selbst und meine Fehler zu erkennen. Ehrlich gesagt, gerade jetzt habe ich das Empfinden, daß ich sehr gereizt bin und zu leicht Streit in der fremden Stadt entfachen könnte."

Während ich zusah, wie Arsinoe mit flinken Fingern die Stoffe und Fransen der Sonnenschirme prüfte, und hörte, wie hell und lachend ihre Stimme beim Feilschen mit dem Phönizier klang, nahm ich meinen Kopf zwischen beide Hände, um festzustellen, ob er überhaupt noch da saß, wo er hingehörte.

„Warum sollen wir uns tatsächlich um den morgigen Tag sorgen?" gab ich zu. „Der Rausch des Weines ist bestimmt bekömmlicher als der entsetzliche Rausch der Göttin. Auf jeden Fall kann der Wein nichts verschlimmern, weil alles, was mich betrifft, so schlecht steht wie nur irgend möglich."

Der Phönizier ließ seinen Sklaven Wein holen. Der Weihrauch und der Geruch der verschiedenen Waren im Geschäft des Phöniziers reizten uns zur Übelkeit, und so gingen wir auf die Straße, setzten uns auf den Rücken des am Eingang stehenden Steinlöwen und leerten einen Krug teueren süßen Weines, ohne viel um uns zu schauen.

„Wir benehmen uns ja wie die Barbaren", sagte ich, „wir haben nicht einmal ein Mischgefäß, auch habe ich noch nie direkt aus dem Krug Wein getrunken."

Dorieus bemerkte scherzend, der Wein kippe nicht den Mann, eher kippe der Mann den Wein. Über diesen seinen Witz freute er sich so sehr, daß er laut auflachte, mit der Hand auf seinen Oberschenkel schlug und Tanakil herbeirief, damit auch sie seinen Geistesblitz höre. „Dieser Wein schmeckt muffig", sagte er dann, „er ist mit Riechstoffen präpariert, die Durchfall hervorrufen. Laßt uns lieber einen rechtschaffenen mit Harz gemischten Wein trinken."

Wir tranken einen Sack mit Harz gemischten Weines und bespritzten einander auch damit, anstatt des Trinkopfers. Arsinoe kam an die Türe, um einen zierlichen Nasenring anzuprobieren, und fragte, ob er uns gefiele. Mikon bedeckte mit der Hand die Augen, stöhnte und sagte: „Ich glaubte, daß meine Frau, Aura, gestorben sei, da steht sie aber wieder leibhaftig vor mir."

Dorieus schnauzte ihn verächtlich an: „Fange jetzt nicht wieder an, Visionen zu sehen, wie vorige Nacht. Sie ist niemand anderes als die Göttin, die im Tempel erscheint. Ich erkenne sie an den Ohren. Sie ist aber nichts im Vergleich zu Tanakil. Sie ist, als tauche man den Finger in Honig und lecke ihn dann sauber. Wenn ich aber Tanakil in meine Arme schließe, ist mir, als fiele ich kopfüber in einen Brunnen. In Kürze werden wir Mann und Frau sein, gültig sowohl nach den Gesetzen der Phönizier als auch nach denjenigen der Dorier. Dann dürft ihr sie auskosten, wenn ihr wollt. Ein Lazedämonier verbietet seinen Freunden nichts."

Er stockte, die Augen vom Wein getrübt, und starrte nachdenklich vor sich hin: „Wenn ihr es aber tut, morde ich euch", fuhr er fort. „Das wäre auch das Beste, denn wer Tanakil einmal umschlungen hat, sehnt sich mehr nach dem Tode als nach dem Leben. Es ist sehr schwer, aus der Tiefe des Brunnens emporzusteigen."

Er ließ den Kopf sinken, legte ihn auf die Arme, weinte, so daß seine Schultern zuckten, und klagte: „Meine Mutter verstieß mich mit sieben Jahren, damit ich unter Jungens aufwachsen sollte, meinen Vater brachten die Segestäer um, und Brüder habe ich nicht. Ich bin ganz allein auf der Welt, niemals werde ich wieder im Eurotas-Fluß baden dürfen. Das Wasser dort ist zwar im Sommer schlammig, aber trotzdem würde ich nie dieses Wasser gegen das der heiligen Quelle von Eryx eintauschen."

Er hob den Kopf und brüllte: „Im Namen meines Vorfahrs, wer spricht hier von Wasser, wenn es Wein gibt? Nein, ihr seid keine rechten Freunde, wenn ihr dauernd von Wasser redet."

Mikon vergoß einige Tränen und sagte: „Alle drei sind wir allein auf der Welt, allein sind wir hierhergekommen und allein kehren wir wieder zurück, auch darin liegt keine Vernunft. Laßt uns nicht miteinander streiten, sondern laßt uns den Wein trinken, genau so wie jetzt, mäßig und bedächtig. Habe ich euch schon erzählt, daß ich gestern nacht in den Hades hinuntergestiegen bin, um meiner Frau Aura zu folgen oder sie wenigstens aus lauter Freundschaft auf der Fahrt zu begleiten? Woher sollte sie, ein ungebildetes Sikulen-Mädchen, sonst alle Schliche und Kniffe des Hades kennen. Ich glaube, dort die Kore mit dem Ährenkranz auf dem Haupte gesehen zu haben, und ich feilschte mit ihr um Hundewelpen. Aber ich merkte plötzlich, daß ich nicht einmal eine Kupfermünze bei mir trug. Der Fährmann spie vor mir aus, verfluchte mich und ruderte mich eiligst wieder an dieses Ufer zurück. Ein Mann wird schon von Geringerem verwirrt."

Dorieus begann die Mähne des Steinlöwen zu streicheln und sagte, er wolle ihn als Andenken an Eryx mitnehmen. Er versuchte ihn zu heben, aber er war zu schwer, und wir alle drei waren nicht imstande, ihn weiter als ein paar Schritte fortzubewegen. In dem Augenblick kam Arsinoe aus dem Geschäft und zeigte den neuerstandenen Sonnenschirm. Er war nur ein paar Handflächen breit, rechteckig und befranst, fraglos ein hübsches Ding, aber gegen den Sonnenschein konnte er kaum einen Frosch schützen.

„Ach, Turms, wie froh bin ich über diesen Sonnenschirm", rief sie aus. „Der Kaufmann versprach mir, meinen alten noch auszubessern, so daß ich dann zwei Sonnenschirme haben werde. Jetzt muß ich aber gehen. Ich werde bestimmt an dich denken, Turms. Ich werde mich bestimmt deiner erinnern, Turms, vor allem, wenn ich mir diesen bezaubernden Sonnenschirm ansehe. Gute Reise und vergiß auch du mich nicht gleich."

„Arsinoe", sagte ich trotzig und drohend, „vergiß nicht, daß ich dir einen neuen Namen gegeben habe. Mit diesem Namen beherrsche ich dich, ob du willst oder nicht."

Sie streichelte meine Wange und sagte albern lächelnd: „Richtig, lieber Turms, ganz wie du willst. Aber im Augenblick bist du zu betrunken, um in der Lage zu sein, für deine Worte einzustehen."

Sie ging die Straße entlang, ihren Sonnenschirm anmutig auf der Schulter; sie hielt die Schleppe ihres langen Kleides mit der anderen Hand und sprang leichtfüßig über die vom Sturm angehäuften Hindernisse hinweg. Als ich den Versuch unternahm, ihr nachzulaufen, stolperte ich über den ersten Balken, fiel der Länge nach hin und konnte mich nicht erheben, bis mich Dorieus und Mikon unter die Arme faßten und mir auf die Beine halfen. Wir hakten uns unter und gingen zum Gasthaus zurück, gefolgt von Tanatil, die einen großen, neuen Sonnenschirm auf ihrer Schulter spazierenführte.

6.

Mitten in der Nacht wachte ich mit einem so niederschmetternden Gefühl auf, als habe mich eine Schlange gebissen und als sei deren Gift in meine Adern geflossen. Im Augenblick des Erwachens erinnerte ich mich an alles, was geschehen war. Ich wußte, daß die Göttin von mir Besitz ergriffen hatte. Sie hatte mich so weit gebracht, daß ich mich in ein leichtsinniges Weib verliebt hatte, dem man kein einziges Wort glauben konnte und deren Körper bei meiner Umarmung ebenfalls gelogen hatte. Was ich aber auch über sie denken mochte, ja sogar das

Allerschlimmste, vor meinem inneren Auge stand klarer denn je ihr launenhaft wandelbares Gesicht, ihre schrägen Brauen und ihre Pupillen, die sich zu schwarzen Waldseen weiteten. Vielleicht hatte sie schon tausend Männer umarmt. Vielleicht war sie ein Luder, wie Tanakil behauptete, aber beim Gedanken an sie allein tobten die Begierde, die Zärtlichkeit und die Sehnsucht in mir, und ich wußte, wie furchtbar tödlich jeder Augenblick war, der mich von ihr trennte.

Ich wankte auf den Hof und trank kühles Wasser aus dem an der Türe hängenden Tonkrug. Die Stimmen waren verstummt, und die Lichter der Stadt erloschen. Der Himmel war voller Sterne, und der Neumond drohte mir als grausame Sichel am Rande des Firmaments.

Ich ging in den Stall und holte aus Tanakils Korb die Pflöcke des Reisezeltes. Im spärlichen Licht der Nacht schlich ich mich bis zur Pforte des Tempels. Sie war geschlossen, aber auf der Mauer sah man keinen Wächter, auch hörte man keinen Laut jenseits der Mauer. Ich ging um sie herum, bis ich eine geeignete Stelle entdeckte, schob den Zeltpflock zwischen die Mauersteine, stieg darauf, stieß einen zweiten Pflock in das nächste Loch. So baute ich mir eine Leiter und gelangte auf diese Weise auf die Mauer. Auf dem Bauch kriechend, damit die Umrisse meiner Gestalt gegen den Himmel von den Wächtern nicht gesehen werden konnten, fand ich ihre Holzleiter und konnte mühelos in den Innenhof hinabsteigen.

Der Hof war voll von Gerümpel und Schmutz, die der Sturm hineingefegt hatte und die noch nicht beseitigt worden waren. Ich sah die Marmorsäulen an der Quelle im Dunkeln leuchten, tastete mich zur Quelle, warf mich davor nieder und rief die Göttin an: „Du, Schaumgeborene, heile mich durch deine Quelle von meinem Liebesschmerz. Du hast die Liebe entfacht, du allein kannst sie wieder löschen."

Ich beugte mich über den Quellenrand und konnte mit einer Weidengerte gerade bis zur Wasserfläche reichen und so ein paar Tropfen Wasser in den Mund bekommen. Vorsichtig warf ich eine Silbermünze in die Quelle. Das Licht des Neumondes hellte sich auf. Unheilverkündend schaute die Göttin Artemis vom Himmel meinem Handeln zu. Doch ich bereute es nicht. Ich fürchtete mich vor ihren Pfeilen nicht, und außerdem hing an meinem Hals der Mondstein, der vor Wahnsinn schützt.

„Komm", flehte ich, „erscheine mir, du Süßeste unter den Göttern. Ohne Priester, ohne Vermittlung eines irdischen Weibes, wenn ich auch bei deinem Anblick zu Asche verbrennen sollte."

Aus der Tiefe der Quelle kam ein Geräusch, ein Plumpsen, es klang, als habe jemand auf meine Bitte geantwortet. Ich schaute in die Tiefe und mir war, als hätte ich im Wasser Ringe gesehen. Ich wurde schwindlig und mußte mich aufrichten, ich setzte mich hin und rieb meine Schläfen, um nicht ohnmächtig zu werden.

Lange Zeit geschah nichts. Dann begann ein Schattenkörper, eine Lichtgestalt vor mir Formen anzunehmen. Sie war geflügelt und nackt, aber so durchscheinend, daß ich durch sie hindurch immer noch die Säulen erkennen konnte. Sie war schöner als alle Frauen auf Erden. Sogar die lebendige Schönheit der Arsinoe aus dem Lehm der Erde war nur die Widerspiegelung ihrer Lichtgestalt.

„Aphrodite, Aphrodite", flüsterte ich, „bist du es, Göttin?" Sie schüttelte wehmutsvoll ihr Haupt, schaute mich mit traurigen Augen an und fragte: „Erkennst du mich nicht?"

„Nein, du erkennst mich nicht", fuhr sie fort. „Einmal werde ich dich in meine Arme schließen und dich auf starken Flügeln wegtragen."

„Wer bist du denn, daß ich dich erkennen könnte?" fragte ich. Ein rätselhaftes Lächeln huschte über ihr Gesicht. Das gab mir einen Stich ins Herz. „Ich bin dein Schutzengel", sagte sie. „Ich kenne dich und ich bin an dich gebunden. Rufe die irdischen Götter nicht an. Begib dich nicht in ihre Gewalt. Du bist doch selbst unsterblich, wenn du nur den Mut aufbringst, es dir einzugestehen."

„Ich bin ein Mensch", antwortete ich, „aus Fleisch und Knochen. Ich glühe und begehre eine irdische Frau. Arsinoe, nur Arsinoe will ich haben, aus Fleisch und Blut, aus Begierde und Wollust. Nichts anderes will ich haben."

Unsagbar traurig schüttelte sie den schönen Kopf. „Die Bildhauer werden Bildnisse von dir schaffen", sagte sie, „dir werden Opfer dargebracht werden. Ich bin in dir und ein Teil von dir bis zu deiner letzten Stunde, bis du mich erkennen wirst und ich endlich den irdischen Odem von deinem Munde wegküssen werde. O Turms, binde dich nicht an die irdischen Götter. Artemis und Aphrodite, diese beiden sind nur neidische, launenhafte, böswillige Erd- und Luftgeister. Sie besitzen Macht und Zaubermittel. Die beiden bekämpfen einander deinetwegen. Solltest du den Mond oder die Sonne wählen, beide geben dir die Unsterblichkeit nicht, nur die zeitweilige Fähigkeit und den Thron des Vergessens, und dann mußt du erneut wiederkehren, erneut bindest du mich, weil ich dir in die Wehen der Geburt und in einen lebenden, gierigen Menschenkörper folgen muß."

Meine irdischen Augen verschlangen die Schönheit ihrer Lichtgestalt, aber der Zweifel befiel mich sofort wieder. „Du bist ja doch nur eine Erscheinung", sagte ich, „gleich anderen. Warum solltest du gerade jetzt vor mir auftauchen, wenn du mir mein ganzes Leben über gefolgt bist?"

„Du bist in Gefahr, dich zu binden", sagte sie eindringlich. „Du wolltest dich früher nie binden, und nun bist du bereit, dies einer irdischen Frau wegen aus Wollust zu tun. Du kamst, um dich der Aphrodite zu weihen, obwohl du der Sohn des Sturmes bist, den sogar der Mond in seine Gewalt zu bringen sucht. Wenn du nur fester an dich selbst glauben wolltest, Turms, dann würdest du alles besser begreifen."

„Diese Frau, Arsinoe, ist Blut von meinem Blute", antwortete ich eigensinnig. „Ohne sie kann und will ich nicht leben. In solch verheerender Weise habe ich in meinem Leben noch nie etwas begehrt. Deshalb bin ich bereit, mich an Aphrodite zu binden, falls die Göttin sie mir für die Dauer dieses Lebens gibt. Weitere Leben wünsche ich mir ja nicht. Quäle mich nicht, du Unbekannte, so schön du auch bist."

„Bin ich in deinen Augen wirklich schön?" wollte sie wissen, und ihre Flügel zitterten. Im gleichen Augenblick ärgerte sie sich über ihre eigene Eitelkeit und fuhr mich an: „Versuche nicht, mich zu verwirren, Turms. Ich wünschte, ich wäre jenen aufreizenden Erdengeistern ähnlich, um mich wenigstens für einen Augenblick in einen Frauenkörper verwandeln zu können, wenn auch nur für so kurze Zeit, um dir eine Ohrfeige verabreichen zu können. So widerwärtig bist du und so schwierig als Schützling."

„Dann geh fort und verschwinde", befahl ich. „Ich rief nicht dich, sondern die Göttin. Von mir aus bist du frei. Verlasse mich nur. Ich brauch dich nicht."

Ihre Lichtgestalt bebte vor Zorn, aber nach kurzem Schweigen sagte sie traurig: „Wenn du wüßtest, wie oft ich schon von dir gehen und dich deinem Schicksal überlassen wollte. Ich bin aber deiner Unsterblichkeit wegen an dich gebunden, Turms. Wenn du zur Wiederkehr gezwungen wirst, muß ich mit dir wiederkehren, ganz gleich, wie oft du aus der Quelle des Vergessens trinkst, ich bin gezwungen, mit dir wiederzukehren. Bisweilen hasse ich dich deswegen abgrundtief, Turms."

„Sprich nicht so zu mir", bat ich, „sonst werde ich nachgiebig. Wenn du auch nur eine Erscheinung bist gleich den anderen, ich möchte dir glauben. Ich wüßte dann, daß ich nie allein wäre. Nicht, daß ich bis jetzt unter Einsamkeit gelitten hätte, aber nachdem ich mich an Aphrodite gebunden habe, weiß ich, daß ich unter Einsamkeit zu leiden haben werde. Ganz so töricht, wie du glaubst, mein Schutzengel, du schöner, himmlischer, bin ich nicht. Ich bin mir darüber im klaren, daß ich neben jener Frau stets einsam sein werde, was ich auch tun mag. Auch weiß ich, daß sie mich quälen und mich um meinen Verstand bringen wird. Aber bleiben wir beide doch Freunde, du und ich, damit ich in den unglücklichsten Stunden nicht ganz allein bin."

Geflügelt, nackt, erschien sie meinen Augen unsagbar schön. Wenn sie irdischen Lebens gewesen wäre, wenn meine sterbliche Hand sie hätte berühren dürfen, vielleicht wäre ich der Versuchung erlegen, ihr zu folgen. Doch die Begierde brannte zu fürchterlich in meinem Körper. Ich konnte nicht.

Sie beugte ihr Haupt und sagte demütig: „Du sollst deinen Willen haben, Turms, aber deiner Unsterblichkeit wegen beschwöre ich dich, binde dich nicht. Auch sonst kannst du alles haben, was du dir wünschest. Aus eigener Kraft kannst du alles erreichen, wenn du nur an dich selbst glaubst. Auch sie wirst du bekommen, jene verhaßte Dirne, Arsinoe. Denke aber nur nicht, daß ich dabei sein werde, wenn du ihren verhaßten Erdenkörper in den Armen hältst. Auch Artemis ist dir erschienen und hat dir alle Reichtümer der Erde versprochen. Laß sie dich beschenken, wenn dich das freut. Aber binde dich nicht an sie, niemals. Du wirst ihnen für ihre Geschenke zu keinem Dank verpflichtet sein. Nimm nur alles entgegen, was du auf Erden bekommst. Den Unsterblichen werden Opfer dargebracht. Denke stets daran."

Sie beeilte sich beim Sprechen, ihre Flügel zuckten. „Turms", beschwor sie, „du bist mehr als ein Mensch, wenn du nur daran glauben wolltest. Fürchte dich vor nichts. Nicht vor Diesseitigem. Nicht vor Jenseitigem. Turms, der höchste Mut ist, daran zu glauben, daß man mehr als nur ein Mensch ist. Wie müde, wie verzweifelt du auch sein magst, verfalle nie den Verlockungen, dich an die irdischen Götter zu binden. Es ist die schlimmste Versuchung. Es ist die fürchterlichste Versuchung. Freue dich aber deines widerwärtigen Körpers, wenn du Lust hast, das geht mich nichts an. Es berührt mich nicht. Wenn du dich nur nicht bindest. Nicht der Verlockung folgend, nicht aus Angst, tue es nie."

Als ich sie betrachtete und sie so überzeugend sprechen hörte, erfüllte mich das Gefühl starken Mutes. Aus eigener Kraft mußte ich von Arsinoe Besitz nehmen. Meine Kraft war in mir. Der Blitz hatte mich geweiht. Das reichte für mich als einzige Weihe in diesem Leben.

Sie durchschaute meine Gedanken, ihre Lichtgestalt fing grell zu leuchten an, ihr Antlitz strahlte. „Ich muß weg, Turms, mein Lieb", sagte sie.

„Denke bisweilen zumindest einen Augenblick lang an mich. Sehne dich doch mal ein klein wenig nach mir. Du ahnst vielleicht schon, warum ich mich danach sehne, dich in der Sterbestunde endlich in meine Arme schließen zu dürfen."

Sie verblaßte vor meinen Augen zu einem Schleier, bis ich wieder die Marmorsäulen durch ihre Lichtgestalt hindurch erkennen konnte. Ich zweifelte aber nicht mehr an ihrem Vorhandensein. In unsagbarer Freude erhob ich abschiednehmend die Hände und rief aus: „Ich danke dir, mein Schutzgeist. Ich glaube an dich. Ich werde mich nach dir sehnen, allerdings ganz anders als nach einer der irdischen Frauen. Je länger ich lebe, um so mehr werde ich mich nach dir sehnen. Du bist wohl meine wirkliche Liebe. Wenn du es bist, dann verstehe auch du mich. Dann werde ich im Augenblick der stärksten Sehnsucht, wenn ich eine irdische Frau in die Arme schließe, vielleicht auch dich mit umarmen."

Sie verschwand. Ich war wieder allein an der Quelle der Aphrodite von Eryx. Ich berührte mit der Hand den aus Marmorstückchen zusammengefügten Boden. Er war kalt. Ich atmete tief. Ich wußte, daß ich lebte, daß ich da war, daß ich nicht nur geträumt hatte.

In der Stille der Nacht, unter dem Sternhimmel, im Schein der schmalen Mondsichel, saß ich an der uralten Quelle der Göttin. Ich fühlte mich wie ausgehöhlt. Im gleichen Augenblick hörte ich eine Tür knarren, sah einen Lichtschimmer. Der Priester kam aus seiner Behausung mit einer phönizischen Lampe in der Hand, quer über den Hof auf mich zu. Er beleuchtete mich mit der Lampe, erkannte mein Gesicht und fragte barsch: „Wie bist du hierhergekommen, warum weckst du mich mitten aus dem Schlaf, verdammter Fremder?"

Mit ihm schlich das Gift der Göttin wieder in mein Blut und meine Leidenschaft erhitzte mich, als seien mir glühende Drähte in die Haut gedrungen. „Ich kam, um sie wiederzusehen", sagte ich, „die Priesterin, die im Tempel erscheint und die Unwissenden dazu bringt, daß sie sich einbilden, selbst der Göttin begegnet zu sein."

„Was willst du von ihr?" fragte der Priester, die Stirn in tiefen Falten. Doch seine Stirnfalte verfehlte ihre Wirkung. Ich forderte:

„Ich will sie haben, durch sie bekam ich das Gift der Göttin in meinen Körper und kann mich von ihr nicht befreien."

Nachdem der Priester mich eine Zeitlang mit haßerfülltem Blick angestarrt hatte, wurde er verwirrt, und die Lampe in seiner Hand begann zu zittern.

„Fremder, du lästerst", sagte er schließlich. „Soll ich die Wächter rufen? Mir steht das Recht zu, dich als Tempelschänder töten zu lassen."

„Rufe du nur die Wächter, wenn du willst", sagte ich übermütig. „Laß sie mich töten. Der Ruf deines Tempels wird sicherlich dadurch wachsen."

Ungläubig schaute er mich an. „Wer bist du eigentlich?" fragte er.

„Das müßtest du doch wissen", sagte ich überheblich. „Zeugte nicht schon der Totenscheiterhaufen im Hofe des Tempels genug für mich? Erkanntest du mich nicht an dem Sturm, der, während ich frohlockte, die Dächer in der Stadt abdeckte und den Vorplatz des Tempels mit Gerümpel füllte? Du darfst mich aber gern noch weiter prüfen, wenn du magst."

Er lachte hart auf, warf etwas aus der Hand in die Quelle, so daß das Wasser aufspritzte und befahl: „Schau in den Brunnen, Fremder, so werde ich dich prüfen."

Er hielt die Lampe hoch. Ich beugte mich über die Brunnenöffnung und sah die anwachsenden Kreise des Wasserspiegels, ihr langsames Verebben und das Spiegelbild der Lampe. Ich schaute in den Brunnen, bis das Wasser sich beruhigt hatte, richtete mich auf, wischte die Knie und fragte: „Und was nun?"

Wieder starrte er mich ungläubig an. „Hast du wirklich in den Brunnen gesehen oder hieltest du die Augen geschlossen?" fragte er zweifelnd.

„Ich sah die Wasserringe im Brunnen und das Spiegelbild deiner Lampe, und was nun?" fragte ich erneut.

Er schwenkte die Lampe langsam hin und her. Nach einer Weile entschied er: „Folge mir in den Tempel."

Ich dankte erfreut: „Besseres verlange ich gar nicht."

Er ging mit der Lampe in der Hand voraus. Die Nacht war so windstill, daß nicht einmal die Flamme der Lampe beim Gehen flackerte. Als ich ihm folgte, spürte ich die Nachtkühle an meiner Haut, aber mein Körper war so heiß vor Begierde, daß ich nicht fror. Wir gingen in den Tempel hinein, er stellte die Lampe auf den leeren Sockel der Göttin und setzte sich auf einen Stuhl mit kupfernen Füßen.

„Was wünschest du nun eigentlich?" fragte er geduldig.

„Ich will jene Frau, wie sie nun heißen mag", antwortete ich ebenso geduldig. „Sie mit dem wandelbaren Gesicht. Selbst nenne ich sie ‚Arsinoe', weil es mir Spaß macht."

„Du hast den Trunk der Skythen getrunken", sagte er, „schlafe erst deinen Rausch aus und komme dann, dich bei mir zu entschuldigen, vielleicht verzeihe ich dir."

„Brumme du nur, Alter", schnauzte ich ihn an, „sie will ich haben und sie muß ich haben, mit Hilfe der Göttin oder auch ohne, das ist mir gleichgültig."

Die Falte auf seiner Stirn vertiefte sich, bis sie fast seinen Kopf zu spalten schien. Im Schein der phönizischen Lampe starrte er mich mit gemein funkelnden Augen an.

„Für diese Nacht?" fragte er schließlich, der Sache überdrüssig. „Es könnte vielleicht möglich sein, wenn du reich genug bist und die Angelegenheit für dich behältst. Wollen wir es so vereinbaren. Die Göttin hat dich wohl so verwirrt, daß du deine Handlungen nicht mehr verantworten kannst. Wieviel bietest du?"

„Für eine Nacht?" fragte ich. „Gar nichts. Die kann ich zu jeder Zeit haben. Nein, Alter, du verstehst mich nicht. Ich will sie ganz für mich haben. Ich habe die Absicht, sie von hier mitzunehmen, um mit ihr zusammenzuleben, bis sie stirbt oder bis ich selbst sterbe."

Vor Zorn bebend schnellte er hoch und schrie: „Du weißt nicht, was du redest, Wahnsinniger. Vielleicht stirbst du früher, als du denkst."

„Ereifere dich nicht vergebens", lachte ich, „du verbrauchst nur deine müden Kräfte. Prüfe mich lieber, damit du einsiehst, daß ich es ernst meine."

Er hob beschwörend die Hand, mir schien, als weiteten sich seine Augen bis zur Größe einer Trinkschale. Wenn die Kraft in mir nicht verblieben wäre, hätte ich Angst vor ihnen gehabt. Jetzt ertrug ich seinen Blick lächelnd, bis er plötzlich auf den Estrich des Tempels deutete und befahl: „Fremder, schau dir die Schlange an."

Ich blickte auf den Boden und trat unwillkürlich einen Schritt zurück, denn auf dem Boden wuchs vor meinen Augen eine Riesenschlange von der Länge mehrerer Männer und dick wie ein Oberschenkel. Sie wand sich vor meinen Augen. Die Haut glänzte in rutenförmigen Figuren. Sie ringelte sich vorwärts und wandte mir ihren platten Kopf zu.

„Schau einer an", sagte ich, „du bist doch stärker, als ich gedacht, alter Mann. Es wird erzählt, daß so etwas einst im Zeitalter der Unterirdischen, der Unterwelt, in der Schlucht von Delphi gelebt und den Nabel der Welt dort bewacht hat."

„Sieh dich vor", schrie der Priester, um mich zu erschrecken. Blitzschnell schnellte die Schlange vom Boden hoch und wand sich um meine Glieder, bis sie in kaum einem Augenblick meinen ganzen Körper in ihre Windungen geschlossen hatte und ihr Kopf bedrohlich vor meinem Gesicht hin und her pendelte. Ich fühlte die kalte Schlangenhaut auf meiner

Haut. Ihr Gewicht war fürchterlich. Panischer Schrecken schien mich befallen zu wollen. Dann aber brach ich in erlösendes Lachen aus und sagte: „Ich spiele gern noch weiter mit dir, Priester, wenn du es wünschen solltest. Aber ich fürchte mich nicht. Keine Unterirdischen, keine Irdischen, nicht einmal Überirdische. Am allerwenigsten fürchte ich mich vor etwas, was nicht existiert, was nicht wirklich ist. Ich bin aber bereit, mit dir diese kindlichen Spiele zu spielen, sogar die Nacht hindurch, wenn es dir Spaß macht. Vielleicht könnte ich dir auch irgend etwas Unterhaltendes vorführen, wenn ich es versuchen sollte."

„Nur das nicht", flehte er schwer atmend und mit der Hand über seine Augen fahrend. Im gleichen Augenblick war die Schlange verschwunden, obwohl ich immer noch die schweren Windungen des Schlangenkörpers an meiner Haut zu spüren glaubte. Ich schüttelte mich, streichelte mit der Hand meine Glieder und gab lächelnd zu:

„Du bist ein starker Mann. Aber ermüde dich ja nicht meinetwegen. Setze dich lieber ruhig hin, so werde ich dir etwas zeigen, was du vielleicht nicht sehen möchtest."

„Nur das nicht", wiederholte er. Ein Zittern ging durch seinen Körper und er sank auf den Stuhl. Er war wieder der alte Mann mit den stechenden Augen und der Falte zwischen den Brauen. Nachdem er mehrere Male tief Atem geschöpft hatte, fragte er mit ganz veränderter Stimme: „Wer bist du eigentlich, Fremder?"

„Wenn du mich nicht erkennen willst, so bleibe ich ebensogern unerkannt", sagte ich nachlässig.

„Du mußt es doch einsehen", sagte er beschwichtigend, „daß du etwas Ungewöhnliches forderst. Allein deine Forderung ist eine Lästerung der Göttin. Du wirst doch wohl die Göttin nicht erzürnen wollen, obwohl du mich, einen müden Mann, zu ärgern wagst?"

„Ich will gewiß niemand erzürnen oder ärgern", erklärte ich wohlwollend, „und ich lästere die Göttin auch nicht. Im Gegenteil, begreifst du es nicht, Alter, daß es nur eine Gunstbezeugung für die Göttin ist, wenn ich ihre Priesterin zu eigen erbitte?"

Plötzlich brach er in Weinen aus, bedeckte sein Gesicht und wiegte sich auf dem Stuhl hin und her. „Die Göttin hat mich verlassen", klagte er. „Mein Leben ist um und neue Zeiten brechen an. Ich weiß nicht einmal, wer du bist. Ich kenne dich nicht."

Unwillkürlich hatte er das Bedürfnis, mit seinen Kenntnissen zu prahlen. Indem er sich die Tränen aus seinem Bart wischte, erklärte er mit vor Gereiztheit sich überschlagender Stimme: „Ein Mensch kannst du nicht sein, obwohl du in Menschengestalt erscheinst. Ein Mensch hätte sich dem Zaubertanz der Schlange nicht widersetzen können. Diese Riesenschlange ist das Symbol der Erde, das Gewicht der Erde, die Kraft der Erde. Derjenige, den sie nicht bezwingt, kann kein Sterblicher sein."

„Nein, ein Sterblicher kannst du nicht sein", sagte er, sich allmählich beruhigend, schaute mich jetzt aber schon demütig an. „Sonst wärst du in den Schlangenwindungen zerdrückt worden. Verzeih mir, ich war nur so wütend, weil ich dich für einen gewöhnlichen Menschen hielt. Ich hätte die Schlange nicht beschworen, wenn deine Forderung nicht so unerhört gewesen wäre."

Ich nutzte die Gelegenheit und sagte: „Um nochmals auf meine Bitte zurückzukommen, so war sie eine höfliche Bitte und keineswegs eine Forderung. Auch ich gehe einem Streit möglichst aus dem Wege. Deshalb hoffe ich, diese Angelegenheit in gutem Einvernehmen unter uns bereinigen zu können. Aber, alter Mann, ich bin auch bereit zu fordern. Dann würde ich aber gezwungen sein, meine Kraft zu gebrauchen."

Seine Stimme klang wieder ganz schrill: „Wenn du auch kein Sterblicher wärst, du Unbekannter, bleibt deine Bitte immer etwas noch nie Dagewesenes. Woher weißt du, ob jene Frau dir überhaupt folgen will? Wer würde sich wegen eines Fremdlings von der Göttin lossagen? Nein, nein, du begreifst nicht, was du redest."

„Sie will ja auch gar nicht", bemerkte ich heiter, „es handelt sich jetzt aber um meinen und nicht um ihren oder deinen Willen."

Ich hob meine Hand, um mir meine müden Augen zu wischen, er aber verstand die Bewegung falsch, zuckte auf seinem Stuhl zurück und streckte beide Arme abwehrend aus. „Nur das nicht", flehte er noch einmal. „Laß mich überlegen."

Verzweifelt erklärte er: „Sie, jenes Weib mit dem wandelbaren Gesicht, ist als Frau eine Seltenheit. Solche wie sie werden sehr selten geboren. Ihr Gewicht ist nicht mit Gold aufzuwiegen."

„Das weiß ich", sagte ich von Freude erregt, und mein Körper erbebte in der Erinnerung an Arsinoe. „Ich habe sie ja in meinen Armen gehalten."

„Quatsch", zischte der Alte, „ihr Körper entspricht den Ausmaßen der Göttin. Das ist keine Seltenheit. Sie ist in den Künsten der Göttin geschult worden. So etwas kann einem beigebracht werden. Aber die Wandelbarkeit ihres Gesichts ist ein Wunder. Sie ist das, was ich will, wie ich es will, gleich für welche Zwecke. Außerdem ist sie keine dumme Frau. Das ist das größte Wunder."

„Auf ihre Klugheit lege ich keinen großen Wert", meinte ich, ohne zu wissen, was ich sagte. „Das Übrige wird schon stimmen. Sie ist der Göttin, der sie dient, ebenbürtig."

Der Priester streckte seine geäderten Hände bittend gegen mich aus: „Im Tempel von Eryx dient sie dem ganzen westlichen Meer, Karthago, Sizilien, den Tyrrhenern, den Griechen. Mit Hilfe ihres Körpers wird der Friede zwischen den gegensätzlichen Interessen gefördert. Es gibt keinen Ratsherren oder Tyrannen, den sie nicht zum Glauben an die Göttin zwingt."

Ich knirschte mit den Zähnen beim Gedanken an all die Männer, die durch den Schoß Arsinoes gegangen waren und sich einbildeten, daß die Göttin ihnen in ihr erschienen sei. „Das genügt mir", sagte ich, „denn ich habe nicht die Absicht, mich ihrer Vergangenheit zu erinnern. Ich nehme sie so, wie sie ist. Ich habe ihr sogar schon einen neuen Namen gegeben."

Der Alte faßte sich an den Bart, dann öffnete er den Mund, um zu schreien.

„Halt", verbot ich, „bedenke erst, was du tun willst. Was glaubst du, daß die Wächter mir antun könnten? Versetze mich nicht in Wut."

Sein Unterkiefer erstarrte und der Mund blieb offen, die Zunge zuckte, er brachte keinen Ton heraus, konnte aber auch den Mund nicht schließen. Zunächst erschrak ich, bevor ich begriff, daß meine Kraft stärker als die seine war, genau so wie seine geschulte Kraft vorher mich in ihren Bann geschlagen hatte. Ich mußte unwillkürlich wieder lachen.

„Schließe deinen Mund, deine Sprache möge wiederkehren, wie sie gewesen", redete ich ihm freundlich zu.

Er schloß mit einem Ruck den Mund, bewegte den Kiefer und befeuchtete die Lippen. Er sagte aber immer noch eigensinnig: „Wenn ich es dir gestatten würde, sie mitzunehmen, würde ich selbst darunter zu leiden haben, denn mir würde eher der Raub der Weihgeschenke des Tempels verziehen werden. Gleich, welches Märchen ich auch erfinden würde, mir wird nicht geglaubt werden. Wir leben doch in einer zivilisierten Zeit, und den Priestern erscheint die Göttin nicht mehr, um ihren Willen kundzutun, sondern die Priester verkünden ihren Willen."

Er überlegte, sein Kopf zitterte und sein Gesicht bekam einen verschlagenen Ausdruck, er schmunzelte in sich hinein und sagte dann: „Nein, die einzige Möglichkeit ist, daß du sie entführst und sie genau so nackt mitnimmst, wie sie auf die Welt gekommen ist. Keinen einzigen der Göttin gehörenden Gegenstand darf sie mitnehmen. Bring sie mit Gewalt und heimlich fort, ich drücke dabei ein Auge zu, und erst nach einigen Tagen werde ich bekanntgeben, daß sie verschwunden ist. Dann wird niemand wissen, wer sie entführt hat, obwohl der Verdacht auf alle in der Stadt weilenden Fremden fallen wird. Wenn sie zurückkehrt, kann sie sich ja damit verteidigen, daß du sie mit Gewalt entführst hast."

„Sie wird nicht hierher zurückkehren", sagte ich fest entschlossen.

„Wenn sie zurückkehrt", fuhr der Alte ebenso entschieden fort, „kann sie sich wieder mit den Gewändern und dem Schmuck der Göttin kleiden, sie ist dann wohl gescheiter als zuvor. Vielleicht ist das gerade die Absicht der Göttin. Wie wärst du sonst überhaupt hierhergekommen? Warum hätte die Göttin dich sonst mit Blindheit geschlagen?" Er schien erheitert. „Merke dir", sagte er, „dein ganzes Leben wirst du keine ruhige Stunde mehr haben. Ich meine damit nicht nur, daß du dir Karthago und alle einheimischen Städte Siziliens zu Feinden machst, die dich verfolgen werden. Nein, ich meine, daß du an ihr selbst einen scharfen Stachel ins Fleisch bekommen wirst. Wenn du vielleicht kein Sterblicher bist, so hast du doch einen Körper, und sie wird zur fürchterlichsten Qual für deinen Körper werden."

In sich hineinkichernd strich er sich den Bart und schaute mich schadenfroh an. „Du bist dir wirklich nicht klar darüber, was du forderst", wiederholte er nochmals. „Die Göttin hat dich in ihre Netze verstrickt. Die glühenden Fäden fressen sich in dein Fleisch und an dein Herz heran, bis du den Wunsch hast, lieber tot zu sein."

Seine Worte feuerten mich nur an, so daß ich das wonnige Brennen der Stricke der Göttin wieder an meinem Körper spürte und ungeduldig wurde.

„Arsinoe", flüsterte ich, „Arsinoe."

„Sie heißt Istafra", schnauzte der Alte. „Warum solltest du nicht auch das erfahren? Ich muß sterben, entweder jetzt oder später, lieber sterbe ich später. Das ist für mich die wichtigste Frage. Einmal muß ich ja doch sterben. Im Vergleich zu dieser Frage interessiert es mich weniger, was mit ihr oder dir geschieht. Vergebens vergeudete ich meine Kräfte. Vergebens erhob ich mich aus meinem wohligen Bett. Tue, was du willst, mich kümmert es nicht."

Und so brauchten wir uns nicht mehr weiter zu zanken. Er nahm seine Lampe und führte mich hinter den leeren Sockel der Göttin, öffnete die schmale Tür und stieg vor mir die unter die Erde führenden Steinstufen hinab. Der Gang war so schmal, daß ich wegen meiner breiten Schultern schräg gehen mußte. Vorbei an der Schatzkammer der Göttin führte er mich in das Zimmer Arsinoes und rüttelte sie aus dem tiefsten Schlafe wach.

Als wir eingetreten waren, schlief Arsinoe nur mit einer Wolldecke bedeckt, den neuen Sonnenschirm im Arm. Nachdem sie aufgewacht war und mein Gesicht erkannt hatte, geriet sie außer sich vor Zorn und schrie: „Was für eine Erziehung hast du eigentlich genossen, Turms, wenn du eine Frau nicht schlafen läßt, die schlafbedürftig ist? Bist du denn total von Sinnen, daß du in die geheimsten Räume der Göttin eindringst, um nach mir zu suchen?"

In ihrem Zorn, nackt und mit dem Sonnenschirm in der Hand, war sie so bezaubernd, daß mich eine unwiderstehliche Lust überkam, den Priester aus der Tür zu schieben und Arsinoe sofort in die Arme zu schließen. Doch ich wußte, das hätte bis zum Morgengrauen gedauert. Deshalb beherrschte ich meine Ungeduld und sagte: „Arsinoe, sei glücklich. Die Göttin schenkt dich mir, aber wir müssen sofort und heimlich gehen, und du mußt so mitkommen, wie du jetzt bist."

Der Priester bestätigte es: „So ist es, Istafra. Die Kraft dieses Fremdlings ist stärker als die meine. Deshalb ist es besser, du gehst mit ihm. Wenn du von ihm wieder loskommst, kannst du zurückkehren, und ich werde dann bezeugen, daß er dich mit Gewalt entführt hat. Mir zuliebe mache sein Leben bis dahin so schwer wie nur möglich. Sei ihm jeden Augenblick zum Verdruß und laß ihn die Folgen seines eigenen Wahnsinns in seiner Haut schwer büßen. Das ist meiner Ansicht nach die Absicht der Göttin."

Immer noch völlig schlaftrunken, war Arsinoe ganz verwirrt und behauptete: „Ich will ihm gar nicht folgen und habe ihm nie etwas versprochen. Ich wüßte nicht einmal, was ich anziehen sollte."

Ich wurde ungeduldig und sagte, daß sie so mitkommen müßte, wie sie jetzt sei, denn ich hätte dem Priester versprochen, daß sie keinen einzigen der Göttin gehörenden Gegenstand mitnehmen würde. Der Göttin wolle ich nichts stehlen, und die weiße Haut der Arsinoe sei meines Erachtens ihr schönstes Gewand, bis ich ihr neue Kleider beschaffen würde.

Als ich über Kleider sprach, wurde sie etwas friedlicher und sagte entschlossen, sie würde wenigstens den Sonnenschirm mitnehmen, denn ich hätte ihn ihr doch geschenkt. Aber trotzdem dächte sie keineswegs daran, mit mir zu gehen und sich wie ein törichtes Mädchen vom erstbesten Fremdling entführen zu lassen.

Wild geworden sagte ich: „Na, dann nicht. Ich haue dir eins über den Schädel und trage dich auf der Schulter fort, wenn du es so besser findest, obwohl ich fürchte, dadurch deine schöne, zarte Haut zu verletzen."

Das ließ sie aufhorchen und sie beruhigte sich, drehte uns den Rücken zu, um es sich zu überlegen. Der Priester reichte mir eine runde Schale und ein Messer aus Stein und forderte mich auf: „Laß dich also weihen."

„Weihen?" wiederholte ich. „Was meinst du damit?"

„Du sollst dich der Göttin weihen", fuhr er mich an, „binde dich fürs Leben an Aphrodite. Das ist doch wohl das wenigste, was von dir verlangt werden kann, ob du nun ein Sterblicher bist oder nicht."

Ich schwieg, und er glaubte, daß ich nachdächte, wie diese Weihe wohl vor sich gehen würde, da begann er gereizt zu erklären: „Ritze dir mit dem Messer der Göttin eine Wunde in den Oberschenkel. Das Messer ist ebenso alt wie die Quelle der Göttin. Laß dein Blut in die Schale fließen. Die Schale ist aus dem Holz der Göttin. Wiederhole beim Tropfen des Blutes die von mir vorgesprochenen Worte der Weihe. Das genügt."

„Aber Mann Gottes", entgegnete ich, „ich habe nicht die geringste Absicht, mich an Aphrodite zu binden. Ich bin der, der ich bin. Das mag der Göttin genügen, von der ich dieses Weib als Geschenk annehme."

Der Priester glotzte mich zunächst an und schien seinen Ohren nicht zu trauen. Dann schwollen die Adern an seinen Schläfen und die Lippen zitterten vor Zorn, er brachte kein Wort heraus, sondern stürzte zu Boden, so daß das Messer und die Schale der Göttin ihm aus den Händen fielen. Ich befürchtete, daß er vor Wut einen Schlaganfall erlitten habe, hatte aber keine Zeit, mich um ihn zu kümmern.

Arsinoe starrte mich mit festgeschlossenem Mund an. Eigentlich hatte ich Lust, das uralte Messer und die Schale der Göttin als Andenken mitzunehmen, aber ich überwand die Versuchung, dann ergriff ich Arsinoes Arm, drehte sie zu mir her, betrachtete sie von vorn und hinten, damit sie ja nichts der Göttin Gehörendes an sich habe. Ich tastete sogar ihre Haare ab, und die bloße Berührung versetzte mich in Rauschzustand. Ich warf mein Schultertuch über ihre Schultern und führte sie ab. Sie folgte mir ergeben, ohne ein Wort zu sagen, in den Tempel hinauf. Dort schüttelte ich sie nochmals und sagte drohend: „Wenn du schreist, kriegst du eins über den Kopf."

Sie nickte, zum Zeichen, daß sie mich verstanden habe. Wir stolperten über die vom Sturm abgeknickten Äste über den Hof und stiegen auf die Mauer, an der gleichen Stelle, an der ich heruntergestiegen war. In der Dunkelheit kletterte ich auf der anderen Seite der Mauer vor ihr hinab und setzte ihren Fuß auf jeden der Zeltpflöcke, so daß sie mit nur einigen kleinen Schrammen an der Haut bis nach unten gelangte. Danach stieg ich nochmals hinauf, löste die Pflöcke aus der Mauer und nahm sie wieder mit, damit niemand entdecken könne, wie ich in der Nacht in den Tempel gekommen war. Ich legte meinen Arm um Arsinoe und führte das Mädchen mit pochendem Herzen zum Gasthaus. Auch jetzt sprach sie kein Wort.

7.

Kaum waren wir innerhalb der vier Wände, da veränderte sich ihr Benehmen völlig. Zischend wie ein Leopard spuckte sie aus ihrem Munde eine Handvoll Goldschmuck, Haarnadeln und Ringe, stürzte dann auf mich zu, schlug und trat mich mit Füßen, schlug mich, wohin sie mich gerade traf, kratzte mit ihren Nägeln Blutstriemen in meine Haut, bevor ich, völlig überrascht, mich verteidigen konnte. Die ganze Zeit über spie sie die fürchterlichsten Worte aus, aber bald war ihr griechischer Wortschatz zu Ende und sie war gezwungen, mich auf phönizisch zu verfluchen, so daß ich die Ungeheuerlichkeit ihrer Worte nicht völlig verstand. Es war mir unmöglich, ein Wort dazwischenzuwerfen und sie zu schelten, daß sie trotz meines Versprechens Schmuck der Göttin gestohlen und im Mund versteckt hatte. So vollauf war ich beschäftigt, ihre tretenden und schlagenden Beine und Arme festzuhalten und meine Hand gegen ihren beißenden Mund zu drücken, damit sie mit ihrem Kreischen und Schreien nicht das ganze Haus wecken sollte.

Wenn ich jetzt nachträglich daran denke, muß ich doch eingestehen, daß sie eigentlich gar nicht so laut geschrien hat, sondern vorsichtig, als ob auch sie meine Freunde und die anderen Bewohner des Gasthauses nicht aus tiefstem Schlaf habe wecken wollen. Aber in dem Augenblick, in der Stille der Nacht, hörte sich ihre Stimme in meinen Ohren lauter an als Alarmtrommeln. Deshalb brauchte ich all meine Kraft, um sie schnellstens zu bändigen. Als ich sie aber berührte und den rasenden Widerstand ihrer Glieder spürte, flammte das Feuer der Aphrodite in meinem Körper auf, glühender und zehrender als je zuvor. Gewaltsam schloß ich ihr den Mund mit dem meinen, und es vergingen nur ein paar kurze Augenblicke, da lagen wir uns in den Armen und ich fühlte, wie ihr Herz ebenso wild gegen meine Brust pochte, wie mein eigenes Herz es tat. Bis ihr Körper weich und widerstandslos wurde, ihre Arme sich um meinen Hals schlangen und sie, den Kopf nach hinten werfend, den heißen Atem in mein Gesicht hauchte.

„Ach, Turms", flüsterte sie schließlich, „warum tust du mir dies an? Ich wollte doch nicht. Nein, ich wollte nicht. Ich habe mich mit all meinen Kräften dagegen gewehrt, aber du bist stärker als ich. Ich werde dir folgen, und sei es bis ans Ende der Welt."

Wild umarmte sie meine Lenden, hingerissen küßte sie mein Gesicht und meine Schultern, streichelte die Blutstriemen, die sie vorher gekratzt hatte, und raunte mir zu: „Mein Lieb, ich hab dir doch vorhin nichts Böses angetan. Es war nicht meine Absicht. Turms, Turms, kein Mann ist so zu mir gewesen wie du. Ich bin dein, nur dein, und das restlos. Halte mich fest."

Sie stützte sich auf den Ellenbogen, streichelte mein Gesicht und schaute mich liebevoll mit ihren im Schein der Lampe schimmernden Augen an: „Bis ans Ende der Welt will ich dir folgen, mein Lieb", schwor sie. „Ich verzichte auf die Göttin, auf das luxuriöse Leben und auf alle anderen Männer nur deinetwegen. O Turms, wenn du auch nur der ärmste Bettler wärst, so würde ich freudig das armselige Essen des Armen mit dir teilen, und Wasser würde mir als Trank genügen, weil du so bist. So unermeßlich liebe ich dich, Turms. Bis zum Wahnsinn liebe ich dich, Turms. Du wirst mich wohl auch etwas lieb haben, da du dich in so große Gefahr begeben hast, als du mich mit Gewalt aus dem Tempel entführtest."

Ausgequetscht wie eine plattgedrückte Pflaume beteuerte ich, daß ich sie mehr liebte als irgend etwas anderes auf der Welt. Zufrieden und munter hörte sie meine Worte, wurde lebhaft und begann im Zimmer auf und ab zu gehen, bemüht, mir mit den Händen anzudeuten, was für Kleider sie sich anschaffen wolle und was alles sie unbedingt haben müsse. Ich selbst hatte nichts anderes an als den am Band hängenden Mondstein. Beim Hin- und Hergehen bemerkte sie, wie er beim Atmen aufblitzte, sie blieb stehen und fingerte zerstreut an ihm herum. „Der Stein ist schön", sagte sie, „ich darf ihn doch mal probieren?"

Ohne meine Antwort abzuwarten, nahm sie ihn von meinem Halse, legte ihn um, drehte den Kopf, wiegte sich in den Hüften und wollte von mir hören, wie er an ihr aussehe. Sie bedauerte, daß sich kein Spiegel im Zimmer befand. „Wirkt er nicht schön auf meiner Haut?" fragte sie. „Aber ich muß dazu eine dünne goldene Kette bekommen, so eine, wie sie die Tyrrhener schmieden."

Ich bemerkte, daß dieses einfache Band aus heiligen Pflanzenfasern der

Artemis angefertigt sei und somit zum Stein gehöre. „Aber du kannst ihn meinetwegen behalten", sagte ich lächelnd, „denn er war ja doch nicht imstande, mich vor Wahnsinn zu schützen, als ich mich so vernunftswidrig und maßlos in dich verliebte."

Sie starrte mich an und fragte bissig: „So, ach so, was meinst du damit? Ist das deiner Ansicht nach Wahnsinn, mich zu lieben? In dem Falle ist es besser, wenn wir gleich Schluß machen und ich sofort in den Tempel zurückkehre. Behalte deinen dummen Stein, wenn du so geizig bist."

Sie zerriß das Band, warf mir den Stein ins Gesicht und fing bitterlich zu schluchzen an. Außer mir über meine eigenen Worte, schnellte ich vom Bett hoch, um sie zu trösten. Ich versuchte sie zu überzeugen, daß sie sich völlig geirrt habe, drückte den Stein mit Gewalt in ihre Hand, obwohl ihre Finger Widerstand leisteten, und versprach ihr, in Himera sofort die von ihr gewünschte Kette zu besorgen. „Ich brauche ihn wirklich nicht, er ist für mich ein ganz wertloser Stein", beteuerte ich.

Sie schaute mich durch den Schleier ihrer Tränen an und warf mir vor: „Ach so, du versuchst mir wertlose Geschenke aufzudrängen, Turms? Nein, feinfühlig bist du gewiß nicht. Ich muß mich natürlich mit wertlosem Tand begnügen. Ja, ja, wie deinen Hund wirst du mich behandeln. Oh, ich Arme. Warum entflammte mein Herz gerade für dich?"

All dessen überdrüssig sagte ich: „Der Stein ist schön, meinetwegen kannst du ihn ja aus dem Fenster werfen. Vorhin blitzte er wunderbar an deinem Busen, aber ich selbst schaue lieber deine schönen Brüste an als ihn. Für mich sind sie dein schönster Schmuck und genügen, überall dich zur Schönsten zu machen."

Mit schneidender Stimme sagte sie: „Du wirst doch von mir nicht verlangen, daß ich mit dir nackt bis ans Ende der Welt gehen und das Schicksal eines elenden Mannes teilen soll."

„Jetzt hör mal zu, Arsinoe oder Istafra, wer du auch sein magst", sagte ich, „gerade jetzt haben wir Wichtigeres zu tun, als uns miteinander zu zanken. Wir haben ja das ganze Leben vor uns, um uns zu streiten. Im Namen der Göttin, halte endlich den Mund. Wenn ich auch die Mittel dazu hätte, alle die von dir aufgezählten, unbedingt notwendigen Gegenstände zu kaufen, so würden sie zumindest zehn Körbe füllen, und wir müßten weitere Esel und Treiber dingen. Wir müssen so schnell wie möglich und ohne Aufsehen zu erregen unsere Rückreise antreten. Vorläufig ziehst du Auras Kleider an und verwandelst dein Gesicht in das

Auras, das genügt, bis wir in Himera ankommen. Dort werden wir dann sehen, was ich für dich tun kann."

Arsinoe sagte eisig, es sei nur zu hoffen, daß ich bald sterben möge, und zwar je früher um so besser. Sie selbst wolle auch sterben, weil ich sie so schroff anredete und kein Verständnis für ihre Fraulichkeit aufbrächte. „Wie könnte ich die groben Kleider eines Sikulen-Mädchens anziehen", sagte sie „wie könnte ich mich den Leuten, ohne mein Haar zu schmücken, zeigen? Nein, nein, du begreifst überhaupt nicht, was du von mir verlangst, Turms. Ich bin ja bereit, deinetwegen vieles aufzugeben, aber ich konnte mir nicht vorstellen, daß du solch erniedrigende Opfer von mir verlangst."

Im Lampenschein war ihr Gesicht totenblaß, weil ich sie doch direkt aus dem Bett entführt hatte. Tränen stiegen ihr in die Augen und liefen ihr über die Wangen. Ich bemühte mich, ihr vorsichtig klarzumachen, daß Aura immerhin die Frau eines griechischen Arztes gewesen sei, und daß Mikon mit seinen Arzthonoraren ihr eine angemessene Menge von Kleidern angeschafft habe, obwohl ich kaum etwas von Frauenkleidung verstand. Aura war wohl so jung gewesen, daß sie es nicht nötig hatte, Lippenrot aufzutragen oder ihre Brauen und Wimpern zu färben, aber Arsinoe könne ja die Schönheitsmittel der Tanakil benutzen, um jünger zu wirken und so Aura ähnlicher zu sehen.

Das hätte ich nicht sagen sollen, und meine einzige Entschuldigung ist, daß ich damals noch nicht viel von den Frauen wußte und sie nicht kannte. „Ach so, jetzt hältst du mich schon für verlebt und alt, Turms?" begann sie, und die Auseinandersetzung, die nun ihren Lauf nahm, war schärfer und zünftiger als irgendein Wortwechsel zuvor. Zu meinem Entsetzen schlich die Morgendämmerung bereits ins Zimmer, und der erste Hahn krähte schon in der Stadt, bevor ich sie wieder zu besänftigen vermochte. Ich wagte meinen Mund überhaupt nicht mehr aufzumachen, denn alles, was ich sagte, fand sie bösartig und verkehrt, und so beeilte ich mich, Dorieus und Mikon wachzurütteln, lief zu Tanakil, um sie über alles aufzuklären, denn meine Freunde waren noch so benommen, daß es sich gar nicht erst lohnte, ihnen etwas zu erklären.

Als erfahrene Frau sah Tanakil sofort ein, daß etwas Unwiderrufliches geschehen sei, und sie vergeudete keine Zeit mit unnützen Beschuldigungen. Rasch zog sie Arsinoe Auras beste Kleider an, gab ihr noch ihre eigenen perlengeschmückten Schuhe, weil Auras Schuhe für Arsinoe viel zu groß waren, und half ihr mit ihren Schönheitsmitteln ihr Gesicht zu verwandeln, so daß es dem Gesicht Auras ähnlich war. Dann prügelte sie ihre Dienerschaft wach, ließ die Sachen packen und beglich beim Gasthausbesitzer die Rechnung. Die Sonne färbte bereits die Gipfel des Landes Eryx rosarot, als wir quer durch die Stadt eilten und gerade in dem Augenblick zu der Stadtmauer kamen, da die verschlafenen Wächter die knarrenden Stadttore öffneten. Ohne von jemand angehalten zu werden, kamen wir aus der Stadt heraus, unsere Pferde wieherten vor Freude, und die Esel schrien, als wir unsere Wanderung auf der Straße der Pilger antraten, die sich den Berg hinabwand.

Tanakil hatte in ihrer Sänfte Platz für Arsinoe geschaffen. Als wir die Hälfte des Weges um den Berg zurückgelegt hatten, stand die Sonne schon hoch, der Himmel lächelte blau, mit strahlenden Augen, und das beruhigte Meer lockte den Bug der Schiffe mit spielenden Wellen, die Schiffahrt zu beginnen. Der düstere steile Bergkegel hatte zu grünen begonnen, im Tal pflügten weiße und schwarze Ochsenpaare die Felder, die Bauern streuten Samen in den fruchtbaren Boden, und die Wiesen waren bunt von Blumen.

Dorieus betrachtete finster die Ochsen und sagte: „Das sind reinrassige Tiere. Mein Vorfahr Herakles hat bestimmt, nachdem er den König von Eryx umgebracht hatte, den Urbewohnern in seiner Güte gestattet, daß sie ihre Rinder mit dem entflohenen Bullen deckten."

Als Spartaner nahm er sich zusammen und ließ nicht merken, wie ihm zumute war und wie schlecht er sich fühlte, aber Mikon war vom Weintrinken immer noch so durcheinander, daß er uns willenlos folgte. Er schwankte wie ein Sack auf dem Rücken des Esels hin und her. Als er Arsinoe erblickte, seufzte er tief, redete sie als Aura an und fragte, wie sie sich fühle. Offenbar hatte er es vergessen, daß Aura gestorben war, oder hielt es zumindest für eine Rauschvorstellung. Er glaubte wohl, daß alles so sei, wie es sein sollte, obwohl er lange nicht so zufrieden zu sein schien wie am Vortage.

Während der ganzen Fahrt über den Bergabhang wagte ich selbst Arsinoe überhaupt nicht anzureden. Als wir aber im Tal angelangt waren und haltmachten, um die Tiere zu tränken und um auf die Straße nach Segesta einzuschwenken, zog sie aus eigenem Antrieb den Vorhang der Sänfte zur Seite und rief liebevoll nach mir. „Ach, Turms", plapperte sie lebhaft, „ich ahnte es nicht, daß es so herrlich ist, Landluft zu atmen und daß in Asche gebackenes Brot so wunderbar schmecken kann. Ach, Turms, noch nie war ich so glücklich. Ich glaube fast, daß ich dich tatsächlich liebe. Du wirst sicherlich nie mehr so garstig zu mir sein wie heute morgen, als du die ganze Zeit nur Streit entfachtest."

Wir bogen auf die Straße nach Segesta ein, mieden die Menschen auf der Fahrt und kamen endlich glücklich in Himera an, zwar von den Mühen der Reise mitgenommen und gereizt, aber immerhin lebend, ohne von Verfolgern belästigt worden zu sein. Auf Vorschlag des Dorieus brachten wir als Erstes den größten Hahn Himeras als Opfer dem Herakles dar.

Fünftes Buch

DAS MENSCHENOPFER

1.

Unsere Rückkehr nach Himera erregte keinerlei Aufsehen. Wir waren fünf, als wir abfuhren und fünf, als wir zurückkehrten. Arsinoe hatte sich Auras Gesicht und ihr Äußeres so vollkommen zu eigen gemacht, daß Mikon sie immer noch für seine Frau hielt. Arsinoe hatte wohl Gelegenheit gehabt, Aura zu sehen und zu hören, als sie die Nacht im Tempel verbracht hatte, aber dennoch hätte Mikon es besser wissen müssen. Seine Blindheit konnte ich nur dadurch erklären, daß das mehrtägige sinnlose Trinken in Eryx seinen Kopf völlig vernebelt und verwirrt hatte. Auf der Fahrt hatte ich Mühe, ihn von Arsinoes Ruhebett fernzuhalten, als er in der Qual seines Katzenjammers eheliche Rechte beanspruchte.

Dorieus wußte, was vorgefallen war, aber all dies berührte ihn nicht im geringsten. Er war als Nachkomme des Herakles der Ansicht, daß er Aphrodite nicht weiter kränke, wenn er sich an der Entführung ihrer Priesterin beteiligte.

In Himera gab es mehr zu überdenken als die Rückkehr von unserer Pilgerfahrt nach Eryx. Ein in Syrakus ungeachtet der Frühjahrsstürme eingetroffenes Nachrichtenschiff hatte die Kunde vom Falle Milets nach Sizilien gebracht. Der Perser hatte die Stadt den ganzen Winter über belagert und sie dann in einem Massenangriff erobert, ausgeplündert und niedergebrannt, die Bewohner entweder getötet oder als Sklaven nach Susa gebracht, um dann schließlich die ganze Stadt dem Erdboden gleichzumachen. Auf Befehl des Großkönigs durfte in Milet, dem Ausgangspunkt des Aufruhrs, kein Stein auf dem anderen bleiben, und seine Heerführer hatten diesen Befehl gewissenhaft befolgt, so schwer es für die Armee auch war, die Stadt Milet mit ihren Hunderttausenden von Einwohnern völlig niederzureißen. Sie hatte aber dazu Kriegsmaschinen und Mauerbrecher als Hilfsmittel verwendet sowie Tausende von griechischen Sklaven.

Der Tanz der Freiheit war ausgetanzt. Andere ionische Städte wurden auf Befehl des Großkönigs nicht so schlecht behandelt. In die Städte wurden wieder griechische Tyrannen eingesetzt und der Perser begnügte sich damit, von den Stadtmauern nur die Zinnen schleifen zu lassen. Nein, die Städte, die sich ergeben hatten, erlebten nur das Übliche, Morde, Schadenfeuer, Vergewaltigungen, Raub und Plünderungen sowie Zusammenstöße betrunkener Soldaten, die selbst die strengste und beste Zucht in einer Armee, die aus so verschiedenen Völkern zusammengesetzt war, nicht verhindern konnte. Aber nachdem der Aufruhr niedergeschlagen worden war, war es, wie stets, der eigene Volksgenosse, der noch erbarmungsloser als der Fremde hauste, und die wiedergekehrten Tyrannen säuberten das Volk, das den Tanz der Freiheit getanzt hatte, so gründlich und wirksam, daß diejenigen als glücklich zu preisen waren, die es rechtzeitig verstanden hatten, nach dem Westen zu fliehen und ihre Familien und ihr Vermögen in Sicherheit zu bringen.

So wurde über Ionien berichtet. Mich berührte das Schicksal Milets kaum, weil ich die Stadt schon nach Lahde aufgegeben hatte und der Ansicht war, meinen Teil am Aufruhr Ioniens bereits geleistet zu haben. Aber mit Milet sanken Luxus, Verfeinerung und Genüsse, die nicht mehr wiederkehren würden, für ewig ins Grab. Nach der Nachricht vom Falle Milets war es, als sei die Zeit härter und schwerer, die Luft kühler als früher geworden. Wir, Dorieus und ich, tranken einen Becher des besten Weines, den Tanakils Keller bieten konnte, zum Gedenken an Milet, aber wir schnitten unsere Haare nicht ab. Es wäre unserer Meinung nach Heuchelei gewesen.

Die genauesten Nachrichten über diese Angelegenheiten erhielten wir von Dionysios, weil er als erfahrener Mann, der selbst die Kunst des Übertreibens beherrschte, den wahren Kern aus den unsinnigen und aufgebauschten Gerüchten verstandesgemäß herauszuschälen wußte.

„Athen ist aber noch kein Trümmerfeld“, sagte er, „obwohl viele schon eisern behaupten, daß der Großkönig selbst abgesegelt sei, um sich an den Athenern für die Beteiligung am Aufruhr zu rächen. Bis dahin verstreichen noch viele Jahre. Der Perser müßte zunächst den Besitz der Insel sichern, und ein Seekrieg gegen das griechische Mutterland ist ein Unternehmen, das langwierige Vorbereitungen erfordert. Es wird erzählt, und ich glaube es gern, daß der Großkönig seinen Leibsklaven den Befehl erteilt habe, ihm ab und zu „Herr, vergiß die Athener nicht“, ins Ohr zu flüstern.

„So stehen die Dinge“, fuhr Dionysios fort, uns mit seinen Stieraugen anglotzend. „Nach dem Fall von Milet ist das östliche Meer von nun an das Meer der Phönizier, und die unzähligen ionischen Schiffe gehören den Persern. Nach der Eroberung des griechischen Mutterlandes bleibt nur noch dieses westliche Griechenland übrig, das von Karthago und den Tyrrhenern in die Zange genommen wird. Deshalb ist es das beste, daß wir unsere Kisten und Säcke aus der Schatzkammer des Krinippos holen und nach Massilia segeln, und zwar so schnell, als wären wir jetzt schon dort. Es kann vielleicht noch zu unseren Lebzeiten geschehen – falls die Götter uns noch Lebenszeit gewähren –, daß die Faust des Persers sogar bis nach Massilia reichen wird."

Mikon hob erschrocken die Hand und entgegnete: „Du übertreibst sicherlich, Dionysios, denn so weit ist mir die Geschichte bekannt, daß bis jetzt noch niemand die ganze Welt beherrscht hat, weder Ägypten noch Babylon. Allerdings konnte sich damals auch niemand den Untergang Ägyptens vorstellen, weil doch die Herrschaft Ägyptens ebenso alt ist wie die Welt. Ich glaube, ich war etwa zwölf Jahre alt, als sich auf der Insel das Gerücht verbreitete, daß der Großkönig Kambyses Ägypten erobert habe. Mein Vater war ein gelehrter Mann und selbst ein Naukrat gewesen. Bis zuletzt weigerte er sich, ein so unsinniges Gerücht zu glauben. Als er dann gezwungen war, es schließlich doch zu tun, sagte er, er wolle in einer solchen Zeit nicht mehr leben, zog seinen Überwurf über den Kopf, legte sich aufs Bett und starb. Damals begann man in Attika Vasen mit roten Figuren herzustellen, wie zum Zeichen dafür, daß die Welt auf dem Kopf stand. Aber nicht einmal Dareios konnte die Skythen besiegen."

Dorieus wurde ärgerlich: „Halte den Mund, Arzt, da du von Krieg doch nichts verstehst. Niemand kann die Skythen besiegen, weil sie mit ihren Viehherden von einem Ort zum anderen wandern und einmal hier, einmal dort sind. Sie sind kein Staat, und sie zu besiegen, brächte einem Soldaten nicht einmal Ehre. Mir leuchtet der Gedanke einer Weltherrschaft durchaus ein. Möglicherweise ist die Zeit heute reif dafür. Den besseren Teil haben vielleicht die Griechen gewählt, die sich zu den ruhmreichen Kämpfern des Großkönigs haben dingen lassen. Mit mir hatte das Schicksal anderes vor, und ich bin gezwungen, mich um mein Erbland zu kümmern, solange dies möglich ist."

Er schwieg, biß sich auf die Lippe, starrte Dionysios finster an und überlegte, wie er nun beginnen sollte. „Ich habe große Hochachtung vor dir als Befehlshaber zur See, du Dionysios aus Phokaia", sagte er schließlich. „In Fragen, die das Meer betreffen, gibt es wohl kaum einen gescheiteren als dich. Aber ich bin für den Kampf auf dem Lande geboren, und mich beschäftigen die Probleme auf dem Lande. Die Schicksalsstunde Griechenlands ist angebrochen, das sehe ich ein. Wäre es da nicht angebracht, daß sich dieses westliche Griechenland rechtzeitig stark machen sollte? Die erste Aufgabe wäre, Segesta und das gesamte Land Eryx zu unterwerfen und die Hauptbrückenköpfe Karthagos auf Sizilien ins Meer zu fegen."

Dionysios antwortete beruhigend: „Was du sagst, ist schon richtig und deine Gedanken sind schön, du Lazedämonier. Aber das gleiche haben schon viele vor dir versucht. Sogar Gebeine von Männern aus Phokaia modern auf den Feldern Segestas, und ich vermute, daß du auf deiner Pilgerfahrt Gelegenheit hattest, sogar den Geist deines Vaters in jener Gegend zu ehren."

„Warum übrigens", sagte er und kratzte sich den Kopf, „vergeuden wir Zeit mit Reden über unwichtige Dinge? Unsere Aufgabe ist, schnellstens nach Massilia zu segeln und dort eine neue Kolonie zu gründen, entweder in dem herrlichen Inlande längs des Flusses oder an den Küsten Iberias zum Ärger der Karthager."

Dorieus erhob sich und maß mit klirrenden Schritten die Länge des Gastsaales der Tanakil. Schließlich blieb er vor Dionysios stehen, richtete den Blick auf ihn und fragte: „Dieses eine Mal noch, und zwar zum letzten Male, frage ich dich, Dionysios aus Phokaia, ist es dein unwiderruflicher Entschluß, mit deinen Schiffen und Mannschaften nach Massilia zu segeln und die Sache der Freiheit im Stich zu lassen?"

Dionysios fragte ehrlich erstaunt: „Bist du von so wenig Wein schon betrunken, Dorieus, oder was meinst du?"

Sich in Wut hineinsteigernd stampfte Dorieus mit dem Fuß, hob das Kinn und schrie: „Hört einmal alle und seid mir Zeugen, Turms und Mikon. Dieser als Sklave geborene Wichtigtuer lästert mein Haus und meine Frau."

Dionysios merkte, daß Dorieus Streit suchte, beruhigte sich daher sofort und platzte lachend heraus: „Also so sehr quält dich immer noch der Ruderhieb auf den Kopf bei der Seeschlacht von Lahde, Dorieus. Ich soll dein Haus geschmäht haben, soweit es dein Haus überhaupt ist, oder deine Frau, soweit Tanakil deine Frau ist?"

„Hört, hört", ereiferte sich Dorieus, „er nennt meine Frau sogar schon eine Dirne."

Dionysios stand auf und sagte ruhig: „Dieser Spaß geht nun doch wohl zu weit. Erkläre dich deutlicher, oder ich gehe zu Krinippos und lasse ihn die Sache entscheiden."

Dorieus wurde unsicher, seine Augen irrten hin und her, und wütend schnauzte er: „Wenn ich im Hause Tanakils lebe und bei ihr schlafe, dann nennst du sie, verdammt nochmal, eine Dirne, weil du daran zweifelst, daß wir verheiratet sind. Mein Haus schmähtest du, als du behauptetest, daß dir bei diesem Fest zuwenig Wein angeboten worden sei. Im Namen meines Vorfahrs Herakles, ich habe genug von deinen widerwärtigen Anzüglichkeiten, Dionysios."

Mit beiden Händen den Kopf haltend, wandte Dionysios sich an Mikon und mich und fragte mit klagender Stimme: „Worum handelt es sich denn und was will er eigentlich?"

Aber Mikon und ich schwiegen klugerweise. Doch Dorieus merkte, daß wir mit seinem Benehmen nicht einverstanden waren. Etwas gemäßigter sagte er: „Auf Grund deiner gemeinen Beleidigungen steht mir das volle Recht zu, mein Schwert von der Wand zu holen und dich damit zu durchbohren, um dir als Genugtuung für die Verletzung der Ehre meiner Frau deine Schätze und Schiffe abzufordern. Aber ein solches Benehmen ziemt sich für einen Mann wie mich nicht. Deshalb fordere ich dich auf, Dionysios, mit mir um die Schiffe und die Mannschaften zu kämpfen."

„Nanu, langsam, langsam", beschwichtigte Dionysios gutmütig. „Ich muß wirklich ein einfältiger Mann sein, da ich den tieferen Sinn deiner Worte nicht verstehen kann. Du willst also mit mir um die Stellung des Befehlshabers kämpfen? Warum denn nicht, das wird zu bewerkstelligen sein. Aber glaubst du wirklich, daß du fähiger wärst als ich, nach Massilia zu segeln?"

Dorieus verlor endgültig die Fassung: „Fahre meinetwegen, wenn du willst, in den Hades. Über Massilia habe ich nun schon bis zum Überdruß gehört, so daß mir mein Kopf weh tut."

„Ja, das ist der Ruderhieb bei Lahde", nickte Dionysios verständnisvoll und blickte uns an, als bäte er um die ärztliche Hilfe Mikons.

„Schwerthieb, im Namen des Herakles, und reize mich nicht, damit ich die Gesetze der Gastfreundschaft nicht verletze, indem ich dich unverzüglich hier umbringe", schrie Dorieus völlig außer sich. „Ich beabsichtige nicht, nach Massilia zu segeln, sondern ich will Segesta und das Land Eryx unterwerfen, und dazu habe ich ein gesetzliches Recht als Nachkomme des Herakles. Ich bin bereit, dieses Rechtes wegen mit den Rechtsgelehrten Karthagos, wenn es sein muß, zehn Jahre zu streiten, sobald ich erst das Land unter meine Herrschaft gebracht habe. Dazu benötige ich deine Mannschaften und Schiffe und unsere Schätze, Dionysios. Das Unternehmen ist auch sonst sicher vorbereitet, denn die Söhne meiner Frau aus ihrer zweiten Ehe bereiten jetzt schon eine Revolte in Segesta vor, und unter den in den Wäldern lebenden Sikulen werden wir durch Bestechung mit den Geldern Tanakils Verbündete werben."

Von seinen eigenen Worten berauscht, wurde er allmählich freundlicher und erklärte: „Die Eroberung Segestas ist nicht einmal eine schwierige Aufgabe, denn die Aristokraten haben lediglich Interesse für Jagdhunde und lassen bezahlte Athleten sich für sie im Wettkampf messen. Der Berg Eryx mag uneinnehmbar sein, aber ich habe ein Weib", er brach plötzlich den Satz ab, blickte mich an, wurde rot und berichtigte: „Wir haben ein Weib, die Priesterin der Aphrodite, die die unterirdischen Gänge von Eryx kennt. Mit ihrer Hilfe würden wir den Tempel in unsere Hände bekommen und damit auch die Weihgeschenke der Göttin."

Nun war ich an der Reihe aufzufahren und mit vor Wut zitternder Stimme zu fragen: „Wann und in welcher Zwischenzeit hast du derartige Ränke hinter meinem Rücken mit Arsinoe geschmiedet, und warum hat sie mir gegenüber kein Sterbenswort darüber verlauten lassen?"

Dorieus konnte mir nicht in die Augen schauen. „Ihr habt doch wohl anderes miteinander zu reden", meinte er lässig. „Wir wollten dich nicht verwirren. Arsinoe überlegt sich gerne die Dinge auch in deinem Interesse."

Mikon schloß und öffnete die Augen, schüttelte den Kopf und fragte: „Verzeiht, aber wer ist Arsinoe?"

Ich klärte ihn auf: „Die Frau, die du für Aura hältst, ist nicht Aura, sondern die Priesterin der Aphrodite, die ich aus Eryx entführte. Sie verwandelte sich in Aura, damit wir fliehen konnten, ohne verfolgt zu werden."

Mikon verbarg das Gesicht in den Händen und ließ den Kopf sinken. Ich klopfte ihm ermunternd auf den Rücken und versuchte seinem Gedächtnis nachzuhelfen. „Erinnerst du dich nicht, daß Aura infolge eines Irrtums und deiner verbotenen Neugierde wegen in Eryx gestorben ist? Du hast doch selbst die Silberpappeln aufgeschichtet und ihren Körper auf dem Scheiterhaufen begossen."

Mikon hob hastig den Kopf, sein Gesicht begann zu strahlen und er rief freudig aus: „Das ist also doch wahr, der Göttin sei Dank, obwohl ich es nur für ein Delirium hielt, und ein Mann, besonders ein Arzt, der so viel Wein wie ich trinkt, kann so etwas nicht einmal seinen Freunden gestehen. Ich bin also wieder frei, ich segne die Gebeine Auras, und es ist mir, als hätten sich die Fesseln an meinen Füßen gelöst."

Vor Freude sprang er vom Ruhebett hoch, hüpfte mit einigen Tanzschritten um den Tisch herum, klatschte in die Hände, lachte laut und rief: „Zuinnerst hegte ich schon Zweifel, da ich feststellte, daß Aura sich so verändert hatte. Aber ich nahm dann an, daß die Göttin sie in ihre Geheimnisse eingeweiht habe. Jetzt verstehe ich erst, wieso ich so ungeahnte Genüsse in ihrer Umarmung in der letzten Zeit erlebt habe."

Der Sinn seiner Worte wurde mir so langsam klar, daß ich nur den Mund sperrangelweit auftat, dann krümmten sich meine Finger und ich wollte ihm an die Gurgel springen. Aber Dorieus war schneller als ich. Das Gesicht vor Zorn blau, schlug er die wertvolle Trinkschale entzwei und brüllte: „Hast du, elender Quacksalber, es gewagt, Arsinoe anzurühren? Eine größere Schurkerei habe ich in meinem Leben noch nicht erfahren."

Er wollte gerade Mikon anfallen, aber mein Schrei hielt ihn davor zurück. Mit verkrampften Fingern an meinen eigenen Hals greifend, fragte ich: „Der Irrtum Mikons wäre noch zu verstehen, aber warum bist du, Dorieus, so eifrig, die Unberührtheit und Ehre der Arsinoe zu schützen? Erkläre mir das, bevor ich ersticke. Und noch einmal, in welcher Zeit hast du sie verführt, mit dir Ränke in Dingen, die Eryx betreffen, zu schmieden?"

Dorieus hüstelte, räusperte sich und sagte zu seiner Verteidigung: „Ich habe sie keineswegs verführt, Turms, das kann ich im Namen der Göttin schwören. Sie ist nur eine empfindliche und feine Frau. Deshalb verletzt mich die unflätige Handlungsweise Mikons ihr gegenüber. Und es wird doch nichts Böses dabei sein, wenn ich mich mit ihr über Fragen unterhalten habe, die Eryx betreffen."

Ich wollte schreien, weinen und Geschirr zerschlagen, aber Dorieus beeilte sich zu sagen: „Beherrsche dich, Turms. Warum über solche Dinge im Beisein von Fremden reden?"

Er schaute Dionysios an, und Dionysios sagte sofort: „Neugierig und interessiert hörte ich mir deine politischen Pläne an, aber ehrlich gesagt, noch neugieriger bin ich, die Frau zu sehen, die imstande ist, drei so begabte Männer in einen solch maßlosen Sinnenrausch zu versetzen."

Mehr brauchte er nicht zu sagen, und schon trat Arsinoe, den Türvorhang zur Seite schiebend, herein und Tanakil folgte ihr, in das schönste Gewand gekleidet, so daß sie mit ihrem Schmuck beim Gehen nur so klirrte und klapperte wie ein schwerbewaffneter Hoplit. Statt dessen war Arsinoe ganz einfach und bescheiden angezogen, sogar zu bescheiden in meinen Augen, denn sie trug nur einen auf der einen Schulter mit einer großen goldenen Nadel zusammengehaltenen durchsichtigen Stoff, der sie eher entblößte als verhüllte. Ihre goldfarbigen Haare waren nach dem Vorbild der Göttin hochgekämmt und mit dem aus dem Tempel von Eryx gestohlenen Schmuck aufgesteckt. Zwischen ihren Brüsten glänzte wie ein unheilverkündendes Auge mein großer Mondstein, den ich ihr geschenkt hatte, an einer etruskischen, aus hagelförmigen Gliedern zusammengeschmiedeten Goldkette. Diese Kette hatte ich ihr nicht geschenkt, denn ich hatte die ganze Angelegenheit in den vollbeschäftigten Tagen in Himera total vergessen.

„Dionysios, du mächtiger Befehlshaber zur See“, begrüßte sie ihn anmutig. „Ich bin unsagbar froh, dich mit eigenen Augen sehen zu dürfen. Soviel habe ich bereits über deine Heldentaten auf den Meeren gehört und, im Vertrauen gesagt, auch über die Schätze, die du in der Schatzkammer des Tyrannen Krinippos aufbewahrt hast.“

Dionysios glotzte sie mit seinen großen Stieraugen von oben bis unten und von unten bis oben an und fluchte trotzdem verbittert: „Seid ihr denn wahnsinnig, ihr Männer, oder seid ihr von einem tollwütigen Hund gebissen worden, da ihr tatsächlich einer Frau Dinge, die vor ihr geheimzuhalten sind, anvertraut habt?“

Arsinoe beugte ergeben ihr Haupt. „Ich bin ja nur ein schwaches Weib“, sagte sie, „aber glaube mir, schöner Dionysios, daß die tiefsten Geheimnisse der Männer in meinem Herzen besser aufgehoben sind als deine Schätze im Steingewölbe des gierigen Krinippos.“

Arsinoe lächelte sanft ein ganz neues Lächeln, das ich bis jetzt bei ihr noch nicht gesehen hatte, so daß Dionysios sich plötzlich mit der Hand über die Augen fuhr und seinen Stierkopf heftig schüttelte: „Das einzige“, sagte er verbissen, „was mir meine Sklavenmutter auf den Lebensweg mitgeben konnte, als sie mich als Kind auf ihrem mageren Schoß schaukelte, war die Lehre, daß man nie einem Seemann trauen sollte. Dagegen habe ich in meinem erlebnisreichen Leben die bittere Lehre einstecken müssen, daß man sich auf kein einziges Wort einer Frau verlassen kann. Der Mann hütet besser sein Geheimnis, wenn er es mitten auf dem Marktplatz in der regsten Geschäftszeit herausschreit, als wenn er es innerhalb der vier Wände im Dunkeln einer Frau ins Ohr flüstert. Wenn du mich aber mit so traurigen Augen anschaust, du Priesterin, so werde ich von der zweifelhaften Lockung befallen zu glauben, daß du unter allen Frauen eine Ausnahme sein könntest.“

„Arsinoe“, rief ich aus, „ich verbiete dir, in dieser Weise irgendeinen Mann anzusehen.“

Ich hätte genau so gut zu einer Wand sprechen können. Arsinoe tat, als sei ich Luft für sie und setzte sich leichtfertig auf den Rand des Ruhebettes des Dionysios. Tanakil öffnete ein neues Weingefäß, und Arsinoe reichte Dionysios die Schale.

Dionysios spritzte zerstreut den ersten Tropfen auf den Estrich, trank und sagte: „Meine eigenen Worte sind mir entfallen, aber vorhin war ich über deine Worte mehr als erstaunt. Stark haben mich wohl schon Männer und Frauen genannt, aber schön, das hat noch niemand mir ins Gesicht zu sagen gewagt, nicht einmal meine Mutter. Im Namen der Götter, Weib, was meintest du damit, als du mich schön nanntest?"

Arsinoe stützte das Kinn in die Hand, sah mit schief geneigtem Kopf Dionysios an und bat: „Verwirre mich nicht mit deinem Blick, du Mann des Meeres, du machst mich erröten. Es ziemt sich wohl für eine Frau nicht, so etwas einem Manne geradeheraus zu sagen, aber als ich vorhin eintrat und dich zum erstenmal sah, diese großen goldenen Ringe an deinen Ohren, überfiel mich ein Beben, und es war mir, als stünde ich einem furchterregend großen und schönen schwarzbärtigen Gott gegenüber."

„Die männliche Schönheit ist etwas sehr Seltenes", fuhr Arsinoe wie verzückt fort. „Und es läßt sich darüber nicht streiten. Jemand findet vielleicht einen zarten Jüngling schön. Ich aber nie. Nein, ein Mann, dessen Glieder groß und hart wie Baumstämme sind, ein Mann, an dessen krausen Bart sich eine Frau festklammern und hängen kann, ohne den mächtigen Kopf des Mannes im geringsten zu erschüttern, ein Mann, dessen Augen groß und glänzend wie die Augen des schönsten Stieres sind, ein solcher Mann ist meiner Ansicht nach schön. Ach, Dionysios, ich habe Hochachtung vor deinem Ruf, aber am meisten bewundere ich dich selbst, weil du in meinen Augen der schönste Mann bist, dem ich je begegnet bin."

Die Pupillen ihrer Augen weiteten sich, und wie unbemerkt streckte sie ihren schmalen Finger aus und berührte den am Ohr des Dionysios hängenden Goldring, so daß er sich bewegte. Dionysios erschrak, als hätte ihn ein Peitschenhieb getroffen.

„Im Namen des Poseidon", sagte er mit tiefer Stimme. Er hob seine große Pratze, als wolle er die Wange der Arsinoe kurz streicheln, aber dann hatte er sich wieder in Gewalt, rollte sich auf die andere Seite des Ruhebettes, so daß es krachte, und stand schon auf den Beinen. „Scheiße", fluchte er, „Scheiße und nochmals Scheiße, ich glaube kein einziges Wort."

Anschließend lief er aus der Tür, riß seinen Schild von der Wand der Vorhalle und stolperte auf der Treppe, so daß wir hörten, wie er kopfüber mitsamt dem Schild polternd hinunterfiel. Als wir zu Hilfe eilen wollten, war er schon wieder hochgekommen, war auf die Straße gestürzt und hatte das Tor donnernd hinter sich zugeworfen.

Wir gingen wieder hinein, schauten einander an, jeder von uns versuchte den Mund aufzumachen, aber niemand wußte, wie man beginnen sollte. Arsinoe löste die Frage, indem sie mich schelmisch ansah und sagte: „Mein lieber Turms, komm mit mir. Du bist vollkommen umsonst erregt. Ich habe etwas mit dir zu besprechen."

Beim Weggehen sah ich noch, wie Dorieus Mikon einen Schlag ins Gesicht versetzte, so daß Mikon gegen die Wand fiel und dann, seine Wange verdutzt haltend, auf dem Boden saß.

2.

Sobald wir unter vier Augen waren, starrte ich Arsinoe an, als ob ich sie früher nie gesehen hätte. Unschlüssig, wie ich anfangen sollte, begann ich natürlich vom völlig verkehrten Ende: „Schämst du dich denn gar nicht, halb nackt vor einem wildfremden Mann zu erscheinen?"

„Wieso", entgegnete Arsinoe, „du hast doch selbst den Wunsch geäußert, daß ich mich bescheiden kleiden solle. Du hast mir schon tausendmal erklärt, daß dein Vermögen nicht dazu ausreicht, meine kleinen Wünsche zu erfüllen, und daß ich schon innerhalb dieser paar Tage dich auf Jahre hinaus durch meine maßlosen Forderungen in Schulden gestürzt hätte. Also, hätte ich mich noch bescheidener anziehen können?"

Als ich meinen Mund zu einer Antwort aufmachen wollte, legte sie ihre Hand beschwichtigend auf meinen Arm, nagte an der Lippe, senkte den Kopf und bat: „Nein, Turms, sage jetzt nichts, sondern überlege dir erst, was du sagen willst. Sonst halte ich es einfach nicht mehr aus."

„Du hältst es nicht aus?" fragte ich zornig, „du?"

„Ich, selbstverständlich", sagte sie überzeugt. „Die Geduld einer liebenden Frau hat auch ihre Grenzen. Bereits in den wenigen Tagen, die wir in Himera sind, habe ich feststellen müssen, daß ich es dir nie recht machen kann, was ich auch tun mag. O Turms, wie konnte uns so etwas zustoßen."

In ehrlicher Verzweiflung warf sie sich aufs Bett, ihr Kleid völlig in Unordnung, verbarg das Gesicht in den Armen und fing zu weinen an. Sooft sie aufschluchzte, fühlte ich einen Stich in meinen Herzen, so daß ich an nichts mehr klar denken konnte und zu zweifeln begann, ob ich vielleicht doch selbst schuld an allem sei, was sie getan hatte. Aber was hatte sie denn eigentlich getan? Der verlegene Ausdruck des Dorieus und Mikons schuldbewußtes Gesicht standen plötzlich vor meinen Augen; ich vergaß Dionysios, das Blut stieg mir zu Kopf und ich hob meine Hand zum Schlag. Sie blieb in der Luft hängen, denn im selben Augenblick sah ich, wie hilflos lieblich ihr schöner Körper unter dem dünnen Stoff zuckte, als sie so bitterlich schluchzte. Und so war es um mich geschehen, der Augenblick war wieder da, in dem ihre Arme sich um meinen Hals schlangen, alles um uns herum verschwand und ich das Gefühl hatte, mit ihr auf einer Wolke zu schweben.

Flugs war sie wieder munter und erfrischt, streichelte mit ihrer kühlen Hand meine nasse Stirn und warf mir vor: „O Turms, warum bist du immer so garstig zu mir, obwohl ich dich so unsagbar liebe?"

Und ihr offenes Gesicht log nicht. Sie sagte es ganz im Ernst. „Arsinoe", schrie ich, ohne meinen eigenen Ohren zu trauen, „wie kannst du bloß so etwas sagen? Schämst du dich denn nicht, mich mit klaren, strahlenden Augen anzuschauen, obwohl es sich vorhin ergab, daß du mich hinter meinem Rücken mit meinen besten Freunden betrogen hast?"

„Das ist nicht wahr", wehrte sie ab, aber ihr Blick vermied den meinen.

„Wenn du mich wirklich lieben würdest", begann ich, aber Gram und Demütigung erstickten mich fast und ich war nicht mehr imstande, fortzufahren. Sie wurde nachdenklich und sagte in einem ganz anderen Ton als vorher:

„Turms, ich bin wohl ein flatterhafter Mensch, das weiß ich selbst. Ich bin ja doch eine Frau. Vielleicht wirst du dich nicht in allen Dingen ganz auf mich verlassen können, denn ich bin ja meiner selbst nicht immer sicher. Aber auf eines kannst du dich unbedingt verlassen, heute, stets und ewig, daß ich dich, nur dich liebe. Hätte ich sonst mein ganzes früheres Leben deinetwegen aufgegeben?"

Sie sagte es so ungeheuchelt, daß ich das Gefühl hatte, sie spräche die Wahrheit. Meine Bitterkeit ließ nach und verwandelte sich in Traurigkeit. „Aus den Worten Mikons ging hervor, daß —", begann ich.

Mit ihrer weichen Hand meinen Mund schließend bat sie: „Nicht weiterreden. Ich gebe es zu, aber ich wollte es gar nicht. Nur deinetwegen tat ich es, Turms. Du hast mir doch selbst gesagt, daß dein Leben in Gefahr sei, falls es zu früh entdeckt würde, daß ich gar nicht Aura bin."

„Aber Mikon sagte —", begann ich nochmals.

„Ja, ja, natürlich", fuhr sie fort, „aber bei so etwas bedeutet auch das Selbstbewußtsein einer Frau etwas. Das mußt du doch verstehen, Turms.

Da ich mich nun deinetwegen habe hingeben müssen, so konnte ich mich doch nicht wie ein einfaches Sikulen-Mädchen benehmen. Natürlich merkte er den Unterschied, aber er hegte keinen Verdacht, Dank der Göttin."

Sie fügte noch nachdenklich hinzu: „Abgesehen davon, Mikon selbst ist auch kein ungeschickter Mann."

„Schweig", brauste ich auf. „Schämst du dich nicht, noch damit zu prahlen? Aber, Arsinoe, Arsinoe, was hast du eigentlich mit Dorieus vorgehabt?"

„Selbstverständlich habe ich mich mit ihm unterhalten, nachdem Tanakil mich in seine Pläne eingeweiht hatte", gab Arsinoe zu. „Er ist ein stattlicher Mann und würde jeder Frau erstrebenswert und verlockend erscheinen. Vielleicht mißverstand er mein Interesse, und was kann ich denn dafür, daß ich schön bin?"

„Also auch er", stieß ich heißer hervor und sprang auf, um mein Schwert zu ergreifen. Arsinoe hielt mich zurück. „Irgend etwas Unrechtes ist selbstverständlich nicht zwischen uns vorgefallen", sagte sie. „Ich setzte ihm auseinander, daß so etwas nicht möglich sei. Er entschuldigte sich und wir kamen überein, nur Freunde zu bleiben."

Lächelnd in die Ferne blickend, fügte sie noch hinzu: „Schau, Turms, er könnte in politischen Dingen durch mich Nutzen haben. So dumm ist er nun auch nicht, daß er mich kränkt und mich dadurch zur Feindin macht."

Ich blickte sie starr an, während Hoffnung und Zweifel in mir kämpften. „Schwörst du", fragte ich zum Schluß, „schwörst du, daß Dorieus dich nicht berührt hat?"

„Berührt, berührt", wiederholte sie ärgerlich. „Höre jetzt endlich auf, immer wieder auf diese dumme Sache zurückzukommen. Er wird mich schon irgendwie ein bißchen angefaßt haben. Aber als Mann kann er mir nicht gefährlich werden, absolut nicht. So wie du es meinst, niemals. Das schwöre ich im Namen eines jeden Gottes, den du haben willst."

„Im Namen unserer Liebe", forderte ich sie auf.

„Im Namen unserer Liebe", wiederholte sie nach kaum merkbarem Zögern.

Der kurze Augenaufschlag ihrer klaren Augen entschied für mich die Sache. Ich stand auf, bevor sie mich daran hindern konnte.

„Gut", sagte ich, „ich werde gehen und mir Klarheit in der Sache verschaffen."

„Nein, gehe nicht", schrie sie verängstigt und erschrocken auf, aber als sie meinen unwiderruflichen Entschluß erkannte, fügte sie schnell hinzu: „Oder geh nur. So ist es am besten. Verschaffe dir Klarheit, wenn du mir nicht glaubst. Doch hätte ich es mir nie vorstellen können, von dir in dieser Weise behandelt zu werden, Turms."

Ihr tränenverschleierter und vorwurfsvoller Blick verfolgte und quälte mich. Aber ich wollte die Wahrheit aus dem Munde des Dorieus selbst hören. Ich glaubte, sonst nie meine Zweifel loswerden zu können. So kindisch war ich damals noch. Als ob ich mit Arsinoe jemals einen einzigen Augenblick im Herzen Ruhe hätte haben können.

Ich traf Dorieus im Garten an. Er lag im warmen Schwimmbecken. Das gelbliche Wasser roch nach Schwefel, und sein muskulöser Körper erschien im Wasser noch größer, als er in Wirklichkeit war. Meine Aufregung beherrschend, setzte ich mich auf den Rand des Beckens, wärmte die Füße in dem heißen Wasser und begann:

„Dorieus. Denke an den Wettkampfplatz in Delphi. Denke an die Lämmerknochen, die wir zusammen geworfen haben. Denke an Korinth und den Krieg in Ionien. Ist unsere Freundschaft nicht mehr wert als alles andere? Als Mann weißt du ja auch, daß die bitterste Wahrheit besser als die süßeste Lüge ist. Ich werde nicht nachtragend sein, wenn du mir nur die Wahrheit sagst. Im Namen unserer Freundschaft, gestehe es offen, hast du bei Arsinoe geschlafen?"

Dorieus hielt meinem Blick nicht stand. Nach einigen Ausreden gestand er: „Naja, ein oder ein paarmal. Und — wenn schon. Ich meinte es ja nicht böse. Ihre Verführungskunst ist unwiderstehlich."

Sein ehrliches Bekenntnis zeigte, daß er in diesen Dingen ebenso kindlich wie ich selbst war, obwohl ich es damals nicht begriff. Es lief mir kalt über den Rücken, aber ich fragte noch: „Hast du sie mit Gewalt genommen?"

„Mit Gewalt, ich?" die Augen des Dorieus starrten mich wie leere Höhlen an. „Im Namen des Herakles, du scheinst sie recht wenig zu kennen. Ich sagte dir doch schon, ihre Verführungskunst ist unwiderstehlich."

Einmal angefangen, erleichterte er sein Gewissen: „Tue mir den Gefallen und erzähle Tanakil nichts davon. Ich möchte sie keineswegs kränken und ihr weh tun. Schau, Arsinoe selbst begann das Spiel, indem sie meine Muskeln bewunderte. Sie sagte, daß du als Mann wahrscheinlich ein Nichts im Vergleich zu mir seiest."

„Sooo, wirklich?" sagte ich mit erstickender Stimme.

„Jawohl", fuhr er fort, „Tanakil hat Arsinoe gegenüber mit meinen

Kräften geprahlt, so daß sie neidisch wurde. Du weißt ja selbst ganz genau, daß sie die Schenkel eines Mannes nur ein paarmal zu streicheln braucht, und schon kräht der Hahn. Ganz ehrlich gesagt, ich war dann nicht mehr imstande, an unsere Freundschaft oder an Ehrbegriffe oder überhaupt an irgend etwas zu denken. Soll ich noch fortfahren?"

„Nein, das genügt mir", wehrte ich ab, „ich weiß schon, ich kann mir schon alles denken."

Und doch konnte ich es nicht fassen. „Dorieus", sagte ich noch. „Ich verstehe es nun nicht, weil sie behauptet, daß du ihr als Mann gar nicht liegst."

Dorieus brach in ein schallendes Gelächter aus, blickte mich an, ließ seine Muskeln im Wasser spielen und sagte: „Nicht möglich! Also, ich liege ihr nicht! Na, vielleicht hat sie es nur aus Mitleid so gesagt, aber du hättest sie hören und sehen sollen."

Ich stand so plötzlich auf, daß ich fast kopfüber in das Schwimmbecken gefallen wäre. „Nichts zu ändern, Dorieus", sagte ich zähneknirschend. „Ich werde dir nichts nachtragen oder auf dich böse sein wegen dieser elenden Angelegenheit. Tue es aber nie wieder."

Ich floh, die heißen Tränen schossen mir aus den Augen, in der Erkenntnis, daß ich keinem Menschen auf der Welt mehr vertrauen konnte, am allerwenigsten Arsinoe. Zu dieser bitteren Erkenntnis muß jeder Mann zwangsläufig einmal kommen, wenn er sich nicht damit begnügt, nur ein Bulle oder Widder zu sein. Das gehört zum Leben und zum Los des Menschen, so sicher wie das in Asche gebackene Brot und die vor Schnupfen überlaufenden Augen.

Als ich aber den Gastsaal Tanakils betrat, bezwang ich meine Erregung. Ein merkwürdiges Gefühl der Erleichterung überfiel mich, denn plötzlich wurde mir klar, daß ich von jetzt ab Dorieus nichts mehr schuldete. Nein, unsere Freundschaft band mich nicht mehr an ihn, weil er selbst die Freundschaft zerstört hatte, wenn er vielleicht auch nicht ganz der Alleinschuldige war.

Als ich wieder unser Zimmer betrat, richtete sich Arsinoe lebhaft im Bett auf und fragte: „Nun, Turms, hast du Dorieus einem Verhör unterzogen und schämst du dich jetzt wegen deiner böswilligen Verdächtigungen?"

„Ich soll mich schämen", sagte ich völlig geknickt. „Wie kannst du nur so niederträchtig sein, Arsinoe. Dorieus hat mir alles gestanden."

„Gestanden, was denn", fragte Arsinoe mit erstaunt klingender Stimme und richtete sich im Bett auf die Knie auf.

„Bei dir einige Male geschlafen zu haben, das weißt du doch auch selbst." Ich ließ mich auf den Bettrand fallen, saß da und bedeckte mein Gesicht mit den Händen. „Warum logst du mich an und schworst einen Meineid im Namen unserer Liebe? O weh, Arsinoe, ich kann dir niemals mehr trauen."

Sie legte ihre Hand auf meinen Nacken und sagte: „Aber, Turms, was für einen schrecklichen Unsinn redest du eigentlich. Dorieus kann doch so etwas nicht gestehen. Will dieser Spartaner unser Verhältnis zerstören, indem er gemeine Verdächtigungen über mich verbreitet?"

Unwillkürlich schaute ich ihr strahlendes Gesicht in neuerwachender Hoffnung an. In meinen Augen las sie meinen Wunsch, glauben zu können, denn lebhaft begann sie zu erklären: „Ach, Turms, jetzt verstehe ich. Ich habe natürlich seine männliche Eitelkeit verletzt, als ich seine Annäherungen so schroff zurückwies. Er rächt sich nun auf diese Weise, indem er über mich Lügen zum besten gibt, weil er weiß, daß du ein leichtgläubiger Mann bist."

„Laß das sein", bat ich, „ach, laß das sein, Arsinoe, ich bin ja so schon fast zu Tode verzagt. Dorieus hat nicht gelogen. Ich kenne ihn besser als du."

Arsinoe nahm meinen Kopf zwischen ihre Hände und schaute mir in die Augen. Plötzlich hatte sie es satt, stieß meinen Kopf zurück und schnauzte mich an: „Also gut. Ich habe keine Lust mehr, für unsere Liebe zu kämpfen, wenn du anderen mehr glaubst als mir. Jetzt sagst du kein einziges Wort mehr. Nun ist Schluß, und zwar mit allem. Leb wohl, Turms. Morgen kehre ich nach Eryx zurück."

Ja, was sollte man darauf noch sagen! Hätte ich etwas anderes tun können, als mich auf den Boden werfen und für alle meine häßlichen Verdächtigungen um Verzeihung bitten? Sie war mir ins Blut gegangen, ich kam von ihr nicht los. Wir kletterten wieder verblendet empor auf die Wolke, und von dort aus gesehen war alles auf Erden klein, sogar Lüge und Betrug.

3.

Der Beginn der Schiffahrt stand bevor und die Männer aus Phokaia warteten, nachdem sie den ganzen Winter über beim Erhöhen der Stadtmauer von Himera schwer gearbeitet hatten, mehr als ungeduldig auf den Aufbruch, sie schnupperten nach dem Wind und beobachteten die Zeichen am Himmel. Dionysios hatte ein neues Schiff erworben, das bereits vom Stapel gelaufen war, und die beiden Fünfzig-Ruder-Schiffe waren gedichtet und gepecht worden, so daß sie noch seetüchtiger geworden waren als vorher. Es gab keinen Riemen, keinen Troß, kein Astloch an den Schiffsplanken, die Dionysios nicht persönlich mit eigenen Augen überprüft hätte. Abends schliffen die Seeleute schon ihre Waffen, und die im Laufe des Winters dicker gewordenen Schwerbewaffneten probierten keuchend ihre Brustpanzer, Schuppenröcke und Beinschienen und stachen neue Löcher in die Halteriemen. Die Ruderer sangen freche Abschiedslieder, und die Männer, die im Herbst mit den Weibern aus Himera Ehen geschlossen hatten, fingen an, sich den Kopf zu kratzen und dabei zu überlegen, ob es eigentlich angebracht war, schwache Frauen den Gefahren des Meeres auszusetzen. Begütigend sprachen sie zu ihren Frauen:

„Du erwartest ein Kind und bist schon schwer. Das Meer ist fürchterlicher, als du es dir vorstellen kannst. Ich möchte dich und unser kommendes Kind unter keinen Umständen vor die Rammdorne der Kriegsschiffe der Tyrrhener bringen, damit ihr dort zerstückelt werdet. Beruhige dich und habe Geduld, sobald wir in Massilia angelangt sind, sende ich dir Nachricht."

Es klang überzeugend, wenn sie so sprachen, und sie schauten ihre Frauen mit treuen, runden Augen an. Die Frauen begannen zu weinen und stellten sich entsetzt die Schrecken des Meeres vor. Auf dem Boden liegend und die Knie der Männer umarmend, flehten sie sie an, in dem sicheren Himera zu bleiben. Aber die Männer beteuerten: „Was Besseres könnte ich mir gar nicht wünschen. Drücke meine Stimmung nicht mit Weinen noch mehr herab, sie ist ohnehin schon ganz unten angelangt. Ich habe doch den schrecklichen Eid dem Dionysios, unserem Befehlshaber, geleistet und kann ihn nicht verlassen, um als Eidbrüchiger in Himera wohnen zu bleiben."

Krinippos erließ eine neue Verordnung, nach der jeder verheiratete Mann seiner Frau Geld zum Leben zurücklassen sollte. Der Betrag müßte seinem Rang und seiner Stellung auf dem Schiff entsprechen, für das Ruder je dreißig Drachmen und für das Schwert je 100 Drachmen. Außerdem sollte jede im Laufe des Winters schwanger gewordene Jungfrau oder Ehefrau in Himera aus der Beute des Dionysios zehn Silberdrachmen erhalten. Wegen dieser gewissenlosen Erpressung sammelten sich die Seeleute auf dem Marktplatz und schrien, daß Krinippos der undankbarste Tyrann und der gierigste Mann sei, von dem sie jemals gehört hätten.

„Sind wir vielleicht die einzigen in Himera, die ein männliches Glied zwischen den Beinen haben?" murrten sie halb weinend. „Euer Symbol ist doch der Hahn, und wir sind nicht schuld daran, daß wir von dem leichtsinnigen Lebenswandel eurer Stadt angesteckt wurden, so mannhaft wir uns auch dagegen sträubten und uns zu beherrschen bemühten. Den ganzen Winter über hast du uns zu tödlicher Sklavenarbeit angehalten, so daß wir abends gar nicht mehr imstande waren, Kinder zu zeugen, wenn wir es auch gewollt hätten. Außerdem erließest du selbst das barbarische Gesetz, daß man sich nach Sonnenuntergang nicht mehr auf der Straße belustigen durfte. Wir konnten abends doch nichts anderes tun, als ins Bett gehen, und wir sind nicht schuld daran, wenn die Jungfrauen und sogar die verheirateten Frauen zu uns ins Bett krochen. Wir waren ja gezwungen, ihnen die Gastfreundschaft zu vergelten, obwohl wir kaum die Kraft dazu aufbringen konnten."

Aber Krinippos hielt sich die Ohren zu und befahl gnadenlos: „Gesetz ist Gesetz, und mein Wort ist in Himera Gesetz, solange mein Bart noch am Kinn wackelt. Gerne erlaube ich aber, daß ihr eure Frauen auf den Schiffen mitnehmt, und ihr könnt ja auch die schwanger gewordenen Mädchen Himeras mitnehmen. Die Wahl steht euch völlig frei."

Während des Lärms verhielt sich Dionysios ganz still und suchte seine Leute nicht zu verteidigen. Er mußte ja noch Wasser und Proviant für die Schiffe haben und vor allem seine Schätze aus dem Steingewölbe des Krinippos herausbekommen. Während die Männer auf dem Marktplatz tobten, betrachtete er prüfend jeden einzelnen. Als sie sich aus Wut die Kleider vom Leibe rissen, ergriff er schnell den Arm eines der am meisten lärmenden Ruderer und fragte wütend: „Was hast du für ein Zeichen auf dem Rücken?"

Der Ruderer schaute über die Schulter nach rückwärts und erklärte lebhaft: „Es ist ein Zauberzeichen und geht beim Waschen nicht ab, sondern macht mich im Kampf unverwundbar, und die ganze Zauberei kostete nur eine Drachme."

Eine ansehnliche Menge von Männern sammelte sich, um eifrig ihre Schultern zu entblößen und zu zeigen, daß auch sie sich das gleiche heilige Zeichen in die Schulter hatten schneiden lassen. Das Gesicht des Dionysios verfinsterte sich und er sagte: „Ihr seid ja wie die thrakische Polizei, die in ihre Wangen blaue Kringel schneidet. Wie viele von euch haben dieses Zeichen, und wer hat es geschnitten?"

Mehr als die Hälfte der Männer hatte sich, im gegenseitigen Wetteifer, das schützende Zeichen in die Schulter ätzen lassen, und die Wunden waren noch gar nicht verheilt, weil der wandernde Wahrsager erst vor ein paar Tagen in Himera angekommen war. Das Zeichen bestand aus einem blauen Streifen in der Form der Mondsichel am Rande des Schulterblattes. Der Wahrsager schnitt es mit einem scharfen Messer ein, bestrich die Wunde mit der heiligen blauen Farbe, wischte Asche darüber und spuckte dann darauf die heilige Spucke.

„Bringt mir diesen Wahrsager her, damit ich seine eigene Schulter untersuche", befahl Dionysios drohend. Die Männer blickten um sich und behaupteten, daß er noch soeben heilige Zeichen an die Schreibtafel an der Marktecke geschrieben habe, plötzlich aber war er verschwunden, wie von der Erde verschluckt. Er war nirgends mehr zu finden, obwohl die Seeleute die ganze Stadt absuchten und nach ihm in jedem Haus fragten. Hieraus zogen sie den Schluß, daß er tatsächlich ein heiliger Wahrsager sei, und die Männer, die das Zeichen noch nicht bekommen hatten, warfen den Gezeichneten Unkameradschaftlichkeit vor, weil sie nicht rechtzeitig davon erzählt hätten. Alle konnten berichten, daß der Mann noch jung und seine Gesichtsfarbe rotbraun wie die eines Phöniziers gewesen sei, obwohl er gebrochenes Griechisch sprach.

Während der Untersuchung auf dem Marktplatz verzerrten sich die Gesichtszüge des Krinippos, er ging rasch hinein und klagte über Magenbeschwerden. Auch Dionysios sah so aus, als hätte er plötzlich Durchfall bekommen, aber seinen Leuten sagte er kein böses Wort. Am gleichen Abend kam er zu uns ins Haus, nur vom ersten Steuermann seines großen Schiffes begleitet, und sagte:

„Jetzt ist der Teufel los wegen dieses blauen Zeichens. Krinippos kommt heute Nacht hierher, um mit uns zu beratschlagen, da er sein eigenes Haus für die Besprechung nicht für geheim genug hält. Laßt uns über unsere eigenen Angelegenheiten schweigen und ihm zuhören."

Dorieus wurde lebhaft: „An meinen Plänen gibt es nichts Unklares mehr. Ich bin froh, daß auch du, Dionysios, dich aus eigenem Willen mir anschließest und wir um die Führung nicht mehr zu kämpfen brauchen."

Dionysios seufzte geduldig: „Ganz richtig, aber sage nur im Beisein des Krinippos kein Wort über Segesta. Dann läßt er uns nicht aufs Meer. Wollen wir uns nicht so einigen, daß ich auf See und du auf dem Lande den Befehl übernimmst? Wir können ja irgendeine Küstenstadt des Landes Eryx überraschend als Stützpunkt erobern, denn wir müssen ja auch an die Schiffe denken."

Dorieus überlegte und stimmte zu: „Das wird wohl das Beste sein.

Aber nachdem wir gelandet sind, brauchen wir keine Schiffe mehr. Zur Sicherheit werde ich sie verbrennen, damit niemand der Lockung unterliegt, Feigling im Kampfe zu sein."

Dionysios senkte den Kopf, um seinen Gesichtsausdruck zu verbergen, nickte aber zustimmend. Mikon konnte seine Neugierde nicht bezähmen und fragte:

„Warum droht uns Gefahr wegen jenes blauen Zeichens? Was kümmert uns ein Quacksalber, der sein Geld durch Betrügen der leichtgläubigen Seeleute verdient."

Dionysios bat seinen Steuermann aufzupassen, daß diesmal keine Frauen hinter die Türvorhänge schleichen könnten, um das Gespräch zu belauschen. „Auf dem Meere vor Himera ist ein Wachboot der Karthager gesichtet worden", sagte er. „Ich vermute, daß es sich um ein Nachrichtenschiff handelt, das in Fühlung mit der Stadt bleibt, um den Kriegsschiffen Karthagos sofort zu melden, wenn wir lossegeln."

„Aber Himera ist doch nicht im Krieg mit den Phöniziern", behauptete ich. „Im Gegenteil, Krinippos ist ein Freund Karthagos, wenn er auch über die Selbständigkeit seiner Stadt wacht. Was hat es mit dem Wahrsager und dem Zeichen zu tun?"

Dionysios drückte mit seinem wuchtigen Zeigefinger auf den unteren Rand meines Schulterblattes, lächelte roh und erklärte: „Gerade von diesem Punkt aus beginnt der Opferpriester Karthagos die Haut eines Seeräubers bei lebendigem Leibe abzuziehen. Den Kopf, die Hände und die Füße lassen sie unangetastet, so daß der Gefangene noch mehrere Tage leben, sogar noch auf eigenen Füßen laufen kann. Die Phönizier bestrafen Seeräuberei in dieser Weise. Sie haben aber auch noch andere Arten, wenn es dich interessieren sollte."

Dorieus wurde kleinlaut, und Dionysios fuhr fort: „Auf irgendeine Weise sind wir entdeckt oder auch verraten worden, und in Karthago ist es bekannt, daß unsere Beute nicht allein aus der Seeschlacht bei Lahde stammt. Deshalb sind wir auf keinem der Meere mehr sicher. Die Kriegsschiffe Karthagos lauern auf unsere Abfahrt. Sie haben auch schon bestimmt ihren Verbündeten, den Etruskern, über unsere Seeräuberei berichtet. Das hat zwar nicht viel auf sich, denn wir wissen es ja schon, daß die Tyrrhener uns auch sonst nicht erlauben würden, durch ihr Meer zu segeln."

Mikon war schon wieder betrunken, denn er hatte seit dem frühen Morgen dauernd Wein zu sich genommen. Die runden Backen zitterten, als er sagte: „Ich bin kein Feigling, aber ich bin der Mühen und Leiden auf See überdrüssig und möchte lieber in Himera bleiben, um hier meine Praxis als Arzt auszuüben, wenn du es gestattest, Dionysios."

Dionysios brach in ein wieherndes Gelächter aus, klopfte ihm auf die Schulter und sagte gönnerhaft: „Bleib du nur hier, Mikon, denn dir kann nichts Schlimmeres passieren, als daß Krinippos dich früher oder später an die Phönizier ausliefern muß und deine Haut an das Tor Karthagos angenagelt wird. Schau, dein und mein Gesicht, die Gesichter von Dorieus und Turms und die Gesichter der besten Steuerleute haben sich ihre Spione bestimmt in ihr Gedächtnis eingeprägt. Aber die Phönizier denken nicht nur an den heutigen Tag, sondern sogar zehn Jahre weiter, im Falle es uns gelingen sollte, bis nach Massilia zu kommen."

„Aber wir fahren doch nicht bis nach Massilia", unterbrach ihn Dorieus.

„Nein, natürlich nicht", beruhigte Dionysios ihn. „Sie glauben es aber, weil eine solche Nachricht verbreitet worden ist. Deshalb haben sie sogar die Schiffsbesatzung mit dem Hautabzieh-Zeichen des Wahrsagers als Seeräuber gekennzeichnet, damit sie diese überall und zu jeder Zeit erkennen, falls sie in ihre Hände geraten. Nicht einmal die Griechen können Seeräubern Zuflucht gewähren. Deshalb ist ja Krinippos schon schwer beunruhigt."

Er kniff die Haut an seiner Schulter, als wolle er feststellen, wie leicht sie abginge, und fuhr fort: „Wenn wir bis nach Massilia kommen sollten, wohin wir wohl nicht fahren werden, beruhige dich, Dorieus, so könnte am Ende der Welt irgendein Ruderer noch als zahnloser Greis sich auf irgendeinem Transportschiff die Kontrolle der phönizischen Kriegsschiffe gefallen lassen müssen. Zeige deine Schulter, werden sie befehlen, und dieses Zeichen verrät ihn, obwohl er selber schon fast den Anfang seines kleinen Reichtums vergessen hat. Dann wird seine Haut in Kürze am Balken hängen und sein Körper sich hautlos an der Schiffsrippe im Hinterschiff festgebunden winden, bis die Sonne ihn austrocknet und das Leben auslöscht, wenn die Phönizier ihn vielleicht auch ab und zu barmherzig mit Meerwasser begießen sollten."

Seine Worte machten uns ernst. Dionysios lachte über unsere Mienen und sagte keck: „Der Mann, der seine Faust in einen Bienenkorb steckt, um für sich eine Honigwabe herauszunehmen, weiß, was er tut. Ihr wußtet ja, was ihr tatet, als ihr mit mir den Bund schlosset."

Das stimmte nun nicht ganz, aber wir hatten keine Lust, ihm zu widersprechen. Wir begriffen schon, daß wir mit Haut und Haaren ihm ausgeliefert und mit ihm verbunden waren, auf jeden Fall in den Augen der Phönizier. Und Dionysios konnte es nicht lassen, zu spötteln: „So ist die Sache, Dorieus, und ich glaube kaum, daß Karthago einen Seeräuber als König von Segesta anerkennen würde, wie sehr du dich mit ihnen auch über das Land Eryx streiten würdest. Die Seeräuberei ist das größte Verbrechen in den Augen der Karthager. Der Vatermord ist nur ein lustiger Streich im Vergleich dazu."

Dorieus erwiderte barsch: „Das soll unsere spätere Sorge sein, wenn ich nur erst König von Segesta bin, wie die Lämmerknochen vorausgesagt haben und ich selbst dem Geist meines Vaters geschworen habe. Du wirst dich doch wohl noch erinnern, wie der Berg Feuer spie, das Land dröhnte und Aschenregen auf unsere Schiffe fiel, zum Zeichen, daß das Sterbeland meines Vaters in Sicht kam."

Mikon hatte einen Becher Wein nach dem anderen geleert, um sich Mut zu machen, und meinte: „Wenn ich es näher überlege, werde ich dir doch wohl durch dick und dünn folgen, Dionysios. Ich bin ja geweiht, und als Arzt bin ich in der Lage, mir das Leben schnell und schmerzlos zu nehmen, falls es mit uns schiefgehen sollte. Ein Arzt mit seinem Äskulapstab in der Hand ist außerdem unantastbar, aber ich glaube, daß ich mich auf keinen Wortwechsel einlassen, sondern mir sofort selbst die Pulsadern durchschneiden würde, falls wir in die Hände der Kathager oder Tyrrhener geraten sollten."

Im gleichen Augenblick trat der Steuermann ein, rieb seine Hände verlegen und sagte, daß die Frau des Hauses mit ihrer Freundin hereinkommen möchte. Dionysios erschrak, wich einen Schritt zurück und schrie: „Nein, nein, dieses Weib will ich nicht mehr sehen." Aber schon stürzte Arsinoe herein, so daß der Türvorhang flatterte. In höchstem Entzücken hielt sie ein Tier mit glänzendem Fell im Arm, streckte es mir entgegen und rief:

„Oh, Turms, Turms, schau, was ich mir gekauft habe."

Ich sah mir das zischende Tier an, dessen Augen funkelten, und erkannte in ihm eine Katze, die die Ägypter als heiliges Tier verehren, so daß man ihm in anderen Ländern selten begegnet. Ich hatte jedoch in Milet Katzen gesehen, die Frauen der Aristokratie hielten sie dort neben anderen verdorbenen Sitten in ihrer Häuslichkeit, obwohl sie es hätten wissen müssen, daß dies nicht in Ordnung war. Schon deswegen schien es nicht verwunderlich, daß Milet unterging.

„Es ist eine Katze", schrie ich, „leg das gefährliche Tier sofort weg. Weißt du nicht, daß es an seinen weichen Pfoten scharfe Krallen hat?"

Mir war scheußlich zumute, denn unter anderem wußte ich, daß die Katzen sehr teuer waren und ich bestimmt nie erfahren würde, wie und von wo sich Arsinoe das Geld für ihre Einkäufe beschafft hatte. Aber Arsinoe lachte nur, ausgelassen vor Freude rief sie: „Ach, Turms, sei doch nicht wieder so garstig zu mir. Nimm es doch auf den Schoß und streichle es, dann fühlst du, wie weich das Fell ist, und du wirst bestimmt entzückt sein."

Sie warf mir die Katze auf den Schoß. Diese schlug die Krallen fauchend in meine Brust, kratzte Blutstriemen in meinen Arm, kletterte auf meinen Kopf und sprang, den Schwanz steif hochgerichtet, auf die Schulter des phönizischen Hausgottes. „Welch ein gutes Omen", meinte Tanakil, als sie hinter Arsinoe in den Saal trat.

Ich muß gestehen, daß ich Angst vor diesem Biest mit seinen funkelnden Augen hatte, das sich so geschmeidig bewegte. „Arsinoe, ich habe mich ehrlich bemüht, dir gegenüber Geduld aufzubringen", sagte ich vor Zorn bebend. „Aber dies ist zuviel. Ein zahmer Leopard ist ein Haustier und kann für die Jagd verwendet werden. Die Katze dagegen ist ein völlig nutzloses Tier und gefährlicher als ein Leopard. Sonst würden die Ägypter, die über alles Bescheid wissen, nicht solche Angst vor ihm haben und es als Gottheit verehren. Bring es sofort wieder dorthin zurück, von wo du es gekauft hast."

Arsinoe fing die Katze und streichelte sie, so daß sie sich wieder beruhigte. Um die Katze besser im Schoß halten zu können, setzte sie sich wie aus Versehen auf den Rand von Dionysios' Ruhebett, obwohl wir, erregt durch unser Gespräch, noch gar nicht dazugekommen waren, uns auszustrecken und den Wein zu genießen.

Mikon als Inselbewohner hatte noch nie eine Katze gesehen. Er trat neugierig etwas näher und machte große Augen: „Hört ihr, hört ihr, oder surrt der Wein mir in den Ohren?"

Dann hörten wir es alle. Als Arsinoe die Katze streichelte, stieg aus dem Bauch derselben ein auf- und absteigendes Schnurren, obwohl sie das Maul nicht aufmachte und die Zähne gar nicht zeigte. Wir taten einen Schritt zurück, erschrocken über dieses drohende Schnurren.

„O Turms, mein Leben lang habe ich mir solch ein entzückendes Tier gewünscht", plapperte Arsinoe. „Glaube mir, das Tier ist ganz zahm. Du hast es nur selbst mit deiner rauhen Stimme erschreckt, wie du vor Angst aufschriest, als ich es dir in den Schoß gab. Stelle dir vor, wie es im Bett neben mir weich wie ein Knäuel schläft und meinen Schlaf bewacht. Seine Augen leuchten im Dunkeln wie schützende Laternen. Du kannst mir doch eine so große Freude nicht verbieten."

Mein Gesicht fing zu glühen an, als ich die mitleidsvollen Blicke von

Dionysios, Dorieus und Mikon spürte. „Ich schrie nicht auf", wehrte ich ab. „Ich fürchte ein solch elendes Vieh nicht. Aber es ist ein nutzloses Tier, und wir können es nicht aufs Schiff mitnehmen, da wir in Kürze in See stechen werden."

„Sage lieber in den Hades", bemerkte Dionysios spöttisch. „Na, ich hätte nicht gedacht, daß gerade du, Turms, der größte Schwätzer von uns bist."

„Die ganze Stadt weiß es doch schon, daß ihr in See stechen werdet", sagte Arsinoe völlig unschuldig. „Der Rat Karthagos fordert von Krinippos, daß er euch entweder gefangen nimmt oder ausweist. Das wußte der Kaufmann sogar, der dieses entzückende Tier im Käfig hielt und vor ihm Weihrauch brannte. Deshalb verkaufte er mir das Tier so billig, damit es uns auf See Glück bringen solle."

Sie mißverstand meinen Blick und fuhr mich an: „Jaja, natürlich auch deshalb, weil ich eine schöne Frau bin, aber daran bin ich nicht schuld und ich kann nichts dafür, wenn die Männer mir Geschenke machen wollen oder mir ihre Waren mit großem Rabatt verkaufen. Ein vernünftiger Mann würde darin einen Vorteil sehen. Eine häßliche Frau kostet dem Manne viel mehr als eine schöne, denn niemand gibt einer häßlichen Frau etwas umsonst."

Wir waren so erschlagen über ihre Nachricht, daß wir auf ihr Geplapper gar nicht mehr achteten. Dionysios hob beide Arme und rief den Segen der Götter herab: „Die Götter mögen uns barmherzig sein. Mehr können wir nicht erhoffen."

Ich überlegte kurz und sagte dann: „Es ist ganz klar, das ist eine Kriegslist der Phönizier. Sie haben Arsinoe die Katze aufgedrängt, damit sie uns Unglück bringen soll. War nicht der Kaufmann ein Phönizier?"

Arsinoe drückte das Raubtier trotzig an sich. „Im Gegenteil", sagte sie, „der Kaufmann war ein Tyrrhener und außerdem ein Freund von dir, Turms. Er heißt Lars Alsir. Deshalb gab er mir die Katze auf Rechnung."

Ich fühlte mich erleichtert, denn ich konnte nicht annehmen, daß Lars Alsir mir etwas Schlechtes antun würde. Dionysios fing plötzlich fröhlich zu lachen an, streckte vorsichtig seine große Pratze aus und streichelte die Katze auf Arsinoes Schoß. Das hinterhältige Tier streckte den Hals, und Dionysios krabbelte mit dem Zeigefinger unter dessen Kinn. Dankbar wandte Arsinoe ihr lächelndes Gesicht Dionysios zu. „Ach, Dionysios, du also verstehst mich am besten", rief sie aus. Sie wäre sicherlich

Dionysios um den Hals gefallen, wenn die Katze nicht auf ihrem Schoß gelegen hätte.

Statt dessen fuhr sie mit ihrem Geschwätz fort: „Findest du nicht auch, daß Turms recht kindlich ist, wenn er nicht einmal merkt, was sich vor seinen Augen abspielt? Ein phönizischer Kaufmann hätte mir die Katze ja gar nicht verkaufen können, weil die Phönizier den Handelsverkehr mit euch abgebrochen und die arbeitslosen Männer der Stadt gedingt haben, damit diese in ihren Höfen mit dem Beil in der Hand dasitzen und bereit sind. So ist es, und außerdem haben sie noch den übrigen Kaufleuten verboten, mit euch Handel zu treiben und gedroht, daß keine Waren aus Karthago mehr nach Himera kommen werden, falls sie euch noch irgend etwas verkaufen sollten, sei es auch nur Brot oder getrocknete Feigen. Ich finde es töricht. Die Aufgabe der Kaufleute ist doch, den Warenaustausch zu fördern und nicht, ihn zu unterbinden."

Dionysios, der zerstreut die Katze streichelte, rief nach seinem Steuermann und befahl: „Geh sofort, wecke die Priester Poseidons und laß für uns zehn Ochsen opfern, ganz gleich, was es kostet. Sollten sie dir die Ochsen nicht verkaufen, so laß dann die Priester oder einen vertrauenswürdigen Bewohner Himeras sie auf den eigenen Namen einkaufen und bezahle ihnen die Mühe. Die Schenkelknochen und das Fett mögen auf dem Altar bleiben, aber das Fleisch laß auf die Schiffe bringen, und zwar noch im Laufe dieser Nacht." Zu Arsinoe sagte er noch höflich: „Verzeih, daß ich dich unterbrach, aber als ich dich mit deiner Katze so betrachtete, stieg in mir eine unwiderstehliche Lust auf, Poseidon zehn Ochsen als Opfer darzubringen. Das wirst du gewiß verstehen."

Arsinoe kniff schelmisch die Augen zu und fuhr fort: „Auch Lars Alsir hätte es kaum gewagt, mir die Katze zu verkaufen, wenn die Leute wüßten, daß ich Turms Freundin bin. Aber niemand weiß, wer ich bin, obwohl sie sehr herumraten, wenn sie mich in der Stadt spazierengehen sehen, während ein kleiner Junge hinter mir den Sonnenschirm über mich hält."

Ich konnte nicht anders, als mich an den Kopf fassen, denn ich hatte ihr strengstens verboten, das Haus zu verlassen und Aufsehen zu erregen. Dionysios ergriff ihre Hand und bat: „Erzähle uns noch, was du sonst in der Stadt gehört und gesehen hast."

Und Arsinoe berichtete: „Die Kaufleute haben auch die Staatsanleihe gekündigt, die Krinippos für den Bau der erhöhten Mauer aufgenommen hatte, so daß die Leute sich darüber lustig machen und zu erraten versuchen, wie alles werden wird, und ob die Phönizier nun die fertige

Mauer abreißen lassen werden, falls sie ihr geliehenes Geld nicht zurückbekommen sollten." Plötzlich verfinsterte sich ihr Gesicht, sie schaute mich scharf an und sagte: „Hierbei fällt mir ein, daß Lars Alsir mir irgend etwas über die Enkelin des Krinippos und dich, Turms, erzählte. Was hast du eigentlich mit diesem Mädchen getrieben?"

Gerade in diesem Augenblick stürzte der vertrauenswürdigste Vorläufer des Krinippos ins Zimmer und meldete keuchend, daß sein Gebieter sogleich hier sein werde. Kurz darauf erschien Krinippos, noch schlimmer keuchend als der Vorläufer, mit den Schuhen in der Hand. Ihm folgten angsterfüllt Terillos mit dem goldenen Kranz auf seinem kahlen Haupt und, wie vom Bösen beschworen, die Kydippe. Als Arsinoe sie erblickte, stieß sie die Katze vom Schoß auf den Estrich und erhob sich mit wild funkelnden Augen.

„Seit wann", fragte sie, „ist es Sitte, daß Backfische den Männern nachlaufen? In Himera kann man wohl auf alles gefaßt sein, aber das hätte ich mir doch nicht vorzustellen gewagt, daß der eigene Vater als Kuppler seine Tochter begleitet zum Angriff auf einen Mann, der von ihr nichts wissen will und außerdem nicht standesgemäß ist. Dies wird dir noch teuer zu stehen kommen, Turms. An deiner Stelle würde ich vor Scham in die Erde sinken."

Sie tat einen drohenden Schritt auf Kydippe zu, lachte spöttisch auf und sagte: „Sie hat ja gar keinen Busen. Auch stehen ihre Augen viel zu weit auseinander und außerdem sind ihre Füße sehr groß."

Da ich nichts anderes tun konnte, riß ich sie in meine Arme und trug die heftig Strampelnde in unser Zimmer. Die Katze flitzte an mir vorbei und sprang blitzschnell auf unser Bett, noch bevor ich Arsinoe hinwerfen konnte. Ich schleuderte sie dann mit solcher Wucht aufs Bett, daß ihr der Atem stockte und sie gezwungen war, nach Luft zu schnappen, mich fast mit Hochachtung betrachtend.

„O Turms", flüsterte sie schließlich, „wie kannst du mich so brutal behandeln. Also so sehr liebst du dieses verdorbene Mädchen. Ihretwegen kamst du ja nach Eryx. Warum hast du mich überredet, mit dir zu gehen? Nur um ein Spielzeug zu haben?"

„Kydippe", sagte ich aus Versehen, so verwirrt war ich schon selbst. „Nein, Arsinoe meine ich. Beherrsche dich jetzt und spare deine Kräfte, denn ich glaube, daß wir noch heute Nacht in See stechen und morgen ein Fraß für die Fische sein werden. Pack deine Sachen und bete zur Göttin, damit du fertig bist, denn bei der überstürzten Abfahrt habe ich keine Zeit mehr, danach zu fragen, was dir vielleicht noch fehlt."

Aber sie klammerte sich an meinen Überwurf, packte mich an der Brust, schüttelte mich und schrie: „Keine Ausflüchte, Turms, du Betrüger, sondern gestehe sofort, was du mit dem Mädchen gehabt hast, sonst gehe ich und bringe sie um. Wie kannst du bloß — du glaubtest natürlich, daß ich bereits schlief, nachdem ich mich vergeblich nach dir gesehnt hatte, und wolltest deine Leidenschaft für dieses im geheimen verabredete Zusammentreffen aufsparen."

Da mir doch das Gewissen schlug, sagte ich schnell: „Liebe Arsinoe, du irrst dich gewaltig. Ich erschrak nämlich noch mehr als du beim Anblick der Kydippe und verstehe überhaupt nicht, warum ihr dummer Großvater sie zu der geheimsten Besprechung mitgeschleppt hat. Meinetwegen kannst du die Katze behalten, und ich werde kein Wort mehr darüber verlieren, es sei denn, daß du sie in unserem gemeinsamen Bett schlafen läßt. Ich glaubte, in Lars Alsir einen Freund gefunden zu haben, und kann es einfach nicht begreifen, wie er dazu gekommen ist, dir von unwesentlichen Dingen zu erzählen, über die sich gar nicht zu sprechen lohnt."

Arsinoe beruhigte sich allmählich und sagte: „Jetzt erinnere ich mich, daß Lars Alsir mich bat, dir etwas auszurichten, aber ich weiß es nicht mehr, was ich dir sagen sollte, weil ich so aufgeregt bin, dich auf frischer Tat ertappt zu haben. Es ist ganz gut, daß wir aufs Meer hinausfahren, wo keine aufdringlichen Mädchen dich in Versuchung führen können, da du anscheinend sehr leicht zu verführen bist."

Jetzt erst kam mir der niederschmetternde Gedanke, daß sich auf dem Schiff nur Männer befinden würden und eine Frau wie Arsinoe, selbst ohne Katze, unter der gesamten Mannschaft eines Schiffes mühelos das größte Unheil anrichten könne.

„Arsinoe", fragte ich, „hast du gar keine Angst vor dem Meer?" Sie schaute mich strahlend an und antwortete: „Gar keine, wenn ich nur die Katze mitnehmen darf."

„Aber", warnte ich, „vielleicht könnten wir in eine Seeschlacht geraten."

Darauf antwortete Arsinoe: „Ich warte geradezu darauf, denn ich möchte es zu gern erleben, Dionysios das Beil schwingen und Dorieus mit seinem Schwert die Schädel der Männer spalten zu sehen, aber es wird doch wohl nicht notwendig sein, daß du als erster den Speeren entgegenläufst. Selbstverständlich könntest du dir dabei irgendeine ehrenvolle Wunde holen, eine ganz kleine vielleicht. Uns wird es nie schlecht ergehen, Turms, denn wir haben ja die Katze, die uns Glück bringen wird."

„Im Namen der Unsterblichen", sagte ich in unwillkürlicher Bewunderung. „Du bist ein tolles Weib, Arsinoe."

Sie schmiegte ihre Wange an das Fell der Katze und behauptete: „Vielleicht doch nicht so total verrückt, wie du glaubst, Turms. Schau, ich bin eine zu schöne Frau, als daß mir etwas Schlimmes zustoßen könnte. Sollte unser Schiff untergehen, werde ich ins Wasser springen, soviel kann ich schon schwimmen, und ich bin sogar überzeugt, daß die Phönizier nach mir tauchen würden, um mich zu retten."

„Arsinoe", sagte ich eisig, „du möchtest also weiterleben, falls ich fallen würde, oder sogar mitansehen, wie mir bei lebendigem Leibe die Haut abgezogen wird, falls ich in Gefangenschaft geriete?"

Sie schüttelte den Kopf und schalt: „Du denkst doch immer an das Schlimmste, du verrückter Mann. Sei unbesorgt, niemand wird dir die Haut abziehen, solange ich am Leben bin und atme – und Weib bleibe. Sollte es vom Schicksal bestimmt sein, daß du fallen sollst, so glaube ich fast, daß ich nicht mehr weiterleben möchte und mich selbst töten würde."

Sie überlegte mit gerunzelter Stirn und fügte schnell hinzu: Ganz bestimmt kann ich es dir nicht versprechen, es hängt davon ab, wie ich gerade gelaunt bin und ob du mich vielleicht geärgert hast. Im Augenblick wäre ich sogar selbst geneigt, dich und deine Glieder wegen dieser ekelhaften Kydippe mit einer glühenden Zange zu zwicken."

„Aber Arsinoe", beschwor ich verzweifelt, „glaube mir doch, daß sie mir gar nichts bedeutet und ich sie nicht einmal mit einer Zange anfassen möchte. Nachdem ich dir begegnet bin, habe ich keinen einzigen Gedanken an Kydippe verschwendet, und als ich sie jetzt wiedersah, konnte ich es nicht einmal fassen, was mich früher an ihr entzückte. Durch ihre weit auseinanderstehenden Augen wirkt sie abstoßend, und sie scheint tatsächlich große Füße zu haben, obwohl ich das gar nicht gemerkt hatte, bevor du mich darauf aufmerksam machtest."

Sie zerkratzte mir mit den Nägeln das Gesicht und kreischte auf: „Rede nicht mehr von dieser Kydippe, oder ich hacke dir die Augen aus. Du mußt sie ja mit den Augen geradezu gefressen haben, da du das alles in so kurzer Zeit beobachten konntest."

Sie begann etwas an ihrem Busen zu suchen und sagte plötzlich: „Jetzt erinnere ich mich, was ich dir von Lars Alsir ausrichten sollte." Aus ihrem verlockenden Versteck holte sie ein aus einem schwarzen Stein geschnitztes, daumengroßes Seepferdchen heraus, reichte es mir und fuhr fort: „Dieses schickte er dir als Andenken, obwohl es kein wertvolles Stück ist. Deine Schulden an ihn könntest du bezahlen, wenn du in dein Reich kommst, sagte er scherzhaft, so daß ich außer der Katze noch einige kleine Schmuckstücke aus seinem Lager gewählt habe. Er schenkte mir dazu noch ein Seepferdchen aus Gold, damit ich dir dieses wertlose Stück Stein ganz sicher übergeben und es nicht für mich selbst behalten sollte. Mir ist es schleierhaft, wie er nur so etwas von mir annehmen konnte, obwohl es ein ganz niedliches kleines Seepferdchen ist."

„Und was wollte er mir sagen lassen?" fragte ich ungeduldig.

„Nur nicht so eilig", bat Arsinoe, indem sie stirnrunzelnd nachzudenken schien, „du verwirrst mir nur die Gedanken. Ach ja, er sagte, er glaube nicht, daß dir etwas Schlechtes zustoßen würde, aber du seist erdgebunden, meinte er, und setzte noch hinzu, nachdem er mich gesehen habe, würde er sich nicht mehr darüber wundern. Deshalb könne ein guter Rat am Platze sein. Dieser Rat ist, er wiederholte ihn mir mehrere Male, damit ich ihn auch behalten sollte: zwei karthagische Kriegsschiffe seien versteckt an Land gezogen worden und lägen westlich von Himera; außerhalb der Mauern neben dem Altar Jacchos befinde sich ein fertig aufgeschichteter Scheiterhaufen, und zwar neben dem Altar, damit niemand den eigentlichen Zweck erraten solle. Der wahre Zweck also sei, ihn als Zeichen anzuzünden, falls ihr zur Nachtzeit in See stechen solltet. Weitere Kriegsschiffe seien unterwegs, sagte er, so daß es am ratsamsten wäre, rechtzeitig zu fliehen."

Sie dachte noch angestrengt nach und schloß: „Das wäre alles, so daß du mich ganz umsonst beschimpfst. Ich habe sogar schon meine Sachen gepackt, das wenige, was ich mir trotz deines Geizes habe anschaffen können. Für diesen Zweck reichten eine einzige Kassette und eine Truhe, natürlich aber noch ein paar Körbe, zwei Säcke und einige ganz kleine Bündel und der Käfig, in dem ich die Katze aufs Schiff bringen will. Lars Alsir schenkte ihn mir zusätzlich, da er ihn nicht weiter benötigte, weil er keine weiteren Katzen zu verkaufen hatte und dieser Käfig für Vögel nicht mehr benutzt werden könne wegen des angenommenen Katzengeruches. Ganz selbstlos und ohne dich zu bemühen, habe ich alles vorbereitet und bin fertig für die Abfahrt, und du speist mir dauernd nur Schimpfworte wegen nichtssagender Dinge ins Gesicht."

Sie reckte sich seufzend im Bett und war dabei sehr verführerisch anzusehen. Wie abwesend stieß sie die Katze von sich. Aber die Neuigkeiten, die sie mir soeben mitgeteilt hatte, waren so wichtig, daß ich es erst gar nicht wagte, sie anzuschauen.

„Ich muß jetzt gehen, Arsinoe", sagte ich hastig. „Die Besprechung hat bereits begonnen und Dionysios braucht mich."

„Gibst du mir nicht einmal einen Kuß zum Abschied?" fragte sie mit leiser Stimme. „Ist deine Sehnsucht nach diesem großfüßigen Mädchen so groß?"

Mit geschlossenen Augen beugte ich mich über sie, um ihr einen Kuß zu geben, und sie drückte meinen Kopf gerade so lange gegen ihre Brust, daß sie die Freude hatte zu spüren, wie schwer es mir fiel, von ihr zu gehen. Als sie dies sah, stieß sie mich mit beiden Händen von sich und sagte vorwurfsvoll: „Wehe dir, Turms, bist du wirklich nicht einmal in einer solchen gefährlichen Nacht imstande, an irgend etwas anderes als immer nur an das eine zu denken? Von mir willst du ja nur dieses Etwas haben, obwohl ich auch deine Ratgeberin sein möchte und dir mit der Gescheitheit einer Frau helfen will."

Sie gab mir einen leichten Stoß, damit ich endlich ginge, aber ihre Augen strahlten triumphierend, als sie sich wieder zurücksinken ließ und die Katze in die Arme nahm.

4.

Meiner Meinung nach hätte der Tyrann Krinippos in seiner Habgier unsere Schätze gern behalten und Dionysios samt seinen Leuten in irgendeiner Nacht in den Betten umbringen lassen, wenn er es nur gewagt hätte. Da er selbst schlau war, empfand er eine gesunde Hochachtung vor der Schlauheit des Dionysios und vermutete, daß Dionysios die ganze Zeit wachsam gewesen war und vorbeugende Maßnahmen getroffen habe, um gegen eventuelle Überraschungen geschützt zu sein.

Mehr als die Angst vor persönlichen Gefahren hielt ihn der von ihm im Namen seiner Zauberdinge geleistete Eid davon ab. Er war ein alter, magenkranker Mann und hatte schon solange mit Hilfe der heiligen Zauberdinge der Demeter Himera erfolgreich regiert, daß er vermutlich sogar selbst angefangen hatte, an diese zu glauben. Wissend, daß der Tod an seinem Magen wie ein Krebs fraß, wollte er die Götter der Unterwelt durch Eidbruch nicht verletzen.

Bei meiner Rückkehr in den Gastsaal stritt er sich in aller Freundschaft mit Dionysios um seinen Anteil an den Schätzen. Zusätzlich zu den bereits von ihm verordneten Geldstrafen verlangte er noch ein Zehntel des ganzen, um dann Dionysios zu erlauben, mit seinen Schiffen abzufahren.

„Dionysios aus Phokaia", beklagte er sich bitterlich, „begreife doch auch mich. Du bist selbst frei und kannst gehen, wohin du magst. Ich, ein alter, kranker Mann, bin dagegen an die schweren Pflichten eines Alleinherrschers gebunden, und niemand ahnt, wie teuer mir das zu stehen kommt. Ich muß Mauern errichten lassen und die Soldaten bewaffnen, Tempel bauen, die Unkosten für Feste und Festzüge, Chöre, Musik und Opfer aufbringen, und ein Alleinherrscher kann seine Stadt niemals mit solch hohen Steuern belasten wie eine moderne demokratische Stadt, in der die Volksvertretung gezwungen ist, bei drohender Gefahr und zur Versöhnung der Götter sich selbst Steuern aufzuerlegen. Schon wegen der ständigen Plage und Bedrängnis, welche die Alleinherrschaft mir all diese Jahre bereitet hat, würde ich es Himera gönnen, daß diese neuen Lehren einmal hier erprobt werden würden."

Er vergoß ein paar Tränen und seufzte: „Wenn du es nur begreifen könntest, Dionysios aus Phokaia, in welch schwierige politische Lage und Klemme du mich gebracht hast, so würdest du es nicht auf einige Drachmen ankommen lassen. Deine Schätze werden ja doch bald auf dem Meeresboden liegen. Dann würde dir der Gedanke trostreich sein, daß wenigstens ein Zehntel der Schätze einem alten kranken Manne zugute gekommen ist und ihm Freude bereitet hat. Das bist du mir zumindest schuldig, da du mir soviel Sorgen und Mühen verursacht, mit deinen Leuten verdorbene Sitten in der Stadt verbreitet, sogar die Umgebung der Stadt leer gegessen und sämtliche Preise zum Steigen gebracht hast, und zwar derart, daß die alten guten Zeiten nie mehr nach Himera zurückkehren werden."

Dionysios erinnerte ihn an die Erhöhung der Stadtmauern und sagte, er, Krinippos, sei eher ihm etwas schuldig, da er doch mit seinen Leuten, ohne Mühe zu sparen, den ganzen Winter über sein Bestes getan habe, um auch zur Vermehrung der Einwohnerzahl von Himera beizutragen und ihr für die nächste Zukunft das seetüchtige Blut der Phokäer zuzuführen. An der Preiserhöhung sei Krinippos selbst schuld, weil er das Gewicht der Silbermünzen mit der Hahnenprägung von Himera verringert habe, um die Seeleute zu betrügen.

Krinippos wurde müde, hielt sich den Bauch und sagte: „Ich bin nicht mehr imstande, mit dir zu streiten, obwohl sogar die Götter über deine Undankbarkeit und Habgier entsetzt sind. Du wirst doch wohl angemessene Abschiedsgeschenke mir und meinem schmollenden Sohn überreichen, der nicht imstande gewesen ist, etwas anderes Nennenswertes als Kydippe in die Welt zu setzen."

Er schob Kydippe auf Dionysios zu und sagte: „Mich kannst du vernachlässigen, meinem Sohn darfst du sogar bei der Abfahrt einen Fußtritt versetzen, wenn du nur Kydippe um so reichlicher bedenkst."

Er hielt Kydippe am Arm fest und schaute sie so liebevoll an, daß er sich schämte, als er unser gegenseitiges Augenzwinkern bemerkte, und eiligst erklärte: „Schaut, Kydippes Ehe muß die politische Lage und die Selbständigkeit Himeras sicherstellen, deshalb hofft sie, daß ihr ihre Mitgift bereichert, obwohl sie selbst zu stolz und zu scheu ist, dies von euch direkt zu verlangen."

Kydippe lächelte und blickte uns jeden der Reihe nach bittend an, aber als ihr kalter Mädchenblick mich traf, beeilte ich mich, die von Arsinoe gehörten Neuigkeiten zum besten zu geben. Im gleichen Augenblick betrat der Steuermann den Gastsaal und teilte uns mit, daß das Opferfeuer auf dem Altar des Poseidon bereits brenne und die Ochsen geschlachtet werden. Dionysios gab ihm darauf den Befehl, er solle einige Männer in die Umgebung der Stadt schicken, damit sie den neben dem Altar des Jacchos als Zeichen gebauten Scheiterhaufen mit Wasser übergießen und auseinandernehmen, sowie mit möglichst wenig Lärm die Mannschaften aus ihren Unterkünften sammeln lassen sollten.

Als Krinippos erfaßte, daß die Sache ernst wurde, hörte er mit seinem Geschwätz auf und wurde sachlich scharf: „Heute nacht segne ich das von mir erlassene Gesetz, das den Bewohnern verbietet, sich nach Sonnenuntergang auf der Straße aufzuhalten. Die Opferkulte werden vom Gesetz nicht betroffen, und sollten deine Männer auf der Straße einem Polizisten begegnen, so mögen sie ihm unbesorgt über den Kopf schlagen, genau so wie sie es bis jetzt getan haben. Deshalb werden diese Polizisten, die schon genug haben leiden und aushalten müssen, lieber kehrt machen und verschwinden, falls sie eure Leute nachts auf der Straße schleichen sehen sollten."

Er kam mit Dionysios überein, daß dessen zuverlässigste Leute in den frühen Morgenstunden sein Haus überfallen, die Wächter niederschlagen und die Schatzkammer aufbrechen sollten. Unsere Abschiedsgeschenke könnten wir auf dem Boden und den Gängen verstreut liegen lassen, als sei irgendein Korb oder Sack in der Eile geplatzt.

„Aber die Wächter meines Hauses darfst du nicht umbringen", mahnte Krinippos. „Das sind zuverlässige Leute, und es genügt, wenn ihr sie am Schreien hindert. Am Tor könnt ihr dagegen gern einige Wächter totschlagen und Blut verspritzen, damit alles glaubhaft erscheine. Ich habe für heute nacht einige redselige Männer dorthin beordert, die ich aus dem einen oder dem anderen Grunde los sein möchte. Ein Alleinherrscher kann selbst kein Blut vergießen, weil es beim Volk ein unbehagliches Gefühl von Angst und Unsicherheit hervorrufen würde. Deshalb könntest du mir diesen Gefallen tun und dabei auch deiner eigenen Sache dienen."

Trotz seiner Magenbeschwerden fing er zu kichern an und strich seinen schütteren Bart. „Ich weiß ja nicht, ob die Phönizier es mir glauben werden, daß du mit deinen Leuten und der Beute mit Gewalt aus der Stadt ausgebrochen und in See gestochen bist", sagte er. „Aber der Rat Karthagos setzt sich aus erfahrenen Männern zusammen und liebt den Frieden und die Handelsbeziehungen mehr als unnütze Verwicklungen. Deshalb werden sie nach Überprüfung der Angelegenheit rasch erkennen, daß es für alle Beteiligten am vorteilhaftesten ist, das zu glauben, was ich sie glauben machen möchte. So bleibt an meinem Ruf kein Makel kleben, obwohl ich den ganzen Winter über Seeräuber in meiner Stadt beherbergt und beschützt habe."

Kydippe streichelte seine Backe und bat: „Lieber Großvater, ermüde dich nicht unnütz mit dem vielen Reden. Alles wird gut und richtig verlaufen, wenn wir nach Hause gehen, du ins Bett steigst und dir die Decke über die Ohren ziehst, so daß du nichts davon hörst, was um dich herum geschieht. Du wirst es mir wohl erlauben, daß ich zum Abschied allen diesen freigebigen Männern einen Kuß gebe, um ihnen Glück auf die Reise zu wünschen."

Sie schlang ihre Arme um den Stiernacken des Dionysios und küßte lange seinen bärtigen Mund, obwohl Dionysios, ehrlich gesagt, in diesem Augenblick anderes zu überlegen hatte. Sie küßte auch Dorieus und Mikon, aber mich hob sie sich zum Schluß auf. Sie stellte sich auf die Zehenspitzen und blickte mir prüfend in die Augen. Ohne ein Wort zu sagen, biß sie mich blitzschnell in die Lippe, so daß ich meine Hand gegen den Mund drücken mußte. So arg hatte sie zugebissen, daß meine Lippe sofort anschwoll und ich, weniger an die Gefahren denkend, unglücklich überlegte, wie ich dieses Arsinoe erklären sollte.

Nachdem wir von Krinippos Abschied genommen, ihm langes Leben gewünscht und für die unvergleichlich teuere Gastfreundschaft gedankt hatten, brachten wir sowohl dem Herakles als auch Tanakils phönizischem Hausgott ein Weinopfer dar. Beim Opfern brach Dorieus in ein lang zurückgehaltenes herzliches Lachen aus und sagte: „Ich möchte gern das Gesicht des Krinippos sehen, wenn er erfahren wird, daß wir im Lande Eryx gelandet und einen Feldzug gegen Segesta begonnen haben. Er wird dem Rat von Karthago mehr zu berichten haben, als er glaubt."

Dionysios nickte zustimmend mit seinem Stierkopf: „Ganz richtig, auch ich muß lachen, und sobald wir auf See gekommen sind, werden wir uns entschließen müssen, in welche Richtung wir segeln und wie wir am besten die Kriegsschiffe Karthagos irreführen können."

So groß war die Selbstgefälligkeit des Dorieus und so verblendet war er von seinen Plänen, daß er Dionysios liebevoll auf den Rücken klopfte und sagte: „Auf See bist du der Gebieter. Im Grunde bin ich froh, daß wir von den Karthagern entdeckt worden sind, denn sonst wärst du vielleicht in einer Stunde der Niedergeschlagenheit der Versuchung erlegen, mit deinen Schiffen doch nach Massilia zu segeln. Auf diese Weise verlierst du gar nichts, wenn du einen offenen Krieg zur Unterwerfung des Landes Eryx führst, weil Karthago dir auf alle Fälle die Haut abziehen würde."

Dionysios sagte zu allem ja. „Richtig. Du hast ganz recht und sprichst wie ein echter Nachkomme des Herakles."

Dorieus nahm alles für bare Münze, aber ich hatte Dionysios im Verdacht, er meine, Herakles habe zwar Kraft und Wildheit als Erbe vom Allgewaltigen erhalten, aber Verstand hätte er ihm nicht viel vererbt.

Wir mußten uns beeilen, und Dionysios verlangte von mir, daß ich mit ihm ginge, um an Hand des Verzeichnisses zu vergleichen, ob Krinippos nicht mehr von den Schätzen als den angemessenen Teil habe verschwinden lassen. Dorieus erklärte, daß Einbrüche und Morde zu seiner Würde nicht paßten. Die restlichen Stunden der Nacht wolle er verwenden, um von Tanakil, seiner Frau, Abschied zu nehmen und mit ihr endgültig über Nachrichtenvermittlung, Signale und Zeichen für den Aufruhr übereinzukommen, den die Söhne Tanakils in Segesta und die Sikanen in den Wäldern im Lande Eryx daraufhin entfesseln sollten. Bereitwillig versprach er, Arsinoe mit ihren Sachen aufs Schiff zu bringen, aber ich traute ihm nicht ganz. Deshalb bat ich Mikon, ein Auge auf ihn zu haben und auch dafür zu sorgen, daß die Katze mitkäme.

Alles ging schnell und reibungslos vonstatten, so wie vereinbart worden war. Die Wächter des Krinippos am Tyrannenhaus leisteten keinen Widerstand, sondern ließen sich ohne Lärm zu schlagen entwaffnen. Die Männer des Dionysios fesselten sie mit Stricken, traktierten sie freudig mit Fußtritten und brachten ihnen somit Beulen und blaue Male bei, damit es so aussehe, als hätten sie starken Widerstand geleistet. Der sparsame Krinippos hatte den Schlüssel greifbar liegen lassen, damit wir das teuere Schloß an der Tür der Schatzkammer nicht aufzubrechen brauchten. Wir fanden unsere zusammengeschrumpften Schätze, und die Seeleute trugen sie, unter der Last schwankend, durch das Stadttor zum Ufer, verspottet von den dortigen Wächtern wegen ihrer nächtlichen Anstrengungen. Einige schwer zu transportierende Gegenstände warf Dionysios auf den Boden und ließ sie als Abschiedsgeschenke für Krinippos und seine Familie dort zurück. Dies tat er aber eher seinem Rufe zuliebe als aus Pflicht, denn selbst mich packte gerechte Wut, als ich sah, wieviel Krinippos sich zu Spottpreisen aus der Beute angeeignet hatte.

Dionysios mahnte mich zur Ruhe und klärte mich darüber auf, daß die Eroberung der Beute im Beruf eines Seeräubers nicht so schwierig sei wie das Loswerden der blutbefleckten Gegenstände zu einem wenigstens verhältnismäßig annehmbaren Preis. Den Verlust habe er schon beim Anvertrauen der Schätze an Krinippos einkalkuliert.

Die Seeleute hatten, so viele sie auch waren, alle Hände voll zu tun. Sie brachten das Ochsenopferfleisch des Poseidon auf die Schiffe, und ich glaube sogar, daß sie im letzten Augenblick noch in der Stadt Faustrecht ausübten, da wir aus einigen Häusern Hilferufe hörten. Aber Dionysios drückte ein Auge zu, weil die Öl- und Erbsenlager der Schiffe aufgefüllt werden mußten, und er ärgerte sich nicht einmal, als er sah, daß die Männer selbst Säcke mit Wein auf die Schiffe schleppten. Als die Frauen zu sehr klagten und weinten, meinte er nur: „Die Frauen weinen über die Trennung von ihren aufs Meer fahrenden Männern, aber das Weinen und Heulen ist natürliches Vorrecht der Frau, und wir können es ihr nicht verbieten. Bald werden sie vor Freude lachen, wenn sie ihre strammen Neugeborenen in den Armen wiegen. Ich glaube, wir hinterlassen ein unvergeßliches Andenken in Himera."

Aus diesen seinen Worten entnahm ich, daß auch er traurig war, wenn er an all das Gute, was wir doch in Himera erlebt und erhalten hatten, zurückdachte. Wir schritten als letzte durch das Stadttor. Nachdem Dionysios sich davon überzeugt hatte, daß Dorieus, Arsinoe und Mikon an Bord waren, gab er den Männern ein Zeichen, und sie töteten plötzlich und überraschend die Wächter, die kurz zuvor so schadenfroh über uns gegrinst hatten. Wie vereinbart, spritzten die Seeleute reichlich Blut in die Gegend auf den Boden, und sie taten es sogar gern, um den Abschiedsschmerz zu betäuben. Ohne Kräfte und Mühe zu sparen, lösten sie noch den am Torpfosten angebrachten Hahn aus Stein und trugen auch ihn aufs Schiff.

Die Frühlingsnacht seufzte um uns herum, das Meer ächzte gegen die Ufersteine, und wir mußten durchs Wasser waten, als wir auf das schon frei schwimmende Schiff des Befehlshabers kletterten. Es war so finster, daß wir einander nur als Schatten erkannten. Als Dionysios das Schaukeln des Schiffes unter den Füßen spürte, öffnete er die Nasenlöcher weit, schnupperte in den Wind, schaute nach Norden und nach Westen und sagte: „Turms, du Windmacher, gebrauche deine Kraft und rufe eine steife Segelbrise herbei, wenn du nicht mit eigenen Augen zuschauen willst, wie deine weiße Haut dir zu Füßen fällt."

Dies sagte er nur zum Spaß, ohne es ernst zu meinen, denn er ließ die Masten nicht aufrichten, sondern befahl allen Männern, die Schiffe kampfbereit zu machen und die Riemen ins Wasser zu stoßen. Die beiden Fünfzig-Ruder-Schiffe glitten mit aufspritzenden Riemen an uns vorbei und verschwanden wie Schatten in die Dunkelheit, so daß wir noch den vorsichtig dumpfen Klang der Taktschläge auf die Schilde vom Wasser her hörten. Dann gab Dionysios Befehl, unsere eigenen Riemen in Gang zu setzen, und hieß die Steuerleute auf der Hut zu sein. In drei Reihen übereinander tauchten die Ruder, sich ineinander verheddernd, ins Wasser, und schon hörten wir unter Deck Aufschreie der Männer, die sich auf das neue Schiff gedrängt und die Daumen zwischen den Riemen geklemmt hatten. Im Zickzack erreichten wir tieferes Wasser und kamen vom Ufer genügend ab, und einige Böen vom Land her halfen uns die Untiefen zu umgehen, bis die Männer die Riemen in ihre Gewalt bekommen hatten und das Schiff den Steuerrudern gehorchte.

So fuhren wir von Himera ab, und der Abschiedsschmerz ließ mir heiße Tränen in die Augen steigen. Ich glaube, daß ich nicht über Himera, sondern über meine eigene Sklaverei weinte. Erst als Dionysios mich bat, den Wind herbeizurufen, begriff ich, was Lars Alsir gemeint hatte, als er Arsinoe sagte, ich sei an die Erde gebunden. Arsinoe zog mich auf die Erde herunter, brachte meine Gedanken durcheinander, verwirrte meine Sinne und machte unwesentliche Dinge für mich wichtig. Beim Gedanken an das Herbeirufen des Windes fühlte ich das entsetzliche Gewicht meines Körpers. Meine Kraft war mit Arsinoe aus mir entwichen.

Als Dionysios merkte, wie schwer ich atmete, klopfte er mir auf den Nacken und sagte: „Strenge dich nicht unnütz an. Es ist vielleicht besser, daß wir erst mit dem Rudern beginnen, um uns an das neue Schiff zu gewöhnen und zu wissen, wie es auf die Wellen reagiert. Sonst könnte ein Sturmwind den Mast mit sich reißen und das Schiff zum Kentern und schließlich zum Sinken bringen."

„Welchen Kurs haben wir?" fragte ich.

„Laß das Sache Poseidons sein", sagte er wohlwollend, „aber von mir aus kannst du ruhig dein Schwert überprüfen, ob es nicht während des faulen Winters in der Scheide verrostet ist. Schau, als erstes werden wir geraden Weges den beiden karthagischen Kriegsschiffen einen Besuch abstatten, weil meiner Ansicht nach niemand vermuten kann, daß wir das tun würden. Ich habe einmal zum Zeitvertreib längs der Küste hier gefischt und mit den Fischern die Schwärme der runden Thunfische verfolgt. Deshalb kenne ich die Landzeichen im Westen und glaube die Bucht zu erraten, in der die Schiffsbefehlshaber Karthagos sicherlich ihre Schiffe an Land gezogen haben, soweit sie griechische Seefahrer sind. Wenn ich nicht recht haben sollte und sie dort vor Anbruch des Morgens nicht finde, kann ich mir selber ins Gesicht spucken."

„Ich dachte, du wolltest in der Dunkelheit aufs Meer hinaus, um sie irrezuführen", sagte ich. „Du hast doch ihr Zeichen, den Scheiterhaufen, mit Wasser übergießen lassen. Beim Morgengrauen wären wir schon weit und könnten nicht mehr gesichtet werden."

„Damit sie sich dann wie Jagdhunde an meine Fersen heften", widersprach Dionysios verächtlich. „Nein, mit zwei Schiffen werden sie kein Gefecht beginnen, sondern sie wollen uns nur binden, um uns dann den herbeieilenden Kriegsschiffen in die Arme zu spielen. Warum sollte ich nicht die Gelegenheit wahrnehmen. Meine Leute sind im besten Stand und brauchen nur einen erfrischenden Sieg, um den Abschiedsschmerz zu überwinden. Auch die Ruderer gewöhnen sich eher an die Riemen, wenn sie wissen, daß sie rudern, um dem mörderischen Stoß des auf den Wellen dahinjagenden bronzenen Rammdorns zu entgehen. Wenn du aber etwas gegen einen Kampf hast, so geh nur unter Deck und lege dich neben Arsinoe."

Als wir in der völligen Dunkelheit zwischen Land und Meer dahinsegelten und das Schiff sich unter meinen Füßen bewegte, überfiel mich entsetzliches Angstgefühl. Ich wußte nichts von der Einwirkung der Meeresströmungen und der Gezeiten auf die Bewegungen der Schiffe, ich konnte nicht wie Dionysios die Wolken deuten, und der Wind gehorchte mir nicht mehr. Ich war nur noch Erde und Körper, ich glaubte nicht daran, daß der Blitz mich geweiht hatte. Alles, was um mich geschah, war lauter zufälliges Durcheinander. Nicht einmal das Wissen, daß Arsinoe unter Deck in Sicherheit auf mich wartete, tröstete mich. Das sichere Vorgefühl von allem Leid und allen Genüssen, die sie mir bringen würde, wenn ich mit ihr zusammenleben dürfte, erfüllten mich mit dem bittersten Schmerz, während das Schiff in der Dunkelheit des seufzenden Meeres schaukelte.

Alsbald trat ich an die Reling, setzte mich auf Deck, hielt mich an der

Enterleiter fest und kotzte vor lauter Angst und Beklemmung ins Meer. Danach wurde mir leichter ums Herz.

Ich glaube, daß unsere kurze Fahrt in der Dunkelheit der Frühlingsnacht ein hervorragenderes Zeugnis von der Seefahrtskunst des Dionysios ablegte als die Rettung unserer Schiffe aus den Klauen der Herbststürme, obwohl ich es damals nicht begriff. Beim Morgengrauen waren alle drei Schiffe beieinander, und wir ruderten direkt in die Bucht hinein, wo die phönizischen Alarmhörner sofort zu blasen und die Kupfertrommeln zu dröhnen begannen. Die Ausguckposten der beiden karthagischen Kriegsschiffe waren wachsam, aber ich vermute, daß sie ihren eigenen Augen kaum trauten, als wir im Morgengrauen, geisterhaft, aus den Schatten des Meeres rudernd, in Sicht kamen. So geschickte Seeleute waren sie doch, daß sie beide Kriegsschiffe ins Wasser stoßen und die Mannschaften bewaffnen konnten, bevor wir in die geschützte Bucht gelangten.

Beim Anblick unserer neuen Triere, die groß und furchterregend auf sie zukam, von den beiden Fünfzig-Ruder-Schiffen wie von Jagdhunden flankiert, hätten die beiden leichten Kriegsschiffe sicherlich die Flucht ergriffen, um uns von weitem zu folgen und zu beobachten. Aber im Durcheinander des Überraschungsmoments gaben die Befehlshaber und die Steuerleute widersprechende Befehle, die Taktschläger waren aufgeregt und die Riemen verhedderten sich.

Dionysios rief seinen Leuten ermunternde Worte zu, und sein erstaunliches Glück blieb uns treu. Unser unsicher ruderndes Schiff verfolgte wie verhext das phönizische Kriegsschiff, das auszuweichen versuchte, jedoch durch das Gewicht unseres Schiffes allein zerschmettert wurde, so daß es wie eine Eierschale an den Strandklippen zerschellte, was gleichzeitig unsere Geschwindigkeit so verminderte, daß wir nicht auf Land aufliefen. Ein Geheul der Todesangst, ein den Männern aus Phokaia bekannter Klang, stieg von unten empor, die karthagischen Schwerbewaffneten stürzten ins Meer und die Ruderer sprangen ins Wasser, um sich schwimmend an Land zu retten. Lediglich ein paar Bogenschützen versuchten, uns aus dem zusammengedrückten Schiffsrumpf Schaden zuzufügen, aber Dorieus warf seinen Speer und nagelte einen von ihnen an die Schiffsplanken fest, während die Ruderer den anderen mit den Riemen ins Wasser schlugen.

Als die Mannschaft des zweiten phönizischen Schiffes den unabwendbaren Untergang erkannte, ruderte dieses Kriegsschiff wieder rückwärts an Land, die Männer sprangen vom Schiff und liefen in den Schutz des Waldes am Ufer. Die noch lebenden Männer des zerschlagenen Schiffes folgten ihnen, und unverzüglich flogen uns die Pfeile aus dem Ufergebüsch um die Ohren. Wir auf Deck hatten alle Hände voll zu tun, um uns mit dem Schild zu schützen, und einige durch die Riemenöffnungen hereingeschossene Pfeile verwundeten ein paar Ruderer, so daß Mikon zu seiner großen Freude unter Deck zu tun bekam. Die Pfeile kamen so dicht und so genau gezielt bei uns an, daß Dionysios den Befehl erteilte, unsere Schiffe rückwärts auf das offene Meer zu rudern.

„Nach der alten Sitte der Phönizier haben sie mehr Bogenschützen als Schwertkämpfer", sagte er. „Ich ziehe mich nicht aus Feigheit weiter zurück, sondern ich muß achtgeben, daß das Schiff nicht an den Riffen in der Nähe des Ufers leckläuft."

Inzwischen zogen die Karthager ihre Verwundeten an den Armen aus dem Wasser an Land, riefen einander ermunternde Worte zu, bedrohten uns mit der geballten Faust und fluchten laut in den verschiedensten Sprachen, auch auf griechisch. Die meisten waren rotbraun, aber es gab auch Neger unter ihnen und bartlose Männer. Dorieus zeigte voller Wut seinen Schild und meinte:

„Laßt uns an Land gehen und sie alle umbringen. Es ist geradezu eine Schande, solch elende Beleidigungen einzustecken, obwohl wir sie bereits in die Flucht geschlagen haben."

Dionysios betrachtete ihn nachdenklich und sagte: „Wenn wir an Land gehen, so laufen sie schneller als wir, locken uns in den Wald und bringen uns dort einzeln um. Das Schiff, das wir zerschmetterten, ist keineswegs mehr zu reparieren und kann folglich nicht eingesetzt werden, aber das völlig intakt gebliebene zweite Schiff müssen wir in Brand stecken, wenn auch der Rauch uns verraten könnte. Ich will nicht, daß es mir im Kielwasser folgt und uns ausspioniert."

Dorieus sagte: „Das Inbrandstecken und Niederbrennen ist eine ebenso ehrenhafte Arbeit des Soldaten wie das Töten. Laß mich an Land gehen, um mir weiteren Ruhm zu erwerben. Ich werde die Männer Karthagos solange abwehren, bis jemand mit den Zündgeräten das Schiff in Flammen gesteckt hat."

Dionysios gaffte ihn mit offenem Munde an, beeilte sich aber, eifrig zuzustimmen: „Etwas Besseres könnte ich mir gar nicht wünschen. Ich hätte dich selbst um diese kleine Hilfeleistung gebeten, aber ich fürchtete, daß du es für zu unbedeutend und unter deiner Würde hältst. Du hast den breitesten Schild, den stärksten Panzer und bist der beste Kämpfer unter uns."

Dorieus rief sofort voller Begeisterung die um ihn stehenden Männer auf und fragte, wer sich ihm anschließen wolle, um unsterblichen Ruhm zu ernten. Aber die Männer aus Phokaia taten, als ob sie es nicht gehört hätten, und beschäftigten sich mit anderen Dingen. Erst als Dionysios die Bemerkung fallen ließ, es könne auf dem Kriegsschiff etwas Wertvolles zu erbeuten geben, näherte sich uns das eine Fünfzig-Ruder-Schiff, nahm Dorieus aufs Deck und ruderte rückwärts an das Ufer, so daß er vom hohen Heck voll bewaffnet an Land springen konnte. Ein paar Männer mit Zündgeräten kletterten eiligst in den Schutz des karthagischen Kriegsschiffes, und das Fünfzig-Ruder-Schiff ruderte etwas weiter vom Ufer ab, damit es nicht im Schlamm stecken bliebe. Dionysios rief den Feuerwerfern beruhigende Worte zu, sie sollten sich nicht zu sehr beeilen.

Als die Karthager Dorieus allein am Ufer trotzig stehen sahen, mit seinem Schild, ein Riesenbündel schwerer Pfeile unter dem Arm, waren sie so verblüfft, daß sie zu schreien aufhörten. Dagegen brüllte Dorieus sie grimmig an, stampfte mit dem Fuß und forderte sie zum Kampf auf. Erst als der Befehlshaber des Kriegsschiffes sah, daß eine Rauchsäule aus seinem schwarz und rot angestrichenen Fahrzeug emporschlug, stürmte er mit seinen Schwerbewaffneten aus dem schützenden Wald, um das Schiff zu retten. Es waren fast zwanzig Mann, und sie liefen im blinden Zorn einer nach dem anderen auf Dorieus zu. Dorieus schoß genau zielend seine mörderischen Pfeile ab und tötete oder verwundete vier von ihnen schwer, so daß sie zu Boden sanken. Dann riß er sein Schwert aus der Scheide und stürzte, ohne abzuwarten, den noch am Leben Gebliebenen brüllend entgegen. Er schrie, sein Vorfahr Herakles möge ihm hierbei zusehen. Die Angreifer wurden total verwirrt, und ein paar von ihnen flohen, alle anderen aber brachte Dorieus um, den Befehlshaber des Kriegsschiffes sogar als ersten, weil er wegen seines in Flammen stehenden Schiffes in sinnloser Wut blindlings in das Schwert des Dorieus hineinlief.

Als Dionysios all dies sah, fluchte er wild, raufte sich den Bart und schrie: „Welch ein Kämpfer! Warum mußte gerade er bei Lahde den Riemenhieb auf den Kopf bekommen?"

Sobald Dorieus eine Atempause hatte, bückte er sich, riß die goldenen Ohrringe dem kartagischen Schiffsbefehlshaber von den Ohren und nahm vom Halse des Toten die Kette mit den Löwenbildern an sich. Dann hatte er mehr als genug zu tun, um die Pfeile und Speere mit seinem Schild abzuwehren, mit denen ihn die Phönizier aus dem schützenden Wald überschütteten. Sein Schild sank unter dem Gewicht der in ihm steckengebliebenen Pfeile zur Erde, und wir auf dem Schiff konnten sogar hören, wie die Pfeile an seinem Brustpanzer, dem Schuppenrock und den Beinschienen klirrend abglitten.

Inzwischen schürten die beiden Männer aus Phokaia das Feuer auf dem feindlichen Kriegsschiff und untersuchten ganz genau alle Ecken und Winkel. Dann erst zerschlugen sie die Ölkrüge, und die Flammen stiegen hoch zum Himmel empor.

Am Ufer zertrat Dorieus mit seinem Eisenschuh die Pfeile und Speere, die im Schild steckengeblieben waren. Aber dann mußte er auch schon einen Pfeil aus seinem Oberschenkel herausziehen, und ein anderer Pfeil sauste ihm direkt in den Mund und durchbohrte seine Wange, als er den Mund sperrangelweit beim Brüllen aufgetan hatte. Die Phönizier schrien vor Freude und liefen wieder in einer Gruppe aus dem schützenden Wald auf ihn zu, aber er stürmte ihnen, wenn auch leicht hinkend, groß und wild entgegen, und sie machten plötzlich kehrt und ergriffen die Flucht. Wir hörten, wie sie beim Laufen ihren Gott Melkart um Hilfe anriefen.

Als Dionysios dieses unglaubliche Schauspiel sah, fing er bitterlich zu weinen an und sagte: „Meine Augen ertragen es nicht, einen so tapferen Mann unnütz in einem sinnlosen Gefecht fallen zu sehen, wenngleich es auch für uns alle besser wäre."

In dem Augenblick wußte ich, daß ich selbst den Wunsch gehegt hatte, Dorieus möge fallen. Deshalb hatte ich mit diesem entsetzlichen Schuldgefühl seinem Kampfe zugeschaut, ohne den geringsten Versuch zu unternehmen, ihm zu Hilfe zu eilen. Nun war es zu spät, denn Dionysios rief zum Fünfzig-Ruder-Schiff hinüber und befahl ihm, zum Ufer zurückzukehren, um Dorieus abzuholen. Das karthagische Kriegsschiff stand lodernd in Flammen, dicken schwarzen Rauch gegen den Himmel speiend. Die beiden Feuerwerfer schwammen schon mit einem Beutesack um den Hals auf ihr Schiff zu. Auch hieraus schloß ich, daß Dionysios schon zu Beginn die Absicht gehabt habe, Dorieus dem Tode auszuliefern und ihn am Ufer zurückzulassen. Doch Dionysios sah ein, daß sein Ruf darunter gelitten hätte, wenn er Dorieus nach solch einem Heldenkampf im Stich gelassen hätte.

Das Fünfzig-Ruder-Schiff strich mit den Riemen ans Ufer, die lodernden Flammen des Kriegsschiffes meidend, und die Männer zerrten Dorieus an den Armen aufs Schiff. Er rettete sogar noch seinen beschädigten Schild, obwohl das Blut aus seinem Oberschenkel floß und das Wasser sich, als er zum Schiff watete, rot färbte.

Mit einer solch atemberaubenden Spannung hatten wir den Kampf des Dorieus verfolgt, daß ich erst, nachdem wir ihm vom Achterdeck des

Fünfzig-Ruder-Schiffes zurück auf Deck unseres großen Schiffes geholfen hatten, merkte, daß Arsinoe hinter mir stand und Dorieus mit großen Augen anstarrte. Sie hatte nur einen ganz kurzen Überwurf um, und ein breiter silberner Gürtel betonte ihre schmale Taille.

Dionysios und die Steuerleute starrten sie an und vergaßen Dorieus darüber völlig. Sogar der Taktschläger vergaß auf seinen Schild zu schlagen, so daß die Riemen sich verhedderten, während die Ruderer aus der Decköffnung Arsinoe angafften.

Dionysios machte sich eilig daran, die Männer mit seinem Tauende schreiend und fluchend wieder zu ihrer Arbeit zu treiben. Das Wasser am Bug begann wieder zu rauschen, und die lodernden Flammen des brennenden Schiffes blieben hinter uns.

Nachdem ich dabei geholfen hatte, Dorieus von seiner Rüstung zu befreien, und Mikon seine Wunden zu behandeln und einzusalben begann, wandte ich mich an Arsinoe und fragte zornig: „Was denkst du dir eigentlich, wenn du dich den Seeleuten so zeigst? Unter Deck ist dein Aufenthaltsort, und dort hast du zu bleiben. Die Pfeile hätten dich verletzen können."

Blaß antwortete Arsinoe: „Ich wachte aus dem süßesten Schlaf durch einen fürchterlichen Stoß und durch Krachen auf, und ich glaubte, wir hätten Schiffbruch erlitten, so daß ich keine Zeit zu überlegen hatte, was ich anziehen solle. Als ich die Kriegsrufe hörte, wollte ich neben dir, im Schutze deines Schildes sterben, statt in den stinkenden Innenräumen des Schiffes zu bleiben. Es ist schon so, denn du hast es nicht einmal für nötig gehalten nachzusehen, wo du mich unterbringen könntest, aber glücklicherweise sind die Steuerleute freundlicher als du gewesen und haben mir den Aufenthalt bequem gemacht und dazu noch meine Katze gestreichelt, damit sie keine Angst auf dem Meere hätte. Ich wollte dich wenigstens kämpfen sehen, um auf dich stolz sein zu können, aber ich sah dich nicht einmal dein Schwert ziehen, sondern nur den lächerlichen Pfeilen angstvoll ausweichen."

Ohne sich um mich zu kümmern trat sie auf Dorieus zu, redete ihn mit bewundernden Augen an und lobte: „O Dorieus, welch ein Held bist du. Ich glaubte den Kriegsgott selbst in all seinem Heldenmut zu sehen und hielt dich nicht mehr für einen Menschen. Wie hellrot ist dein Blut, das über deinen Hals fließt, ich möchte diese aufgerissene Wange wieder gesund küssen, wenn ich es nur könnte. Du ahnst nicht, wie mich der vertrocknete Schaum der Wildheit an deinen Mundwinkeln und dein männlicher Schweißgeruch nach dem Kampf erregen."

Mikon stieß sie beim Verbinden der Wunden des Dorieus zur Seite, aber die Glieder des Dorieus hörten zu zittern auf und der Mund zuckte nicht mehr. Der Verstand blitzte in seinen Augen auf, und er schaute Arsinoe begehrend und mich verächtlich an.

„Ich hätte gewünscht, Turms wie früher neben mir gehabt zu haben", sagte er. „Ich wartete auf ihn, aber er kam nicht. Wenn ich gewußt hätte, daß du mir zuschaust, hätte ich noch mehr Karthager als Opfer für deine Schönheit getötet. Jetzt ließ ich sie entfliehen, weil ich mir beim Laufen mein verwundetes Bein nicht zu sehr anstrengen wollte."

Der Blick Arsinoes streifte mich kurz, sie zog ihre Oberlippe spöttisch hoch, dann warf sie sich auf die harten Schiffsplanken auf die Knie neben Dorieus und sagte: „Welch ein unvergeßlicher Kampf. Wenn es mir nur möglich gewesen wäre, hätte ich bestimmt zumindest eine Handvoll Sand oder eine Muschelschale vom Ufer als Erinnerung an dich, Dorieus, mitgenommen, ein so unwahrscheinliches Bild botst du mit dem Schwert in der Hand."

Dorieus lachte siegesbewußt kurz auf: „Erbärmlich wäre ich, wenn ich mich mit Sand oder Muschelschalen als Andenken begnügen würde. Nimm dies und behalte es als Erinnerung an mich." Er reichte Arsinoe die goldenen Ohrringe mit den noch daran hängenden Ohrfetzen des karthagischen Schiffsbefehlshabers.

Arsinoe klatschte erfreut in die Hände und nahm sie, ohne vor dem Blut Angst zu haben. Sie ließ sie im Licht blitzen und rief entzückt: „Wenn du es unbedingt wünschest, kann ich dich durch Annahmeverweigerung des Geschenkes nicht verletzen. Du wirst es doch wohl wissen, daß ich nicht an deren Gewicht in Gold denke. Unvergleichlich wertvoller sind sie für mich nur als Erinnerung an deinen Kampf."

Sie wartete noch ein Weilchen auf den Knien auf Deck, ihr Gesicht verfinsterte sich, als Dorieus nichts mehr sagte. Dann schüttelte sie unschlüssig den Kopf und sagte heuchlerisch: „Nein, nein, ich kann dies doch nicht annehmen. Es bleibt dir so selbst kein Erinnerungsstück an den Kampf."

Um einen solchen Verdacht abzuwehren, zog Dorieus unter seinem Gürtel die Goldkette des Schiffsbefehlshabers hervor und zeigte sie Arsinoe. Arsinoe nahm sie in die Hand, um sie näher betrachten zu können, und rief aus: „Ach, ich weiß, ich weiß, das ist das Rangabzeichen eines Kriegsschiffsbefehlshabers. Eine ähnliche Kette mit den Löwenbildern bekam eine meiner Mitschülerinnen in der Tempelschule als Andenken von einem zufriedenen Gast. Ich erinnere mich noch, wie ich vor

Neid bei dem Gedanken weinte, daß mir sicherlich niemand solch eine Kette zur Erinnerung schenken würde."

Dorieus knirschte mit den Zähnen, da er als Spartaner von Natur aus kein Verschwender war, reichte aber doch die Kette mit den Medaillen Arsinoe mit den Worten:

„Behalte auch diese, wenn sie dir Freude bereitet. Mir bedeutet sie nicht viel, und Turms wird wohl nie imstande sein, dir eine solche Kette zu beschaffen."

Arsinoe spielte die höchst Erstaunte, wehrte mehrfach ab und beteuerte: „Nein, nein, ich kann sie keineswegs annehmen oder ich würde sie nur deshalb annehmen, um meine in der Jugend in der Tempelschule erlittenen Demütigungen verwischen zu können. Aber wie kann ich jemals deine Güte belohnen? Ich könnte sie wirklich nicht annehmen, wenn ich nicht wüßte, wie gut Freund du mit Turms bist."

Da ich diesem unwürdigen Schauspiel zuschaute, dachte ich bei weitem nicht an Freundschaft. Als Arsinoe die Kette bekommen hatte und begriff, daß Dorieus nun nichts mehr zu verschenken hatte, erhob sie sich schnell, rieb sich ihre auf den Schiffsplanken zerschundenen nackten Knie und meinte, sie wolle Dorieus nicht weiter belästigen, da seine Wunden ihn sicherlich schmerzten.

Dionysios hatte die Schiffe in Fahrtordnung gebracht und den Takt der Ruder aufs höchste getrieben, um den Widerstand der Küste zu überwinden und um baldmöglichst außer Sicht auf das offene Meer zu kommen. Nebenbei hatte er aber das Vorgefallene auch beobachtet und kam auf uns zu, nachdenklich seine großen Goldringe an den Ohren fingernd.

„Arsinoe", sagte er höflich, „meine Männer glauben, eine Göttin aufs Schiff bekommen zu haben, wenn sie dich ansehen. Aber es stört sie beim Rudern, wenn sie dich anschauen, und verwirrt den Kurs, und wenn sie dich länger angaffen, werden sie auch noch, soweit ich sie kenne, auf gefährlichere Gedanken kommen. Deshalb wäre es für Turms ebenfalls nützlicher, wenn du rechtzeitig unter Deck gingest und dich möglichst wenig zeigtest."

An Arsinoes Gesicht konnte ich erkennen, daß sie geradezu eine Gelegenheit herbeisehnte, Dionysios Trotz zu bieten. Deshalb sagte ich eiligst:

„Niemand kann dich zwingen, das weiß ich, aber es wäre schade, wenn die brennende Sonnenglut deine milchweiße Haut verderben würde."

Arsinoe schrie vor Schreck auf und versuchte soweit wie möglich ihre Nacktheit schnell mit den Händen zu bedecken. „Warum hast du mir das nicht gleich gesagt", schimpfte sie und rannte schleunigst unter Deck in die Koje, die die Steuerleute für sie sehr bequem eingerichtet hatten. Dionysios folgte uns schweren Schrittes. Arsinoe bat ihn in reizender Weise Platz zu nehmen und legte ihm als Gunstbezeigung die Katze in den Schoß. Dionysios seufzte und sagte: „Ich wollte Dorieus, der ja sowieso schon ein jähzorniger Mensch ist, nicht verletzen, aber bist du als Frau wirklich so dumm, nicht zu begreifen, daß ich nur mit einer Handbewegung Karthago mehr Schaden zugefügt habe als Dorieus? Ich habe doch mit meinem Rammdorn eines ihrer Schiffe völlig vernichtet, unter meinem Befehl ist die Triere wie ein lebendes Wesen, und sie gehorcht mir auf einen Wink. Das Benehmen des Dorieus war doch nur der Trotz eines Heißsporns, und davon hätte man keinen Nutzen gehabt, wenn nicht meine Männer das Schiff hinter seinem Schilde in Brand gesteckt hätten. Ich kann es überhaupt nicht verstehen, wie du seinen mit Schaum bedeckten Mund und die völlig unnützen Wunden bewundern kannst."

Arsinoe schaute ihn voller Verehrung an: „Ach, Dionysios, begreifst du nicht, daß Dorieus roh und gewalttätig und mir deshalb als Mann widerlich ist? Als ich aber den Schaum aus seinem Munde hervorquellen sah, hielt ich es für das beste, seinem Selbstbewußtsein zu schmeicheln und ihn dadurch zu beruhigen. Es ist mir sogar gelungen, und so erhielt ich diese kostbaren Erinnerungsstücke an den Kampf. Du mußt wohl selbst zugeben, daß dir kein Andenken von dem von dir vernichteten Kriegsschiff übriggeblieben ist." Dionysios, mit der Katze im Schoß, ächzte schwer. Mit glänzenden Stieraugen blickte er in der Dämmerung der Koje Arsinoe an und sagte: „Wehe dir, du Weib, ich weiß genau was du willst, und ich müßte gescheiter sein, aber ich kann nicht gegen dich an." Zu meinem größten Erstaunen löste er die großen Goldringe von seinen Ohren, reichte sie Arsinoe und fuhr fort: „Du hast nicht mich mit Wollust und Begierde angesehen, sondern diese an meinen Ohren hängenden Schmuckstücke. Sie sind bestimmt schwerer und aus besserem Gold als die, die du von Dorieus bekommen hast. Behalte meine Ohrringe als Erinnerung an mich und an das von mir versenkte Schiff."

Aber Arsinoe fing bitterlich zu schluchzen an und erklärte: „Du verachtest mich und hältst mich für habgierig. Am liebsten würde ich die von Dorieus erhaltenen Geschenke ins Meer werfen, doch ist es wohl besser, ihn nicht unnütz zu ärgern, weil er ja infolge seiner Wunden ohnehin schon so reizbar ist. Nein, Dionysios, deine Ohrringe werde ich nicht nehmen, und wenn du mich auf den Knien darum bitten würdest. Als Andenken an dich würde ich viel lieber ein Barthaar von deinem schwarzen Bart ausrupfen, weil er der schönste Männerbart ist, den ich jemals gesehen."

Da rollten auch schon die Tränen aus den Stieraugen des Dionysios über seine Backen, und er sagte in bitterem Ton, ja er schrie es heraus: „Ich glaube deinen Worten nicht, ich weiß es besser, und mein Verstand ist auf der Wacht. Es ist mir lieber, wenn du diese Ohrringe jetzt gleich als Geschenk von mir annimmst, als daß Dorieus oder meine Steuerleute sie mir auf dein Geheiß von den Ohren reißen."

Er stieß die Katze fort, warf sich auf die Knie und bat Arsinoe unter Tränen, die Ohrringe anzunehmen. Schließlich gab sie nach, schaute ihn mit großen Augen an und sagte: „Ich verstehe nicht, was du meinst, aber ich bereue tief, daß ich die wertlosen Schmuckstücke von Dorieus angenommen habe, weil ich nun deshalb gezwungen bin, auch dein Geschenk entgegenzunehmen. Der einzige Trost ist mir, daß dein schöner Kopf wirklich in den Augen einer Frau keinen Schmuck nötig hat, sondern am schönsten so ist, wie ihn die Natur schuf."

Dionysios begann gewaltig zu zittern, bedeckte seine Augen mit der Hand und bat: „Turms, mein Freund, sorge du dafür, daß dieses Weib von den Männern nicht mehr gesehen wird und auch mir eine Zeitlang nicht vor Augen kommt. Sonst werde ich sie eigenhändig ins Meer werfen."

Nun fing Arsinoe von neuem zu weinen an und sagte: „O Dionysios, verursache ich dir wirklich soviel Ungemach und Aufregung? Gern darfst du mich ins Meer werfen, wenn du es tatsächlich selbst mit deinen kraftstrotzenden Händen tust." Sie stockte, überlegte und fügte hinzu: „Ich glaube aber nicht, daß du mich ins Meer werfen könntest, falls du mich wirklich mit deinen wunderbaren, haarigen Männerfäusten anfassen würdest."

Da hielt es Dionysios nicht mehr aus, sondern wankte aus der Koje, über seine eigenen Füße stolpernd. Kurz danach hörte ich ihn auf dem Ruderdeck brüllen und die Rücken der Männer mit seinem Tauende bearbeiten. Als wir allein geblieben waren, lachte Arsinoe vergnügt auf, schlang ihre weißen Arme um meinen Hals, küßte meine Mundwinkel und rief aus: „Hast du gesehen, wie schnell und geschickt ich ihn los wurde, damit wir endlich wenigstens einen kurzen Augenblick allein zu zweit sein können? Ach, Turms, wie froh bin ich, daß du so gescheit und vorsichtig bist, dich vom Kampfe fernzuhalten, und daß du nicht nutzlos verwundet wurdest. Ich wäre sicher gestorben, wenn dir etwas geschehen wäre."

Als sie meinem Blick begegnete, wurde sie plötzlich ernst und sagte: „Sei doch nicht so töricht, Turms, und denke nicht schlecht von mir. Im Namen der Göttin, lieber werfe ich diese Geschenke ins Meer, als daß ich diesen Ausdruck deiner Augen ertrage, Turms. Vielleicht bin ich etwas habsüchtig und liebe Schmuck zu sehr, und selbstverständlich nehme ich Geschenke von Männern an, lieber natürlich solche mit beständigem Wert als wertlose. Du mußt schon zugeben, Turms, daß du mir bis heute keine nennenswerten Geschenke machen konntest."

Sie zog ihre Knie an, umfaßte sie mit den Armen und beeilte sich hinzuzufügen: „Ich vermisse ja keine Geschenke von dir, du selbst bist mir Geschenk genug. Aber niederträchtig wärst du, wenn du mir verbieten würdest, Geschenke von anderen entgegenzunehmen. Ich habe schon gemerkt, daß du nicht wirtschaftlich bist und auch außer acht läßt, an die Zukunft zu denken, wie es ein Mann tun müßte, der sich an eine Frau gebunden hat. Ich bin mit dir so zufrieden, wie du es mit mir bist, und mit dir zusammen würde mir ein Bündel Schilf als Bett und gesalzener Fisch als Nahrung genügen. Besser wäre natürlich ein hübsch gebautes Haus, zuverlässige Dienerschaft, um es zu betreuen, und Sklaven zum Pflügen der Felder. Laß mich deshalb vorsorgen, solange ich dazu Gelegenheit habe."

Ihre Worte linderten etwas meine Bitterkeit, denn sie zeigten zumindest, daß sie an ein Zusammenleben mit mir bis zum Tode dachte. Als sie merkte, daß ich mich allmählich beruhigte, streichelte sie meine Wangen und bettelte:

„Versuche doch, Turms, auch mich zu verstehen, und denke nicht immer nur an dich. Die Schönheit ist mein einziges Vermögen, aber ihre Dauer ist begrenzt. Deshalb verzeih mir, wenn ich bei aller Unschuld von meiner Schönheit Gebrauch mache, solange ich es vermag. Liebe mich so, wie ich bin, ohne schlechte Hintergedanken zu hegen. Ich kann mich doch nicht mehr ändern."

„O Arsinoe", klagte ich, „du plätscherst wie das Wasser dahin, wenn du sprichst, und kommst nie zur Ruhe, sondern veränderst dich jeden Augenblick. Aber vielleicht liebe ich dich gerade deswegen und leide deinetwegen. Wie ich dich auch zu halten suche, stets rinnst du mir unter den Händen fort. Sag mir, Liebling, wie könnte ich dich fassen?"

Ihre Augen wurden ganz groß, sie sah mir süß und frech zugleich in die Augen und sagte: „Ach, Turms, das weißt du selbst am besten, ich kann dir keinen Rat geben."

Beim Knirschen der Riemen, während die Meereswellen schäumend gegen die Schiffsseiten rauschten, drückte ich sie in meine Arme, aber ihr Körper war nicht zu ermüden, ganz gleich, was ich auch mit ihr anstellte, sie blühte nur auf und wurde davon munter. Gegen abend war sie wie ein vor Taufrische strotzender Weinberg und ich wie eine plattgedrückte Flunder. Ich kam nicht gegen sie an.

5.

Der Takt der Ruder verlangsamte sich, und dumpf und einschläfernd schlugen die Taktschläger gegen ihre Schilde. Dionysios lag auf dem Achterdeck und trank mit Dorieus und Mikon Wein, er stützte sich mit dem Ellenbogen auf das Abschiedsgeschenk des Krinippos, ein nach Talg stinkendes Wollkissen. Ab und zu blickte er prüfend nach dem auf dem Achterbogen kauernden Späher und hieß ihn wachsam bleiben. Sonst war er von einer gewissen Wehmut befallen, während Mikon mit leiser Stimme vom Thron des Vergessens und über Weihe und Wiederkehr sprach.

Dionysios sagte: „An das Wiederkehren glaube ich kaum. Solange meine Muskeln wie Eisen sind und mir sogar die verdorbene Kost des Seemannes schmeckt, solange ich meine Zähne nicht verloren habe, bin ich zufrieden und sehne mich nach nichts anderem. Aber an einem Abend wie heute, wenn sich das Meer violett färbt und das Knirschen der Riemen plötzlich an das Ohr dringt, wünschte ich mir, wiederkehren zu können, wenn auch nur in Gestalt einer weißen Möwe, um nochmals ein Schiff auf dem Meere rudern zu sehen, zierlich und schmal, zu schauen, wie die Riemenreihen sich heben und senken, während das Kielwasser hinter dem Schiff perlt. Fraglos sind die Tempel schön und die Götterbilder rufen Andacht hervor, die schwarzen und roten Figuren der Vasen bestaunt man gerne, aber das Schönste, was ich jemals zu sehen bekommen werde, dürfte doch ein nach griechischem Muster gebautes Schiff sein, entweder ein tausendjähriges Fünfzig-Ruder-Schiff oder eine dieser neuzeitlichen Trieren."

Dorieus sagte: „Schön sind die Tempelsäulen mit ihren Kannelüren, und schön ist der Berg, hinter dem die Sonne verschwindet. Schön ist eine fruchtbare Ebene und eine Stadt ohne Mauern, und schön ist der Eurotas-Fluß, wenn er gelb von Schlamm ist. Schön sind nackte Jünglinge, wenn sie vor dem Tempel der Artemis gepeitscht werden und keinen Laut von sich geben, und schön ist der von Schweiß triefende Sieger, der mit offenem Munde keuchend und nach Luft ringend auf den Wettkampfplatz von Olympia zurückkehrt. Aber das Schönste ist doch wohl der Kämpfer, der blutend im Kampfe gegen einen überlegenen Feind zu Ehren seines Vaterlandes fällt."

Mikon sagte: „Schön ist eine weiße Taube und schön ist die sich windende heilende Schlange, aber das Schönste ist doch wohl ein Geweihter, wenn er mit den Schweißperlen des Todes auf seiner Stirn plötzlich mit aufgerissenen Augen und einem Lächeln auf den Lippen durch das Diesseitige das Jenseits erblickt."

Auch ich beteiligte mich an dem Gespräch und sagte: „Ich mag nicht sagen, was das Schönste ist, obwohl ich es am besten weiß, aber auch ihr wißt es. Deshalb seid ihr bemüht, euch mit Weintrinken und unsinnigem Geschwätz zu vertrösten."

Die Sicht ließ nach, die Sterne fingen zu leuchten an, und Dionysios rief zu den Taktschlägern und den Schiffen hinüber und befahl, das Rudern einzustellen und die Schiffe aneinander zu binden, damit die Leute ihr Essen und den notwendigen Schlaf bekämen, um ihre Kräfte zu erhalten.

Mikon deklamierte mit weicher Stimme:

„Der Schlaf ist die Schwester des Todes,
das Leid ist der Bruder des Menschen,
die Tränen des Menschen sind das Meer.
Aber ich bin geweiht,
erscheine mir, du Gott der Geweihten,
nimm mir das Geld aus dem Munde,
führe mich zu der richtigen Quelle,
schließe nicht das Tor des Vergessens hinter mir zu.
Jaoo, jaoo."

Sein wilder Schlußschrei konnte meiner Ansicht nach nur der Schrei des Jacchos sein und nicht mehr die Beschwörung eines Geweihten.

Drei Tage lang ruderten wir auf offener See, und es kam keine Brise auf, die das Segeln ermöglicht hätte. Zur Nacht wurden die Schiffe aneinandergebunden, und Arsinoes Katze schlich mit funkelnden Augen auf dem Schiffsgeländer umher, so daß die Ruderer von einer abergläubischen Ehrfurcht befallen wurden. Sie murrten nicht einmal, sondern ruderten gern in dem Glauben, daß jeder Zug der Riemen uns weiter ab von den fürchterlichen karthagischen Schiffen entfernte.

Am Abend des vierten Tages begann Dorieus sich zu gürten, mit seinem Schwert zu reden und lazedämonische Kriegslieder zu singen, um sich in Wut zu steigern, schließlich ging er auf Dionysios zu und pflanzte sich breitbeinig vor ihm auf: „Was hast du eigentlich vor, Dionysios aus Phokaia?" fragte er. „Wir sind doch schon längst den Schiffen Karthagos entronnen. An der Sonne und den Sternen sehe ich, daß wir Tag für Tag weiter nach Norden rudern. Soviel verstehe ich auch, daß wir bei diesem Kurs niemals nach dem Lande Eryx kommen werden."

„Das stimmt und du hast ganz recht. Ich wollte schon darüber mit dir sprechen", antwortete Dionysios völlig ruhig. Im gleichen Augenblick bewegte er seinen Daumen zum Zeichen für seine Männer, und sie stürzten sich auf Dorieus, hielten seine Arme und Beine fest und fesselten ihn mit Seilen zu einem Knäuel so unerwartet, daß er nicht einmal sein Schwert zu ziehen vermochte. Zunächst gab er sein Erstaunen durch fürchterliches Gebrüll kund, dann besann er sich auf seine Würde, schwieg und starrte Dionysios mit mordgierigen Augen an.

„Schau, Dorieus, du Nachkomme des Herakles", sagte Dionysios versöhnlich, gleichzeitig indirekt zu seinen Männern sprechend, die sich keineswegs gern auf Dorieus gestürzt hatten. „Wir ehren dich als Helden, und auf Grund deiner Abstammung stehst du unvergleichlich höher als wir, aber du mußt es doch selber zugeben, daß dich der Ruderhieb auf deinen Kopf bei Lahde zeitweilig plagt. Dein göttlicher Vorfahr Herakles war zeitweise völlig durcheinander und hörte nur Kinderweinen. Ich wurde sehr besorgt, als ich dich mit deinem Schwert sprechen hörte wie mit einem lebenden Wesen, obwohl es nur aus leblosem Eisen besteht. Aber noch besorgter wurde ich, als ich dich von den Sternen und der Sonne und von der Seefahrt sprechen hörte, von denen du nichts verstehst. Nur um deiner eigenen Gemütsverfassung und deiner Gesundheit willen bin ich gezwungen, dich vorläufig in die Vorderkoje einzusperren, bis du dich beruhigt hast und wir in Massilia angekommen sind."

Auch die Männer klopften ihm wohlwollend auf die Schultern und baten: „Sei nicht böse auf uns, denn wir taten es nur zu deinem Besten. Einer, der die Unendlichkeit des Meeres nicht gewohnt ist, bekommt leicht Ohrensausen. Sogar der kluge Odysseus ließ sich an den Mast fesseln, als er Sirenen auf den Küstenklippen zu sehen und ihren Gesang zu hören glaubte."

Dorieus zitterte vor Zorn, so daß das ganze Schiff zu beben schien, und schrie: „Wir sind doch nicht auf dem Wege nach Massilia. Statt einer fürchterlichen Seefahrt biete ich euch einen ehrlichen Kampf auf dem Lande, und wenn ich nur erst die Hundekrone von Segesta auf den Kopf gesetzt habe, werde ich an euch die Ländereien des Landes Eryx verteilen und Häuser für die Männer bauen lassen, damit sie dort zusammenleben und unsere Söhne zu Kämpfern erzogen werden. Die Elymier überlasse ich euch dann als Sklaven, damit sie die Landwirtschaft versorgen, und zu eurem Vergnügen könnt ihr Jagd auf die Sikanen machen und ihre Frauen in den Armen halten. All dies Gute will Dionysios verhindern und es euch heimtückisch vorenthalten."

Um seine anklagende Stimme zum Schweigen zu bringen, brach Dionysios in lautes Lachen aus, klatschte mit den Fäusten auf seine Oberschenkel und schrie: „Hört, hört, wie wirr er redet. Sollten wir Männer aus Phokaia das Meer verlassen, um Land umzugraben? Etwas Verrückteres ist mir nie zu Ohren gekommen."

Seine Leute wurden unruhig, traten von einem Fuß auf den anderen und blickten einander an, die Ruderer kletterten von ihren Ruderbänken aufs Deck und die Mannschaften der beiden Fünfzig-Ruder-Schiffe auf die Achterbögen, um besser hören zu können. Dionysios wurde ernst, trat mit dem Fuß gegen den Mund des Dorieus, um ihn zum Schweigen zu bringen, und sprach zu den Männern:

„Wir segeln nach Norden, um auf dem kürzesten Wege nach Massilia zu gelangen, und sind bereits in den Gewässern der Tyrrhener. Doch das Meer ist weit, aber mein Glück ist mein Begleiter. Wenn es notwendig sein sollte, werden wir auch die Schiffe der Tyrrhener besiegen und der Durchbruch wird gelingen. In Massilia wird Rotwein gebaut, dort taucht sogar der Sklave sein Brot in Honig, und Sklavinnen weiß wie Schnee werden für einige Drachmen feilgeboten."

Dorieus riß seinen Kopf unter dem Fuß des Dionysios hoch und schrie: „Statt unbekannter Gefahren und fremder Götter biete ich euch ein bekanntes Land, dessen Tempel in griechischer Weise gebaut sind und dessen Barbaren es als Ehrensache ansehen, die griechische Sprache zu beherrschen. Ich biete euch auch eine kurze Fahrt und einen leichten Krieg. Ihr habt mich doch mit eigenen Augen kämpfen gesehen, und den Rest eures Lebens dürft ihr im Schutze meiner Hundekrone als Herren und Gebieter verleben."

Dionysios versuchte, ihn in den Kopf zu treten, aber seine eigenen Männer hinderten ihn daran. Einige wurden ernst und meinten zueinander:

„An den Worten des Dorieus ist schon Wahres, außerdem wissen wir ja nicht einmal, welchen Empfang unsere Stammesverwandten in Massilia uns bereiten werden. Die Tyrrhener haben an die hundert Schiffe unserer Großväter mühelos versenkt. Wir zählen nur dreihundert Mann, und drei Schiffe genügen nicht, wenn sich das Meer vor uns mit schwarzen und roten tyrrhenischen Schiffen bedeckt."

Dorieus schrie: „Dreihundert tapfere Männer hinter meinem Schilde sind ein ganzes Heer, und ich werde im Kampf von euch nicht verlangen, daß ihr vorgeht, sondern ihr dürft mir folgen. Nicht bei mir, sondern bei euch stimmt etwas nicht im Kopfe, wenn ihr mir nicht eher glaubt als dem wortbrüchigen Dionysios."

Dionysios hob versöhnlich die Hand und bat: „Laßt mich nun reden und schnattert nicht wie ein Entenschwarm im Teich. Es ist wahr, daß ich mit Dorieus über diese Angelegenheit gesprochen habe. Wahr ist auch, daß wir nichts verlieren würden, wenn wir im Lande Eryx Krieg führten, weil Karthago auch sonst kein Erbarmen mit uns hätte. Aber dies alles habe ich mir für den Fall vorbehalten, wenn die Götter uns aus irgendwelchem Grunde nicht bis nach Massilia kommen lassen sollten. Als letzten Ausweg hätten wir dann noch, irgendwo an der Küste des Landes Eryx an Land zu gehen und zuzuschlagen."

Auf See war Dionysios Dorieus überlegen, und nachdem die Männer sich eine Weile gestritten hatten, entschlossen sie sich für den Versuch, nach Massilia zu segeln. Der Gedanke an Massilia war ihren Köpfen ja schon von Anfang eingeprägt worden.

Aber das fremde Meer war voller Gefahren und furchterregend. Wir segelten eine Zeitlang immer weiter, von launenhaften Winden hin und her geworfen, dann wurde das Trinkwasser allmählich ungenießbar und viele von uns erkrankten, bekamen das Seefieber und sahen Erscheinungen in ihren Fieberphantasien.

Das immer wiederkehrende Toben und Gebrüll des Dorieus in der Vorderkoje machte auf dem Schiff das Leben auch nicht gerade leichter. Arsinoe wurde immer blasser, klagte dauernd über Übelkeit, lag in der stinkenden Koje und sehnte den Tod herbei. Jede Nacht flehte sie mich an, Dorieus aus seinen Fesseln zu befreien und eine Revolte auf dem Schiff heraufzubeschwören, weil doch jedes andere Schicksal besser sei, als sich ziellos auf dem Meere treiben zu lassen, verdorbenes Wasser zu trinken und madiges Mehl und ranziges Öl zu essen.

Endlich bekamen wir Landfühlung. Dionysios roch am Wasser und kostete es, lotete bis auf den Grund und untersuchte genau den am Wachs des Lots haftengebliebenen Schlamm. Doch er mußte zugeben: „Ich kenne dieses Land nicht. Nach Norden und nach Süden erstreckt es sich so weit, wie das Auge reicht. Ich glaube, daß es das italienische Festland sein könnte und daß wir zu weit nach Osten abgetrieben worden sind."

Bald begegneten wir zwei bauchigen griechischen Frachtschiffen. Wir erfuhren, daß die Schiffe aus Kyme stammten und sich auf der Rückfahrt nach Kyme befanden. Die vor uns liegende Küste war Land der Etrusker. Wir baten die Schiffe höflich um frisches Wasser und Öl, aber die Männer aus Kyme betrachteten mißtrauisch unsere verwilderten Bärte und unsere von der Sonne verbrannten Gesichter und sagten: „Wir dürfen Fremden auf See kein Wasser oder Essen geben, aber rudert doch an Land. Die Fischer geben euch, was ihr braucht, wenn ihr euer Schiffsbuch vorzeigt."

Dionysios wollte sie nicht ausplündern, weil sie Griechen waren. Wir ließen die Schiffe fahren und drehten den Bug mutig auf das Land zu, weil wir nichts anderes tun konnten. Bald entdeckten wir die Mündung eines Baches und einige schilfbedeckte Hütten. Es war ein kultiviertes Land, denn die Bewohner flohen nicht vor uns. Sie lebten in Blockhäusern, hatten Eisenkessel, aus Ton gebrannte Götterbilder, und ihre Frauen trugen Schmuck.

Der Anblick des lächelnden Landes und der blauen Hügel war für uns so überwältigend schön, daß nicht einmal die Ruderer Sinn für Gewalttaten hatten. Das Anbordnehmen des Trinkwassers dauerte seine Zeit, und niemand von uns hatte es eilig, wieder aufs Meer zurückzufahren, nicht einmal Dionysios, obwohl sein Verstand ihn davor warnte, an der fremden Küste länger als nötig zu verweilen. Wir standen immer noch an der Quelle und bei den Opferbäumen, als ein bewaffneter Mann in einem zweispännigen Kampfwagen auf uns zugesprengt kam, der sich am Gürtel des Wagenlenkers festhielt. Er redete streng mit uns, und seiner Rede entnahmen wir, daß er wissen wollte, ob wir eine Genehmigung für unsere Schiffe zum Segeln auf den Meeren hätten. Wir taten, als ob wir ihn nicht verstünden. Er schaute unsere Waffen prüfend an und verbot uns, die Schiffe zu verlassen. Dann sprengte er davon, daß der Staub nur so unter den bronzenen Rädern des Wagens emporwirbelte. Nach kurzer Zeit traf eine Gruppe von Speerkämpfern im Laufschritt atemlos ein. Sie blieben in gewisser Entfernung stehen, um uns zu bewachen.

Sie hinderten uns nicht, wieder an Bord zu gehen, aber als wir unsere Schiffe ins Wasser schieben wollten, schrien sie uns drohend etwas zu und schickten uns sogar einige Speere nach. Als wir auf See gelangt waren, sahen wir überall auf den Hügeln an der Küste entlang Rauchzeichen aufsteigen, und von Norden her näherte sich uns, heftig rudernd, ein Geschwader schneller Kriegsschiffe. Wir nahmen wieder Kurs auf das offene Meer, aber die Strömung verhinderte unsere Flucht, und die Ruderer waren bald so erschöpft, daß die feindlichen Schiffe uns immer mehr einholten. Sie zeigten uns ihre Schilde, aber wir beachteten sie nicht.

Als wir auf ihre Signale und Zeichen nicht antworteten, wurde aus dem vordersten Schiff ein Pfeil auf unser Schiff abgeschossen, an dem ein Büschel in Blut getränkte Federn befestigt war. Dionysios riß ihn an sich, betrachtete ihn genau und sagte: „Ich glaube zu verstehen, was sie damit sagen wollen. Aber ich bin ein langmütiger Mann und treffe keine kriegerischen Maßnahmen, bevor ich angegriffen werde. Mir wird es um so leichter bei diesem meinem Entschluß zu bleiben, als ich diese flinken, schmalen und leichten Schiffe nie einholen könnte."

Die Schiffe verfolgten uns beharrlich bis gegen Abend. Beim Sonnenuntergang und während sich die Küste hinter uns verdunkelte, stoben die Feindschiffe fächerförmig auseinander und setzten plötzlich und überraschend zum Angriff an, so daß das Wasser vor ihrem Bug aufrauschte.

Wir hörten das Splittern der Riemen und das Krachen beim Aufprall der schmalen Rammdorne auf die Seitenplanken unserer beiden Fünfzig-Ruder-Schiffe, die uns auf beiden Seiten geschützt hatten. Auch hörten wir die Todesschreie der Ruderer, als die Pfeile und Speere durch die Riemenöffnungen sie trafen. Unsere Fünfzig-Ruder-Schiffe krängten stark und blieben stehen, und in diesem Augenblick rasierte das angreifende Fahrzeug unsere beiden Steuerruder ab. Dionysios fluchte vor Wut, schrie und schleuderte eigenhändig den Greifhaken mit der Kette so geschickt, daß er das Heck des leichten Feindschiffes traf, sich in ihm festhakte und wir bei dem heftigen Ruck das Splittern von Holzteilen vernahmen. Die fremden Ruderer liefen zum Heck, um den Haken zu lösen, während die Kämpfer sie mit ihren Schilden schützten, aber von unserem hohen Schiffsdeck war es uns ein leichtes, sie mit Speeren tödlich zu treffen und sie mit den Riemen ins Wasser zu stoßen.

Auch am Bug unseres Schiffes krachte es, aber das leichte feindliche Fahrzeug konnte mit seinem schmalen und schwachen Rammdorn die dicken Eichenplanken unseres Schiffes nicht durchstoßen. Es ruderte sofort wieder rückwärts und erneuerte mit höchster Kraft den Versuch, doch der Rammdorn verbog sich, das Fahrzeug prallte mit der Seite auf unsere Schiffswand auf, und zahlreiche Männer der Besatzung fanden den Tod, bevor die Ruderer mit ihren Riemen das Fahrzeug von uns abstoßen konnten.

Das Gefecht dauerte nur einige Augenblicke, fügte uns aber schwere Schäden zu, vor allem den beiden Fünfzig-Ruder-Schiffen. Es gelang uns zwar, das an dem Greifhaken des Dionysios hängengebliebene Fahrzeug zu versenken, aber die Furchtlosigkeit des Angriffs zwang Dionysios, am Bart zu kauen.

In Eile wurden unsere Steuerruder repariert, und die Fünfzig-Ruder-Schiffe dichteten die von den Ramdornen geschlagenen Löcher mit Lammfellen ab. Es dauerte aber bis spät in die Nacht, bevor die Männer das in die Schiffe eingedrungene Wasser ganz auszuschöpfen vermochten. Das Salzwasser hatte bereits das Trinkwasser und die Lebensmittel, die wir uns aus den Häusern an der Bachmündung geholt hatten, verdorben.

Das Schlimmste aber war, daß wir uns von den etruskischen Kriegsschiffen nicht absetzen konnten. Die beschädigten feindlichen Fahrzeuge ruderten zwar zurück, dem Ufer zu, und verschwanden in der Dunkelheit, aber zwei von ihnen hielten sich in unserer Nähe auf, und bei Einbruch der Dunkelheit zündeten sie Pechkessel auf dem Heckbau an. Ein paarmal versuchten wir sie zu rammen und zu versenken, aber sie wichen flink aus, und jedesmal bekamen wir Speere und Pfeile auf das Deck und in die Riemenöffnungen hinein. Dionysios meinte: „Jetzt ist guter Rat teuer. Es geht doch einfach nicht, daß ein so nadelschmales Fahrzeug eine Triere anzugreifen wagt, wenn auch nur, um die Steuerruder zu zerbrechen. Die Tyrrhener befolgen anscheinend die einfachsten Grundregeln der Kriegführung nicht, die es vorschreiben, daß nur gleichschwere Schiffe einander angreifen dürfen und daß die leichten Fahrzeuge ihre eignenen bestimmten Aufgaben haben."

Ich sagte: „Die etruskischen Hafenstädte verfügen sicherlich auch über schwere Kriegsschiffe. Ich befürchte, daß die lodernden Pechkessel sie herbeirufen, um uns zu versenken."

Dionysios gab dies widerwillig zu und sagte: „Ich glaube schon den Alarm und den Lärm in den Küstenstädten zu hören, die schnellen Schläge der Taktschläger und das sich steigernde Geschrei der Schiffsbefehlshaber bei dem Wetteifer, wer uns als erster erreiche. Zwar habe ich noch nie davon gehört, daß die Etrusker den Seeräubern die Haut über die Ohren ziehen, denn sie sind einst selbst Seeräuber gewesen und haben Schiffe auf allen uns bekannten Meeren bedroht und angegriffen. Aber sie sind ein grausames und genußsüchtiges Volk und lassen zum Spaß Gefangene gegeneinander kämpfen und einander töten. Auch andere rohe Gemeinheiten werden sie sich schon als Strafe für die Störenfriede ihres Meeres ausgedacht haben, davon bin ich überzeugt."

Die Katze der Arsinoe schlich in der Dunkelheit der Nacht lautlos im Schiff umher. Am Bein des Dionysios blieb sie stehen, rieb sich daran, streckte sich nach vorne und begann das Deck mit den Krallen zu kratzen, daß es nur so splitterte. Dionysios rief begeistert aus:

„Dieses heilige Tier ist klüger als wir. Wie du siehst, hat es den Kopf nach Osten gedreht und kratzt jetzt das Deck, um uns den Ostwind zu beschwören. Laßt uns alle um die Wette kratzen, pfeifen wie der Wind pfeift und den Sturm heraufbeschwören."

Er befahl seinen Männern, die Planken zu kratzen, den Mastbaum zu kitzeln und zu pfeifen. Einige versuchten, die von den Vätern überlieferten Regentänze aus dem Binnenlande Phokaias zu tanzen. Das Kratzen, Pfeifen, Stampfen und der Lärm auf unseren Schiffen erschreckten die Etrusker, so daß sie ihre Schiffe von uns fortruderten. Doch es kam kein Wind auf. Im Gegenteil, die kleine Abendbrise legte sich gänzlich, und das Meer seufzte nicht einmal auf. Schließlich gab Dionysios seine unnützen Bemühungen auf und ließ die beiden Fünfzig-Ruder-Schiffe an unseren Seiten mit Trossen befestigen, damit die Leute sich ausruhen, die Götter anflehen, sich waschen, ihre Haare kämmen und den Körper salben könnten, um sich so auf den Tod im Morgengrauen vorzubereiten.

Dionysios zeigte mir die starke Kupferkette des Greifhakens, die der etruskische Befehlshaber mit seinem Schwert durchzuhauen versucht hatte, bis ihn ein Speer in die Kehle traf. An den Kettengliedern sah man die tiefen Einschnitte der Schwerthiebe. Dionysios sagte: „Hier siehst du, was für Schwerter uns gegenüberstehen werden, falls es uns gelingen sollte, dem Rammdorn ihrer schweren Kriegsschiffe zu entgehen. Die Tyrrhener sind die besten Eisenschmiede der Welt, sie schmieden sogar Kessel aus Eisen. Das würde ich nicht glauben, wenn ich es nicht mit eigenen Augen gesehen hätte, daß ein einfaches armes Volk sein Essen in Eisenkesseln kochen kann. So reich sind sie. Auf ihrer Insel im Norden haben sie unversiegbare Eisenerzvorkommen, deren Erz roter ist als irgendwoanders. Ein gewöhnlicher Schild ist nicht imstande, den Hieb eines Schwertes abzuwehren, das Kupfer zerschlagen kann."

Die Feuer der tyrrhenischen Schiffe hatten sich von uns entfernt und kamen außer Sicht. Plötzlich wurde es völlig dunkel, so daß man das Glitzern des Meeres an den Schiffsseiten kaum erkennen konnte. Ich rief voll Freude aus: „O Dionysios aus Phokaia, dein Glück ist doch unser Begleiter. Die Kriegsschiffe sind verschwunden. Die Etrusker haben Angst vor der Dunkelheit des Meeres und kehren zur Küste zurück."

Dionysios spähte aufs Meer hinaus, ohne irgend etwas zu entdecken, er verlor dadurch einen unersetzlichen Augenblick. Vom Heck her hörte man plötzlich ein Krachen und Beilhiebe. Erst nachdem wir die Fackeln angezündet hatten, sahen wir, daß die etruskischen Schiffe uns in der Dunkelheit lautlos rudernd gefolgt waren und in aller Ruhe die Steuerruder unserer Schiffe mit Beilen zerschlugen. Viele unserer Leute schrien, daß das Tyrrhenische Meer von fremden Göttern beherrscht sei, die wir erst besänftigen müßten, um die Flucht ergreifen zu können. Andere fragten wiederum spöttisch: „Wo bleibt dein gutes Glück, Befehlshaber Dionysios?"

In der Ferne zündeten die Etrusker wieder ihre Pechkessel an, und auch Dionysios war gezwungen, seine Schiffe zu beleuchten, um die Steuerruder bis zum Morgengrauen wieder in Ordnung bringen zu können. Er raufte sich den Bart und sagte verbittert: „Ich hätte mir niemals vorstellen können, daß mein Schiff jemals wie ein Freudenhaus auf See schwimmen würde."

Ich fühlte mich schuldig bei dem Gedanken, daß ich Arsinoe aus dem Tempel und einem gesicherten Leben entführt hatte, um sie der unvermeidlichen Vernichtung auf dem Meere preiszugeben. Ich ging zu ihr in die Koje. Sie lag dort mager und blaß auf den Kissen, im Lichte der Öllampe leuchteten die Augen noch schwärzer als zuvor.

„Arsinoe", sagte ich, „die Schiffe der Etrusker sind hinter uns her. Die Steuerruder sind abgebrochen. Im Morgengrauen werden ihre großen Kriegsschiffe kommen, um unsere Schiffsseiten aufzureißen. Keine Seefahrtkunst kann uns mehr retten, da sogar das Meer ganz still ruht und wir den Wind vergeblich beschworen."

Arsinoe seufzte nur und sagte: „O Turms, ich habe gerade die Tage an meinen Fingern abgezählt und bin sehr erstaunt. Auch mich hat eine schreckliche Gier überfallen, die Gier, zerriebene Muschelschalen zu essen, mit denen man die Hühner füttert."

Ich glaubte, sie sei vor lauter Angst übergeschnappt und befühlte ihre Stirn, aber sie hatte kein Fieber. „Arsinoe", sagte ich. „Ich beging einen Fehler, als ich dich aus dem Tempel entführte. Aber es ist noch nicht zu spät. Wir können die etruskischen Schiffe mit Friedenszeichen zu uns rufen und dich ihnen vor dem Gefecht ausliefern. Wenn du ihnen erzählst, die Priesterin von Eryx zu sein, werden sie dich nicht verletzen, denn die Etrusker sind ein gottesfürchtiges Volk."

Aber Arsinoe begriff es überhaupt nicht, wieviel Selbstüberwindung dazu gehört hatte, diesen meinen Entschluß zu fassen. Sie blickte mich nur mißtrauisch an und fragte: „Was gefällt dir an mir wieder nicht?

Träumst du jetzt schon von den schneeweißen Sklavenmädchen in Massilia, weil ich so mager und häßlich geworden bin und ich mich ständig übergeben muß?"

Es war verlorene Mühe, ihr Vernunft beibringen zu wollen. Nach nochmaligem Versuch, sie zu überreden, brach sie in Tränen aus, schlang mir die Arme um den Hals, preßte sich dicht an meine Brust und sagte: „O Turms, ich habe keine Lust, ohne dich zu leben, wenn ich auch etwas leichtsinnig bin. Aber ich liebe dich, nur dich allein und weit mehr, als ich je für möglich hielt, einen Mann lieben zu können. Außerdem befürchte ich sehr, daß ich von dir schwanger geworden bin und ein Kind erwarte. Es muß wohl beim erstenmal geschehen sein, als ich meinen geheimnisvollen Silberring im Tempel vergaß. Ich konnte ja nicht annehmen, daß ich dir mitten am Tag in die Arme gleiten würde. Du wirst dich wohl erinnern, welch ein Sturm damals ausbrach."

„Im Namen der Göttin", entrang sich ein Schrei meiner Kehle, „das ist ja unmöglich." Ich war außer mir vor Staunen.

Sie wurde wütend: „Warum sollte es unmöglich sein, wenn es auch eine große Schande ist, weil ich Priesterin bin? Aber damals in deinen Armen dachte ich wirklich nicht daran. Ich hatte ja niemals etwas so Unbeschreibliches erlebt wie damals in deinen Armen, Turms. Hätte uns doch damals ein und derselbe Speer durchbohrt und wären wir daran gestorben."

„O Arsinoe", sagte ich verwirrt und drückte sie fest an meine Brust. „Jetzt verstehe ich, daß es so sein mußte. Auch ich selbst konnte mir nicht vorstellen, so etwas zu erleben – und der Sturm brach los. Wie glücklich bin ich, Arsinoe."

„Glücklich", ahmte sie mir nach und rümpfte die Nase. „Ich bin selber alles andere als glücklich und mir ist so schlecht, daß ich dich geradezu hasse, und ich hätte nie geglaubt, daß ein Mann so schlecht zu mir sein könnte. Wenn du mich an dich binden wolltest, Turms, dann hast du es jetzt getan, und nun verantworte auch deine Taten."

Als ich sie so in den Armen hielt, sie so zart und zerbrechlich, so verbittert und hämisch sah, als ich statt des Duftes der Hautsalben einen gelinden Geruch des Erbrechens aus ihrem Munde wahrnahm, befiel mich ihr gegenüber noch größere Zärtlichkeit als zuvor. Nicht der geringste Zweifel stieg störend in mir auf, ich glaubte vielmehr, daß der jubelnde Sturm gerade deswegen über Eryx gerast sei. Was sie seitdem auch in ihrem Leichtsinn hinter meinem Rücken mit Dorieus und Mikon getrieben hatte, gehörte nicht hierher und war bedeutungslos. Ich verzieh es ihr. So bedingungslos war mein Glaube.

Dann erinnerte ich mich, wo wir uns befanden, was geschehen war, und ich wußte, daß nichts anderes mehr Arsinoe und mein ungeborenes Kind retten konnte als meine eigene Kraft. An mich selbst dachte ich nicht. Durch das schlechte Essen und die Anstrengungen auf See, den mangelnden Schlaf und die quälenden Gedanken war ich geschwächt worden; jetzt fühlte ich mich plötzlich wieder von der Schwere des irdischen Lebens befreit. Kraft entzündete mich wie die Flamme eine Lampe, und ich glich nicht länger einem Menschen, sondern glaubte wieder an mich selbst und meine Kraft. Ich löste meine Arme von Arsinoe, und als ich aufstand, fühlten meine Sohlen die Schiffsplanken nicht mehr. Mir war, als würde ich in die Luft gehoben. Unwillkürlich, wie unter einem Zwang, hoben sich meine Arme, so daß ich sie nicht mehr senken konnte, selbst wenn ich es gewollt hätte. Ich eilte auf Deck. Jubelnd drehte ich mich, mit erhobenem Haupt, die Arme nach allen Himmelsrichtungen ausstreckend, und rief: „Wind komm herbei, Sturm erhebe dich, ich, Turms, der vom Blitz Geweihte, rufe den Wind."

Mein Schrei hallte so laut über das dunkle Meer, meine Kraft ließ mich so wild erzittern, daß die Seeleute hochsprangen und die Zimmerleute ihre Werkzeuge fallen ließen. Dionysios kam eiligst auf mich zu und fragte: „Rufst du nach dem Wind, Turms, ist es dir ernst damit? Wenn du den Wind anrufst, dann den Ostwind. Er würde unseren Zwecken am besten dienen."

Meine Füße begannen schon unabhängig von meinem Willen die Deckplanken zu stampfen, jubelnd tanzte ich den heiligen Tanz und rief: „Schweig, Dionysios, lästere die Götter nicht. Mächtigeren, höheren Göttern als denjenigen der Griechen gilt mein Anruf. Sie mögen den Wind bestimmen. Aus eigener Kraft beschwöre ich nur den brausenden Sturm."

Im gleichen Augenblick stöhnte das Meer auf, die Schiffe fingen zu schaukeln an, die Verbindungstrosse knirschten, die Luft wurde feucht und eine Windbö strich über unsere Köpfe hinweg. Dionysios schrie die Mannen an und befahl, die Fackeln zu löschen. Sie hatten gerade noch Zeit genug, es zu tun, denn aus dem bewölkten Nachthimmel tobte bereits der Wind in wilden Böen über das Meer. Die Etrusker begriffen nicht rechtzeitig, was da geschah. Wir hörten Angst- und Schmerzensschreie aus dem uns nächstliegenden Schiff, als eine heulende Windbö die Flammen des Pechkessels der Besatzung in die Augen schleuderte und brennendes Pech überall im Schiff herumspritzte, so daß es im Nu lodernd in Flammen stand. Mit dem Wind wuchsen die Wellen zu Sturmwogen.

Durch das Brausen des Meeres und das Heulen des Sturmes hindurch hörten wir, wie das zweite etruskische Schiff krachend auseinanderbarst.

Mein Tanz wurde immer wilder und mein Schrei erscholl immer ungestümer, bis Dionysios mich aufs Deck niederschlug, um mich zum Schweigen zu bringen, damit der Sturm nicht zu einem Orkan anschwelle und uns vernichte. Als mein Kopf auf das Deck aufschlug, floß meine Kraft aus mir wie aus einem umgekippten Eimer, so daß ich wieder erdenschwer wurde und meinen Körper spürte. Mit letzter Kraft konnte ich mich an den Trossen und den Geländerzapfen festklammern, um nicht über Bord gespült zu werden.

Über das Toben des Sturmes hinweg brüllte Dionysios seine Befehle, und schlug eigenhändig mit dem Beil die Trossen durch, mit denen unsere Fünfzig-Ruder-Schiffe an unseren Seiten angebunden waren, denn die vom Sturm überraschten Seeleute zögerten, die kostbaren Trosse zu durchschneiden. Aus einem der Fünfzig-Ruder-Schiffe hörte man Hilferufe, und die Männer schrien, daß die Lammfelle sich vor den Löchern, die die Etrusker mit ihrem Rammdorn geschlagen hatten, gelöst hätten und das Wasser hereinströme. Unsere eigene Triere krängte so stark, daß das Wasser durch die untersten Riemenöffnungen ins Schiff strömte, bevor die Ruderer sie zustopfen konnten. Auf den Schiffen herrschte wildes Durcheinander, bis Dionysios, vor Wut und Enttäuschung brüllend, den Männern des Fünfzig-Ruder-Schiffes das sinkende Fahrzeug zu verlassen und sich auf das Deck unserer Triere zu retten befahl. Das taten sie, und einige brachten sogar ihre Habe mit, aber der steinerne Hahn vom Torpfosten in Himera ging mit dem Schiff unter. Zwei Mann der Besatzung wurden zwischen den sich gegeneinander reibenden Schiffsseiten zerdrückt. Das andere Fünfzig-Ruder-Schiff fuhr seine eigenen Wege, in den heulenden Sturm hinaus aufs Meer.

Dionysios zwang die Ruderer der obersten Riemenreihe mit ihrem Steuermann an die Arbeit, obwohl sie von ihren Bänken herunterfielen und das Meer ihnen die Riemen aus den Händen riß. Mit Hilfe der Ruder konnte er das Schiff in Windrichtung drehen, so daß wir nicht kenterten. Ich begreife heute nicht, wie die Seeleute sich auf dem gegen die Meereswellen stampfenden Schiff bewegen und arbeiten konnten. Nicht eine Sekunde lang blieb etwas auf demselben Platz, und ich schlug mit dem Gesicht bald gegen die Deckplanken, bald hatte ich das Gefühl, in die Luft gehoben zu werden und mich vom Deck zu lösen. Aber Dionysios vermochte den Mast mit einem Teil des Segels voll Wind hochzurichten, so daß das Schiff den provisorischen Steuerrudern zu gehorchen begann. Es war auch höchste Zeit, denn viele von den Ruderern hatten sich die Rippen gebrochen, stöhnten unter ihren Ruderbänken und schrien, daß ihre letzte Stunde gekommen sei.

Nachdem das Schiff unter uns etwas ruhiger und stabiler geworden war, kam Dionysios zu mir, riß mich am Nacken hoch, stützte mich mit seinen Armen und brüllte mir ins Ohr: „Warum riefst du wieder einen Orkan hervor? Außerdem glaube ich nicht, daß du den Wind beschworen hast, du hast gewiß nur an der Luft gerochen, daß Wind bevorstand, und beeiltest dich, ihn anzurufen, um vor meinen Leuten zu prahlen. Auch ich roch und schmeckte den Wind, hoffte aber, daß er zu passender Zeit, bei Morgengrauen, einsetzen würde, wenn unsere Steuerruder in Ordnung wären. Ich tippte auf eine steife Segelbrise, aber du hast alles durcheinander gebracht und uns einen unersetzlichen Schaden zugefügt, indem wir unser Fünfzig-Ruder-Schiff samt Ladung verloren haben, und mit ihm den steinernen Hahn aus Himera, der ein sehr wertvolles Kriegsandenken an Himera in Massilia für uns gewesen wäre."

Ich vermutete, daß er mich aus Neid beschuldigte, da ich ihm in Fragen die den Wind betrafen, trotz seiner Seemannserfahrungen bei weitem überlegen war. Inmitten des Dröhnens und Brausens erinnerte ich mich der blühenden Obstbäume des Gasthauses in Eryx, der sich lösenden Schulterspange am Kleid Arsinoes und des Sturmes, der die Dächer in Eryx abdeckte. Der Sturm konnte mir keinen Schaden zufügen, das wußte ich. Selbst wenn ich ins Meer gespült worden wäre, hätte mich dies nicht schädigen können, weil ich eins mit dem sich im Schaum auflösenden Meer und mit der heulenden Luft bin. Im gleichen Augenblick spaltete ein heller Blitz das Himmelsgewölbe, und während eines vorübereilenden Augenblickes konnte ich das Schiff erkennen, das geblähte Segel und die vor Anstrengung verzerrten Gesichter der Steuerleute, die zu mehreren ihre ganze Kraft brauchten, um die Steuerruder festzuhalten. Ich sah die Schaumkronen des stürmischen aufgewühlten Meeres und die jubilierende Quadriga des Poseidon über und mit den Wellen dahinjagen. Der Blitz war wie ein Gruß an mich, ein Blinzeln des Himmels, der mir in seiner Helligkeit alles Gute versprach.

Dem blendenden Blitz folgte ein lang anhaltender Donner, der über unsere Köpfe dahinrollte und mir die Ohren verlegte. Dionysios stieß mich grob durch die Luke unter Deck, wo die Gegenstände durcheinander rollten und man das Klirren von zerschlagenen Krügen und das Plätschern des Wassers hörte. Ich tastete mich bis zu Arsinoes Koje. Sie lag dort mit blutender Nase auf dem Bauch, die Hände seitwärts weit ausgestreckt, und versuchte, sich an den Wänden festzuhalten.

Als sie in der Dunkelheit meine Hand spürte, begann sie sofort zu weinen und fing an, mir schluchzend vorzuwerfen: „Warst du es, Turms, und mußte die Freude über deine Vaterschaft einen solch schrecklichen Sturm hervorrufen? Du hättest uns doch bestimmt in anderer Weise retten können, wenn du es nur versucht hättest. Aber du willst, daß das Schiff mich umbringt."

Ich hielt sie in meinen Armen, um sie mit meinem Körper zu schützen, bis ich voller blauer Flecke und zerschlagen war, weil ich in der Koje von einer Wand zur anderen hin- und herrollte. Meine Eingeweide drehten sich mir im Leibe um. Aber wir überstanden lebend den Sturm, und beim Sonnenaufgang hellte sich das Meer auf und der Sturm ließ nach und verwandelte sich in eine steife Segelbrise, wie Dionysios sie sich erhofft hatte. Mit vollen Segeln jagten wir mit den immer noch riesenhohen Wellen gegen Westen um die Wette, und das Schiff stampfte schön das Wasser und hob sich wie ein stolzes schnaubendes Roß unter uns. Die Männer begannen wieder zu lachen und einander Scherzworte zuzurufen. Dionysios ließ an alle ein Maß ungemischten Wein austeilen und opferte vom Bug des Schiffes aus etwas Wein für Poseidon, obwohl dies viele für unnütz hielten.

Die Späher riefen, in der Ferne vor uns wäre ein Segel zu sehen. Der Mann mit den schärfsten Augen kletterte in den Masttopp, schrie vor Freude und erzählte, daß das Segel das gestreifte Segel unseres Fünfzig-Ruder-Schiffes sei. Zur Mittagszeit holten wir es auf; es war erfreulicherweise nicht allzu schwer beschädigt worden.

Der von mir hervorgerufene Wind war tatsächlich Ostwind, obwohl das vermutlich nicht mein Verdienst war. Der Himmel blieb klar, aber der Wind hielt Tag um Tag als steife Brise an, die unsere beiden Schiffe mit Höchstgeschwindigkeit gegen Westen trieb, bis wir am dritten Tag Landfühlung bekamen und die blauen Schatten der Berge sich gleich Wolken gegen den Himmel abzeichneten. Dionysios sagte: „Das ist eine der beiden großen Inseln, auf denen unsere Großväter eine Kolonie zu gründen versuchten. Dazwischen liegt die Meerenge. Wenn wir Glück haben, können wir da durchschlüpfen und in das offene öde Meer gelangen, an dessen Nordküste wir Massilia finden werden."

Er drehte den Bug der beiden Schiffe soweit er es wagen konnte nach Nordwest, um dem Küstenstrich nach Norden zu folgen, aber der Wind drückte uns allmählich immer mehr auf die Küste zu, so daß wir schon die rauhen und steinigen Ufer, die kegelförmigen Steintürme und den aus den Schmelzgruben irgendeiner Hütte aufsteigenden Rauch erkannten. In der Nähe des Landes wurde der Wind böig, und die Männer mußten wieder an die Riemen. Bevor wir es überhaupt richtig merkten, waren wir in den Irrgarten der Küsteninseln geraten, sahen das Meer sich an den unter Wasser liegenden Felsenriffen brechen, und die Meeresströmungen wirbelten unsere Schiffe im Kreise herum.

Dionysios schickte das weniger tiefgehende Fünfzig-Ruder-Schiff voraus, um das Fahrwasser zu loten, und ließ auch selbst am Bug und an den Seiten unseres Schiffes das gleiche tun. Die ganze Zeit hielt er nach einem Landeplatz Ausschau, weil wir in diesen gefährlichen Gewässern die Nacht über nicht bleiben und herumtreiben konnten und außerdem gezwungen waren, die Schiffe an Land zu ziehen, um die beim Sturm erlittenen Schäden zu beseitigen.

Als das Fünfzig-Ruder-Schiff die felsige Halbinsel umsegelte, traf es überraschend ein mit Fischen und Netzen halbbeladenes Fischerfahrzeug. Wir nahmen drei dunkelbraune, sonnenverbrannte Sarden mit pechschwarzen Augen gefangen, die uns als Lotsen dienen sollten. Sie sprachen keine uns geläufige Sprache und hatten eine Heidenangst, aber das Tauende des Dionysios war ein sehr guter Sprachlehrer. Er bekam schließlich heraus, daß wir den irreführenden Inseln von der Außenküste her unbedingt hätten ausweichen müssen, wenn wir in die zwischen den beiden großen Inseln liegende Meerenge hätten gelangen wollen. Durch die Meerenge zu segeln sei ungefährlich, sie sei so breit wie das Auge reiche, wenn Dionysios ihre Angaben richtig verstanden hatte.

Sie hatten Eisenklingen, und daraus schlossen wir, daß sie den Etruskern untertan waren oder zumindest mit den Etruskern Handel trieben. Um sie zu versöhnen, befahl Dionysios dem Fünfzig-Ruder-Schiff, das Fahrzeug der Fischer in Schlepptau zu nehmen, hinderte seine Leute daran, die Netze und die Fanggeräte der Fischer zu zerstören und bezahlte ihnen für den Fisch einige von Krinippos leicht entwertete Silbermünzen von Himera.

Sie drehten die Münzen neugierig in den Händen, lotsten uns auf das offene Meer hinaus und zeigten uns eine kahle Insel, an deren flaches Ufer wir unsere Schiffe für die Nacht an Land ziehen könnten. Von einem Berghügel auf der Insel konnten wir in der Ferne ein großes Land sehen, und Dionysios erlaubte uns nicht, Essensfeuer anzuzünden. Deshalb waren wir gezwungen, den frischen Fisch nur zu salzen und ihn roh zu essen. Aber wir waren so hungrig und die Gier nach frischem

Essen war so groß, daß sogar der rohe Fisch samt Gräten mühelos den Hals hinunterrutschte.

6.

Wir gingen zur Ruhe und schliefen fest. Der Sand des steinigen Ufers und das stark duftende Gras schienen uns nach den harten Schiffsplanken ein bequemeres Bett als ein Wollpolster, wenn wir auch beim Einschlafen das Gefühl hatten, als schaukele die ganze Insel unter uns, und viele bekamen Bauchweh, weil sie zuviel von dem rohen Fisch gegessen hatten. Arsinoe schlief in meinen Armen, die Nase gegen meine Brust gedrückt. Wir konnten Dorieus immer noch nicht aus der Vorderkoje befreien, denn wenn auch vom Sturm schwer mitgenommen und zerschlagen, blieb er unversöhnlich. Völlig geschwächt, die Augen nur einen Spalt öffnend, beteuerte er, daß er Dionysios umbringen werde und sei es selbst mit den bloßen Händen, sobald er von den Fesseln befreit sein würde.

Im Morgengrauen wachten wir steifgefroren auf. Als erstes stellten wir fest, daß die Sarden verschwunden waren und ihr Fahrzeug und ihre Netze mitgenommen hatten. Dionysios prügelte die Wächter mit seinem Tauende, aber sie verteidigten sich lebhaft und sagten, Dionysios hätte ihnen nur befohlen, über die Schiffe und unsere Sicherheit zu wachen. Von den Sarden hätte er nicht gesprochen, und in den frühen Morgenstunden hätten sie auf ihr Fahrzeug und die Netze gezeigt sowie durch Gesten zu verstehen gegeben, daß sie zum Fischfang hinausfahren wollten. Gleichzeitig hätten sie die Silbermünzen vorgezeigt, gleichsam um zu sagen, daß sie mehr von denen verdienen wollten, so daß den Wächtern der Gedanke gar nicht gekommen sei, sie festzuhalten. Dionysios ließ sich in seiner Wut zu der Kränkung hinreißen, zu sagen, so einfältige Männer könnten keine gebürtigen Phokäer sein, es wäre da bestimmt irgendein wandernder Abdarer in das Bett ihrer Mütter geschlichen und habe ihnen seinen dummen Schädel vererbt.

Wir waren von schlimmsten Ahnungen erfüllt, und Dionysios beeilte sich, die Schiffe wieder ins Wasser stoßen zu lassen, obwohl wir gehofft hatten, den ganzen Tag noch an Land bleiben zu können, um die Schiffe abzudichten und erst im Schutze der Dunkelheit durch die Meerenge zu segeln.

Als wir murrten, sagte er, daß auch seine Seefahrerkunst nicht ausreiche, uns durch die unbekannte Meerenge in Gewässern mit Untiefen und Riffen im Dunkeln der Nacht ohne Lotsen zu führen. Außerdem hätten die Sarden bestimmt schon die Etrusker an der Küste alarmiert, und derselbe Ostwind, der uns so mühelos und schnell bis nach Sardinien gebracht habe, habe auch die etruskischen Kriegsschiffe ebenso schnell hinter uns hergejagt. Sie hätten doch nicht bei tobendem Sturm und Gegenwind an die eigenen Ufer zurückrudern können. Im Notfalle müßten wir kämpfend durch die Meerenge durchbrechen, um den Weg nach Massilia zu finden. Nochmals meinte er, wir sollten uns auf sein Glück verlassen, das uns bis jetzt nicht betrogen habe.

Aber von nun ab war alles wie verhext, das Hochwasser und die Gezeiten der fremden Küste waren so heimtückisch, daß unsere Schiffe wie angewurzelt am Ufer festlagen. Wir mußten uns ungeheuerlich anstrengen und alle Kunst anwenden, um das Hinterschiff unserer Triere vom Ufer frei zu bekommen. Viele hegten den Verdacht, daß die Sarden uns die verhexte Insel mit Absicht gezeigt hätten, um uns ins Unglück zu stürzen, aber Dionysios behauptete, der Sturm habe derart große Wassermengen an die Küste gewälzt, daß erst nachdem der Sturm aufhörte, das Wasser zurückgeflutet und der Wasserspiegel gesunken sei, und dadurch waren auch die Gezeiten in ihrem natürlichen Lauf durcheinandergeraten. Er machte sich selber Vorwürfe und meinte, daß er daran hätte denken müssen, er klagte bitterlich, daß seine Seefahrerkunst auch nicht überall sein und er nicht an alles denken könne und fragte, warum er denn eigentlich Steuerleute bei sich an Bord habe, wenn sie von ihrem Verstand nicht einmal soweit Gebrauch machten.

Die Sonne stand hoch am Himmel, als wir endlich auf See waren. Der Sog in der Meerenge war so stark, daß er unsere Schiffe in die Nähe der Küste zu drücken begann. Weit im Osten erblickten wir mehrere große Segel, und bald danach erkannten wir schwarz und rot angestrichene Kriegsschiffe, die sich uns bedrohlich näherten. Die Männer des Fünfzig-Ruder-Schiffes schrien vor Angst und flehten Dionysios an, er möge sie nicht im Stich lassen, falls wir in einen Kampf verwickelt würden, so wie er das andere Fünfzig-Ruderschiff im Sturm erbarmungslos preisgegeben hatte.

Dionysios brüllte seinerseits über das trennende Wasser hinweg: „Nur euer schlechtes Gewissen läßt euch klagen. Ihr meint ja, selbst schneller als die Triere die Flucht ergreifen zu können, falls wir in ein Gefecht verwickelt werden sollten. Aber glaubt mir, allein auf eigene Faust werdet ihr Massilia nie erreichen. Zusammen sind wir stark. Wenn wir uns trennen, wird es den Tyrrhenern ein leichtes sein, unsere beiden Schiffe einzeln zu vernichten."

Der Himmel war blauglühend, aber auch das schien mir an diesem Tage ein schlechtes Omen zu sein, und ein noch schlechteres das Land, in dessen Schatten das Wasser uns heransog. Der Wind nahm zu und drehte nach Norden, er drückte uns gegen das Land, so daß wir mit knapper Not die Halbinsel umsegeln konnten. Wir hofften schon, glücklich aus der Meerenge herauskommen zu können, aber am Ufer hinter der Halbinsel entdeckten wir einen Hafen mit Schiffen und auf dem Berg eine Stadt mit den bekannten kegelförmigen Steintürmen. Die von den Fischern alarmierten Küstenwachschiffe lagen auf der Lauer hinter der Halbinsel, begannen die Kupfertrommeln zu schlagen und auf uns zuzurudern. Auch von Norden her, von der Südspitze des in der Ferne schimmernden großen Landes, näherten sich mit Rückenwind Schiffe, vorläufig zwar erst als kleine schwarze Pünktchen in der Unendlichkeit des Meeres erkennbar. Wir glaubten, daß unsere letzte Stunde gekommen sei.

Doch im Augenblick der Gefahr zeigte Dionysios wieder einmal seine besten Seiten. Er warf seinen großen Stierkopf in den Nacken, ließ einen Kriegsruf aus seiner Kehle erschallen und ermutigte seine Männer: „Schon seit einem Menschenalter haben die Etrusker diese Inseln befriedet, und die Wachschiffe an der Meerenge dürften an Kämpfe nicht gewöhnt sein, sondern nur an Steuererhebung und Überprüfung der Seefahrtsgenehmigungen. Laßt sie uns vom Meeresspiegel wegfegen und dabei gleichzeitig die Gebeine unserer Großväter rächen, die an dieser Küste bleichen."

Um sich selber Mut zu machen, rasselten seine Männer mit den Schilden, und die Ruderer verdoppelten ihre Anstrengungen und begannen, mit keuchenden Lungen Kriegslieder der Phokäer zu singen. Mutig nahmen wir direkten Kurs auf die Wachschiffe, die der Meinung waren, uns überrascht zu haben. Aber wir überraschten sie, so daß unsere Triere gleich das erste ihrer Schiffe krachend mit ihrem Rammdorn durchstieß und es mit ihrem Gewicht versenkte. Das Fünfzig-Ruder-Schiff ging auch tapfer zum Angriff über und zwang das zweite Schiff zum Ausweichen und zum Weiterrudern, um sich Platz zum Wenden zu schaffen und zum Gegenangriff ansetzen zu können.

Als der Befehlshaber des dritten Schiffes die Schreckensschreie seiner Stammesverwandten hörte, und die große Triere das Wrack in die Tiefe drücken sah, wurde er unschlüssig und überlegte, welchen Befehl er seinen Leuten geben solle. Dieses kurze Zögern wurde ihm zum Verhängnis. Das sich beim Gefecht bei Lahde bewährte Fünfzig-Ruder-Schiff streifte und brach die Riemen des Feindschiffes in luv ab und machte es damit manövrierunfähig, so daß es gezwungen war, uns seine Seite zu entblößen, die wir dann spielend durchstoßen konnten. Es gelang uns, uns durch Rückwärtsrudern sofort vom Wrack zu lösen, und wir wandten uns dem vierten Wachschiff zu. Der Befehlshaber war ein Etrusker, das erkannte man an seinem Helm und seinem Schild. Er ehrte bestimmt die Tradition seiner Stammesgenossen auf dem Meere, aber es wäre ja Wahnsinn gewesen, den Kampf fortzusetzen, als er sah, wie die mächtige Triere mit schäumendem Bug das Meer pflügte und auf ihn zu kam, während die dreireihigen Riemen das Wasser auf beiden Seiten derart peitschten, daß das Meer um uns wie ein Wasserfall rauschte. Er drehte die Seite seines Schiffes von uns ab und ließ sein Schiff so schnell, wie die Riemen nur herhielten, von uns fortrudern.

Eine große Anzahl der feindlichen Seeleute, sogar ein paar Schwerbewaffnete, die mit dem Messer die Halteriemen ihrer Rüstungen durchzuschneiden versuchten, schwammen im Wasser; sie klammerten sich an die Schiffsteile des versenkten Schiffes. Einige unserer Leute warfen ihre Speere vom Deck aus, um sie zu töten, und die Ruderer der untersten Reihe unterbrachen das Rudern, um die herumschwimmenden Männer mit dem Riemen zu erschlagen und in die Tiefe zu stoßen. Dionysios verbot fluchend, Speere sinnlos zu verschwenden, und befahl, dem sich an einen der Riemen klammernden Schwerbewaffneten auf unser Deck zu helfen. Er hatte sich den Helm in der Todesangst des Ertrinkens so ungestüm vom Kopf gerissen, daß die Stirnhaut geplatzt war und das Blut ihm über das Gesicht floß. Aber seinen Brustschild zierte das grinsende Antlitz der Gorgo, und die Silberstreifen an seinen Armen zeigten an, daß er kein Mann niedriger Abstammung sei.

Ohne die in den Hafen flüchtenden Wachschiffe weiter zu verfolgen, ruderten wir an der Küste entlang und versuchten aus der Meerenge herauszukommen und uns von den hinter uns her rudernden schwarz-roten Schiffen abzusetzen. Sie takelten ihre Segel ab, um sich zum Gefecht vorzubereiten. Von Norden her eilten, mit vollen Segeln vom steifen Nordwind getragen, die Wachschiffe der nördlichen Insel herbei, um uns unseren Fluchtweg abzuriegeln. Wir segelten in weiter Entfernung am Hafen vorbei, sahen aber am Ufer und auf den Dächern Menschenmengen stehen, während uns der Wind erbarmungslos auf das Land zu drückte, obwohl wir schon fast dem Sog der Meerenge entronnen waren.

Der Mann, den wir mit dem Riemen aus dem Wasser aufgefischt hatten, erwies sich, nachdem er sich von seiner Todesangst erholt hatte, als ein angesehener Etrusker. Krieger war er nicht, sondern ein beleibter Mann. Aus seinen Augen sprach Erfahrung. Prüfend betrachtete er uns, nachdem er das schon geschluckte Salzwasser auf Deck erbrochen hatte. Seine Stirn blutete. Es stellte sich heraus, daß er Griechisch sprach. Warnend zeigte er auf das Haupt der Gorgo an seinem Brustpanzer, behauptete Lars Tular zu sein und forderte von uns, daß wir den Bug in Richtung des Hafens drehen und uns seiner Gerichtsbarkeit unterstellen sollten, sonst würden wir die Beute der aus dem Osten herbeieilenden Flotte werden oder unsere Schiffe würden an den heimtückischen Küstenriffen Sardiniens zerschellen.

Die Männer des Dionysios lachten nur und stießen ihn in ihrer Mitte hin und her, sie verlangten, daß er seine Armreifen abnehmen solle. Aber Dionysios verbot ihnen, einen solch angesehenen Mann zu quälen und sagte:

„Du bist offenbar ein Mann von hoher Abstammung. Deshalb lasse ich dich mit dem Schwert töten, und zwar schnellstens, obwohl du selbst uns kaum einen so gnadenvollen Tod gegönnt hättest, falls wir dir in die Hände gefallen wären. Ich könnte dir aber das Leben schenken und dich zurück an Land gehen lassen, falls du uns als Lotse zur Flucht verhilfst."

Der Etrusker antwortete: „Ich hätte es glauben sollen, als ich am Abend einen zusammengerollten Igel sah und mich beim Sonnenaufgang schwarze Fliegen stachen und mich mitten im Schlaf weckten. Aber ich glaubte nicht. Es wäre für mich besser gewesen, mit meinem Schiff unterzugehen, da ich es nun einmal bestiegen hatte. Aber einem Manne, der schon mein Alter erreicht und sich an ein genußreiches Leben gewöhnt hat, fällt es schwer, plötzlich sterben zu müssen. Deshalb griff ich nach dem hingehaltenen Riemen und nahm mir nicht Zeit, genauer zu überlegen, was ich tat."

Dionysios behielt die hinter uns rauschenden Schiffsbuge und die Schilde, welche die Kriegsschiffe als Zeichen füreinander sichtbar erhoben, im Auge. Er rief dem Taktschläger zu und befahl, die Geschwindigkeit zu erhöhen, obwohl die Ruderer bereits zähnefletschend an den Riemen zogen, so daß die Glieder knackten.

Der Taktschläger rief zurück, daß den Ruderern keine Zeit mehr bliebe, Luft zu holen, aber Dionysios befahl ihm, den Mund zu halten und den Takt zu steigern. So bekamen wir einen Vorsprung, weil auf den uns verfolgenden Schiffen im Takt des normalen Atems gerudert wurde und die Schiffe, um uns zu umzingeln, Seite an Seite in Gefechtsordnung lagen, wobei das langsamste Schiff die Geschwindigkeit bestimmte. Unsere Ruderer hielten diesen Takt, der sie zwang, in kurzen Atemzügen die notwendige Luft einzuatmen, nicht lange durch. Sogar dem Fünfzig-Ruder-Schiff fiel es schwer, sich neben uns zu halten, und Dionysios lobte laut seine eigene Schiffsbaukunst, weil es ihm gelungen sei, unser Schiff in Himera zu einem so schnellen und seetüchtigen Schiff bauen zu lassen.

Dann entschuldigte er sich bei dem Etrusker wegen seiner Unaufmerksamkeit und sagte: „Ich wollte dich keineswegs beleidigen. Du wirst verstehen, daß ich mich um mein Schiff kümmern muß, aber ich werde dich sofort töten, sobald ich Zeit dazu habe, ich will dich durch das Aufschieben einer unangenehmen Sache gewiß nicht quälen."

Diesem angesehenen würdigen Mann stiegen die Schweißperlen der Todesangst auf die Stirn, und das Gorgo-Bild auf seinem Brustschild war für ihn kein Trost mehr. Er schämte sich seiner Angst und erklärte entschuldigend: „Im Grunde bin ich weder Seemann noch Krieger, sondern ein rechenkundiger Überwacher der Erzgruben. Mir untersteht die Hafenverwaltung. Ich kann Sklaven zu brauchbaren Grubenarbeitern erziehen und auf der Erdoberfläche erkennen, wo die Erzadern in den Tiefen der Berge aufzufinden sind. Völlig unnützerweise bestieg ich das Schiff, um mir Lorbeeren bei der Vernichtung eurer Schiffe zu verdienen, obwohl ich auf einem Kriegsschiff nichts zu suchen hatte."

Er bedeckte mit der linken Hand die Augen, hob die rechte Hand und betete ein Gebet in seiner eigenen Sprache. Als er seine Beherrschung wiedererlangt hatte, lächelte er uns wehmutsvoll freundlich an und sagte: „Ich sehe vor mir schon das Tor des Vergessens und die Männer mit den Schmiedehämmern auf beiden Seiten desselben. Vor diesem Tor bedeutet es kaum etwas, ob mein Tod ehrenvoll oder schmachvoll ist. Meinem Körper hätte ich zwar gern eine ewige Behausung gegönnt, aber das Meer ist ja ein weites Grab, und ich selbst bin Lars Tular."

Als er sich auf den Tod so beherrscht vorbereitete, spürte niemand mehr Lust, ihn zu quälen. Auch sonst stimmten uns die schäumenden Buge der schwarz-roten Kriegsschiffe hinter uns ernst. Dionysios blickte ihn verstohlen-listig an, strich sich den Bart und sagte:

„Du bist fraglos ein tapferer Mann, aber was denkst du über meinen Vorschlag, uns als Lotse zur Flucht zu verhelfen? Schließe dich uns an und segle mit nach Massilia, falls du glaubst, deinen Ruf in den Augen deiner Stammesgenossen verloren zu haben."

Er schüttelte den Kopf und wehrte ab: „Nein, nein, ich glaube nicht, daß ihr die Flucht ergreifen könnt, auch verstehe ich sehr wenig von der

Seefahrt. Ich wähle lieber den kürzesten Weg von hier ins Jenseits. Ehrlich gesagt, bin ich schon meines außer Atem geratenden und schwitzenden Körpers überdrüssig."

Mikon und ich und sogar die eigenen Steuerleute des Dionysios wurden von seiner Ehrlichkeit gerührt und sagten wie aus einem Munde, daß es zwecklos sei, einen solch angesehenen und würdigen Mann zu töten. Aber Dionysios sah die hinter uns in aufgelockerter Linie fahrenden Kriegsschiffe, die jeden Augenblick bereit waren, uns zu umzingeln, lachte grimmig auf und sagte:

„Ihr dummen Kerle, ihr wißt nicht, was ihr redet. Seine eigenen Worte zeugen für ihn. In ihm haben wir ein brauchbares Opfer für die Götter der Meere. Das ist meine Auffassung. Vielleicht haben die Götter selbst ihn veranlaßt, sich am Riemen festzuklammern, damit wir ihn als Opfer für unsere Rettung darbringen könnten. Eine andere Lösung finde ich nicht."

Als er so sprach, blickte er auf Himmel, Wasser und Küstenberge. Die Wellen schlugen gegen die Seitenplanken unseres Schiffes, der Wind drehte sich in Böen, und weit im Norden sah man dunkle Wolken. Der Taktschläger steckte den Kopf durch die Luke und rief noch einmal, daß die Ruderer diesen Takt nicht länger aushalten könnten. Dionysios brüllte ihn an, er solle sich beruhigen, und schrie dann zum Fünfzig-Ruder-Schiff hinüber, daß die Leute den Mast aufrichten und das Segel bereithalten sollten. Gleichzeitig befahl er, unseren Mast hochzurichten und das Segel hervorzuholen, obwohl die Fahrtgeschwindigkeit dadurch vermindert wurde. Seine Stimme klang wild, als er den Männern seine Befehle erteilte, aber zu uns sprach er ganz ruhig:

„Wir verlieren nichts dabei, wenn wir den Mast hochrichten und das Segel bereithalten. Mag der Mast abbrechen und über Bord gehen, falls wir in ein Gefecht verwickelt werden sollten."

Er befahl Lars Tular, seinen Brustschild und seine Rüstung, die Armreifen und den Ring an seinem Daumen abzulegen, ließ Mehl und Salz bringen und drückte ihm eigenhändig einen verwelkten Opferkranz auf die Stirn. Der dicke Mann mit dem Kranz auf dem Kopf schwitzte noch nackt, aber er lächelte mit zitternden Lippen und beteuerte:

„Ich fürchte mich nicht. Nur mein sklavischer Körper hat Angst." Mikon schaute ihn mit geschwollenen Augen an, hockte sich vor ihn aufs Deck, drückte beide Handflächen gegeneinander und fragte: „Glaubst du an die Wiederkehr, Lars Tular, und bist du geweiht?"

Lars Tular hob stolz sein Haupt, schaute ihn verächtlich von oben an und sagte: „In meinen Ohren höre ich schon das Sturmgetöse der Wiederkehr, und deine Stimme klingt wie das von weither kommende Piepsen eines Vogels. Ich bin ein Lars. Ich brauche keine Waschung und keine Weihe. Das Wissen war schon bei meiner Geburt in mir."

Mikon schüttelte neidisch den Kopf und hätte gern den Mann noch weiter über sein Wissen befragt. Aber Dionysios wurde ungeduldig, führte Lars Tular aufs Hinterdeck, faßte ihn an den Haaren, schnitt ihm mit dem Opfermesser den Hals von einem Ohr zum anderen durch und ließ das Blut in das perlende Kielwasser unseres Schiffes abfließen. Gleichzeitig rief er die Götter der Meere und der Luft an und nannte den Namen seines Opfers. Als das Blut wie ein Strahl ins Wasser spritzte, rief er seinen Männern zu und befahl, das Segel zu hissen. Der ständig zunehmende Nordwind füllte unser Segel, und die Fahrtgeschwindigkeit des Schiffes wurde in Kürze so hoch, daß die keuchenden Ruderer endlich die nutzlos gewordenen Riemen einziehen konnten. Der Himmel verdunkelte sich. Als das Blut versickert war und der Körper Lars Tulars zu zucken aufgehört hatte, stieß Dionysios ihm mit dem Finger ein Geldstück in den Hals und wälzte ihn über Bord ins Meer. Der Körper sackte sofort ab, als ob die Wellen ihn verschluckt hätten. Nur der verwelkte Opferkranz blieb auf den Wellen schwimmen. Dann pfiff schon ein wilder Nordwind in den Tauen, und das Segel prasselte.

Wir konnten einen großen Vorsprung vor den uns verfolgenden Schiffen erzielen, weil sie sich bis zuletzt an das Rudern gehalten hatten, um jederzeit für den Angriff bereit zu sein. Erst jetzt beeilten sie sich, ihre Masten hochzurichten und die Segel zu hissen, wobei die Kraft des Windes sie gegeneinanderdrückte und stieß. Niemand von uns brach in Freudenschreie aus, auch prahlte Dionysios mit seinem Opfer nicht. Er und seine Steuerleute hatten genug zu tun, um das Fahrwasser vor dem Bug zu prüfen und zu erkunden. Die Bedienung des Segels erforderte alle Kraft der Männer, die die Taue festhielten, und die keuchenden Ruderer auf ihren Bänken spuckten Blut oder klagten über Muskelrisse.

Niemandem hatte das unheimliche Opfer behagt, obwohl alle später, als davon die Rede war, die Notwendigkeit desselben zugaben und meinten, daß Dionysios in diesem Falle nicht anders hätte handeln können. Wie auf wortlose Verabredung waren wir alle bemüht, das Opfer zu vergessen, und ich glaube, daß niemand unter den am Leben Gebliebenen der Schiffsbesatzung später Lust verspürt hat, Außenstehenden gegenüber davon zu erzählen oder gar damit zu prahlen.

Ich aber habe keine Lust, noch mehr über unsere schreckliche Fahrt und über unsere Leiden und Qualen auf See zu erzählen, denn im Vergleich damit war alles Frühere nur ein Kinderspiel gewesen. Daß wir am Leben geblieben und nicht untergegangen waren, schien mir nicht mehr ein Verdienst der Seefahrerkunst des Dionysios zu sein. Eher befiel mich nach allem überstandenen Grauen die Gewißheit, daß mächtigere Kräfte als Dionysios mit uns gespielt und unser Schiff nach ihrem Willen gelenkt haben.

Denn wie durch ein Wunder entgingen wir der Gefahr, an den Küstenriffen Sardiniens zu zerschellen, auf die der Nordwind uns erbarmungslos trieb, so daß die etruskischen Kriegsschiffe es nicht wagten, uns weiter zu verfolgen. Beim Einsetzen der Dunkelheit verloren wir die Landfühlung und wurden auf das offene Meer hinausgetrieben. Der immer zunehmende tosende Sturm zerschlug alles, was an Bord nicht niet- und nagelfest war, und die meisten Verwundeten hauchten in jener Nacht und am folgenden Tag ihr Leben aus, so daß wir unseren Fahrtweg auf dem Meere mit Toten markierten. Nach dieser Nacht sahen wir unser Fünfzig-Ruder-Schiff nie mehr, und niemand hat je darüber etwas gehört oder etwas über das Los der Besatzung erfahren.

Während der ganzen Fahrt herrschte so starker Wind, daß wir ergeben dem Wind folgen mußten, wenn wir auf der Wasseroberfläche bleiben wollten. Nachdem der schlimmste Sturm sich etwas gelegt hatte, blies der Wind beharrlich immer noch von Norden her, so daß wir schon befürchteten, an die Küste Afrikas statt nach Massilia zu treiben. Endlich drehte sich der Wind und wir bekamen Westwind, aber wir trieben ohne Landfühlung immer weiter auf offener See. Die vor Hunger und Durst völlig entkräfteten Männer schöpften fortlaufend Wasser, um das Schiff schwimmfähig zu halten, das zerrissene Segel reichte kaum aus, um dem Schiff die nötige Geschwindigkeit zu geben, damit es dem Steuerruder gehorche, und Dionysios starrte in der Nacht die Sterne und den Mond vergebens an, schmeckte vergebens das Meerwasser und versuchte erfolglos den Grund zu loten.

Der Mond nahm zu, eines Abends legte sich endlich der Wind, und wir trieben, durch das noch im Schiff befindliche Wasser schwer geworden, als Wrack auf offener See. Als das Schiff unter uns zu knarren und zu knirschen aufhörte, waren die Lautlosigkeit und die Stille noch unheimlicher als das Rauschen der Wellen gegen die aus den Fugen gehenden Schiffsseiten. Von den Spritzern des Salzwassers halb blind, voller Wunden und zerschunden, stolperten wir auf Deck umher, und Dionysios befahl mit gebrochener Stimme, die letzten, vom Salzwasser verdorbenen

Lebensmittel und das letzte Trinkwasser, das wir während der Regenschauer gesammelt hatten, unter uns zu verteilen. Vor Hunger völlig entkräftet, wurden wir vom Essen und Trinken wie betrunken und redeten völlig unsinniges Zeug miteinander. Sogar Arsinoe war imstande, ihren Bronzespiegel hervorzuholen und auf Lippen und Wangen Farbe aufzutragen, um auf schwankenden Füßen an Deck steigen zu können.

Dionysios wundert sich darüber und bestaunte die ungeahnte Zähigkeit ihres abgemagerten Körpers, denn eine schwächere Frau wäre bestimmt schon an den Leiden auf See gestorben. Sogar ihre Katze schlich sich an Deck; zottig und zischend sprang sie mit krummem Rücken auf den zersplitterten Bordkanten der Triere herum, so daß die Männer bei diesem Anblick aufschrien und meinten, sie sei wirklich ein heiliges Tier, da sie am Leben geblieben war. Auch ich mußte das Erscheinen der Katze auf Deck als ein gutes Omen ansehen.

Nachts trieben wir mit den Strömungen weiter, und die Späher behaupteten, Land zu riechen. Im Morgengrauen bekamen wir Landfühlung und entdeckten verhältnismäßig nah die Umrisse eines buckligen Berges. Dionysios rief voller Staunen:

„Im Namen aller Götter der Meere, ohne einen zu vergessen, dieser Berg ist mir vertraut und bekannt, denn über seine Umrisse kann man sich nicht täuschen, weil ich so viele Male Beschreibungen darüber gehört habe. Die Götter müssen sich ins Fäustchen gelacht haben. Wir sind nämlich ungefähr dort, von wo wir einst aufbrachen. Dieser Berg ist die Nordküste des Landes Eryx, und hinter dem Berg liegt der Hafen und die Stadt von Panormos."

Er fuhr noch fort: „Nun glaube ich schon, daß die Götter nicht die Absicht hegten, uns nach Massilia zu führen. Diese Erkenntnis haben mir die Götter in meinen Schädel gehämmert, weil ich ein eigensinniger Mann bin. Ich kann dies nur bedauern, denn in der gleichen Zeit und mit weniger Mühe hätten die Götter uns bis Massilia fahren lassen können, aber als Seefahrer sind sie mir überlegen, und geschickter hätte ich mit all meinen Kenntnissen nicht segeln können. Mag Dorieus nun die Führung übernehmen, da es nun einmal der Wille der Götter zu sein scheint. Ich verzichte."

Er schickte seine Mannen nachzusehen, ob Dorieus in der Vorderkoje noch am Leben sei, und wenn dies der Fall, ihm die Fesseln abzunehmen. Ehrlich gestanden, hatten Mikon und ich ihm schon längst die Fesseln abgenommen, weil er in einem so elenden Zustand war, daß er nicht einmal die Kraft aufbrachte, mit den Zähnen zu knirschen. Während er auf Dorieus wartete, bemühte sich Dionysios, mutig zu erscheinen, schwenkte sein Tauende in der Hand und befahl alle Männer, die irgendwie dazu noch fähig waren, an die Riemen, um das Schiff um den buckligen Riesenberg zu rudern und den Hafen von Panormos anzulaufen. „Etwas anderes können wir ja auch nicht tun", bemerkte er. „Wir haben weder Proviant noch Wasser, und das Schiff sackt unter uns ab."

Die Riemen tauchten nun, schwer aufschlagend, in kraftlosen Zügen ins Wasser. Da Dorieus immer noch nicht erschienen war, begann sich Dionysios unsicher zu fühlen, rieb die Handflächen gegeneinander und befahl seinen Männern, Lars Tulars Brustschild mit dem Haupt der Gorgo als Zeichen an den Bug zu hängen, damit die Bewohner von Panormos einen Grund zum Kopfzerbrechen und Raten hätten, wenn wir in Sicht des Hafens kämen.

Dann kam der zottige Kopf des Dorieus vom Unterdeck zum Vorschein. Seine Haare waren verklebt und steif von der Gischt des Salzwassers, sein Bart klebte völlig plattgedrückt an ihm und sein Gesicht war voller Striemen. Es schien, als sei er innerhalb von vier Wochen um zehn Jahre gealtert, und er kniff, fast blind, wie eine Nachteule bei Tageslicht die Augen zusammen. Aber niemand dachte daran, über ihn zu lachen. Aus eigener Kraft stieg er an Deck und richtete sich seiner ganzen Länge nach auf, Männer zurückstoßend, die ihn hilfsbereit stützen wollten. Er sog tief die Luft ein und schwieg so lange, daß das ganze Schiff von Angst und Beklemmung befallen wurde. Als sich seine Augen dann schließlich etwas an das Tageslicht gewöhnt hatten, ließ er seinen leblosen Blick von Mann zu Mann schweifen und erkannte endlich auch Dionysios. Dann knirschte er schwach mit den Zähnen und befahl mit stockender Stimme, als habe er das Sprechen inzwischen verlernt, daß man ihm sein Schwert und seinen Schild bringen möge.

Alle schauten Dionysios fragend an, aber er zuckte nur mit den Schultern, so daß ich ging und sein Schwert holte, es ihm reichte und dabei gestand, daß wir unter anderem seinen beschädigten Schild als Opfer für die Götter der Meere ins Meer geworfen hätten, mit der Bitte um Rettung aus Seenot. Er wurde nicht einmal böse, nickte nur und sagte mit schwacher Stimme, er könne sehr gut verstehen, daß ein solches verdienstvolles Opfer das Schiff gerettet habe.

„Dankt also meinem Schilde für die Rettung eurer Leben, ihr elenden Männer aus Phokaia", sagte er. „Ich hätte ihn selbst der Meeresgöttin Thetis geweiht, die mir wohlwill. Ich habe merkwürdige Dinge erlebt, während ihr geglaubt habt, daß ich in der Vorderkoje des Schiffes liege. Aber über diese Dinge wird nicht gesprochen."

Seine Augen hatten die Farbe von grauem Salz, als er sich umdrehte, Dionysios anstarrte und die Schneide seines Schwertes prüfte. „Ich müßte dich umbringen, Dionysios aus Phokaia", schnauzte er ihn an. „Ich möchte es tun, aber ich bin versöhnlich gestimmt, weil ich sehe, daß du endlich deinen dummen Kopf demütig vor mir beugst. Nun kann ich auch gern zugeben, daß der mir bei Lahde auf den Kopf verabreichte Hieb mit dem Riemen mich zeitweise geplagt hat."

Er brach in Gelächter aus, stieß mit dem Ellenbogen Dionysios in die Seite und gestand: „Ein Riemenhieb war es und kein Schwerthieb. Ich kann es heute nicht mehr begreifen, warum ich es für schmachvoll hielt, zuzugeben, daß es ein Riemenhieb gewesen war. Erst nachdem ich als Ebenbürtiger der Göttin Thetis in den Tiefen des Meeres begegnet bin, verstehe ich, daß mir überhaupt nichts Schmachvolles geschehen kann, sondern nur Göttliches. Deshalb hast du mich in keiner Weise gedemütigt, als du mich mit Stricken fesseln ließest und deinen häßlichen Fuß auf meinen Nacken stelltest. Im Gegenteil, du handeltest nur als Werkzeug, damit ich in strahlender Helle zur Erkenntnis meiner eigenen göttlichen Abstammung käme. Thetis selbst hatte Stunde und Ort unserer Begegnung festgesetzt, und zwar während des verblendenden Sturmes, damit keine eifersüchtigen Blicke unsere Unterhaltung stören könnten. Du tatest das, was sie wollte. Deshalb danke ich dir eher für deine Dienstleistung, Dionysios, als daß ich dich unnütz töten würde."

Plötzlich stampfte er auf, reckte sich hoch und schrie: „Schluß mit leerem Geschwätz! Falls du es sonst nicht glauben würdest, so wirst du es glauben, wenn du siehst, wie die Göttin uns sicher auf ihren weißen Armen ans Ufer des Landes Eryx getragen hat. Waffen heraus, Männer. Wir landen und erobern die Stadt Panormos, wie es beabsichtigt war. Zählt, wie viele ihr seid."

Mikon meinte, er habe seinen Verstand auf Grund der in der Vorderkoje erlebten Erschütterungen und Anstrengungen verloren, aber seine Worte wirkten wie unter einem Zwang. Ich fand, daß sein lebloser salzgrauer Blick dem tötenden Blick des Kriegsgottes glich, und keiner der Männer zögerte, ihm zu gehorchen. Sie liefen alle um die Wette, ihre Waffen und Schilde, Speere und Pfeile zu holen. Sogar der Takt der Riemen steigerte sich, und es schien, als seien die Worte des Dorieus wie ein heißer Wind über das Schiff geweht, so daß sogar Dionysios sich seinem Willen unterwarf, weil er nichts anderes tun konnte.

Als wir unsere Zahl errechnet hatten, waren wir noch 150 Mann, die wir am Leben geblieben waren, sowie Arsinoe mit ihrer Katze. Dreihundert waren wir, als wir aus Himera in See stachen. Die Männer schrien vor Staunen auf und hielten es für ein Omen, daß gerade noch die Hälfte übriggeblieben war. Aber Dorieus befahl ihnen, ihre dreckigen Mäuler zu halten und nicht über Dinge zu reden, von denen sie nichts verstünden. „Dreihundert von uns brachen auf", schrie er, „dreihundert stehen immer noch hinter mir, und immer werden wir dreihundert sein, wie viele auch hinter mir fallen sollten. Ihr werdet aber nicht fallen, habt keine Angst davor. Von nun ab werdet ihr die Dreihundert des Dorieus sein, dreihundert sei unser Kriegsruf, und noch nach dreihundert Jahren werden die Sagen von unserem Kampf künden."

„Dreihundert, dreihundert!" brüllten die Männer und begannen ihre Schilde mit den Schwertern zu schlagen, bis Dionysios ihnen zornig befahl, den unnötigen Lärm zu beenden. Aber der Rausch des Hungers und des Durstes stieg uns zu Kopf, und wir gerieten in Ekstase, unsere erlebten Leiden und Mühsale vergessend. In ihrer Ungeduld und Wildheit liefen viele an Deck hin und her, und die Ruderer vervielfachten die Kraft ihrer Riemenzüge und fingen zu singen an. Das Wasser rauschte am Bug unseres lecken Schiffes wie früher, und nachdem wir den Buckel des Berges umrundet hatten, eröffnete sich unseren Augen der Hafen von Panormos mit einigen Schiffen und Booten, die von einer kläglichen Mauer umgebene Stadt und eine fruchtbare Ebene mit ihren Feldern, Wäldchen und Pflanzungen. Aber hinter der Ebene reckten sich die Berge des Landes Eryx, steil und wunderbar blau, zum Himmel empor.

Sechstes Buch

DORIEUS

1.

Die Überrumpelung ist die Mutter des Sieges. Ich glaube, daß kein Karthager in Panormos überhaupt auf den Gedanken gekommen war, daß das am hellichten Tage vom Meer her in den Hafen rudernde Wrack das Piratenschiff sein könnte, das vor einem Monat aus Himera geflohen war. Das am Bug leuchtende silberne Gorgo-Haupt täuschte schon die Wache, so daß sie uns für ein Schiff der etruskischen Eisenstadt hielten. Die ungeduldig auf dem Deck hin- und herlaufenden Männer streckten beruhigend die Arme aus und riefen ihnen selbsterfundene Worte zu, die keiner Sprache angehörten. Deshalb begafften die Wachleute uns Ankommende verwundert und vergaßen, auf die Bronzetrommeln zu schlagen.

Ein bauchiges Frachtschiff lag am Ufer fest, auf dessen Reling Männer mit baumelnden Beinen in aller Ruhe saßen. Sie schrien uns Warnrufe zu und verboten uns, mit solcher Geschwindigkeit ans Ufer zu rudern. Die eingedrückten Seiten und die eingestürzte Reling unseres Schiffes riefen bei ihnen schallendes Gelächter hervor. Aus der Stadt strömten neugierige Menschen zum Ufer.

Als unser Rammdorn den Bug des großen Frachters krachend traf und unser Schiff es mit seinem vollen Gewicht aufs Land stieß, so daß der Mast knirschend abbrach und die auf der Reling sitzenden Männer rückwärts aufs Deck purzelten, glaubte die Besatzung, daß es ein reiner Unglücksfall gewesen sei. Ihr Befehlshaber stürzte uns mit geballten Fäusten entgegen, fluchte und forderte Schadenersatz für fahrlässiges Fahren. Aber die Männer aus Phokaia sprangen mit ihren Waffen auf das Schiff, Dorieus an ihrer Spitze, schlugen jeden im Wege Stehenden nieder und stürmten darauf um die Wette an Land. Sie überrannten die ihnen entgegenkommende Menschenmenge, kletterten den Hang hoch und rannten durch das Tor in die Stadt, bevor es die Torwächter begriffen, was eigentlich vor sich ging.

Während der Stoßtrupp den Widerstand der unbedeutenden Stadt brach und die vor Schreck verwirrten Männer totschlug, eroberte Dionysios mit seinem Nachtrupp nur durch Schwenken seines berüchtigten Tauendes die am Ufer liegenden Schiffe. Als die Besatzungen der Frachtschiffe sahen, was auf dem ersten Schiff vor sich gegangen war, versuchten sie erst gar keinen Widerstand zu leisten, sondern bettelten mit erhobenen Armen um Gnade. Einige wollten die Flucht ergreifen, blieben aber stehen und kehrten zurück, als Dionysios seinen Leuten den Befehl gab, sie mit Steinen zu bewerfen. Es waren friedliche Seeleute aus verschiedenen Ländern und keine Krieger. Dionysios ließ am Ufer ein stabil gebautes Haus aufmachen, in dem die Bewohner von Panormos die zum Löschen der Schiffe verwendeten Sklaven unterzubringen pflegten. Er schob die auf den Schiffen gemachten Gefangenen noch hinein. Die Sklaven, die zum Tragen von Säcken und Tongefäßen eingesetzt worden waren, warfen sich vor uns nieder und begrüßten uns als Befreier. Unter ihnen befanden sich auch einige Griechen. Dionysios befahl ihnen, uns ein Essen vorzubereiten. Mit Freuden zündeten sie am Ufer Feuer an und schlachteten Rinder aus der Umgebung der Stadt. Aber bevor das Fleisch gar war, mischten die meisten von uns, um den ärgsten Hunger zu stillen, einfach Mehl mit Öl.

Die Eroberung von Panormos erfolgte so überraschend und so leicht, daß die Männer aus Phokaia von fanatischem Mut erfüllt wurden und versprachen, Dorieus überallhin zu folgen. Der Wein hatte wohl seinen Anteil an ihrem Mut, denn nachdem sie die waffenfähigen Männer der Stadt umgebracht hatten, holten sie sich den Wein aus den Häusern heraus und waren in kürzester Zeit berauscht, wenn sie auch, ihren Hungerzustand erkennend, Wasser in den Wein mischten.

Im Hafen und in der Stadt befanden sich im ganzen kaum fünfzig bewaffnete Männer, die die Garnisonstruppe bildeten. Die Bewohner von Panormos, an lange Friedenszeiten gewöhnt, hielten es nicht für notwendig, Verteidigungsmaßnahmen durchzuführen. Ihre eigenen Schiffe segelten mit ihren Besatzungen auf den Meeren, und die in der Stadt verbliebenen Männer waren berufstätig und leicht umzubringen. Der mühelose Sieg des Dorieus war somit kein Wunder, obwohl die Männer aus Phokaia ihn als solches ansahen, weil keiner von ihnen im geringsten verwundet worden war. Deshalb begannen sie sich, vom Wein berauscht, für unverwundbar zu halten. In der Dämmerung zählten sie nochmals nach, wie viele sie waren, und erhielten die Zahl dreihundert. Sie sahen auch das als Wunder an, obwohl sie Dank dem Wein alles doppelt sahen.

Zur Ehre der Männer aus Phokaia muß gesagt werden, daß sie, nachdem sie ihre eigene Angst überwunden hatten, die ruhigen Bewohner der Stadt nicht unnütz quälten. Sie gingen wohl von Haus zu Haus, um sich die gewünschte Beute zu holen, wendeten aber keine Gewalt an. Sie deuteten mit dem Finger auf das, was sie haben wollten. Beim Anblick ihrer vom Meerwasser zerfressenen Gesichter und ihrer blutigen Hände gaben die verängstigten Bewohner ihnen, was sie sich wünschten. Verweigerte es ihnen jemand in schroffer Weise, setzten sie lachend ihren Weg zum nächsten Haus fort. So gut gelaunt waren sie über ihren Sieg, über das Essen, den Wein und über die Zukunftsaussichten, die Dorieus ihnen als Herrscher des Landes Eryx eröffnete.

Nachdem Dorieus die Wachposten eingeteilt hatte, nahm er im Blockhaus des Stadtrates, dessen Treppen ausschließlich aus Stein waren, Quartier. Es gab dort keine Schätze, mit Ausnahme der Gründungsurkunde der Stadt auf Leder und des heiligen Schilfes des Flußgottes. Verärgert ließ er den Stadtrat zusammenrufen. Die zitternden Greise, in lange kathagische Überwürfe gehüllt und die Haare mit farbigen Bändern zusammengehalten, beteuerten und schworen, daß Panormos eine arme, elende Stadt sei und das überschüssige Geld als Steuern an Segesta abführe. Bei den Götterfesten oder bei Empfängen von Staatsbesuchen brächte jeder von ihnen sein eigenes Geschirr in das Stadthaus mit und stellte es für die Festlichkeiten zur Verfügung.

Dorieus fragte finster, ob er, der Nachkomme des Herakles, nicht eines Gastmahles wert sei. Nachdem die alten Männer mit schrillen Stimmen miteinander beratschlagt hatten, riefen sie wie aus einem Munde, daß ihre Frauen und ihre Dienerschaft mit den Vorbereitungen für ein Gastmahl bereits begonnen hätten und die Sklaven die wenigen Silbergefäße zu Ehren des Dorieus putzten und polierten. Um aber ein großartiges Festmahl zustande zu bringen, müßten sie Sicherheit für Leben und Eigentum haben sowie die Zusicherung erhalten, daß die Männer des Dorieus keine anderen Frauen belästigen und anrühren würden als diejenigen, die sich selbst dazu hergaben.

Dorieus lächelte mitleidig und sagte: „O ihr Greise, trübt der Star eure Augen, daß ihr mich noch nicht erkennet? Spürt doch zum mindesten den heißen Wind, der mein Gefährte ist. Ich gründe meine Macht nicht nur auf mein unbestreitbares Erbrecht oder auf die Waffen meiner Männer. Mein Bündnis mit der Meeresgöttin Thetis gibt meinem Königtum die göttliche Weihe. Vielleicht kennt ihr sie nicht unter ihrem griechischen Namen, aber in der einen oder anderen Form werdet ihr

ihr dienen, da ihr ja Fischerei und Handel längs der Meeresküsten betreibt."

Die Greise bedeckten ängstlich ihre Gesichter mit dem Saum ihres Überwurfes und erklärten: „Wir haben unseren Baal und die uralte Göttin von Eryx, aber von den Meeresgöttern Karthagos dürfen wir nur flüsternd reden."

Kopfschüttelnd beteuerte Dorieus: „Ich für meine Person bediene mich einer offenen Sprache. Ich habe eine ewige Ehe mit der Meeresgöttin geschlossen, ebenso wie ich nach irdischen Gebräuchen die Ehe mit einer hohen Frau eingegangen bin, die von den Gründern Karthagos abstammt. Da ihr nicht genügend Kenntnisse von den Meeresgöttern habt, ist es zwecklos, euch meine komplizierten ehelichen Verhältnisse weiter darzulegen."

Die alten Männer des Rates von Panormos ließen köstliche Speisen in ihren Häusern zubereiten und brachten ihr Silbergeschirr in das Stadthaus. Dorieus nahm ihnen das Geschirr nicht ab, sondern schenkte ihnen im Gegenteil einen großen phönizischen Silberpokal aus der Beute des Dionysios, damit sie ihn als ein heiliges Stück bewahren sollten, obwohl Dionysios sich dem heftig widersetzte.

Aber Dorieus sagte: „Ich habe im Laufe meines Lebens viele bittere Lehren einstecken müssen. Die bitterste dürfte wohl die Erkenntnis sein, daß des Menschen Herz dort ist, wo seine Schätze sind. Dank meiner göttlichen Abstammung bin ich im wahrsten Sinne des Wortes nie ein gewöhnlicher Mensch gewesen wie die anderen, und es wird mir deshalb schwer, dies zu verstehen. Von mir selbst kann ich nur sagen, daß ich dort bin, wo mein Schwert ist. Ich begehre deinen Schatz, Dionysios, gewiß nicht, aber du mußt mir doch wohl zugeben, daß dein Schatz mit deinem Schiff in diesem Augenblick auf dem Meeresboden liegen würde, wenn ich euch alle nicht dadurch gerettet hätte, daß ich mit der Meeresgöttin Thetis ein Bündnis schloß."

Dionysios antwortete streitsüchtig: „Ich habe nun schon genug von Thetis und deinen Fahrten auf dem Meeresboden gehört, die du unternommen hast, während du mit Stricken gefesselt in der Vorderkoje auf dem Schiff lagst. Ich werde es nicht zulassen, daß du über meinen Schatz wie über deinen eigenen verfügst."

Dorieus wurde nicht böse, lächelte nur mitleidig und sagte: „Morgen früh geht der Marsch nach Segesta los, und ich glaube, daß nichts nach den Leiden auf See erfrischender wirkt als ein flotter Fußmarsch. Den Schatz müssen wir mitnehmen, denn du kannst ihn doch nicht auf dem

Schiff lassen. Die Kriegsschiffe Karthagos können jeden Augenblick in den Hafen einlaufen. Für die Weiterbeförderung des Schatzes bekommen wir in dieser fruchtbaren Ebene genügend Esel und Maultiere, Pferde und andere Zugtiere. Ich habe bereits die notwendigen Befehle erteilt, sie zusammenzutreiben. Die Besitzer der Zugtiere dürfen uns folgen und ihre Tiere betreuen, weil doch die Seeleute vor Pferden Angst haben."

Jetzt war Dionysios an der Reihe, mit den Zähnen zu knirschen, aber er mußte dennoch zugeben, daß der Entschluß des Dorieus der einzig mögliche war. Das Hochziehen der Triere auf die Werft und die Beseitigung aller Schäden hätten Wochen gedauert. In der Zeit wären wir schutzlos eventuellen Angriffen der phönizischen Schiffe ausgesetzt gewesen. Es gab nur die eine Möglichkeit: energisch in das Innere des Landes vorzudringen, und zwar je schneller um so besser. Das Mitführen des Schatzes mochte die Männer aus Phokaia dazu veranlassen, ohne zu zögern auf dem Lande zu kämpfen, wenn auch die Mühsale des Landweges sie aufsässig machen würden.

Dionysios biß die Zähne zusammen und stimmte zu: „Also, machen wir, wie du es willst. Morgen früh ziehen wir los auf Segesta zu und nehmen unseren Schatz mit. Wo der Schatz ist, dort ist unweigerlich mein Herz. Aber noch mehr liebe ich meine Triere. Es ist mir, als würde ich mein eigenes Kind verstoßen, wenn ich sie schutzlos in dem Hafen von Panormos liegen lasse."

Dorieus schnauzte: „Kinder wirst du schon in jedem Hafen haben, den du bei deinen Fahrten angelaufen hast. Laß uns dein Schiff und die anderen Schiffe von Panormos verbrennen, damit niemand der Versuchung unterliegt, die Flucht zu ergreifen."

Bei dem bloßen Gedanken daran verzerrten sich die Gesichtszüge des Dionysios, und er verlor völlig die Fassung. Einlenkend sagte ich: „Wir haben Panormos nicht als Seeräuber erobert. Unser Feldzug ist politischer Art. Dorieus hat als rechtmäßiger König des Landes Eryx Panormos eingenommen, obwohl wir ihn erst in Segesta mit der Hundekrone krönen können. Der Rat Karthagos liebt den Frieden mehr als den Krieg um der Vorteile seines Handels willen. Es war etwas ganz anderes, als die Karthager uns mit ihren Kriegsschiffen wegen Seeräuberei verfolgten. Heute sind sie meiner Ansicht nach gezwungen, sich erst darüber zu orientieren, was in Segesta vorgeht und welche Partei Siegesaussichten hat. Der Rat Karthagos hat niemals den König von Segesta eingesetzt, sondern jeweils den von der Einwohnerschaft gewählten König unterstützt, um dadurch den Einfluß der Griechen im Lande Eryx auszuschalten."

Dorieus sagte ärgerlich: „Deiner Rede konnte ich lediglich die Tatsache entnehmen, daß wir nach Segesta unterwegs sind, um mich mit der Hundekrone zum König zu krönen. Wohin zielst du eigentlich, was hast du vor?"

Ich machte folgenden Vorschlag: „Laßt uns die Triere auf die Werft legen und die Arbeiten durch den Rat von Panormos in Eile ausführen. Das silberne Gorgonen-Schild mag als Schutz für das Schiff bleiben. Sollten phönizische Kriegsschiffe in den Hafen einlaufen, so soll der Rat von Panormos versichern, daß die Triere das Eigentum des neuen Königs von Segesta sei. Die karthagischen Befehlshaber wagen es auf eigene Verantwortung nicht, sich in die inneren Angelegenheiten Panormos' und des Landes Eryx einzumischen. Sie müßten vermutlich nach Karthago zurücksegeln, um sich von dort Direktiven zu holen. Auf jeden Fall würden wir nichts verlieren, wenn wir so handelten."

Dorieus kratzte sich den Kopf und sagte: „Die Fragen, die das Meer betreffen, mag Dionysios entscheiden. Sollte er mit deinem Vorschlag einverstanden sein, Turms, dann bestehe ich nicht darauf, daß die Schiffe verbrannt werden. Es ist vielleicht auch nutzlos, etwas so Wertvolles zu verbrennen, weil man es dann später doch neu anschaffen und bauen lassen müßte. Ich werde ja doch Schiffe zum Schutze der Interessen des Landes Eryx auf den Meeren brauchen."

Dorieus ließ den Rat der Alten von Panormos die Verwaltung der Stadt weiterführen, sagte aber, daß er später als König von Segesta zurückkehren werde, um zu strafen oder zu belohnen, so wie er es für richtig hielte. Es war dunkel geworden, der runde Mond leuchtete am Himmel, und die Männer aus Phokaia zogen grölend die Straßen entlang, immer wieder nachzählend, wie viele sie seien. Aber Arsinoe fand ich nirgends. Die Unruhe der Artemis glühte in meinem Herzen, so daß ich, eine Fackel schwingend, durch die Straßen lief und laut nach Arsinoe rief.

Endlich fand ich sie in dem kleinen Tempel der Ishtara von Panormos, um den sich die willigen Weiber der Stadt gesammelt hatten, um der Göttin in dieser Vollmondnacht ihre Opfer darzubringen und den Seeleuten die Mühe zu ersparen, sie in den Häusern suchen zu müssen. Im Tempel brannte ein Priester im bunten schmucken Gewand Weihrauch vor einem Tonbild. Arsinoe kam mir lebhaft entgegen und sagte: „Dies ist ein elender Tempel, aber der Priester ist mir behilflich gewesen, so daß ich mich waschen und meine Kleider neu in Falten legen konnte.

Wenn ich von der Seefahrt nicht so erschöpft wäre, würde ich sofort die Tempelkulte neu ordnen. Die Frauen von Panormos können und kennen kaum etwas, so daß ich mich als Priesterin ihretwegen schäme."

„O weh, Arsinoe", jammerte ich, „warum hast du mich in diese fürchterliche Unruhe versetzt und warum bist du nicht auf dem Schiff im Schutze der Wachen geblieben? Der Mond ist groß und furchterregend, ich erkenne dein Gesicht nicht wieder, weil du dein Haar hast kämmen lassen und dir deinen Schmuck umgelegt hast. Denke doch lieber an deinen Zustand."

Arsinoe blickte mich vorwurfsvoll an und belehrte mich: „Turms, mein Freund, wenn wir an Land sind, brauchst du dich um mich gar nicht zu kümmern. Ich bin bestimmt in der Lage, für mich selbst zu sorgen. Sage nichts über meinen Zustand, ich habe auf dem schrecklichen Schiff Übelkeit und Niedergeschlagenheit allein ertragen müssen. Wahrhaftig, ich bin keine Frau, die du in vier Wände einsperren kannst, um Stoffe zu weben, und außerdem hast du ja vorläufig noch keine vier Wände, die du mir anbieten könntest. Halte deshalb den Mund, mische dich nicht in meine Angelegenheiten und suche nicht sofort Streit, da wir mit knapper Not den Schrecken des Meeres entronnen sind, denen du mich absichtlich ausgesetzt hast."

Ihre Ungerechtigkeit kränkte mich. Während der Fahrt kamen wir ganz gut miteinander aus, weil sie beim Hinundherrollen auf dem Schiff nicht fähig war, viel zu reden, und außerdem sogar bei mir Schutz suchte. Jetzt war sie wieder die alte, und ich wußte ganz genau, daß es hoffnungslos war, ihr zu widersprechen. Ich seufzte nur tief und schwieg. Sie schaute mich an, ein Lächeln huschte über ihr Gesicht, und sie rief aus:

„Schau, schau, Turms, etwas scheinst du doch schon gelernt zu haben. Wenn du schweigsam bist, liebe ich dich mehr, als wenn du dich angriffslustig und streitsüchtig erweisest. Komm und trinke mit mir den Wein der Göttin, den der Priester uns anbietet."

Der Duft des Weihrauchs betäubte mich, und ich hatte eigentlich schon genug Wein beim Gastmahl des Dorieus getrunken. Aber Arsinoe führte mich munter und heiter zum Thron der Göttin und reichte mir eine flache Trinkschale. Ich weihte den ersten Tropfen den Unterirdischen und trank von dem Wein mit Myrrhengeschmack. Der kastrierte Priester redete mich an, aber Arsinoe bat ihn, seinen Dienst zu versehen, und plauderte mit mir weiter:

„Hast du es jetzt eingesehen, daß du besser getan hättest, wenn du Dorieus von den Fesseln befreit und eine Revolte auf dem Schiff angezettelt hättest? Wieviel wäre uns erspart geblieben, wenn du auf meinen Rat gehört hättest. Aber es ist ja unnütz, sich über die verschüttete Milch zu streiten. Auf jeden Fall hat Dorieus uns gezeigt, daß er mehr als ein Mensch ist."

Ich erwiderte heftig, daß Dorieus vorläufig von sich kein anderes Zeugnis abgelegt habe, als daß er ein einfältiger Seher von Trugbildern sei. Aber Arsinoe meinte ganz ernst:

„Verstehst du es denn nicht, wie klug er war, als er sich während der Fahrt mit der Göttin verband? Diese Thetis, von der er spricht, ist lediglich die Meeresgestalt der Göttin, in der sie ihm erschienen ist und die meine zukünftige Macht in Eryx keineswegs verringert. Ich werde ihre höchste Priesterin sein und ihren Willen sowohl auf dem Lande als auch auf den Meeren vermitteln."

„Arsinoe", warnte ich, „lästere die Göttin nicht. Denke daran, in welchem Zustande du bist."

Arsinoe wurde immer lebhafter: „Das ist kein Hindernis. Im Gegenteil, in diesem Zustande ist es mir, als nehme die Göttin von mir noch stärker Besitz, so daß mein Körper geradezu von der Macht der Göttin anschwillt. Eigentlich bin ich fast davon überzeugt, daß unser Kind, ob Junge oder Mädchen, gewissermaßen von göttlicher Herkunft ist und du bei der Zeugung desselben nur als Werkzeug gedient hast."

„Ich danke dir, daß du doch noch von unserem Kinde sprichst", sagte ich ironisch, „in ein paar Wochen wirst du wohl schon vergessen haben, daß du ein unbedeutendes Werkzeug wie mich überhaupt gebraucht hast."

Arsinoe nahm mein Gesicht in beide Hände und küßte mich. Ihre Wangen waren gerötet und heiß vom Wein, und sie schalt: „Wie eifersüchtig du auf dein ungeborenes Kind bist. Du wirst ihm doch in deiner Eitelkeit seine Zukunft nicht absprechen wollen, an der ich schon zu weben beginne. Schau, die göttlichen Dinge erscheinen mir zuweilen so gewaltig, daß ich das Gefühl habe, mein Kopf würde beim bloßen Nachdenken über dieselben zerspringen. Aber ich weiß darüber besser Bescheid als du."

Die Wut eines Berauschten überfiel mich, ich warf die Trinkschale auf den Boden, daß sie zersplitterte, und sprang auf. „Schau mir in die Augen, Arsinoe", bat ich. Meine eigene Stimme dröhnte mir in den Ohren. „Schau mir in die Augen", befahl ich nochmals, „erkennst du mich?"

Arsinoe blickte mich von unten herauf an: „Natürlich kenne ich dich, Turms", sagte sie, „besser als irgendein anderer kenne ich dich. Warum tobst du? Ist der Wein der Göttin dir zu Kopf gestiegen?"

Sie erkannte mich nicht. Sie kannte nur die äußere Hülle meines sterblichen Körpers. Im Wutrausch überfiel mich die beängstigende Versuchung, mich ihr zu offenbaren, um sie zum Schweigen zu bringen. Der Vollmond glühte weiß am Himmel, und ich fühlte durch die Wände des Tempels hindurch, wie die Strahlen auf meinen Körper einwirkten. Nach den Schrecken und der Erschöpfung des Meeres, nach Hunger und Durst endlich satt, mit dem Rausch des Weines im Blut, war es mir, als tobe der Sturm mir im Kopf.

„Arsinoe", rief ich jubelnd aus, „einst, als wir uns trafen, beschworst du mich, dir zu sagen, ob ich ein Sterblicher sei. Damals kannte ich mich noch nicht. Jetzt kenne ich mich. Schau mir in die Augen."

Sie mied gereizt meinen Blick und behauptete: „Du bist ein Mensch und ein Mann, du kennst den Hunger und den Durst, den Schlaf, die Begierde und die Langeweile. Das hast du mir damals gesagt und das hat sich als wahr erwiesen. Fraglos warst du damals, als wir uns das erstemal begegneten, in meinen Augen einem Gott ähnlich. Aber seitdem bist du wieder zu deiner wirklichen Größe zusammengeschrumpft."

Ich starrte sie an und traute meinen Ohren nicht. Mir war es völlig unverständlich, daß sie, der mir am nächsten stehende Mensch, mich in diesem Zustand nicht erkannte.

„Ich bin unsterblich, Arsinoe", sagte ich, „ich, Turms, der vom Blitz Geweihte. Die Sonne und der Mond streiten sich um mich, aber ich habe mich an keinen irdischen Gott gebunden."

Mitleidsvoll schüttelte Arsinoe das Haupt und faßte nach meiner Hand. Sie sagte beruhigend:

„Wie kindisch und eitel du bist, Turms. Ich kenne dich besser als du dich selbst. Das Meer ist dir zu Kopf gestiegen wie Dorieus, oder du phantasierst, weil du ihn beneidest. Es hat dich von Anfang an geärgert, daß ich die Geheimnisse der Göttin besser kenne, das ist ganz klar. Du möchtest um jeden Preis höher steigen, um mir ebenbürtig zu sein. Es wird dir aber nicht gelingen, Turms. Ich bin stärker als du. Als Frau bin ich stärker als du, wenn du es auch niemals einsehen wirst."

Als sie so voll Mitleid meine Hand in der ihren hielt, wich meine Kraft von mir. Der Zweifel ergriff von mir Besitz. Erschlafft fiel ich auf den Bettrand, so saß ich, den Kopf gesenkt. In diesem Zustand war ich Arsinoe lieber. Sie warf sich vor mir auf die Knie und streichelte meine Schultern.

„Du brauchst nicht neidisch zu sein, Turms", flüsterte sie. „Natürlich ist Dorieus dir überlegen, weil er genau weiß, was er will. Du dagegen weißt es selber nicht. Aber so sehr liebe ich dich, Turms, daß ich tatsächlich vorhatte, dir, gleich wohin, zu folgen, um mit dir das Leben eines gewöhnlichen Alltagsmenschen zu teilen. Als ich begriff, daß ich ein Kind von dir gebären würde, o weh, Turms, damals dachte ich voll Freude an das alltägliche Leben einer Frau. Ich sah vor meinen Augen den Weinberg und die Olivenbäume, ein kleines Haus, Ziegen, Vieh und dich. Aber verstehe mich doch. Eine Frau sehnt sich nach Sicherheit. Du lächelst nur spöttisch, wenn von irdischen Gütern die Rede ist, aber nur der Erfolg und der Besitz können einer Frau das Gefühl des Geborgenseins geben. Ich hätte mich mit dir gemeinsam mit wenig begnügt, Turms, wenn du nur irgend etwas hättest erreichen wollen. Aber du hast dir kein Ziel gesetzt."

„Du trachtest nur nach Schmuck und schönen Kleidern", behauptete ich völlig niedergeschlagen, „nach Macht, um deine Launen verwirklichen und die Köpfe der Männer verdrehen zu können. Was ich dir auch beschaffen würde, du würdest nie zufrieden sein, sondern ständig immer mehr haben wollen. Du bist unersättlich, Arsinoe."

Sie hob mein widerstrebendes Gesicht zu sich empor, küßte meine Wangen und warf launenhaft ihr Köpfchen zurück: „Vielleicht hast du recht. Nimm mich so, wie ich bin, oder verlasse mich. Ich habe an mein kommendes Kind zu denken und nicht mehr an mich allein. Ich brauche Sicherheit und Geborgensein und werde mir dies selbst schaffen, weil du dazu nicht fähig bist und mich nicht beschützen und sicherstellen willst."

Sie blieb Siegerin und verbitterte mir mein Leben in der Vollmondnacht im Tempel der Göttin von Panormos, sie drückte mich zu einem Menschen unter den Menschen herab. Ich konnte sie nicht allein lassen, obwohl ihre bloße Berührung mir zur Qual wurde.

2.

Am folgenden Tage traf Dorieus Maßnahmen zu einem erfrischenden Fußmarsch für die Männer aus Phokaia, wie er sagte, um ihnen dabei behilflich zu sein, die Mühsale und Leiden der Seefahrt zu überwinden. Die Männer hatten es trotz Sprachschwierigkeiten verstanden, seinen Ruhm in der Stadt zu verbreiten. Als er vor dem Abmarsch ein Opfer auf dem Marktplatz darbrachte, hörten der Lärm und das Durcheinander plötzlich auf, und die Bewohner von Panormos betrachteten ihn abergläubisch und ehrfurchtsvoll. Er war einen Kopf größer als alle anderen; er sei, flüsterten sie, unverwundbar und einem Gott ähnlich.

Nach dem Opfer sagte er: „Laßt uns aufbrechen." Ohne hinter sich zu schauen, verließ er, trotz der Glut in voller Rüstung, die Stadt. Wir dreihundert, wie er uns nannte, folgten ihm, als letzter marschierte Dionysios mit seinem Tauende in der Hand. Unsere Schätze hatten wir aus dem Schiff herausgeholt und auf die Rücken der Zugtiere verladen, und der Transport ging ohne größere Mühe vonstatten, denn ein großer Teil dieser Schätze ruhte mit den beiden Fünfzig-Ruder-Schiffen in der Tiefe des Meeres.

Als wir die Ebene erreicht hatten, schauten wir uns um und stellten mit Staunen fest, daß viele Männer aus Panormos uns folgten. Bis wir in der Abenddämmerung den Bergabhang zu besteigen begannen, hatten sich Hunderte von Hirten und Bauern, jeder nach seinen Verhältnissen bewaffnet, dem Nachtrupp angeschlossen. Als wir unser Lager für die Nacht aufgeschlagen hatten, glimmten kleine Feuer auf dem gesamten Bergabhang. Es machte den Eindruck, als hätte sich die ganze Einwohnerschaft des Hinterlandes von Panormos dem Aufstand gegen Segesta mit Freuden angeschlossen.

Nachdem Arsinoe schlafen gegangen war, kam Mikon zu mir, die Augen geschwollen und die Füße schwer nachziehend, setzte sich neben mich auf die trockene Erde und fragte: „Kannst du es verstehen, Turms, welche Kraft diese einfachen Menschen zwingt, sich dem Dorieus anzuschließen, obwohl sie ihn nur kurz, vielleicht nur einmal gesehen haben? Er ist für sie doch ein Fremder, denn er beherrscht ja nicht einmal ihre Sprache. Trotzdem stopfen sie ihren Sack mit Proviant voll, greifen nach der Axt oder dem Messer als Waffe und folgen ihm."

Ich stellte die Gegenfrage: „Verstehst du es, welche Kraft dich und mich, ja sogar Dionysios zwingt, ihm zu folgen, von den Seeleuten und der Besatzung ganz abgesehen? Glaubst du an seine Erbschaftsforderung und an sein Bündnis mit der Meeresgöttin Thetis?"

Mikon antwortete: „Wir folgen ihm unter dem Zwang der Notwendigkeit, weil wir nicht anders handeln können. Aber ich bin dessen überdrüssig, ich spüre mein Alter, und das Meer beraubte mich meiner Kraft."

Er brach in Weinen aus und klagte: „Meine Hände und Füße sind geschwollen, die Haut der Gelenke zerschunden, mein Magen verträgt kein Essen mehr, und nach dem Weintrinken muß ich entsetzlich schwitzen. Das Schlimmste aber bleibt, daß mein Herz überanstrengt ist und zu versagen beginnt. In meinem Zustand der Erschöpfung glaube ich nicht mehr an die Unsichtbaren und an die Weihe. Die Geheimkulte erscheinen mir wie Gaukelei, sogar die heiligen Worte der Weihe wirken auf mich nur wie leere Sätze einer Posse. So müde bin ich."

Ich dachte nach und sagte dann: „Ich will mich über die Weihe nicht äußern, aber der Mensch hat sicherlich das Bedürfnis, sich an irgend etwas zu binden, wie zum Beispiel diese Menschen, die sich in ihrer Unzufriedenheit Dorieus anschließen. So folgen auch die Schafe dem Leithammel vertrauensvoll in das Gehege der Schur."

Mikon erwiderte: „Sie würden weder dir noch mir folgen, auch dem Dionysios nicht. Warum denn gerade Dorieus? Wenn er nur klug wäre. Oder gerecht. Oder ihnen irgendwelche Versprechungen machen würde. Er nimmt sich nicht einmal die Mühe, ihnen irgend etwas zu versprechen. Im Gegenteil, durch sein ganzes Benehmen zeigt er, daß er sich ihnen gegenüber unendlich erhaben vorkommt."

„Wir leben wohl in Zeiten der Umwälzung", sagte ich. „Alles ist anders als früher. Dorieus hat sich ein Ziel gesteckt und besitzt den Willen, es zu erreichen. Vielleicht unterscheidet er sich gerade dadurch von den anderen Menschen, und das macht ihn einem Gott ähnlich. Der Kluge ist innerlich unsicher, er weiß von der Nutzlosigkeit aller Ziele, weil doch nichts so verläuft, wie wir es selbst wollen."

„Ich bin schon zu müde, um mich zu fürchten oder zu hoffen", sagte Mikon. „Ich habe dem Wein zu sehr zugesprochen, und das hat mir mein Herz zuschanden gemacht. Auch bin ich als Arzt kein Genie, sondern prahle nur mit meinen Kenntnissen, um mein Selbstbewußtsein zu stärken. Über das Jenseits weiß ich gar nichts, ich wiederhole nur das, was ich von anderen vernommen habe. Der Zwang der Notwendigkeit umschließt mich wie ein Eisenring. Ich habe das Gefühl, als Mensch völlig versagt zu haben."

Am dritten Tage unseres anstrengenden Marsches begannen die an Landmärschen nicht gewöhnten Männer aus Phokaia zu murren und die Blasen an ihren Füßen vorzuzeigen. Dorieus sprach mit ihnen und meinte: „Ich marschiere doch selbst vorne weg und genieße den Marsch, obwohl ich in voller Rüstung laufe, und ihr habt nichts weiter zu tragen als eure Waffen. Ihr seht doch, ich schwitze nicht einmal."

Sie erwiderten: „Du hast gut reden, weil du nicht einer von uns bist." An der ersten Quelle, die wir erreichten, warfen sich die Männer bäuchlings auf die Erde, begossen ihre Köpfe mit dem kühlenden Wasser und jammerten über ihr Elend. Das Wort des Dorieus verfehlte seine Wirkung, aber dem Tauende des Dionysios mußten sie zwangsläufig glauben und aufstehen, um den Marsch fortzusetzen.

Dorieus wandte sich an Dionysios und mußte zugeben: „Du bist kein beschränkter Mann und beginnst offenbar auch die Pflichten eines Befehlshabers im Kampfe auf dem Lande einzusehen. Wir nähern uns Segesta. Ein verantwortlicher Befehlshaber muß seine Leute vor dem Endkampf bis zur Erschöpfung marschieren lassen, damit sie keine Kraft mehr zur Flucht aufbringen. Die Strecke von Panormos bis nach Segesta ist gerade richtig und wie von den Göttern für diesen Zweck abgemessen. Wir marschieren direkt nach Segesta und schwärmen dann vor der Stadt zum Angriff aus."

Dionysios sagte finster: „Du weißt ja selbst am besten, was du redest, aber wir sind Seeleute und nicht im Landkampf geübt wie die Hopliten. Deshalb werden wir nicht zu einer Front ausschwärmen, sondern verbleiben als Block, Seite an Seite und Rücken an Rücken einander stützend. Wir werden dir gern folgen, wenn du nur vorgehst."

Dorieus brauste auf und erklärte, daß er diesen unvermeidlichen Kampf nach den Regeln des Landkrieges führen werde, und zwar so, daß sogar spätere Generationen daraus werden lernen können. Diese Auseinandersetzung wurde aber durch das Auftauchen einer Gruppe von Sikanen aus dem Walde unterbrochen. Sie waren in Tierfelle gehüllt und mit Schleudern, Bögen und Speeren ausgerüstet. Ihre Gesichter und Oberkörper waren rot, schwarz und gelb bemalt. Ihr Anführer trug eine geschnitzte furchterregende Holzmaske vor dem Gesicht. Er begann vor Dorieus zu tanzen, und zum Schluß legten seine Leute einige abgeschlagene Köpfe von Aristokraten aus Segesta Dorieus vor die Füße. Sie waren schon in Verwesung übergegangen und stanken fürchterlich.

Die Sikanen erzählten, daß Seher zu ihnen in die Wälder und Berge gekommen wären, welche die Ankunft des neuen Königs vorausgesagt und ihnen Salz mitgebracht hätten. Durch die Weissagungen ermutigt, wären sie in Gruppen in den Wäldern herumgestreift und hätten Überfälle auf die Ansiedlungen Segestas unternommen. Die Aristokraten Segestas hätten mit ihren Hunden zu Pferde ihre Verfolgung aufgenommen, sie aber hätten die Segestäer in Fallen gelockt und mehrere Jünglinge aus Segesta umgebracht.

Nach diesen Untaten begannen sie aber die Rache der Segestäer zu fürchten. Deshalb wollten sie sich dem Schutze des Dorieus anvertrauen. Soweit sie zurückdenken konnten, wäre ihnen vom Vater auf den Sohn die Sage überliefert worden, daß in Urzeiten ein starker Fremder übers Meer in das Land gekommen sei, der im Zweikampf den König des Landes besiegt, das Land aber den Urbewohnern überlassen und dabei versprochen habe, es später einmal wieder in Besitz zu nehmen. Sie nannten Dorieus „Erkle" und hofften, daß er die Elymier vertreiben und das Land wieder den Sikanen übergeben werde.

Dorieus nahm die Ehrung von seiten der Sikanen als selbstverständlich hin, wozu seine Herkunft ihn berechtigte, und bemühte sich, ihnen beizubringen, Herakles zu sagen. Das konnten sie aber nicht aussprechen, die Zunge gehorchte ihnen einfach nicht. Sie schrien weiter „Erkle, Erkle". Dorieus schüttelte den Kopf und meinte, viel Freude würde er an solchen Barbaren nicht haben.

Barbaren waren sie wirklich, denn sie hatten an Waffen aus Metall lediglich ein paar Speere, das Schwert des Anführers sowie Messer. Die meisten ihrer Speere und Pfeile waren mit scharf geschliffenen Feuersteinstückchen als Spitze versehen. Die Bewohner Segestas erlaubten nicht, daß ihnen Waffen aus Eisen verkauft wurden. Die in den Wäldern herumlaufenden Händler wurden mit den grausamsten Strafen belegt, falls bei ihnen Waffen unter der Handelsware gefunden wurden. Sogar die Bäume mußten die Sikanen durch Abbrennen oder Schaben fällen, weil sie keine brauchbaren Äxte bekommen konnten.

Dagegen besaßen sie andere Fähigkeiten, so daß sie die Wohnsteine der Erdgötter erkennen und von anderen Steinen unterscheiden konnten, auch fällten sie, nicht einmal aus Versehen, einen Baum, in dem eine Nymphe wohnte, oder tranken das Wasser aus der Quelle einer Nymphe, die ihnen übelgesinnt war. Ihr Priester hatte am Abend vorher den Trank des Weissagens getrunken, den sie aus giftigen Beeren, Samen und Pflanzenwurzeln herstellten, und in seinem benommenen Zustand die Ankunft des Dorieus vorausgesehen, so daß sie imstande waren, Dorieus entgegenzukommen. Dies behaupteten sie wenigstens.

Dorieus fragte sie, ob sie gewillt seien, sich ihm anzuschließen und sich am offenen Kampfe gegen die Bewohner Segestas zu beteiligen. Sie schüttelten den Kopf und erklärten, daß sie nur gewohnt seien, den Kampf in den Wäldern und in den Bergen zu führen. Auf die offenen Felder Segestas wagten sie sich nicht, weil sie Angst vor Pferden und bissigen Jagdhunden hätten. Aber sie versprachen gern, den Kampf im Schutze des Waldes zu verfolgen und Dorieus durch das Dröhnen ihrer hohlen, aus Holz angefertigten Trommeln anzufeuern.

Dorieus schaute sie prüfend an, schien erfreut und sagte: „Da sind schon die Heloten meines zukünftigen Staates vorhanden. Alles klappt wie am Schnürchen, und etwas Besseres könnte ich mir gar nicht wünschen. Die Jünglinge Segestas, über die ich herrschen werde, lasse ich nicht verweichlichen, sondern der Jüngling soll seine Mannesreife erst erlangen, wenn er den ersten Sikanen umgelegt hat. Aber ich glaube, es ist besser, ihnen darüber noch nichts zu sagen."

Während des Weitermarsches erschienen immer noch Sikanen aus den Wäldern, um uns zu sehen und Dorieus „Erkle, Erkle" zuzurufen. Die Bauern aus Panormos, die uns gefolgt waren, wunderten sich sichtlich darüber und meinten, nicht gewußt zu haben, daß es so viele Sikanen überhaupt gebe. Die Sikanen wären menschenscheu und hielten sich in den Wäldern verborgen, nicht einmal bei Handelsabschlüssen würden sie sich zeigen; sie pflegten ihre Waren an hierfür bezeichneten Stellen hinzulegen und begnügten sich mit dem, was ihnen als Tausch für die ausgelegte Ware gegeben und dagelassen würde.

Vor unseren Augen breiteten sich wieder die fruchtbaren Felder Segestas mit ihren Altären und Denkmälern aus. Dorieus befahl, die Kornfelder nicht zu zertrampeln, weil er diese schon als sein Eigentum betrachtete. Menschen sahen wir nirgends, da alle sich in die Stadt verzogen hatten. Als wir bis zum Denkmal des fragwürdigen Philippos vorgedrungen waren, hielt Dorieus inne und sagte: „Hier werden wir den Kampf ausfechten, damit der Geist meines Vaters wegen der erlittenen Schmach versöhnt wird."

Von hier aus sahen wir unruhig gewordenes Volk auf der Stadtmauer stehen. Dorieus hieß die Männer aus Phokaia auf ihre Schilde schlagen, zum Zeichen dafür, daß er die Stadt nicht überrumpeln wolle. Nachdem sich der Lärm gelegt hatte, schickte er einen Herold zur Stadtmauer, um den Einwohnern Segestas seine Erbforderung zu verkünden und den König von Segesta zum Kampf um die Macht aufzufordern. Danach schlugen wir unser Lager um das Denkmal herum auf, aßen, tranken und ruhten uns aus. Viele Kornfelder wurden zwangsläufig zertrampelt, denn wir waren schon auf etwa zweitausend Mann angewachsen, wenn man die hinter uns herschleichenden Sikanen mitzählte.

Ich glaube fast, daß das Zertrampeln der Kornfelder die Segestäer mehr verdroß als die Forderungen des Dorieus. Als der König einsah, daß das Getreide nicht mehr zu retten und in jedem Falle verloren war und der Kampf unvermeidbar sei, rief er seine Athleten und die Jünglinge der Aristokraten zusammen und ließ die Pferde vor die Kampfwagen spannen, die die Segestäer schon seit Jahrzehnten nur bei Wettrennen benutzt hatten. Der König besaß nicht mehr Macht als der Opferkönig in den Städten Ioniens, aber die Hundekrone verpflichtete ihn, seine Truppe in den Kampf zu führen. Soweit wir später erfuhren, soll er sich dafür nicht besonders geneigt gezeigt haben, sondern die Hundekrone vom Kopf genommen und sie den Umstehenden angeboten haben, während die Pferde angespannt wurden. Aber in diesem Augenblick gerade hatte auch kein anderer Lust, sich das Königszeichen aufs Haupt zu setzen.

Sie machten sich gegenseitig Mut, indem sie von den Kämpfen ihrer Vorfahren, die diese gegen die Eindringlinge geführt hatten, erzählten und einander an die Gebeine erinnerten, denen ihre Felder die Fruchtbarkeit verdankten. Die Herolde des Königs liefen von Haus zu Haus, um die waffenfähigen Männer zur Verteidigung ihrer Geburtsstadt aufzurufen, aber das Volk in der Stadt war der Ansicht, daß der politische Streit um die Hundekrone es keineswegs etwas anginge. Ich vermute, daß sich die Aristokraten und die Gutsbesitzer von Segesta darüber völlig im klaren waren, daß das Volk sie nicht liebte und ihnen vielleicht in den Rücken fallen würde, falls sie sich begnügen würden, die Stadt innerhalb der Mauern zu verteidigen, statt sich dem offenen Kampf zu stellen.

Deshalb tranken sie Wein und brachten den Göttern der Unterwelt Opfer dar, um sich zu ermutigen und ehrenvoll zu sterben, falls dies so sein sollte. Sie holten den heiligen Hund aus dem Stall des Tempels und führten ihn inmitten der anderen Hunde mit sich. Auch brauchten sie viel Zeit zum Salben und zum Kämmen ihrer Haare.

Schließlich waren sie für den Kampf bereit, öffneten das Tor und schickten die Pferde mit den Kampfwagen vor. Die Kampfwagen bildeten eine breite Front zum Schutze des Tores, und sie gaben ein prachtvolles Bild ab, ein Bild, das kaum jemand seit einem Menschenalter im Kampfe gesehen haben mag. Wir zählten achtundzwanzig Wagen, drei waren vierspännig, die übrigen zweispännig. Die Pferde waren ausgesucht prächtig. Sie trugen Federbüsche auf dem Kopf und ihr Geschirr war mit Silberbeschlägen geziert. Die Bewohner Segestas waren mit Recht auf ihre edlen Pferde stolz und prahlten, daß sie mühelos die griechischen Gespanne schlagen würden, wenn die Griechen sie nur an ihren Wettrennen teilnehmen ließen. Aber die Griechen wollten keine Elymier auf ihrem Stadion haben.

Hinter den Wagen stellten sich in breiter Front die schwerbewaffneten Kämpfer auf, ebenso die Aristokraten, die Söldner und die Athleten. Dorieus untersagte uns, die Zahl der Schilde des Feindes zu zählen, damit wir keinen Schreck bekämen. Den Schwerbewaffneten folgten die Hundeführer und hinter diesen die Steinwerfer und die Bogenschützen.

Wir hörten, wie die Wagenlenker ihre Pferde anfeuerten. Die Gespanne stürmten in geschlossener Front auf uns zu. Als die Männer aus Phokaia die schnaubenden Nüstern der Pferde und die aufblitzenden Vorderhufe sahen, begannen sie so arg zu zittern, daß die Ränder ihrer

Schilde gegeneinander schlugen. Dorieus, allein als Erster vor ihnen stehend, befahl ihnen, mannhaft zu bleiben und mit ihren Speeren auf die Bäuche der Pferde zu zielen. Als aber die Wagen, die Getreidefelder zerstampfend, rasselnd näher kamen, zogen sich die Männer aus Phokaia entschlossen hinter das Grabdenkmal und die Altäre zurück und erklärten, daß von ihnen aus Dorieus allein mit dieser Pferdeangelegenheit fertig werden möge, denn sie wären solches nicht gewöhnt.

Als die anderen Kämpfer dies sahen, wichen auch sie vorsichtig hinter den breiten Bewässerungsgraben zurück, wobei die Brücken unter dem Gewicht der nach rückwärts Stürmenden zusammenbrachen, so daß die Männer bis zu den Ohren im Schlamm waten mußten.

Dorieus warf zwei Speere, verwundete das eine Außenpferd des Viergespanns und tötete den Wagenlenker, so daß er vom Speer durchbohrt vom Wagen fiel und mitgeschleift wurde. Ich warf meinen ersten Speer und verfehlte mein Ziel, aber als sich die Pferde vor mir bäumten, trat ich einen Schritt vor und stach mit aller Kraft meinen zweiten Speer in den Bauch des Pferdes, das mir am nächsten war. Was auch geschehen mochte, ich hatte beschlossen, nicht von der Seite des Dorieus zu weichen, sondern mich zumindest ebenso tapfer wie er zu erweisen, obwohl ich an Kraft und im Waffengebrauch ihm nicht ebenbürtig war. Dieser Entschluß war meiner verletzten Eitelkeit entsprungen und völlig vernunftwidrig. Ich versuchte mir selbst einzureden, daß solch ein Entschluß genau so gut geeignet war, mich selbst zu prüfen, wie irgendein anderer.

Als Dorieus sah, daß ich noch ein paar Schritte vorwärts tat und auf die Pferde zuging, wurde er wild und warf sich mit dem Schwert in der Hand den Pferden entgegen, die um sich schlugen und stürzten. Ein gut gezielter Pfeilschuß eines unserer Bogenschützen traf das Auge des einen Pferdes des zweiten Gespanns; das verwundete Tier ging durch, warf einen Wagen um, und riß nach hinten aus, wodurch die ganze Wagenfront in Unordnung geriet. Diese edlen Tiere waren nur an Wettrennen gewöhnt und wußten nichts vom Krieg.

Als der König von Segesta sah, wie die unübertrefflichen Pferde verwundet und getötet wurden, verlor er die Nerven und befahl schreiend den Wagenlenkern, mit den Pferden zurückzukehren. Auch viele Jünglinge aus der Aristokratie brachen in Tränen aus und schrien, daß sie lieber sterben wollten, als zusehen, wie die stolzen Pferde verwundet und bis zur Unbrauchbarkeit verstümmelt wurden. Sie riefen uns völlig außer sich zu, daß sie uns untersagten, weiteren Pferden irgendwelche Schäden zuzufügen. Die verschont gebliebenen Gespanne machten kehrt, und der Wagenlenker des umgestürzten Zweigespanns vergaß den ganzen Kampf, sprang vom Wagen, warf sich über die Pferde, umarmte sie, küßte ihre Nüstern und Augen und versuchte weinend, sie bei all ihren Kosenamen ins Leben zurückzurufen. Nachdem die Gespanne nach rechts und links abgeschwenkt waren und die geistesgegenwärtigen Kämpfer ihre Speere gegen uns geschleudert hatten, blieben die Gespanne stehen, die Lenker sprangen aus ihren Wagen und begannen ihre zitternden und schäumenden Pferde zu beruhigen. Sie verfluchten uns dabei und drohten mit den Fäusten. Die Männer aus Phokaia kamen aus der Deckung hinter dem Grabdenkmal und den Altären wieder hervor und sammelten sich hinter Dorieus, Schild an Schild gepreßt und die hinteren Männer die vorderen mit ihrem Gewicht stützend. Auch die völlig mit Schlamm bedeckten Aufständischen des Landes Eryx kamen auf diese Seite des Wassergrabens zurück, schwangen mutig Messer und Keulen und stießen dabei wilde Kriegsrufe aus.

Die Schwerbewaffneten Segestas machten etwas Platz, und die Hundeführer ließen ihre Hunde los und hetzten sie auf uns. Die furchterregende Meute knurrte wild, fletschte die Zähne und jagte um die Wette auf uns zu. Ich und Dorieus hatten Harnisch und Beinschienen, und auch die Männer aus Phokaia waren in der Lage, die Hunde mit ihren Schilden abzuwehren. Dorieus rief den Hunden Befehle eines Hundezüchters zu, er hielt es nicht einmal für nötig, sie zu töten, schlug nur einem, der ihm an die Gurgel springen wollte, auf die Schnauze, so daß er wimmernd auf dem Boden zusammenbrach. Über das Knurren und den Lärm hinweg hörte man weit hinter uns die Angstschreie der Sikanen, die in den Schutz des Waldes flohen. Der Anblick der Flüchtenden ergötzte Dorieus in so hohem Maße, daß er in Lachen ausbrach und sich auf die Schenkel schlug. Er lachte immerfort, und ich glaube, daß sein Lachen die Männer aus Phokaia mehr ermutigte als alles andere.

An uns vorbei stürmten die Hunde als eine blutige Meute den Aufständischen des Landes Eryx entgegen, rissen ungeschützte Kehlen auf, zerbissen Schenkelarterien und zerkauten zwischen den Kiefern die nackten Arme. Aber die Feldarbeiter hielten dem Angriff der von ihnen bitterlich gehaßten Bestien stand und ließen Freudenschreie erschallen, als sie Gelegenheit hatten, sie mit ihren Keulen totschlagen zu können. Das Töten eines Rassehundes war im Lande Eryx die strafbarste Missetat, und die Arbeiter und ihre Frauen hatten schon häufig völlig schutzlos die Zähne der Hunde zu spüren bekommen und zusehen müssen, wie diese die Schafe zerbissen und die Kinder in Todesangst versetzten.

Ich vermute, daß keine Absicht bestand, den heiligen Hund Krimisos von Segesta zu diesem Angriff mitzuverwenden. Vielleicht hatte er beim Erschallen der Hetzrufe die Leine zerrissen, oder der Führer hatte ihn versehentlich losgelassen. Auf jeden Fall trottete dieses seit Jahren in seiner Hundehütte in Ruhe lebende zahme Tier, dessen Schnauze schon vom Alter grau war, hinter den anderen Hunden fett und riesengroß her, sah erstaunt um sich und begriff nicht, was eigentlich los war. Das Knurren und Bellen seiner Stammesververwandten reizten ihn, und seine verfeinerte Nase störte der aus der Erde aufsteigende, ungewohnte Blutgeruch. Dorieus rief ihn zu sich, und er lief sichtlich beruhigt zu ihm, schnüffelte freundlich an seinen Knien und hob den Kopf, um Dorieus ins Gesicht sehen zu können.

Dorieus streichelte seinen Kopf und sprach begütigend auf ihn ein. Er versprach ihm, daß er ihm eine noch schönere Jungfrau jährlich zur Ehefrau geben werde, sobald er die Hundekrone auf seinen Kopf gesetzt haben würde. Der heilige Hund legte sich zu seinen Füßen, er keuchte schon nach dem kurzen Lauf, blickte die blitzende Front der Schwerbewaffneten von Segesta böse an, hob die Lefzen und entblößte die gelb gewordenen Zähne zu einem bösartigen Grinsen.

Die Männer aus Phokaia begriffen die Bedeutung dieses Omens nicht, aber die Aristokraten Segestas taten dies um so besser. Rufe des Erstaunens wurden in ihren Reihen laut, und der König selbst erniedrigte sich zu pfeifen, um den Hund zurückzurufen, als er merkte, daß sein Glück mit dem heiligen Hunde seinen Händen zu entgleiten begann. Der Hund überhörte das Pfeifen seines Königs und die Lockrufe seines Führers, er schaute nur liebevoll auf Dorieus und leckte dessen Eisenschuh.

Auch ich bückte mich, um den Hund zu streicheln, und er leckte meine Hand zum Zeichen der Freundschaft. Aber Dorieus hieß mich ärgerlich, den Hund in Ruhe zu lassen. Der Hund sei seine Beute und ich hätte damit nichts zu schaffen.

Ein noch größeres Entsetzen ergriff die Aristokraten Segestas, als sie sahen, daß das einfache Volk es wagte, ihre Hunde zu töten. Sie beeilten sich diese zurückzurufen. Aber das Rufen und das Locken half nicht mehr, die vor Blutgier schäumenden Tiere zu bändigen. Als die Hundepfleger sahen, wie ihre Lieblinge sich zähnfletschend im Verrecken noch in die sie tötenden Keulen verbissen, liefen sie, den Tod nicht achtend, mit ihren Leinen in das Durcheinander hinein, um die Hunde zurückzuholen. Um die Gefühle des Krimisos nicht zu verletzen, verbot Dorieus uns, diese waffenlosen Männer zu töten, aber die Aufständischen aus Eryx ließen sich nicht davon abhalten. Sie brachten mehrere Hundepfleger um, bevor diese ihre Hunde in Ketten legen und sie im Laufschritt hinter die Front der Schilde abführen konnten. Noch lahmend, mit ausgestochenen Augen und eingeschlagenen Zähnen rissen sich diese edelrassigen Bestien los und versuchten ihre eigenen Pfleger anzufallen, um den Kampf fortzusetzen. Die Pfleger mußten die Hundeschnauzen mit Riemen zubinden, um sie in Sicherheit bringen zu können.

Dorieus redete auf den heiligen Hund ein und bat ihn, dortzubleiben und das Grabdenkmal seines Vaters zu bewachen. Es war zwar nicht das Denkmal für seinen Vater, sondern für Philippos aus Kroton, aber dessen erinnerte sich Dorieus vermutlich nicht mehr. Der Hund legte seine graue Schnauze auf die Vorderpfoten und blieb auf dem Boden liegen. Dorieus blickte die Männer aus Phokaia an, rief Dionysios zum Mitgehen und schlug mit seinem Schwert auf den Schild, zum Zeichen für das Vorgehen; als erster schritt er der schwankenden Front der Schwerbewaffneten Segestas entgegen. Ich trat sofort neben ihn, um ihn nicht vorzulassen. Als Dionysios aus Phokaia begriff, daß es nun ernst wurde, steckte er sein Tauende unter den Gurt, ergriff Schild und Schwert und lief an die rechte Seite des Dorieus, um neben ihm im Gleichschritt gegen die Kämpfer von Segesta vorzuschreiten. Dorieus schaute sich kein einziges Mal um, auch Dionysios nicht. Als wir so Seite an Seite vorwärts schritten, steigerte sich unwillkürlich der Takt unserer Schritte, weil niemand von uns dreien den anderen vorlassen wollte. Dorieus aus Rücksicht auf seine Würde, Dionysios wegen seiner Ehre, und ich aus Eitelkeit. Von Neid und Eifersucht getrieben, achtete Dorieus scharf darauf, daß unsere Füße nicht einmal um eine Zehenlänge den seinigen voraus waren. Auf diese Weise ging unser Schreiten zwangsläufig in Lauf über. Wir hörten hinter uns die Kriegrufe und das Stampfen der Fußtritte der Männer aus Phokaia, als sie zum Lauf ansetzten, um mit uns Schritt zu halten. Ich glaube, daß sich unsere verworrene Kriegsfront in diesem Augenblick in Bewegung setzte, und daß das revoltierende Volk aus Eryx den Männern aus Phokaia folgte. Von weither hörten wir das furchtbare Dröhnen der hohlen Holztrommeln und wußten, daß die Sikanen aus den Wäldern zurückkehrten und hinter uns her liefen.

Die Strecke war nur etwa zweihundert Schritt lang und im Nu bewältigt. Und doch glaube ich, daß es für mich die längste Strecke meines Lebens war. Mein Stolz ließ mich dauernd nur genau auf meine Füße achten. Ich schaute nie nach vorne, bis das Brüllen des Dorieus mich meinen Schild neben den seinigen heben ließ, um die gegen uns wütend geschleuderten Speere aufzufangen. Mein Arm, der den Schild hielt, konnte das Gewicht der Speere nicht mehr ertragen, sondern fiel herunter, außerdem verwundete mich ein durch den Schild gedrungener Speer, obwohl ich es damals gar nicht merkte. Ich versuchte vergebens, die Speere vom Schild abzuschütteln, weil ich diesen beim Laufen nicht von meinem Unterarm lösen konnte, um ihn wegzuwerfen. Das Schwert des Dorieus blitzte neben mir auf wie einst und brach mit einem einzigen Hieb den Schaft der Speere ab; ich hatte gerade noch Zeit, den Schild zum Schutze hochzuheben, als wir mit der Wucht des Laufschritts, Schild an Schild, gegen die Front der Schwerbewaffneten Segestas prallten.

Der Verlauf eines jeden Kampfes ist ungewiß. Ein Ausrutschen des Fußes, ein fehlgezielter Speer, ein ganz kurzes Zögern können im entscheidenden Augenblick den Fortgang des Kampfes ändern. Und unser Sieg war gewiß nicht schon vorher bestimmt, wie man vielleicht auf Grund der Omina, die Dorieus erhalten hatte, und auf Grund des Schicksalszwanges hätte annehmen können, der uns unweigerlich nach Segesta geführt hatte. Häufig verblenden die neidischen Götter den Menschen mit Siegesgewißheit und lassen ihn gerade in dem Augenblick in sein Verderben hineinlaufen, in dem er seines Erfolges vollkommen sicher ist.

Es gibt Menschen, sogar Weise in Ionien, die an nichts anderes glauben als an Erde und Wasser, Feuer und Luft. Solche Menschen glauben nicht, daß die Götter sich in den Kampfverlauf einmischen. Verrührt man Wasser mit Schlamm, so ist alles undurchsichtig und voll von schlammigen Blasen, so daß man nichts erkennen kann, bevor die Bewegung aufhört, das Wasser klar wird und der Schlamm sich setzt. Es wird behauptet, daß das Mischen das Leben sei und das Absacken des Schlammes der Tod. Aber sie können einem nicht verraten, wer das Wasser umrührt oder wodurch es getrübt wird.

Auch wird behauptet, daß die Götter günstige Gelegenheiten schaffen und den richtigen Augenblick herbeiführen können, aber daß es von dem Menschen selbst und seiner Wahl abhängt, ob er den Schopf des Kairos zu ergreifen und die einzige günstige Gelegenheit auszunützen versteht. So denken viele tapfere und mutige Menschen, und einige haben Glück, während andere enttäuscht werden. Die Hoffnungslosen denken, daß alles Geschehen blinder Zufall sei. Ich glaube, daß dies nur ein Spiel mit Worten ist. Mit denselben Worten meint der eine und der andere etwas anderes, so daß die Streitenden einander nicht verstehen, sondern sich über verschiedene Dinge streiten. Deshalb ist es am einfachsten, zu glauben, daß die Götter sich in den Verlauf der Kämpfe einmischen, und diese

Darstellung wird genau so treffend sein wie irgendeine andere. Im Kampf trocknet die Kehle aus, das Herz ist beklommen und der Mensch wird von einem wilden Rausch befallen, so daß er den Schmerz der Wunden nicht mehr spürt. Als Dorieus, Dionysios und ich unsere Schilde gegen die Schilde der Schwerbewaffneten Segestas schlugen, wußten wir, daß es endlich hart auf hart ging. Obwohl die Wucht unseres Laufs uns eine Hilfe war, konnten wir die Front nicht durchbrechen. Wir konnten sie nur nach hinten eindrücken und zum Schwanken bringen.

Ich glaube, daß jeder, der an einem ernsten Kampf teilgenommen hat, kaum etwas vom Verlauf des Kampfes weiß. Er hat genug in entscheidenden Augenblicken zu tun, um sich und sein Leben zu verteidigen. Die Männer Segestas in der vordersten Reihe hatten ihre breiten Schilde mit Haken an den Seiten zusammengekoppelt. Diejenigen von ihnen, die wir mit der Wucht unseres Laufschrittes umgeworfen hatten, zogen beim Hinstürzen die ganze Reihe nach hinten und brachten sie wie bei einem Wellengang zum Schwanken. Über die Schilde stürmend konnten wir die nächste Reihe angreifen, und die Männer aus Phokaia folgten uns, aber dann begann erst der eigentliche Kampf, Schwert gegen Schwert und Mann gegen Mann.

Die Männer Segestas waren verweichlicht, aber in ihrer Wut und in ihrer Trauer über ihre verletzten und getöteten Pferde und Hunde waren sie furchtbare Gegner. Sie kämpften um ihren Besitz und ihre ererbte Macht und dachten, daß das Leben keinen Wert mehr habe, falls sie die von Geburt aus genossenen Vorteile verlören. Deshalb gingen sie rücksichtslos und ohne zu zaudern auf uns los, um den Tod ihrer Hunde und Pferde zu rächen.

Als Gegner noch fürchterlicher waren die im Ringen und Boxen ausgebildeten Athleten, deren einzige Beschäftigung darin bestand, zur Unterhaltung ihrer Gebieter ihre Künste und Körperkräfte weiterzuentwickeln. Nachdem wir in den Nahkampf und in ein solch furchtbares Gedränge geraten waren, daß es einem schwer wurde, den Arm mit dem Schwert hochzuheben, ließen die Athleten ihre Schwerter und Schilde, die sie sowieso nicht richtig gebrauchen konnten, fallen und begannen, Schädel mit ihren mit Eisenringen verstärkten Fäusten zu zertrümmern, oder sie drückten den Gegner mit den Kniffen eines Ringers zu Boden und brachen ihm das Genick. Mit ihren bloßen Fäusten trieben sie zahlreiche Männer aus Phokaia derart in die Enge, daß diese keinen Nutzen von ihren Schwertern hatten, und bereiteten ihnen ein elendes Ende.

Durch die Leiden der Seefahrt abgemagert und vom Landmarsch erschöpft, konnten wir keinen lang andauernden Kampf aushalten. Ein heftiger und schneller Kampf war das einzig Mögliche. Deshalb hatte Dorieus gehofft, die Front der Männer in der Mitte durchbrechen und Verwirrung hervorrufen zu können. Aber so leicht fiel die Entscheidung im Kampfe nicht. Als wir gezwungen wurden, inmitten einer sich fanatisch wehrenden Front weiterzukämpfen, spürte ich, wie mich die Kräfte schnell verließen.

Dank seinen enormen Körperkräften konnte Dionysios etwas Raum um sich schaffen. Die draufgängerische Geschicklichkeit des Dorieus, sein Schwert zu gebrauchen, ließ jeden vor ihm zurückweichen. In einem Augenblick, kurz wie ein Blitz, merkte ich, daß ich in die Knie gesunken war, und mein Leben wäre verloren gewesen, wenn Dorieus nicht mit seinem Schild zur Seite geschwenkt wäre und mit dessen Rand den Hals des Jünglings, der sein Schwert zum Schlag auf meinen Schädel erhoben hatte, tödlich getroffen hätte. Mit seinen Schwerthieben schaffte er um mich herum Raum, so daß ich mich aufrichten und meine Arme wieder freibekommen konnte.

Der Kampf tobte einem chaotischen Tumult gleich in der Mitte der Schwerbewaffneten Segestas, und die beiden Flanken ihrer Front begannen uns wie zwei Arme zu umschließen, da wir die Mitte mit dem Schwergewicht unserer Truppe rückwärts drückten. Hinter uns stürmten die Aufständischen des Landes Eryx, das Blut der Aristokraten fordernd, wild schreiend in den Kampf, aber was vermag ein Leichtbewaffneter gegen Schilde und Harnische? Mit den Steinen ihrer Schleuder und auf Grund ihrer großen Zahl konnten sie einige Gegner verwunden, aber im Nahkampf waren sie schutzlos, und die Schwerbewaffneten Segestas töteten so viele von ihnen, daß der Boden plötzlich vom Blut schlüpfrig wurde. Die noch am Leben Gebliebenen wurden von Grauen erfaßt.

Die Männer von Segesta jubelten einander zu und liefen, um unsere dezimierte Truppe mit ihren Schilden zu umzingeln. Ungeduldig stürmten ihre Leichtbewaffneten in den Kampf, um die Schwerbewaffneten wenigstens mit ihrem Gewicht zu unterstützen. Der Schweiß und das Blut nahmen mir die Sicht, mein Körper war völlig gefühllos und der Arm so erschöpft, daß ich es nicht einmal fassen konnte, wie ich immer wieder aufs neue ihn zu Schlag und Stoß heben konnte.

Die Männer aus Phokaia riefen die Namen ihrer Gefallenen einander zu, um sich in noch größere Wut und Wildheit zu steigern; als aber immer mehr neue Namen über das Kampfgetöse hinweg erschollen, wurden die Gemüter durch das Zusammenschmelzen unserer Mannschaften beunruhigt. Die Vorsichtigsten riefen, daß es wohl am besten wäre, sich rechtzeitig vom Gefecht zu lösen, um sich wieder neu zu formieren. Ich vermute, daß es für uns unmöglich gewesen wäre, uns in dieser Phase des Kampfes noch zu lösen.

Dionysios rief seinen Männern ermutigend zu: „Ihr Männer aus Phokaia, unsere Vorfahren schon kämpften auf diesen Feldern und dies ist uns ein bekannter Grabplatz. Laßt uns wie zu Hause sein und laßt uns jeder für sein eigenes Leben kämpfen."

Die Zögernden und Erschöpften ermutigte er mit den Worten: „Ihr Männer aus Phokaia, vielleicht ist die Ehre nur ein leeres Wort und das Leben eines Mannes, der das Meer pflügt, von geringem Wert, aber denkt daran, daß ihr für eure Schätze kämpft. Dort hinter eurem Rücken ist der Mob aus Eryx schon dabei, die Esel anzutreiben und die Schenkel der Zugtiere mit Piken zu stechen, um unseren Schatz zu rauben, weil sie glauben, daß wir unterliegen werden."

Ein gemeinsames Wutgebrüll entrang sich den Kehlen der erschöpften Männer, und zwar so erbittert und in einer solchen Lautstärke, daß die Kämpfer Segestas einen Augenblick ihre Schwerter sinken ließen. Dorieus blickte zum Himmel empor und rief: „Hört, hört den Flügelschlag der Siegesgöttin im weiten Raum des Himmels!"

Er nutzte den kurzen, einen Atemzug lang währenden Augenblick der Stille, der zuweilen gerade vor der Entscheidung im Kampf eintritt. Ich weiß nicht, ob nur das Blut in meinen Schläfen hämmerte, aber ich bildete mir ein, deutlich das Rauschen der Flügel über uns zu hören. Auch die Männer aus Phokaia hörten es, oder zumindest behaupteten sie später, es gehört zu haben. Eine überirdische Ekstase nahm in diesem Augenblick von Dorieus Besitz, so daß seine Kräfte sich zu vervielfachen schienen und niemand seinem Vorstürmen standhalten konnte. Neben ihm stürmte, den Kopf wie ein Stier vorgestreckt, Dionysios, der sich einen Weg schaffte, indem er mit dem Beil um sich schlug, und die Männer aus Phokaia folgten ihnen wie wahnsinnig vor Wut, so daß wir mit der Wildheit der Verzweiflung die Front der Schwerbewaffneten von Segesta durchbrachen. Die Leichtbewaffneten dahinter machten kehrt vor uns und ergriffen in voller Auflösung die Flucht, wobei sie die hinter der Front gesammelten Gespanne aufscheuchten, so daß die Pferde durchgingen; sie rannten die Hundepfleger um, und es gelang dadurch den Hunden, sich wieder loszureißen, sie bissen wild um sich und erhöhten das Durcheinander noch.

Die Wucht und Wildheit unseres unerwarteten Angriffs überraschte den König von Segesta, so daß er keine Zeit mehr fand, uns auszuweichen.

Dorieus tötete ihn schnell, er konnte kaum das Schwert zu seiner Verteidigung heben. Der Helm mit der Hundekrone rollte vom Kopf auf den Boden, und Dorieus griff ihn auf und hob ihn hoch, damit alle ihn sehen konnten.

Dies war zwar nicht von besonderer Bedeutung, da die Männer Segestas keinen besonderen Wert auf ihren König und die Hundekrone legten. Im Grunde hatte die Abkehr und die Unterwerfung des heiligen Hundes unter den Willen des Dorieus sie weit mehr erschüttert als der Tod des Königs und der Verlust der Hundekrone. Das wußten die Männer aus Phokaia aber nicht. Sie jubelten auf und Siegesrufe erschollen, obwohl sich die umzingelnde Front hinter uns zu schließen begann und die Straße zur Stadt von den Gespannen und den Leichtbewaffneten völlig verstopft war.

Gerade in dem Augenblick hörte man Schreckensschreie und Angstgeheul vor dem Stadttor. Die Lenker der Gespanne, die noch den Versuch unternommen hatten, ihre kostbaren Pferde in Sicherheit zu bringen, machten plötzlich kehrt und ließen die Pferde die flüchtenden Leichtbewaffneten erbarmungslos mit ihren Hufen zerstampfen. Die Wagenlenker schrien, daß der Kampf vergebens gewesen und die Stadt verloren sei. Das Volk in der Stadt, das auf der Mauer stand und die Flucht der Leichtbewaffneten sowie den Versuch der Gespanne, zurück in die Stadt zu gelangen, beobachtet hatte, nahm irrtümlich an, daß die Entscheidung im Kampf bereits gefallen sei. Die wenigen Wächter in der Stadt wurden überrumpelt, der Waffen entledigt, das Tor wurde geschlossen, das Volk riß die Macht an sich.

Nachdem die Segestäer des Königs als ihres Befehlshabers beraubt waren und erkannten, daß ein Aufstand in der Stadt ausgebrochen sei, hörten sie zu kämpfen auf, um die Lage zu besprechen. Inzwischen hatte unsere dezimierte Schar den Weg bis zum Stadttor zurückgelegt, und die Leichtbewaffneten dachten nicht einmal daran, uns beim Vordringen zu hindern. Sie waren mit ihrer Flucht vollbeschäftigt und stolperten sich gegenseitig über die Füße. Viele eilten zum Stadttor und riefen mit emporgestreckten Armen ihren Freunden auf der Mauer zu, daß sie zum Kampf gezwungen worden seien und daß sie gern am Aufstand teilnehmen würden, da das Volk die Macht an sich gerissen habe. Die Volksführer ließen auch mit Hilfe von Latten und Seilen eine Menge Männer, die ihnen zusagten, über die Mauer ziehen, um ihre Kräfte in der Stadt zu verstärken. Die Mauern Segestas waren nicht allzu hoch. Sie waren aus Lehm gebaut und mit Steinen und Baumstämmen verstärkt

Mit dem Volk der Stadt meine ich die wohlhabenden Kaufleute und Handwerker mit eigenen Werkstätten, Sklaven und Lehrlingen. Bis jetzt hatten sie nicht viel in den Angelegenheiten Segestas zu sagen gehabt, denn Segesta und das ganze Land Eryx wurden von eingeborenen Gutsbesitzern und Aristokraten beherrscht. Sie wählten unter sich ab und zu einen, der die Hundekrone trug. Die Stadtbewohner Segestas hatten andererseits nichts mit den uns gefolgten Bauern ohne Land und den Hirten gemeinsam.

Als wir das Stadttor erreicht hatten, blieben wir stehen, wischten uns das Blut aus den Wunden und sogen keuchend Luft in die Lungen ein. Dorieus ballerte mit dem Schildrand gegen das Tor und forderte, hereingelassen zu werden. Er hielt die Hundekrone hoch, damit das Volk auf der Mauer die Krone sehe. Diese war so klein, daß sie nicht auf seinen Kopf paßte, weil die Aristokraten von Segesta schmalköpfiger als die Griechen waren. Sie züchteten sogar schmalköpfige Hunde, die ihnen selbst ähnlich sahen.

Zu unserer Überraschung öffnete sich knarrend das Stadttor, und die beiden Söhne Tanakils traten uns als Volksführer entgegen. Sie grüßten Dorieus mit finsteren Mienen als König von Segesta, ließen uns herein und schlossen schnell wieder das Tor hinter uns. Es waren nur noch vierzig Mann aus Phokaia übriggeblieben. Viele von ihnen humpelten schwerverwundet und fielen sofort vornüber zu Boden. Andere wurden von den Kameraden getragen oder von beiden Seiten gestützt und geführt. Das Volk begrüßte Dorieus mit Jubel und lobte seinen glänzenden Kampf. Da kam aber schon Tanakil, in steife Stoffe gehüllt, auf der Straße auf uns zu, sie trug eine karthagische Kopfbedeckung. Eine Sklavin hielt ihr, zum Zeichen der hohen Abstammung von den Göttern Karthagos, einen Sonnenschirm über den Kopf. Ich weiß nicht, wie wirkungsvoll der Stammbaum Tanakils in Karthago gewesen wäre, in Segesta gab es jedenfalls niemand, der den Sonnenschirm beiseite geschoben hätte. Im Gegenteil, das Volk wich ehrfürchtig nach beiden Seiten aus, als sie auf uns zuschritt.

Sie beugte ihr Haupt vor Dorieus und streckte beide Arme grüßend gegen ihn aus. Dorieus reichte ihr die Hundekrone, um seine Hände frei zu bekommen, und blickte dann etwas unsicher um sich, ohne zu wissen, was er tun sollte.

Ich fand, daß er seine irdische Gemahlin etwas herzlicher hätte begrüßen können, wenn er sich auch auf See mit der weißgliedrigen Thetis verbündet hatte. Deshalb beeilte ich mich zu sagen: „Tanakil, Tanakil, ich begrüße dich von ganzem Herzen. In diesem Augenblick erscheinst du mir schöner als die Sonne, aber Arsinoe befindet sich beim Troß hinter dem Grabdenkmal, und wir müssen sie retten, damit sie nicht den Aristokraten von Segesta in die Hände fällt."

Auch Dionysios sagte: „Alles hat seine Zeit, und ich möchte dich in einem so bedeutungsvollen Augenblick nicht bemühen, Dorieus. Aber unsere Schätze liegen neben dem Grabmal, und ich befürchte stark, daß die uns gefolgten Hirten aus dem Lande Eryx sie rauben werden."

Dorieus überwand seine Verwirrung und sagte: „Ganz richtig, ich hätte es fast vergessen. Jetzt habe ich die Gebeine meines Vaters entsühnt und seinem Geist die Ruhe wiedergegeben. Dieser fragwürdige Name Philippos muß unverzüglich vom Grabdenkmal entfernt und an dessen Stelle soll geschrieben werden: Zum Gedenken an Dorieus, den Vater des Königs Dorieus von Segesta, den Lazedämonier, den schönsten Mann unter seinen Zeitgenossen und dreifachen Olympia-Sieger, sowie die Ahnentafel, die seine Abstammung dartut. Fragt das Volk von Segesta, ob es etwas dagegen habe."

Wir erklärten die Angelegenheit den Söhnen Tanakils. Ein Seufzer der Erleichterung entrang sich ihrer Brust und sie sagten, daß sie gegen die Beseitigung eines Irrtums gewiß nichts einzuwenden hätten. Sie würden sich im Gegenteil sehr darüber freuen, daß Dorieus nicht mehr für sich beanspruche.

Dorieus sagte: „Den Schatz vermisse ich nicht, und Arsinoe sorgt schon für sich selbst. Sie ist ja unter lauter Männern. Aber ich ließ den Hund Krimisos am Grabdenkmal meines Vaters zurück. Den müßte man wieder in die Stadt bringen. Ist jemand vielleicht bereit, ihn zu holen, da ich selbst vom Kampf erschöpft bin und keine Lust verspüre, die Strecke nochmals hin- und zurückzugehen."

Keiner unter dem Volke von Segesta erklärte sich bereit, und die Männer aus Phokaia schüttelten den Kopf und meinten, daß auch sie übel daran seien und zahllose Wunden am Körper hätten, so daß sie sich kaum auf den Beinen halten könnten.

Dorieus seufzte und sagte: „Die Last des Königtums ist schwer zu tragen. Ich fühle mich jetzt schon recht vereinsamt unter den Sterblichen und kann mich auf niemand mehr verlassen. Der König ist der Diener seines Volkes, und somit sein erster Diener. Es bleibt mir wohl nichts anderes übrig, als selbst den Hund zu holen. Ich kann ihn nicht im Stich lassen, da er sich doch unter meinen Schutz gestellt und meinen Fuß geleckt hat."

Tanakil brach in Tränen aus und verbot ihm zu gehen, die Männer aus Phokaia starrten ihn mit aufgesperrten Augen an, und Dionysios sagte, daß er total verrückt sei. Aber Dorieus befahl, das Tor zu öffnen, und schritt allein aus der Stadt hinaus. Seine Arme hingen vor Erschöpfung so schlaff herab, daß sein Schild gegen die Beinschienen schlug und die Schwertspitze nach unten wies. Sogar seinen Helmbusch hatte er im Kampfe verloren, und seine Rüstung war über und über rot vor Blut.

Wir liefen schnell auf die Stadtmauer hinauf, um ihm nachzusehen, und stellten dabei fest, daß sich die noch im Kampf übriggebliebenen Aristokraten von Segesta mit ihren Schilden am Rande des Schlachtfeldes gesammelt und rund um die Gespanne aufgestellt hatten, um sie so zu schützen. Die Leichtbewaffneten hatten sich zusammengerottet und von ihnen entfernt, sie stritten sich heftig untereinander. Die Aufständischen des Landes Eryx hatten sich in Deckung zum Wassergraben zurückgezogen. Am Waldrand, kaum mit dem Auge erkennbar, sah man die in Tierfelle gehüllten Sikanen, die ab und zu wie fragend auf ihre Trommel schlugen.

Mitten drin schritt Dorieus quer über den leer gewordenen Kampfplatz, wo die Leichen in ihrem Blute lagen und die Schwerverwundeten, unfähig sich zu bewegen, in verschiedenen Sprachen nach Wasser und nach der Mutter schrien. Beim Durchschreiten grüßte Dorieus jeden gefallenen Mann aus Phokaia, seinen Heldenmut im Kampfe preisend. „Du bist nicht tot", wiederholte er mit weittragender Stimme bei jedem Toten, „du bist unverwundbar, wir sind immer noch dreihundert und werden ewig dreihundert bleiben."

Als er so dahinschritt, verstummten alle anderen Stimmen. Die Männer Segestas starrten ihn an, ohne ihren Augen zu trauen, und niemandem wäre der Gedanke gekommen, ihm etwas zuleide zu tun. Wie stets bei großem Blutvergießen in einem Kampf war der Himmel von schweren, dunklen Wolken bedeckt, aber während Dorieus daherschritt, riß die Wolkenwand auf, und die Sonne beleuchtete blendend hell seine vom Blut rote Gestalt.

Die Männer aus Phokaia flüsterten einander zu: „Er ist wirklich ein Gott und nicht ein Mensch, obwohl wir es nicht recht glauben wollten."

Sogar Dionysios meinte: „Nein, ein Mensch ist er nicht, auf keinen Fall ein Mensch mit gesundem Menschenverstand."

So schritt Dorieus an den feindlichen Truppen vorbei zum Grabdenkmal und rief den heiligen Hund bei seinem Namen. Der stand sofort auf, trottete schwanzwedelnd auf Dorieus zu und blickte ihn liebevoll an. Dorieus schrie mit lauter Stimme, rief den Geist seines Vaters an und fragte: „Bist du zufrieden, mein Vater Dorieus? Hast du nun deine Ruhe erhalten und wirst mich nicht länger quälen?"

Später wurde zwar erzählt, daß aus dem Inneren des Grabmals die dumpfe Antwort: „Ich bin zufrieden, mein Sohn Dorieus, und gehe zur Ruhe", erfolgt sei.

Ich selbst hörte jedoch jene Stimme und Antwort nicht und glaube auch nicht daran, da doch die Bevölkerung Segestas vor zwanzig Jahren das Grabdenkmal auf den Namen des Philippos aus Kroton zu seinem Gedenken und für seine Gebeine errichtet und den Vater des Dorieus mit anderen Gefallenen auf ihren Feldern beerdigt hatte, ohne ihm besondere Ehrungen erwiesen zu haben.

Andererseits könnte es sehr wohl möglich sein, daß Dorieus eine innere Stimme, die ihm eine solche Antwort gab, gehört haben kann, da doch der Geist seines Vaters ihn über Länder und Meere hinweg nach Segesta gerufen und bis jetzt sowohl im Traum als auch im Wachzustand gequält hatte. Dieses gebe ich zu, um nicht zu sagen, Dorieus habe gelogen. Freilich hat er es mir selbst nicht erzählt, eine solche Antwort vernommen zu haben, aber er hat es auch nicht in Abrede gestellt, als andere davon berichteten.

Die Eigentümer der Esel und Zugtiere unseres Trosses hatten ihre Tiere schon erfreut mit den Lasten bis zum Wassergraben geführt, in der Hoffnung, sich eine große Beute sichern zu können. Nachdem die Brücken aber eingestürzt waren, konnten sie über den Graben nicht mehr fahren, wagten jedoch nicht, die Tiere hindurchwaten zu lassen, weil sie fürchteten, sie würden im Schlamm versinken.

Dorieus rief ihnen freundlich zu und befahl ihnen zurückzukehren Arsinoe antwortete ihm mit heller Stimme vom Rücken eines Esels und sagte, daß diese unverschämten Männer ihr nicht gehorchten, sondern sie samt Beute rauben wollten. Mikon hatte sich beim Anblick der wilden Schlacht schleunigst derart betrunken, daß von ihm keine Hilfe zu erwarten war. Arsinoe hatte ihn in einen leeren Futterkorb stecken lassen.

Dorieus brauchte sich nur wütend ein paar Schritte dem Troß zu nähern, als die Treiber bereits ängstlich wurden und ihre Esel und Zugtiere um die Wette wieder zurückzuführen begannen; sie beteuerten dabei ihre Unschuld wie aus einem Munde. Viele Männer aus dem Lande Eryx faßten ebenfalls Mut, als sie Dorieus erblickten, und begannen über den Wassergraben zu kriechen, um Dorieus zu folgen. Als die anderen es sahen, setzte sich die ganze Truppe in Bewegung, doch sie folgten ihm ängstlich und in einem gewissen ehrfürchtigen Abstand.

Als Arsinoe auf dem Rücken des Esels, den Käfig mit der Katze vor sich haltend, näher kam, sträubten sich die Nackenhaare des heiligen Hundes von Segesta, und er begann beachtlich zu knurren. Deshalb hielt Dorieus es für angebracht, vor den anderen in die Stadt zurückzugehen, um den Hund nicht mit dem fremden Katzengeruch zu ärgern. Als Dorieus den Rückweg angetreten hatte, begannen die Aristokraten Segestas einander aufzustacheln, sich auf ihn zu stürzen und ihn umzubringen. Als sie aber sahen, wie der Hund Krimisos mit erhobenem Kopf zähnefletschend und knurrend hinter Dorieus lief, als wolle er ihn schützen, zogen sie sich wieder in ihre Schildfestung zurück.

Dem Dorieus folgte unser Troß mit etwa zwanzig Zugtieren und Treibern und als letzter der Esel, in dessen Futterkorb Arsinoe barmherzig den zusammengerollten Mikon hatte stecken lassen. Inzwischen setzte sich unter den Gefallenen Likymnios auf, den wir schon als Toten beklagt und den Dorieus schon mit Namen gegrüßt hatte. Arsinoe, die das Mannhafte in jeder Form verehrte, bat den Eselstreiber, Likymnios über denselben Korb, in dem Mikon bereits war, zu legen. Der Treiber aber erwiderte, daß der Korb das Gewicht zweier Männer nicht aushalte, obwohl er meiner Ansicht nach nur seinen Esel schonen wollte. Schließlich ergriff Likymnios den Schwanz des Esels, der Esel riß ihn hoch und schwankend folgte er mit in die Stadt.

Mit dem Troß rettete sich eine Anzahl Leichtbewaffneter aus Segesta, die beteuerten und schworen, die Aristokraten zu hassen und sich darüber zu freuen, daß das Volk die Macht an sich gerissen habe. Unter ihnen befanden sich auch einige Hundezüchter, die ihre Hunde verloren hatten. Das Volk wollte sie nicht in die Stadt hereinlassen, aber einige Kaufleute und die beiden Söhne Tanakils behaupteten, auch eine Hundezucht aufziehen zu können, wenn sie nur Gelegenheit dazu bekämen. Bis jetzt war das Hundezüchten ein ausschließliches Vorrecht der Aristokraten gewesen.

Als die Hirten und die Feldarbeiter aus Eryx, über und über mit Schlamm bedeckt, sich hoffnungsvoll dem Stadttor näherten, wurde ihnen das Tor erbarmungslos vor der Nase zugeschlossen. Dorieus nahm es sehr übel, aber die Söhne Tanakils behaupteten, daß es nur Plünderungen und Tumulte in der Stadt hervorrufen würde, die arme und zuchtlose Landbevölkerung einzulassen. Deren Angelegenheiten seien sowieso schon durcheinandergeraten. Dorieus meinte, daß er den Leuten nichts schulde und sagte: „Was kann ich denn dafür, daß sie sich hinten anschlossen? Ich habe sie nicht gelockt oder zu überreden versucht, auch habe ich ihnen nichts versprochen."

Beim Anblick so vieler Kameraden, die noch am Leben waren, kehrten Likymnios vor lauter Freude die Kräfte wieder, und er beeilte sich, jeden von uns zu umarmen, redete jeden bei seinem Namen an und fragte: „Atmest du und lebst du wirklich noch und bin ich denn selbst noch am Leben, das hätte ich nie geglaubt."

Er fuhr fort: „Ich war bestimmt schon tot und lag leblos auf dem Boden, wie mein Traum es mir vorausgesagt hatte, aber dann hörte ich Dorieus mich bei meinem Namen rufen und beteuern, daß ich nicht tot sei. Dies ermutigte mich so sehr, daß ich meine Glieder abzutasten begann, bis ich mich aufsetzen konnte, und Arsinoe mich mit ihrem Rat, den Eselsschwanz zu ergeifen, rettete. Die Rettung vom Kampfplatz mit Hilfe eines Eselsschwanzes wird wohl nicht sehr ehrenhaft sein, aber mir genügt es, denn ich bin ja nur ein Mann von niedriger Herkunft."

In der Nacht vor dem Kampf hatte Likymnios einen bösen Traum gehabt. Was er im Traum gesehen hatte, erzählte er niemandem, aber einige behaupteten, daß ihm im Traum eine Nymphe erschienen sei. Er hielt seinen Traum für ein schlechtes Omen und war davon überzeugt, daß er sterben würde. Deshalb nahm er von seinen besten Kameraden Abschied und verteilte alles, was er an Besitz bei sich trug. Sein Benehmen wirkte bedrückend, aber niemand wunderte sich weiter darüber, denn mancher Mann ahnt voraus, wann er sterben soll.

Vermutlich hatte irgendein Athlet aus Segesta ihn bis zur Bewußtlosigkeit gewürgt und ihn dann in dem Glauben auf den Boden geworfen, daß er tot sei.

Nachdem er eine Zeitlang derart herumgeschwätzt hatte, verfinsterte sich plötzlich sein Gesicht, und er begann ärgerlich den von ihm am Morgen als Geschenk verteilten Besitz wieder zurückzufordern. Er meinte, es wäre nicht mehr als recht und billig, daß er seine Sachen wieder bekäme, da er ja an dem Tage nicht gestorben sei. Während die Männer aus Phokaia sich über solch nichtssagende Dinge zankten, fingen die Verwundeten zu jammern an: „Warum haben wir eigentlich einen kundigen Arzt die ganze Zeit über mit uns geschleppt, ihn gemästet und ihm Gehalt bezahlt, wenn er gerade dann, wenn wir ihn am nötigsten brauchen, sternhagelvoll besoffen schnarcht? Einem solchen Arzt gebühren Prügel."

Aus Freundschaft kippte ich Mikon schleunigst aus dem Futterkorb zu Boden und brachte ihn wieder zu sich, indem ich ihn mit dem kühlen und frischen Quellwasser Segestas begoß. Er konnte wenigstens auf den Füßen stehen, obwohl er kaum wußte, was um ihn herum geschah. Und doch war er ein so erfahrener Arzt, daß er seinen Dienst trotzdem genau so gut versehen konnte, manche behaupteten sogar, besser als bei klarem Kopf. Ohne zu zögern stieß er seine Sonde in die Wunden, um die Tiefe derselben festzustellen, renkte die von den Athleten Segestas ausgekegelten Glieder wieder ein und brannte mit glühendem Eisen die Wunden aus, die durch Hundebisse entstanden waren. Aber er wollte vielen mit Gewalt das Fährgeld in den Mund schieben und sie die Worte für den Fährmann lehren. Dies behagte den Männern aus Phokaia nicht. Sie wehrten ab:

„Nicht doch, halt, halt, Arzt Mikon! Wir sind zäh wie gegerbtes Leder und werden bestimmt nicht sterben, wenn wir bis hierher gekommen sind."

Mikon wurde ungehalten, weil sie an ihm zweifelten, und sagte: „Ihr glaubt wohl, daß ich besoffen bin, da irrt ihr euch aber gewaltig. Im Gegenteil, ich verfiel in einen göttlichen Halbschlaf, als der Kampf am schlimmsten tobte, und mein Scharfblick ist mir immer noch geblieben, so daß mir einige Gesichter schwarz und andere wiederum strahlend wie die Sonne erscheinen. Der Lebenswille läßt manchen die schwersten Wunden überwinden, aber bei anderen ist die Kraft aus irgendeinem Grunde verbraucht und zu Ende, so daß sie nicht einmal eine kleine Wunde an der Handwurzel überleben." Er schüttelte den Kopf und erklärte: „Die Erfahrung hat gelehrt, daß ein Kampf auf bebauten Feldern für den Verwundeten gefährlicher ist als ein Kampf in unwirtlichen Einöden. Auch Pferde im Kampf sind Unheil verheißend für die Verwundeten, so daß sie noch nach mehreren Tagen an Krämpfen zugrundegehen."

Die verwundeten Männer aus Phokaia glaubten ihm aber nicht. Und doch starben mehrere später an von Mikon vorausgesagten Krämpfen, die so fürchterlich waren, daß die Kameraden sie gar nicht mit ansehen wollten und lieber die von Krämpfen Befallenen allein sterben ließen. Sie sagten, daß die Verwundeten in ihrer Sterbestunde die Gesichter zu einem derart verzerrten Lächeln verzögen, das furchterregender als das Grinsen der Gorgo sei. Likymnios aber starb nicht, obwohl viele seiner Kameraden dies sehnsüchtig erhofften, vor allem diejenigen, von denen er seine verteilten Geschenke zurückforderte. Sieben der Toten waren Männer, denen Mikon das Geld in den Mund stoßen wollte, zweien aber hatte er gar nichts gesagt. Später erzählte Mikon, daß er sich nicht mehr ganz genau erinnern könne, was sich alles an dem Nachmittag am Stadttor von Segesta abgespielt habe, als er die Verwundeten verband, aber er meinte, diesen beiden hätte er nichts voraussagen wollen, weil sie sehr unfreundliche und bösgelaunte Männer waren, die trotz ihrer Wunden ihn vielleicht mit dem Messer niedergestochen hätten, falls er mit ihnen über göttliche Dinge hätte sprechen wollen.

Über mich selbst möchte ich nur erwähnen, daß meine Knie so zerschunden waren, daß sie keine Haut mehr aufwiesen, ein Speer hatte meinen Arm durchbohrt, und ein Pfeil war am Hals gleich oberhalb des Schlüsselbeines eingedrungen, so daß Mikon gezwungen war, meinen Nacken aufzuschlitzen, um die Pfeilspitze herausziehen zu können. Mikon sagte aber zu mir, daß meine Wunden nur den Zweck hätten, mich an die Sterblichkeit meines Körpers zu erinnern. Ich beklage mich nicht über diese meine Wunden. Ich erwähne sie nur deshalb, weil Dorieus die Männer aus Phokaia, die noch stehen und ihre Arme heben konnten, zu sammeln und zu zählen begann. Er sagte:

„Ich möchte euch ja nicht mehr plagen, aber die Truppe der Aristokraten Segestas scheint auf der Ebene im Schutz ihrer Schildfestung noch zu zaudern. Offenbar müssen wir noch aus dem Stadttor treten, um den Kampf fortzusetzen."

Diese Worte jedoch waren für die Männer aus Phokaia zuviel, sie schlugen dem Faß den Boden aus. Sie fingen wild zu schreien an und verlangten von ihm, daß er sich mit der eroberten Hundekrone begnüge. Auch ich, die Glieder steif und unbeweglich, sagte: „Dorieus, beruhige und beherrsche dich. Bis hierher bin ich dir gefolgt, aber weiter werde ich dir nicht mehr folgen."

Dionysios zählte seine Mannen und sagte völlig zerknirscht: „Wir waren dreihundert und jetzt sind nicht einmal so viele Männer aus Phokaia übriggeblieben, daß wir ein Fünfzig-Ruder-Schiff auf See bemannen könnten. Geister sind nicht imstande an den Riemen zu ziehen und das Segel zu hissen. So etwas habe ich noch nie gehört und möchte es auch gar nicht versuchen."

Dorieus erklärte sich schließlich einverstanden, den Helm abzusetzen, seufzte tief und sagte: „Vielleicht habe ich meine Aufgabe bereits erfüllt, obwohl es mir vorhin schien, als würde mein Anblick allein die Truppe mitsamt den Schilden in die Flucht schlagen."

Auch die Söhne Tanakils meinten, daß jetzt schon genug Blut geflossen und daß die Stadt Segesta ihre Schwerbewaffneten bitter nötig habe, damit sie ihre Machtstellung im Lande Eryx nicht verliere. Deshalb wäre es an der Zeit, in Verhandlungen einzutreten, und zwar am besten in Art und Weise der Karthager. Sie versprachen diese Verhandlungen zu führen, so daß Dorieus sich den Kopf über solche Dinge nicht zerbrechen brauche.

Tanakil sagte ihrerseits: „Meine Söhne haben recht, und für dich ist es Zeit, nach allen Mühsalen auszuruhen. Ich glaube, daß deine wichtigste Aufgabe, Dorieus, jetzt ist, den heiligen Hund in einem Festzug zurück in die Hundehütte zu führen und dich danach mit mir zurückzuziehen, damit wir alles Vorgefallene besprechen."

Dorieus blickte mit irren Augen um sich und sagte mit schwacher Stimme: „Meinen Augen erscheinst du fern und fremd, Tanakil. Ich habe das Gefühl, als seien viele Jahre vergangen, seit wir uns in Himera trafen; seitdem wir uns zuletzt sahen, ist dein Gesicht gealtert und deine Wangen sind eingefallen. Selbstverständlich werde ich für den Hund sorgen, und danach lasse ich für Herakles einen Tempel errichten. Ich kann mich unter keinen Umständen mit dir zurückziehen, bevor ich diese wichtige Aufgabe erfüllt habe."

Tanakil fühlte sich gekränkt, versuchte aber zu lächeln und dabei ihre neuen, in Eryx aus Elfenbein angefertigten Zähne zu zeigen. Sie sagte: „Ich habe sicherlich vor Sorge und Unruhe um dich an Gewicht verloren, weil wir nichts von dir hörten. Ich werde aber bestimmt wieder aufblühen, wenn wir wieder zusammen sind. Auch du wirst alles wieder mit anderen Augen ansehen, wenn du dich ausgeruht hast."

Die Söhne Tanakils meinten, daß jetzt kein günstiger Augenblick sei, den Bau eines neuen Tempels zu beginnen, weil doch die Kornfelder zertrampelt und das Land auch sonstige Schäden erlitten habe. Beim Bau eines Tempels müßten erst die Omina geprüft und die Jahre errechnet werden, es gäbe hier Seher, die das machen könnten.

Dorieus überfiel eine völlige Erschöpfung; er ließ sich von hilfsbereiten Händen seiner Rüstung entkleiden, und zog sich einen phönizischen Überwurf an, der mit Bildern vom Mond und den Sternen, von der Nymphe von Segesta und vom heiligen Hund verziert war. Das Volk geleitete ihn im Festzug in den Tempel. Am Festzuge nahmen außer denjenigen Männern aus Phokaia, die noch laufen konnten, nur Greise, Frauen und Kinder teil, weil die Männer Segestas Wichtigeres zu tun hatten. Der heilige Hund weigerte sich in seine Hütte zu gehen, knurrte und schaute Dorieus bittend an. Er war gezwungen, ihn am Halsband mit Gewalt in die Hundehütte zu zerren, wo der Hund sich sofort auf die Hinterbeine setzte und unheilverkündend zu heulen begann. Er verweigerte Futter und Trank, gleich was das Volk ihm auch anbot.

Dorieus fingerte an der auf seinem Kopf festgebundenen Hundekrone, an der es nichts Besonderes zu sehen gab, als daß sie sehr alt war, verlor völlig seine Fassung und schnauzte: „Das Hundegejaule schmerzt mir in den Ohren und ruft bei mir böse Gedanken hervor. Falls ihr ihn nicht zum Schweigen bringt, gehe ich und peitsche den Hund durch."

Zum Glück verstand das Volk seine Worte nicht. Auch mich quälte das unheilverkündende Hundegeheul. Deshalb wandte ich mich an Tanakil und schlug vor: „Wenn ich mich recht besinne, herrscht hier die Sitte, die schönste Jungfrau der Stadt jährlich dem Hunde zu vermählen. Warum ist sie jetzt nicht hier und versorgt ihren Hunde-Ehemann?"

Tanakil antwortete: „Das ist nur eine überlieferte Sitte, an die sich heute nicht mehr die gleichen Verpflichtungen knüpfen wie einst. Heute teilt das Mädchen nur den Hochzeitskuchen mit dem Hund und braucht nicht länger in der Hundehütte zu bleiben. Aber wir könnten ja zu Ehren der Ankunft von Dorieus ein neues Mädchen zum Hund schicken, damit es ihn zum Schweigen bringe."

Wir lasen beide vom Gesicht des Dorieus ab, daß es nicht am Platze war, zu zögern. Tanakil rief es gleich dem Volke zu, und sofort lief ein kleines Mädchen mit Begeisterung in die Hundehütte, schlang ihre Arme um den Hundehals und begann ihm ins Ohr zu flüstern. Der Hund blickte es verwundert an und versuchte es abzuschütteln, aber das Mädchen war beharrlich, da schwieg der Hund endlich und hielt ihren Liebkosungen stand. Das neidische Volk behauptete zwar, daß das Bettlermädchen für den Hund nicht vornehm genug sei, aber Tanakil sagte schroff, daß heute auch schon andere alte Sitten nicht beachtet worden seien. Wenn der heilige Hund ein Lumpenmädchen gut hieße und mit ihm zufrieden sei, so würde er doch wohl am besten wissen, was er wolle.

Die Hundehütte stand mit dem Haus des Königs in Verbindung, und die fürsorgliche Tanakil hatte bereits ein Bad und ein Gastmahl vorbereiten lassen. Das Haus war unbewohnt und stank entsetzlich, weil dort die heiligen Opfergaben von Segesta und vom Lande Eryx aufbewahrt wurden, von denen viele von Tieren herstammten. Auch war das Haus alt und nicht nach griechischer Art gebaut wie die Häuser der Aristokraten, so daß der frühere König es nur diensthalber für Festlichkeiten benutzt hatte. Aber Dorieus begnügte sich damit, brachte die Männer aus Phokaia im Nebenhaus unter und befahl, die Verwundeten zur Pflege in die Privathäuser zu legen.

Tanakil war sehr geschäftig und tat alles, um Dorieus das Dasein bequem zu machen, badete und salbte ihn und ließ seine Glieder massieren, soweit dies wegen seiner Quetschungen und Wunden möglich war. Dorieus' Erschöpfung nahm immer mehr zu, so daß er nicht mehr fähig war, auf eigenen Füßen zum Ruhebett des Gastsaales zu gehen und die Diener ihn in unsere Mitte tragen mußten. Beim Versuch, etwas zu essen, übergab er sich sofort auf den Estrich, bat um Entschuldigung und sagte zu Tanakil:

„Das irdische Essen scheint offenbar meinem Körper, den meine göttliche Angetraute Thetis in den unter dem Meere liegenden Sälen unverwundbar gemacht hatte, nicht zu behagen. Wie du selbst gesehen hast und mit deiner Hand prüfen konntest, habe ich keine nennenswerten Wunden erhalten. Ich glaube fast, daß die Speere und Schwerter von meiner Haut abgeprallt wären, falls ich ohne Rüstung gekämpft hätte. Das fand ich aber nicht angebracht, weil man den Kriegsbefehlshaber an seiner Rüstung erkennt."

Tanakil war mehr als erstaunt, schaute uns mißtrauisch an und fragte mit schriller Stimme: „Was redest du eigentlich, mein hoher Gatte? Schmerzt dich dein Kopf? Du übergibst dich und phantasierst bestimmt vor Müdigkeit. Früher schmeckten meine Speisen dir vorzüglich."

Dorieus machte, wenn auch niedergeschlagen, den Versuch zu lächeln, aber er mußte sich von neuem übergeben, obwohl er nur noch Galle spuckte. Sich seines eigenen Zustandes schämend, sagte er: „Ich kann es nicht verstehen, was mir fehlt. Aber seitdem ich meinen Willen durchgesetzt habe, fühle ich mich sehr schwach, weil ich nicht mehr weiß, was ich wollen soll. Nimm diese verfluchte Hundekrone von meinem Kopf. Sie stinkt scheußlich, wie alles in diesem Hause nach Hund stinkt. Dieser Gestank hat mich wohl so sehr zur Übelkeit gereizt."

Tanakil bat: „Atme doch meine Düfte ein, damit du dich besser fühlst. Als ich mich in das Festgewand kleiden ließ, um dich deiner Würde entsprechend zu empfangen, ließ ich auch meinen Körper salben und eine Duftkapsel auf meine Stirn binden."

Dorieus schnüffelte erwartungsvoll an ihrer Stirn, runzelte aber die Braue, zog sich zurück und sagte sehr heftig: „Auch du stinkst ausgesprochen nach Hund, Tanakil."

Sein starrer Blick schweifte an uns allen vorbei, er hielt sich den Bauch mit den Händen und fuhr fort: „Mir ist, als wäre ich wieder auf dem Schiff und als schwanke das Bett unter mir. Genau so schaukelte ich im Schoße meiner Geliebten. Sie weihte mich in die göttlichen Genüsse ein und fütterte mich mit göttlichen Speisen aus Perlmutterschalen. O Thetis, Thetis, meine heilige Gattin, hier auf dem Lande werde ich mich stets nach dir sehnen. Hoffentlich verzeihst du mir, meine irdische Frau Tanakil, wenn du auch nach Hund stinkst."

Tanakil blickte uns grimmig an, besonders aber Arsinoe, die ihren Blick auf den Boden gesenkt hielt. Ich beeilte mich, Tanakil darüber aufzuklären, was auf hoher See vorgefallen war, und Mikon flüsterte ihr als Arzt etwas in das andere Ohr. Tanakil nickte, schaute aber Arsinoe immer wieder mißtrauisch an, streichelte dann die Wangen des Dorieus und sagte einlenkend:

„Selbstverständlich verstehe ich dich, und ich verstehe dich wohl am besten von allen und nehme deine Verbindung mit Thetis nicht übel, weil ich von Natur aus nicht eifersüchtig bin. Ich glaube, es wird das beste sein, daß du einige Tage unsichtbar bleibst. Ein König wird um so mehr geehrt, je mehr er sich im Hintergrund hält und sich nicht in unwesentliche Dinge einmischt. Ich habe für dich das Gewand einer Jungfrau bereitgelegt. Es ist aus einem Stoff, der der Haut schmeichelt, und sogar eine Spindel habe ich in das Schlafzimmer stellen lassen. Zur Versöhnung der Götter darfst du dich mit weiblichen Arbeiten beschäftigen, wie dein heiliger Vorfahr Herakles, der sich in bestimmten Zeiten in Frauenkleider hüllte."

Die Männer aus Phokaia hörten dies mit offenem Munde, doch niemand von ihnen lachte. Dionysios meinte, daß Dorieus einen solch unvergleichlichen Heldenmut bewiesen habe, daß es tatsächlich am besten sei, wenn er sich wegen der Götter Neide und zur Versöhnung derselben für einige Tage in Frauenkleider hülle.

Die Zusage Tanakils und das freundliche Verständnis des Dionysios beruhigten Dorieus so sehr, daß ihm die Augen zufielen und er auf das Ruhebett im Gastsaal sank. Als wir ihn in das Schlafzimmer trugen, tastete er mit geschlossenen Augen um sich. Tanakil setzte sich neben ihn auf den Bettrand, nahm seinen Kopf liebevoll auf ihre Knie und bot ihm ihre Brust dar. Im Halbschlummer begann er wie ein Säugling zu saugen und fiel in tiefen Schlaf. Etwas Merkwürdigeres hatte ich noch nie erlebt, und die Männer aus Phokaia meinten, daß auch sie etwas so Seltsames nie zu sehen bekommen hätten. Deshalb wurden sie noch mehr in ihrem Glauben an die göttliche Herkunft des Dorieus bestärkt. Ihrer Ansicht nach könne kein irdischer Mann sich so benehmen, wie es Dorieus tat. Nachdem wir Dorieus losgeworden waren, zusammensaßen und zu Ehren des Sieges Wein tranken, begannen die Männer sich zu unterhalten und einander zu fragen:

„Was sollen wir jetzt beginnen und was haben wir nun eigentlich erreicht? Die Beute haben wir nicht bekommen. Im Gegenteil, unser ganzer Schatz ist stark zusammengeschrumpft und für die Kriegsausgaben des Dorieus verbraucht worden. Die Stadt können wir auch nicht ausplündern, denn es ist doch seine Stadt. Dorieus hatte zwar versprochen, aus uns Gutsbesitzer des Landes Eryx zu machen, aber nachdem wir die feindliche Einstellung der Feldarbeiter zu ihren Gebietern gesehen und die anderen Schwierigkeiten auf dem Gebiete der Landwirtschaft erkannt haben, geben wir unumwunden zu, daß das Meer der einzige Acker ist, den wir zu pflügen verstehen."

Dionysios meinte: „Ihr Männer aus Phokaia, wir haben unser Leben und unseren Schatz vorläufig gerettet. Über das Zusammenschrumpfen unserer Beute mag uns als vernünftige Männer der Gedanke trösten, daß wir heute an Zahl viel geringer als früher sind, um den Schatz zu teilen. Aber hier sind wir Fremde, und wir werden uns da nie heimisch fühlen. Außerdem wird Karthago auch noch ein Wort bei den Angelegenheiten des Landes Eryx mitzusprechen haben. Was sollen wir also jetzt tun?"

So sorgten sie sich um die Zukunft und dabei erzählten sie sich gegenseitig von den Verdiensten der gefallenen Kameraden und nannten sie bei Namen. Jeder spritzte für den von ihm genannten Toten ein Trinkopfer aus seinem Trinkbecher zu Boden, und Likymnios war der eifrigste unter ihnen und behauptete, daß der Wein ihm nie so gut gemundet habe wie gerade an diesem Abend. Deshalb beschlossen sie, nachdem sie sich eine Zeitlang über ihre Sorgen unterhalten hatten, sich den Kopf über den morgigen Tag nicht länger zu zerbrechen und sich gehörig zu betrinken, weil sie etwas anderes ja doch nicht tun könnten. Dann wurde kein Wasser mehr in den Wein gemischt, und ich hielt es für angebracht, Arsinoe aus ihrer Runde wegzubringen.

3.

Zwölf Tage lang blieb Dorieus unsichtbar. In der Zwischenzeit kamen die Angelegenheiten in Segesta aufs beste wieder in Ordnung. Die Kampftruppe der Aristokraten ging völlig überraschend gegen die Aufständischen des Landes Eryx zum Angriff über, umzingelten die Hirten und die Feldarbeiter mit ihren Gespannen und zwangen sie, die Waffen niederzulegen und zu ihren Gebietern zurückzukehren. Allzu viele von ihnen töteten sie nicht, weil sie wußten, daß das Land Feldarbeiter und das Vieh Hirten brauchten. Den Sikanen übersandte das Volk von Segesta Salz und Tonkessel zum Geschenk und forderte sie dabei auf, sich wieder in die Wälder zurückzuziehen. Das Volk söhnte sich mit seinen Aristokraten vollkommen aus und ließ sie mit Pferden, Hunden und Athleten in die Stadt zurückkehren. Bei den Verhandlungen wurde den Aristokraten überzeugend klargemacht, daß sie, wenn das Volk die schwere Verantwortung des Herrschens im Lande Eryx auf sich nehme, davon nur Nutzen hätten und dabei gewinnen würden. Sie durften die äußeren Zeichen ihrer früheren Sonderrechte beibehalten und konnten nunmehr, von den Mühsalen des Herrschens befreit, ihre Zeit in noch höherem Maße der Zucht ihrer edlen Pferde und Hunde und den Wettspielen ihrer Athleten widmen. Doch mußten sie von jetzt ab sich damit abfinden, daß reiche Kaufleute und tüchtige Handwerker ihre Töchter ehelichen und Land erben konnten. Es mußte auch Männern, die wichtige Posten in der Stadt auf Grund von Wahlen bekleideten, erlaubt sein, Hunde zu halten, wenn sie auch nicht von hoher Abstammung wären.

Der Friede kehrte wieder in Segesta ein, und zu Ehren der Gefallenen wurden auf dem Wettkampfplatz die verschiedensten Spiele veranstaltet, bei denen sich die Athleten Segestas besonders hervortaten, so daß das Volk viel zu sehen bekam. Zum Gedenken an die gefallenen Männer aus Phokaia wurde an der Stelle, wo sie gekämpft hatten, ein Altar errichtet.

Am dreizehnten Tage zeigte sich Dorieus wieder, hing sein Schwert an die Wand des Gastsaales, redete mich freundlich an und sagte: „Du hast dich im Kampf gut bewährt, Turms, und bist nicht von meiner Seite gewichen. Du machtest mir sogar die Freude, dir ein paarmal das Leben zu retten, wenn man auch daran nicht denken sollte. Ich habe daran gedacht, dich zum König von Eryx zu ernennen, weil ich Arsinoe versprochen habe, sie zur Oberpriesterin der Göttin zu machen."

Ich hatte wirklich keine Lust, Leute zu dingen und auf eigene Rechnung das Land Eryx zu erobern. Auch war Arsinoe infolge ihres Zustandes vernünftiger geworden, und so sagte ich: „Die Sache hat keine Eile. Aus gewissen Zeichen zu schließen, ist es wohl angebrachter, wenn ich erst im kommenden Jahr die Kulte der Göttin von Eryx wiederhole."

Tanakil bemerkte: „Aus bestimmten Gründen wünschte ich, du würdest Segesta auf schnellstem Wege verlassen, Istafra, so gute Freundinnen wir auch sein mögen. Ich bin nicht ganz so dumm, wie du denkst. Gegen deinen Willen kann ich dich leider nicht nach Eryx zurückschicken. Laß aber deine Verwandlungskünste bleiben!"

Dorieus wollte nach den großen griechischen Städten Siziliens wie

Selinunt, Gela, Akragas und Syrakus Sendboten entsenden, um diesen über sein neues Königtum zu berichten. Aber Tanakil widersetzte sich diesem Vorschlag heftig:

„Das kannst du unmöglich tun. Wenn der Rat davon Kenntnis bekäme, würde der Anschein erweckt werden, daß du ein Bündnis mit den Griechen vorbereitetest. Vorläufig ist es am vorteilhaftesten, Dorieus, die Zunge mitten im Mund zu halten und Vorsicht walten zu lassen. Während du auf See warst, hat sich allerhand ereignet. Im Frühjahr segelte eine Menge Kolonisten, vor dem Perser flüchtend, aus Samos nach Sizilien. Mit ihrer Hilfe eroberte der Alleinherrscher Anaxilos von Rhegion Zankle. Als Krinippos von Himera dies hörte, verheiratete er eiligst seine Enkelin Kydippe mit Anaxilos. Anaxilos hat den Namen Zankle in Messina geändert, beherrscht nunmehr beide Küsten und hat einen Freundschaftspakt mit Karthago geschlossen. Infolge dieser Heirat ist Himera und daher die ganze Nordküste Siziliens in die Interessensphäre Karthagos geraten. Meine Söhne werden viel Arbeit haben, um Karthago dazu zu bewegen, die Gesetzmäßigkeit deiner Ansprüche auf die Hundekrone anzuerkennen."

Nach der Ernte kamen zwei Ratsherren aus Karthago über Eryx nach Segesta, um dessen Angelegenheiten zu prüfen. Es waren zwei, da der Rat Karthagos es nicht gern nur einem Manne überließ, wichtige Fragen zu klären, wobei drei ihrer Ansicht nach wiederum zu viele gewesen wären. Aber diese beiden Männer führten natürlich Diener, Schriftführer, Landmesser sowie Militär- und Kriegssachverständige mit sich.

Dorieus ließ Tanakil ein Festmahl zu ihren Ehren bereiten. Tanakil brachte ihre Ahnentafel zur Ansicht und sprach für Dorieus; sie beteuerte, daß er in Bälde die Sprache der Elymier erlernen und die Sitten des Landes übernehmen würde. Dorieus führte sie alle zum heiligen Hund, um zu zeigen, wie anhänglich er ihm gegenüber sei. Viel mehr hatte er ja nicht vorzuweisen.

Die Leitung der langwierigen Verhandlungen überließ Dorieus gern dem Stadtrat von Segesta, der über alle Fragen besser im Bilde war als er. Schließlich diktierten die Abgesandten Karthagos ihre Bedingungen: sie erkannten Dorieus als König von Segesta und dem ganzen Lande Eryx an. Aber die in Panormos verursachten Schäden habe er zu ersetzen. Als Sicherheit für die Entschädigung hatten sie bereits die auf der Werft liegende Triere beschlagnahmt. Auch Eryx müsse als karthagische Stadt anerkannt werden, wobei Karthago weiter das Recht behielt, über die Einkünfte zu verfügen, die durch die Pilgerfahrten eingebracht würden, da die Göttin den Winter über in Karthago weile und sie von dort auf einem goldenen Schiff jedes Frühjahr nach Eryx gebracht werde. Entscheidungen über Krieg und Frieden habe der Rat von Segesta dem Rat Karthagos zur Prüfung und Genehmigung vorzulegen, auch dürfe der Rat von Segesta keine Handelsabkommen mit den griechischen Städten Siziliens auf eigene Verantwortung abschließen. Aber griechische Handwerker und Kaufleute, Ärzte, Architekten und Gelehrte dürften gern nach Segesta übersiedeln, falls sie sich ihren Gesetzen und in Handelsfragen denjenigen Karthagos fügten. Karthago wolle aus den ionischen Flüchtlingen Nutzen ziehen und ihre Fachkenntnisse zur Bereicherung Segestas verwenden. Die unternehmungslustigsten und fähigsten Männer flohen vor dem Perser ständig aus Ionien, und das griechische Mutterland habe nicht Platz genug für sie alle.

Dionysios und die anderen noch am Leben gebliebenen und von ihren Wunden genesenen Männer aus Phokaia habe Dorieus an Karthago auszuliefern, wo sie nach den karthagischen Seegesetzen verurteilt werden sollten, weil sie der Seeräuberei auf dem östlichen Meere angeklagt seien.

Alles andere schluckte Dorieus, weil ihm glaubhaft gemacht wurde, daß die Forderungen Karthagos nichts weiter bedeuteten als die Wiedereinführung des schon bestandenen Zustandes, aber er weigerte sich, die Männer aus Phokaia auszuliefern. Dorieus setzte mannhaft seinen eigenen Kopf durch, obwohl Tanakil alles tat, ihm zu beweisen, daß er Dionysios nichts schulde, sondern im Gegenteil auf See Unrecht erlitten habe. Dionysios mit seinen Mannen wären ihm nur aus Zwang der Notwendigkeit, und keineswegs aus Freundschaft gefolgt.

Doch Dorieus antwortete: „Was auf See geschah, gehört nicht hierher. Unsere auf dem Lande mit Blut besiegelte Waffenbrüderschaft darf und kann ich nicht verletzen."

Als Dionysios erfuhr, daß die Verhandlungen seinetwegen zu scheitern drohten, erschien er aus eigenem Antrieb bei Dorieus und erklärte: „Ich möchte unter keinen Umständen dein Königtum in Gefahr bringen, zu dem ich dir, ohne nach eigenem Vorteil zu fragen, verholfen habe. Lieber wollen wir dir aus dem Wege gehen und wieder auf See zurückkehren. Ich hoffe aber, daß du uns bei der Trennung mit Geschenken, die deiner würdig sind, bedenken und all die Demütigungen, die wir in dieser feindlichen Stadt erdulden mußten, reichlich belohnen wirst."

Dorieus war über diese Nachricht erfreut und antwortete: „Du hast ganz recht. Es wird wohl das beste sein, obwohl ich gehofft hatte, mein Versprechen einzulösen und aus euch Herren des Landes machen zu können. Aber was kann ich dafür, wenn Karthago sich damit nicht einverstanden erklärt? Über die Geschenke kann ich mich noch nicht näher äußern, denn ehrlich gesagt, bin ich als König ärmer als damals, da ich noch meinen Teil an der Beute im Kriege hatte und die Mitgift meiner Frau Tanakil in Himera genoß. Ohne diese Mitgift müßte ich mich in Lumpen kleiden und aus einem Tongefäß essen. Worum ich auch immer bitte, stets weisen diese Kaufleute auf die Gesetze der Stadt oder sagen, bis jetzt wäre so etwas nicht Sitte gewesen. Versuche nun, meine bedrängte Lage zu verstehen, Dionysios, und beherrsche deine Gier."

Dionysios war gerührt und sagte: „O weh, Dorieus, ich neide dir deine Lage wahrlich nicht, aber ein König hat seine königlichen Pflichten. Ich muß an meine Männer denken, an ihre Leiden und ihre Armut."

Dorieus versuchte, über diese Angelegenheit mit den Volksführern zu reden, aber sie waren als Elymier nicht gut auf die Männer aus Phokaia zu sprechen und antworteten eisig: „Falls deine Ehre es dir nicht erlaubt, sie den Karthagern auszuliefern, so werden wir gern Athleten dingen, damit diese sich eines Nachts auf sie stürzen und sie töten."

Nach Ansicht des Dorieus wäre diese Lösung ehrenvoller gewesen als ihre Auslieferung als Seeräuber an Karthago. In dem Falle hätte er auch noch ihre Schätze geerbt, die die Männer aus Phokaia, auf Körben und Säcken sitzend, peinlichst bewachten. Aber Dorieus legte keinen besonderen Wert auf irdische Güter, und außerdem wußte er, daß er dank Tanakil einer der reichsten Männer Segestas war, obwohl ein großer Teil von Tanakils Vermögen auf die Vorbereitungen für den Aufstand in der Stadt draufgegangen war.

Die Männer aus Phokaia hatten es in Segesta nicht leicht. Sie mußten sich in ihrem Quartier einschließen, und der Stadtrat war nicht einmal gewillt, für ihre Verpflegung aufzukommen. Sie mußten selbst ihren Lebensunterhalt bestreiten. Die Abgesandten aus Karthago ließen sie Tag und Nacht bewachen, damit sie sich nicht des gleichen Tricks wie in Himera bedienten und entflohen. Aber in Himera befanden wir uns ja an der Küste, und die Schiffe hatten zur Abfahrt fertig im Hafen gelegen.

Als der Herbst sich näherte, hatten die Männer aus Phokaia das Gefühl, daß sich die Schlinge um ihren Hals fester zugezogen habe, auch waren sie darüber ungehalten, daß die Frauen von Segesta keine Lust verspürten, sich mit ihnen anzufreunden. Sie begannen das unverwischbare blaue Mal an ihren Rücken zu betasten und fragten einander, was das wohl für ein Gefühl sei, wenn einem die Haut am lebendigen Leibe abgezogen würde. Täglich gingen die Abgesandten Karthagos mit ihren rotbraunen Gesichtern und den Goldfäden im Bart an ihrem Haus vorbei und ließen ihre Begleitung Drohrufe gegen sie ausstoßen. Auf Befehl des Dionysios schwiegen die Männer aus Phokaia und antworteten nicht auf die Schmährufe. Der Spott ließ sie kalt und sie sagten, daß sie im Laufe ihres Lebens schon Schlimmeres und in reinem Griechisch gehört hätten. Doch fing das drohende Schweigen und der tägliche Vorbeimarsch der beiden Abgesandten an ihrem Hause sie zu quälen und zu beunruhigen an.

Am schwersten litten sie unter der Untätigkeit, und sie hätten sogar gern an den Erntearbeiten teilgenommen, wenn die Bewohner Segestas das nur erlaubt hätten. Aber die Bevölkerung des Landes Eryx pflegte die Ernte mit bestimmten Geheimkulten zu weihen, auf die ich hier nicht näher eingehen möchte. Sie behaupteten, daß die Hand eines Fremden das Getreide vergiften würde. Auf den offenen Feldern wären die Männer aus Phokaia auch leichter zu überrumpeln gewesen. Von ihnen waren ja nur noch im ganzen dreiunddreißig Mann übriggeblieben, zwei von ihnen aus Salamis auf Kypros und Dionysios. Aus irgendwelchen Gründen forderten die Abgesandten Karthagos nicht, daß Arsinoe, ich und Mikon ausgeliefert würden. Wir wohnten sogar im Königshaus des Dorieus und genossen wie in Himera die Gastfreundschaft Tanakils.

Um die Zeit totzuschlagen, befestigten die Männer aus Phokaia ihr Wohnhaus so gut es ging und stellten für die Nacht einige Wachen aus. Sie pflegten ihre Waffen, aber schließlich blieb ihnen bei dem Müßiggang als einzige Beschäftigung, die Körbe und Säcke auf- und zuzumachen, das Silber zu putzen und den Staub von den Elfenbeinschnitzereien abzuwischen. Sogar das Weintrinken hatte Dionysios ihnen verboten, als er merkte, daß die Beamten Segestas zwar Zahlung für die Lebensmittel forderten, den Männern aber Wein, sogar sackweise, unentgeltlich anboten. So blieb ihnen schließlich als Beschäftigung nur das Würfelspiel und der Streit.

Es ist verständlich, daß Dorieus später im Herbst ihrer überdrüssig wurde, weil sie ihm doch im Wege standen. Die Abgesandten Karthagos wurden ungeduldig und forderten, daß die Männer aus Phokaia ihnen vor Beendigung der Schiffahrt ausgeliefert würden, um gefesselt nach Karthago verschifft zu werden. Als ich mit den Abgesandten sprach, taten sie freundlich und nachsichtig und sagten, das Märchen vom Hautabziehen bei lebendigem Leibe sei reine Verleumdung. Das Seegesetz Karthagos sei wohl streng, aber nicht vernunftwidrig. Sie hätten in Iberia Gruben, die ständig Arbeitskräfte brauchten. Bösartigen Sklaven könnten eventuell die Augen ausgestochen oder die Kniegelenke ausgerenkt werden, um ihre Flucht zu verhindern, aber Schlimmeres werde ihnen nicht geschehen.

Ich erzählte dies Dionysios, aber er strich sich nur den Bart und meinte, daß die Männer aus Phokaia keine Lust hätten, sich in die giftigen Bergwerke in Iberia zu begeben oder in Karthago mit ausgestochenen Augen Mühlensteine zu drehen, nur um Dorieus einen Gefallen zu tun. Dorieus nahm dreimal Abschied von ihnen, jeden heuchlerisch umarmend, wünschte ihnen gute Reise und bat sie, schleunigst die Stadt zu verlassen. Das drittemal brachte er sogar ein kleines Säckchen mit Silbermünzen als Geschenk mit, die er aus Tanakils Schatzkasten ohne ihr Wissen genommen hatte. Dionysios und seine Mannen hätten sich damit begnügt und sich auf den Weg gemacht, aber sie wagten es nicht. Denn sie wußten ganz genau, daß die Bewohner Segestas bereits in den Straßen der Stadt oder auf jeden Fall auf den Feldern über sie herfallen und sie töten würden, wenn sie aus ihrem befestigten Hause herausgingen.

Dionysios verschwieg mir in der Folge seine Pläne, obwohl er mich immer noch für seinen Freund hielt. Eines Tages sah ich aus dem Hof ihres Hauses eine dicke Rauchsäule aufsteigen und lief schnell hin, um festzustellen, was dort los war. Ich sah, daß sie im Hof Schmelzgruben ausgeworfen hatten und daß sie die schönen Silbergefäße platt schlugen, um sie dann mit Hilfe von Blasebälgen zu zerschmelzen. Aus den Schmuckkästen brachen sie die Edelsteine heraus. Die Elfenbeinschnitzereien zertrümmerten sie. Dionysios sagte:

„Falls du danach gefragt wirst, was wir hier tun, so sage, daß wir den Göttern ein Opfer darbringen wollen, bevor wir uns dem Urteilspruch Karthagos unterwerfen. Wahrhaftig, wir bringen den Göttern in der Tat ein teures Opfer. Die Kaufleute Segestas kaufen uns unsere Wertgegenstände nicht ab, weil sie sich einbilden, diese doch noch von uns zu erben. Wir werden aber keine Erbschaft hinterlassen. Lieber vernichten wir den ganzen Schatz."

Ich schaute ihrem Tun und Treiben mißtrauisch zu und sah, wie sie das Silber an sich nahmen, es in Stücke schlugen, die Stücke abwogen und diese dann unter sich verteilten. Verärgert sagte ich: „Meine Augen halten es nicht aus, einer solch wahnsinnigen Vernichtung von Kunstgegenständen zuzusehen. Aber ich bemerkte auch, daß ihr den Schatz unter euch nach Gewicht verteilt, und dann werdet ihr wohl würfeln, wer die Perlen und Edelsteine bekommt. Ich glaube, daß auch mir laut Vereinbarung ein Teil des Schatzes zusteht, ebenso wie Mikon als Arzt.

Und Dorieus wird sich sicherlich auch gekränkt fühlen, falls er nicht den mit seinem Schwert verdienten Teil erhält."

Dionysios lachte mit blitzenden Zähnen und behauptete: „O Turms, du hast in Himera schon mehr verbraucht, als dir vereinbarungsgemäß zustand. Du wirst dich doch wohl noch erinnern, daß ich dir, als du dich auf die Pilgerfahrt nach Eryx begabst, Geld gegen deinen Teil an der Beute geliehen habe. Von dort zurückgekommen, hast du von mir noch mehr genommen, um die Anforderungen der von dir mitgebrachten Frau zu erfüllen. Dorieus schuldet uns mehr als wir ihm. Aber Mikon geben wir gern seinen Teil als Arzt, wenn er uns vor das Tribunal nach Karthago folgt. Vielleicht wird er mit seiner Arztkunst imstande sein, die Haut, die von unseren Schultern abgezogen worden ist, wieder über uns zusammenzunähen."

Die Männer aus Phokaia lachten mit verschwitzten, verrußten Gesichtern und stichelten noch weiter: „Kommt nur und holt euch euren Teil, du, Turms und Mikon und vor allem Dorieus. Aber nehmt dann auf alle Fälle eure Schwerter mit, falls bei der Teilung ein Streit entstehen sollte."

Auf Grund ihrer drohenden Haltung sah ich es als das beste an, Dorieus zu erzählen, daß sie nur den Göttern ein Opfer darbringen wollten, bevor sie sich dem Urteilsspruch Karthagos unterwerfen würden. Dorieus seufzte erleichtert auf und sagte: „O diese braven Kerle! Das ist der beste Dienst, den sie mir erweisen können, damit ich endlich dazukomme, die staatlichen Angelegenheiten Segestas in Ruhe zu ordnen."

In der Stadt wurde überall freudig begrüßt, daß diese schwierige Frage sich ohne Verwicklungen zu klären schien. Der Mensch glaubt gerne an das, was er sich wünscht. Deshalb glaubte das Volk Segestas, daß Dionysios und seine Männer den Verstand sprechen ließen, weil sie nichts anderes mehr tun konnten. Mit schiefem Kopf und auf einem Fuß stehend, hörten sich die Volksführer den Lärm an, der an diesem Abend aus dem Wohnhaus der Männer aus Phokaia drang, denn sie tranken seit langer Zeit wieder Wein und gönnten sich ein Festmahl, um die Stimmung zu heben. Die Abgesandten Karthagos waren sehr zufrieden und sagten: „Es wird allmählich Zeit. Unsere Schiffe haben schon lange genug in Eryx auf uns gewartet. Diese Seeräuber scheinen fügsamer zu sein, als wir vermuteten, da sie auf die karthagischen Seegesetze vertrauen."

Sie brachten ihrem Baal und anderen Göttern Dankesopfer dar und ließen in der Stadt Ketten und Seile für den Transport der Männer aus Phokaia nach Eryx kaufen. Am nächsten Tag gingen sie wieder mit ihren

Begleitung am Hause der Männer aus Phokaia vorbei und blieben dann wartend davor stehen. Dionysios trat mit seinen Männern aus dem Tor. Schneller als ich es erzählen kann, schlugen sie die Begleitmannschaft nieder, töteten sie und zerrten die völlig verblüfften karthagischen Abgesandten ins Haus herein. Sie vermieden es, Bewohner Segestas zu töten. Sie forderten nur die von der Stadt gestellte Wache auf, sich von der Angelegenheit fernzuhalten, die sie gar nichts anginge.

Dorieus wurde wütend, und die Volksführer Segestas bekamen Bauchweh vor Schreck. Aber Dionysios kam mit dem Beil in der Hand unbekümmert auf die Straße, redete sie an und sagte: „Wir haben uns den beiden heiligen Abgesandten Karthagos ergeben und sie demütig gebeten, uns nach Eryx und auf das Schiff zu begleiten. Wir können nicht mehr, als den unerfreulichen Zwischenfall bedauern, aber als wir mit ihnen verhandeln wollten, drang die Begleitmannschaft auf uns ein, trampelte uns auf die Füße, rempelte uns an und verhinderte eine gesittete Verhandlung. So schamlos benahmen sie sich, daß sie in ihre eigenen Schwerter fielen und im Gedränge blindlings aufeinander mit ihren Speeren einstachen. Wir haben vielleicht auch, als leicht aufbrausende Männer, auf einige von ihnen versehentlich zu hart eingeschlagen, da wir nicht gewohnt sind, Waffen aus Stahl zu gebrauchen. Aber die Abgesandten Karthagos haben uns bereits verziehen und uns zugesagt, daß wir unsere Waffen erst auf dem Schiff in Eryx auszuliefern brauchten. So geschickte Vermittler sind sie. Falls ihr meinen Worten nicht glaubt, tretet ins Haus und fragt sie selber."

Doch die Volksführer von Segesta zeigten keine Lust, in das Haus der Männer aus Phokaia zu treten, und Dorieus meinte, die Angelegenheit ginge ihn nichts mehr an, nachdem Dionysios sich den Abgesandten Karthagos ergeben habe.

Dionysios fuhr weiter fort:

„Schließlich könnt ihr euch nur bei eurer eigenen Böswilligkeit bedanken, die uns dazu zwang, diese Angelegenheit so zu klären. Die heiligen Männer aus Karthago sind völlig unserer Ansicht und fürchten, daß ihr uns auf der Fahrt verfolgen und bedrängen könntet, denn entsprechend ihrer Aufgabe müssen sie uns lebend vor das Tribunal für Meeresfragen nach Karthago bringen, wo wir verurteilt werden sollen. Solltet ihr uns angreifen, so würden sie sich das Leben nehmen, sagten sie uns. Dann fällt ihr Blut auf euch zurück, und Karthago wird es euch nie verzeihen, falls seine heiligen Abgesandten euretwegen ihr Leben verlieren."

Nachdem die Volksführer Segestas seine Worte verdaut hatten, lächelte Dionysios erfreut und sagte: „Wir Männer aus Phokaia würden lieber über Panormos nach Karthago segeln, weil der Weg uns bekannt ist, aber die Abgesandten Karthagos halten strikt an Eryx fest, weil ihre Schiffe dort warten. Wir müssen uns ihrem Willen fügen. Beschafft uns Esel und Maultiere, damit diese ehrwürdigen Männer eine so lange Strecke nicht zu Fuß zurückzulegen brauchen. Wir Männer aus Phokaia begnügen uns in unserer Demut damit, zu Fuß zu laufen, wie es Gefangenen ziemt. Einen Führer könnt ihr uns auch mitgeben, damit wir bestimmt nach Eryx gelangen, da wir den Weg dorthin nicht kennen."

Nachdem die führenden Männer Segestas miteinander Rücksprache gehalten hatten, kamen sie überein, daß sie nichts unternehmen konnten, da Dionysios nicht davor zurückschrecken würde, die Abgesandten Karthagos umzubringen, falls er und seine Männer angegriffen würden. Eine solche Verantwortung konnten sie nicht übernehmen. Deshalb sagten sie verbittert:

„Nimm die Esel und die Maultiere und mach, daß du wegkommst, schneller als du kamst, Dionysios. Wir wünschen dir nichts Gutes, im Gegenteil, wir wünschen dir von Herzen, daß dir deine Leber auf der Fahrt platzen möge und die Würmer dich auffressen, und Gleiches wünschen wir deinen Männern."

Dionysios breitete heuchlerisch die Arme aus und rief: „Wehe euch, Männer Segestas, das Mitgefühl der Abgesandten Karthagos vermochte ich zu wecken, aber eure Unfreundlichkeit kann offenbar durch nichts besiegt werden. Mögen die Götter gnädig sein, so daß eure bösen Wünsche nicht in Erfüllung gehen, denn die unverletzlichen Männer Karthagos haben versprochen und geschworen, daß meine Haut mir über die Ohren gezogen und an das Meerestor in Karthago genagelt werden wird. Kein Mann aus Phokaia könnte sich eine größere Ehre erträumen!"

Die Männer Segestas taten so, als glaubten sie alles, was Dionysios erklärte. In einem Festzug mit üblichen Ehrungen geleiteten sie die Abgesandten Karthagos und die sie wie eine Schildmauer umgebenden Männer aus Phokaia durch die Stadt bis zum westlichen Tor. Zwar sahen sie, daß die karthagischen Abgesandten auf den Rücken der Maultiere festgebunden waren und daß sie einen Knebel im Munde hatten, aber sie taten, als hätten sie es nicht bemerkt.

Mikon und ich begleiteten die Männer aus Phokaia bis zum Westtor, die Schlauheit des Dionysios bewundernd. Da Dionysios wußte, daß er nichts mehr zu verlieren hatte, trotzte er den Göttern in seiner maßlosen Frechheit, blieb mit seinen Mannen vor dem Tor stehen und sagte: „In der Eile hätte ich es fast vergessen, daß die Geldkassetten und die Segesta betreffenden Papiere und Schrifttafeln im Quartier der Abgesandten geblieben sind. Holt sie geschwind, Ihr Amtsträger von Segesta. Bringt ihnen auch noch Reiseproviant mit, frisches Fleisch und Wein. Auch müßten sie auf beiden Seiten ein Mädchen für die Nacht bekommen, das sie wärmen sollte, denn ich vermute, daß wir auf der nackten Erde übernachten müssen."

Die Männer Segestas schwollen an vor Wut und sagten zueinander: „Laßt uns sie umbringen, wenn es auch unsere letzte Tat auf Erden sein sollte."

Aber Dionysios und der von ihm zum Steuermann ernannte Likymnios hielten die Schwertschneide auf den Nacken der karthagischen Abgesandten und sagten: „Ganz wie ihr selber wollt, wenn ihr nur eine solch gottlose Handlung vor dem Rat Karthagos verantworten könnt! Falls Ihr uns angreift, sind diese beiden Männer gezwungen, sich das Leben zu nehmen. Sie haben uns gebeten, ihnen dabei behilflich zu sein, damit sie nicht mehr vor den Rat treten müssen, um Bericht zu erstatten, wo wir geblieben sind."

Um die führenden Männer von Segesta noch mehr zu ärgern, hüllte sich Dionysios, nachdem die Sachen der Abgesandten gebracht worden waren, in einen karthagischen Festüberwurf. Die Papierrollen und die Schreibtafeln betrachtete er nur verächtlich, da er nicht lesen konnte. Deshalb gab er sie seinen Männern weiter. Diese zeichneten häßliche Bilder auf die Tafeln, zeigten sie einander und lachten dreckig. Andere verrichteten ihre Notdurft und wischten sich mit den Papieren ab, die das Bündnis zwischen Karthago und Segesta betrafen. Als die Würdenträger von Segesta dies sahen, hielten sie es für angebracht, das Volk nach Hause zu schicken und zu verkünden, daß die Festlichkeiten vorüber seien.

Dionysios entschloß sich doch schließlich abzuziehen, als einer der Würdenträger von Segesta vor Wut einen Schlaganfall erlitt und vor seinen Augen sein Leben aushauchte. Das Gesicht des Würdenträgers war blauschwarz geworden, er griff sich an die Kehle, konnte aber nicht mehr Luft holen und verlor das Bewußtsein; er kam auch nicht mehr zu sich, obwohl seine Freunde ihn auf dem Boden wälzten und seine Glieder massierten. Die Männer aus Phokaia hielten dies für ein schlechtes Omen, hetzten die Zugtiere vorwärts und begaben sich auf den Weg nach Eryx.

Auf ihrer Wanderung trödelten sie nicht, sondern marschierten weiter, und legten nur für die dunkelste Zeit der Nacht eine Ruhepause ein. Am folgenden Tage in der Dämmerung kamen sie im Hafen von Eryx an und stürmten auf das Kriegsschiff, das auf die Abgesandten wartete, warfen dessen Besatzung ins Meer, schleuderten Feuerfackeln in die anderen Schiffe und brachten den ganzen Hafen völlig durcheinander. Dann ruderten sie aufs Meer hinaus und nahmen die Abgesandten Karthagos mit. Den einen banden sie an den Rammdorn am Bug fest, damit er ihnen beim ersten Angriff auf ein ihnen auf See entgegenkommendes Schiff Glück bringen sollte. Den anderen opferten sie zum Spaß dem Baal der Karthager, nachdem sie ein von jenseits der Säulen des Herkules einfahrendes Schiff mit Schätzen ausgeplündert hatten, denn der Wind führte sie auf die Küste Afrikas zu und in die Nähe Karthagos.

Dionysios versuchte dann gar nicht mehr, nach Massilia zu gelangen, sondern blieb bei der Seeräuberei, denn er war der Überzeugung, daß die Götter ihn für diesen Beruf bestimmt hatten. Aber griechische Schiffe plünderte er nicht aus. Deshalb begannen die griechischen Städte auf Sizilien ihn zu schützen, als sie merkten, daß er eine Flotte um sich sammelte. Während der nächsten Jahre trugen die gewagten Unternehmungen des Dionysios auf See dazu bei, die Beziehungen zwischen Karthago und den griechischen Städten auf Sizilien immer mehr zu verschlechtern. Sie wären voraussichtlich auch sonst nicht die alten und guten geblieben.

Dies alles habe ich über Dionysios aus Phokaia und seine Mannen erzählt, weil er ein Mann war, der des Gedenkens wert ist. Jene dreiunddreißig möchte ich wohl namentlich nennen, aber ich kann mich an alle Namen nicht mehr erinnern.

4.

Im Laufe des Winters in Segesta lernte ich die Beklemmung kennen. Zeitweise wurden Angst und Niedergeschlagenheit so arg, daß mir jeder andere Zustand wünschenswerter zu sein schien. Auch kann ich es nicht erklären, woher diese meine Beklemmung herrührte. Mir war, als sei ich ein Gefangener, der die Mauern nicht zu sprengen vermag, die ihn umgeben. Ich glaube aber, daß ich weniger ein Gefangener der äußeren Umstände als ein solcher meiner selbst war. Irgend etwas hatte sich in meinem Innern verknotet, und ich war nicht imstande, den Knoten zu entwirren.

Ich hatte ständig das Gefühl, daß mir ein Brocken im Halse saß, der mich quälte. Äußerlich gesehen lag hierfür kein Grund vor, da ich doch als Begleiter des Dorieus Ansehen genoß. Infolge ihres Zustandes hatte sich auch Arsinoe beruhigt, sie war nicht mehr so launenhaft und zog sich vom öffentlichen Leben zurück. Sie nahm zu, wurde gemäßigter und suchte sogar in Stunden ihrer Angst bei mir mit größerer Zärtlichkeit Zuflucht als zuvor. Sie sprach mit mir nicht viel, und wenn, dann über völlig belanglose Dinge. In meinem Zustand der Beklemmung quälte mich der Gedanke, daß ich mit einer mir fremden Frau zusammenlebte, die ich überhaupt nicht kannte. Auch wenn ich über das kommende Kind nachdachte, befiel mich die Ahnung, daß auch dieses mir fremd sein werde. Es war, als drücke mich ein ungeheures Gewicht platt auf die Erde, so daß nur noch irdische Fragen Bedeutung und Zweck zu haben schienen, in mir selbst aber alles zwecklos und unbedeutend sei.

Wenn ich schon litt, so litt Dorieus vermutlich noch mehr. Er hatte sein Ziel erreicht und es zugleich damit verloren, so daß er nicht mehr wußte, was er wollte. Seine Erlebnisse auf See hatten ihn so verwirrt, daß, wenn er einen Anfall von Schwermut hatte, seine Augen einen völlig leblosen Ausdruck zeigten, als wäre in ihm alles nur graues Salz. Er hatte sein Interesse an Tanakil eingebüßt und war ihr gegenüber häufig schroff und hartherzig.

Für Hundezucht und Pferderennen begeisterte er sich nicht, dagegen war er bemüht, den Jünglingen Segestas Leibesübungen griechischer Art beizubringen und schmackhaft zu machen. Die begabten Männer Segestas schauten mit großer Hochachtung seinen Leistungen auf dem Wettkampfplatz zu, versuchten ihn aber zu belehren, daß sie nichts Bewunderungswürdiges an körperlichen Anstrengungen fänden, weil die Athleten, die ihre Körper als Beruf schulten, viel bessere Ergebnisse erzielen konnten als jeder Laie.

Dorieus versuchte, die Leitung der traditionellen Jagden der Aristokraten zu übernehmen, verzichtete aber darauf, da seine Begleiter ihn mutwillig inmitten einer Wildschweinherde allein ließen, so daß er sich nur mit knapper Not retten konnte. Doch erreichte Dorieus, daß die waffenfähigen Männer, ungeachtet ihrer Würde und ihres Berufes, an bestimmten Tagen zu Waffenübungen zusammenkamen. Zwar klagten sie über verschiedene Leiden, und viele meldeten sich immer wieder krank, aber das Volk sah doch ein, daß es im Waffengebrauch ausgebildet werden müßte, falls es die Macht in den Händen behalten wollte. Dorieus konnte sie davon überzeugen, daß eine wehrhafte Stadt bei Verhandlungen eher geachtet würde als eine schwache. Obwohl die Stadtbewohner so taten, als wäre nichts Besonderes vorgefallen, wußten sie ganz genau, daß der Rat Karthagos sie im Frühjahr für das Schicksal der beiden Abgesandten verantwortlich machen würde. Sie wollten zwar die ganze Schuld auf Dionysios wälzen, aber das Schuldbewußtsein ließ sie laufen, bis sie von Schweiß trieften und ihre Arme bei Waffenübungen, die sie im Grunde ihres Herzens verabscheuten, bis zur Erschöpfung anstrengten.

Nachdem sie sich eine Zeitlang so geplagt hatten, stimmten sie dem Vorschlag des Dorieus gerne zu, daß die Stadt etwa tausend Jünglinge, die sich bei den Übungen als hervorragend erwiesen hatten, selbst dazu Lust verspürten oder sich in ihren Berufen nicht wohlfühlten, als ständige Garnisonstruppe dinge. Sie glaubten dadurch die Zuchtlosigkeit der Jugend beseitigen zu können und hofften, selbst von den Waffenübungen verschont zu bleiben.

Dorieus teilte die Jugendtruppe in Hundertschaften ein und brachte sie in Gemeinschaftshäusern unter. Er schlief häufig sogar selbst dort, um das eheliche Bett mit Tanakil zu meiden. Er übte mit ihnen das Stürmen und Laufen mit Waffen, er ließ sie marschieren und führte sie in die Wälder, um die Sikanen anzugreifen, obwohl die Sikanen schlau genug waren, sich nicht in einen Kampf mit uns einzulassen. Nach außen hin bewahrte Dorieus eine strenge Zucht, und jeder hatte dem von ihm eingesetzten Vorgesetzten zu gehorchen. Trotzdem nahmen Diebstähle und Gewalttaten in der Stadt zu. Der Unterschied zu früher lag nur darin, daß die Schuldigen nicht mehr so leicht ermittelt wurden.

Wenn es aufkam, daß sich jemand von den Lorbeerträgern des Dorieus eines Diebstahls oder Raubes schuldig gemacht hatte und dies bewiesen wurde, ließ Dorieus den Schuldigen in grausamster Weise auspeitschen und bestrafte ihn strenger, als die Stadtbewohner es getan hätten. „Aber", sagte er, „ich bestrafe dich nicht wegen des Verbrechens, sondern nur, weil du ertappt worden bist." Das gefiel seinen Mannen sehr. Es war ihnen angenehm zu wissen, daß sie jeden Unfug und jeden Frevel in der Stadt treiben konnten, wenn man ihrer dabei nur nicht habhaft wurde. Deshalb bewunderten sie Dorieus noch mehr als den Stadtrat, der ihnen den Sold zahlte.

So vertrieb Dorieus seine Zeit, aber ab und zu überfiel ihn wieder die Schwermut. Dann schloß er sich auf mehrere Tage in sein Zimmer ein und wollte nicht einmal Tanakil sehen oder mit ihr sprechen. Durch die Wände hörten wir ihn nach seinem Vorfahr Herakles rufen und die weißgliedrige Thetis zu sich beschwören. Hatte er sich beruhigt, so ließ er mich und Mikon zu sich rufen, trank mit uns Wein und erklärte:

„Ihr wißt ja gar nicht, wie bedrückend es ist, König und für das Wohlergehen einer ganzen Stadt verantwortlich zu sein. Auch meine göttliche Abstammung erschwert meine Stellung und macht mich einsam."

Sein Haupt wiegend fuhr er fort: „Den Geist meines Vaters habe ich versöhnt und die Erbforderung des Herakles erfüllt. Aber mein Kopf schmerzt mich bei dem Gedanken, daß nach dem Tode von mir nichts anderes übrigbleibt als unvergänglicher Ruhm. Im Grunde müßte ich doch einen Nachkommen haben, damit alles, was geschehen ist, einen Sinn hat. Aber Tanakil ist nicht mehr imstande, mir einen Erben zu gebären, und ich habe nicht die geringste Lust, ihre beiden Söhne zu adoptieren, wie sie es möchte. Die beiden sind häßliche Männer und von Beruf Kaufleute."

Ich gab zu, daß eine solch schwerwiegende Frage einem wohl Kopfschmerzen bereiten könne. Aber ich tröstete ihn: „Ich glaube, daß du von uns allen dreien am zuversichtlichsten in die Zukunft schauen kannst, da die Götter deinen Weg so genau vorgezeichnet haben, daß du beim besten Willen kaum dem hättest entgehen können, was mit dir geschehen ist. Es fing mit den Lämmerknochen an, die so beharrlich nach Westen zeigten, und im Westen sind wir angelangt, obwohl wir nach Osten aufbrachen. Ebenso kamen wir auf See in die Nähe des buckligen Berges von Panormos, obwohl Dionysios alles daran setzte, uns nach Massilia zu bringen. Nach Himera kamen wir nur deshalb, damit du Tanakil dort begegnen solltest, und die Taubenfeder zeigte uns das Haus, wie du dich wohl erinnern wirst. An deiner Stelle würde ich mir über einen Erben keine Gedanken machen, denn ein solcher wird bestimmt zu gegebener Zeit auftauchen, wenn es so sein soll."

Mir wurde dabei gar nicht klar, daß alle diese Zeichen genau so gut mir wie Dorieus hätten gelten können. Als er da seufzend saß, hielt ich die Gelegenheit für günstig, ihm von Arsinoes Zustand zu sprechen, den man nicht mehr länger übersehen konnte. Mir war es unverständlich, daß das erfahrene Arztauge Mikons noch nichts gemerkt hatte. Ich rieb die Hände und sagte:

„Die Glücksgaben sind nicht gleichmäßig verteilt, Dorieus. Ich habe auf unseren Fahrten nichts erreicht. Immer noch bin ich nur dein Begleiter und habe noch nicht einmal einen eigenen Herd. Die arme Arsinoe erwartet nämlich ein Kind von mir. Das kann ich nicht mehr verbergen, da sie in der dunkelsten Jahreszeit niederkommen wird, und bis dahin sind es nur noch ein paar Monate."

Bei meiner eigenen Begeisterung fiel mir nicht auf, daß sich die Züge des Dorieus verfinsterten, und ich schwätzte weiter:

„Du, Dorieus, verstehst ja von Frauenangelegenheiten kaum etwas, aber du, Mikon, hättest doch wohl ihren Zustand erkennen sollen. Beglückwünscht mich also und reicht mir eure Hände. Alles andere hast du, Dorieus, aber ich erwarte etwas, was du nie bekommen kannst, falls sich deine Eheverhältnisse nicht überraschend ändern."

Dorieus trat gegen das kostbare Mischgefäß, warf es um, schnellte hoch und schrie: „Sprichst du die Wahrheit, Turms? Wie kann eine Priesterin ein Kind bekommen?"

Auch Mikon mied schuldbewußt meinen Blick und fragte: „Du wirst dich doch nicht irren, Turms? Ich hätte es dir nicht gegönnt, daß dir so etwas zustößt."

In meiner Freude verstand ich sie beide aber nicht. Um ihre Zweifel zu verscheuchen, eilte ich, Arsinoe hereinzuholen, und auch Tanakil folgte mir mißtrauisch zu Dorieus, weil er in seinem Schwermutsanfall sie nicht gerne sehen mochte.

Arsinoe stand recht schwerfällig und ungelenk vor uns. Ihre Augen leuchteten verträumt. Ergeben bestätigte sie meine Worte:

„Ja, es ist wahr. Ich erwarte ein Kind, und es wird in der freudlosesten Zeit des Jahres geboren werden. Ich versichere euch aber, daß ich immer noch unter dem Schutze der Göttin stehe. Das haben Zeichen und Träume mir bestätigt."

Das Gesicht Tanakils wurde schwarz vor purem Neid. Sie blickte erst Arsinoe und dann Dorieus feindselig an. „Das dachte ich mir schon" schrie sie mit vor Aufregung schriller Stimme, „aber ich konnte meinen Augen nicht trauen. Ich habe bis jetzt versucht, das beste anzunehmen, doch nun hast du Schande in mein Haus gebracht. Und lasse die Göttin in dieser Angelegenheit ja aus dem Spiel. Das ist die Frucht deiner eigenen Schlauheit, weil du versucht hast, zu beweisen, daß du mir überlegen bist."
Dorieus starrte Arsinoe erstaunt an, hob die Hand, um Tanakil zum Schweigen zu bringen, und sagte:

„Halte das Maul, altes phönizisches Weib, oder du wirst in meinen Augen noch häßlicher, als du schon bist. Dies ist nicht dein Haus, sondern mein eigenes Königshaus, das ich mit dem Schwert erobert habe. Und beneide Arsinoe nicht. Sieh ihren Zustand als Omen an wie ich, obwohl ich noch genau nachprüfen muß, um das Omen richtig zu deuten."

Er bedeckte die Augen mit der Hand, seine Gesichtszüge hellten sich auf, und seit langer Zeit lächelte er wieder, als er sagte: „Fürchte dich nicht, Arsinoe. Ich nehme dich unter meinen Schutz. Alles wird sich zum besten entwickeln. Das Kind ist für dich keine Schande, sondern eher eine Ehre. Was glaubst du, wird es ein Junge oder ein Mädchen sein?"

Arsinoe antwortete schüchtern, daß man so etwas im voraus nicht sagen könne. Doch meinte sie, daß es wohl ein Junge sein würde. Tanakil brach in bitteres Weinen aus und schrie schluchzend: „Kein Glück ist von Dauer. Ich sollte das ja am besten wissen, da ich schon drei Ehemänner habe beerdigen müssen. Aber du mußt zugeben, Dorieus, daß du selbst an mir Gefallen gefunden hast, wenn ich jetzt in deinen Augen auch nur ein häßliches altes Weib bin."

Arsinoe verbot Tanakil, so verbittert zu reden, und versuchte sie zu umarmen. Tanakil aber stieß sie wütend zurück und wehrte ab: „Rühre mich nicht an. Umarme lieber Dorieus, der dich unter seinen Schutz nimmt. Tätschle du an seinen Wangen die Zeichen und Omen, damit er sie ja versteht. Er ist nämlich ein Mann von langsamer Auffassungsgabe."

So neidisch war Tanakil, obwohl sie bereits zwei erwachsene Söhne hatte. Arsinoe schielte zu mir herüber, kniete vor Dorieus nieder und küßte ihm die Hände, für sein Verständnis dankend. Mikon schaute sich das alles von der Seite an, als hätte ihn jemand mit einem Scheit auf den Kopf geschlagen. Ich trat auf ihn zu, legte meinen Arm um seine Schultern und sagte tröstend: „Frauen bleiben Frauen, und ein Mann kann ihr Benehmen niemals völlig verstehen. Beglückwünsche du mich jetzt wenigstens. Es ist für den Mann ein erschütterndes Erlebnis, wenn er erfährt, daß er Vater werden wird." Aber Mikon starrte Arsinoe unentwegt an, während er seine leere Trinkschale mit den Händen umklammerte.

In ihrem Neid fügte Tanakil Arsinoe manche Demütigung zu und verletzte ihr Selbstbewußtsein, so daß Arsinoe weinend zu mir flüchtete, sich in meine Arme warf und Tanakil zu hassen behauptete. Wenn ich aber unterwegs sein mußte, um Aufträge für Dorieus zu erledigen, suchte Arsinoe in ihrer Angst Schutz bei Dorieus, und ich entnahm ihren Erzählungen, daß er sie freundlich behandelte. Das ärgerte Tanakil wiederum um so mehr.

Nachdem Dorieus seine Tausendschaft in den Gemeinschaftshäusern untergebracht hatte, wurde er anmaßend und mischte sich in die Angelegenheiten der Stadt ein, ohne sich mit den Erklärungen der Amtsträger zufrieden zu geben. Deren Meinung nach genügte es nämlich vollkommen, wenn Dorieus die Opferkulte und Festzüge mit der Hundekrone auf dem Kopf leitete und der unruhigen Jugend Zucht beibrachte. Aber er mischte sich in die Steuererhebung und in die Landverteilung ein und behauptete, die Fragen und Probleme Segestas bereits so weit zu kennen, um die Machtausübung mit dem Stadtrat teilen zu können. Ihm genügten die Erklärungen: „das ist hier nicht Sitte“ oder „so ist es früher nicht gemacht worden“, nicht mehr. Er sagte: „Ich schaffe mir meine eigenen Sitten und Gebräuche. Als Nachkomme des Herakles bin ich von früheren Sitten nicht abhängig.“

Ich geriet in eine unangenehme schiefe Lage, als ich zwischen seinem Willen und dem des Stadtrates vermitteln wollte. Die Verhandlungen nahmen sehr viel Zeit in Anspruch. Ich befreundete mich zwar mit den Würdenträgern der Stadt, und sie erkannten meinen guten Willen und boten mir Geschenke an, damit ich Dorieus versöhnen sollte. Aber er war nicht versöhnlich zu stimmen, wenn er sich einmal etwas in den Kopf gesetzt hatte. Deshalb konnte ich auch keine Geschenke von den Würdenträgern annehmen.

An die Niederkunft Arsinoes erinnere ich mich kaum, da ich selbst so sehr in Ängsten schwebte, aber es geschah in der düstersten und trübsten Nacht des Jahres, und ein Knabe kam im Morgengrauen zur Welt, während kalter Regen auf die Erde herabfiel. Mikon erleichterte die Geburtswehen mit Medizinen, überließ aber sonst die Pflege den elymischen Hebammen der Stadt. Mir wurde erzählt, daß die Geburt leicht gewesen sei. Ich vernahm jedoch das Wehklagen Arsinoes, sah den Angstschweiß auf ihrem blassen Gesicht und wie sie ihre Zähne in die Lippen grub. Mir schien das Gebären nicht leicht.

Arsinoe stillte ihr Kind selbst, sie hatte sogar zu viel Milch. So reichlich hatte die Göttin Arsinoe gesegnet, trotz ihres zarten Körpers. Der Junge war kräftig und schrie von Anfang an ganz laut. Mir war so leicht ums Herz, daß ich ihm sofort einen Namen geben wollte. Aber Dorieus sagte: „Mit dem Namen eilt es noch nicht. Warten wir doch ein Zeichen ab.“

Auch Arsinoe bettelte: „Verletze Dorieus nicht, indem du auf die Namensgebung drängst. Für uns beide und für den Jungen selbst wird es nur von Vorteil sein, wenn Dorieus für ihn einen Namen findet.“

Mir gefiel es gar nicht, daß Dorieus sich in Dinge einmischte, die ihn überhaupt nichts angingen. Er war genau so verwirrt wie ich, schaute das Kind begeistert an und ging sogar in den dem Herakles geweihten Tempel, um dort ein Dankopfer darzubringen. Den Tempel hatte er einfach dem Feuergott der Phönizier fortgenommen, so daß es auch darum Streit mit den Behörden der Stadt gab.

Als der Frühling fortschritt, der Regen klar und durchsichtig wurde und die Sturmböen Bäume in den Wäldern des Landes Eryx zu entwurzeln begannen, wurde Dorieus immer finsterer. Er schaute mich immer unheimlicher an, und ich ertappte ihn häufig dabei, wie er das Kind prüfend betrachtete und sich mit Arsinoe unterhielt. Sie hörten aber sofort zu reden auf, wenn ich hinzukam, und Arsinoe fand sogleich irgendeine Beschäftigung, wobei sie über belanglose Dinge schwätzte. Tanakil verfolgte uns mit bösen Blicken. Arsinoe hatte Angst, daß sie dem Kinde etwas antun könnte, ich selbst aber hoffte, daß Tanakil an dem Jungen Gefallen finden möge. Wie könnte jemand einem kleinen Kinde etwas Böses wünschen, dachte ich. Der Vaterstolz machte mich blind für das, was um mich herum geschah.

Dann kam ein Frühlingstag, an dem frühmorgens vor dem Königshaus ein in ein blutgetränktes Tuch gewickelter Hundekadaver, ein Büschel abgebrochene Pfeile und ein zerbrochener Ziegelstein gefunden wurde. Dies konnte nicht geheimgehalten werden, denn die Vorbeigehenden hatten es bemerkt, und bevor das Tor des Hauses geöffnet wurde, das fürchterliche Bündel aufgerissen. Tanakil begann zu zittern und sagte:

„Karthago sendet keine Unterhändler mehr, sondern gibt uns seinen Entschluß bekannt wie den Barbaren, die eine zivilisierte Sprache nicht verstehen."

Das Gesicht des Dorieus verfinsterte sich und er entgegnete: „Das ist nicht Karthago, das sind deine Ränke, Weib, und die deiner Söhne, um das Volk gegen mich aufzuhetzen. Ich habe dich schon lange im Verdacht."

Ich weiß es nicht, ob seine Beschuldigungen stichhaltig waren, aber so weit kannte ich Tanakil bereits, daß ich sie für fähig gehalten hätte, auch eine heimtückische Handlung zu begehen, um Dorieus dazu zu bringen, sich in seiner Stellung unsicher zu fühlen und daher bei ihr Schutz zu suchen. Tanakil hob ihre Hand und schwor:

„Dorieus, Dorieus, vergiß nicht, daß ich vom Stamme derer bin, die Karthago gegründet haben. Die Götter Karthagos sind nicht schlechter als die der Griechen. Glaube mir, du bist nicht mehr derselbe Mann wie früher. Der Wahn beherrscht dein Gemüt. Vergiß nicht, daß ich, aber nur ich, dir dabei half, König zu werden, um deinen kindlichen Wunsch zu erfüllen. Wie kannst du nur einen Verdacht hegen, daß ich dir etwas Böses antun könnte."

Dorieus gab dem Hundekadaver einen Fußtritt und schrie: „Mein Schicksal, die Götter und mein Vorfahr Herakles, vor allem aber mein eigenes Schwert verhalfen mir, König des Landes Eryx zu werden, und keineswegs du, Tanakil. Wenn du mitgeholfen haben solltest, dann warst du nur das Werkzeug der Götter, und ich bin dir nichts schuldig. Im Gegenteil, verhext hast du mich, so daß ich eine naturwidrige Ehe gesetzlich eingegangen bin, weil du die Macht und die hohe Stellung einer Königin begehrtest."

Tanakil schaute ihn mit ihren pechschwarzen Augen an, machte eine verächtliche Geste und sagte: „Wenn ich irgend etwas begehrte, Dorieus, so warst du es selbst. Du hast meine Liebe entfacht, als ich nur noch ein verbrauchter Sack war und mich schon mit meinem Los abgefunden hatte. Aber du irrst dich gewaltig, wenn du glaubst, daß du mich wie ein zerschlissenes Kleidungsstück mit einem Fußtritt abtun kannst."

Eine ganze Menge von Leuten hatte sich gesammelt, um diese Auseinandersetzung zu verfolgen, und Arsinoe war mit dem Kind auf dem Arm auf der Schwelle des Hauses erschienen. Tanakil zeigte mit dem Finger auf sie und schrie mit Tränen des Hasses in den Augen: „Mich betrügst du nicht. Diese Dirne der Göttin ist schuld an allem Bösen von Anbeginn an. Aber du bist völlig wahnsinnig, Dorieus, wenn du ihr mehr glaubst als mir."

Ich geriet in Zorn um Arsinoes willen und schrie: „Zieh doch nicht eine unschuldige Frau in deinen ekelhaften Ehezwist, Tanakil. Arsinoe und ich haben dir nichts zuleide getan. Du bist selbst ein giftspeiendes altes Weib und stichst blindlings jeden, der gerade in deiner Nähe ist."

Tanakil brach in furchterregendes Lachen aus, zeigte mit dem Finger auf mich und fragte: „Bist du wirklich so blind, daß du nicht siehst, was sich vor deinen Augen abspielt?"

Im gerechten Zorn sagte ich: „Ich sehe sogar zu klar, und zwar, daß sich ein hohes Ehepaar auf der Straße vor dem Volke miteinander zankt und sich gegenseitig in unwürdiger Weise beschimpft."

Nach dieser Auseinandersetzung steigerten sich meine Angst und meine Beklemmung so sehr, daß ich mir wie ein im Netz zappelnder Fisch vorkam. Manche Nacht schlich sich Arsinoe zu mir ins Bett, umarmte mich heftig, überschwemmte mein Gesicht mit ihren Tränen und bettelte, ich solle nichts Schlechtes von ihr denken. Ich wollte wissen, was ich denn Schlechtes von ihr denken könnte. Sie sei doch die Mutter meines Jungen und pflege liebevoll unser Kind, und sei auch nicht mehr so eitel und leichtsinnig wie früher. Doch sie weinte noch herzzerbrechender und klagte: „Ich habe mich verlaufen, Turms. Der Wald um mich ist dunkel, die Raubtiere brüllen und ich weiß nicht, in welcher Richtung ich gehen soll."

Sie fuhr fort: „Alles wäre leicht und einfach zu ertragen, wenn ich dich nicht so unsagbar lieben würde, Turms. Wenn ich aber wieder deine mandelförmigen Augen und deinen breiten Mund sehe und du mit deinen langen schmalen Händen mich berührst, bin ich willenlos."

Von einer schaurigen Beklemmung erfüllt, antwortete ich: „Bisweilen wünschte auch ich, daß ich dich nicht so hoffnungslos lieben würde. Bevor ich dir begegnet war, lachte ich viel und kümmerte mich nicht um den morgigen Tag. Mit dir sind aber meine Sorgen gewachsen und meine Fröhlichkeit hat abgenommen, so daß ich nicht mehr lachen kann. Ich habe die Ahnung, daß etwas Furchtbares geschehen wird."

Sie schlang ihre Arme um meine Lenden und küßte mich, um mich all die Genüsse ahnen zu lassen, welche ich in ihrer Umarmung finden könne. Aber im gleichen Augenblick wimmerte der Junge im Schlaf, und sie mußte aufstehen und ihn beruhigen.

Als sich die Zeit des Frühjahrs-Vollmondes näherte, wurde ich unruhig, träumte schlecht, begann nachtzuwandeln und wachte bald hier bald dort auf, ohne zuerst zu wissen, wo ich mich befand. Früher war mir so etwas nicht passiert. Ich vermutete, daß Artemis mich verfolgte, und suchte nach verschiedenen Mitteln, um mich selbst daran zu hindern, in der Nacht unbewußt aus meinem Zimmer zu gehen. Aber nichts half. Verließ ich das Haus, so wagten die Wachen nicht, mich zu wecken, sie sagten, daß ich wie gewöhnlich ginge und sie sogar wütend anfahre, wenn sie mich anredeten. Das Beängstigendste war, daß Arsinoes Katze mir ständig folgte, gleichzeitig mit mir aus der Tür schlüpfte und sich mir an die Fersen heftete. Ich konnte mitten auf der Straße davon aufwachen, daß sie mit dem Kopf gegen mein nacktes Bein stieß. Nachdem Arsinoe den Jungen bekommen hatte, war sie der Katze überdrüssig geworden. Deshalb suchte dieses unheimliche Tier meine Freundschaft. Ich glaube fast, daß es sein Dasein in Segesta unter gleicher Angst fristete wie ich selbst, denn die Hunde der Stadt wurden allein beim Verspüren des Katzengeruches rasend.

Eines Nachts wachte ich wieder auf, als der Mond mir ins Gesicht schien, und merkte, daß ich vor der Hütte des heiligen Hundes von Segesta stand. Auf den Steinstufen vor der Tür saß jenes Bettlermädchen, das Tanakil gebeten hatte, den Hund zu pflegen. Das Kinn in die Hand gestützt, starrte es nachdenklich den Mond an, als habe er es verzaubert. Die Schatten waren schwarz, aber der Mond versilberte die Straße und die Häuser, und alles erschien mir völlig fremd. Ich stutzte bei dem Gedanken, daß noch jemand außer mir unter der Einwirkung des Mondes wachte, wenn es auch nur ein kleines Mädchen war. Während der sich alljährlich wiederholenden Festlichkeiten war sie nach der überlieferten Sitte offiziell zur Ehegattin des heiligen Hundes geweiht worden, sie hatte den Hochzeitskuchen gebacken und ihn mit dem Hund geteilt. Seitdem lebte sie in der Nähe der Hundehütte und erhielt, wie die Sklaven und die Dienerschaft, ihr Essen aus den Kochkesseln des Königshauses. Sie hatte sonst keine Bleibe, da sie ein Mädchen niedrigen Standes war und ihre Eltern verloren hatte.

„Warum wachst du, kleines Mädchen?" fragte ich und setzte mich auf die Steinstufen neben sie.

„Ich bin kein kleines Mädchen", antwortete sie. „Ich bin zehn Jahre alt. Außerdem bin ich die Gattin des Hundes Krimisos und ein heiliges Weib."

„Wie heißt du, heiliges Weib?" fragte ich aus Spaß.

„Egesta", sagte sie selbstbewußt, „das müßtest du doch wissen, Turms, du Fremdling. Mein richtiger Name aber ist Hanna. Deshalb bewerfen mich die Menschen auf der Straße mit Steinen und rufen mir Schmähworte nach."

„Warum wachst du?" fragte ich erstaunt.

Sie blickte mich besorgt an und gestand: „Der Hund Krimisos ist krank. Er liegt, und sein Atem geht schwer, auch frißt er nichts mehr. Ich glaube, daß er schon zu alt ist und nicht mehr leben möchte, wenn ich ihn auch noch so tröste. Stirbt er, wird das Volk mir die Schuld dafür geben."

Sie zeigte mir Hundebisse an ihren mageren Armen, schluchzte auf und sagte: „Er will nicht einmal mehr, daß ich ihn anfasse, obwohl wir beide doch so gute Freunde waren. Er schüttelt oft den Kopf, und wenn ich ihn anfasse, beißt er mich."

Das Mädchen öffnete die Tür zur Hütte und zeigte mir, wie der alte heilige Hund mit schweratmenden Flanken dort auf dem Stroh lag, den unberührten Wassernapf vor der Schnauze. Er blinzelte, und im Mondschein blitzten seine Augen kurz auf, er hatte aber nicht mehr die Kraft, die Zähne zu fletschen. Wie ein Schatten flitzte Arsinoes Katze an meinen Füßen vorbei in die Hütte und schlich sich auf Umwegen in die Nähe des heiligen Hundes. Der Hund aber blieb völlig gleichgültig. Hanna erschrak fürchterlich und wollte die Katze wegjagen, doch ich hinderte sie daran, um zu sehen, was geschehen würde.

Die Katze leckte ein paarmal mit der Zunge an dem Wasser, überwand ihr Mißtrauen, strich mit der Seite den Nacken des Hundes und begann dann liebevoll sein Ohr zu lecken. Der Hund ließ es sich gefallen.

„Das ist ein Wunder", sagte ich. „Aber die heiligen Tiere werden einander wohl kennen. Die Katze ist ein so heiliges Tier, daß in Ägypten ein Mensch sofort getötet wird, wenn er einer Katze etwas zuleide tut. Warum sie heilig ist, das weiß ich nicht."

Das Mädchen meinte erstaunt: „Mein Gatte ist krank und leidet, aber die Katze kann ihn trösten, obwohl ich es nicht vermag. Ist es deine Katze?"

„Nein", sagte ich, „es ist die Katze meiner Frau, der Arsinoe."

„Du meinst Istafra", entgegnete das Mädchen, „die Priesterin der Göttin, die aus Eryx ausriß. Sie sollte deine Frau sein?"

„Selbstverständlich ist sie meine Frau", behauptete ich. „Wir haben sogar einen Jungen. Du hast ihn sicherlich schon gesehen?"

Das Mädchen drückte die Hand gegen den Mund und kicherte, wurde aber sofort wieder ernst und fragte: „Ist es dein Sohn? Aber Dorieus trägt ihn doch auf dem Arm und eine Frau folgt ihm, die sich am Saum des phönizischen Überwurfes festhält. Es ist eine schöne Frau, das muß man zugeben."

Ich schmunzelte: „Dorieus ist ein Freund von uns und hat an dem Jungen Gefallen gefunden, weil er keinen eigenen Erben hat. Aber sowohl der Junge als auch die Frau sind mein."

Das Mädchen schüttelte verwundert den Kopf, hob sein Gesicht zu mir empor und fragte: „Wenn ich hübscher wäre, würdest du mich in die Arme nehmen und mich lieb haben, weil ich traurig bin und weinen muß?"

Ihr schmales Mädchengesicht rührte mich. Ich berührte mit der Hand ihre Wange und sagte: „Selbstverständlich nehme ich dich in meine Arme und tröste dich, wenn du willst. Ich bin auch oft unglücklich, obwohl ich eine Frau und einen Jungen habe, oder vielleicht gerade deswegen."

Ich nahm sie auf den Schoß, sie drückte ihre von Tränen verschmierte Wange an meine Brust, schlang die Arme um meinen Hals, seufzte tief und sagte:

„Jetzt ist mir wohl. Seitdem meine Mutter starb, hat niemand mich auf dem Schoß gehalten. Ich mag dich lieber leiden als den Dorieus und den geschwollenen Mikon, den ich bat, sich den Hund anzusehen. Er behauptete, daß er als Arzt nur Menschen behandle und keine Hunde, und fragte, wer ihn denn dafür bezahlen würde. Ja, ja", beteuerte sie lebhaft, „ich mag dich sehr gern, weil du gut zu mir bist. Ich mag dich sogar lieber als meinen guten Gatten, der dort mit der Schnauze auf den Vorderpfoten liegt und es zuläßt, daß eine Katze ihm das Ohr leckt. Bringt dich dies nicht auf irgendeinen Gedanken?"

„Nein", antwortete ich zerstreut, indem ihre Nähe mich ein wenig in meiner Einsamkeit tröstete.

Plötzlich drückte sie sich leidenschaftlich an mich und sagte: „Turms, ich bin fleißig und gelehrig, halte Schläge aus und esse wenig. Wenn der Hund stirbt, würdest du mich nicht unter deinen Schutz nehmen, wenn auch nur, um deinen Sohn zu pflegen?"

Überrumpelt versprach ich: „Ich kann ja mit Arsinoe darüber sprechen. Kannst du überhaupt Kinder pflegen?"

Sie beteuerte: „Ich habe sogar einen Jungen, der zu früh geboren war, gepflegt und ihn mit Ziegenmilch am Leben erhalten, da seine eigene Mutter ihn verstieß. Ich kann spinnen und weben, Wäsche waschen, kochen und aus Hühnerknochen wahrsagen. Ich könnte für dich von Nutzen sein, aber lieber wäre ich hübsch."

Ich schaute ihr dunkles Gesicht und die strahlenden Jungmädchenaugen an und erklärte vorsichtig: „Jeder junge Mensch ist schön, wenn er nur will. Du müßtest lernen, auf griechische Weise zu baden, deine Kleider sauber zu halten und dein Haar zu kämmen."

Sie zog sich von mir zurück und gestand: „Ich besitze nicht einmal einen Kamm, und dies ist mein einziges Kleidungsstück. Für die Zeit der Festlichkeiten wurde ich gebadet und gekämmt, gesalbt und eingekleidet, aber die Festkleider wurden mir, nachdem das Hochzeitskuchenessen vorüber war, sofort wieder genommen. Ich kann doch nicht nackt zum Brunnen heruntergehen, um dieses mein einziges Kleid zu waschen."

Aus Mitleid versprach ich ihr: „Morgen bringe ich dir einen Kamm und irgendein abgelegtes Kleid meiner Frau. Sie hat mehr als genug Kleider."

Doch ich vergaß das Mädchen, denn gleich am nächsten Morgen schickte Dorieus seine Tausendschaft aus, sich im Lauf mit Waffen zu üben. Die Jünglinge durchliefen in nichtendenwollenden Kolonnen die ganze Stadt, so daß es keine einzige freie Straße gab. Zwar trugen nicht alle die volle Rüstung der Hopliten, aber jeder hatte zumindest sein Schwert und seinen Schild sowie eine Lederkopfbedeckung. Zum Schluß sammelten sie sich und stellten sich auf dem Marktplatz auf, um Dorieus zu grüßen. Dorieus sprach zu ihnen:

„Heute haben wir dies gemacht und morgen tun wir etwas anderes, aber in der Nacht bringen wir der Artemis von Sparta ein Opfer dar, weil es Vollmond ist. Verlaßt euch nur auf mich."

Er hatte sich gar keine Mühe gegeben, die Sprache der Elymier zu erlernen, aber die Führer der Hundertschaften übersetzten den Jünglingen seine Worte wie es ihnen gerade in den Sinn kam, und erklärten: „Heute liefen wir gut, sagte er, aber morgen laufen wir noch besser. Unser Gebieter hat ein Opfer vor und ihr könnt euch gar nicht denken, was bald geschehen wird."

Dann besichtigte Dorieus eigenmächtig seine Tausendschaft und ließ Jünglinge vortreten, an deren Haltung er etwas auszusetzen hatte oder an deren Schwertern er einen Rostflecken entdeckte. Vor der Front ließ er blutige Striemen auf ihre Rücken mit Ruten peitschen. Wenn jemand laut klagte, wurde er weggeschickt, damit er sich schäme, aber diejenigen, die die Zähne zusammenbissen und die Hiebe aushielten, wurden in die erste Reihe versetzt. Dorieus sagte:

„Auf diese Weise ehre ich die Göttin von Sparta. Kommende Nacht wird sie rund und in ihrer vollen Schönheit erscheinen. Ihre Jagdhunde zerfleischen die Beute. Ihre Pfeile sind tödlich."

Die Führer der Hundertschaften übersetzten: „Unser Gebieter bringt ein blutiges Opfer dar. Die Göttin wird ihm erscheinen. Als ihre Jagdhunde dürfen wir alles zerreißen und töten, wie es uns gefällt."

Der Waffenlauf beunruhigte die Stadtbevölkerung, und die Volksführer begannen ernstlich zu befürchten, daß sie, um selbst von den Anstrengungen der Waffenübungen freizukommen, Dorieus eine zu große Macht eingeräumt hätten. Der Tag war so drückend heiß, wie mitten im Sommer, die Sonne brannte sengend vom Himmel herab, und kein Lüftchen regte sich. Die Hunde Segestas heulten unruhig in den Zwingern, viele von ihnen rissen sich von der Leine los und jagten wild aus der Stadt hinaus. Vogelschwärme hoben sich aus den Wäldern und flogen in die blauen Berge. Die Söhne Tanakils kamen zu ihrer Mutter, um mit ihr Rücksprache zu halten, und zogen sich mit ihr zusammen in ihre vier Wände zurück. Vor der Mittagsruhe ließ Dorieus Arsinoe zu sich holen, befahl ihr, den Jungen mitzubringen, und forderte von ihr: „Es ist Zeit, daß die Göttin mir erscheine. Lange genug habe ich mich mit Ausflüchten zufrieden gegeben. Beweise mir jetzt, daß du noch eine Priesterin bist, und zeige deine Fähigkeiten! Von dir hängt es ab, ob ich morgen den Feldzug nach Eryx beginnen werde oder nicht."

Ich versuchte abzuwehren: „Bist du verrückt oder betrunken, Dorieus? Du wirst doch nicht mutwillig einen Krieg gegen Karthago beginnen?"

Dorieus sagte: „Schau einer an! Also hast auch du mitgeholfen, den Hundekadaver in das blutgetränkte Tuch einzuwickeln, um mich zu erschrecken? Ich werde aber selbst über dich nicht stolpern, ebenso wenig wie über irgendeinen anderen, wenn ich den Weg, den die Göttin mir zeigt, betrete."

Arsinoe flüsterte: „Beherrsche dich, Turms, rege ihn nicht noch mehr auf. Du siehst doch, in welchem verwirrten Zustand er ist. Ich werde versuchen, ihn zu beruhigen. Mir glaubt er."

Den ganzen Körper vor Gluthitze schweißbedeckt, blieb ich hinter der Tür stehen und hörte ihre Stimmen nur in einem unverständlichen Gemurmel, als zankten sie sich miteinander. Andere Laute waren nicht vernehmbar. Es war, als seien alle Stimmen und Geräusche in der vor Glut reglosen Stadt verstummt, nicht einmal die Hunde jaulten. Die Sonne verdunkelte sich und wurde blutrot, und die Beleuchtung war mitten am Tag etwas noch nie Dagewesenes. Endlich knarrte die Tür und Arsinoe trat heraus, den schlafenden Jungen fest an sich gedrückt. Ihr Gesicht war von Tränen überströmt. In ihrer Qual sagte sie:

„Turms, Turms, Dorieus ist ganz und gar verrückt. Er bildet sich ein, ein Gott zu sein, und daß die Meeresgöttin Thetis sich in meine Gestalt verwandelt habe. Ich habe ihn mit Mühe und Not einschläfern können. Jetzt schnarcht er mit offenem Munde, aber sobald er aufwacht, will er dich und Tanakil umbringen, um euch loszuwerden."

Ich traute meinen Ohren nicht und entgegnete: „Du bist es ja, die völlig durcheinander ist, Arsinoe. Die Gluthitze läßt dich phantasieren. Welchen Grund könnte er haben, mich zu töten, wenn er auch Tanakils restlos überdrüssig wäre?"

Arsinoe stöhnte, bedeckte mit der Hand die Augen und gestand: „O weh, Turms, ich bin schuld, aber ich habe das beste gewollt und konnte nicht ahnen, daß er so weit seinen Verstand verlieren würde. Schau, aus irgendeinem Grund glaubt Dorieus, daß der Junge sein Sohn und Erbe sei. Deshalb will er dich und Tanakil aus dem Wege räumen, um mit mir eine gesetzliche Ehe schließen zu können. Er findet auch nichts Unrechtes dabei, weil er sich einbildet, ein Gott zu sein. Aber so etwas habe ich nie damit bezweckt. Wer könnte sich auf einen total verrückten Mann verlassen, und außerdem würde er niemals den Krieg erfolgreich gegen Karthago führen können. Ich hatte alles ganz anders geplant."

Ich rüttelte sie am Arm und fuhr sie an: „Was hast du denn eigentlich geplant, und aus welchem Grunde hat Dorieus es sich in den Kopf setzen können, daß unser Sohn sein Sohn ist?"

„Schrei doch nicht so, Turms", bat Arsinoe. „Es sieht dir ähnlich, immer an Kleinigkeiten hängen zu bleiben und über belanglose Dinge zu streiten, wenn dein eigenes Leben auf dem Spiel steht. Du weißt ja selbst, wie eigensinnig Dorieus ist, wenn er sich etwas in den Kopf gesetzt hat. Einen solchen Schafskopf kann man leicht alles mögliche glauben machen. Er erfand, daß der Junge ihm ähnlich sehe. Spaßes halber nur zeichnete ich mit Metallfarbe in die Falte des Oberschenkels des Jungen ein Zeichen, weil Dorieus ständig davon sprach, daß die echten Nachkommen des Herakles stets ein solches Muttermal hätten. Ich wollte aber keineswegs, daß er dich deswegen beiseite schaffen sollte. Ich tat es lediglich, damit Dorieus den Jungen als Erben einsetzen sollte."

Sie sah mein Gesicht, riß sich schnell von mir los, begann zu drohen und sagte: „Wenn du mich schlägst, Turms, dann gehe ich und wecke Dorieus. Ich glaubte, er würde es fertigbringen, die ganze Angelegenheit geheimzuhalten. Aber er begehrt mich von dir und haßt dich seit der Geburt des Jungen so sehr, daß er dieselbe Luft mit dir nicht atmen will."

Meine Gedanken waren wie ein summender Schwarm von Wespen, von denen jede mir ihren Giftstachel ins Fleisch schlug. Ich hätte ja eigentlich wissen müssen, daß sich hinter Arsinoes äußerer Beherrschung eine noch gefährlichere Ränkesucht verbarg und es ihr nicht nur darum ging, voll Launen Kleider und Schmuck von mir zu begehren. Zumindest wußte ich, daß sie die Wahrheit sprach, und ich war überzeugt, daß Dorieus mich umbringen wollte. Arsinoe hatte mir eine fürchterliche Suppe eingebrockt, und ich mußte sie auslöffeln, ob ich wollte oder nicht. Ich wurde plötzlich kaltschnäuzig und sagte eisig:

„Du hoffst wohl, daß ich jetzt hingehe und Dorieus im Schlafe die Kehle durchschneide? Erzähle mir nur erst, wie du ihn in einen so tiefen Schlaf versetzt hast."

Arsinoe starrte mich mit immer größer werdenden Augen an und erzählte unschuldig: „Ich hielt ihn an der Hand und beteuerte ihm, daß er im Traum der Göttin begegnen würde. Welchen Verdacht hegst du, Turms? Du weißt doch selber, daß Dorieus in bezug auf diese Dinge kein Mann mehr ist. Er hat seine eigenen, besonderen Gelüste."

Sie wurde totenblaß, mit tiefschwarzen Augen schwor sie: „Turms, wenn du je an meiner Liebe zu dir gezweifelt hast, jetzt kannst du wohl keine Zweifel mehr hegen. Für mich wäre es doch am vorteilhaftesten zu schweigen und ihn dich töten zu lassen! Dann würde ich dich los sein, da du so gemein zu mir bist. Aber ich könnte es nicht ertragen, dich zu verlieren, und wünsche auch Tanakil nichts Böses, obwohl sie mich verschiedentlich verletzt hat."

Den Schluß sagte sie vermutlich nur, weil sie gewahr wurde, daß Tanakil zu uns getreten war. Ich selbst war so durcheinander, daß ich die

Ankunft Tanakils gar nicht merkte, bevor sie uns anredete. Sie sagte: „Dir, Istafra, verdanke ich meine Ehe. Aber dir verdanke ich auch mein Unglück, weil du einen so großen Brocken abzubeißen versucht hast, daß du ihn nicht mehr schlucken kannst. Ich wünsche dir, daran zu ersticken, denn ich habe dich schwer in Verdacht, daß du auch auf See deine eigenen Kniffe gehabt hast. Sonst hätte Dorieus bestimmt nicht von dieser weißgliederigen Thetis zu phantasieren begonnen."

„Tanakil", warnte ich, „rede doch nicht einen solchen Unsinn, wenn du auch Arsinoe hassest. Schon infolge ihres Zustandes litt Arsinoe auf See an Übelkeit, roch nach Erbrochenem, war naß vom Salzwasser und nicht einmal imstande, ihre Schönheit zu pflegen. Sie kann doch unmöglich etwas mit den Erscheinungen des Dorieus zu tun haben."

Meine Worte schienen Arsinoes Selbstbewußtsein zu verletzen. „Was weißt du von den Wundern der Göttin, Turms", sagte sie heftig. „Du, Tanakil, bist gescheiter. Ich beschwöre, daß alles so geschah, wie es geschehen mußte, denn die Göttin hat sich stets für sich eine Erscheinungsgestalt auf dem Meere gewünscht."

Tanakil schaute mich mit stechenden Augen an und gab mir den Rat: „Wenn du klug wärst, würdest du jenen Kerzenhalter nehmen und Arsinoe den Schädel einschlagen, Turms! So würde dir mancher Ärger erspart bleiben. Aber es ist ja zwecklos für uns, weiter zu reden. Was gedenkst du zu tun, Turms?"

„Ja, was gedenkst du zu tun, Turms?" wiederholte Arsinoe fordernd.

Ich wurde noch verwirrter: „Ich soll etwas tun, wo du uns doch die Suppe eingebrockt hast? Es sei! Ich kann ja mein Schwert holen und es Dorieus in die Kehle jagen, falls er tief genug schläft. Gern täte ich es nicht, denn er ist immerhin mein Freund gewesen."

Arsinoe bettelte lebhaft: „Ach, Turms, tue es doch und setze gleichzeitig die Hundekrone auf dein Haupt, versuche die Bewaffneten für dich zu gewinnen, versöhne den Rat Karthagos und mache aus mir mit unblutigen Mitteln die Priesterin von Eryx. Anderes verlange ich gar nicht, und unserem Jungen wird es gut gehen."

Tanakil schüttelte mitleidsvoll den Kopf und sagte: „Diese Frau ist wahnsinnig, und es würde dir alles andere als gut gehen, Turms, wenn Dorieus mit einer Schwertwunde in der Kehle aufgefunden würde. Sei aber unbesorgt, drei Ehemänner habe ich ins Grab geschafft, und ich werde noch die Kraft aufbringen, auch den vierten beizusetzen. Es ist meine Pflicht, ihm diesen letzten Dienst zu erweisen, bevor er mich totschlägt und das ganze Land Eryx schweren Leiden ausgesetzt wird. Macht, daß ihr wegkommt, ihr beide, nehmt diesen verfluchten Bastard mit und tut so, als wüßtet ihr von nichts."

Sie zwang uns, in unser Zimmer zu gehen. Dort saßen wir mit gefalteten Händen, ohne ein Wort miteinander zu reden. Ich starrte unseren Jungen an und versuchte, in seinem Säuglingsgesicht irgend etwas zu entdecken, was Dorieus veranlaßt haben könnte, sich einzubilden, daß er ihm ähnlich sieht. Aber wie oft ich auch hinschaute, sein Mund war mein Mund und seine Nase die Arsinoes. Ich nahm sogar den Spiegel Arsinoes zur Hand und betrachtete mein eigenes Gesicht, um es mit demjenigen des Jungen zu vergleichen.

In diesem Augenblick drang ein unterirdisches Grollen an unser Ohr, ich hatte noch nie einen so erschreckenden Ton vernommen. Die Erde bebte unter uns, der Fußboden barst, Gegenstände fielen im Zimmer um und wir hörten Wände zusammenstürzen. Arsinoe riß den Jungen an sich, und ich selbst schützte sie mit meinem Körper, als wir durch das schiefstehende Tor hinaus auf die Straße eilten. Arsinoes Katze flitzte an uns vorbei, scheu vor Angst. Die Erde bebte zum zweitenmal, und die Wände wurden eingerissen. Dann verfinsterte sich der Himmel, der Wind setzte ein, und die Luft wurde plötzlich eisig kalt.

„Dorieus ist tot", sagte ich, „dieses Land war sein Erbland, und es bebt in seiner Sterbestunde. Vielleicht war er doch von göttlicher Herkunft, obwohl es schwer war, das zu glauben, als er nach Menschenschweiß roch und im Kampfe Menschenblut aus seinen Wunden floß." Arsinoe wiederholte: „Dorieus ist tot." Aber gleich darauf fragte sie: „Was wird jetzt aus uns werden, Turms?"

Die Menschen, vom Erdbeben völlig aufgescheucht, trugen Gegenstände aus den Häusern, und wild gewordene Zugtiere liefen durch die Straßen, aber der Wind reinigte und erfrischte die Luft, und nach meiner langen Beklemmung war mir, als fühlte ich mich wieder frei. Tanakil kam aus dem Königshaus. Sie hatte zum Zeichen ihrer Trauer die Kleider zerrissen, und auf ihrem Haar lag von der Zimmerdecke heruntergefallener Schutt. Ihre beiden Söhne folgten ihr laut klagend. Aber das geängstigte Volk beachtete sie kaum.

Arsinoe und ich folgten ihnen in das Zimmer des Dorieus, wo Mikon bereits mit seinem Medizinkasten in den Händen erstaunt die Leiche des Dorieus betrachtete. Er lag mit schwarzem Gesicht auf dem Ruhebett. Die unförmlich geschwollene Zunge füllte die Mundhöhle, und seine Lippen wiesen Blasen auf. Mikon sagte: „Wenn jetzt Sommer wäre und die Zeit der Wespen, könnte ich schwören, eine Wespe habe ihn in die

Zunge gestochen. So etwas kann einem Betrunkenen, der mit offenem Munde schläft, zustoßen oder einem Kinde, das mit Beeren eine Wespe mit in den Mund stopft. Aber welcher Grund es auch sei, Tatsache bleibt, daß seine Zunge geschwollen und er daran erstickt ist."

Die beiden Söhne Tanakils riefen wie aus einem Munde: „Das ist Schicksal und ein merkwürdiges Zusammentreffen. Wir erinnern uns noch gut, daß unser eigener Vater fast auf die gleiche Weise gestorben ist. Auch seine Zunge schwoll an, und das Gesicht wurde schwarz."

„Aber", sagten sie eiligst, „besser hätte es gar nicht kommen können. Wir bleiben vom Krieg gegen Karthago verschont, und wir können einen den Karthagern zusagenden König unter uns zum Tragen der Hundekrone wählen. Wir nehmen zutiefst Anteil an der schweren Trauer unserer Mutter, aber Dorieus war doch ein Fremder und bemüht, neue und uns widerstrebende Sitten einzuführen."

Sie schauten mich fragend an und schlugen vor: „Jemand müßte geschwind in die Gemeinschaftshäuser gehen und das Geschehene dort bekanntgeben sowie den Jünglingen befehlen, zum Zeichen der Trauer ihre Waffen zusammenzulegen und für die Zeit der Landestrauer in ihren Heimen zu bleiben."

Aber ich wehrte heftig ab: „Bittet nur mich nicht, den Boten dieser Nachricht zu machen. Ich gedenke mich keineswegs in diese Angelegenheit einzumischen. Sobald man der Leiche des Dorieus den Scheiterhaufen für die Totenfeier errichtet hat, werde ich Segesta vermutlich verlassen, denn es ist nicht meine Stadt."

Die Söhne Tanakils warfen einander einen arglistigen Blick zu und sagten: „Wahrhaftig, Turms, auch du bist ein Fremder, und von den Fremden haben wir jetzt genug bekommen. Je schneller wir sie loswerden, um so besser."

Tanakil starrte das schwarz gewordene Gesicht des Dorieus und seinen königlichen, gewaltigen Körper an und warnte: „Nach diesem Geschehen ist mir alles völlig gleichgültig, aber rührt mir Turms nicht an."

Mit ihrem vor Trauer uralt und faltig gewordenen Gesicht wandte sie sich Arsinoe zu, blickte sie an und hielt Gericht: „Turms mag in aller Ruhe abziehen, aber die Dirne der Göttin schicken wir in den Tempel nach Eryx zurück, damit sie ihre Strafe für ihr Ausreißen dort verbüßen kann. Sie ist die Sklavin des Tempels. Der Sohn einer Sklavin ist als Sklave geboren und somit Eigentum des Tempels. Sie mögen den Jungen kastrieren und ihn zu einem Priester oder Tänzer erziehen, wenn sie nur erst das Weib bestrafen, wie eine entlaufene Sklavin bestraft wird."

Schutt auf dem gefärbten und zu einer Krone geflochtenen Haar, das Kleid aufgerissen, den Kopf vor Haß hochgereckt, mit uralt gewordenem, versteinertem Gesicht, machte Tanakil auf mich den Eindruck, als sei sie die Verkörperung eines fremden Gottes. Vor Schreck außer sich, preßte Arsinoe den Jungen an ihre Brust und schrie:

„Das darfst du nicht tun, Tanakil! Ich beschwöre den Zorn der Göttin auf dich."

Tanakil verzog ihr Gesicht zu einem grausigen Lächeln, fuhr mit der Hand über das Gesicht des Dorieus, um die Fliegen zu verscheuchen, die sich um seinen Mund und seine Augen zu sammeln begannen, und sagte:

„Der Zorn der Göttin hat mich schon in deiner Gestalt getroffen. Ich fürchte mich vor keinem irdischen oder göttlichen Zorn, nachdem ich Dorieus verloren habe. Von meinen Ehemännern liebte ich ihn am meisten."

Ihre Beherrschung verließ sie, sie schlug mit der Faust gegen ihren Mund, so daß die Elfenbeinzähne krachend zerbrachen und das Blut von ihren dünnen Lippen heruntertropfte. Die Zähne und das Blut spuckte sie aus, schlug ihre Nägel in ihre Brüste, zerkratzte sie und schrie:

„Ihr wißt nicht, wie eine alternde Frau lieben kann. Einen solchen Fluch wünsche ich niemandem. Lieber gönnte ich ihm den Tod, als daß er mich verschmähte."

Ihre Söhne zogen sich erschüttert über ihre furchterregende Trauer zurück. Ich aber legte meinen Arm um Arsinoe und sagte: „Ich habe mich an Arsinoe gebunden und nehme sie mit mir. Auch unseren Sohn nehme ich mit, gleich, was eure Gesetze dazu sagen. Versuche nur, uns daran zu hindern, Tanakil, dann wirst du sehen, was geschieht."

Ich verließ mich auf das infolge des Erdbebens entstandene Durcheinander und die Zaghaftigkeit der Söhne Tanakils. Ich war bereit, Arsinoe mit dem Schwert in der Hand erneut zu entführen und lieber zu sterben, als mich von ihr und dem Jungen zu trennen. Noch beleibter geworden und vom Wein aufgeschwemmt, sammelte Mikon seinen restlichen Willen und sagte fest entschlossen:

„Auch ich bin ein Fremdling in dieser Stadt, und für die Machthaber würde ich ein nicht gern gesehener Mann sein, falls ich die Todesursache des Dorieus beeiden müßte. Um unserer Freundschaft willen, Turms, fühle ich mich verpflichtet, Arsinoe und den Jungen mit zu verteidigen, damit sie beide nicht in die Hände der bösen Priester fallen."

Die Söhne Tanakils blinzelten der Mutter zu und fragten unsicher:

„Entschließe dich, Mutter, sollen wir die Wächter rufen und ihnen befehlen, diese Männer zu töten? Auf diese Weise würden wir sie am leichtesten los. Dem Weib soll geschehen, wie du befiehlst."

Aber Tanakil starrte immer noch Arsinoe an, deutete mit dem Finger auf sie und schrie: „Schaut nur dieses zu schöne Gesicht an! Schaut dieses Gesicht an, das sich je nach Laune verwandelt. Wenn ich sie in den Tempel nach Eryx zurückschicke, wird sie sogar die Augen der Priester verblenden. Ich kenne sie jetzt schon zu gut."

„Jawohl", fuhr sie fort, „zu gut kenne ich Istafra und ihre Hexerei. Deshalb weiß ich die wirksamste Strafe für sie. Mag sie als Flüchtling Turms folgen und den Jungen mitnehmen. Möge die Sonne ihr weißes Gesicht schwarz brennen. Mögen ihre Glieder von Not und Entbehrungen eintrocknen. Kein einziges Kleidungsstück, kein Schmuckstück oder eine Silbermünze nimmst du aus meinem Hause mit, Istafra."

Arsinoe begriff an dem versteinerten Gesicht Tanakils, daß ihr gemeiner Entschluß unwiderruflich war, und fing gar nicht erst an, dagegen zu wettern. Ich hatte das Gefühl, daß sie einen kurzen Augenblick überlegte, ob sie mich verlassen und nach Eryx zurückkehren sollte, um ihre frühere Stellung im Tempel zurückzuerobern. Aber sie warf das Kinn hoch, die Augen wurden ganz dunkel und sie sagte:

„Kleider und Schmuck kann ich mir neu beschaffen, aber Turms kann ich nie wieder bekommen, falls ich ihn verlasse. Du hast es nur mir zu verdanken, Tanakil, daß du nicht selbst da liegst, dein häßliches Gesicht schwarz geworden und mit den Fingerabdrücken des Dorieus an deinem Halse. Hätte ich geschwiegen und Dorieus seinen Willen gelassen, wäre alles anders gekommen. Aber Turms wollte ich nicht verlieren. Nein, ich zögere nicht, Turms zu folgen, wenn du mich auch bis auf die Haut ausplündern willst, da du die Gelegenheit dazu hast. Ich kenne doch deine Habgier."

Ich fand es ungerecht, daß Tanakil alles, auf was Arsinoe Wert legte, ihr abzunehmen gedachte. Ich wollte etwas sagen, aber Arsinoe fuhr mich stolz an:

„Mische dich hier nicht ein, Turms. Was bedeuten Schmuck und Gold, wenn ich mir damit die Freiheit erkaufen kann, dir dorthin zu folgen, wohin du gehst? Ich habe dir doch schon gesagt, daß ich deinetwegen alles ins Meer hätte werfen können, wenn das nur einen Sinn gehabt hätte."

In diesem Augenblick trat ich gleichsam aus mir selbst heraus, ich betrachtete alles von außen, und ein Lächeln stieg in mir hoch. Ich schaute nicht mehr Tanakil an, auch ihre Söhne nicht, nicht Mikon, nicht einmal Arsinoe oder das Kind. Mein Blick fiel auf einen nichtssagenden Stein auf dem Boden, ich bückte mich, nahm ihn auf, ohne zu wissen, was ich tat. Es war ein ganz gewöhnlicher kleiner Stein, den jemand wahrscheinlich an seinem Schuh hereingebracht hatte, denn aus dem Nichts konnte der Stein vor meinen Augen nicht plötzlich auf den Estrich gefallen sein. Ich hob ihn auf, ohne zu wissen, daß er wieder den Schluß eines Lebensabschnittes und den Beginn eines neuen für mich bedeutete. Ich kann es nicht erklären, warum ich es tat. Irgend etwas zwang mich, mich zu bücken und den Stein aufzuheben.

Wieder halte ich, Turms, ihn in der Hand, und ich erinnere mich an alles. Dieser kleine Stein wird wie alle anderen Steine meines Lebens die Zeit überdauern, wenn das von mir Geschriebene es nicht tun sollte. Nach tausend Jahren wird irgend jemand diesen Stein in die Hand nehmen und alle Geschehnisse klarer und deutlicher daraus ersehen, als ich es niederzuschreiben vermocht habe.

Ich, Turms, der Unsterbliche, halte diesen billigen Stein noch einmal fest in meiner Hand und frage mich verwundert, woher er in jenem Augenblick in das Sterbezimmer des Dorieus gekommen ist. Das Erdbeben konnte nicht die Ursache sein, von der gestrichenen Holzdecke konnte er auch nicht heruntergefallen sein. Und der Gedanke, daß er aus dem Nichts vor mir aufgetaucht ist, erscheint mir heute gar nicht abwegig. Es gibt ja gar kein Nichts, wie wir es uns vorstellen. Nur unsere an die Erde gebundenen Sinne sehen etwas als leer an, obwohl wir ringsherum von anderen Welten umgeben sind.

Ich hob den Stein vom Boden auf, und mich berührte es gar nicht mehr, daß Tanakil mit dem Fuß aufstampfte und schrie: „Geht doch schon, geht geschwind, bevor ich meinen Entschluß bereue! Geht, so wie ihr seid, und zwar von der Stelle aus, wo eure Füße jetzt stehen. Nicht ein Stück Brot, nicht ein Kleidungsstück geht aus meinem Hause mit euch."

Sie hatte bestimmt gehofft, Arsinoe demütigen zu können, und sie hätte sich daran ergötzt, wenn Arsinoe vor ihr geweint und gebettelt hätte. Aber Arsinoes stolze Einsicht rettete sie vor unnützer Demütigung, denn es hätte ja doch nichts ändern können. Tanakil konnte ihren Sieg nicht auskosten und genießen, sofern es ein Sieg für sie war.

So vertrieb Tanakil uns aus ihrem Hause, wagte aber nicht, uns anzurühren oder die Wächter auf uns zu hetzen. Arsinoe konnte noch schnell die Lammfelldecke des Kindes ergreifen, und ich nahm mein

Schwert und meinen Schild von der Wand sowie einen dicken wollenen Überwurf des Dorieus. Mikon hatte seinen Äskulapstab und den Medizinkasten, und an der Tür konnte er noch unbemerkt einen halbvollen Sack mit Wein unter den Arm klemmen. Dies alles geschah in großer Eile und ohne jegliche Überlegung, wobei Tanakil uns fluchend und schimpfend hinausjagte. Ihre Haare hatten sich gelöst und hingen wirr um ihr hageres Gesicht, und in ihrer Verbitterung ergriff sie einen Besen und fegte unsere Spuren hinter uns weg, als wir auf die Straße traten.

In dem infolge des Erdbebens entstandenen Durcheinander fiel unsere Flucht gar nicht auf, denn eine Menge von Menschen drängte sich mit ihrer Habe aus der Stadt hinaus in den Schutz der Felder, weil sie Angst hatten, daß die Häuser über ihnen einstürzen könnten. Im Grunde war das Erdbeben leicht gewesen und hatte nur geringe Schäden angerichtet. Ich vermute fast, daß das Land Eryx durch den Tod des Dorieus, des Nachkommen des Herakles, erleichtert aufgeseufzt hatte, denn ihm hätte Dorieus nur Unheil gebracht, falls er am Leben geblieben wäre.

Als wir inmitten der klagenden und stöhnenden Menschenmenge zum nördlichen Stadttor eilten, kam das zehnjährige Waisenmädchen Hanna, die Gattin des heiligen Hundes Krimisos, schnell auf nackten Füßen hinter mir hergelaufen, ergriff den Saum meines Überwurfes und klagte, das Gesicht von Tränen verschmiert: „Der Hund Krimisos ist tot. Früh morgens schon kroch er in die dunkelste Ecke seiner Hütte. Als die Erde bebte und Risse bekam, wollte ich ihn hinausführen, aber er blieb regungslos liegen, die Pfoten waren steif und starr. Doch die Katze sprang mir plötzlich vor Angst auf den Schoß und kratzte meine Knie blutig."

In ihrer eigenen Angst hatte sie, ihre Scheu völlig vergessend, die Katze in ihr Kleid gewickelt und hielt sie im Arm, so daß ihr Unterkörper völlig entblößt war. Ich war schon so in Anspruch genommen, als ich mit dem brüllenden Jungen auf dem Arm zum Stadttor lief, daß ich keine Zeit hatte, sie abzuschütteln. Arsinoe hing mir am anderen Arm, Mikon mühte sich außer Atem und keuchend hinter mir ab, mitzukommen, und das Mädchen lief, sich am Saum meines Überwurfes festhaltend, mit, so daß sich unser Aufbruch aus Segesta nichts weniger als feierlich oder würdevoll gestaltete.

Als wir das Tor passiert hatten und ich, mich umschauend, stehenblieb, bat ich das Mädchen, die Katze wegzuwerfen und wieder zurück in die Stadt zu laufen. „Dorieus ist tot", sagte ich. „Wenn diese Nachricht bekannt wird, werden Unruhen ausbrechen. Wir sind Fremde und Flüchtlinge. Jeder kann und darf uns umbringen. Bleib du, Mädchen, unter den deinen."

Aber Hanna weinte schluchzend weiter: „Der Hund Krimisos ist tot. Ich werde dafür verantwortlich gemacht und für schuldig erklärt. Auf alle Fälle werde ich verprügelt, wenn sie mich nicht als Opfer für den Geist des Hundes totschlagen. Darf ich dir nicht folgen, Turms? Du bist der einzige Mensch, der gut zu mir gewesen ist und mich auf den Schoß genommen hat."

Arsinoe betrachtete prüfend das Mädchen, warf mir dann einen kurzen Blick zu und meinte unwillig: „Die Göttin scheint dir sehr gewogen zu sein, da sogar ein solches Mädchen dir nachläuft. Zieh doch dein Kleid herunter, Mädchen. Die Männer mögen es nicht, wenn ein Mädchen, ohne gebeten zu werden, alles entblößt, was sie zu zeigen hat. Komm nur mit uns, wenn du willst. Für dich spricht die Tatsache, daß meine Katze dich auserwählt hat. Sie ist klüger als die Menschen."

Ich wehrte ab: „Wir wissen ja noch gar nicht, wohin wir gehen sollen, und vielleicht werden noch heute nacht die Hunde hinter uns her gehetzt."

Aber Arsinoe sagte: „Ich brauche eine Dienerin, und wir können ja das Mädchen später verkaufen, falls wir in Schwierigkeiten geraten sollten. Anderen Besitz haben wir doch nicht mehr."

Mikon öffnete den Weinsack, zielte mit zitternden Händen den Strahl direkt in den Hals, ohne einen Tropfen zu verschütten, und schlug vor: „Laßt uns doch nicht über belanglose Dinge streiten. Wild gewordenes Vieh läuft auf den Feldern umher, die Pferde sind durchgegangen und die Esel haben die Spannriemen gesprengt. Ich glaube, es kann uns nichts passieren, wenn wir alles, was wir bekommen können, aus dieser undankbaren Stadt mitnehmen. Nimm du das Mädchen mit, und ich werde versuchen, einen Esel einzufangen. Arsinoe wird auf ihren weißen Füßen in den leichten, bestickten Schuhen im Wald nicht sehr weit kommen."

„Im Wald", sagte ich, „du hast ganz recht, Mikon! In die Wälder müssen wir gehen, zu den Raubtieren und den Sikanen. Das wird unsere Rettung sein."

In diesem Augenblick kam ein alter Esel, über und über mit Schaum bedeckt, die langen Ohren böse zurückgelegt, uns entgegen getrottet. Mikon fing ihn geschickt ein und redete freundlich mit ihm, so daß er sich beruhigte und bei uns blieb. Wir hoben Arsinoe auf den Rücken des Esels, sie nahm den Jungen auf den Schoß, ich führte den Esel, Mikon hielt sich am Eselsschwanz fest, um seinen Schritten größere Sicherheit zu verleihen, Hanna lief, meine Hand haltend, neben mir her, und als letzte schlich Arsinoes Katze uns nach, verwundert und scheu um sich blickend.

Niemand hielt uns an. Wir durchwanderten das bewohnte und bebaute Land, so schnell wir nur konnten, und schwenkten dann von der Straße in den immergrünen Wald zu den Bergen zu ein. Wir übernachteten unter den Bäumen und preßten uns dicht aneinander, um warm zu bleiben. Feuer wagten wir nicht anzumachen, bis wir einer Schar von Sikanen in der Nähe ihres heiligen Steines begegneten. Die Sikanen nahmen uns auf, und wir haben unter ihnen volle fünf Jahre gelebt. In der Zeit verschwand Mikon, Arsinoe gebar eine Tochter und Hanna wuchs zu einer Jungfrau heran.

Vorher muß ich aber noch von Tanakil erzählen und wie es ihr ergangen ist. Nach dem Tode des Dorieus konnten ihre beiden Söhne ihre Machtstellung in der Stadt befestigen und die Führer der Hundertschaften des Dorieus durch Bestechung für sich gewinnen, so daß die städtischen Behörden kaum etwas mehr zu sagen hatten. Um die äußere Form zu wahren, ließen sie für Dorieus einen prächtigen Scheiterhaufen aus Eichenbohlen zur Verbrennung des Toten aufschichten. Bevor sie ihn anzündeten, teilten sie ihrer Mutter mit, daß sie ihrer Machtgier überdrüssig seien und sie wieder nach Himera zurückschicken würden. Tanakil sagte, daß das Leben für sie nach dem Tode des Dorieus kaum einen Sinn mehr habe. Deshalb wolle sie lieber Dorieus folgen und den Totenscheiterhaufen mit Dorieus teilen, weil ihr so zumindest eine schwache Hoffnung bliebe, gleichzeitig mit Dorieus in den Hades zu gelangen.

Ihre Söhne widersetzten sich ihr nicht, obwohl sie die Erfüllung ihres Wunsches für sehr unwahrscheinlich hielten. Tanakil bestieg in ihrem schönsten Gewand den Scheiterhaufen, umarmte nochmals den schon mit Verwesungsgeruch behafteten Körper des Dorieus und warf eigenhändig das Feuer in die Scheite. Ihr Körper verbrannte zusammen mit dem des Dorieus.

Dies alles erfuhr ich später von den Sikanen, und ich habe nichts mehr über Tanakil zu berichten. Auch betrauerte ich den Tod des Dorieus nicht.

Siebentes Buch

DIE SIKANEN

1.

Wir begegneten also den Sikanen in der Nähe ihres heiligen Steines. Ihrer Gewohnheit treu, sagten sie uns, daß sie uns erwartet und schon im voraus von unserer Ankunft gewußt hätten. Ein Ungläubiger würde wahrscheinlich gedacht haben, daß ihre jungen Leute uns auf unserer Wanderung heimlich verfolgt hätten. Die Sikanen konnten sich ja in den ihnen vertrauten Wäldern und Bergen so unauffällig bewegen, daß ein Ungewohnter nicht einmal eine Spur entdeckte, bevor sie aus eigenem Antrieb auftauchten und sichtbar wurden. Deshalb benötigten die Aristokraten von Segesta Hunde bei der Jagd auf sie.

Aber die Sikanen besaßen tatsächlich die Fähigkeit, im voraus zu wissen, wer sich im Anmarsch befand und wie viele es waren. Über ihre eigenen Stammesverwandten wußten sie genau Bescheid, wo sie sich jeweils aufhielten, ja sogar was ein mit Namen genannter Anführer zu der oder jener Stunde des Tages tat. In dieser Beziehung erinnerte diese ihre Gabe an die eines Orakels. Nicht nur ihre Priester konnten so etwas sagen, sondern viele von ihnen besaßen die gleiche Fähigkeit, einige in stärkerem, andere in geringerem Maße, und sie konnten nicht erklären, woher ihnen dieses Wissen kam. Sie irrten sich nur selten, aber auch das Orakel kann irren oder zumindest können die in der Ekstase gesprochenen Worte des Orakels falsch gedeutet werden.

Sie sahen diese Fähigkeit nicht einmal als etwas besonderes an, sondern glaubten, daß auch andere Menschen die gleiche Gabe besäßen und die Tiere noch ausgeprägter, vor allem die Hunde. Ebenso schwer ist es für einen Sehenden, dem Blinden zu erklären, wie er sieht.

Sie hatten den heiligen Stein mit Fett bestrichen und tanzten heilige Tänze der Götter der Unterwelt, während sie auf uns warteten. Ihr Priester hatte sich mit einer holzgeschnitzten Maske geschmückt und den heiligen Schwanz und die heiligen Hörner umgelegt. Ein Feuer brannte, und auf dem Feuer standen Tonkessel, damit sie sofort nach unserer Ankunft den Esel opfern und aus dem Fleisch ein Mahl bereiten konnten. Der Esel war für sie ein heiliges Tier, und sie begegneten uns mit Ehrfurcht, weil wir in seinem Schutze zu ihnen kamen. Fleischmangel kannten sie nicht, da sie geschickte Jäger waren, aber von dem zähen Fleisch des Esels erhofften sie sich Kraft und Geduld. Vor allem wollten sie den Eselskopf haben, um ihn auf eine Stange aufspießen und in Geheimkulten ehren zu können. Sie glaubten, daß der Schädel des Esels sie vor Blitzschlag schütze.

Der Esel leistete keinen Widerstand, sondern unterwarf sich ergeben dem Opfertod. Auch das sahen sie als ein gutes Omen an. Vor der Katze hatten sie Angst, sie fanden keine Bezeichnung und keinen Namen für sie und hätten sie bestimmt getötet, wenn Arsinoe sie nicht auf den Schoß genommen und damit bewiesen hätte, daß das Tier zahm war. Sie zeigten Arsinoe gegenüber große Ehrfurcht, weil sie auf dem Rücken des Esels und mit einem Kind, einem Knaben, auf dem Schoß gekommen war. Nach dem Opfer vollführte der Priester Freudensprünge vor dem Jungen, deutete mit Gesten an, daß der Junge auf den eingefetteten Stein zu setzen sei, und spritzte Eselsblut auf ihn. Dann schrien sie alle: „Erkle, Erkle" im Chor.

Mikon hatte mit dem Wein gegeizt und in dem schwappenden Ledersack ein bißchen davon aufgespart, und ich glaube, daß er kaum ohne Wein die Anstrengungen der Wanderung überstanden hätte; er wäre wohl im Wald und auf dem Geröll erschöpft liegengeblieben. Um die Freundschaft der Sikanen für sich zu gewinnen, bot er ihnen Wein an. Sie schmeckten ihn, schüttelten den Kopf, und einige von ihnen spuckten den Wein aus. Ihr Priester lachte und reichte Mikon in einem Holznapf etwas Trinkbares. Mikon trank und sagte, es sei nicht mit dem Wein zu vergleichen. Aber nach einem Weilchen begann er zu stieren, behauptete, daß seine Glieder gefühllos würden, daß ihm die Haarwurzeln kribbelten und daß er durch die Baumstämme und in die Tiefen der Erde sehen könne.

Ihren heiligen Trank kochten die Priester und Führer der Sikanen in Geheimkulten aus giftigen Beeren, Pilzen und Wurzeln, die sie zu bestimmten Mondphasen der verschiedenen Jahreszeiten sammelten. Sie tranken davon, wenn sie den Wunsch hatten, mit den Unterirdischen in Verbindung zu treten und sich von ihnen Rat zu holen. Ich vermute aber, daß sie ihn auch tranken, um sich zu berauschen, da sie keinen Wein hatten. Mikon gefiel der Trank, und er begann während der

Zeit, in der wir unter den Sikanen lebten, in kleinen Mengen davon zu trinken.

Die Erschöpfung nach der anstrengenden Fahrt, die Nähe des heiligen Steines und das Gefühl der Erleichterung, nachdem wir uns zu den Sikanen gerettet hatten, die statt Feindseligkeit uns Freundschaft erwiesen, wirkten, während die Sikanen ihre Opferkulte verrichteten, derart auf mich, als hätte ich außerhalb meiner selbst gestanden. Als alles verstummt war, um auf ein Zeichen zu warten, hörte man aus dem Dunkel des Waldes mehrere Male nacheinander den Schrei des Uhus. Ich sagte:

„Arsinoe, unser Sohn hat noch keinen Namen. Möge sein Name ‚Hiuls' heißen, nach dem Schrei des Uhus."

Mikon brach in Lachen aus, starrte mich an, klopfte sich aufs Knie und rief: „Das ist richtig, Turms. Wer bist du schon, um ihm einen Namen zu geben? Laß den Waldkauz ihm den Namen verleihen, und den Namen seines Vaters zu nennen, tut nicht not."

Arsinoe war so erschöpft, daß ihr die Kraft zum Widerspruch fehlte. Nachdem wir vom zähen Eselsfleisch gegessen hatten, versuchte sie den Jungen zu stillen, aber die Anstrengungen der gefährlichen Fahrt und die durch den Tod des Dorieus hervorgerufenen Aufregungen hatten ihre Brüste versiegen lassen. Hanna nahm den Jungen auf den Schoß und flößte ihm geschickt warme Suppe aus einem Bockshorn ein, wickelte ihn in das Lammfell und summte ihn in den Schlaf. Als die Sikanen merkten, daß der Junge schlief, brachten sie uns auf einem geheimen Steg in eine von undurchdringlichem Dorngebüsch geschützte Höhle, auf deren Boden Schilf als Liegestatt ausgebreitet war.

Als ich in der Morgendämmerung aufwachte und allmählich begriff, wo wir waren und was sich zugetragen hatte, stieg in mir als erstes der Gedanke auf: wohin jetzt gehen? Als ich aber aus der Höhle heraustrat, stolperte ich fast über einen Igel, der sich, durch meine Schritte erschreckt, zusammenrollte. In dem Augenblick fiel mir Lars Tular ein, den wir auf See geopfert hatten, und ich dachte an seine Worte über den zusammengerollten Igel. Deshalb hielt ich ihn für eine Warnung und begriff, daß wir unter den Sikanen bleiben sollten, da es das Sicherste und eine Weiterwanderung zwecklos war, solange ich nicht wußte, wohin wir gehen sollten.

Dieser Entschluß rief in mir ein unbeschreibliches Gefühl der Befreiung hervor, als hätte ich nach sehr langer Zeit mich selbst wiedergefunden. Ich ging zur Quelle, um zu trinken, und der Geschmack des

Wassers war köstlich auf meiner Zunge. Ich war noch jung und kraftvoll, und die Lebensfreude kehrte zu mir zurück.

Aber Arsinoe war beim Erwachen nicht erfreut vom Anblick der rußigen Höhlendecke, der Herdsteine und der schiefen Tongefäße. Während Mikon immer noch weiterschnarchte, sagte sie verdrießlich:

„Das hast du nun aus mir gemacht, Turms? Arm und geächtet bin ich, und gerade in diesem Augenblick, wo das Schilf mich sticht, weiß ich nicht, ob ich dich liebe oder hasse."

Ein jubelndes Lachen sprudelte in mir, so daß ich mich nicht ärgerte, sondern sagte: „Arsinoe, meine Liebste, Sicherheit und eigenen Herd hast du dir doch stets gewünscht! Hier hast du massive Wände um dich. Eigener Herd ist eigener Herd, wenn darauf auch nur einige rußige Steine liegen. Du verfügst ja sogar über eine Dienerin und über einen Arzt, der für die Gesundheit unseres Jungen sorgen wird. Von den Sikanen werde ich bald lernen, aus dem Walde Essen und das zum Leben Notwendige für dich und unseren Jungen zu beschaffen, Arsinoe. Das erstemal in meinem Leben bin ich gerade jetzt als Mensch vollkommen glücklich."

Als sie merkte, daß ich voller Ernst zu ihr sprach, stürzte sie sich auf mich, kratzte mich, spuckte mir ins Gesicht und schrie, daß ich sie in eine griechische Stadt in Sizilien in ein ihrer würdiges Leben bringen solle. Ich mag nicht erzählen, wie lange Zeit ich brauchte, um sie zu zähmen, weil ich mich an alles Unangenehme und Ärgerliche aus jener Zeit nicht mehr erinnere. Aber am Ende des Sommers, als sie sah, daß ihr Sohn trotz des primitiven Lebens und der einfachen Verpflegung gedieh und kräftig wurde, begann sie sich mit ihrem Schicksal abzufinden und sogar selbst manches im besten Sinne zu verstehen.

Bis dahin hatte sie Tag und Nacht ein Tuch um den Kopf getragen und ihre Haare vollkommen bedeckt gehalten. Sie behauptete, es als Zeichen der Trauer zu tun, weil ich ihr Leben zerstört hätte, aber ich selbst glaubte, sie bedecke ihr Haar nur um mich zu ärgern, weil sie genau wußte, daß ich ihre blonden Haare so sehr liebte. Schließlich zog sie in der Stunde unserer Liebe das Tuch vom Kopf und zeigte mir, daß ihr Haar während der Zeit, in der wir unter den Sikanen gelebt hatten, die Farbe gewechselt hatte und daß aus den goldfarbigen Locken schwarzes Haar geworden war.

„Schau jetzt selbst, was du mir angetan hast", warf sie mir vor. „Begreifst du es nun endlich, Turms, wie ich gelitten habe? Früher hatte ich die blonden Haare der Göttin. Jetzt hat die Umgebung, in die du mich gebracht hast, mich dieser ähnlich gemacht, und mein schönes Haar ist wie das der Sikanenweiber zu einer schwarzen und rauhen Mähne geworden."

Ich traute meinen Augen nicht und nahm ihr Haar prüfend zwischen meine Hände. Das Haar mit seinen Locken war genau so seidenweich wie früher, denn sie hatte ihr Haar oft heimlich gewaschen und fleißig gekämmt, wenn ich nicht in der Nähe war, um es sehen zu können. Aber schwarz waren die Haare, und sie blieben es auch.

Im ersten Augenblick schien es mir ein Wunder zu sein. Ich dachte nämlich an ihre erstaunliche Wandlungskunst und daß die Dunkelheit und die furchterregende Finsternis der Nächte ihre bezaubernden Haare dunkel, ja schwarz werden ließen. Aber mein Verstand siegte, ich lachte auf und rief aus: „Aber Arsinoe, wie eitel du doch bist! Als Priesterin warst du doch gezwungen, dein Haar hell zu färben, weil die Haare der Göttin die Farbe der Sonne haben. Du schämtest dich doch nur, mir dies zu gestehen. Deshalb hast du ja über das verlorengegangene Schönheitsmittelkästchen so sehr getrauert. Dies sind deine richtigen, natürlichen Haare. Ich liebe diese genau so, wie ich alles an dir liebe, sogar deine Eitelkeit. Sie ist ja der Beweis dafür, daß du in meinen Augen schöner erscheinen möchtest, als du bist."

Arsinoe wurde so wütend, daß sie mir eine Ohrfeige versetzte, in Wuttränen ausbrach und schrie: „Glaubst du mir denn nicht einmal in einer so belanglosen Sache, Turms, obwohl ich mein eigenes Leben zerstört habe, um dir in die Wildnis der Wälder zu folgen? Du bist wohl der undankbarste Mann der Welt, und ich verabscheue dich so maßlos, daß ich es gar nicht mehr fassen kann, wie ich deiner Verführungskunst so verfallen konnte."

„Arsinoe", bat ich, „fasse dich und versuche nicht, mich etwas glauben zu machen, was so einfach zu erklären ist. Natürlich können Wunder geschehen, das stelle ich nicht in Abrede, aber wie wäre der launenhafteste Gott auf den Einfall gekommen, deine blonden Haare in schwarze zu verwandeln?"

Die Augen vor Haß blitzend sagte sie: „Ich bin ein Weib der Göttin, und sie ist die launenhafteste aller Götter. Du müßtest es doch wissen, Turms, und an sie glauben. Dies ist ein Omen für dich, wie schlecht du dich mir gegenüber benommen hast. Sollte ich die Göttin noch versöhnen können, so wird sie vielleicht später mal mein Haar wieder erblonden lassen."

„Ja, gewiß", spottete ich herzlos, „wenn wir einmal wieder in eine kultivierte Stadt kommen sollten und du genug Geld hast, kannst du dir ja die notwendigen Farbmittel beschaffen. So ist es. In dieser Sache betrügst du mich nicht und kannst mich nicht dazu bringen, Unsinn zu glauben."

Sie faßte mich mit ihren schmalen Fingern an den Schultern, starrte mich mit immer dunkler, bis zu schwarzen Waldseen werdenden Augen an, wie in den Stunden unserer Leidenschaft, und beteuerte: „Turms, im Namen der Göttin und im Namen unseres Sohnes schwöre ich, daß es wahr ist. Natürlich bin ich ein Weib und belüge dich in belanglosen Dingen, weil du ein Mann bist und nicht alles verstehst. Das gebe ich zu. Aber warum sollte ich in einer solch wichtigen Sache lügen, die mein Aussehen und mein ganzes Leben so verändert, daß ich als Schwarzhaarige ein anderes Weib bin als früher? Du mußt mir glauben."

Als ich ihr so in die Augen sah und sie im Namen unseres Sohnes schwor, begann ich zu zittern und war erschüttert. Wenn sie nur im Namen der Göttin geschworen hätte, hätte ich ihr nicht geglaubt. Im Namen der Göttin hatte sie mich schon öfters belogen. Aphrodite ist ja die heimtückischste der Göttinnen, und dennoch muß man sie lieben. Aber im Namen unseres Sohnes zu schwören, da konnte ich nicht glauben, daß sie zu lügen vermochte.

Der kleine Hiuls kroch auf allen vieren auf dem Boden der Höhle umher und machte Dummheiten, wenn das Auge Hannas nicht aufpaßte. Ich hob ihn auf den Schoß, gab ihm einen fetten Knochen zum Ablutschen und sagte:

„Lege deine Hand auf das Haupt unseres Sohnes und schwöre von neuem, Arsinoe, dann werde ich dir glauben, wenn ich es auch nicht verstehe."

Ohne im geringsten zu zögern, legte Arsinoe ihre trotz Sonnenbräune schöne Hand auf Hiuls' Haupt, strich über seinen Haarflaum und schwor von neuem. Deshalb war ich gezwungen, ihr zu glauben. Mit dem Alter werden die Haare des Menschen ja auch grau. Warum sollte auch nicht das Haar eines launischen Weibes aus Gram schwarz werden? So etwas geschieht gewöhnlich nicht, aber Arsinoe war ja auch keine alltägliche Frau.

Als sie mich so weit hatte, daß ich glaubte, huschte ein Lächeln über ihr Gesicht, sie wischte die Tränen aus den Augen, schlang ihre Arme um meinen Hals, küßte mich und hielt mir vor:

„Oh, Turms, wie konntest du mich so kränken, obwohl wir kurz vorher auf dem Schilfbett ebenso selig waren, als hätten wir auf einer Wolke geschwebt? Ich glaubte schon, dich verloren zu haben, als du danach meine Worte bezweifeltest. Jetzt weiß ich, daß du mir doch ganz gehörst, so wie es auch sein soll."

Sie ordnete ihr Haar und fragte scheu: „Bin ich soviel häßlicher als früher?"

Ich schaute sie an. Mit nackten Schultern und den schwarzen Haaren, die das Weiß ihrer Haut noch besonders betonten, erschien sie meinen Augen nur noch schöner als zuvor. Sie hatte sich aus roten Beeren eine Halskette aufgezogen, und der Mondstein, der einzige ihr verbliebene Schmuck, leuchtete zwischen ihren Brüsten. Das Herz wurde mir bei ihrem Anblick weit in der Brust und ich sagte:

„Arsinoe, du bist schöner als je zuvor. Es gibt niemanden, der dir gleicht. Jedesmal, wenn ich dich in meine Arme schließe, bist du für mich eine unberührte Frau. Ich liebe dich."

Arsinoe streckte ihren Körper, lächelte verträumt und gab zu: „Ich liebe dich wohl auch, so unmöglich du auch als Mann bist. Aber schau, ich sah bei einer der Sikanenfrauen eine Halskette aus aufgezogenen blitzenden Raubtierzähnen. Ich glaube fast, daß ich zu dir noch viel netter sein könnte, als du dir denken kannst, wenn du mir eines Abends eine solche Kette mitbringen würdest."

Ich versprach mein bestes zu tun, und die Katze kam mit schlagendem Schwanz und strich weich an meinem Bein vorbei. Ich war sehr glücklich.

Von da ab paßte sich Arsinoe dem Leben der Sikanen an und schmückte sich wie die Sikanenfrauen mit farbigen Steinen, Korallen, Federn und weichen Tierfellen. Sie lernte von den Frauen die Kunst, die Augenbrauen schräg und den Mund breit zu färben. Die Sikanen schätzten Kreise auf den Wangen ihrer Frauen und wellige Streifen an ihren Körpern, aber diese Schmuckzeichen waren nicht abwaschbar und Arsinoe wollte sich keine Striemen in ihren Körper ritzen lassen. Daraus entnahm ich, daß sie nicht vorhatte, ihr ganzes Leben bei den Sikanen zu verbringen.

2.

Es erübrigt sich, über die Jagdsitten und die Art der Fischerei in den wasserreichen Flüssen der Sikanen zu berichten, da doch Jagd und Fischerei in allen Ländern ungefähr gleich sind. Nur die Fanggeräte sind bei den verschiedenen Völkern verschieden, einige sind besser, einige sind schlechter. Nachdem ich die Sikanen richtig kennengelernt hatte, merkte ich, daß sie keineswegs solche Barbaren waren, wie ich vermutet hatte. Sie besaßen ihre eigenen Überlieferungen, ihre eigenen Geheimkulte und einige Gesetze, wie auch andere Völker. Nur äußerlich waren sie Barbaren, denn wenn sie in Ruhe hätten leben können, wären sie vermutlich in festen Wohnorten ansässig geworden, hätten dort Vieh gehalten, Boden bestellt und sich selbst Dörfer und Tempel gebaut. Aber sowohl die Elymier des Landes Eryx als auch die Gründer der griechischen Kolonien hatten von Anfang an die Sikanen verfolgt, und die Phönizier Karthagos hatten sie gejagt und zu Sklaven genommen, so lange, bis ein Wanderleben in den Wäldern für sie die einzige Rettung blieb. Sie wollten sich nicht einer fremden Herrschaft unterwerfen wie die Sikulen. Sie sagten auch, daß die Sikulen keineswegs die Urbewohner des Landes seien, sondern später als die Sikanen gekommen wären. Sie hielten wohl Ziegen und bauten aus Reisig und Lehm Hütten, waren aber sofort bereit, sie bei eintretender Gefahr zu verlassen. Ihre heiligen Stätten zeichneten sie nach außen hin nicht aus, damit die Fremden ihre Geister und Götter nicht für sich gewinnen könnten. Ich glaube, daß sie ihre geheimsten Überlieferungen auch mir nicht verrieten, obwohl sie mir sonst vertrauten.

Von Anbeginn an war es mir ein leichtes, mit ihnen auszukommen. Als wir uns gerade in der Höhle eingerichtet hatten und uns an das unbequeme Leben der Sikanen zu gewöhnen begannen, traf ein Mann ein, von zwei Sikanen begleitet; äußerlich war er nach der Art der Sikanen gekleidet und bemalt, er sprach aber fließend Griechisch. Er erzählte, daß er seit der Ausweisung der Phythagoräer unter den Sikanen lebte, und daß sich bei den meisten Sikanenstämmen als Mitglieder derselben Griechen, Elymier oder Phönizier aufhielten, die aus irgendeinem Grunde in die Wälder hätten flüchten müssen und dort die Freundschaft der Sikanen erworben hätten.

„Aber", sagte er, „die Sikanen führen auch Fremde, deren sie habhaft werden, als heilige Sklaven mit sich. Einige lassen sie nach längerer Zeit wieder laufen, aber andere töten sie, wenn sie ihrer überdrüssig werden oder der Gefangene die Flucht ergreifen will."

Ferner erzählte er, daß es zwischen den Sikanenstämmen kaum andere Unterschiede gäbe, als daß sie verschiedene Tiere als heilig verehrten. Sie sprachen dieselbe Sprache und hätten dieselben Sitten und Gebräuche. Auch er bestätigte, daß sie schlauer seien, als man vermuten könne. Sie wollten keine anderen Sprachen erlernen, weil sie Angst hätten, in Sklaverei zu geraten, wenn sie außer ihrer eigenen noch andere Sprachen könnten. Von Zeit zu Zeit seien sie jedoch gezwungen, mit den Elymiern,

Karthagern und Griechen in Berührung zu kommen, sei es beim Handeltreiben, sei es infolge von Kriegen. Zu diesem Zweck hielten sie heilige Sklaven oder nähmen Fremde auf, die sie gut behandelten, wenn diese sich ihren Sitten und Gebräuchen anpaßten.

Der Pythagoräer blieb lange bei uns und lehrte mich auf Geheiß des Stammes, der mir Schutz gewährte, die Sprache der Sikanen. Auch er meinte, daß das Leben unter den Sikanen schön sei, weil sie den Begriff Zeit nicht kennen. Wenn man zum Beispiel einen Besuch mache, könne man als Gast eine Woche, einen Monat, ein Jahr oder zehn Jahre bleiben, und niemand wundere sich darüber oder fände etwas dabei. Wenn der Gast den Besuch beenden und weggehen wolle, könne er den Gastgeber ohne Abschied verlassen, und niemand versuche ihn zurückzuhalten. Die Sikanen besäßen alles gemeinsam, so daß die geschickten Jäger ihre Beute zu gleichen Teilen mit den ungeschickten teilten, und auch die von den Frauen gesammelten Beeren und Wurzeln würden gleichmäßig verteilt. Nach Ansicht der Sikanen sei es selbstverständlich, daß sich der geschicktere Jäger anstrenge und sich in Gefahr begebe, ohne von der Beute größeren Nutzen zu ziehen als der schwächste Stammesgenosse, denn er ernte ja Ehre und über ihn würden Lobgesänge verfaßt. Ein Fauler würde nicht irgendwie schief angesehen, er bekäme seinen Teil, und die Sikanen meinten, in ihm steckten vielleicht andere Fähigkeiten, die sich zu gegebener Zeit zum Nutzen des Stammes offenbaren würden.

Im übrigen tat der Pythagoräer sehr geheimnisvoll und war nicht gewillt, viel über sich selbst zu erzählen. Während der ganzen Zeit nannte er seinen Namen nicht, auch nicht den seines Vaters oder seiner Heimatstadt. Soviel verstand ich, daß er in irgendeiner griechischen Stadt in Italien geboren war und sich schon ganz jung dem Geheimbund der Pythagoräer angeschlossen habe. Einen weißen Überwurf trug er aber nicht, und Fleisch aß er auch, wenn auch nicht übermäßig.

Nachdem wir uns angefreundet hatten, warnte er Mikon vor dem heiligen Trank der Sikanen und meinte, daß der Genuß desselben den Verstand trübe, so daß der Mensch mehr den Trugbildern als seinem eigenen Verstand glaube. „Aber", sagte er, „tue wie du willst und was du für richtig hältst. Ich bin nicht dein Retter oder Wegweiser. Du bist doch ein studierter Mann und sogar geweiht."

Er lehrte uns an Hand eines Saiteninstruments, wie die Saiten je nach ihrer Länge verschiedene Töne erzeugen und wie man diese in Zahlen ausdrücken könne. Dieses einfache Beispiel sei seiner Ansicht nach der Beweis dafür, daß die Zahlen die Grundlage allen Seins seien und daß man alles in Zahlen wiedergeben könne. Ich verstehe nicht viel von Saiteninstrumenten und liebe mehr das Flötenspiel. Deshalb waren seine Reden mir gleichgültig. In der Vermessungskunst lehrte er uns, wie erstaunlich das Verhältnis der Seiten eines Dreiecks zueinander sei. Er zeichnete in den Sand und bewies, daß die Quadrate der beiden Katheten zusammen eine genau so große Fläche bildeten wie das Quadrat der Hypothenuse. Dies zeigte er uns anschaulich, so daß wir es mit unseren Augen wahrnehmen konnten, aber mir bereitete dieses Wissen keine nennenswerte Freude. Mir schien es mehr die Fingerfertigkeit eines Taschenspielers als ein wirkliches Wissen zu sein.

Einmal sagte er: „Diese Welt, in der wir leben und wirken, ist nicht die einzige Welt, sondern es gibt viele andere Welten, die einander leicht berühren."

Nachdem er dies gesagt hatte, lächelte er und meinte: „Es wird sogar behauptet, daß es im ganzen 183 Welten gibt und diese in die Form eines Dreiecks eingeordnet sind, so daß sich an jeder Seite des Dreiecks je sechzig Welten und außerdem noch an jeder Spitze je eine Welt befinden.

Mikon entgegnete lebhaft: „Nein, nein, wenn es schon Welten gibt, so sind sie ineinander geschachtelt wie das Sehen und Hören, wie Gefühl, Geschmack und Riechvermögen des Menschen, die jedes für sich eine Welt bedeuten und doch in einem und demselben Menschen enthalten sind."

Der Pythagoräer horchte erstaunt auf, dachte über die Worte Mikons nach und fragte herausfordernd: „Wie drückst du das in Zahlen aus?"

Mikon trank einen Schluck von dem heiligen Trank, horchte in sich hinein, lächelte mit geschwollenen Lippen und antwortete: „Ich gebe nicht viel auf Zahlen, aber gerade jetzt stehe ich an der Schwelle und sehe zwei Sterne. Diese beiden sind zwei Götter und doch ein und derselbe Gott. Warum es so ist, das vermag ich nicht zu erklären. Ich sehe es nur so und weiß, daß es so ist."

Ich sagte meinerseits: „Fraglos sind Zahlen und deren gegenseitiges Verhältnis sowie die gleichseitigen Figuren schön, aber eine Frau, deren Gesicht und deren Gesichtszüge im Verhältnis zu einander in Zahlen auszudrücken möglich wäre, müßte meiner Ansicht nach auf die Dauer sehr langweilig sein. Nicht die Regelmäßigkeit, sondern die Ausnahme und die Launenhaftigkeit bilden den Charme eines Frauenantlitzes."

Der Pythagoräer bedeckte sein Gesicht mit dem Arm, um seine Tränen zu verbergen. Schließlich faßte er sich wieder und gab zu: „Wenn alles tatsächlich so einfach, anschaulich und schön wäre, wie Pythagoras es vor seinem Tod lehrte, wären das Leben und die Weisheit ein leichtes. Aber es entspricht der Wahrheit nicht. Ich bin kein Verbrecher und die Pythagoräer haben mich aus ihrer Mitte nicht ausgestoßen, sondern ich verließ sie, weil ich die Sinnlosigkeit des ganzen erkannte. Schön ist ein gleichseitiges Dreieck. Noch schöner erscheint ein gleichseitiges Quadrat. Aber schon diese einfache Form trägt einen Fluch in sich, denn das Verhältnis der Diagonale zu den Seiten des Quadrats ist mit keiner Zahl zu errechnen. An diesem Verhältnis kann man sein ganzes Leben lang rechnen, aber die Zahl nimmt nie ein Ende. Zu dieser furchtbaren Erkenntnis führte die einfache und schöne Zahlenlehre. Die Pythagoräer gingen nicht an ihren Geheimbünden zugrunde, wie die Tyrannen annehmen, sondern an dieser erschreckenden, geheimnisvollen Einsicht. Es gibt Verhältnisse, deren darstellende Zahl unendlich ist."

Er sprang von dem flachen Stein auf, drohte Mikon mit verzerrtem Gesicht und mit geballter Faust und schrie: „Deshalb können noch eins und drei heilige Zahlen sein, aber zwei und vier sind es schon nicht mehr und bleiben unfaßbar. Deine beiden Sterne sind böse Sterne und deine beiden Götter böse Götter."

Vom heiligen Trank der Sikanen völlig berauscht, kümmerte sich Mikon kaum um seine Erregung, fummelte nur an den Hühnerknochen in seiner Hand herum und schlug vor: „Laßt uns die Hühnerknochen der Reihe nach werfen. Nach all dem, was ich in meinen vierzig Jahren gelernt und erfahren habe, glaube ich, daß sie zumindest ebenso viel wissen, wenn nicht noch mehr als irgend jemand von uns."

Der Pythagoräer wollte aber keine Hühnerknochen werfen. Er sagte, daß er sein Leben lang nur nach der unbedingten Zwangsläufigkeit der Zahlen gesucht habe. „Aber Harmonie und Gleichheit gibt es nicht", beklagte er sich, „es gibt nur Bewegung und Flackern, und ich halte diesen Gedanken nicht mehr lange aus." Er lief in den Wald, seine Augen blickten unter der Einwirkung dieses beängstigenden Gedankens genau so starr wie die Augen Mikons nach dem heiligen Trank der Sikanen. Mikon streckte verdrießlich seine Hände aus und leerte dann ganz ruhig den Holznapf bis zum letzten Tropfen.

„Du, Turms, mein Freund", sagte er, „hier siehst du, daß die Rechenkunst den Menschen nicht zu retten vermag. Hier in der Waldesstille habe ich mit Hilfe des Trankes der Sikanen die Jahre meines Lebens einzeln wie Perlen aus einer Perlenkette gepflückt und Rückschau gehalten, um feststellen zu können, wann und inwiefern ich mich geirrt habe. Oh, Turms, wieder stehst du in der Abenddämmerung auf der Insel Kos als

Schatten neben mir und rufst mich. Wer du aber bist, das weiß ich nicht. und du weißt nicht, wer ich, Mikon, bin. Je mehr ich darüber nachdenke, um so klarer begreife ich, wie schön das Vergessen ist."

„Schönes, wonnevolles Vergessen", wiederholte er leicht stotternd und drehte seinen leeren Holznapf um: „Der Trank der Sikanen ist keineswegs ein giftiges Getränk, sondern im Gegenteil eine wunderbare Medizin für den Menschen. Sie sind ein altes Volk und den Unterirdischen näher als wir, und sie wissen genau, was sie tun. Ihr Trank gibt mir einen Vorgeschmack von der Quelle des Vergessens, die ich dann finden werde, wenn ich den Strom überquert habe."

Die Nacht brach an, es wurde dunkel, und inmitten der düsteren Schatten des Waldes schrie unentwegt der Uhu. Mikon neigte den Kopf, als wolle er die Stimmen der Nacht genau hören, schaute mich mit verschwommenen Augen an und bemerkte: „Schau, dein Sohn ruft schon nach dir, Turms. Es ist wohl schon Zeit, zur Ruhe zu gehen. Ich will dir aber meine einzige Erkenntnis, die im geheimen in mir gereift ist und soeben wie ein Geschwür aufgeht, anvertrauen. Es ist völlig gleichgültig, ob Wahrheit oder Lüge, wenn der Mensch nicht weiß, was Wahrheit und was Lüge ist. Zerkaue diesen Gedanken zwischen deinen Zähnen, falls du den Mut dazu aufbringst, wenn du mal wieder zu deiner schönen Arsinoe kriechst, um sie in deine Arme zu schließen."

Aus Freundschaft half ich ihm ins Bett, über den Pythagoräer machte ich mir keine Sorgen. Er hatte doch schon so lange unter den Sikanen gelebt, daß er sich im Walde nicht verlaufen konnte. Darin hatte ich recht, denn er kehrte nach ein paar Tagen völlig beruhigt wieder und blieb noch eine Zeitlang bei uns, bis ich die Sprache der Sikanen leidlich erlernt hatte. Seine Lehre von dem Verhältnis der Diagonale zu den Seiten des Quadrats blieb mir unklar. Deshalb lehrte er mich die von den Pythagoräern erfundene Division. Endlich begriff ich, daß es offenbar die schönsten Verhältnisse gibt, die keine Zahl wiederzugeben vermag. Diese Erkenntnis wirkte auf mich nicht niederschmetternd, ich litt nicht einmal darunter wie er.

Eines Morgens, ganz früh, war der Pythagoräer, ohne sich zu verabschieden, aufgebrochen, und wir sahen ihn nie wieder und hörten auch nichts von ihm. Ich glaube, daß er kein Verbrecher war und daß er nicht aus politischen Gründen aus seiner Heimatstadt ausgewiesen worden ist, sondern daß er nur durch seine Erkenntnis gequält in die Ruhe der Berge unter die Sikanen geflohen war. Er lehrte mich, aus welch rätselhaften Gründen ein Mensch zu leiden vermag.

Mikon dachte viel nach; die Wange in die Hand gestützt, saß er während der sich häufig wiederholenden Anfälle von Depression. Schließlich sagte Mikon: „Ankommen ohne zu grüßen, weggehen ohne sich zu verabschieden, fremd an jedem Herd zu bleiben, das ist doch keine Weisheit und nicht einmal eine Lebenskunst, das ist lediglich das unvermeidliche Los des denkenden Menschen in dieser fremden Welt."

Ungefähr ein Jahr weilte Mikon noch unter uns, und die Sikanen brachten von weither Kranke zu ihm, damit er sie heile. Er übte seine Arzttätigkeit sehr gleichgültig aus und meinte, daß die Priester der Sikanen genau so gut Wunden behandeln, Knochenbrüche schienen und die Kranken mit dem dumpfen Ton ihrer kleinen Trommeln in den heilenden Schlaf versetzen könnten. „Ich kann von ihnen nichts lernen, sie von mir aber auch nichts, sondern alles ist völlig gleichgültig", sagte er. „Es ist vielleicht befriedigend, die Leiden des Körpers zu lindern, aber wer heilt die Qualen des Geistes, wenn nicht einmal ein Geweihter in seinem Herzen Ruhe findet?"

Ich konnte ihm in seiner Depression nicht helfen, und auch Arsinoe war nicht imstande, ihm Linderung zu verschaffen, obwohl sie ihm in ihrer eigenen wiedergefundenen Freude am Leben zulächelte. Eines Morgens, als Mikon ungewöhnlich spät aufwachte, schaute er auf die blauen Berge und in den strahlenden Sonnenschein, befühlte den Rasen mit der Hand, atmete den warmen Harzduft des Waldes ein, nahm meine Hand in seine zittrige und sagte:

„Dies ist die Stunde meiner klaren Erkenntnis, Turms. Soweit bin ich Arzt, um zu wissen, daß ich krank bin, oder daß der berauschende Trank der Sikanen mich langsam vergiftet hat. Ich lebe wie in einem Nebel voll von Höhenrauch und kann nicht mehr das Wirkliche vom Unwirklichen unterscheiden. Aber vielleicht berühren sich die Welten oder liegen so ineinander, daß man mitunter in zweien von ihnen gleichzeitig zu leben vermag."

Mit seiner weichen Hand die meine fest umklammernd, fuhr er fort: „In der Stunde meiner klaren Erkenntnis weiß und begreife ich, daß man sich auf den Menschenverstand nicht verlassen kann, denn die verschiedenen Arten des Denkens sind ebenso irreführend wie die Sinne des Menschen. Vielleicht ist es lediglich Einbildung und Gewohnheit, zu denken, daß alles in der von der Zeit bestimmten Reihenfolge nacheinander geschieht. Vielleicht geschieht alles gleichzeitig, obwohl wir es nicht verstehen."

Ein seltsames Lächeln erhellte sein Gesicht, er blickte mich warmherzig an und erklärte: „Die Stunde meiner Klarheit scheint von keiner großen Bedeutung zu sein, weil ich dich, Turms, in übernatürlicher Größe sehe und dein Körper wie Feuer durch deine Kleider leuchtet. Seitdem ich überhaupt zu denken begann, habe ich mich stets über den Sinn des ganzen gewundert. Deshalb ließ ich mich weihen und nahm viele geheime Erkenntnisse in mich auf, die außerhalb dieser Wirklichkeit bestehen. Aber auch das geheime Wissen hat seine Grenzen. Erst der giftige Trank der Sikanen hat mir eine Antwort auf meine Frage gegeben, warum ich in die Welt hineingeboren wurde und welches der Sinn des Lebens ist."

Mit beiden Händen hielt er meine Hand und sagte überzeugend: „Dies ist eine große Erkenntnis, Turms. Dir vertraue ich sie an. Das Grübeln über den Sinn des Lebens ist lediglich ein Irrtum des Denkens. Unser Denken ist wie ein Harnisch, der uns an diese sichtbare Welt bindet und fesselt, ohne uns aber schützen zu können. Es ist nur eine Einbildung, daß es einen Sinn gibt. Das ist so, als würden wir, alle unsere Kräfte aufbietend, auf ein Ziel zulaufen, das nicht vorhanden ist. Ein Sinn ist gar nicht notwendig. Das Denken betrügt uns nur, indem es einen Sinn und einen Zweck erfindet. Es gibt nur die Erfüllung. Wenn man dies begreift, haben die Götter keine Macht mehr über uns."

Er ließ meine Hand los, berührte wieder den Rasen, schaute auf die blauen Berge und sagte: „Ich müßte mich über meine Erkenntnis freuen, aber nichts erfreut mich mehr, als wäre ich eine zu lange Strecke gelaufen. Mich tröstet der Gedanke nicht, daß ich einmal aufwachen werde und die Erde gleich grün und schön sein, alles mir gut munden und zu leben eine Wonne sein wird. Ich müßte mich doch wohl darüber freuen, daß du meinen Augen heute morgen so prachtvoll und schön erscheinst, Turms, und mich auch darüber freuen, daß ich dich auf den ersten Blick erkannte."

Ich blickte ihn voll Mitleid an, aber als ich ihn betrachtete, erkannte ich, daß der Tod durch sein geschwollenes Gesicht hindurchschien, durch die Form seines Schädels, durch die Höhlen und durch das Grinsen der Zähne, durch die Haut und durch das Fleisch. Ich meinte es nur gut mit ihm, weil er mein Freund war und ich ihn gekannt hatte, aber er fühlte sich durch meinen Blick gekränkt und fuhr mich an:

„Nein, Turms, du brauchst kein Mitleid mit mir zu haben. Du brauchst mit niemandem Mitleid zu haben, weil du der bist, der du bist. Mir gegenüber Mitleid zu zeigen, ist kränkend, denn wenn nichts anderes, so bin ich dir zumindest Sendbote gewesen. Erkenne mich auch das nächstemal, wenn wir uns wieder begegnen werden. Das genügt."

In diesem Augenblick erschien mir sein gedunsenes Gesicht geradezu häßlich. Neid sprang aus ihm und verdunkelte mir den strahlenden Morgen. Er merkte es selbst, bedeckte die Augen mit der Hand, stand auf und verließ mich schwankenden Schrittes. Als ich ihn zurückzuhalten versuchte, sagte er: „Meine Kehle ist trocken. Ich gehe zur Quelle, um zu trinken."

Ich wollte ihn begleiten, doch er wehrte wütend ab und schaute sich nicht mehr um. Aber er kehrte von der Quelle nicht mehr zurück. Wir suchten vergebens nach ihm, und die Sikanen durchkämmten das Gebüsch und die Schluchten, bis ich begriff, daß er eine andere Quelle gemeint hatte.

Ich nahm sein Benehmen nicht übel, sondern gönnte ihm die Freiheit der Wahl: das Leben hier noch fortzusetzen oder ihm, wie einer zu schwer gewordenen Sklavenarbeit, ein Ende zu machen. Wir trauerten um ihn und brachten seinem Gedenken ein Opfer dar. Danach fühlte ich mich leichter ums Herz, denn seine Niedergeschlagenheit hatte lange Zeit gleich einer Wolke unser Dasein beschattet. Doch Hiuls vermißte ihn sehr, denn er hatte dem Jungen das Laufen beigebracht, seinen ersten Worten gelauscht und für ihn Spielsachen aus Eschenholz mit seinem scharfen Skalpell geschnitzt, ohne Rücksicht darauf, daß die feine Schneide dadurch stumpf wurde.

Arsinoe geriet in Zorn, nachdem sie erfaßt hatte, was geschehen war, und wälzte die ganze Schuld auf mich, indem sie behauptete, daß ich besser auf Mikon hätte aufpassen müssen. „Sein Tod berührt mich kaum", sagte Arsinoe, „aber so viel war er mir doch schuldig, daß er bis zur Geburtstunde hätte warten und mir mit seiner Arztkunst hätte helfen können. Er wußte genau, daß ich wieder schwanger war, und ich hätte gern das Kind unter ärztlicher Aufsicht geboren, ohne auf die Sikanenweiber angewiesen zu sein."

Ich schalt Arsinoe wegen ihrer herzlosen Worte nicht, denn die Schwangerschaft machte sie launenhaft, und außerdem hätte Mikon vielleicht doch aus Freundschaft tatsächlich einige Monate noch warten können. Zu gegebener Zeit gebar Arsinoe auf dem Schilfbett in der Reisighütte mühelos ihr Mädchen und brauchte dabei nicht einmal die Hilfe der erfahrenen Sikanenweiber, obwohl sie es verstand, sämtliche Frauen des Sikanenstammes herumzuhetzen und die üblichen Arbeiten der Sikanen für die Zeit der Geburt völlig durcheinander zu bringen. Sie weigerte sich, in einem Ringstuhl zu gebären, wie die Sikanenfrauen es wollten, um ihr die Geburt zu erleichtern, sondern gebar das Kind im Bett, wie es die zivilisierten Menschen tun.

3.

Von den Sikanen übernahm ich die Sitte, mich für mehrere Tage in die hohen Berge zurückzuziehen, um dort fastend in mich hinein zu horchen, bis ich mich innerlich so leicht fühlte, als könne ich fliegen. Von ihnen lernte ich auch, wie der Stärkste bei einer erschöpfenden Wanderung in der Einöde sich die Vene an seinem Unterarm öffnen kann, damit der Erschöpfte daraus Blut zu trinken vermag, und wie man so durch Blutabgabe den anderen retten kann. Das tat ich sogar selbst einmal, obwohl die Sikanen mir fremd waren. Danach betrachteten sie mich als einen der Ihren, da ich mich durch Blutbande ihnen verbunden hatte, doch ich war nicht von ihrem Stamme, wenn ich auch mein Blut für einen Sikanen gespendet hatte.

Ich singe das Lob der unermeßlichen Wälder der Sikanen, ich preise die ewigen Eichenbäume, ich besinge die blauen Berge und die reißenden Ströme. Und doch wußte ich die ganze Zeit über, in der ich unter den Sikanen lebte, daß dies nicht mein Land war. Es blieb mir fremd, wie gut ich es auch kennenlernte, ebenso wie die Sikanen mir fremd blieben.

Fünf Jahre lebte ich unter den Sikanen, und Arsinoe begnügte sich damit, mit mir zu leben, weil wir uns liebten, obwohl sie oft drohte, daß sie mit irgendeinem Händler gehen würde, der sich in die Wälder gewagt hatte. Die Händler, die in die Wälder mit einem Tannenzweig als Schutzzeichen kamen, um ihre Ware den Sikanen anzubieten, waren in den meisten Fällen aus dem Lande Eryx. Aber auch aus den griechischen Städten Siziliens, sogar aus Selinunt und Akragas kamen abenteuerliche Händler, und zuweilen vermochte auch ein Tyrrhener den Sikanen einige Säcke Salz zu bringen, wobei er Messer und Äxte aus Eisen im Salz versteckte, in der Hoffnung, großen Gewinn erzielen zu können. Die Sikanen ihrerseits breiteten dann von ihnen gesammelte Tierfelle und farbige Federn, Bündel von farbigen Hölzern, wilden Honig und Wachs zur Ansicht aus, versteckten sich aber sofort wieder. Seitdem ich bei ihnen lebte, half ich ihnen bei diesem Tauschhandel dadurch, daß ich mit den Händlern sprach, die häufig während ihrer mühsamen Handelsreise keinen einzigen Sikanen zu Gesicht bekamen.

Auf diese Weise erhielt ich Nachrichten aus der übrigen Welt und erkannte die Unruhe der Zeit und das zähe Vordringen der Griechen in das Binnenland, in das Gebiet der Sikanen. Die Bewohner Segestas wiederum drangen zu Pferde mit ihren Hunden immer tiefer in die Wälder ein. Mehrere Male mußten wir vor einer solchen Expedition in die Berge flüchten. Aber die Sikanen legten Fallen gegen ihre Verfolger aus und erschreckten sie mit ihren furchterregenden Trommeln.

Bei der Unterhaltung mit den Händlern verriet ich nicht, wer ich war. Sie glaubten, ich sei ein Sikane, der aus irgendeinem Grunde Sprachen gelernt hatte. Sie waren ungebildete Männer, und ihren Erzählungen brauchte man keinen Glauben zu schenken. Von ihnen erfuhr ich jedoch, daß der Perser von Ionien aus die Inseln des Griechischen Meeres, sogar das heilige Delos erobert hatte. Die Bewohner der Inseln hätten sie gefangen genommen, die schönsten Mädchen dem Großkönig geschickt und die besten Jünglinge kastriert und den Persern als Diener ausgeliefert. Die Tempel hätten sie geplündert und niedergebrannt, aus Rache für das Niederbrennen des Tempels der Kybele von Sardeis, und der Großkönig habe Athen nicht vergessen.

Meine Missetat verfolgte mich bis in die dichten Wälder Siziliens, und ich wurde unruhig. Ich hielt den Mondstein Arsinoes in der Hand, rief Artemis an und sagte: „Du schnelle Jungfrau, heilig und ewig, dir opferten die Amazonen ihre rechte Brust, deinetwegen brannte ich den Tempel der Kybele in Sardeis nieder. Vergiß mich nicht, sollten die anderen Götter beginnen, mich wegen der Zerstörung ihrer Tempel zu verfolgen."

In meiner großen Unruhe hatte ich das Bedürfnis, die Götter zu versöhnen. Die Sikanen dienten den Unterirdischen und damit Demeter, denn Demeter ist nicht nur die Göttin der Ähre, wie viele glauben, sondern viel mehr. Unsere Tochter war unter den Sikanen geboren. Deshalb sah ich es als das beste an, ihr den Namen „Misme" zu geben, und dachte dabei an die Frau, die Demeter Wasser zum Trinken reichte, als die Göttin auf der Suche nach ihrer verlorengegangenen Tochter fast verdurstet wäre. Arsinoe gefiel der Name nicht und sie hätte lieber ihre eigene Göttin versöhnen wollen, indem sie dem Mädchen einen elymischen Namen gegeben hätte, aber nachdem ich ihr die Sache erklärt hatte, war sie einverstanden. Ich erzählte ihr aber nicht, wie es dem Sohne der Misme erging: er hatte laut aufgelacht, als er die Göttin in ihrem Durst so gierig trinken sah, daß sie das Wasser über sich selbst schüttete.

Nachdem ich Artemis angerufen und meiner Tochter den Namen Misme gegeben hatte, waren einige wenige Tage vergangen, als der Priester der Sikanen zu mir kam und sagte: „Irgendwo wird eine große Schlacht geschlagen, in der viele sterben." Er hüpfte vor Aufregung, horchte und hielt nach allen Himmelsrichtungen Ausschau, zeigte dann nach Osten und sagte: „Die Schlacht ist weit weg, hinter dem Meere."

„Woher weißt du das?" zweifelte ich.

Er blickte mich verwundert an und fragte: „Hörst du nicht selbst den Schlachtenlärm und die Angstschreie der Sterbenden? Es ist ein gewaltiger Krieg, weil man ihn bis hierher hört."

Auch andere Sikanen sammelten sich ängstlich um uns, um zu horchen und nach dem Osten zu schauen, so daß auch ich zu horchen begann; ich konnte aber nur das Rauschen des Waldes vernehmen. Sie bestätigten die Worte ihres Priesters, und wir beeilten uns alle, zum Opferstein zu gehen, um die Unterirdischen zu versöhnen, damit die Geister der vielen Toten nicht in die Tiere des Waldes oder in die Neugeborenen der Sikanen einziehen sollten. Die Sikanen wollten keine neuen Geister in ihren Wäldern haben, sondern glaubten diese durch ihre Geheimkulte abwehren zu können. Geduldig versuchten sie mir klar zu machen, daß die Geister der gleichzeitig so zahlreich gefallenen Männer sich über die ganze Welt verbreiteten. So wäre auch die Gefahr vorhanden, daß fremde Geister in die Wälder der Sikanen einzudringen versuchten, weil anderswo kein Platz mehr vorhanden sei. Wer gegen wen kämpfte, das konnten sie mir nicht sagen. Ich wußte nur, daß sich im Osten hinter dem Meer das griechische Mutterland und Athen befanden, und mir ahnte, daß der Perser endlich darangegangen war, Athen zu bezwingen und zu erobern, um seine Macht vom Osten bis nach Westen auszudehnen.

Der Priester der Sikanen trank vom heiligen Trank, und völlig von meiner Unruhe beherrscht, bat ich, auch davon trinken zu dürfen, obwohl ich mir bewußt war, daß er Gift enthielt. Aber ich hoffte, daß das Getränk mir die Gabe der Sikanen, zu hören, was in der Ferne geschah, vermitteln würde. Deshalb trank ich gierig von diesem bitteren Trank, obwohl dem Priester die Augen schon wirr im Kopfe standen und er mit zuckenden Gliedern zu Boden sank. Schlachtenlärm hörte ich nicht, wenngleich alles um mich durchsichtig wurde, und die Bäume und die Steine mir wie ein Schleier erschienen, durch den ich meine Hand hätte stecken können, wenn ich es gewollt. Schließlich sank ich in die Tiefen der Erde zwischen die gefräßigen Baumwurzeln und sah in meinem Rauschzustand unter dem heiligen Stein das Glitzern von Gold und Silber.

Als ich dann aufwachte, mußte ich mich bis zum Morgen immer wieder übergeben und fühlte mich mehrere Tage so sterbenselend, daß der schlimmste Kater, der vom Weintrinken herrührt, mit demjenigen nach dem heiligen Trank der Sikanen nicht zu vergleichen ist. In meiner abgestumpften Gemütsverfassung glaubte ich nicht mehr an die Erzählungen der Sikanen von der großen Schlacht, sondern hielt das ganze für Phantasien. Auch sonst war mir alles völlig gleichgültig, so daß ich sogar Mikons Wunsch, zu sterben, begriff, nachdem er dauernd diesem Gifttrank zugesprochen hatte.

Noch im gleichen Herbst kam ein griechischer Händler aus Akragas, dem ich bereits einmal früher am Flußufer begegnet war, in die Wälder. Er prahlte mit dem Sieg der Athener auf dem Marathonfeld in der Nähe von Athen über die auf Schiffen gelandeten persischen Truppen. Er meinte großsprecherisch, daß der Kampf der größte und ruhmreichste aller Zeiten gewesen sei, weil doch die Athener die Perser aus eigener Kraft geschlagen hätten, ohne die von den Lazedämoniern zugesagten Hilfstruppen abzuwarten. Auch hätten die Athener, berichtete er, nicht gewartet, bis sie vom Perser angegriffen wurden, sondern sich nur einige Kolonnen stark in den Kampf gestürzt, um dann eine genau so breite Front zu bilden, wie die Perser sie aufgestellt hatten. Nach der Schlacht soll das Marathonfeld so dicht mit Leichen bedeckt gewesen sein, daß man keinen Schritt hätte tun können, ohne auf einen toten Perser zu treten. Er sagte, daß die Athener auf diese Weise die Zerstörung Ioniens und der Inseln gerächt hätten.

Mir erschienen seine Erzählungen völlig unglaubhaft, denn ich erinnerte mich, wie die Athener Seite an Seite und um die Wette mit uns aus Sardeis zurück nach Ephesos gelaufen waren, um sich auf die an der Flußmündung liegenden Schiffe zu retten. Als ich von seinem Geschwätz die Hälfte strich und vom Rest nur einen Teil glaubte, schälte ich die Tatsache heraus, daß der Perser beim Landungsversuch in Attika eine Niederlage erlitten hatte. Soweit ich jedoch von der Kriegsführungskunst etwas verstehe, dürfte der Perser kaum größere Einheiten von Reitern auf seinen Schiffen übers Meer befördert haben; der Schiffstransport begrenzte ja sowieso schon die Zahl der kämpfenden Truppen. Eine solche Niederlage dürfte wohl die Kraftreserven des Großkönigs nicht erschüttert haben, im Gegenteil, dies dürfte ihn um so mehr reizen, bei günstiger Gelegenheit einen wirklichen Feldzug gegen Griechenland auf dem Landwege zu unternehmen.

Aber der Kaufmann aus Akragas blähte sich wie ein Frosch auf und renommierte weiter: „Mag Darius die Völker führen, die sich in Hosen kleiden und sich erniedrigen, den Staub von seinen Füßen zu küssen. Das durch seinen Reichtum verweichlichte Ionien konnte er bezwingen, aber den Speeren und Schwertern der sportlich gestählten Griechen des Mutterlandes können die Reiter und Pfeile des Barbaren keinen Widerstand leisten. Sogar das von der Volksdemokratie verdorbene Athen war in der Lage, den Perser zu schlagen. Beim Anblick der Kampffront der Lazedämonier würde der Perser bestimmt die Waffen strecken und sich vor Schreck auf die Erde werfen."

Weiter erzählte er: „Der Großkönig hat den Tyrannen Hippias, den die Athener seinerzeit außer Landes jagten, als Oberbefehlshaber des Feldzuges eingesetzt, aber als dieser aus seinem Schiff am Ufer des Marathon an Land ging, spuckte er beim Niesen einen Zahn aus dem Munde in den Ufersand. Dann soll er sein Gesicht bedeckt und gesagt haben: ‚So ein Stückchen mag ich wohl von meinem Vaterlande verdient haben, und mehr werde ich auch nicht erhalten.'"

Seine Erzählung bestärkte mich in der Annahme, daß es sich hier lediglich um einen politischen Umsturzversuch handle, um Hippias mit Hilfe der persischen Waffen wieder in Athen einzusetzen. Aber schon der Wunsch, Attika als Hauptbrückenkopf des Persers auf dem griechischen Mutterlande zu erobern, wies auf die Ziele des Großkönigs hin. Wie ein reich gewordener Mann zwangsläufig ohne sein Zutun immer reicher wird, ebenso ist eine genügend groß gewordene Macht gezwungen, sich auszudehnen. Deshalb war die Vernichtung der noch freien Staaten Griechenlands nur eine Frage der Zeit. Die Nachricht von dem Sieg bei Marathon weckte in mir, statt Freude auszulösen, nur böse Ahnungen. Mir, dem Brandstifter des Kybele-Tempels in Sardeis, bot Sizilien keine sichere Zuflucht mehr.

Eines Morgens fiel ein Weidenblatt auf den Wasserspiegel der Quelle, als ich daraus trinken wollte, und als ich meinen Blick nach oben richtete, sah ich einen Vogelschwarm nach Norden ziehen, und zwar in solcher Höhe, daß ich begriff, sie wollten weiter übers Meer. Ich ahnte das Rauschen des Flügelschlages und ihre trompetenden Schreie. Mein ganzer Körper wurde wie von Schüttelfrost befallen, und im gleichen Augenblick wußte ich, daß dieser Abschnitt meines Lebens zu Ende ging und die Stunde des Aufbruchs bevorstand.

Ich trank nicht aus der Quelle, ich aß keinen Bissen, sondern wanderte von der Stelle, auf der ich stand, durch den Wald zum Bergabhang und stieg in das lebensgefährliche Geröll, um in mich selbst hineinzuhorchen und Zeichen zu beobachten. Da ich so plötzlich aufgebrochen war, hatte ich keine andere Waffe bei mir als ein vom Schleifen dünn gewordenes Messer. Als ich den Hang hinaufkletterte, verspürte ich die Witterung von Raubtieren und hörte ein leises Wimmern. Nach kurzem Suchen fand ich ein Wolfshöhle, zernagte Knochen und ein ganz junges, kleines Wölfchen, das tollpatschig in der Höhlenöffnung herumkroch. Eine Wölfin ist ein furchtbarer Gegner, wenn sie ihre Jungen verteidigt. Trotzdem verbarg ich mich im Gebüsch, um zu sehen, was geschehen würde. Aber die Wölfin kam nicht, das Wölfchen wimmerte vor Hunger, und schließlich nahm ich es auf den Arm und ging wieder zurück.

Sowohl Hiuls als auch Misme waren von dem wolligen Wölfchen begeistert und wollten es füttern, aber die Katze schlich mit gekrümmtem Rücken lauernd umher. Ich gab der Katze einen Fußtritt und bat Hanna, die Ziege zu melken, welche die Sikanen bei den Elymiern gestohlen hatten. Das Junge war so hungrig, daß es gierig die Ziegenmilch von Hannas Finger lutschte, den sie in den Milchnapf gesteckt hatte. Die Kinder lachten und klatschten in die Hände, sogar ich lachte. In diesem Augenblick sah ich, zu welch einer schönen Jungfrau Hanna herangewachsen war. Ihre braunen Glieder waren gerade und glatt, die Augen groß und strahlend, und um ihren Mund spielte ein Lächeln. Sie hatte eine Blume als Schmuck in ihr Haar gesteckt. Deshalb schaute ich sie heute mit anderen Augen an als zuvor.

Arsinoe folgte meinem Blick, nickte und sagte: „Wenn wir sie verkaufen, bekommen wir für sie einen guten Preis, falls wir von hier weggehen sollten."

Ihre Worte verletzten mich sehr. Ich dachte nicht daran, Hanna in irgendeiner Küstenstadt zu verkaufen, um mir so das Reisegeld zu beschaffen, wenn sie auch eine noch so gute Stellung zur Freude irgendeines reichen Kaufmanns erhalten könnte. Ich wußte, daß es besser war, Arsinoe über meine Zuneigung zu diesem Mädchen nichts wissen zu lassen, das so bereitwillig die Gefahren mit uns in den Wäldern der Sikanen geteilt, uns gedient und unsere Kinder betreut hatte.

So sicher war Arsinoe ihrer Macht über mich und so überzeugt von ihrer eigenen Schönheit, daß sie Hanna befahl, ihren Körper zu entblößen und sich von vorne und von hinten zu zeigen, damit ich mit eigenen Augen feststellen konnte, welche gute Handelsware uns in ihr geschenkt worden war. „Wie du siehst, habe ich ihre Haut vor den entstellenden Hautverzierungen der Sikanen bewahrt", erklärte Arsinoe. „Auch habe ich sie gelehrt, die Hauthaare auszurupfen, wie die Griechen es tun, so daß ihre Haut ganz sauber und glatt ist. Sie hat gelernt, jeden Tag zu baden, und das kalte Wasser hat ihre Brüste so abgehärtet, daß sie stramm und hart wie die Kastanien sind. Überzeuge dich doch selbst, Turms, wenn du mir nicht glaubst. Versuche auch ihre Hände und überzeuge dich, wie weich sie trotz der Arbeit geblieben sind. Jeden Abend lasse ich sie ihre Haut mit einer aus Honig, Vogeleiern und Ziegenmilch gemischten Salbe einreiben, genau so, wie ich es selbst tue. Auch habe ich sie gelehrt, anmutig zu gehen, und ihr einfache Tänze beigebracht."

Hanna mied scheu meinen Blick, obwohl sie sich bemühte, das Kinn hochzuhalten. Plötzlich bedeckte sie ihr Gesicht mit den Händen, brach in Schluchzen aus und lief aus der Höhle hinaus. Ihr Weinen erschreckte die Kinder derart, daß sie ihr Spiel vergaßen. Die Katze nützte die günstige Gelegenheit, schnappte sich das Wölfchen mit den Zähnen und schlüpfte hinaus. Als ich sie endlich fand, hatte sie das hilfslose Junge bereits totgebissen und kaute gerade an ihm herum. In blindem Zorn griff ich nach einem Stein auf dem Boden und zertrümmerte den Schädel der Katze. Als ich das tat, wußte ich, daß ich sie die ganze Zeit im geheimen gehaßt und gemieden hatte. Als ich die Katze totgeschlagen hatte, fühlte ich mich wie von etwas Bösem befreit, das mich im Unterbewußtsein gequält hatte.

Nach dieser Tat schaute ich mich um, ob kein Augenzeuge da war, fand einen Spalt im Boden, warf den Katzenkadaver schnell hinein und füllte den Spalt mit Steinen aus. Als ich mich bücken und Moos rupfen wollte, um die Spuren zu verwischen, bemerkte ich Hanna, die sich lautlos zu mir geschlichen hatte und genau so emsig auf dem Boden mit ihren Händen Moos rupfte.

Schuldbewußt blickte ich sie an und erklärte: „Ich habe die Katze im Zorn totgeschlagen, obwohl ich nicht die Absicht hatte, es zu tun."

Hanna nickte, blickte scheu um sich und flüsterte: „Das war gut. Die Katze war ein ekelhaftes Tier. Sie quälte die Mäuse und spielte mit ihnen, bevor sie sie totbiß. Die ganze Zeit lebte ich in der Angst, sie könne den Kindern die Augen auskratzen, wenn ich sie allein ließ. So eifersüchtig hatte sie die Bevorzugung von seiten ihrer Herrin gemacht."

Wir streuten so eifrig Moos und Blätter, um die Katze zuzudecken, daß sich unsere Hände begegneten. Mir wurde wohl ums Herz bei der Berührung ihrer vertrauensvollen Mädchenhand. „Ich werde Arsinoe nicht erzählen, daß ich die Katze totgeschlagen habe", sagte ich.

Hanna warf mir von der Seite einen blitzenden Blick zu. „Das brauchst du auch gar nicht zu erzählen", beruhigte sie mich. „Die Katze ist häufig nächtelang auf ihren eigenen Entdeckungsreisen in den Wäldern geblieben. Schon früher hat die Herrin Angst gehabt, daß die Katze den Raubtieren zum Opfer gefallen sei."

„Hanna", sagte ich, „begreifst du, daß ich mich, weil ich jetzt mit dir ein Geheimnis teile, an dich binde?"

Sie hob ihren Blick, schaute mir mutig in die Augen und sagte: „Turms, ich habe mich schon in dem Augenblick, als du mich als kleines Mädchen beim Mondenschein auf den Stufen des Tempels des Hundes Krimisos auf den Schoß nahmst, an dich gebunden."

„Dieses Geheimnis ist unwesentlich", sagte ich, „aber ich möchte nur einem unnützen Streit aus dem Wege gehen, wie du verstehen wirst. Früher habe ich Arsinoe nie mit Absicht belogen."

Ihre leuchtenden, klaren Augen ließen mich Wärme verspüren. Ich begehrte sie aber nicht. Es kam mir überhaupt nicht in den Sinn, daß ich jemals im Leben eine andere Frau als Arsinoe begehren könnte. Sie muß es gefühlt und begriffen haben, denn sie neigte ergeben den Kopf und stand so plötzlich auf, daß die Blume aus ihrem Haar vor meine Füße fiel.

„Ist das eine Lüge, Turms, wenn man das geheim hält, was man weiß?" fragte sie, mit ihren braunen Zehen die Blume vor meine Füße schiebend.

Ich antwortete: „Das wird wohl vom Menschen selbst abhängen. Ich selbst weiß, daß ich Arsinoe belüge, wenn ich ihr zu verstehen gebe, daß die Katze auf ihren eigenen Wegen verschwunden ist, ohne zu erzählen, daß ich sie im Zorn totgeschlagen habe. Aber zuweilen dürfte es von größter Freundschaft zeugen, wenn man etwas nicht erzählt, was den anderen sehr kränken würde, obwohl die Lüge im eigenen Herzen brennen bleibt."

Hanna berührte zerstreut ihre Brust, es war, als horche sie ihr eigenes Herz ab, und gab zu: „So ist es, Turms, die Lüge brennt im Herzen, und ich spüre das Brennen." Als sie so in sich hineinhorchte, verbreitete sich ein seltsames Lächeln über ihr Gesicht, sie neigte den Kopf und rief: „Ach, wie wonnevoll ist das Brennen einer Lüge in meinem Herzen deinetwegen, Turms."

Sie lief weg. Wir kehrten jeder auf einem anderen Wege in die Höhle zurück und sprachen über die Angelegenheit nicht mehr. Arsinoe trauerte ihrer Katze nach, aber sie war mit den beiden Kindern genügend beschäftigt. Und sie trauerte nicht der Katze um ihrer selbst willen nach, sondern aus Eitelkeit, weil sie etwas verloren hatte, was niemand unter den Sikanen besaß. Deshalb berührte mich die ganze Sache kaum, und ich vermißte das Schmeicheln und Schnurren der Katze nicht.

Meine Hauptsorge war das bohrende Gefühl der Unruhe und die erhaltenen Omina, die ich bis jetzt nicht zu deuten vermochte. Mein Aufbruch stand in Bälde bevor, das wußte ich, aber in welche Richtung ich gehen sollte, das wußte ich nicht. Ich hatte ja auch kein Geld, um in die zivilisierte Welt zurückkehren zu können, wo man mit Geld Gastfreundschaft erkaufen muß, wenn man keine Freunde dort hat. Mein einziger Freund war Lars Alsir, sofern er noch in Himera lebte. Aber meine Rückkehr nach Himera hätte für mich den sicheren Tod bedeutet, da ich ja dort bekannt war, ebenso wie Arsinoe. Lars Alsir war ich außerdem noch Geld schuldig, und der Gedanke an meine Schuld quälte mich.

Beim Überdenken meiner Lage mußte ich feststellen, daß ich jetzt genau so arm war wie damals, als Tanakil uns aus Segesta vertrieb, denn nach den Sitten der Sikanen besaß ich persönlich nichts außer meinen Kleidern, die ich am Leib trug, und meinen Waffen. Arsinoe hatte ihren Mondstein und einige flache Silberblättchen als Schmuck. Die Sikanen hatten kein Geld im Umlauf. Wenn ihnen bei ihren Raubzügen im Lande Eryx geprägtes Silber in die Hände fiel, hämmerten sie es flach und machten einen Schmuck daraus. Unser einziges Kapital war Hanna, und sie wollte ich unter keinen Umständen und für keinen Preis verkaufen.

In meiner Bedrängnis klagte ich die Göttin der Ernährung an und sagte: „Die Amazonen hefteten ihre Brüste als Opfergabe an deine Gewänder, heilige Jungfrau. Ich habe mich und meine Familie ernährt, so daß ich soviel Essen und soviel Kleider hatte, wie ich gebraucht habe. Aber du selbst erschienst mir als Hekate in Ephesos und versprachst mir, daß es mir an irdischen Gütern, wenn ich sie benötige, nie fehlen würde. Erinnere dich deines Versprechens, denn jetzt brauche ich Gold und Silber."

Nach einigen Tagen, die Nächte des Vollmonds näherten sich, erschien mir Artemis in Gestalt der Hekate im Traum. Ich sah ihre drei furchterregenden Gesichter, sie schwang den Dreispitz in der Hand, und der schwarze Hund bellte wild zu ihren Füßen. Ich wachte über und über mit kaltem Schweiß bedeckt auf, denn selbst wenn sie wohlwollend ist, bietet Hekate einen fürchterlichen Anblick. Der Dreispitz bestärkte mich in meinem Glauben, daß ich übers Meer segeln müßte.

Nachdem ich vom Zittern des Grauens befreit war, überfiel mich ein Gefühl der Freude, so daß ich nicht mehr schlafen konnte, sondern aufstand und in den Wald ging. Beim Opferstein traf ich einige Sikanen, die um sich spähten, horchten und behaupteten, Fremde wären im Anzug. Ich schlug vor: „Laßt uns ihnen entgegengehen, damit wir ihnen bestimmt begegnen. Vielleicht bringen sie Salz und Stoffe mit."

Die Sikanen standen auf einem Bein, überlegten scharf und waren dann mit meinem Vorschlag einverstanden; sie brachten mich durch den Wald direkt auf den Übernachtungsplatz der Fremden. Während der Wanderung erzählten sie mir, daß ein trächtiges Mutterschaf, das die

Sikanen aus einem Stall der elymischen Stadt Entella gestohlen hatten, vier Lämmlein geworfen habe. Die erstaunliche Neuigkeit bestärkte meine Zuversicht, alles noch zu bekommen, was ich benötigte.

Am Flußufer übernachtete ein tyrrhenischer Salzhändler, der mit einem kleinen Boot das Salz nach Panormos gebracht, dort die Steuern bezahlt und das Salz auf den Rücken von Eseln in die Wälder der Sikanen befördert hatte. Er führte drei Sklaven und Diener mit sich. Sie hatten für die Nacht ein großes Feuer angezündet, um sich vor den Raubtieren des Waldes zu schützen und um ihre friedlichen Absichten kundzutun. Außerdem hatten sie die Esel und die Salzsäcke mit Tannenzweigen geschmückt und schliefen selbst voller Angst sogar mit einem Tannenzweig in der Hand. Der Ruf der Sikanen-Wälder war grauenhaft, obwohl die Sikanen seit Menschengedenken keinen einzigen im Schutze eines Tannenzweiges in ihre Wälder gekommenen Händler getötet hatten.

Ohne ihren Schlaf zu stören, schlichen wir uns lautlos in die Nähe ihres Feuers, setzten uns auf die Erde und blieben so, ohne ein Wort zu reden, bis zum Morgengrauen sitzen. Die Sikanen konnten länger schweigen als alle anderen mir bekannten Menschen, obwohl sie andererseits bei Gelegenheit genau so eifrig und nutzlos schwatzten wie die anderen Völker.

Als es hell zu werden begann und die Fische in dem ruhigen Flußwasser zu springen anfingen, konnte ich meine Ungeduld kaum mehr bezähmen, denn neben dem tyrrhenischen Kaufmann lag ein fremder Mann, mit einem schön gewebten, kostbaren Wollüberwurf zugedeckt. Er hatte einen krausen Bart, und weithin entströmte ihm der Duft von guten, feinen Ölen. Ich konnte es gar nicht begreifen, was dieser Mann mit dem Kaufmann niedrigen Standes gemeinsam haben mochte und warum er ihm in die gefürchteten Wälder der Sikanen gefolgt war.

Er wachte als erster auf, wälzte sich im Schlaf hin und her, schüttelte die Decke ab und schnellte plötzlich schreiend empor. Als er dann die mit Streifen bemalten, regungslos an dem erloschenen Feuer sitzenden Sikanen entdeckte, schrie er von neuem, noch schriller als zuvor, und tastete nach seiner Waffe neben sich.

Der Händler wachte auf und beruhigte ihn. Er beteuerte, daß er keine Angst zu haben brauche. Die Sikanen wiederum wollten von den Fremden nicht gesehen werden, sie erhoben sich und verschwanden völlig lautlos in den Wald, als habe die Erde sie verschluckt. Sie ließen mich allein die Verhandlungen mit dem Händler führen, so wie es bei ihnen Sitte war. Trotzdem wußte ich, daß sie alles sahen und hörten, was ich tat, obwohl wir sie nicht sehen konnten. Ich glaube, daß ihre Sitte, die Gesichter mit Streifen zu bemalen, ihnen beim Verstecken von Nutzen ist, denn einen regungslos sitzenden Sikanen hält man im ersten Augenblick nicht für einen Menschen, sondern für den Schatten des Schilfes oder des Gebüsches.

Als der Fremde aufstand, um sich den Schlaf aus den Augen zu reiben, sah ich, daß er Hosen trug. Daraus schloß ich, daß er von weither kam und dem Perser diente. Er war noch ein junger Mann, seine Haut war weiß, und er setzte sofort einen breiten Strohhut auf, um sein Gesicht vor der beginnenden Sonnenglut zu schützen. Verwundert fragte er:

„Träumte ich oder sah ich wirklich, wie die Bäume um das Feuer zu laufen begannen? Im Traum sah ich auf jeden Fall einen fremden Gott, ich hatte Angst vor ihm und wachte durch meinen eigenen Schrei auf."

In seiner Aufregung sprach er Griechisch, was der Tyrrhener nicht verstand. Um nicht zu verraten, daß ich kein Sikane war, redete ich ihn zwar auf Griechisch an, radebrechte es aber und fügte Worte aus den Sprachen der Elymier und der Sikanen hinzu.

„Woher kommst du, Fremder?" fragte ich. „Du kleidest dich so seltsam. Was machst du in unseren Wäldern? Ein Händler bist du bestimmt nicht. Bist du Priester oder Wahrsager oder erfüllst du ein Versprechen?"

„Ich erfülle ein Versprechen", antwortete er eiligst, sichtlich erfreut darüber, daß ich ein verständliches Griechisch sprach. Der Tyrrhener verstand nicht viel davon, was er sprach, obwohl er ihn gegen Zahlung mitgenommen hatte, wie ich später erfuhr. Nachdem der Fremde mir geantwortet hatte, tat ich so, als interessiere er mich nicht, sondern ich schwatzte mit dem Tyrrhener, schmeckte an seinem Salz und besah seine Stoffe. Er bedeutete mir mit Augenzwinkern, daß er Eisengegenstände im Salz versteckt hätte. Vermutlich hatte er die Zöllner von Panormos bestochen, denn die karthagischen Steuereinnehmer kümmerten sich um das Verbot der Elymier, Gegenstände aus Eisen an die Sikanen zu verkaufen, nicht.

Mit dem Tyrrhener sprach ich in der Mischsprache der Seefahrer, die aus griechischen, phönizischen sowie tyrrhenischen Worten bestand. Deshalb glaubte er, ich sei ein Sikane, der als Junge zum Sklaven gemacht und als Ruderer verkauft worden war. Bei günstiger Gelegenheit sei ich ausgerissen und wieder in die Wälder zurückgekehrt. Schließlich befragte ich ihn über den Fremden. Er schüttelte verächtlich den Kopf und sagte:

„Er ist ein verrückter Grieche, der nur zum Zeitvertreib vom Osten nach dem Westen reist, um die Sitten und Gebräuche der verschiedenen Länder und Völker zu studieren. Er kauft altertümliche Gegenstände. Ich vermute, daß er Kieselsteinmesser und Holznäpfe bei den Sikanen kaufen will. Verkaufe ihm welchen Schund du immer willst, wenn du nur mir die Provision zahlst. Er ist doch ein verwöhnter Mann und weiß nicht, wohin mit seinem Geld."

Der Hosentragende verfolgte unser Gespräch mißtrauisch, und als er meinen Blick auffing, sagte er schnell: „Ich bin kein Mann von niedrigem Stande. Du wirst einen größeren Nutzen von mir haben, wenn du mir zuhörst, statt mich auszuplündern."

Wie man stets einen Barbaren zu verlocken pflegt, klimperte er mit einem Säckchen voller Münzen in der Hand, lächelte und sagte: „Ich habe ein kleines Ledernestchen und in ihm goldene Vögel. Ich nahm nur einige mit, die anderen ließ ich im Käfig zu Hause zurück."

Ich küßte meine eigene Hand, gewiß nicht um ihn zu ehren, sondern als Dank für die Göttin, die mich als Hekate nicht im Stich gelassen hatte. Aber ich schüttelte den Kopf und sagte heuchelnd: „Wir Sikanen verwenden kein Geld."

Er breitete die Arme aus und redete mir zu: „Wähle nun, was du von den Waren des Händlers haben möchtest, so bezahle ich ihn mit Geld. Er versteht den Wert des Geldes."

Ich antwortete finster: „Ich nehme keine Geschenke an, bevor ich nicht weiß, wovon die Rede ist. Ich hege Zweifel an dir, weil du Hosen trägst. Ich habe solche früher nie gesehen."

Er erklärte: „Ich bin ein Diener des persischen Großkönigs. Deshalb trage ich Hosen. Ich komme aus Susa, aus seiner Stadt. Ich segelte aus Ionien als Begleiter des ehemaligen Tyrannen Skythes aus Messina. Aber die Bewohner Messinas wollen anscheinend den Skythes nicht mehr zurück haben, sondern unterwerfen sich lieber dem Anaxilaos aus Rhegion. Deshalb wandere ich zu meinem eigenen Vergnügen in Sizilien umher, um meine Kenntnisse über die Völker der Welt zu vervollkommnen."

Ich sagte nichts. Er blickte mich prüfend an, schüttelte zerknirscht den Kopf und fragte traurig: „Verstehst du überhaupt, wovon ich rede?"

Ich antwortete: „Ich verstehe mehr, als du glaubst. Skythes selbst hat sich eine Grube gegraben, als er Einwanderer aus Samos aufforderte, eine neue Kolonie zu gründen. Aber was für einen Nutzen glaubt der Großkönig von Skythes zu haben?"

Er ereiferte sich sehr, als er merkte, daß ich ein politisch gut orientierter Mann war, und sagte: „Ich heiße Xenodotos. Ich bin Ionier und

Schüler des berühmten Wissenschaftlers und Sammlers Hekataios, wurde aber im Krieg Sklave des Großkönigs."

Als er meinen Widerwillen merkte, erklärte er schleunigst: „Nur dem Namen nach Sklave. Verstehe mich nicht falsch. Wenn Skythes Messina wieder zurückerhalten hätte, wäre ich zu seinem Ratgeber emporgestiegen. Skythes floh nach Susa, weil der Großkönig der Freund aller Vertriebenen ist. Der Großkönig ist auch ein Freund der Wissenschaft, und sein Leibarzt aus Kroton hat sein Interesse für die griechischen Städte in Italien und auf Sizilien geweckt. Aber auch für andere Völker, sowohl für solche, von denen er bereits gehört hat, als auch für solche, von denen er noch nichts weiß, hat der Großkönig Interesse und ist bereit, deren Staatsoberhäuptern Geschenke zu übersenden sowie sich darüber zu unterrichten, wie diese Völker sind und wie sie leben."

Er betrachtete mich aufmerksam, strich sich den Bart und fuhr fort: „Indem der Großkönig sein Wissen über alle Völker vermehrt, vergrößert er den Kreis des Wissens überhaupt und dient in dieser Weise der ganzen Menschheit. Unter seinen Schätzen befindet sich eine Kopie der von Hekataios in Kupfer gestochenen Karte der Welt, aber in seinem Wissensdrang möchte er noch über die Küstenstriche und über den Lauf der Flüsse, über die Wälder und Berge in den verschiedenen Ländern Bescheid wissen; keine Einzelheit ist so unbedeutend, als daß er sie nicht zur Kenntnis nehmen möchte, weil die Götter ihn zum Vater aller Völker bestimmt haben."

„Sehr väterlich hat er die ionischen Städte, ganz besonders Milet, behandelt, die das begabteste seiner Kinder war", spöttelte ich. Xenodotos fragte mißtrauisch: „Wie hast du Griechisch sprechen gelernt, du Sikane, der sich sein Gesicht mit Streifen bemalt und sich in Felle hüllt? Was weißt du über Ionien?"

Ich hielt es für das beste zu prahlen und erklärte: „Ich kann sogar lesen und schreiben, und ich bin in verschiedene Länder gesegelt. Warum und wie, das geht dich, Fremder, gar nichts an, aber ich weiß mehr, als du vermutest."

Er ereiferte sich immer mehr und sagte: „Wenn es so ist und du tatsächlich Bescheid weißt und die Dinge verstehst, dann siehst du doch wohl ein, daß sogar ein gütiger Vater seine aufsässigen Kinder zu ihrem eigenen Besten züchtigen muß. Dies Milet betreffend. Aber zu seinen Freunden ist der Großkönig der freigebigste Herrscher, klug und gerecht. Er hat Ordnung in seinem Reich geschaffen, und seine Prüfer sorgen dafür, daß in keinem von ihm beherrschten Lande Unrecht geschieht. Mit einem

Wort, er ist ein Baum, der wächst, um der ganzen Welt Schatten zu spenden, und im Schatten dieses Baumes ist gut leben."

„Du vergißt den Neid der Götter, Xenodotos", sagte ich.

„Wir leben in einer neuen Zeit", sagte er. „Lassen wir die Erzählungen über die Götter den Schwätzern. Die Weisen Ioniens wissen es besser. Der Großkönig erkennt nur das Feuer als Gott an. Aus dem Feuer ist alles entstanden, und in das Feuer kehrt alles wieder zurück. Aber der Großkönig achtet selbstverständlich die Götter der von ihm beherrschten Völker und übersendet Geschenke für ihre Tempel."

„Lehrt nicht einer der Weisen Ioniens, daß alles sich bewegt, fließt und wie Feuer flackert?" fragte ich. „Heraklit aus Ephesos, wenn ich mich recht besinne. Oder glaubst du, daß er seine Lehre dem Perser entliehen hat?"

Xenodotos schaute mich hochachtend an und gab zu: „Du bist ein gebildeter Mann und weißt sehr viel. Ich hätte diesem Heraklit in Ephesos gerne begegnen mögen, aber er soll verbittert über die Welt sein und sich in die Berge zurückgezogen haben, um dort von Kräutern zu leben. Der Großkönig ließ ihm einen Brief schreiben mit der Bitte, genaue Aufklärung über seine Lehre zu geben. Den Brief wollte Heraklit nicht in Empfang nehmen; er bewarf den Sendboten mit Steinen und blökte dabei furchterregend. Auch nahm er die für ihn bestimmten Geschenke nicht an. Der Großkönig war über das Benehmen des Heraklit nicht verärgert; er sagte, daß er, je älter er geworden sei und je mehr er die Menschen kennengelernt habe, um so mehr Lust verspürt habe, zu blöken und Gras zu fressen."

Ich lachte und sagte: „Deine Geschichte ist die beste, die ich über den Großkönig gehört habe. Vielleicht möchte ich sein Freund sein, wenn ich mich nicht schon selbst in die Wälder zurückgezogen und mich in Tierfelle gehüllt hätte."

Xenodotos strich sich den Bart und meinte: „Wir verstehen einander. Schließe dein Geschäft mit dem Tyrrhener ab, aber danach möchte ich deine Gastfreundschaft genießen und dein Heim sehen, die Führer der Sikanen kennenlernen und mich eingehend mit dir unterhalten."

Ich schüttelte den Kopf und erklärte: „Falls du mit der Hand den verrußten Herdstein eines Sikanen berühren kannst, darfs du seine Gastfreundschaft bis zu deinem Lebensende genießen. Schau, die Sikanen zeigen sich dem Fremden nie, außer im Krieg, und auch dann tragen ihre Anführer Holzmasken und die Kämpfer bemalen ihre Gesichter, so daß sie nicht zu erkennen sind."

„Sind sie gute Kämpfer, und wie viele Stämme und Sippen gibt es und was für Waffen haben sie?" fragte Xenodotos schnell.

Da ich wußte, daß die Sikanen mich im Schutze des Waldes genau beobachteten, wühlte ich in den Stoffen des Tyrrheners und trat gegen die Salzsäcke, indem ich sagte: „In der Ebene sind sie unbrauchbar und werden vom Schreck befallen, wenn sie ein Pferd oder einen Hund sehen. Aber in ihren eigenen Wäldern sind sie hervorragende Krieger, und den Elymiern ist es im Laufe von vielen Jahrhunderten nicht gelungen, sie auszurotten, obwohl sie alles darangesetzt haben. Als Krieger sind sie den Skythen ähnlich, aber sie sind nicht wie die Skythen an Viehherden gebunden. Sie sind jeden Augenblick bereit, ihren Aufenthaltsort in den Wäldern und Bergen zu wechseln und finden ihre Nahrung, ohne Dörfer mit festgebauten Häusern oder bebautes Land zu vermissen. Die Pfeilspitzen fertigen sie aus Feuersteinen an, und sie härten im Feuer die Spitzen ihrer primitiven Holzspeere. Das Eisen ist für sie das kostbarste Metall, sie können es schmieden, wenn sie es nur in die Hand bekommen."

Um zu zeigen, was ich meinte, öffnete ich einen Salzsack und suchte im Salz nach einem von den Etruskern geschmiedeten Messer und einer Axt. Es war, als wäre ein Rascheln durch den ganzen Wald gegangen, als ich die beiden Gegenstände sichtbar hoch hielt. Xenodotos blickte verwundert um sich, aber der Tyrrhener verabreichte seinen Dienern eine Ohrfeige und hieß sie ihr Gesicht zu Boden neigen und nichts zu sehen, was geschah. Bereitwilligst öffnete er die Salzsäcke und nahm die geschmuggelten Eisengegenstände heraus. Wir setzten uns auf den Boden, und das Feilschen über den Preis begann, bis der Tyrrhener traurig wurde und klagte:

„Ich glaubte, die Zeiten hätten sich gebessert und der Handelsverkehr wäre reibungsloser geworden, nachdem die Sikanen sprachkundige Männer zur Hilfe bekommen haben, aber ich muß leider feststellen, daß frühere Zeiten besser waren und ich leichter zu Geschäftsabschlüssen kam, als die Sikanen sich gar nicht zeigten, sondern nur ihre Ware zur Ansicht herausstellten."

Als ein verwöhnter Mann wurde Xenodotos ungeduldig, klapperte mit seinem Geldbeutel und fragte: „Wieviel kostet das alles? Ich kaufe die ganzen Waren und schenke sie den Sikanen, damit wir endlich zur Sache kommen."

Seine Dummheit reizte mich, so daß ich ihm seinen Geldbeutel wegnahm und sagte: „Lauf am Fluß entlang und schau dir mit dem Tyrrhener den Vogelflug an. Nehmt die Diener mit. Kehre zur Mittagszeit zurück, dann weißt du mehr über die Sikanen."

Er geriet in Wut und nannte mich einen Dieb, so daß dem Tyrrhener nichts anderes übrigblieb, als ihn am Arm wegzuführen. Als sie außer Sicht waren, kamen die Sikanen aus dem Wald. Ihnen hatten sich auch Sikanen anderer Stämme mit ihren Waren angeschlossen. Beim Anblick der Eisenwaren warfen sie ihre Last weg, um noch mehr zu holen, und die mir gefolgten Sikanen tanzten vor lauter Freude ihren Sonnentanz. Bis zur Mittagszeit waren schon über hundert Mann am Lagerfeuer gewesen und hatten ihre Ware dort gelassen. Zum Zeithen ihrer Freude hatten sie auch von ihnen erlegtes Wild, Enten, einen Hirsch und bündelweise frische Fische gebracht. Die Waren des Händlers rührten sie nicht an, weil sie fürchteten, daß das, was sie mitgebracht hatten, zur Bezahlung nicht ausreichen würde. Es war Sache des Händlers, Ware auszusuchen, entsprechend dem, was er als Zahlung bekommen hatte, und dann mit seinen restlichen Waren zum nächsten Handelsplatz weiterzuziehen.

Um meine Ehrlichkeit unter Beweis zu stellen, zeigte ich meinen Sikanenstammesgenossen die persischen Goldmünzen aus dem Geldbeutel des Xenodotos. Aber sie legten keinen Wert auf sie, sondern schielten nur voll Gier nach den Eisengegenständen. Von den Sachen suchte ich mir ein halbmondförmiges Rasiermesser aus, weil ich ein solches zur Verwandlung meines Äußeren benötigte. Es war aus feinstem von den Etruskern geschmiedetem Eisen und entfernte mühelos den dichtesten Bart, ohne die Haut zu verletzen.

Als Xenodotos zurückkehrte, sah er, daß der Platz um das Lagerfeuer weithin zertrampelt war und große Haufen von Waren dort aufgestapelt lagen. Er glaubte mir, als ich ihm erzählte, daß ich aus der Waldwildnis in kurzer Zeit hundert, ja sogar tausend Sikanen herbeirufen könnte, falls es notwendig wäre. Ich erklärte, daß niemand die Zahl der Sikanen kenne, auch sie selbst nicht, aber sollte eine Verteidigung der Wälder gegen einen Angreifer in Frage kommen, dann würde sich jeder Baum in einen Sikanen verwandeln.

Xenodotos meinte, man könne in die Wälder Wege roden und bauen, die Quellen vergiften und Wachtürme aus Stein errichten, gab aber zu, daß so etwas sehr kostspielig werden würde und es sich so lange nicht lohne, als die Gaben der Wälder durch den Tauschhandel zum Nutzen der zivilisierten Welt gereichten.

„Die Sikanen weichen nur dem bebauten Boden, den Dörfern und den Städten", sagte ich. „Aus eigenem Antrieb beginnen sie keinen Krieg, nicht einmal gegen die Elymier. Wenn sie in kleinen Gruppen im Frühjahr Raubzüge in die Gebiete der Sikulen oder der Elymier unternehmen, so begnügen sie sich mit dem Stehlen von ein paar Ziegen, und sie töten nicht gern jemand. Dringen aber die Krieger Segestas mit ihren Hunden in die Wälder, dann bringen sie jeden um, dessen sie habhaft werden, und zwar in einer solch grausamen Weise, wie sie es nur können. Das gleiche tun die Elymier mit den Sikanen, denn die Sikanen eignen sich nicht zu Sklaven."

„Alle anderen Bewohner Siziliens halten sie für Eindringlinge, auch die Sikulen", fuhr ich fort und beobachtete Xenodotos genau. „Aber auch die Griechen hassen sie, obwohl der Ruhm des Herakles in ihren Sagen erhalten geblieben ist. Sie nennen ihn ‚Erkle' und halten sein Gedenken in Ehren, wenn sie ihm auch keine Opfer darbringen."

Ich ließ ihm Zeit, in Ruhe alle diese Gedanken zu sichten, und reichte ihm dann seinen Geldbeutel zurück, indem ich sagte: „Ich habe dein Geld nachgezählt, es sind dreiundachtzig Goldmünzen des Darius und außerdem Silbermünzen der griechischen Städte. Kupfer scheinst du nicht bei dir zu tragen, so daß du sogar als Sklave ein Aristokrat bist. Aber behalte dein Geld. Mit dieser geringen Summe kannst du mich nicht kaufen. Meine dir gegebenen Auskünfte sind ein Geschenk von mir an dich, da ich glaube, daß sie den Sikanen zugute kommen werden. Aus den Goldmünzen würden die Sikanen nur Schmuck für ihre Frauen hämmern und auf sie nicht mehr Wert als auf eine leuchtende Feder oder einen farbigen Stein legen."

Die dem Ionier angeborene Gier kämpfte einen Augenblick lang mit der am Hofe des Großkönigs erlernten Freigebigkeit. Er überwand sich selbst, reichte mir den Beutel zurück und bat: „Behalte die Münzen als Erinnerung an mich und als Geschenk des Großkönigs."

Ich sagte ihm, daß ich das Geld den zivilisierten Sitten entsprechend entgegennehme, um ihn nicht zu verletzen, und bat ihn, den Beutel noch bei sich zu behalten, denn sonst müßte ich den Inhalt mit den Mitgliedern des Stammes teilen. Vom Tyrrhener nahm ich für meinen Sikanenstamm einen Teil der Eisengegenstände, eine Menge Salz und farbige Stoffe, ließ dem Händler aber einen Teil seines Lagers, damit auch für die anderen Stämme bei seiner weiteren Wanderung zum Verteilen etwas übrigbleibe. Meine Sikanen hätten nur Verdacht gehegt, falls ich beim Tauschhandel mehr Ware als sonst erhalten haben würde.

Der Tyrrhener baute aus den ihm überlassenen Tauschwaren ein Lager, bedeckte es mit Holzrinde und zeichnete den Ort sichtbar aus, damit kein Sikane die Waren mehr anrühren sollte. Das mitgebrachte Wild aber ließ er von seinen Dienern in einem Eisenkessel zubereiten, salzte es gehörig, brachte seinem Gott Turnus ein Opfer dar und ließ das Fleisch auf Tannenzweige legen. Die Zeit war schnell vergangen und es wurde Abend, der Tyrrhener ging wieder mit Xenodotos und den Dienern am Flußufer entlang spazieren, diesmal nahmen sie aber ihre Waffen mit, denn in der Abenddämmerung kam das Wild auf seinen gewohnten Pfaden zum Flußufer zur Tränke und die Raubtiere lagen auf der Lauer. Wie alle zivilisierten Menschen, so hatte auch Xenodotos große Angst vor dem dunkel werdenden Wald und schreckte bei jedem Geräusch zusammen, aber der Tyrrhener versprach, ihn vor den bösen Geistern der Sikanen zu schützen, und zeigte ihm zur Beruhigung seine Zauberdinge, die er um den Hals und an den Handgelenken trug. Das Wichtigste davon war ein mit grüner Patina bedecktes Seepferdchen aus Bronze.

Beim Anblick desselben ging ein Zittern durch meinen Körper. Nachdem sie gegangen waren, gab ich den Sikanen ein Zeichen. Sie kamen lautlos aus dem Wald, wo sie geduldig gewartet hatten, aßen gierig das gesalzene Fleisch und teilten ohne Streit die ihnen überlassenen Waren untereinander auf. Der Priester meines Stammes war aus Neugierde auch mitgekommen, um die Fremden aus dem Wald beobachten zu können, aber er suchte sich nichts aus, weil er wußte, daß er doch alles bekommen würde, was er brauchte, und weil er nicht unnütz etwas schleppen wollte.

Ich sagte zu ihm: „Der Fremde, der dem Händler folgt, kommt übers Meer vom Osten her und meint es gut mit den Sikanen. Er ist mein Freund und unverletzlich. Schütz ihn, wenn er mit dem Händler die Wanderung durch die Wälder fortsetzt. In seiner eigenen Umgebung ist er ein hervorragender und gescheiter Mann, aber im Wald kann eine Schlange ihn in den Hintern beißen, wenn er einen Schritt vom Wege abweicht, um seine Notdurft zu verrichten."

Der Priester sagte zu mit den Worten: „Dein Blut ist unser Blut." Daraus konnte ich entnehmen, daß unsichtbare Augen Xenodotos überwachen und die jungen Männer des Stammes ihn vor allen Gefahren auf dem Wege mit dem Händler zu den anderen Sikanenstämmen schützen würden. Die Sikanen verließen den Handelsplatz genau so lautlos, wie sie gekommen waren, und ich blieb allein in Hockstellung neben den glühenden Kohlen des Lagerfeuers sitzen, und das Flußwasser glitzerte in großen Kreisen beim Hochschnellen der Fische. Ich hörte das Gurren der Waldtauben. Sie gurrten ununterbrochen, und schließlich flog ein ganzer Schwarm über meinen Kopf so tief dahin, daß ich den Luftzug ihres Flügelschlages spürte, ohne mich vom Sitzen zu erheben.

Das war für mich das endgültige Zeichen. Satt und glücklich, wußte ich, daß alles gut gehen würde. Artemis hatte in Gestalt der Hekate ihr Versprechen eingelöst, und Aphrodite wollte eifersüchtig zeigen, daß auch sie mich nicht vergessen habe. In diesem Augenblick erinnerte ich mich an die geflügelte Feuergestalt meines Schutzengels, und mir war, als sei sie mir so nah, daß ich sie mit der Hand berühren könne. Mein Herz glühte, und ich breitete die Arme aus, um meinen Schutzgeist zu umarmen. Gerade da, auf der Grenze zwischen Traum und Wachsein, spürte ich an meiner Schulter die Berührung ihrer schmalen Finger, und ich wußte, daß sie mir ein Zeichen gegeben hatte, wenn sie mir auch nicht erscheinen konnte, weil ich dazu nicht vorbereitet war. Ich glaube kaum, etwas Wonnevolleres erlebt zu haben als diese Berührung ihrer Fingerspitzen an meiner Schulter. Es war wie ein flüchtiges Streifen.

4.

Als ich die stampfenden Schritte des Tyrrheners und seiner Begleitung und das Knacken der Äste wieder hörte, schürte ich das Feuer und warf die von den Sikanen mitgebrachten harzigen Holzscheite hinein, denn das Taubengurren deutete auf eine kalte Nacht. Die aus dem Schaum geborenen Vögel gurren in der Abenddämmerung deshalb so eifrig, weil es doch in einer kalten Nacht um so schöner ist, sich in die Arme eines anderen Menschen zu schmiegen und von seinem Herzschlag erwärmt zu werden. Eine brennende Sehnsucht nach Arsinoe stieg in mir auf, aber heißer als diese Sehnsucht glühte in mir der Wunsch, aufzubrechen. Ich war lange genug bei den Sikanen geblieben, um ihr Wissen und das Wissen um die Wälder in mir reifen zu lassen, auch das Wissen des Pythagoräers und Mikons letztes vergiftetes Wissen.

Trotz seines wollenen Überwurfes zitterte Xenodotos vor Kälte und eilte sofort zum Feuer, um seine Glieder zu wärmen. Der erste Blick des Tyrrheners galt seinem Eisenkessel, um festzustellen, ob er noch da war, denn solch ein Kessel war in den Augen der Sikanen der größte Schatz, den sie sich vorstellen konnten. Sie hätten ihn als den heiligsten Schatz des ganzen Stammes aufbewahrt und in der Stunde der Gefahr ihn in einer Erdgrube im Kohlenfeuer mit Hilfe von Bälgen geschmolzen, um daraus Speerspitzen und scharfe Messer zu schmieden und diese im

Wasser zu härten. Aber gemäß den Sitten der Sikanen war es für sie eine Selbstverständlichkeit, daß keiner von ihnen daran dachte, den Kessel anzurühren. In seinem Mißtrauen maß der Tyrrhener die Sikanen mit den Maßen der zivilisierten Welt.

„Woher kommst du eigentlich und woher bringst du dein Salz?" fragte ich ihn zum Zeitvertreib, denn ich wollte, daß Xenodotos unser Gespräch fortsetzen sollte, ohne mich dabei zu interessiert zu zeigen.

Der Tyrrhener zuckte die Achseln und sagte: „Ich komme aus dem Norden übers Meer und kehre mit dem Südwind direkt nach Hause zurück, damit ich die Küsten Italiens nicht zu befahren und keine Steuern an die griechischen Städte zu zahlen brauche. Die Griechen gewinnen ihr Salz auf Sizilien selbst, aber mein Salz ist billiger."

Ich nahm aus meinem Beutel das aus schwarzem Stein geschnitzte Seepferdchen, das Lars Alsir mir vor der Abfahrt aus Himera geschickt hatte, zeigte es dem Tyrrhener und fragte: „Kennst du dieses?"

Er pfiff, als hätte er den Wind angerufen, hob die rechte Hand, berührte mit der linken seine Stirn und fragte: „Du, Sikane, wie bist du in den Besitz eines solchen heiligen Gegenstandes gekommen?"

Er bat, es in die Hand nehmen zu dürfen, ich gab es ihm und er strich mit den Fingern über seine abgenutzten, glatten Flächen und wollte es mir schließlich abkaufen.

„Nein, nein", sagte ich, „du weißt selbst ganz genau, daß Gegenstände dieser Art nicht verkäuflich sind. Im Namen des schwarzen Seepferdchens befehle ich dir, mir genau zu berichten, woher du kommst und woher du dein Salz beziehst."

„Hast du vielleicht die Absicht, mit mir zu konkurrieren?" fragte er. Aber schon allein der Gedanke daran ließ ihn auflachen. Man hatte niemals davon gehört, daß Sikanen die See befahren. Sie bauten sich ihre Boote aus ausgehöhlten und ausgebrannten Baumstämmen oder begnügten sich mit Schilffähren, wenn sie die Flüsse überqueren wollten.

„Ich bekomme mein Salz an der Mündung des großen Flusses der Tyrrhener", erzählte er. „Wir Etrusker haben zwei große Flüsse, und dieser ist der südlichere. An der Meeresküste wird Salz gewonnen, aber oberhalb am Ufer des Flusses liegt die Stadt Rom, die wir gegründet haben. Von dort führt der Salzweg durch das Land der Etrusker."

„Am Ufer des Flusses, sagtest du." Meine Neugierde wuchs, und ich erinnerte mich des Weidenblattes, das vor mir in die Quelle gefallen war.

Ein Schatten huschte über das Gesicht des Tyrrheners, und er sagte: „Jaja, diese Stadt war die unsrige und wir bauten eine Brücke über den

Fluß, aber in der Stadt lebt ein Mischvolk, und vor etwa zwanzig Jahren vertrieb es seinen letzten etruskischen König, der aus dem zivilisierten Tarquinia stammte. Leute mit schlechtem Leumund und Verbrecher fliehen nach Rom, um dort Zuflucht zu finden. Die Sitten dort sind rauh, die Gesetze streng, und alles, was sie über die Götter gelernt haben, lernten sie in der Zeit, als unsere Könige in Rom herrschten."

„Warum erobert ihr die Stadt nicht vom Usurpator zurück?" fragte ich.

Der Tyrrhener schüttelte den Kopf: „Du kennst und verstehst unsere Sitten nicht. Bei uns wird jede Stadt so regiert, wie sie selbst es will. Wir haben Könige, Tyrannen und Demokratien wie bei den Griechen. Lediglich die Städte des Binnenlandes werden von Lukumos regiert, und Roms Tarquinius war kein heiliger Lukumo. Aber jeden Herbst versammeln sich die Regierenden der zwölf Städte am Ufer unseres heiligen Sees. Auf einer solchen Zusammenkunft sprach und verteidigte sich der von den Römern vertriebene Tarquinius, und es wurde über Rom gewürfelt. Als niemand das Los haben wollte, nahm der im Binnenland berühmte Herrscher Lars Porsenna das Los an. Er eroberte Rom, dankte aber ab, der Verschwörungen überdrüssig, welche die Jünglinge des Mischvolkes unter sich anzettelten, um ihn zu ermorden."

„Du liebst Rom nicht", stellte ich fest.

„Ich bin ein wandernder Salzhändler und erhalte mein Salz von den Salzhändlern Roms, die über die Salzgewinnung an der Flußmündung zu bestimmen haben", sagte er. „Ein Kaufmann pflegt weder etwas zu lieben noch zu hassen, wenn er nur seinen Gewinn einstecken kann. Aber das Volk Roms ist nicht ein Volk des Seepferdchens, sondern das der Wölfe."

Meine Nackenhaare sträubten sich, als ich an das Omen dachte. „Volk der Wölfe, was meinst du damit?"

Er erzählte: „Es gibt dort eine Sage, daß zwei Brüder die Stadt gegründet hätten. Es waren Zwillinge, und ihre Mutter war die Jungfrau des heiligen Feuers einer am oberen Flußlauf liegenden Stadt. Das Mädchen behauptete, vom Kriegsgott schwanger geworden zu sein, dem es angeblich an der Quelle beim Wasserholen begegnet sei. Der Lukumo der Stadt steckte die Neugeborenen in einen Weidenkorb und warf ihn in den reißenden Strom. Der Weidenkorb schwamm bis zum Fuß des Berghügels, und dort nahm eine Wölfin die beiden Kinder in ihre Höhle und säugte sie zusammen mit ihren eigenen Jungen. Wenn es so gewesen ist, dann hat vielleicht einer der Götter das Mädchen befruchtet und so seine

Nachkommen schützen wollen. Glaubhafter erscheint es aber, daß der Vater von fremdem Blut war, denn nachdem die Knaben erwachsen waren, tötete der eine Bruder den anderen, und ihn ermordeten wiederum die Bewohner der von ihnen beiden gegründeten Stadt."

„Die Etrusker übernahmen die Regierung in der Stadt und stellten dort die Ordnung wieder her", fuhr der Tyrrhener fort, „aber kein Lukumo hatte Lust, eine solche gewalttätige Stadt zu regieren. Deshalb herrschten dort nur dem tarquinischen Lukumo unterstellte Könige."

Wenn auch seine Erzählung erschreckend war, ich zögerte nicht. Die Zeichen und Omina, die ich erhalten hatte, waren klar genug. Das Weidenblatt bedeutete Fluß, das Wölfchen die Stadt Rom, und die Vögel waren schreiend direkt nach Norden geflogen. Dorthin mußte ich mit meiner ganzen Familie fliehen, und ich brauchte in dieser Stadt, die, nachdem sie ihren König vertrieben hatte, auch Verbrecher und Geächtete aufnahm, keine Angst zu haben.

Xenodotos hatte ungeduldig unserer Unterhaltung zugehört und fragte: „Worüber redet ihr denn so eifrig, oder bist du meiner schon überdrüssig und willst mit mir nicht mehr reden, du gebildeter Sikane?"

„Der Händler erzählt von seiner Heimatstadt, obwohl die Tyrrhener meist schweigsame Leute sind", sagte ich. „Doch lasse uns wieder Griechisch sprechen, wenn du willst."

Der Tyrrhener sagte verdrießlich: „Ich wäre gewiß nicht so redselig geworden, wenn du mir nicht das heilige Seepferdchen gezeigt hättest. Es ist eine Arbeit der Alten, und kostbarer als mein kupfernes Zeichen." Er bereute schon seine Offenherzigkeit, ging zur Ruh und bedeckte den Kopf mit seinem Überwurf. Auch die Diener gingen schlafen. Als wir, Xenodotos und ich, allein geblieben waren, fing ich an:

„Ich habe eine Frau und zwei Kinder, aber ich habe Zeichen und Omina erhalten, auf Grund derer ich mich gezwungen sehe, die Wälder der Sikanen zu verlassen."

Er meinte eifrig: „Folge mir, wenn ich mit Skythes wieder zurück nach Ionien segle und von dort weiter nach Susa fahre. Der Großkönig wird dir als dem Führer der Sikanen einen Platz unter seinen Gefolgsleuten einräumen. Vielleicht, wenn du die Sprache der Perser und deren Sitten kennengelernt hast, wird der Großkönig dich zum König der Sikanen ernennen."

Ich sagte: „Meine Zeichen zeigen nach Norden und nicht nach Osten. Dies tue ich gleich im voraus kund, damit du dir nichts Unnützes einbildest. Wenn du mich aber unter deinen Schutz nimmst, bis ich aus

Sizilien weitersegeln kann, werde ich dich alles lehren, was ich über die Sikanen und das Land Eryx weiß, und das ist gewiß nicht wenig."

Er widersprach und meinte, ich sei verrückt, wenn ich die Gelegenheit nicht am Schopf ergriffe, die einem solchen Manne wie mir nur einmal im Leben geboten würde. Ich blieb aber starrköpfig und sagte:

„Als Ionier bist du ein geborener Spötter, und das Wissen hat deine Zweifel vertieft. Aber auch der, der die Omina bezweifelt, wird gezwungen zu glauben, wenn nicht anders, so in gleicher Weise wie die Rivalen des Darius, als sein Pferd als erstes wieherte."

Xenodotos entgegnete: „Ich bin kein solcher Zweifler, wie du denkst. Ich habe gesehen, wie die Magier Persiens seltsame Dinge gemacht haben. Sie haben mich davon überzeugen können, daß das Leben ein Kampf zwischen den guten und den bösen Gewalten, zwischen Kräften und Geistern ist. Ormuzd ist der Tag und Ahriman die Nacht, und sie bekriegen sich gegenseitig, bis alles wieder in das Feuer zurückkehrt."

„Du wiederholst die Lehre des Heraklit, wenn auch mit den Worten der Priester", widersprach ich. „Das Leben ist ein Kampf zwischen den Gegensätzen, alles Geschehen ist Krieg, nichts bleibt gleich, auch der Mensch wandelt sich jeden Augenblick, und niemand kann zum zweitenmal in den gleichen Strom steigen. Gut und schlecht sind lediglich Worte. Was für den einen gut ist, bedeutet für den anderen Böses. Wie kannst du zwischen gut und böse unterscheiden?"

Xenodotos lächelte sein ionisches Lächeln: „Auch das lernte ich von den Magiern, und die Sache ist höchst einfach. Alles, was dem Großkönig und seinem Reich dienlich erscheint, ist gut. Alles andere ist schlecht oder zweitrangig."

Wir lachten beide, aber Xenodotos schielte zum dunklen Wald hinüber, legte die Hand vor den Mund und sagte: „Deshalb verneine ich die Überirdischen und die Unterirdischen nicht. Ich weiß, daß es Geister gibt, die ihre Gaukelspiele treiben, so daß das Blut in den Adern eines Menschen erstarrt."

Wir unterhielten uns noch über mancherlei, während er seinen Bart pflegte, die Haut salbte und das Haar für die Nacht in Zöpfe flocht. Er bedauerte es sehr, daß er keinen Wein zum Anbieten hätte, doch es wäre zu mühsam gewesen, ihn mitzuführen.

„Aber deine Freundschaft ist für mich berauschender als Wein", sagte er höflich. „Du bist ein starker Mann. Ich bewundere deine strammen Muskeln und deine schöne, dunkelbraun gebrannte Haut." Er begann mit seinen weichen Händen meine Schultern und Wangen zu streicheln und wollte mit Gewalt haben, daß ich ihm zum Zeichen meiner Freundschaft einen Kuß geben sollte. Obwohl er ein anziehender Mann war und nach Wohlgerüchen duftete, tat ich ihm den Gefallen nicht, da ich ahnte, was er von mir wollte.

Nachdem er wieder Vernunft angenommen hatte, kamen wir überein, daß er dem Tyrrhener zu den anderen Handelsplätzen weiter folgen solle, um so möglichst viel vom Land der Sikanen kennenzulernen und auf die Karte Flüsse, Quellen, Handelsplätze und Berge einzuzeichnen, soweit es in den unübersichtlichen Wäldern möglich war, Strecken abzumessen und die Himmelsrichtungen zu bestimmen. Die heiligen Steine und Bäume der Sikanen verriet ich ihm aber nicht.

Ich versprach Xenodotos, mich hier am gleichen Platz, wo das Lager der eingetauschten Waren war, mit meiner Familie einzufinden, sobald das Warenlager des Tyrrheners ausverkauft sein würde. Xenodotos wunderte sich darüber, daß ich den Tag und die Stunde, an der wir uns treffen sollten, im voraus nicht festlegen wollte. Es fiel mir schwer, ihn davon zu überzeugen, daß ich auch so über seine Ankunft und den Verlauf seiner Wanderung Bescheid wissen würde.

Als ich mich wieder der Wohnhöhle näherte, hörte ich schon von weitem die lachenden Stimmen der Kinder, denn Hiuls und Misme konnten nicht leise spielen wie die Sikanenkinder. In der Art der Sikanen trat ich ohne ein Begrüßungswort ein, setzte mich auf den Boden und berührte die warmen Steine des Herdes. Die Kinder stürzten auf mich zu und kletterten mir auf die Schultern, und von der Seite sah ich die stumme Freude auf dem dunklen Gesicht Hannas. Aber Arsinoe war wütend, versetzte den Kindern Klapse und fragte, wo ich wieder gewesen sei, ohne Nachricht von mir zu geben.

„Ich muß mit dir reden, Turms", sagte sie und schickte die Kinder mit Hanna in den Wald.

Als ich sie umarmen wollte, stieß sie mich heftig zurück und sagte: „Turms, meine Geduld ist zu Ende. Ich halte es nicht mehr aus. Leidest du denn nicht darunter, wenn du siehst, wie deine Kinder zu Waldmenschen aufwachsen, ohne ihrer würdige Spielkameraden? Es wird bald Zeit, daß Hiuls in einer zivilisierten Stadt die Schule unter der Aufsicht eines guten Lehrers besucht. Mir ist es völlig gleichgültig, wohin wir ziehen, wenn ich nur Stadtluft atmen, auf richtigen, mit Steinen belegten Straßen laufen, in Geschäften Einkäufe machen und im warmen Wasser baden kann. Viel verlange ich nicht von dir, Turms, so arm hast du mich gemacht. Dies schuldest du mir auf jeden Fall, und denke doch zumindest an die Zukunft der Kinder."

Sie sprach so schnell und so eifrig, daß ich kein Wort dazwischen einwerfen konnte, und sie wehrte mich wieder schroff ab und zischte:

„Jaja, nur dieses eine willst du von mir haben, und dabei ist es dir ganz gleichgültig, ob ich auf grobem Moos liege oder auf dreifachem Polster. Lange genug habe ich deine Ausflüchte ertragen, und bei Gott, du rührst mich nicht an, bevor du unseren Aufbruch von hier beschlossen hast. Tue es lieber heute als morgen, denn sonst ziehe ich mit irgendeinem Händler von hier ab und nehme die Kinder mit. Ich glaube, daß ich immer noch soviel Frau bin, um einen Mann dazu zu bringen, mich zu schützen, obwohl du dein Bestes getan hast, um meine Schönheit und Gesundheit zu zerstören."

Sie brach ab, um Luft zu schöpfen. Ich starrte sie wie mit anderen Augen an, ohne mehr den Wunsch zu haben, sie in meine Arme zu nehmen. Ihr Gesicht war vor Zorn hart wie Stein, ihre Stimme schrill, und die Locken ihrer schwarzen Haare ringelten sich wie Schlangen auf ihren Schultern. Ich fühlte mich von einem bösen Zauber befangen, als hätte ich in das Gesicht der Gorgo geschaut, so daß ich mit der Hand die Augen bedecken mußte.

Da sie vermutete, daß ich deshalb zögerte, weil ich nach neuen Ausreden suchte, um unter den Sikanen weiter bleiben zu können, stampfte sie mit dem Fuß auf und tobte: „Vor Feigheit versteckst du dich hinter Bäumen und begnügst dich mit diesem unwürdigen Leben. Hätte ich nur Dorieus geglaubt, so wäre ich heute Königin von Segesta und die Verkörperung der Göttin des ganzen Landes Eryx. Nein, nein, ich kann es nicht fassen, daß ich dich jemals habe lieben können, und ich bereue es nicht mehr, daß ich mir eigene Freuden verschafft habe, von denen du nichts weißt."

Sie merkte, daß sie zuviel gesagt hatte, und verbesserte sich geschmeidig: „Ich meine, ich bin der Göttin begegnet, und sie erscheint in meiner Gestalt wie früher. Nachdem die Göttin mir wieder wohlgesinnt ist, habe ich keinen Grund, Menschen zu scheuen."

Jetzt war sie an der Reihe, meinen Blick zu meiden. Sie wurde weich, ergriff mit beiden Händen meine Arme und sagte: „Turms, Turms, denke daran, daß du nur mir dein Leben verdankst, als Dorieus dich umbringen wollte."

Nachdem ich es einmal gelernt hatte, Arsinoe zu belügen, war es mir ein leichtes, meine Gedanken vor ihr zu verbergen, obwohl es in meinen

Ohren brauste und ich das Gefühl hatte, als sei eine schwarze Wolkendecke aufgerissen, als habe die Vernunft mich blendend hell erleuchtet. Heuchlerisch sagte ich:

„Wenn die Göttin dir wirklich erschienen ist, so wird das Zeichen genügen. In einigen Tagen schon werden wir aufbrechen. Ich habe bereits alles geordnet. Doch die Freude der Überraschung hast du mir mit deinen bösen Worten verdorben, Arsinoe."

Sie glaubte mir zunächst nicht, aber nachdem ich vom Tyrrhener und von Xenodotos erzählt hatte, brach sie in Freudentränen aus, weich schmiegte sie sich an mich und wollte mich aus Dankbarkeit umarmen. Es war das erstemal, daß sie mich lange dazu überreden mußte, bis ich bereit war, sie in meine Arme zu schließen. Als ich warm geworden war, erzählte ich ihr vom Versuch des Xenodotos, mich zu verführen. Arsinoe starrte an mir vorbei in die Ferne, die Augen schwarz wie die Waldseen wie einst, und sagte:

„Er irrt sich gewaltig, wenn er glaubt, daß er mehr Freude an einem Mann als an einer Frau haben würde. Ich könnte es ihm mit Hilfe der Göttin beweisen, wenn du nicht so töricht eifersüchtig wärst, Turms."

Sie bewies es mir, daß sie recht hatte, und zwar so brennend wonnevoll, daß meine Wonne näher dem Schmerz kam als je zuvor, und ich wußte, daß ich sie liebte, was sie auch getan haben mochte, und gerade deswegen, daß sie so war, wie sie war, und nicht anders sein konnte. Nachdem sie ihre Arme ungestüm über den Kopf geworfen und ihren heißen Atem mir in den Mund gehaucht hatte, erschlaffte sie völlig, ohne über die Rauheit des Schilfbettes zu klagen, starrte vor sich hin, die Augen nur einen Spalt geöffnet, und flüsterte leise: „Turms, o Turms, in der Liebe bist du einem Gott ähnlich, und es gibt keinen wonnevolleren Mann als dich."

Sie stützte sich lässig auf den Ellenbogen, streichelte mit der Hand meinen Hals, und fuhr fort: „Wenn ich dich recht verstand, möchte jener Xenodotos dich direkt an den Hof des Großkönigs bringen. Wir würden die Großstädte der Welt sehen und du würdest königliche Geschenke im Namen der Sikanen erhalten. Ich könnte dir doch auch unter den ‚Augen' und den ‚Ohren' des Großkönigs Freunde gewinnen. Warum wählst du lieber das barbarische Rom, von dem du nichts im voraus weißt?"

Ich sagte: „Vorhin behauptetest du doch, mit jeder Stadt zufrieden zu sein, wenn ich dich nur von hier wegbringe. Dein Appetit scheint beim Essen zu wachsen, Arsinoe."

Sie schlang ihre weißen Arme um mich, ihre Pupillen weiteten sich wieder, und sie flüsterte: „Jaja, mein Appetit wächst beim Essen, Turms. Das weißt du genau, oder bist du meiner schon überdrüssig?"

Ich widersetzte mich nicht, obwohl mir wehmutsvoll klar war, daß sie ihre Verführungskünste ausspielte, um meinen Willen zu brechen. Als sie wieder von Susa und Persepolis zu reden begann, stand ich auf, um meine Glieder zu strecken, ging vor die Höhle und rief: „Hiuls, Hiuls!"

Der Junge kam sofort zu mir gekrochen wie die Sikanen, richtete sich an meinem Knie auf und blickte mich bewundernd an. Im hellen Sonnenschein betrachtete ich die stämmigen Glieder des Fünfjährigen, sein Gesicht, seine mürrische Unterlippe, seine Brauen und seine Augen. Und ich brauchte nicht erst das Muttermal der Herakliden in der Oberschenkelfalte zu untersuchen, um zu wissen, daß es keineswegs eine nach der Geburt angebrachte Tätowierung war. Aus seinen Augen blickten mich die düsteren Augen des Dorieus an, und sein Kinn, sein Mund und seine Brauen glichen aufs Haar genau dessen unbarmherzigem Gesicht.

Ich haßte den Jungen deshalb nicht, denn wie hätte ich einen kleinen Jungen hassen können. Auch haßte ich Arsinoe nicht, weil sie das war, was sie war, und nichts dafür konnte. Ich haßte nur meine eigene Dummheit, weil ich all dies nicht schon früher begriffen hatte. Sogar Tanakil war von Anbeginn an scharfsichtiger gewesen, und die Sikanen in ihrer geheimnisvollen Weisheit hatten den Jungen sofort „Erkle" genannt, als wir ihnen an dem heiligen Stein begegneten. Aber die Liebe macht den Menschen so blind, daß er nicht einmal die sonnenklaren Dinge sehen will. Ich fragte mich nur, ob meine Liebe zu Arsinoe im Abklingen begriffen war, obwohl ich sie immer noch so bitter-wonnevoll genoß, oder ob ich nur über die Zeiten der Verblendung hinausgewachsen war.

Ich war völlig ruhig, als ich mit dem Jungen in die Höhle zurückkam. Ich setzte mich neben Arsinoe, und sie küßte ihren Sohn. Als sie wieder von den Herrlichkeiten in Susa und von der Gunst des Großkönigs anfing, preßte ich den Jungen zwischen meine Knie, streichelte sein rauhes Haar, heuchelte Gleichgültigkeit und sagte:

„Hiuls ist also der Sohn des Dorieus. Deshalb wollte er mich umbringen, um ihn und dich für sich zu bekommen."

Ihrem eigenen Gedankengang nachgehend, konnte Arsinoe noch hinzufügen, daß Susa auch für die Zukunft des Jungen der geeignetste Ort sein würde, bevor sie richtig den Inhalt meiner Worte begriff und sich hastig aufrichtete. Sie saß, die Hand gegen den Mund gepreßt. So wenig hörte sie mir meist zu.

Ich schlug sie nicht, was sie bestimmt befürchtete; ich lachte nur kurz auf und stellte fest: „Deshalb war es dir einst ein leichtes, im Namen unseres Sohns zu schwören, weil du es wußtest, daß er nicht mein Sohn war. Ich hätte eher deinem Haar glauben sollen als deiner lügnerischen Zunge."

Arsinoe war höchst erstaunt, als sie merkte, daß ich nicht wütend war. Welchen Nutzen hätte ich davon gehabt, wenn ich mich selbst mit Zorn vergiftet hätte, da die Sache doch nicht mehr rückgängig gemacht werden konnte? Zur Sicherheit zog Arsinoe Hiuls sofort schützend in ihre Arme und gestand eilig:

„Oh, Turms, warum bist du immer so gemein und beginnst stets in der Stunde unserer Liebe alte Sachen auszugraben? Selbstverständlich ist Hiuls der Sohn des Dorieus, obwohl ich selbst nicht einmal ganz überzeugt davon war, bevor ich das Muttermal des Dorieus an der Oberschenkelfalte des Jungen entdeckte. Ich erschrak entsetzlich bei dem Gedanken, du könntest deswegen in Zorn geraten. Ich hätte dir die Sache schon früher erklärt, aber ich dachte dann, daß du es zeitig genug selbst merken würdest. Du brauchst doch deswegen nicht mit mir zu schmollen, weil ich dich ein bißchen betrogen habe. Als Frau muß ich dich ab und zu belügen, weil du im Zorn so heftig bist."

Ich überlegte, wer von uns beiden wohl im Zorn heftiger war, aber ich nahm mein schon stark abgenutztes Messer, gab es dem Jungen und sagte: „Du bekommst das Messer, weil du schon als Knabe ein Mann und deiner Herkunft würdig sein mußt. Ich habe dir soviel beigebracht, wie du in deinem Alter verstehen kannst, und überlasse dir als Erbe meinen Schild und mein Schwert, weil ich einst im Augenblick der Gefahr den Schild deines Vaters als Opfer ins Meer geworfen habe. Denke stets daran, daß in deinen Adern das Blut des Herakles und der Göttin von Eryx fließt, und daß du so von göttlicher Abstammung bist. Ich zweifle nicht daran, daß die Sikanen nach unserem Aufbruch einen Pythagoräer kommen lassen werden, um dich für deine zukünftige Stellung zu erziehen, denn ich vermute, daß sie viel von dir erwarten."

Arsinoe schrie und kreischte: „Bist du von Sinnen, und was schwätzest du eigentlich, Turms? Beabsichtigst du, deinen einzigen Sohn unter den Barbaren zurückzulassen?"

Sie riß mich an den Haaren und hämmerte mit ihren Fäusten auf meinem Rücken, während ich eine flache Steinplatte in der Ecke der Höhle aufhob und den von mir dort versteckten Schild hervorholte. Der Junge war bei dem Geschrei der Arsinoe vor Angst zusammengefahren, doch vergaß er es bald, als er mit dem Metallschild und dem Schwert spielen durfte. Und man brauchte nur zu sehen, wie er das erstemal mit seiner kleinen Faust den Griff des Schwertes erfaßte, um zu wissen, daß er der Sohn des Dorieus war.

Als Arsinoe einsah, daß sie mich nicht umstimmen konnte, sank sie auf den Bettrand und brach in bitteres Weinen aus. Ihre Tränen waren keine Lüge, denn sie liebte den Jungen, den sie geboren hatte, heißer als eine Wölfin ihr Junges lieben kann. Sie war ja mehr Weib als alle Frauen, die ich gekannt hatte, und auch in dieser Beziehung war sie ein Weib.

Ihre Tränen rührten mich, so daß ich mich neben sie setzte und leise ihre schwarzen Haare streichelte. „Arsinoe", sagte ich, „ich lasse den Jungen weder aus Haß noch aus Rache bei den Sikanen. So etwas darfst du von mir nicht glauben. Wenn ich könnte, würde ich den Jungen gern mitnehmen, schon aus der Freundschaft, die mich mit Dorieus verband. Ich trage Dorieus nichts nach, weil du so bist, wie du bist, und er gegen dich nicht aufkam, Arsinoe. Welcher Mann könnte dir widerstehen, wenn du etwas willst?"

Sie seufzte, und ihre Eitelkeit ließ sie mir zuhören. „Hier ist der richtige Ort für Hiuls, weil er doch Dorieus' Sohn und damit der Erbe des ganzen Landes Eryx ist", setzte ich ihr auseinander. „Die Sikanen haben ihn die ganze Zeit ‚Erkle' genannt und jedesmal freudig gelächelt, wenn sie ihn sahen. Ich vermute sogar, daß die Sikanen es nicht einmal zulassen würden, daß wir den Jungen mitnehmen, sondern uns lieber totschlagen würden, wenn ich auch als Mitglied des Stammes gelte, nachdem ich mein Blut einem erschöpften Sikanen zum Trinken dargeboten habe. Aber nichts hindert dich daran, zu wählen und bei deinem Jungen zu bleiben, wenn du es willst."

Arsinoe erschrak und sagte schnell: „Nein, nein, um keinen Preis bleibe ich mehr hier in den Wäldern der Sikanen."

Um ihre Trauer zu lindern, ermunterte ich sie: „Ich werde mit Xenodotos über Hiuls sprechen. Durch ihn wird der Großkönig erfahren, daß in den Wäldern der Sikanen ein König heranwächst, ein Nachkomme des Herakles. Dein Sohn wird vielleicht einmal nicht nur über die Wälder der Sikanen und das Land Eryx, sondern unter dem Schutze des Großkönigs über ganz Sizilien herrschen. Dafür werde ich schon sorgen, denn der Großkönig wird in Bälde Herr über die ganze uns bekannte Welt sein. Das wird noch, vermute ich, zu unseren Lebzeiten geschehen."

Dieser Gedanke ließ Arsinoes Augen aufleuchten, sie klatschte in die

Hände und stimmte mir zu: „Deine Idee ist vernünftiger als diejenige des Dorieus. Er kam doch als Fremder, und in Segesta liebte ihn niemand, Tanakil ausgenommen."

„Da wir uns nun soweit einig geworden sind", bat ich schweren Herzens, „so wollen wir jetzt auch über Misme sprechen. Ich erinnere mich, wie spöttisch du über mich lächeltest, als ich ihr den Namen ‚Misme' gab. Du lächeltest wohl deswegen, weil die erste Silbe dieses Namens dem Klang nach an den Namen Mikon erinnert? Ich vermute, daß irgend etwas in mir schon damals die Wahrheit ahnte und mich veranlaßte, dem Mädchen einen an Mikon anklingenden Namen zu geben."

Arsinoe bemühte sich, die Erstaunte zu spielen, aber ich ergriff ihre Handgelenke, schüttelte sie heftig und sagte: „Die Zeit der Lügen ist vorbei. Misme ist Mikons Tochter. Schon auf der Fahrt aus Eryx nach Himera schliefst du bei ihm. Deinetwegen fing er zu trinken an, und du quältest ihn wie eine Katze die Maus, um deine Macht auszukosten, bis du dann endlich von ihm schwanger wurdest. Das konnte Mikon nicht mehr ertragen, sondern nahm den Gifttrank der Sikanen zu sich, ging und ertränkte sich in dem Moor, weil er mir nicht mehr in die Augen sehen konnte. So war es doch, Arsinoe, gestehe es nur. Oder soll ich Misme hereinrufen und dir die Rundung der Wangen Mikons an ihren Wangen und die dicken Lippen Mikons an ihren Lippen zeigen?"

Arsinoe wurde böse und hämmerte mit ihren Fäusten auf ihren eigenen Knien. Sie schrie: „Meine Augen hat sie zumindest geerbt. Die Göttin ist sehr gemein mir gegenüber, weil sie es zuließ, daß das arme Mädchen die untersetzte Gestalt Mikons erbte. Aber ihre Glieder können sich ja noch strecken und gerade werden. Es mag sein, wie du behauptetest, Turms, aber du allein bist an allem schuld, weil du mich viele Tage und Nächte allein ließest, obwohl du mich so gut kanntest. Der arme Mikon liebte mich so hoffnungslos, daß ich wirklich nichts anderes tun konnte, als ihm Linderung in seiner Qual zu gewähren. Aber schwanger wollte ich von ihm nicht werden. Auch das ist deine Schuld, weil du mich zu den Barbaren brachtest, so daß mein Silberring in Segesta blieb."

Als sie merkte, daß ich weder schrie noch schimpfte, schwatzte sie in dem Gefühl der Erleichterung eifrig weiter: „Mikon prahlte sooft mit seinen Erlebnissen auf dem goldenen Schiff der Astarte auf dem östlichen Meere, daß es mich reizte, ihm zu zeigen, wieviel mehr ein Mann noch in der Umarmung einer Frau erleben und genießen kann. Er selbst glaubte, unwiderstehlich zu sein, weil Aura in seiner Umarmung bewußtlos wurde. Aber das Mädchen war lediglich mit diesem Fehler behaftet, und Mikon konnte mit dir, Turms, in diesen Dingen nicht wetteifern, obwohl er auch seine angenehmen Seiten hatte."

„Daran zweifle ich nicht", schrie ich und geriet schließlich doch in Wut. „Ich will alles verstehen und dir verzeihen, aber welchen Fehler habe ich denn? Bin ich vielleicht unfähig, Kinder zu zeugen, oder gelingt es einem anderen jedesmal in die Quelle vorzustoßen, wenn der Vollmond aus ihrem Wasserspiegel leuchtet?"

Arsinoe überlegte und sagte überzeugend: „Ich vermute, daß du tatsächlich unfähig bist, Kinder zu zeugen, aber fühle dich deshalb nicht gekränkt. Ein Mann wie du, der seinen eigenen Gedanken nachgeht und über sie brütet, braucht keine Kinder, und heutzutage könnte mancher Mann dich beneiden, weil du sonst alles haben kannst, ohne dich vor den Folgen zu fürchten. Vielleicht hängt es mit dem Blitzschlag zusammen, von dem du mir erzählt hast, oder vielleicht hast du als Kind eine Krankheit gehabt, die die Hoden anschwellen läßt, wenn du es selbst auch nicht weißt, da du dich an deine Kindheit nicht erinnern kannst. Aber ebensogut kann es ein Geschenk der Göttin sein, denn die Göttin hat stets den Genuß bevorzugt und sich nur widerstrebend den Folgen unterworfen."

Ich hatte es mir niemals vorstellen können, daß ich verständnisvoll und ohne Rachegefühle zu hegen, mit Arsinoe über solche schwerwiegende Fragen hätte sprechen können. Dies ist aber der beste Beweis dafür, wie sehr ich in der Zeit, die ich unter den Sikanen verbracht hatte, innerlich gewachsen war, ohne es selbst zu wissen. Denn ist ein Gefäß einmal zerschlagen, dann nützt der Zorn auch nichts mehr, sondern man muß die Scherben sammeln und aus ihnen das Beste machen, was man kann.

Als ich nun die Gewißheit erhielt, daß auch Misme nicht mein Kind war, fühlte ich mich völlig nackt und einsam, und nichts war mehr imstande, mich zu erwärmen. Ich stand allein und empfand, daß ich mir selbst genügen mußte, und nichts dürfte für einen Menschen schwerer sein, als dies zu erkennen. Es ist viel leichter, Kinder zu zeugen, die Verantwortung auf ihre Schultern abzuwälzen und seine eigenen Hände in Unschuld zu waschen.

Ich fühlte mich so verlassen, daß ich mich für ein paar Tage in die Einsamkeit der Berge begab. Nicht mehr um Zeichen und Omina zu suchen, sondern nur, um in mich selbst hineinzuhorchen. So einsam und verlassen, von Erde, Wasser und Luft verstoßen, kam ich mir vor. Der Zweifel beschlich mich wieder, und ich glaubte nicht mehr, den Sturm beschwören zu können. Alles war nur blinder Zufall gewesen, oder irgend etwas in mir hatte im voraus den Wind ahnen lassen, bevor er von sich sichtbare äußere Zeichen gegeben hatte. Für Dorieus hatte die Erde gebebt und der Berg Feuer gespien, so daß der Nachthimmel schwarzrot war, als die Küste Siziliens in Sicht kam. Auch in seiner Sterbestunde hatte sein Erbland aufgeseufzt und gebebt. Sogar einen Sohn hatte er gezeugt. Ich allein war ein Wurzelloser, ohne zu wissen, woher ich gekommen, wohin und warum ich unterwegs war. Unfruchtbar war ich wie ein Stein, und meine Liebe war eher Qual als Glück.

Solche Zweifel sind stechender als ein Messer. Es ist der entsetzliche Zweifel des Fleisches, und ihn heilt keine Vernunft, sondern er befällt den Menschen hin und wieder wie eine Krankheit. Als Krankheit kann er tödlich sein, wie er Mikon auslöschte, aber meist heilt er von allein und geht wieder vorbei.

Was auch geschieht, du Fremder, der du mir ähnlich bist, ich warne dich vor der Krankheit des Zweifels, weil sie die schlimmste Krankheit ist, die einen Wiedergeborenen befallen kann. Geh dann in die Einsamkeit und glaube nicht den anderen, nur dir selbst, wenn du in dich hineinhorchst, und glaube mehr an deine eigene Vernunft als an das Wissen, das du von anderen gelernt hast.

Die beste Medizin gegen die Krankheit des Zweifels ist der tiefe Schlaf. Aber den Schlaf verscheuchen die bohrenden Zweifel. Deshalb geh in die Einsamkeit und wandere bis zur Erschöpfung, bis du wieder schlafen kannst und gesund wirst. Sollte auch dies nicht helfen, dann genieße die Arzenei der Unsterblichkeit, bis die Erde sich in deinen Augen auflöst und einem Schleier ähnlich wird und du durch die Wirklichkeit hindurchsiehst und erkennst, wie irreführend sie ist. Aber die Arzenei der Unsterblichkeit ist dem heiligen Trank der Sikanen ähnlich, und daher giftig. Ich vermute, daß alle Völker zu allen Zeiten diese Arzenei in der einen oder der anderen Form gekannt haben und kennen werden, zumindest die Zauberer und die Priester.

Wenn du infolge der Arzenei der Unsterblichkeit Visionen hast, so weißt du ja, daß alles nicht wahr ist, und du kannst die Visionen mit deinem Willen bannen und beherrschen. Jeder gaukelnde Geist hat seinen Wächter. Er kommt und holt seine Bestie fort, wenn du ihn rufst. Er ist dunkel und dir fremd, aber kümmere dich nicht drum, falls er dich zu verachten scheint. Er hat zu gehorchen, wenn du ihn rufst, und muß sein Tier fortbringen. Sollten die hellen und lichten Geister dir dienen, dann freue dich ihrer, denn dir dienen zu dürfen ist ihnen Lohn genug, und du brauchst ihnen nicht zu danken. Aber auch von diesen bist du nicht abhängig, und du darfst ihnen nicht gehorchen. Sie müssen dir gehorchen, und dein Schutzgeist ist auf jeden Fall an dich gebunden, auch wenn er es selbst nicht sein möchte.

Ich warne mich selbst in dir, Fremder, falls du dich noch nicht erkannt hast und dich erst dann erkennen wirst, wenn du in das Grab mit den bemalten vier Wänden aus Stein hinabsteigst und aus dem wertlosen Tongefäß die unvergänglichen Steine meines Lebens in die Hand nimmst. Schau dann die Wand an, Fremder, schau die Wand an und siehe, wie freudig wissend ich auf einem dreifachen Polster ruhe und dir das Ei der Unsterblichkeit, das ich mit zwei Fingern festhalte, überreiche. Dann zweifelst du nicht mehr.

5.

Vom Berge zurückgekehrt, sammelte ich einige Gegenstände der Sikanen, einen von ihnen angefertigten Bogen nebst Pfeilen mit Feuersteinspitzen, eine bemalte Trommel, einen von Frauen aus Holzrinde gemachten Stoff, einen Holzspeer, von ihnen benutzte Fallen und Knochenhaken, eine Holzpfeife, mit der sie Tiere locken, und eine aus Raubtierzähnen aufgezogene Halskette, um sie mit Xenodotos an den Großkönig zu schicken. Und niemand verbot mir, das zu nehmen, was ich wollte, weil unter den Sikanen alles Gemeinschaftsgut war und keiner von einem anderen etwas nahm, wenn er es nicht benötigte.

Der Halbmond stand am Himmel mitten am Tag, als hätte Artemis mir bei meinem Treiben wohlwollend zugeschaut. Als der Halbmond noch bei Sonnenschein zu sehen war, begannen sich die Sikanen zu rühren, und in der Abenddämmerung ging ich, Hiuls an der Hand, zum heiligen Stein. Ich war gleich den Sikanen so empfindsam geworden, daß ich im Unterbewußtsein fühlte, wenn etwas im Gange war, und keine besondere Aufforderung brauchte.

Am heiligen Stein erwarteten uns zwölf alte Männer. Sie trugen alle grinsende Holzmasken. An den Tierschwänzen konnte ich erkennen, daß sie Priester, Anführer und heilige Männer aus verschiedenen Sikanenstämmen waren. Sie redeten mich nicht an, auch nicht der Priester unseres Stammes. Aber gleich nachdem wir angekommen waren, bestrichen sie den Stein mit Fett, hoben Hiuls auf die Platte und gaben ihm süße Beeren zu essen, damit ihm die Zeit nicht lang werde.

Durch Gesten gaben sie mir zu verstehen, daß ich mich entkleiden solle. Nachdem ich nackt dastand, hüllten sie mich in eine Hirschdecke und setzten mir eine Maske mit einem Geweih auf, die kunstvoll geschnitzt und bemalt war. Dann trank jeder, seiner Würde entsprechend, ein Tröpfchen vom heiligen Trank aus einem Holznapf. Ich trank als letzter. Nach dem Trunk begannen sie im Gänsemarsch um den Stein herum zu gehen, und ich schloß mich ihnen als letzter an. Aus dem Wald hörte man die Holzpfeifen und das Dröhnen der Trommeln. Das Gehen wandelte sich in Hüpfen, und unter der Einwirkung des heiligen Trankes wurde der Tanz immer wilder. Jeder von uns schrie und ahmte die Laute von Tieren nach. Das machte Hiuls einen Heidenspaß. Als jeder von uns die Laute des Tieres nachahmte, das durch den Schwanz angedeutet worden war, fing Hiuls wie ein Uhu zu schreien an. Dies deuteten die Sikanen als gutes Omen.

Während des immer wilder werdenden Tanzes, als die Erde sich um mich in einen Schleier verwandelte und das Herz mir im Takt der Trommeln schlug, sah ich zu meinem Staunen, daß Raubtiere in unseren Reihen auftauchten, zum Stein und wieder zurückliefen. Ein Wildschwein brach krachend aus dem Gebüsch, die Hauer von Speichel triefend, aber niemand bedrängte es, und es verschwand dann wieder in den Wald. Als letzte kam eine sanfte Hirschkuh, blieb stehen, schnüffelte mit vorgestrecktem Kopf an dem auf dem Stein sitzenden Hiuls und floh dann, daß der Boden dröhnte, wieder in den Wald zurück.

Damit endete der Tanz, und die Sikanen zündeten das Feuer an dem mitgebrachten Kohlengefäß an.

Ich kann es nicht erklären, wie sie das alles fertigbrachten. Um uns im Wald waren zahlreiche Sikanen, wie man aus dem Ton der Trommeln und der lockenden Holzpfeifen schließen konnte. Vielleicht hatten sie den Stein außer mit dem Fett noch mit Gerüchen, die Tiere anlocken, bestrichen, oder auch vorher diese Tiere eingefangen und sie während des Tanzes losgelassen. Die Tiere konnten auch nur Tierschatten gewesen sein, hervorgerufen durch den Genuß des heiligen Trankes. Wenn es so gewesen wäre, dann kann ich mir wiederum nicht erklären, wie Hiuls alle diese Tiere sehen und später jedes einzelne beschreiben konnte. Nur das Wildschwein hatte ihn sehr erschreckt, als es so krachend aus dem Gebüsch hervorbrach.

Nachdem wir uns um das Feuer geschart hatten, hoben die Sikanen Hiuls vom Stein, legten ihm eine aus Zähnen verschiedener Tiere gemachte Kette um den Hals und banden an seine Fuß- und Handgelenke verschiedenfarbige Lederriemen. Jeder ritzte mit dem Messer eine Wunde in seinen Arm und ließ Hiuls daraus Blut saugen. Sie deuteten mir an, daß auch ich eine Wunde in meinen Arm ritzen und Hiuls mein Blut zu schmecken geben solle. Als das geschehen war, brachen die Sikanen aus lauter Freude in lautes Lachen aus und spritzten das aus ihren offenen Wunden fließende Blut auf Hiuls, bis der Junge von den Haaren an über und über klebrig vom Blut war.

Dann, ganz plötzlich und unerwartet, griff jeder Sikane den für ihn bestimmten Zweig aus dem Feuer und verschwand in den Wald. Der Priester meines Stammes und ich nahmen unsere Zweige ebenfalls aus dem Feuer und führten Hiuls zwischen uns vom heiligen Stein fort. Als die harzigen Zweige ausgebrannt waren, warfen wir sie weg. Der Priester nahm seine Holzmaske ab und trug sie baumelnd in der Hand, auch ich nahm die Hirschmaske vom Kopf. Wir brachten Hiuls nach Hause, und ich legte ihn ins Bett, obwohl er von all dem Erlebten außer Rand und Band war und nicht schlafen wollte. Der Priester verbot mir, ihn zu waschen, bis das verkrustete Blut von selbst von seiner Haut abfiele.

Ich glaubte, das wäre alles gewesen, aber ganz früh am nächsten Morgen kam der Priester zurück, um mich zu holen, und ich verließ lautlos die Höhle. Er führte mich wieder zum heiligen Stein und zeigte mir lachend die Spuren von den Klauen und Krallen der Tiere auf dem Boden, strich mit der Hand über den Stein und erklärte, daß die Tiere während der Nacht da gewesen waren und den Stein vollkommen sauber abgeleckt hatten, so daß ein Fremder ihn von anderen Erdsteinen nicht mehr unterscheiden konnte.

Als wir uns dann in Hockstellung auf die Erde gesetzt hatten, sagte ich zum Priester: „Ich verlasse jetzt die Sikanen. Die Frist ist abgelaufen. Hiuls bleibt bei euch, aber seine Mutter folgt mir, Misme geht mit und ebenso unsere Sklavin Hanna."

Der Priester kicherte in sich hinein, zeigte mit der Hand nach Norden und winkte mit den Fingern wie zum Abschied. „Ich weiß es", sagte er. „Wir hatten nur Angst, daß du den Jungen mitnehmen würdest. Deshalb weihten wir ihn zu ‚Erkle', der die Sikanen retten wird. Unsere Überlieferung hat uns seine Ankunft solange vorausgesagt, wie wir denken können. Er kam auf dem Schoß seiner Mutter und auf dem Esel reitend."

Er zeichnete mit einem Stöckchen auf dem Boden, den Ellbogen aufs Knie gestützt, er war mager und das Haar zottig. „Ich bin ein alter Mann", sagte er. „Mit diesen meinen Augen habe ich viel gesehen. Felder werden heute mit Ochsenpaaren dort gepflügt, wo mein Vater noch Raubtiere jagte. Es gibt Sikanen, die sich am Waldrand Hütten gebaut haben und Erbsen pflanzen. Die Griechen haben sich zu meinen Lebzeiten schlimmer verbreitet als jemals die Elymier. Sie vermehren sich wie das Ungeziefer und haben die Sikulen unterworfen und sie gezwungen, Boden zu bebauen und Städte zu errichten. Derjenige, der eine Hütte baut, ist der Sklave seiner Hütte. Derjenige, der Boden bebaut, ist der Sklave seines Bodens. Uns Sikanen kann nur noch Erkle retten, wie das geschehen wird, das wissen wir nicht."

Er bedeckte mit der Hand den Mund, schmunzelte und sagte: „Ich bin nur ein alter närrischer Mann, und für mich wird es bald Zeit, ins Moor zu gehen, wenn meine Knie versagen und mein Wissen meinem Stamme nicht mehr nutzen kann. Deshalb schwatze ich hier im Widerspruch zu den Sitten der Sikanen, denn ich bin ja so zufrieden. Wir wären doch gezwungen gewesen, dich zu töten, wenn du es versucht hättest, den Jungen zu entführen. Aber du brachtest Erkle zu uns und läßt ihn bei uns. Aus diesem Grunde weihten wir dich zum Hirsch, und du darfst und kannst alles haben, was du willst, wenn du aufbrichst."

Ich benutzte die Gelegenheit und bat ihn, mir ein Horn voll vom heiligen Trank der Sikanen und einige vergiftete Dornen mitzugeben, die sie in die Erde stecken, wenn die Aristokraten Segestas sie mit ihren Hunden bedrängen. Er kicherte von neuem und sagte:

„Du bekommst das, worum du bittest, aber wir haben dich zum Hirsch geweiht und infolgedessen haben die Sikanen keine Geheimnisse mehr dir gegenüber, einige bestimmte heilige Worte ausgenommen, die du aber nicht brauchst. Willst du wirklich nichts anderes mitnehmen?"

Es fiel mir ein, daß ich in der Ekstase das Glitzern von Gold und Silber unter dem heiligen Stein in den Tiefen der Erde gesehen hatte, und ich begriff, daß sie mich unbewußt mit dem Zeichen des heiligen Hirsches der Artemis geweiht hatten. Die Göttin war mir in Gestalt der Hekate erschienen, und all dies war nur ein Spiel ihrerseits, deren Werkzeuge die Sikanen waren.

Ich deutete mit dem Finger auf den heiligen Stein und sagte: „Ihr habt doch einen geheimen Schatz unter dem Stein – Gold und Silber?"

Der Sikane hörte zu lachen auf. „Wie kannst du das wissen?" fragte er. „Das Wissen darum vererbt sich bei den Priestern vom Vater zum Sohn, und seit einem Mannesalter ist der Schatz überhaupt nicht angerührt worden. Wir haben dich zum Hirsch im höheren Maße geweiht, als wir glaubten."

Ich nehme an, daß die Anführer der Sikanen beschlossen hatten, mir meinen Teil des Schatzes zu geben, wenn ich auch nicht davon gewußt hätte, weil ich ihnen doch den von ihnen ersehnten „Erkle" gebracht hatte. Aber unter dem heiligen Stein lag der Schatz nicht, wie ich irrtümlich glaubte. Im Gegenteil, er führte mich in einen gefährlichen Eichenwald, gespickt mit Menschenfallen und giftigen Dornen, der einen Halbtagsmarsch entfernt lag. Dort zeigte er mir eine Höhle, die ein Fremder niemals zu finden vermag. Zusammen hoben wir die Steine aus und warfen Erde auf, bis wir einen mit Holzrinde bedeckten Hohlraum fanden, in dem eine Menge silberne und goldene Gefäße und Zauberdinge lagen. Der Priester konnte mir nicht sagen, woher die Sikanen seinerzeit diese Schätze bekommen hatten. Aber er vermutete, daß es sich um Kriegsbeute handle, und zwar aus der Zeit, als die Sikanen noch über ganz Sizilien herrschten und die Urbewohner des Landes waren. Schon vor den Sikulen, vor den Phöniziern, vor den Griechen, ja sogar vor den Tyrrhenern waren die Schiffe des Königs der Meere bis zum Land der Sikanen gesegelt. Woher die Schiffe kamen, das konnte er nicht sagen.

Meiner Ansicht nach stammten die Gegenstände aus verschiedenen Zeitabschnitten, einige waren künstlerisch, andere plumper gearbeitet. Das wertvollste Stück war ein Stierkopf aus Gold, der ein Talent wog. Der Priester bat mich, mir von dem Schatz auszusuchen, was ich wollte, beobachtete mich aber von der Seite, um zu sehen, ob die Habgier von mir Besitz ergriffe. Vielleicht hätte er mich in dem Falle getötet, denn er behielt die ganze Zeit über einen Speer in der Hand. Daß sie mir den Schatz zeigten, sollte wohl meine letzte Prüfung sein. Sie wollten sehen, ob ich das Vertrauen der Sikanen verdiente und ob sie mich in Ruhe abziehen lassen könnten.

Ich begnügte mich damit, einen einfachen goldenen Pokal, dessen Gewicht etwa fünfzehn Mina betrug, eine kleine Hand aus Gold, die nicht einmal eine Mina wog, aber mir sonst als Zauberding gefiel, sowie einen mehrfach gewundenen Armreifen, der vielleicht vier Mina wiegen mochte, zu nehmen. Letzteren wollte ich Arsinoe geben, da sie doch Schmuck so sehr liebte. Ich wählte nur Gegenstände aus Gold, weil die leichter mitzunehmen und zu verstecken waren und da das Gold wertvoller als Silber geworden war, weil mehrere griechische Städte begonnen hatten, Silbergeld zu prägen.

Ich nahm also aus dem Schatz der Sikanen Gold im Werte von nur etwa zwanzig Mina. Man könnte vielleicht denken, daß es töricht von mir war, bei dieser günstigen Gelegenheit nicht mehr an mich zu nehmen, aber warum sollte ich mich mit klirrenden und klappernden Gegenständen belasten, da doch die Göttin bewiesen hatte, daß sie ihr Versprechen in

Gestalt der Hekate einzulösen gewillt war? Ich wußte, daß ich irdische Güter bekommen würde, wenn ich sie benötigen sollte, und wenn ich sie nicht bekäme, wäre es ein Zeichen dafür, daß ich sie in der Tat nicht brauchte und es besser für mich wäre, ohne sie zu bleiben.

Der Sikane legte seinen Speer nieder, und wir deckten den Schatz wieder in seinem Versteck zu. Als wir durch das gefährliche Gestrüpp den vom Priester gezeigten Weg gingen, merkte er, daß ich nicht den Versuch machte, in die Bäume Zeichen zu ritzen oder mir die Berggipfel und Himmelsrichtungen ins Gedächtnis zu prägen, um die Höhle auf eigene Faust zu finden. Das war ihm sehr angenehm. Als wir zurück in den gefahrlosen Wald kamen, fing er zu hüpfen an, legte die Hand auf meine Schulter und streichelte mich von allen Seiten zum Zeichen seiner Freude.

Da ich begriff, daß er Vertrauen zu mir hatte, bat ich ihn, nach meinem Aufbruch den in den Wäldern wandernden Pythagoräer oder, falls er gestorben sein sollte, einen anderen griechischen Lehrer für Hiuls herbeizuholen. Ich schärfte ihm ein, daß Hiuls lesen und schreiben lernen müßte, auch rechnen, Figuren zeichnen und diese zu messen. Außer der Sprache der Sikanen und außer Griechisch müßte er noch Phönizisch und die Sprache der Elymier lernen, um den Aufgaben gewachsen zu sein, sich für die Sikanen einzusetzen. Auch das Erlernen der Sprache der Tyrrhener könnte ihm von Nutzen sein, wenn er begabt sei, und das Spiel auf Saiteninstrumenten würde ihm auch nicht schaden. Über Leibesübungen brauchte ich mir keine Sorgen zu machen, denn das rauhe, harte Leben in den Wäldern tat das Seinige. Im Waffengebrauch würde sich Hiuls auf Grund seiner Abstammung selbst üben, und zwar besser, als andere ihm dies beibringen könnten.

Mir war doch recht wehmütig zumute, als ich Hiuls bei den Sikanen zurückließ. Doch ich wußte, daß sie ihn wie ihren Augapfel hüten und besser schützen würden, als ich es jemals könnte. Deshalb nahm ich mich zusammen und sagte: „Lehrt ihn, seinem Stamme zu gehorchen. Nur der, der selbst das Gehorchen gelernt hat, kann später befehlen. Falls ihr seht, daß er nutzlos tötet, nur um zu töten, oder wenn sein Appetit so groß ist, daß er es nicht zu schlucken vermag, dann schlagt ihn lieber eigenhändig tot und sagt euch von ‚Erkle' los."

Arsinoe freute sich sehr über den Armreifen und behauptete, er sei alte Arbeit aus Kreta und die Antiquitätensammler in Tyros würden das Vielfache dafür zahlen, was sein Gewicht in Gold ausmachte. Ich erzählte ihr nicht, woher ich ihn bekommen hatte, sondern sagte, daß die Sikanen ihn ihr zum Dank dafür schenkten, daß sie ihren Sohn zur Erziehung bei ihnen ließ.

Das Geschenk linderte Arsinoes Trauer in der Abschiedsstunde, und Hiuls zeigte keine Lust, mit uns zu gehen. Wir brachen nach der Sitte der Sikanen auf, ohne uns zu verabschieden, und ich ordnete es so, daß wir uns mit Xenodotos und dem Tyrrhener gerade in dem Augenblick trafen, als die beiden auf dem Lagerplatz des Tyrrheners am Flußufer ankamen. Als sie todmüde von der Wanderung, von den Ästen zerkratzt und die Gesichter von Insektenstichen blutend, die Esel unter der schweren Last völlig erschöpft, sich dem Lagerplatz näherten, traten wir von der anderen Seite der Ebene ausgeruht und gelassen auf sie zu. Zum Spaß hatte ich mir den Hirschschwanz umgebunden und die Geweihmaske aufgesetzt, Arsinoe hatte sich in feinste Pelze gehüllt, Halsketten der Sikanen umgelegt, ihre Brauen bis zur Schläfe gezogen und ihren Mund breit bemalt. Hanna trug ein Kleid aus dem Holzrindenstoff der Sikanen und einen Tannenzapfenkranz auf dem Kopf. Sie hatte Misme auf dem Arm in dasselbe Lammfell gewickelt, das uns als einziger Besitz bei der Flucht aus Segesta geblieben war, denn Arsinoe warf nicht gern etwas fort.

Xenodotos und der Tyrrhener schrien vor Angst, als sie uns aus dem Wald heraustreten und wie die Waldgötter auf sie zukommen sahen, und die Diener des Tyrrheners rissen aus. Xenodotos erkannte mich nicht einmal, als ich die Geweihmaske abgenommen hatte, denn ich hatte meinen Bart wegrasiert und meine Haare von Arsinoe kurz schneiden lassen, um den Sikanen zu verstehen zu geben, wie sehr ich darüber trauerte, mich von ihnen trennen und Hiuls ihnen überlassen zu müssen. Ich hatte es aber auch getan, um mein Äußeres zu verwandeln. Erst als ich Xenodotos und den Tyrrhener anredete, standen sie, noch am ganzen Körper zitternd, vom Boden auf; sie glaubten nun, daß ich ein Mensch war, und betrachteten neugierig Arsinoe, Hanna und Misme.

Der Tyrrhener beteuerte, wir seien die ersten Sikanen, die sich als Familie den Fremden zeigten und die er gesehen hätte. Xenodotos freute sich über die Gegenstände der Sikanen, die ich ihm mitgebracht hatte. Nachdem wir diese Nacht zusammen um das gemeinsame Lagerfeuer geschlafen hatten, begannen wir die Wanderung in Richtung Panormos.

Da ich als Sikane auftrat und noch dazu nach so vielen Jahren wiederkam, hatte ich keine Angst, in Panormos erkannt zu werden. Die veränderte Haarfarbe Arsinoes hatte ihr Gesicht so verwandelt, daß ich nicht annehmen konnte, jemand würde sie erkennen, wenn sie sich damit begnügte, vorsichtig zu sein. Die Elymier bedrängten waffenlose Sikanen nicht, die mit einem Tannenzweig in der Hand in bewohnte Gegenden kamen. So etwas geschah nämlich zuweilen. Auch verließ ich mich auf den Schutz des Xenodotos, denn vermutlich würde niemand den Diener des Großkönigs, der als Begleiter des Skythes nach Sizilien gekommen war, verletzen wollen.

Unsere Wanderung ging langsam und mühsam vonstatten, wegen der guten Geschäfte des Tyrrheners, obwohl ich ihm half, Lasten zu tragen, solange wir in den Wäldern wanderten. Auf diese Weise strengte die Reise Arsinoe nicht so sehr an, obwohl sie zu Fuß laufen mußte; auch Hanna wurde nicht übermüdet, obwohl sie ja Misme bald auf dem Arm, bald nach Sitte der Sikanen auf dem Rücken trug.

Als wir in bewohnte Gegenden kamen, sah ich es unter meiner Würde an, Lasten zu schleppen; ich setzte die Geweihmaske wieder auf und bemalte meinen Körper in der Art der Sikanen mit Streifen. Viele Neugierige sammelten sich, um uns zu betrachten, denn niemand hatte noch Sikanen höheren Standes so wandern gesehen. Der geizige Tyrrhener wollte keine weiteren Zugtiere zur Beförderung der Waren mieten, aber die neugierigsten Elymier liehen ihm ihre Esel unentgeltlich, damit sie uns eine Strecke des Weges begleiten und uns verwundert näher betrachten konnten.

Am Abend, als wir unter freiem Himmel oder zwischen den vier Wänden der Blockhäuser des Landes Eryx wachten, erzählte ich Xenodotos alles über die Sikanen, was, wie ich annahm, ihnen von Nutzen sein könnte. Ich vertraute ihm auch das Geheimnis Hiuls' und die Sage von Erkle an, beschwor ihn aber, es für sich zu behalten und davon lediglich dem Großkönig persönlich Mitteilung zu machen oder seinen zuverlässigsten Ratgebern in Fragen, die den Westen betrafen.

„Mich geht es nichts an, wann und in welcher Weise der Großkönig von dieser Nachricht Gebrauch macht", sagte ich, „aber es dürfte gut sein, wenn er weiß, daß bei den Sikanen ein Erkle heranwächst, denn ich glaube, daß die Sikanen als Volk nur unter dem Schutz des Großkönigs erhalten bleiben können, so wie er in allen Ländern der Welt Ordnung geschaffen hat. Die Sikanen werden sowohl von den Elymiern als auch von den Griechen verfolgt und bedrängt. Der Großkönig wird wohl am besten wissen, gegen wen er zu gegebener Zeit die Sikanen zu einem Angriff einsetzen wird, damit sie sich die Freiheit selbst erkämpfen können, frei zu leben und als Volk in ihren Wäldern erhalten zu bleiben."

Xenodotos gab die Wichtigkeit dieser Mitteilung zu und sagte, ich sei in politischen Dingen der uneigennützigste Mann, dem er je begegnet sei, denn mit keiner Rechenkunst könnte er es erklären, welchen Nutzen ich selbst davon hätte, ihm diese Meldung anzuvertrauen, ohne Geld dafür zu verlangen. Auch sagte er, daß ich der schönste Mann sei, den er gesehen, und daß er mich noch lieber sehe, nachdem ich meinen Bart abrasiert hätte und mein Kinn freigelegt sei. Er meinte, daß meine schrägen Brauen ihn entzückten und daß mein breiter Mund mit dem geheimnisvollen Lächeln jeden betören müßte.

Er kam mir mit seiner Nase zuweilen viel zu nahe, um den aus den Wäldern der Sikanen an meiner Haut haftenden Harz- und Rauchduft zu beschnüffeln, und beteuerte, daß meine Augen wie die eines Hirsches seien. Und er sagte all das nicht aus Höflichkeit. Ich glaube, daß er von Tag zu Tag von mir immer mehr entzückt war, so daß es mir schon schwerfiel, seine Annäherungsversuche abzuwehren, ohne ihn zu sehr zu verletzen.

Aber meinen Namen oder wer ich in Wirklichkeit war, verriet ich ihm nicht, obwohl ich seiner Freundschaft sicher sein konnte, und doch warnte ich Arsinoe, sich ihm gegenüber zu vertrauensselig zu zeigen. Als er die Vergeblichkeit seiner Bemühungen einsah und erkannte, daß ich trotz seiner Lockungen nicht die Absicht hatte, ihm nach Susa zu folgen, wandte er als kluger Mann seine Aufmerksamkeit Arsinoe zu und konnte sie auch geschickter für seine Zwecke gewinnen, weil er für die Reize der Arsinoe als Frau nicht empfänglich war.

Ich kannte seine Pläne nicht. Ich war nur zufrieden, daß er mich in Ruhe ließ und sich mit Arsinoe unterhielt. Sie sprachen über die Göttin von Eryx, ihre uralte Quelle, ihre Kulte und ihre alljährliche Ankunft aus Karthago im Frühjahr auf einem goldenen Schiff, um das westliche Meer zu beherrschen, so wie die Göttin Akraia von Kypros das östliche Meer beherrscht. Die Neugierde des Xenodotos war unerschöpflich. Auf diese Weise hatte ich Gelegenheit, mit dem Tyrrhener zu reden und aus ihm Wissenswertes über Rom herauszulocken. Er war aber ein ungebildeter Mann und kümmerte sich nur um Dinge, die das Geschäftsleben betrafen. Soviel konnte ich aber doch erfahren, daß Rom in ständigem Streit mit den Nachbarstaaten lag. Auch zwischen Reich und Arm wurde dort ein wilder Kampf geführt, so daß die Armen sich zeitweilig weigerten, der Wehrpflicht zu genügen, um für sich Zugeständnisse zu erpressen.

Dies erschreckte mich kaum, denn die gleichen Zustände herrschten auch in allen anderen Städten. Der Aufruhr in Ionien hatte ja seinerzeit auch schon mit dem Vertreiben des Tyrannen und dem Beschränken der

Macht der Reichen zugunsten des Volkes begonnen. Das Volk Segestas hatte bereitwilligst Dorieus aufgenommen, um ihn als Werkzeug bei der Vernichtung ihrer eigenen Aristokraten zu verwenden. Der Bürgerkrieg war das Merkmal der Zeit, und ich vermutete, daß es dem Großkönig infolge der inneren Uneinigkeit der Städte und des gegenseitigen Wettbewerbs ein Leichtes war, seine Macht nach Westen auszudehnen. Als die inneren Streitigkeiten in Morde und Ausweisungen ausarteten, so daß das Leben und das Eigentum des einzelnen nicht mehr gesichert war, fing ich an zu glauben, daß viele Menschen den Großkönig als Sendboten des Friedens und der Ordnung in der Welt begrüßen müßten.

Lodernd schön war der Tanz der Freiheit in den Tagen meiner verwegenen Jugend, als ich ein Fremder und ein vom Blitz Getroffener war, als ich gemieden wurde und den Jünglingen in Ephesos ebenbürtig werden wollte, um Dionens willen. Aber ich hatte dann sogar das Gesicht Dionens vergessen, und während in Sardeis das brennende Schilf knisternd in der Luft herumflog und unauslöschliche Narben in meine Arme brannte, überfiel mich schon ein Beben, in der Erkenntnis, was ich eigentlich getan hatte. Mir selbst gewann ich mit meiner Tat die Gunst der Artemis, aber für Ionien bedeutete sie Qualm und Rauch, zertrampelte Felder und Leichengestank.

An all das dachte ich, da ich in Hockstellung am Waldfeuer unter den Herbststernen des Landes Eryx saß und mich mit dem mürrischen Tyrrhener unterhielt, während Xenodotos an der gegenüberliegenden Seite des Feuers mit Arsinoe sprach. Misme schlief, in das Lammfell gewickelt, den tiefen Schlaf der Dreijährigen, und im Aufflackern des Waldfeuers begegnete mir ab und zu der funkelnde Blick Hannas. Ich zeichnete mit einem Ast Figuren in den Sand und wußte, daß ich eine Zeit der Umwälzungen erleben würde, bis der Großkönig alle Länder gleichschalten würde.

Ich ward in die Zeit der mit roten Figuren gezierten Gefäße hineingeboren, und die alten Gefäße mit den schwarzen Figuren taugten nur noch für die alten Opferkulte. Ich ward in die Zeit der Trieren und in die Zeit des Zweifels geboren, dachte ich, aber wo ich geboren bin und was ich vorher war, bevor ich unter dem vom Blitz getroffenen Eichenbaum bei Ephesos inmitten toter Schafe aufwachte, das wußte ich nicht.

6.

Unser Einzug in Panormos glich einem Festzug, die Neugierigen drängten sich um uns und das Volk lief aus den Häusern zusammen, es schrie in den verschiedenen Sprachen, um uns zu sehen. Wir gingen direkt in den Hafen zum Schiff des Tyrrheners, und ich war entsetzt, als ich es sah, denn das Schiff war bauchig und nur teilweise überdeckt, so daß ich mich wunderte, wie es überhaupt die lange Strecke von der Flußmündung Roms über das offene Meer bis nach Sizilien schwer beladen hatte zurücklegen können.

Die von den Karthagern eingesetzten Zöllner in Panormos begrüßten schmunzelnd den Tyrrhener und breiteten die Arme aus, das gute Gelingen seiner Geschäftsreise bewundernd. Sie behandelten Xenodotos ehrfurchtsvoll und begnügten sich damit, Arsinoe und meine Geweihmaske von weitem zu betrachten, ohne an unseren Kleidern zu zupfen. Sie meinten, daß es ein gutes Zeichen sei, wenn sich Sikanen hohen Standes aus ihren Wäldern hervorwagten, um in der zivilisierten Welt Sprachen und vernünftige Sitten zu lernen. Das fördere den Handel und damit die Interessen Karthagos.

Panormos und das ganze Land Eryx hatten allen Grund, sich mit dem aus Rom gekommenen Tyrrhener gut zu stellen, denn die Staatsmänner Roms hatten in den letzten Jahren große Mengen an Getreide im Lande Eryx aufgekauft, um die durch die inneren Unruhen dort hervorgerufene Hungersnot zu beseitigen.

Die Bewohner des Landes Eryx hofften, daß die Getreidegeschäfte auch weiterhin laufend getätigt würden. Vor allem trugen diese Geschäfte dazu bei, Panormos reich werden zu lassen, da Rom das Getreide auf den Schiffen der Tyrrhener und auf denen aus Panormos befördern ließ. Die Römer befuhren die See selbst nicht, aber sie waren in der Lage, alles mit Fellen und Kupfer, die sie als Kriegsbeute aus den eroberten Nachbarstädten erhalten hatten, reichlich zu bezahlen.

Deshalb behandelten die Steuereinnehmer den Tyrrhener keineswegs unfreundlich, sondern schauten seine Waren nur flüchtig an und setzten die Zollgebühren angemessen fest. Aber der Tyrrhener, der als Kaufmann nie zufrieden war, sagte verdrießlich:

„Wenn die Zeiten noch so wären wie früher und ein vernünftiges Handelsgeschäft möglich wäre, könnte ich die Waren der Sikanen schon hier in Panormos verkaufen und dafür Getreide billig aufkaufen, um es dann zum teuren Preis in Rom wieder absetzen zu können. Aber die

Praetoren Roms haben einen Höchstpreis für das Getreide festgesetzt, genau so wie sie den Salzhandel an sich gerissen haben und selbst den Salzpreis in Rom bestimmen. Früher hätte ich nach Kyme segeln und dort die Waren der Sikanen in attische Vasen umtauschen können, deren Schönheit und deren anmutige Bilder wir Tyrrhener so sehr bewundern, daß wir sie in die Gräber unserer Herrscher und der Lukumoiden legen. Aber die Griechen sind frech geworden, nachdem sie den Perser bei Marathon geschlagen haben, und der Tyrann von Kyme beschlagnahmte die dort angekommenen Getreideschiffe für Rom als Entschädigung für das Eigentum des Königs Tarquinius, das der Mob Roms seinerzeit vernichtet hatte. Schließlich fand Tarquinius beim Tyrannen von Kyme Aufnahme und Zuflucht, wo er auch später starb. Deshalb hält sich der Tyrann von Kyme für seinen rechtmäßigen Nachfolger."

„Nein, nach Kyme wage ich nicht zu segeln", fuhr er fort und verfluchte die Griechen. „Mir bleibt nichts anderes übrig, als hier zu bleiben und auf günstigen Südwind zu warten und mich in die Gefahren auf offener See zu begeben, um nach Rom, in die Flußmündung, zurückzusegeln. Mein einziger Trost ist, daß die Küsten Italiens länger und breiter als diejenigen Siziliens sind. Wenn ich schon hierher gefunden habe, werde ich wohl leichter wieder nach Panormos zurückfinden."

So versuchte er die Zöllner zu beschwichtigen und machte sie noch darauf aufmerksam: „Ihr habt mit Rom gute, erfolgreiche Getreidegeschäfte gemacht, und vergeßt nicht, daß die Schiffe der Tyrrhener und diejenigen Karthagos gleichwertig sind. Deshalb verlange ich die gleichen Vergünstigungen bei den Zoll- und Hafengebühren, die ihr den Schiffen Karthagos gewährt."

Sack für Sack, Bündel für Bündel und Korb für Korb wurde seine Ware aufs Schiff gebracht. Die Zöllner zeichneten sie auf ihre Wachstafeln auf, und schwer seufzend bezahlte der Tyrrhener die gemieteten Esel und jagte fluchend die Treiber weg, beteuernd, daß er in keinem Lande solchen Räubern wie im Lande Eryx begegnet sei. Das war eine bewußte Lüge, denn die Bewohner des Landes Eryx gestatteten ihm, freien Handel mit den Sikanen zu treiben. Er selbst verstieß gegen die Gesetze des Landes Eryx, indem er Eisengegenstände, die er im Salz versteckte, für die Sikanen schmuggelte. Das sah er wohl schließlich selbst ein, weil er trotz allem sagte, ein Weinopfer dem Gott Turnus darbringen zu wollen, und dazu die Zöllner einlud, in den Schuppen des Weinhändlers zu kommen, der sehr günstig gerade neben dem Sklavenhaus und dem Zollamt im Hafen lag. Um unsere hohe Stellung den Steuereinnehmern sichtbar zu machen, lehnten wir, Xenodotos und ich, seine Einladung ab, und er nahm es uns nicht übel.

Ich sprach kein Wort mit den Karthagern, sondern hielt es für besser, sie in dem Glauben zu lassen, daß ich als Sikane ihre Sprache nicht beherrschte. Sogar Arsinoe konnte ihre Zunge im Zaume halten. Als wir aber wieder innerhalb der Mauern waren und ins Haus kamen, das der Rat von Panormos an Fremde vermietete, und wo die Sklaven und die Begleiter des Xenodotos sie mit größter Unterwürfigkeit empfingen, konnte Arsinoe nicht mehr schweigen, sondern riß das Tuch vom Kopf, stampfte mit dem Fuß auf und schrie:

„Ich trotzte schon genug den Gefahren der See mit dir, Turms. In das stinkende Segelfaß des Tyrrheners steige ich niemals. Wenn ich auch selbst keine Angst hätte, so muß ich doch an Misme denken. Im Namen der Göttin, Turms, was haben wir in Rom zu suchen, da doch unser Freund Xenodotos bereit ist, dir den Weg bis nach Susa zu ebnen und auf Grund seiner Beziehungen dir als Botschafter der Sikanen eine gesicherte Zukunft am Hofe des Großkönigs zu verschaffen?"

Xenodotos war ein ganz anderer Mann geworden, nachdem er heil aus den wilden Wäldern wieder in seinen Gesellschaftskreis zurückgekehrt war. Er trug das Kinn mit dem Krausbart stolz erhoben und schaute mich mit lauerndem Blick an, schlug aber einlenkend vor: „Laßt uns doch nicht gleich streiten, wenn wir über die Schwelle des Hauses getreten sind. Laßt uns erst ein Bad nehmen, unsere Körper salben und massieren nach allen Mühsalen der Fahrt. Laßt uns gewürzte Speisen, wie kultivierte Menschen, zu uns nehmen und unsere Stimmung mit Wein erfrischen. Dann erst wollen wir miteinander beratschlagen, du, Turms, der du bis jetzt deinen Namen verschwiegen hast. Nun werde ich ihn genau in mein Gedächtnis einprägen, und ich beteuere, daß deine Frau klüger ist als du. Verachte ihre Gescheitheit nicht."

Mir wurde klar, daß sich die beiden verbündet hatten, um mich dazu zu bewegen, Xenodotos und Skythes nach Ionien und von dort nach Susa zum Großkönig zu folgen. Auch hegte ich den Verdacht, daß Arsinoe in ihrer Gedankenlosigkeit Xenodotos Dinge anvertraut hatte, die für mich nicht günstig waren. Deshalb wiederholte er meinen Namen so spöttisch.

Aber unter den Sikanen hatte ich es gelernt, mein Gesicht zu beherrschen. Ich antwortete gar nichts, sondern folgte ruhig Xenodotos ins Bad, das seine Sklaven vorbereitet hatten, und Arsinoe ging mit, weil sie uns zwei nicht allein zusammen lassen wollte.

Wir badeten also zu dritt, und das Wohlgefühl des warmen Wassers und der Duft der guten Öle betäubten uns so, daß wir über die Mühsale der Fahrt fröhlich scherzten. Xenodotos schaute mich lieber als Arsinoe an. Aber aus Höflichkeit pries er ihre Schönheit über alle Maßen und meinte, es nicht glauben zu können, daß sie je Kinder geboren habe, und beteuerte, daß es am Hofe des Großkönigs nicht viele Frauen gab, die mit Arsinoe wetteifern könnten.

„Wenn ich dich so ansehe", sagte er schmeichelnd, „bedauere ich es sehr, daß die Götter mich so geschaffen haben, wie ich bin. Um so glücklicher preise ich Turms, der deine unvergleichliche Schönheit genießen kann. Und beim Anblick von euch beiden kann ich es nicht glauben, daß ihr gebürtige Sikanen und richtige Stammesgenossen dieses dunkelhäutigen und krummbeinigen Volkes sein könntet."

Ich hatte Angst vor seiner Neugierde und fragte deshalb schroff: „Wie viele Sikanen hast du denn auf deiner Wanderung gesehen, Xenodotos? Die richtigen Sikanen sind gerade und schön gewachsen. Schau nur unsere Sklavin Hanna an. Du hast nur Taugenichtse gesehen, die sich von ihren Stämmen getrennt habe und Erbsen um ihre armseligen Hütten anbauen."

Arsinoe sagte geradeheraus: „Hanna ist doch keine Sikanin, sondern Elymierin und in Segesta geboren. Aber ich gebe zu, daß es unter den Sikanen viele erfreulich starke Männer gibt."

Sie streckte ihre weißen Glieder in dem warmen Wasser, rief nach den Dienern und stand auf, um ihre Haare waschen zu lassen. Auch ich ließ mir meinen Kopf waschen und meine Glieder massieren, aber ich konnte es nicht unterlassen, Arsinoe zuzuraunen:

„Sowohl für dich als auch für mich wäre es besser, wenn du stumm geboren wärst."

In diesem Augenblick weckte ihre Verführungskunst in mir nur Widerwillen, und ich konnte es ihr nicht verzeihen, daß sie zu offenherzig über uns Xenodotos gegenüber geschwatzt hatte. Meine Gereiztheit nahm beim Essen und beim Weintrinken immer mehr zu. Wir beide hatten so lange ohne Wein gelebt, daß wir sehr bald berauscht waren. Xenodotos verstand es sehr geschickt, uns zum Zanken zu bringen.

Schließlich schnellte ich vom Ruhebett hoch und schwor im Namen des Mondes und des Seepferdchens: „Meine Omina und Zeichen sind stärker als deine Habgier, Arsinoe. Wenn du mir nicht folgen willst, dann gehe ich allein."

Xenodotos warnte: „Schlafe erst deinen Rausch aus, bevor du solche verheerende Eide schwörst."

Aber ich war vom Wein und von der Verbitterung berauscht und schrie unvorsichtigerweise: „Das kümmert Demaratos nicht! Ich trinke den Trunk der Skythen, wann ich will. Folge du Xenodotos, Arsinoe, falls du deine Zukunft besser gesichert haben willst, als ich es dir bieten kann. Er wird bestimmt imstande sein, dich irgendeinem hochstehenden Perser vorteilhaft zu verkaufen. Aber hinter den Haremsgittern wirst du dich, so glaube ich, nach der Freiheit der Frau mehr sehnen als nach dem luxuriösen Leben."

Arsinoe warf ihren Becher mit dem Weinrest quer durch das ganze Zimmer, so daß der Kupferschild klirrte und sagte: „Du weißt es selbst, was ich deinetwegen aufgegeben habe, Turms. Sogar mein Leben habe ich deinetwegen aufs Spiel gesetzt. Aber ich muß an mein Kind denken. Von Jahr zu Jahr bist du ständig eigensinniger und bösartiger geworden, so daß ich nicht mehr begreifen kann, was ich an dir damals zu finden glaubte. Xenodotos wartet auf Westwind, um nach Rhegion zu segeln und dort Skythes zu treffen. Vielleicht dreht sich der Wind schon bis morgen. Deshalb mußt du dich entscheiden, Turms, was du wählen willst. Ich selbst habe schon im Namen der Göttin meinen Entschluß gefaßt."

Im Rausch schwor sie im Namen der Göttin, lieber auf mich zu verzichten, als mir nach Rom zu folgen. Wenn auch ihre Schwüre nicht viel Bedeutung hatten, verstand ich, daß sie dieser Entschluß schon seit langem beschäftigte. Als sie merkte, daß ich über ihre Drohung nicht erschrak, wurde sie noch rasender und schrie es heraus:

„So mögen wir dann von diesem Augenblick an voneinander getrennt sein. Versuche es gar nicht mehr, zu mir ins Bett zu dringen. Ich habe genug von deinem mürrischen Gesicht, und ich verabscheue deine barbarisch harten Glieder, so daß ich mich übergeben könnte."

Xenodotos versuchte ihren Mund mit der Hand zu schließen, aber Arsinoe biß ihn in die Finger, fing gellend zu heulen an und übergab sich vor lauter Wut. Sie spie den getrunkenen Wein von sich und fiel im gleichen Augenblick in Schlaf, völlig vom Wein besudelt und durchnäßt. Ich trug sie ins Bett und bat Hanna, sie zu versorgen. Ich war selber so verbittert, daß ich keine Lust hatte, mit ihr im selben Zimmer zu schlafen.

Nachdem ich wieder in den Gastsaal zurückgekehrt war, setzte sich Xenodotos neben mich, legte seine Hand auf mein Knie und spöttelte: „Du hast dich selbst verraten, Turms. Du bist kein Sikane. Nur ein Grieche kann sagen: Das kümmert Demaratos nicht! Aber du kannst dich mir anvertrauen. Solltest du Flüchtling aus Ionien sein und den Zorn des Großkönigs fürchten, so kann ich dir versichern, daß der Großkönig Rache um der Rache willen nicht begehrt. Die von dir geleisteten Dienste überwiegen deine in der Vergangenheit begangenen eventuellen Irrtümer."

Ich bezweifelte seine Worte nicht, aber was konnte ich gegen die erhaltenen Omina und Zeichen tun? Ich bemühte mich, ihm dieses klarzumachen, aber sein Fanatismus machte ihn eigensinnig. Nachdem er mir eine Weile zugeredet hatte, warnte er:

„Reize mich nicht zu sehr, Turms. Wenn du an das Einäschern des Tempels von Sardeis denkst, so dürfte niemand namentlich angeklagt worden sein. Ich werde dich nicht verraten, habe keine Angst. Deine Frau handelte nur sehr klug, als sie mir deine Angst anvertraute. Auch das weiß ich, daß du dich der Seeräuberei schuldig gemacht hast. Du bist also in meiner Hand, Turms. Ich brauche nur die Wachen der Stadt zu rufen, und du bist verloren."

In diesem Augenblick haßte ich Arsinoe, die in ihrem Leichtsinn mich der Gewalt eines Fremden ausgeliefert hatte, um mich zu zwingen, meinen gefaßten Entschluß zu ändern und Xenodotos nach Osten zu folgen. Ein seit langem schwelender Haß brach aus mir wie ein bloßgelegter Stein aus dem Riß der Erde, wenn die Berge wanken, und versengte mich so, daß mir alles völlig gleichgültig war.

Ich stieß die Hand des Xenodotos von meinem Knie fort und sagte: „Ich glaubte, du wärst mein Freund, aber nun weiß ich es besser, und es geschehe, wie du willst. Ich gehe selbst und rufe die Polizei und stelle mich den Priestern Karthagos, um als Seeräuber enthäutet zu werden. Aber dann sollen sie gleichzeitig auch Arsinoe auf dem Markt als eine aus dem Tempel entlaufene Sklavin und Misme als die Tochter einer Sklavin verkaufen, und ich nehme an, daß dein Ansehen in den Augen des Großkönigs sehr steigen wird, wenn du eine öffentliche Verwicklung in Panormos hervorrufst."

Weiter sagte ich: „Meine Omina sind klar und unwiderleglich, und Artemis von Ephesos und Aphrodite von Eryx wetteifern, mir ihre Gunst zu bezeigen. Wenn du mich beleidigst, verletzt du sie, und ich warne dich im Hinblick auf ihre Macht. Ich verwirkliche mein eigenes Schicksal, und keine Macht eines Menschen vermag dies zu hindern. Nach Susa folge ich dir nicht."

Als Xenodotos die Unerschütterlichkeit meines Entschlusses erkannte, versuchte er mich zu besänftigen und entschuldigte sich wegen seiner

Drohung. Er hoffte, daß ich mir die Sache noch überlegen würde, wenn ich geschlafen hätte und mein Kopf wieder klar wäre. Am nächsten Tag spielte Arsinoe die Schwache und ließ alle ihre Künste spielen, um mich umzustimmen. Ich blieb aber hart und rührte sie nicht an. Dann schickte sie Hanna in den Tempel der Göttin, um die notwendigen Schönheitsmittel zu kaufen, schloß sich in ihr Zimmer ein und stieg nachher auf das flache Dach, um ihre Haare im Sonnenschein zu trocknen. Sie hatte ihre Haare wieder blond färben können und war sehr schön, als sie da auf dem Dach mit offenem Haar ruhte. Aber so schön goldblond waren sie nicht wie ehedem, sondern sie waren eher rötlich. Sie gab Hanna die Schuld und behauptete, daß das dumme Mädchen sich mit einer schlechten Haarfarbe begnügt habe, obwohl bestimmt eine bessere zu haben gewesen sei, wenn sie diese nur verlangt hätte.

Ich fand, daß es unsinnig war von ihr, das Äußere gerade in Panormos wiederherzustellen, wo die Leute von den anderen Dächern sie neugierig beobachteten. Sie begab sich aber in die Gefahr, um sich so schön wie möglich zu machen und mich dadurch umstimmen zu können. Xenodotos nahm mich zum Hafen mit und zeigte dort sein schnelles, schmales Schiff, das er in Rhegion gemietet hatte, wo er Skythes zurückließ, um Verhandlungen mit dem Tyrannen Anaxilaos über Angelegenheiten zu führen, die Zankle betrafen, dessen Name in Messina geändert worden war.

Ich fragte ihn nach Kydippe und erfuhr, daß sie nach der Heirat mit Anaxilaos bereits zwei Kinder geboren habe, in einem Maultiergespann fuhr und zahme Hasen im Haus hielt. Sie war in Sizilien und in den griechischen Städten Italiens wegen ihrer Schönheit berühmt, und ihr Vater Terillos herrschte in Himera.

Die Bequemlichkeiten auf dem Schiff des Xenodotos lockten mich nicht. Statt dessen ging ich in den mit Holzsäulen gezierten Tempel der Tyrrhener, wo der Salzhändler gerade um guten Südwind betete, und fragte, ob er mich bis zur Flußmündung bei Rom mitnehmen würde. Er wurde sehr interessiert, als er begriff, einen Mann auf sein Schiff zu bekommen, der beim Rudern und bei der Bedienung des Segels mithelfen könne, aber als Kaufmann sagte er davon nichts und forderte von mir, daß ich selbst die Verpflegung mitnehmen und die Fahrt bezahlen müßte. Wir feilschten miteinander, bis wir uns über einen angemessenen Preis einigten, der uns beide zufriedenstellte. Allzuviel wollte ich nicht abhandeln, um ihn nicht zu verärgern.

Die Gebete des Tyrrheners halfen offenbar so viel, daß der Wind nach einigen Tagen nach West drehte und eine steife Brise aufkam. Dies paßte in die Pläne des Xenodotos am besten, und er sagte: „Ich warte bis zum Abend und hoffe, daß du deinen Verstand sprechen läßt, Turms. Aber in der Abenddämmerung steche ich in See, weil mir gesagt wurde, daß das der günstigste Zeitpunkt von Panormos nach Osten auszufahren sei. Ich flehe dich an, mir zu folgen, denn ich habe das heilige Versprechen gegeben, deine Frau Arsinoe, ihre Tochter Misme und ihre Dienerin Hanna mitzunehmen."

Ich machte mein Herz hart, ging zu Arsinoe und sagte: „Der Augenblick der Trennung ist da, aber nach deinem und nicht nach meinem Willen. Ich danke dir für die Jahre, die du mir geopfert hast. An den Kummer, den du mir bereitet hast, will ich dich nicht erinnern. Ich werde nur all das Gute und Schöne, das wir zusammen erlebt haben, im Gedächtnis behalten. Ich überlasse dir die Goldmünzen, die Xenodotos mir gegeben, zusätzlich zu dem Geschenk der Sikanen und behalte für mich nur so viel, daß ich meine Fahrt nach Rom bezahlen kann. Aber Hanna darfst du nicht mitnehmen. Ich weiß es ganz genau, daß du sie in deiner Habgier bei erster günstiger Gelegenheit verkaufen würdest. Ihr darf nichts Böses geschehen. Sie stellte sich unter meinen und nicht unter deinen Schutz, als sie uns aus Segesta folgte."

Arsinoe brach in Tränen aus und schrie: „Dein Herz ist aus Stein, und du beschwörst den Haß der Göttin auf dich. Ich bin zu stolz, dich an den Kummer, den du mir bereitet hast, zu erinnern, aber das ist selbstverständlich, daß du mir dein Vermögen überläßt. Ein paar Goldmünzen ist eine sehr kleine Entschädigung für all das, was ich deinetwegen verloren habe. Und du hast kein Recht, über Hanna zu bestimmen. Ich habe sie erzogen und unterrichtet, und sogar meine Haare hat sie verdorben."

Wir stritten uns um Hanna, bis ich den von den Sikanen erhaltenen goldenen Pokal auch noch Arsinoe gab. Von der kleinen Goldhand sagte ich aber nichts, deren Wert als Zauberding viel größer war als der Geldwert. Arsinoe wog den Pokal in der Hand, blickte mich mißtrauisch an und fragte:

„Was willst du eigentlich von diesem Mädchen haben und warum geht dir ihr Schicksal so nahe?"

Ich brauste auf und schrie: „Ich werde sie mit einem anständigen Mann verheiraten, den sie selbst wählen darf. Das bin ich ihr schuldig, weil sie deine beiden Kinder gepflegt und gesund erhalten hat. Du dachtest nur an dich selbst und deine Bequemlichkeit."

Arsinoe zischte: „Natürlich kann ich mir in Rhegion eine geschicktere Sklavin kaufen. Es bedeutet für mich lediglich eine Erleichterung, wenn du mir dieses ungelernte Mädchen abnimmst, das mich schon seit langem schief und böswillig angeschaut hat. Obwohl du auch ohne sie genug Scherereien haben wirst. Denke dann an mich, wenn die Tage des Unglücks über dich kommen, Turms."

Sogar in meinem Zorn empfand ich die Nähe Arsinoes wie ein Glühen und Flimmern und konnte mir nicht vorstellen, wie ich ohne sie leben könnte. Wir waren mehrere Tage in Panormos geblieben, aber sie hatte nicht nachgegeben, und ich hatte sie auch nicht angerührt. Sie glaubte, durch das Reizen meiner Begierde mich am leichtesten umstimmen zu können, und wurde schwer enttäuscht, als ich sie nicht einmal in der Abschiedsstunde in die Arme schloß. Wenn ich sie umarmt hätte, dann wäre ich ihr wieder verfallen, das wußte ich. Deshalb beherrschte ich mich.

Am Spätnachmittag brachte ich sie aus der Stadt in den Hafen und auf das Schiff, küßte Misme zum Abschied und beteuerte Xenodotos meine Freundschaft.

„Unserer Freundschaft zuliebe", bat ich: „Sollte das Wetter dich zwingen, Himera anzulaufen, dann suche einen Tyrrhener-Kaufmann aus hohem Stande, Lars Alsir, auf. Überbringe ihm meine Grüße und bezahle für mich meine Schuld an ihn, denn mir fällt es schwer, ein Land zu verlassen, wo ich Schulden habe. Er ist ein gebildeter Mann und kann dir nützliche Angaben über die Tyrrhener machen."

Xenodotos versprach mir, es zu tun, aber Arsinoe sagte verbittert: „Das ist also dein Abschied von mir? Denkst du wirklich mehr an deine Schuld gegen einen Fremden als an deine Schuld gegen mich?"

Sie stieg, den Kopf mit einem Tuch bedeckt, die Schiffstreppe hinauf, und Xenodotos folgte ihr mit Misme auf dem Arm. Ich hoffte, daß Arsinoe im letzten Augenblick es bereuen und noch an Land springen würde. Sie wiederum hoffte, ich würde rufen und das Schiff zurückhalten lassen, um ihr doch noch zu folgen. Aber die Matrosen zogen die Treppe hoch, befestigten sie an der Reling und stießen mit den Rudern das Schiff ab. Etwas weiter vom Ufer hißten sie das Segel, die Abendsonne färbte das Schiff rot, und ich war der Meinung, Arsinoe würde aus meinem Leben für ewig verschwunden sein.

Die Trauer packte mich so überwältigend, daß ich am Ufer von Panormos auf die Knie sank und das Gesicht in den Händen barg. Die Enttäuschung zerbrach mich schier, und ich verfluchte im Herzen die Götter, die mit mir ihr Spiel trieben. Es nützte nichts, wenn ich auch an die Gier und den Leichtsinn Arsinoes dachte, denn sie hatte schließlich in Segesta auf alles verzichtet, um mir zu folgen. Bis zuletzt hatte ich geglaubt, daß sie es jetzt auch tun würde.

Ich spürte die scheue Berührung von Hannas Fingern an meiner Schulter, und sie warnte: „Die Phönizier schauen dich neugierig an."

Mir fiel meine gefährliche Lage und meine Kleidung der Sikanen ein, ich setzte wieder die Geweihmaske auf und warf den mir von Xenodotos zum Abschied geschenkten farbigen Wollüberwurf über die Schultern. Stolz, mit erhobenem Kopf, schritt ich zum Schiff des Tyrrheners, wie wir übereingekommen waren, und Hanna folgte mir, sie trug auf dem Haupt ein Lederbündel, das unsere wenige Habe enthielt.

Nur der hinkende Steuermann des Tyrrheners war als Wache auf dem Schiff geblieben. Als ich das Schiff betrat, dankte er den Göttern und sagte: „Gut, daß du kommst, Sikane. Paß auf die Sachen und das Schiff auf, damit auch ich gehen kann, um zu opfern und um Wind zu beten."

Als es dunkelte, hörte man vom Marktplatz her das Tönen der phönizischen Musikinstrumente und das Gröhlen der Betrunkenen, so daß ich es begriff, warum der Steuermann vor Freude hüpfte, um mitopfern zu können. Nachdem er gegangen war, richteten wir, Hanna und ich, uns auf dem Schiff so gut wie es ging ein. Im Schutze der Dunkelheit flossen mir heiße Tränen aus den Augen. Ich weinte über das Verlorene und über den von den Omina mir auferlegten Zwang und konnte an nichts anderes denken als an Arsinoe.

In der Finsternis des Schiffes, als ich auf stinkenden Lederbündeln lag, spürte ich, wie Hanna sich zu mir schlich. Sie berührte mit den Fingern mein Gesicht, wischte die Tränen ab, küßte mich auf die Wangen, streichelte meine Hände und Haare und fing in ihrer Not auch zu weinen an. Sie war doch nur ein junges Mädchen, aber in meiner Trauer schien mir allein die Nähe eines Menschen so wohltuend, als tröste mich ein gütiges Tier. Die Zerknirschung Hannas linderte meine Trauer, und ich wollte nicht, daß sie meinetwegen weinen sollte. Deshalb sagte ich:

„Weine doch nicht, Hanna. Meine Tränen sind nur Tränen der Schwäche und hören von selber auf. Aber ich bin ein armer Mann und meine Zukunft ist mir unbekannt. Ich weiß nicht, ob ich richtig handle, wenn ich dich mitnehme. Es wäre für dich vielleicht besser gewesen, wenn du deiner Herrin gefolgt wärst."

Hanna erhob sich auf die Knie und schwor: „Lieber wäre ich ins Wasser gegangen, und ich danke dir, daß du mich mitnimmst, ganz gleich, wohin du gehst."

Sie berührte mein Gesicht und beteuerte: „Ich bin, was immer du willst, und arbeite für dich. Wenn du es wünschest, so brenne mir das Sklavenzeichen an meine Stirn oder an die Lende."

Ihre große Anhänglichkeit rührte mich. Ich streichelte ihre Haare und sagte: „Du bist keine Sklavin, Hanna. Ich werde dich nach Kräften schützen, bis du einen Mann findest, der dir gefällt."

Sie wehrte ab: „Nein, nein, Turms, ich glaube nicht, daß ich einen Mann finden könnte, der mir gefallen würde. Behalte du mich, ich flehe dich an, und ich werde bemüht sein, dir von so großem Nutzen zu sein, wie ich es nur irgend kann."

Um mich zu überzeugen, schlug sie zögernd vor: „Arsinoe, unsere Herrin erklärte, daß ich am besten Geld verdienen könnte, wenn ich mich an irgendein Freudenhaus in einer Großstadt verpflichtete. Wenn du das wünschest, so bin ich bereit, auch auf diese Weise für dich Geld zu verdienen, wenn ich es auch nicht gerne täte."

Ihr Vorschlag entsetzte mich so, daß ich sie in meine Arme schloß und bat: „Du darfst an so etwas gar nicht denken. Ich würde es niemals zulassen. Du bist ja ein unerfahrenes, gutes Mädchen. Schützen will ich dich und nicht ins Verderben stürzen."

Sie freute sich sichtlich darüber, daß ich auf kurze Zeit meine Trauer vergessen konnte, und zwang mich zu essen und Wein zu trinken, den sie für die Fahrt besorgt hatte, und trank selbst auch davon. Wir saßen auf der Reling mit baumelnden Beinen, schauten uns die rötlichen Lichter im Hafen an und hörten dem Lärm der phönizischen Musikinstrumente zu. Die Nähe Hannas wärmte mich, weil neben mir ein Wesen saß, mit dem ich wenigstens sprechen konnte.

Ich weiß es nicht, wie alles kam, aber der Wein, die Musik und die vertrauensvolle Nähe des jungen Mädchens ließen es geschehen. Und ich habe keine andere Entschuldigung, als daß ein Mensch in seiner größten Trauer so völlig erschüttert ist, daß er auf die Nähe eines anderen Menschen leichter reagiert und sich verleiten läßt, im Rauschen seines eigenen Blutes das Vergessen zu suchen. Arsinoe hatte mir ihren Schoß verweigert, und das gute Essen und das Nichtstun in der Stadt hatten meinen Körper für diese Versuchung empfänglich gemacht. Ich kann aber nicht nur Hanna und ihrem Werben die Schuld zuschreiben, sondern ich muß mich selber beschuldigen. Denn als wir zur Ruhe gingen, überfiel mich die Begierde, weil ich die Jugend und Fremdartigkeit ihrer glatten Glieder spürte. Ohne zu klagen, ließ sie sich von mir in die Arme schließen und schlang ihre Arme um meinen Hals. Als ich sie genoß, wußte ich aber ganz genau, daß ihre schmalen Glieder nicht diejenigen Arsinoes waren und daß ihr Körper nie mit demjenigen Arsinoes zu vergleichen war.

Nachdem ich mich von ihr gelöst hatte, lagen wir noch lange schweigend im Dunkeln, bis ich sie weinen hörte, obwohl sie ihr Schluchzen vor mir möglichst zu verbergen suchte. Ich berührte ihre nackte Schulter und sagte schuldbewußt:

„Ich hätte mir nicht denken können, daß du schon gleich am ersten Abend meinetwegen weinen müßtest. Du siehst also, was für ein Mann ich bin. Ich habe dir etwas Böses angetan und deine Aussichten auf eine Ehe verdorben. Ich verstehe es gut, daß du weinst."

Aber Hanna drückte sich leidenschaftlich an mich und flüsterte: „Ach, deswegen weine ich nicht, sondern ich weine vor Freude, daß du mich berührt hast. Auch weine ich nicht über den Verlust meines Kleinods. Für dich hatte ich es aufgespart, wenn auch andere Abnehmer dagewesen wären. Ich habe doch sonst nichts, was ich dir geben könnte."

Sie küßte heiß meine Hände und Schultern und sagte: „Ach, wie glücklich hast du mich gemacht! Auf diesen Augenblick habe ich seit jener Mondnacht gewartet, als du mich noch als Kind auf den Schoß nahmst. Mache dir nichts daraus, daß ich weine, denn ich weine lediglich über meine Wertlosigkeit. Wie könnte billiges Kupfer dich befriedigen, dich, der du gewohnt bist, Gold in deinen Armen zu halten?"

„So darfst du nicht denken", entgegnete ich, „du warst so wonnig in meinen Armen, und ich habe nie zuvor ein unberührtes Mädchen umarmt. Es war aber unrecht dir gegenüber, und ich hätte es nicht tun dürfen. Da ich es nun einmal getan habe, tröstet mich nur die Gewißheit, daß ich ein unfruchtbarer Mann bin und du zumindest vor Folgen meiner Unbedachtsamkeit keine Angst zu haben brauchst. Du wirst wohl gewußt haben, Hanna, daß Hiuls nicht mein Sohn und Misme nicht meine Tochter ist."

Hanna antwortete nichts darauf. Daraus entnahm ich, daß sie es wußte. Das ließ mich ihren Scharfsinn bewundern. Sie hatte bestimmt oft den Wunsch gehabt, mich zu warnen, aber verblendet wie ich war, hätte ich ihr nicht geglaubt. Im Geiste konnte ich hören, wie Arsinoe den Sieg über sie mit den höhnischen Worten davongetragen hätte: „Glaubst du mehr einem neidischen Sklavenmädchen als mir?"

Ich hatte wirklich das Gefühl, daß ich die Stimme Arsinoes hörte und ihre Nähe spürte. Um zu vergessen, schloß ich Hanna noch einmal in die Arme und umarmte sie genau so wild, als hätte ich Arsinoe in den Armen gehalten. Da das Unglück doch schon geschehen war, verloren wir beide nichts dabei, wenn wir es wiederholten. Schließlich schrie sie heiser auf, warf sich erschöpft nach hinten, küßte ungestüm mein Gesicht und flüsterte: „Oh, Turms, ich liebe dich und habe dich vom ersten Augenblick an geliebt, und ich glaube, daß niemand dich so lieben kann wie ich, wenn du auch nicht viel für mich übrig hättest. Aber hab mich ein bißchen lieb, so werde ich dir folgen, wohin du auch gehst. Deine Stadt wird meine Stadt sein, und ich habe keine anderen Götter als nur dich."

Mein Gefühl sagte mir, daß ich unrecht tat, indem ich meine Enttäuschung mit dem Leben eines jungen Mädchens aufwog, aber mein Verstand beteuerte kaltblütig, daß es besser sei, wenn ich eine willige Begleiterin hätte, wobei es nicht darauf ankam, ob ich sie liebte oder nicht, falls sie sich nur mit dem begnügte, was ich ihr gab. Vergeblich ist es, zu grübeln oder gar zu bereuen, weil doch alles so geschah, wie es geschehen mußte und ich es nicht hindern konnte.

Endlich stand sie auf, um sich zu waschen, und auch ich wusch mich. Als ich sie anfaßte, fühlte ich, daß ihre Wangen noch immer heiß waren und ihr Puls in den Schlagadern am Halse hämmerte. Sie half mir, Schlaf zu finden, und wärmte mich mit ihrem Körper. Im Halbschlaf hörte ich, wie der Tyrrhener mit seinen Männern spät in der Nacht aufs Schiff gekrochen kam und wie sie über die Schlafstellen stritten. Es war mir, als spürte ich die Anwesenheit meines Schutzgeistes, indem der schlanke Mädchenkörper Hannas mich und ich sie mit meinem Körper wärmte. Im Dämmerzustand zwischen Schlaf und Wachsein war es mir, als wolle die launenhafte Göttin in Gestalt Hannas mir eine ganz neue Seite ihres Wesens offenbaren. Seufzend fiel ich in tiefsten Schlaf und schlief, bis die Sonne hell am Himmel stand.

7.

Mein Schutzgeist schützte mich bestimmt, indem er Hanna veranlaßte, in ihrem jugendlichen Eifer schon beim Morgengrauen aufzuwachen und von mir wegzuschleichen. Ich selbst wachte erst auf, als Arsinoe mit Misme auf dem Arm neben mir stand und mir mit ihrer silbergeschmückten Sandale erst in die Seite und dann an den Kopf trat, weil ich nicht gleich aufwachte.

Als ich sie sah, traute ich meinen Augen nicht, sondern glaubte zu träumen. Sie stand aber wirklich da, und ihr Fußtritt tat mir noch weh, und ich brauchte nicht lange nachzudenken, um ihre List zu durchschauen.

Hatte ich mir doch überlegt, wie jemand in der Abenddämmerung eine Fahrt nach dem Osten beginnen konnte. Xenodotos und Arsinoe hatten natürlich zusammen diese gemeine List ausgeheckt, um mich doch noch im letzten Augenblick dazu zu zwingen, mit ihnen zu gehen. Als sie aber einsahen, daß ich nicht umzustimmen war, sondern lieber auf Arsinoe verzichtete, um meinen Omina zu folgen, hatten sie sich damit begnügt, die Nacht über vor dem Hafen zu kreuzen und waren wieder mit den Fischerbooten zurückgekehrt, um Arsinoe an Land zu bringen.

So klug war Xenodotos nun doch, daß er mir nicht noch einmal begegnen wollte, sondern seine Fahrt bei zunehmendem Westwind nach Osten fortsetzte. In meiner Heftigkeit hätte ich Arsinoe wegen des mir zugefügten Leides schlagen können. Sie wollte, daß ich mich zumindest eine Nacht lang quälen sollte, und ich begriff, daß mir ihre Rückkehr noch teuer zu stehen kommen werde.

Nachdem sie mich wachbekommen und ihren ärgsten Zorn mit den Fußtritten abreagiert hatte, wurde sie heuchlerisch sanft, senkte ihren Blick zu Boden und sagte: „Hier bin ich nun, Turms. Glaubtest du wirklich, daß ich leichten Herzens auf dich verzichten könnte? Glaubtest du, daß ich dich so wenig liebe? Ich habe doch keinen anderen Lebensinhalt als dich, nachdem die Göttin uns zusammengefügt hat. Viel weißt du ja von der Liebe nicht, weil du selbst nicht heiß genug liebst, sondern bereit bist, deiner dummen Omina wegen auf mich zu verzichten."

Das Zittern meines Körpers, das hilflose Umhertasten meiner Hände und meine Bestürztheit ließen sie friedlich werden. Sie lächelte sogar, ihre Schönheit hellte wie Sonnenschein das dreckige Schiff auf, und sie sagte mit tiefer Stimme:

„Beschwöre jetzt den Südwind, Turms, du, der du dir einbildest, den Wind zu beherrschen. Rufe einmal den Wind, nachdem du mich genug gedemütigt hast. Beschwöre den Wind, denn in mir ist schon der Wind, ja sogar der Sturm."

Hanna war barfuß zu uns geschlichen und erstarrte zu Stein, als sie Arsinoe erblickte. Das Schuldbewußtsein blickte ihr aus dem Gesicht, aber zum Glück konnte Arsinoe sich gar nicht vorstellen, daß jemand mit ihr hätte wetteifern können, am allerwenigsten ein in einen Holzrindenrock gehülltes, barfüßiges Mädchen. Sie erklärte sich Hannas Versteinerung lediglich als Schreck, schob Misme in ihre Arme und fuhr sie an: „Füttere das Kind, zieh ihm ein dem schmutzigen Schiff entsprechendes Kleid an und verschwinde aus meinem Gesichtskreis. Wir wollen allein bleiben, um zu zweit den Wind zu beschwören."

Eine wilde Glut schlich sich von Kopf zu Fuß in meine Glieder, ich spürte meine Kraft, und als ich Hanna sah, konnte ich es gar nicht fassen, wie ich überhaupt für einen kurzen Augenblick etwas Begehrenswertes an dem dunkelhäutigen Mädchen hatte finden können, wenn Arsinoe auf derselben Erde lebte wie ich. Die Verzauberung der Göttin nahm von mir Besitz, daß alles in mir bebte. Ich lief schnell zum Tyrrhener und zu seinem hinkenden Steuermann, rüttelte sie schroff wach und jagte die sich den Kopf kratzenden Sklaven mit Fußtritten vom Schiff an Land.

„Beeile dich mitsamt deinen Männern, den Wind anzuflehen", befahl ich. „Ich werde dein Schiff auf den Flügeln des Sturmes nach Rom fliegen lassen, und zwar schneller, als du jemals gesegelt bist. Bringe sofort dein Opfer dar, denn zur Mittagszeit hissen wir das Segel."

Noch vom Wein verkatert, gehorchte mir der Tyrrhener, und das war gut so, denn sonst hätte ich ihn aus seinem eigenen Schiff mit Gewalt hinausgeworfen, um so allein mit Arsinoe bleiben zu können. Wir warfen uns einander in die Arme wie einst, da wir uns jetzt wiedergefunden hatten. Sie hatte den sengenden Wind in ihrem Körper und ich den Sturm im Blut. Berauscht und glühend sanken wir in die Umarmung. Die Göttin warf ihre goldenen Haare als Schleier über uns, und das Lächeln der Göttin umstrahlte uns so, daß sich das schmutzige Schiff in unseren Augen in die goldene Jacht der Göttin verwandelte.

Leidenschaftlicher als je zuvor liebten wir einander, als ob die Göttin selbst vom Körper Arsinoes Besitz genommen hätte, bis Arsinoe plötzlich den Wind anzurufen begann, im Rausch der Leidenschaft die Göttin mit ihrem Geheimnamen anflehte und sie aufforderte, ihre Macht dadurch zu beweisen, daß sie uns den richtigen Wind schickte.

Die Ekstase überfiel mich, der heilige Tanz begann in meinen Gliedern zu zucken, und ich rief mit Arsinoe um die Wette nach dem Wind. Dreimal, siebenmal und zwölfmal rief ich nach dem Südwind, bis wir Hand in Hand am Bug des Schiffes standen, ohne uns um die Zuschauer zu kümmern, mit heiligem Fanatismus den Wind beschwörend. Ich weiß nicht, wie lange dies dauerte und aus welchen Tiefen in mir die Worte aus dem Munde hervorquollen, aber wir hörten nicht früher auf, bis die Luft sich verfinsterte, der Wind sich drehte und die Wolken über dem buckligen Berg von Panormos blauschwarz, von funkelnden Blitzen begleitet, auf uns zuzujagen begannen. Hinter Panormos waren die Berggipfel des Landes Eryx in Dunkel gehüllt, die Sturmböen deckten die Dächer der Verkaufsbuden der Händler ab und stürzten die Körbe auf dem Marktplatz um, aus der Stadt hörten wir das Zuschlagen offenstehender Tore, und in der Luft wirbelten vom Wind losgerissene Schilfbündel von den Dächern.

Dann erst schwiegen wir und küßten uns, indem wir uns die befriedigte Leidenschaft gegenseitig in den Mund hauchten. Die heilige Ekstase wich, und wir schauten uns erstaunt um. Wir sahen den Tyrrhener mit seinen Männern, ihre Kleider wehten im Winde, und sie liefen auf das Schiff zu. Die karthagischen Krieger und Zöllner standen am Ufer auf einem Bein, die Hand vor dem Mund, und starrten unser Schiff an.

In dem Augenblick, in dem der Tyrrhener das Schiff betreten hatte, riß ein starker Strudel das weithin aufs Land hochgezogene Hinterschiff mit, so daß es ins Wasser glitt, ohne daß jemand es vom Land aus geschoben hatte, und so hätte der Tyrrhener unsere Ausfahrt nicht mehr hindern können, wenn er dies auch gewollt hätte. Er war gezwungen, seinen Leuten den Befehl zum Segelhissen zu geben und selbst das Steuerruder zu ergreifen, um das Schiff vor dem Wind wenden zu können, weil es sich sonst im Kreise gedreht hätte und gekentert wäre. Die Phönizier zogen am Ufer schwarze Stoffstreifen als Sturmwarnung hoch und hoben einen Schild empor, um unsere Abfahrt so zu verhindern. Aber der Wind riß dem Krieger den Schild aus der Hand und wirbelte ihn in das tobende Meer. Schaukelnd und das Wasser mit seinem runden Bug stampfend, eilte unser Schiff um die Wette mit den Wellen auf das offene Meer hinaus, das geflickte Segel voll Wind.

Als die Wogen dröhnend gegen den Schiffsrumpf schlugen und der Wind im Tauwerk pfiff, fing Misme vor Angst zu schreien an, und Hanna kroch völlig verängstigt unter die Ladung im Laderaum. Aber Arsinoe hatte keine Angst, da sie mich als den gleichen, wie einst auf dem Berge Eryx, wiedergefunden hatte. Ich sah, wie sicher und fest das Schiff den Wellen folgte und erkannte, daß der Steuermann seiner Sache gewachsen war. Ich zeigte ihm lachend das Seepferdchen aus schwarzem Stein in meiner Hand und deutete mit Gesten an, daß er uns unbesorgt mehr Segelfläche freigeben könne.

Trotz meiner Ekstase grollte ich Xenodotos dennoch wegen seiner Handlungsweise und wünschte, daß ihn der plötzlich aufgekommene Südwind ins offene Meer treiben und sein schmales Fahrzeug in Seenot bringen möchte. Der Wind hatte ihn dann auch vom Kurs ab und in die See hinaus getrieben, und zwar längs der italienischen Küste bis nach Poseidonia. Erst dort konnte er an Land gehen und mußte manche Demütigung wegen seiner persischen Hosen einstecken. Deshalb ließ er sein Schiff auf der Werft, damit die Schäden beseitigt würden, und fuhr über Land die alte Handelsstraße in Sybaris entlang nach Kroton und von dort nach Rhegion, wo er Skythes traf.

Über die Erlebnisse des Xenodotos erfuhr ich erst viel später. Ich selbst segelte auf dem knarrenden Schiff auf den Flügeln des Sturmes gegen Norden, wie die Omina gefordert hatten. Nachdem ich dem Tyrrhener und seinem Steuermann beim Festhalten des Steuerruders geholfen hatte, ging ich, nach dem Befinden Arsinoes zu sehen. Unter den Bewegungen des Schiffes im Laderaum hin und her schwankend, fiel mein Blick auf einen glatten Stein, der an einem Lederbündel am Ufer hängengeblieben und erst auf dem Schiff abgefallen war. Ohne zu wissen, was ich tat, bückte ich mich, hob ihn auf und blieb mit dem Stein in der Hand stehen. Dessen graue und weiße Farbe ließen mich an die Tauben denken. Daher wußte ich, daß der Stein für mich bestimmt sei. Ich tat ihn in meinen Lederbeutel zu den anderen Steinen. Darin lagen auch die goldene Zauberhand und das steinerne Seepferdchen.

Das war mein ganzer Besitz, als ich aus Sizilien abfuhr, und beim Nachdenken begriff ich, daß Arsinoe mit ihrer List sich wenigstens den Nutzen verschafft hatte, daß sie mein ganzes Vermögen in ihre Hand bekam. Das machte mir keine Sorgen. Ich vertraute fest auf Hekate.

Ich schaute nicht mehr rückwärts, ich suchte mit meinen Augen bei der Abfahrt von Sizilien die Berge des Landes Eryx nicht. Ich schaute nur vorwärts, und zwar nach Norden.

Achtes Buch

OMINA

1.

Das Haar vom Salzwasser strähnig und steif, das Gesicht vom Wachen grau, die Hände von den Tauen zerschunden, so sahen wir endlich die Küsten Italiens. Der Steuermann erkannte sofort die Landzeichen und rief voller Staunen, daß wir nur eine Tagereise von der Flußmündung Roms entfernt seien. Der Tyrrhener schlug die Hände zusammen und schwor, daß er noch nie eine so schnelle Fahrt gehabt und einen so gleichmäßigen Südwind erlebt habe, nachdem wir den Sturm am ersten Tage überstanden hatten. Seine Ladung sei nicht allzu naß geworden, und auch sonst sei kein Unglück während der Fahrt geschehen. Er selbst wäre niemals bei einem solchen Sturm losgesegelt, sondern hätte auf die Getreideschiffe gewartet. Ferner sagte er, daß niemand es uns glauben würde, wenn wir erzählten, wie schnell wir aus Sizilien in die Flußmündung Roms übers offene Meer gesegelt seien. Deshalb sei es besser, nichts davon zu erwähnen.

Ich merkte, wie ängstlich und abergläubisch er und sein Steuermann mich und Arsinoe von der Seite ansahen. Als wir in die Flußmündung Roms einliefen, sprachen sie eifrig miteinander und beteuerten gegenseitig, deutlich wahrgenommen zu haben, wie unsichtbare Hände das Schiff am Ufer von Panormos ins Wasser gestoßen und wie die Haltetrosse sich von selbst gelöst hätten. Im Sturm sei das runde Schiff mühelos den Wellen gefolgt, als habe es Flügel bekommen. Auch hätten sie noch nie jemanden den Sturm in einer solchen heiligen Ekstase beschwören sehen wie uns, als wir Hand in Hand, das Haar im Winde flatternd, diesen anriefen.

In der Flußmündung Roms begegneten wir Schiffen aller Völker, großen und kleinen, die entweder auf- oder abwärts auf dem mächtigen Strom unterwegs waren. Von weitem sah ich die von der Natur gebildeten Salzbecken, die den Reichtum Roms ausmachten, blendend weiß in der

Sonne glitzern und die Sklaven, die das Salz, bis zu den Knien darin watend, zusammenschippten und wegtrugen.

Ohne in der Flußmündung zu verweilen, mietete der Tyrrhener Ochsen und Sklaven, ließ eine Trosse an dem nach oben gebogenen Bug seines Schiffes anbringen und half selbst, zusammen mit seinen eigenen Sklaven, mit Stangen und Riemen das Schiff stromaufwärts zu schleppen. So breit und so tief war der Strom, daß sogar große Überseeschiffe stromaufwärts bis nach Rom gelangen konnten, wo sie den vom Flußoberlauf her kommenden Binnenschiffen am Strandufer des Viehmarktes begegneten.

Boote und Schiffe kamen uns flußabwärts entgegen sowie aus mächtigen Baumstämmen zusammengebundene Flöße, die langsam den Strom abwärts zu den Schiffswerften glitten. Von den Schiffen erklangen Rufe in den Sprachen der Seefahrer, aber die Flößer bedienten sich der Sprache der Etrusker und die Schiffsschlepper des Lateins und seiner verschiedenen Dialekte. Der Tyrrhener sagte verächtlich, daß die römische Sprache keine richtige Sprache sei und daß alle Worte der Zivilisation der Sprache der Etrusker entnommen seien, wobei die Römer diese in ihrer eigenen barbarischen Art aussprachen und radebrechten.

Der Vermieter der Zugtiere schlug seine Sklaven schonungslos mit der Lederpeitsche und stach mit einem Dorn die Ochsen in die Lenden, um die Fahrt zu beschleunigen und in kürzester Zeit sein Geld zu verdienen. Ich aber sah das Weidengebüsch am Flußufer und einen aufgescheuchten Vogelschwarm über unser Schiff hinwegfliegen sowie die Habichte, die nach beendeter Ernte mit unbeweglichen Flügeln ihre Kreise über unübersehbaren Feldern und Wiesen zogen, so daß es mir dünkte, als wäre die ganze Umgebung Roms ein einziges bebautes Feld und ein einziger Garten. Deshalb schien es kaum glaubhaft, daß eine so wohlhabende Stadt sogar aus Sizilien Getreide verschiffen lassen mußte, um ihre Bewohner gegen Hungersnot zu schützen.

Aber der Tyrrhener wies auf die Trümmer der von den Römern selbst niedergebrannten Landhäuser hin. Das in ständige gegenseitige Kriege verwickelte Volk Roms schonte nicht einmal seine eigenen Leute, und unter den sich jährlich wiederholenden Kriegen hatte die Landwirtschaft schwer gelitten, während Rom sich bemühte, seine Macht auszuweiten. Einst hatten die Etrusker mit Hilfe von Kanälen und Abflußgräben eine riesengroße Ebene in der Umgebung Roms in bebautes Land verwandelt. Solange die Etruskerkönige regierten, wurde das zusammengewürfelte, rohe Mischvolk Roms in Zucht gehalten, aber nachdem die Römer ihren

König vertrieben hatten, wurden die Landwirtschaft und der Handel infolge der ständigen Kriege stark beeinträchtigt und kein Nachbarvolk konnte sich vor der Raubgier Roms sicher fühlen.

Dann sah ich mit eigenen Augen die Hügel Roms, die auf ihren Gipfeln entstandenen Dörfer, die Mauer, die Brücke und einige Tempel. Die Brücke war geschickt aus Holz gebaut, und die längste Brücke, die ich jemals gesehen, wenn auch eine Insel im Fluß sie stützte. Die Etrusker hatten sie gebaut, um ihre durch den Strom getrennten unzähligen Städte durch Landwege zu verbinden. Die Römer hielten diese Brücke für so wichtig, daß ihr oberster Priester noch den aus der Zeit der Etrusker überlieferten Titel „Oberbrückenbauer" führte. Die Roheit der römischen Sitten beweist vermutlich am besten die Tatsache, daß die Römer die Instandhaltung der Brücke ihren höchsten Priestern übertrugen, wenn auch die Etrusker mit dem Namen „Brückenbauer" einen Mann meinten, der ein Mittler zwischen den Menschen und den Göttern war. Die Holzbrücke war lediglich das äußerliche Symbol der unsichtbaren Brücke. Aber die Römer verstanden alles, was die Etrusker sie lehrten, wörtlich.

Die mächtige Holzbrücke war die bemerkenswerteste Sehenswürdigkeit, wenn man nach Rom kam, und außerdem die Grundlage für das Gedeihen Roms. Schon von weitem hörte man ein dumpfes Dröhnen von der Brücke her und das Gebrüll des Viehs über das Wasser hinweg, und in ununterbrochenen Kolonnen fuhren Leiterwagen und zweirädrige Wagen über die Brücke in die Stadt und aus der Stadt.

Nachdem die Hafenwache uns einen Platz zwischen den Schiffen und Binnenfahrzeugen am schlammigen Ufer, das mit Bohlen abgestützt war, angewiesen hatte, kamen die Zollprüfer an Bord, und der Tyrrhener machte erst gar keinen Versuch, ihnen Geschenke anzubieten oder sie zum Opfern einzuladen. Er meinte, daß die Beamten und Behörden Roms wegen der Strenge ihrer Gesetze unbestechlich seien.

Am Rande des Viehmarktes, neben einer Säule, stand der Scharfrichter bereit, seines Amtes zu walten. Er trug als Erkennungszeichen ein langes, mit einem Rutenbündel umgebenes Beil. Das Henkerszeichen hätten die Römer von den Etruskern übernommen, erzählte der Tyrrhener. Die Römer nannten ihre Henker „Liktoren". Sie wählten für die Dauer eines Jahres zu ihren Herrschern statt eines Königs zwei Amtsbrüder, und jeden Praetor begleiteten zwölf Liktoren. Den auf frischer Tat ertappten Verbrecher hielt der Liktor auf der Straße an, verprügelte ihn oder schlug dem Dieb mit dem Beil die linke Hand ab. Deshalb herrschte im Hafen eine tadellose Ordnung, und man brauchte dort keine Angst vor Räubern zu haben, wie in allen Häfen der übrigen Welt.

Als erstes ließ der Tyrrhener den Quaestor Arsinoes und meine Sachen prüfen. Sie zeichneten unsere Namen auf und glaubten uns, als wir sagten, wir wären Sikanen aus Sizilien. Ungebildet wie sie waren, wußten sie nicht viel von der übrigen Welt, sondern kannten nur die Sitten ihrer eigenen Stadt. Der Tyrrhener verbot uns, irgend etwas zu verstecken. Sie zählten die Goldmünzen Arsinoes und wogen unsere Goldgegenstände genau ab. Wir mußten eine hohe Steuergebühr für die Einfuhr derselben zahlen, weil nur geprägtes Kupfergeld in Rom in Umlauf war. Sie fragten, ob Hanna Sklavin oder frei sei. Arsinoe behauptete, sie sei Sklavin, und ich wiederum, daß sie frei sei. Die Beamten ließen einen Dolmetscher kommen, weil sie nicht viel Griechisch verstanden. Hanna war nicht in der Lage, sich selbst zu verteidigen. Deshalb wurde sie als Sklavin eingetragen, und die Quaestoren glaubten, daß ich sie als frei bezeichnet hätte, um die für eingeführte Sklaven festgesetzte Steuer zu umgehen.

Sie ließen den Dolmetscher mir wohlwollend erklären, daß, wenn sie Hanna auf ihre Tafeln als frei eingetragen hätten, sie unbehindert überall hin hätte gehen dürfen und den Schutz der Gesetze Roms genießen würde. Deshalb hätte ich durch meine Lüge ihnen gegenüber fast ein kleines Vermögen verloren. Dies hielten sie für einen guten Scherz und lachten; sie kniffen Hanna, während sie schätzten, wieviel man für sie auf dem Schaumarkt erhalten könnte. Arsinoe und mich behandelten sie mit größter Hochachtung, weil wir Gold mit uns führten. Die Römer waren habgierig und teilten das Volk in verschiedene Klassen je nach Vermögen ein, so daß die ärmsten Volksgenossen nur selten durch Stimmabgabe über Angelegenheiten der Stadt entscheiden konnten. Bei der Wehrpflicht mußten die Reichen die schwierigsten Aufgaben übernehmen, je nachdem, welcher Vermögensklasse sie angehörten. Die Armen hatten es leichter und die Ärmsten brauchten keinen Wehrdienst zu leisten, weil die Römer der Ansicht waren, daß der Mob nur eine Belastung für die Armee bedeute.

Als wir vom Schiff an Land gegangen waren, schickte der Tyrrhener uns sofort in den ganz neuen Tempel des Turnus, damit wir dort ein Opfer darbringen sollten. Die Römer nannten diesen Gott Merkurius, aber die Griechen in Rom dienten ihm in dem gleichen Tempel unter dem Namen Hermes, so daß es sich vermutlich um ein und denselben Gott handelte. Die Römer hatten den Tempel ihm zu Ehren zur Förderung des Handels errichtet, und dort stand in dem mittleren hinteren Raum ein großes und schönes, aus Ton gebranntes und mit leuchtenden Farben bemaltes Götterbild von ihm, welches sie in der etruskischen Stadt Veji hatten anfertigen lassen. Sie selbst waren nicht fähig, ebenso schöne Götterbilder zu schaffen, aber die Künstler Vejis waren wegen ihrer Kunst berühmt.

Im Tempel hielt sich eine lärmende Schar von Kaufleuten und Händlern aus verschiedenen Ländern auf, die voneinander die Preise für Kupfer, Rinderhäute, Wolle und Holzwaren wissen wollten, so daß die Preise täglich im Tempel des Merkurius in Rom neu festgesetzt wurden, je nach Anfrage und Angebot, steigend oder sinkend. Lediglich für das Getreide hatten die Amtsbrüder Roms zum Vorteil des Volkes einen Höchstpreis festgesetzt, weil sie die Nachbarvölker und die Etrusker in so hohem Maße verärgert hatten, daß diese ihnen kein Getreide mehr verkauften.

Nachdem wir unser Opfer dargebracht und unsere Opfergabe im Tempel gelassen hatten, verabschiedete sich der Tyrrhener von mir und sagte: „Ich danke dir für das gute Reiseglück, aber ich glaube, es ist besser, sich rechtzeitig von dir zu trennen. Ein vernünftiger Kaufmann darf sich nicht zu tief in übernatürliche Dinge verstricken oder Freundschaft mit Menschen schließen, die nicht das sind, wofür sie sich ausgeben. Ich frage dich nicht, wer du eigentlich bist. Aber beziehe du dich auch nicht auf mich und nenne meinen Namen nicht, falls du in Schwierigkeiten geraten solltest."

Als ich ihm das für die Fahrt vereinbarte Geld übergeben wollte, weigerte er sich, es anzunehmen, obwohl ich geglaubt hatte, daß er mich in den Tempel geführt habe, damit wir die Angelegenheit vor den Augen der Götter ordnen sollten. Im Gegenteil, er steckte mir noch das von mir in Panormos gezahlte Handgeld zu und sagte:

„Ich glaube nicht, daß es mir Glück brächte, wenn ich von dir die Fahrt bezahlt nehmen würde. Allzu gut erinnere ich mich daran, wie Zauberkräfte das Schiff ins Wasser stießen und wie an den Seiten des Schiffes auf See Flügel wuchsen, so daß meine Ladung im Sturm nicht kenterte. Gib mir nur deinen Segen, mir, dem armen Mann. Das genügt mir als Bezahlung, aber erinnere dich sonst meiner nicht."

Ich legte die Hand auf seine Schulter und bedeckte mit der linken Hand meine Augen, um ihn zu segnen, warum ich aber diese heilige Geste tat, das kann ich nicht erklären. Der Tyrrhener erschrak so, daß er im Laufschritt zurück zum Ufer lief und zwischen den Fingern nach hinten lugte, als wolle er sich vor mir schützen. Auf diese Weise standen wir mit unseren Sachen vor dem Tempel des Merkurius in Rom, Arsinoe, Hanna,

Misme und ich. Da ich die Stadt und deren Sitten nicht kannte und nicht einmal die Sprache verstand, beschloß ich, auf dem Fleck, wo ich stand, stehenzubleiben, um auf ein geeignetes Omen zu warten, in welche Richtung ich gehen sollte.

Arsinoe wurde nicht ungeduldig; sie sah dem regen Treiben vor dem Tempel des Merkurius zu und ließ sich von den Männern bewundern, die ihr Blicke zuwarfen und sich sogar nach ihr umdrehten, nachdem sie schon vorbeigegangen waren. Arsinoe bedeutete mir, daß alle Bewohner der Stadt Schuhe trugen und nur die Sklaven barfuß liefen. Die Frauen fand sie unfreundlich und zu dick und meinte, daß sie sich schlecht und häßlich kleideten. Weiter kam sie bei ihrer Kritik über die Sitten und Gebräuche der Stadt nicht, denn ein alter Mann mit einem glatten Krummstab in der Hand näherte sich uns. Sein Überwurf war verdreckt und voller Speisenflecke, seine Augen waren gerötet und sein grauer Bart war schmutzig und ungepflegt.

„Wartest du auf etwas, Fremder?" fragte er.

Sein Krummstab verriet mir seinen Beruf, wenn auch sein Äußeres kein Vertrauen erweckte. Aber er redete mich als erster von den Einwohnern dieser Stadt an. Ich antwortete freundlich: „Ich bin soeben in die Stadt gekommen. Deshalb warte ich auf ein günstiges Omen."

Er wurde eifrig, der Stab in seiner Hand fing zu zittern an, und er erklärte: „Ich vermute in dir einen Griechen, eher noch nach dem Äußeren und dem Schuhwerk deiner Frau als nach deinem eigenen Äußeren. Wenn du willst, werde ich dir den Vogelflug deuten, ich kann dich aber auch zu meinem Amtsbruder führen, der für dich ein Lamm opfern und aus dessen Leber die Omina deuten wird. Das ist jedoch teurer als das Vogelflugdeuten." Er sprach sehr schlecht Griechisch. Deshalb schlug ich vor: „Laß uns deine eigene Sprache sprechen, damit ich besser folgen kann."

Er begann in der Sprache der Stadt zu reden, die genau so hart und barbarisch klang, wie die Bewohner angeblich sein sollten. Ich schüttelte den Kopf und sagte: „Ich verstehe kein Wort, aber laß uns doch die alte und richtige Sprache sprechen. Die habe ich leidlich durch den Umgang mit Tyrrhenern gelernt."

Ich hatte tatsächlich beim Sprechen mit dem Tyrrhener Fortschritte in der Sprache der Etrusker gemacht, es war, als hätte der Unterricht Lars Alsirs in Himera nach Jahren von neuem Früchte zu tragen begonnen. Oder mir schien zuweilen, als hätte ich in Urzeiten diese Sprache beherrscht, aber dann wieder vergessen gehabt. So leicht quollen die fremden Worte mir aus dem Munde, daß der Tyrrhener bei der Unterhaltung, ohne es selbst zu merken, aufhörte, die Mischsprache der Seefahrer zu sprechen und zu seiner eigenen Sprache überging.

Der alte Mann ereiferte sich noch mehr und sagte: „Du bist aber ein seltener Grieche, wenn du die heilige Sprache kannst. Ich selbst bin Etrusker und richtiger Augur und keineswegs nur ein Nachahmer, der die Sätze auswendig gelernt hat. Verachte mich nicht, wenn ich auch, nachdem mein Sehvermögen nachgelassen hat, meinen Lebensunterhalt selbst verdienen und die Gelegenheit dazu suchen muß, denn ich werde nicht mehr gerufen wie früher."

Er beschattete mit der Hand seine Augen, betrachtete mein Gesicht aus nächster Nähe, so daß ich nicht daran zweifeln konnte, daß er fast blind war, und fragte: „Wo habe ich dein Gesicht schon gesehen, und warum sind deine Gesichtszüge mir so bekannt?"

Diese Redensart ist ein gewöhnlicher Trick der wandernden Wahrsager in allen Ländern, aber er sagte es so offen und ehrlich und war trotz seiner Armut ein so ehrwürdiger Greis, daß ich ihm Glauben schenkte. Ich sagte ihm jedoch nicht, ich sei davon überzeugt, daß er gerade jetzt und an dieser Stelle als Sendbote der Götter zu mir käme. Ich meinte nur scherzend zu Arsinoe:

„Der Vogelflugdeuter behauptet, mein Gesicht zu kennen."

Arsinoe wurde sofort neidisch, steckte ihr hübsches Gesicht dem Greis unter die Nase und fragte: „Und ich, kennst du nicht auch mein Gesicht, wenn du ein richtiger Augur bist?"

Der alte Mann legte die Hand an die Stirn, blickte Arsinoe in die Augen, begann zu zittern und sagte: „Natürlich kenne ich dich, und meine Jugendzeit wird in mir wieder lebendig, wenn ich dein Gesicht ansehe. Bist du nicht Calpurnia, die ich im Wald bei der Quelle traf?"

Er faßte sich wieder, schüttelte verwirrt den Kopf und meinte: „Nein, nein, du kannst doch nicht Calpurnia sein. Sie wäre schon ein altes Weib, wenn sie noch lebte. Aber in deinem wandelbaren Gesicht, Weib, sehe ich alle die Frauen, die mich in meinem Leben erbeben ließen. Du bist doch wohl nicht die Göttin selbst in ihrer Verkörperung als Weib?"

Arsinoe lachte geschmeichelt auf, berührte den Arm des Greises und sagte: „Dieser alte Mann gefällt mir. Er ist bestimmt ein richtiger Augur. Laß ihn dir die Omina deuten, Turms."

Aber der Augur starrte immer nur mich völlig verwirrt an und sprach wieder Etruskisch: „Wo habe ich doch dein Gesicht gesehen? Es ist mir, als hätte ich bei meinen Wanderungen durch die heiligen Städte, beim

Erlernen meines Berufes, irgendwo ein dir ähnliches, lächelndes Bild gesehen."

Ich lachte: „Du irrst dich, alter Mann. Ich bin niemals in den Städten der Etrusker gewesen. Wenn du tatsächlich mein Gesicht kennst, so hast du mich im Traum vorausgeahnt, um mir meine Omina zu deuten."

Er sank noch mehr in sich zusammen, und sein Eifer erlosch. Demütig sagte er: „Wenn es so ist und du es willst, tue ich es natürlich unentgeltlich. Aber in den letzten Tagen habe ich nicht viel gegessen. Eine Erbsensuppe würde meinen Körper stärken, und ein Tropfen Wein würde das Herz eines alten Mannes erfreuen. Halte mich nicht für einen lästigen Bettler, wenn ich dir auch meine Not verrate."

Ich versprach: „Sei unbesorgt, alter Mann. Ich werde deine Mühe belohnen; meiner Würde ziemt es nicht, etwas umsonst anzunehmen. Ich bin selbst ein Gabenspendender."

„Ein Gabenspendender", wiederholte er und legte die Hand vor den Mund. „Wieso kennst du dieses Wort, und wie kannst du es wagen, von dir selbst so etwas zu behaupten? Bist du denn kein Grieche?"

Seinem Entsetzen entnahm ich, daß ich unbewußt den Geheimnamen eines der Götter der Etrusker gebraucht hatte, und konnte es nicht verstehen, woher dieses Wort mir in den Mund gekommen war. Doch ich lachte auf, legte meine Hand auf seine Schulter und beruhigte ihn: „Ich spreche deine Sprache schlecht und verwende falsche Worte. Ich möchte keineswegs dich und deinen Glauben verletzen."

Er entgegnete: „Nein, nein, deine Worte sind richtig, aber an verkehrter Stelle. Es sind Worte der heiligen Lukumoiden. Die Zeiten sind schlecht und wir leben in der Zeit der Wölfe, wenn ein Fremder heilige Worte wiederholen darf wie ein Rabe, der sprechen gelernt hat."

Ich fühlte mich ob seiner Schmähung nicht gekränkt, wurde nur neugierig und fragte: „Wer sind die Lukumoiden? Erkläre mir das, damit ich mich in Zukunft nicht irre und nicht richtige Worte an falscher Stelle gebrauche."

Er blickte mich feindlich an und erklärte: „Die Lukumoiden sind heilige Herrscher der Etrusker. Aber sie werden heute nur selten mehr geboren."

Arsinoe wurde ungeduldig und fragte: „Worüber redet ihr eigentlich? Laß uns die Stadt ansehen, und der alte Mann mag unser Führer sein. Aber sprecht doch Griechisch, damit ich es auch verstehe. Wenn ich müde geworden bin, könnt ihr euch ja den Vogelflug deuten gehen, wenn ihr wollt."

Ich spürte einen merkwürdigen Widerwillen, mit dem alten Auguren Griechisch zu sprechen, denn, da ich mit ihm ging, lernte ich bei jedem Schritt die alte Sprache des Landes besser sprechen, als wären die Worte schon in mir, bevor er sie ausgesprochen hatte. Deshalb übersetzte ich Arsinoe aus seinen Reden das, was ich für notwendig hielt, und überdies war Arsinoe vollauf beschäftigt, alles zu betrachten, als wir die lärmenden Straßen der Stadtmitte durchwanderten, so daß sie kaum auf das hörte, was wir sagten.

Zunächst gerieten wir in einen sehr unruhigen Stadtteil, in dem die in die Stadt kommenden Landbewohner und Viehhändler Quartier bezogen. Aber die Gastwirte, die mit ihren haarigen Armen, die Kelle in der Hand, uns zu locken versuchten, gefielen mir nicht, und ich verstand auch ihre Sprache nicht. Die schmalen Gassen waren voll Unrat und Schlamm. Arsinoe suchte ihr Schuhwerk und den Saum ihres Überwurfes zu schützen und meinte, daß sie an den Gesichtern der Frauen erkennen könne, welchem Beruf sie hier nachgingen. Wir kamen endlich auf eine mit Steinen belegte Straße, und der Greis zeigte uns die Stelle, wo die Königstochter Tullia mit ihrem Wagen über den Leichnam ihres Vaters hinweggefahren war, nachdem sie ihren Ehemann dazu angestiftet hatte, ihren Vater ermorden zu lassen und die Königsmacht an sich zu reißen. Das vom Körper wegspritzende Blut habe die Wagenräder und die Kleider der Tochter besudelt. Seitdem sei dieser Platz, den der Greis „Suburra" nannte, verflucht, so daß dort nur schlechtbeleumdetes Volk und Zirkusleute wohnten.

Der alte Mann zeigte uns den von den Griechen zu Ehren des Herakles errichteten Altar und fragte uns, ob wir bei den Griechen unterkommen möchten. Er erzählte, daß die griechischen Landesflüchtlinge sich in Rom niedergelassen hätten und hier ihren Berufen nachgingen. Es waren Ärzte, Musiker, Lehrer, Silberschmiede und Töpfer, und schon vor längerer Zeit hätten die Römer ihnen gestattet, einen Herakles-Altar zu errichten, weil sie behaupteten, daß Herakles das von Geryones gestohlene Vieh über diesen Weg getrieben und den in der Höhle wohnenden gewalttätigen Riesenhirten totgeschlagen habe. Der Altar schien sehr alt zu sein, und der Greis erzählte, die Griechen versicherten, daß die Gründer Roms die Nachkommen des Aeneas seien, der nach der Zerstörung Trojas in diese Gegend geflohen sei.

„Mag es glauben wer will", sagte er. „Die Griechen sind geschickte Märchenerzähler und führen ihre eigenen Sitten sehr schnell bei den unentwickelten Völkern ein, ganz gleich, wohin sie auch kommen. Wenn ich dich dadurch nicht verletze, möchte ich sagen, daß die Griechen mit ihren Sitten überall wie eine ansteckende Krankheit wirken. Sie selbst gehen an ihr nicht zugrunde, aber die heiligen Sitten der anderen werden durch ihre Krankheit unterhöhlt."

„Du verletzt mich nicht, und ich möchte nicht bei den Griechen wohnen", sagte ich.

Er erzählte, daß auch phönizische Kaufleute und Handwerker in Rom lebten, die sowohl aus den östlichen Ländern als auch aus Karthago gekommen seien. Doch ich wollte auch nicht bei den Phöniziern wohnen. Ferner zeigte der Greis uns einen uralten Feigenbaum, unter den die neugeborenen Zwillinge Romulus und Remus in einem Weidenkorb getrieben worden waren, als der Fluß Hochwasser führte. Dort habe eine Wölfin sie gesäugt, und die Hirten hätten die Kinder gerettet und diese bei sich großgezogen.

„Ihre Namen sind mit der Zeit verstümmelt worden", sagte der Greis, „denn ihre richtigen Namen waren Ramon und Remon nach den beiden Flüssen, bis der Ramon-Fluß seinen Lauf änderte und den Remon mit sich riß. Heute nennen die Römer ihn Tiber, nach einem Mann namens Tiburinus, der im Fluß ertrank."

Er schüttelte den Kopf und fuhr fort: „Diese Stadt ist aus dem Brudermord entstanden, auch Ramon haben sie gemordet, wenn sie auch glauben machen wollten, daß er in einer Wolke zum Himmel emporgefahren sei. Von dem Vatermord erzählte ich ja schon, und einen ihrer Könige verbrannten sie in seinem eigenen Hause während eines Gewitters; nachher behaupteten sie, der Blitz habe ihn getötet und das Haus in Brand gesteckt. Den letzten König haben sie vertrieben, weil er Häuser aus Stein und einen Zirkus hinter dem Hügel bauen ließ, der fast ebenso groß war wie diejenigen der etruskischen Städte. Er zwang sie auch, unter der Erde zu arbeiten, um Kanäle und Abflußgräben in der Weise der Etrusker zu graben, zur Sauberhaltung der Stadt und zum Trocknen des Marktplatzes. Das paßte ihnen nicht. Aber ihm haben sie es zu verdanken, daß die Stadt menschenwürdig aussieht. Die Ärmsten leben auf den Hügeln immer noch in runden Weidenhütten wie die Hirten."

Ich sagte: „Ich habe nun genug Schlechtes über Rom und die Römer gehört und begreife dich nicht. In anderen Städten loben die Einwohner ihre Stadt und halten sie für die beste aller Städte, und deren Sitten für besser als diejenigen anderswo. Weißt du denn nichts Gutes über Rom zu berichten?"

Er ereiferte sich, schwang seinen Stab und erklärte: „Viel Gutes kann ich dir über Rom erzählen! Die Menschen dort sind sparsamer als alle anderen Völker und in ihren Sitten die Bescheidensten. Ihre Frauen sind tugendhaft und die Männer halten ihr Wort. Gottesfürchtig sind sie auch und wiederholen ihre Opferkulte, wenn eine Maus zufällig zwischen den Beinen des Priesters hindurchhuscht. Im Krieg sind sie so ehrlich, daß sie zunächst einen Sendboten zum Feind hinüberschicken, um Wiedergutmachung für erlittene Beleidigungen zu fordern; dann erst werfen sie einen blutgetränkten Speer über die Grenze in das Nachbarland und warten wieder weitere dreiunddreißig Tage, bevor sie zum Angriff übergehen. Aber Rom ist nicht mein Vaterland, und ich bin nicht verpflichtet, Gutes über Rom zu sagen."

„Jawohl", wiederholte er, „ich bin nicht verpflichtet, Gutes über Rom zu sagen. Die Sparsamkeit der Römer ist von solcher Habgier, daß sie die eigenen Volksgenossen verprügeln und in die Gefängnisse werfen, nur wegen einer nicht bezahlten Schuld. Ihre Frömmigkeit ist Angst. Die Nachbarn fordern sie offen zum Krieg heraus, lassen ihnen Zeit, ihre ganzen Streitkräfte zu sammeln, um sie dann alle auf einmal auf offenem Feld zu schlagen und ihre Länder ausplündern zu können. Die Wölfin hat sie gesäugt."

Ich merkte, daß wir auf eine Straße gekommen waren, die mit breiten, flachen Steinplatten belegt war. Der Greis erklärte, daß dies der Stadtteil der Etrusker sei und die Straße Vicus Tuscus hieße, weil die Römer die Etrusker Tusker nannten. In dieser Hauptstraße wohnten die reichsten Kaufleute, die geschicktesten Handwerker und die alten etruskischen Geschlechter Roms. Unter den Geschlechtern der römischen Aristokraten machten sie ein Drittel aus, und die Nachkommen der alten etruskischen Familien ein Drittel der römischen Kavallerie. Er blickte um sich und sagte: „Meine Füße sind müde und mein Mund ist vom vielen Reden trocken."

Ich fragte: „Glaubst du, daß ein Etrusker mich und meine Familie aufnehmen würde, wenn ich auch ein Fremder bin?"

Darauf hatte er offenbar gewartet, denn er schlug sofort mit seinem langen Krummstab gegen ein bemaltes Tor, ging vor uns hinein und führte uns in einen mit Holzsäulen gezierten Saal, in dessen Mitte sich ein Regenbecken befand, und an dessen Wänden die Hausgötter auf ihren Altären standen. Um den Hof gruppierten sich mehrere Gebäude, die gegen Zahlung an Reisende vermietet wurden, und im Hause selbst gab es zahlreiche Zimmer mit Wandgemälden, Tischen und Stühlen. Der Gastwirt war ein zurückhaltender Mann und begrüßte den alten Auguren wenig freundlich. Nachdem er uns prüfend betrachtet hatte, erklärte er sich einverstanden, uns als Gäste aufzunehmen, und befahl den Sklaven, ein Mahl vorzubereiten.

Hanna und Misme ließen wir in einem der Hofgebäude zurück, um auf unsere Sachen aufzupassen, und gingen dann hinein essen. In dem Zimmer waren zwei Ruhebetten aufgestellt, und der Augur erklärte:

„Die Sitten der Etrusker lassen es zu, daß eine Frau mit den Männern im gleichen Zimmer auf dem Ruhebett ruhend das Essen einnimmt, sogar auf demselben Ruhebett mit ihrem Mann, wenn sie es will. Bei den Griechen darf die Frau im gleichen Zimmer nur sitzen, aber die Römer sehen es als entehrend an, wenn eine Frau in Gesellschaft des Mannes speist."

Er selbst stand bescheiden an die Wand gelehnt, auf Almosen wartend. Ich bat ihn aber, das Mahl mit uns einzunehmen und befahl den Sklaven, für ihn noch ein Ruhebett ins Zimmer zu bringen. Er ging sofort sich waschen, und der Wirt brachte ihm selbst einen sauberen Überwurf, damit er die doppelten Kissen des Ruhebettes nicht mit seinen Kleidern beschmutzen sollte. Wir aßen sehr gut zubereitete Speisen und tranken Landwein. Das Gesicht des Alten begann zu leuchten, die Falten glätteten sich und seine Hände hörten zu zittern auf. Weil er unser Gast war, ließ ich ihm jede Platte und jede Schale zuerst reichen, und er zeigte sich gar nicht gierig und aß gesittet mit zwei Fingern. Seine Tischsitten waren gebildet, und beim Weintrinken vergaß er nicht, jedesmal einen Tropfen zu opfern. Die schmackhafteste Speise war in einheimischen Kräutern gekochtes Schweinefleisch, und zum Schluß bekamen wir noch frisches Obst, auch Granatäpfel. Ich bat, von den Speisen auch Hanna und Misme zu bringen, aber was übrigblieb, schenkte ich den Sklaven. Der Greis lobte meine Freigebigkeit.

Zu allerletzt blieb er, seine Weinschale in der linken Hand und den Granatapfel in der rechten Hand haltend, liegen, den Krummstab links neben sich. Mich überfiel ein merkwürdiges Gefühl, als hätte ich diesen Augenblick schon einmal in einer fremden Stadt, in einem fremden Zimmer, unter einer bemalten Balkendecke erlebt. Der Wein stieg mir zu Kopf und ich sagte:

„Alter Mann, wer du auch sein magst, aber ich habe die Blicke, die du mit dem Wirt getauscht hast, wohl bemerkt. Ich kenne eure Sitten nicht, aber warum werden mir die Speisen in schwarzen Schalen gereicht, während meine Frau einen Silberteller und eine korinthische Weinschale bekommen hat?"

Er antwortete: „Wenn du es nicht weißt oder verstehst, so macht es nichts aus. Ein Zeichen der Verachtung ist es gewiß nicht. Es sind alte Gefäße."

Der Wirt beeilte sich, mir eigenhändig eine schön geschmiedete Silberschale statt des schwarzen Tongefäßes zu reichen, als wolle er seinen Irrtum wieder gutmachen. Ich tauschte aber das Tongefäß nicht gegen die Silberschale, sondern behielt es in der Hand. Seine Form fühlte sich bekannt in meiner Hand an. Der Wein stieg mir zu Kopf und ich sagte:

„Ich bin kein heiliger Mann. Ihr irrt euch bestimmt in mir. Weshalb würdet ihr mich sonst aus einer Opferschale trinken lassen?"

Ohne zu antworten, warf der Augur mir den Granatapfel zu, aber ich fing ihn mit der flachen Tonschale auf, ohne ihn mit der Hand berührt zu haben. Ich lag da auf dem Ruhebett, auf den Ellbogen gestützt, der Überwurf war mir von den Schultern geglitten, so daß mein Oberkörper entblößt war, und in der linken Hand hielt ich die schwarze Tonschale. In der runden Vertiefung lag der Granatapfel, den ich mit der Hand nicht berührt hatte. Als der Wirt dies bemerkte, kam er auf mich zu und legte mir einen dicken Blumenkranz um den Hals. Die Blumen waren die Herbstblumen des Landes.

Der Augur berührte seine Stirn mit der Handfläche und sagte: „Du hast Feuer um deinen Kopf, Fremder."

Ich wehrte ab: „Es ist dein Beruf, etwas zu sehen, was gar nicht da ist, aber ich verzeihe es dir, weil ich dir selber Wein angeboten habe. Siehst du denn kein Feuer um den Kopf meiner Frau?"

Der Greis betrachtete Arsinoe genau, schüttelte aber das Haupt und verneinte: „Nein, Feuer ist es nicht, nur verschwindender Sonnenschein. Sie ist dir nicht ähnlich."

Plötzlich merkte ich, daß ich durch die Wände hindurchzusehen begann. Das Gesicht Arsinoes verwandelte sich vor meinen Augen in das Antlitz der Göttin, und der Bart des Greises verschwand, so daß er mir ein Mann im besten Alter zu sein schien. Ich sah die schmalen Augen und Falten in den Augenwinkeln des Gastwirtes, und er erschien mir nicht mehr als der seinen Beruf Ausübende, sondern eher als ein Forscher.

Ich lachte auf und sagte: „Was bezweckt ihr damit, indem ihr mich, einen Fremden, prüft?"

Der Greis legte den Finger an die Lippen und deutete auf Arsinoe, die gerade herzhaft gähnte und im gleichen Augenblick in Schlaf fiel. Der Augur stand hastig auf, untersuchte das Augenlid Arsinoes und sagte: „Sie schläft tief und ihr wird nichts Böses zustoßen. Aber du mußt deine Omina erhalten, Fremder. Habe keine Angst, du hast weder Gift gegessen noch getrunken. Du hast lediglich die heiligen Kräuter schmecken dürfen, um empfänglich zu werden. Auch ich habe davon getrunken, damit meine Augen sehend werden. Du bist kein gewöhnlicher Mann, und das Gewöhnliche ist zu gering für dich. Laß uns aufbrechen und den Hügel besteigen."

Mir war hell und leicht ums Herz und ich hegte keinen Argwohn, ließ Arsinoe schlafend zurück und folgte dem Auguren. Ich irrte nur darin, daß ich direkt durch die Wand auf den Hof ging, aber der Augur mußte den Umweg über die Tür nehmen, so daß ich ihm im Hof begegnete und sah, wie mein Körper ihm gehorsam folgte. Ich kehrte sofort in meinen Körper zurück, weil ich doch nur mit Hilfe meines Körpers sprechen konnte. Etwas Verrückteres hatte ich noch nie erlebt, so daß ich in starkem Maße den Verdacht hegte, dem Wein zu fleißig zugesprochen zu haben, mehr als es mir bekömmlich war. Meine Füße wankten jedoch nicht, und der Augur, mit vom Wein geröteten Gesicht, führte mich zum Marktplatz und zeigte mit seinem Stab auf das Senatsgebäude, das Gefängnis ihm gegenüber und manche andere Sehenswürdigkeiten. Er wollte mich auf dem heiligen Weg weiterführen, aber nachdem wir eine Strecke entlang gegangen waren, schwenkte ich zur Seite ab, ging auf eine steile Bergwand zu, sah einen runden Tempel mit Holzsäulen und einem Schilfdach, blickte um mich und rief aus:

„Ich spüre die Nähe einer heiligen Stätte."

Der Greis sagte: „Das ist der Tempel der Vesta. Sechs Jungfrauen bewachen dort das heilige Feuer. Ein Mann darf den Tempel nicht betreten."

Ich horchte und sagte: „Ich höre das Plätschern des Wassers in meinen Ohren. Hier ist irgendwo eine heilige Quelle."

Der Greis widersetzte sich nicht mehr, sondern ließ mich vorgehen, die in den Berg gehauenen Stufen steigen und in die Höhle treten. In der Höhle befand sich ein uraltes Steinbecken, und aus einer Bergspalte rieselte Wasser in das Becken. Auf dem Rande des Beckens lagen drei Kränze so frisch, als hätte sie jemand kurz zuvor dort niedergelegt. Der erste war aus einem Weidenzweig, der zweite aus einem Olivenzweig und der dritte aus Efeu geflochten.

Der Augur blickte ängstlich um sich und sagte: „Der Eintritt ist hier nicht gestattet. In dieser Höhle lebt die Nymphe Egeria, und hier traf sie der einzige Lukumo, der in Rom geherrscht hat, in der Nacht. Wir Etrusker nennen die Nymphe Egeria ‚Bego'."

Ich hielt meine beiden Hände in das kalte Wasser, bespritzte mich mit dem Quellwasser, nahm den Efeukranz in die Hand und sagte: „Laß uns weitergehen und auf den Berg steigen. Ich bin vorbereitet."

Im gleichen Augenblick wurde es in der Höhle dunkel und ich sah, daß ein in einen groben Stoff gehülltes Weib in die Höhlenöffnung getreten war. Man konnte nicht erkennen, ob sie alt oder jung war, denn sie hatte ihren Kopf und ihr Gesicht mit einem Tuch bedeckt, sogar ihre Hände, so daß nur die Finger zu sehen waren, die den braunen Stoff zusammenhielten. Durch den schmalen Stoffschlitz blickte sie mich prüfend an, trat aber ausweichend zur Seite und redete uns nicht an.

Und ich weiß es nicht wieso, aber in diesem Augenblick, als ich aus der Dämmerung der uralten Höhle zurück in das Tageslicht trat, wurde ich, Turms, mir zum erstenmal mit schmerzlicher Sicherheit meiner Unsterblichkeit bewußt. Ich hörte das Sturmgebraus der Unsterblichkeit in den Ohren, ich verspürte den Eisduft der Unsterblichkeit in der Nase, ich schmeckte den Metallgeschmack der Unsterblichkeit im Munde, ich sah den Feuerschein der Unsterblichkeit vor den Augen. Bei diesem Erleben wußte ich, daß ich wiederkehren und über diese Steinstufen gehen, das Wasser derselben Quelle berühren und mich selbst dabei wieder erkennen würde. Diese mich erschütternde Erkenntnis dauerte nur einen Augenblick, nur so lange, als ich mir mit steifen Fingern den Efeukranz aufs Haupt setzte. Dann war alles verschwunden.

Aber der Efeukranz schmückte meinen Kopf und der Blumenkranz meinen Hals. Ich hatte mein Gesicht und meine Hände mit dem eisigen Wasser der Unsterblichkeit bespritzt. Ich kniete auf dem Boden, bückte mich, um die Erde zu küssen, und sagte: „Mutter, gib mir dein Omen. Meine Augen sind immer noch blind."

Ich küßte die Erde, die Mutter meines Körpers, ahnend, daß meine leiblichen Augen einmal sich auftun würden, etwas anderes zu sehen als nur die Erde. Das verschleierte Weib wich mir aus, ohne ein Wort zu sagen, aber eine in gleicher Weise verschleierte Frau hatte einst unter einem Sonnenschirm auf dem Götterthron gesessen, und ich hatte vor ihr die Erde geküßt. Das wußte ich, doch konnte ich nicht sagen, ob es im Traum oder in Wirklichkeit oder gar in einem vergangenen Leben geschehen war.

In diesem Augenblick senkte sich ein feiner Nebel in das Tal zwischen den Hügeln, verwischte die Umrisse der Gebäude und verbarg den Marktplatz vor unseren Blicken. Es war nicht der feuchte Herbstnebel, sondern eher ein Dunst. Der Augur sagte: „Die Götter kommen. Laß uns eilen."

Er kletterte vor mir den steilen Steg zum hohen Berg hinauf und kam außer Atem. Seine Beine begannen zu zittern, so daß ich ihm half und ihn stützte. Das durch den Wein hervorgerufene Strahlen der Jugend verschwand aus seinem Gesicht, das wieder faltig wurde; sein Bart wurde bei jedem Schritt immer länger, so daß er, je weiter wir den Hang zum Hügel emporstiegen, zusehends älter wurde, bis er meinen Augen als eine uralte Eiche erschien.

Auf dem Gipfel des Hügels war es hell und klar, aber die Wettrennbahn im Zirkus in der Tiefe jenseits des Hügels lag im Nebel und war verschleiert. Unbeirrbar führten mich meine Schritte zu einem im Laufe der Zeiten glatt gewordenen Erdstein hin. Der Augur fragte: „Innerhalb der Mauern?"

„Innerhalb der Mauern", sagte ich, „ich bin noch nicht frei. Noch erkenne ich mich selbst nicht."

„Wählst du den Norden oder den Westen?" fragte er.

„Ich wähle nicht", antwortete ich. „Der Norden hat mich erkoren."

Ich setzte mich auf den Erdstein, das Gesicht nach Norden gerichtet, und ich vermute sogar, daß ich mich nicht mit dem Gesicht nach Süden hätte setzen können, wenn ich es auch gewollt hätte. So stark beherrschte mich meine Kraft, obwohl ich mich selbst erst ahnte.

Der Augur stellte sich auf meine linke Seite, den glatten Krummstab in der rechten Hand, maß und stellte die Himmelsrichtungen fest, nannte sie laut, sagte aber nicht, welche Vögel er erwartete und wie sie fliegen würden.

„Begnügst du dich mit bejahender oder verneinender Antwort?" fragte er, wie ein Augur zu fragen hat.

„Nein, ich begnüge mich damit nicht", sagte ich. „Die Götter sind da. Ich habe mich nicht gebunden, aber sie sind verpflichtet, mir ihre Zeichen zu geben."

Der Augur bedeckte seinen Kopf, wechselte den Stab in die linke Hand, legte seine rechte auf mein Haupt und wartete. In dem Augenblick kam ein sanfter Wind auf, das Laub der Bäume raschelte und ein grünes Eichenblatt fiel auf die Erde vor meine Füße. In der Ferne von einem anderen Hügel her hörte ich schwach das heisere Schnattern der Gänse. Ein Hund lief an uns vorbei, mit der Nase am Boden, und verschwand wieder, als verfolge er eifrig eine Spur. Es war, als wetteiferten die Götter untereinander, mir ihre Nähe kundzutun, denn etwas weiter von uns hörte man in der Stille auf dem Hügel einen Apfel vom Baum herabfallen, und eine Eidechse huschte über meinen linken Fuß und verschwand im Gras. Ich glaube, daß auch alle anderen sieben Götter anwesend waren, wenngleich sie keine deutlichen Zeichen ihrer Gegenwart gaben. Nachdem ich noch eine Weile gewartet hatte, rief ich die Götter an, die sich offenbart hatten.

„Du, Gebieter der Wolken, ich kenne dich. Du, Sanftäugige, ich kenne dich. Du, Schnellfüßige, ich kenne dich. Du, Schaumgeborene, ich kenne dich. Du, Unterirdische, ich kenne dich."

Der Augur wiederholte die heiligen und richtigen Namen dieser fünf Götter, und schon kamen die Omina.

Aus dem Flußschilf stieg ein Schwarm Wasservögel hoch, flog mit gestrecktem Hals über unsere Köpfe hinweg nach Norden und verschwand vor unseren Augen.

Der Augur sagte: „Dein See."

Ein hoch in der Luft kreisender Habicht stieß auf die Erde nieder und hob sich wieder im Flug. Ein mit den Flügeln raschelnder Taubenschwarm kam aus dem Nebel heraus und flog schnell nach Nordosten.

Der Augur sagte: „Dein Berg."

Dann kamen die schwarzen Raben und kreisten träge über unseren Köpfen. Der Augur stellte ihre Zahl fest und sagte:

„Neun Jahre."

Damit waren die Omina zu Ende, aber ein schwarzgelber Mistkäfer kletterte noch an meinem Fuß hoch.

Der Augur bedeckte wieder seinen Kopf, wechselte den Stab in die rechte Hand und sagte: „Dein Grab."

Auf diese Weise erinnerten die Götter mich neidisch an die Sterblichkeit meines Körpers und versuchten mich zu erschrecken. Aber ich schüttelte den Mistkäfer von meinem Fuß, stand auf und sagte:

„Die Vorstellung ist beendet, alter Mann. Ich danke dir für die Omina nicht, weil man für sie nicht zu danken pflegt. Fünf Götter waren es, und nur der Gebieter des Blitzes ist männlichen Geschlechts. Drei waren Omina, zwei deuteten den Ort an, das dritte die Zeit meiner Gefangenschaft. Aber die Götter waren Erdgötter. Ihre Omina betrafen nur dieses Leben. Sie erinnerten mich an meinen Tod, weil sie wissen, daß das Los des Menschen der Tod ist. Auch ihr eigenes Leben und Wirken ist durch Zeit und Ort, wie durch zwei enge Öffnungen, bedingt. Sie sind gleich den Menschen an die Erde gebunden und deshalb auch als Unsterbliche dem Menschen ähnlich. Ich selbst flehe die verschleierten Götter an."

Der Augur warnte: „Sprich nicht laut von ihnen. Das Wissen um sie genügt. Niemand kann sie erkennen. Nicht einmal die Götter."

Ich sagte: „Sie sind nicht an die Erde gebunden. Sie sind nicht an die Zeit und den Ort gebunden. Sie beeinflussen die Götter und herrschen über sie, so wie die Götter die Menschen beeinflussen und sie beherrschen."

„Rede nicht", warnte der Augur von neuem. „Sie sind da. Das genügt."

Als wir vom Berg heruntersteigen, verflüchtigte sich der Nebel, die Herbstsonne schien und die Laute der Stadt sowie das Brüllen des Viehs drangen wieder an unser Ohr. Schritt für Schritt überfiel meine Glieder eine bleischwere Erschöpfung, und ich begann zu frösteln. Die Wirklichkeit des Alltags hüllte mich ein wie ein schweres und zu enges Kleidungsstück. Meine Erleuchtung erlosch, und ich sah, fühlte und hörte nicht mehr so leicht wie hoch oben auf dem Berg.

3.

Wir kamen wieder auf die Straße der Etrusker zurück und traten in das Gasthaus, damit ich dem Auguren die ihm zustehenden Geschenke überreichen konnte. Der Wirt kam uns besorgt entgegen, rang die Hände und sagte: „Gut, daß du wiederkommst, Fremder. In meinem Hause geschehen Dinge und Offenbarungen, die ich nicht begreife. Ich weiß es nicht, ob ich dich und deine Familie in meinem Hause aufnehmen kann. Mein Geschäft leidet darunter, wenn die Leute beginnen, Angst vor meinem Hause zu haben."

Die Sklaven lärmten um ihn herum und schrien, daß Gegenstände von den Wänden gefallen seien und die Hausgötter dem Herd den Rücken zugekehrt hätten, Töpfe und Kessel in der Küche geklappert hätten und der Bratspieß sich von selber gedreht habe, bis der Braten in das Feuer gefallen sei. Ich ging eiligst in das Zimmer, in dem wir gegessen hatten. Arsinoe saß sichtlich schuldbewußt auf dem Rand des Ruhebettes, kaute an einem Apfel, während auf einem Sessel mit Bronzefüßen neben ihr ein verwelkter Greis saß, der sein rechtes herabhängendes Augenlid mit dem Finger hochhob. Der Speichel tropfte ihm aus dem schiefen Mundwinkel. Er trug einen mit Purpur besetzten weißen Überwurf und am Daumen einen Goldring. Als er mich erblickte, begann er schwerfällig Latein zu sprechen, als wolle er etwas erzählen, aber der Wirt bat ihn, sich nicht anzustrengen, und erklärte:

„Er ist einer der Stadtväter, Tertius Valerius, der Bruder des Volksfreundes Publius Valerius. Die Ereignisse der letzten Jahre haben ihn sehr mitgenommen, da er gezwungen war, seine beiden Söhne dem Tode auszuliefern, gemäß einem von seinem Bruder eingebrachten und vom Senat bestätigten Gesetz. Vorhin war er im Senat, als das Volk dort lärmte und die Volkstribunen Caius Marcius, den Besieger der Volsker, vor Gericht zur Verantwortung zogen. Vor Ärger und Aufregung verlor er das Bewußtsein und wurde nachher in mein Haus getragen, da die Sklaven es nicht wagten, ihn in sein eigenes Haus zu bringen; sie fürchteten, daß er auf dem Wege sterben könnte. Als er wieder zu sich kam, erschien ihm seine Frau, obwohl sie vor Trauer über ihre Söhne gestorben war."

Der Greis wechselte die Sprache ins Etruskische und beteuerte: „Ich sah meine Frau leibhaftig vor mir, ich berührte sie mit meinen Händen und sprach mit ihr über Dinge, die nur wir zwei kennen. Da ist kein Zweifel möglich, daß ich meiner Frau begegnet bin. Ich weiß zwar nicht, was es bedeuten soll, aber schließlich wurde es dunkel, und meine Frau verwandelte sich in das Weib, das vor mir sitzt."

Der Wirt sagte: „Das Erstaunlichste dabei ist aber, daß auch ich selbst kurz vorher meine Frau sah, obwohl ich weiß, daß sie zur Zeit bei Verwandten in Veji weilt und die Stadt mehr als eine Tagereise von hier entfernt liegt. Aber mit eigenen Augen sah ich sie im Atrium gehen, die Bilder der Penaten ordnen und mit dem Finger unter die Bänke fahren, wie es ihre Art ist, um zu kontrollieren, ob die Sklaven den Staub sorgfältig gewischt haben. Im Namen meines Schutzgeistes schwöre ich, sie gesehen und mit meinen Händen berührt zu haben, denn ich eilte auf sie zu, um sie zu umarmen und fragte: ‚Wann bist du aus Veji zurückgekommen und warum so schnell?' Dann erst merkte ich, daß ich dieses Weib berührt hatte, das aufgewacht war und im Haus umherging."

Arsinoe sagte: „Er lügt und beide lügen. Ich bin doch erst vorhin aufgewacht und kann mich auf keinen Fall besinnen, daß irgend etwas Besonderes geschehen ist. Der alte Mann starrt mich nur an, während der Speichel ihm aus dem Munde tropft, aber er hat es nicht versucht, bei mir zu schlafen, dazu wäre er auch gar nicht mehr fähig."

In meiner Wut sagte ich: „Mit deiner Gaukelei könntest du jedes Haus durcheinander bringen, aber vielleicht nahm die Göttin von dir Besitz, als du schliefst, und du weißt tatsächlich nicht, was geschehen ist."

Tertius Valerius war so weit gebildet, daß er einige Worte Griechisch sprach. Ich wandte mich an ihn und erklärte: „Du hast im Dämmerzustand eine Vision gehabt. Vor Aufregung auf dem Marktplatz platzte dir eine Ader im Gehirn. Das sehe ich an deinem herabhängenden Augenlid und dem schlappen Mundwinkel. Deine Frau erschien dir in der Gestalt meiner Frau, um dich zu warnen, damit du dich pflegst und dich nicht in Streitigkeiten mischest, die nur deiner Gesundheit schaden. Mehr hat diese Vision nicht zu bedeuten."

Tertius Valerius fragte: „Bist du Arzt?"

„Nein, ich bin kein Arzt", antwortete ich, „aber mein bester Freund war einer der Ärzte von der Insel Kos. Er kannte einen gewissen Alkmaion, der zu unserer Zeit bewiesen hat, daß sich im Gehirn vorgekommene Störungen auf die verschiedenen Körperteile auswirken. Dein Leiden ist innerhalb des Schädels, und die teilweise Lähmung deines Gesichts ist nur das äußere Zeichen davon, nicht aber das Leiden selbst. So wird gelehrt."

Er überlegte, faßte seinen Entschluß und sagte: „Offenbar haben die Götter mich in dieses Haus geführt, damit ich deiner Frau und dir begegnen und wieder Frieden in meinem Herzen finden sollte. Ich glaube an meine Frau. Wenn ich ihr früher schon geglaubt hätte, dann würden meine beiden Söhne noch am Leben sein. Der Ehrgeiz schlug mich mit Blindheit, ich glaubte, meinen Brüdern ebenbürtig zu sein, und konnte bei öffentlichen Fragen den Mund nicht halten. Heute ist mein Herd kalt, mein Alter freudlos, und die Rachegöttinnen flüstern mir in beide Ohren, wenn ich im Dunkeln allein sitze."

Er ergriff mit seiner breiten Hand die Hand Arsinoes und fuhr fort: „Folgt mir beide als Gastfreunde in mein Haus. Von Maulhelden habe ich genug, meine Sklaven sind zügellos, meine Verwalter betrügen mich, und meine eigenen Verwandten warten nur auf meinen Tod, um mich beerben zu können. Deshalb nehme ich lieber zwei Freunde, die die Götter mir zugeschickt haben, in mein Haus, als eigene Volksgenossen."

Der Wirt nahm mich zur Seite und warnte mich: „Er ist ein ehrenwerter Mann und besitzt mehrere tausend Morgen Land. Ein wenig wunderlich ist er schon seit geraumer Zeit, und dieser Krankheitsanfall wird seinen Verstand nicht gebessert haben. Ich würde an seiner Vision zweifeln, wenn ich nicht selbst eine ähnliche Erscheinung gesehen hätte. Du wirst den Zorn seiner Verwandtschaft auf dich ziehen, wenn du ihm als Gastfreund in sein Haus folgst."

Ich überlegte mir das Ganze gründlich und sagte dann schließlich: „Es ist nicht meine Sache, irgendwelche Zweifel an dem zu hegen, was geschieht, und davor Angst zu haben. Ich danke dir für deine Gastfreundschaft, und rechne auf deiner Tafel zusammen, was ich dir schulde. Ich werde diesem Greis folgen, meine Frau wird ihn zu Bett bringen, und unsere eigene Dienerin mag ihn pflegen. Dies ist mein Entschluß."

Das Gesicht rot vor Eifer, zog der Wirt seine Tafel unter seinem Gurt hervor und begann mit der Ziehfeder die Rechnung auszuschreiben. Sich entschuldigend, blickte er mich an, kniff die Augenwinkel zu Falten und bemerkte:

„Du kannst dir sicherlich denken, Fremder, daß ich dir lieber meine Gastfreundschaft ohne Bezahlung anbieten möchte, aus bestimmten Gründen würde ich dir sogar auf den Knien dienen mögen, aber dies ist mein Beruf, und wir leben in Rom."

Er blickte um sich, sah aber nur, daß Tertius Valerius die Hand Arsinoes, wie Schutz suchend, fest in der seinen hielt. Eifrig schreibend, schwatzte er weiter:

„Vielleicht wollen es die Götter, daß du in das Haus des Tertius Valerius ziehst. Aber vergiß nicht, daß sein ältester Bruder mehrfach Amtsbruder war und den Zorn der Patrizier wegen seines Berufungsgesetzes auf sich zog. Sein anderer Bruder war Praetor, und dessen Sohn Manius sogar Diktator und so siegreich im Krieg, daß er einen Ehrenplatz aus Elfenbein im Zirkus für seine Familie erhielt. Sein ganzes Leben lang hat sich Tertius bemüht, den Brüdern gleichwertig zu sein. Aus Ehrgeiz schickte er, genau so wie Publius, bei der gleichen Gelegenheit seine beiden Söhne zum Hinrichtungspfahl, wo sie festgebunden wurden, und versuchte mit ebenso regungslosem Gesicht der Prügelstrafe und der Hinrichtung beizuwohnen wie sein Bruder. Die Jünglinge waren im geheimen zusammengekommen, um zugungsten des letzten Tarquinius unsinniges Zeug zu reden, weil sie sich nach Reitertournieren und dem sorglosen Leben in der Gefolgschaft des Königs sehnten."

Während der ganzen Zeit, die der Wirt schwatzte, sah ich ihn ununterbrochen die etruskisch geschriebenen Zahlen zusammenrechnen. Endlich reichte er mir seufzend die Tafel, die auf beiden Seiten, von rechts nach links und wegen Platzmangel von oben nach unten vollgeschrieben war.

„Dies alles hast du genossen und erhalten", beteuerte er. „Darin ist auch das enthalten, was deine Frau und deine Tochter und die Sklavin verzehrt haben und was du in deiner Freigebigkeit meiner Dienerschaft schenktest und was sie an die Armen verteilt haben. Rechne selbst zusammen, wenn du kannst. Meine Rechenkunst versagte."

Ich begann zu rechnen und war entsetzt: „Hast du die ganze Stadt Rom auf meine Kosten beköstigt? Das war nicht meine Absicht."

Arsinoe streichelte die geäderte Hand des Tertius Valerius. „Sei doch nicht so kleinlich, Turms", bat sie und neigte ihren Kopf, um dem verschleierten Blick des alten Mannes zu begegnen.

Tertius Valerius stand sofort auf, nahm Haltung an und zog seinen purpurbesetzten Überwurf stramm um seinen Körper. „Laß die Rechnung meine Sorge sein", befahl er. „Der Wirt mag seinen Sklaven zum Abholen des Kupfers in mein Haus schicken. Laßt uns gehen."

Ich versuchte mich zu wehren, aber er setzte seinen Kopf durch und nannte uns seine Freunde. Der Wirt kratzte sich verwirrt mit der Ziehfeder im Nacken und rief:

„Wenn ich noch zweifeln würde, so könnte ich es jetzt nicht mehr tun. In meinem Hause geschehen Wunder. Ein Römer sollte die Rechnung eines Fremden bezahlen? Nein, nein, wenn sein Kopf wieder klar geworden, beginnt er abzuhandeln und läßt meinen Sklaven zwischen unseren Häusern hin und her laufen, so daß meine Haare grau werden, bevor ich meine Rechnung beglichen bekomme."

Demütig näherte er sich Valerius, reichte ihm seine Tafel und bat: „Hochgeborener Sohn deines Vaters, gib wenigstens deine Unterschrift auf der Tafel, zum Zeichen dafür, daß du die Rechnung als solche gutheißest."

Hastig entriß der alte Mann die Tafel dem Wirt und schrieb mit zitternder Hand die Buchstabenschnörkel seines Namenszuges in das Wachs. Danach würdigte er den Wirt keines Blickes mehr, sondern hakte sich bei Arsinoe ein und bat:

„Führe du mich, meine liebe, selige Frau. Ich bin alt und meine Knie sind zittrig. Und schimpfe nicht über meine Verschwendung. Es geschieht nur dieses eine Mal und aus lauter Freude, dir wieder begegnen zu dürfen, und zwar genau so jung und schön, wie du in den Tagen unseres größten Glücks gewesen bist."

Als ich dies hörte, begann ich meinen schnellen Entschluß zu bereuen, aber es war dazu schon zu spät, denn Arsinoe führte den alten Mann mit eiligen Schritten durch den Saal in den Hof, wo seine Sklaven warteten, um ihn nach Hause tragen zu können. Sie hatten in der Zwischenzeit von irgendwo in der Nähe eine Sänfte geborgt, denn aus lauter Eitelkeit hatte Tertius Valerius trotz seines Alters keine Sänfte benutzen wollen, sondern war zu Fuß gegangen, um zu zeigen, daß er sich lediglich als Volksgenosse unter den Volksgenossen fühle, obwohl er der Sohn seines Vaters und Senator war.

Auch jetzt versuchte er sich zu wehren und wollte lieber, von den

Sklaven geführt, zu Fuß gehen, so daß wir ihn zwingen mußten, in der Sänfte Platz zu nehmen. Dort fiel sein Kopf auf die Brust, aber noch mit geschlossenen Augen wollte er die Hand Arsinoes in der seinen behalten. Arsinoe ging treu neben der Sänfte, schaute sich aber neugierig um, betrachtete die Entgegenkommenden und deren Kleidung, die Verkaufstische mit den verlockenden Waren, die die Händler und Handwerker auf der Straße aufgestellt hatten. Soviel Vernunft hatte sie doch in ihrem hübschen Köpfchen, daß sie unterwegs nicht haltmachte und auf Rechnung des kranken Valerius Einkäufe tätigte.

Der Weg war nicht weit. Bald waren wir im Hof des altmodischen Hauses des Tertius Valerius. Seine beiden Brüder nachahmend, hatte er sein Haus am Fuß des Velia gebaut. Der in Ketten gelegte Torwächtersklave war genau so alt und zittrig wie sein Gebieter, und der Befestigungsring der Kette hatte sich schon seit langem aus dem Torpfosten gelöst, so daß er nur beim Erscheinen Fremder zum Schein den Ring einsteckte und sonst im Hof herumhinkte oder auf der Straße vor dem Haus stand, wo er den schönsten Sonnenschein genoß, um seinen gebrechlichen Körper zu wärmen.

Die Sklaven trugen die Sänfte bis in das Atrium hinein. Arsinoe weckte sanft Tertius Valerius. Vor seinen Augen legten wir unsere Hände auf den Herd und grüßten die Penaten des Hauses und sogar irrtümlich noch eine plumpe, aus Ton gebrannte Skulptur, die einen Mann und eine Frau nebeneinander darstellte, welche den von einem Ochsenpaar gezogenen Pflug lenkten. Diese hatte keinen anderen Wert, als daß Tertius Valerius sie gern betrachtete und seinen Gästen zeigte, um damit seine einfachen Lebensgewohnheiten und den Ursprung seines Reichtums unter Beweis zu stellen.

Wir trieben die Sklaven an, ihn ins Bett zu heben und ein Kohlengefäß in das halbdunkle Zimmer zu stellen, um es zu heizen. Sie brachten noch zerfetzte Decken und gewalkte Lammfelle, um den alten Mann richtig zudecken zu können, damit er warm würde. Stolz über seine Bedürfnislosigkeit hatte er in seinem Bett nur eine Strohunterlage und eine Decke. An allem konnte man sehen, daß sein Haushalt in erbärmlichem Zustand war und nur in den Händen von uralten Sklaven lag. Tief seufzend fiel er ins Bett und legte die Wange auf das Kissen, vergaß aber nicht, den Sklaven einzuschärfen, daß sie in allem uns, seinen Gastfreunden, zu gehorchen hätten. Dann zog er uns beide näher an sich heran, und als wir uns über ihn beugten, streichelte er die Haare Arsinoes und aus Höflichkeit auch mein Haupt. Arsinoe legte ihre Hand auf seine Stirn und bat ihn, zu schlafen. Er schlief auch sofort ein, und wir konnten nichts weiter für ihn tun.

Nachdem wir wieder in den Gastsaal zurückgekehrt waren, befahl ich den Sklaven, in der gleichen Sänfte Hanna, Misme und unsere Sachen aus dem Gasthaus zu holen. Sie schauten uns feindlich an und schüttelten nur den Kopf, als hätten sie angeblich nichts verstanden. Als ich aber dem Verwalter fest in die Augen sah, neigte er sein weißes Haupt vor mir, drückte die Handflächen gegeneinander und gab zu, ein gebürtiger Etrusker zu sein und die Sprache der Etrusker noch gut zu verstehen, wenn auch die Römer nach der Vertreibung des Königs es vermieden, sie öffentlich zu sprechen. Die ganz Eifrigen wollten es nicht mehr, daß ihre Kinder die alte Sprache noch lernten. „Aber", sagte er, „wirkliche Aristokraten, Söhne ihrer Väter, senden ihre Söhne in jungen Jahren immer noch für eine Zeitlang nach Veji oder Tarquinia, um Bildung und gute Sitten zu lernen, vor allem solche Eltern, in deren Familien sich irgendein bestimmter, mit richtigen Worten darzubringender Opferkult vererbt."

Nachdem die Sklaven mit der Sänfte gegangen waren, blickte er überraschend scharf erst mich und dann Arsinoe an und bemerkte: „Das Geschlecht des Valerius stammt von noch weiter her, aus der Stadt Volsin. Ich meine die große Stadt Volsin auf dem Berg. Nicht die heilige Stadt am Seeufer."

Ich schüttelte den Kopf und sagte lächelnd, daß ich nichts über die etruskischen Städte wüßte. Ich wäre doch ein Fremder und erst vor kurzem in die Stadt übers Meer gekommen, so daß sogar Rom für mich noch ganz neu sei.

Er blickte mich durchdringend an, legte eiligst die Hand an die Stirn und hob seine rechte Hand. „Du bist doch kein Fremder", behauptete er. „Ich erkenne dich an deinem Lächeln. Ich erkenne dich an deinem Gesicht."

Ich brauste auf. „Laß doch diesen Unsinn", sagte ich scharf, „ich fange an, dieses Geschwätzes überdrüssig zu werden. Zeige lieber meiner Frau das Haus, in dem wir auf Wunsch deines Herrn die Gastfreundschaft genießen werden."

Er ließ seine Hand sinken, als wäre er plötzlich müde geworden, und schaute mich erneut an. „Wie du willst", sagte er ergeben. „Nenne also mir deinen Namen, dein Geschlecht und den Namen deiner Frau und sage, von woher ihr kommt, damit ich weiß, wie ich dich und deine Frau anzureden und wie ich mich euch gegenüber zu verhalten habe."

Und ich hatte keinen Grund, meinen richtigen Namen vor dem Verwalter des Valerius, der das Vertrauen des Hauses genoß, geheimzuhalten. „Ich bin Turms aus Ephesos", erzählte ich. „Flüchtling aus Ionien, wie du wohl verstehst. Meine Frau heißt Arsinoe. Sie spricht nur Griechisch und die Sprache der Seefahrer."

„Turms", wiederholte er, „das ist kein griechischer Name. Wie ist es möglich, daß jemand als Ionier die heilige Sprache beherrscht?"

„Du bist aber eigensinnig", sagte ich und mußte unwillkürlich lachen. „Nenne mich gerade so, wie es dir gefällt!"

Ich legte freundlich die Hand auf seine Schulter, aber meine Berührung ließ ihn erzittern. „Die Römer verwandeln in ihrer Sprache den Namen Turms in Turnus", sagte er. „Es wird wohl das beste sein, wenn du dich hier Turnus nennst. Nun frage ich nichts mehr, sondern werde dir dienen, so gut ich es vermag. Verzeih mir meine Fragerei, es ist ja eine Alterserscheinung. Ich danke dir nur, daß du mich, einen Mann niedrigen Standes, mit der Hand berührt hast."

Er nahm Haltung an und schritt mühelos voraus, uns die Zimmer des Hauses zeigend. Um zu lernen, bat ich ihn, Latein, die Sprache der Stadt, zu sprechen. Er begann damit, jeden Gegenstand und jede Sache erst lateinisch und dann etruskisch zu benennen. Auf diese Weise Latein lernend, merkte ich, daß ich auch die heilige Sprache immer besser zu beherrschen begann. Arsinoe folgte dem Unterricht so genau, daß ich begriff, sie wollte mit Tertius Valerius in der eigenen Sprache der Stadt reden, und ahnte schon was Schlimmes. Ich mußte ihretwegen alles in Griechisch wiederholen, so daß der alte Verwalter dabei Griechisch lernte, und er war sehr stolz darüber.

4.

Der Schlaganfall des Tertius Valerius wiederholte sich nicht, so sehr auch seine Verwandtschaft dies hoffte, da sie lange genug die Spöttelei über den als einfältig angesehenen Mann erduldet hatte. Als Junge war er neben seinen beiden gescheiten Brüdern so unbegabt erschienen, daß ihm nur der Name Tertius, der dritte Sohn, gegeben wurde. Im Senat lautete sein Spitzname „Brutus", der Schwachsinnige.

Aber unbegabt war er nicht. Seine Begabung lag nur auf anderem Gebiet als der politische Verstand der beiden Brüder, der ihnen zu glänzenden Taten zum Wohle Roms verhalf und sie zu Ersten unter den Ersten aufsteigen ließ. Jeder Mensch, auch der sichtlich einfältige, hat seine eigene

Begabung, die gerade für ihn bezeichnend ist und die seine Umgebung gar nicht wahrnimmt, wenn er keine Gelegenheit bekommt, damit hervorzutreten. Einigen wird die Gelegenheit nur einmal im Leben geboten, wie zum Beispiel unter den Römern dem Horatius, dem Einäugigen, der nur ein einfältiger, starker Mann war, der aber als einziger Mann zurückblieb, um den auf der Seite der Etrusker am Ufer liegenden Brückenkopf Roms zu verteidigen, bis die anderen hinter ihm die Brücke zerstören konnten. Seine Begabung bestand in starrköpfiger Einfalt, wenn Lars Porsenna auch dessenungeachtet die Stadt eroberte.

Solche weite Ländereien und ein so großes Vermögen wie Tertius Valerius besaß, kann ein unbegabter Mensch niemals erwerben. Und ich glaube, daß er keineswegs aus Ehrgeiz seine Söhne den Liktoren ausgeliefert hatte, sondern eher aus übertriebenem Pflichtgefühl als Römer und um das Beispiel seines von ihm bewunderten Bruders zu befolgen. Unter den Patriziern, den Söhnen ihrer Väter, bemühten sich die ältesten etruskischen Geschlechter zunächst römischer als die Römer selbst zu sein und durch ihr Benehmen das natürliche Mißtrauen des Volkes zu zerstreuen. Man hätte wohl vermuten können, daß gerade die von den Etruskern Stammenden die Rückkehr der Etruskerkönige nach Rom erhofften.

Das war aber nicht der Fall. Sie wollten lieber die Stadt und das Volk als Patrizier, Senatoren und Staatsbeamte regieren. Das gleiche spielte sich in den großen Städten der Etrusker ab, als dort das Königtum zu einer niederträchtigen Usurpation herabgesunken war. Warum sollten nicht lieber hundert oder zweihundert der Besten mit Hilfe der von ihnen eingesetzten Beamten regieren als ein unrechtmäßiger König?

Dank der Nähe Arsinoes und meiner einfachen Pflege erholte sich Tertius Valerius schnell von seinem Schlaganfall und zeigte große Dankbarkeit uns beiden gegenüber. Nachdem er seinen Dämmerzustand überwunden hatte, bildete er sich nicht mehr ein, Arsinoe sei seine verstorbene Frau, wenn er sich auch genau erinnern konnte, es getan zu haben. Er glaubte nur noch, daß der Geist seiner Frau für einen kurzen Augenblick in dem Körper Arsinoes verweilt habe, um sich verzeihend um ihn zu kümmern. Er pries sich glücklich, daß er seine Frau hatte um Vergebung bitten können, weil er ihr nicht geglaubt, sondern beide Söhne geopfert hatte.

Nachdem er wieder aufstehen konnte, ließ ich einen hervorragenden Masseur sein Gesicht vorsichtig behandeln, so daß sein Augenlid nicht mehr so arg herabhing wie zu Anfang. Speichel tropfte jedoch aus seinem schiefen Mundwinkel, aber Arsinoe hatte in der Nähe ein warmes Leinentuch und wischte immer wieder wie die liebevollste Tochter seinen Bart ab. Auch begann Arsinoe sich um den Haushalt zu kümmern, indem sie geduldig den alten Sklaven und Dienerinnen Ratschläge erteilte, so daß der alte Mann gesündere Speisen wie bisher bekam, die Zimmer täglich gefegt wurden, Staub von den Penaten gefegt und das Geschirr saubergehalten wurde. Ich kannte Arsinoe kaum wieder, denn ich hatte bis jetzt nicht gemerkt, daß sie sich für den Haushalt interessierte. Als ich mein Erstaunen hierüber aussprach, sagte Arsinoe:

„Ach, Turms, wie wenig du mich doch kennst. Habe ich dir nicht immer gesagt, daß ich als Frau nichts anderes als Gesichertsein und vier Wände um mich herum sowie einige Diener zum Befehlen haben möchte. Nun habe ich diese von diesem dankbaren Greis bekommen, und ich verlange nichts anderes mehr."

Aber mich erfreute es nicht, daß sie im Bett, wenn ich mich ihr näherte, meine Liebkosungen über sich ergehen ließ, fühlbar jedoch die ganze Zeit über an andere Dinge dachte. Einerseits hätte ich zufrieden sein müssen, denn mit ihrer Unruhe hätte sie nur lauter Aufregung und Ärger hervorgerufen. Aber ich beklagte mich verbittert, nachdem es sich einige Male wiederholte. Arsinoe gab zur Antwort:

„Ach, Turms, befriedigt dich denn mein Benehmen nie? Ich zeige doch bereitwilligst, daß ich dich immer noch liebe, und du bekommst, was du von mir willst. Verzeih mir, wenn ich nicht so ganz bei der Sache bin, aber deine Verblendung und mein eigener Körper haben mir schon Leiden genug bereitet. Das schreckliche Leben in den Wäldern der Sikanen ließ mich erkennen, daß jeder andere Zustand besser sei. Meine fast furchterregende Leidenschaft dir gegenüber stürzte mich ja auf das Niveau des niedrigsten Barbarenweibes herab. Nun fühle ich mein Dasein endlich gesichert. Das Geborgensein ist für eine Frau das größte Glück. Laß mich also diesen Zustand jetzt beibehalten."

Um über die Ereignisse in der Stadt zu erzählen, hat die gleiche Volksversammlung, in der sich Tertius Valerius in so hohem Maße erregt hatte, daß ihm eine Ader im Gehirn geplatzt war, ihren früheren Helden Caius Marcius vor das Tribunal gebracht. Den flüchtenden Volskern folgend, war er seinerzeit allein durch das offene Tor in die Stadt eingedrungen; er hatte die nächstliegenden Häuser angesteckt und das Tor so lange offengehalten, bis die Kavallerie ihm folgen konnte. Hierfür wurde ihm die Ehre zuteil, neben dem Konsul stehend, der den Krieg geführt hatte, am Triumph teilzunehmen und vom Volke den Ehrennamen Coriolanus zu erhalten. Jetzt forderte das Volk ihn vor Gericht, weil er das Volk geringschätzig behandelt hätte, und klagte ihn an, im geheimen nach der Alleinherrschaft gestrebt zu haben. Es entsprach der Wahrheit, daß er eine starke Verbitterung seinem Volke gegenüber verspürte, denn nachdem er auf den heiligen Berg gestiegen war, hatten die Plebejer mit den anderen auch sein Gutshaus geplündert und niedergebrannt, ihn selbst gezwungen, durch das Joch zu gehen, und daß er diese ihm zugefügte Schmach in seinem Stolz nicht verwinden konnte. Die Plebejer hatten sich beruhigt, nachdem ihnen zwei Tribunen zugestanden worden waren, die das Recht hatten, jede Amtshandlung zu unterbrechen, die ihrer Ansicht nach den Interessen des Volkes widersprach. Aber Coriolanus hatte die Tribunen gezwungen, ihm auf der Straße auszuweichen, hatte vor ihnen ausgespuckt und sie angerempelt. Daher der Haß.

Coriolanus wußte wohl, daß seine eigenen Standesgenossen ihn während der Gerichtsverhandlung vor der Wut des Volkes nicht schützen könnten. Für sein Leben fürchtend, floh er in der Nacht aus seinem von den Liktoren bewachten Haus, kletterte über die Mauer, stahl sein eigenes Reitpferd aus dem Stall seines Landhauses und ritt die Nacht durch über die Grenze nach Süden in das Land der Volsker.

In der Stadt wurde erzählt, daß die Volsker ihn mit großen Ehrenbezeigungen empfangen, ihn neu eingekleidet und ihm erlaubt hätten, den Stadtgöttern der Volsker ein Opfer darzubringen. Die Kriegskunst der Römer stand bei den Nachbarvölkern in so hohem Ansehen, daß es verständlich war, wenn die Volsker einen römischen Heerführer, der ihre Streikräfte schulen konnte, mit offenen Armen aufnahmen.

Im gleichen Herbst mußte das sieben Tage währende Volksfest im Zirkus nochmals gefeiert werden, weil bei den zu dem gewohnten Zeitpunkt durchgeführten Festlichkeiten irgendein Fehler begangen worden war und die Götter ihre Unzufriedenheit durch ein schlechtes Omen kundgetan hatten. Der Senat übernahm lieber die Unkosten eines neuen kostspieligen Festes, als daß er es wagte, die Götter zu erzürnen. Tertius Valerius sagte zwar giftig, daß der Senat das Volk nur ablenken wolle und deshalb das Omen anerkannt habe.

Dank ihm bekamen wir Plätze auf der Senatstribüne, und der große Zirkus Roms war für uns beide schon allein eine Sehenswürdigkeit, da wir so etwas noch nie gesehen hatten. Er war auch bei den Nachbarvölkern berühmt, so daß vor den Festspielen Volk aus allen Himmelsrichtungen nach Rom strömte, auch aus Veji, das eine unvergleichlich viel feinere Stadt als Rom war und nur eine Tagereise entfernt lag. Eine Menge

Volsker kam mit ihren Familien aus Coriol, und sie hatten sich schon am ersten Tage der Festlichkeiten auf ihren Plätzen im Zuschauerraum niedergelassen, als plötzlich ein Tumult entfacht wurde und das Volk wie auf ein erhaltenes Zeichen hin zu lärmen und zu schreien begann, daß die Volsker Feinde Roms seien und die Absicht hätten, die Stadt während des Festes zu erobern. Faules Obst, Stäbe der Befreiten und heilige Ruten hagelten auf die Volsker herab, so daß sie ihre Köpfe mit den Händen schützen mußten und die Männer ihre Kinder und Frauen mit ihren eigenen Körpern zu decken suchten. Die Liktoren mischten sich nicht in diese Angelegenheit ein, sondern schauten nur von der Seite, auf ihre Beile gestützt, diesem erniedrigenden Schauspiel zu.

Auch die Patrizier stiegen auf die Bänke, und zum Schluß forderten auch die Mitglieder des Senats, daß die Volsker aus dem Zuschauerraum und aus der ganzen Stadt entfernt werden müßten, um so die Ruhe wiederherzustellen. Meiner Ansicht nach war dieser Tumult und die schmachvolle Lösung eine schwerere Verletzung der Götter als jeder früher bei den ersten Festspielen vorgekommene Organisationfehler. Die Konsuln erteilten den Liktoren den Befehl, die Volsker aus dem Zirkus zu entfernen und zu überwachen, daß sie sofort in ihre Quartiere gingen, ihre Sachen packten und die Stadt verließen. Einen besseren Kriegsgrund hätte man nicht finden können.

Die Zirkusbelustigungen der Römer unterschieden sich völlig von den griechischen Sportfestspielen, bei denen freie Männer untereinander wetteiferten, dagegen kaum von den Spielen in Segesta, bei denen bezahlte Athleten und Sklaven boxten und miteinander rangen und wo die Hauptdarbietungen in Pferderennen bestanden. Die Vorführungen hatten die Römer von den Etruskern gelernt, aber die Kämpfe, bei denen Blut floß, hatten ihre ursprüngliche Bedeutung verloren und wirkten wie eine leere Hülle, genau wie die Kleidung und Waffen der Kämpfer, deren Bedeutung sie selbst ebensowenig wie das brüllende Volk kannten. Der Oberpriester schrieb zwar die Kleidung und die Waffen vor, wie zum Beispiel den Dreispitz und das Netz gegen das Schwert, genau nach den in Regia aufbewahrten Bestimmungen, aber deren symbolische Bedeutung kannte er kaum mehr.

Warum sollte ich noch mehr über die Zirkusbelustigungen erzählen, die vom Götterdienst in ein Blutvergießen um seiner selbst willen verwandelt worden waren? Das Volk Roms war ein Volk der Wölfe, denn den stärksten Beifall in der Zirkusarena ernteten jedesmal die Kharuns, die mit dem Hammer auf der Schulter warteten und vortraten, um den

Kopf des Verlierers zu zertrümmern. Die Kämpfer waren Sklaven, Kriegsgefangene und Verbrecher und keineswegs freiwillige Opfer für die Götter, wie früher bei den Etruskern. Warum sollte der Senat von Rom es nicht zulassen, daß sie sich gegenseitig zur Belustigung des Volkes umbrachten, um aus politischen Gründen das Augenmerk des Volkes auf andere Dinge zu lenken, statt auf eigene Probleme? So wird es, vermute ich, zu allen Zeiten geschehen. Deshalb ist es unnütz, daß ich noch mehr über die Darbietungen im Zirkus von Rom oder sogar über die Pferderennen erzähle, wenn auch die prachtvollsten Gespanne dorthin gekommen waren, sogar aus den Städten der Etrusker.

Ich will nur von der Begeisterung Arsinoes erzählen, wie ihre Augen in diesen spätherbstlichen Tagen leuchteten und wie sie mit ihren weißen Händen Beifall klatschte, als das Blut hervorquoll und in den Sand der Arena sickerte, oder als die Pferdegespanne mit wallenden Mähnen und schnaubenden Nüstern an uns vorbeijagten. Aber nicht einmal in ihrer Begeisterung vergaß sie die Decke auf den Knien des Valerius zurechtzuschieben oder den Speichel aus seinem Bart zu wischen, wenn er über die schon längst bekannten Episoden der komischen überlieferten Vorführungen der Schauspielertruppe laut lachte.

Nein, über das Lachen und die Spannung, über das Entsetzen und die Grausamkeit des Zirkus erzähle ich nichts mehr. Das gleiche wird zu allen Zeiten geschehen, wenn auch die Formen sich ändern sollten. Ich werde das alles, ohne daran erinnert zu werden, im Gedächtnis behalten. Vom Zirkus erzähle ich nur, um mich einmal später an das Gesicht Arsinoes gerade in jenen Tagen erinnern zu können, als sie immer noch jung war und vor Begeisterung glühend, die Augen glänzend schwarz und das Haar in rötlichem Gold gefärbt, mit der Frisur der Aphrodite, nach der die hohen Frauen Roms neugierig schielten. Ganz ohne Eitelkeit waren auch sie nicht, trotz ihrer einfachen Kleidung. Das Gesicht Arsinoes will ich mir ins Gedächtnis prägen, wie sie auf einem roten Kissen auf der Bank saß, inmitten des tobenden Lärmes und inmitten einer Stille der höchsten Spannung der nach Zehntausenden zählenden Volksmenge. Hinter uns hoch oben die Lorbeerbäume und Eichen am Hang des Hügels Palatinus. Die Luft geschwängert von den schweren Dünsten der geplatzten Früchte, der Sümpfe und des Stromes sowie von vergossenem Blut. Gerade so will ich mich an sie erinnern, weil ich sie geliebt habe.

Die dunkelsten Tage des Jahres weihten die Römer dem Erdgott Saturnus, der für sie so alt und heilig war, daß sie es nur vorsichtig wagten, die morschen Holzsäulen seines Tempels zu stützen. Er war älter als der Capitolinische Jupiter, dessen Tempel ihr erster König Romulus errichtet hatte. Sie sagten selbst, daß Saturnus ebenso alt wie die Erde sei.

Ihm zu Ehren feierten die Römer die Saturnalien, die mehrere Tage dauerten, während derer die Alltagsbeschäftigungen ruhten und das tägliche Leben vollkommen auf den Kopf gestellt wurde. Die Menschen beschenkten sich gegenseitig, aber sonst waren die Römer nicht schnell bei der Hand, einander Geschenke zu machen. Die Herren bedienten ihre Sklaven, und die Sklaven kommandierten ihre Gebieter und Gebieterinnen und hetzten sie nach Herzenslust und nach bestem Können hin und her, um sich so für die übrigen schweren Tage des Jahres zu entschädigen. Das Dasein der Sklaven in Rom war nicht leicht, weil die Angst Rom wegen seiner eigenen Gewalttätigkeit beherrschte. Deshalb ließen viele ihre Sklaven kastrieren, nicht aber um die Tugend ihrer Frauen und Töchter zu schützen, wie es im Orient und in Karthago Sitte war. Die Römer verließen sich so fest auf die Tugendhaftigkeit ihrer Frauen und Töchter, daß schon die Unerschütterlichkeit dieses Vertrauens den Fremden dazu reizen mußte, diese Tugend in Zweifel zu ziehen. Durch das Kastrieren wollten sie die männliche Regsamkeit und die Lust zum Aufruhr bannen, so wie ein Stier durch Kastrieren zum Zugtier wird. Aber während der Saturnalien floß der Wein in Strömen, Herr und Sklave tauschten ihre Rollen, Patrizier und Plebejer trafen sich als Ebenbürtige, herumfahrende Schauspieler traten an Straßenecken auf, und keine Spottrede war zu gewagt.

Diese verdrehten und tollen Tage verwandelten das Leben in ganz Rom und hoben Würde, Strenge, ja sogar Sparsamkeit, die die Römer am höchsten schätzten, auf. Arsinoe bekam viele Geschenke, und nicht nur die üblichen aus Ton gebrannten Brote, Früchte und Bildnisse der Haustiere, sondern wertvollen Schmuck, Wohlgerüche, Spiegel und Kleidungsstücke. Sie war in hohem Maße aufgefallen und man sprach über sie in Rom, obwohl sie so gesittet, den Blick zu Boden gerichtet, auf den Straßen und Märkten spazierenging, von irgendeinem Haussklaven des Valerius oder auch von Hanna begleitet. Sie nahm die Geschenke mit einem wehmütigen Lächeln entgegen, als wolle sie dem Spender zu verstehen geben, daß eine geheime Sorge sie bedrücke. Als Gegengabe überreichte Tertius Valerius für sie einen rotgebrannten Stier oder ein Schaf aus Ton, um den Spender an die einfachen überlieferten Sitten Roms zu erinnern.

Aber Arsinoe sagte: „Diese Feste sind für mich nichts Neues. Noch viel tollere Feste wurden zu Ehren Baals in den dunkelsten Tagen des Jahres in Karthago gefeiert. In meinen Ohren klingt immer noch die wilde Musik der Schlaginstrumente und der Klappern, als ich noch jung war und die Tempelschule besuchte. Die Jünglinge gerieten in solche Ekstase, daß sie, gleich den Priestern, Wunden in ihre Körper ritzten, und reiche Kaufleute schenkten vor lauter Begeisterung ganze Vermögen, Häuser und Schiffe an Frauen, die ihnen zu gefallen verstanden. Diese primitiven Feste Roms sind im Vergleich zu den Festen meiner Jugend sehr zahm."

Sie begegnete meinem Blick und wehrte schleunigst ab: „Nein, es ist nicht so, daß ich die Tage meiner nutzlosen Leidenschaft zurückersehnte. Meine Leidenschaft stürzte mich so tief ins Verderben, daß ich deinetwegen alles einbüßte, was ich schon erreicht hatte. Aber einem Menschen wird es doch wohl erlaubt sein, sich seufzend seiner Jugend zu erinnern, wenn man zu einer ruhigen Frau herangereift ist und sich mit seinem Los in einem gesicherten Haus und mit dem Platz im Bett neben einem unfähigen Manne begnügt."

Mit diesem Seitenhieb wollte sie mich erinnern, daß ich nichts mehr war als der Gastfreund im Hause des Tertius Valerius, und auch das nur ihr zu verdanken hatte. Aber die Freude über die vielen Geschenke, der Festtrubel und das Treiben auf den Straßen wirkten auf sie doch so, daß sie mich in der Dunkelheit der Nacht auf ihre Seite zog. Ich spürte das Glühen der Göttin in ihrem Körper, und noch einmal warf sie ihre weißen Arme über den Kopf nach hinten und hauchte den heißen Seufzer ihres Mundes in den meinen.

Als wir nachher im Dunklen nebeneinander lagen und ich mich wieder einmal glücklich fühlte, begann sie versöhnlich mit mir zu reden und sagte: „Turms, mein Lieb, Monate sind nun schon vergangen und du hast noch keinerlei Schritte unternommen. Du hast dich nur damit begnügt, um dich herumzugaffen. In diesen Tagen wird Misme vier Jahre alt, und es dürfte Zeit für dich sein, endlich ein vernünftiger Mann zu werden. Wenn du nicht an mich und meine Zukunft denken willst — du hast es ja nie getan —, so denke doch zumindest an deine Tochter und ihre Zukunft. Was wird sie denken, wenn sie dich, ihren Vater, nur als einen Tagedieb und Almosenempfänger sieht? Wenn du wenigstens ein Rennreiter oder Wagenlenker wärst oder ein geschickter Hornist, so wärst du wenigstens etwas. Aber so wie du jetzt bist, bist du gar nichts."

Ich war so glücklich über ihre Zärtlichkeiten und Liebkosungen, daß ich mich nicht einmal über ihre Worte ärgern mochte oder sie daran erinnern, daß Misme doch schließlich nicht meine Tochter war. Ich hatte das kleine Mädchen ja sehr gern und spielte oft mit ihr, denn sie hing mehr an mir als an Arsinoe, die selten für irgend etwas anderes Zeit hatte als für Schimpfen und Zurechtweisen. Ich streckte meine Glieder im Bett, gähnte herzhaft und sagte im Scherz:

„Als Liebhaber bist du doch wohl mit mir zufrieden, Arsinoe? Wenn dies der Fall ist, genügt es mir."

Sie klatschte mit dem Handrücken gegen meinen Mund, ließ ihre Hand über meine nackte Brust gleiten und flüsterte:

„Danach brauchst du nicht zu fragen, Turms. Es hat mich doch kein Mann so göttlich geliebt wie du. Das weißt du ja selbst am besten."

Sie richtete sich ein wenig auf, stützte sich auf ihren Ellenbogen, blies in das Kohlengefäß, so daß die rötliche Glut ihre Gesichtszüge beleuchtete und ihre schwarzen Augen aufblitzen ließ, überlegte und sagte:

„Wenn das deine einzige Fähigkeit ist, Turms, dann mache doch wenigstens davon Gebrauch. Nach außen hin ist Rom ja streng in seinen Sitten, aber innen wird, glaube ich, kein großer Unterschied im Vergleich zu anderen Ländern vorhanden sein. Durch ein geschickt ausgesuchtes Schlafzimmer sind viele Männer zu unwahrscheinlich hohen Stellungen emporgestiegen, haben hohe kaufmännische Sonderrechte als Geschenk erhalten oder sind zum Verwalter auf Gütern eingesetzt worden, um dann schließlich den Herrn des Hauses aus dem Felde zu schlagen. Schau, es gibt keinen noch so einfältigen Mann, der nicht voran käme, wenn er nur eine genügend hohe Stellung erklommen hat. Es ist, als gäben die Götter, wenn sie einem Manne ein Amt übertragen, gleichzeitig soviel Verstand mit, daß er es auszufüllen vermag. Du bist nicht dumm, Turms, wenn du nur wolltest."

Ihr kaltblütiger Vorschlag ließ mich im Bett hochfahren. „Arsinoe", schrie ich, „meinst du es wirklich ernsthaft, du, gerade du, daß ich bei einer fremden Frau schlafen soll, um mir politische oder materielle Vorteile mit Hilfe ihres Mannes oder ihrer Freunde zu verschaffen? Liebst du mich denn nicht mehr?"

„Selbstverständlich wäre ich etwas eifersüchtig", beeilte sich Arsinoe zu beteuern, „aber ich würde es dir verzeihen, wenn ich wüßte, daß es für unsere gemeinsame Zukunft geschieht. Lediglich dein Körper und nicht dein Herz wären an der ganzen Sache beteiligt. Dann wäre es von keiner Bedeutung."

Sie streichelte abtastend meine Glieder, lachte hell auf und sagte: „Ganz im Ernst, dein Körper ist so schön gebaut und entspricht seinem Zweck so gut, daß ich das Gefühl habe, er wäre verschwendet, wenn er nur eine Frau erfreute."

Eisig bemerkte ich: „Dasselbe gilt für deinen Körper, Arsinoe. Du weißt es ja selbst. Ist dein Vorschlag eine Drohung?"

Arsinoe legte die Hand vor ihren Mund und gähnte. „Völlig ohne Grund wurde deine Stimme so eisig, Turms", tadelte sie. „Du hast es doch selber gemerkt, wie sehr ich mich verändert habe. Nein, nein, Tertius Valerius würde kein solches Verständnis aufbringen und mir verzeihen so wie du, wenn er meinen Leichtsinn merken würde. Aber vergiß, was ich eben gesagt habe. Ich habe nur so hingeredet, wie es mir in den Sinn kam. Ein anderer Mann hätte meine Worte vermutlich als Höflichkeit aufgefaßt. Aber du bist stets gleich starrköpfig."

In dieser Nacht lag ich lange wach, und durch die dicken Wände des Hauses drangen der wilde Lärm, das Lachen und die Rufe auf der Straße an mein Ohr. Dieses habe ich über die Saturnalien der Römer erzählt.

Nur einige Tage später, als in der Stadt immer noch der übliche niederdrückende Katzenjammer nach den Festlichkeiten herrschte und ich mich selbst sogar bei dem Gedanken, daß ich tatsächlich nichts war, verstimmt fühlte, kam Arsinoe hereingestürzt, und ich erkannte sie kaum wieder, denn ihre Gesichtszüge waren hart und völlig verändert. Ihr Gesicht war wie eine weiße Steinmaske, und sie erschien meinen Augen nicht mehr schön, sondern furchterregend wie Gorgo.

„Turms", sagte sie herausfordernd, „hast du dir in letzter Zeit Hanna angeschaut? Hast du an ihr irgend etwas Außergewöhnliches bemerkt?"

Ich hatte Hanna nicht besonders beachtet, obwohl ich ihre Nähe gespürt und ihren leuchtenden Blick wahrgenommen hatte, wenn sie mit Misme spielte. Ich hatte kaum ein Wort mit ihr gesprochen.

„Was ist denn?" fragte ich erstaunt. „Vielleicht ist ihr Gesicht etwas schmäler geworden. Sie wird doch nicht krank sein?"

Arsinoe klatschte ungeduldig in die Hände. „Ihr Männer, seid ihr denn völlig blind?" schrie sie giftig. „Zwar bin ich selbst genau so blind gewesen, weil ich mich auf dieses dunkelhäutige Elymiermädchen verlassen habe. Ich glaubte sie gut erzogen zu haben. Jetzt ist sie auf jeden Fall schwanger."

„Hanna schwanger?" fragte ich völlig verdutzt.

„Irgendwie fiel sie mir auf, und ich forderte Rechenschaft von ihr", erklärte Arsinoe. „Sie sah sich gezwungen, ein Geständnis abzulegen. Bald kann man sich über ihren Zustand nicht mehr täuschen. Das dumme Luder glaubte wohl, mich, ihre Herrin, hinters Licht führen zu können, und hat sich selbst auf eigene Faust käuflich angeboten. Oder vielleicht ist sie noch einfältiger und hat aus Liebe mit irgendeinem gut aussehenden, stattlichen Liktoren oder Ringer geschlafen. Im Namen der Geister des Hades, ich werde sie mir noch vorknöpfen."

Dann erst kam mir die Erinnerung, und ich spürte den Stich meiner eigenen Schuld in meinem Herzen. Ich war es doch, der im Hafen von Panormos, um meine Einsamkeit zu verscheuchen, meinen Körper mit ihrer Unberührtheit zum Glühen gebracht hatte. Aber ich war doch unfruchtbar, das hatte mir Arsinoe doch glaubhaft eingeredet. Von mir konnte Hanna also nicht schwanger geworden sein. Ich hatte lediglich den Weg freigemacht. Ich war daran schuld, wenn sie den Verlockungen einer Stadt wie Rom erlegen war. Aber das konnte ich doch unmöglich Arsinoe gestehen.

Arsinoe beruhigte sich, überlegte kaltblütig und sagte: „Sie hat mein Vertrauen mißbraucht. Was für einen hohen Preis hätte ich für sie als Unberührte bekommen! Wie hätte ich doch alles gut für sie ordnen können! Sie wäre in der Lage gewesen, sich viel Geld zu verdienen und sich gar später gemäß den Gesetzen Roms freizukaufen. Aber eine schwangere Sklavin kauft höchstens irgendein Gutsbesitzer, der zusätzliche Arbeitskraft auf den Feldern braucht und vielleicht später, wenn das Mädchen hübsch ist, seine eigene ‚Bastard-Herde' zu vermehren trachtet. Was nutzt es, einem zerbrochenen Krug nachzuweinen! Wir werden sie schnellstens verkaufen und damit Schluß. Jeder Bissen, den sie von nun ab schluckt, jedes Kleidungsstück, das sie trägt, ist verlorenes Geld, oder was denkst du, Turms?"

Völlig entsetzt sagte ich, daß Hanna doch schließlich Misme tadellos betreut habe und daß Arsinoe sich nicht soviel um die Verpflegung zu kümmern brauchte, weil doch Tertius Valerius alles bezahlte und nicht wir. Arsinoe schrie vor Wut über meine Dummheit schrill auf, rüttelte mich an den Schultern und erklärte:

„Du Wahnsinniger, willst du denn eine Dirne als Pflegerin für deine Tochter halten, und was für Sitten, glaubst du, wird sie Misme beibringen? Was wird Tertius über uns denken, weil wir auf unsere Kinderpflegerin nicht besser aufgepaßt haben? Wir selbst essen schon genug und verbrauchen seine Geldmittel, ohne ihm irgendeinen Nutzen zu bringen, du auf alle Fälle. Dir kommt es wahrhaftig nicht zu, über Geldausgaben zu reden, Turms. Wir wären schon verflucht unverschämt, wenn wir nicht bei Gelegenheit an die Vorteile von Tertius Valerius dächten. Aber zunächst muß das Mädchen verprügelt werden, und ich werde selbst darüber wachen, daß dies nicht mit ungeübten Händen geschieht."

Und wiederum habe ich keine andere Entschuldigung, als daß sich alles viel zu schnell abspielte, so daß ich nicht eingreifen konnte und ich außerdem durch mein Schuldbewußtsein gelähmt wurde. Als Arsinoe herausgeeilt war, blieb ich, den Kopf in den Händen vergraben, sitzen und starrte die farbigen Steinplatten des Estrichs an, bis ich aus meinen wirren Gedanken durch einen aus dem Hof zu mir dringenden Schmerzensschrei gerissen wurde. Blindlings lief ich hinaus und sah, wie Hanna an den Handgelenken am Pfahl festgebunden war und der Stallsklave ihren nackten Rücken aus Herzenslust mit der Rute bearbeitete, so daß schon Striemen auf ihrer glatten Haut zu sehen waren.

Sinnlos vor Wut lief ich auf den Sklaven zu, riß ihm die Rute aus der Hand und hieb ihm damit übers Gesicht, so daß er aufschreiend zurücktrat. Arsinoe stand vor Erregung zitternd und mit gerötetem Gesicht daneben.

„Jetzt ist es aber genug", sagte ich, „verkaufe das Mädchen, wenn du willst, aber sie muß an einen anständigen Mann, der für sie sorgen wird, verkauft werden."

Nachdem die Rutenhiebe aufgehört hatten, war Hanna zusammengesunken; sie hing an den Handgelenken am Pfahl, das Schluchzen ließ ihren Körper immer noch erzittern, obwohl sie sich zu beherrschen suchte. Arsinoe stampfte mit dem Fuß auf, die Augen so weit aufgerissen, daß das Weiß des Augapfels um die Iris leuchtete, und schrie:

„Du mischt dich nicht in diese Angelegenheit ein, Turms. Erst muß das Mädchen gestehen, wer es schwanger gemacht, mit wievielen sie geschlafen und wo sie das verdiente Geld versteckt hat. Es ist unser Geld, begreifst du das nicht, und von dem, der sie vergewaltigt hat, wird man später unter Drohung mit einem Gerichtsverfahren etwas erpressen können."

Da schlug ich Arsinoe ins Gesicht. Es war das erstemal, daß ich sie schlug, und ich erschrak sogar selbst darüber. Arsinoe wurde fahl und ihr Gesicht verzerrte sich grauenhaft, aber zu meinem Erstaunen beruhigte sie sich. Ich ergriff mein Messer, um die Lederriemen durchzuschneiden und Hanna vom Pfahl zu befreien, aber Arsinoe gab dem Sklaven ein Zeichen und sagte:

„Zerschneide doch nicht unnütz die wertvollen Lederriemen. Der Sklave mag die Knoten lösen. Wenn das Mädchen dir so lieb ist, daß du nichts wissen willst, dann mag dein Wille geschehen. Sie soll vom Fleck weg mit einem Seil um den Hals auf den Viehmarkt zum Verkauf geführt werden. Ich kann ja selbst mitgehen, um zu sehen, daß sie von einem anständigen Käufer erworben wird, wenn sie es auch nicht verdient hat. Du bist ja immer ein Mann von weichem Gemüt gewesen, und ich bin gezwungen, mich deinem Willen zu unterwerfen."

Hanna hob ihr Gesicht vom Boden empor; ihre Augenlider waren von Tränen dick geschwollen, ihre Lippen hatte sie zerbissen, denn trotz der Rutenhiebe weigerte sie sich, das einzige Wort zu sagen, so leicht es ihr auch gewesen wäre, mich zu beschuldigen, sie auf schlechte Wege gebracht zu haben, weil ich doch der Erste bei ihr gewesen bin. Aber in ihrem Blick war kein Vorwurf, keine Anklage. Sie öffnete lediglich die Augen, richtete ihren Blick auf mich und es schien, als würde sie sich freuen, mich noch einmal so zu sehen, wie ich war, als ich sie verteidigte.

Als ich ihrem Blick begegnete, erfüllte mich ein erbärmliches Gefühl der Erleichterung, und ich dachte nicht daran, daß man sich auf Arsinoe nicht verlassen konnte. Soviel Zweifel hegte ich aber doch, daß ich fragte:

„Schwörst du, daß du beim Verkauf nur an das Beste des Mädchens denkst, wenn du auch dadurch einen niedrigeren Preis erzielen solltest?"

Arsinoe blickte mir gerade in die Augen, holte tief Atem und beteuerte: „Natürlich schwöre ich. Der Preis ist Nebensache, die Hauptsache ist, daß wir das Mädchen loswerden."

Im gleichen Augenblick lief schon der Haussklave mit dem für weibliche Sklaven in Rom üblichen weiten und langen Überwurf herbei und legte ihn über ihren Kopf und ihre Schultern. Der Stallsklave riß Hanna vom Boden hoch und warf eine Seilschlinge um ihren Hals, und so traten sie aus dem Tor. Der Stallsklave ging voran, er führte Hanna am Seil, und Arsinoe folgte hinterher, ihren Überwurf eng um sich festziehend.

In meiner Not lief ich ihnen einige Schritte nach, hielt Arsinoe an der Schulter zurück und flehte sie an, während die Tränen mir den Hals fast zuschnürten:

„Merke dir wenigstens den Namen und den Heimatort des Käufers, damit wir wissen, wohin Hanna kommt."

Arsinoe blieb stehen, schüttelte den Kopf und sagte dann erstaunlich sanft: „Lieber Turms, ich verzeihe dir und verstehe schon dein häßliches Benehmen. Dies alles bedeutet für dich offenbar dasselbe wie für jemanden, der gezwungen ist, ein Lieblingstier, einen Hund oder ein Pferd, an dem er hängt, wegen Krankheit aus Barmherzigkeit töten zu lassen. Gibt denn ein guter Besitzer diesen Auftrag nicht einem Freund, dem er vertraut, ohne wissen zu wollen, wie und wo es geschieht oder wo der Kadaver vergraben wird? Für dich selbst, nur mit Rücksicht auf deine Gefühle, ist es besser, wenn du nicht weißt, wohin das Mädchen kommt, und wenn du auch gar nicht mehr an sie denkst. Vertraue mir, Turms. Ich werde schon alles zum besten für dich ordnen, weil du so weichherzig bist."

Sie strich mir tröstend über die Wange, eilte dem Sklaven nach und gab ihm ein Zeichen, daß er weitergehen solle. Ich mußte wohl zugeben, daß die Worte Arsinoes, zumindest äußerlich gesehen, ganz vernünftig klangen. Dennoch bohrte der Zweifel in meinem Gemüt, und ich fühlte mich immer noch schuldig, wenn ich mir auch einzureden versuchte, daß Hanna als Elymierin von Natur aus leichtsinnig war. Sie hätte sich sonst wohl nicht so leicht mir hingegeben und damit den Anfang gemacht. Es war für mich schon besser, wenn ich daran nicht mehr dachte oder davon sprach.

Arsinoe half mir dabei, denn nachdem sie am Nachmittag vom Viehmarkt, wo sich am Rand desselben eine Verkaufstribüne für billige Sklaven befand, zurückkehrte, war sie so feinfühlend, daß sie nicht einmal erwähnte, welchen Preis sie für Hanna erzielt hatte. Auch später hat sie mir gegenüber mit keinem Wort die Angelegenheit zur Sprache gebracht. Dies hätte mir doch irgendwie verdächtig erscheinen müssen, aber das Gegenteil war der Fall, denn es half mir zu vergessen, so stark hatte das alltägliche Leben im Hause des Tertius Valerius von mir Besitz ergriffen.

5.

Es war mir wohl so bestimmt, daß ich noch die von den Raben angekündigten neun Jahre innerhalb der Mauern zappeln müßte, ohne mir selbst den Spiegel vorzuhalten, damit ich das Leben kennenlernen und das richtige Alter erreichen sollte. Deshalb war mir sicherlich Arsinoe als Weggenossin gegeben worden, denn es wäre wohl kaum einer anderen Frau gelungen, mich solange in den irdischen Fesseln und den alltäglichen Gedankengängen zu halten. Ihr Verdienst war es, daß Tertius Valerius mich eines Tages beiseite nahm und mit mir in der sanften Art eines alten Mannes sprach.

„Mein lieber Sohn Turnus", sagte er freundlich. „Du weißt ja, daß ich Gefallen an dir gefunden habe und daß die Anwesenheit deiner Frau mir die Tage meines Alters erhellt. Aber mein Anfall auf dem Forum, als das Volk dort lärmte, war ein nützliches memento mori, und auch du weißt es, daß ich jeden Tag tot umfallen kann. Deshalb mache ich mir Sorgen bei dem Gedanken an deine Zukunft."

„Schau, lieber Turnus", fuhr er mit seiner zittrigen Greisenstimme fort. „So gern ich dich auch habe, so gestatte mir, als altem Mann, dir zu sagen, daß du kein eines Mannes würdiges Leben führst. Du mußt dich zusammennehmen und mit irgend etwas beginnen. Du hast dich nun genug umgeschaut, um die Sitten und Bräuche Roms kennenzulernen. Auch die Sprache hast du besser sprechen gelernt als irgendein in die Stadt gezogener Sabiner oder ein Glied eines anderen Volkes, das zur Erhöhung der Einwohnerzahl Roms aus seinem Heimatort umgesiedelt worden ist. Du kannst da schon als Römer gelten, wie jeder andere, wenn du nur willst."

Er schüttelte das Haupt, lächelte mit zugekniffenen Augen und meinte: „Sowohl deiner als auch meiner Ansicht nach ist diese Stadt roh und erbarmungslos. Ich selbst wünschte, daß sie wieder in die Gewalt des Saturnus zurückkehren möge, aber die Wölfin des Kriegsgottes ist die Amme Roms. So haben es die Götter anscheinend bestimmt, und wir können nichts anderes tun, als uns ihrem Willen zu unterwerfen. Rom ist eine brodelnde und wachsende Stadt, und jedem tüchtigen Manne ist Gelegenheit gegeben, mit ihr zu wachsen. Ich halte keineswegs alle Grundsätze Roms für richtig oder seine Kriege für gerecht. Zwischen uns, den Söhnen ihrer Väter, und dem Volke besteht eine Kluft, die wie eine eiternde Wunde am Staatskörper frißt. Die Frage der Landaufteilung müßte gelöst werden, denn einmal wird sie doch auftauchen, und zwar je später, um so einschneidender. Die Habgier ist unsere Schwäche, und wir möchten nicht einmal einen Teil unseres Landbesitzes abgeben, bevor wir dazu gezwungen sind."

Wieder schüttelte er den Kopf, lachte auf und sagte: „Verzeih einem alten Manne, wenn ich von der eigentlichen Sache abkomme und meine alten Gedankengänge wiederhole, die mir bei meinen Standesgenossen und der Verwandtschaft den Ruf eines Dummkopfes eingebracht haben. Richtig oder falsch, Rom ist meine Stadt und die meiner Familie, seitdem unser Stammvater vor hundertfünfzig Jahren, arm wie eine Kirchenmaus, aus Volsin kam, um sich in der neuen Welt eine Zukunft aufzubauen. Nur der einfältige Mensch macht aus seinem Irrtum eine Tugend und protzt damit. Ich prahle nicht mit dem Tod meiner einzigen Söhne. Das war der bitterste Irrtum meines Lebens, wenn auch das Volk im Forum auf mich mit dem Finger zeigt und die Väter ihren Söhnen ins Ohr flüstern: Dort geht der Mann, Tertius Valerius, der seine eigenen Söhne den Liktoren auslieferte, um so die Alleinherrschaft Roms zu verteidigen. Ich drehe mich nicht um und rufe ihnen nicht zu, daß es ein grauenhafter

Irrtum war, weil es besser ist, daß die Menschen der Lüge Glauben schenken, wenn es zum Nutzen Roms gedeiht und die Jugend stählt, damit sie die kommenden Prüfungen ertragen kann. Denn solche stehen uns bevor."

Sein Körper fing zu zittern an und der Speichel tropfte aus seinem schief gebliebenen Mundwinkel. Arsinoe betrat das Zimmer, als ob sie nur zufällig an der offenen Tür vorbeigegangen wäre, wischte mit dem Leinentuch den Bart des Greises ab, strich mit der Hand beruhigend über sein lichtes Haar und fragte ärgerlich:

„Du wirst doch wohl unseren Gastgeber nicht ermüden oder ihn verdrießen?"

Tertius Valerius hörte sofort zu zittern auf, als er die Hand Arsinoes in der seinen fühlte, schaute sie liebevoll an und beteuerte: „Nein, meine Tochter, er ermüdet mich gewiß nicht, eher ich ihn. Ich müßte daran denken, daß ich keine Rede im Senat halte. Ich habe einen völlig fertigen Vorschlag für dich, Turnus. Wenn du willst, kann ich dir die Staatsbürgerrechte Roms in einem verhältnismäßig günstigen Tribus verschaffen. Als Plebejer natürlich, aber du hattest ja, wie du beweisen kannst, bei der Ankunft in der Stadt soviel eigenes Vermögen, daß es der Vermögensstufe eines Schwerbewaffneten entspricht. In die Kavallerie kannst du nicht kommen, denn sie ist eine Sache für sich. Aber du könntest als Schwerbewaffneter dienen, denn du hast ja schon Kriegserfahrungen gesammelt, wie deine Frau mir bereits erzählt hat und was deine Narben bestätigen. Hier hast du deine Chance, Turnus. Alles andere hängt von dir selbst ab. Das Tor des Janus-Tempels steht immer offen."

Soviel wußte ich, daß ein gefährlicher Krieg bevorstand, denn der Landesverräter Coriolanus brachte den Volskern den römischen Frontalkampf bei. Er war sogar so gerissen, daß er Truppen auf Raubzüge in die Umgebung Roms aussandte, damit diese die Wohnhäuser der einfachen Landbevölkerung plündern und einäschern sowie ihr Vieh mitnehmen sollten, doch befahl er ihnen, die Güter der Patrizier zu schonen. Das einfache Volk, das schon von Natur aus den Patriziern mißtraute, glaubte nun natürlich, daß diese gemeinsam mit Coriolanus im geheimen den Versuch unternahmen, das Volk seiner von ihm auf dem heiligen Berg errungenen Rechte zu berauben. Deshalb rief die Aushebung Tumulte hervor, und zwar in solchem Umfange, daß sogar Männer aus dem Volke, welche der Konsul von Ansehen kannte und die er namentlich aufrief, sich weigerten, vorzutreten.

Ich vermutete, daß ich selbst nur ein Gesuch einzureichen brauchte, um das römische Mitbürgerrecht zu erhalten, da ich ja doch die nötigen Mittel zur Anschaffung der Ausrüstung besaß. Empfehlungen von Tertius Valerius benötigte ich unter diesen Umständen gar nicht. Mit seinem Vorschlag meinte er es schon gut mit mir, wie er mit Arsinoe zusammen bereits die Sache fertig besprochen hatte, aber als Römer dachte er auch an die Vorteile seiner Stadt. Ein Schwerbewaffneter mehr bedeutete schon eine Verstärkung des Heeres, und er vermutete, daß derjenige, der erst vor kurzem die Bürgerrechte verliehen bekommen hatte, darauf bedacht sein mußte, sich im Kampf auf das beste zu bewähren, um in der Stadt Ruhm zu ernten.

Sein Vorschlag war vernünftig, aber als Begleiter des Dorieus hatte ich genug vom Krieg. Bei dem Gedanken an einen Krieg verspürte ich die gleiche Übelkeit wie einst in der Stadt Eryx, als ich die Feige in den Mund steckte und sie mir nicht schmeckte. Ich wußte keine Erklärung für mein Gefühl, aber es war so stark, daß ich antwortete:

„Tertius Valerius, nimm es bitte nicht übel, aber ich halte mich für noch nicht reif genug, um die römische Staatsangehörigkeit zu erwerben. Vielleicht später. Aber mit Sicherheit kann ich nichts versprechen."

Tertius Valerius und Arsinoe wechselten Blicke miteinander. Zu meinem Erstaunen versuchten sie nicht, mich weiter zu überreden. Statt dessen fragte Tertius Valerius vorsichtig:

„Was gedenkst du denn zu tun, mein Sohn? Wenn ich dir nur irgendwie mit Rat behilflich sein kann, so rede frei heraus, was du auf dem Herzen hast."

Der Gedanke war sicherlich schon in mir ausgereift, wenn er mir auch erst bei seiner Frage bewußt wurde. „Es gibt doch auch andere Länder als Rom", sagte ich. „Um meine Kenntnisse zu erweitern, gedenke ich, die etruskischen Städte zu bereisen. Im Osten sind Vorbereitungen für einen gewaltigen Krieg im Gange, darüber habe ich zuverlässige Meldungen erhalten. Die Möglichkeit besteht, daß die Wellen dieses Krieges das italienische Festland erreichen werden. Bei einer solchen Flut wird Rom auch nur eine Stadt unter anderen Städten sein. Nachrichten aus anderen Ländern werden stets benötigt. Vielleicht werden meine Kenntnisse und mein politischer Verstand einmal Rom zugute kommen."

Tertius Valerius nickte begeistert und sagte: „Vielleicht hast du recht. Es werden ständig politische Ratgeber benötigt in Fragen, die ferne Länder betreffen. Beim Erwerb von Kenntnissen für diesen Zweck wäre die römische Staatsangehörigkeit nur ein Hindernis, weil du dadurch an die Wehrpflicht in Rom gebunden sein würdest. Ich selbst kann dir Empfehlungsschreiben an einflußreiche, hochstehende Persönlichkeiten sowohl in Veji als auch in Caere mitgeben, die die nächstgelegenen größten Städte der Etrusker sind. Es wäre klug und von Vorteil, wenn du auch die großen etruskischen Küstenstädte Populonia und Vetulonia kennenlernen würdest. In bezug auf die Eiseneinfuhr sind wir von ihnen völlig abhängig. Schließlich beruht die Waffenmacht Roms auf der freien Einfuhr von Eisen aus den etruskischen Städten."

Als Arsinoe sich wieder vorbeugte, um seinen vor lauter Eifer speicheltröpfelnden Mund abzuwischen, nützte ich die Gelegenheit und sagte lächelnd:

„Ich habe schon lange genug, ja mehr als gebührlich deine Gastfreundschaft in Anspruch genommen, Tertius Valerius. Ich kann dich nicht noch weiter belasten und dich bemühen, mir Empfehlungsschreiben mitzugeben. Ich möchte allein und ganz frei wandern und ich weiß nicht, ob Empfehlungen eines römischen Senators von Vorteil sein würden, wenn ich die Freundschaft hochgestellter Etrusker zu gewinnen suchte. Es wird besser sein, wenn ich mich nicht einmal auf Grund deiner Empfehlungen an Rom binde, wenn ich auch noch so großen Wert auf deine Freundschaft lege."

Vermutlich begriff Tertius Valerius, daß ich meine Freiheit im Hinblick auf die kommenden Ereignisse behalten wollte, sowohl für als auch gegen Rom. Aber er liebte Rom doch zu sehr, um anzunehmen, daß ich mich jemals gegen Rom wenden könnte, nachdem ich es kennengelernt hatte.

Er legte seine Hand in herzlicher Weise mir auf die Schulter und sagte, ich solle meinen Aufbruch keineswegs überstürzen. Als sein Freund hätte ich stets einen Platz an seinem Herd, wann und wie lange ich nur wollte. Trotz der Wärme seiner Stimme hatte ich das sichere Gefühl, daß dies den Abschied bedeutete. Aus irgendeinem Grunde wollten er und Arsinoe mich aus Rom weg haben. Mein Vorschlag fand bei beiden Zustimmung.

Ihr Benehmen verletzte meine Eitelkeit jedoch so sehr, daß ich mich entschloß, allein und mit eigenen Mitteln auszukommen und diese möglichst auf meinen Reisen zu vermehren. Auf diese Weise band Arsinoe mich fester an die Erde und den Alltag, als wenn ich noch bei ihr geblieben wäre. Sie zwang mich, unter das einfache Volk zu gehen und mir Erwerbsmöglichkeiten zu suchen, ja im Notfalle sogar mit meiner Hände Arbeit, etwas, was ich bis jetzt noch nie getan hatte. Deshalb waren meine Wanderungen eine Art Lehrzeit für mich, um die natürlichen Bedürfnisse des einfachen Menschen in der zivilisierten Welt kennenzulernen.

Ich tauschte meine schönen Schuhe gegen römische Wanderstiefel mit dicken Sohlen ein und kleidete mich in ein einfaches Hemd und einen grauen Wollüberwurf. Mein Haar war wieder gewachsen, und ich flocht es, ohne es mit Öl einzureiben, in einen Zopf als einfachen Knoten im Nacken. Arsinoe mußte trotz ihrer Tränen über mein Aussehen und meine Kleidung lachen. Das erleichterte unseren Abschied, der bestimmt auch für sie bitter war. Tertius Valerius sagte:

„Du hast recht, Turnus, zuweilen sieht man mehr von der Ebene als von den Zinnen eines Tempels. In deinem Alter hatte ich Schwielen an diesen meinen Händen, die breit wie Schaufeln waren. Wenn ich dich jetzt so vor mir sehe, achte ich dich höher als zuvor."

Nach diesen Worten hätte ich begreifen müssen, daß ich einen neuen Weg betrat, einen Weg, der dem Blindekuhspiel ähnlich war. Selbstverständlich war das Glück der Hekate mein Begleiter, denn sie hilft ebenso bei geringeren wie bei größeren Gelegenheiten. Als ich auf der Brücke stehenblieb, um das reißende gelbliche Hochwasser des Tibers zu betrachten, raste eine wildgewordene Viehherde an mir vorbei, und ich wäre einfach an dem Brückengeländer zerdrückt worden, wenn ich nicht rechtzeitig über das Geländer gesprungen wäre und mich am Brückenpfeiler auf der Außenseite festgehalten hätte. Die wütenden Zurufe der Wächter erhöhten noch das Durcheinander, bis der Viehtreiber, ein ganz einfacher Mann, nach Hilfe schrie und seine halbwüchsige Tochter zu weinen anfing. Ich sprang auf die Brücke zurück, steckte dem Leitstier die Finger in die Nüstern und hielt ihn so mit eisernem Griff, so fest wie ich es nur vermochte. Der Stier warf vergebens den Kopf hin und her, beruhigte sich aber bald, als habe er begriffen, daß er seinem Herrn begegnet sei. Nachdem er sich beruhigt hatte, benahm sich die übrige Herde wieder ganz zahm und folgte mir und dem von mir geführten Leitstier ohne weiteres, bis wir über die Brücke kamen und ich die Herde am Wegrand zu dem nicht allzu steilen Abhang des Janiculus führen konnte.

Dort erst ließ ich den Stier los und wischte den ekelhaften, aus seinen Nüstern fließenden Schleim von meiner Hand. Der Viehtreiber erreichte mich hinkend, er hielt seinen Rücken, denn der Wächter am Brückenkopf hatte ihm mit dem Speerschaft einen Hieb über den Rücken versetzt. Er segnete mich im Namen des Saturnus. Daraus entnahm ich, daß er einer von den einfachen Landbewohnern Roms war. Seine Tochter trocknete sich die Tränen und umarmte ihre Kühe.

Der Viehtreiber setzte sich an den Wegrand, rieb sich den Rücken und sagte: „Was soll man jetzt tun, Herr? Aus deinem Gesicht sehe ich, daß du keiner von uns bist. Wir leben in schlechten Zeiten, und auf Befehl meines Herrn sollen wir unser hervorragendes Vieh auf den Marktplatz von Veji treiben, weil die Volsker einrücken und es sonst stehlen werden. Früher hat sich meine Viehherde noch nie so wild gebärdet, und ich weiß gar nicht, wie meine Tochter und ich das Vieh zu zweit in Zaum halten werden, besonders nachdem ich am Rücken verletzt worden bin."

Seine Hilflosigkeit rührte mich, und seine Tochter war ein hübsches Ding, wenn sie auch barfüßig war. So sagte ich hilfsbereit:

„Viel verstehe ich von Viehzucht nicht, aber ich bin nach Veji unterwegs und habe keine Eile. Ich helfe dir gern, dein Vieh im Zaum zu halten, aber melken kann ich nicht."

Er freute sich sehr und sagte: „Von dem neuen Gott Merkurius scheint doch Hilfe zu kommen. Als ich diese meine Geschäftsreise begann, ging ich noch rasch zum Tor seines Tempels, um mich vor ihm zu verneigen, und der junge und gütige Gott hat mir dich sofort zur Hilfe geschickt."

Und so begannen wir zusammen in dem langsamen Trott einer Viehherde die Wanderung längs der holprigen ausgetretenen Straße nach Veji. Ich nahm eine Gerte in die Hand, aber bald merkten wir, daß es am besten ging, wenn ich vorausschritt. Ich hielt dabei die Hand auf dem Nacken des Leitstiers, und der Viehtreiber mit seiner Tochter gingen hinter der Herde und trieben das Vieh weiter, das gern am Wegrand verweilte, um sich am Gras gütlich zu tun. Bald verlief alles so glatt und leicht, daß das Mädchen ein altes Hirtenlied anstimmte. Die Sonne kam von Zeit zu Zeit hinter den Wolken hervor, und mein Sinn hellte sich trotz des Abschiedsschmerzes auf. In der Abenddämmerung war ich froh und dankbar, daß die Wanderung so langsam vor sich ging, denn in dem neuen Schuhwerk hatte ich mir Blasen an den Fersen gelaufen. Deshalb zog ich die Schuhe aus, warf sie über die Schulter und lief barfuß weiter. Zum erstenmal verspürte ich, welches Wohlgefühl der Staub der Erde in den nackten Füßen des Menschen hervorruft.

Vor Einbruch der Nacht fanden wir ein verlassenes Viehgehege, dessen Umzäunung uns einen ruhigen Nachtschlaf sicherte. Sonst hätten wir abwechselnd wachen müssen. Wir zündeten ein Feuer an, um uns zu wärmen, denn der Abend des Vorfrühlings war bitter kalt. Vater und Tochter begannen die Kühe zu melken, und als ich sah, wie schwer es dem Mann fiel, mit seinem verletzten Rücken in Hockstellung zu bleiben, versuchte ich, ihnen zu helfen. Lachend zeigte mir das Mädchen, wie ich meine Hände gebrauchen müßte, und die Berührung ihrer sonnenverbrannten Finger ließ meinen Körper erzittern, jedoch nicht aus Begierde, sondern die Nähe eines schönen, jungen Menschen rührte mich an. Ich wunderte mich über die Weichheit ihrer Hände, und sie erklärte, dabei über meine Dummheit herzlich lachend, daß es vom Melken und der fetten Milch käme. Sie erzählte, daß die vornehmen Frauen der Etrusker sogar in Milch badeten, um eine glatte und weiche Haut zu bekommen. Ihrer Ansicht nach sei das ein Verbrechen gegen die Götter, weil doch Milch, Butter und Käse als Nahrung für den Menschen bestimmt seien.

Ich sagte, daß es ebenso ein Verbrechen sei, die warme Milch in die Erde zu melken. Das Mädchen wurde ernst und erklärte: „Not kennt kein Gebot. Wir konnten keine Milchgefäße mitnehmen, aber die Kühe müssen gemolken werden. Sonst leiden sie darunter, die Euter entzünden sich, und wir würden dann nicht den von unserem Herrn geforderten Preis erzielen."

Sie schielte zu ihrem Vater hinüber und sagte leise: „Auch sonst werden wir wohl kaum den von unserem Herrn genannten Preis bekommen. An den vielen Hufspuren kann man erkennen, daß alle Patrizier gleichzeitig auf denselben Gedanken verfallen sind. Ich befürchte, daß die Viehhändler in Veji morgen oder übermorgen für das römische Vieh nur das bezahlen werden, was sie selbst wollen. Es ist aber ganz gleich, welchen Preis mein Vater auch erzielt, unser Herr wird doch unzufrieden sein und wird ihn verprügeln lassen. Der Verlust eines hervorragenden Viehbestandes ist für den Herrn natürlich auch sehr bitter."

„Ihr habt aber einen strengen Herrn", bemerkte ich. Doch das Mädchen begann sofort seinen Herrn zu verteidigen und sagte stolz: „Er ist nicht strenger als die anderen. Er ist ein Römer und ein Patrizier."

Es waren nicht viele milchgebende Kühe dabei, und sie hatten doch genügend kleine Kübel mit, daß jeder von uns soviel warme Milch trinken konnte, wie er mochte. Nachdem wir die Pforte des Geheges zugeschlossen hatten, suchte der Viehtreiber das sauberste Stroh unter dem vertrockneten Mist zusammen und sagte zufrieden: „Ich hätte nicht geglaubt, daß wir eine so gute Liegestatt finden würden. Schlaft gut, Herr."

Er löste seinen Schulterüberwurf, legte sich der Länge nach auf das Stroh und bedeckte sich mit dem groben Stoff. Die Tochter legte sich neben ihn, und der Vater deckte auch sie zu. Als ich noch zögernd stehenblieb, setzte sich das Mädchen auf und bat verwundert: „Legt Euch doch hin, Freund. Laßt uns alle einander wärmen, denn sonst wird es zu kalt beim Schlafen."

Ich hatte schon im Krieg in Ionien gelernt, in kalten Nächten Seite an Seite mit Kriegskameraden zu schlafen, aber dieses war für mich doch etwas Neues, und der Mistgestank des Strohs war mir widerlich. Um das Mädchen nicht zu verletzen, löste ich meinen Wollüberwurf, legte mich neben sie und bedeckte uns mit ihm. Ein Zipfel davon reichte auch noch aus, die Seite des Vaters zu wärmen. Das Mädchen schnupperte an dem neuen Wollüberwurf, prüfte den Stoff mit den Fingern und sagte: „Du hast einen feinen Überwurf."

Plötzlich drehte sie sich auf die andere Seite, schlang ihre Arme um meinen Hals, drückte ihre Wange gegen die meine und flüsterte: „Du bist ein guter Mensch."

Als schäme sie sich ihrer Gemütswallung, versteckte sie ihr Gesicht an meiner Brust, und kurz darauf merkte ich an ihrem Atem, daß sie in meinen Armen eingeschlummert war. Ihr Körper wärmte so wohlig den meinen, wie ein Vögelchen mit seinem Herzschlag die Hand erwärmt. An meiner Wange fühlte ich noch die kurze Berührung ihrer Mädchenwange und mir wurde warm ums Herz. Der Nachthimmel klärte sich auf, die Sterne leuchteten hell, und in der Luft spürte man den kalten Atem der Berge Vejis. Ich schlief tiefer als seit Jahren, ohne zu träumen. Am ersten Tage meiner Wanderung war ich der Erde und den Menschen bereits so nahgekommen.

Die Berge schimmerten und die Sonne strahlte, als wir am nächsten Tage das Vieh den immer steiler werdenden Weg entlang weitertrieben, bis sich uns auf einem uneinnehmbaren Berg das prachtvolle Veji, umringt von seinen Mauern, darbot. Die Dächer der Tempel mit ihren Götterbildern leuchteten uns schon von weitem mit ihren hellen Farben entgegen. Ununterbrochen begegneten wir Hirten aus den römischen Provinzen. Sie warnten uns davor, unsere Wanderung fortzusetzen, und erzählten, daß die Viehhändler Vejis die Notlage Roms ausnützten und elend niedrige Preise für das Vieh zahlten. Sie selbst bereuten den Verkauf und rieten uns, lieber mit dem Vieh wieder umzukehren. Die Gerüchte über einen bevorstehenden Angriff der Volsker könnten vielleicht übertrieben sein. Vermutlich würde es wohl noch eine Weile dauern, bis sie ein genügend gut geschultes Kriegsheer aufzustellen vermochten, das gegen Rom vorzugehen imstande wäre.

Aber der Viehtreiber war gezwungen, den Befehl seines Herrn zu befolgen, wenn ihm auch Zweifel kamen. Mit wehmutsvollem Sinn trieben wir die Viehherde durch das gewaltige Bogentor, und die Wächter wiesen uns einen Platz zu, auf den wir unser Vieh führen sollten. Im Gegensatz zu Rom, in dem Weiden und Sümpfe einen großen Teil des Stadtgebietes innerhalb der Mauern bildeten, war Veji eine dicht bebaute Großstadt, wo nicht einmal im Falle eines Krieges genügend Weiden für das Vieh vorhanden waren. Die Einwohnerzahl war im Vergleich zu Rom doppelt so groß, die Mauern waren länger als die schwache Mauer Roms, und die beiden einander schneidenden Hauptstraßen breit und gerade. Der Steinplattenbelag der Straßen war infolge des regen Verkehrs holprig und ausgetreten; die Vorderseiten der an den Straßen liegenden Häuser waren mit gegossenen und mit hellen grellen Farben bemalten Tonfiguren und Verzierungen geschmückt. Das Volk, dem wir dort begegneten, war ganz anders geartet als in Rom. Die Gesichter waren oval, die Gesichtszüge fein, sie lächelten bezaubernd und ihre Kleider waren von gefälligem Schnitt und hübsch aufgeputzt. Viel Schmuck und schöne Kopfbedeckungen mit Blumenbändern sah man dort. Die Kinder hatten vielerlei Spielzeug und spielten nett und gesittet, ohne den Erwachsenen vor die Füße zu laufen.

Kaum waren wir auf dem Viehmarkt angelangt, als schon robuste Männer herbeieilten, die Ochsen zu begutachten, die Euter der milchgebenden Kühe zu prüfen und den Hornabstand der Färsen zu messen. Nachdem sie dies getan hatten, breiteten sie wie üblich die Arme aus, begannen das Vieh zu tadeln und meinten, es sei unbrauchbar. In kaum verständlichem Latein behaupteten sie, daß es höchstens als Schlachtvieh in Frage käme und daß das Fell angeblich kaum einen Wert darstellte. Und dennoch beeilten sie sich, Angebote zu machen, und es stellte sich heraus, daß aus anderen etruskischen Binnenstädten kurz vorher eine Menge konkurrierender Viehhändler angekommen waren, die das Gerücht, die Römer verschleuderten wegen Kriegsgefahr ihr Vieh zu Spottpreisen, veranlaßt hatte, hierherzukommen. Der Viehbestand Roms war berühmt, weil die Römer dank ihrer Raubkriege Gelegenheit hatten, das beste Zuchtvieh aus den Rinderherden der Nachbarvölker auszuwählen und zu holen und da die Patrizier Roms überdies hervorragende Viehzüchter waren.

Die Viehhändler Vejis hatten sich zusammengetan, sich bis jetzt an den unter sich vereinbarten niedrigen Preis für das in die Stadt getriebene Vieh gehalten und dann das gekaufte Vieh untereinander geteilt. Aber der Wettbewerb der fremden Händler sprengte ihren Käuferring, so daß sie begannen, Angebote zu machen und mit den fremden Händlern und untereinander wettzueifern. Die letzten Viehverkäufer, die die Stadt verlassen hatten, hatten mit geballten Fäusten gedroht und geschworen, sie würden in ganz Rom erzählen, daß es sich nicht lohne, das Vieh zum Verkauf nach Veji zu bringen, sondern es günstiger sei, es zu schlachten und das Fleisch und die Häute für den Eigenbedarf Roms zu verwenden. Deshalb befürchteten die Viehhändler, daß sie das ausgezeichnete römische Vieh nicht mehr erhalten würden.

Der einfältige Viehtreiber hätte das erste Angebot, das der Forderung seines Herrn entsprach, sofort freudig gutgeheißen. Als ich aber sah, worum es hier ging, bat ich ihn, sich zu beruhigen, und machte ihm klar, daß er bis zum Sonnenuntergang noch viel Zeit habe. Wir setzten uns gelassen auf die Erde, aßen Brot und Käse, und ich rief einem umherlaufenden Händler zu, uns Wein zu bringen, den er in schmuck bemalten Tonnäpfchen darbot. Der Wein erfreute das Gemüt, und das von der Wanderung müde gewordene Vieh stand ruhig wiederkäuend um uns herum.

Das Mädchen schaute mich mit lachenden Augen an und sagte: „Du hast uns Glück gebracht, Freund."

Diese Worte erinnerten mich, daß ich von jetzt ab lernen müßte, mein tägliches Brot unter den Menschen zu verdienen, genau wie die anderen. Ich machte dem Vater folgenden Vorschlag:

„Das Brot mit dem Käse, das du mir angeboten hast, genügt mir als Lohn dafür, daß ich dir half, das Vieh glücklich bis hierher zu treiben. Gestatte mir aber, mich an dem Geschäftsabschluß zu beteiligen und für dich zu feilschen. Von dem Teil des erzielten Preises, der die Forderung deines Herrn übersteigt, beanspruche ich die Hälfte für mich. Das dürfte nicht mehr als recht und billig sein."

Der Viehtreiber war nicht das erstemal auf dem Viehmarkt. Und er besaß doch soviel angeborene Bauernschlauheit, daß er sofort sagte: „Ich könnte selbst mein Geschäft zum Abschluß bringen, aber ich verstehe die Sprache der von anderswo hergekommenen Etrusker nicht. Auch sonst dürftest du gescheiter als ich sein, so daß sie es nicht wagen werden, dich so sehr übers Ohr zu hauen, wie sie es bei mir tun würden. Aber die Hälfte vom Gewinn, das ist zuviel. Ich muß an den Vorteil meines Herrn denken. Sei mit einem Viertel zufrieden, so bestätige ich es dankbar mit Handschlag."

Zum Schein tat ich so, als zögerte ich, aber ich streckte doch meine Hand aus, und wir besiegelten unsere Abmachung. Dies hatte ich auch bezweckt, denn mehr als ein Viertel hätte ich vom Gewinn des anständigen Mannes, der ihn vor Prügel retten würde, gar nicht nehmen wollen. Ich stand auf, und in meiner Weinseligkeit ließ ich meiner Zunge freien Lauf.

Ich pries unser Vieh an, sowohl auf Latein als auch in der Sprache der Etrusker, sogar auf Griechisch, das einige aus Tarquinia gekommene Viehhändler wohl verstanden. Während ich das Vieh pries, deuchte mir, als seien die Ochsen, Kühe und Färsen von Licht umflossen, so daß sie den Rindern der Götter zu gleichen schienen und die Viehhändler sie ehrfurchtsvoll mit den Händen von neuem zu prüfen begannen. Schließlich machte mir ein Händler, der einen besonders weiten Weg hierher zurückgelegt hatte, das höchste Angebot, und die anderen bedeckten ihre Häupter mit dem Überwurf, zum Zeichen, daß sie über seine Protzerei völlig zerknirscht seien. Aber hinter dem Saum grinsten sie.

Nachdem wir das Silber gewogen und es in den römischen Kupferwert umgerechnet hatten, stellten wir fest, daß ich mit meinen Lobgesängen mehr als das Doppelte des vom Patrizier geforderten Preises erhalten hatte, so daß der von mir erzielte Preis ungefähr dem wirklichen Friedenswert des Viehs entsprach. Vor lauter Freude küßte der Treiber immer wieder seine Hände, und seine Tochter klatschte mit den Händen auf ihren Kopf und tat einige Tanzschritte. Der hohe Preis ließ sie beide ihre Trauer vergessen, als sie ihre ihnen liebgewordenen Rinder abtreten mußten. Ohne zu zögern, zahlte der Vater mir mein Viertel vom Gewinn in gutem Silber, und flüsterte mir ins Ohr, daß er den besten Zuchtstier im Walde versteckt habe. Die Volsker würden ihn kaum finden, und falls sie ihn finden sollten, würde der Stier mit seinen Hörnern ihr gesamtes Heer in die Flucht jagen. Wenn man dann wieder Frieden hätte, besäße man wenigstens den Anfang für einen neuen Viehbestand. „Man besucht sich gegenseitig" sagte er zum Schluß und meinte anscheinend die Viehherden der Volsker.

Ich hielt es für das beste, mich rechtzeitig von dem Viehtreiber zu trennen, bevor er es vielleicht bereuen und das Silber von neuem abzuwiegen beginnen würde. Ich brannte vor Neugierde und wollte mich so bald wie möglich in der feinen und fröhlichen Stadt, die so ganz anders war als die Städte, die ich bis jetzt kannte, umsehen. Die Luft war frisch zu atmen, hoch oben auf dem Berg und auf den mit Steinplatten belegten Straßen sah man nicht die üblichen stinkenden Kehrichthaufen, denn die unterirdisch gebauten Abflußgräben führten den ganzen Dreck mit dem fließenden Wasser fort.

Ich hegte völlig unbegründetes Mißtrauen dem Bauer gegenüber, denn beim Abschied zeigte er sich keineswegs aufdringlich – er hätte mir ja auf den Rücken klopfen können –, sondern er neigte sich tief vor mir und berührte mit der Hand mein Knie und meinen Fuß. Ich dagegen legte meine Hand auf seine Schulter und wünschte ihm weiter viel Glück, aber seine Tochter schloß ich in die Arme und küßte sie zum Abschied so, daß ihre Augen zu strahlen begannen. Und ihr Vater hatte nichts dagegen.

In Veji fühlte ich mich sehr wohl und blieb dort bis zum Sommer. Die Frauen der Stadt waren frei und benötigten keine Begleitung auf den Straßen. Hin und wieder geschah es, daß irgendeine vorübergehende schmalhalsige Frau stehenblieb und sich lächelnd umdrehte, um mir nachzuschauen, ihren Weg aber sofort fortsetzte. Einmal hatte eine sehr schöne Frau ihren Ohrring verloren, und wir suchten beide nach ihm auf der Straße. Wir sprachen einige Worte miteinander, und sie beklagte sich lachend darüber, daß der moderne Ohrenschmuck, der nur an das Ohrläppchen festgeschraubt würde, ohne daß man ein Loch in dieses zu stechen brauche, bestimmt eine Erfindung der Goldschmiede sei, um den Umsatz zu steigern, weil der Ohrenschmuck sich so leicht löse und verlorenginge. Alles geschah ganz freimütig und natürlich, wie die selbstverständlichste Sache der Welt, obwohl ich ein Fremder war. Ich hätte vielleicht unsere Bekanntschaft fortsetzen können, wenn ich gewollt hätte, aber sie gab mir keinerlei Zeichen in dieser Richtung. Das freie und natürliche Benehmen der vornehmen Frauen Vejis begeisterte mich.

Ich lebte in einem sehr gut geführten Gasthaus, wo mir gegenüber keine zudringliche Neugierde gezeigt wurde und niemand nach meinem Kommen und Gehen fragte, wie das in den griechischen Städten Sitte ist. Die schweigsame Bedienung und die aufmerksame Höflichkeit gefielen mir sehr. Als ich an die lärmvollen und geschwätzigen griechischen Städte dachte, hatte ich das Gefühl, als sei ich in eine andere, vornehmere Welt geraten. Das Gasthaus war an und für sich bescheiden und meinem Äußeren angepaßt, aber auch hier war es nicht Sitte, mit zwei Fingern zu essen, sondern man benutzte beim Essen eine zweizackige Gabel. Von Anfang an brachte der Diener mir eine silberne Gabel, als ob es keine Diebe in der Welt gebe.

Ich war gar nicht bemüht, Bekanntschaften anzuknüpfen. Mir genügte das Leben als solches in dieser schönen Stadt und das Atmen der wunderbar frischen Luft. Als ich so auf den Straßen und den Marktplätzen herumwanderte, wurde ich von dem beherrschten Benehmen der Menschen angesteckt. Ich genoß alles, was ich zu sehen bekam, und mich überwältigte das Gefühl, daß Rom im Vergleich zu seiner Nachbarstadt eine Barbarenstadt war. Ich glaube, daß die Bewohner Vejis der gleichen Ansicht waren, wenn ich es auch nie gehört habe, daß sie schlecht über Rom sprachen. Sie lebten und taten so, als wäre Rom überhaupt nicht vorhanden, seitdem sie mit Rom einen Nichtangriffspakt auf zwanzig Jahre geschlossen hatten. Aber eine gewisse Traurigkeit lag auf den Gesichtern und dem Lächeln der Einwohner Vejis.

Am ersten Morgen, als ich mich damit begnügte, die Luft Vejis einzuatmen, die nach den Sümpfen Roms wie eine heilende Medizin wirkte, geriet ich auf einen kleinen Marktplatz, wo ich mich auf eine abgenutzte Steinbank setzte. Ich sah die Menschen wie Schatten auf den ausgetretenen Steinplatten des Marktplatzes an mir vorbeieilen, ich sah einen Esel mit der zierlichen Stirnquaste und den Obstkörben, ich sah eine Bäuerin, die auf einem ausgebreiteten sauberen Tuch Käse zum Verkauf anbot. Mein Atem stockte, ich war mir plötzlich bewußt, früher einmal diese gleiche Stunde des Glücks erlebt zu haben. Auch die bemalten Tonverzierungen an den Häusern kannte ich, ich stand wie im Traum von der Steinbank auf und bog um die mir bekannte Straßenecke. Vor mir ragte der Tempel, dessen säulengeschmückte Fassade ich ebenfalls kannte.

Die geheimnisvoll wunderbaren und mit warmen Farben bemalten Tonfiguren auf dem Tempeldach stellten Artemis dar, wie sie ihren Hirsch gegen Herakles verteidigt. Die anderen Götter hatten sich mit ihren göttlichen Gesichtern lächelnd um sie versammelt, um diesem Kampf zuzusehen. Ich stieg die Treppe empor und trat durch den Säulengang und das Tor ein. Ein schläfriger Tempeldiener bespritzte mich mit seinem Weihwasserwedel. Immer sicherer wurde in mir das Gefühl, daß ich den gleichen Augenblick schon einmal erlebt hatte.

In der Dämmerung des Raumes hob sich gegen die Rückwand in dem aus der Dachöffnung hereinströmenden Licht auf ihrem Sockel die überirdisch schöne und traumhaft lächelnde Göttin von Veji mit einem Kind auf dem Arm ab, und ihr zu Füßen eine Gans mit emporgestrecktem Hals. Und ich brauchte nicht zu fragen, um zu wissen, daß ihr heiliger Name Uni war. Ich wußte es und erkannte sie sofort an ihrem Gesicht, dem Kinde und der Gans. Wie ich das wissen konnte, vermag ich nicht zu erklären. Ich legte die linke Hand an die Stirn, streckte den rechten Arm zum heiligen Gruß und neigte mein Haupt. Irgend etwas in mir wußte, daß es ein heiliges Götterbild war und daß die Stelle, auf der ich stand, schon seit Urzeiten, längst bevor der Tempel und die Stadt errichtet worden waren, als heilige Stätte gedient hatte.

Einen Priester sah ich nicht, aber der Tempeldiener vermutete in mir einen Fremden und erhob sich, um mir die an den Wänden aufgestellten Weihgaben und die heiligen Gegenstände zu erklären. Meine Andacht war so tief, daß ich ihm mit Zeichen bedeutete, wegzugehen, denn ich mochte mir in dem ganzen Tempel nichts anderes ansehen als die Uni, das göttliche Bild, das die Zärtlichkeit und die Güte der Frau verkörperte.

Erst später fiel mir ein, daß ich im Tempel von Eryx im Schlaf der Göttin diese Vision im voraus gehabt und erlebt hatte. Im Grunde war es ja nichts Besonderes. Der Mensch erlebt doch sehr häufig etwas im Traum, was erst später Wirklichkeit wird. Es kann etwas ganz Unbedeutendes sein. Ich wunderte mich nur darüber, warum mein Traum im Tempel der Aphrodite von Eryx mich in das heilige Haus der begnadeten Liebe und des Mutterglücks geführt hatte, oder sollte es nur ein Scherz der Göttin auf meine Kosten sein?

Kurz vor dem Sommer tauchten in Veji Nachrichten auf, daß die Armee der Volsker unter Führung des Coriolanus aufgestellt worden sei und den Marsch auf Rom angetreten habe; als Vorwand diente ihnen die erlittene Kränkung der Volsker im Zirkus, die sie rächen wollten. Aber die Truppen Roms zogen nicht aus, um den Volskern auf offenem Feld im Kampf zu begegnen, wenn auch die Römer gewöhnlich eine solche Schlacht suchten, um das Nachbarvolk mit einem Schlag vernichten zu können. Deshalb war man der Ansicht, daß Rom belagert werden würde, so unglaublich es auch scheinen mochte.

Ich hätte in einem forschen Tagesmarsch Rom noch erreichen können, aber statt dessen richtete ich meine Wanderung zunächst nach Norden, um den See Vejis zu sehen und von dort die Hirtenpfade entlang über die Berge hinweg nach Westen in die Stadt Caere, die in der Nähe der Meeresküste lag. Das erstemal in meinem Leben sah ich die schillernde Klarheit und die unaussprechlich schöne Abendrotfärbung eines so großen Sees. Und ich weiß es nicht, was mein Herz so unsagbar hoch schlagen ließ, als ich den von Bergen umgebenen See sah. Allein schon das Rascheln des Schilfs am Seeufer im Winde und der Duft des Süßwassers, der sich so völlig vom Geruch des Salzwassers unterscheidet, erregten mein Gemüt und ließen mich heftig atmen. Ich glaubte lediglich ein Reisender zu sein, der etwas sehen wollte, was er früher nicht zu sehen bekommen hatte, aber mein Herz wußte es besser.

In der Stadt Caere begriff ich es zum erstenmal, welch eine Macht das etruskische Städtebündnis tatsächlich darstellte, als ich Caere gegenüber hinter dem steilen Tal die Stadt der Toten aufragen sah. Auf beiden Seiten der dorthin führenden heiligen Straße erhoben sich, verstärkt durch die runden Mauern, die Riesengrabhügel, in deren Steinkammern die einstigen Herrscher der Stadt inmitten ihrer Weihgaben ruhten. Die Hügelmauern waren aus gewaltigen Steinquadern erbaut, und der städtische Wächter der Gräber zeigte mir das Familiengrab der Tarquinier, weil ich erzählte, daß ich aus Rom käme. Die Tarquinier, die Rom regiert hatten, hielten die Emporkömmlingsstadt des Mischvolkes für so unheilig, daß sie ihre Körper lieber in die Erde der etruskischen Städte beisetzen ließen, mit Ausnahme des letzten Tarquinius, der, von dem etruskischen Städtebund verstoßen, den Tod eines Landesflüchtlings in dem griechischen Kyme erlitt.

Das Leben in der Stadt Caere war angenehmer als in dem vornehmen Veji. Hier hörte man aus den unzähligen Werkstätten von morgens bis abends klopfen und hämmern, und auf den Straßen spazierten, neugierig um sich blickend und nach den üblichen Vergnügungen eines Seemanns an Land Ausschau haltend, Schiffsbefehlshaber und Seeleute aus aller Herren Ländern. Der Hafen von Caere lag zwar weit ab an der Flußmündung, aber der Ruf des luxuriösen und fröhlichen Lebens der etruskischen Städte war so verbreitet, daß die fremden Seeleute gern den steilen Weg zur Stadt emporklommen. An sich war Caere keine besonders große Stadt, Veji war größer, aber sie hatte ihren Reichtum durch ihre Industrieprodukte und den Überseehandel erworben, und zwar mit so fernliegenden Ländern, daß ich in der Stadt einen Schiffsbefehlshaber traf, der mir erzählte, die in das Weltmeer führende Meerenge und die Säulen des Herkules mit eigenen Augen gesehen zu haben. Die Wachtschiffe Karthagos gestatteten aber nicht, daß die Tyrrhener durch die Meerenge segelten.

Lieber als in der unruhigen Stadt ging ich auf dem Jahrhunderte alten Wege der Gräberstadt spazieren und atmete so die Luft des heiligen Berges und den Duft der Minzen und der Lorbeerbäume ein. Der Grabwächter erklärte, daß die heilige runde Form der Gräber aus der grauen Vorzeit stamme, und zwar aus der Zeit, in der die Etrusker noch in runden kegelförmigen Hütten wohnten. Deshalb seien auch die ältesten Tempel, wie der Vesta-Tempel in Rom zum Beispiel, rund gebaut. Statt von Königen sprach er von Lukumoiden. Ich bat ihn, mir zu erklären, was eigentlich „Lukumo" bedeutete, da er als Fremdenführer auf dem heiligen Berg der Etrusker ein sprachkundiger Mann war.

Er breitete die Hände nach der von den griechischen Besuchern übernommenen Weise aus und sagte: „Es ist schwer, das einem Fremden klarzumachen. Lukumo ist derjenige, der es ist."

Als ich es nicht begriff, schüttelte er den Kopf und meinte: „Lukumo ist ein heiliger König."

Ich konnte mir darunter immer noch nichts vorstellen. Dann deutete er auf einige Riesenhügel und sagte, dies seien die Gräber der Lukumoiden. Als er aber auf ein vor kurzem erbautes Grab wies, auf dessen Kuppe die aufgeworfene Erde immer noch so frisch war, daß nicht einmal Gras darauf gewachsen war, machte er dabei eine abweisende Handbewegung und erklärte, wie er es stets einem Barbaren gegenüber tat: „Nicht Grab Lukumos. Nur Grab eines Herrschers!"

Meine ständige Fragerei machte ihn ungeduldig, weil ihm die nötigen Worte fehlten, das auszudrücken, was für ihn an sich selbstverständlich war. „Lukumo ist ein von den Göttern erkorener Herrscher", sagte er schon verdrießlich. „Er wird entdeckt. Er wird erkannt. Er ist der oberste Priester, der oberste Richter, der oberste Gesetzgeber. Ein gewöhnlicher Herrscher kann gestürzt oder seine Macht vererbt werden. Einen Lukumo kann niemand seiner Macht berauben, weil er die Macht selber ist."

„Wie wird er entdeckt? Wie wird er erkannt?" fragte ich verwirrt. „Ist der Sohn eines Lukumo kein Lukumo?" Ich steckte ihm eine Silbermünze in die Hand, um ihn zu besänftigen.

Er war aber nicht imstande zu erklären, woran man einen Lukumo erkennt und wodurch er sich von einem gewöhnlichen Menschen unterscheidet. Statt dessen sagte er: „Der Sohn eines Lukumo ist gewöhnlich kein Lukumo, kann aber einer sein. In sehr alten, göttlichen Geschlechtern sind Lukumos nacheinander geboren worden. Aber wir leben in sehr unheiligen Zeiten. Es werden sehr selten noch Lukumos geboren."

Er deutete mit dem Finger auf ein gewaltiges Grab, an dem wir vorbeischritten, zeigte lächelnd auf eine weiße Steinsäule davor und auf die runde Kuppel der Säule statt der üblichen kegelförmigen. „Das ist das Grab einer Königin", erklärte er und erzählte, daß Caere eine der wenigen etruskischen Städte sei, die von einer Frau regiert worden war. Die Regierungszeit der berühmten Königin lebe in der Erinnerung der Bewohner von Caere als das goldene Zeitalter, weil ihre Stadt in der Zeit, in der sie regierte, wohlhabender und größer wurde als jemals zuvor. Der Wächter behauptete, die Königin hätte Caere sechzig Jahre regiert, aber ich vermutete, daß er von den griechischen Besuchern die Kunst des Übertreibens gelernt hatte.

„Aber wie kann eine Frau eine Stadt regieren?" fragte ich verwundert.

„Sie war Lukumo", sagte der Wächter.

„Kann eine Frau auch ein Lukumo sein?" fragte ich.

„Selbstverständlich", antwortete er ungeduldig. „So etwas geschieht zwar sehr selten, aber aus einer Laune der Götter heraus kann ein Lukumo als Frau geboren werden. So geschah es in Caere."

Ich hörte zu und konnte doch nichts verstehen, weil ich mit meinen irdischen Ohren zuhörte und außerdem an Menschen gebunden war, um hier das alltägliche Leben eines Menschen zu fristen. Unzählige Male kletterte ich den schwer gangbaren Weg hinauf und kehrte zu den eine geheimnisvolle Macht ausstrahlenden Riesengräbern zurück.

In der Stadt selbst hatte ich ein anderes Erlebnis, das mich ungewöhnlich fremd berührte. Neben der Mauer stand eine Reihe von Verkaufsbuden der Töpfer. Die meisten von ihnen verkauften an die arme Bevölkerung billige rotgebrannte Graburnen. In Caere wurden die Toten nicht beerdigt wie in Rom, sondern verbrannt, und ihre Asche in einer runden Urne beigesetzt, die auch kostspielig und aus Bronze mit feinen Bildnissen verziert sein konnte, aber die Armen begnügten sich mit einer roten Urne ohne Verzierungen. Lediglich der Deckel hatte irgendeine plumpe Figur als Handgriff.

Zufällig stand ich gerade da und betrachtete diese Urnen der Armen, als ich ein einfaches Bauernehepaar sah, das Hand in Hand für seine verstorbene Tochter eine Urne, seinem Vermögen entsprechend, aussuchte. Sie wählten eine Urne, deren Deckel ein krähender Hahn mit ausgestrecktem Hals aus Ton zierte. Als sie diese Urne entdeckten, lächelten sie vor Freude, und der Mann holte sofort einen geprägten Kupferbarren aus seinem Sack. Er feilschte nicht um den Preis.

Ich fragte verwundert den Töpfer: „Warum feilscht er nicht?"

Der Verkäufer schüttelte schmunzelnd den Kopf und meinte: „Es ist nicht Sitte, um heilige Gefäße zu feilschen, du Fremder."

„Aber dieses Gefäß ist doch nicht heilig, es ist doch nur einfache Tonware", entgegnete ich.

Der Mann erklärte mir geduldig: „Es ist nicht heilig, wenn es aus dem Brennofen des Töpfers herauskommt. Auch ist es noch nicht heilig, wenn es hier auf meinem Tisch steht. Aber es ist in dem Augenblick heilig, in dem die Asche der Tochter dieser armen Eltern hineingetan und der Deckel geschlossen wird. Deshalb ist der Preis angemessen und feststehend."

Ein solches Verkaufsverfahren war keineswegs griechisch, und ich war an so etwas nicht gewöhnt. Ich deutete auf den als Griff auf dem Deckel angebrachten krähenden Hahn, redete das Ehepaar an und fragte:

„Warum wählt ihr gerade den Hahn? Paßt der Hahn nicht besser zu den Hochzeitszeremonien?"

Sie blickten mich ganz erstaunt an, zeigten beide auf den Hahn und sagten wie aus einem Munde: „Er kräht doch."

„Was kräht er denn?" fragte ich ebenso erstaunt.

Sie schauten sich kurz an und lächelten geheimnisvoll trotz ihrer Trauer. Der Mann legte den Arm um die Taille der Frau und sagte zu mir, wie zu dem Dümmsten der Dummen:

„Der Hahn kräht Auferstehung."

Sie zogen ab, der Mann trug die Urne vorsichtig vor sich her. Ich blieb wie vom Schlag gerührt stehen, Tränen stiegen mir in die Augen. Diese Worte trafen aufs tiefste mein Herz und erfüllten es mit einer mir fremden Gewißheit und Erkenntnis. Daran erinnere ich mich in Caere.

Und ich glaube, den himmelweiten Unterschied zwischen der griechischen und der etruskischen Welt am besten zu erklären, wenn ich daran denke, daß der Hahn für die Griechen das Symbol der Begierde, für die Etrusker dasjenige der Auferstehung bedeutete.

Aus Caere wollte ich eigentlich übers Meer in die Flußmündung Roms zurückkehren, aber glaubwürdige Nachrichten besagten, daß Coriolanus als Heerführer der Volsker mehrere der von den Römern besetzten Städte nacheinander befreit hätte. Coriol hatte er erobert, ja sogar Lavinium, das in den Augen der Römer eine sehr wichtige Stadt war. Es schien lediglich eine Frage der Zeit zu sein, wann die Salzbecken an der Flußmündung in die Hände der Volsker fallen würden. Deshalb wanderte ich lieber weiter nach Norden, um auch die Stadt Tarquinia kennenzulernen, die für die bedeutendste und politisch wichtigste Stadt des etruskischen Städtebundes galt.

Während der Sommer auf meiner Wanderung um mich blühte, wußte ich selbst nicht, was ich mehr bewundern sollte: die Sicherheit auf den Landstraßen oder die Gastfreundschaft der Landbevölkerung, die mit Hilfe von gemauerten Abflußgräben ausgetrockneten und in blühende Felder verwandelten Sümpfe oder das langhörnige Vieh auf den Weiden. Das Land um mich herum war reicher und fruchtbarer, als ich jemals irgendwo anders gesehen hatte. Das Trocknen der Sümpfe und das Roden der Wälder, um Felder und Weiden zu gewinnen, hatten Tüchtigkeit und zähe Arbeit vieler Generationen erfordert. Und trotzdem wurden in Ionien die Tyrrhener verächtlich Seeräuber und die Etrusker ein infolge von Ausschweifungen moralisch verkommenes Barbarenvolk genannt.

Unter den Landarbeitern auf den Großgütern gab es Glieder eines Volkes, das untersetzter und dunkelhäutiger als die Etrusker war, sowie viele Sklaven. Auf meiner langen Wanderung sah ich kein einzigesmal einen Aufseher einen Sklaven schlagen. Die Arbeiter lächelten ihren

Herren zu und redeten ohne Angst mit ihnen. Mir wurde erzählt, daß das Bestrafen entlaufener Sklaven unter den Etruskern eine Seltenheit sei, weil sie jeden Sklaven für eine für ihn passende Arbeit zu schulen pflegten. Mancher Mann hatte als Sklave der Etrusker ein viel angenehmeres Leben, als er es unter seinen eigenen Volksgenossen niedrigen Standes gehabt hätte. Die Etrusker ließen es gerne zu, daß sich fleißige Handwerker freikaufen konnten, und der frühere Besitzer half ihm noch dabei, die Staatsangehörigkeit zu erlangen, weil er einsah, daß dies seiner Stadt zum Vorteil gereichte.

Wenn einmal ein Sklave von einem Etrusker ausriß, so steckte dieser seinen Verlust lächelnd ein und meinte: „Der Mann wird offensichtlich nicht zum Sklaven geboren gewesen sein." Oder der Besitzer suchte nach dem Grund dafür und gab die Schuld nicht dem entlaufenen Sklaven, sondern dem allzu strengen Aufseher.

Ich glaube, daß Tarquinia eine ewige Stadt auf Erden ist, so daß ich sie nicht zu beschreiben brauche. Es lebten viele Griechen dort, weil die Etrusker in der fortschrittlichen und regen Stadt die Begabung und das Geschick der Fremden bewunderten und Interesse für alles Neue zeigten, genau so wie die Frauen sich für fremde Krieger wegen ihres merkwürdigen Helmbusches begeistern konnten. Nur in Fragen der Religion wußten sich die Etrusker allen anderen Völkern überlegen. Und trotzdem konnte es geschehen, daß ein Bewohner Tarquinias zum Spaß nach dem griechischen Kyme fuhr, um sich Rat beim Orakel von Kyme zu holen, wenn er auch im Ernstfalle mehr seinen eigenen Priestern traute.

Die Tarquinier waren sehr wißbegierig, ich erwarb mir dort Freunde, und ich wurde trotz meiner einfachen Kleidung zu vornehmen Gastmählern eingeladen, als bekannt wurde, daß ich in Ionien gefochten hatte und die Städte Siziliens kannte. Ich war dann doch gezwungen, mir neue Kleider anzuschaffen, um meiner Gesellschaft würdig erscheinen zu können. Am liebsten trug ich die von den Etruskern aus feinstem Leinen und feinster Wolle angefertigten Kleider, und auf dem Kopf einen niedrigen, kegelförmigen Hut. Ich rieb mein Haar wieder mit Öl ein, rasierte sorgfältig meinen Bart und ließ meinen Haarschopf frei auf die Schultern herabhängen. Als ich mich im Spiegel betrachtete, stellte ich fest, daß ich mich von einem gebürtigen Etrusker nicht mehr unterschied.

Bei den Gastmählern erzählte ich bereitwilligst das, wonach ich gefragt wurde, auch von Rom und den dort herrschenden innerpolitischen Schwierigkeiten und wie ich über sie dachte. Als sie merkten, daß ich hinsichtlich meines Ioniertums nicht empfindlich war, begannen die jungen Leute, wenn der Wein ihnen etwas zu Kopf gestiegen war, auf die Griechen zu schimpfen.

„Einst", sagten sie, „reichte die Macht der zwölf etruskischen Städte von Norden bis nach Süden auf dem Festlande Italiens. Auf den Inseln und an der Küste bis hinauf nach Iberia besaßen wir Kolonien, und unsere Schiffe segelten auf allen Meeren bis nach Griechenland, Ionien und Phönizien. Aber von Norden her kamen im Laufe der Zeit immer neue hungrige Völker. Wir gestatteten ihnen, sich in unseren Gebieten niederzulassen, und kultivierten sie, aber einige Völker vernichteten wir, und doch strömen sie weiter aus den Gebirgspässen herein ins Land. Die Schlimmsten sind jedoch die Griechen, die ihre Kolonien bis Kyme ausgedehnt haben und an allen Küsten dicht wie die Frösche festsitzen. Mit Karthago haben wir in gutem Einvernehmen das Meer geteilt und wetteifern mit ihnen lediglich hinsichtlich der Qualität unserer Waren. Aber mit den Griechen ist es ein Ding der Unmöglichkeit, eine vernünftige Einigung zu erzielen. Wenn man ihnen einen Finger gibt, nehmen sie die ganze Hand."

Ferner sagten sie: „Das Städtebündnis unserer zwölf Städte ist ein Bund des Friedens, und die Götter verbinden uns; zwar hat jede Stadt ihren eigenen Gott bekommen, aber wir dienen natürlich auch allen zwölf Göttern in jeder Stadt und bringen auch fremden Göttern Opfer dar. Aber im Norden drücken auf uns die vor kurzem über die Gebirgspässe gekommenen keltischen Stämme, und im Süden unterbinden die Griechen jeden vernünftigen Handelsverkehr bei uns."

Beim Wein tauschten wir Gedanken miteinander aus, aber ich selbst sprach nur dann, wenn ich gefragt wurde, sonst hielt ich den Mund. Auf diese Weise erwarb ich mir Freunde, denn die Etrusker unterscheiden sich in dieser Beziehung nicht von anderen Völkern: ein redseliger Mann unter ihnen wünscht sich auch einen verständnisvollen Zuhörer. Einmal muß ich mich wohl als solch verständnisvoller Zuhörer erwiesen haben, denn als ich mich danach vom Ruhebett des Gastsaales erhob, merkte ich plötzlich, daß mein Geldbeutel ganz schwer von Silbermünzen war. Wie das geschehen konnte, war mir völlig unverständlich, denn mein Geldbeutel hatte die ganze Zeit über an meinem Halse unter dem Hemd gehangen. Aber offenbar empfand der feinfühlige Gastgeber Sympathie für mich und hat mir ein Geschenk machen wollen, da er mich für arm hielt, nachdem ich im Gespräch erwähnt hatte, ein Flüchtling aus Ionien zu sein.

Gerade in Tarquinia hörte ich über Dionysios erzählen, von seinen Erlebnissen auf See, nachdem er aus Segesta aufgebrochen war. Es wurde behauptet, daß er eine ganze Seeräuberflotte befehligte und eine Zuflucht in einem geheimen Hafen auf einer unbewohnten Insel im Meer gefunden habe, welche die Kriegsschiffe Karthagos und diejenigen der Etrusker vergebens suchten. Es wurde vermutet, daß er im Einverständnis mit den Tyrannen von Akragas und von Syrakus handele, um die Seefahrt Karthagos und die der Etrusker zu stören, denn man hatte nie gehört, daß er griechische Schiffe bedrängt habe. Dagegen waren die Handelsschiffe Karthagos und der etruskischen Küstenstädte seinetwegen gezwungen, im Schutze von Kriegsschiffen in Geleitzügen zu fahren. So etwas war seit Menschengedenken auf dem Tyrrhenischen Meer nicht vorgekommen. Seine Seeräuberei steigerte noch die Verbitterung gegenüber den Griechen.

Tarquinia war die Stadt der Maler, so wie Veji die Stadt der Bildhauer war. Neben der Zunft der Kunstmaler, welche Häuserwände und Holztruhen bemalten, gab es dort noch die Zunft der Grabstättenmaler, die in hohem Ansehen standen und deren wenige Mitglieder ihre Kunst, die sie als heiliges Handwerk betrieben, vom Vater auf den Sohn vererbten.

Die Gräberstadt Tarquinia lag an einem hohen Abhang auf der anderen Seite des Tales, von wo aus sich nach Westen ein unbegrenzter Rundblick über Gärten und Felder, Olivenhaine und Obstplantagen bis zum Meer und weit darüber hinaus dem Auge darbietet. Die Grabhügel waren in ihrer Größe nicht so gewaltig wie die Gräber der Herrscher in Caere. Dagegen war die Zahl dieser Grabhügel unübersehbar, und sie dehnten sich so weit aus, wie das Auge reichte. Die Türen, die zu den Gräbern führten, waren entweder aus Eisen oder aus Bronze. Vor ihnen stand ein Altar für die Opfergaben, und von der Tür aus führten steile Treppen tief in die Grabkammern hinab, die in den weichen Stein gehauen waren. Schon seit Jahrhunderten war es Sitte gewesen, ihre Wände mit heiligen Malereien auszuschmücken.

Als ich über das heilige Feld schritt, leuchtete mir hinter dem Tal die lebende Stadt Tarquinia entgegen mit ihren innerhalb ihrer Mauern hellblau, dunkelgrün, tiefrot und kohlschwarz gestrichenen Häusern, die aus Holz gebaut, aber mit gebranntem Lehm verputzt und mit grellen Farben bemalt waren. Als ich eine offenstehende, provisorische Holztür einer gerade fertig gewordenen Grabstätte entdeckte, und aus der Tiefe Stimmen vernahm, rief ich hinunter und fragte, ob es einem Fremden gestattet sei, hinabzusteigen und die heilige Arbeit des Künstlers zu betrachten. Der Maler antwortete selbst, und zwar mit einem solch groben

Fluch, wie ich ihn auf meiner gesamten Wanderung nicht einmal aus dem Munde von Viehhirten gehört hatte. Aber kurz darauf kam einer seiner Schüler mit einer nicht rußenden Fackel in der Hand die Treppe heraufgelaufen, um mir den Weg zu beleuchten.

Ich tastete mich längs der Wand vorsichtig die holprigen Stufen hinab und sah zu meinem Erstaunen in der weichen Steinwand die Umrisse einer Muschelschale, als wolle die Göttin mir ein geheimes Zeichen geben, daß ich auf dem richtigen Wege sei. Auf diese Weise offenbarten sich die Götter mir hin und wieder wie im Spiel im Laufe meiner Wanderung, wenn ich auch kaum auf ihre Zeichen achtete. Vielleicht befand sich mein Herz trotz allem, mir selbst unbewußt, auf einer Pilgerfahrt, wenn mein Körper auch mit neugierigen irdischen Augen erdgebunden einherging.

Der Schüler leuchtete mir mit seiner Fackel, und bald war ich auch schon in der in den Stein gehauenen Gruft, in deren Wände Steinbänke für die beiden zukünftigen Toten eingelassen worden waren. Der Künstler hatte bei seiner Arbeit mit dem Bemalen der Decke begonnen. Den breiten Mittelbalken zierten verschiedenfarbige Kreise und launenhaft schön entworfene Blattmotive. Die Blätter waren herzförmig. Die beiden nach unten abfallenden Seiten der Decke waren in rote, blaue und schwarze Quadrate, wie in den gewöhnlichen Wohnräumen in Tarquinia, aufgeteilt. Das Gemälde der rechten Wand war schon fertiggestellt. Dort ruhten nebeneinander auf Kissen und Polstern des Ruhebettes, auf den linken Ellenbogen gestützt, die beiden zukünftigen Toten, Mann und Frau, in Prachtgewänder gehüllt, bekränzt, in ewiger Jugend. Sie schauten einander in die Augen, die Hände ausgestreckt. Unter ihnen tummelten sich Delphine in den Wogen.

Die so schön dargestellte Lebensfreude in den eben erst entstandenen Gemälden nahm mich derart gefangen, daß ich stehenblieb und den Speerwerfer, die Ringer und die Tänzer, die an der Wand ihre ewigen Spiele spielten, interessiert betrachtete. Der Schüler beleuchtete mir mit seiner Fackel bereitwillig die Bilder. In der Gruft brannten mehrere Fackeln, und in dem hochbeinigen Weihrauchgefäß duftende Kräuter, um den schaurigen Gesteinsgeruch und den Metallgestank der Farben zu verscheuchen. Nachdem der Künstler mir geraume Zeit gelassen hatte, die Bilder zu betrachten, fluchte er erneut grimmig, sogar auf Griechisch; er vermutete wohl, daß ich als Fremder es sonst nicht verstanden hätte.

„Leidlich vielleicht, Fremder?" bemerkte er. „Es sind schlechtere Bilder in den Grüften gemalt worden oder wie? Im Augenblick ringe ich mit einem garstigen Pferd, das nicht die richtigen Formen meinem Willen entsprechend annehmen will. Die Inspiration läßt mich im Stich, mein Krug ist leer, und der Farbenstaub brennt mir ekelhaft im Halse."

Ich schaute mir ihn an. Er war kein alter Mann, sondern ungefähr in meinem Alter. Es war mir, als hätte ich sein glühendes Gesicht schon von früher her gekannt, seine ovalen Augen und seinen Mund mit den dicken Lippen. Als er sich mir zuwandte, spürte ich den sauren Weingeruch seines Atems, aber bei ihm war er mir nicht zuwider. Gierig betrachtete er die in einer Strohhülle steckende Tonflasche, die ich am Halse hängen hatte, hob freudestrahlend seine breite, viereckige Hand mit den runden Fingerspitzen und rief aus:

„Die Götter schicken dich gerade im richtigen Augenblick zu mir, Fremder. Fufluns hat gesprochen. Rede nun du. Mein Name ist Aruns, aus Ehrfurcht vor dem Geschlechte der Velthurus, das mich schützt."

Ich küßte meine Hand zum Zeichen ehrfurchtsvoller Freundschaft und sagte lachend: „Mag meine große Tonflasche erst sprechen, die ich mitnahm, um mich auf meiner Wanderung bei der Gluthitze erfrischen zu können. Zweifellos schickte Fufluns mich zu dir, wenn wir Griechen ihn auch Dionysos nennen."

Er nahm die Flasche von meiner Seite, bevor ich Zeit hatte, den Riemen vom Halse zu lösen, und goß den Wein direkt in den Mund, er schleuderte den Propfen in die Ecke, gleichsam zum Zeichen, daß ich ihn für diese Tonflasche nicht mehr brauchen würde. Ungemein geschickt und genau zielte er mit dem Rotweinstrahl, ohne auch nur einen einzigen Tropfen zu verschütten, wischte mit einem Seufzer der Erleichterung den Mund mit dem Handrücken, und bat:

„Setz dich, Fremder. Schau, die Velthurus waren heute morgen aus bestimmten Gründen böse auf mich und beschuldigten mich, meine Arbeit absichtlich hinauszuzögern. Wie könnte auch ein Hochgestellter die Schwierigkeiten eines Künstlers verstehen? Deshalb ließen sie mich mit Wasser bespritzen und auf einen Leiterwagen heben und gaben mir nur einen Krug mit Wasser aus der Vekunia-Quelle als Mundvorrat mit. Sie sagten noch spottend, daß es mich beim Malen des Pferdes genügend inspirieren dürfte, weil doch das Wasser dieser Quelle die Nymphe veranlaßt hätte, zugunsten Tarquinias die ewige Zauberformel zu sprechen."

Ich setzte mich auf die Steinbank. Er setzte sich stöhnend neben mich und wischte sich den bitteren Schweiß des Katzenjammers von seiner Stirn. Ich nahm aus meiner Reisekosttasche eine dünne Silberschale, die ich bei mir führte, um bei Bedarf zeigen zu können, daß ich kein Mann niedrigen Standes sei, goß sie voll, spritzte den ersten Tropfen auf den Steinboden, trank und bot sie ihm an. Er brach in Lachen aus, spuckte zähen Speichel auf den Boden und sagte:

„Gib nicht so an, alter Freund. An dem Gesicht, an den Augen erkennt man den Menschen, nicht an der Kleidung oder den Opferriten. Der volle Geschmack deines Weines spricht mehr für dich als die Silberschale. Ich selbst bin so gut Freund mit Fufluns, daß ich es für pure Verschwendung halte, ihm einen einzigen Tropfen zu opfern."

Ich bot auch dem Schüler vom Wein an, doch der kläräugige Jüngling schüttelte lächelnd den Kopf und blieb ehrfurchtsvoll stehen, während wir beide saßen. Hieraus entnahm ich, daß Aruns trotz seiner wirren Haare und seiner von Farbflecken verschmierten Kleider kein Mann ohne Würde war.

„So, du bist ein Grieche", sagte er, ohne nach meinem Namen zu fragen. „In Tarquinia und Caere haben wir Griechen, die recht schöne Vasen anfertigen, aber sie sollten die Finger von den heiligen Gemälden lassen, wenn wir auch unsere Entwürfe mit den ihrigen mit solcher Vehemenz vergleichen, daß wir einander mit leergewordenen Weingefäßen die Köpfe einschlagen."

Er gab dem Jüngling ein Zeichen. Der Junge brachte eine breite Rolle. Aruns breitete sie aus und ließ seinen Blick über die gutgezeichneten und farbigen Tänzer, Ringer, Flötenspieler und Pferde gleiten. Es schien, als wolle er mir die ersten Entwürfe für das Gemälde zeigen, aber an seinen Augen und an den Falten auf seiner Stirn konnte ich erkennen, daß seine Gedanken sich die ganze Zeit über mit seiner unvollendeten Arbeit beschäftigten.

„Helfen tun einem diese natürlich auch", sagte er zerstreut, seine Hände tasteten nach der Silberschale, vor sich hinstarrend trank er sie leer, ohne es selbst zu merken. „Man weiß, welche Farben man zu nehmen hat und braucht nicht weiter zu überlegen, und der Schüler kann die Umrisse der üblichen Figuren im voraus in die Wand einritzen. Aber ein Schema ist nur so lange von Nutzen, als es einen nicht bindet, sondern befreit und das Spiel der eigenen Phantasie erleichtert."

Er stieß mir die Bildrolle auf den Schoß, ohne sie richtig zusammenzurollen, stand auf und schritt mit der Metallziehfeder in der Hand zu der gegenüberliegenden Wand. Er war gerade dabei, das Bild eines Jünglings zu malen, der ein Rennpferd an der Mähne festhält. Der größte Teil des Gemäldes war schon fertig, das Hinterteil und die Vorderbeine des Pferdes sowie der dahinter stehende Jüngling. Nur noch der Kopf und der Hals des Pferdes sowie die Hände des Jünglings fehlten. Als ich vorsichtig etwas näher herantrat, sah ich, daß die Umrisse hierfür auch schon in dem weichen Stein eingeritzt waren. Der Meister war aber immer noch nicht zufrieden. Er trat einen Schritt vor und dann wieder einen zurück und zeichnete in der Luft mit seiner Metallziehfeder, und plötzlich wurde mir klar, wie lebhaft ihm das Rassepferd vor Augen stand, wie es, von Spannkraft schmal erscheinend, die Vorderhufe hochhob und den Kopf leicht nach hinten warf. Anschließend begann er mit der Ziehfeder die Umrisse des Kopfes neu in die Wand zu ritzen. Der Kopf des Pferdes hob sich ausdrucksvoller, der Hals wölbte sich mit größerer Spannkraft, es lebte. Und die ganze Arbeit dauerte nur ein paar Augenblicke. Der Schüler lief zu seinem Meister und reichte ihm den Borstenpinsel und die Farbnäpfe. Wie in Ekstase trug Aruns mit nervösen Händen die Farbe auf den Pferdekopf auf, ohne genau auf die gerade vorher eingeritzten Umrisse zu achten, denn er verbesserte die Stellung des Kopfes beim Malen noch.

Etwas ermüdet mischte er die hellbraune Farbe und malte, ohne vorher die Umrisse einzuritzen, mühelos die den Hals und die Mähne des Pferdes haltenden Hände des Jünglings. Zum Schluß verstärkte er noch die Konturen der Arme mit schwarzer Farbe und erreichte damit den Eindruck, als spanne sich unter dem kurzen Hemdärmel der Muskel bis zur blauen Farbgrenze.

„Aus", meinte er, überdrüssig geworden, „das dürfte für heute den Velthurus genügen. Wie könnte es ein gewöhnlicher Mensch verstehen, daß ich geboren wurde und heranwuchs, lernte und zeichnete, Farben mischte, studierte und ein ganzes Leben lebte, nur für diese wenigen Augenblicke? Du, Fremder, sahst, daß das Ganze nur einige Minuten dauerte. Du glaubtest sicherlich, daß er, jener Aruns, sehr geschickt sei. Aber auf die Geschicklichkeit allein kommt es nicht an, Könner gibt es mehr als genug. Mein Pferd wird ewig sein, und ein solches, wie dieses, ist noch nie gemalt worden. Da liegt der Unterschied, den die Velthurus nicht begreifen können. Es ist nicht nur Farbe und Können. Es ist Qual und Ekstase, die fast bis an die Grenze des Todes heranreicht, wenn man das Spiel und die Launenhaftigkeit des Lebens in all seiner Schönheit zum Ausdruck bringen will."

Der Jüngling sagte tröstend: „Das verstehen die Velthurus schon, sehr gut verstehen sie es. Es gibt nur einen Aruns, den Maler. Und sie grollen dir nicht. Sie meinen es nur gut mit dir." Aber Aruns ließ sich nicht so leicht beschwichtigen. „Im Namen der verschleierten Götter", schwor er, so daß der Schüler zusammenfuhr, „nehmt mir diese Bürde ab. Ich muß doch einen Ozean voll Galle schlucken, um daraus in einigen flüchtigen Augenblicken ein paar Tropfen Freude herauspressen zu können, in denen sogar ich selbst mit meiner Arbeit zufrieden sein kann."

Ich füllte rasch meine Silberschale und reichte sie ihm. Er brach in Lachen aus, verstand mich und meinte: „Du hast recht, einige Kübel Wein mischte ich natürlich unter die Galle. Aber womit sollte ich mich denn selbst befreien, wenn nicht mit dem Wein? Meine Arbeit ist nicht so leicht, wie die Menschen annehmen. Dieser enthaltsame Jüngling wird es einmal verstehen lernen, wenn er mein Alter hat, und aus ihm das wird, was ich hoffe."

Er legte die Hand auf die Schulter des Jünglings. Ich schlug vor, daß wir in die Stadt zurückkehren und dort zusammen ein Mahl einnehmen sollten. Aber Aruns schüttelte den Kopf und erklärte:

„Nein, ich muß hier bis zum Sonnenuntergang und häufig noch länger bleiben, denn hier in den Tiefen des Berges gibt es weder Nacht noch Tag. Schon um den Velthurus einen Gefallen zu tun. Aber ich habe tatsächlich viel, worüber ich nachdenken muß, Fremder."

Er deutete auf die leere Rückwand, und ich ahnte, ja ich sah fast, wie stark aufwühlend die Bilder vor seinem inneren Auge bald wuchsen, bald wieder wie in Nebel verschwammen.

„Ich muß etwas schaffen und malen, was noch nicht gemalt worden ist", sagte er. „Ich selbst will es und ich wage es noch nicht einmal, jemandem zu gestehen, was ich zu malen beabsichtige. Die Velthurus verdienen es. Für sie tue ich es, wenn ich auch daran sterben sollte."

Er vergaß mich vollkommen und murmelte weiter vor sich hin: „Ich bin ja in Volsin gewesen, als ein neuer Nagel in die Tempelsäule eingeschlagen wurde. Die Lukumoiden gestatteten mir etwas zu sehen, was die gewöhnlichen Sterblichen nicht zu sehen bekommen, bevor die Schleier fallen. Sie hatten Vertrauen zu mir. So mannhaft muß ich sein, daß ich ihr Vertrauen nicht mißbrauche. Ich muß es zustande bringen, wenn mir auch der Mut versagen sollte. Wenn auch meine eigene Schwäche mir Angst einjagen sollte. Wenn diese Arbeit mir gelingt, dann brauche ich nie mehr Angst zu haben. Dann bin ich sogar zu sterben bereit. Ich, Aruns."

Er erinnerte sich wieder meiner und der Silberschale. „Verzeih mir, Fremder", bat er. „Du hast noch ein ganz glattes Gesicht, obwohl du anscheinend in meinem Alter bist. Du siehst selbst diesen meinen geschwollenen Mund, diese überanstrengten Augen, meine Stirnrunzeln und die Falten der Unzufriedenheit um meine Mundwinkel. Aber unzufrieden bin ich mit nichts anderem als mit mir selbst. Sonst habe ich es gut, und alles ist in bester Ordnung. Nur ich verzehre mich in der Sehnsucht, etwas schaffen zu können, was vorher noch nicht geleistet worden ist. Die Götter seien mit mir und auch mit dir, Fremder. Du brachtest mir Glück, da ich das Pferde-Problem zu lösen vermochte, so daß ich selbst damit zufrieden sein kann."

Ich verstand seine Worte als Verabschiedung, und wie er da stand und die leere Wand anstarrte und mit ungeduldigen Gesten Figuren in der Luft mit der Metallziehfeder zeichnete, wollte ich ihn nicht weiter bei seinem Nachdenken stören. Er schämte sich wohl selbst, weil er mich so plötzlich verabschiedete, denn er sagte noch:

„Schau, Fremder. Diejenigen, die von nichts eine Ahnung haben, begnügen sich mit allem, gleich was es ist, wenn darin nur die herkömmlichen Linien und Farben enthalten sind. Deshalb gibt es in der Welt so viele Könner, und sie kommen voran und haben ein leichtes Leben. Der richtige Künstler kann nur mit sich selbst wetteifern. Nein, ich habe keinen Rivalen in dieser Welt, ich wetteifere lediglich mit mir selbst, ich, Aruns aus Tarquinia. Wenn du mir wohlwillst, du, mein Freund, so lasse mir deine Tonflasche als Erinnerung an deinen Besuch. Beim Schütteln merke ich, daß sie noch halbvoll ist. Du strengst nur deine schöne Schulter an, wenn du die Flasche bei der Sonnenglut wieder zurück in die Stadt trägst."

Gern ließ ich meine Tonflasche diesem sonderbaren Manne zur Erfrischung, weil er sie eher brauchte als ich. Er sagte nur: „Wir sehen uns wieder."

Ich hatte nicht umsonst das Zeichen der Göttin an der Steinwand beim Herabsteigen in die Gruft entdeckt. Es war bestimmt, daß ich jenen Mann treffen und das fertige Gemälde, das er gerade entwarf, sehen wollte. Aber auch um seinetwegen selbst mußte ich ihm begegnen, damit er Glück bei seiner Arbeit habe, so daß sie ihm gelingen und ihn vor der entsetzlichsten Verzweiflung eines Menschen retten solle. Das hatte er verdient. Schon damals erkannte ich ihn an seinem Gesicht und an den Augen. Er, Aruns, war einer von denen, die wiedergeboren werden.

6.

Es vergingen mehrere Wochen, ohne daß ich Aruns begegnete, und ich wollte auch nicht erneut in die Gruft steigen, um ihn nicht bei der Arbeit zu stören, obwohl ich einige Male den gleichen Weg an Hunderten von Grabhügeln vorbei ging und die von ihnen ausgehende Ruhe einatmete, während der gewaltige Rundblick mein Herz höher schlagen ließ. Aber in der Zeit der Weinlese kam er mir auf der Straße, von seinen Zechkumpanen gestützt, so entsetzlich betrunken entgegen, daß ich meines Erachtens niemals einen Menschen in solch einem vom Wein hervorgerufenen fürchterlichen Zustande gesehen hatte. Trotzdem erkannte er mich sofort, blieb stehen und umarmte mich, klatschte einen nassen Kuß auf meine Wange und rief:

„Da bist du ja, Fremder. Ich habe dich vermißt. Aber ich habe völlig nüchterne Tage verlebt mit vom Nachdenken und Entwerfen heißem Kopf, und in einer solchen Zeit mag ich keine Menschen sehen, nicht einmal Freunde, wie du einer bist. Jetzt ist der richtige Augenblick. Mein Kopf braucht eine reinigende Waschung von innen her, bevor ich an die Arbeit gehe. Komm, Bruder, wir wollen uns zusammen den größten Rausch aller Zeiten antrinken, damit ich meinen Kopf von unnützen Gedanken befreien und zum Schluß den irdischen Dreck aus meinem Körper herauskotzen kann, um mich dann mit göttlichen Dingen beschäftigen zu können."

Ungefähr so sprach er, wenn auch stark stammelnd. Zum Schluß fragte er: „Warum wanderst du mitten in der Nacht völlig nüchtern auf den Straßen umher, Fremder?"

„Ich bin Turnus aus Rom und Flüchtling aus Ionien", hielt ich für angebracht, seinen lärmenden Freunden zu erklären. Zu Aruns sagte ich: „Bei Vollmond plagt mich die Göttin und jagt mich aus dem Bett."

„Schließe dich uns an", forderte er. „Ich werde dir lebende Göttinnen, so viele du nur haben willst, von vorne und von hinten zeigen."

Gewaltsam schob er seinen Arm unter den meinen und drückte mir einen ihm am Ohr baumelnden Rebenkranz aufs Haupt. Ich folgte ihm und seinen Freunden in das Haus, das die Velthurus für ihn als Wohnung eingerichtet hatten. Seine Frau wurde aus dem tiefsten Schlaf geweckt und kam uns gähnend entgegen. Sie jagte uns nicht weg, wie man hätte vermuten können. Im Gegenteil, sie öffnete die Tür für uns und zündete die Lampen an, holte Obst, Kornbrot und in einem Tongefäß aufbewahrten selbst gesalzenen Fisch und versuchte sogar, die vom Wein nassen Haare des Aruns zu kämmen und in Ordnung zu bringen.

Da ich völlig nüchtern und fremd in der Stadt war, schämte ich mich über mein nächtliches Eindringen in das Haus eines zufälligen Bekannten, nannte meinen Namen und entschuldigte mich bei der Frau des Aruns.

„Einer Frau wie du bin ich noch nie begegnet", sagte ich höflich. „Jede andere Frau hätte sich auf ihren Mann gestürzt, hätte ihn geohrfeigt, ihm einen Eimer Wasser in den Nacken gegossen und fluchend seine Freunde weggejagt, wenn es auch die Zeit der Weinlese ist."

Sie seufzte und erklärte: „Du kennst meinen Mann nicht, Turnus. Ich kenne ihn nach zwanzigjährigem Zusammenleben. Es sind bestimmt keine leichten Jahre gewesen, das kann ich versichern. Aber von Jahr zu Jahr habe ich gelernt, ihn besser zu verstehen, wenn auch eine schwächere Frau als ich längst ihre sieben Sachen gepackt und das Haus verlassen hätte. Er aber braucht mich. Ich habe schon Sorge um ihn gehabt, denn er hat seit mehreren Wochen keinen einzigen Tropfen Wein getrunken, sondern gegrübelt und gestöhnt, ist auf und ab gelaufen, hat Wachstafeln zerschlagen und teures Papier zerrissen, auf das er Bilder gezeichnet hatte, so daß ich schon gefürchtet habe, daß er den Verstand verliert. Jetzt ist mir wohler. So geht es stets, wenn die Bilder in seinem Kopf klarer werden und Gestalt anzunehmen beginnen. Der jetzige Zustand kann ein paar Tage oder gar eine Woche dauern, aber wenn er dann wieder nüchtern geworden ist, zieht er seinen Arbeitskittel an und eilt schon vor Morgengrauen in die Gruft, um keine kostbare Minute zu verlieren. Er ist nicht mürrisch oder bösartig, auch schlägt er mich nicht, aber ein fürchterlicher Verschwender ist er, seine Freunde läßt er bewirten, dabei dem Gastwirt die Rechnung schuldig bleibend, und gestattet es niemand, etwas für ihn zu zahlen. Das hat ja auch nichts zu bedeuten, denn die Velthurus kümmern sich sehr um ihn und er bekommt neue Kleider und unschätzbare Geschenke, wenn das Grab fertig ist."

Während wir uns unterhielten, war Aruns auf den Hof gewankt und hatte einen im Stroh versteckten großen Weinkrug geholt. Auf dem Rückweg hatte er das Siegel aufgerissen, aber den Propfen konnte er nicht mehr herausziehen. Seine Frau half ihm dabei, öffnete geschickt den Krug, entfernte das Wachs und goß den Inhalt in ein großes Mischgefäß, das, nach den Reliefs zu urteilen, eine Arbeit aus Korinth war. Im Zimmer entdeckte ich auch eine der feinsten attischen Vasen mit den roten Figuren, aber einer der Handgriffe fehlte, er war wohl abgeschlagen worden.

Die Frau tat es weder Aruns noch seinen Freunden an, Wasser unter den Wein zu mischen. Im Gegenteil, sie holte die besten Trinkschalen des Hauses hervor und füllte sogar für sich selbst eine Schale.

„So ist es am besten", sagte sie und trank auf mein Wohl, und ihr Lächeln war das wissende Lächeln einer erfahrenen Frau. „Die Jahre haben mich gelehrt, daß alles viel leichter geht, wenn auch ich mir einen Rausch antrinke. Dann rege ich mich über zerschlagene Gegenstände, verdorbene Fußböden oder Torpfosten, die die Gäste beim Weggehen mitnehmen, weniger auf."

Sie reichte mir die Schale. Nachdem ich sie geleert hatte, sah ich, daß sie modernste attische Keramik war und am Boden der Schale ein Bild zum Vorschein kam, das einen Satyr mit einem Bocksfuß darstellte, der eine sich wehrende Nymphe zu entführen suchte. Dieses Bild blieb mir als Symbol für diese Nacht in Erinnerung, denn bald erschienen mitten aus dem Schlaf herausgeholte Tänzerinnen, und wir begaben uns in den Hof und den Garten, ohne Rücksicht auf die Nachtruhe der Nachbarn zu nehmen, weil uns in unserem Rausch die Räumlichkeiten des Hauses nicht mehr genügten.

Mir war in Rom erzählt worden, daß die Tänze der Etrusker, sogar die wildesten, heilige Tänze seien und daß diese nach überlieferter Sitte nur zur Freude der Götter getanzt würden. Das war aber nicht wahr, denn nachdem die Tänzerinnen eine Zeitlang mit wallenden Gewändern heilige Tänze getanzt hatten, damit diese Bilder in den trüben Augen des Aruns haften bleiben sollten, entkleideten sich die beiden Mädchen und tanzten aus lauter Lebensfreude mit entblößtem Oberkörper, um uns mit ihrer Schönheit zu erfreuen. Sie hätten kaum Wein benötigt, um in Ekstase zu geraten, denn einer der Gäste erwies sich als Meister des Flötenspiels, und ich hatte weder im Osten noch im Westen so berauschende und erregende Flötentöne gehört. Sie erregten das Blut in den Adern stärker als Wein.

Zum Schluß tanzten diese beiden schönen und leidenschaftlichen Frauen im Mondschein nur mit einer Perlenkette um den Hals, die einer der Gäste ihnen als Geschenk lässig umlegte. Später hörte ich, daß er ein junger Velthuru gewesen war, obwohl er sich mit Rücksicht auf die Gesellschaft ebenso bescheiden wie die anderen gekleidet hatte. Aber die einfache Kleidung konnte seine feinen Gesichtszüge, seine Kopfhaltung, seine ovalen Augen und seine gepflegten Hände nicht verbergen.

Auch mich redete er an, trank mit mir und sagte: „Verachte diese Betrunkenen nicht, Turnus. Jeder von ihnen ist ein Meister in seinem Fach, und ich bin in dieser Runde der Jüngste und der Unbedeutendste. Zwar reite ich leidlich und kann das Schwert gebrauchen, aber ein Meister bin ich auf keinem Gebiete."

Er deutete nachlässig auf die beiden als Frauen schon reifen Tänzerinnen und erklärte: „Du siehst doch wohl, daß auch sie Meisterinnen in ihrem Fach sind. Der Mensch braucht schon ein tägliches Training, zehn und zwanzig Jahre lang, bevor er mit seinem Körper fähig ist, Götter ahnen zu lassen."

Ich sagte: „Ich weiß alles Geschehene und die Gesellschaft voll zu schätzen, du Hochwohlgeborener."

Er nahm es mir nicht übel, als er merkte, daß ich ihn als einen Aristokraten erkannt hatte. So jung und eitel war er nun doch, obwohl er dem Geschlechte der Velthurus entstammte und kein Velthuru es nötig hat, eitel zu sein, weil er auch sonst der ist, der er ist. Er war aus einem solch alten Geschlecht, daß er mich vermutlich unbewußt erkannte und sich daher gar nicht darüber wunderte, wie ich in diese Gesellschaft geraten war. Dies begriff ich erst viel später.

Da Aruns nun zum Überlaufen voll und einig mit der ganzen Welt und sich selbst war, nutzte ich die Gelegenheit, um ihn zu fragen: „Warum maltest du das Pferd blau, Meister?"

Aruns starrte mich mit trüben Augen erstaunt an und sagte: „Weil ich es blau sah."

„Aber", entgegnete ich, „ich habe noch nie ein blaues Pferd gesehen."

Aruns wurde böse, schüttelte bedauernd den Kopf und sagte: „Dann tust du mir leid, mein Freund."

Weiter sprachen wir darüber nicht, aber seine Worte waren mir eine Lehre. Danach konnte ich oft mit eigenen Augen ein Pferd blau sehen, je nach der Zusammenstellung der Farben.

Am nächsten Tag war mir hundeelend, und mein Körper wurde in der von Aruns vorausgesagten Weise gereinigt. Ich hörte, daß Aruns zum Flußufer gegangen sei, um zu baden, und daß er sich dort einen Eichenlaubkranz gebunden und aufs Haupt gedrückt habe, zum Zeichen, daß er nie mehr im Leben einen Tropfen Wein trinken werde und daß sein Wille in dieser Beziehung hart und fest wie die Eiche sei. Dasselbe hatte er schon früher oft getan, damit seine Freunde ihn nicht verleiten sollten, unnütz das Trinken fortzusetzen, weil sein Maß bereits voll, vielleicht sogar schon übervoll war.

Es war kaum eine Woche vergangen, als sein Schüler ganz außer Atem in mein Gasthaus gelaufen kam, um mich zu suchen: „Turnus, Turnus", rief er mit glühendem Gesicht, „die Arbeit ist fertig, und der Meister schickt mich, dich zu holen, damit du sie als erster sehen sollst, zum Lohn, weil du ihm Glück gebracht hast."

Ich war so neugierig, daß ich mir ein Pferd lieh und in gestrecktem Galopp ins Tal und den Hang hinauf zur Stadt der Toten ritt, während der Schüler hinter mir auf dem Rücken des Pferdes saß und sich vor Angst an mir festklammerte. Aber als mir die Unermeßlichkeit des Rundblickes und die tiefe Ruhe der Grabhügel bewußt wurden, schämte ich mich meiner Ungeduld und ließ das Pferd im Schritt gehen. Im gleichen Augenblick riß die herbstliche Wolkendecke, und die Sonne schien mir freundlich und warm ins Gesicht. Nach der unnützen Eile durchdrang, zusammen mit den Sonnenstrahlen, das Gefühl einer gnadenvollen Andacht mein ganzes Wesen.

„Die Götter sehen uns an", flüsterte der helläugige Jüngling hinter meinem Rücken, und der Griff seiner Hände wurde noch fester. Ich wurde von einer merkwürdigen Gewißheit erfüllt, als sei er der Sendbote der Götter.

Nachdem ich in die Gruft hinabgestiegen war, breitete sich die Rückwand, in hellen Farben gemalt, fertig vor meinen Augen aus, zufriedene Harmonie, wehmütige Freude und Schönheit ausstrahlend. Aruns drehte sich nicht um, um mich zu begrüßen, er schaute immer noch seine vollendete Arbeit an, und ich wollte auch mit keinem Wort die göttliche Andacht der Stunde stören.

Um den Deckenrand wanden sich die Vorhangfalten des offenen Gastsaales. In der Mitte, alles Irdische überragend, erhob sich das Gastruhebett der Götter mit den vielfachen Polstern. Auf zweifachem Podest ragten die beiden weißen, festlich bekränzten Kegel empor. Am Fußende des Bettes hingen nebeneinander die beiden abgelegten Überwürfe. Auf der rechten Seite des Lagers der Götter ruhte tief unten auf dem Ruhebett der Menschen das feiernde Ehepaar, und dahinter reckten Jünglinge ihre Arme den Göttern zum Gruß entgegen. Auf der linken Seite stand ein Mischgefäß und eine Frau mit erhobener Hand. Bei näherer Betrachtung sah ich, daß der Künstler die Falten des Vorhangs bis zu den beiden Seitenwänden weitergeführt hatte, so daß die von Aruns schon früher gemalten Episoden sich in das erhabene Gesamtbild einfügten, dessen Mittelpunkt das Ruhebett der Götter bildete.

„Das Göttermahl", flüsterte ich, während ein heiliges Beben meinen

Körper schüttelte, denn mein Herz begriff das Gemälde, wenn auch mein irdischer Verstand nicht ausreichte, es zu erklären. „Oder der Tod des Lukumo", antwortete Aruns. Einen flüchtigen Augenblick lang wußte ich in einer sonnenklaren Erkenntnis, was er meinte und warum ich bei der Geburt des Gemäldes anwesend sein sollte. Aber dieser Augenblick ging vorüber. Ich kehrte wieder zur Erde und zum Alltag und in das Innere des Berges zurück. „Du hast recht, Aruns", sagte ich. „So etwas dürfte wohl niemand vor dir zu malen gewagt haben. Die Götter selbst haben deinen Pinsel geführt und die Farben für dich gewählt. Sonst kann ich mir nicht erklären, wie du auf Erden etwas Unerreichbares erreichen konntest."

Ich berührte scheu seine Schulter. Als er sich zu mir wandte, umarmte ich ihn. Er ließ seinen von Farben verschmierten, bärtigen Kopf schwer gegen meine Brust fallen und brach in Weinen aus. Sein stämmiger Körper erzitterte unter dem Schluchzen der Erleichterung, bis er seine Fassung wiederfand, mit seinem schmutzigen Handrücken die Augen wischte und dabei sein Gesicht noch mehr verschmierte. Er bat:

„Verzeih, Turnus, weil mir die Tränen kamen, aber ich habe Tag und Nacht gearbeitet und die kurzen notwendigen Stunden auf dem Steinboden geschlafen, bis ich in der Grabeskälte wieder aufwachte. Viel habe ich nicht gegessen. Die Farbe war mein Brot. Viel habe ich nicht getrunken. Die Linie war mein Trank. Und ich weiß es selbst nicht mehr, wie es mir gelingen konnte, oder vielleicht ist es mir gar nicht gelungen? Aber irgend etwas in mir sagt, daß eine ganze Zeitepoche mit diesem Gemälde zu Ende geht, wenn sie auch eine Weile noch fortdauern sollte. Vielleicht endet mein eigenes Leben mit diesem Gemälde, wenn es auch noch ein Jahrzehnt oder ein paar Jahrzehnte weitergeht? Deshalb weine ich."

In dem Augenblick sah ich mit seinen Augen und fühlte mit seinem Herzen den Tod des Lukumo und wußte, daß eine neue Zeit anbrechen würde, eine Zeit, die häßlicher, aufgeblasener, irdischer als die heutige Zeit, die noch von der Helligkeit der verschleierten Götter erfüllt war, sein würde. An Stelle der Schutzgeister und der schönen Erdengötter stiegen aus den Tiefen der Unterwelt Ungeheuer und fürchterliche Geister empor, wie der vor Übersättigung aufgedunsene Mensch im Traum Alpdrücken hat, wenn sein Magen zu vollgepfropft ist.

Mehr brauche ich nicht über Aruns und seine Malerei zu erzählen. Bevor ich die Stadt verließ, übersandte ich seiner gütigen Frau ein kostbares Geschenk, aber ihm selbst sandte ich nichts, denn kein Geschenk hätte als Gegengabe dienen können für das, was er mir gezeigt hatte.

Wie konnte ich, der ich als Viehhirt aus Rom aufgebrochen war, wertvolle Geschenke machen? Eines Tages schlenderte ich außerhalb der Stadt an einem farbenfrohen Stoffzelt vorbei, in dessen Schutz vornehme Jünglinge herumlagen und würfelten. Unter ihnen befand sich auch Lars Arnth Velthuru. Er streckte seine weiße Hand aus und rief mir zu:

„Machst du mit, Turnus? Wähle dir einen Platz, laß dir eine Schale füllen und nimm die Würfel zur Hand."

Seine Kameraden schauten mich befremdet an, denn ich trug meine billige und einfache Reisekleidung und die dicksohligen Schuhe. Ich merkte den Spott in ihren Augen, aber niemand wagte Lars Velthuru zu widersprechen. Ich sah ihre schönen Reitpferde; sie waren an den Bäumen festgebunden und scharrten die Erde, und ich vermutete, daß die Jünglinge hohe Kavallerieoffiziere in Tarquinia waren, zu denen auch Lars Arnth gehörte. Ich genierte mich gar nicht. Ich setzte mich auf den Boden, Lars Arnth gegenüber, zog den Saum meines Überwurfes um meine Knie und sagte:

„Ich habe zwar nicht oft gewürfelt, aber mit dir bin ich stets bereit zu spielen."

Die anderen Jünglinge ließen Rufe des Erstaunens hören, aber Lars Arnth hieß sie schweigen, ließ die Würfel in den Becher fallen und reichte ihn mir.

„Spielen wir aufs Ganze?" fragte er beiläufig.

„Mir ist es gleich", sagte ich lässig und dachte, daß es sich vielleicht um ein Goldstück oder um eine volle Mina Silber handeln könne, weil so vornehme Jünglinge miteinander spielten.

„Ach", riefen die Jünglinge. Einige schlugen die Hände zusammen und fragten: „Stehst du auch zu deinem Angebot?"

„Schweigt", fuhr Lars Velthuru sie an. „Dieser Mann steht zu seinem Wort. Ich bürge dafür, wenn es nicht jemand anderer tut."

Ich warf die Würfel. Er nahm sie dann, warf und gewann. Auf diese Weise verlor ich dreimal hintereinander, schneller als ich aus meiner Weinschale einen Schluck nehmen konnte.

„Drei Ganze", bemerkte Lars Velthuru und warf gleichgültig drei hübsch geschnitzte Elfenbeinplättchen zur Seite.

„Willst du dazwischen Atem holen, Turnus, mein Freund, oder wollen wir fortsetzen?"

Ich richtete meinen Blick zum Himmel und überlegte, daß drei Mina viel Geld war. Mit den Lippen rief ich lautlos Hekate an und erinnerte sie an ihr Versprechen. Als ich meinen Kopf zur Seite wandte, sah ich, wie eine Eidechse auf einem nahen Erdstein sich von der Sonne bescheinen ließ. Die Göttin war als Hekate dabei.

„Laß uns fortfahren", schlug ich vor, leerte meine Trinkschale und warf von neuem die Würfel, schon im voraus von herrlicher Siegesgewißheit erfüllt. Ich beugte mich vor, um meinen Wurf abzulesen, denn die Etrusker hatten an den Würfelseiten keine Punkte, sondern Buchstaben. Nachdem ich die entsprechenden Zahlen zusammengezählt, sah ich, daß ich den bestmöglichen Wurf getan hatte. Eigentlich war es unnütz, daß Lars Velthuru es noch einmal versuchte, aber er warf doch und verlor. Auf diese Weise gewann ich dreimal nacheinander. Die vornehmen Jünglinge hatten plötzlich ihren Spott vergessen, sich vorgebeugt und in atemloser Spannung die rollenden Würfel verfolgt. Sie konnten Ausrufe nicht unterdrücken, und einer von ihnen sagte:

„Ein solches Spiel habe ich noch nicht erlebt. Seine Hände zittern ja gar nicht und sein Atem geht nicht schneller."

Das stimmte, denn ich schaute ebenso seelenruhig dem Auffliegen der Spatzen zu und freute mich über das Himmelblau des Herbsttages, wie ich das Spiel beobachtete. In die schmalen Wangen Arnth Velthurus war eine hauchdünne Röte gestiegen, und seine Augen leuchteten hell, obwohl es für ihn völlig gleichgültig war, ob er gewann oder verlor. Aber er liebte die Spannung des Spiels.

„Machen wir eine Atempause?" fragte er, als wir wieder gleich standen und er das letzte Elfenbeinplättchen zurückschob.

Ich ließ meine Schale nochmals füllen, trank mit ihm und schlug vor: „Laß uns noch einmal würfeln, aber nur ein einziges Mal, um zu sehen, wer von uns Gewinner bleibt und wer verliert. Dann muß ich gehen." Ich hielt es nicht für angebracht, in der Gesellschaft der überheblichen Jünglinge zu lange zu verweilen. Es genügte mir, daß ich Lars Arnth, der mein Freund war, begrüßen konnte.

„Wie du willst", sagte er und warf als erster. Soweit hatte das Spiel ihn doch erregt. Er entschuldigte sich und meinte: „Ein schlechter Wurf, aber den habe ich verdient."

Ich schlug ihn nur mit einem Punkt, was das beste war und auch den Schmerz des Verlustes linderte. Ich stand auf, um zu gehen, und die jungen Aristokraten machten mir ehrfurchtsvoll Platz.

„Vergiß deinen Gewinn nicht", rief Lars Velthuru und warf mir das Elfenbeinplättchen zu. Ich fing es lachend in der Luft auf und bemerkte, daß der Gewinn für mich wenig Bedeutung habe, sondern daß es für mich eine größere Freude gewesen sei, ihn zu treffen und mit ihm das spannende Würfelspiel gespielt zu haben. Die Jünglinge gafften mich mit offenem Munde an, aber Lars Velthuru lächelte sein schmales, bezauberndes Lächeln und sagte: „Ich werde meinen Sklaven mit deinem Gewinn zu dir in deine Wohnung schicken, noch heute abend oder morgen früh. Laß mich dessen erinnern, falls ich es vergessen sollte."

Aber er vergaß die Sache nicht, er wollte mit seinen Worten nur seinen Kameraden einen Hieb versetzen, die sich mir gegenüber zu Beginn wegen meiner einfachen Kleidung so überheblich benommen hatten, obwohl er selbst mich als Freund zu sich rief. Die ganze Sache wurde mir erst richtig klar, als sein prachtvoll gekleideter Geldwächter mir am gleichen Abend ein Talent Silber in zwölf geprägten Barren in das einfache Gasthaus brachte und um das Elfenbeinplättchen bat. Da begriff ich, daß Lars Velthuru ein ganzes Talent gemeint hatte, als er von einem „Ganzen" gesprochen hatte.

Ein Talent Silber ist so viel Geld, daß man damit leicht ein Haus hätte bauen, es schmücken und auf das schönste einrichten, einen Garten anlegen lassen und Sklaven zur Versorgung des Hauses kaufen können. Ich beschloß aber, hiernach in Tarquinia nicht mehr zu würfeln, und ich führte meinen Entschluß trotz mancher Lockung durch.

Ich kehrte also als vermögender Mann nach Rom zurück, nachdem die Volsker ihre Winterstellungen bezogen hatten. Ohne mit meinem Vermögen zu prahlen, folgte ich meiner ursprünglichen Absicht, meinen Lebensunterhalt mit meiner Hände Arbeit und in der üblichen menschlichen Weise zu verdienen. Das Glück, das Hekate mir gegönnt hatte, behielt ich natürlich, aber um nach Rom zurückzukommen, ließ ich mich als gewöhnlicher, einfacher Seemann auf einem Getreideschiff anheuern, das aus dem Hafen von Tarquinia nach Rom auslief. Die Etrusker verkauften wieder Getreide an Rom, da die Stadt durch das Vorgehen des Coriolanus in Bedrängnis geraten war. Sie hatten gemerkt, daß es dem römischen Senat auf jeden Fall doch möglich war, Getreide aus Sizilien zu beschaffen, und fanden es vorteilhafter, selbst den Gewinn aus dem Getreidegeschäft einzustecken, statt ihn den Kaufleuten von Panormos zu überlassen.

An einem nebligen Spätherbsttag kam ich wieder in Rom am Ufer des Viehmarktes an, wanderte aber diesmal am Ufer des Tiber entlang, mit zerschundener Schulter vom Flußaufschleppen des Getreideschiffes mit dem schweren Troß. In einem gewöhnlichen Ziegenledersack hatte ich als Ergebnis der Reise so viel gutes Silber, wie ein Mann tragen konnte, und als ein armer, elender Seemann hätte ich es sogar an Land bringen können, ohne daß die Steuereinnehmer etwas gemerkt hätten. Mir schien es jedoch vorteilhafter, es ihnen zu zeigen, damit sie es auch gleich in den staatlichen Büchern eintrugen. Ich konnte doch in Rom Vorteile davon haben, wenn es dort bekannt würde, daß ich aus eigenem Verdienst ein vermögender Mann geworden war. Ich wollte nicht, daß man mich noch länger bei Tertius Valerius als Parasiten betrachtete.

Mein Silber erweckte größtes Erstaunen beim Schiffsbefehlshaber und bei den Seeleuten. Sie schworen lachend und schreiend, daß sie mich ohne zu zögern umgebracht und ins Meer geworfen hätten, wenn sie es nur geahnt, daß ich einen Schatz bei mir führte. Aber der Buchhalter zahlte mir meine Heuer genau in Kupfer aus, und ich steckte die klingenden Münzen sorgfältig in meinen Beutel. Man ehrte in Rom einen sparsamen Mann.

Den Sack mit dem Silber auf dem Rücken, die Kleider zerrissen, unrasiert und die Schulter vom Schlepptau blutig gescheuert, so schritt ich durch die engen Straßen Roms und atmete die durch die Sümpfe vergiftete Luft ein. Vor dem Merkurius-Tempel sah ich den gleichen halbblinden Augur, der, den glatten, abgenutzten Krummstab in der Hand, den Bart voller Speisereste, auf irgendeinen leichtgläubigen Fremden wartete, um ihn durch Rom führen, ihm die Sehenswürdigkeiten zeigen und ihm das Allerbeste wahrsagen zu können. Ich grüßte ihn mit einem Lächeln des Wiedererkennens, aber der Blick seiner kurzsichtigen Augen streifte mich nur; er erinnerte sich meines Gesichtes sicherlich nicht mehr, denn ohne meinen Gruß zu erwidern, drehte er mir den Rücken. Rom war mir bereits vertraut, vertraut gaben die ausgetretenen Steinplatten meinen Füßen Antwort, vertraut klang mir das Brüllen des Viehs auf dem Marktplatz. Die Sehnsucht ließ meinen Körper glühen, als ich den Fuß des Velia erreichte und zum Hause des Tertius Valerius eilte.

Das Tor war auf, aber als ich eintreten wollte, steckte der Torwächtersklave rasch den Ring seiner Kette in den Zapfen des Torpfostens, begann zu schimpfen und stocherte mit seinem Stock an mir herum. Erst als ich ihn anredete und beim Namen nannte, erkannte er mich und schämte sich. Tertius Valerius sei in einer Senatssitzung, sagte er, aber die Herrin sei zu Hause.

Misme lief mir im Hof entgegen. Sie war gewachsen und rundwangig, ihre Haare waren in Locken gedreht. Sie umarmte meine Knie. Ich hob sie hoch und küßte sie, aber die Augen Mikons sahen mich aus ihrem Gesicht an. Sie runzelte die Nase, schnüffelte an meinen Kleidern und sagte: „Du riechst so schlecht." Strampelnd strebte sie aus meinen Armen fort.

Das brachte mich wieder zu mir. Ich ging vorsichtig hinein und hoffte, daß ich den Verwalter treffen würde, damit ich baden und mir saubere Kleider anziehen könnte, bevor ich Arsinoe begegnete. Aber da kam mir Arsinoe schon entgegen, blieb stehen, blickte mich an, die weiße Stirn voll böser Falten, und rief: „Du, Turms, und in welchem Zustand kehrst du zurück? Das konnte man sich ja denken."

Meine Freude erlosch. Ich warf den Sack von meiner Schulter und leerte ihn vor ihren Füßen aus, so daß die Silberbarren auf dem Boden klirrten. Arsinoe bückte sich, hob einen Barren auf, wog ihn in der Hand, starrte mich an, ohne ihren Augen zu trauen. Ich überreichte ihr den modernen, in Veji gekauften Ohrenschmuck und eine Ziernadel, die der beste Goldschmied in Tarquinia angefertigt hatte.

Arsinoe preßte meine ausgestreckte Hand mitsamt dem Schmuck zwischen ihren warmen Händen und lächelte. Ohne an meinen schmutzigen Kleidern Anstoß zu nehmen, schloß sie mich in ihre Arme, küßte mein unrasiertes, bärtiges Gesicht immer wieder und rief: „Oh, Turms, Turms, wenn du es nur ahnen könntest, wie ich mich nach dir gesehnt habe und was für Leidenstage wir hier unter Bedrohung der Volsker verlebt haben. Und du bist das ganze Frühjahr, den langen Sommer bis zu den dunklen Herbsttagen nur sorglos herumgewandert. Wie konntest du bloß?"

Eisig antwortete ich, daß ich doch bei Gelegenheit Nachricht von mir gegeben hätte. Ebenso hätte ich Nachricht erhalten, daß sie wohlauf und gesund sei, so daß sie sich meinetwegen keine Sorgen zu machen brauchte. Aber ich spürte die Wärme ihrer Arme und die glatte Haut ihrer Schultern. Wie hätte ich nicht weich werden sollen? Sie war doch Arsinoe. Was sie auch tat oder wollte, meine Glut konnte es nicht abkühlen, und ich dachte verwundert, wie ich es fertiggebracht hatte, so lange von ihr getrennt zu sein. Sie las ihren Sieg über mich in meinen Augen, holte tief Atem und flüsterte ganz leise: „Nein, nein, Turms, du mußt erst baden, saubere Kleider anziehen und etwas zu essen bekommen."

Ich war kein Grieche mehr, und die Kleider waren mir gleichgültig. Mein Überwurf blieb auf dem Estrich im Atrium liegen, mein Hemd auf der Schwelle zu Arsinoes Zimmer, und meine verschlissenen Schuhe trat ich neben ihrem Bett von den Füßen. Sie war doch Arsinoe, ihre Nacktheit antwortete auf meine Nacktheit, ihre Umarmung auf die meine, ihr Atem auf meinen heißen Atem. Die Göttin lächelte mir aus ihrem launenhaften Gesicht zu, aus ihren dunklen Augen, verführerisch, lockend, unvergeßlich.

So will ich mich an sie, Arsinoe, erinnern.

7.

Im Verlauf des Winters ging ich in Rom unter das Volk, ich hielt mich sogar bei den Schlechtbeleumdeten in der Suburra auf, um den Charakter der Menschen kennenzulernen. Das hatte mich meine Reise gelehrt, daß ich nicht mehr eitel in der Wahl meiner Gesellschaft war oder mich nur mit Menschen anfreundete, welche mir oder gar meiner Stellung Vorteile bringen konnten. Ich suchte nur nach Menschen, die mir zusagten und mir verwandt erschienen. Ich fand sie ebensogut unter den Niedrigen wie unter den Vornehmen, unter den Schustern wie unter den Athleten.

Im Freudenhaus der Suburra geriet ich ins Würfelspiel mit dem Buchhalter eines mit Eisenladung aus Populonia angekommenen Schiffes. Die Schmiede Roms benötigten viel Eisen in diesem Winter. Nachdem er sein ganzes Geld verspielt hatte, bot er mir, an seinen Haarzöpfen zerrend, leichtsinnigerweise eine freie Fahrt auf dem Schiff bis nach Populonia an. Auch diesen Wurf gewann ich, und er versprach, Wort zu halten, weil er genau wußte, daß er, falls er seine Spielschulden nicht bezahlte, nie mehr zu den Freuden in die Suburra zurückkehren könne. Wieder nüchtern geworden, begriff er erst richtig, was er getan hatte, und sagte:

„Ich habe mich selbst in ein Dilemma gebracht, aber ich werde es wohl wegen meines Leichtsinns verdient haben. Auf jeden Fall mußt du dich als Etrusker verkleiden und als Etrusker auftreten, soweit du dazu fähig bist. Ich werde dich nach Populonia bringen, wie ich dir versprochen habe, aber für alles andere mußt du selbst die Verantwortung tragen. Augenblicklich dulden die Bewacher des Eisenerzes keine Fremden."

Ich tröstete ihn und bewies ihm, daß ich die Sprache der Etrusker mühelos beherrschte, obwohl ich bis dahin so getan hatte, als könnte ich sie nur radebrechen. Ich gab ihm auch noch das von ihm im Spiel abgewonnene Geld zurück, so daß er sich mit Wein und in Gesellschaft der Mädchen des Hauses trösten konnte. Am nächsten Tag ging ich auf sein Schiff, um ihn zu besuchen; ich hatte meine schönen etruskischen Kleider mit Schmuckbändern angetan und den kegelförmigen Hut auf dem Kopf. Trotz seines Katers freute er sich sehr darüber, daß ich kein Mann niedrigen Standes war, und meinte, daß ich als Etrusker wie jeder andere auftreten könne, und beteuerte nochmals, daß er sein Versprechen einlösen würde. Aber auf See tobten die Stürme, und sein Befehlshaber wollte noch eine Rückfracht aus Rom nach Populonia sichern. Der Senat hatte zugesagt, das Eisen in Rinderhäute einzutauschen, zog die Sache wie üblich in die Länge und versuchte, den Preis herunterzuhandeln.

Es dauerte bis zum Frühjahr, bis wir ausfahren konnten, und wir verließen die Flußmündung Roms nur zwei Tage, bevor die Volsker einrückten, und segelten nach Norden. Die Rauchsäulen längs der Küste erzählten schon von ihrer feindlichen Anwesenheit, aber wir kamen noch rechtzeitig den Fluß abwärts, segelten vor dem Wind, und es gelang uns, gerade noch zu entkommen. An der tyrrhenischen Küste drohte uns keine Gefahr mehr, denn sie wurde von den schnellen Kriegsschiffen Caeres und Tarquinias geschützt.

Die Winde waren unstet, wie immer im Frühjahr, aber die Delphine tummelten sich fröhlich um den runden Bug und schwammen in Schwärmen um das Schiff herum. Um den Gefahren auf See zu entgehen, fuhren wir meist zur Nacht in irgendeine schützende Bucht, deren es dort genügend gab, und gingen an Land. Viele dieser Schutzplätze waren weit sichtbar gekennzeichnet, so daß der Befehlshaber und die Steuerleute schon im voraus wußten, wohin sie ihr Schiff steuern konnten. An vielen Stellen, sogar in öden Gegenden, brannten nachts Signalfeuer, die von Männern geschürt wurden, welche ihr Leben lang die See befahren hatten, und für die ein in der Nähe liegender Hafen oder Hafenplatz eine Hütte gebaut hatte und für ihre Verpflegung sorgte. So geschützt und sicher segelten die tyrrhenischen Frachtschiffe von Süden nach Norden und umgekehrt an der Küste ihres eigenen Landes entlang.

Nachdem wir an Vetulonia vorbeigesegelt waren und links die berühmte Erzinsel der Etrusker sahen, erreichten wir die Seezeichen Populonias, und ein Wachboot brachte uns in den Hafen, um darüber zu wachen, daß vor dem Einlaufen in den Hafen die Ladung nicht gelöscht oder Fremde an Land gesetzt wurden. Wir fuhren an zahlreichen Prahmen vorbei, die infolge ihrer schwerwiegenden Ladung bis zur Grenze des Möglichen tief im Wasser lagen, und die mit Hilfe von Segeln und Rudern dem Erzausladeplatz zustrebten. Längs dem Ufer, hinter festgebauten Laderampen, sah man dunkelrote Erzhügel, und hinter diesen die Rauchsäulen aus den Eisenschmelzgruben emporsteigen.

Sobald das Hinterschiff angemacht und die Landungsbrücke heruntergelassen worden war, wurde unser Schiff von Wächtern umringt, die vom Kopf bis zu den Füßen in Eisen steckten. Ich hatte nie zuvor einen solch düsteren Anblick erlebt, denn keine einzige der üblichen Verzierungen oder Kennzeichen war an der glatten Ausrüstung der Wachen zu sehen. Sogar ihre Schilde waren glatt, und ihre runden und der Kopfform angepaßten Helme reichten bis zu den geraden Schulterplatten des glatten Brustpanzers herab. Für Augen und Mund besaß der Helm viereckige Öffnungen, so daß die Wächter nicht mehr Menschen oder Kriegern ähnlich sahen, sondern wie Ungeheuer oder gepanzerte Tiere wirkten. Ihre Speere und Schwerter waren bar jeder Verzierung. Der Anblick dieser kaltblütigen Zweckmäßigkeit wirkte erschreckender als der wallende Helmbusch aus schwarzem Pferdeschwanz oder das grinsende Bild am Schild eines Helden.

Zollprüfer, in genau so einfache graue Überwürfe gehüllt, bestiegen ohne Waffen das Schiff, und der Schiffsbefehlshaber legte ihnen seine Segeltafel vor und zeigte die darauf in verschiedenen Häfen erhaltenen Stempel, die seine Fahrtroute bewiesen. Der Buchhalter brachte das Verzeichnis über die mitgeführte Ladung, und danach wurde jeder Mann einzeln vor die Prüfer gerufen, um über sich selbst Auskunft zu geben.

Als erstes mußte jeder seine Hände zur Begutachtung vorzeigen, und die Prüfer sahen nach, ob es wirklich schwielige Fäuste waren, die ihr Leben lang an Trossen und Riemen gezogen hatten. Dann erst schauten sie dem Mann in die Augen, und sie kümmerten sich kaum darum, ob er nun ein gebürtiger Iberer oder Sarde oder ein Fischer der Küstenstämme war, wenn sie nur den Eindruck gewannen, daß es sich um einen einfachen Seemann handelte, der im Hafen nichts anderes verlangte, als sein Maß Wein und eine billige Frau als Bettgenossin.

Als Passagier kam ich als letzter dran. Nachdem ich diese scharfe Kontrolle sah, war ich froh, daß ich nicht versucht hatte, als Seemann nach Populonia zu kommen. Ich trug meine schönen Kleider aus Tarquinia und hatte meine Haare in Zöpfe bis auf die Schultern geflochten. Der Buchhalter machte einen sehr ängstlichen Eindruck.

Zu meinem Erstaunen schaute der Prüfer mir nur ins Gesicht und warf seinen Kameraden einen kurzen Blick zu. Die drei unfreundlichen Männer betrachteten mich eingehend. Der jüngste von ihnen legte die Hand vor den Mund, aber sein Vorgesetzter sah ihn streng mit zusammengezogenen Brauen an, nahm eine einfache Wachstafel, drückte mit seinem Stempel das Gorgonen-Haupt der Stadt darauf, reichte sie mir und sagte: „Schreibe deinen Namen selbst auf die Tafel, Fremder. Du darfst dich frei in unserer Stadt bewegen, kommen und gehen, wohin du willst."

Als unsere Blicke sich begegneten, sah ich ein verständnisvolles Aufleuchten in seinen Augen und hegte den Verdacht, daß er schon im voraus von meiner Ankunft wußte und die Stadt mir aus irgendeinem mir unbekannten Grunde die Erlaubnis erteilte, an Land zu gehen. Ich befürchtete, daß sie mich in eine Falle locken wollten, um mich dann später wegen zu großer Neugierde festnehmen und verurteilen zu können. Deshalb hielt ich es für das beste, ihnen den Zweck meiner Reise zu eröffnen, und erklärte:

„Ich möchte auch sehr gern zur Erzinsel fahren, um die berühmten Erzvorkommen zu besichtigen. Dann möchte ich auch auf dem Festlande wandern, um den Urwald sehen zu können, aus dem ihr die Kohle zur Veredelung des Erzes und Gewinnung des Eisens bekommt."

Die Brauen des Prüfers zuckten, und er bemerkte ungeduldig: „An deiner Tafel ist das Gorgonen-Haupt als Kennzeichen. Schreibe nur den Namen darauf, den du zu verwenden gedenkst."

Völlig überrascht bemühte ich mich zu erklären: „Ich bin Turnus aus Rom", aber der Prüfer unterbrach mich mit einer abwehrenden Handbewegung und sagte: „Ich habe dich nach nichts gefragt und behaupte niemals, daß ich mich nach deinen Namen, deinem Geschlecht oder deinem Heimatort erkundigt hätte."

Diese Behandlung war mehr als erstaunlich. Der Mund des Buchhalters blieb offen, und er blickte mich mit ganz anderen Augen an. Ich selbst konnte es überhaupt nicht verstehen, warum ich so wohlwollend in dieser Stadt behandelt wurde, die genau so streng und wachsam Fremden gegenüber war wie der Kriegshafen Karthagos, und wo die Seekarten geschützt und bewacht wurden.

Als Stadt war Populonia seinen Wächtern ähnlich, wortkarg, streng und zweckmäßig. Die Bewohner betrachteten die schwere Arbeit als Ehre, und der Rauch der Schmelzgruben hatte die bemalten Häusergiebel verrußt. Gorgo war das Symbol und Kennzeichen der Stadt, und Sethlans mit seinem Hammer ihr Gott, so daß in ihrem Tempel Sethlans in der Mitte und Tinia und Uni in den beiden Seitenräumen standen. So hoch verehrten die Bewohner Populonias den Gott des Eisens. Ich hatte gehört, daß es hier in der Stadt Geschlechter gab, die reicher als die reichsten Geschlechter in den anderen etruskischen Städten waren, aber diese Eisenmagnatenfamilien verbargen eifersüchtig ihre Reichtümer, aßen und kleideten sich sehr einfach und schickten ihre Söhne ganz jung auf die Insel in die Eisenerzbrüche und dann in die Glut der Schmelzgruben, bevor sie ihnen einen Einblick in die Geschäftsgeheimnisse gestatteten. Die Töchter verheirateten sie untereinander oder an ähnliche Geschlechter in Vetulonia mit dem Bemerken, daß Eisen Eisen suche und sich nicht mit Lehm oder Wolle zufriedengebe.

Lediglich im Sommer gönnten sich die Eisenmagnaten Ruhe und Genuß in ihren weit außerhalb der Stadt inmitten von Bächen und frischen Rasenflächen gelegenen, zierlich gebauten und luftigen Lusthäuschen. Da sie den gebrannten Ton verachteten, legten sie sich aus allen Ländern der Welt eine Sammlung der feinsten aus Gold, Silber und Elfenbein angefertigten Kunstgegenstände an, und das Tafelsilber oder gar Tafelgold der Familie konnte ein Talent, wenn nicht noch mehr wiegen. Den Außenstehenden zeigten sie ihre Schätze nicht, und ihren Goldring trugen sie am ersten Glied ihres Zeigefingers, was daran erinnern sollte, wie leicht man den Reichtum verlieren könne.

Auf einem leeren Erzschiff segelte ich, ohne von jemand daran gehindert zu werden, auf die Erzinsel Elba; ich sah die Gruben und die noch nicht abgebauten Erzfelder und konnte mich so mit eigenen Augen davon überzeugen, daß solche unermeßliche Erzvorkommen und so viel reines Eisenerz sonst nirgendwo in der Welt vorhanden sein konnten. Das Los der Sklaven, Verbrecher und keltischen Kriegsgefangenen, die in den Erzbrüchen arbeiten mußten, war nicht beneidenswert, aber sie hatten trockene Wohnungen und genügend zu essen. Sogar Fleisch bekamen sie dreimal in der Woche. Die Aufseher erklärten, daß dies nicht aus Barmherzigkeit geschehe, sondern um die Arbeitsleistung zu steigern, weil das Brechen des Erzes Kräfte erfordere und ein hungriger Sklave es nicht schaffe.

Noch mehr als das Erz weckte der Blitz-Tempel meine Neugierde, nachdem ich von seinem Vorhandensein gehört hatte. Er lag in der Nähe der Erzfelder auf dem Gipfel des höchsten Hügels, und er war von mit Patina bedeckten, hohlen, im Freien stehenden Bronzefiguren umgeben, die mit ihren Symbolen die zwölf Städte des etruskischen Städtebundes darstellten. Es waren so alte Bildwerke, daß der Blitz einigen von ihnen den Kopf abgeschlagen oder die Zehen geschmolzen hatte. Aber an diesen Bildwerken wurden nie Verbesserungen vorgenommen. So blieb in ihnen die Erinnerung an die größten Unglücksfälle, an Mißernten, an Kriege und an die Pest in jeder einzelnen Stadt erhalten.

Gerade hier, wo die Gewitterstürme am schwersten tobten und die Blitze am hellsten flammten, deutete der erfahrenste Blitzforscher die Omina und die Zeichen für die Städte und Völker der Etrusker. Zu diesem Zweck war an einem flachen Erdstein ein Bronzeschild befestigt, in dem zwölf Himmelsrichtungen, zwölf Himmelsbereiche und zwölf Orakelgötter für gute und schlechte Omina mit ihren Zeichen, die nur die Priester deuten konnten, eingeritzt waren. In diesem Tempel erhielten diejenigen, die Priester des Blitzes werden wollten, ihre letzten Geheimlehren und ihre Weihe, nachdem sie zunächst zehn Jahre in ihren eigenen Städten unter Aufsicht der Alten studiert hatten. Aber mehr als das Studium, die Überlieferungen und die zahllosen, nur im Gedächtnis zu behaltenden früheren Fälle bedeuteten die angeborene Begabung und die Erkenntnis. Einem Jüngling, der eine offensichtliche Begabung für die Blitzforschung aufwies und dessen Orakelsprüche sich bewahrheitet hatten, konnte das zehnjährige Studium erlassen werden, und er konnte seine Weihe im Blitz-Tempel schon mit achtzehn Jahren erhalten. Die Blitzpriester wußten es ganz genau, daß das Auswendiglernen von Regeln und das verstandesmäßige Studium der früheren Fälle nichts anderes als den Grund, das Schema und das System bedeuteten, in die der Geweihte selbst den lebendigen Odem mit Hilfe der göttlichen Erkenntnis einhauchen mußte.

Im Laufe von Generationen hatte mancher Priesteranwärter im Tempel den Tod durch Blitzschlag erlitten, oder er war, vom Blitz geweiht, am Leben und in seinem Amt geblieben. Eine besondere Weihe brauchte er dann nicht mehr, sondern er wurde für heiliger als die anderen Blitzpriester gehalten. Eine solche Weihe hatte der jetzige alte Priester des Tempels als Jüngling gleich nach seiner Ankunft auf der Insel erhalten. Später hatte er seiner Stadt auf dem Festlande mehr als fünfzig Jahre gedient, bis er nach dem Tod seines Vorgängers als ältester der Blitzpriester zum höchsten Lehrer im Tempel der Insel ernannt wurde.

Über die Geheimkulte der gewöhnlichen Weihe durfte nichts erzählt werden, am allerwenigsten einem Fremden. Soviel konnte ich aber doch erfahren, daß der Anwärter im Zusammenhange mit der Weihe Schläge einer unsichtbaren Peitsche auf Händen und Füßen erdulden mußte, daß seine sämtlichen Körperhaare zu Berge standen und seine Fingerspitzen Funken sprühten. Unter den heiligen Gegenständen des Tempels befanden sich Klumpen von gelbem Amber, die große Vermögen wert waren, und die weichsten Luchsfelle. Sie waren über den großen Handelsweg durch den Engpaß der nördlichen schneebedeckten Berge oder auch übers Meer aus Massilia in den Tempel gebracht worden.

In diesem nach außen hin sehr einfachen Holztempel wurde Einzelpersonen nicht wahrgesagt. Die Zeichen und Omina der Blitze galten ganzen Völkern und Städten, indem sie diese vor kommendem Unglück warnten oder auch schon im voraus die guten und fruchtbaren Jahre verkündeten. Nachdem erst die kurzhaarigen Anwärter mir die Sehenswürdigkeiten gezeigt und mir von den Bronzestatuen erzählt hatten, empfing mich der alte Mann des Tempels und schaute mir in die Augen. Er hatte zwei so tiefe Vertikalfalten zwischen den Brauen, daß ich solche in meinem Leben noch nie gesehen hatte. Viel sprach er nicht, aber er bot mir in Asche gebackenes Brot und Wasser zum Trinken an und bat mich, beim nächsten aufkommenden Gewitter wieder in den Tempel heraufzusteigen, wenn ich dazu den Mut aufbrächte.

Ich brauchte nur einige Tage zu warten, und schon begannen die schwarzen Wolken zu jagen. Ich stieg so schnell den um den Hügel sich windenden Weg hinauf, daß ich meine Knie an einem Stein verletzte und das Dorngebüsch meine Arme und Beine blutig kratzte. Vom Hügel aus sah ich das Meer in Schaumkronen brodeln, und die fernen Blitze flammten schon in Richtung Festland über Populonia und Vetulonia.

Als der alte Mann des Tempels sah, wie begierig ich auf den Berg zum Tempel eilte, lächelte er sein geheimnisvolles, schönes, kluges Lächeln und meinte, noch sei keine Eile geboten. Er führte mich in den Schutz des Tempels. Bald hörten wir, wie der Sturzregen auf das Dach niederprasselte und das Wasser rauschend durch die Tonrinnen und aus den weitgeöffneten Löwenmäulern der zwölf Ecken floß. Wir horchten auf den Donner. Blaue Flammen erleuchteten ab und zu das Innere des Tempels, das schwarz bemalte Gesicht und die weißen Augäpfel des Blitzgottes.

Als der Greis den richtigen Augenblick für gekommen hielt, befahl er mir, mich zu entkleiden, er zog sich einen Regenmantel an und setzte eine Regenkopfbekleidung auf und führte mich hinaus in den Regen. Der Himmel über uns war schwarz. Er bat mich, nackt und barfuß in die Mitte des am Stein befestigten Bronzeschildes zu treten und mein Gesicht nach Norden zu wenden. Er selbst stellte sich hinter mich. Ich war schon völlig naß, und vor mir schlugen zahlreiche Blitze, sich kreuzend und teilend, in die Erzfelder der Insel ein. Bis auf einmal alles hell aufleuchtete und ein den ganzen nördlichen Himmel umfassender greller Blitz in den Wolken aufflammte und in einem frohlockenden Bogen wieder in die Wolken verschwand, so daß es meinen geblendeten Augen schien, als habe der Blitz einen vollen Kreis am Himmel beschrieben. Die Erde berührte er gar nicht. Im gleichen Augenblick verlegte mir ein krachender Donnerschlag die Ohren.

Der alte Mann legte beide Hände auf meine Schultern und sagte: „Gott hat gesprochen."

Vor Kälte und Gemütserregung zitternd, folgte ich ihm in den Tempel zurück. Er trocknete mich eigenhändig ab und gab mir einen dicken Wollüberwurf, damit ich mich wärmen sollte. Er sprach kein Wort zu mir, auch sagte er mir meine Zukunft nicht voraus, schaute mich nur liebevoll und gerührt an wie ein Vater seinen Sohn.

Ich fragte ihn auch nicht, aber irgend etwas in mir zwang mich, mich ihm zu eröffnen, so daß ich ihm erzählte, wie ich mich als Jüngling unter einer vom Blitz gespaltenen Eiche in der Nähe von Ephesos selbst gefunden hatte, während ein Widder mit seinen Hörnern mich auf dem Boden vor sich wälzte und mich so ins Leben zurückrief. Ich erzählte, daß ich mich damals an nichts anderes erinnern konnte als an den Namen Turms. Der Blitz hatte mir die Kleider vom Leibe gerissen, so daß ich völlig nackt und von den Stößen des Widders mit blauen Flecken übersät war. In meinem Unverstand hatte ich mich in die von den Jungfrauen aus Ephesos um die Quelle der Aphrodite im Gebüsch ausgespannten heiligen Wollbänder gehüllt und danach unter den Steinwürfen und Stockhieben der Hirten Zuflucht im Artemis-Tempel in Ephesos gefunden.

„Deshalb schulde ich mein Leben der Mondgöttin", sagte ich und erzählte, wie der kluge Heraklit die Reinigungsopfer für mich bezahlt und mich als seinen Schüler in sein Haus aufgenommen hatte, weil er alles Außergewöhnliche liebte und den Aberglauben des Volkes verachtete. „Denn die Griechen glauben, daß ihr höchster Gott nur die größten Verbrecher mit dem Blitzschlag trifft", erklärte ich. „Deshalb wollte das Volk mich steinigen. Sie werden wohl recht gehabt haben, denn ich habe Ephesos und ganz Ionien Unglück gebracht."

Diesem Greis gestand ich mein geheimstes Verbrechen, das Einäschern des Kybele-Tempels während des Feldzuges in Sardeis, welches den Krieg unvermeidlich machte und den unversöhnlichen Haß des Großkönigs sogar gegen Athen weckte. Nachdem ich alles erzählt hatte, neigte ich meinen Kopf vor ihm und wartete auf seinen Urteilsspruch. Aber er legte seine schützende Hand auf mein Haupt und sagte:

„Was du getan hast, das mußtest du tun. Du brauchst vor der finsteren Göttin keine Angst zu haben, du schöner Fremder hier auf der Erde. Wir Etrusker halten den Mann nicht für einen Verbrecher, der vom Blitzschlag getroffen wird und dennoch mit unversehrten Gliedern am Leben bleibt. Im Gegenteil. Vorhin sahst du ja selbst das Zeichen. Deine Erzählung verstärkt meine Ahnung zur Gewißheit, die mich beim Anblick deines Gesichts überfiel."

Meine menschliche Neugierde ließ mich fragen: „Was für eine Ahnung?"

Er lächelte wehmütig-schön, schüttelte sein altes Haupt und sagte:

„Mir steht die Macht nicht zu, es dir zu sagen, bevor du dich selbst findest. Bis dahin bist du ein Fremder hier auf der Erde. Wenn du einmal düster bist, wenn du einmal trostlos bist, dann wisse, daß die guten Geister dich schützen und von nun ab auch die irdischen Machthaber unseres Volkes."

In diesem Augenblick öffnete sich die Tür meines Herzens einen Spalt, verschloß sich aber gleich wieder, weil ich das bestimmte Alter noch nicht erreicht hatte. Das Leuchten verschwand aus dem Gesicht des Greises. Ich sah nur noch seine müden Augen, seinen weißen Bart und sein lichtes Haar. Nachdem der Regen aufgehört hatte und die Wolken auf das Meer hinausgetrieben worden waren, begleitete er mich auf die Treppe des Tempels und segnete mich andachtsvoll im Namen seines Gottes. Die Sonne brach strahlend hell durch die Wolken, die Luft war klar, und die Erde glitzerte. Einem unerklärlichen Verlangen folgend, segelte ich auf einem aus Populonia nach Norden fahrenden Schiff in die Flußmündung des zweiten großen Stromes der Etrusker und wanderte am Ufer des reißenden Flusses entlang bis nach der Stadt Fiesole. Diese Stadt, die über unermeßliche Ländereien und gewaltige Viehherden herrschte, hatte sich, nachdem die keltischen Stämme langsam immer mehr nach Süden vordrangen, in eine Festungsstadt verwandelt. Die Kaufleute der Stadt verdienten gut durch den Handel mit den Kelten, aber diese waren ein unruhiges Volk und wechselten häufig den Wohnort, je nach den von ihren eigenen Göttern erhaltenen Omina. Die Reichtümer Fiesoles waren auf den Bau der uneinnehmbaren, aus gewaltigen Steinquadern errichteten Mauer draufgegangen, und die Einwohner hatten das Gefühl, eher in einem Kriegslager als in einer friedlichen Stadt zu leben. Aber die Schlauheit der Kaufleute aus Fiesole bei ihren Tauschgeschäften mit den Kelten war bei den Etruskern schon sprichwörtlich geworden, und wenn jemand an der Vorteilhaftigkeit eines Geschäftsangebotes zweifelte, pflegte man zu sagen: „Du bist doch wohl nicht aus Fiesole?"

In den schönen Häusern und Gärten Fiesoles wurden wilde Feste gefeiert und ein luxuriöses Leben geführt. Die Kochkunst der Stadt war berühmt, und der Umgang mit den keltischen Gastfreunden, die häufig in die Stadt kamen, um die Sitten der Etrusker kennenzulernen, hatte die Einwohnerschaft gesprächiger und mißtrauischer als andere Etrusker gemacht. Sie glaubten mehr dem Zirkel und dem Lineal als den alten Göttern, sagten sie, denn die ständigen Grenzstreitigkeiten mit den Kelten und die immer wieder neuen Landvermessungen brachten ihnen viel Arbeit.

Die Kelten, die ich in Fiesole traf, waren leicht gekränkt, streitsüchtig und, wenn sie betrunken waren, gefährlich. Aber ihre Frauen waren schön mit ihren grünen Augen und roten Haaren, und nicht einmal die Haut der etruskischen Frauen war so blendend weiß wie ihr Teint. Die Etrusker in Fiesole heirateten gern keltische Frauen, oder kauften, zum Leidwesen ihrer Frauen, keltische Sklavenmädchen. Die keltische Sklavin war nämlich nie mit ihrer Stellung zufrieden, sondern brauste sehr leicht auf. Die Kunst zu lieben beherrschten sie nicht, aber ihre leidenschaftliche Bereitschaft wog das auf. Von allen Frauen, denen ich begegnet bin, erwiderten sie am leichtesten die Liebkosungen des Mannes.

Ich lebte als Mensch unter Menschen. Ich war ein Mann im besten Alter. Die schöne Stadt mit den Gärten und den farbigen, mit Tonskulpturen gezierten Giebeln der Häuser gefiel mir. Auch ihre Frauen gefielen mir. Eine Sklavin brauchte ich mir nicht zu kaufen, denn die Frauen liefen eher mir nach als umgekehrt. Die Konkurrenz und der Neid den keltischen Frauen gegenüber hatten die etruskischen Frauen der Stadt für Lockungen empfänglich gemacht. Und ich brauchte keine Gewissensbisse zu haben, wenn ich das nahm, was mir gern geboten wurde, denn sogar schöne Frauen beteuerten mir einstimmig, daß ihre Männer sie nicht mehr verstünden, sondern ihnen die keltischen Sklavinnen vorzogen. Deshalb wollten sie sich in ihrem verletzten Stolz davon überzeugen, daß sie immer noch bezaubernd und begehrenswert seien, und fielen nach fröhlichen Festmählern gern in die Arme des Fremden.

Als ich die Gaben des Lebens genoß, dachte ich kaum an Arsinoe, weil meine Freuden lediglich Genüsse meiner Sinne waren und nur freundliche Zuneigung zwischen Mann und Frau, die einander eine Freude bereiten wollten. Und die Frauen, denen ich begegnete, verlangten auch keine Geschenke zum Zeichen meiner Freundschaft. Wenn ich irgendeiner aus purer Herzensfreude und überschwenglicher Lebenslust ein Geschenk machte, beeilte sie sich schon am nächsten Tage, mir zumindest eine ebenso wertvolle, wenn nicht noch kostbarere Gegengabe zu überreichen. Auf diese Weise bekam ich für meine etruskische Kopfbedeckung ein verziertes Band mit Blumenranken, dessen Blüten aus verschiedenfarbigen Edelsteinen und dessen Blätter aus weißem Silber waren. Einen goldenen Ring bekam ich auch, obwohl ich kein Recht hatte, ihn zu tragen, weil ich von meiner Herkunft nichts wußte. Die schwarzäugige, schmalgliedrige Frau, die ihn nach einer gemeinsamen Nacht aus dem Schatzkästchen ihres Mannes nahm und mir an den Daumen steckte, sagte traurig lächelnd, daß ein so schön gewachsener Mann wie ich mehr Recht hätte, einen solchen Ring zu tragen als ein Kaufmann, der keine anderen körperlichen Vorzüge aufzuweisen habe, als daß er zufällig aus einer guten Familie stamme.

In Fiesole gab es einen kleinen Zirkus innerhalb der nördlichen Stadtmauer. Oder besser gesagt, die Bewohner Fiesoles hatten ihre mächtige Mauer so bauen lassen, daß sie auch ihren lieben Zirkus schützte, wenn es auch nicht den überlieferten Gebräuchen entsprach. Die Stadtväter hatten die Priester davon zu überzeugen vermocht, daß die Mauer aus militärischen Gründen bis zum Abhang erweitert werden müßte. Deshalb ließen die Priester den heiligen Pflug seine Furche so ziehen, daß der Zirkus innerhalb der neuen Mauer blieb.

Im September, zur gleichen Zeit, in der die Vertreter der zwölf etruskischen Städte sich in Volsin versammelten, um einen neuen Jahresnagel in die uralte Holzsäule im Zeitalter-Tempel einzuschlagen, wurde im Zirkus Fiesoles das dreitägige heilige Fest gefeiert. Hier in der von den Barbarenvölkern bedrohten Stadt des Grenzlandes wurden noch die alten grausamen Vergnügungen bevorzugt, und die Ringer durften an ihren Fingerspitzen messerscharfe Metallnägel befestigen, wenn auch die anderen etruskischen Städte diese Sitte schon abgeschafft hatten. Die Ringer bedeckten einander mit Wunden, so daß sie beide über und über von Blut besudelt waren, bis der Kharun vortrat und mit dem Hammer den Schädel des Verlierers zertrümmerte. Die von weither gekommenen keltischen Befehlshaber spendeten lauten Beifall, aber die eigentlichen Bewohner Fiesoles sagten scheinheilig, daß sie lediglich die alten Gebräuche zu Ehren der Götter befolgten.

Hier im Zirkus sah ich zum erstenmal einen uralten heiligen Kampf, bei dem ein Mann mit einem Sack über dem Kopf und mit einem Holzknüppel bewaffnet, sich gegen einen bis zur Raserei gereizten Hund verteidigte. Am Hals des Hundes war ein hölzerner Griff angebracht, den der Mann ergreifen konnte, wenn er ihn blind fand. Aber der Griff war mit Öl bestrichen, so daß er glatt war, und das Hundemaul mit den furchterregenden Zähnen stand der nackten Hand im Wege.

Meine Freundin in Fiesole, jene zierlich gebaute Frau mit dem Oliventeint, saß im Zirkus neben mir unter dem Herbsthimmel und erklärte mir den Vorgang, als der Mann blutüberströmt zu Boden sank, die Hundezähne in seiner Gurgel verbissen, während der Knüppel seiner kraftlos gewordenen Hand entfiel. „Der Mensch kämpft in der Welt mit einem Sack über dem Kopf und blind gegen die Macht des Schicksals", sagte sie. „Der Menschenverstand ist seine einzige Verteidigungswaffe, wie der Holzknüppel des Mannes dort. Die Götter sind der einzige Handgriff am Halsband des rasenden Schicksals. Dieser Griff ist trügerisch und schlüpfrig. Man erwischt ihn nur durch Zufall, wenn man auch weiß, daß er vorhanden ist. Zum tastenden Suchen nach dem Handgriff benötigt man Mut vor den bissigen Zähnen des Schicksals, hat aber der Mensch ihn einmal fest in die Hand bekommen, so kann er das Schicksal meistern."

Die Bewohner Fiesoles hielten es für ein schlechtes Omen, daß der Mann mit dem Sack über dem Kopf in den Sand der Arena niedersank, weil bei den meisten dieser Kämpfe der Mann den Griff am Hundehalsband fest in die Hand bekommt und den Hund besiegt. Aber die Kelten spendeten dem Hunde starken Beifall und schwenkten ihre farbenfrohen Überwürfe.

„Die Trauben sind geerntet und die Äpfel sind reif", sagte ich. „Es ist Zeit für mich, die Reise fortzusetzen."

Sie blickte mich mit dunklen, leuchtenden Augen an. Ihre zierlichen Brauen hatte sie bis zu den Schläfen nachgezogen, und ihre Lippen waren fein geschwungen und schön. „Es wird wohl so sein", gab sie zu, „denn Turms, mein Freund, es ist wohl das beste, daß du deine Reise fortsetzest, damit ich dich nicht zu sehr liebgewinne. Ich befürchte aber, daß ich dich nie vergessen werde."

Dies sagte sie mir, wie es beim Abschied üblich ist, aber vielleicht meinte sie es ernst, und wir waren uns schon zu viele Male begegnet. Ich hatte erfahren, daß die Volsker Rom belagerten, und wollte deshalb nicht auf dem Seewege dorthin zurückkehren. Nach den Freuden und Genüssen in Fiesole wollte ich meinen Körper wieder abhärten und gleichzeitig in noch größerem Umfange das Land der Etrusker kennenlernen. Über Arsinoe machte ich mir keine Gedanken, denn ich glaubte nicht, daß die Volsker in der Lage seien, Rom zu erobern. Die gemeinsame Not hatte wohl die Streitigkeiten zwischen den Patriziern und den Plebejern beseitigt, so daß sie Seite an Seite ihre Heimatstadt verteidigten. Seit dem Etruskerkönig Lars Porsenna hatte doch kein Feind es versucht, Rom zu erobern. Getreide, Lebensmittel und Waffen gab es genug in der Stadt, und das unkultivierte Volk der Volsker war nicht imstande, eine Stadt wie Rom ein ganzes Jahr lang zu belagern. Beim Einbruch des Winters würden sie gezwungen sein, sich wieder in ihre Heimatgebiete zurückzuziehen.

Ich begann meine Wanderung dem kommenden Winter entgegen und stieg den Lauf des großen Stromes entlang empor zu den düsteren Bergen, um dann von der Urquelle aus, dem Lauf des Tiber folgend, bis nach Rom zu wandern. Ich sah mir auch die ewig kalte Gebirgsstadt Arretium an, aber ohne dort zu verweilen, setzte ich meine Wanderung über das Land auf den Tiber zu fort, und fand ihn trotz der Herbstregen nur als eine schmale Flußrinne inmitten der wilden Berge. Aus diesen Bergen trieben die Hirten ihre Schafherden für den Sommer in die Ebene und bezahlten in Wolle und Talg ihre Steuern.

Die Steine zerschnitten meine Füße, mein Überwurf bekam Risse, und ich konnte nur in den niedrigen Hütten der Schafhirten gegen die schneidende Kälte in den Nächten Schutz suchen. Die ersten Schneestürme pfiffen mir entgegen, als ich, durch die Urwälder wandernd, die reiche Stadt Perusia erreichte. Hier mußte ich für die kälteste Zeit des Winters bleiben. Das Symbol Perusias war der Aar. Dort wurden Vasen mit erhabenen Reliefs gebrannt und die haltbarsten Wollstoffe mit eigenen Figuren der Stadt gewebt, daß man den Stoff aus Perusia schon beim ersten Blick unter allen anderen Stoffen erkannte.

Als die milden und warmen Winde den Schnee auf den unendlichen Berggipfeln zu schmelzen begannen, schwoll der Tiber zu einem reißenden Fluß in seinem Bett an, und ich setzte meine Wanderung fort. Rund herum schimmerten die Hügel, als gäbe es überhaupt keine Ebenen, und in der Frühjahrswärme herrlich duftende schattige Kiefernwälder faßten den Flußlauf ein. Ich war gezwungen, die ganze Wildnis des etruskischen Landes in einem kurvenreichen Riesenbogen zu umgehen, um zu meinem Ausgangsort zurückzukommen. Während der Wanderung war ich vielen Mühsalen und Plagen ausgesetzt, und die Wälder waren in ihrer Düsternis und Wildheit den Wäldern der Sikanen vergleichbar. Die Wölfe heulten in der Nacht und die Füchse winselten schrill auf den Kuppen, während ich in der Hütte eines Holzfällers, eines Flößers oder eines Ziegenhirten übernachtete. Ich umwanderte das ganze Land der Etrusker, denn es war, als hindere mich irgendeine unerklärliche Angst daran, über ihre heilige Stadt nach Rom zurückzuwandern.

Die letzte Strecke des Weges legte ich als Flößer auf einem aus gewaltigen Baumstämmen zusammengefügten Floß zurück, die ein Holzhändler nach Rom befördern ließ, der sich dabei das reichliche Frühjahrshochwasser des Tiber zunutze machte. Die Stämme waren so lang, gerade gewachsen und gewaltig, daß sie als Tempelsäulen Verwendung hätten finden können. Später erfuhr ich auch, daß der Senat sie zum Bau eines Tempels für die Kavallerie verwendete. Vor zwanzig Jahren hatte der damalige Praetor im Namen Roms ein heiliges Versprechen abgegeben, daß die Stadt einen Tempel für Castor und Pollux bauen werde, nachdem die Kavallerie im Kampfe am Regillus-See das Heer aus der Klemme gerettet hatte. Der Senat hatte aber, seiner Gewohnheit treu, die Einlösung des Versprechens hinausgezögert. Als Coriolanus aber von der Belagerung Roms absah und die Truppen der Volsker sich ohne einen Schwerthieb aufgelöst hatten, hielt der Senat es für angebracht, den Göttern seinen Dank durch Einlösen des Versprechens zu entrichten.

Als wir uns auf dem Holzfloß der Brücke Roms näherten, sahen wir einen umgeworfenen Belagerungsturm, den die Volsker aus Holz gebaut hatten. Auch sahen wir Spuren der Verwüstung, aber ein hellgrüner Rasen bedeckte schon barmherzig die verrußten und verkohlten Trümmer. Auf beiden Seiten des Flusses wurden emsig neue Ställe und Viehgehege gebaut, auf den Feldern zogen die Ochsenpaare in aller Ruhe ihre Pflüge, und die Vögel zwitscherten überall mit aufgeplustertem Gefieder aus voller Kehle.

An einem Vorfrühlingstag hatte ich Rom verlassen. An einem Vorfrühlingstag kehrte ich nach Rom zurück. Ich preise aber den Frühling Roms nicht, denn als ich nach einem runden Jahr endlich Arsinoe begegnete, sah ich, daß sie sich im Zustand einer schon weit vorgeschrittenen Schwangerschaft befand, und daß sie sich über das Wiedersehen mit mir nicht freute.

Neuntes Buch

LUKUMOIDEN

1.

Als ich wieder den Hof des Patrizierhauses des Tertius Valerius betrat, sah ich, daß die morschen Pfosten erneuert und das Tor gestrichen worden war. Beim Betreten des Atriums erkannte ich das Haus kaum, denn alles glänzte vor Sauberkeit, und neue, kostbare Sessel und sonstige Gegenstände waren angeschafft worden. Im Wasserbecken tanzte eine vor kurzem gegossene bronzene Schönheit, nur in einen leichten Schleier gehüllt, und das von Tertius Valerius so geliebte Ochsenpaar aus gebranntem Ton war in die dunkelste Ecke verbannt worden. All dies betrachtete ich, nachdem ich beim ersten Blick den Zustand der mir entgegenkommenden Arsinoe erkannt hatte, um Zeit zu gewinnen und mich an diesen Gedanken zu gewöhnen. Mein Atem stockte, als hätte mich plötzlich ein tödlicher Schlag getroffen.

Da ich solange schwieg, wurde es Arsinoe peinlich, sie spielte mit dem Saum ihres Matronenüberwurfes, starrte zu Boden und sagte: „O Turms, du hast mich so erschreckt, weil du so unerwartet kamst. Ich erwartete dich noch gar nicht. Natürlich habe ich dir viel zu erklären. Aber in diesem meinem Zustand kann ich keine Aufregung vertragen. Deshalb wird es wohl das Beste sein, daß du dich zuerst mit dem lieben Tertius Valerius triffst, bevor wir miteinander reden."

Sie zog sich schnell in ihr Zimmer zurück, brach in lautes Weinen aus und rief schreiend nach ihren Dienerinnen. Auf ihr Weinen und Schreien hin eilte Tertius Valerius mit erhobenem Stock aus seinem Zimmer, während ihm die Wachstafeln des Senats vom Schoß fielen. Als er mich erkannte, ließ er den Stock sinken, wurde, so alt er auch war, verlegen und sagte schließlich leise:

„Du bist es, Turnus. Ich meinte, du kehrtest nicht mehr wieder. Wir hatten glaubhafte Nachrichten erhalten, daß du im Sturm mit dem Schiff untergegangen seist. Arsinoe traf diesen Seemann selbst, als sie, deinetwegen beunruhigt, sich überall nach dir erkundigte, weil von dir keine Nachrichten kamen. Sie brachte den Mann in mein Haus, und ich habe ihn persönlich ausgefragt. Der Mann schwor, die Hand auf den Herd legend, daß das Schiff untergegangen sei. Auch wir haben während der Belagerung der Volsker schwere Zeiten erlebt, so daß ich keine Zweifel an der Erzählung des Mannes hegte. So glaubhaft beteuerte er, mit eigenen Augen dich im Meer ertrinken gesehen zu haben, und zwar habe eine Welle dir den Mund voller Wasser geschlagen."

Ich antwortete ruhig, daß ich während der Belagerung der Volsker keine Nachricht von mir hätte geben können. Ich war aber so verbittert, daß ich die Bemerkung machte, man habe offenbar Nachrichten von mir auch nicht vermißt, und es wäre wohl besser gewesen, wenn ich nie zurückgekehrt wäre.

Tertius Valerius beteuerte schnell: „Nein, nein, versteh mich nicht falsch, Turnus. Du bist stets als Gastfreund in meinem Hause willkommen. Natürlich freue ich mich von Herzen, daß du lebst und wohlauf bist, wie man sieht. Juristisch wird die Sachlage ja keineswegs geändert. Arsinoe hat doch zugegeben, daß ihr euch nie verstanden hättet und daß sie dir lediglich unter dem Zwang der Verhältnisse habe folgen müssen, weil sie keinen anderen Beschützer gehabt hätte und sie so brennend gern in ihre Geburtsstadt zurück wollte, von der ein hartes Schicksal sie als Kind getrennt habe. Ach ja, wie weit kam ich? Ich trage dir nichts nach, auch Arsinoe tut es nicht. Ihr habt ja auch nie eine Ehe in juristisch bindender Form geschlossen gehabt, auf alle Fälle nicht in einer nach römischen Gesetzen bindenden Form. Nachdem ihre Göttin mich noch im Greisenalter wieder zum Manne gemacht hatte, sah ich mich dazu berechtigt, ja sogar auf Grund ihres Zustandes verpflichtet, mit ihr eine gesetzmäßige Ehe einzugehen. In dieser Zeit bin ich, trotz der Prüfungen, denen meine Stadt ausgesetzt gewesen ist, um zehn, wenn nicht um zwanzig Jahre jünger geworden. Findest du nicht auch, daß ich jünger aussehe, Turnus?"

Der früher vernünftige Greis begann vor mir wie ein Stutzer zu stolzieren, gleich einem Hahn, der den Hals vorstößt und wieder zurückwirft, und auch die Hautfalten unter seinem mageren Kinn hingen wie die Fleischlappen eines Hahns herab. Er hatte sogar seinen Bart abrasiert und hielt seinen purpurbesetzten Senatorenüberwurf wie ein kokettierender und eitler Jüngling mit der Hand zusammengerafft. Und ich wußte wirklich nicht, ob ich weinen oder lachen sollte, einen so bedauernswerten Anblick bot er.

Als ich schwieg, fuhr Tertius Valerius verlegen fort: „Selbstverständlich gab es viele Schwierigkeiten zu überwinden, weil wir doch erst den Beweis erbringen mußten, daß sie Patrizierin von Geburt war und die römische Staatsangehörigkeit besessen hatte. Sie wird dir doch wohl selbst erzählt haben, durch welch unglaublich komplizierte Launen des Schicksals sie als schutzlose Waise in ein fremdes Land verschlagen worden ist. Aber ihr während der Belagerung bewiesener Mut, ihr guter Ruf und ihr hohes Ansehen bei den römischen Frauen erleichterte die Sachlage. Die von ihren Frauen beeinflußten Senatsmitglieder sahen ein, daß nur eine echte Römerin sich so selbstlos benehmen und ihr Leben zugunsten der Stadt aufs Spiel setzen könne, ohne Lohn dafür zu fordern. Dies erkannte der Senat als Beweis für ihre Herkunft an und bestätigte ihre römische Staatsangehörigkeit und schließlich auch ihr Patriziertum. Da waren natürlich auch noch andere Beweise vorhanden, wenn die auch zwangsläufig juristisch lückenhaft waren. Sonst hätten wir ja keine Ehe schließen können, weil doch das Gesetz Ehen zwischen Patriziern und Plebejern verbietet."

Er blickte mich an, klopfte mit dem Stock auf den Fußboden und fügte hinzu: „Auf Grund unserer juristisch geschlossenen Ehe sind alle früheren Versprechungen und Bindungen automatisch erloschen, die die Betreffende vielleicht unter Zwang oder Erpressung in fremden Ländern eingegangen ist. Das römische Gesetz schützt von nun an den Ruf, die Ehre und das Vermögen der Betreffenden."

Auf das Klopfen hin kam ein ganz neuer Verwalter, in ein prachtvolles Gewand gekleidet, herein, und verneigte sich vor seinem Gebieter. Tertius Valerius befahl ihm, Brot und Wein zu bringen, damit er mich willkommen heißen und von neuem unsere Gastfreundschaft bestätigen könne. Aus lauter Zerstreutheit hatte ich meine Hand auf den Herd gelegt, vielleicht fror ich auch nach all dem, was ich zu hören bekommen hatte. Sein Auge hatte meine Geste bemerkt, soweit hatte er noch seinen Verstand behalten, und er ehrte die überlieferten Sitten.

Nachdem wir getrunken und das Brot unter uns geteilt hatten, setzten wir uns in die neuen, bequemen Sessel einander gegenüber, und der Wein stieg dem alten Mann rasch zu Kopf, so daß sich seine Wangen und Schläfen zu röten begannen.

„Ich freue mich aufrichtig", prahlte er, „daß du dich in dieser Sache so verständnisvoll zeigst, Turnus. Du bist ein vernünftiger Mann. Arsinoe war gezwungen einzugestehen, daß sie dich mit Absicht auf die Reise geschickt hat, um dich, da sie Gefallen an mir gefunden hatte, loszuwerden. Zu all dem bist du ja auch noch unfruchtbar, und sie hätte an deiner Seite nie Mutterglück erfahren dürfen. Sie war nicht schuld, daß jener barbarische Grieche sie vergewaltigte und ihre schutzlose Lage ausnutzte, wodurch dann Misme zur Welt kam. Sie selbst aber ist völlig unschuldig, und ihr Herz gibt keinem einzigen bösen Gedanken Raum. Ich finde es nur verehrungswürdig, daß sie das Mädchen bei sich behielt, wenn auch Mismes ständige Anwesenheit düstere Erinnerungen an die herzlose Gemeinheit jenes Griechen in ihr wachrufen mußte. Viel hat sie gelitten, die Arsinoe. Ich verstehe es sehr gut, daß deine Wiederkehr alles wieder in ihr aufwühlt. Sie weint über alle Schicksalsschläge, die sie betroffen haben, doch ich glaube, sie wird sich bald beruhigen. Eine Frau ist in diesem Zustande sehr empfindlich."

Er begann albern vor sich hin zu kichern, bewegte seinen Stock zwischen den Knien und erklärte: „Ich bin im Herzen ein alter Landwirt geblieben und bin gewöhnt, Vieh zu paaren, so daß mich keine übertriebene Schüchternheit plagt bei der Erörterung von Fragen, die das Verhältnis zwischen Mann und Frau betreffen. Aber eine empfindsamere Unschuld als bei Arsinoe habe ich kaum unter den römischen Frauen erlebt. Deshalb ist sie eine Heldin, Turnus. Als die mutigste der römischen Frauen war sie mit Hilfe ihrer Göttin mit dabei, um zu erreichen, daß Coriolanus von der Belagerung absah und mit seinen Volskern abzog."

Sein Gesicht verdüsterte sich, er hielt seinen Stock krampfhaft fest und entsann sich: „Beim Abzug plünderten und verbrannten die Volsker auch die Gutshäuser der Patrizier, weil sie Coriolanus nicht mehr trauten, so daß ich große materielle Verluste erlitten habe." Nachdem er mit seinem schiefen Mund seine Verluste murmelnd berechnet hatte, erhellte sich sein Gesicht wieder: „Aber der Boden ist geblieben, und wir sind Coriolanus los. Die Volsker haben zu ihm kein Vertrauen mehr, weil er die Belagerung ohne Kampf aufgab, obwohl die Volsker mit großen Mühen Belagerungstürme und Sturmböcke zum Aufbrechen der Tore gebaut hatten."

Er setzte sein greisenhaftes Geschwätz fort: „Die römischen Frauen glauben an die Göttin Arsinoes und dienen ihr als der Venus, der Göttin des Frauenglücks. Ich selbst habe Arsinoe das heilige Versprechen gegeben, daß für ihre Göttin ein Tempel in Rom errichtet werden wird, und ich werde immer wieder dem Senat einen Antrag hierfür vorlegen. Sollte der Antrag nicht rechtzeitig angenommen werden, werde ich sogar einen Tempel mit eigenen Mitteln errichten lassen, wenn auch nur einen kleinen."

„Ich kenne die Göttin Arsinoes", sagte ich ungeduldig. „Ich zweifle keinen Augenblick, daß die römischen Frauen ihre Haarnadeln und Schulterspangen für die Sammlung zum Bau des Tempels opfern werden. Eine solche Göttin hat ihnen gerade gefehlt."

„Ein glänzender Gedanke", begeisterte sich Tertius Valerius. „Du verstehst mich doch am besten, lieber Turnus. Arsinoe hat sogar vorausgesagt, daß die Nachkommen dieser Göttin Venus später über die ganze Welt von Rom aus herrschen werden." Er schweifte von dem Thema ab und begann eifrig zu erklären: „Weißt du eigentlich, Turnus, daß die Gründer Roms aus Troja stammen? Der Ursprung Roms liegt also noch weiter zurück als die Zeit der etruskischen Macht. Die Etruskerkönige waren lediglich zeitweilige Usurpatoren. Das haben die Griechen glaubhaft bewiesen."

„Jawohl, jawohl, fraglos", sagte ich, seiner überdrüssig. „Die Elymier Siziliens sind auch Nachkommen Trojas, und über Rom trieb Herakles sein gestohlenes Vieh und geriet hier in einen Kampf. Ich werde doch wohl die Griechen kennen, und zwar besser als du, Tertius. Sprich lieber über deine eigenen Angelegenheiten weiter."

Der Unterkiefer des Tertius Valerius hing schlaff herunter, der Mund stand offen, als er in seinem schwachen Gedächtnis nach dem Gesprächsfaden suchte. „Fing ich nicht von den Stieren an?" sagte er. „Jaja, und von der Schüchternheit Arsinoes. Wenn es mir auch gelang, den Senat für mich zu gewinnen, so war es viel schwieriger, die Bedenken meiner Verwandtschaft zu überwinden, und sie glaubten mir auch nicht, bevor sie mit eigenen Augen sahen, daß ich wieder Mann geworden war. Wir Römer sind in diesen Dingen nicht spröde. Ein verdächtiger Mann muß sich ja entweder an der Brücke oder am Ufer entblößen, um zu beweisen, daß er kein entlaufener Sklave und nicht kastriert ist. Um meine Mannbarkeit unter Beweis zu stellen, mußte ich zunächst die Schüchternheit Arsinoes überwinden. Sie ist ja noch als reife Frau schüchtern wie ein junges Mädchen, das sich zum erstenmal der Umarmung eines Mannes hingibt."

„Zweifellos", sagte ich, die Kehle voller Galle, „zweifellos, zweifellos."

Aber Tertius Valerius hing begeistert seinen Erinnerungen nach. „Mein Bruder, mein Neffe und der vom Senat gewählte Vertreter konnten mit eigenen Augen feststellen, daß ich in der Lage war, die Pflichten eines Ehemannes zu erfüllen, und zwar so wie jeder andere, und keiner von ihnen hegte mehr Zweifel, daß Arsinoe von mir schwanger geworden war. Die Verwandten gaben ihren Widerstand auf, und mein Neffe

Manius versuchte sogar, die Bestätigung unserer Ehe zu beschleunigen, so sehr hatte Arsinoe mit ihrer Schüchternheit sein Herz gewonnen. Jetzt ist alles in Ordnung, und ich kann nicht umhin, meine selige Frau zu preisen, die mir ein Omen gab, indem sie mir im Dämmerzustand bei meinem Schwindelanfall in der Gestalt Arsinoes erschien."

In diesem Augenblick betrat Arsinoe das Zimmer, die Augen vom Weinen geschwollen, schleppenden Schrittes und den Blick zu Boden geschlagen. Sie neigte sich, um die Stirn des Tertius Valerius zu küssen, und wischte dabei sein Kinn und die herabhängenden Falten, die mir wie die Fleischlappen eines Hahnes erschienen, mit dem Leinentuch ab. „Du strengst dich hoffentlich nicht mit unangenehmen Dingen zu sehr an, mein geliebter Tertius?" sagte sie zärtlich und warf mir einen strafenden Blick zu.

Der Kopf des Tertius hörte zu zittern auf. Er richtete sich im Sessel auf, wie es einem Senator geziemt. „Die unangenehmen Dinge erledigt man am besten gleich und faßt den Stier bei den Hörnern", sagte er belehrend und wandte sich an mich: „Alles hat sich zum besten gewendet, und zwischen uns bleiben nur die bewußten wirtschaftlichen Fragen. Als ihr hier in der Stadt ankamt, wurde euer Vermögen irrtümlich auf deinen Namen eingetragen, Turnus, aber ich will nicht hoffen, daß dies durch deine berechnende Schlauheit geschah. Du kanntest die Sitten unserer Stadt noch nicht und wolltest wohl die wenigen Mittel Arsinoes sicherstellen, da doch in vielen anderen Ländern die Frau, wie ich gehört habe, auf ihren eigenen Namen kein Vermögen besitzen darf. Du hast jenes knappe Talent Silber, das du auf Geheiß Arsinoes auf deiner letzten Reise für sie abgeholt hast, ebenfalls auf deinen Namen eintragen lassen. Bei ihrem angeborenen Stolz möchte sie doch eine Aussteuer mit ins Haus bringen, als wäre ich selbst nicht vermögend genug."

Er streichelte die Hand Arsinoes. Zu Ehren Arsinoes muß gesagt sein, daß sie meinem Blick nicht standhalten konnte, sondern den Blick ihrer schönen Augen zu Boden richtete. „Als Ehrenmann, Turnus", fuhr Tertius Valerius energisch fort, „wirst du wohl unverzüglich das Vermögen Arsinoes auf ihren Namen amtlich eintragen lassen, so wie ich bei der Eheschließung bestimmte Güter mit Sklaven ihr übertragen ließ."

Da er mein Schweigen als Zögern auffaßte, verdüsterte sich sein Gesicht, und er bemerkte: „Es kann natürlich keiner dich dazu zwingen, aber ich befürchte sehr, daß deine Vergangenheit einem Gerichtsverfahren nicht standhalten würde. Deshalb wollen wir nur dein Bestes und alles

Öffentliche in dieser Angelegenheit vermeiden, nicht wahr, meine Geliebte?" Er blickte Arsinoe fragend an, und sie nickte lebhaft.

Ich betrachtete das geliebte Gesicht Arsinoes, sah das Leuchten ihrer Augen und das glatte Weiß ihrer nackten Arme. „Gleich morgen", sagte ich, „werde ich die Angelegenheit in Ordnung bringen, damit keine Verwicklungen entstehen. Ich bin nur froh, wenn ich Arsinoe wie bisher dienen kann. Ein Talent Silber und eine angemessene Menge Gold in Form von Geldmünzen und sonstigen Gegenständen sind kein zu verachtendes Aussteuergeschenk für einen römischen Senator, wie du einer bist, Tertius. Möge das ihr Ansehen unter den Frauen Roms erhöhen, wenn sie auch als wertvollstes Aussteuergeschenk selbstverständlich ihre Schüchternheit und ihre untadeligen Sitten in eure Ehe mitbringt."

Und Arsinoe errötete nicht einmal, sondern nickte bestätigend und streichelte dabei das lichte Haar des kindischen Greises mit ihrer weißen Hand.

Warum wurde ich nicht rasend über diese entsetzlichen Lügen? Warum öffnete ich nicht die Augen des Tertius Valerius, damit er sehe, was für eine Frau Arsinoe in Wirklichkeit war? Vor allem, warum riß ich Arsinoe nicht in meine Arme und nahm sie mit? Im Ernstfalle wäre sie mir wohl doch gefolgt, weil sie meiner Berührung nicht widerstehen konnte. Das wußte ich und hatte es sowohl in Eryx als auch in Segesta erfahren.

Es wäre unnütz gewesen, so zu tun. Arsinoe wußte genau, was sie wollte. Wenn sie lieber Reichtum, Sicherheit und eine gehobene Stellung in Rom an der Seite eines freundlichen Greises statt meiner wählte, warum sollte ich ihre Ruhe stören? Der Krug war zerschlagen und der Wein ausgelaufen. Man hätte vielleicht den Krug noch zusammenflicken können, aber warum sollte ich sie und mich noch mehr quälen? Tertius Valerius hätte ihr ja doch eher geglaubt als mir, das begriff und wußte ich aus eigener Erfahrung. Wenn der alte Mann auf diese Weise glücklich wurde, warum sollte ich seine Freude durch Erwecken von unnützen Zweifeln stören? Und so gescheit war er nun doch schließlich, daß er in seinem Herzen an den Erzählungen Arsinoes doch Zweifel hegte. Aber in seiner Rührung wollte er glauben und glaubte dann auch, so ist nämlich die Natur des Menschen.

Als ich bereitwillig und ohne irgendwelche Bedingungen zu stellen auf mein ganzes Vermögen zugunsten Arsinoes verzichtete, wurde Tertius Valerius unsicher und verwirrt und blickte Arsinoe fragend, wie um Rat suchend, an. Arsinoe nickte lebhaft, und seinen angeborenen Geiz edelmütig überwindend, sagte Tertius Valerius:

„Du bist wirklich ein anständiger Mann, Turnus, und verdienst einen Lohn für deine Dienste. Du hast doch Arsinoe aus den Händen des gefühlsrohen Griechen gerettet und sie glücklich wieder in ihre Geburtsstadt zurückgebracht, von wo sie als Wickelkind geraubt worden war, so daß sie ihre Muttersprache von neuem erlernen mußte. Deshalb habe ich mit Zustimmung Arsinoes beschlossen, dir ein einfaches Landhaus mit dazu gehörenden fünfzehn Morgen Land nebst allen Landwirtschaftsgeräten und den beiden Sklaven zu schenken."

„Das Haus liegt auf dem jenseitigen Ufer in einiger Entfernung von der Stadt", beeilte er sich zu erklären. „Es liegt von meinen anderen Gütern abgesondert und an der etruskischen Grenze, so daß dessen Übergabe an dich mir keinen allzu großen Verlust bedeutet. Darüber brauchst du dir keine Gedanken zu machen. Ich selbst bekam es als Pfand für eine Schuld, nachdem der Plebejer im Krieg gefallen war. Die Sklaven sind zwar alt, aber ein zuverlässiges Ehepaar. Das Landhaus selbst äscherten die Volsker ein, aber die notwendigen Schweineställe und Verschläge sind im Bau. Das Sklavenehepaar wohnt in einer provisorischen Hütte."

Wenn man seinen Geiz kannte, war sein Angebot fraglos edelmütig. Als ich die Sache überlegte, begriff ich aber, daß er mich so schnell wie nur möglich aus seinem Hause in der Stadt fort haben wollte. Soviel Verstand war ihm geblieben, wenn auch Arsinoe ihn verzaubert hatte. Wenn ich daran ginge, fünfzehn Morgen Land zu bewirtschaften, wäre ich gezwungen, mir die römische Staatsangehörigkeit zu beschaffen. Dem wollte ich entgehen, und darum sagte ich schließlich:

„Ich nehme dein Geschenk an, um deine Freigebigkeit nicht zuschanden zu machen, edler Tertius Valerius. Das kleine Landhaus behalte ich gern als Erinnerung an Arsinoe. Aber ich werde kaum darangehen, es selbst zu bewirtschaften. Ich werde mich mit dem Ertrag, den es abwirft, begnügen, und bleibe in der Stadt wohnen. Ich nehme an, daß ich meinen Lebensunterhalt verdienen kann: ich werde Kindern griechische Stunden geben oder aus der Hand wahrsagen oder bei heiligen Vorführungen im Zirkus als Tänzer auftreten."

Arsinoe schüttelte heftig den Kopf und fuhr auf, Tertius Valerius schämte sich meiner, berührte aber beruhigend Arsinoes Hand und sagte: „Lieber Turnus, ich bin nur froh, daß du dich deiner niedrigen Herkunft nicht schämst, sondern dein Vagabundenleben zugibst und dich begnügst, das zu bleiben, was du bist, ohne nach einer Staatsangehörigkeit zu streben. Ich vermute, daß die Suburra gerade der richtige Platz für dich ist, und ich habe schon gehört, daß du dich dort unter deinesgleichen bereits früher wohlgefühlt hast, wenn ich auch dir gegenüber nichts darüber verlauten ließ, solange du meine Gastfreundschaft genossest."

Arsinoe lief rot an und rief zornig: „Na, jetzt hast du dich aber selbst verraten, Turms. Dort unter den lockeren und schlechtbeleumdeten Weibern wirst du dich am wohlsten fühlen, und ich kann wirklich nicht behaupten, daß ich dich vermissen werde, denn es wäre schon viel besser gewesen, wenn du überhaupt nicht mehr nach Rom zurückgekehrt wärst. Du weißt ja selbst, daß ich dich emporgezogen habe und daß du dich in meiner Gesellschaft deiner üblen Sitten schämtest. Aber tauche nur in den Schmutz, wie es dir beliebt. Ich kann dich doch nicht mein Leben lang am Kragen über Wasser halten. Ich muß an meine eigene Zukunft und an die meines ungeborenen Sohnes denken."

Tertius Valerius war gerührt und nickte, die Schläfen rot vor Erregung. Arsinoe stampfte mit dem Fuß auf und schrie mit funkelnden Augen: „Geh du zu deinen Dirnen, je eher desto besser. Ich dulde einen übelbeleumdeten Mann, wie du einer bist, in diesem Hause nicht mehr. Sollte ich dich im Zirkus hinstürzen und den Tanzstab verlieren sehen, so werde ich im Namen der Göttin meinen Daumen nach unten richten und schreiend die anderen das gleiche zu tun auffordern, damit Rom vom Mob befreit wird."

„Nana, langsam, langsam", bat Tertius Valerius ganz verlegen und verwirrt, aber mich erwärmte die Erkenntnis wohlig, daß Arsinoe immer noch eifersüchtig auf mich war, wenn sie auch den besseren Teil gewählt hatte. Zum Schluß brach sie doch noch in Tränen aus, bedeckte mit der Hand die Augen und eilte aus dem Zimmer.

Kühl und sachlich kamen wir, Tertius Valerius und ich, überein, daß wir uns auf dem Forum im Amtszimmer des Verwalters der Staatsgelder am nächsten Tage treffen würden. Ich würde mein Vermögen auf den Namen Arsinoes umschreiben lassen, und danach würde Tertius Valerius das Landhaus mit seinen Ländereien für den nominellen Preis von einem halben Kupferbarren auf meinen Namen eintragen lassen. Von dort könnte ich dann gleich zur Landesregistratur gehen und einen staatlichen Landmesser mitnehmen, um zu überprüfen, daß die Grenzziehung in Ordnung sei und die Marksteine richtig stünden.

Ich verließ das Haus und trat beim Hinausgehen meine Füße noch gründlich ab. Mein Lohn als Flößer betrug nicht einmal ein volles Pfund Kupfer, so daß ich, um den Landmesser bezahlen zu können, meinen Goldring verpfänden mußte, den ich aus menschlicher Eitelkeit bei der

Ankunft in der Stadt an den Daumen gesteckt hatte. Aber in Rom konnte ich ihn nicht mehr tragen, und ich hatte wohl gemerkt, wie verächtlich Tertius Valerius als Patrizier während unserer Unterhaltung ihn angeschielt hatte.

Ich mietete ein Zimmer in der Suburra, gegenüber dem Platz, auf dem Tullia die Räder ihres Wagens über die Leiche ihres Vaters rollen ließ. So war es wohl am besten, denn ich dachte nichts Gutes mehr über Rom, nachdem ich die vornehmen etruskischen Städte kennengelernt hatte.

Alles verlief, wie wir es vereinbart hatten. Ich besichtigte meine vom Unkraut überwucherten fünfzehn Morgen Land weit jenseits des Janiculus-Hügels an der Grenze des Landes der Etrusker. Das ergraute und zahnlose Sklavenehepaar hatte große Angst vor mir. Zitternd zeigten sie mir ein Mutterschwein im Stall und einige Ziegen und Färsen. Als den wertvollsten Schatz brachte der Alte aus der verrußten Hütte ein Ochsenfell, das er selbst gegerbt und vor den Volskern versteckt hatte, denn er war so gescheit gewesen, den Zugochsen zu schlachten und das Fell abzuziehen, bevor die Volsker einrückten.

Ich hätte selbstverständlich das Recht gehabt, irgendeinen Scheingrund wegen schlechter Bewirtschaftung des Gutes zu finden, um die arbeitsunfähigen Sklaven töten zu lassen, von denen ich kaum Nutzen, sondern für die ich lediglich Ausgaben haben würde, wenn sie auch beide zu beteuern versuchten, sie würden sehr wenig essen. Das taten die Römer ohne jegliches Mitleid mit alt gewordenen Sklaven, genau so, wie man ein verbrauchtes Zugtier tötet. Aber mein Herz ließ so etwas nicht zu. Im Gegenteil, ich verkaufte mein Zierband mit den Edelsteinen, um ihnen ein neues Ochsenpaar kaufen zu können, und dingte zu ihrer Hilfe einen Hirtenjungen, dessen Eltern die Volsker totgeschlagen hatten und der mir dankbar war, daß er als Waise sich nicht selbst als Sklaven verkaufen mußte, um sich sein Brot zu verdienen. Später ließ ich mir ein kleines Lusthäuschen bauen und dessen Giebel mit bemaltem Tonschmuck nach etruskischer Art verzieren. Um aber ehrlich zu sein, muß ich gestehen, daß mein Gut mir mehr Ausgaben als Einkünfte brachte.

In der Suburra und auf dem Forum war es mir ein leichtes, die notwendigen Erkundigungen über die unvergleichliche Heldentat Arsinoes während der Belagerung der Volsker einzuziehen und mir meine eigene Meinung darüber zu bilden. Nach allem begriff ich, daß sie mich mit Absicht auf die Reise geschickt hatte, um sich ungestört eine Stellung unter den Frauen Roms verschaffen zu können. Den Tertius Valerius hatte sie von Anfang an in ihrem Netz gefangen, wenn auch Tertius es damals selbst noch nicht wußte, sondern glaubte, seine Zuneigung sei lediglich väterliche Freundschaft.

Als die Volsker Rom umzingelt und mit der Belagerung begonnen hatten, weigerte sich das Volk schroff, den Kampf an der Seite der Patrizier aufzunehmen. Auf dem Forum gingen die Tumulte weiter, und der Senat brachte nicht einmal den Mut auf, einen Diktator zu ernennen, wie es früher in der Stunde der Not geschah. In der Zeit der Bedrängnis bekam Arsinoe ihre Chance und wirkte eifrig in dem Frauenverein mit, wo die Frauen Roms ohne Standesunterschiede zusammen warme Hemden webten und für die uneigennützigen Volksgenossen nähten, die das Vaterland über die Parteikämpfe stellten und in den eisigen Herbsttagen und Nächten, vor Kälte zitternd, auf den Mauern Wache hielten.

Arsinoe hatte zusammen mit den Patrizierfrauen warmes Essen und frisch gebackenes Brot aus der Küche des Tertius Valerius in Körben auf die Mauern getragen. Unter den vaterländischen Frauen zeichneten sich ganz besonders die zähe und tapfere Mutter des Coriolanus, Veturia, und seine etruskische Frau, Volumnia, aus, die er lediglich wegen der Mitgift geheiratet und aus der er sich nie etwas gemacht hatte, wenn Volumnia ihm auch zwei Söhne geboren hatte. Respektlose Witzbolde behaupteten, Coriolanus sei nur deshalb aus Rom geflohen, damit er seine unausstehliche Frau los würde.

Diese beiden Frauen, die alte Mutter und die gedemütigte Gattin, wollten durch ihr Benehmen beweisen, daß ihr ganzes Mitgefühl nur Rom gehöre. Sie spendeten aus ihren Mitteln für das Heer und bewirteten die in ihrem Hause versammelten handarbeitenden Frauen hohen und niedrigen Standes auf das beste. Aus Neugierde kamen sogar die Frau des Konsuls Spurius Nautius und viele Senatorenfrauen in das mit Mitteln der Volumnia gebaute Haus, um zu zeigen, daß sie Veturia und Volumnia für unschuldig an dem Verhalten des Coriolanus hielten. Im Grunde hatten die Patrizier stärkste Sympathien für Coriolanus und außerdem ein schlechtes Gewissen, weil sie ihn gegen das Volk nicht hatten schützen können.

Dieser Gesellschaft schloß sich Arsinoe an. Sie wurde mit offenen Armen empfangen. Nachdem das Volk den Senat dazu gezwungen hatte, Boten in das Kriegslager des Coriolanus zu entsenden und ihm Frieden anzubieten, und nachdem die Priester aus Regia vergeblich dort gewesen waren, um ihn im Namen der Götter umzustimmen, kam Arsinoe plötzlich auf den Gedanken, in dem vornehmen Frauenverein vorzuschlagen, daß die römischen Frauen eine Delegation zu Coriolanus schicken sollten, um ihn gefügig zu machen. Er würde kaum den Tränen seiner alten Mutter, dem vorwurfsvollen Blick seiner Frau und dem Wiedersehen mit seinen Jungen widerstehen können, meinte Arsinoe.

Die Frauen aber hatten Angst, daß die undisziplinierten Volsker sie ausplündern und töten oder ihnen noch Schlimmeres auf dem Wege dahin antun würden. Aber Arsinoes Furchtlosigkeit und Begeisterung rissen sie mit, und etwa zwanzig vornehme Frauen folgten ihr, als sie als erste die wankende Veturia führte, der die schluchzende Volumnia, die beiden Söhne an der Hand, die auch weinten, folgte. Der Senat hatte dieses dummdreiste Unternehmen strengstens verboten, das die besten Geiseln ohne Gaben und Lösegeld Coriolanus auslieferte. Aber die Soldaten kannten Arsinoe, erinnerten sich ihrer heißen Suppen und wie sie ihr auf der Mauer Latein beigebracht hatten, als sie lieblich lächelnd erzählte, warum sie ihre Muttersprache so schlecht spreche. Freudig öffneten sie ihr und ihrer Begleitung das Tor, bevor der Senat zusammentreten und der Konsul einen reitenden Boten zu ihnen schicken konnte, um ihren Marsch zu verbieten.

Die frierenden und hungrigen Volsker waren über das Erscheinen der vornehmen Frauen so erstaunt, daß sie dankend das Fleisch und das Brot, welches sie aus den mitgeführten Körben verteilten, entgegennahmen und die Frauen im Festzug in das Kriegslager bis vor die Zeltöffnung des Coriolanus führten, ohne ihnen irgend etwas anzutun. Vor dem Zelt brannte ein großes Feuer, um das sich die Frauen sammelten, um sich zu wärmen, denn es dauerte bis Mitternacht, ehe Coriolanus sich bereit erklärte, seine Mutter und die beiden Söhne zu empfangen.

Dort am Biwakfeuer erzählte Arsinoe den Frauen im Vertrauen gewisse Dinge über ihre Göttin und beteuerte, als letztes Mittel selbst mit Hilfe der Göttin Coriolanus umstimmen zu wollen, wenn die Tränen der Mutter und die Zärtlichkeit der Frau es nicht zustande brächten. Sie wischte das Gesicht Volumnias ab, bemalte ihren Mund und ihre Augenbrauen, damit sie ihrem Manne schön erscheine, aber ich vermute, daß sie es lediglich tat, um so das Vertrauen Volumnias zu erwerben, wissend, daß das Gesicht Volumnias auch mit Nachhilfe nicht schöner wurde.

Als Coriolanus das Schnattern der Frauen um das Feuer hörte, wurde er schließlich neugierig und ließ sie in sein Zelt treten. Veturia gedachte ihrer Tränen, verfluchte verbittert ihren Sohn und sagte, daß sie bereue, einen Vaterlandsverräter in die Welt gesetzt zu haben. Wenn sie im voraus gewußt hätte, was geschehen würde, sagte sie, hätte sie lieber eigenhändig Caius in der Wiege erwürgt, statt ihn groß und stattlich, tapferer als alle Männer Roms, aber mit den Kriegsauszeichnungen der Volsker auf der Brust zu sehen.

Volumnia schob ihre beiden armen Jungen vor und fragte, ob er das Vaterland seiner Söhne vernichten wolle. Sie erinnerte ihn, wie glücklich sie beide doch bei der Zeugung dieser Jungen gewesen wären und welch ein prachtvolles Haus er doch mit ihren Mitteln in Rom hätte bauen lassen. Jetzt würde dieses Haus geplündert, ihr Ehebett zerstört werden, und die siegreichen Volsker würden die Jungen als Sklaven verkaufen.

Coriolanus, der ein gut gewachsener Mann und einen Kopf größer als andere Römer war, hörte geduldig zu, schielte aber dabei auf Arsinoe, die scheu, mit geneigtem Kopf, schweigend dastand. So weit ich sie kannte, wird sie bestimmt dafür gesorgt haben, daß Coriolanus die kunstvolle Frisur ihrer goldroten Haare und ihren weißen Nacken nicht übersah. Ich würde mich gar nicht wundern, wenn sie, wie aus Versehen, auch ihren Überwurf aufgetan hätte, ohne es selbst zu merken, als sei sie von der Spannung des Augenblicks erfüllt.

Schließlich sagte Coriolanus, die Mutter habe sich nicht verändert, ebenso roh und herzlos sei Veturia in der Zeit gewesen, als ihr Sohn heranwuchs und sie ebensowenig gewußt habe, was Mutterliebe heißt. Volumnia tröstete er, indem er beteuerte, daß die Volsker nach der Einnahme der Stadt sie bestimmt nicht anrühren würden, denn sogar die Volsker hätten Augen im Kopf. Er versprach, die Söhne von den Volskern freizukaufen. Er hätte den Frauen Gelegenheit gegeben, ihr Herz auszuschütten, aber wenn sie nichts Vernünftigeres zu sagen hätten, wäre er gezwungen, sie wieder in die Stadt zurückzuschicken, da er schließlich als Führer eines großen Heeres Wichtigeres zu tun habe, als sich das Geheule und das gemeine Geschimpfe der Frauen anzuhören.

Beim Sprechen blickte Coriolanus Arsinoe voll Neugierde an, und die anderen Frauen schoben sie vor, wenn sie auch sehr schüchtern tat. Sie baten sie, ihre Göttin zu rufen, damit sie die richtigen Worte an Coriolanus richte. Arsinoe sagte, daß sie beim Anrufen der Göttin mit Coriolanus allein im Zelt bleiben müsse, insofern Coriolanus nicht Angst vor ihr, einer schwachen Frau, hätte. Aber sie wäre bereit, ihren Überwurf abzulegen, um zu beweisen, daß sie kein Messer in ihren Kleidern versteckt habe, um Coriolanus zu ermorden. Coriolanus sagte freundlich, daß sie es erst dann tun solle, wenn sie allein zu zweit geblieben sein würden, und schickte die anderen Frauen und seine Leibwache hinaus.

Mehr über die Unterhaltung Arsinoes mit Coriolanus unter vier Augen wußte man in Rom nicht, aber Arsinoe blieb bis zum Morgengrauen im Zelt des Coriolanus, und die abergläubischen Frauen behaupteten, das Zelt habe ein überirdisches Licht ausgestrahlt. Andere behaupteten wiederum, daß nur der Mondschein das Zelt in ihren Augen heller und weißer hatte erscheinen lassen. Auf jeden Fall war Arsinoe schließlich und endlich völlig erschöpft nach der Einwirkung von Coriolanus aus dem Zelt herausgekommen, hatte die Frauen gebeten, die Göttin Venus und ihre Macht zu preisen, und sei ohnmächtig in ihre Arme gesunken. Coriolanus zeigte sich nicht mehr, sandte aber in aller Höflichkeit eine Begleitmannschaft zum Schutz für die Frauen auf dem Rückweg in die Stadt und stellte Arsinoe eine Sänfte zur Verfügung. Noch am gleichen Tage gab er den Befehl, die Belagerung zu beenden. Die Volsker begannen, ihr Lager abzubrechen, und zogen in Gruppen ab, ohne sich der Mühe zu unterziehen, die von ihnen fertig errichteten Belagerungstürme niederzubrennen.

Ob die Beendigung der Belagerung nur das Verdienst Arsinoes und ihrer Göttin war, das wage ich nicht zu entscheiden. Ich selbst zog auf Grund dessen, was ich gehört hatte, den Schluß, daß das Heer der Volsker nicht imstande war, die Mauern Roms zu erstürmen, oder daß sie keine Lust hatten, diesen Versuch zu unternehmen. Es war schon Spätherbst geworden, und kein Volk Latiums hielt einen Winterkrieg aus. Wenn die Patrizier und die Plebejer Vertrauen zueinander gehabt hätten, wären sie vermutlich in der Lage gewesen, die Volsker auf offenem Feld zu schlagen. Coriolanus war ein vernünftiger Heerführer und hätte auch sonst, ohne das Dazwischentreten der Frauen, seine Armee vor Einbruch des Winters aufgelöst. Das Vertrauen der Volsker hat er dadurch verloren, weil er doch mit Sicherheit behauptet hatte, daß die Patrizier sich ihm anschließen und die Stadt übergeben würden. Etwas anderes wird er wohl nicht bezweckt haben, als er die Belagerung der Stadt aufhob.

Aus irgendwelchen Gründen heimsten Veturia und Volumnia wegen des Geschehenen Ehren ein, teilten sie aber bereitwilligst mit Arsinoe, wenn sie auch scheu und bescheiden abwehrte und beteuerte, daß gerade sie beide und ihre Worte es gewesen seien, die Coriolanus reif gemacht hätten, und daß sie, Arsinoe, mit Hilfe ihrer Göttin die reife Frucht geerntet habe. Ihnen wurde der offizielle Dank des Senats als Retter der Stadt aus der Not übermittelt. Von da an war Arsinoe eine berühmte Frau in Rom, und ihre Göttin sowie ihre Geheimkulte wurden geehrt.

Wie ich Arsinoe kannte, war ich überzeugt, daß sie sich anschließend die Gemütserschütterung des Tertius Valerius zunutze gemacht hatte, um sich auch in seine Arme zu werfen und ihn so endgültig in ihre Gewalt zu bekommen. Sie wird wohl Tertius als Medizin ein bestimmtes Gift heimlich eingegeben haben, das die Phönizier aus den iberischen Fliegen gewinnen. Dieses Gift ist so wirksam, daß es sogar einen Greis, den der Schlag gerührt hat, wieder zum Manne macht, wenn man noch berücksichtigt, daß Tertius Valerius im großen und ganzen ein gesundes Leben auf dem Lande geführt hatte.

Ein so klares Bild konnte ich mir über das Geschehene zurechtlegen, weil ich Arsinoe kannte. Ich sah sie mehrere Monate nicht, und ich wollte nicht einmal am Hause des Tertius Valerius vorbeigehen. Wegen ihres Zustandes blieb Arsinoe in ihren eigenen vier Wänden. Ihre Niederkunft fiel in die heißeste Zeit des Hochsommers. Der von mir bestochene Sklave brachte mir die Nachricht davon, und die langen Stunden waren für mich schrecklich zu überstehen, so daß ich in meinem elenden Zimmer auf und ab lief und mir die Fäuste blutig biß, weil ich nicht bei ihr sein und ihr Dasein erleichtern konnte. Ich liebte doch Arsinoe, und nichts konnte meine Liebe zu ihr auslöschen.

Aber während der Zeit unserer Trennung war meine Liebe reif geworden, und ich dachte an sie nicht mehr so sehr als an das Weib, an das mich meine körperliche Begierde und Zärtlichkeit banden, sondern als an einen Menschen, der mir nahestand. Ich erinnerte mich, wie sie mich in Stunden der Niedergeschlagenheit zum Lachen gebracht hatte. Ich erinnerte mich, wie ich stundenlang dasitzen und ihr zusehen konnte, wenn sie ihre Schönheit geschickt pflegte und ihr Gesicht bemalte, dabei über Menschen und Dinge fröhlich plappernd und schwatzend. Ich wünschte ihr nichts Schlechtes, ganz gleich, was sie tat, sondern ich hatte Verständnis für sie, für ihre Lügen und für ihren Wunsch nach gesichertem Leben.

Die Niederkunft war tatsächlich schwer und dauerte ganze vierundzwanzig Stunden, denn der Junge wog bei der Geburt zehn Pfund. Als er endlich das Licht der Welt erblickte, kam mitten in die Glut ein Hagelschauer nieder, die Blitze flammten, und ein Blitz schlug in den alten Tempel des römischen Grenzgottes auf dem Hügel des Kapitols ein, von wo er dem Jupiter nicht weichen wollte. Aber ich war an diesem Unwetter nicht schuld, wenn ich mich auch wegen Arsinoe aufgewühlt und unruhig fühlte. Der Hagel vernichtete die Getreidefelder und tötete Schafe auf der Weide, aber die Sturmwolken lösten sich in Hagel und Blitze erst diesseits des Tibers auf, so daß meine wenigen Felder am Hang des Janiculus verschont blieben und sie vom Regen nur Nutzen hatten.

Als Tertius Valerius den in den Wehen des Lebens geborenen Knaben den Mund aufreißen und schreien sah und hörte und sein Gewicht auf dem Schoß spürte, wurde er vor Freude völlig närrisch und ließ in verschiedenen Tempeln Ochsen, Schafe und Schweine opfern, als handle es sich um ein großes Staatsereignis. Einen Teil des Fleisches verteilte er an das Volk, den Rest sandte er in seine Landhäuser und befahl, den Sklaven einen freien Tag zu gewähren, weil sie wegen des Sturmes und der Hagelschauer an diesem Tage sowieso kaum auf die Felder hätten gehen können. Und er hielt den Blitzeinschlag in den Terminus-Tempel für kein schlechtes Omen, sondern beteuerte im Gegenteil, daß sein Sohn die früheren Grenzen Roms noch erweitern würde und seine Nachkommen die Stadt Rom so groß und mächtig machen würden, daß es keine Grenzen mehr geben werde. Arsinoe hatte ihm wahrscheinlich deutlich zu verstehen gegeben, daß ihre Vorfahren in verwandtschaftlichen Beziehungen zur Göttin Venus gestanden hätten.

Arsinoe stillte selbst als mustergültige römische Mutter ihren gefräßigen Sohn und zeigte sich nicht in der Öffentlichkeit, bevor ihr Aussehen und ihre Schönheit wiederhergestellt waren. Aber im Herbst sah ich sie im Zirkus auf dem Ehrenplatz gleich hinter den Vestalinnen in der Nähe des Elfenbeinsessels des Manius Valerius sitzen. Ich sah sie nur von weitem, da ich auf der gegenüberliegenden Seite der Arena saß, ganz hinten unter den Fremden und den Gewerbetreibenden aus anderen Städten. Schön war sie immer noch wie eine Göttin, und ihr Kopf erhob sich noch stolzer als je zuvor auf ihrem schneeweißen Hals. Ich schaute von weitem mehr sie an als das, was sich in der Arena abspielte.

Ich suchte sie nicht auf und versuchte sie nicht zu sprechen, da ich ihre Ehe nicht stören wollte. Es dauerte lange und der Junge war schon ein Jahr alt, bevor ich Arsinoe wiedersah.

2.

Es war Spätsommer, und die Stadt war still geworden, das Volk arbeitete fleißig auf den Feldern und die in der Stadt Gebliebenen suchten den Schatten auf und gingen erst gegen Abend aus dem Hause. In den schmalen Straßen der Suburra stank es nach Kot, verfaultem Obst und gegerbtem Leder. Das Glück war Rom hold, denn die Volsker, ursprünglich mit den Equiern gegen Rom verbündet, waren mit diesen in Streit geraten und in einen erbitterten Krieg verwickelt worden, in dem sie ihre eigenen Kräfte sowie die der Equier erschöpft hatten, so daß Rom nichts mehr von ihnen zu befürchten brauchte.

Aus lauter Freundschaft brachte ich gerade einer jungen Tänzerin aus dem Zirkus die Hand- und Fußbewegungen des etruskischen heiligen Tanzes bei, als Arsinoe ganz unerwartet in meinem Zimmer in der Suburra erschien. Meine Schuld war es nicht, wenn das Mädchen unbekleidet war, denn es war ein heißer Tag, und auch sonst ist es für den Tänzer das beste, wenn er nackt übt, um so seinen eigenen Körper kennenzulernen. Deshalb erstarrte ich vor Entsetzen und wäre am liebsten in den Boden gesunken, als ich sah, wie Arsinoe erst mich und dann das arme Mädchen musterte, das kein Gefühl, etwas Böses getan zu haben, hatte. In ihrer Unschuld verstand sie nicht einmal, ihren Überwurf über die Schultern zu legen, sondern blieb mit hochgezogenem Knie und die Hände nach oben gestreckt stehen, in der Stellung, die ich ihr gerade beizubringen versuchte.

Arsinoe war die gleiche wie früher, nur reifer und noch schöner als zuvor. Spöttisch sagte sie: „Verzeih, Turms, ich wollte dich bei deinen Vergnügungen keineswegs stören, aber ich muß mit dir reden, und ich habe nur heute dazu die Gelegenheit."

Mit zitternden Händen las ich die bescheidenen Kleidungsstücke des Mädchens auf, drückte sie ihr in die Arme, stieß sie selbst hinaus und schloß die knarrende Holztür hinter ihr. Arsinoe setzte sich unaufgefordert auf meinen einfachen Stuhl, blickte um sich, seufzte hörbar, schüttelte ihr Haupt und klagte:

„Ich bin entsetzt über dich, Tums. Ich hatte wohl gehört, daß du in schlechte Gesellschaft geraten seiest, aber ich glaubte nicht alles, was erzählt wurde. Ich war bemüht, eher Gutes von dir zu denken. Aber nun muß ich ja meinen eigenen Augen trauen, und ich bin traurig."

Verbitterung kroch mir sauer die Kehle hoch, als ich sie ansah, wie sie ganz ruhig vor mir saß, als wäre inzwischen nichts passiert. „Ich habe ein schlechtes Leben geführt und bin in üble Gesellschaft geraten", gab ich zu. „Ich gab dummen Jungen griechischen Unterricht und lehrte sie unter anderem einen Vers des Hipponax: zwei Tage des Glücks hat der Mann in seinem Leben, den ersten wenn er die Ehe eingeht, und den zweiten wenn er seine Frau beerdigt. Hipponax lebte in Ephesos. Deshalb ist diese Verszeile mir so fest im Gedächtnis haften geblieben. Aber den Eltern der Jungen gefiel ein solcher Unterricht nicht. Ich verlor meine Schüler."

Arsinoe überhörte meine Worte geflissentlich, seufzte nur leicht und sagte: „Sie hat zu dicke Waden und zu starke Hüften. Untersetzt ist sie auch."

„Aber sie hat angeborene tänzerische Begabung", entgegnete ich gekränkt ob meines Schützlings. „Nur deshalb helfe ich ihr."

„O Turms, Turms", stöhnte Arsinoe, „ich glaubte, du wärst doch etwas wählerischer in bezug auf Frauen. Wenn jemand die edlen Trauben geschmeckt hat, begnügt er sich nicht mit Rüben. Aber du bist ja stets eine Ausnahme gewesen. Ich mußte schon früher über deinen schlechten Geschmack staunen."

Zerstreut nahm sie das Tuch vom Kopf. Es überlief mich heiß, als ich sah, daß sie kurz vorher bei einem griechischen Haarkünstler gewesen war, der ihr Haar zurechtgemacht hatte. Ihr Gesicht hatte sie sorgfältig bemalt, und ich konnte mich nur darüber wundern, wie verlockend sie den einfachen römischen Überwurf in Falten legen konnte.

„Huh, wie heiß es in deinem Zimmer ist", sagte sie und ließ ihren Überwurf heruntergleiten, so daß ich ihre nackten Arme und ihre weißen Schultern sah. Ihre Augen waren ernst und tiefdunkel, und die Lippen halb geöffnet. Aber ich hatte nicht die Absicht, ihren Lockungen zu unterliegen.

„Laß das sein", bat ich. „Erzähle mir lieber, wie du es wagst, mich zu treffen und überhaupt nach der Suburra zu kommen. Hast du keine Angst um deinen Ruf? Du weißt doch wohl, daß du die Frau eines Senators bist?"

„Ach ja", sagte sie traurig und blickte mich vorwurfsvoll an. „Aber wessen Schuld ist es? Hast du mich nicht selbst für ein ganzes Jahr schutzlos der Gnade des Tertius Valerius überlassen? Du warst meiner überdrüssig geworden, und deshalb stießest du mich mit voller Absicht in den Schoß dieses lüsternen Greises, um von mir loszukommen."

„Aber Arsinoe", schrie ich und schlug die Hände zusammen. „Wie kannst du bloß alles in dieser fürchterlichen Weise entstellen und derart lügen? Hast du wirklich die Stirn, mir zur Last zu legen, was du selbst listig geplant und schlau bewerkstelligt hast?"

Es gelang ihr, ein paar Tränen in die Augenwinkel zu pressen und mich mit feucht glänzenden Augen anzuschauen. „O Turms", klagte sie mit zitternder Stimme. „Wie kannst du so hart und ungerecht mir gegenüber sein? Nun fängst du gleich an, Streit zu suchen, wo wir uns nach so langer Zeit wieder einmal sehen. Ich müßte dich ja eigentlich kennen, aber immer verfalle ich in den Irrtum, Gutes von dir zu denken." Sie schluchzte einmal auf und warf mir unter ihren dunkelblau gefärbten Wimpern einen Blick zu.

Mein Atem ging heftig, ich preßte meine Hände zur Faust, um mich zur Ruhe zu zwingen, und schwieg.

Nun drückte Arsinoe ihre Handflächen bittend gegeneinander und fragte:

„Warum sagst du nichts, Turms? Warum bist du so merkwürdig kurz angebunden und unfreundlich zu mir, als wärst du über irgend etwas verbittert? Sag es doch, erkläre es mir, wenn du kannst."

Am liebsten hätte ich ihr gestanden, daß mein ganzes Wesen allein bei ihrem Anblick vor Jubel heiter und hell erbebte und mein Herz vor Freude höher schlug, als ich begriff, daß sie meinetwegen ihr Haar hatte kämmen lassen und selbst ihr Gesicht so schön bemalt habe. Aber es war besser, meine Gefühle zu bändigen und mich nicht von neuem in ihre Gewalt zu begeben. Deshalb setzte ich mich auf den Bettrand, während meine Knie schwach wurden, und fragte:

„Was willst du von mir, Arsinoe?"

Sie lachte hell auf, ließ das Heucheln Heucheln sein, streckte ihren Körper, so daß ihre nackten Beine zum Vorschein kamen, und gab zu:

„Natürlich will ich etwas von dir, Turms. Das ist doch klar. Das verstehst du doch. Sonst wäre ich ja nicht zu dir gekommen. Aber ich bin froh, dich wiederzusehen, und mein Herz klopft so eigenartig in meiner Brust, wenn ich diesen deinen breiten, spöttischen Mund und diese deine ovalen Augen ansehe."

„Laß das doch, Arsinoe", bat ich ruhig, und dabei suchten meine Augen nach einem Messer, um mir meinen Finger abzuschneiden, wenn er gegen meinen Willen den Versuch unternehmen sollte, ihre Haut zu berühren. Das hätte ich vielleicht wirklich getan, wenn ich sie angerührt hätte und ich erneut verloren gewesen wäre. Aber zum Glück war mein Wille stärker als meine Hände.

„Du weißt es ja selbst am besten, Turms, wie unsagbar ich dich geliebt habe", beteuerte Arsinoe leise, „und tief in meinem Herzen empfinde ich im geheimen noch Zuneigung zu dir, so unrecht es auch Tertius Valerius und meinem Sohn gegenüber ist. Laß uns unsere Gefühle beherrschen und nur Freunde bleiben. Denn so ist es am besten. Wenn eine Frau mein Alter erreicht hat und ihre Schönheit nachzulassen beginnt, so braucht sie Sicherheit und Geborgensein. Ich wurde müde, nur deiner schrecklichen Launen wegen alles zu opfern und auf alles zu verzichten. Jetzt hast du deine Freiheit, Turms, und ich habe einen verständigen Mann, der keine übermäßigen Ansprüche an mich stellt."

Da ich darauf nichts erwiderte, ließ sie die Hände über ihre Hüften gleiten und sagte wehmütig: „Ich bin sehr gealtert, meine Arme sind dick geworden und meine Hüften setzen Fett an, was ich auch dagegen tun mag. Bei dieser schrecklichen Geburt rissen mir die Muskeln, so daß an meinen Lenden und Oberschenkeln die weißen Narben von Muskelrissen zu sehen sind. Meine frühere Schönheit ist für den Rest meines Lebens verdorben. Willst du es sehen?"

Sie wollte in ihrer gespielten Unschuld ihr Kleid hochheben, aber ich beeilte mich abzuwehren und bedeckte meine Augen mit der Hand. Leicht seufzend sagte sie: „Ich muß wohl sehr häßlich sein, wenn du nicht einmal Lust hast, mich anzusehen, Turms? Natürlich hat das Mädchen die Jugend für sich, und man beißt gerne in einen frischen, glatten Apfel, aber glaube mir, mein Freund, von einer unvernünftigen Jugend hat man keinen Nutzen. Du bereitest dir nur Unannehmlichkeiten, denn du bist ja selbst auch nicht mehr in den besten Jahren. Das ausschweifende Leben hat dir Falten um deine Mundwinkel und Runzeln um deine Augen eingetragen."

„Es sind nur Lachfalten, weil ich so viel gelacht habe", behauptete ich verbissen, „vor lauter Lachen reicht mein Mund schon von einem Ohr bis zum anderen. Aber sage doch endlich geschwind, was du eigentlich von mir willst. Ich möchte deinen Ruf nicht aufs Spiel setzen, indem ich dich in diesem übelbeleumdeten Hause und in meiner schlechten Gesellschaft zurückhalte."

Sie stand auf, ließ ihren Überwurf auf dem Stuhl liegen, ging zur Tür und zog zerstreut den Holzriegel hin und her. „Du erlaubst doch wohl, daß ich den Riegel vorschiebe, damit wir uns in Ruhe unterhalten können?" bemerkte sie und schritt an mir vorbei zur schmalen Fensterluke, wo sie stehenblieb und auf die Straße hinausschaute, damit ich sie auch von der Seite und von hinten bewundern könnte. Als sie doch schließlich einsah, daß ich hart blieb, wenn auch das Herz mir weh tat, setzte sie sich wieder hin, legte ihre Hand auf meine Knie und sagte herausfordernd:

„Du bist immer ein Egoist gewesen, Turms. Aber du wirst es wohl einsehen, daß du zum mindesten nach außen hin bestimmte Verpflichtungen Misme gegenüber hast. Das Kind wird demnächst sieben Jahre alt. Es ist höchste Zeit, daß sie aus dem Hause des Tertius Valerius verschwindet. Ein so gutmütiger Mann wie Tertius auch ist, er wird verdrießlich, wenn er das Mädchen ständig um sich sieht. Auch bei mir erweckt Misme in unangenehmer Weise Erinnerungen an meine früheren traurigen Erlebnisse."

„Ach so", sagte ich. „Ich wußte früher gar nicht, daß du in Rom geboren bist und aus einem Patriziergeschlecht stammst."

„Ich kam wohl nicht dazu, dir ausführlich über meine unglückliche Kindheit zu erzählen", behauptete Arsinoe frech, „aber in Rom ist Misme juristisch gesehen ein außereheliches Kind, und das paßt nicht zu meiner neuen Stellung. Wenn ich nur auf die Idee gekommen wäre, ihren Vater zum Patrizier zu machen, dann hätte ich sie als Jungfrau der Vesta unterbringen können, und so wäre ihre Zukunft gesichert gewesen. Aber man kann doch nicht alles auf einmal erfinden. Ich hatte schon genügend Mühe, meine Abstammung nachzuweisen, wie du wohl gut verstehen kannst. Jetzt dreht sich alles im Hause um den Jungen, und Tertius Valerius ist nicht imstande, an irgend etwas anderes als an seinen Sohn zu denken. Im Hinblick auf meinen Ruf wäre es wohl besser, wenn du wenigstens einmal an deine Verpflichtungen mir gegenüber denken würdest und deine Tochter zu dir nähmest und für sie sorgtest."

„Meine Tochter?" fragte ich baß erstaunt.

Arsinoe wurde ärgerlich, weil die ganze Angelegenheit eine peinliche Erinnerung für sie war; sie fuhr mich an: Aber natürlich ist Misme gewissermaßen deine Tochter oder zumindest die Tochter deines besten Freundes. Wenn du an mich nicht denken willst, dann denke wenigstens an Mikon. Du wirst es doch wohl nicht haben wollen, daß seine Tochter unter fremde Leute kommt?"

„Davon ist ja gar nicht die Rede", antwortete ich, „selbstverständlich nehme ich Misme gern zu mir, und zwar nicht nur, um dir zu helfen. Ich habe das Mädchen gern und habe sie vermißt. Aber nun, um von deinem Sohn zu reden, verzeih mir meine menschliche Neugierde. Soweit ich gehört und verstanden habe, soweit ich mich an deine Göttin erinnert und neun Monate zurückgerechnet habe, müßte er vermutlich der Sohn des Coriolanus sein?"

Arsinoe drückte ihre weiche Hand gegen meinen Mund und blickte ängstlich um sich. Aber wir waren allein, nur zu zweit. Sie beruhigte sich, und ein Lächeln huschte über ihr Gesicht. „Vor dir kann ich natürlich doch nichts geheimhalten, Turms, von allen Menschen kennst du mich am besten", gestand sie. „Auf jeden Fall fließt in den Adern des Jungen das vornehmste römische Patrizierblut, und sein Vater war der stattlichste unter den Männern Roms. Ich fand, daß ich Tertius Valerius dies schuldig war. Nein, seines Sohnes brauchte er sich nicht zu schämen, wenn auch der Vater des Jungen ein dummstolzer Mann ist, der deshalb als Landesflüchtling leben muß und wegen des Volkes nie wieder nach Rom zurückkehren kann. Vielleicht ist es aber für meine eigene Ruhe das beste."

Ihre ehrliche Beichte zerbrach das Eis meines Herzens. Wir begannen miteinander zu plaudern wie einst. Sie brachte mich wieder zum Lachen, und ich begriff wieder, warum ich sie so heiß geliebt habe und immer noch liebte, denn eine Frau wie sie gab es nicht zum zweitenmal auf der Welt. Sie tat ihr bestes, um mich fröhlich zu unterhalten, und froh war sie selbst auch, weil ich der einzige Mensch hier auf Erden war, der sie wirklich verstand und von dem sie wußte, daß sie sich auf ihn verlassen konnte. Aber ich rührte sie nicht an. Die Zeit verging bei fröhlichem Geschwätz bis zur Abenddämmerung, bis sie plötzlich erschrak und merkte, daß es im Zimmer dunkel geworden war, rasch ihren Überwurf umnahm und gesittet, wie es in Rom üblich war, ihren Kopf bedeckte.

„Ich muß jetzt gehen", sagte sie kurz. „In den nächsten Tagen lasse ich Misme zu dir bringen, und ich verlasse mich darauf, daß du für sie wie für deine eigene Tochter sorgen wirst."

Ich hatte das Gefühl, daß es Arsinoe völlig gleichgültig wäre, wenn Misme sogar in der Suburra hätte leben und heranwachsen müssen. Sie war von Misme enttäuscht, weil sie die runden Wangen Mikons und seine untersetzte Gestalt geerbt hatte, sich ungeschickt benahm und die Zuneigung der Mutter nicht gewinnen konnte. Deshalb war es für Arsinoe eine große Erleichterung, daß sie das Mädchen los wurde.

Ich selbst konnte mich mit dem Gedanken nicht zufrieden geben, daß sie in der Suburra unter lasterhaften Menschen und dem Zirkusvolk aufwachsen sollte. Ich brachte sie in mein Landhaus in die Pflege des alten Sklavenehepaares, und dadurch hielt ich mich mehr dort auf als früher, denn ich wollte Misme das Lesen und Schreiben beibringen und sie zu einem freien und auf sich selbst vertrauenden Mädchen erziehen. Ich hatte nicht die Mittel, ihr einen Lehrer anzustellen und zu bezahlen, außerdem war es in Rom auch nicht Sitte. In Rom verachtete man Mädchen so sehr, daß sie schon als Wickelkinder an fremde Leute abgegeben wurden, und zur Erziehung reichte es aus, wenn sie spinnen und weben, die einfache römische Kost kochen lernten und die schwersten Haushaltsarbeiten ausführen konnten. Sogar die Töchter der Senatoren mußten sich mit einer solchen Erziehung begnügen.

Arsinoe tat unrecht, als sie ihre Tochter verachtete, denn Misme besaß eine sehr schnelle Auffassungsgabe. Sobald sie aus diesem düsteren Hause herauskam, dem ständigen Getadeltwerden entging und die Freuden und die Freiheit des Landlebens kennenlernte, entwickelte sie sich rasch. Sie liebte die Tiere, half gern bei der Pflege derselben und wagte sogar das Pferd zu besteigen und über die Wiesen dahinzusprengen. Um mir einen Nebenverdienst zu beschaffen, hielt ich auf meinem Gut zwei Heerespferde des Senats, denn damals stellte der Senat noch die Pferde für die Kavallerie und verteilte diese für den Winter zur Pflege in die umliegenden Landhäuser. An bestimmten Tagen mußten die Pferde nach Rom gebracht werden, wenn sich die Patrizierjünglinge Roms auf den Weiden und Moorwiesen des Wolf-Gottes zu Kavallerieübungen zusammenfanden. Auf diese Weise hatte ich Gelegenheit, nach Rom und wieder zurück zu reiten. Ich war ja nicht wohlhabend genug, um mir selbst ein Pferd halten zu können. Für einen solchen Luxus reichten fünfzehn Morgen Land nicht aus.

In ein paar Jahren wurde die Haut Mismes rosig und glatt, sie wuchs zu einem schlanken Mädchen heran, ihre Glieder wurden schmal und sie verlor ihre Ungeschicklichkeit und Schwerfälligkeit, obwohl sie natürlich wie ein junges Kalb herumtollte. Wegen meiner Reisen mußte ich sie häufig für längere Zeit der Obhut des zuverlässigen Sklavenehepaares überlassen, aber jedesmal, wenn ich wiederkam, verspürte ich immer größere Genugtuung, wenn ich sah, wie ihre dunklen Augen vor Freude aufleuchteten, daß ich wieder da war. Sie eilte auf mich zu, schlang die Arme um meinen Hals, küßte mich, und ich hatte nicht das Herz, ihr zu eröffnen, daß ich nicht ihr richtiger Vater war. Ich fand, daß sie, wie sie so heranwuchs, geradezu hübsch wurde, ihre Brauen waren schmal und schön geschwungen, und ihre Lippen wie Rosenblätter. Als sie zur Jungfrau herangereift war, begann der Ausdruck ihrer Augen immer mehr den unruhigen Augen Mikons zu gleichen, und sie lernte es, über andere und sich selbst spöttisch zu lachen. So entwickelte sich Misme.

3.

Ich will nicht von den Streitigkeiten Roms mit den Nachbarvölkern und den ständigen Raubkriegen berichten. Die Frage der Bodenverteilung kam zur öffentlichen Debatte, aber Tertius Valerius war dank Arsinoe seit langem von seiner Lieblingsidee abgekommen. Nachdem er einen Erben hatte, hielt er mit allen Mitteln an seinen Ländereien fest und erwarb sich damit erneut das Vertrauen seiner Standesgenossen. Man hielt ihn nicht mehr für dumm, sondern er wurde bei Bedarf vorgeschoben, um das Volk zu beruhigen. Das Volk hatte nämlich auf Grund seiner früheren Ansichten Vertrauen zu ihm. Auf diese Weise erreichte Tertius Valerius politischen Einfluß, und die Patrizier, die Senatoren, ja sogar seine Verwandten begannen immer mehr Arsinoe zu bewundern, die einen so günstigen Einfluß auf den alten Mann ausübte.

Er war ja auch kein einfältiger Mann. Er gestattete wohl für Arsinoe den erforderlichen neuzeitlichen Luxus in seinem Hause und duldete ohne zu murren Arsinoes Verschwendungssucht, aber er selbst behielt seine frühere einfache Lebensweise bei, schlief auf einem harten Polster in seinem eigenen Zimmer, begnügte sich mit gesunden Speisen und Gemüsen, ohne sich zu überessen und fettleibig zu werden, stand mit dem Hahnenschrei auf, legte täglich lange Strecken bei der Besichtigung seiner Güter zurück und ging wieder beim Dunkelwerden schlafen. Nach der Geburt des Jungen behandelte er Arsinoe liebevoll und väterlich und wollte nicht mehr von den von ihr angebotenen stärkenden Medizinen nehmen, weil er mit Recht Angst davor hatte, daß sie mit der Zeit seiner Gesundheit schaden könnten. Auf diese Weise blieb er gesund und bei Kräften, sein Kopf zitterte nicht mehr, wenn er seine Reden im Senat hielt. Diese Schwäche erlaubte er sich lediglich, wenn er zu Hause war.

Dies alles erfuhr ich, da ich als Außenstehender das Leben im Hause des Tertius Valerius verfolgte, und ich amüsierte mich sehr darüber, wenn ich Arsinoe gelegentlich zu sehen bekam und dabei feststellte, daß ihr Gesicht einen mürrischen Ausdruck bekommen hatte, als habe die überraschende Lebenskraft des Tertius Valerius sie in die von ihr selbst gegrabene Grube gestürzt. Es machte den Eindruck, als sei Arsinoe vor lauter Verdruß und Langeweile schneller als der zähe Valerius gealtert.

Die Nachricht vom Tode des Großkönigs Darius kam bis nach Rom. Diese Nachricht ließ die Welt aufhorchen. Die Griechen jubelten und feierten Dankesfeste am Altar des Herakles, denn sie sahen die dem griechischen Mutterlande drohende Gefahr als beseitigt an und waren fest davon überzeugt, daß die Machtnachfolge Aufstände und Unruhen in dem großen Reich hervorrufen würde und auch, daß der Nachfolger sich mit anderen Dingen als mit Griechenland werde befassen müssen. Aber Darius hatte die von ihm beherrschten Völker so fest zusammengefügt und eine so gute Ordnung in seinem Reich geschaffen, daß keine Störungen aufkamen. Im Gegenteil, sein Sohn Xerxes, der kein Jüngling mehr war — so lange hatte Darius regiert —, soll unverzüglich Sendboten nach Athen und den anderen Städten des griechischen Mutterlandes entsandt haben, um Erde und Wasser zum Zeichen der Unterwerfung zu fordern. Dieses Mal wagten die Athener nicht, die Sendboten in den Brunnen zu werfen, sondern empfingen sie höflich und mit Hochachtung. Einige Städte, denen die Nähe des von dem Perser eroberten Thrazien Angst einflößte, übergaben Erde und Wasser in der Annahme, daß eine so geringfügige Nachgiebigkeitsgeste sie zu nichts verpflichte.

Dies alles geschah ganz in der Ferne. Aber wie sich die Kreise eines ins Wasser geworfenen Steines langsam immer weiter verbreiten, um erst am Ufer des Teiches zu brechen, so verspürte man die Auswirkung des Weltgeschehens auch in Rom. Das persische Reich umfaßte die ganze östliche Welt, von den Steppen der Skythen und von Thrazien bis nach Ägypten und den Strömen Indiens, so daß der Großkönig die ganze Welt als seinen Spielteich betrachtete und er es für seine persönliche Pflicht hielt, alle Länder in dem gleichen Frieden und der gleichen Sicherheit zusammenzufassen, was Kriege für ewig ausschließen sollte. Als ich an all dies dachte, kamen mir die Streitigkeiten Roms und die langsame Ausweitung seines Machtbereiches auf Kosten der Nachbarn so nichtig vor wie das Rechten der Hirten um die Weiden. Auch der innere Machtkampf zwischen den Patriziern und den Plebejern, die, jede Seite für sich, gleich Winkelpatrioten auf ihr Römertum stolz waren, glich nur dem Plumpsen der Frösche in das stehende Gewässer eines Moorteiches.

Ich traf meinen Freund Xenodotos, gleich nachdem er auf einem karthagischen Schiff in Rom eingetroffen war. Er trat gerade aus dem Merkurius-Tempel, wo er ein Opfer für die glückliche Segelfahrt dargebracht hatte. Er hatte die persische Kleidung abgelegt und trug die feinsten, nach der neuesten ionischen Art angefertigten Kleider. Seine Haare dufteten weithin, und seine Füße steckten in silbergezierten Schuhen. Er hatte sogar seinen Krausbart abrasiert. Aber ich erkannte ihn sofort an seinem Gesicht und den Augen, und eilte, um ihn zu begrüßen. Als er mich erkannte, umarmte er mich freudig und rief:

„Ich habe doch Glück, denn ich wollte als erstes dich ausfindig machen, dich, Turms aus Ephesos. Ich brauche deine Ratschläge in dieser fremden Stadt, und auch sonst habe ich mit dir zu reden, sobald wir unter vier Augen sind."

Es gehörte zu meinen Gewohnheiten, mich vor dem Merkurius-Tempel mit anderen Spaziergängern herumzutreiben und die Fremden und die Kaufleute zu betrachten, wenn ich nicht in der Zirkusarena übte oder einen Schüler unterrichtete oder Viehgeschäfte tätigte oder meine Zeit damit vertrieb, den Mädchen in der Suburra die Zunkunft weiszusagen. Dort verspürte ich den Hauch fremder Städte und der Welt außerhalb Roms, ich konnte einen Wink für ein vorteilhaftes Geschäft erhalten und dank meinen Sprachkenntnissen vermögende Reisende herumführen und ihnen nützlich sein. Das erzählte ich aber Xenodotos nicht. Ich ließ ihn bei dem Glauben, daß unsere Begegnung ein Wunder der Götter war.

Ich brachte ihn mit seiner Dienerschaft und seinem Gepäck im Gasthaus der Etrusker unter, das das luxuriöseste und bestgeführte Gasthaus war. Überdies war es für mich von Vorteil, mit dessen Besitzer gut zu stehen. Danach zeigte ich Xenodotos das, was in Rom sehenswert war, aber da er gerade aus Karthago gekommen war, hatte er kein großes Interesse für die Holztempel und die von etruskischen Künstlern bemalten Tonfiguren. Er interessierte sich bedeutend mehr für die römische Staatsform, die wirksam die Wiedereinführung der Alleinherrschaft verhinderte und außerdem die Belange des Volkes gegen die Aristokraten schützte. Die Ordnung und die Zucht der römischen Armee erweckten seine Bewunderung, als ich ihm davon erzählte. Er fand es erstaunlich, daß der Staat den Soldaten keinen Sold zu zahlen brauchte, sondern diese ihre Ausrüstung und ihre Waffen selbst beschafften, die Pferde der Kavallerie ausgenommen, und daß sie es für das Recht und die Pflicht eines Römers hielten, Kriege zugunsten ihrer Heimatstadt zu führen, ohne daß sie jedesmal von der Beute etwas abbekamen. Hier war es Sitte, die Kriegsbeute zugunsten der Staatskasse zu verkaufen, und so groß war die Angst vor der Wiederkehr der Alleinherrschaft, daß der zum Heerführer gewählte Konsul, der aus der Beute Geschenke an die Armee verteilte, sofort verdächtigt wurde, nach der Alleinherrschaft zu streben.

Mein Zimmer in der Suburra wollte ich Xenodotos nicht zeigen. Deshalb sagte ich, daß ich in bescheidenen Verhältnissen in der Nähe Roms in meinem kleinen Landhaus wohne. Er wiederum wollte nicht über seine Angelegenheiten im Gasthaus sprechen, obwohl wir dort speisten und Wein tranken. Deshalb holte ich ihn am nächsten Tage ab, und wir wanderten zusammen über die Brücke auf die andere Seite des Tiber, schauten uns die Gegend und das Vieh an und gingen in mein Lusthäuschen. Er sagte höflich, daß der Fußmarsch ihm gutgetan habe und daß die Landluft angenehm zu atmen sei, aber der Schweiß drang ihm aus allen Poren, und man konnte ersehen, daß er in den vergangenen Jahren seine Füße nicht viel gebraucht hatte. Auch zugenommen hatte er, und seine lebhafte

Neugierde war einer scharfen, kaltblütigen Beurteilung der Dinge gewichen.

Er selbst gab zu, in Susa in die bedeutende Stellung eines Ratgebers über Fragen der westlichen Welt aufgestiegen zu sein. Die persönliche Gunst des neuen Großkönigs Xerxes hatte er sich schon vor dem Tode des Darius gesichert. Im Zusammenhang mit den notwendigen Neuanordnungen und dem Personenwechsel war ihm, trotz seines verhältnismäßig jugendlichen Alters, auf Grund seiner Kenntnisse die Aufgabe zuteil geworden, die Probleme der westlichen Welt außerhalb des eigentlichen Machtbereiches des Großkönigs zu beobachten.

„In Karthago haben wir natürlich unser persisches Haus und unseren Botschafter", sagte er. „Ich komme gerade von dort, ich bin ihm aber nicht unterstellt, wenn ich auch im Einvernehmen mit ihm arbeite. Die Interessen des Großkönigs und diejenigen Karthagos kreuzen sich nicht, sondern ergänzen sich sehr glücklich. Der Rat Karthagos weiß es ganz genau, daß der Handel Karthagos unmöglich wäre, wenn der Großkönig die Häfen des östlichen Meeres sperren würde. Als Schwesterstadt von Tyros müßte Karthago eigentlich dem Großkönig unterstehen. Es hat sich um die bekannte Formalität gehandelt, und zwar um Übersendung von Erde und Wasser an den Großkönig, aber die Kaufleute Karthagos sind auf ihre Unabhängigkeit und auf ihre Machtstellung im Handelsverkehr auf dem westlichen Meer so eingebildet, daß sie es vorläufig nicht taten. Dagegen haben sie sich zu einer unvergleichlich wichtigeren Frage bereit gefunden. Gerade dieser Frage wegen bin ich persönlich aus Susa abgefahren und habe mich den Gefahren und den Unbequemlichkeiten einer ausgedehnten Reise unterworfen."

Er erwähnte beiläufig, daß er ein Haus in Susa und hundert Sklaven für die Versorgung desselben besäße, sowie ein bescheidenes Sommerhaus in Persepolis, wo fünfzig Sklaven ausreichten, um dessen Gärten und Springbrunnen in Ordnung zu halten. Frauen hielte er keine, um Ärger zu vermeiden, welchen die Frauen im Leben des Mannes verursachten. Der Großkönig Xerxes rechnete ihm dies als ein Verdienst an. Hieraus schloß ich, warum und wieso er die Gunst des neuen Großkönigs erworben hatte, wenn er auch feinfühlend genug war, um nicht damit zu prahlen.

Ich meinerseits wollte nicht vermögender erscheinen, als ich war. Ich hatte eine schöne Quelle, umgeben von Zierbäumen, die ich eigenhändig gepflanzt hatte. Ich hatte die Ruhebetten mit Strohpolstern an die Quelle tragen und die heiligen Wollbänder in das Gebüsch spannen lassen. Das Quellwasser diente mir als Weinkühler, und Misme reichte uns die einfachen Speisen des Landmannes, Brot, Käse, gekochtes Gemüse und ein in der Erdgrube gebackenes Ferkel, das ich am morgen als Opfer für Hekate dargebracht hatte. Die sauberen Leinenkissen der Ruhebetten hatte Misme mit Duftgras gefüllt. Das Tafelgeschirr war schwere etruskische Tonware, aber die flachen Trinkschalen waren aus Athen und von einem hervorragenden Künstler bemalt. Ich wollte mit Silberpokalen nicht protzen, obwohl ich auch solche besaß.

Unser Spaziergang hatte den Appetit des Xenodotos stark erregt. Er aß tüchtig und nahm sogar noch zum zweitenmal, so daß Misme gleich von ihm begeistert war. Die alte Sklavenfrau, die vorher wegen der Einfachheit der Speisen große Angst gehabt hatte, weinte vor Freude, als Xenodotos sie zu sich befahl und ihr persönlich seinen Dank für das ausgezeichnete Mahl aussprach. Als ich sah, wie schön und korrekt sich der verfeinerte Weltmann benahm und wie es ihm gelang, das Herz der einfachen Leute zu gewinnen und ihnen eine Freude zu bereiten, begriff ich besser die von ihm erreichte hohe Stellung und begann die persischen Sitten zu verehren.

Nachdem er sich bei der Köchin und Misme bedankt hatte, wandte er sich mir zu und sagte: „Mein Freund Turms, du darfst mein Benehmen nicht für Heuchelei halten. Deine einfachen Speisen schmeckten mir und meiner von zu starken Gewürzen verdorbenen Zunge gut, und der im Quellwasser gekühlte Landwein hatte den Erdgeschmack beibehalten, so daß ich beim Trinken ihn schmecke und mir die Erde vorstellen kann, auf deren Hängen die Trauben gewachsen und gereift sind. Ich spüre den Geschmack des Lehms und der Mineralien, und das mit Rosmarin gewürzte gebackene Ferkel war köstlich."

Ich erzählte, daß es eine etruskische Speise sei, und daß ich die Zubereitungsvorschrift aus Fiesole mitgebracht hätte. Zerstreut zeichnete ich mit einem Stöckchen eine Karte in den Sand, zeigte die Lage der größten etruskischen Städte und erzählte von ihren Reichtümern und Seestreitkräften sowie von den Eisenerzhütten Populonias und Vetulonias. Xenodotos hörte genau zu, prägte alles seinem Gedächtnis ein und fragte unbedenklich von neuem, wenn er etwas nicht begriffen hatte, so daß die Zeit im Nu verging und Misme unseren Veilchenkranz sogar in einen Rosenkranz umtauschen konnte.

Als der starke Duft der ländlichen Gartenrosen unsere Köpfe umschwebte, blickte Xenodotos prüfend um sich, wurde ernst und sagte: „Wir sind Freunde, Turms. Ich will dich weder verleiten noch bestechen. Sage mir nur ehrlich, bist du in deinem Herzen für oder gegen die

Griechen, dann werde ich entweder schweigen oder offen im Vertrauen mit dir reden."

In Ephesos hatte ich Zuflucht gefunden, Heraklit hatte mich erzogen, und ich hatte sogar drei Jahre den Krieg in Ionien mitgemacht. Auch Dorieus war ich gefolgt, hatte für die Griechen geblutet und Narben an meinem Körper davongetragen. Aber wenn ich mein Herz ehrlich prüfte, wußte ich, daß ich den Griechen und ihren Sitten entfremdet war und sie nicht mehr mochte. Sie waren geschwätzig und angeberisch, mißtrauisch und frömmelnd, streitsüchtig und unzuverlässig, ränkesüchtig und schlau, eingebildet bei Erfolg und weinerlich bei Mißerfolg. Nein, ich liebte die Griechen nicht und fühlte mich ihnen gegenüber zu keinem Dank verpflichtet. Ihre Städte fraßen sich gegenseitig auf, und sie duldeten keine hervorragenden Männer unter sich, sondern vertrieben sie lieber. Lediglich die Gewalt der Tyrannen hielt in den großen Städten des Westens ihre Zügellosigkeit im Zaume. Je mehr ich die Etrusker kennengelernt hatte und in ihren Städten gereist war, um so mehr lernte ich es, die Griechen zu meiden. Römer war ich nicht, und meinem Griechentum war ich entfremdet. Ich war ein Fremder auf dieser Erde und kannte nicht einmal meine eigene Herkunft. Ich erklärte: „In vieler Hinsicht muß man die Griechen bewundern, aber im Herzen bin ich ihrer überdrüssig. In diesem Lande jedenfalls sind sie Eindringlinge, die sich mit den Ellenbogen Raum verschaffen. Das Griechentum und der griechische Geist zerfressen alles um sich herum und verderben, was früher bestand."

Ich begreife es eigentlich nicht, woher meine tiefe Verbitterung gegen das Griechentum und gegen die Griechen kam, aber als sie hervorquoll, vergiftete sie mein Gemüt und machte meinen Magen sauer. Waren vielleicht die Demütigungen meiner Jugendzeit in Ephesos schuld daran? Hatte ich mich vielleicht zu lange an Dorieus gebunden, daß ich in ihm nicht mehr den Griechen bewundern konnte? Auch Mikon hatte mich verraten. Sogar die Skythen sagen, daß die Griechen eher zu Sklaven und zu Dienern paßten als zu freien Männern.

Xenodotos nickte zustimmend und sagte: „Ich bin selbst Ionier, aber ehrlich gesagt, vermisse ich meine persische Kleidung und die persische Wahrheit. Der Perser steht zu seinem Wort und verrät seinen Kameraden nicht, aber wir Griechen haben uns daran gewöhnt, sogar unsere Götter mit zweideutigen Versprechungen zu verraten. In der Welt gibt es zwar nichts, was ganz schwarz oder ganz weiß wäre, aber wenn ich der Sache des Großkönigs diene, so glaube ich, auch meinem eigenen Volke am besten zu dienen. Wir haben es ja selbst erlebt und gesehen, daß die Griechen, wenn sie frei sind, sich untereinander wie die schlimmsten Bestien gebärden. Die rivalisierenden Städte, ja sogar die eigenen Volksgenossen fressen einander in ewigem Neid auf. Das griechische Mutterland und vor allem Athen bilden den Unruheherd der ganzen Welt. Die unglückliche Lage des Landes, von allen Seiten vom Meer umgeben und die Kreuzung aller Handelsrouten dort, lassen die Funken der Unzufriedenheit und des Aufruhrs über die ganze Welt sprühen. In Sizilien haben die griechischen Städte den Handel der Phönizier und der Tyrrhener unterbunden und bedrohen das Land Eryx. Du wirst es wohl wissen, daß der neue Tyrann Gelon von Syrakus Himera erobert, Terillos vertrieben und sämtliche früheren Abkommen hinsichtlich der Interessensphären aufgehoben hat. Von dort ist es nur noch ein Schritt zur Unterwerfung Messinas und Rhegions. Danach werden die tyrrhenischen und karthagischen Schiffe nichts mehr in der Meerenge zu suchen haben. Zum Glück bleibt Anaxilaos fest, wohl wissend, daß er, wenn er den Forderungen Gelons nachgibt und die Meerenge auch für andere Schiffe wie für die griechischen sperrt, seine Machtstellung verliert."

„Das ist mir neu", sagte ich neugierig. „Aber ich lebe ja in Rom wie in einem stehenden Gewässer."

Xenodotos erklärte: „In Karthago herrscht eine unerhörte Aufregung über die Vermessenheit der Griechen, die die geschlossenen Abkommen nicht einhalten und den gesamten Handel Karthagos in Sizilien zu unterbinden suchen. Syrakus und Akragas sind viel zu mächtig geworden, um einander ohne einen verheerenden Krieg besiegen zu können. Deshalb haben sich deren Tyrannen miteinander verbündet und die griechischen Städte auf Sizilien untereinander geteilt. Der rohe Gelon und der schlaue Theron beherrschen nunmehr zu zweit das griechische Sizilien. Anaxilaos hat in seiner Not Karthago um Hilfe gebeten und sogar versprochen, seine Frau und seine Kinder als Geiseln auszuliefern, um die Ehrlichkeit seiner Absichten dadurch zu beweisen. Er ist ein hervorragender Politiker und sieht die Freiheit der Meerenge als Grundlage für den vernünftigen Handelsverkehr der Schiffe aller Völker an."

„Außerdem ist er dadurch reich geworden, daß er Steuern auf die Ladung der Schiffe erhoben hat", bemerkte ich. „Sein Vorgehen ist echt griechisch, wenn er sich gezwungen sieht, Hilfe von seinem Erbfeind gegen seine eigenen Stammesgenossen zu erbitten."

Xenodotos errötete und starrte seine gepflegten Hände und seine rotgefärbten Nägel an. „Fraglos ist auch der Perser der Erbfeind Griechenlands", gab er zu, „aber ich halte mich nicht für einen Verräter meiner Stammesgenossen. Das beste in Griechenland und in Ionien dürfte die griechische Kultur sein, ihre Kunst, ihre Dichtung, ihre Philosophie und ihre Lebensart. Aber die griechische Politik ist wie der Krebs in der Leber der Welt. Persien ist der Verfechter der Friedenspolitik und der Ordnung. Der Großkönig ist einer der eifrigsten Freunde der griechischen Kultur. Nach dem staatlichen Untergang Griechenlands wird sich der griechische Geist auf friedlichem Wege ausbreiten und die ganze Welt erneuern."

Er merkte, daß ich von diesem Gedanken nicht so begeistert war wie er, nahm eiligst ein Stöckchen und begann in den Sand eine Karte einzuzeichnen, wie weit die Kriegsvorbereitungen bereits gediehen seien. „Der Großkönig unterwirft Griechenland auf dem Lande", erklärte er. „Deshalb hat er für Persien Stützpunkte in Thrazien gesichert. Die Städte Thessaliens haben seinen Sendboten Erde und Wasser überreicht. Die vereinigte Flotte Phöniziens und Ioniens wird an der Küste entlang einer noch nicht dagewesenen großen Armee folgen, um deren Verpflegung und Verbindungen zu sichern. Über den Bosporus wird eine Brücke aus Schiffen gebaut, die fest wie der Erdboden sein wird. Wegen eventueller Stürme sind in Thrazien Kanäle quer durch die Halbinsel gebaut worden, so daß die Flotte es gar nicht nötig hat, die Landspitzen zu umsegeln und sich aufs offene Meer zu wagen. Seit neun Jahren sind diese Vorbereitungen im Gange. Wenn die Armee den Marsch aus Asien nach Europa antritt, so ist jeder Schritt und jeder Tagemarsch schon im voraus berechnet. Athen treibt zwar eine wilde Agitation in der ganzen griechischen Welt und hat bereits den Ertrag seiner Silberminen für den Bau der neuzeitlichen Trieren verausgabt. Aber in Wirklichkeit herrscht in Athen Verzweiflung und Übergabestimmung, so tapfer sie auch nach außen hin zu scheinen bemüht sind."

Xenodotos lächelte sein schmales Lächeln und fügte hinzu: „Sogar das Orakel von Delphi ist unwissend und gibt zweideutige Antworten."

Er blickte mir prüfend in die Augen und fuhr fort: „Die Eroberung des griechischen Mutterlandes ist das nächste Ziel des Großkönigs. Du weißt es ja selbst, daß die untereinander Krieg führenden Städte arm sind im Vergleich zu den stark gewachsenen und mächtigen griechischen Städten des großen Westens. Die Sendboten Athens und Spartas reisen zur Zeit in ihren stammesverwandten Städten in Sizilien und Italien und betteln um Hilfe, denn im nächsten Sommer schlägt die Schicksalsstunde Griechenlands. So gewaltig sind unsere Vorbereitungen, daß der Zeitpunkt des Angriffs nicht geheimgehalten werden kann. Es liegt im Interesse des Großkönigs, die mächtigen Städte Siziliens durch einen Krieg im Westen zu binden. Wir haben gerade in Karthago ein Abkommen geschlossen, wonach Karthago bis zum kommenden Sommer eine möglichst starke Armee aufstellen und an die Nordküste Siziliens verschiffen wird, zunächst mit dem Ziel, Himera von der Gewaltherrschaft von Syrakus zu befreien. Um aber den Transport einer genügend großen Armee übers Meer sichern zu können, benötigt Karthago unbedingt die Unterstützung der tyrrhenischen Flotte. Besonders vorteilhaft wäre es, wenn auch die etruskischen Städte kampffähige Truppen senden würden, weil die Karthager bessere Kaufleute als Krieger sind. Diese Bitte wird der Rat Karthagos, gestützt auf die traditionelle Freundschaft, dem etruskischen Städtebund vorlegen, wenn die Etrusker im Herbst zusammenkommen, um die Fragen des Bundes zu erörtern."

Er drückte seine Fingerspitzen gegeneinander und bemerkte: „Deshalb bin ich nach Rom gekommen. Diese selbständige Stadt, die sich von allen anderen unterscheidet, ist ausgezeichnet dazu geeignet, um von ihr aus das Land der Etrusker beobachten zu können. Sichtbar kann und darf ich an den Verhandlungen nicht teilnehmen. Nach außen hin handelt es sich lediglich um die eigenen Interessen Karthagos und der Tyrrhener im Abwehrkampf gegen den ständigen Druck der Griechen. Die Etrusker brauchen es gar nicht zu wissen, daß der Großkönig für die Aufrüstung Karthagos Geld zur Verfügung stellt. Es wäre für die eigenen Belange der Etrusker äußerst wichtig, wenn die maßgebenden Männer ihrer Städte den günstigen Zeitpunkt für die Vernichtung des Griechentums im Westen rechtzeitig erkennen würden. Eine solche Gelegenheit wird ihnen die Siegesgöttin zum zweitenmal vermutlich nicht mehr bieten."

Ich nahm das Weingefäß aus der Quelle und füllte unsere Schalen. Die Kuppen der Hügel färbten sich rot, und die Dämmerung legte sich auf die Hänge. In der Abendkühle verspürte man den Duft des Weins und der Rosen stärker. „Xenodotos", sagte ich, „sei ehrlich. Eine so weitgehende und gründliche Aufrüstung und eine so enorme Armee können doch nicht allein den Zweck haben, nur das griechische Mutterland zu erobern? Zum Zerdrücken einer Mücke braucht man keinen Schmiedehammer."

Er lachte verlegen auf, suchte im Dämmerlicht meinen Blick und bekannte: „Sobald Griechenland der Stützpunkt Persiens geworden ist, wird der nächste Schritt natürlich der sein, Truppen auf dem italienischen Festlande zu landen. Wenn Karthago und die Tyrrhener zum vernichtenden Schlag in Sizilien ausholen und imstande sein werden, die Flotten von Syrakus und Akragas zu binden, so würde die persische Flotte genügen, um die Verschiffung der Armee nach dem Westen zu sichern. Aber das soll eine spätere Sorge sein. Der Großkönig wird seine Verbündeten nicht vergessen. Du wirst es wohl wissen, daß er von den ihm freundlich gesonnenen Städten nichts weiter als Erde und Wasser verlangt. Das Ausbrechen eines einzigen Steines aus der Mauer genügt als formelle Anerkennung der Oberherrschaft Persiens."

Es war schon merkwürdig, daß ich, der ich mich als Jüngling mit loderndem Herzen dem Aufruhr gegen die Perser angeschlossen und gegen sie gekämpft hatte, jetzt genau so ohne Bedenken lieber die persische Oberherrschaft in der Welt wählte als das alles Alte zermalmende Griechentum. Aber dieser Entschluß war in meinem Herzen herangereift, und ich traf mit offenen Augen meine Entscheidung und band mich so noch einmal an den Kampf gegen die blinden Kräfte des Schicksals. Bewußt zog ich mir den Sack über den Kopf und ergriff den Knüppel.

Ich berichtete Xenodotos: „Ich habe in den etruskischen Städten Freundschaften geschlossen, und ich fahre gern hin, um mit ihnen zu reden, bevor ihre führenden Männer zusammenkommen, um in Volsin einen neuen Jahresnagel in die Holzsäule des Tempels einzuschlagen. Ich habe gelernt, die Etrusker zu bewundern, und ich hege Hochachtung für sie und ihre Götter. Um ihre eigene Zukunft zu sichern, müssen sie den Feldzug Karthagos unterstützen, wenn sie ihre Herrschaft auf ihrem Meer weiter beibehalten wollen."

Xenodotos schlug die Hände zusammen und rief: „Du wirst deinen Entschluß nicht bereuen, Turms. Und habe keine Angst deinetwegen. Ich habe in Ephesos über dich Auskünfte eingeholt. Der Großkönig trägt dir wegen der Einäscherung des Kybele-Tempels nichts nach. Im Gegenteil, dein Verbrechen paßt ausgezeichnet zu seinen politischen Plänen und verpflichtet ihn zu einem unversöhnlichen Krieg gegen Athen. Es ist zu deinem Vorteil vergessen und ausgelöscht."

Mürrisch sagte ich: „Mein Verbrechen geht nur mich und die Götter an. Die Menschen bitte ich deswegen nicht um Vergebung."

Als er meinen Stolz begriff, wandte er die Unterhaltung geschmeidig und geschickt anderen Dingen zu und erzählte, wie der Südsturm ihn seinerzeit bis nach Poseidonia getrieben und welche Demütigungen er wegen seiner persischen Hosen dort habe erleiden müssen. Aber er lachte nur über diese Erinnerungen und sagte: „Soweit ich es übersehe, wird

Kyme vorsichtig neutral bleiben und ist im eigenen Interesse eher ein Freund als ein Feind der Etrusker. Gleichfalls wird Poseidonia um seiner Lage und seines Handels willen kaum ein Bündnis mit Syrakus einzugehen wagen. Das einzige Fragezeichen bleibt Rom, das aus kleinen Anfängen zu einer Militärmacht aufgestiegen ist."

Ich sagte verächtlich: „Rom hat keine Flotte und hat genug damit zu tun, die Felder seiner Nachbarn einzustecken. Der Senat Roms sieht nicht über die eigenen Grenzpfähle hinaus."

Xenodotos schüttelte den Kopf und entgegnete: „Die große Politik ist komplizierter, als du glaubst, Turms, und die Griechen sind schlau. Rom könnte die Etrusker gerade in dem Augenblick in einen Krieg verwickeln, in dem sie Truppen für Sizilien ausrüsten müßten. Soweit ich es übersehe, sind die Etrusker nicht besonders geneigt, Krieg zu führen. Wenn einer von ihren eigenen Städten Gefahr drohte, würde sie das abhalten, Karthago Hilfe zu leisten."

Ich antwortete überheblich: „Mache dir darüber keine Gedanken, Xenodotos. Rom hat einen zwanzigjährigen Nichtangriffspakt mit Veji geschlossen, und Caere und Tarquinia sind zu mächtig, als daß Rom es wagen würde, sie zu reizen. Die Rivalität zwischen den Griechen und den Etruskern kommt Rom zwar zupaß, und die Römer haben sich griechische Sagen zu eigen gemacht. Aber im Grunde ihres Herzens verachten sie die Griechen und halten sie für Schwätzer und nutzlose Flötenspieler. Viel schwerwiegender ist es jedoch, daß die Etrusker ungern Kriege führen, nicht einmal zur Sicherung ihres eigenen Machtbereiches. Im Norden üben die Kelten einen Druck auf sie aus, im Süden die Griechen, aber sie haben lieber ein Gebiet nach dem anderen abgetreten, als daß sie ihre Kräfte in blutigen Kriegen verschwenden."

Ich dachte an all das, was ich zu sehen bekommen hatte, und erzählte: „Ihre vornehmen Jünglinge sind ausgezeichnete Reiter und Schwertfechter, aber sie dienen in der Kavallerie mehr zu ihrem eigenen Vergnügen als um Krieg zu führen. Ihre Kriegsschiffe sind schmal und leichtgebaut im Vergleich zu den griechischen Trieren. Sie bevorzugen ein arbeitsreiches, aber auch verträumtes Leben, veranstalten Feste zu Ehren ihrer Götter und schauen lieber den heiligen Tänzen und Spielen zu, als daß sie Krieg führen. Die größte Schwierigkeit besteht darin, Freiwillige unter ihnen für eine so fernliegende Expedition wie für den Feldzug nach Sizilien zu werben. Sie werden ihre Volksgenossen zu nichts anderem zwingen können, als zur Verteidigung ihrer eigenen Städte."

Xenodotos sagte: „Du kennst die Verhältnisse dort besser als ich und weißt, wie man vorgehen müßte. Wenn du persisches Gold brauchst, so kannst du davon genügend bekommen. Nachträglich erhältst du dann eine persönliche Entschädigung für jedes tyrrhenische Kriegsschiff und für jeden etruskischen Krieger, der dem Feldzug Karthagos zur Unterwerfung Himeras beitritt, ganz gleich, wie das Unternehmen ausgeht. Die Hauptsache vom Standpunkt des Großkönigs aus ist es, daß Karthago die Kräfte der westlichen Griechen für die Dauer seines eigenen Feldzuges bindet."

„Ich begehre persisches Gold nicht", wehrte ich ab. „Ich habe für meinen Bedarf genug. Es ist klüger, kein persisches Gold in diesen Ländern in Umlauf zu setzen. Die Etrusker sind mißtrauisch und ängstlich auf ihre Würde bedacht. Das beste ist, sich damit zu begnügen, ihnen zu beweisen, daß es sich um die Zukunft ihrer Küstenstädte handelt."

Xenodotos schüttelte verwundert den Kopf und sagte: „Du bist dumm und kein politisch geschulter Mann, Turms. Zum Kriegführen gehört erstens Gold, zweitens Gold und drittens Gold. Alles andere folgt von selber. Aber tue, wie du für richtig hältst. Womöglich wird die Gunst des Großkönigs zu gegebener Zeit für dich wichtiger als das Gold sein."

„Ich trachte nicht nach der Gunst des Großkönigs", widersetzte ich mich eigensinnig. „Auch sonst bin ich nicht deiner Meinung. Gold entscheidet den Ausgang des Krieges nicht, sondern die Manneszucht und die Ausbildung im Waffengebrauch. Im Kriege besiegt der Hungrige und Magere den Reichen und Fettleibigen."

Xenodotos brach in schallendes Gelächter aus und meinte: „Fraglos bin ich dicker geworden und schwitze beim Laufen, aber meine Erfahrungen haben zugenommen, und ich glaube, so gescheiter geworden zu sein, als wenn ich auf elastischen Füßen in den Wäldern der Sikanen gelaufen wäre und auf dem nackten Erdboden geschlafen hätte. Ich bin stets in der Lage, in Zucht aufgewachsene Soldaten zu dingen, die mich vor den mageren Griechen schützen. Der ist verrückt, der selbst zum Schwerte greift. Der Gescheite läßt andere für sich kämpfen und schaut von weitem und aus sicherem Ort dem Ausgang des Kampfes zu."

Seine spöttischen Worte ließen mich den festen Entschluß fassen, selbst den Etruskern nach Himera zu folgen und Seite an Seite mit ihnen mit dem Schwert in der Hand zu kämpfen, so widerlich mir das Blutvergießen an und für sich auch geworden war. Das war ich ihnen schuldig, wenn ich sie schon zur Teilnahme an dem fernen Krieg zu gewinnen suchte. Ich offenbarte diese meine Gedanken Xenodotos nicht, weil er sie nur für lächerlich gehalten hätte.

Immer noch schmunzelnd nahm er eine schwere goldene Kette vom Hals, hängte sie mir um und bat: „Nimm wenigstens diese als Erinnerung an mich und meine Freundschaft. Sie ist aus gleichschweren Stücken zusammengefügt, aber sie tragen nicht den persischen Stempel. Bei Bedarf kannst du jedes Stück einzeln herauslösen."

Die Kette drückte mich am Halse wie eine Fessel, aber ich konnte sie nicht zurückweisen, ohne ihn zu kränken. Irgend etwas in mir sagte, daß ich mich an eine Sache band, die mich nichts anging, aber ich hatte schon so lange ein Leben ohne Zweck und Sinn geführt, daß ich mich nach wirklichen Taten sehnte.

Die Abenddämmerung nahm zu und die Sterne flammten auf, aber Misme hüllte uns in Decken ein, die aus der Wolle meiner eigenen Schafe gewebt waren, und der alte Sklave brachte Kohlengefäße, damit wir unsere Hände und Füße wärmen könnten. Wir blieben bis spät in die Nacht auf, und ich erzählte Xenodotos von Arsinoe. Beim Erzählen sehnte ich mich nach ihr und erinnerte mich an sie so, wie sie in den Stunden gewesen war, in denen sie sich von ihrer besten Seite gezeigt hatte. Aber Xenodotos hatte kein Interesse für Frauen, wenn er auch höflich zugab, daß Arsinoe die eigenartigste unter allen Frauen war, denen er begegnet sei.

4.

Xenodotos blieb in Rom, und ich fuhr nach Tarquinia, um Lars Arnth Velthuru zu treffen. Trotz seiner Jugend begriff er sofort die Wichtigkeit der Angelegenheit und die sich daraus bietenden Vorteile für die Belebung der geschwächten Seemacht der Etrusker und für die Ausschaltung der griechischen Rivalität. Er sagte:

,In den großen Binnenstädten gibt es junge und ehrgeizige Männer, die das Alte nicht mehr befriedigt. Auch gibt es abgehärtete Hirten und Bauern, die nicht davor zurückschrecken, ihr Leben aufs Spiel zu setzen, um mit einem Schlag im Krieg mehr zu gewinnen als sie im Laufe ihres ganzen Lebens durch ihrer Hände Arbeit als Diener anderer zusammensparen könnten. Unsere großen Inseln werden wohl kaum Schiffe abtreten können, weil sie diese mitsamt den Besatzungen zum Schutz der Inseln und Gruben benötigen. Aber die Eisenmagnaten Populonias und Vetulonias werden ihre eigenen Belange wahrnehmen und danach handeln, und Tarquinia kann zumindest zehn Kriegsschiffe ausrüsten."

Er führte mich zu seinem Vater Aruns Velthuru, der die überlieferten Sitten so weit ehrte, daß er es nicht gestattete, ihn zum Lukumo zu ernennen, sondern lieber einen Rat Tarquinia regieren ließ. Einem so vornehmen Manne war ich noch nie begegnet. Er empfing mich trotz seiner hohen Stellung freundlich und verständnisvoll, da ich nun schon zu ihm vorgelassen worden war. Ich erklärte ihm mit Hilfe einer Karte den Feldzugsplan des Großkönigs und wiederholte die Worte Xenodotos, daß sich eine ebenso günstige Gelegenheit zur Unterwerfung der Griechen kaum jemals mehr bieten würde.

Mit schmalem und zeitlosem Gesicht hörte er mir aufmerksam zu und sagte schließlich: „Es wird meiner Ansicht nach nicht der Wille der Götter sein, daß nur ein einziger Mensch oder ein einziges Volk die gesamte Welt beherrscht. Die Völker halten sich gegenseitig im Gleichgewicht und wachsen und entwickeln sich dank dem gegenseitigen Wettbewerb. Alle Völker sind gleichwertig, und die Leiden der Menschen sind die gleichen, ob es sich nun um Etrusker oder Griechen, um Mischlinge oder Schwarzhäutige handelt. Die Völker wachsen wie die Wogen und sinken wieder herab. Für jedes Volk und für jede Stadt ist die Zeit ihres Wachstums, ihrer Blüte und ihres Welkens genau abgemessen. Die etruskischen Städte sind nicht besser oder wichtiger als die griechischen, wenn wir auch vielleicht mehr von den Göttern wissen als die anderen Völker. Zehn Jahre kann der Mensch an zusätzlichem Alter von den Göttern einhandeln und hundert Jahre ein Volk oder eine Stadt, mehr aber kann niemand erhalten."

Seine bedeutsamen Worte machten einen tiefen Eindruck auf mich, aber Lars Arnth wurde ungeduldig und sagte vorwurfsvoll: „Mein Vater, du bist schon alt und stehst der neuen Zeit nicht mit dem gleichen lebhaften Verständnis gegenüber wie wir Jüngeren. Die Frage der griechischen Herrschaft auf den Meeren und auf dem Lande ist für uns eine Frage von Leben und Tod. Neben den Griechen kann kein anderes Volk in Frieden leben und als gleichwertig Handel treiben. Karthago und wir verehren verschiedene Götter und haben verschiedene Sitten, und die Hautfarbe der Karthager ist rotbraun und von der unsrigen verschieden, aber mit Karthago können wir in Frieden nebeneinander leben und uns in vernünftigen Verhandlungen über alles einigen. Die Griechen bringen den Fanatismus, die Unruhe, die Gier, den Dünkel und den Krieg mit sich und halten sich selber für besser als andere Völker. Falls Karthago sich zum Krieg gezwungen sieht, müssen wir Karthago unterstützen. Tun wir es, so müssen wir dies entschlossen und mit allen Mitteln tun.

Ob wir gut oder böse, friedlich oder kriegerisch handeln, auf jeden Fall werden wir es schwer zu spüren bekommen, falls der Ausgang des Krieges so unglücklich sein sollte, daß Karthago eine Niederlage erleidet."

Sein Vater seufzte und sagte: „Du bist noch sehr jung, mein Sohn Arnth. Derjenige, der zum Schwert greift, kommt durch das Schwert um. Wir bringen den Göttern keine Menschenopfer mehr dar."

Arnths schmale Finger ballten sich zur Faust, und er knirschte mit den Zähnen, aber er neigte sein stolzes Haupt vor seinem Vater. Der Vater lächelte das feine, wehmütige Lächeln eines alten Etruskers und stellte fest:

„Dies ist eine politische Frage und die Entscheidung muß der Rat fällen. Wenn du es für so wichtig hältst, darfst du statt meiner im September nach Volsin fahren. Warum sollte ich mich in etwas hineinmischen, was doch geschehen muß und was ich nicht verhindern kann."

Auf diese einfache Art erhob Lars Aruns seinen Sohn zum stellvertretenden Regenten Tarquinias. Seine Grabstätte war ja schon fertiggestellt und mit den ewigen Gemälden des Künstlers Aruns geschmückt, und er spürte kein Verlangen, noch weitere zehn Jahre den Göttern abzuringen, die für einen Herrscher mehr Belastung als Freude bedeuten. Diese Jahre ist man gezwungen für andere statt für sich selbst einzulösen. Deshalb sind sie für einen alten Mann eine Last. Da unsere Unterhaltung zu diesem völlig unerwarteten Ergebnis geführt hatte, stand Lars Aruns auf, legte seine Hände leicht auf meine Schultern und grüßte mich: „Ich bin froh, dir begegnet zu sein, Turms. Vergiß mich nicht, wenn du in dein Reich kommst."

Lars Arnth stutzte bei diesen Worten genau so wie ich, aber die gleichen Worte hatte Lars Alsir einst in Himera mir übermitteln lassen, und ich hielt sie lediglich für einen alten Gruß, der zum Zeichen einer besonderen Freundschaft verwendet wurde. Erst später begriff ich, daß Lars Aruns Velthuru wußte und mich erkannte und mich für den Sendboten der Götter in dieser Angelegenheit hielt. Deshalb trat er lieber von seiner Machtstellung zugunsten seines Sohnes zurück, als daß er sich in eine Sache einmischte, die ihm unsympathisch war.

In Sachen Xenodotos brauchte ich mich nicht mehr anzustrengen, denn Lars Arnth machte die Angelegenheit zu seiner eigenen und reiste selbst und schickte seine Freunde in die entlegenen etruskischen Städte, um den Boden dort vorzubereiten. Bei der Ankunft der Sendboten Karthagos, die durch Tarquinia zu der Zusammenkunft des Städtebundes nach Volsin reisten, war man schon auf ihre Bitte um Hilfe vorbereitet und die Stimmung zu deren Gunsten bearbeitet. Ich hielt es für besser, nicht in die heilige Stadt der Etrusker zu fahren, und blieb daher in Tarquinia, wo ich die Entscheidungen des Städtebundes abwartete.

Während dieser heiligen Feste wurden zwölf Tage den Göttern geweiht, sieben Tage für die innerpolitischen Besprechungen verwendet und drei Tage für die Entscheidung in außenpolitischen Fragen. Die Auseinandersetzungen über den Beistandspakt mit Karthago, der sich gegen die Griechen Siziliens richtete, spitzte sich zu einem Streit zwischen Alt und Jung zu, und die beiden lebenden Lukumoiden lehnten es ab, ihre Stimme bei der Abstimmung abzugeben, weil ein Lukumo ein Friedensfürst ist. Es wurde beschlossen, daß jede Stadt des Städtebundes selbst entscheiden solle, ob sie Karthago Hilfe leisten wolle oder nicht und ob dies im Namen der Stadt oder durch Werben von Freiwilligen geschehen solle. Die beiden heiligen Lukumos gaben sofort bekannt, daß ihre Städte, Volterra und Volsin, es nicht einmal gestatten würden, daß in ihrem Gebiet Freiwillige für den Krieg geworben werden. Aber sie waren Binnenstädte, und in dieser Frage war die Entscheidung der Küstenstädte von größerer Bedeutung.

Nach der Sitzung sammelten die Sendboten Karthagos von den Vertretern und Regenten der verschiedenen Städte bindende Zusagen für ihre Hilfeleistung ein. Veji versprach zweitausend Schwerbewaffnete, Tarquinia seine Kavallerie und zwanzig Kriegsschiffe, Populonia und Vetulonia beide je zehn Kriegsschiffe und die Binnenstädte jede wenigstens fünfhundert Mann mit Ausrüstung zur Verfügung zu stellen. Die Zusagen der einzelnen Städte wurden als Mindestzahl angesehen, und die Jungen glaubten, noch im Laufe des Winters das Volk so weit dafür begeistern zu können, daß die endgültige Hilfstruppe bedeutend größer sein würde. Nach allem konnte man den Schluß ziehen, daß es das größte Unternehmen der etruskischen Seestreitkräfte werden würde, seitdem ihre Flotte vor einem Menschenalter die doppelt so starke Flotte Phokaias an der sardinischen Küste vernichtet hatte, wodurch das Eindringen der Griechen auf ihre großen Inseln verhindert wurde. Nach der Vernichtung der Flotte Phokaias war es ihnen ein leichtes, die griechischen Landetruppen zu schlagen und ihre Gruben zu retten.

Die Beschlüsse waren geheim, aber in allen etruskischen Küstenstädten lebten griechische Handwerker und gebildete Kaufleute, und die großen Städte des Westens hatten politische Beobachter in den etruskischen Städten, die Nachrichten über Handel und Seefahrt sammelten. Viele vornehme Etrusker waren durch Bande der Gastfreundschaft mit ihnen verbunden und hatten auch selbst die griechischen Städte bereist. Da sie die griechische Kultur höher schätzen als ihre eigene, erzählten sie ihren Freunden von der den Griechen drohenden Gefahr und taten, was sie konnten, um das Rüsten zu verhindern. Sie stellten sogar aus den Binnenstädten ankommende Freiwillige für ihre eigenen Dienste an, um diese so daran zu hindern, in den Krieg zu ziehen, und im Laufe des Winters kamen in den etruskischen Küstenstädten Brandstiftungen und Tumulte der Seeleute vor, die Unruhe hervorriefen und dem Rüsten für den Krieg schadeten.

Dies geschah aber erst später. Bei meiner Rückkehr nach Rom aus Tarquinia brachte ich Xenodotos nur gute Nachrichten mit und war davon überzeugt, daß die Etrusker Karthago so entschlossen wie nur möglich, trotz der Bedenken der Alten, beistehen würden. Von Arnth hatte ich die Abschrift des Geheimabkommens erhalten. Xenodotos war beim Anblick desselben höchst begeistert und meinte, sie übertreffe seine kühnsten Hoffnungen.

„Und all das bringst du mir als Geschenk mit", rief er aus. „Was soll ich nun mit meinen Stierköpfen aus Gold tun, die ich mit soviel Mühe mit mir geführt habe?"

Er hatte nach uralten griechischen Modellen gegossene, ein Talent wiegende Stierköpfe bei sich, die als Zahlungsmittel in Karthago im Umlauf waren, wenn er sie auch in der Flußmündung Roms versteckt hatte, damit er wegen solch riesiger Reichtümer nicht den Verdacht des Senats erregte. Lachend sagte ich zu ihm, daß er die Stierköpfe wieder dorthin bringen solle, woher er sie habe, und fügte stolz hinzu, daß dieser Krieg ein eigener Krieg der Etrusker sei und daß niemand sie dazu bestochen oder gezwungen habe. Mit den Augen der Etrusker gesehen, verwickelte der Großkönig das griechische Mutterland im Osten in einen Krieg, so daß es den Tyrannenstädten auf Sizilien keine Hilfe schicken könnte.

Aber Xenodotos beteuerte, daß der Schatzverwalter des Großkönigs in Susa es gar nicht verstehen würde. Er, Xenodotos, käme in Verdacht und seine mitgebrachten Nachrichten würden als wertlos angesehen werden, wenn er die erhaltenen Stierköpfe zurückbrächte und abrechnete. Der Großkönig würde den Verdacht hegen, daß er untätig in irgendeinem Hafen gelegen habe, und es gezieme seiner Würde nicht, die als Geschenke gedachten goldenen Stierköpfe zurückzunehmen.

„Dieser Reichtum ist mir nur eine Last, nachdem ich meine Sache erledigt habe", beteuerte er. „Der Transport desselben macht Mühe, und der Schatz bringt mich nur unnütz in die Gefahr, ausgeplündert zu werden. Ich konnte es mir gar nicht vorstellen, daß alles so reibungslos und einfach verlaufen würde. Im Gegenteil erwartete ich, daß du zurückkommen und zu feilschen beginnen würdest und daß jede sich dem Krieg anschließende Stadt übermäßige Hilfsleistungen für die Ausrüstung der Schwerbewaffneten und für den Bau von Kriegsschiffen fordern würde. Ich weiß wirklich nicht, was ich tun soll."

Ich sah es ein, daß es nutzlos sei, wenn er das Gold mühevoll nach Susa zurückbringen würde. Deshalb schlug ich vor, daß wir einige Schiffsladungen Eisen in Polonia kaufen und einen Mann dingen sollten, der die Küste Siziliens kennt, um die Waffen den Sikanen zu bringen. Hiuls war zwar erst ein halbwüchsiger Junge, und ich hatte in all diesen Jahren nichts von ihm gehört. Aber das Eisen würde sein Ansehen bei den Sikanen noch verstärken, und als Sohn des Dorieus würde er am besten wissen, wozu Eisen zu verwenden sei. Die Sikanen könnten ja als Wegführer für die Armee Karthagos dienen oder die Griechen Siziliens dadurch binden, daß sie Raubzüge in das Gebiet von Akragas unternehmen.

Einige Stierköpfe könnte er doch ganz im geheimen nach Tarquinia an Lars Arnth schicken, der ein gescheiter Jüngling war und mit diesen ein paar moderne Kriegsschiffe bauen lassen könne. Er könnte doch leicht über Kyme Zeichnungen von den Trieren der Athener kaufen, weil die prahlsüchtigen Athener ihre neuen und starkgebauten Trieren nicht geheim hielten, sondern im Gegenteil stolz auf sie waren.

Über das alles einigten wir uns und führten es durch, aber ein Talent Gold wollte er mir auf jeden Fall schenken, wenn nicht anders, so zur Deckung eventueller unerwarteter Ausgaben. Er schickte seinen zuverlässigen Kastraten, das Gold aus dem Versteck in der Flußmündung zu holen, und wir wickelten es in eine Ochsenhaut und gruben es in die Erde in der Nähe der Quelle meines Lusthäuschens ein, damit er vom Versteck wüßte, falls ich sterben sollte. Wir trennten uns als Freunde, nachdem wir eine ganze Nacht durch auf das Wohl der Etrusker und des Großkönigs getrunken hatten. Am folgenden Tag segelte Xenodotos von der Flußmündung aus auf seinem Schiff nach Karthago und gelangte nach einer stürmischen Fahrt im Spätherbst nach Ephesos und dann auf dem Landwege nach Susa. Er mußte Sizilien umsegeln und über Karthago fahren, weil der Tyrann Gelon von Syrakus schneller war, als es Karthago gewesen ist, überraschend Messina besetzt und seinen treuen Diener und hervorragenden Krieger mit Namen Kadmos dort als Tyrannen eingesetzt hatte. Syrakus konnte so die Meerenge sperren und Anaxilaos mußte sich mit Rhegion begnügen.

Der Rat Karthagos wählte Hamilkar zu seinem höchsten Heerführer und erkannte ihn für die Dauer des Krieges als Diktator an. Er war der Sohn des berühmten Seefahrers Hanno, desselben Mannes, dessen Expeditionen das Weltmeer jenseits der Säulen des Herkules bis zum Algenmeer erforscht hatten; im Süden hatten sie ein Land erreicht, wo Feuerströme ins Meer stürzten, so daß das Wasser dort kochte, und im Norden waren sie an der Zinninsel vorbei so weit gesegelt, wo das Meer mit Eis schon bedeckt war. Hamilkar war ein ehrgeiziger und organisatorisch begabter Mann und warb im Laufe des Winters Truppen aus den Hinterländern aller karthagischen Kolonien an bis nach Iberia, so daß alle Völker und Hautfarben in der Armee Karthagos vertreten waren. Aber jedes Volk war gewöhnt, auf seine eigene Weise zu kämpfen, verwendete verschiedenartige Waffen und Leder- oder Knochenpanzer, und die verschiedenen Sprachen und die vielen Arten von Kost und Verpflegung riefen ein großes Durcheinander hervor. Die Ausrüstung der Griechen war einheitlich, sie waren geschult, in beweglicher Front auf offenen Feldern zu kämpfen, und ihre Schwerbewaffneten trugen Metallpanzer und Metallschilde. Während des Winters ließen Gelon und Theron, untereinander wetteifernd, neue Trieren sowohl in Syrakus als auch in Akragas bauen. Nach den uns zugegangenen Meldungen würde Syrakus etwa hundert Trieren bei den Übungen auf See im Frühjahr haben. Aber der Großkönig konnte insofern sein Ziel erreichen, als kein einziges Kriegsschiff und kein einziger Mann aus Sizilien oder aus den griechischen Städten Italiens dem Mutterlande zu Hilfe segeln konnte, obgleich Athen und Sparta ihre Stammesgenossen angstvoll wiederholt und dringend um Hilfe gebeten hatten.

Die in den etruskischen Küstenstädten aufgetretenen Schwierigkeiten erwähnte ich bereits, aber die schlimmste Überraschung bestand darin, daß der römische Senat völlig unerwartet gleich im Frühjahr den Nichtangriffspakt mit Veji kaltblütig brach und einen blutigen Speer in das Gebiet Vejis werfen ließ. Als Grund gaben die Sendboten Roms gewisse Grenzverletzungen an, aber dies war nur ein Vorwand, weil doch unter den Hirten im Frühjahr stets Streitigkeiten wegen der Weiden aufkamen, die man auch jetzt durch Verhandlungen hätte beilegen können, wie es früher der Fall gewesen war. Der Angriff Roms auf das Gebiet von Veji band durch den Krieg die von Veji zugesagten Truppen, und Rom war nach der Unterwerfung der Volsker so stark, daß es in der Lage war, gleich zwei Armeen in Bewegung zu setzen, von denen die eine die Grenzgebiete von Caere und Tarquinia drohend durchstreifte.

So geheim und schlau hatten die Griechen auch ihre Verhandlungen mit den Konsuln und den machthabenden Männern des Senats geführt, daß ich vor der öffentlichen Kriegserklärung nicht das geringste von der Sache erfahren hatte. Das war das größte Unglück, das der Sache der Etrusker widerfahren konnte, denn zwangsläufig ließ es die Zahl der Expeditionsteilnehmer nach Sizilien fast auf ein Nichts zusammenschrumpfen. Der Rat Tarquinias wagte nicht, die Kavallerie der Stadt übers Meer zu schicken, noch weniger wagte es Caere.

Ich hätte die Sache kaum verhindern können, wenn ich davon auch im voraus etwas zu hören bekommen hätte, auch hätte ich mit den goldenen Stierköpfen den Frieden nicht erkaufen können, weil der römische Senat unbestechlich war. Durch die von Rom überraschend geschaffene Kriegsgefahr wurde die Abfahrt der etruskischen Expedition verzögert, denn die in dem Hafen von Tarquinia versammelte Flotte war gezwungen, Nachrichten über die Entwicklung der Kriegshandlungen auf dem Gebiete von Veji abzuwarten. Diesmal vermieden die Römer absichtlich und gegen ihre Gewohnheit den Entscheidungskampf und begnügten sich damit, Land von Veji zu rauben und die Truppen zu binden. Erst als dies offenbar wurde und wir es begriffen hatten, daß es den Griechen auf irgendeine Weise gelungen war, Rom zu einem Krieg anzustacheln, lediglich um die Etrusker zu binden, brachen wir auf und segelten ab, um die karthagische Flotte an der Küste Siziliens zu treffen. Wir hatten vierzig leichte Kriegsschiffe, drei Trieren und auf den Frachtschiffen etwa zweitausend Mann Truppen, von denen die meisten Schwerbewaffnete und nach griechischem Muster für Schwert, Schild und Speer ausgebildete Männer waren. Kavallerie wurde uns nicht mitgegeben, und Lars Arnth konnte auch nicht mitgehen. Tarquinia benötigte seine Kavallerie zur Sicherung der Grenzen gegen einen etwaigen Angriff der Römer.

Es war schon Spätsommer, als unsere Flotte Landfühlung mit der sizilianischen Küste bekam, aber die karthagische Flotte machte ihre Sache so gut, daß wir, ohne von den Griechen belästigt zu werden, direkten Kurs auf Himera einschlagen und unsere Schiffe am Ufer von Himera an Land ziehen konnten. Hamilkar hatte als erstes den Hafen und die Flußmündung erobert, um einen Landungsplatz für die Truppen zu haben, und die Stadt eingeschlossen, um den unzufriedenen Söldnertruppen den anstrengenden Marsch durch das Land Eryx über die Berge und durch die Wälder der Sikanen nach Himera zu ersparen. Das war eine glänzende Leistung der karthagischen Flotte, wenn man bedenkt, daß die Kriegsschiffe von Karthago unzähligen langsamen Frachtschiffen Schutz und

Geleit gewähren mußten. Aber, einige ungefährliche Störangriffe ausgenommen, waren die Kriegsschiffe von Akragas und Syrakus unsichtbar geblieben.

Nachdem wir gelandet waren, teilte Hamilkar seine Kriegsschiffe ein, so daß ein Teil die Küste bis zur Meerenge von Messina auszukundschaften und der andere Teil die Seeverbindungen über Panormos und Eryx nach Karthago zu schützen hatte. Was hätte er auch anderes tun können? Er mußte unbedingt Fühlung mit der feindlichen Flotte bekommen und gleichzeitig für den Nachschub seiner Armee sorgen, denn das Söldnerheer Karthagos zählte mehr als dreißigtausend Mann, und ihr Kriegslager erstreckte sich in der Umgebung Himeras weiter, als das Auge reicht. Der Truppe folgte ungefähr die gleiche Anzahl lockeres Volk, Sklaven, Lagerweiber, Priester, Wahrsager, Händler, Kastrierte, Tänzer, Musikanten und sonstiges untaugliches Volk, das nur darauf wartete, den Tagessold der Truppen in ihren eigenen Sack zu sammeln.

Abseits von den anderen, im Schutze des Waldes, hatten etwa tausend Sikanen ihr Lager aufgeschlagen. Die gemäß des Abkommens als Hilfstruppen an Hamilkar angeschlossenen Männer aus Segesta wunderten sich sehr darüber, woher die Sikanen ihre ausgezeichneten Metallschilde und Eisenwaffen erhalten hätten. Diesesmal sahen sie es nicht als etwas Verbotenes an, weil die Sikanen von sich aus sich ihnen angeschlossen hatten, um mit ihnen Seite an Seite gegen die Griechen zu kämpfen.

Ich ließ die etruskischen Befehlshaber zurück, die mit Hamilkar und seinem Stab über die Verlegung der Truppen verhandelten, und eilte geradenwegs in das Lager der Sikanen. Nur im Vorbeigehen betrachtete ich mit gewisser Wehmut die bekannten Mauern Himeras. Die karthagischen Sachverständigen hatten bereits Belagerungstürme und Sturmböcke in der Entfernung von einem Speerwurf vor der Mauer aufgestellt. Dann schmolz mein Herz, als ich die ersten in Tierfelle gehüllten Sikanen mit ihren in Streifen schwarz, rot und weiß bemalten Gesichtern und Armen sah. Sie waren sehr erstaunt, als ich sie in ihrer eigenen Sprache anredete, und führten mich eiligst zu ihrem geweihten Opferstein, um den sich die Führer der verschiedenen Stämme, mit den Holzmasken auf dem Kopf, versammelt hatten. Unter ihnen sah ich einen geradegewachsenen Jüngling, und in seiner Hand meinen Schild, so daß ich ihn trotz der Wolfsmaske sofort erkannte und auf ihn zueilte, um ihn zu umarmen.

Hiuls war noch keine dreizehn Jahre alt. Seine Jugend machte ihn mißtrauisch und empfindlich in bezug auf seine Würde. Er entzog sich abwehrend meiner Umarmung, und die Führer der Sikanen schrien vor Wut, weil ich so ohne jegliche Ehrfurcht ihren Erkle berührte. Nachdem Hiuls begriff, wer ich war, nahm er seine Maske vom Kopf, befahl mir Fleisch und Fett zu bringen und dankte mir für die Waffen, die ich ihm geschickt hatte und die auf Geheimwegen von der Küste aus in den Besitz der Sikanen gelangt waren, ohne verlorengegangen zu sein.

Er erklärte: „Der karthagische Hamilkar ist ein großer Krieger, und mit ihm ist der mächtige Baal sowie andere Götter. Wir Sikanen kommen zum erstenmal als eine geschlossene, geordnete Truppe aus unseren Wäldern, um ihm beim Kampf gegen die Griechen beizustehen. Aber wir dienen nur unseren eigenen Göttern und haben uns weder an die Götter Karthagos noch an die der Elymier gebunden. Der Krieg ist gut für mein Volk, damit wir lernen, in einem richtigen Krieg in richtiger Weise zu kämpfen, und außerdem möchten wir uns an der Beute bereichern. Aber nach dem Krieg kehren wir wieder in unsere Wälder und Berge zurück, ohne uns mit den Karthagern zu vermischen und ohne Freundschaft mit den Elymiern zu schließen."

„Du bist Erkle", sagte ich. „Du mußt für dein Volk Entscheidungen treffen. Gleich, was geschieht, denke nur an das Wohl deines Volkes. Ich dränge dir meine Ratschläge nicht auf. Du bist der König, nicht ich."

Als er merkte, daß ich ihn nicht zu bevormunden suchte oder Forderungen für die als Geschenke übersandten Waffen stellte, wurde Hiuls ganz versöhnlich. Er setzte sich auf seinen Schild und kreuzte die Beine. Er ließ die Sikanen in Gruppen von zehn Mann in Waffen an uns vorbeilaufen und sie wieder mit den Schatten des Waldes verschmelzen. Zufrieden zeigte er, wie seine Männer den Speer werfen konnten, aber er vermutete, daß sie im Ernstfalle im offenen Kampf ihre Schilde wegwerfen würden, weil sie sich noch nicht daran gewöhnt hatten, sich mit dem Schilde zu schützen, sondern den Schild unbequem und lästig fanden.

Das Wiedersehen mit den Sikanen wärmte mein Herz, und ich trank ein Tröpfchen von dem Gifttrank zusammen mit ihren Priestern, so daß ich wieder einmal durch die Baumstämme und Steine hindurchsehen konnte. Aber an den heiligen Tänzen nahm ich nicht teil, wenn mir auch das Recht zustand, die Hirschmaske auf den Kopf zu setzen. Ich übernachtete in ihrer Art auf der nackten Erde wie einst, aber ich war schon verweichlicht und an die Bequemlichkeiten des Lebens gewöhnt und bekam als Lohn lediglich einen erbärmlichen Schnupfen. Danach hielt ich es für klüger, am Ufer auf den etruskischen Schiffen zu übernachten.

Ich wurde als Dolmetscher und Vermittler bei den Verhandlungen zwischen Hamilkar und den etruskischen Befehlshabern verwendet. Nach den Nachrichten, die Hamilkar sich beschafft hatte, gab es in Himera mehr Truppen aus Syrakus als diejenigen, die auf den Mauern zu sehen waren. Deshalb war er nicht für einen Sturmangriff auf die Mauer. Andererseits stießen die Hauptstreitkräfte von Syrakus und Akragas schnell gegen Himera vor, und lediglich einige Sikulenstämme hatten es gewagt, zu rebellieren, Verhaue anzulegen und von den Bergen Steinblöcke in die Schluchten zu wälzen, um den Vormarsch der Griechen zu stören. Aus Rache steckten die Griechen die Dörfer der Sikulen an, töteten das Vieh und fällten ihre Obstbäume. Hamilkar hatte noch keine genauen Nachrichten erhalten, aber er vermutete, daß die Zahl der Griechen nicht einmal die Hälfte seiner Truppen betragen könne. Statt dessen hatten die Griechen mehr Schwerbewaffnete und Kavallerie.

Nun standen wir vor der Entscheidung, ob wir in aller Eile erst Himera erobern und danach gegen die griechischen Hauptstreitkräfte vorgehen sollten, um ihnen in dem von uns selbst bestimmten Gelände zu begegnen, oder ob wir uns verschanzen und Himera belagern und es den Griechen überlassen sollten, uns anzugreifen und den Zeitpunkt des Kampfes zu bestimmen. Der Entschluß wurde uns am stärksten durch die Tatsache erschwert, daß das Geschwader der karthagischen Flotte an der Einfahrt in die Meerenge keine Fühlung mit der Flotte von Syrakus bekam. Die griechischen Trieren waren vom Meer verschwunden, und Hamilkar befürchtete sehr, daß sie es versuchen würden, überraschend seine Nachschubverbindungen abzuschneiden. Davor hätte er mehr Angst, sagte er, als vor dem Kampf gegen die griechischen kleinen Landstreitkräfte, weil sein Söldnerheer genug Fleisch und Wein bekommen müßte, um kampffähig zu bleiben.

Er hatte eine so große Hochachtung vor dem Ruf der Etrusker als Kämpfer, daß er uns bat, im bevorstehenden Kampf die Mitte seiner Front zu bilden. Das war eine hohe Ehre für uns, aber es ließ in mir den Verdacht aufkommen, daß Hamilkar kein so großes Vertrauen zu den aus verschiedenen Ländern und Völkern zusammengewürfelten Söldnertruppen besaß, wie er vorgab. Vorwurfsvoll gab er uns zu verstehen, daß wir durch unsere geringe Zahl die Bedingungen des im Herbst von den Etruskern geschlossenen Mindestabkommens verletzt hatten. Wenn er das gewußt hätte, dann hätte er sich nicht gebunden, unsere Ankunft mit seiner Flotte zu schützen, sondern die Kriegshandlungen energisch auf eigene Faust begonnen. Dadurch, daß er von Tag zu Tag auf uns hätte warten müssen, war sehr viel Zeit verlorengegangen. Wir müßten es doch begreifen, welche enormen Summen jeder untätige Tag Karthago kostete.

Er hatte schon gerechten Grund für seinen Tadel, und unsere Hilfsexpedition bereitete Hamilkar vielleicht mehr Zeitverlust als Nutzen. Aber was geschehen war, konnte nicht mehr rückgängig gemacht werden. Ich ließ den etruskischen Befehlshabern sagen, daß wir uns über das Purpurzelt Hamilkars, die Ruhebetten aus Elfenbein, die hohe Zahl der ihm dienenden Sklaven, über die silbernen und goldenen Gefäße und Götterbilder, deren Transport den Raum vieler Frachtschiffe gefordert habe, wunderten. Ich selbst sagte, daß ich mich bei Besichtigung des Lagers über die Zahl des losen Gesindels gewundert hatte und feststellen konnte, daß die karthagischen Truppen mehr Wert auf die Bequemlichkeiten des Daseins legten als auf das Ausrüsten des Lagers und die Maßnahmen für die Belagerung.

Hamilkar rief Baal und andere Götter an, erflehte von ihnen Geduld und erklärte: „Ich bin an dieses Ufer und diesen Hafen gebunden. Ich würde gern gegen die Griechen aufmarschieren, um ihnen auf dem von mir selbst gewählten offenen Feld entgegenzutreten, aber ich kann meine Schiffe nicht im Stich lassen. Die Mauern Himeras sind hoch, und meine Neger und Lybier sind nicht gewöhnt, Gräben auszuwerfen. Die Belagerungstürme und Sturmböcke sind aufgestellt, aber ich darf meine Truppen nicht zu sehr anstrengen. Ein Sturmangriff würde mit fürchterlichen Verlusten und Mutlosigkeit verbunden sein. Es ist doch besser, daß meine Truppen satt und guten Mutes den Göttern Karthagos vertrauen, als daß sie schmutzig mit schmerzendem Rücken Gräben aufwerfen und Rammen in die Erde einschlagen müßten."

Ich erzählte, daß die Römer die Gewohnheit hätten, sofort nach dem Halt ihr Lager mit Schutzgräben und Pfahlwerken zu umgeben, ohne auf die daraus entstehenden Mühen Rücksicht zu nehmen. Aber Hamilkar sagte schroff: „Meine Art der Kriegführung ist diejenige Karthagos. Ich glaube, meine eigenen Truppen besser zu kennen als du, Fremder."

Er bemerkte noch, daß er Vertreter des Rates von Karthago in seinem Lager hätte, deren Ideen er trotz seiner Diktatur formell befolgen müsse. Sie würden es kaum dulden, wenn er die Truppen zwingen würde, ihre neuen Kleider schmutzig zu machen und ihre teuere Ausrüstung zu besudeln, die Karthago mit großen Opfern angeschafft habe. Das Gesindel würde er im Zaume halten, meinte er, und bat uns, uns die an den verschiedenen Seiten des Lagers aufgestellten blutigen Prügelpfähle und die abgeschlagenen Köpfe anzusehen.

Hamilkar war ein verfeinerter und schöner Mann in den besten Jahren. Seine Haut war weißer als gewöhnlich bei den Phöniziern, weil seine Mutter eine Griechin aus Syrakus war. Als Sohn des Hanno stammte er aus einem heiligen Geschlecht, und die Söldnertruppen glaubten fest daran, daß er in der Einsamkeit seines Zeltes persönlich den Göttern Karthagos begegne und von ihnen Ratschläge erhalte.

Als ich mit den rohen und streitsüchtigen Männern des Söldnerheeres, die des Nichtstuns überdrüssig waren und die nur eine erbarmungslose Zucht davon abhielt, übereinander herzufallen, sprach, merkte ich, daß sie gewillt seien, einen Sturmangriff auf Himera zu unternehmen. Sie glühten vor Beutegier und waren gern bereit, ihre Haut zu Markte zu tragen, um einmal in einer griechischen Stadt so richtig nach Herzenslust plündern und Frauen vergewaltigen zu dürfen. Viele von ihnen liefen mit ihren Schilden drohend bis zur Mauer und stießen schreiend Schmährufe gegen die Griechen aus, ohne sich vor den Speeren und Pfeilen zu fürchten. Deshalb begann ich den Verdacht zu hegen, daß politische Gründe Hamilkar veranlaßten, zögernd vor den Mauern Himeras auszuharren. Auch mir war der Gedanke unsympathisch, daß die blutrünstigen Barbaren eine mir bekannte Stadt erobern sollten. Mir wurde zwar erzählt, daß die Bewohner Himeras beim Vertreiben des unfähigen Terillos und bei der Übergabe der Stadt an Gelon die Häuser der Phönizier und der Tyrrhener geplündert und sogar meinen Freund Lars Alsir ermordet hätten. Dies alles war aber meiner Ansicht nach mehr auf die Schwäche des Terillos, als auf die Schuld der Bewohner Himeras zurückzuführen. Sie wußten gar nicht, was sie taten, und ich hatte ihnen gegenüber keine Rachegefühle.

Der Grund für Hamilkars Zögern wurde bei einem von ihm für uns veranstalteten Festmahl offenbar, das übrigens das luxuriöseste war, das ich jemals mitgemacht habe. Ich versuche erst gar nicht, all die vielfachen Speisen und die nach Myrrhen und Veilchen duftenden Weine aufzuzählen. Nachdem wir aber alle untereinander, Hamilkar, die Vertreter des Rates von Karthago, die schwarzen und rotbraunen Befehlshaber nach allen Genüssen zu einer wohligen Übereinstimmung gelangt waren, wurde plötzlich der mit Mond und Sternen verzierte Purpurvorhang im rückwärtigen Teil des Gezeltes zur Seite gezogen, und Kydippe, die Gemahlin des Anaxilaos, ihre beiden kleinen Söhne an der Hand führend, trat auf uns zu. Die beiden älteren Söhne hielten den Saum ihres Überwurfes und blickten mit ernsten Augen um sich.

Zur Frau herangereift, war Kydippe schöner als je zuvor als Jungfrau. Auf ihrem Haar, das zur Frisur der Aphrodite aufgesteckt war, lag glitzernder Goldstaub, und ihren Hals, ihre Arme und Fesseln schmückte mit Edelsteinen gezierter, barbarisch schwerer Goldschmuck. Ihre Augen standen weit auseinander, ihre Nase war gerade, und ihre Lippen lächelten einladend. Obwohl sie vier Jungen das Leben geschenkt hatte, waren ihre Hüften gleich schmal geblieben. Um dies zu betonen, hatte sie den goldenen Gürtel eng um ihr phönizisches Gewand gezogen. Ausrufe des Staunens entfuhren unseren Kehlen bei ihrem Anblick, und wir sprangen um die Wette von unseren Ruhebetten auf, um aus unseren Trinkschalen auf ihr Wohl zu trinken. Hamilkar ergötzte sich offensichtlich an unserem Erstaunen und sagte lächelnd:

„Unsere Geisel Kydippe ist uns mit ihren Kindern aus Karthago gefolgt, um während des Feldzuges die Interessen Himeras wahrzunehmen. Terillos haben wir in Karthago zurückgelassen, weil er politisch ein unfähiger Mann ist und über Himera nur mit Schaum vor dem Munde sprechen kann. Es dürfte das beste sein, Himera der Obhut des Anaxilaos zu überlassen, bis einer seiner Söhne heranwächst, um Himera regieren zu können."

Aus dem Gesichtsausdruck Hamilkars konnte ich schließen, daß er in Kydippe sterblich verliebt war. Wer hätte sich nicht in diese schöne und herrschsüchtige Frau verlieben können, die es schon als junges Mädchen verstanden hatte, sich die Sinne der Männer zur Befriedigung ihrer Wünsche zunutze zu machen. Sie forderte uns mit strahlender Stimme auf, das Mahl fortzusetzen, und trat langsam von einem Ruhebett zum anderen, füllte eigenhändig die Trinkschalen, setzte sich kurz auf irgendeinen Bettrand und redete die maßgebenden Persönlichkeiten und die höchsten Befehlshaber Karthagos bei ihren Namen an. Zwangsläufig stockten unsere Gespräche, und wir verfolgten sie mit unseren Augen; sie ließ ihr Gesicht gern von vorn und von der Seite bewundern, und sie war von hinten genau so schön wie von vorne. Sie sorgte dafür, daß ihre hübschen Jungen ehrfurchtsvoll die Heerführer begrüßten, und schob sie vor sich her mit der Bitte an die Männer, sich zu erinnern, daß der Vielfraß Gelon diesen schutzlosen Jungen ihre beiden Erbstädte Messina und Himera geraubt habe.

Wie aus Versehen setzte sie sich auf meinen Bettrand, redete die Etrusker an und sagte: „Ich spreche nur gebrochen eure Sprache, ihr unvergleichlichen Krieger, aber als gebildete Männer versteht ihr bestimmt Griechisch. Ich bin in Himera geboren und aufgewachsen und habe als junges Mädchen in diesem Fluß sogar gebadet. Deshalb erschauere ich bei dem Gedanken, daß die Häuser Himeras in Rauch aufgehen könnten und ihr Wohlstand vernichtet werden soll. Die Krieger von Syrakus haben dort schon genug Schaden durch ihre Raubzüge und Plünderungen angerichtet. Was machen mein Mann und meine Söhne mit rauchenden Trümmern? Besiegt das griechische Heer, das sich im Vormarsch befindet, so wird Himera euch ohne Widerstand in den Schoß fallen. Warum solltet ihr schwere Verluste erleiden beim Sturm auf die Mauer, deren Stärke ich am besten kenne?"

Hamilkar bestätigte ihre Worte: „Anaxilaos von Rhegion hat uns um Hilfe gebeten und uns seine Gemahlin und seine Kinder als Geiseln übergeben, wobei er sich verpflichtete, bis zum letzten Mann mit Karthago und für seine eigene Sache zu kämpfen. Deshalb ist es unsere Pflicht, auch an seine Interessen und an die dieser Jungen zu denken. Wir haben davon keinen Nutzen, wenn wir Himera zerstören und eine wohlhabende Handelsstadt einbüßen."

Ich richtete mich auf, stützte mich auf den Ellenbogen und sagte heftig: „Auch ich habe Mitleid mit Himera und seinen Einwohnern, aber die Gesetze des Krieges sind erbarmungslos, wenn man einmal den Krieg begonnen hat. Der Heerführer ist wahnsinnig, der sich bewußt zwischen zwei Feuer stellt. Wenn wir hier den Griechen im offenen Kampf begegnen, so werden die Garnisonstruppen Himeras uns im entscheidenden Augenblick in den Rücken fallen."

Kydippe schloß meinen Mund mit ihrer weißen Hand, drehte den Kopf, um mir ins Gesicht zu sehen, tat, als habe sie mich jetzt erst erkannt und rief freudig aus: „Ach, du bist es, Turms, wie freue ich mich, dein Gesicht noch einmal wiederzusehen. Laß uns eine Schale Wein zusammen trinken, und rede doch keinen Unsinn."

Sie hinderte mich am Weiterreden, indem sie den Goldrand ihrer Schale gegen meine Lippen drückte und mir den starken Wein einfach in den Hals goß. Während ich schlucken und husten mußte, sagte sie erklärend zu den anderen:

„Nehmt es mir nicht übel, aber dieser schöne Mann war meine erste Liebe, und ich habe ihn sogar geküßt, als ich noch ein junges, unerfahrenes Mädchen war. Deshalb habe ich eine gewisse Schwäche für ihn, und alle meine Jugenderinnerungen werden wach, wenn ich mit ihm Wein trinke."

Als ich noch etwas sagen wollte, befahl sie ihren Jungen, mich zu umarmen und mir meine Wangen zu küssen, und sie selbst legte sogar ihren Arm so raffiniert um meinen Hals, daß ein Beben durch meinen Körper ging. Hamilkar war all dies nicht recht. Sein Gesicht verfinsterte sich, er kaute an seinen Lippen, spielte nervös mit den Fingern und sagte erregt:

„Wir versperren die Tore Himeras mit Reisigbündeln und Balkensperren, und bei Bedarf stecken wir sie in Brand, um die Garnisonstruppen daran zu hindern, uns in den Rücken zu fallen. Ich habe mich gegen alle Möglichkeiten nach meinem besten Können gesichert, und die Götter Karthagos geben mir fortlaufend gute Omina. Die Macht, Entscheidungen zu treffen, liegt bei mir, und ich dulde keine Kritik an meinen Entschlüssen, wenn ich schon einen Entschluß gefaßt habe, obwohl ich sonst gern bereit bin, gute Ratschläge von meinen Bundesgenossen entgegenzunehmen."

Als er so deutlich zeigte, daß er keine andere Meinung zu hören wünsche, hielt ich den Mund, weil das Reden umsonst gewesen wäre, und begnügte mich, mir Kydippe anzusehen und ihre Söhne zu bewundern. Sie spielte mit ihren weißen Fingern an meinen Haarzöpfen, senkte ihren Blick zu Boden und sagte leise:

„Es ist wirklich wahr, Turms, ich kann mich noch ganz lebhaft daran erinnern, wie dein Mund meinen Mund küßte, und deine Hand meine Haut berührte. Du warst mir bestimmt nicht gleichgültig, wenn ich auch aus lauter Mädchentrotz und Wut über meine eigene Schwäche es vortäuschte. In meinem Alter und als Mutter vierer Jungen darf ich doch wohl getrost gestehen, daß ich dich nie ganz habe vergessen können. In einer Vollmondnacht erschienst du mir sogar an meinem Bett, so daß ich mit einem Schrei aufwachte, aber es war ja nur ein Traum."

Als ich die Hand Kydippes in der meinen hielt und von neuem aus ihrer Schale trank, konnte sich Hamilkar nicht mehr beherrschen, sondern sprang von seinem Ehrenruhebett auf und sagte mit vor Zorn bebender Stimme, daß Kydippe bereits für sich selbst genug gesprochen habe. Es wäre für sie besser, sich zu erinnern, daß sie lediglich Geisel und Frau sei, und sich mit ihren Jungen wieder zurückzuziehen, um von den Eunuchen bewacht zu werden. Fraglos reizte Kydippe absichtlich seine Eifersucht, um sich ihren Einfluß auf ihn zu sichern, denn Kydippe warf einen siegesbewußten Blick um sich und führte ihre Jungen fort, während sie jedem Manne heimlich zunickte, mit dem sie gesprochen hatte.

5.

Ich hatte böse Ahnungen, und das Leben im Kriegslager Hamilkars behagte mir nicht. Die etruskischen Befehlshaber verwendeten ihren Tag dazu, ihre Soldaten zum Kampf in geschlossenen Kolonnen Seite an Seite zu schulen. Aber wir begnügten uns damit, trotz der fürchterlichen Enge und des Ungeziefers, auf den Kriegsschiffen zu wohnen, ohne uns unter die Karthager zu mischen.

Die Söldner sammelten sich um uns, lachten und grinsten beim Zusehen, weil wir unsere Körper anstrengten und uns in voller Ausrüstung in Schweiß liefen. Aber der Ehrgeiz ihrer Befehlshaber wurde angestachelt, und sie gaben ihren Truppen den Befehl, sich zu sammeln. Wir konnten dann sehen, wie die Libyer ihre mannshohen Schilde seitlich mit Haken aneinanderkoppelten und eine Schildfestung bildeten. Andere hatten wiederum Eisenreifen um, und die Männer waren aneinandergekettet, um den Durchbruch der Kolonnenfront zu verhindern.

Eines Tages sprengten die von Hamilkar ausgesandten Kundschafter auf schäumenden Pferden heran und schrien voller Angst, daß die Griechen im Anmarsch und nur noch einen Tagesmarsch entfernt seien. Die Zahl der Griechen sei unübersehbar, und ihre Schilde und Panzer hätten, die Augen blendend, im Sonnenschein geblitzt, als sie sich über die Hügel des Binnenlandes wie die Meereswellen ergossen hätten. Die Kundschafter riefen im Lager Hamilkars eine solche Panik hervor, daß das Gesindel an das Ufer stürzte und sich mit Gewalt, einander überrennend, auf die Frachtschiffe drängte. Zahlreiche von ihnen wurden einfach totgetrampelt und viele ertranken, bevor Hamilkar mit Hilfe von Peitschen und Fuchteln in dem Durcheinander Ordnung schaffen konnte. Entschlossen ließ er die schlimmsten Ruhestörer sowie mehrere Söldner, die von der Panik angesteckt worden waren, hinrichten.

Von den Sikanen erhielten wir genaue Angaben über die Zahl der vereinigten Kampftruppen von Syrakus und Akragas, der Schwerbewaffneten, der Steinwerfer und der Kavallerie, denn die Sikanen hatten die Fähigkeit, sich unsichtbar im Gebüsch zu tarnen, und bewegten sich auf ihren hart wie Horn gewordenen Fußsohlen schneller durch den Wald als die Kavallerie. Das Furchterregende an den Griechen war nicht ihre hohe Anzahl, sondern ihre außerordentliche Disziplin und einheitliche Bewaffnung. Schließlich wurde offenbar, daß die Truppen Hamilkars den Griechen dreifach überlegen waren. Er fühlte sich siegesgewiß, ließ Riesenscheiterhaufen vor den an verschiedenen Stellen im Lager aufgestellten Götterbildern anzünden, ging dann mit seinen Priestern herum, brachte Widder als Opfer für die Götter dar und sprach seinen Truppen Mut zu.

Die geringe Zahl der Griechen wurde durch ihre planmäßige Entschlossenheit aufgewogen. Nachdem sie einen Tagesmarsch von Himera entfernt halt gemacht hatten, ließen sie unser Lager auskundschaften und stellten mit Hilfe von ägyptischen Brieftauben mit den Garnisonstruppen Himeras Verbindung her. Wir glaubten, daß sie aus Vorsicht zögerten, den Kampf gegen unsere große Überlegenheit aufzunehmen, und Hamilkar marschierte mit seiner Armee ihnen entgegen. Aber bald stellte es sich heraus, worauf sie warteten. In der frühen Morgendämmerung kam die gesamte vereinigte Flotte von Syrakus und Akragas rudernd in Sicht, sie bedeckte das ganze Meer und bestand aus zweihundert neuzeitlichen Trieren, deren Fahrtgeschwindigkeit die langsamen Frachtschiffe nicht störten. Die Flotte kam aus dem Westen, von Panormos her, und keineswegs aus dem Osten, aus der Meerenge, wohin Hamilkar die Hälfte seiner Schiffe geschickt hatte, um diese zu bewachen. Deshalb trauten wir zunächst unseren Augen nicht, sondern glaubten, karthagische Schiffe vor uns zu haben, bis wir sie als Trieren erkannten und die griechischen Erkennungsschilde und die Kriegsflaggen sahen.

Wir konnten überhaupt nicht begreifen, was eigentlich geschehen war. Erst später stellte sich heraus, daß die Flotte von Syrakus Messina tollkühn verlassen, die Gewässer der eigenen Stadt ohne Schutz gelassen und sich vor Akragas mit der Flotte des Tyrannen Theron vereinigt hatte. Von dort waren sie unverzüglich in die karthagischen Gewässer gesegelt, hatten dem Lande Eryx die Verbindungen abgeschnitten, die Kriegsschiffe geschont, die Frachtschiffe gerammt und versenkt und dann anschließend die Fahrt fortgesetzt, ohne sich um die karthagischen Schiffe zu kümmern, die sich in den Hafen von Eryx gerettet hatten. Vor Panormos hatte sich die Flotte des Seeräubers Dionysios mit ihnen vereinigt. Sie ließen seine Flotte zurück, um die Frachtschiffe Karthagos zu versenken, denn Dionysios beherrschte diese Kunst am besten. Hurtig rudernd, sperrten die griechischen Schiffe das Meer vor Himera für uns ab, ohne daß die schweren Kriegsschiffe Hamilkars etwas Böses ahnten, während sie die Meerenge von Messina bewachten und den Feind von dorther erwarteten.

Nachdem die Kriegsschiffe die Seeseite abgeriegelt hatten, erhielten wir die Nachricht, daß sich die griechischen Landstreitkräfte in Marsch gesetzt hatten, und zwar gingen sie in halbem Laufschritt auf Himera zu vor. Hamilkar ergriff sofort die der neuen Lage entsprechenden Maßnahmen und schickte sowohl auf dem Seewege als auch auf dem Landwege vielfache Alarmbefehle an seine die Meerenge bewachenden Kriegsschiffe. Aber die Griechen hatten das Land und das Meer so geschickt abgeriegelt, daß lediglich zwei Sikanen das Ziel erreichten; die Schiffsbefehlshaber Hamilkars wollten ihnen gar nicht glauben, sondern hielten den Befehl zur Rückkehr für eine Kriegslist der Griechen. Erst als die Fischer an der Küste die unglaubliche Nachricht bestätigten, daß die griechische Flotte überraschend ganz Sizilien umsegelt habe, befolgten sie den ihnen erteilten Befehl. Aber da war es bereits zu spät.

Denn am nächsten Morgen schwärmten die griechischen Truppen in ihre Gefechtsstellungen vor Himera aus, der eine Flügel im Schutze des Flusses und der andere im Schutze des Waldes und der steilen Abhänge. Entgegen ihrer Gewohnheit hatten sie ihre Reitertruppen in der Mitte aufgestellt, um mit deren Hilfe die Front Hamilkars zu durchbrechen und noch während des Kampfes die Verbindung mit Himera aufnehmen zu können. Im Walde begannen die finsteren Trommeln der Sikanen zu dröhnen, und unser Lager war ausnahmsweise schon in der Morgendämmerung auf den Beinen. Die Truppen marschierten in guter Ordnung in die von ihren Befehlshabern angegebenen Stellungen.

Als Hamilkar die Aufstellung der griechischen Kavallerie sah, änderte er noch im letzten Augenblick seinen Gefechtsplan und zog Truppen von beiden Flanken hinter uns zusammen, um die Mitte zu verstärken. Es waren reihenweise zusammengekettete schwerbewaffnete Iberer und Libyer, denn Hamilkar hatte nicht die Absicht, einen überraschenden Durchbruch in der Mitte seiner Front zuzulassen. Sein Mißtrauen uns Etruskern gegenüber ärgerte uns, auch behagte uns der Gedanke gar nicht, daß uns die hinter uns aneinandergeketteten Barbarentruppen beim Beginn des Kampfes mit Gewalt nach vorne treiben und von unseren Schiffen abschneiden würden. Aber der entsetzliche Lärm der langen Hörner und der Metallgongs der Karthager und der unentwegte Ton der Klappern ihrer Priester verhinderten bei uns jedes Nachdenken. Und die Griechen warteten unseren Angriff nicht ab, sondern schickten ihre Kavallerie in den Kampf vor und traten dann entschlossen in ganzer Frontbreite den Vormarsch gegen uns an.

Als Hamilkar sah, daß der Kampf begann, gab er den Befehl, die vor den Toren Himeras aufgeschichteten Baumsperren anzuzünden, um dadurch den Ausbruch und den Angriff der Garnisonstruppe zu verhindern. Im letzten Augenblick gelang es uns, vor uns spitze Pfähle und Stangen schräg in den Boden einzurammen, und die Kriegsmaschinen schleuderten Steinblöcke gegen die Reitertruppen. Aber wir blieben doch unter den Hufen der Pferde, denn als die kleine Reitertruppe Karthagos in den Kampf eingesetzt wurde, war sie nicht imstande, uns zu schützen, sondern rief ein noch größeres Chaos hervor, weil die griechische Kavallerie schon allein durch ihre Wucht sie bedrängte und sie zwang, Verwirrung in unseren eigenen Reihen hervorzurufen.

Mehr als die Hälfte der Etrusker fiel gleich beim ersten Ansturm oder wurde kampfunfähig verwundet, als hätten die Griechen sofort bei Beginn den geschulten und freiwillig kämpfenden Teil der Streitkräfte des Hamilkar absichtlich vernichten wollen. Uns blieb nichts anderes übrig, als kämpfend zu beiden Seiten auszuweichen und die Kavallerie durch unsere Front durchzulassen, um dann unsere dezimierten Reihen wieder zu schließen. Ich kann es nicht sagen, ob dies auf Befehl der Heerführer oder aus der Notwendigkeit heraus geschah, aber nachdem wir uns vor den Hufen der Pferde gerettet hatten, fingen wir uns wieder und schlossen die Front in der Mitte.

Die aneinander geketteten Kolonnen hinter uns fingen den in ihrer Wucht gehemmten Angriff der Kavallerie mit schräg in den Boden gesteckten Speeren, deren Spitzen auf die Bäuche der Pferde gerichtet waren, auf, so daß die Reitertruppe schwere Verluste erlitt und viele Reiter zu Fuß kämpfen mußten. Die Jünglinge der Aristokraten von Syrakus und Akragas verdienen zweifellos unsterblichen Ruhm, da sie in diesem Kampf in der Blüte ihrer Jugend, von Pfeilen und Schleudersteinen getroffen, in die Speere der Barbaren fielen, aber die Tyrannen Gelon und Theron rieben sich zufrieden die Hände, da sie die Zweige der vornehmen Geschlechter so mühelos abästen konnten.

Hinter der Kavallerie stürmten die Kolonnen der Schwerbewaffneten im Laufschritt auf uns zu. Dieser Kampf war nicht mehr so ungleich, und die scharfen Schwerter der Etrusker kamen besser zur Geltung. Doch die Wucht des Angriffs zwang uns zurückzugehen, und diejenigen von uns, die am Leben blieben, blieben es eher durch ein Wunder als durch eigenes Verdienst. Die meisten von uns konnten nie mehr in die Heimat zurückkehren. In die Knie sinkend, den Schild mit dem kraftlos gewordenen Arm haltend, zu Boden fallend und beim Herausspritzen des warmen Blutes aus den durchschnittenen Schlagadern, riefen die Etrusker lächelnd ihre Götter an und sanken ihren Schutzgeistern in die Arme.

Hinter uns bedeckte der schwarze Rauch der vor den Toren aufgeschichteten Scheiterhaufen die Mauern Himeras, und die ganze Stadt schien, von weitem gesehen, in Flammen zu stehen. Nachdem es den schwerbewaffneten Griechen gelungen war, die Frontmitte zu durchbrechen, und sie die aneinander geketteten Barbaren niedergemetzelt hatten, sprengte der Rest der Kavallerie auf die Stadt zu, und die griechischen Schwerbewaffneten begannen unsere Front aufzurollen und die Truppen von der Mitte aus gegen die beiden Flanken zu drücken, so daß die Armee Hamilkars in zwei Teile auseinanderbrach. Dies wäre wohl die Entscheidung der Schlacht gewesen, wenn nicht der in den Wald eingedrungene linke Flügel der Griechen durch den überraschenden Angriff der Sikanen gegen ihre Flanke völlig in Unordnung geraten wäre. Die Sikanen schlugen blitzschnell zu und zogen sich sofort wieder in den Schutz des Waldes zurück; sie ließen nur einige Gefallene zurück. Die Truppen Segestas ließen einen Siegesruf erschallen, stürmten vor und zersprengten die ganze Flanke der Griechen, so daß wir sahen, wie die Leichtbewaffneten von Akragas als geschlossene Truppe die Flucht ergreifen und in den Schutz des steilen Abhanges fliehen mußten.

Danach war es völlig unmöglich, sich ein Gesamtbild über den Verlauf der Schlacht zu machen, denn sie tobte ungestüm vom frühen Morgen bis zum späten Abend, und keine der beiden Seiten wollte ihre Niederlage zugeben oder den Kampf aufgeben. Ich selbst war mit den letzten am Leben gebliebenen Etruskern auf die rechte Flanke in die Nähe des Waldrandes gedrückt worden, und wir konnten etwas Atem holen, während die ausgeruhten Truppen des Landes Eryx an uns vorbeistürmten und zum Gegenschlag ausholten. In der Hamilkar eigenen würdigen Weise sandte er mitten in dem fürchterlichen Chaos des Ansturmes eine Stafette zu uns mit dem Befehl, uns vom Kampf zu lösen. Wir taumelten vor Erschöpfung. Über und über mit Blut besudelt und mit Schweiß bedeckt, die Schilde voller Beulen und die Schwerter stumpf geworden, schwankten wir nach hinten, um uns im Schutze der Ersatztruppen auszuruhen.

Hamilkar hatte auf dem Hügel des Lagers einen hohen Altar bauen lassen und verfolgte von dort den Gang der Schlacht. Mit glühenden Augen hob er den Arm, grüßte uns und bedankte sich für unseren heldenmütigen Kampf. Er ließ uns von seinen Sklaven goldene Ketten zuwerfen, aber niemand gab sich die Mühe, sie vom Boden aufzuheben. So tief trauerten wir unseren gefallenen und unter den griechischen Pferdehufen gebliebenen Kameraden und dem vergebens geflossenen Blut der Etrusker nach.

Mit Hilfe der Gegenangriffe der Reservetruppen und indem er seinen linken Flügel bis zum Lager zurückzog, das als Rückendeckung diente, konnte Hamilkar die Front wieder schließen, aber die durch die Mitte eingebrochenen griechischen Truppen bahnten sich den Weg bis zu den Mauern Himeras und zerstreuten die vor dem Südtor lichterloh brennenden Balken, wenn auch viele bei lebendigem Leibe verbrannten oder entsetzliche Brandwunden bei diesem Räumen davontrugen. Den Garnisonstruppen Himeras gelang es, das Tor aufzumachen, und die Griechen konnten sich in die Stadt retten. Aber die Reste ihrer Kavallerie gingen noch zu einem überraschenden Angriff auf das Lager Hamilkars über, warfen brennende Kohlen in die Zelte und brachten das lose Gesindel im Lager in eine fürchterliche Panik. Wegen der geringen Zahl konnten sie im Lager selbst keinen größeren Schaden anrichten, aber nachdem sie ein genügend großes Durcheinander entfesselt hatten, zogen sie sich durch das Tor in die Stadt zurück.

Nachdem wir unseren Durst gestillt, die Wunden verbunden und den Lagerhändlern unser Essen gewaltsam weggenommen hatten, gingen wir ans Ufer zu unseren Schiffen, in der Hoffnung, dort die anderen noch am Leben gebliebenen Etrusker zu treffen. Brüder riefen ihre Brüder beim Namen, Freunde ihre Freunde, Schiffsbefehlshaber ihre Steuerleute und Ruderer ihre Bankkameraden, aber auf unsere Rufe antwortete niemand. Wir merkten, daß wir alle zusammen höchstens zwei Kriegsschiffe bemannen könnten und daß wir davon auch keinen Nutzen haben würden, weil die griechischen Trieren das Meer abriegelten. So entsetzlich waren unsere Verluste. Das dürfte aber der Beweis dafür sein, daß wir auf jeden Fall den Kriegsruhm der Etrusker in der Schlacht bei Himera gerettet hatten. Am Ufer Himeras wünschten die meisten von uns, daß wir statt des Ruhmes unsere Kameraden hätten lebend behalten und sie begrüßen können.

Als die Sonne im Westen inmitten von Rauch und Chaos zu sinken begann, sahen wir, wie die Griechen den linken Flügel der karthagischen Armee in den Fluß und ins Meer stießen und wie die Garnisonstruppen Himeras die verkohlten Tore aufbrachen und in den Rücken des siegreichen rechten Flügels Hamilkars vorstießen. Im Lager überfielen die Marodeure die Henker und Stockmeister, schlugen sie tot und begannen kaltblütig das Lager auszuplündern. Das war für mich das sicherste Zeichen der Niederlage. Hamilkar ließ vergebens in die schallenden Hörner blasen und Feldzeichen aufstellen, um die zurückweichenden Truppen zu sammeln und sie wieder neu zu formieren. In wilder Flucht stürzten die Barbarentruppen in ihr eigenes Lager, überrannten und töteten ihre Befehlshaber, die den Versuch unternahmen, sie mit der Waffe in der Hand zurückzuhalten. Ein Teil von ihnen und eine Menge von losem Gesindel stürmten ans Ufer und auf die Frachtschiffe. Sie bildeten sich ein, in Sicherheit zu kommen, wenn sie aufs Meer hinaussegelten. Einige Schiffe konnten sie ins Wasser stoßen und vom Ufer aufs Meer rudern, aber die erste griechische Triere legte Fahrt auf und riß mit ihrem Rammdorn deren Seiten auf, ließ sie allein absinken und zog sich wieder aufs Meer zurück. Das Krachen der berstenden Schiffe und die verzweifelten Hilferufe ließen die Barbaren begreifen, daß es sich nicht lohnte, die Rettung auf Schiffen zu suchen.

Wir berieten miteinander. Die Etrusker beschlossen, bei ihren Kriegsschiffen zu bleiben und diese zu verteidigen, um vielleicht im Schutze der Dunkelheit aufs Meer durchschlüpfen zu können. Von mir aus riet ich ihnen, mir zu folgen und sich zu der Truppe der Sikanen in den Wald zurückzuziehen. Die Sikanen würden uns über sichere Bergpfade in den Schutz der Wälder führen, so glaubte ich. Aber als Untertanen der Küstenstädte waren die Tyrrhener nicht gewillt, ihre Schiffe aufzugeben.

Ich ging allein los und versuchte durch das Lager und hinter der Stadt in den von den Sikanen besetzten Wald zu kommen. Die Götter schützten mich inmitten des fürchterlichsten Durcheinanders, während die in das Lager eingedrungenen Griechen und die Barbaren untereinander schwer um die Beute kämpften. Das war kein ordnungsmäßiger Kampf mehr, sondern ein Kampf aller gegen alle. Nachdem die Barbarentruppen ihre vernichtende Niederlage erkannt hatten, wollten sie noch einmal essen, trinken und lärmen, töten, plündern und vergewaltigen, bevor sie ihr Leben lassen müßten oder im Schutze der Nacht mit ihrer Beute in die Berge und in die Wälder flüchten könnten. Deshalb überfielen sie schonungslos das lose Gesindel, erschlugen die Mitglieder des Rates von Karthago, raubten ihre Kleider und Zelte und warfen sich auf die jämmerlich schreienden Weiber. Mit ihnen wetteiferten die als erste zur Plünderung in das Lager eingedrungenen Griechen und die Garnisonstruppen Himeras, so daß man den Freund vom Feind nicht mehr unterscheiden konnte.

Hamilkar gab seine Niederlage zu, bedeckte das Gesicht und schritt von seinem Beobachtungsstand auf der Kuppe herab. Die griechischen Leibwächter bahnten für ihn einen Weg zu seinem Zelt. Dort zerschlug er eigenhändig das Bildnis des Baal und warf die Stücke in das Opferfeuer, damit sein Gott nicht in die Hände des Feindes geraten sollte.

Das sah ich mit eigenen Augen, aber in seiner Gemütserschütterung erkannte er mich nicht mehr. Seine Augen waren wild und aus seinem Mund quoll Schaum, als habe er Gift geschluckt. Er schrie über den Lärm hinweg und befahl der Leibwache, Kydippe mit ihren Söhnen aus dem Zelt herauszuholen und sie zu töten. Dann sagten sich die griechischen Söldner, von denen die meisten aus Rhegion stammten, von ihm los, drehten ihm den Rücken und stürzten sich ins Lager, um es zu plündern, damit sie in dem allgemeinen Durcheinander auch ihren Teil abbekämen. Aber zehn Mann gingen in das Zelt. Sie brauchten Kydippe nicht mit Gewalt herauszuschleppen, denn sie lief vor ihnen heraus, stach wild ein Messer in den Hals Hamilkars und stieß ihn in den Scheiterhaufen, der in einem Augenblick seinen Atem und das Fleisch um seine Knochen verschlang. Die Leibwache umzingelte Kydippe, schützte sie und ihre Kinder mit ihren Schilden und begann schreiend ihre griechischen Stammesgenossen zusammenzurufen und zur Kapitulation aufzufordern, sowie Kydippe zu helfen, sich Gelon zu ergeben.

Einen so klaren politischen Instinkt hinsichtlich der wirklichen Lage besaß Kydippe und so schnell konnte sie eine Entscheidung fällen. Der Tyrann Gelon von Syrakus empfing sie höflich in seinem Lager, und in Freude über seinen Sieg bezeigte er ihr schmeichelhafte Achtung. Er vermutete wohl, daß seine schöne Beute Anaxilaos von Rhegion zwingen würde, sich von Karthago abzuwenden, um seine Gemahlin und die vier Söhne zu retten. Aber Anaxilaos war genau so flink wie seine Frau, denn nach der Nachricht von der vernichtenden Niederlage Hamilkars bei Himera sandte er sofort ein Schnellboot, um bekanntzugeben, daß er sich von Karthago losgesagt und sich dem Machtbereich von Syrakus angeschlossen habe, bevor er über das Schicksal Kydippes und seiner Söhne irgend etwas wußte. Es fiel Kydippe sehr schwer, ihm dies später zu verzeihen. Aber einen ebenso anpassungsfähigen politischen Verstand und griechischen Wirklichkeitssinn zeigte trotz seiner Jugend Erkle. Als er sah, daß die mittlere Front Hamilkars endgültig zerbrach, der linke Flügel ins Meer niedersank und das Lager in Flammen stand, schickte er unverzüglich seinen griechischen Lehrer mit einem grünen Zweig in der Hand zum Tyrannen Theron von Akragas, und ohne auf eine Antwort zu warten, ließ er die Sikanen aus dem schützenden Wald einen Angriff in den Rücken ihrer Erbfeinde, der Elymier Segestas und des Landes Eryx, unternehmen, während diese noch siegreich die Truppen von Akragas nach hinten drückten. Dieser Dolchstoß in den Rücken entschied keineswegs die Schlacht, er war eher ein Gnadenstoß zur Beendigung eines unnütz gewordenen Kampfes. Gleich seinem Vater stürmte Hiuls ohne sich zu schonen als erster in den schlimmsten Tumult, geschützt von den besten und tüchtigsten Sikanen, und er war später sehr stolz über die am Arm und Knie erhaltenen Schwerthiebe. So rächten die Sikanen die erlittenen Verfolgungen.

In den nächsten Tagen zerstreuten sie sich in die Wälder und in die Küstenberge, um die am Ufer entlang zurückweichenden karthagischen Truppen zu verfolgen, und sie töteten und plünderten ohne Unterschied jeden aus, der ihnen in die Hände fiel. In das Lager oder in die Stadt Himera ließ Hiuls die Sikanen nicht, sondern zog sie beim Dunkelwerden aus dem Kampf, nachdem er seiner Ansicht nach genügend Elymier hatte umbringen können und erkannte, daß die Griechen aus Akragas in der Lage waren, den Rest des Kampfes zu übernehmen. Der Tyrann Theron war ihm für seine Hilfe so dankbar, daß er ihm einen goldenen Schild, eine goldene Halskette und den goldenen Aar von Akragas zur Befestigung am Helm übersandte. Hiuls nahm die anderen Geschenke entgegen, schickte aber das Aar-Bildnis von Akragas wieder zurück und zeigte dadurch, daß er die Sikanen nicht an Theron gebunden habe und sie ihre Freiheit behalten wollten. Theron verzieh ihm diese Kränkung gern, denn er verdankte es lediglich Hiuls, daß Akragas gleichwertig neben Syrakus bestehen blieb. Gelon hätte rasch seinen mächtigsten Rivalen niedergeworfen, wenn Theron zu schwere Verluste in Himera erlitten haben würde.

Ein hervorragender Politiker muß selbstverständlich nur an sein eigenes Volk und seine Stadt denken und die Ehrlichkeit und den Ehrenkodex, die für das Verhältnis zwischen gewöhnlichen Menschen maßgebend sind, vergessen. Aber im Benehmen Hiuls erkannte ich zu gut Dorieus wieder, der, nachdem er sich die Hundekrone auf das Haupt gesetzt hatte, bereit war, Dionysios und seine Mannen aufzugeben. Als ich gesehen hatte, was hier geschah, hatte ich keine Lust mehr, Schutz bei den Sikanen zu suchen, sondern kehrte an das Ufer zu den Etruskern zurück, um mit ihnen ihr Schicksal zu teilen. Inmitten des Johlens, des Getöses und der in Flammen stehenden Zelte war es, als hätten unsichtbare Flügel vor mir den Weg freigefegt, und niemand belästigte mich. Als ich aber all die Greueltaten sah, die um mich herum geschahen, und erkannte, welch eine Bestie der Mensch einem anderen Menschen gegenüber sein kann, dachte ich kaum an mein eigenes Leben. Eher glich ich einem Traumwandler, und meine Erschöpfung ließ mich Visionen sehen, so daß mir schien, als kröchen dunkle Erdgeister zwischen den

Kämpfenden auf dem Boden umher und leckten wie die Hunde das Blut aus den Blutlachen und als lösten sich die Seelen der Menschen von ihren Körpern, einige hell leuchtend, andere durchscheinend.

Niemand rührte mich an, obwohl ich, völlig übermüdet, schließlich meinen Schild niedersinken ließ und meine Brust bloßlegte. Ohne daß jemand mich daran hinderte, erreichte ich die Schiffe der Etrusker. Die griechischen Truppen waren bereits bis in den Hafen und bis zum Ufer vorgedrungen und warfen Feuer in die karthagischen Frachtschiffe, so daß die letzten Verteidiger in den in Holzfestungen verwandelten Fahrzeugen bei lebendigem Leibe verbrannten. Gelon von Syrakus hielt die Vernichtung der Schiffe für so wichtig, daß er auf einem Reitpferd, von seiner Negerleibwache in glänzenden Harnischen umgeben, persönlich am Ufer erschien und die Griechen mit Zurufen anfeuerte; für jedes ausgebrannte oder eroberte Schiff versprach er ihnen zum Lohn Geldpreise oder Ehrenketten.

Die brennenden Schiffe erleuchteten das Ufer hell wie am Tage, und aus dem in ein Flammenmeer gehüllten Lager stiegen schwarze Rauchwolken empor, so daß der bedeckte Himmel rot wie beim Sonnenuntergang leuchtete, obgleich es schon Mitternacht war. Die Umgebung Himeras war in ein Leichenfeld verwandelt, und im Schein der Flammen sahen wir Raben wie geisterhafte schwarze Schatten aus allen Himmelsrichtungen auf Himera zufliegen. Aber nachdem die Griechen ihren Sieg als gesichert erkannt hatten, töteten sie keinen Mann mehr, der seine Waffen wegwarf, sondern trieben sie in von Balkenzäunen umgebene Gehege, die Hamilkar bereits für seine zu erwartenden griechischen Gefangenen errichtet hatte, um sie dann als Sklaven zu verkaufen.

Am Ufer lagen reihenweise karthagische Frachter und Kriegsschiffe, und die zuletzt angekommenen etruskischen Schiffe waren am weitesten draußen an Land gezogen worden, so daß es recht lange dauerte, bis die Griechen, die die Schiffe am Ufer entlang eroberten und anzündeten, uns erreichten. Wir besprachen die Lage miteinander und überlegten, ob wir unsere Waffen niederlegen sollten, aber das Sklavenschicksal behagte uns nicht, und außerdem hatten die Griechen schon früher kein Mitleid mit den im Krieg oder auf See gefangen genommenen Tyrrhenern gezeigt. Deshalb beschlossen wir, unser Leben teuer zu verkaufen, bemannten zwei von unseren schnellsten Schiffen, schoben sie ins Wasser und ergriffen, ohne auf Rang oder Würde Rücksicht zu nehmen, die Riemen. Die Erkennungsschilde und Kriegszeichen der anderen Schiffe konnten wir noch mit Beilen zerschlagen und über Bord werfen, damit sie nicht in die Hände der Griechen fallen sollten. Als der Tyrann Gelon sah, daß zwei Schiffe hinaus aufs Meer zu entkommen versuchten, begann er so wild zu brüllen, daß wir seine Flüche über das Gebraus der brennenden Schiffe hinweg hörten. Er ließ seine Männer den das Meer absperrenden Schiffen von Syrakus durch Fackelschwenken Zeichen geben, aber diese schwachen Leuchtsignale konnte man beim Schein der brennenden Schiffe auf See nicht erkennen. Dagegen sah man von der See aus die Umrisse unserer beiden Schiffe sich deutlich als Schatten gegen die Feuersbrünste abheben.

Wir sagten zueinander: „In dieser Nacht ist das Leben eines Etruskers nicht viel wert, und die Götter wachen nicht auf dem Meer. Laßt uns den Tod unserer Kameraden rächen und wenigstens eine einzige griechische Triere versenken zum Zeichen, daß das Meer noch nicht griechisch, sondern immer noch tyrrhenisch ist."

Unsere Entschlossenheit war unsere Rettung, denn die Trieren aus Syrakus erwarteten keinen Angriff, sondern bereiteten sich vor, ihre Fahrtgeschwindigkeit zu steigern, um uns beim Fluchtversuch zu rammen und zu versenken. Während sie rückwärts ruderten und einander Leuchtsignale gaben, steigerten wir die Fahrt unserer beiden Schiffe auf das Äußerste, um den leichten Bau unserer Schiffe durch die Geschwindigkeit wettzumachen. Fast gleichzeitig stießen die Rammdorne unserer Schiffe in die Seite der Triere, so daß deren Eichenplanken krachend barsten und das mächtige Schiff sich auf die Seite legte. Infolge des heftigen Anpralls purzelten die Griechen ins Meer, und wir selbst wurden von unseren Ruderbänken geschleudert und schlugen uns blutig. Aber so überraschend war unser Angriff, daß man auf dem griechischen Schiff zunächst gar nicht begriff, was geschehen war. Der Befehlshaber schrie in sein Horn, daß er aufgelaufen sei, und warnte die anderen Schiffe vor Unterwasserriffen.

Das war unser Glück, und sobald wir wieder die Riemen fest in unsere Gewalt bekommen hatten, ruderten wir eiligst rückwärts. Wir lösten uns vom Feindschiff, in das durch die geschlagenen Lecks das Wasser rauschend hineinfloß, prallten gegen die Seite einer anderen Triere und brachen deren Ruder, aber auch einige der unseren ab. Dann glitten wir in die schützende Dunkelheit des Meeres hinein, ohne selbst richtig zu begreifen, wie sich dies alles abgespielt hatte. Die am Ufer lodernden Feuersbrünste blendeten die Augen der griechischen Späher so, daß sie nichts erkennen konnten, wenn sie in das Dunkel des Meeres hinaussahen. Das begriffen wir, als wir sahen, wie die Nacht einer schwarzen

Wand gleich vor unseren geblendeten Augen stand. Wir sahen sie als ein Zeichen dafür an, daß die etruskischen Götter doch auf dem Meere wachten, jeder von uns dankte seinem Schutzgeist, und wir ruderten auf das Meer hinaus mit einer Fahrt, daß sich die Riemen bogen, ohne Lust zu verspüren, noch weitere Schiffe aus Syrakus versenken zu wollen.

Wir kamen nicht auf den Gedanken, daß wir vielleicht in der Nacht nach Osten hätten rudern sollen, um uns den karthagischen Kriegsschiffen, die die Meerenge von Messina bewachten, anzuschließen und ihnen die Nachricht von der Niederlage und von der Vernichtung der am Ufer gebliebenen Schiffe zu überbringen. Unserer Ansicht nach war alles verloren und wir müßten lediglich die Gefahren auf See zu überwinden trachten, um den letzten Rest des etruskischen Kriegsruhmes in die tyrrhenischen Küstenstädte zu tragen. Ich muß aber noch erwähnen, daß der Befehlshaber des die Meerenge bewachenden karthagischen Geschwaders, nachdem er sich von der vernichtenden Niederlage der karthagischen Streitkräfte und von dem spurlosen Verschwinden Hamilkars überzeugt hatte, persönlich den Befehl übernahm; er sah wohl ein, daß es viel wichtiger für Karthago war, die Kriegsschiffe unversehrt zu erhalten, als die letzten Reste des Söldnerheeres zu retten. Deshalb segelte er ganz sicher nicht nach Himera, um sich in ein ungleiches Seegefecht mit der vereinigten Flotte von Syrakus und Akragas einzulassen, sondern bediente sich der gleichen List, die die Griechen gebraucht hatten. Er ließ seine Schiffe durch die unbewachte Meerenge rudern und näherte sich, als suche er dort Zuflucht, dem Hafen Rhegions.

Anaxilaos brachte schon Poseidon Dankopfer dar, in dem Glauben, daß er die karthagischen Schiffe unerwartet in seine Hände bekommen und so seinen guten Willen Gelon werde beweisen können, aber die karthagischen Schiffe ruderten gelassen in den Hafen, rammten die Kriegsschiffe des Anaxilaos und steckten den ganzen Hafen mitsamt seinen Vorräten in Brand.

Von dort segelte der Karthager vor Syrakus, versenkte eine Menge syrakusische Frachtschiffe und setzte die Fahrt nach Akragas fort. Er verbreitete auf See Tod und Verderben, während die griechischen Kriegsschiffe vor Himera sich darüber wunderten, wohin die Flotte Karthagos wohl vom Meer verschwunden sei. Auf diese Weise sicherte der hervorragende Schiffsbefehlshaber Karthagos Macht auf den Meeren, indem er die Reste der Landstreitkräfte ihrem eigenen Schicksal überließ. So groß waren die Verluste Karthagos in der Schlacht bei Himera, daß sich nur fünftausend Mann lebend in das Land Eryx retten konnten, und ein

Teil von ihnen sogar noch loses Gesindel. Der Rat von Karthago nahm diese Niederlage aber recht gelassen hin, weil Karthago nur widerwillig Krieg auf dem Lande führte und weil es an unfähige Truppen keinen Sold zu zahlen brauchte.

Das merkwürdige Verschwinden Hamilkars während der Schlacht, so daß die Griechen seinen Leichnam nie fanden, ließ den Rat von Karthago glauben, daß er als persönlicher Freund der karthagischen Götter auf Grund seiner heiligen Herkunft direkt in den Himmel aufgestiegen sei. Um die Kolonien in den verschiedenen Ländern die Niederlage vergessen zu machen, erklärte der Rat von Karthago Hamilkar für unsterblich und errichtete ihm zu Ehren in allen Städten Denkmäler und Altäre. In Karthago sollen sich ein Altar und ein großes Bildnis von ihm auf dem Marktplatz vor dem ältesten Baal-Tempel befinden.

Aber all dies geschah erst später. Noch ruderten wir auf dem Meere, auf dem am Morgen ein Wind aufkam. Regenwolken begleiteten uns, und das Unwetter drückte unsere Schiffe auf die italienische Küste zu, so daß wir schließlich in Kyme an Land gehen mußten, um die erlittenen Schiffsschäden beseitigen zu lassen und Proviant zu holen. Der Tyrann Demadotos empfing uns freundlich, als er aber von der Schlacht bei Himera hörte, begann er sich lebhaft an die Vergangenheit zu erinnern.

„Laut Testament und den Gesetzen", sagte er, „bin ich der Erbe des letzten römischen Herrschers Tarquinius, und ich habe bis heute noch keine Entschädigung für sein Eigentum erhalten. Ich bin den Etruskern nie feindselig gesinnt gewesen. Das beweist am besten die Tatsache, daß ich Lars Tarkhon Zuflucht gewährte und ihm, als er hier starb, mit meinem Daumen die Augen zudrückte. Aber ich muß an meine Pflichten meiner Stadt und meiner eigenen Familie gegenüber denken. Deshalb befürchte ich, daß ich mich gezwungen sehen werde, die beiden Kriegsschiffe als Pfand zurückzubehalten, bis die Erbschaftsangelegenheit des Königs Tarquinius geregelt ist."

Unter gleichem Vorwand hatte er seinerzeit die Getreideschiffe Roms zurückgehalten, aber als alter Mann war er anscheinend zu bequem, um neue Scheingründe zu erfinden. Während wir in Kyme eher als Gefangene denn als Gastfreunde blieben, hörte man merkwürdige Dinge auch aus Poseidonia. Dort hatte eine lärmende Volksmenge die Läden der karthagischen Kaufleute und die Lager der Tyrrhener geplündert. Statt nun die Schuldigen zu bestrafen, ließ der Alleinherrscher der Stadt die Karthager und die Etrusker festnehmen und gab als Grund an, sonst für ihre Sicherheit nicht aufkommen zu können.

Aber noch schrecklichere Nachrichten erwarteten uns. Übers Meer auf den Flügeln der Siegesgöttin erreichte die griechischen Städte des Westens die Nachricht, daß die Flotte Athens die persische Flotte in der Meerenge von Salamis in der Nähe von Athen restlos vernichtet habe. Der Großkönig selbst sei gezwungen gewesen, Hals über Kopf auf dem Landwege zurück nach Asien zu fliehen, damit die Griechen ihm segelnd nicht zuvorkämen und die von ihm erbaute Schiffsbrücke über den Bosporus nicht zerstörten, um ihm so den Fluchtweg abzuschneiden. Zwar hatte das mächtige persische Heer Athen geplündert und eingeäschert und die Götterbilder umgestürzt, aber es hatte auch schwere Verluste im Engpaß der Thermopylen erlitten, und seine Überwinterung in Griechenland wurde dadurch in Frage gestellt, daß die Schiffe Athens die Seeverbindungen nach Asien beherrschten. Es war kaum zu erwarten, daß das von Hunger und Kälte geschwächte persische Heer die von Sparta geführten griechischen Landstreitkräfte im kommenden Frühjahr besiegen könne, da nur dreihundert Lazedämonier es vermocht hatten, den Persern im Engpaß der Thermopylen den Weg solange zu verlegen, bis Athen seine Bevölkerung auf die Inseln in Sicherheit gebracht hatte.

Ich kannte zwar die Gewohnheit der Griechen, ihre Erfolge zu übertreiben, aber diese Nachricht kam von so vielen Seiten gleichzeitig, daß ich sie glauben mußte. Auf diese Weise erwies sich der Feldzug der Etrusker nach Himera als zwecklos, wenn ich mich auch mit dem Gedanken zu trösten versucht hatte, daß ihr Blut nicht umsonst geflossen sei, sondern daß sie sogar durch ihren Tod die griechischen Städte im Westen verhindert hätten, dem Mutterlande Hilfe zu leisten.

In Wirklichkeit fühlte sich der Tyrann von Syrakus, Gelon, in seiner Stellung so unsicher, daß er seine Reichtümer mit einem vertrauenswürdigen Mann nach Delphi, dessen Priester die Unterwerfung unter den Perser vorbereiteten, geschickt und seinen Sendboten ermächtigt hatte, dem Großkönig, nachdem er den Sieg in Griechenland errungen haben würde, unverzüglich Erde und Wasser darzubringen. Durch die Unterwerfung wollte er seine Macht in Sizilien unter dem Schutz des Großkönigs auch in dem Falle gesichert sehen, daß die karthagischen Truppen bei Himera den Sieg davongetragen hätten, so daß diesem hervorragenden, wenn auch mit rauhen Sitten behafteten Staatsmann politischer Weitblick nicht fehlte. Es wurde von ihm erzählt, daß er noch nahe der sechzig in der Lage war, einen Stier an den Hörnern auf die Knie zu zwingen. Das Volk von Syrakus bewunderte ihn wegen seiner Leutseligkeit und duldete seine Eigenmächtigkeit, weil sie mehr gegen die Aristokraten und die Reichen als gegen das Volk gerichtet war. Aber seine Leibwache stellte er aus schwarzen Sklaven zusammen und behauptete scheinheilig, daß es auf Grund einer gewissen Wahrsagung geschehe. In Wirklichkeit traute er den Griechen und seinen Volksgenossen nicht und wollte sie als Leibwache nicht haben.

Der Tyrann von Kyme, Demadotos, war ein schlauer Mann, der weitläufig über die Erbangelegenheiten des römischen Königs Tarquinius schwatzte. In Wirklichkeit drehte er den Mantel nach dem Winde und schielte bald nach Norden und bald nach Süden. Es war ihm klar, daß es nur eine Frage der Zeit sei, bis er seine guten Handelsverbindungen mit den Etruskern aufgeben und den Forderungen der griechischen Städte Siziliens nachgeben müßte, die die Karthager und die Tyrrhener von allen Märkten, allen Meeren und Handelsplätzen verjagt sehen wollten.

Als Lars Arnth Velthuru von unserer bedrängten Lage hörte, sandte er aus Tarquinia an Demadotos eine entschlossene Botschaft, in der er mitteilte, daß er die tarquinischen Kaufleute aus Kyme abberufen, den gesamten Handel mit Kyme einstellen und die griechischen Lager Kymes in Tarquinia beschlagnehmen würde, falls den beiden Kriegsschiffen mit ihren Besatzungen nicht unverzüglich die Rückfahrt gestattet würde. Andererseits sandte Gelon einen Boten, der Demadotos bekanntgab, daß sein Herr es als eine feindselige Handlung ansehen würde, falls er die Kriegsschiffe, die sich ungebeten in die inneren Angelegenheiten Siziliens eingemischt hätten, freigeben sollte.

Demadotos seufzte und stöhnte, hielt sich den Kopf und jammerte: „Welch schlechtes Glück steuerte eure Schiffe gerade in den Hafen von Kyme? Mein schwaches Herz hält diese Verwicklungen nicht mehr aus, und selbst mein Magen wird krank."

Wir bemerkten, daß die traditionelle Freundschaft zwischen den etruskischen Städten und Kyme uns dazu veranlaßt habe, Zuflucht in seinem Hafen zu suchen. Er sagte:

„Ja, natürlich. Gewiß. Aber Gelon von Syrakus ist ein großer und unfreundlicher Herr. Ich bin verloren, und der Handel Kymes ist vernichtet, wenn er sich über mich ärgert und wütend wird."

Nach kurzem Überlegen kam ihm ein Einfall und er sagte: „Wir haben doch unser weltberühmtes Orakel, die Hierofila, das sein Amt aus der grauen Urzeit geerbt hat, bevor es in Kyme eine Stadt gab. Durch seinen Mund reden die Götter, und ich glaube, daß nicht einmal Gelon sich gegen seine Entscheidung auflehnen kann."

Er selbst wollte nicht zu der Sibylle in die Höhle gehen, er beklagte sich über die mühevolle Fahrt dahin und die ekelhaften Dämpfe in der Höhle, die ihm Kopfweh verursachten. Aber er sandte seinen Ratgeber mit, und von uns gingen drei Mann hin, nachdem wir das Los geworfen hatten. Demadotos gab seinen Ratgebern Instruktionen und sagte noch verdrießlich: „Bring dem alten Weib meine Geschenke und fordere sie in meinem Namen auf, endlich jaja oder neinnein zu sagen, ohne unnützes Zeug zu schwatzen."

Die Höhle der Sibylle war hoch oben in einer Kluft des Berggipfels, und den dorthin führenden Ziegenpfad hatten die Schritte der Hilfesuchenden im Laufe der Jahrhunderte glattgeschliffen. An den schwierigsten Stellen waren Stufen in den Stein gehauen, aber auch diese waren holprig ausgetreten. Der Tempel war einfach, von Regen und Wind verwittert. Die grau gewordenen Holzsäulen wurden erst dann erneuert, wenn sie völlig morsch auseinanderfielen. Uns wurde erzählt, daß in den Höhlen unter dem Tempel große Schätze versteckt lägen, wenn man es auch dem Äußeren der Priester nicht hätte ansehen können. Sie trugen einfache Wollbänder um den Kopf und einen groben, braunen Überwurf um die Schultern.

Die Schwefeldämpfe der Höhle waren erstickend und betäubten unsere Köpfe um so mehr, als wir auch sonst in unserem Kummer über unser Schicksal und in unserer Trauer über die auf dem Schlachtfeld gebliebenen Gefallenen kaum geschlafen hatten. Wir bekamen Hustenreiz, und die Augen liefen uns über, so daß wir das Innere der Höhle und die auf ihrem hohen Thron sitzende Hierofila nur durch einen Tränenschleier sahen. Es war zum Ersticken heiß in der Höhle, weil Hierofila wegen ihres Alters ein ständiges Feuer im Herd unterhielt. Sie hatte schon längst ihre Haare verloren, trug aber aus Eitelkeit eine kegelförmige Mütze auf dem Kopf. Ein blasses Mädchen mit offenen Haaren bediente sie, und an den Augen des Mädchens erkannte ich die wilden Augen der Pythia von Delphi und vermutete gleich, daß Hierofila sie zu ihrer Nachfolgerin heranzog. Die Augen der Hierofila waren wie aus grauem Stein. Ich glaube, sie war völlig blind.

Als wir hineintraten, begann das Mädchen unruhig hin und her zu laufen. Sie kam ganz dicht an uns heran und schaute uns der Reihe nach ins Gesicht. Dann brach sie in ein wildes Gelächter aus und begann wie eine Wahnsinnige zu schreien, zu kreischen und umherzuspringen. Hierofila befahl ihr mit einer merkwürdig hohlen und metallenen Stimme zu schweigen. Eine solche Stimme hätte ich nie aus dem Munde der alten Frau erwartet. Der Bote des Demadotos neigte sein Haupt vor ihr und begann unsere Angelegenheit vorzutragen. Aber Hierofila hieß ihn schweigen und sagte:

„Was schwatzt du? Ich weiß von diesen Männern und sah ihre Ankunft in Kyme voraus, als die Raben vom Berg verschwanden und in Schwärmen übers Meer dorthin flogen, von wo diese kamen. Und ich dulde es nicht, daß eine Unmenge Geister der Toten, die Zungen im Munde geschwollen und mit starren, aufgerissenen Augen, mit ihnen zusammen in meine Wohnung eindringt. Geht weg und nehmt die Toten mit."

Sie begann zu keuchen und führte abwehrende Bewegungen mit den Händen aus. Nachdem wir miteinander beraten hatten, gingen die beiden Etrusker hinaus und blickten, die Geister der Toten beschwörend, um sich. Die Sibylle beruhigte sich und sagte:

„Nun habe ich wieder Luft zum Atmen. Aber von woher kamen die Helligkeit um mich und das Dröhnen eines unsichtbaren Sturmes?"

Das Mädchen hatte sich in der Höhlenecke zu schaffen gemacht. Sie trat vor, berührte die Hand der Hierofila und drückte mir dann einen von ihr aus trockenen Lorbeerblättern geflochtenen Kranz aufs Haupt. Hierofila fing zu kichern an, starrte mich mit ihren blinden Augen an und grüßte mich:

„Du, Liebling der Götter. An deinen Augenwinkeln sehe ich das Blau des Mondes, aber aus deinem Gesicht leuchtet die Sonne. Ich würde dir einen Kranz aus Myrte und Weide flechten. Doch begnüge dich mit Lorbeer, da nichts anderes da ist."

Der Bote des Demadotos glaubte, sie phantasiere, und begann ungeduldig seine Sache von neuem zu erklären, denn die Dämpfe der Höhle ließen seine Kehle brennen und die Augen überlaufen, und sogar ich verspürte den ekelhaften Schwefelgeschmack am Gaumen. Ohne das Ende seiner Rede abzuwarten, sprach Hierofila ihren Orakelspruch und sagte:

„Was bedeuten diese beiden Schiffe, wenn tausend Schiffe bei Kyme auf dem Meere aufeinanderprallen werden? Demadotos soll diese Männer in Ruhe abziehen lassen und ihre Schiffe freigeben. Die Schiffe entscheiden keine Kriege, sondern die Erkennungsschilde."

Ihre Stimme schwoll an, als schreie sie durch ein Metallhorn, als sie wiederholte: „Schiffe braucht Demadotos nicht, sondern die Erkennungsschilde. Gott hat gesprochen." Nachdem sie Atem geholt hatte, sagte sie ruhiger: „Geh weg, du dummer Mann, und laß mich allein mit dem Sendboten der Götter."

Der Ratgeber des Demadotos schrieb den Orakelspruch auf eine

Wachstafel und wollte mich am Arm aus der Höhle ziehen. Aber das Mädchen stürzte sich auf ihn, kratzte mit ihren langen Nägeln sein Gesicht und schlug ihre Arme um meinen Hals. Sie war keineswegs sauber, aber ihrer Haut und ihren Kleidern entströmte ein so kräftiger Duft von Lorbeer und stark riechenden Kräutern, daß sie mir nicht widerlich war. Ich sagte, daß ich noch ein Weilchen in der Höhle bliebe, da es offenbar sein sollte, und der Bote des Demadotos ging hüstelnd hinaus, den Saum seines Überwurfes vor den Mund haltend. Nachdem er gegangen war, stieg Hierofila von ihrem hohen Thron herunter und öffnete eine Holzklappe in der Höhlenwand, so daß die frische Luft im Nu die giftigen Dämpfe verscheuchte. Durch die den Berg teilende Kluft sah ich das Blau des Meeres und des Himmels.

Die Sibylle trat vor mich hin, tastete mich mit ihren Händen ab, berührte mit den Fingern meine Wangen und Haare und sagte gerührt:

„Sohn deines Vaters, ich kenne dich. Warum küßt du deine Mutter nicht?"

Ich bückte mich, drückte meine Hand auf den Boden der Höhle und küßte meine Hand zum Zeichen, daß ich die Erde als meine Mutter anerkannte. Es war mir, als weitete sich meine ganze Gestalt, und Helligkeit erfüllte mich. Das Mädchen kam näher an mich heran, befühlte meine Knie und Schultern mit den Händen und drückte ihren Körper gegen meine Lende. Es war, als wäre meine Kraft aus mir entwichen, und ich schwitzte unter den Armen so, daß die Schweißperlen unter meinem Hemd an den Seiten entlang liefen. Hierofila versetzte dem Mädchen eine Ohrfeige, stieß sie von mir weg und sagte:

„Deine Mutter kennst du. Warum grüßt du nicht deinen Vater?" Ich schüttelte verwirrt den Kopf und sagte: „Ich habe meinen Vater nie gekannt und weiß nichts über meine Herkunft."

Hierofila begann mit Gottesstimme zu reden und sagte: „Mein Sohn, du wirst dich selbst in dem Augenblick erkennen, in dem du deine Hand auf die runde Kuppe der Grabsäule deines Vaters legst. Ich sehe deinen See, ich sehe deinen Berg, ich sehe deine Stadt. Suche, so wirst du es finden. Klopfe an, und dir wird aufgetan. Du wirst auch durch das verschlossene Tor zurückkommen. Vergiß mich dann nicht."

Plötzlich sagte sie: „Schau nach hinten."

Ich blickte nach hinten, aber ich sah nichts, obwohl die durch den Luftzug hochschlagenden Flammen des Feuers selbst die dunkelsten Ecken der Höhle beleuchteten. Ich schüttelte wieder den Kopf. Hierofila wunderte sich sehr, legte ihre Handfläche auf meine Stirn und bat: „Schau noch einmal. Siehst du sie nicht, die Göttin? Größer und schöner als die Sterblichen blickt sie dich an und streckt dir die Arme entgegen. Sie trägt eine Mauerkrone. Sie ist die Mondgöttin, aber gleichzeitig auch die Quellgöttin. Die Göttin des Schaums, des Hirsches, der Nymphe und der Myrte."

Ich schaute nochmals nach hinten, aber eine Göttin mit einer Mauerkrone sah ich nicht. Statt dessen stiegen vor meinen Augen andere Umrisse auf. Aus der Höhlensteinwand wuchs eine steife Gestalt in einer sich nach vorn streckenden Stellung wie der Bug eines Schiffes. Ein weißer Überwurf legte sich eng um die Gestalt, und das Gesicht, mit weißen Binden verbunden, war furchterregend. Immer klarer erkannte ich die Gestalt. Stumm, unbeweglich beugte sich das Gespenst in seiner starren Haltung nach vorne. Das mit Leinenbändern bis zur Unkenntlichkeit verbundene Gesicht starrte nach Norden. Die ganze Haltung war abwartend und wegweisend.

Hierofila wurde unruhig, nahm ihre Hand von meiner Stirn, begann stark zu zittern und fragte: „Was siehst du, weil du so erstarrtest?"

Ich sagte: „Er bewegt sich nicht. Er hat sein Gesicht mit Leinenbändern verbunden. Starr zeigt er nach Norden wie der Bug eines Schiffes."

In diesem Augenblick schwoll das Dröhnen in meinen Ohren zu einem überirdischen Gebraus an, die Helligkeit blendete meine Augen und ich sank bewußtlos zu Boden. Als ich allmählich wieder zu mir kam, war es mir, als schwebte ich in der Unendlichkeit des Himmels, der schwarze Sternhimmel über mir, die Erde unter mir, und das Brausen hörte ich immer noch gedämpft in meinen Ohren. Erst als ich die Augen aufschlug, begriff ich, daß ich auf dem Steinboden der Höhle lag. Hierofila kniete neben mir und rieb meine Hände, und das Mädchen wischte mit einem in Wein getränkten Tuch meine Stirn und meine Schläfen.

Als Hierofila merkte, daß ich wieder bei Bewußtsein war, sagte sie mit der zittrigen Stimme einer uralten Frau: „Deine Ankunft war vorausgesagt und du bist erkannt. Binde dein Herz nicht mehr an die Erde. Suche nur dich selbst, um dich zu erkennen, du Unsterblicher."

Ich aß noch Brot und trank Wein mit ihr, und sie erzählte mit klagender Stimme, wie eine Mutter ihrem Sohne, von ihrer Gebrechlichkeit. Sie erzählte mir auch von ihren Träumen und zeigte mir eine Rolle, auf der sie in Worten und Versen ihre Erscheinungen niedergeschrieben hatte. Unter anderem sagte sie voraus, daß in Griechenland ein König geboren werden würde, der Persien unterwerfen, alle östlichen Länder erobern und bereits mit dreißig Jahren als Gott sterben werde. Ich vermute, daß ihre Weissagung spätere Zeiten betraf, weil sich so etwas zu meinen Lebzeiten nicht ereignet hat. Im Gegenteil, Griechenland zerfleischt sich nach seinen Siegen selbst, indem Athen und Sparta unversöhnliche Kriege gegeneinander führen. Aber noch merkwürdigere Erscheinungen hatte sie in ihren Träumen gehabt. Ihr fehlten nur die Worte, sie zu schildern. So beteuerte sie, gesehen zu haben, wie Ungeheuer aus Metall in Horden in der Erde wühlten, knatternd wie die Heuschrecken und Feuer speiend, und wie unzählige Ikarusse gleich Pflugsterzen in den Wolken am Himmel flogen. Wo sie flogen, dort spie die Erde aus ihrem Innern Feuer wie Vulkane.

Als ich endlich aus der Höhle hinaustrat, fiel ein Sonnenstrahl vor mir auf die Erde, und ein kleiner Stein blitzte auf. Ich hob ihn auf. Es war ein mattweißer, durchsichtiger Stein und oval geschliffen. Ich legte ihn zu den anderen Steinen meines Lebens in meinen Beutel am Halse, und zum erstenmal erkannte ich bewußt, daß das gedankenlose Aufheben eines Steines für mich das Ende eines Lebensabschnittes und den Anfang eines neuen bedeutete.

Meine Kameraden hatten schon beunruhigt auf mich gewartet und sich über mein langes Ausbleiben in der Höhle der Hierofila gewundert. Als ich zu ihnen kam, befand ich mich immer noch gleichsam im Halbschlaf und sie behaupteten, daß ich während unserer Wanderung in die Stadt zurück wirr geredet hätte. Ich hatte so schreckliches Kopfweh, daß meine Augen völlig zuschwollen.

Demadotos deutete den Orakelspruch auf seine Weise und ließ uns aus Kyme absegeln. Aber die Erkennungsschilde der beiden Schiffe ließ er abnehmen und bewahrte sie sorgfältig in seiner Schatzkammer, ohne sie an Gelon zu schicken. Wir legten kaum mehr Wert auf die Erkennungsschilde, sondern uns war alles gleichgültig, wenn wir nur aus dieser unfreundlichen Stadt herauskamen.

6.

Im Hafen von Tarquinia übergaben wir unsere lecken Schiffe ohne Erkennnungszeichen den Wachen im Hafen. Als wir an Land gingen, grüßten die Menschen uns nicht, sondern drehten uns den Rücken und bedeckten den Kopf. Die Gassen leerten sich vor uns. Eine so tiefe Trauer brachten wir dem Lande der Etrusker. Deshalb trennten wir uns mit gedämpften Stimmen im Hafen von Tarquinia, und die aus Populonia und Vetulonia stammenden Kameraden ließen sich auf Frachtern anheuern, um in ihre Heimatstädte zu kommen. Die aus den Binnenstädten Stammenden begaben sich, den Kopf bedeckt, in ihre Heimatorte. Für den Rest des Lebens waren sie schweigsame Männer geworden.

Ich folgte den zehn am Leben gebliebenen Traquiniern in die Stadt. Lars Arnth empfing uns tief besorgt, aber kein Wort der Anklage kam über seine Lippen, sondern er hörte nur unsere Berichte an und übergab den Männern Geschenke. Nachdem sie gegangen waren, bat er mich, unter vier Augen bei ihm zu bleiben, und sagte:

„Auch der mutigste Mann kämpft gegen sein Schicksal vergebens. Nicht einmal die Götter können das Schicksal wenden. Ich meine die Götter, deren heilige Namen und deren Zahl wir kennen und denen zu Ehren wir Opfer darbringen. Die verschleierten Götter, die wir nicht kennen, stehen über allen, vielleicht sogar über dem Schicksal."

Ich bat: „Beschuldige, beschimpfe mich, schlage mich mit deiner Hand, dann würde ich mich wohler fühlen."

Lars Arnth lächelte wehmütig schön und erklärte: „Du bist nicht schuld, Turms. Du warst nur der Sendbote. Aber ich bin in eine sehr schwierige Lage geraten. Die Oberhäupter unserer vierhundert Geschlechter sind in zwei Parteien zerfallen, und die den Griechen freundlichen beschuldigten mich nun ernstlich, daß wir die Griechen unnütz verärgert hätten. Die Importwaren sind teurer geworden, und wir können nur noch zu Wucherpreisen attische Vasen kaufen, die wir gewöhnt waren, in die Gräber unserer großen Toten zu legen. Wer hätte es im voraus ahnen können, daß die Griechen Erfolge im Krieg gegen den Großkönig haben würden? Aber ich glaube, daß unsere Expedition nach Sizilien zur Unterstützung Karthagos für die Griechen nichts anderes bedeutet als einen ausgezeichneten Scheingrund für die Drosselung unseres Handels. Schon früher haben sie unseren Handel gehaßt und beneidet und unsere Schiffe verschmäht. Nachher ist es sehr leicht, einen zu beschuldigen, wenn das Unglück bereits passiert ist. Auch glaube ich nicht, daß wir etwas dabei gewinnen würden, wenn wir uns vor den Griechen demütigen. Um so schlimmer würden sie uns nur treten, denn das ungeahnte und noch nicht dagewesene Kriegsglück läßt die Griechen sich über alle Maßen aufblähen."

Er berührte meine Schulter und fuhr fort: „Zu viele bewundern schon jetzt die griechische Kultur und machen sich den Geist des Zweifelns und des Spottes zu eigen, den die Griechen mitbringen. Lediglich die Binnenstädte sind noch heilige Städte. Unsere Küstenstädte sind unheilig und vergiftet. Deshalb, Turms, bleibe nicht in Tarquinia. Bald wirst du mit Steinen beworfen werden, weil du dich als Fremder in die Angelegenheiten der Etrusker eingemischt hast."

Ich riß meinen Überwurf auf und zeigte ihm die noch kaum verheilte Narbe an meiner Seite und die Spuren der Blasen an meinen Händen. „Auf jeden Fall habe ich mein Leben für die etruskische Sache eingesetzt", sagte ich verbittert. „Es ist nicht meine Schuld, wenn ich Glück hatte und lebend zurückkehrte."

Lars Arnth wurde verlegen, mied meinen Blick und sagte: „Für mich bist du kein Fremder, Turms. Das weiß ich besser und ich kenne dich, so wie mein Vater dich gleich erkannte. Aber aus politischen Gründen bin ich gezwungen, Unruhen zu vermeiden. Schon deinetwegen wünschte ich nicht, daß das unverständige Volk dich steinigt."

Seine Freundschaft beteuernd, vertrieb er mich aus seiner Stadt. Es dauerte noch lange, bis das eigentliche Benehmen der Griechen die griechenfreundliche Stimmung in Tarquinia auslöschte. Erst als sie ihre Schiffe und ihre Guthaben in den griechischen Städten verloren hatten und als sie merkten, daß die Griechen die von den tyrrhenischen Küstenstädten übergebenen Segeltafeln anspuckten, verfinsterten sich die Gesichter der Kaufleute und der Aristokraten Tarquinias, und sie begriffen, daß die Zeiten sich geändert hatten. Trotzdem zahlten sie den in ihrer Stadt lebenden Griechen nicht mit gleicher Münze heim, sondern duldeten sie unter sich. Dies führte zu Verlusten und Unglücksfällen, weil die Griechen ihr Griechentum höher schätzten als die Gesetze der Gastfreundschaft, und alles, was sie in Erfahrung bringen konnten, an ihre Stammesgenossen verrieten. Nur die klügsten und weitsichtigsten Etrusker verstanden, was in Wirklichkeit vor sich ging. Die anderen klagten nur und sagten:

„Es ist, als drücke eine unsichtbare Hand unsere Kehle zu. Unser Handel erstickt. Die Waren anderer Länder steigen ständig im Preis, aber die Preise unserer Waren sinken nur. Je mehr Handel ein Mann früher betrieb und je mehr Schiffe er auf die Meere schickte, um so größeren Erfolg erzielte er. Wie ist es möglich, daß es heute genau umgekehrt ist? Je mehr wir uns anstrengen und vorwärtsstreben, um so ärmer werden wir."

Als überaus reicher Mann kam Lars Arnth gar nicht auf den Gedanken, daß auch ich arm geworden war. Die Goldkette, die ich von Xenodotos bekommen hatte, hatte ich schon längst in Kyme in Stücke zerlegt, weil wir am Leben Gebliebenen alles miteinander teilten. Ich mußte mein kerbiges Schwert und meinen verbeulten Schild in Tarquinia verkaufen. In den Winterstürmen auf den Bergen wanderte ich zu Fuß über Caere nach Rom, weil ich mich, abgemagert und fiebrig wie ich war, nicht auf ein Frachtschiff anheuern lassen konnte, um mit meiner Hände Arbeit die Fahrt in die Flußmündung Roms und stromaufwärts verdienen zu können.

Die Kriegshandlungen zwischen Rom und den Etruskern hatten während der Winterzeit aufgehört, so daß mich die plündernden Truppen nicht überrannten. Ich sah zertrampelte Felder und umgehauene Obstbäume, rußige Herde der niedergebrannten Bauernhäuser und Knochen abgeschlachteten Viehs, welche die Wölfe und die Füchse weiß abgenagt hatten. Die früher lebhaften Gegenden waren öde, und die Hirten hatten ihre Herden in das Hinterland in Sicherheit gebracht. So freudlos war meine Wanderung.

Als ich dann endlich auf dem Janiculus-Hügel stand und den gelblichen Fluß tief unten in seinem Bett fließen sah, die Brücke, die Mauer und die Tempel Roms jenseits des Stromes erblickte, erkannte ich, daß sich die Zerstörung bis zum Gebiet von Rom und bis zu den Ufern des Tibers erstreckte. Aber inmitten der Leere fand ich mein eigenes Lusthäuschen unbeschädigt vor, und Misme kam mit braungebrannten Beinen, die Augen vor Freude leuchtend, mir entgegengelaufen.

„Wir haben angstvolle Zeiten erlebt", erzählte sie. „Wir hatten nicht einmal Zeit, nach Rom zu fliehen, wie du befohlen hattest. Aber die Männer aus Veji richteten sofort die heiligen Stangen auf unserem Hof auf, nachdem sie über die Grenze gestürmt waren, und niemand störte oder verfolgte uns danach, und nicht einmal unser Vieh wurde gestohlen. Wir haben eine reichliche Ernte bekommen und sie versteckt. Jetzt werden wir reich werden, denn die Getreidepreise sind in Rom gestiegen. Du wirst mir gewiß ein neues Kleid und Schuhe kaufen, da wir alles so gut erledigt haben?"

Ich begriff, daß die Schonung meines Hauses eine Aufmerksamkeit von seiten Lars Arnths war. Aber indem er mir nur Gutes antun wollte, verursachte er mir nur Böses. Sofort beim Betreten der Brücke Roms wurde ich verhaftet, den Liktoren ausgeliefert und in das unterirdische Gewölbe des Mameras-Gefängnisses gebracht. Auf dem Boden der Gefängniszelle fror in den kalten Nächten das Wasser zu Eis, verfaultes Stroh war meine Liegestatt, und ich hatte mit den Ratten um das bißchen Essen zu kämpfen, das ich selbst bezahlen mußte. Mein Fieber verschlimmerte sich so, daß ich zu phantasieren begann, ich kam nur hin und wieder zu Bewußtsein, und ich glaubte, sterben zu müssen.

Wegen meiner Krankheit konnte ich nicht verhört und verurteilt werden. Auch sonst hielten die Behörden mich für einen unwichtigen Mann, und meine Verhaftung war lediglich eine politische Maßnahme, um dem Volke einen Sündenbock für das Mißlingen des Krieges vorführen zu können. Meine Angelegenheit wurde kaum beachtet, und die Konsuln kümmerten sich wenig darum, ob ich in der Gefängniszelle am Leben blieb oder starb.

Ich starb aber nicht. Das Fieber sank, und eines Tages wachte ich mit klarem Kopf und klaren Gedanken auf, aber ich war so schwach, daß ich kaum die Hand heben konnte. Als der Gefängniswärter begriff, daß ich gesund geworden war, ließ er Misme zu mir, die Tag für Tag die weite Strecke vom Landhaus bis zur Stadt und zurück gewandert war, um vor dem Gefängnistor, vor Kälte zitternd, vergeblich um Einlaß zu betteln. Mit Hilfe des von ihr täglich mitgebrachten Essens hatte ich das lang anhaltende Fieber lebend überstanden, denn der Gefängniswärter erzählte, daß ich in meinen klaren Stunden gegessen und getrunken hätte, wenn ich mich dessen auch nicht erinnern konnte. Viel hatte ich nicht gegessen, das merkte ich an meinen abgemagerten Gliedern und dem Zusammenschrumpfen meiner Muskeln zu Sehnen.

Als Misme mich sah, schossen ihr die Tränen aus den Augen, sie hockte sich auf das verfaulte Stroh und fütterte mich und stieß mir mit ihren Fingern jedes Stück in den Mund und zwang mich, etwas Wein zu trinken. Als ich wieder vernünftig denken konnte, warnte ich sie als erstes, mich im Gefängnis noch zu besuchen, weil die Behörden auch sie verhaften könnten, wenn sie auch noch ein Kind sei. Mit vor Schreck geweiteten Augen starrte Misme mich an und sagte:

„Ich glaube nicht, noch ein Kind zu sein. Ich begreife heute vieles, was ich früher nicht verstanden habe."

Mein Stolz verbot mir, Arsinoe über meine Lage zu berichten, außerdem wollte ich nicht, daß sie meinetwegen in Schwierigkeiten geraten sollte. Ohne daß Misme es aussprach, begriff ich, daß mir Landesverrat vorgeworfen wurde. Der beste Beweis dafür war mein unversehrtes Landhaus. Warum hätten die Soldaten Vejis sonst mein kleines Gut vor Plünderung und Brand verschont, wenn ich ihnen nicht Dienste geleistet hätte? Meine Lage würde dadurch noch verschlimmert werden, wenn beim Verhör herauskäme, daß ich mit den Etruskern am Feldzug nach Sizilien teilgenommen hatte. Wäre ich römischer Staatsbürger gewesen, hätten sie mich vermutlich ohne Verhör trotz meiner Krankheit verprügeln und hinrichten lassen. Aber ich hatte nie um die römische Staatsangehörigkeit nachgesucht. Im Gegenteil, um dies zu vermeiden, hatte ich mich der von den Römern verachteten Lehrerzunft angeschlossen.

Mehr als um mich selbst hatte ich um Misme Angst, daß ihr meinetwegen Böses geschehen könnte. Mir war es klar, daß mein Gut und mein Vieh zugunsten des Staates beschlagnahmt werden würden und daß man mich im besten Falle aus Rom ausweisen würde. Ich besaß zwar den goldenen Stierkopf, den ich eingegraben hatte, ein großes Vermögen, aber ich hatte nicht viel davon. Wenn ich den Versuch unternommen hätte, irgendeinen Beamten zu bestechen, so hätte er das Gold für sich behalten, und der Besitz und das Verstecken einer solchen Goldmenge wäre ein noch schwerwiegenderer Beweis gegen mich gewesen.

Nach langem Zögern sagte ich: „Liebe Misme, geh nicht mehr in das Landhaus, sondern suche Schutz im Hause deiner Mutter. Du bist ihre Tochter, und sie kann dich schützen. Aber von mir darfst du nichts erzählen. Sage nur, daß ich unbekannt wohin verschwunden sei und daß du deshalb in Not geraten seist."

Misme lehnte ab: „In den Schutz Arsinoes gehe ich nie und nimmer, ich will sie nicht einmal Mutter nennen. Lieber dinge ich mich als Hirtin oder verkaufe mich als Sklavin."

Ich hatte keine Ahnung gehabt, daß sie eine so starke Verbitterung Arsinoe gegenüber empfand. Ich sagte: „Sie ist doch immerhin deine Mutter und hat dich zur Welt gebracht."

Die Augen vor Wut voller Tränen, schrie Misme: „Sie ist eine böse und gemeine Mutter, und schon während meiner ganzen Kindheit verschmähte sie mich, weil ich ihr nicht gefiel. Aber selbst das könnte ich ihr noch verzeihen, wenn sie mir nicht Hanna entrissen hätte, die zu mir zärtlicher als eine Mutter und meine einzige Freundin war."

Der Gedanke, wie Arsinoe sich Hanna gegenüber benommen hatte, erschütterte mich aufs neue. Ich sah jede Einzelheit klar vor mir, als ich an die Vergangenheit dachte. Ich begriff, daß im Schicksal Hannas mehr verborgen lag, als ich damals annahm. Ich fragte, ob Misme irgend etwas Verdächtiges an Hanna und ihrem Benehmen bemerkt habe.

Misme schwor und sagte: „Ich war damals zwar noch ein Kind, als das Furchtbare geschah, aber ich hätte es bestimmt gewußt und gemerkt, wenn sie leichtsinnig gewesen wäre und mit Männern geschlafen hätte. Ich schlief doch im gleichen Zimmer mit ihr und wir waren ständig zusammen, denn sie ließ mich nie aus den Augen. Gerade sie warnte mich vor meiner Mutter und erzählte mir, daß du nicht mein richtiger Vater bist. Du brauchst es nicht mehr vor mir zu verbergen. Sie erzählte, wie

Arsinoe meinen richtigen Vater so lange gequält habe, bis er im Moor den Tod suchte. Er war ein griechischer Arzt und dein Freund, nicht wahr? Aber du, gerade du, Turms, warst der einzige Mann, den Hanna jemals geliebt hatte. Ihretwegen liebe ich dich auch, wenn du es vielleicht auch gar nicht verdienst."

„Nein, so darf ich nicht sagen", unterbrach sie sich selbst, „denn du bist stets gut zu mir gewesen und besser als ein richtiger Vater. Aber wie konntest du, wie konntest du Hanna verstoßen, als sie von dir schwanger geworden war?"

„Im Namen der Götter", schrie ich, „was redest du, du unglückseliges Mädchen?" Schweiß bedeckte meine Stirn. Ich brauchte den vorwurfsvollen Blick Mismes nicht zu sehen, um zu wissen, daß sie die Wahrheit sprach. Ich hatte doch keinen anderen Beweis für meine Unfruchtbarkeit als die verächtlichen Worte Arsinoes.

Misme brauste auf und sagte spöttisch: „Wurde sie vielleicht von den Göttern schwanger? Auf jeden Fall warst du der einzige Mann, der sie jemals anrührte. Dies schwor sie mir, ins Ohr flüsternd, als sie sich zu fürchten begann, aber ich war noch ein Kind und verstand nicht alles. Heute verstehe ich und bin überzeugt, daß Arsinoe es wußte. Deshalb verkaufte sie Hanna an den schlimmsten Ort, den sie ausfindig machen konnte."

Sie schaute befremdet mein Gesicht an und fragte zweifelnd: „Wußtest du das wirklich nicht? Ich glaubte, daß du Hanna verachtetest und dich der Folgen deiner Tat entledigen wolltest. Solche Feiglinge sind die Männer alle. Das lehrte mich meine Mutter, wenn sie mich auch nichts anderes lehrte. Sie erzählte zwar nicht, wohin sie Hanna verkauft hatte, aber ich konnte es doch vom Stallsklaven herauspressen, bevor Arsinoe ihn aus dem Hause schickte, um die letzten Spuren von Hanna vor dir zu verwischen. Damals war ein phönizischer Sklavenhändler zufällig in Rom, der Mädchen der Volsker am Rande des Viehmarktes kaufte, um sie in die Freudenhäuser in Tyros zu verschiffen. Ihm verkaufte Arsinoe Hanna, und sie hielt es für ein ertragreiches Geschäft. Das ungeborene Kind kaufte er mit Hanna und beteuerte, daß, wenn Hanna einen Sohn gebären sollte, dieser kastriert und später als Kastrat in die persischen Großstädte geschickt würde. Ein Mädchen würde von Anfang an für den Beruf der Mutter erzogen werden. So verbittert war ich und so viele Tränen weinte ich Hannas wegen, weil ich glaubte, daß du es gewußt hattest. Jahrelang konnte ich dir dies in meinem Herzen nicht verzeihen."

Die Tränen liefen ihr über die Wangen, sie berührte leicht meine Hand mit der ihrigen und bat: „Oh, mein Pflegevater, lieber Turms, verzeih mir, daß ich schlecht von dir gedacht habe. Warum konnte ich die ganze Angelegenheit nicht für mich behalten? Aber sie hat mein Gemüt schrecklich bedrückt, seitdem ich alles zu verstehen begann. Darüber bin ich aber doch froh, daß du Hanna nichts Böses wolltest, wenn auch Arsinoe sie von dir trennte. Ach, wie sehr hätte ich gewünscht, daß du Hanna als meine Mutter genommen hättest und ich einen eigenen kleinen Bruder oder eine kleine Schwester bekommen hätte."

Dann hielt ich es nicht mehr aus. Mein Entsetzen verwandelte sich in kochenden Zorn, ich rief alle Götter der Unterwelt an und verfluchte Arsinoe im Leben und im Tod aus Rache dafür, daß sie ein solch grauenhaftes Verbrechen gegen mich und die schuldlose Hanna verübt hatte. Meine Flüche waren so furchterregend, daß Misme die Ohren zuhielt, bis mein Zorn sich in Schmerz und Qual auflöste und ich einsehen mußte, daß Hanna sicherlich schon gestorben und mein Kind für ewig verschwunden war. Es war hoffnungslos, nach ihr zu forschen. Die phönizischen Freudenhäuser behielten ihre Geheimnisse, und diejenigen, die dorthin gekommen waren, konnte nichts mehr retten. Das wußte Arsinoe am besten.

Schließlich faßte ich mich, als ich einsah, daß ich durch meine verbitterten Klagen und Selbstbeschuldigungen Misme nur traurig stimmte. Ich überlegte und sagte: „Vielleicht ist es besser, wenn du im Hause dieser Frau nicht Schutz suchst. Jedes andere Los dürfte für dich wünschenswerter erscheinen, als von ihr abhängig zu sein."

Ich erkannte meine Machtlosigkeit mit Bitterkeit, und es wurde mir klar, daß ich Misme nicht schützen konnte. Ich mußte mich auf ihren Verstand und ihre Pfiffigkeit verlassen. Ich erzählte ihr von dem goldenen Stierkopf und erklärte ihr den Platz neben der Quelle, wo er eingegraben lag. Ich warnte sie, ihn in Rom zum Verkauf anzubieten. Am klügsten wäre es, ihn in Stücke zu zerschlagen und diese dann einzeln in einer der etruskischen Städte zu verkaufen, wenn sie in Not geraten sollte. Zum Schluß küßte und streichelte ich sie, nahm sie in die Arme und sagte:

„Ich habe meinen Schutzgeist und hoffe, daß auch du den deinen hast, der dich schützt, du gutes und liebes Mädel. Du brauchst dir über mich keine Sorgen zu machen. Sorge nur für dich selbst, so machst du mir die größte Freude."

Wir trennten uns, nachdem sie mir heilig versprochen hatte, sich meinetwegen nicht mehr in Gefahr und in Verdacht zu bringen. In der folgenden Nacht hatte ich einen ganz deutlichen Traum. Eine gebeugte

Frau betrat im Traum das unterirdische Steingewölbe des Gefängnisses. Sie hatte ihren Kopf mit dem Saum ihres braunen Überwurfes bedeckt und blickte mich durch ihre Finger an. Im Traum kannte ich sie und vertraute ihr, aber als ich aufwachte, konnte ich mich nicht mehr besinnen, wer sie gewesen war. Trotzdem erfüllte mich ein unerklärliches Gefühl der Zuversicht, wenn ich an diesen Traum dachte.

Endlich durfte ich mich waschen und bekam saubere Kleider, und danach wurde ich in das Gerichtsgebäude zum Verhör und zur Verurteilung geführt. Ich wurde gefragt, warum die Räuber aus Veji die Schutzstangen auf meinem Hof aufgerichtet und mein Haus verschont hätten. Ich sagte, davon wüßte ich nichts, weil ich auf seiten der Etrusker in Sizilien gekämpft hatte. Aber ich vermutete, daß die Gastfreundschaft, die mich in verschiedenen Städten mit Etruskern verband, die Ursache gewesen sei, daß mein Eigentum verschont wurde.

Es war ein kalter Morgen, und sowohl der Konsul als auch der Quästor hatten Kohlengefäße unter ihren Sesseln. Sie breiteten ihre Überwürfe um sich und hoben ihre Füße vom Steinboden, mühsam das Gähnen unterdrückend. Es war nicht einmal so viel Volk zusammengekommen, daß sie es für nötig befunden hätten, mich dem Volke zu zeigen. Auf Grund meines Geständnisses hielten sie mich für schuldig, Landesverrat während des Krieges getrieben zu haben, und unterhielten sich untereinander nur darüber, ob sie das juristische Recht hätten, mich zum Tode zu verurteilen, weil ich kein Römer war. Sie kamen zu dem Ergebnis, daß ich vor dem Gesetz den Staatsbürgern Roms gleichgestellt werden solle, weil ich fünfzehn Morgen Land innerhalb der Grenzpfähle Roms besaß und so das römische Staatsbürgerrecht bekommen hätte, wenn ich darum nachgesucht hätte. Sie konnten mich aber nicht dazu verurteilen, vom Abhang hinuntergeworfen und mit einem Haken in den Fluß gezerrt zu werden, weil ich kein Staatsbürger war. Deshalb lautete ihr Urteil einfach auf Prügelstrafe und Hinrichtung, obwohl sie der Meinung waren, daß ich als Landesverräter einen so gesitteten Tod nicht verdient hätte. Die Vollstreckung des Urteils verschoben sie auf einen Tag, an dem sehr viel Volk zusammenkommen würde, um ihm etwas Besonderes bieten zu können, damit es aufhören sollte, den Senat mit seinen Forderungen immer wieder zu belästigen.

Ein sicherer Tod erwartete mich, da das römische Recht keine Begnadigung nach einem gefällten Urteil kannte und ich an das Volk nicht appellieren konnte, weil ich nicht Staatsbürger war. Aber ich hatte keine Angst und ich glaubte auch nicht, daß ich sterben würde, mit einer solchen

Zuversicht hatte mich mein trostreicher Traum erfüllt. Außerdem dachte ich an die Worte der Hierofila, daß ich auch durch das geschlossene Tor wiederkehren würde. Ich dachte, daß der Tod nur eine zufällige Unterbrechung meiner Wanderschaft zwecks Selbsterkenntnis sei und ich wiederkehren würde, um ein zweckmäßigeres und zielbewußteres Leben als bisher zu führen. Diese Gedanken erleichterten mein Gemüt, so daß ich trotz meines Elends wieder lachen konnte. An Hanna wollte ich nicht mehr denken, weil ich ihr nicht mehr helfen konnte. Ich begrub meine Schuld zutiefst in meinem Herzen.

Der Gefängniswärter war über meine Ruhe und frohe Zuversicht so erstaunt, daß er zutraulich wurde und an manchem Tag bei mir blieb, um sich mit mir zu unterhalten. Eines Abends gab er mir ein heiliges Zeichen mit den Fingern und ließ den Türriegel offen. Ich hätte aus dem Gefängnis fliehen können, aber ich vermutete eine Hinterlist und wollte mich nicht durch die Flucht schuldig bekennen. Die Wächter auf dem Marktplatz hätten mich vermutlich getötet, wenn ich mich davongemacht hätte. Ich hatte keine anständigen Kleider und außerdem hatte man mir nach der Verkündung des Urteils eine Fessel um das Handgelenk geschmiedet.

Aber mein Urteil brachte meine Sache an die Öffentlichkeit, und Arsinoe erfuhr zufällig davon. Auch Misme brach ihr Versprechen und ging zu ihrer Mutter, um mit ihr zu beraten, nachdem sie erfahren hatte, daß ich jeden Tag an den Pfahl gebunden und öffentlich auf dem Marktplatz hingerichtet werden könnte. Die Folge hievon war, daß Arsinoe eines Glückstages mit einem Korb am Arm im Gefängnis erschien, begleitet von einer anderen Senatorenfrau, um Almosen an Verbrecher und Gefangene zu verteilen. Als der Gefängniswärter meine Tür öffnete, tat sie, als habe sie mich nicht erkannt und sagte zu ihrer Begleiterin:

„Dieser Mann scheint ein Grieche zu sein. Geh du voraus, ich werde ihn füttern. Er ist ja mit der Fessel am Handgelenk nicht imstande, selbst die Suppe zu löffeln."

Sie hatte in ihrem Korb in einem Tonkrug das gleiche aus Ochsen-, Schweine- und Lammfleisch gekochte Gericht, das sie während der Zeit der Belagerung Roms durch die Volsker so berühmt gemacht hatte. Als ich da auf dem Stroh lag, kniete sie in den Schmutz nieder, ohne an ihren Überwurf zu denken, und begann mich zu füttern, drückte ihr Gesicht ganz nah an mich und flüsterte:

„O weh, Turms, in welche Lage hast du dich gebracht und warum verrietst du Rom, wo du hier doch nur Gutes erfahren hast? Ich weiß gar nicht, wie ich dir helfen oder dir das Leben retten könnte. Tertius Valerius liegt auch im Bett und röchelt, ohne mehr sprechen zu können. Er hat gestern einen neuen Schlaganfall gehabt."

Ohne meinen Gesichtsausdruck zu verstehen, legte sie die Hand auf meine nackte Brust, streichelte meine Haut wie einst und fuhr mit ihrem Geschwätz flüsternd fort: „Oh, wie schmutzig du bist, und mager wie ein heimatloser herumstreunender Hund, so daß ich jede Rippe an dir zählen kann. Ich habe mir Rat bei einem Rechtsgelehrten geholt. Er sagt, daß du an das Volk appellieren könntest, wenn du römischer Staatsbürger wärst. Einer der Volkstribunen könnte dann das Urteil widerrufen und anordnen, daß du auf freien Fuß gesetzt wirst, nur um den Senat zu ärgern. Diese frechen Volksaufwiegler sollen sogar Geschenke entgegennehmen. Aber ein wegen Landesverrats Verurteilter kann doch nicht mehr um Staatsbürgerrecht nachsuchen, wo du sogar dein Gut an den Staat verloren hast. O Turms, du bist genau derselbe unmögliche Mann wie früher. Wenn du nicht an dich selbst dachtest, dann hättest du doch wenigstens an meine arme Tochter Misme denken sollen, die ich im guten Glauben deinem Schutze anvertraute. Deinetwegen ist sie nun arm und heimatlos. Wer, glaubst du, wird die Tochter eines wegen Landesverrats Hingerichteten heiraten wollen? Sie wird deinetwegen entweder im Zirkus oder auf der Straße landen."

Als ich endlich zu sprechen imstande war, sagte ich: „Arsinoe, nimm deine Hand weg oder ich kenne mich nicht mehr und bringe dich um, trotz der Fesseln an meinen Handgelenken. Ich werde bald hingerichtet und bin für dich keine Gefahr mehr. Jetzt rede einmal die Wahrheit, Arsinoe. Den Tod vor Augen, beschwöre ich dich. Wußtest du, daß Hanna von mir schwanger war, als du sie so erbarmungslos verprügeln ließest und sie als Sklavin verkauftest?"

Arsinoe stieß die Kelle in den Krug, rieb verlegen und peinlich berührt die Hände und bat: »Ach, Turms, warum redest du von alten und unangenehmen Dingen, wo wir einander noch mit lebenden Augen sehen dürfen? Du hast mir so schon genug Sorgen mit diesem unsympathischen Mädchen bereitet. Mischling war sie bestimmt, weil sie so dunkelhäutig blieb. Wenn du es nun einmal von mir forderst, natürlich konntest du mich nicht betrügen. Ich bin doch eine Frau. Schon auf den ersten Blick erfaßte ich im Hafen von Panormos, was gleich in der ersten Nacht geschehen war, als ich dich allein ließ. Später brauchte ich ja nur einen Blick auf die bettelnden Hundeaugen des Mädchens zu werfen, wenn sie glaubte, daß niemand sie sah. Im Namen der Göttin, sie kroch doch auf dem Boden und küßte deine Fußtapfen. Erst amüsierte ich mich darüber, aber du wirst dir doch wohl meine Gefühle vorstellen können, als ich begriff, daß sie von dir schwanger geworden war. Wie konntest du mir bloß ein solches Leid antun, Turms? Beschuldige du mich nur nicht. So viel Frau bin ich nun doch, daß ich dein uneheliches Kind in meinem Hause nicht dulden wollte, sondern dafür sorgte, daß das Mädchen fortkam."

Arsinoe geriet noch nach neun Jahren in Zorn, ihr Gesicht lief dunkelrot an und sie steigerte ihre Stimme: „Wegen dieses Seitensprunges freue ich mich, wenn du an den Pfahl gebunden wirst. Vor lauter Jubel lache ich, wenn die Prügel dir auf den Rücken niederprasseln. Ich bin bestimmt als Zuschauer dabei, wenn dir der Kopf abgeschlagen wird. Noch heute könnte ich dich mit eigenen Händen erwürgen, weil du in so widerlicher Weise mich und meine Liebe zu dir betrogst."

Sie heuchelte keineswegs in ihrem Wutausbruch und dachte keineswegs daran, wie sie sich mir gegenüber benommen hatte. Nein, sie war ganz ehrlich und glaubte fest daran, daß ich am Schicksal Hannas schuld war und nicht sie. Am meisten fühlte sie sich als Weib verletzt, weil aus einer Laune des Schicksals oder gar der Göttin nicht sie von mir schwanger geworden war, sondern ein elendes Sklavenmädchen. Ich meinerseits empfand nur Dankbarkeit hierüber und begriff, daß das der Wille der Götter war. Von den Nachkommen Arsinoes erwartete ich mir nichts Gutes. Deshalb traute ich auch Misme nicht restlos.

Arsinoe schluchzte vor Wut, wurde aber friedlich und streichelte mein Knie und gestand: „Nachdem ich nun mein jetziges Alter erreicht habe, bereue ich bisweilen meine Tat und befürchte, daß Hanna und ihr damals noch ungeborenes Kind mich in meinem späteren Alter als Lemuren bedrängen werden. Schließlich sind solche Geschichtchen im Grunde nichtssagend, und es ist nicht das erste- oder das letztemal, daß der Herr aus irgendeiner Laune seiner Sklavin ein Kind macht. Aber damals liebte ich dich noch so wahnsinnig, Turms. Ich war eifersüchtig und mein Selbstbewußtsein war zutiefst gekränkt, daß du ein so minderwertiges Wesen anrühren konntest, obwohl du mich kanntest. Die Männer sind ja so, aber ich glaubte, du würdest anders sein. Offenbar begehrt sogar der beste und begabteste Mann ab und zu zur Abwechslung eine Erbsensuppe statt der süßesten Trauben. Deshalb verzeihe ich dir, Turms, wenn ich auch damals dir nicht verzeihen konnte."

Sie neigte sich zu mir. Ich verspürte den Narzissenduft ihres Gesichts und merkte, daß sie Lippenrot aufgelegt und die Augenlider mit blauer

Farbe beschattet hatte. Ihre Stimme wurde tief und sie flüsterte: „Ach, Turms, wie habe ich mich nach dir gesehnt und wie viele Nächte bin ich dir im Traum begegnet, wenn ich allein wach lag, während der Alte im Zimmer nebenan schnarchte. Aber ich war gezwungen, an meine Zukunft zu denken. Der Fall Hanna offenbarte mir doch in so herzzerreißender Weise deinen Leichtsinn, daß ich dir nicht mehr trauen konnte. Ich besaß doch nichts anderes als meine schwindende Schönheit. Solche Ware muß man rechtzeitig zu hohem Preise verkaufen."

Ich konnte nicht dagegen an, als ich ihre leuchtenden Augen und ihren launenhaft schönen Mund, ihre Nase und ihre Wangen ansah. Ich mußte einfach sagen: „Arsinoe, du bist schön und in meinen Augen die schönste Frau auf Erden."

Arsinoe ließ sich hinreißen, ihren Überwurf zu öffnen, hob ihr Gesicht und befühlte ihr Kinn. Gerührt sagte sie: „Ach, Turms, wie reizend du lügen kannst. Das ist doch gar nicht wahr. Ich bin eine alternde Frau und werde demnächst fünfzig. Um ehrlich zu sein, wie du forderst, bin ich zumindest zehn Jahre älter als du, wenn auch die Göttin mich jünger erhalten hat, als es meinen Jahren entspricht. Jetzt kann aber die Göttin mir auch nicht mehr helfen, da meine Mondphasen aufgehört haben. Ich muß jeden Abend Milch, Honig, Kornmehl und Narzissenzwiebeln zusammenrühren und mit dem Gemisch mein Gesicht für die Nacht einreiben, damit ich es am morgen im Spiegel überhaupt zu betrachten wage. Mein Hals ist faltig und mein Kinn setzt Fett an, gleich wieviel ich an ihm herumtätschle. Du siehst es ja selber."

Aber sie hielt ihr Kinn hoch, damit ich es nicht sehen sollte. Wie ich Arsinoe kannte, log sie, wenn sie sich auch einbildete, ehrlich zu sein, und verschwieg einige Jahre ihres Alters, aber ich gönnte es ihr gern und war nicht überrascht, als sie gestand, soviel älter als ich zu sein. Ich wunderte mich nur darüber, wie ihre Göttin es ihr ermöglicht hatte, solange und so herrlich zu blühen.

„Nein, Arsinoe", beteuerte ich, „deine Schönheit kann nie welken. Deine Schönheit ist genau so ewig wie deine Göttin."

Arsinoe wurde zutraulich und hob mit dem Zeigefinger ihre Oberlippe und zeigte den Glanz des Goldes am Zahnfleisch ihrer Vorderzähne. „Ich habe nicht einmal die eigenen Zähne mehr", klagte sie. „Im Wochenbett bei der Geburt des Julius verlor ich mehrere Zähne. Er war doch so groß und stramm bei der Geburt, daß er die ganze Kraft aus meinem Körper sog, meine Zähne wurden locker, und während der Schwangerschaft wurde meine Gestalt unförmlich häßlich. Aber ein etruskischer Zahnarzt fertigte für mich aus Gold und Elfenbein neue Vorderzähne an und befestigte sie so geschickt an die noch vorhandenen Zähne, daß sie fester wie meine alten sind. Das Elfenbein entfärbte er, so daß es weiß und hell wie der menschliche Zahn wurde, und er bleicht sie einmal im Jahr, wenn sie anfangen, gelblich zu werden. Ich glaube, daß man es nicht sieht, wenn ich beim Lachen den Mund nicht zu weit aufreiße. Aber ich lache nicht mehr sooft wie damals, als wir noch zusammenlebten, Turms."

Ich gab zu, daß ihre Zähne unvergleichlich hübscher waren als die Zähne Tanakils seinerzeit, die viel zu weiß für ihr Alter waren und wie Stoßzähne aus ihrem Munde hervorragten. „Julius?" fragte ich dann, „wie kann dein Sohn Julius heißen? Julius ist doch ein altes lateinisches Patriziergeschlecht, nicht wahr?"

Arsinoe wand sich. „Ich stamme aus einer Seitenlinie der Familie Julius", behauptete sie. „Als Tertius Valerius mich ehelichte, wurde dies von mir nachgewiesen, damit unser Sohn als Patrizier geboren werden konnte. Es gibt nicht viele von dem Geschlecht der Juliusse mehr und sie sind verarmt, aber sie führen ihre Abstammung auf Askanios zurück, den Sohn des Äneas von Troja, der Alba Longa gründete. Das Wildschwein ist das Wappen der Familie, und sie müssen jährlich den heiligen Hirsch der Artemis versöhnen, den Askanios aus Versehen getötet hat. Aber durch Äneas können sie ihre Herkunft bis auf Aphrodite zurückführen. In den Adern meines Sohnes Julius fließt somit das Blut der Göttin, und der Wolfsgott Mamers hat sein Blut mit dem Blut dieses Geschlechtes gemischt. Deshalb gab ich meinem Sohn den Namen Julius. Tertius Valerius verstand es sehr gut, als ich ihm die Sachlage erklärte."

In wahrer Begeisterung fuhr Arsinoe fort: „Schau, meine beiden anderen Kinder mißglückten. Hiuls wurde nur ein Barbarenkönig und aus Misme wird vermutlich nichts werden. Aber gewisse Weissagungen lassen mich viel von Julius erwarten. Deshalb werde ich nach dem Tode des armen Tertius auch nicht Manius Valerius heiraten, wie ich es eigentlich vorhatte. Seine Frau lebt außerdem noch und macht einen sehr gesunden Eindruck. Als Vertreiber von Königen und Volksfreunden sind die Valeriusse ein zweifelhaftes Geschlecht. Aber es gibt einen sympathischen verarmten Julius, der bei uns Hausfreund geworden ist. Wenn ich ihn geheiratet habe, werde ich die Valeriusse völlig vergessen und mein Sohn wird nur ein Julius sein. Von Valerius mag er sein Vermögen erben, von Julius den Familiennamen und die Herkunft, weil doch Julius und ich nachweislich verwandt miteinander sind. Die älteste der Vestalinnen, die noch die Zeit der Könige erlebt hat und am besten die alten Familien kennt, hat mir den Rat gegeben."

Als sie so voller Begeisterung von ihrem Sohn Julius sprach, wurde mein Sinn düster und zutiefst niedergeschlagen, als sei ich in einen tiefen Brunnen gesunken, und ich dachte wieder an Hanna. Arsinoe merkte sofort meine Verstimmung, erschrak und beeilte sich zu sagen:

„Ja, gewiß tat ich unrecht, als ich Hanna verkaufte, aber ich wollte, daß sie soweit wie möglich von Rom wegkäme, und ein aus Phönizien gekommener Händler kaufte sie." Sie blickte mich mit klaren Augen an und schwor: „Im Namen der Göttin und im Namen von Hiuls und Misme und bei meinen Haaren, Turms, schwöre ich, daß das Schiff mit den Sklaven und der Ladung in einem fürchterlichen Sturme vor Kyme unterging, so daß niemand gerettet wurde. Das habe ich erfahren. Dadurch kam ich auch auf den Gedanken, dem zögernden Tertius Valerius klarzumachen, daß ich angeblich gehört hätte, du seiest auf deinen Fahrten ertrunken. Aber Hanna ertrank bestimmt, ohne zu leiden. Du brauchst dich um sie und das ungeborene Kind, das mit ihr ertrank, nicht zu kümmern. Du wirst mich doch ihretwegen nicht hassen wollen?"

Ich begriff, daß sie log. Ich kannte Arsinoe doch. „Also Julius", sagte ich verbittert. „Warum denn nicht auch gleich Caius Marcius Coriolanus? Warum schwörst du nicht im Namen dieses deines Sohnes?"

Arsinoe hob abwehrend die Hand und verneinte voller Angst: „Nein, nein, er hat mit dieser Angelegenheit nichts zu tun, er wurde erst später geboren. In seinem Namen kann ich nicht schwören. Aber du hast richtig geraten. Sein ganzer Name lautet auch Caius Julius, ich wollte nur deine Gefühle schonen. Das war ich seinem richtigen Vater schuldig."

„Paß auf, daß du nicht kahl wirst, Arsinoe, weil du versehentlich bei deinen Haaren schworst", warnte ich. Aber ich hatte nicht das Herz, sie noch mehr zu quälen, denn ich sah ein, daß sie diesen Eid geleistet hatte, um mich zu schonen und um mich davon zu befreien, an Hanna und meine eigene Schuld zu denken. Aus Zartgefühl mir gegenüber leistete sie einen Meineid, sogar bereit, ihre Haare einzubüßen, weil sie mich in ihrem Herzen immer noch liebte. Oder vielleicht hatte sie die Absicht, sich eine goldfarbene Perücke anzuschaffen? Ihre Gedankensprünge konnte ein Mann ja nie verstehen.

„Es mag dann sein, wie du willst, Arsinoe", sagte ich schließlich. „Hanna ist also ertrunken. Die Schuld liegt bei mir und nicht bei dir. Du brauchst keine Angst vor den Lemuren zu haben. Ich verzeihe dir. Verzeih auch du mir, daß ich nicht der Mann deines Geschmacks war und deine Zukunft nicht sicherstellen konnte. Gedenk unserer Liebe, bleib stets genau so schön und glühend, wie du jetzt bist und immer warst. Stets und ewig, Arsinoe."

Ihr Gesicht hellte sich auf, ihr Haar leuchtete golden und das Licht der Göttin strahlte aus ihr, als schiene die Sonne in den dunklen Gefängniskeller. Ich verspürte den Duft von Rosen und Krokus. Ihre Haut glühte und wurde abwechselnd apfelrot und schneeweiß. Bebend und vergehend spürte ich die Göttin in ihr, und ich jubelte in dem Bewußtsein, daß sie im Grunde ihres Herzens nicht schlecht war. Grausam, launenhaft, egoistisch, sogar lügenhaft, war sie der Widerschein der Schaumgeborenen auf Erden. Heiße Glut der Lust, Zärtlichkeit und Liebe strahlten aus ihr in mich ein, so daß ihr Anblick meinen Körper versengte. Aber ich streckte meine Hand nicht aus, um sie zu berühren. Die Zeiten waren vorbei, und ich hatte mich von ihr befreit.

Sie befühlte ihre Brust mit der Hand und rief aus: „Was hast du gesagt, was tatest du mir an, Turms? Ich bin glühend heiß, mein Herz pocht wild und das Feuer der Jugend fließt in meinen Adern. Ich spüre, wie ich mich verjünge und strahle. Die Göttin ist zu mir zurückgekehrt."

Sie legte die Hand auf ihre Stirn, ein Gedanke schien ihr durch den Kopf zu gehen, und sie sagte: „Das römische Gesetz und das römische Recht können dich nicht retten, aber dank der Göttin weiß ich, wie ich dein Leben retten kann. So bleiben wir uns gegenseitig nichts schuldig, wenn wir einander auch vielleicht nie mehr im Leben wiedersehen werden."

Sie neigte sich zum Abschied über mich und berührte mit ihrem Mund den meinen. Ihre Lippen waren infolge der Gemütserschütterung kalt, aber ihre Wangen glühten heiß wie die eines jungen Mädchens. Das spürte ich, als ich ihr Gesicht und ihren pulsierenden Hals zum Abschied streichelte. Es war das letztemal, und wir begegneten uns nie mehr, sie, Arsinoe, und ich, Turms. Aber mein Herz glüht, weil ich sie so in Erinnerung behalten konnte.

Unsere Begegnung ließ mich ruhig und verständig dem Tode entgegensehen, und jeden Morgen erwartete ich, die lärmende Volksmenge auf dem Marktplatz und die Schritte der Liktoren zu hören, wenn sie mit ihren Beilen und Rutenbündeln mich zu holen kämen, um dem Volke etwas anderes zu denken zu geben als nur das Streiten mit dem Senat. An Arsinoes Versprechen dachte ich kaum. Ich vermutete, daß sie mich nur trösten wollte, und konnte mir auch nicht vorstellen, wie sie mir, einem nach dem Gesetz verurteilten Mann, hätte helfen können, ohne ihren Ruf und ihre Stellung unnütz zu gefährden.

Aber einige Tage später öffnete sich die Tür und hereintrat das mir im Traum erschienene Weib, das ihren Kopf mit dem Saum ihres braunen Überwurfes bedeckt hatte und das mich durch ihre Finger anblickte, so daß ich ihr Gesicht nicht erkennen konnte. Erst nachdem der Wächtersklave die Türriegel wieder vorgeschoben und sie mich lange prüfend angesehen hatte, entblößte sie ihr welkes Gesicht, und ich erkannte in ihr die älteste der Vestalinnen. Oft hatte ich sie im Zirkus auf der Ehrenbank der Jungfrauen der Vesta gesehen.

Sie redete mich an und sagte: „Du bist der Mann, den ich suche, und ich erkenne dich an deinem Gesicht."

Ganz dunkel glaubte ich sie zu erkennen, und für die Dauer eines lichten Augenblicks verschwanden die nassen Wände des unterirdischen Gewölbes, und ich sah sie auf einem hohen Thron unter einem Sonnenschirm, irgendwann, irgendwo, sitzen. Ich kniete vor ihr nieder und neigte mein Haupt. Sie lächelte das schmale Lächeln einer alten Frau mit eingefallenen Wangen, berührte mit der Hand meine verschmutzten Haare und fragte:

„Erinnerst du dich meiner nicht, Turms? Du begegnetest mir am ersten Tage, als du nach Rom kamst, wenn seitdem auch neun Jahre vergangen sind. Du fandest selbst die heilige Höhle und die Quelle, bespritztest das Gesicht mit dem Wasser, und von den Kränzen wähltest du den Efeukranz. Das genügte mir als Beweis für dich. Aber ich erkannte dein Gesicht schon damals."

Sie fuhr fort: „Die Götter haben mir eine Aufgabe gestellt. Ich bewahre und schütze die geheimen Überlieferungen und sorge dafür, daß die erhaltengebliebenen Weissagungen in der Stunde der Not richtig gedeutet werden. Deshalb gab ich meine Stellung nicht auf, nachdem ich dreißig Jahre das heilige Feuer gehütet hatte, sondern mein Dienst dauert bis zu meinem Tode. Die Römer dürfen dich nicht verhöhnen und töten, Turms. Daraus würde für Rom ein furchtbares Unglück entstehen. Um Roms willen mußt du befreit werden. Auch um deiner selbst willen, denn Rom ist ja auch deine Stadt."

Ich sagte: „Viel Freude hat mir Rom nicht bereitet. Das Leben hat mir einen bitteren Geschmack auf den Lippen zurückgelassen. Ich fürchte den Tod nicht."

Sie schüttelte leicht den Kopf und tadelte: „Mein lieber Sohn, du, der du kommen mußtest. Deine Wanderung ist noch nicht beendet. Noch darfst du nicht ausruhen und vergessen."

Mit tiefschwarzen Augen schaute sie mich an und gab zu: „Wonnevolles, herrliches Vergessen. Aber du bist nicht nur um deiner selbst willen als Mensch auf die Erde gekommen. Frei bist du bis jetzt gewandert, aber nun hast du das bewußte Alter erreicht. Setze deshalb einen Eichenblattkranz auf dein Haupt. Neun Jahre sind vergangen. Du mußt nach dem Norden gehen. Das ist Befehl. Gehorche deinen Omina."

„Die Ruten werden mich schlagen, und unter das Henkersbeil muß ich gehen", sagte ich spöttisch. „Was kannst du dagegen tun, altes Weib?"

Ihre Haltung straffte sich, stolz hob sie den Kopf. „Es ist Februar", sagte sie. „Die Sprungtänzer des Frühlings und des Wolfsgottes ließen ihre Kupferschilde fallen, als hätten unsichtbare Hände sie ihnen weggerissen. Auch zwölf Feldbrüder sind wegen der Mäuse und der Krähen, die sie gesehen haben, besorgt. Sie bestätigen, daß der Hagel deine Felder nie beschädigt habe. Regen und Sonne bekamen deine Felder je nach Bedarf. Dein Vieh wurde vor Krankheiten verschont. Deine Mutterschafe warfen Zwillinge. Dein Gott ist für Rom ein fremder Gott, Turms, aber er hat genügend warnende Omina für dich gegeben: Die Römer achten ihre Gesetze, aber noch mehr fürchten sie fremde Götter und deren Einmischung in die Angelegenheiten Roms. Die eigenen Götter können sie versöhnen, aber nicht die fremden, weil sie die richtigen Worte und Opfer nicht kennen."

„Die Gemahlin eines vornehmen Senators kam zu mir, um über dich zu sprechen", fuhr sie fort. „Zunächst begriff ich nicht, von wem die Rede war, und ich zweifelte an ihr. Sie bringt Opfer im Tempel des Frauenglücks dar und weiht ehrwürdige Frauen in lasterhafte Geheimkulte ein. Aber ihre Göttin wachte, während meine taub und stumm war. Ich schaffte mir eiligst Klarheit in der Sache. Der oberste Brückenbauer rollte sein Buch auf, und wir fanden die dich betreffende Stelle. Der Senat war gezwungen nachzugeben, denn die ältesten Geschlechter wissen gut Bescheid, worum es sich handelt. Dein Urteil ist rückgängig gemacht worden, Turms. Du wirst nicht einmal verprügelt. Aber Rom mußt du verlassen. Wandere nach Norden. Dort sehnt man sich bereits nach dir. Dein See wartet auf dich, dein Berg wartet auf dich."

Sie klopfte heftig an die Tür. Der Wächter zog den Riegel zur Seite und brachte einen Eimer mit Wasser herein. Der Schmied kam und löste die Fesseln an meinen Handgelenken. Die alte Vestalin bat mich, meine verschmutzten Kleider abzulegen, und sie wusch mich eigenhändig. Sogar meine Haare wusch und salbte sie und band sie zu Zöpfen, die mir bis auf die Schultern reichten. Alles tat sie zärtlich und ehrfurchtsvoll, aber mit geschickten, erfahrenen Händen. Der Wächter reichte ihr einen Korb, und sie nahm daraus ein aus feinster Wolle gewebtes Hemd und zog es mir über den Kopf. Aber auf meine Schultern legte sie einen groben braunen Überwurf, den gleichen, den sie selbst trug. Zum Schluß setzte sie einen aus Eicheln und verwelkten Eichenblättern geflochtenen Kranz auf mein Haupt.

„Du bist fertig zum Gehen", sagte sie, „aber denke daran, alles geschieht im geheimen ohne Wissen des Volkes. Diejenigen, denen die Sache bekanntgegeben werden mußte, haben geschworen, Stillschweigen zu bewahren. Geh also, eile, heiliger Hirsch. Die Feldbrüder warten auf dich, um dich aus der Stadt zum römischen Grenzpfahl jenseits des Flusses begleiten zu können. Sie werden dich vor dem einfältigen Volk schützen, falls jemand dich erkennen sollte. Schau, es ist das erstemal während der Republik, daß ein Konsul sein bereits gefälltes Urteil widerruft. Aber das Volk weiß davon nichts."

Mich an der Hand haltend, führte sie mich aus dem feuchten Gefängnisgewölbe, und der Wächtersklave öffnete uns das Tor, das heilige Weib ehrend. Als wir auf den Marktplatz traten, sah ich, daß ein dichter Nebel das Forum bedeckte, so daß die wartenden Feldbrüder mit ihren grauen Überwürfen und Ährenkränzen wie Geister im Dunst aussahen.

Die Vestalin sagte: „Du siehst es selbst. Die Götter haben sich als Nebel über die Stadt gelegt, um deinen Aufbruch zu schützen." Sie stieß mich an der Schulter zum Gehen, und ich drehte mich nicht mehr um, um von ihr Abschied zu nehmen. Irgend etwas in mir sagte, daß eine Frau wie sie weder auf Verabschiedung noch auf Dankesworte wartete. Der Nebel war ein heiliger Nebel und dämpfte den Hall der Schritte und das Geräusch der Wagenräder. Die Feldbrüder umringten mich. Als ich vor Erschöpfung fast hinsank, stützten sie mich vorsichtig an den Armen und halfen mir vorwärts, denn ich war noch sehr schwach von der Krankheit her.

Auf der Brücke drehten die Wachen uns den Rücken zu, als sie uns als Schatten im Nebel kommen sahen. Ich schritt das letztemal über die Brücke Roms, ich roch den Mistgestank, und die von unzähligen Rädern abgenutzten schweren Balken knarrten unter meinen Füßen. Aber der Nebel war so unbeweglich und dicht, daß ich das Wasser des Tibers nicht sehen konnte, ich hörte nur, wie es ruhig und sanft gegen die Brückenpfeiler plätscherte, als murmele es mir Abschiedsworte zu.

Als ich vom Weg abweichen wollte, um noch einmal mein kleines

Landhaus zu sehen, hielten die Feldbrüder mich zurück und beteuerten leise: „Wir besorgen deine Felder. Wir sorgen für das alte Sklavenehepaar. Wir versorgen dein Vieh. Weiche nicht vom Wege ab.“

Am nördlichen Grenzpfahl rollten sie den Saum ihrer Überwürfe zusammen und setzten sich auf den vom Nebel feuchten Boden im Kreis um mich herum. Der Nebel entwich, und ein Wind kam auf. Feierlich brachen sie das in Asche gebackene Kornbrot, vom Ältesten bis zum Jüngsten nahm jeder ein Stückchen, und sie aßen. Der Älteste goß rötlichen Wein in ein Tongefäß. Es ging von Hand zu Hand und jeder trank einen Schluck. Mir boten sie nichts an.

Der zunehmende Nordwind riß den Nebel in Fetzen, führte ihn mit sich und fegte so den Himmel klar. Als die Sonne lieblich über uns zu scheinen begann, standen sie alle gleichzeitig auf, hängten mir einen ledernen Proviantsack auf den Rücken und stießen mich alle miteinander vorsichtig über die Grenze in das Land der Etrusker. In meinem Herzen wußte ich, daß es richtig war, was sie taten. Der Nordwind blies mir jubelnd ins Gesicht, das Blut begann warm in meinen Adern zu fließen, aber die Erde, die meine Füße traten, kannte ich nicht.

7.

Der Norden war meine Richtung. Ich wanderte freier als je zuvor. Ich hatte mein vergangenes Leben wie ein zerschlissenes Kleid abgelegt. Nach meiner Krankheit fühlte ich mein Dasein leicht und luftig, als hätten meine Füße Flügel und berührten gar nicht mehr den Staub der Erde. Allein der Sonnenschein berauschte meinen Kopf. Das frische Grün des Rasens beruhigte meine Augen. Ich lächelte beim Wandern. Der Frühling wanderte mit mir mit seinen zwitschernden Vögeln, seinen über die Ufer tretenden Bächen, seinem sanften Regen.

Ich schwenkte vom Weg ab, folgte Hirtenpfaden, ruhte meine Füße am Quellrand aus, die Hirtenflöten klangen mir von einem Hügel zum anderen in den Ohren. Aber wie mein Weg sich auch schlängelte, meine Richtung blieb der Norden. Jubelnde Vogelschwärme über meinem Kopf begleiteten mich. Am frühen Morgen wachte ich durch das Trompeten der Wildgänse hoch oben im Blau des Himmels auf.

Die Freude der Erwartung glühte heiß in meinem Herzen. Ich dachte an nichts. Ich hoffte auf nichts. Irgend etwas in mir wußte, daß ich der Erfüllung entgegenwanderte, um mich selbst zu erkennen. Jedes Raten war vergebens. Ich wußte, daß ich alles im richtigen Augenblick finden und erkennen würde. Ein geheimnisvolles Wissen lenkte meine Schritte so sicher, wie die Vogelschwärme über mir nach Norden eilten.

Ich hatte es nicht eilig. Ich ruhte mich in den Heimen der Hirten und in den runden Hütten der armen Bauern aus. Ich schlief oft auf den Berghängen im warmen Sonnenschein ein. Das Wasser schmeckte mir frisch im Munde. Das Brot war mir ein Labsal. Meine Kräfte kehrten wieder. Es war, als wäre ich von neuem jung geworden. Mein Körper wurde von den tödlichen Giften des Lebens gereinigt, er wurde nicht mehr von Taten, von Gedanken und von dem quälenden Verstande bedrängt. Ich war frei. Ich war glücklich. Glückselig einsam war ich bei meiner Wanderung.

Dann kamen die Hügel. Die Wolkenschatten jagten über sie hinweg. Nach einer mehrwöchigen Wanderung erreichte ich die fruchtbaren Felder des Tales, die Weinberge an den Hängen, die silbergrauen Olivenhaine und die uralten Feigenbäume. Die Stadt erhob sich auf der Bergkuppe mit ihren mit Moos und Gras bewachsenen Mauern, ihren Bogentoren und den farbigen Häusern. Die Erde gab zitternd meinen Schritten Antwort, und meine Füße zitterten bei der Berührung mit der Erde, die ich betrat. Ich ging nicht weiter in die Stadt. Eine brennende Sehnsucht zwang mich vom Wege abzuweichen und mich durch dichtes Gestrüpp ohne Pfad hindurchzudrängen, um den gegenüberliegenden Berggipfel zu erklettern. Aufgescheucht flatterten die Vögel hoch. Sie alle flogen mir voraus auf die Bergkuppe. Der vor seinem Bau liegende Fuchs erschrak und lief vor mir her den Berghang hoch. Ich spürte die Witterung des Raubtieres in der Nase. Dann trat ein stolzer Hirsch krachend aus dem Gebüsch, warf das Geweih nach hinten und lief leichten Schrittes vor mir den Hang hinauf. Die Steine rollten unter meinen Füßen hinunter, mein Überwurf zerriß, mein Atem stockte vor Anstrengung, aber ich kletterte auf Händen und Füßen den Berghang empor, ich verspürte die Nähe der Heiligkeit. Sie nahm Schritt für Schritt stärker von mir Besitz, bis ich nicht mehr nur ich selbst war. Ich war ein Teil dieser Erde und dieses Himmels, dieser Luft und dieses Berges. Ich war mehr als ich selbst.

Ich sah die Öffnungen der Gräber, die heiligen Säulen davor, die Wetterdächer der Steinhauer und der Maler. Die heilige Treppe sah ich, aber ich blieb nicht stehen. Ich stieg oberhalb der Gräber bis zum höchsten Gipfel empor. Und ein Sturm setzte ein. Wolkenlos wölbte sich der Himmel über mir, aber der Sturm tobte so, wie er einmal brausen wird, wenn ich in meiner neuen Menschengestalt die Stufen meines Grabes hinaufsteigen werde, die schwarze Schale mit den Steinen dieses Lebens in der Hand. Wenn auch meine Schrift verwischt sein wird, mein Gedächtnis versagen sollte, so werde ich von jedem Stein einzeln die Phasen dieses Lebens erfühlen und ablesen können. Der Sturm, der Orkan wird dann am wolkenlosen Himmel über den Gipfel meines Berges hinwegtoben.

Im Norden sah ich meinen See. In der Ferne schimmerte er von Bergen umgeben, mein großer See, mein schöner See. Ich erkannte ihn, als hätte ich das Rascheln des Schilfs vernommen, den Duft seiner Ufer eingeatmet und sein köstliches Wasser geschmeckt. Beim Brausen des Sturmes wandte ich den Blick über die Gräber nach Westen. Dort erhob sich als bläulich schimmernder Kegel der Berg der Göttin. Ich erkannte ihn. Dann erst ließ ich meinen Blick über die Treppe mit den bemalten Säulen, den heiligen Weg über die Ebene und wieder den Hang hinauf jenseits der Felder schweifen. Dort lag meine Stadt. Ich erkannte sie. Dieses Land, mit seinen zahlreichen Hügeln, mit seinen grünenden lieblichen Hängen, war mein Land und das Land meines Vaters. Ich erkannte es. Mit meinen Füßen, meinem Herzen hatte ich es schon beim Überschreiten der Grenze erkannt, als die Wolkenschatten mir von Hügel zu Hügel entgegeneilten.

Wie im seligen Rausch fiel ich auf die Knie und küßte die Erde, die mich geboren hatte. Ich küßte die Erde, meine Mutter, zum Dank dafür, daß ich nach langer Wanderung wieder nach Hause zurückgefunden hatte.

Am Himmel spielten schwebend die gestaltlosen Lichtgeister, als ich den Abhang hinunterschritt, ich schaute in die schwarze Finsternis des Opferbrunnens und trat vor die Gräber. Ich zögerte nicht. Ich legte meine Hand auf die runde Kuppe der mit schlanken, scheuen Hirschen gezierten Grabsäule und flüsterte mit versagender Stimme: „Vater, Vater, dein Sohn kehrt zurück."

Da sank ich hin auf die warme Erde vor dem Grab meines Vaters, und ein noch nie erlebtes Gefühl der Ruhe und des Geborgenseins erfüllte mich. Ich sah die Sonne hinter dem schönen Bergkegel der Göttin versinken. Das Abendrot färbte die Hügel purpurn und ließ die bemalten Götterbilder der Tempel in der Stadt weit jenseits des Tales glühend aufleuchten. In der Nacht wachte ich vom Donner eines Gewitters auf. Der Wind tobte, warmer Regen prasselte hernieder, und helle Blitze flammten um mich herum. Der Donner verlegte mir die Ohren, bis die Erde unter mir erbebte, weil ein Blitzschlag die Bergkuppe vor mir getroffen hatte. Ich nahm den Geruch des Blitzes und des geborstenen Steines wahr. Meine Glieder zuckten. Der uralte Tanz ergriff von meinem Körper

Besitz. In dem warmen Regen hob ich jubelnd die Arme und tanzte den Tanz des Blitzes, so wie mein Körper den Tanz des Sturmes auf dem Wege nach Delphi getanzt hatte.

Die Sonne schien hell, als ich, vor Kälte steif, aufwachte; ich richtete mich auf, rieb meine Glieder und sah, daß die Steinhauer und die Maler auf dem Wege zu ihrer Arbeit erschrocken stehengeblieben waren und mich anstarrten. Als ich mich bewegte, zogen sie sich zurück, und der Grabwächter hob abwehrend seinen heiligen Stab. Dann kam der bekränzte Blitzpriester, in seinen Amtsüberwurf gehüllt, und schritt den sich um den Berg windenden, weniger steilen Weg herauf. Der Wächter eilte ihm entgegen und erzählte aufgeregt, daß er einen in einen braunen Überwurf gehüllten Fremden in tiefem Schlaf vor dem Königsgrab des Lars Porsenna vorgefunden habe. Als er, der Wärter, heraufgekommen sei, sei die auf dem Boden liegende Hirschkuh aufgescheucht geflohen, aber vom Berg der Götter her sei ein Schwarm schneeweißer Tauben über das Tal hinweggeflogen und hätte dann den Schlafenden umkreist. Dann seien die Arbeiter gekommen und hätten den Schlafenden geweckt.

Der Priester sagte: „In der Nacht sah ich helle Blitze flammen und bin von Amts wegen heraufgekommen, um zu sehen, was auf dem heiligen Berg geschehen ist." Er trat vor mich hin und blickte mich mit zusammengezogenen Brauen prüfend an. Plötzlich bedeckte er die Augen mit der linken Hand und hob die rechte mir, wie einem Gott, zum Gruß entgegen.

„Ich kenne dein Gesicht", sagte er und begann zu zittern. „Aus Skulpturen und aus Bildern kenne ich dich. Wer bist du und was willst du?"

„Ich habe gesucht und gefunden", sagte ich. „In meinem Herzen hat es angeklopft, bis ich empfänglich wurde. Ich, Turms, kehrte heim. Ich bin der Sohn meines Vaters."

Ein alter, wettergebräunter Mann unter den Steinhauern ließ seine Werkzeuge fallen, kniete nieder, brach in Weinen aus und rief: „Er ist es, ich erkenne ihn. Leibhaftig ist er wiedergekehrt, unser König, genau so schön wie in seinen besten Mannesjahren."

Er wollte meine Knie umarmen, aber ich wehrte entschieden ab und sagte: „Nein, nein, du irrst. Ich bin nicht der König."

Einige Arbeiter liefen sofort in die Stadt, um die Kunde von meiner Ankunft zu verbreiten. Der Priester sagte: „Ich sah die Blitze. Deine Ankunft wird schon seit neun Jahren von den Geweihten vorausgesagt. Viele glaubten, daß du nie nach Hause finden würdest. Aber niemand wagte es, sich in die Angelegenheiten der Götter einzumischen und dir den Weg zu zeigen. Unser Augur begrüßte dich bereits bei deiner Ankunft in Rom, deutete dir die Omina und gab sie den Geweihten bekannt. Von der Insel, vom obersten Blitzpriester, erhielten wir die Nachricht, daß du ankämst. Der Blitz schlug aus Freude über deine Ankunft einen geschlossenen Kreis für dich. Sage, bist du Lukumo?"

„Das weiß ich nicht", sagte ich. „Ich weiß nur, daß ich heimgekehrt bin."

„Ja, gewiß", bestätigte er. „Auf jeden Fall bist du der Sohn Lars Porsennas. Du hast am Grab deines Vaters die Nacht über geschlafen. Dein Gesicht schließt jeden Irrtum aus. Edler Herkunft bist du, wenn du auch kein Lukumo sein solltest."

Ich sah, wie die Feldarbeiter im Tal ihren Pflug und das Ochsenpaar stehen ließen und wie die Hackarbeiter ihre Hacke hinwarfen. Einer nach dem anderen betrat den heiligen Weg und begann den Aufstieg zu uns herauf.

„Ich fordere nichts", sagte ich, „nur meine Heimat. Nur einen Platz, wo ich mein Leben fristen kann. Ich stelle keine Erbforderungen. Ich strebe nicht nach Macht. Ich bin der Demütigste unter den Demütigen, nachdem ich heimgefunden habe. Ich erkannte die Hügel, den Berg, den See, ich erkannte das Grab meines Vaters. Das genügt mir. Ach, erzähle mir doch von meinem Vater."

„Clusium ist deine Stadt", sagte er ausweichend. „Deine Stadt ist die Stadt der schwarzen Vasen und der ewigen Menschenantlitze. Solange wir zurückdenken können, haben unsere Töpfer und Bildhauer das Menschenantlitz in gebranntem Ton, in weichem Stein, in Alabaster verewigt. Deshalb war es ein leichtes, dich zu erkennen. Du wirst das Bildnis deines Vaters sehen. Dort unten im Grabgewölbe ruht er als Unsterblicher, mit der Opferschale in der Hand, auf dem Sargdeckel. Auch in der Stadt steht sein Bildnis."

„Erzähle mir von meinem Vater", bat ich voller Sehnsucht. „Bis jetzt habe ich nichts von meiner Herkunft gewußt."

Er erzählte: „Lars Porsenna war der heldenmütigste unter den Herrschern des Binnenlandes. Er behauptete nicht, ein Lukumo zu sein, erst nach seinem Tode nennen wir ihn König. Er eroberte sogar Rom, aber zwang die Römer nicht, den von ihnen vertriebenen Herrscher wieder anzuerkennen, weil sie es nicht wollten. Dagegen brachte er den Römern die gleiche Staatsform bei, die wir nach seinem Tode in unserer eigenen Stadt eingeführt haben. Wir haben zwei Amtsbrüder, den Rat der Zweihundert und die für ein Jahr gewählten Beamten. Auch die Stimme deines

Volkes nehmen wir zur Kenntnis. Machtgierige Männer sind nach dem Tode Porsennas beim Streben nach der Macht stets gescheitert. Wenn wir keinen echten Lukumo finden sollten, haben wir beschlossen, einen Alleinherrscher auch nicht zu vermissen."

„Lebhaft, unruhig war dein Vater in seinen Jugendtagen", erzählte der Blitzpriester. „Als Jüngling nahm er am Feldzug der Etrusker gegen Kyme teil. Nach unserer erlittenen Niederlage fragte er: ‚Was haben die Griechen, was wir nicht haben?' Deshalb bereiste er als Gastfreund die griechischen Städte, um ihre Sitten kennenzulernen."

In der Ferne, hoch oben, begann ein weißer Strom von Menschen aus dem Bogentor der Stadt zu quellen. Die ersten Bauern erreichten uns und blieben in ehrfurchtsvoller Entfernung mit dunkelbraunen, sonnenverbrannten Gesichtern stehen; mit an der Seite herunterhängenden Armen standen sie und schauten mich an. „Lukumo", flüsterten sie untereinander, „Lukumo ist gekommen."

Der Priester wandte sich befehlend zu ihnen und erklärte: „Nur der Sohn Lars Porsennas ist aus fremden Ländern zurückgekehrt. Er weiß nicht einmal, was Lukumo bedeutet. Stört uns mit eurem dummen Geflüster nicht."

Aber die Bauern murmelten, und von Mund zu Mund gingen die Worte: „Er brachte einen wohltuenden Regen mit. Er kam mit dem zunehmenden Mond am Tage, an dem die Felder gesegnet werden."

Sie brachen grüne Zweige von den Bäumen, schwenkten sie, grüßten mich damit und riefen freudig: „Lukumo, Lukumo."

Der Blitzpriester wurde verlegen und sagte vorwurfsvoll: „Du rufst Unruhe im Volke hervor. Das ist nicht wünschenswert. Wenn du ein Lukumo sein solltest, so mußt du erst geprüft und anerkannt werden. Das kann aber erst im Herbst bei der heiligen Zusammenkunft der Städte am Ufer des Sees in Volsin geschehen. Es wäre besser, wenn du bis dahin nicht zu sehen und zu hören wärst."

Aber die ersten Städter kamen schon im Laufschritt an, vom Klettern ganz außer Atem. Sie hatten sich in Eile in ihre besten Gewänder gehüllt. Das Stimmengewirr wuchs zum Sturmgebraus, als die Menschen einander aufgeregt erzählten und das, was geschehen war, besprachen. Ich hörte, wie sie sagten, ich sei mit dem Blitz vom Himmel gefallen. Andere erzählten, daß ich auf dem Rücken einer Hirschkuh reitend angekommen sei. Immer jubelnder klang der Ruf: „Lukumo, Lukumo." Niemand wagte sich zu nah an mich heran, und keiner versuchte es, den Saum meines Überwurfes zu berühren.

Dann kamen die Auguren in ihren weiten Überwürfen und mit ihren Krummstäben sowie die Opferpriester, sie trugen je nach Rang und Alter ein bronzenes oder aus Ton gebranntes Bildnis einer Leber, in das die Bereiche und Namen der Götter eingezeichnet waren, in der Hand. Die Volksmenge gab ihnen den Weg frei, und sie traten vor mich hin und blickten mich prüfend an. Der Himmel bedeckte sich, und Schatten fiel auf uns, wenn auch der Bergkegel der Göttin jenseits des Tales immer noch im hellen Sonnenschein strahlte.

Die Priester befanden sich in einer schwierigen Lage, das begriff ich erst später. Wohl waren die ältesten unter ihnen geweiht und wußten von meiner Ankunft, aber sogar unter den Geweihten wurde darüber gestritten, ob ich ein wirklicher Lukumo oder nur der Sohn Lars Porsennas sei, was allein schon für den Jubel meiner Stadt und meines Volkes genügte. Die Omina und Weissagungen reichten allein nicht dazu aus, mein echtes Lukumoidentum zu beweisen, bevor ich mich nicht selbst dazu bekannte und ich anerkannt worden war. Das konnten nur die zwei noch lebenden Lukumos tun. Die neue Zeit hatte dem zivilisierten Teil der Bevölkerung, vor allem in den Küstenstädten, den Zweifel an dem Vorhandensein der Lukumoiden gelehrt. Das war die Seuche aus Griechenland. Der heiße Wind des Zweifels wehte von Ionien her über Meere und Länder.

Ich glaube, daß die Priester mich lieber zur Seite genommen und mit mir gesprochen hätten, aber die Menschenmenge war vor ihnen da. Das jubelnde, lachende Volk brachte eiligst die Göttersänfte auf den heiligen Berg herauf. Die Jünglinge und die jungen Mädchen hatten sie eigenmächtig aus dem Tempel geholt und ihre eigenen Häupter mit Myrten-, Veilchen- und Efeublättern bekränzt. Die Musikanten bliesen auf ihren Flöten, die heiligen Tänzer schwenkten ihre Klappern und schlugen ihre Musikinstrumente gegeneinander. Ohne vor mir Angst zu haben, stürzten sie auf mich zu, faßten mich an und zwangen mich, auf dem Sitz der Götter in der Sänfte auf doppeltem Kissen Platz zu nehmen.

Als sie, untereinander wetteifernd, die Sänfte auf ihre Schultern heben wollten, faßte ich mich wieder, wurde böse, schob sie zur Seite und stand von meinem Sitz auf. Die Jünglinge blickten mich erschrocken an und rieben sich ihre Arme, als hätten sie sich sehr verletzt, obwohl ich sie nur leicht zur Seite gedrängt hatte. Zu Fuß schritt ich zur heiligen Treppe. Zu Fuß stieg ich die Stufen hinab. Im gleichen Augenblick brach die Sonne durch die Wolken, beleuchtete die heilige Treppe und schien direkt auf mich. Als die Sonnenstrahlen in meinem Haar glitzerten, erklang aus den Kehlen der hinter mir gebliebenen Menschenmenge ein andächtiges Rufen: „Lukumo, Lukumo." Das war kein Spiel und Jubel mehr, sondern heilige Verehrung.

Die Priester folgten mir und gaben mir das Geleit. Hinter ihnen kam das Volk still und andächtig, ohne einander mehr zu stoßen. So schritt ich die Treppe auf eigenen Füßen hinab, zu Fuß ging ich quer durch das Tal, stieg den um den Hang sich windenden Weg hinauf, trat durch den Säulengang und das Bogentor in die Stadt. Während dieser Wanderung beschien mich die Sonne strahlend hell, und ein sanfter Wind liebkoste weich meine Wangen.

Einen schönen Sommer verlebte ich in stiller Einsamkeit in einem Hause, das die Stadtväter für mich einrichten ließen. Stille Diener mit lautlosen Schritten sorgten für mich. Ich prüfte mich selbst. Ich horchte in mich hinein. Geweihte Priester erzählten mir Dinge, die ich wissen mußte. Aber sie sagten: „Das Wissen ist in dir selbst, wenn du ein Lukumo bist. Nicht in uns."

Es gab neidische und streitsüchtige Männer, die den Verdacht hegten, daß ich als Sohn meines Vaters nach der Alleinherrschaft strebte, oder solche, die Angst um ihre in der Zeit der Gesetzlosigkeit angeeigneten Felder hatten. Aber wegen des Volkes wagten sie mir keinen Schaden zuzufügen, wenn sie mich auch wahrscheinlich gerne hätten ermorden lassen, wie es bei denen, die nach dem Königtum strebten, nach dem Tode Lars Porsennas der Fall gewesen war. Mein Vater war ganz unerwartet gestorben, nachdem ein verwundetes Wildschwein sich auf ihn gestürzt und ihn mit seinen Hauern so schwer zerrissen hatte, daß er verblutete. Gesund und lebenskräftig, war er im besten Mannesalter dahingegangen, bevor er die Fünfzig erreicht hatte. Aber sein Ruhm blieb erhalten und wird vermutlich so lange weiterleben, wie es das Volk der Etrusker auf der Erde geben wird.

Jener heiße Sommer war der glücklichste meines Lebens, als ich tastend und ahnend die geheimen Türen meines Inneren zu öffnen suchte. Es war ein fruchtbarer, wunderbarer Sommer für das ganze Gebiet Clusiums. Es gab Sonnenschein, sanfte Winde und wohltuende Regen. Der Boden gab eine bessere Ernte als seit Menschengedenken, und der Wein war süß und ausgezeichnet. Das Vieh gedieh. Es gab keine Seuchen. Keine einzige Gewalttat wurde im Stadtgebiet begangen. Die Nachbarn waren sich einig und bereinigten alte Streitfragen, ohne einander vors Gericht zu zitieren. Mit mir hatte das Glück in Clusium Einzug gehalten nach den schweren Jahren der Zwietracht.

Die Geweihten erzählten mir von meiner Geburt, wie ich, das Gesicht mit einer dünnen Hautschicht überzogen, geboren wurde. Auch andere Omina waren vorhanden, und die Alten sagten meinem Vater voraus, daß in mir ein Lukumo für mein Volk heranwachsen würde. Aber er sagte: „Ich habe mich selbst trotz der Versuchungen nicht für einen Lukumo ausgegeben, weil ich kein Lukumo bin. Vernunft, Mut und Rechtschaffenheit genügen als Maßstab für einen Menschen. Hab Mitleid mit den Leidenden, setze dich für den Schwachen ein, schlage dem Frechen auf den Mund, zerreiße den Geldbeutel des Gierigen, überlasse dem Ackerbauer das von ihm gepflügte Land, verteidige dein Volk gegen Räuber und Eindringlinge. Das reicht mir als Richtlinien für einen Herrscher. Um das zu bekennen, braucht man kein Lukumo zu sein. Sollte mein Sohn als echter Lukumo geboren sein, muß er sich selber erkennen und seine Stadt finden. Das taten die Lukumoiden früher. Niemand ist nur auf Grund seiner Herkunft ein wirklicher Lukumo. Erst im Alter von vierzig Jahren kann ein Lukumo sich selbst erkennen und anerkannt werden. Deshalb bin ich gezwungen, auf meinen Sohn zu verzichten."

Nachdem ich sieben Jahre alt geworden war, hatte mein Vater mich nach Sybaris, in die kultivierteste griechische Stadt in Italien gebracht und mich dort einem zuverlässigen Gastfreund zur Erziehung anvertraut, aber ihm strengstens verboten, mir von meiner Abstammung zu erzählen. Es wird meinem Vater sehr schwergefallen sein, denn ich war sein einziger Sohn. Meine Mutter starb, als ich drei Jahre alt war, und er wollte danach keine neue Ehe schließen. Aber er hielt sich im Hinblick auf sein Volk für verpflichtet, mich zu opfern, weil er nicht wollte, daß ich zu einem falschen Lukumoiden aufwachsen sollte.

Es wird seine Absicht gewesen sein, mein Heranwachsen von weitem zu verfolgen und mich zu schützen, aber dann kam ganz unerwartet der Kroton-Krieg, und Sybaris wurde so völlig vernichtet, daß eine Stadt nie zuvor so gründlich zerstört worden war. Aus den vierhundert Familien in Sybaris wurden lediglich Frauen und minderjährige Kinder auf Schiffen nach Ionien und Milet gerettet. Der Gastfreund meines Vaters sah sich gewiß verpflichtet, mich da mitzuschicken, weil er mich nicht mehr auf dem Landwege nach Etrurien retten konnte und nicht wollte, daß die Krotoner mich als Sklaven verkauften. Er selbst war zurückgeblieben, um für seine Stadt zu kämpfen und zu fallen. Das taten die Männer der vierhundert Geschlechter von Sybaris, wenn ihnen auch vorgeworfen wurde, von Genüssen und vom luxuriösen Leben verweichlicht zu sein.

Und der Gastfreund Lars Porsennas hielt sich nicht einmal in der

Stunde der größten Not für berechtigt, seinen meinem Vater gegenüber abgelegten Eid zu brechen und denen meine Herkunft zu eröffnen, die mich nach Ionien mitnahmen. Sie hatten ihre eigenen Sorgen wegen all dem, was sie verloren hatten. Nachdem Milet eine Zeitlang über die Zerstörung von Sybaris getrauert hatte, wurden aus den aus Sybaris Geretteten elende Flüchtlinge, die von einem Ort zum anderen geschoben wurden.

Nachdem mein Vater auf so merkwürdige und unerwartete Weise auf der Höhe seines Mannesalters gestorben war, hielten viele ihn doch für einen Lukumoiden, obwohl er es nicht zugegeben hatte. Andere wiederum behaupteten, daß er kein Lukumo sein könne, weil er Kriege geführt habe, und hielten seinen Tod für eine Strafe, weil er sich in die Politik Roms eingemischt hatte. Das Wildschwein ist das heilige Tier der Lateiner, noch älter und heiliger als der Wolf Roms.

Die Geweihten warnten mich und sagten: „Viele Herrscher, sogar Oberhäupter großer Geschlechter, haben angefangen, den Ehrentitel Lukumo als äußeres Zeichen ihrer Macht zu verwenden, ohne wirkliche Lukumoiden zu sein. Das könnte man noch verzeihen und gestatten, aber es gibt nichts Schlimmeres, als einen falschen Lukumo, der sich den Schein gibt, ein echter Lukumo zu sein. Ein solcher Mann kann sich mit den Göttern der Finsternis verbünden und mit ihrer Hilfe die Prüfer irreführen. Aber die Götter stellen ihn bloß, wenn er auch Wunder vollbrächte und sein Volk betrügen könnte."

Die Schwestern meines Vaters kamen, um mich zu sehen, aber sie umarmten mich nicht, und ihre Kinder schauten mich mit großen Augen verwundert an. Sie beteuerten, gern mit mir das Erbe meines Vaters teilen zu wollen sowie auch seine in den Kriegen eroberten Schätze, ohne Beweise für meine Abstammung zu fordern. Als ich aber sagte, daß ich nicht gekommen sei, um nach Erbschaften zu suchen, zogen sie wieder erleichtert ab. Es wäre für sie sehr schwer gewesen, ihre vornehmen Gatten dazuzubringen, sich mit einer Teilung der Erbschaft bereit zu erklären, wenn bei den Etruskern die Frau auch über ihr Vermögen frei verfügt und gleichberechtigt mit dem Manne erbt, und zwar so selbständig, daß ein Mann, der auf sein Geschlecht stolz ist, stets den Namen seiner Mutter neben den Namen seines Vaters führt. So lautete mein vollständiger Name Lars Turms Larkhna Porsenna, weil meine Mutter dem uralten Geschlecht der Larkhna entstammte.

Es wurde von ihr erzählt, daß sie eine sehr schöne, aber schwermütige Frau gewesen sei, wie die Mitglieder der älteren etruskischen Familien häufig zur Melancholie neigen. Mein Vater stammte aus einem jüngeren und draufgängerischen Geschlecht. Erst nachdem er im Krieg Ruhm geerntet und Schätze erobert hatte, konnte er als Brautwerber auftreten, aber mir wurde berichtet, daß meine Mutter schon als Kind ihm einen Apfel beim Spielen am Flußufer zugeworfen habe.

Meine Verwandten, die eigentlich Blutbande mit mir hätten verbinden sollen, blieben mir fremd. Sie machten mich nicht schlecht, aber sie traten auch nicht für mich mehr ein als andere. Sie verblieben unparteiisch und warteten auf die Entscheidung der Forscher und Prüfer.

Ich selbst dachte: Mein ganzes Leben lang habe ich alles bekommen, was ich nötig gehabt habe, wenig oder viel, je nach Bedarf. Warum sollte ich mich an Felder, Häuser und sonstige irdischen Güter binden? Reichtum macht den Menschen nicht frei, sondern fesselt ihn nur. Derjenige, der etwas besitzt, an dem nagt die ständige Angst, es verlieren zu können. Der arme Mann wacht genau so eifersüchtig über seine wenigen Schafe, wie der reiche Mann seine Schätze in Eisentruhen einschließt und die Nächte durchwacht, in der Angst, sie zu verlieren.

Während des Sommers übten die Jünglinge der Stadt eifrig für die heiligen Wettspiele im Herbst. Unter ihnen wurde der Stärkste und Schönste gewählt, um bei dem traditionellen Wettkampf für Clusium zu kämpfen; dieser Wettkampf entschied alljährlich, welcher der Städte die Führerstellung zukam. Der siegreiche Jüngling wurde bekränzt und bekam den heiligen runden Schild der Stadt und das heilige Schwert, damit er sich daran gewöhne, sie zu gebrauchen. Aber die Geweihten sagten, daß die Entscheidung im Kampfe seit Jahrhunderten keine politische Bedeutung mehr gehabt habe. Der Sieger bekam die von ihm befreite Jungfrau, und die Stadt für die Dauer eines Jahres den Ehrenplatz bei den Zusammenkünften und Beratungen.

Ich hörte ihren Erzählungen über die überlieferten Sitten und die eigenen Opferkulte der Stadt kaum zu. Ich hatte genug mit mir selber zu tun, um mich selbst zu erkennen, nicht nur als einen Menschen, sondern als mehr als einen Menschen. Ich wohnte in kühlen, stillen Räumen, umgeben von schönen Gegenständen und Bildern. Ich schlief in der Nacht auf weichen Polstern, trank Wein, aß gut zubereitete Speisen. Nichts fehlte mir an Freuden und Bequemlichkeiten. Aber in mir selbst fehlte etwas, was ich nicht wußte. Ich klopfte immer wieder an die Tür meines Herzens.

Zuweilen kam ein Aufblitzen, zuweilen flammte eine blendende Erkenntnis auf, und ich war glücklich. Dann spürte ich wieder die Schwere meines Körpers und meiner Glieder. Wohlgerüche umgaben mich ständig in meinen Zimmern, und die hochfüßigen Weihrauchgefäße glühten Tag und Nacht. Dennoch spürte ich den Geruch des Todes an meinem Körper. Deshalb empfand ich alles, was an mir Körper war, als Belastung. In den Vollmondnächten erschien mir die jungfräuliche Göttin in meinen Träumen wild und scheu, mit blassem drohendem Gesicht. Auch die Schaumgeborene kam zu mir im Traum und lockte mich mit ihrem goldenen Haar und ihren schneeweißen Gliedern, um mich an die Erde zu binden und zu veranlassen, mich mit dem Los des Menschen zufrieden zu geben.

Und dennoch war es der glücklichste Sommer meines Lebens, als ich tastend nach meinem wirklichen Ich suchte, das mehr war als die Erde und der menschliche Körper. Als der Herbst sich näherte, überfiel mich eine tiefe Niedergeschlagenheit und ich konnte mich über nichts mehr freuen. In der Zeit der mondlosen Nächte begab ich mich auf die Reise nach Volsin, am Ufer des heiligen Sees, begleitet von den Vertretern meiner Stadt. Aber zu Fuß durfte ich nicht mehr wandern, durfte auch nicht auf dem Rücken eines Pferdes oder Esels reiten. Ich wurde in einem von weißen Ochsen gezogenen geschlossenen Wagen hingebracht. Rote Quasten zierten die Stirn der Ochsen, und schwere Vorhänge verdeckten mich vor den Blicken der Menschen.

In demselben Wagen sind in diesen Tagen, ebenso vor den Blicken der Menschen durch die heiligen Vorhänge verborgen, die beiden weißen Steinkegel aus dem Tempel des Wandelbaren in meine Stadt gebracht worden. Einmal werde ich noch auf dem Ruhebett der Götter liegen und das Göttermahl genießen, während der Todesschweiß meine Stirn bedeckt. Deshalb beeile ich, Turms, mich, alles niederzuschreiben, um zu Ende zu bringen, was ich nicht vergessen will.

Letztes Buch

DAS GÖTTERMAHL

1.

Von allen Seen, die ich gesehen, war der heilige, von erhabenen Bergen umgebene See unserer Völker der klarste und blaueste. Die Düsternis des Herbstes lag auf dem stillen Wasserspiegel, als ich ihn zum ersten Male erblickte. Ich sah die Tempel. Ich sah die heilige ovale Steineinfassung. Ich sah die Pflugfurche, aus der Gott eines Tages auferstanden war, um seine Weisheit zu verkünden. Ich sah die Quelle der Nymphe Bego. Vielleicht waren sie, die Götter, auch anderswo erschienen. So wurde in Tarquinia der Erdgraben des Tages gezeigt. In Rom gab es die Höhle und die Quelle der Egeria. Aber der Überlieferung nach hatten sie diese Stätten in Volsin geweiht.

Das Heiligste für mich war der Tempel des Wandelbaren, ein Steinsäulenbau des Voltumna, dessen Mittelraum leer war. Er wurde von der in Bronze gegossenen, schönen Khimaira bewacht, deren Körper in sich den Löwen, die Schlange und den Adler vereinte, als äußeres Sinnbild der Wandelbarkeit Erde, Unterwelt und Himmel verkörpernd. Unbesiegbar hielt sie Wache vor dem leeren Raum des Voltumna. Die Griechen behaupteten, daß ihr Held, auf dem Rücken eines geflügelten Pferdes reitend, Khimaira besiegt und getötet habe. In Korinth war mir in der Jugend die Quelle des Pegasus als Beweis hierfür gezeigt worden. Aber bei meinem Volke lebt Khimaira immer noch als heiliges Sinnbild des Wandelbaren und des Gestaltenwechsels. Noch haben die Griechen sie nicht töten können.

Zu dem Herbstfest kam hier sehr viel Volk aus allen Städten zusammen, wenn auch nur die Vertreter der Städte mit ihrer Begleitung zu dem heiligen Gelände Zutritt hatten und nur ihnen gestattet war, in den heiligen Hütten zu wohnen. Die unheilige Stadt, das mächtige und reiche Volsin, lag hoch oben auf der Bergkuppe eine halbe Tagereise vom See entfernt. Ihre Heimindustrie und ihre sonstigen Handelswaren standen in hohem Ansehen, und die Stadt zog aus dem Herbstfest großen Nutzen. Aber in dem heiligen Volsin am Ufer des Sees durfte während des Herbstfestes kein Handel getrieben werden.

Am Morgen des ersten Festtages wurde ich mit bedecktem Haupt in das Haus gebracht, wo die Beratungen stattfanden und wo sich die zwölf Vertreter der zwölf Städte versammelt hatten. Von ihnen waren nur zwei echte Lukumoiden, fünf führten nur den Titel Lukumo, einer war der von seinem Volke gewählte König, und die restlichen vier waren die vom Rat der jeweiligen Stadt gewählten Vertreter, die laut Gesetz die Macht in ihren Städten während einer begrenzten Zeit ausübten. Ein solcher war auch der Vertreter der Stadt Clusium. Es gab sowohl alte als auch junge Vertreter, wie Lars Arnth Velthuru aus Tarquinia, der in Vertretung seines Vaters erschienen war. Sie alle waren in heilige Überwürfe ihrer Städte gehüllt, und alle betrachteten mich mit gleicher Neugierde. Rangsitze gab es nicht. Sie saßen oder standen ganz nach Belieben, ohne einander besondere Ehren zu bezeigen.

Ich enthüllte mein Haupt und ich wußte, daß dies die erste und einfachste Prüfung war. Als ich meinen Blick von Mann zu Mann schweifen ließ, bemühte sich ein jeder, mir Zeichen zu geben, der eine mit den Fingern, der andere durch Augenzwinkern, der dritte durch ein Lächeln, der vierte durch ein ernstes Gesicht. Ihre Überwürfe hatten sie verkehrt an, damit ich aus den Kennzeichen der Städte nichts erraten könne. Trotzdem wußte und erkannte ich die beiden noch lebenden Lukumoiden sofort. Ich kann es nicht erklären, woran ich sie beide erkannte, aber eine unbedingte Gewißheit und ein absolutes Wissen erfüllten mich in so hohem Maße, daß ich über das kindliche Spiel lächeln mußte.

Ich ging und neigte das Haupt zuerst vor dem alten Mann aus Volsin, danach grüßte ich den dunkelhäutigen Lukumo des ewig kalten Volterra. Er war ein kräftig gebauter Mann und noch keine fünfzig Jahre alt. Vielleicht erkannte ich ihn an den Augen, vielleicht an den Falten seiner zusammengezogenen Brauen. Strengen Ernst strahlte er aus, Lächeln und Sanftmut aber der alte Mann. Die anderen grüßte ich nur durch Kopfnicken.

Die beiden Lukumoiden blickten einander an und traten vor. Der Alte sagte: „Ich erkenne dich, Lars Turms."

Die Vertreter der anderen Städte begannen sofort lebhaft untereinander zu streiten, und einige sagten, daß dies noch kein Beweis sei. Ich hätte mir doch von irgendwoher Angaben über das Äußere der beiden Lukumoiden verschaffen können oder der Vertreter Clusiums hätte mir durch ein verabredetes Geheimzeichen die beiden verraten. Sie interessierten sich gar nicht für mich, und es war ihnen gleich, ob ich das auch bemerkte. Aber der alte Lukumo legte seine Hände auf meine Schultern. Unbeschreibliche Güte, Sanftmut, Barmherzigkeit gingen von ihm aus, als er mit einem schönen Lächeln sagte:

„Du kannst dich in diesen Tagen völlig frei bewegen, wo und wie du willst, in heiligen oder unheiligen Orten. Verfolge die Opferkulte, wenn du willst. Schau dir die Wettspiele an. Keine Tür wird dir verschlossen sein, niemand wird dich zwingen, eine Tür zu öffnen."

Der Lukumo Volterras berührte freundlich meinen Arm. Festigkeit, Kraft, ein Gefühl des Geborgenseins gingen von seiner Hand auf mich über. „Bereite dich vor, wenn du willst, Lars Turms", sagte er. „Niemand wird dich zwingen, dich vorzubereiten. Warum sollte sich ein echter Lukumoide vorbereiten? Aber durch das Vorbereiten wirst du empfänglicher zur Entgegennahme und zum Erleben von Dingen, die du bis jetzt noch nicht erfahren hast."

„Wie soll ich mich vorbereiten, Vater? Wie soll ich mich vorbereiten, Bruder?" fragte ich sie.

Der Alte lachte und meinte: „Ganz wie du es selbst willst, Turms. Der eine sucht sich selbst in der Bergeinsamkeit, der andere unter lärmenden Menschen. Pfade gibt es viele, aber sie führen alle zum gleichen Ziel. Du kannst in diesen Tagen wachen und fasten. Das Wachen hilft dem gewöhnlichen Menschen etwas zu sehen, was er sonst nicht sieht. Aber du kannst auch Wein in Saus und Braus trinken, bis deine Knie weich werden, und nachdem du aufgewacht bist und dich übergeben hast, kannst du wieder von neuem Wein trinken. Du kannst Liebeleien mit Frauen treiben und deine Sinne bis zur Grenze der Erschöpfung befriedigen. Dann hat man auch die richtigen Träume und Visionen. In meinem Alter bereue ich es heute, daß ich nicht auch diesen Weg versucht habe. Jetzt ist es zu spät. Ich erreiche demnächst die Siebzig, mein Sohn, aber ich habe keine Lust, noch weitere zehn Jahre den Göttern abzuringen, um sie meinem bereits gebrechlichen Körper zuzumuten."

Der Mann aus Volterra sagte: „Die Sinne liebkosen den Menschen bis zur wonnevollen Erschöpfung. Sie helfen uns, dieses Leben zu ertragen, ja ihm sogar zu danken. Doch denke auch daran, Turms, daß sich auch der Hunger, der Durst und das Unbefriedigtsein in Genüsse verwandeln, wenn man sie bis zu Visionen steigert. Ich will nicht behaupten, daß sie edlere Genüsse als der Rausch oder der Überdruß seien. Jeder hat seinen eigenen Weg. Ich vermag dir deinen Weg nicht zu zeigen. Ich kann lediglich von meinem eigenen Weg erzählen."

Der Alte deutete mit seiner Nußbaumgerte auf ihn und sagte: „Er wurde als Hirte geboren und hatte seine Vision in der Bergeinsamkeit. Mein Körper entstammt einem alten Geschlecht. Und doch kann er als Lukumoide älter sein als ich."

Weitere Ratschläge gaben sie mir nicht, aber aus ihren Augen, aus dem, was sie ausstrahlten, fühlte ich, daß sie mich in ihrem Herzen anerkannt hatten. Als Lukumoiden, die sich selbst als Lukumo bekannt hatten, brauchten sie keine weiteren Prüfungen als Beweise dafür, daß ich, Turms, ich war. Aber auf Grund der überlieferten Sitten waren sie gezwungen, mich zu prüfen, damit ich mich selbst erkennen und mich bekennen sollte. Das ist das Qualvollste und Mühevollste für den Lukumoiden.

An diesem Tage sah ich, wie sie einen neuen Kupfernagel in die von der Zeit grau gewordene Holzsäule im Schicksalstempel einschlugen. Ein Nagelkopf neben dem anderen befand sich auf der Säule, und die ältesten dieser Köpfe waren plump gearbeitet und grün von Patina. Doch war noch viel Platz für weitere Nägel auf der Säule. Die Götter ließen den Völkern und Städten der Etrusker noch Zeit.

Drei Tage lang berieten sie über außenpolitische Fragen und über den Krieg Vejis gegen Rom. Caere und Tarquinia sagten Veji Hilfe in Form von Waffen und Truppen zu. Auch wurde über die Griechen gesprochen, und Lars Arnth war, von Populonia und Vetulonia unterstützt, bemüht zu beteuern, daß ein Krieg gegen die Griechen früher oder später bevorstehe und daß er unvermeidlich sei. Aber er erntete keinen Widerhall. Die beiden Lukumoiden nahmen an den Besprechungen über den Krieg nicht teil, weil ein Lukumo den Krieg ablehnt, ausgenommen bei der Verteidigung seiner eigenen Stadt in der Stunde äußerster Not. Sogar dann weicht seine Kraft von ihm. Der alte Mann aus Volsin flüsterte mir, während die anderen miteinander stritten, ins Ohr:

„Mögen sie gegen Rom Krieg führen. Rom können sie doch nicht besiegen. Du weißt doch wohl, daß Rom die Stadt deines Vaters ist, und die geheimsten Omina verbinden es mit deiner Stadt. Falls Rom zerstört werden sollte, dann wäre das auch das Ende von Clusium."

Ich schüttelte den Kopf und sagte: „Es gibt viele Dinge, die ich nicht kenne, und die Geweihten in Clusium haben mir so etwas nicht erzählt."

Er legte seine Hand auf meine Schulter und flüsterte weiter: „Wie stark und schön du bist, Turms. Ich freue mich, daß ich dich in meinem

Leben sehen durfte. Deine Nähe allein erwärmt mein Alter. Glaube nicht den Geweihten. Sie sind gezwungen, ihr Wissen auswendig zu lernen und sich die Zauberformeln und die Opfer von anderen anzueignen. Mehr wissen sie nicht. Vielleicht dürfte ich dir jetzt noch nicht so geheime Dinge eröffnen, aber ich könnte es vor lauter Zerstreutheit später vergessen, dir davon zu erzählen, was für dich über deine Stadt wissenswert ist. Dein Vater eroberte Rom und lebte dort ein paar Jahre, um die Angelegenheiten der Stadt in Ordnung zu bringen. Er hätte die Stadt Lars Tarkhon oder dessen Sohn zurückgegeben, aber die Römer vermochten ihn zu überzeugen, daß sie sich lieber selbst regierten, als die Willkür eines falschen Königs zu dulden. Sie versuchten sogar, ihn zu ermorden. In der heiligen Höhle der Egeria traf er die älteste der Vestalinnen. Sie las und deutete die Omina für ihn. Dein Vater glaubte und verzichtete freiwillig auf Rom. Aber auf Grund der Omina verband er das Schicksal Roms mit demjenigen Clusiums. Sollte irgendeine Gefahr von außen jemals Clusium bedrohen, ist Rom verpflichtet, Clusium zu retten. So steht es in den heiligen Büchern Roms verzeichnet und ist es bei dem Göttermahl bestätigt worden. Lars Porsenna meinte, das sei sicherer als zwischenstaatliche Abkommen, die jeder für ungültig erklären kann, wenn das Volk sich selbst regiert. Um das Selbstbewußtsein der Römer zu schonen, hielt er es für besser, daß die Angelegenheit nicht öffentlich bekannt wurde. Doch die alten Geschlechter kennen es und vererben dieses Wissen vom Vater auf den Sohn."

„Dies mußt du wissen", fuhr er fort. „Clusium darf sich niemals an einem Krieg gegen Rom beteiligen, und Clusium ist verpflichtet, sich für Rom einzusetzen, sollten die geplagten Nachbarstädte es völlig zu vernichten drohen. Sie können und dürfen Rom bestrafen. Rom braucht die Züchtigung, um die nötige Reife zu erlangen. Sollte aber Rom von seiten der Etrusker völliger Untergang drohen, so muß Clusium um seiner eigenen Zukunft willen den Krieg für Rom statt gegen Rom führen. Dies ist eine so bindende und heilige Sache, daß die Götter sich selbst auf die Erde niederließen, um sie zu bestätigen. Als das einzige Zeichen zur Einhaltung dieser Vereinbarung wurde beschlossen, daß kein öffentliches Handelsgeschäft in Rom abgeschlossen werden darf, ohne daß vorher bekanntgegeben wird: Dies ist Porsennas Land oder dies ist Porsennas Haus oder diese Gegenstände sind Porsennas Eigentum. Rom mit seinen Ländereien, seinen Häusern und seinen sonstigen Mobilien gehörte ja Porsenna, nachdem er es erobert hatte."

Es fiel mir ein, daß ich mich selbst über die merkwürdige Sitte gewundert hatte, die die Auktionatoren in Rom befolgen mußten, um dem Geschäft gesetzliche Gültigkeit zu verschaffen. Gleichzeitig wurde mir klar, warum mich meine Füße so unwiderstehlich zu der heiligen Höhle geführt hatten und warum ich sie gefunden und mein Gesicht mit dem Wasser der heiligen Quelle bespritzt hatte. Ich folgte den Fußtapfen meines Vaters. Deshalb erkannte auch die älteste der Vestalinnen sofort mein Gesicht und mich als den Sohn meines Vaters.

Sieben Tage berieten die Städtevertreter über innerpolitische Fragen und faßten Beschlüsse über Grenzstreitigkeiten. Von Tag zu Tag empfand ich mein Dasein leichter. Ich ging unter das Volk. Ich besuchte heilige und unheilige Stätten. Ich lachte und schrie zusammen mit den anderen beim Zuschauen bei den Wettspielen. Wurde ich aber erkannt, so bildete sich sofort ein leerer Raum um mich, sogar im dichtesten Gedränge, und die Menschen betrachteten mich scheu. Deshalb begann ich die Einsamkeit und die Klarheit zu suchen. Ich wachte, die Sterne betrachtend, hoch oben auf der Bergkuppe. Ich verspürte keinen Hunger, keinen Durst. Fröhlichkeit hatte von mir Besitz ergriffen, und keine Sorgen bedrückten mein Gemüt. Allein ein Blick oder eine Berührung oder ein freundliches Wort eines der Lukumoiden genügten, die Schatten aus meinem Sinn zu verscheuchen, so daß sich der Himmel meines Herzens aufhellte.

Dann kamen die Opfer, und ihnen folgten die traditionellen Wettspiele. Die Opfer wurden in den Tempeln dargebracht, aber die heiligen Kämpfe fanden in dem von Steinen eingefaßten Oval statt. Die beiden Lukumoiden und die Vertreter der Städte saßen auf zwölf heiligen Steinen, die aber mit weichen Kissen belegt waren, und alle diejenigen, denen der Zutritt zu dem heiligen Gelände gestattet war, standen als dicke Mauer dicht gedrängt hinter den Städtevertretern. Das einfache Volk schaute sich die Spiele von weitem, von den Abhängen und von den Dächern der Häuser, an, und die heilige Stadt Volsin war völlig menschenleer geworden, die ganze Umgebung aber war von einer dichten, bunten Menschenmenge erfüllt. Weder Lärm noch Beifallsrufe waren gestattet, wie dies im Zirkus üblich war, sondern die Kämpfe wurden in tiefer Stille ausgetragen.

Ich selbst nahm am Blitzopfer teil und mir oblag, das Opfer auf den Steintisch des Gottes zu legen. Das Haar schnitt ich von meinen eigenen Haaren ab, die kleinen Fische fing ich selbst mit dem Netz im See, und die Zwiebel grub ich selbst aus der Erde heraus. Die überlieferten Gebete las der Blitzpriester Volsins, weil ich sie nicht kannte. Er gab dann die im Laufe des Jahres im Tempel auf der Insel gesammelten Omina für jede einzelne Stadt bekannt. Lediglich für Veji waren bösartige, rotschimmernde Blitze aus einer ungünstigen Himmelsrichtung festgestellt worden. Für die anderen Städte waren keine nennenswerten Unglücksfälle zu verzeichnen.

Am Tage des Turms-Gottes mußte ich ein Mutterschaf aus einer großen Schafherde auswählen, das in meinem Namen geopfert werden sollte. Sämtliche Schafe waren schön, sauber und makellos. Das von mir ausgewählte Mutterschaf folgte mir sanft zum Altar, und es widersetzte sich nicht, als der Priester mit seinem Steinmesser seine Schlagadern durchschnitt. Nachdem das Blut in die Opferschalen geflossen war, schnitt der Priester den Bauch des Schafes auf und holte die Leber heraus. Die Farbe war richtig und die Leber ohne jeglichen Fehler, aber doppelt so groß wie gewöhnlich. Der Leberforscher begann keine Omina aus ihr zu lesen, aber er und seine Amtsbrüder schauten mich danach mit anderen Augen an als zuvor, traten ehrfurchtsvoll vor mir zurück, neigten ihr Haupt vor mir und grüßten mich, wie man einen Gott grüßt. Daraus entnahm ich, daß sie mich auf Grund ihrer Wissenschaft als Lukumo anerkannt hatten.

Am folgenden Tage ließ der alte Lukumo von Volsin mich unter irgendeinem Vorwand in sein Haus bitten. Beim Eintreten, als ich an den acht Säulen vorbeiging, sah ich einen Mann in der Vorhalle, der vornübergebeugt auf einem harten Stuhl saß und gespannt wartete, wobei er mit glasigen Augen wie ein Blinder vor sich hinstarrte. Als er meine Schritte vernahm, fragte er erregt:

„Bist du es, Gabenspendender? Lege deine Hand auf meine Augen, du Heilender."

Ich beteuerte, kein Heilender, sondern ein zufälliger Gast des Hauses zu sein. Doch der Blinde glaubte mir nicht. Er drängte und bat inbrünstig, bis ich vor lauter Mitleid meine Hände auf seine Augen legte. Er hielt meine Handgelenke fest und drückte meine Hände lange gegen seine Augen. Es war, als löse sich irgend etwas in mir und ströme in den Mann über, so daß ich mich von Minute zu Minute immer schwächer fühlte und mir schwindelte. Schließlich zog ich meine Hände weg. Er seufzte tief, die Augen geschlossen, und dankte mir.

Im Zimmer des Lukumo lag ein totenblasses Mädchen auf einem Ruhebett, fast noch ein Kind, das seine Hände über das Kohlengefäß vorstreckte, um sich zu wärmen. Sie blickte mich hoffnungslos und mißtrauisch an. Als ich nach dem Lukumo fragte, sagte sie, er käme gleich, und sie bat mich, mich so lange neben sie auf den Bettrand zu setzen.

„Bist du krank?“ fragte ich.

Sie schob die Decke zur Seite und entblößte ihre beiden Beine. Ich sah, daß die Muskeln so verkümmert waren, daß die Beine wie mit Haut überzogene Knochen aussahen, obwohl sie sonst trotz ihrer Blässe ein hübsches Mädchen war. Sie erzählte, ein Stier habe sie als Siebenjährige angefallen und sie mit den Hufen getreten. Die Wunden und die Brüche seien geheilt, aber seitdem könne sie nicht mehr gehen. Ohne jede Scheu zeigte sie mir die von den Hörnern hinterlassenen Narben an ihren Schultern. Nach einer Weile flüsterte sie voller Angst:

„Du bist gütig und schön, du, Gabenspendender. Reibe meine Füße. Sie begannen schrecklich zu schmerzen, als du ins Zimmer tratest.“

Ich war kein geschickter Masseur, aber ich hatte natürlich in der Jugend die richtigen Griffe gelernt, als ich meine eigenen Muskeln, die nach den Leibesübungen schmerzten, behandelte. Auch nach dem Kampf war es Sitte gewesen, daß sich die Kameraden gegenseitig die überanstrengten, hart gewordenen Muskeln weich massierten. So vorsichtig ich auch die Beine des Mädchens zu massieren versuchte, so stöhnte sie doch bei jedem Griff vor Schmerz auf. Ich fragte, ob ich nicht aufhören solle, aber sie wehrte ab: „Nein, nein, es tut nicht weh.“ Mein Schwindelgefühl nahm beängstigend zu.

Endlich betrat der alte Lukumo, den Rücken gebeugt, das Zimmer und fragte: „Was machst du, Turms? Warum quälst du das arme Mädchen?“

Ich verteidigte mich: „Sie selbst hat mich darum gebeten.“ „Hilfst du jedem Bittenden?“ fuhr er mich an. „Gibst du jedem, der von dir etwas erbittet? Es gibt doch gute und schlechte Bittsteller. Solche, die an ihrem Leiden selbst schuld sind, und solche, die schuldlos leiden. Verstehst du es nicht, dabei einen Unterschied zu machen?“

Ich überlegte und sagte: „Dieses arme Mädchen ist an ihrem Leiden nicht schuld. Sehe ich aber einen Menschen leiden, so mache ich vermutlich keinen Unterschied zwischen Guten und Bösen, zwischen Schuldigen und Unschuldigen, sondern ich helfe jedem, wenn ich kann. Die Sonne scheint ja auch genau so warm auf Schlechte wie auf Gute. Ich bilde mir nicht ein, klüger als die Sonne zu sein.“

Er nickte, aber es schien, als unterdrücke er eine Widerrede. Dann setzte er sich hin, schlug gegen den Bronzeschild, befahl dem Sklaven, Wein hereinzubringen, und sagte: „Du bist ganz blaß. Ist dir nicht gut, fühlst du dich schwach?“

Mir schwindelte, und meine Glieder zitterten vor Schwäche, aber ich versuchte aus Höflichkeit zu beteuern, daß mir nichts fehle. Es war doch eine große Ehre für mich, daß er mich in sein Haus kommen ließ. Ich wollte meine Freude nicht durch Klagen schmälern.

Wir tranken Wein, und ich fühlte mich wieder besser. Er betrachtete prüfend die ganze Zeit über das Mädchen auf dem Ruhebett, und sie blickte ihn ohne mit der Wimper zu zucken an, als warte sie auf irgend etwas. Der dunkelhäutige Lukumo von Volterra kam herein und begrüßte uns kurz. Der Alte goß eigenhändig für ihn Wein in die schwarze Tonschale ein. Als er die Schale an die Lippen hob, deutete der Alte plötzlich auf das Mädchen und sagte, gleichsam nebenbei: „Steh auf, Kind, und versuche zu gehen."

Zu meinem großen Erstaunen erhellten sich die Gesichtszüge des Mädchens, sie begann ihre Füße vorsichtig zu bewegen und stellte sie auf den Boden, hielt sich mit den Händen am Bett fest, richtete sich dann schwankend auf und stand gerade aufgerichtet. Ich wollte zu ihr eilen, um sie zu stützen, denn ich glaubte, daß sie umfallen würde, aber der Alte hielt mich, ohne ein Wort zu sagen, am Arm zurück, und wir blickten alle drei das Mädchen an. Sie schwankte sehr, tat aber einen Schritt, dann einen zweiten und schritt dann von einer Ecke des Zimmers zur anderen, wobei sie sich an der gestrichenen Holzwand festhielt.

Weinend und lachend rief sie aus: „Ich kann gehen, ich kann gehen." Sie streckte ihre Arme mir entgegen, wankte quer durch das Zimmer, ohne nach einer Stütze zu suchen, fiel vor mir nieder und küßte immer wieder meine Knie. „Lukumo", flüsterte sie andächtig, „Lukumo."

Ich war über die plötzliche Heilung genau so erstaunt wie das Mädchen selbst; ich befühlte mißtrauisch die verkümmerten Muskeln ihrer Beine und sagte kopfschüttelnd: „Das ist ein Wunder."

Der alte Lukumo lachte wohlwollend kurz auf und bemerkte: „Du hast es vollbracht, die Kraft kam von dir, Lukumo."

Ich wehrte aber mit beiden Händen ab: „Nein, nein, verspotte mich nicht."

Der Alte nickte dem Lukumo von Volterra zu. Dieser ging zur Tür und bat: „Komm und zeige deine Augen, du, der du gläubig bist."

Der Mann, der in der Vorhalle mit glasigen Augen gesessen hatte, trat, die Augen mit den Händen bedeckend, ein. Immer wieder entfernte er die Hände von den Augen, blickte um sich und bedeckte sie wieder. „Ich kann sehen", sagte er schließlich. In demütiger Ehrfurcht neigte er sich vor mir und hob die Hände zum göttlichen Gruß. „Du hast es vollbracht, Lukumo", rief er aus, „ich kann sehen. Ich sehe dich und den Lichtschein um dein Haupt."

Der alte Lukumo erklärte: „Dieser Mann ist vier Jahre lang blind gewesen. Er verteidigte sein Schiff gegen Seeräuber. Dann war es ihm, als wäre eine bärtige Riesengestalt auf ihn losgestürmt. Der Bart verdunkelte ihm den Himmel. Er habe einen entsetzlichen Schlag auf den Kopf erhalten, und danach habe er nichts mehr gesehen."

Der Mann nickte eifrig zustimmend: „Ja, das stimmt, mein Kopf blieb heil, meine Augen waren unversehrt, und das Schiff wurde gerettet. Aber danach habe ich nichts mehr gesehen, bis du mit deinen Händen meine Augen berührtest, du Retter."

Ich blickte völlig verwirrt und vom Wein etwas benommen um mich. „Ihr verspottet mich", sagte ich erneut. „Ich habe doch nichts getan."

Die beiden Lukumoiden sagten wie aus einem Munde: „Die Macht und die Kraft sind in dir, und sie sind dein, wenn du nur willst. Bekenne nun schon dir selbst gegenüber, daß du als Lukumo geboren wurdest. Wir zweifeln nicht daran."

Auch jetzt noch war es mir schwer, es zu begreifen. Ich schaute das vor Entzücken strahlende Gesicht des jungen Mädchens an. Ich blickte in die Augen, die vor kurzem noch blind gewesen waren. „Nein, nein", wehrte ich von neuem ab, „ich strebe nicht nach einer solchen Macht, ich will keine solche Kraft besitzen. Ich habe Angst. Ich bin nur ein Mensch."

Der alte Lukumo sagte den beiden Geheilten: „Geht und bringt den Göttern ein Dankopfer dar. Was ihr anderen angetan, das geschieht euch selbst." Er streckte seine Hand aus und segnete sie. Sie gingen, das Mädchen, wenn auch schwankend, auf ihren eigenen Füßen, während der Sehendgewordene sie stützte.

Der Lukumo wandte sich zu mir, nachdem sie gegangen waren. „Du bist mit einem Menschenkörper auf die Welt gekommen", sagte er. „Deshalb bist du ein Mensch. Aber du bist gleichzeitig ein Lukumo, wenn du nur den Mut aufbringst, es dir selbst zu gestehen. Der Augenblick ist gekommen. Fürchte dich nicht mehr. Widersetze dich nicht und versuche nicht, vor dir zu fliehen. Dein Umherirren ist beendet."

Der jüngere Lukumo sagte: „Die Wunden schließen sich, und das Blut hört auf zu fließen, wenn du die Wunde berührst, du, Wiedergeborener, und du, der du erneut wiederkehren wirst. Erkenne dich nun selbst."

Der Alte beteuerte: „Ein Lukumo, der an sich selbst glaubt und die eigene Kraft erkennt, kann sogar einen Toten für einen Augenblick oder für einen Tag erwecken. Aber eine solche Tat verkürzt sein eigenes Leben und ruft bei dem Toten eine fürchterliche Angst hervor, wenn seine Seele in den mit dem Geruch des Todes behafteten Körper zurückkehren muß. So etwas tue nicht. Geister kannst du beschwören, wenn du willst, und ihnen eine Gestalt geben, so daß sie mit dir reden und dir Antwort geben können. Aber das heißt die Geister quälen. Tue das nicht, wenn du nicht dazu gezwungen bist. Quäle die Geister nicht, damit du nicht von ihnen gepeinigt wirst."

Die beiden Lukumoiden strahlten ein solch unbedingtes Vertrauen, eine solche Gewißheit und ein solches Wissen aus, daß ich ihnen wie im Traum zuhörte, ohne mich ihnen in meinem Herzen zu widersetzen. Ich erinnerte mich, Mikon beim Verbinden von Wunden geholfen zu haben. Die von mir verbundenen Wunden waren schnell geheilt, und die durchschnittene Schlagader hörte auf zu bluten, wenn ich meinen Finger darauf drückte. Aber Mikon hatte die Verwundeten, sobald es nur ging, in seine Obhut genommen, und ich kam nie auf den Gedanken, daß ich irgendeinen Beitrag zur Heilung der Wunden geleistet hätte. Ich hielt es lediglich für den Erfolg seiner ärztlichen Kunst.

Als der alte Lukumo merkte, daß ich zwischen Gewißheit und Ungewißheit schwankte, sagte er: „Begreifst du nicht, was ich mit dem Erschaffen von Gestalten meine?" Er nahm ein Stückchen Holz, hielt es vor meine Augen und bat: „Schau es dir an." Dann warf er das Holzstückchen auf den Boden und sagte: „Siehst du, daraus wurde ein Frosch."

Vor meinen Augen verwandelte sich das Holzstückchen beim Hochschnellen in einen Frosch, der ein paarmal erschrocken hoch hüpfte und dann unbeweglich sitzen blieb und mich mit seinen runden, hervorquellenden Augen anglotzte.

„Nimm ihn nur in die Hand und befühle ihn", bat der alte Lukumo fröhlich lachend, als er merkte, wie mißtrauisch ich das von ihm geschaffene Lebewesen betrachtete. Ich schämte mich, aber ich nahm den Frosch in die Hand, ich spürte, wie kalt und schleimig er war. Es war ein lebender Frosch, der in meiner Hand zappelte.

„Laß ihn los", bat der Alte. Ich ließ den Frosch aus meiner Hand hüpfen. Als er auf dem Boden aufklatschte, verwandelte er sich vor meinen Augen wieder in ein Stückchen trockenes Holz. Der Lukumo von Volterra nahm nun das Stück in die Hand, zeigte es mir und sagte: „Ich beschwöre die Unterirdischen nicht, sondern die Irdischen. Schau, wie aus einem Kalb ein Stier heranwächst."

Er warf das Stückchen Holz auf den Boden. Es wuchs vor meinen Augen zu einem gerade geborenen Kalb. Das noch nasse Kalb stand schwankend auf seinen dünnen Beinen. Dann begann es zu wachsen. Schönes, spitzes Gehörn wuchs an seinem Kopf. Zum Schluß war der Stier so groß, daß er den ganzen Raum füllte und durch die enge Türöffnung nicht mehr hinaus gekonnt hätte. Ich spürte den Stiergeruch, ich sah das grünliche Leuchten seiner Augen. Es war ein furchterregender Stier.

Der Lukumo schnippte mit den Fingern, als wäre er des Spiels überdrüssig geworden. Der Stier verschwand, und auf dem Steinboden lag wieder nur das graue Stückchen Holz.

„Auch du kannst so etwas vollbringen, wenn du willst", sagte der alte Lukumo. „Sei mutig. Nimm das Stückchen Holz in die Hand. Sage, was daraus entstehen soll, und es wird da sein."

Wie im Schlaf bückte ich mich, hob das Holz vom Boden auf und drehte es in meinen Fingern. Es war ein ganz gewöhnliches, glattes, vor Alter grau gewordenes Stückchen Holz. „Ich beschwöre weder die Unterirdischen noch die Irdischen, sondern die Überirdischen, und mein Vogel ist die Taube", sagte ich langsam, indem ich das Stückchen Holz in meiner Hand anstarrte. Im gleichen Augenblick spürte ich schon die Federn, die Daunenwärme des Vogels und den schnellen Herzschlag in meiner Hand. Eine schneeweiße Taube flatterte aus meiner Hand hoch, flog einmal um das Zimmer herum, kehrte zurück und setzte sich luftleicht auf meine Hand. Ich spürte den Flügelschlag und die leichte Berührung der Vogelkrallen.

Der Lukumo von Volterra streckte seine Hand aus, um die Taubenfedern zu streicheln, und sagte: „Welch einen schönen Vogel du geschaffen hast. Das ist der Vogel der Göttin. Schneeweiß."

Der Alte fragte: „Glaubst du jetzt, Turms?" Der Vogel verschwand, und in meiner Hand lag nur noch das graue Stückchen Holz.

Ich muß wohl ein so dummes Gesicht gemacht haben, daß die beiden Lukumoiden laut lachten und sagten: „Schau, Turms, verstehst du es jetzt, warum es besser ist, wenn ein Lukumo sich erst im Alter von vierzig Jahren erkennt und es sich selbst eingesteht? Wenn einer schon als Jüngling seine Fähigkeit erkennen würde, so könnte er vor lauter Begeisterung spielen und unzählige Gestalten erschaffen. Er würde die Menschen um sich herum dadurch in Schreck versetzen und sich vielleicht noch dazu verleiten lassen, mit dem Wandelbaren zu wetteifern, indem er Gestalten hervorriefe, die früher nicht vorhanden waren.

Das hieße die Götter ärgern. Quäle die Götter nicht, damit du selbst nicht heimgesucht wirst. Wenn ein Feind dich mit bösen Absichten überrumpelt, kannst du eine Gerte vor seine Füße werfen und sie in eine Schlange verwandeln. So etwas ist erlaubt. Bist du allein und niedergeschlagen, kannst du dir ein Lieblingstier erschaffen, das bei dir am Fußende des Bettes liegt oder dich mit seinem Körper wärmt. Aber tue es nur, wenn du allein bist, und zeige es keinem. Es kommt wieder, wenn du es rufst."

Die Ekstase nahm von mir Besitz. Meine Kraft strahlte in meinem Herzen. An jedem Punkt meines Körpers spürte ich meine Kraft in nicht geahnter Stärke. „Und – einen Menschen?" fragte ich, „kann ich auch einen Menschen mir als Kameraden erschaffen?"

Sie blickten einander an und danach mich, schüttelten den Kopf und sagten: „Nein, Turms, nein, einen Menschen kannst du nicht erschaffen. Lediglich eine verschwindende Gestalt kann man für einen kurzen Augenblick hervorrufen und einen Geist in sie hineinbeschwören, der deiner Fähigkeit entspricht. Aber es gibt gute und böse Geister. Der böse Geist kann früher da sein und dich irreführen. Du bist nicht allwissend, Turms, du kennst nicht alles. Denke stets daran, daß du in den Körper eines Menschen geboren wurdest. Das bindet dich und begrenzt dein Wissen. Lerne die Wände deines Gefängnisses kennen. Erst der Tod löst sie um dich herum auf und du wirst frei, bis du von neuem wiederkehren mußt, wiedergeboren wirst. Zu einer anderen Zeit, an einem anderen Ort. Aber deine Ruhe dazwischen ist wonnevoll."

An diesem Tage strengten sie mich mit mehr nicht an, sondern ließen mich in Ruhe über das Gelernte nachdenken. Am nächsten Morgen wurde ich wieder zu ihnen gerufen; sie zeigten ein von Blut steifes Gewand und baten: „Befühle mit der Hand dieses Kleidungsstück, schließe die Augen und erzähle, was du siehst."

Ich schloß die Augen, das Kleidungsstück in den Händen, und mich befiel eine entsetzliche Beklemmung. Nebelhaft wie im Traum sah ich alles, wie es sich abgespielt hatte, und ich berichtete: „Dies ist das Gewand eines alten Mannes. Er ist mit Staub und Schweiß bedeckt. Er befindet sich auf dem Rückweg nach Hause von irgendwoher. Er ist fröhlich und wandert hurtig. Aus dem Gebüsch stürzt ein rasender Hirte hervor, schlägt mit einem Stein auf ihn ein. Der alte Mann sinkt in die Knie, hebt die Arme, schreit, bittet um Gnade. Der Hirte holt zum zweiten Schlage aus. Er plündert den Leichnam, ängstlich um sich blickend, aus. Dann ist alles nur Nebel."

Der Schweiß tropfte mir aus den Armhöhlen, und meine Hände wurden feucht. Ich öffnete die Augen und ließ das entsetzliche Gewand fallen. „Würdest du den Hirten erkennen?" fragten sie.

Ich dachte gequält über das Geschehene nach: „Es war ein heißer Tag", sagte ich zögernd. „Er hatte nur einen Lendenschurz um. Seine Haut war von der Sonne dunkelbraun gebrannt. Sein Gesicht war verbissen, und er hatte eine lange Narbe auf der Wange."

Sie nickten und sagten: „Quäle dich mit dieser Sache nicht mehr. Die Richter konnten keine stichhaltigen Beweise gegen den Hirten finden. Wir zeigten den Ort, wo er seine Beute versteckt hatte. Er wurde mit einem Weidenkorb über dem Kopf in die Quelle des Bösen getaucht, weil er einem hilflosen Mann gegenüber kein Erbarmen gezeigt hatte. Aber wir sind froh, daß du seine Schuld bestätigst. Wir tun so etwas nicht gern. Die Gefahr eines Irrtums ist zu groß. Aber zuweilen ist man dazu gezwungen. Ein nicht aufgedeckter Mord reizt zu weiteren Morden."

Um mir zu helfen, meine Beklemmung zu vergessen, reichten sie mir zwei völlig gleich aussehende mit Reliefs verzierte schwarze Trinkschalen, in jede Hand eine. Ohne meine Augen zu schließen, hielt ich sofort die Schale in der linken Hand hoch und sagte: „Diese ist eine heilige Schale. Die andere ist unheilig."

Sie sagten: „Turms, du bist ein Lukumo. Gibst du es dir nun endlich zu und glaubst an dich selbst?"

Aber ich war immer noch verwirrt. Der alte Lukumo sagte: „Du hast die Fähigkeit, Geschehnisse von Gegenständen abzulesen. Je weniger du dabei denkst, um so klarer siehst du alles. Auch aus diesem Grunde ist es besser, daß ein Lukumo vierzig Jahre alt wird, bevor er sich selbst erkennt und seine Fähigkeiten zugibt. Sonst wäre er geneigt, ununterbrochen Gegenstände zu prüfen und seine an und für sich geringe Fähigkeit weiter zu entwickeln. Sie ist kaum von Bedeutung. Wenn kein Zwang vorliegt, ist es unnütz, daß ein Lukumo sich mit so etwas abgibt. Viele gewöhnliche Menschen besitzen die gleiche Fähigkeit."

Ich erzählte zögernd: „Die Sikanen in Sizilien wußten und hörten Dinge, die anderswo geschahen, sogar auf der anderen Seite der Welt."

Sie sagten noch: „Du kannst dich von deinem Körper lösen, wenn du willst, und so etwas sehen, was anderswo geschieht. Du kannst sogar als Geist erscheinen und in den Verlauf der Dinge eingreifen. Aber tue so etwas nicht. Verlasse deinen Körper nicht, in den du geboren wurdest. Das ist gefährlich, denn dein Körper bleibt schutzlos, wenn du ihn verläßt. Auch dein Einfluß auf die Geschehnisse wäre nur illusorisch. Alles geschieht ja doch, wie es geschehen muß. Wir haben die Zeichen und die Omina. Die Blitze, die Vögel und die Leber des Opferschafes sagen uns genug, und zwar soviel, wie wir wissen sollen."

Zur Bestätigung hierfür hoben sie die Arme, grüßten mich wie einen Gott und sagten: „Es ist schon so, Turms, du bist Lukumo. Du bist zu sehr vielem fähig, aber nicht alles ist zu deinem Vorteil. Lerne zu wählen, lerne zu unterscheiden, lerne Grenzen zu ziehen. Quäle dich selbst und verärgere die Götter nicht unnütz. Für dein Volk, für deine Stadt genügt es, daß du da bist. Es genügt, wenn ein Unsterblicher als Mensch in ihre Mitte hineingeboren wird."

Diese Worte ließen meinen Körper erbeben. Noch einmal hob ich abwehrend die Hände und schrie: „Nein, nein, ich sollte unsterblich sein, ich, Turms?"

Von tiefer Andacht ergriffen, beteuerten sie wie aus einem Munde: „Es ist so, Lukumo Turms. Du bist unsterblich, wenn du es dir selber gestehst. Zerreiße doch endlich den Schleier vor deinen Augen und bekenne dich zu dem, was du wirklich bist."

Sie sagten: „In jedem Menschen steckt das Saatkorn der Unsterblichkeit. Aber der größte Teil der Menschheit begnügt sich mit der Erde. Der Same bleibt unfruchtbar und keimt nicht. Der Mensch kann einem leid tun, aber man soll ihm den Teil gönnen, mit dem er sich zufrieden gibt. Warum einem solchen die Unsterblichkeit aufdrängen, der kein Verlangen danach hat und nicht einmal wüßte, was er damit anfangen sollte? Warum einen Menschen mit Unsterblichkeit quälen, der, wenn er nur einen Tag müßig bleibt, sein Dasein als leer empfindet und nicht weiß, was er unternehmen soll, wenn er allein bleibt. Wehe dem Menschen."

Sie sagten noch: „Unserem Wissen sind Grenzen gesteckt, weil wir in den Körper eines Menschen hineingeboren wurden. Wir glauben, daß das Saatkorn der Unsterblichkeit den Menschen vom Tier unterscheidet. Aber ganz sicher wissen wir es nicht. Alles Lebende ist vom Wandelbaren gestaltet. Und wir können nicht einmal das Lebendige vom Leblosen unterscheiden. In der Stunde der Erleuchtung vermagst du zu spüren, daß ein harter Stein unter deiner Hand irgend etwas ausstrahlen kann. Nein, unser Wissen ist lückenhaft, wenn wir auch als Lukumoiden auf der Erde geboren wurden."

Dann warnten sie mich und sagten: „Nachdem du dich erkannt und dich zum Lukumoiden bekannt hast, lebst du nicht mehr ausschließlich für dich allein, sondern zum Wohle deines Volkes und deiner Stadt. Du bist ein Gabenspendender. Nicht dir selbst und deiner eigenen Kraft verdankst du es, daß die Felder wogen und die Erde Früchte trägt. Du bist lediglich Werkzeug, und alles geschieht durch dich. Laß es dich nicht verdrießen. Tue nichts aus Liebe zu den Menschen, sondern nur zu ihrem Nutzen. Laß dich nicht von Bagatellen in Fesseln schlagen. Dazu sind die Gesetze und Sitten, die Richter, die Priester, die Wahrsager und die Statthalter da. Verziehe du dich lieber in die Einsamkeit. Verzichte im Leben nicht unnütz auf das, was dir zusagt und dich zerstreut. Es ist schwer genug, in das Gefängnis des Körpers hineingeboren zu werden. Mache dein Gefängnis so angenehm, wie du nur kannst, ohne deinem Volke zu schaden und andere zu verderben. Kränke die Götter nicht, damit sie dich nicht verletzen. Du bist der oberste Priester deines Volkes, du bist der höchste Gesetzgeber, du bist der höchste Richter, weil du Lukumo bist. Aber je weniger man an dich appelliert, um so besser. Die Völker und die Städte müssen lernen, ohne Lukumoiden zu leben. Schlechte Zeiten stehen bevor. Grausame Zeiten werden kommen. Du kehrst wieder, aber dein Volk kehrt nie wieder, nachdem die ihm zugemessene Zeit abgelaufen ist."

Sie belehrten mich schonend, wohl aus eigener Erfahrung wissend, welch eine erdrückende Bürde sie mir zum Tragen auferlegten. Der alte Lukumo von Volsin legte seinen Arm schützend um meinen Hals und sagte:

„Der Zweifel ist die fürchterlichste Versuchung. In den Stunden der Schwäche wird ein jeder Versuchungen unterworfen, das haben wir selbst erfahren. Alles geschieht und fließt in Wellen. Es gibt Tage, an denen deine Kraft den Höhepunkt erreicht, und du strahlst Freude und Vertrauen aus, ohne an dir selbst zu zweifeln. Das sind die gesegneten Tage. Aber die Welle wogt weiter, und deine Kraft sinkt in das Wellental. Die Tage des Segens mußt du mit Tagen der Niedergeschlagenheit und der Verzweiflung bezahlen, in denen alles um dich finster erscheint und der Zweifel dein Gemüt überwältigt. Halte dich dann ruhig und still, füge dich, sei demütig, warte ab. Wenn deine Schwäche am größten ist, ist die Versuchung am stärksten."

Der Lukumo von Volterra sagte: „Deine Kraft kann je nach den Mondphasen steigen und sinken. Oder je nach den Jahreszeiten. Oder vom Wetter abhängig sein. In dieser Beziehung sind wir alle verschieden. Vielleicht beherrscht das Wetter uns und nicht wir es, wenn wir auch den Wind beschwören und den Sturm hervorrufen können. Als mich die Schwäche bedrängte, ging ich zum steilen Bergabhang. Der Versucher flüsterte mir ins Ohr: Wenn du ein echter Lukumo bist, so springe vom

Bergkamm hinunter ins Tal. Die Luft trägt dich leicht bis zum Boden, und du wirst keinen Schaden erleiden. Beweise doch dir selbst, daß du ein echter Lukumoide bist. Wenn du es nicht sein solltest, dann ist es auch kein Schaden, wenn du deinen Kopf zertrümmerst. Solche Dinge flüstert der Versucher. Ich erzähle es dir als Warnung für die Stunden deiner Schwäche. Bleibe ruhig und warte ab in solchen Stunden. Erschaffe dir ein Lieblingstier und rufe es zu dir, um dir Trost zu spenden. Es kommt, wenn du es rufst. So viel Kraft wirst du auch in deinen schwächsten Stunden noch besitzen."

Ich schaute seine finsteren Augen an, Neugier erwachte in mir, und ich sagte: „Sprangst du vom Abhang hinunter? Erzähle."

Er schüttelte den Kopf und meinte: „Ich mag nicht erzählen. Ich schäme mich zu sehr."

Der alte Lukumo kicherte vergnügt und meinte: „Schau dir mal die Narben der Knochenbrüche an seinen Knien an. Kaum einen heilen Knochen hatte er, als das Volk von Volterra ihn am Fuße des Abhanges auflas. Die Spuren zeigten, daß er an einem Gebüsch, das aus einer Bergspalte herauswuchs, hängengeblieben war. Es hemmte die Geschwindigkeit des Sturzes. Von dort fiel er in die Krone einer Kiefer und dann weiter von Ast zu Ast, so daß seine Knochen im Wettlauf mit den abbrechenden Ästen krachend brachen. Wenn er kein Lukumo wäre, könnte er heute kaum laufen. Sein Rücken ist steif geblieben, aber man kann ihn nicht Krüppel nennen. Ein Lukumoide wird nie so schwer verletzt, daß er zu einem Krüppel werden könnte, wenn er auch bisweilen an seine Sterblichkeit erinnert wird, damit er nicht vergißt, daß er in einen Menschenkörper hineingeboren wurde."

Auch das war wahr. Ich hatte die Gefahren des Krieges und die Schrecken des Meeres erlebt, aber war nie wirklich ernstlich verwundet worden, auch ich hatte mich nie ernstlich verletzt. In Stunden der Todesgefahr war es, als schützten mich unsichtbare Flügel. Der Lukumo von Volterra senkte seinen Blick zu Boden und gestand schamvoll:

„Ich spürte keinerlei Schmerz beim Hinunterstürzen. Dazwischen war es nur, als habe eine barmherzige, aber strafende Faust mich fest geschüttelt. Erst als ich wieder zum Bewußtsein kam und das Volk mich vom Boden aufhob, setzten die Schmerzen ein. Wahrhaftig, ich habe die Sterblichkeit des Menschen recht bitter ausgekostet, aber es geschah mir recht und es war mir eine gute Lehre."

Ihre Erzählungen brachten mich an die Grenze der Zerknirschung, so daß ich meine Schwäche so stark empfand, als hätte ich keine Knochen mehr in meinem Körper. „Bewahrt mich doch vor dieser Bürde", flehte ich sie an, „ich bin doch nur Turms. Bin ich denn gezwungen, mich als Lukumo zu bekennen und an mich selbst zu glauben, wenn ich es nicht will?"

Sie antworteten: „Du, Turms, bist unsterblich und ein echter Lukumo. Du bist gezwungen, dies dir selber einzugestehen. Jetzt kannst du dich selbst nicht mehr verleugnen." Aber sie trösteten mich: „Wir verstehen dich, und wir selbst haben die fürchterlichste Qual, den Zweifel des Menschen und unsere eigene Unzulänglichkeit erfahren. Am Abend des zwölften Tages wirst du aber mit uns am Göttermahl teilnehmen, wie wir es tun durften, als wir uns selbst erkannt und es uns selbst eingestanden hatten. Noch sind wir drei, die das Mahl teilen werden, aber am Tage deines Todes, Turms, mußt du den Göttern allein begegnen."

2.

Am zwölften Tage wurde, der überlieferten Sitte entsprechend, der vorgeschriebene heilige Kampf um die führende Stellung der Städte ausgetragen. Es war ein klarer Herbsttag, und die warmen Sonnenstrahlen glitzerten über dem heiligen See und den blauschimmernden Bergen. Die Lukumoiden und die Vertreter der zwölf Städte saßen auf den zwölf heiligen Steinen innerhalb des von Steinen umgebenen Ovals. Ich stand unter den anderen im Gedränge hinter dem Vertreter Clusiums, denn ich war noch nicht öffentlich als Lukumo anerkannt, und der heilige Überwurf war mir noch nicht um die Schultern gelegt worden. Deshalb taten alle so, als beachteten sie mich gar nicht. Aber während die anderen dicht gedrängt standen, blieb um mich herum ein leerer Raum, und niemand berührte mich absichtlich oder zupfte an meinem Gewand.

Als erster erschien der älteste der Auguren mit seinem abgenutzten, glatten Krummstab in der Hand. Ihm folgten die zwölf Jünglinge der Städte. Sie waren nackt, nur um den Kopf hatten sie ein Purpurband geschlungen. Jeder trug den runden Schild und das heilige Schwert seiner Stadt. Die Reihenfolge war durch das Los bestimmt worden, weil keine der etruskischen Städte besser als die andere war. Aber nachdem sie in das von Steinen umfaßte Oval getreten waren, stellte sich jeder von ihnen vor dem Vertreter seiner Stadt auf.

Aus einer mit Vorhängen geschlossenen Sänfte holte der Augur die Jungfrau und führte sie zu dem steinernen heiligen Ruhebett inmitten des Ovals. Auch das Mädchen war nackt, aber man hatte ihr mit einem Wollband die Augen fest verbunden. Sie war ein gut gewachsenes, unberührtes junges Mädchen. Der Augur band die Knoten des Wollbandes in ihrem Nacken auf und gab ihr Gesicht frei. Halb zornig, halb scheu errötend, blickte das Mädchen um sich und bedeckte instinktiv ihre Nacktheit mit den Händen. Die Jünglinge streckten bei ihrem Anblick ihre Körper, und ihre Augen begannen vor Kampflust zu leuchten. Ich aber, bis in die Haarwurzeln erschüttert, erkannte in dem Mädchen Misme, obwohl ich zunächst wahrlich meinen Augen nicht traute.

Mir war bekannt, daß die schönste und vornehmste Jungfrau der Etrusker als Opfer auserkoren wurde und daß diese Wahl als die höchste Ehre angesehen wurde, die einem Mädchen widerfahren konnte. Doch wo hatten sie nur Misme ausfindig gemacht und warum war gerade sie als Opfer erkoren worden? Das begriff ich beim besten Willen nicht. Ihre sich verteidigende Geste und ihr scheu-zorniges Gesicht riefen in mir den Verdacht hervor, daß sie sich nicht freiwillig dem Opferritus unterworfen habe.

Es herrschte die übliche vorgeschriebene tiefe Stille. Ich vernahm lediglich das schwere Atmen der Menschenmenge und sah die Brust der Jünglinge sich heftig heben und senken. Aber ein widerstrebendes Opfer ist nichtig. Deshalb bemühte sich der Augur, Misme mit Gebärden zu beruhigen, bis das Mädchen den Kopf stolz nach hinten warf, sich zu ihrer eigenen Jugend und der Schönheit ihres Körpers bekannte, den Blicken der Jünglinge standhielt und dem Augur gestattete, ihre Hände mit dem Wollband zu binden.

Dann hielt ich es nicht mehr aus, Verzweiflung übermannte mich, und ich bewegte mich ungestüm. Ich begegnete den prüfenden Blicken der beiden Lukumoiden und merkte, wie die Vertreter der anderen Städte mich genau so neugierig betrachteten wie Misme. Ohne Aufklärung wußte ich, daß auch dieses eine Prüfung für mich darstellte. Sie glaubten, daß Misme meine Tochter sei, und wollten sehen, ob ich bereit wäre, meine eigene Tochter nach den heiligen etruskischen Sitten zu opfern, um dadurch zu beweisen, ein echter Lukumo zu sein.

Ich war mir nicht ganz im klaren, was nun geschehen würde, aber so viel wußte ich, daß das heilige Ruhebett aus Stein in der Mitte des Ovals der Opferaltar war und daß die Jünglinge mit Schwert und Schild gegeneinander kämpfen mußten. Nur derjenige, der nach Erhalt einer Wunde aus dem Oval heraustrat, rettete sein Leben. Aber der Augur hatte das Recht, mit seinem Krummstab denjenigen vor dem Todesstoß zu retten, der schwer verwundet zu Boden sank, ohne deshalb sein Schwert fallenzulassen.

Ich schwieg, und plötzlich begegnete ich dem Blick Mismes. Sie lächelte mich mit klaren, leuchtenden Augen an, und in ihrem Blick war etwas so Schalkhaftes und Bezauberndes, daß ich in einem kurzen Aufblitzen in ihr Arsinoe erkannte. So schön wie Arsinoe war sie nicht, und ihre gerade Gestalt war noch mädchenhaft und unentwickelt. Aber ihre Brüste waren wie zwei kleine feurige Rosse, ihr Haar war schön in Locken gedreht, ihre Beine waren schlank, die Rundung ihrer Hüften war reizvoll, und sie war gar nicht mehr befangen. Im Gegenteil, aus dem aufreizenden Aufblitzen ihrer Augen entnahm ich, daß sie sich über die Gefühle vollkommen klar war, die ihr Anblick bei den zwölf Jünglingen hervorrief.

Nein, wegen Misme brauchte ich mir keine Sorgen zu machen. Sie war die Tochter ihrer Mutter und kannte das Spiel, in das sie sich begeben hatte. Ich beruhigte mich. Wie die Etrusker sie auch in die Hände bekommen haben mochten, sie hatte sich freiwillig zu dem Opfer bereit erklärt. Als ich sah, wie hübsch sie in der kurzen Zeit geworden war, erfüllte es mich mit Stolz. Während ich erhobenen Hauptes um mich blickte, begegnete ich plötzlich dem Blick des auf dem heiligen Stein Tarquinias sitzenden Lars Arnths. Er hatte Misme genau so entzückt angeschaut wie die Jünglinge. Nun blickte er mich mit zugekniffenen Augen an, als wolle er mich etwas fragen. Instinktiv nickte ich ihm einwilligend zu.

Lars Arnth erhob sich aristokratisch langsam, legte seinen Überwurf ab und warf ihn auf die Schultern des im Oval mit Schwert und Schild in der Hand stehenden Jünglings aus Tarquinia. Dann zog er sein Hemd über den Kopf, löste seine Halskette und seine Armreifen, ließ sie zu Boden fallen und nahm schließlich auch noch seinen Goldring vom Daumen ab. Wie die selbstverständlichste Sache von der Welt nahm er den heiligen Schild und das heilige Schwert seiner Stadt aus den Händen des Jünglings entgegen, stellte sich auf dessen Platz und forderte ihn auf, sich auf den heiligen Stein zu setzen. Für den Jüngling bedeutete dies eine so hohe Ehre, daß seine Enttäuschung gelindert wurde.

Der Augur blickte fragend um sich, als wolle er sich erkundigen, ob jemand gegen den Wechsel der Kämpfer Einspruch erhebe. Dann berührte er Lars Arnth mit seinem Krummstab zum Zeichen, daß der Wechsel genehmigt sei. Lars Arnth war schmächtiger als die Jünglinge, und seine Haut war nicht so sonnenverbrannt wie die ihre, sondern weiß wie die einer Frau. Aber nackt war er kraftvoll, elastisch und schön und auch nicht älter als die anderen Kämpfer. Den Mund halb geöffnet, schaute er wie wartend Misme an, und Misme wiederum blickte ihm in die Augen, neugierig und überrascht. Ihrem lebhaften Gesicht konnte man es ansehen, daß es ihrer Mädcheneitelkeit sehr schmeichelte, den stellvertretenden Regenten der mächtigsten etruskischen Stadt in seinem Entzücken bereit zu finden, sein Leben aufs Spiel zu setzen, um sie zu befreien und für sich zu gewinnen.

Ich mußte unwillkürlich lächeln, und in einem unglaublich leichten Gefühl begriff ich, daß alles ein lachender Scherz der Götter war, die mir zeigen wollten, wie blind der scharfsichtigste Mensch sein kann und wie nutzlos es ist, irgendeine Sache hier auf Erden als wichtig anzusehen. Ich las die Gedanken Lars Arnths wie in einer aufgezogenen Schriftrolle. Der Anblick Mismes hatte ihn fraglos entzückt, aber im gleichen Augenblick hatte er begriffen, wieviel er gewinnen konnte, wenn er aus dem heiligen Kampf lebend hervorginge. Er hatte eine Niederlage bei den außenpolitischen Besprechungen eingesteckt. Sein Ansehen in Tarquinia hatte durch den mißglückten Feldzug nach Himera stark gelitten. Der alte Aruns lebte immer noch, und sein Ansehen war unerschütterlich, aber es war gar nicht gesagt, daß nach seinem Tode Arnth zum Herrscher Tarquinias gewählt werden würde, wenn Aruns auch seinen Sohn zum stellvertretenden Regenten eingesetzt hatte. Die entschlossene Politik Lars Arnths war weitblickend und dem Geschehen der Zeit angepaßt, aber den Alten und den Griechenfreunden behagte sie nicht.

Wenn er als Sieger aus dem heiligen Kampf hervorginge, würde er persönlich für die Dauer eines Jahres für Tarquinia die führende Stellung und den Ehrenplatz unter den etruskischen Städten erringen. In den schon in Vergessenheit geratenen grauen Urzeiten waren die Herrscher der Städte selbst in das heilige Oval getreten, um untereinander um die führende Stellung zu kämpfen. In der Jetztzeit hatte man es noch nie erlebt, daß der junge stellvertretende Regent sein eigenes Leben für seine Stadt einsetzte. Sollte er siegen, dann wäre die führende Stellung Tarquinias nicht nur eine leere Formalität und eine Frage der Ehre, sondern der Sieg würde als von den Göttern gegebenes Zeichen angesehen werden. Gleichzeitig würde er für sich die Tochter eines lebenden Lukumoiden gewinnen, die dazu auch noch die Enkelin Lars Porsennas war, und auf ihn würde ein Schimmer der öffentlichen Ehrungen fallen, die der Entdeckung eines neuen Lukumoiden und dem unvergänglichen Ruhm Lars Porsennas unter den Etruskern galten.

Die Götter lächelten, und ich lächelte mit den Göttern, weil alles Lüge war. Misme war doch gar nicht meine Tochter. Das glaubte man nur. Als ich dies einsah, begriff ich gleichzeitig, daß in der Welt der Menschen Wahrheit und Lüge kaum von Bedeutung sind. Es hängt alles davon ab, was der Mensch für Wahrheit hält. Die Götter stehen über der Wahrheit und der Lüge, dem Recht und dem Unrecht. In meinem Herzen beschloß ich, Misme als meine Tochter anzuerkennen und ihr zu verbieten, jemals jemandem zu erzählen, daß ich nicht ihr richtiger Vater war. Es genügte, wenn wir beide es wußten. Andere ging es nichts an. Und von ganzem Herzen wünschte ich, daß Lars Arnth als Sieger hervorgehen möge, denn einen vornehmeren und begabteren Gatten konnte Misme nie finden. Zwar wußte ich nicht, ob Arsinoes Tochter einem Mann überhaupt Glück bringen könne, und besonders den Etruskern. Aber was kümmerte es mich, wenn ich in meinem Herzen Misme als meine Tochter anerkannte. Dann war der Beste unter den Etruskern für sie gerade gut genug. So bestimmten es lächelnd die Götter. Mit einer gewissen spöttischen Schadenfreude dachte ich daran, daß Arsinoe sich schwer in Misme geirrt hatte.

Der Augur legte den traditionellen schwarzen Lederkragen auf Mismes nackte Schultern und veranlaßte sie, sich auf den Rand des Steinruhebettes zu setzen, die Handgelenke mit dem Wollband zusammengebunden. Dann gab er mit seinem Krummstab das Zeichen, und die Kämpfer stürmten gegeneinander heftig und schnell wie ein Gedanke los, so daß der erste Zusammenstoß vor den Augen zu einem aufreizenden Tumult verschwamm. Schneller als die Augen es wahrnehmen konnten, lagen schon zwei der Jünglinge blutüberströmt am Boden, das Schwert der erschlafften Hand entglitten. Die höchste Schnelligkeit war beim ersten Scharmützel zur Verringerung der Zahl der Kämpfer notwendig.

Ich glaube, daß die anderen am klügsten gehandelt hätten, wenn sie sich zunächst alle gemeinsam auf Lars Arnth gestürzt und ihn aus dem Oval herausgedrängt hätten, wenn sie ihn schon wegen seiner hohen Abstammung nicht zu töten wagten. Die anderen kämpften lediglich um ihre Ehre und um das schöne Opfer. Er, Lars Arnth, dagegen kämpfte um seine ganze Zukunft, um das Königtum Tarquinias, sogar zur Rettung aller etruskischen Völker, weil er davon überzeugt war, daß nur seine Politik imstande sei, die etruskischen Städte von dem verheerenden Druck der Griechen zu befreien. Aber wie hätten seine Rivalen dies wissen können?

Nein, nach traditioneller Sitte stürzten sich beim ersten Zusammenstoß sechs gegen sechs, sechs Küstenstädte gegen sechs Binnenstädte, und zwei schieden gleich schwer verwundet aus dem Spiel aus. Die Kämpfer hatten im voraus unter sich vereinbart, daß beim ersten Angriff niemand seinen Kameraden neben sich in den Rücken oder in die Seite stechen dürfte. Einen Atemzug lang schätzten sie die Lage ab, dann stürmten fünf gegen fünf, die Schwerter blitzten, und Schild dröhnte gegen Schild. Wir hörten das Aufstöhnen des Schmerzes, und eiligst lösten sich nur noch vier unversehrte Jünglinge, die Rücken gebeugt, vor Anstrengung keuchend und nach Luft schnappend, aus dem Knäuel. Einer der Kämpfenden war aus dem Oval herausgeschwankt, zwei krochen, Blutspuren hinterlassend, aus dem Oval heraus, einem war das Schwert mitsamt den Fingern aus der Hand geschlagen worden, einer lag auf dem Rücken am Boden, während ihm die Luft in Blasen schaumig aus der durchschnittenen Kehle herausquoll, und einen schützte der Augur mit seinem Stab, obwohl er, am Boden knieend, immer noch drohend sein Schwert zu heben versuchte.

Ohne die aus dem Spiel Ausgeschiedenen eines Blickes zu würdigen, schätzten die vier Übriggebliebenen einander mit schnellen Blicken ab. Misme hatte sich nach vorn gebeugt und betrachtete sie gespannt und mit keuchendem Atem. Lars Arnth war einer von ihnen. Ich kreuzte meine Hände und wünschte fest, daß er es aushalten möge, daß er zumindest am Leben bliebe. Ein kurzes Weilchen standen sie am Rande des Ovals, die heilige Steinumfassung als Rückendeckung benutzend. Dann verlor der Wildeste die Nerven und stürzte mit erhobenem Schild auf den nächsten Rivalen zu. Dieser schlug mit seinem Schild den des Angreifers in die Luft und stieß das Schwert in den Unterleib des Rivalen. Der dritte Kämpfer nutzte die günstige Gelegenheit und stieß sein Schwert in den entblößten Rücken des Verteidigers, nicht um ihn zu töten, sondern nur um ihn so schwer zu verwunden, daß er kampfunfähig würde.

Alles hatte sich unwahrscheinlich schnell abgespielt, und zehn der tapfersten und schönsten etruskischen Jünglinge waren aus dem Spiel verwundet oder sterbend ausgeschieden, einer für sein Leben lang fingerlos. Wehmütig dachte ich daran, daß jeder von ihnen den Sieg erhofft und begehrt hatte, sie alle ihren Körper gestählt und ihre Geschicklichkeit durch ständige Übungen verbessert hatten. In ein paar flüchtigen Augenblicken war alles vorbei und die Hoffnung zunichte gemacht. Jetzt waren nur noch Lars Arnth und der für Veji kämpfende Jüngling übriggeblieben. Der Entscheidungskampf konnte beginnen. Nun vermochte kein Zufall oder das Glück mehr zu helfen, sondern allein das Schwert, die Ausdauer und die Beherrschung der Nerven würden entscheiden.

Eile war von keinem Nutzen. Das wußten sie beide, wie sie lauernd an den Rändern des Ovals umeinanderschlichen. Beide konnten noch einen Blick auf Misme werfen, deren Augen voller Gespanntheit zu ihnen hinüber leuchteten. Später hörte ich, daß der Kämpfer Vejis dabeigewesen war, als Misme abgeholt wurde. Er hatte sie auf dem Rücken seines Reitpferdes in den Armen gehalten, sich sofort in sie verliebt und beschlossen, eher zu sterben, als im Kampfe zu unterliegen. Aber Lars Arnth hatte trotz seiner Jugend die bittere Schule des staatlichen Lebens hinter sich und wußte genau, daß Geduld und Zähigkeit am ehesten die Standfestigkeit des Gegners untergruben. Kaltblütig wartete er ab, ließ sogar seinen Schild sinken und streckte seine Glieder.

Der Mann aus Veji hielt es nicht mehr aus, sondern stürmte vor; die Schilde dröhnten gegeneinander, und die Schwerter schlugen helle Funken, wenn sie einander trafen. Beide waren von gleichem Gewicht und gleich geschickt. Keiner war imstande, den anderen zum Rückzug zu zwingen. In Blitzesschnelle wechselten sie etwa zehnmal immer wilder werdende Schläge und rissen sich dann voneinander los, um kurz Atem zu holen. Das Blut rann Lars Arnth am Schenkel herunter, aber er schüttelte heftig den Kopf, als der Augur seinen Stab heben wollte. Der Mann Vejis zögerte und ließ ihn kurz aus den Augen. In diesem Moment griff Lars Arnth, den Kopf hinter dem Schild geduckt, ihn an und versetzte ihm einen Stich unterhalb seines Schildes. Der Jüngling sank auf das eine Knie, hielt aber seinen Schild hoch und hieb mit seinem Schwert so wild und geschickt um sich, daß Lars Arnth zum Rückzug gezwungen wurde. Der Kämpfer für Veji hatte einen tiefen Stich in die Leistengegend erhalten und war nicht mehr imstande aufzustehen. Aber auf dem Boden knieend schlug er blindlings mit seinem Schwert den Stab des Auguren zur Seite und richtete seinen Blick fest auf Lars Arnth.

Dieser war jetzt einfach gezwungen, anzugreifen, ob er wollte oder nicht. Er begriff, daß der Mann aus Veji infolge der fortdauernden Übungen ihm überlegen war und eine größere Ausdauer besaß. Deshalb mußte er den Kampf zu Ende führen, bevor seine Arme völlig erschöpft waren. Er griff wieder an, wobei er den Schild so tief wie möglich hielt, um seinen Unterleib zu schützen. Der Jüngling aus Veji wehrte den Schwerthieb mit dem Schilde ab und ließ, auf dem Boden knieend, sein Schwert für eine kurze Sekunde los. Er nahm eine Handvoll Sand vom Boden auf und warf ihn ungestüm in die Augen seines Gegners, um ihn zu blenden. Blitzschnell ergriff er dann sein Schwert wieder vom Boden, um zu zeigen, daß das Fallenlassen desselben nicht die Aufgabe des Kampfes bedeutet hatte. Alles auf eine Karte setzend, stieß er die Schwertspitze gegen die unbeschützte Brust Lars Arnths, so daß er infolge der Wucht seines Angriffes aus der knieenden Stellung vornüber auf das Gesicht fiel. Fast blind, konnte Lars Arnth gerade noch das Schwert zur Seite schlagen, so daß es an den Rippen ausrutschte und ihm nur eine ungefährliche Fleischwunde in die Seite beibrachte, obwohl er instinktiv die Hand mit dem Schild gehoben hatte, um den Sand aus den Augen zu wischen. Da der Jüngling vornüber am Boden lag, hätte er ihm mit dem Schildrand einen Schlag ins Genick versetzen oder ihm die das Schwert haltenden Finger abschlagen können. Aber Lars Arnth begnügte sich damit, den Fuß auf die Hand des Gegners zu setzen und mit dem Schild seinen Kopf auf den Boden zu drücken, ohne ihm Schaden zuzufügen. Das war edelmütig, weil er doch gerade der Todesgefahr entronnen und lediglich durch seinen glücklichen Hieb gerettet worden war.

Der Jüngling aus Veji war unerschrocken und versuchte nochmals, sich vom Boden hochzureißen. Dann erst sah er seine Niederlage ein, und aus seiner Kehle löste sich ein bebendes Stöhnen der Enttäuschung. Er ließ das Schwert los, Lars Arnth bückte sich, ergriff es blitzschnell und warf es, ohne nachzusehen, wohin es flog, über die Einfassung des Ovals, so daß es nur so pfiff. Edelmütig reichte er seinem Gegner die Hand und half ihm auf die Beine, obwohl seine eigenen Augen immer noch vom Sand fast blind waren und sein Gesicht beschmutzt war.

Dann tat Lars Arnth etwas, was früher bestimmt nie geschehen wäre. Immer noch vor Anstrengung keuchend und den Körper von Schweißperlen bedeckt, blickte er suchend in die Runde, schritt zu dem Augur, drückte ihm seinen Schild in die Hand und riß ihm den weiten Augurenüberwurf von den Schultern, so daß der älteste der Auguren, völlig verdutzt, nur mit einem Unterhemd bekleidet und mit nackten, dürren Beinen dastand. Mit dem Augurenüberwurf auf dem Arm schritt Lars Arnth auf Misme zu, durchschnitt mit seinem Schwert das heilige Wollband um ihre Handgelenke, neigte sich und drückte ehrfurchtsvoll seinen Mund auf den ihrigen. Dann nahm er Misme in die Arme, legte sich mit ihr auf das steinerne Ruhebett und zog den Augurenüberwurf über sie beide, so daß sie vor den Blicken aller Anwesenden verdeckt waren.

Dies war etwas so Überraschendes, daß nicht einmal die heiligste überlieferte Sitte den Ausbruch der Gefühle verhindern konnte. Wir alle brachen in ein schallendes Gelächter aus. Der hilflose Gesichtsausdruck des verdutzten Auguren mit seinen dünnen, nackten Beinen reizte uns zu immer neuen Lachsalven, und das Lachen steigerte sich noch mehr, als

Misme plötzlich ihren nackten Fuß unter dem Überwurf herausstreckte und uns mit ihren Zehen zuwinkte. Die beiden Lukumoiden lachten so, daß ihnen die Tränen über die Wangen liefen; viele krümmten sich vor Lachen und klopften sich auf die Knie. Sogar der Jüngling aus Veji mußte lachen, als er hinkend aus dem Oval wankte, wobei er beide Hände gegen die Leistengegend drückte und ihm das Blut zwischen seinen Fingern hervorquoll.

So erleichtert, lachten wir über das unerwartete Feingefühl Lars Arnths, und ich glaube, daß niemand etwas dagegen hatte. Im Gegenteil, alle gaben später zu, daß es so am besten war und daß es sich für einen so vornehmen Jüngling wie Lars Arnth und die Enkelin Lars Porsennas nicht geziemt hätte, das traditionelle Opfer vor aller Augen darzubringen. Ich glaube fast, daß auch Misme und Arnth vor Erleichterung lachten, als sie sich unter dem schützenden Überwurf des Auguren in den Armen lagen, und daß sie das Opfer einer späteren günstigeren Gelegenheit überließen.

Nachdem der Lachsturm endlich abzuebben begann, warf Lars Arnth den Überwurf zur Seite. Sie erhoben sich beide und standen Hand in Hand nebeneinander, wobei sie den Kopf hochhielten und sich in die Augen schauten, als hätten sie die Welt um sich vergessen. Wie sie so dastanden, waren sie ein schönes Paar. Der wütende Augur riß seinen Überwurf an sich, warf ihn über die Schultern und versetzte den beiden mit seinem Krummstab einen Schlag auf den Kopf – fester als es notwendig gewesen wäre. Darauf verkündete er, daß die beiden nunmehr Mann und Frau seien und daß Tarquinia für die Dauer eines Jahres die erste unter den etruskischen Städten geworden sei. Das Blut, das aus den Wunden, die Lars Arnth sich im Kampf zugezogen hatte, auf Misme geflossen war, genügte, um ihre Ehe zu besiegeln. Lars Arnth nahm den schwarzen Lederkragen von Mismes Hals ab und drehte ihn um, so daß die weiße Seite nach oben kam. Dies war, der überlieferten Sitte seit Urzeiten entsprechend, das Zeichen, daß das Leben den Tod besiegt habe. Hand in Hand schritten sie aus dem Oval heraus. Der Hochzeitsmantel wurde als Hülle über ihre Nacktheit gelegt und ein Myrtenkranz auf ihr Haupt gesetzt. Lars Arnth nahm seinen eigenen Überwurf und zog sein Hemd an, und ich eilte zu Misme, um sie als meine Tochter zu umarmen.

„Wie konntest du mich nur so erschrecken?" tadelte ich.

Aber Misme warf launenhaft ihren Kopf zurück, lachte hell auf und fragte: „Glaubst du es jetzt, daß ich für mich selber sorgen kann, Turms?"

Ich warf einen Blick auf Lars Arnth und flüsterte ihr dabei ins Ohr, daß sie mich von nun an klügsterweise als Vater anreden, die gehörige Ehrfurcht mir gegenüber bezeigen und es nicht vergessen solle, daß sie die Enkelin des großen Helden Lars Porsennas sei. Sie ihrerseits erzählte, daß die Feldbrüder bemüht gewesen seien, sie und mein Landhaus am Fuße des Janiculus zu schützen. Aber das wütende Volk hätte die Gebäude in Brand gesteckt, das Vieh gestohlen und die Felder zertrampelt, nachdem es bekannt geworden sei, daß ich aus dem Mamers-Gefängnis entkommen wäre. Sie und das alte Sklavenehepaar hätten sich versteckt und seien so am Leben geblieben. Am gleichen Abend habe sie den Stierkopf ausgegraben und die Hörner des Kopfes abgeschlagen. Das eine Horn habe sie den beiden alten Sklaven und das andere dem Jüngling gegeben, der aus dem Hirtenjungen zum Verwalter herangewachsen war, damit er im Namen Mismes den Stab der Freigelassenen für die beiden Alten beschaffen solle.

Kaum hätte sie aber den Stierkopf wieder in das Versteck eingegraben, als die Streifwachen Vejis, alarmiert durch die Feuersbrunst, über die Grenze geritten seien und Misme geraubt hätten. Sie hätten aber Misme ehrfurchtsvoll behandelt, obwohl derjenige, der gerade vorhin gekämpft habe, sie auf dem Rücken des Reitpferdes recht fest an sich gedrückt hätte.

»Das war mir nichts ganz Neues, und ich hatte keine Angst«, beteuerte Misme. „Unser Verwalter war ja in mich verliebt und wollte mich ständig umarmen und abküssen, so daß ich mehr Selbstvertrauen bekam und mich nicht mehr für häßlich hielt. Ich konnte ihn aber im Zaume halten, und es war für ihn bestimmt besser, daß es so kam, wie es jetzt gekommen ist. Er litt schon sehr meinetwegen, und ich hätte seinem Drängen doch nie nachgegeben. Mit dem Horn aus Gold kann er eine Frau, die seinesgleichen ist, bekommen und sich Land kaufen. Er versprach, für die von mir freigelassenen Sklaven zu sorgen."

„Aber warum erzähltest du mir nie, wie schön und fein das Leben unter den Etruskern ist?" fuhr sie fort und blickte mich vorwurfsvoll an. „Ich hätte schon früher ihre schwierige Sprache erlernen können. War es deine Absicht, mich für ewig in Rom zu lassen, du, mein Vater Turms? Ich liebe Rom nicht. Ich habe nur Gutes und Schönes bei den Etruskern erfahren, sowohl in Veji als auch hier in Volsin, obwohl ich zunächst glaubte, Gefangene zu sein und als Sklavin verkauft zu werden. Aber die schönen Frauen der Etrusker lehrten mich ihre Bäder und ihre Hautpflege, und wie man die Haare zu Locken dreht; sie sagten, ich sei hübsch, und überzeugten mich davon, welch unvergleichliche Ehre es für mich sei, daß man gerade mich als Jungfrau für den heiligen Wettkampf erkoren habe."

Sie wurde verdrießlich und gestand beleidigt: „Ich glaubte, all dies geschehe nur meinetwegen, weil sie mich schön fanden. Aber sie werden mich wohl nur deinetwegen, Vater, gewählt haben, um dir Ehrfurcht zu bezeigen. Ich habe über dich schon allerhand zu hören bekommen."

Lars Arnth beeilte sich, im Namen der lächelnden Götter zu beteuern, daß Misme das hübscheste Mädchen wäre, dem er je begegnet sei. Er habe sein Leben aufs Spiel gesetzt, da er auf den ersten Blick erkannt hätte, daß Misme für ihn und er für Misme bestimmt sei. Das Leben sei ihm ohne Misme nicht mehr lebenswert erschienen. Er wird wohl die Wahrheit gesagt haben, und er glaubte selbst an das, was er sagte. Aber ich vermute, daß die verblendete Liebe, als die Göttin seine Augen mit ihrem goldenen Dunst vernebelt hatte, lediglich einer der Gründe war, die ihn am Kampfe teilnehmen ließen. Es gibt niemals nur einen Beweggrund für die Taten eines Menschen, sondern viele Gründe, die sich vor Ausführung der Tat zu einem ganzen Bündel sammeln, wenn der Mensch selbst es auch nicht weiß oder zugibt.

Aber ich freute mich für Misme und auch für Lars Arnth, weil ich ihn kannte und er meiner Ansicht nach ein volles Menschenglück verdiente, soweit Arsinoes Tochter einem Manne mehr Glück als Ärger bringen konnte. Misme schwor auf jeden Fall, gescheiter als ihre Mutter zu sein und ihrem Manne treu bleiben zu wollen, weil es im ganzen etruskischen Lande keinen schöneren Mann geben könne, und keinen, der ihr mehr zusagte. So voll und ganz konnte ich mich auf sie nicht verlassen, weil sie es für notwendig hielt, so etwas zu beschwören. Es bewies, fand ich, daß sie in ihrem Herzen den Verdacht hegte, doch die Tochter ihrer Mutter zu sein. Als ich ihr so in die Augen blickte, wurde mir klar, daß das Leben Lars Arnths als Gatte Mismes bestimmt nicht eintönig verlaufen würde.

3.

Alles war ruhig, kein Luftzug war zu spüren. Als der Sonnenuntergang die dunkle Fläche des Sees und die bläulichen Berggipfel hinter dem See purpurn zu färben begann, stellten die Priester das heilige Zelt der Götter auf. Frauen drehten davor die Mühlensteine, um aus dem Korn der neuen Ernte die Kuchen der Götter backen zu können. Die Netze waren in den See geworfen, um die rotäugigen Fische der Götter zu fangen. Ein Ochsenkalb, ein Lamm und ein Ferkel waren geopfert und den Göttern geweiht worden. Die Kochfeuer brannten unter freiem Himmel. Die Priester berieten miteinander und wiederholten heilige Formeln, damit die Kuchen und die Speisen nach den überlieferten Sitten gebacken und zubereitet würden. Das Göttermahl war seit vielen Jahren nicht mehr gefeiert worden.

Nach dem Sonnenuntergang verspürte ich die Kühle des Sees, die an der Erde noch haftende Wärme und den Geruch der Verwesung, den Duft der Speisen, der gebackenen Kuchen und der Gewürzkräuter. Endlich kamen die beiden Lukumoiden. Sie trugen um die Schultern ihre heiligen Überwürfe. Hinter ihnen wurden die heiligen Gefäße der Götter getragen.

„Bist du gereinigt?" fragten sie.

„Ich bin gereinigt", beteuerte ich. „Meine Augen sind rein. Mein Mund ist rein. Meine Ohren sind rein. Meine Nasenlöcher sind rein. Alle Öffnungen meines Körpers sind rein. Mein Kopf ist gewaschen. Meine Füße und Hände sind gewaschen. Mein ganzer Körper ist saubergerieben worden. Ich habe ein aus reinster Wolle gewebtes Hemd zum ersten Male an."

Sie sagten lächelnd: „Heute nacht bist du der Gastgeber, Turms. Du bist der Gabenspendende. Du darfst zwei Götter zum Mahl mit uns einladen. Welche willst du anrufen?"

Ich zögerte nicht. „Der Göttin bin ich eine Einladung schuldig", sagte ich. „Sie rufe ich an, die Mauerkronentragende. Turan ist ihr heiliger Name."

Der alte Lukumo heuchelte Erstaunen und sagte listig: „Du hast selbst erzählt, wie die Göttin Artemis dir ihre Gunst bewiesen und als Hekate für deine irdischen Güter gesorgt hat. Viel bist du auch der Schaumgeborenen schuldig, die in Eryx gleichzeitig als Aphrodite und als Isthara verehrt wird, wie du erzählt hast."

Ich sagte: „Es ist immer nur ein und dieselbe Göttin, wenn sie auch in verschiedenen Gestalten an verschiedenen Orten und unter verschiedenen Völkern erscheint. Turan ist ihr richtiger Name und der Mond ihr Symbol. Das habe ich begriffen. Sie wähle ich. Sie lade ich ein."

Sie fragten: „Und wer wird dein zweiter Gast sein? Wen wählst du?"

Innerlich glühend sagte ich: „Ihn, den Wandelbaren selbst, Voltumna, lade ich ein. Ihn kannte ich früher nicht. Ihn verstand ich früher nicht. Endlich will ich ihn kennenlernen. Seinetwegen war das Seepferdchen schon beim Beginn der Zeit heilig, vor den Fäliskern, vor den Etruskern, vor den Griechen. Sein Symbol ist die Sonne. Sein Sinnbild ist Khimaira."

Das Lächeln erlosch auf ihren Gesichtern, sie blickten einander an und fragten warnend: „Weißt du, was du willst, was du wagst?"

Aber von heiliger Ekstase ergriffen, rief ich: „Ihn wähle ich, ihn, Voltumna lade ich als Gast ein."

Dann zogen sie den heiligen Vorhang des Zeltes zur Seite. Im hellen Lichte der nicht rußenden Fackeln sah ich das hohe Ruhebett der Götter mit vielfachen Polstern und auf dem Ruhebett die beiden heiligen weißen Steinkegel auf doppelten Podesten. Für jeden von uns drei war ein eigenes Ruhebett aufgestellt. Niedrige Tische warteten. Die Sessel warteten. Der Wein stand im Mischgefäß fertig gemischt. Ich sah die Ährenbündel. Ich sah die Früchte der Erde. Ich sah die Kränze.

Die Lukumoiden sagten: „Bekränze sie, deine himmlischen Gäste."

Ich nahm den Efeukranz, bekränzte einen der weißen Kegel und sagte: „Für dich, Turan, du als Göttin, ich als Mensch."

Ein leichtsinniger Jubel erfüllte mich, ich nahm einen Hagebuttenkranz, bekränzte den zweiten Kegel und sagte: „Für dich, Voltumna, dein ist jeder Kranz, so wie du ihn haben willst. Nimm den Hagebuttenkranz, du als Gott, ich als Unsterblicher."

In diesem Augenblick bekannte ich endlich mich selbst als einen Unsterblichen. Warum und wieso dies geschah und warum ich gerade den Hagebuttenkranz wählte, das kann ich nicht erklären. Aber mein Zweifel verschwand wie Nebel, und am Himmel meines Herzens strahlte die Sonne der Unsterblichkeit.

Wir legten uns auf unsere Ruhebetten. Dicke Gebinde aus Blumen, Beeren und Herbstlaub wurden uns um den Hals gelegt. Die Flötenspieler begannen auf ihren Doppelflöten liebliche Weisen zu blasen, die Saiteninstrumente klangen auf, und in heilige Gewänder gehüllte Tänzerinnen und Tänzer tanzten vor dem Zelt die Tänze der Götter. Die Speisen wurden uns auf alten schwarzen Schalen gereicht. Beim Essen benutzten wir uralte Messer aus Feuerstein, aber zur Hilfe wurde uns eine zweizackige goldene Gabel gegeben. Den beiden heiligen Steinkegeln wurden die Speisen auf besonderen Schüsseln angeboten und wieder fortgetragen. Jeder von ihnen beiden hatte ein eigenes Messer aus Feuerstein und eine goldene Gabel. Wir aßen Krebse, Tintenfischhäppchen und öltriefende Sardinen des Meeres, rotäugige, gebackene und fertig entgrätete Fische des Sees, Kalbfleisch, Lammfleisch und Ferkelfleisch, gekocht und gebraten, mit saurer und süßer Tunke.

Die Flöten und die Saiteninstrumente spielten immer wilder. Die Tänzer tanzten den Tanz der Erde, den des Meeres, den des Himmels. Sie tanzten auch den Tanz der jungfräulichen Göttin, aber auch den Tanz der Liebe, den Tanz der Hunde, den der Stiere sowie den Tanz der Pferde. Duftwolken entstiegen um uns herum den hochfüßigen Weihrauchgefäßen, in denen der Weihrauch glühte. Der Wein erhitzte den Körper und stieg zu Kopf. Aber je länger das heilige Mahl dauerte, um so enttäuschter fühlte ich mich, wenn ich meinen Blick auf die beiden bewegungslosen Steinkegel auf dem hohen Ruhebett der Götter richtete.

Der alte Lukumo lag rechts von mir auf seinem Ruhebett. Er nahm meinen Blick wahr und tröstete mich: „Sei nicht ungeduldig, Turms. Die Nacht ist lang. Vielleicht treffen die Götter auch ihre Vorbereitungen für ihre Begegnung mit uns, so wie wir Vorbereitungen getroffen haben, um sie zu empfangen. Vielleicht wird in den ewigen Sälen der Götter herumgelaufen und geschäftig getan, vielleicht werden Festgewänder eiligst herbeigeschafft, wird gesalbt und werden Haare zu Zöpfen geflochten. Wie kann man es wissen?"

„Spotte meiner nicht", sagte ich heftig.

Er streckte seine alte Hand aus und berührte warnend meine Schulter: „Dies ist die weihevollste Nacht deines Lebens, Turms", sagte er, „aber auch das Volk muß seinen Teil davon abbekommen. Es darf die von dir bekränzten Steinkegel sehen. Es darf zusehen, wenn wir speisen und Wein trinken. Es darf die heiligen Tänze sehen und sich über die Musik freuen. Dann erst bleiben wir zu dritt allein, werden die Vorhänge geschlossen und werden deine Gäste kommen."

Draußen im Dunkeln, unter dem Sternenhimmel, hatten sich Tausende von Menschen lautlos vor dem Zelt gesammelt und schauten in das hell erleuchtete Zelt hinein. Den Atem der dichtgedrängten Menschenmenge konnte man nur ahnen, denn kein Laut war zu vernehmen. Die Menschen vermieden ängstlich das kleinste Geräusch und wagten nicht einmal, ihre Füße zu bewegen.

Die Kochfeuer erloschen. Die Diener verschwanden, einer nach dem anderen. Die Tänzer entfernten sich. Die Musik verstummte. Alles wurde lautlos still. Die beiden weißen Kegel mit ihren Kränzen ragten auf dem hohen Ruhebett der Götter bis in die Dämmerung des Zeltdaches empor. Der letzte Diener stellte vor mich auf den Tisch eine Schüssel mit Deckel. Ich sah, wie sich die beiden Lukumoiden auf ihren Ruhebetten aufrichteten und mich gespannt betrachteten. Der Diener hob den Deckel, ich verspürte den starken Duft von Gewürzkräutern, ich sah die Fleischstückchen in der fetten Tunke, ich nahm meine Gabel und steckte ein Stückchen in den Mund.

Schlecht schmeckte es nicht, soweit ich den Geschmack feststellen konnte, denn ich war weder imstande zu kauen noch zu schlucken. Ich mußte das Stück einfach ausspucken.

In diesem Augenblick fielen die Vorhänge geräuschvoll zu. Der Diener eilte aus dem Zelt und ließ die offene, dampfende Schüssel auf dem niedrigen Tisch vor mir stehen. Ich wischte mit dem Handrücken den Mund ab, spülte den Gaumen mit Wein und spuckte den Wein aus. Die beiden Lukumoiden blickten mich erwartungsvoll an.

„Warum ißt du nicht, Turms?" fragten sie.

Ich schüttelte den Kopf: „Ich kann nicht", sagte ich.

Sie nickten und bestätigten: „Das ist richtig, auch wir können es nicht. Es ist die Speise der Götter."

Ich rührte mit meiner goldenen Gabel die fette Tunke um, in der die Fleischstückchen schwammen. Sie sahen nicht unappetitlich aus. Auch roch der aus der Schüssel aufsteigende Dampf nicht schlecht.

„Was ist das?" fragte ich.

„Das ist ein Igel", sagten sie. „Der Igel ist das älteste aller Tiere. Wenn der Winter kommt, rollt er sich zusammen und schläft, die Zeit vergessend. Im Frühjahr wacht er wieder aus seinem Schlaf auf. Deshalb ist der Igel die Speise der Götter."

Der alte Lukumo ergriff mit den Fingerspitzen ein gekochtes und geschältes Ei und hielt es hoch, so daß wir es sahen. „Das Ei ist aller Anfang", sagte er. „Das Ei ist das Symbol der Geburt und das der Wiederkehr. Das Ei ist das Symbol der Unsterblichkeit."

Er legte das Ei in die Vertiefung einer flachen Opferschale. Der jüngere Lukumo und ich schälten auch ein Ei und legten es gleichfalls in unsere Opferschalen. Der Lukumo aus Volsin stand auf, nahm einen sorgfältig geschlossenen Tonkrug, öffnete den Pfropfen, schabte das Wachs mit dem Feuersteinmesser ab und goß einen bitteren Kräuterwein in unsere Opferschalen.

„Der Augenblick ist da", sagte er. „Die Götter kommen. Laßt uns den Trank der Unsterblichkeit trinken, damit unsere Augen ihr Leuchten ertragen können."

Ich leerte meine Opferschale, wie es die beiden anderen auch taten. Der Trank brannte mir in der Kehle, und mein Magen wurde empfindungslos. Ihrem Beispiel folgend, aß ich das von mir geschälte Ei. Der alte Lukumo sagte mit tiefer Stimme:

„Du hast den Trunk der Unsterblichkeit mit uns getrunken, Turms. Du hast das Ei der Unsterblichkeit mit uns gegessen, Turms. Jetzt schweige. Die Götter kommen."

Alle drei blickten wir in bebender Angst auf die zwei weißen Steinkegel. Sie begannen vor meinen Augen zu wachsen. Die hellen Flammen der nicht rußenden Fackeln schienen trübe. Die Steinkegel begannen heller wie die Flammen zu leuchten. Dann verschwanden die Kegel, und ich sah sie, die Göttin, Gestalt annehmen und sich anmutig auf das Ruhebett ausstrecken, schöner als alle irdischen Frauen. Sie lächelte, damit wir keine Angst haben sollten. Ihre ovalen Augen strahlten Helligkeit aus. Aber ihre Haarlocken ringelten sich wie lebendige Wesen, und sie trug eine furchterregende Mauerkrone.

Dann erschien er, der Wandelbare. Zunächst spielte er mit uns. Wir nahmen ihn als kalten Wind wahr, und die gelblichen, trüben Flammen der Fackeln flackerten wild. Dann kam er als Wasser, und wir rangen wie Ertrinkende nach Luft, um atmen zu können, während das unsichtbare Wasser uns durch Mund und Nase in die Lungen floß. Als Feuer berührte er unsere Haut und unsere Glieder, so daß wir glaubten, bei lebendigem Leibe zu verbrennen. Aber keine einzige Spur blieb auf unserer Haut zurück, und er kühlte unsere Haut wieder ab, so daß wir das Gefühl hatten, als habe man uns mit Minzensalbe eingerieben. Als Riesenseepferdchen schwebte seine Gestalt über uns in der Luft. Endlich hatte die Göttin Turan genug, und sie streckte einladend ihre göttliche Hand aus. Voltumna beruhigte sich und legte sich in seiner blendenden Lichtgestalt neben die Göttin auf das Ruhebett nieder, um sich in unserer Gesellschaft gesittet zu benehmen.

Ich brauchte mich gar nicht zu erheben, um ihnen die Speisen zu reichen, denn das Igel-Gericht verschwand in der Schüssel und die Speise wurde immer weniger, bis die Schüssel ganz leer war. Wie sie speisten, kann ich nicht erklären. Auch im Mischgefäß sank der Weinspiegel, bis der letzte Tropfen verschwunden war und die Innenfläche des Gefäßes trocken wurde. Sie waren nicht hungrig, weil die Götter keinen Hunger und keinen Durst wie die Menschen kennen, alles andere ist nur ein Märchen. Als sie aber als Gäste zu uns kamen und uns als sichtbare Gestalten erschienen, aßen sie von dem heiligen Mahl und tranken von dem heiligen Wein, um uns ihre Freundschaft zu bezeigen.

Ich vermute, daß ihnen der Geschmack der irdischen Speisen angenehm war und daß der irdische Wein ihnen zu Kopf stieg, wie es bei Festmahlen zu geschehen pflegt, denn die Göttin lächelte launisch und blickte mich mit ihren ovalen Augen verführerisch an, wobei sie wie von ungefähr ihren Arm um den Hals Voltumnas legte. Er, der Wandelbare, betrachtete mich prüfend, als hätte er gern meine Standhaftigkeit auf die Probe gestellt.

„Wehe euch, ihr Lukumoiden", sagte er plötzlich, „ihr seid vielleicht unsterblich, aber ewig seid ihr nicht." Seine Stimme klang wie Metall und Sturmgebraus. Und trotzdem klang unausgesprochener Neid auf uns aus seinen Worten.

Die Göttin Turan streichelte beruhigend seine wie Sonnenstrahlen leuchtenden Haare und verbot ihm, Streit zu suchen. „Fürchtet euch vor ihm nicht", sagte die Göttin mit einer Stimme, die wie der Klang von Silberglöckchen und wie das Gurren von Tauben anmutete. „Er, Voltumna, ist ein unruhiger Gott. Aber ihr müßt ihn verstehen. Wir anderen erscheinen in verschiedenen Gestalten und legen uns in unseren heiligen Bildnissen zur Ruhe, aber er hat keine bleibende Gestalt. Der ständige Wandel, das sich Erweitern und Verkleinern, das sich Erhitzen und Erkalten, der Sturm und die Stille machen ihn unruhig."

Die Umrisse Voltumnas begannen zu zittern und zu glitzern, aber Turan legte eiligst beide Hände auf seine Schultern, küßte mit ihrem schönen Mund seine Mund- und Augenwinkel und sagte: „Diese deine Gestalt ist die schönste und vollkommenste, in der ich dir begegnet bin. Halte sie fest und bleibe so und mache mich nicht unruhig dadurch, daß du dich plötzlich wieder in eine völlig andere Gestalt verwandelst."

Dem Selbstbewußtsein Voltumnas schmeichelte anscheinend die Bewunderung der leuchtenden Göttin, wenn er auch wußte, daß er gerade durch seine Wandelbarkeit der höchste aller Götter war, weil er aus sich selbst heraus alles schuf, was auf der Erde war und lebte, die anderen Götter aber, je nach Temperament und Laune, das, was er geschaffen hatte, nur beeinflußten. Als ich dies sah, begriff ich die Eitelkeit der Götter und ihre Rivalität untereinander und warum man sie beschwichtigen und mit Versprechungen und Opfern bestechen konnte.

Als dieser Gedanke mir als klare Erkenntnis aufging, fühlte ich plötzlich schmale Feuerfinger meine Schulter leicht berühren, gleichsam als Warnung. Als ich mich erstaunt umwandte, sah ich, daß sich die geflügelte Lichtgestalt meines Schutzgeistes auf den Rand des Ruhebettes hinter mir niedergelassen hatte. Zum zweitenmal in meinem Leben erschien sie mir, und ohne Worte wußte ich, daß ich gerade jetzt mehr denn je auf der Hut sein mußte. Als ich sie sah, wußte ich, daß ich mich in meinem Herzen nach ihr gesehnt hatte, und zwar in stärkerem Maße als jemals nach irgend etwas auf Erden. Ich verspürte, daß ihre lebendige Nähe wie flüssiges Metall knisternd in meinen Körper flutete.

Als ich um mich blickte, sah ich, daß die Lichtgestalten der Schutzgeister der beiden Lukumoiden auch erschienen waren, um sie mit ihren strahlenden Flügeln zu schützen. Die Schutzgeister betrachteten einander neugierig, wie vergleichend, und ihre Flügel zitterten. Aber in meinen Augen war mein Schutzgeist der schönste. Er stand mir auch am nächsten, so daß die schillernde Schönheit der Göttin mir als fremde Schönheit erschien.

Voltumna streckte fordernd seine Hand aus und sagte vorwurfsvoll: „Wehe euch, Lukumoiden, ihr seid ja vorsichtige Gastgeber, daß ihr zu eurem Schutze Leibwächter herbeiruft. Wovor habt ihr Angst?"

Auch die Göttin Turan sagte: „Ihr kränkt mich als Göttin und verärgert mich, da ihr lieber mit euren Schutzgeistern auf euren Ruhebetten liegt, statt neben mir. Ihr habt mich gerufen, nicht ich euch. Schicke zumindest du, Turms, deinen Schutzgeist sofort weg. Vielleicht steige ich herunter und lege mich für ein Weilchen neben dich und berühre mit der Hand deinen Hals."

Die Flügel meines Schutzgeistes zitterten vor Zorn, und ich begriff, daß die Geflügelte verärgert war. Sie war sehr heftig. Die ovalen Augen der Göttin Turan betrachteten sie kritisch, wie eine Frau die andere betrachtet, und sie bemerkte: „Schön ist sie fraglos, diese deine Geflügelte. Aber sie wird doch wohl nicht mit mir wetteifern wollen? Ich bin doch eine Göttin und genau so ewig wie die Erde. Sie ist nur unsterblich wie du."

Ich fühlte mich unbehaglich, aber beim Anblick des strahlenden Gesichts meines Schutzgeistes fühlte ich, daß er mir viel näherstand als die Göttin, und ich antwortete, ohne zu zögern: „Ich kann ihn nicht fortschicken, da er ungerufen kam." Wie ein Blitz leuchtete eine Erkenntnis in mir auf, und meine Stimme bebte: „Vielleicht sandte ihn mir ein noch über euch Stehender?" Ich konnte meinen Gedanken nicht fortsetzen, denn in diesem Augenblick wuchs mitten im Zelt eine bewegungslose Gestalt, die größer war als die Menschen und die Götter, vor meinen Augen empor. Ein kalter Lichtüberwurf hüllte die Gestalt ein, Verbände machten ihr Gesicht unkenntlich. Es war „er", den nicht einmal die Götter kennen, „er", dessen Namen und Zahl niemand zu nennen vermag, weder die Menschen noch die erdgebundenen Götter. Beim Anblick der bewegungslosen Gestalt wurden die beiden Erdgötter auf dem Ruhebett der Götter zu Schatten, und die Lichtgestalt meines Schutzgeistes bedeckte mich mit ihren Flügeln, wie zum Zeichen, daß wir eins waren, sie und ich. Im Schutze ihrer Flügel ward ich zu lauter Helligkeit.

Dann verspürte ich den Metallgeschmack im Munde, als sei ich gestorben. Sturmgebraus dröhnte mir in den Ohren, ich verspürte den Eisduft in der Nase, und das Licht des Feuers blendete meine Augen. Ich erwachte auf dem niedrigen Ruhebett aus meiner Ohnmacht.

Die Fackeln waren erloschen. Der Wein war verschüttet. Die Körner waren aus den Ähren gerieselt. Zertretene Früchte lagen auf dem Holzfußboden des Zeltes. Die beiden Steinkegel ragten geisterhaft weiß auf den doppelten Podesten des hohen Ruhebettes der Götter empor, und ich begriff, daß sie von dem grauen Licht der Morgendämmerung, das durch die Ritzen des Zeltes fiel, beleuchtet wurden. Die auf ihnen liegenden Kränze waren verwelkt und schwarz geworden, als seien sie vom Feuer versengt. Ich fühlte mich selbst auch verwelkt und versengt, als hätte ich im Laufe dieser einen Nacht viele Jahre meines Lebens eingebüßt. Meine Glieder waren gefühllos, und ich war vor Kälte erstarrt.

Ich glaube, daß wir alle drei gleichzeitig wach wurden, und mir war, als wären wir innerhalb der Steinwände einer Grabstätte auf einem steinernen Ruhebett aufgewacht. So hart kamen mir die weichen Kissen meines Ruhebettes vor. So entsetzlich schwer, wie Blei, war mein Körper. So schmerzte das graue Morgenlicht des bewölkten Tages meine Augen. Wir richteten uns auf, den Kopf in die Hände gestützt. Schließlich blickten wir einander an.

„Habe ich geträumt?" fragte ich.

Der alte Lukumo aus Volsin schüttelte das Haupt und verneinte: „Nein, du hast nicht geträumt. Wenn es ein Traum war, dann haben wir alle drei den gleichen Traum gehabt."

Der Lukumo aus Volterra sagte: „Wir sahen den verschleierten Gott. Wie können wir noch am Leben sein?"

„Es bedeutet, daß die Zeiten sich ändern", meinte der alte Lukumo. „Der alte Abschnitt geht zu Ende, und ein neuer beginnt. Früher ist der verschleierte Gott während des Göttermahles nicht erschienen. Aber als Lukumoiden wußten wir von seiner Existenz und erahnten ihn. Vielleicht sind wir die letzten Lukumoiden. Deshalb kam er."

Der Lukumo von Volterra schob den Vorhang etwas beiseite und schaute hinaus: „Der Himmel ist bewölkt", sagte er, „der Morgen ist kühl."

Die Diener kamen und brachten uns den dampfenden Morgentrunk, heiße Milch mit Honig. Ich trank gierig, und das Getränk wärmte meinen

Körper, so daß mir wohler wurde. Sie brachten Wasser in Gefäßen, damit wir das Gesicht, die Hände und die Füße waschen könnten. Ich merkte, daß mein Hemd besudelt war, ich hatte Nasenbluten gehabt. Mein Magen brannte, als hätte ich tödliches Gift getrunken.

Trotzdem wurde ich munter, und das heiße Getränk ließ das Blut in den Adern kreisen. Ich rieb meine Arme und Beine, bis sie warm wurden. Der alte Lukumo kam zu mir und sagte: „Du hast am Göttermahl teilgenommen, Turms. Du hast den Wein der Unsterblichkeit getrunken. Du bist jetzt nicht mehr der gleiche wie vorher. Bald wirst du merken, daß dir nichts mehr so erscheint wie früher. Erkennst du dich und bekennst du dich jetzt zu dem, was du bist, Turms, Sohn Porsennas, Sohn der Larkhna?"

„Nicht so", sagte ich leise. „Die Erde ist meine Mutter. Der Himmel mein Vater. Die Sonne mein Bruder. Der Mond meine Schwester. Ich bekenne mich zu mir selbst. Ich fliehe nicht mehr vor mir selbst. Ich bin als Lukumo unter Menschen geboren. Ich bin Turms, der Unsterbliche. Ich bekenne, daß ich wiedergekehrt bin. Ich bekenne, daß ich von neuem wiederkehren werde. Aber warum, das weiß ich noch nicht."

Er mahnte: „Zieh dein besudeltes Hemd aus, so wie du einmal deinen irdischen Körper wie ein zerschlissenes Gewand ablegen wirst. Trete aus dem Zelt der Götter genau so nackt, wie du warst, als du auf der Erde als Mensch geboren wurdest. Küsse deine Mutter. Hebe dein Gesicht zu deinem Vater empor. Wir grüßen dich, du Lukumo, du Unsterblicher."

Sie öffneten den Vorhang des Zeltes. Unter dem grauen, bewölkten Himmel sah ich die schweigenden Gesichter einer tausendköpfigen Menschenmenge. Eine Sturmbö blies mir ins Gesicht, der Vorhang des Zeltes flatterte. Ich zog das Hemd aus und trat aus dem Zelt. Ich kniete nieder, um die Erde zu küssen. Dann stand ich auf, streckte die Arme und wandte das Gesicht zum Himmel empor. Die Wolkendecke zerriß. Die Sonne brach, die Augen blendend, hervor, und ihre warmen Strahlen trafen mich. Wenn ich noch an mir gezweifelt hätte, jetzt konnte ich es nicht mehr. Mein Vater, der Himmel, erkannte mich als seinen Sohn an. Mein Bruder, die Sonne, umarmte mich mit liebevollen Strahlen. Es geschah ein Wunder.

Das Dröhnen des Sturmes übertönend, brach die Volksmenge in den Ruf aus: „Lukumo, Lukumo ist gekommen." Grüne Zweige schwankten vor mir, als sei der ganze Wald ins Wanken geraten. Die Menschen winkten mit ihren Gewändern, und ununterbrochen erscholl ihr Rufen. Die beiden anderen Lukumoiden, meine Wegweiser, traten aus dem

Zelt und legten den heiligen Überwurf der Lukumoiden um meine Schultern. Mit diesem Überwurf nahmen Ruhe und Freude von mir Besitz, und mein Herz schmolz. Ich war nicht mehr leer. Ich war nicht mehr nackt. Ich fror nicht mehr.

4.

Mehr habe ich nicht zu erzählen. Stein für Stein habe ich in die Hand genommen, um mein vergangenes Leben vor mir vorüberziehen zu lassen; dann habe ich die Steine wieder in das einfachste und wertloseste schwarze Tongefäß zu Füßen der Göttin hineingetan. An ihnen werde ich mich erkennen, an ihnen werde ich mich an mich selbst erinnern, wenn ich einmal wiederkehren, wenn ich einmal als Fremder die Stufen der Grabstätte hinabschreiten und die Steine in die Hand nehmen werde. Vielleicht ist das billige Gefäß dann zerschlagen. Vielleicht wird der Staub der Jahrhunderte auf dem Fußboden meiner Grabstätte liegen. Vielleicht wird der Steinsarg mit den schönen, von einem Bildhauer geschaffenen Bildwerken nicht mehr da sein und der Staub meines Körpers sich mit dem Staub auf dem Fußboden vermischt haben. Vorhanden sein aber werden die wertlosen Steine.

Geschenke und Schätze verschwinden. Steinsärge werden aufgebrochen. Räuber und Plünderer werden kommen. Die Lebenszeit der Völker ist begrenzt. Wenn ein Volk einmal ausgestorben, seine Sprache in Vergessenheit geraten ist, schützt niemand mehr seine Gräber. Die wunderschönen griechischen Vasen mit ihren Bildern, die Bildwerke der Bildhauer verschwinden. Aber die Wandgemälde an den Steinwänden bleiben erhalten. Die kann man nicht stehlen. Die wertlosen Steine bleiben liegen. Wer könnte aus denen etwas herauslesen?

Deshalb weiß ich, daß ich mich selbst erkennen werde, wenn ich mich bücke, um die glatten Steine aus dem Staub der Jahrhunderte aufzulesen. Ich werde die enge Treppe zurück in das Licht der Erde hinaufsteigen. Mit lebenden Augen werde ich den schönen Bergkegel der Göttin jenseits des Tales gegenüber meiner Grabstätte sehen. Ich werde mich selbst erkennen, ich werde mich an mich selbst erinnern. Und dann, dann wird der Sturm toben.

So glaube ich, ich, Turms, der Unsterbliche. Wenn auch meine Schrift verschwunden, die Tinte verwischt, das Schilfpapier zerfallen sein wird und die von mir niedergeschriebene Sprache nicht mehr gelesen oder entziffert werden kann, so habe ich mich durch das Niederschreiben dessen, woran ich mich erinnern will, an jeden einzelnen Stein meines Lebens geknüpft. An ihnen werde ich mich wiedererkennen, wenn ich einmal wiederkehren werde.

Meine Hände zittern, der Atem wird zum Röcheln. Die zehn Jahre sind zu Ende gegangen, und endlich steht mir meine Sterbestunde bevor, um mich von meinem Erdenkörper zu befreien. Aber meinem Volke geht es gut, der Viehbestand hat zugenommen, die Felder haben gute Ernten abgeworfen, die Mütter haben gesunde Kinder geboren. Ich habe sie alle erzogen, richtig zu leben, auch nach meinem Weggang.

Wenn sie zu mir kamen, um nach Omina zu fragen, sagte ich: „Dafür sind die Auguren, die Leberforscher und die Blitzpriester da. Glaubt ihnen. Stört mich nicht mit unwesentlichen Dingen."

Die Gesetzgebung überließ ich dem Rat und dem Volke deren Bestätigung; die Richter konnten ihre Urteile fällen, die Beamten die gerechten Urteile vollstrecken. Ich warnte nur: „Das Gesetz muß den Schwachen gegen die Starken Schutz gewähren. Die Starken brauchen keinen Beschützer."

Als ich so sprach, dachte ich an Hanna, die mich geliebt hatte, und an mein Kind, das sie noch ungeboren mitnahm. Sie waren Schwache. Ich bin nicht imstande gewesen, sie zu schützen. Sofort nachdem ich die Möglichkeit dazu hatte, ließ ich Nachforschungen über sie bis an die Grenzen der Welt, bis nach Phönizien, anstellen. Aber keine Spur fand sich von ihnen.

Nachdem sich die Suche nach ihnen als ergebnislos erwiesen hatte, fühlte ich meine brennende Schuld, und ich betete: „Du, der du über den Göttern der Erde als höchster stehst, du, der du dein Gesicht vor uns verbirgst, du Regungsloser. Nur du besitzest die Macht, mein Verbrechen zu tilgen. Nur du vermagst die Zeit zurückzurufen. Nur du kannst die Toten aus dem Meeresgrund emporheben. Mache du meine böse Tat zunichte und gib mir den Frieden."

Ich schwor: „Ich verlange nichts für mich. Den Rest meines Lebens will ich nur für mein Volk leben. Falls ich des Gefängnisses meines Körpers überdrüssig und müde werden sollte, so verspreche ich, trotzdem noch weitere zehn Jahre den Göttern abzuringen und sie nur zugunsten meines Volkes einzulösen. Erbarme dich meiner, so daß Hanna und dem Kind nichts Böses infolge meiner Feigheit geschehen ist."

Ich brachte kein Opfer dar. Wie hätte ich den verschleierten Göttern ein Opfer darbringen dürfen, deren Namen und Zahl niemand kennt?

Ich betete nur. Ich, der Lukumo, durch den meinem Volke Segen zufloß, konnte mir selbst nicht helfen. Deshalb hatte ich nicht viel Freude an meiner Kraft.

Immer seltener ließ ich meine Hände und mein Gesicht rot bemalen und mich in der Sänfte des Gottes in den Tempel tragen. Wenn ich dann einem hungrigen Kind oder einer weinenden Frau begegnete, prasselte Hagel auf die Felder nieder, Blitze trafen die Erde und Wolken donnerten. Das Volk lernte meinen Willen kennen. Aber meinem eigenen Schuldbewußtsein konnte ich nicht helfen.

Dann geschah das Wunder. Nachdem ich unter meinem Volke viele Jahre als Lukumo gelebt hatte, baten mich zwei einfache Wanderer um Einlaß. Ohne Omina, unerwartet kamen sie. Ich sah Hanna leibhaftig vor mir und erkannte sie sofort, obwohl sie ihren Kopf demütig vor mir neigte, ebenso wie ihr Mann. Sie war zu einer hübschen Landfrau herangewachsen und war im besten Alter. Aber ihre Augen waren traurig, als sie ihr Gesicht mir zuwandte und mich ansah.

Das Gesicht ihres Mannes war gut und offen. Sie hielten sich fest an der Hand und hatten Angst vor mir. Sie waren meinetwegen eine lange Strecke gewandert. Sie sagten: „Lukumo Turms, wir sind arme Leute, aber wir waren gezwungen, vor dich zu treten und von dir ein großes Geschenk zu erbitten."

Hanna erzählte, wie sie in der Nacht vom phönizischen Sklavenschiff ins Meer gesprungen war. Sie wollte lieber ertrinken, als sich dem Schicksal unterwerfen, das Arsinoe ihr zugedacht hatte. Aber die Wellen trugen sie liebevoll ans Ufer, und sie traf auf einen freundlichen Hirten, der ihr Schutz gewährte und sie versteckte, obgleich sie eine entlaufene Sklavin war. „Nach der Geburt deines Sohnes", erzählte Hanna weiter, „hütete ich mit ihm das Vieh, und er sorgte für den Jungen, ohne mich zu kränken. Wegen seiner Güte fand ich Gefallen an ihm, und schließlich merkte ich, daß ich ihn liebte. Über seine Lippen kam nie ein böses Wort, sondern er war stets ruhig und behandelte mich selbstlos. Mit dem Jungen kam das Glück zu ihm und zu mir, so daß wir an einem sicheren Ort unser kleines Haus, unsere Felder und unseren Weinberg haben, auch Vieh. Andere Kinder sind uns nicht beschert worden, so daß wir nur deinen Sohn haben, Turms."

Der Mann blickte mich unterwürfig an und sagte: „Der Junge glaubt, ich sei sein Vater, er fühlt sich wohl bei uns und liebt das Land, das wir bebauen. Er hat selbst das Flötenspiel erlernt, und nach den ihm bekannten Liedern erfindet er neue Weisen. Er hat keinen einzigen schlechten Gedanken. Aber wir haben uns viel Sorgen seinetwegen gemacht, ohne zu wissen, was wir tun sollten. Wir konnten von ihm nicht lassen. Nachdem er nun fünfzehn Jahre alt geworden ist, hielten wir es einfach nicht mehr aus. Wir mußten vor dich hintreten, um dir die Entscheidung in dieser Angelegenheit zu überlassen. Forderst du deinen Sohn von uns oder gestattest du, daß wir ihn behalten dürfen?"

Hanna sagte: „Du bist Lukumo. Du weißt es besser, was dem Jungen zum Glück gereicht."

Mit bebendem Herzen, vor Gemütserschütterung schwach, fragte ich: „Wo ist er, euer Sohn?"

Ich folgte ihnen und sah einen Jüngling mit einem Lockenkopf am Rande des Marktplatzes Flöte spielen. Er spielte so schön, daß sich viel Volk um ihn gesammelt hatte, um seinem Spiel zu lauschen. Seine Haut war tiefbraun von der Sonne, seine Augen waren groß und träumerisch. Er erschrak und hörte auf zu spielen, als das Volk ehrfurchtsvoll vor mir zurückwich. Bei Hanna und ihrem Mann Schutz suchend, blickte er mich mißtrauisch an, offenbar in der Annahme, daß ich seinen Eltern etwas Böses angetan hätte. Er war barfuß und hatte ein selbstgewebtes, ländliches Gewand an. Schön, sehr schön war er. Die drei gehörten zusammen, sie waren glücklich miteinander, sie waren mit ihrem Los zufrieden. Mein Gebet war in Erfüllung gegangen. Wie hätte ich sie voneinander trennen können? Die böse Tat Arsinoes hatte sich zum Glück für Hanna gewandelt. Ich würde ihr mehr Leid als Glück bringen.

Ich schaute meinen Sohn lange an, um seine Gesichtszüge für immer meinem Herzen einzuprägen. Dann kehrte ich in die Einsamkeit meines Hauses zurück. Ich dankte Hanna und ihrem Mann dafür, daß sie gekommen waren, überreichte ihnen ihrer Stellung entsprechende Geschenke und erkannte den Jungen als ihren Sohn an. Ich hatte kein Recht auf ihn.

Ich bat sie, sich ohne Furcht an mich zu wenden, falls ihnen etwas fehlen sollte. Aber sie wandten sich nie an mich. Ich sandte ihnen einfache Geschenke, bis sie auf der Flucht vor den Griechen ihren Wohnort wechselten, ohne eine Nachricht zu hinterlassen, wohin sie gezogen waren. Hanna verstand die Sachlage richtig. So war es am besten. Sowohl für sie als auch für den Jungen.

Durch diese unbegreifliche Gnade wurde ich von meinem Schuldbewußtsein befreit. Seitdem habe ich nur für mein Volk gelebt. Dem Volke genügt es, daß ich als Lukumo unter ihnen lebe.

Wenn die Erde bebt, wenn die Leber des Opfertieres verdorben ist, wenn Überschwemmungen die Felder verheeren, wenn ein Unglück die

Stadt trifft, so wissen die Menschen selbst den Grund dafür zu suchen und ihn zu finden: Entweder ist das Recht verletzt, ein Grenzstein verrückt, ein Sklave schlecht behandelt, eine Witwe geplündert worden oder ein Kind hat umsonst an der Tür eines reichen Nachbarn vor Hunger geweint. Ich kann ruhigen Gewissens sterben. Sie haben gelernt. Aber mehr Böses als Gutes ist meinem Volke zuteil geworden in der Zeit, in der ich als Lukumo für es gelebt habe.

Ich hinderte sie, sich an Kriegen zu beteiligen, vor allem gegen Rom, obwohl es zu einem bösen Störenfried herangewachsen war, denn Rom wird einmal laut Weissagung Clusium vor der Zerstörung bewahren. Nicht einmal an dem Krieg Lars Arnths gestattete ich meiner Stadt teilzunehmen. Erst Mismes Geschimpfe machte mich weich, da ich in ihr so deutlich ihre Mutter erkannte, und ich erlaubte denjenigen in den Krieg zu ziehen, die es freiwillig taten. Das geschah sechs Jahre nach dem Feldzug gegen Himera. Soviel Zeit benötigte man für den Bau von neuen Kriegsschiffen in den Küstenstädten und dazu, die Uneinigkeit untereinander zu beseitigen, um gemeinsame Anstrengungen zu unternehmen. Aber der Boden war abgefallen und das Faß entzwei. An die Weissagung der Hierofila denkend, sandte Demadotos mit der vereinigten Flotte der griechischen Städte die von ihm abgenommenen und gut aufbewahrten Erkennungsschilde unseren Kriegsschiffen entgegen. Auf dem Meere vor Kyme erlitt unsere Flotte die schwerste Niederlage, welche die tyrrhenischen Schiffe jemals erlitten haben. Das Meer gehört uns nicht mehr. Auf den Inseln unseres Meeres gründen die Griechen Kolonien. Wir haben nunmehr begonnen, Mauern zum Schutz unserer Städte statt Schiffe zu bauen. Für ihren Bau sind die seit Generationen gesammelten Reichtümer verausgabt worden, nachdem die Griechen unseren Handel gedrosselt haben.

Nachdem ich von der Niederlage unserer Völker in der Seeschlacht bei Kyme erfahren hatte, habe ich mich meinem Volke nicht mehr gezeigt, bevor ich die Stelle meiner Grabstätte ausgewählt hatte. Als Lukumo hatte ich ein Unrecht begangen, als ich denen gestattete, in den Krieg zu ziehen, die es selbst wollten. Gemäß meinem Versprechen und auch, um dieses Verbrechen zu sühnen, rang ich noch weitere zehn Jahre Lebenszeit den Göttern ab, nicht für mich selbst, sondern für mein Volk. Seit zehn Jahren habe ich mich meinem Volke nicht mehr gezeigt. Es waren lange Jahre, aber meinem Volke ist es in diesen Jahren gut gegangen. Mit Schreiben habe ich meine Zeit ausgefüllt. Nun sind die zehn Jahre zu Ende.

Und immer noch leben die etruskischen Völker, noch blühen ihre Binnenstädte, noch wetteifern die Töpfer Vejis, die Maler Tarquinias und die Bildhauer meiner eigenen Stadt miteinander, um Menschen und Götter in Bildwerken zu verewigen. Mein eigenes Bildnis liegt auf dem Deckel des Alabastersarges drinnen im Berg auf dem ewigen Ruhebett, die Opferschale in der Hand, den Blumenkranz um den Hals. Aber mir gefällt es nicht, ich mag das Gesicht nicht. Lieber würde ich ohne Sarg als Leichnam auf dem steinernen Ruhebett liegen, umgeben von Wandgemälden und von den Geschenken meines Volkes. Aber ich konnte es nicht verbieten, daß ein Bildnis von mir geschaffen wurde. Ich konnte meine Bildhauer nicht kränken, weil ihre Kunst den Menschen so erhält, wie er gelebt hat. Auch die Freude und die Feste der Menschen, die Ernte, das Weinkeltern und den einsamen Angler am Ufer meines Sees wird ihre Kunst festhalten, wie sie die Spiele und die Feste der Götter verewigt. So ist mein Volk, so ist meine Stadt. Sie lebt noch nach dem Tode in den Arbeiten der Künstler und in den von ihnen geschaffenen Menschenantlitzen. Ich bin stolz auf mein Volk, ich bin stolz auf meine Stadt, ich, Turms, der Unsterbliche.

Aber ich bin des Gefängnisses meines Körpers überdrüssig und müde, und der anbrechende Tag ist der helle Tag meiner Befreiung. Auf dem heiligen Berg vor den Gräbern ist das Zelt der Götter aufgerichtet worden. Die heiligen Steinkegel sind auf das Ruhebett der Götter auf zweifache Podeste gehoben worden. In der Luft verspürt man den Duft des Herbstes und den Geschmack von frischem Mehl und von Wein. Die Wasservögel sammeln sich zu Schwärmen. Die Frauen drehen singend die Mühlensteine, um aus dem neuen Mehl die Kuchen der Götter backen zu können.

Dies muß ich noch über mich ergehen lassen. Meine Hände, meine Arme und das Gesicht rot bemalt, den heiligen Überwurf der Lukumoiden um die Schultern, den Efeukranz auf dem Haupt, werde ich in der Sänfte des Gottes in das Zelt der Götter auf mein Sterbebett getragen werden. Während der Todesschweiß mir auf der Stirn perlt, während die schwarzen Schleier des Todes vor meinen Augen flattern, muß ich mir die Tänze der Götter ansehen und am Göttermahl vor den Augen meines Volkes teilnehmen. Dann erst wird der Vorhang geschlossen. Ich bleibe allein, um den Göttern zu begegnen und den Wein der Unsterblichkeit zu trinken.

Das letztemal schmecke ich den irdischen Geschmack des in Asche gebackenen Kornkuchens, des mit frischem Wasser gemischten Weines.

Dann können die Götter kommen. Aber mehr als nach ihnen sehne ich mich nach meiner himmlischen Beschützerin. Als Lichtgestalt, als Feuergestalt, wird sie ihre Flügel über mich breiten und den Atem aus meinem Munde küssen. In jenem Augenblick wird sie endlich ihren Namen mir ins Ohr flüstern, und ich werde sie erkennen.

Deshalb weiß ich, daß ich glücklich, glühend wie ein Jüngling sterben werde, wenn ich sie endlich in meine Arme schließen darf und sie erkennen werde. Ihre starken Flügel werden mich in die Unsterblichkeit tragen. Dann werden meine Ruhe und das Vergessen, schönes, wonnevolles Vergessen, kommen. Ein Jahrhundert, ein Jahrtausend, das ist gleichgültig. Einmal werde ich wiederkehren, ich, Turms, der Unsterbliche.

INHALTSVERZEICHNIS

19.80

N
S
O
PONTUS EUXINUS
Phokaia
Sardeis
Ephesos
Lahde
Milet
ATHEN
Akraia
KYPROS
Tyros
R N U M
24
26
28
30
32
34
36
46
44
42
40
38
36
34
32
30